折射集
prisma

照亮存在之遮蔽

M. A. R. Habib

A History of Literary Criticism:
From Plato to the Present

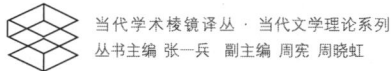

当代学术棱镜译丛·当代文学理论系列
丛书主编 张一兵 副主编 周宪 周晓虹

文学批评史：
从柏拉图到现在

［美］M.A.R.哈比布 著 阎嘉 译

南京大学出版社

《当代学术棱镜译丛》总序

自晚清曾文正创制造局,开译介西学著作风气以来,西学翻译蔚为大观。百多年前,梁启超奋力呼吁:"国家欲自强,以多译西书为本;学子欲自立,以多读西书为功。"时至今日,此种激进吁求已不再迫切,但他所言西学著述"今之所译,直九牛之一毛耳",却仍是事实。世纪之交,面对现代化的宏业,有选择地译介国外学术著作,更是学界和出版界不可推诿的任务。基于这一认识,我们隆重推出《当代学术棱镜译丛》,在林林总总的国外学术书中遴选有价值篇什翻译出版。

王国维直言:"中西二学,盛则俱盛,衰则俱衰,风气既开,互相推助。"所言极是!今日之中国已迥异于一个世纪以前,文化间交往日趋频繁,"风气既开"无须赘言,中外学术"互相推助"更是不争的事实。当今世界,知识更新愈加迅猛,文化交往愈加深广。全球化和本土化两极互动,构成了这个时代的文化动脉。一方面,经济的全球化加速了文化上的交往互动;另一方面,文化的民族自觉日益高涨。于是,学术的本土化迫在眉睫。虽说"学问之事,本无中西"(王国维语),但"我们"与"他者"的身份及其知识政治却不容回避。但学术的本土化绝非闭关自守,不但知己,亦要知彼。这套丛书的立意正在这里。

"棱镜"本是物理学上的术语,意指复合光透过"棱镜"便分解成光谱。丛书所以取名《当代学术棱镜译丛》,意在透过所选篇什,折射出国外知识界的历史面貌和当代进展,并反映出选编者的理解和匠心,进而实现"他山之石,可以攻玉"的目标。

本丛书所选书目大抵有两个中心:其一,选目集中在国外学术界新近的发展,尽力揭橥域外学术20世纪90年代以来的最新趋向和热点问题;其二,不忘拾遗补阙,将一些重要的尚未译成中文的国外学术著述囊括其内。

众人拾柴火焰高。译介学术是一项崇高而又艰苦的事业,我们真诚地希望更多有识之士参与这项事业,使之为中国的现代化和学术本土化做出贡献。

丛书编委会
2000年秋于南京大学

译　序

本书作者 M. A. 雷夫·哈比布（M. A. Rafey Habib, 1954——　）出生于印度，成长于英国，在牛津大学获得博士学位。他是信奉伊斯兰教的学者和诗人，曾任伦敦金斯顿大学的英语教授，目前在美国新泽西州卡姆登城的罗格斯大学（Rutgers University）英语系任教授，主要研究领域为文学理论和批评、世界文学、哲学以及伊斯兰教研究。作为学者和诗人，哈比布的主要著作有《文学批评史：从柏拉图到现在》（2011 年）、《伊斯兰的阴影：新世纪之诗》（2010 年）、《现代文学批评与理论史》（2007 年）、《文学批评史：从柏拉图到现在》（2005 年）、《现代乌尔都语诗歌翻译选集》（2003 年）、《早期的 T. S. 艾略特与西方哲学》（1999 年）、《异议之声：N. M. 拉谢德的乌尔都语译诗》（1991 年）等。他还撰写过研究柏拉图、亚里士多德、贺拉斯、康德、黑格尔、叔本华、马克思、柏格森、弗洛伊德、巴特和德里达等思想家的系列论文。哈比布在罗格斯大学开设了"黑格尔与现代文学理论的基础"等课程，并在其个人网页上开设了该课程的讨论专栏。

由于信奉伊斯兰教，身处西方世界和文化中的哈比布时常感受到各种困扰，尤其是 2001 年"9·11"事件之后的"反恐战争"，使他深感宗教极端主义和虚假的"伊斯兰教的形象"常常在西方世界的读者中造成诸多误解，为此，他曾在自己书写的诗歌中表达了对恐怖主义的谴责。但在另一方面，他也认为，"'反恐战争'已经成了最新的宏大叙事，它亟须进行分析"（本书"结语"），以下简称"结语"。哈比布相信，目前紧要的问题是增进伊斯兰世界与西方世界之间的相互理解和信任，因为现存的民主政治正在受到来自各个方面的威胁，最重要的是秉承谦逊、仁爱和同情之心，积极参与和促进文化多样性的社会进程，促进不同文化之间更深的交流和沟通。在哈比布看来，做学问并不单纯是一个追求知识的过程，更重要的是要提升和传播批判性阅读与写作的技巧，以培养对于社会进程的有见识和负责任的参与精神。与此同时，他还认为，做学问也是一个培养道德、情感和政治责任心的过程。

《文学批评史：从柏拉图到现在》（以下简称《批评史》）是哈比布在文学批评和理论方面的代表作。全书分为 8 个部分，共 29 章，逾百万言，内容从古代希腊一直讲述到今天的新历史主义。全书的结构大体上按年代的先后顺序编排，然而它并不仅仅是一部按时间顺序简单罗列西方文学批评史上的重要人物、著作和观点的著作，而是试图从历史、哲学和文化等方面勾画出人物、著作和观点产生与发展的历史语境，注重提供各种思想和理论发展的背景与脉络。这个特点，正是这部《批评史》区别于大多数同类著作的独特之处。因而，本书出版之后在西方学术界获得了广泛的好评，人们对本书的关注点大多集中在作者的哲学素养、古典文献功夫、出色的理论概括能力和文本细读能力,以及写作思路的明晰性等方面。

不过,他人的评说毕竟出自"他者"的眼光和立场。从哈比布自己的角度看,他在本书的"导言"中非常明确地表达了自己写作这部《批评史》的主要目的:"为了理解我们自己的现在,我们需要了解自己的过去。我们需要批判地看待各种文化、政治和宗教的文献,它们提供了我们认同的所需之物,它们告诉了我们是谁,我们将是谁,以及我们会成为什么。"通过过去来理解现在,这是一个看似简单却又非常重要的道理。遗憾的是,在现实世界中经常出现的情况则是:人们往往一心一意地追新逐异,总是以忘却过去为代价;最终的结果则是上不沾天、下不着地,漂浮在半空中。

需要注意的是,哈比布在这里强调了"各种文化、政治和宗教文献"。这实际上提醒我们要关注作者身份背景中的"非西方因素"——印度裔和伊斯兰教的背景。作者的这种特殊身份,在很大程度上决定了本书写作中所采取的"多元文化"交融的立场。这实际上构成了本书最为与众不同的一个特色:今天的西方,在历史上融合了诸多非西方的文化因素。关于这个问题,正如我在另一个地方提到的:"从历史上看,今天的'西方',是由诸多'非西方'的传统和资源共同铸成的。譬如,今日在通常意义上以欧洲为中心的'西方',在历史上和文化上与今日非洲和亚洲的不少地方有过非常密切的交往。这个'西方'从'非西方'的资源中汲取过大量营养,比如埃及和阿拉伯世界。"(《马赛克主义·序》)就此而言,哈比布本人非常明确地强调说:"如果不了解我们自己的道德、教育和政治价值观来自何处,不了解形成这些价值观的各种斗争,不了解产生那些斗争的历史语境,那么,我们就不可能形成一种对这些价值观的清晰见识。要研究《圣经》、柏拉图、希腊悲剧、莎士比亚或《罗马法》,要研究犹太人或非洲裔美国人的历史,要考察《古兰经》和西方世界全面介入伊斯兰文明的漫长历史,就要研究弥漫于我们现存世界的各种冲突与文化趋势的根源……我们需要知道写作一个文本的原因,知道文本的写作对象,是哪些宗教的、道德的或政治的目的促成了写作,以及写作的历史与文化环境。然后,我们才可以继续关注它们的风格、语言、结构、修辞技巧和文学技巧的运用等问题。"(本书"导言")

哈比布在这里通过对文本形成的"语境"的重要性的强调,提醒我们要深入理论文本的背后去挖掘促成文本形成的不同宗教、道德、政治等诸种动机,尤其是不同文明传统之间的相互影响、冲突与融合,正是这些因素共同构成了特定理论文本写作的"历史与文化环境"。所以,关注非西方的文化传统在西方自身文化传统建构中的作用,尤其是阿拉伯和伊斯兰文化传统与西方文化传统之间的互动关系,正是这部《批评史》最为引人注目之处。在这个问题上,哈比布以翔实而丰富的文献史料证明了其观点和立场。

《批评史》是一部主要以教学为目的的著作,因此哈比布十分关注其在写作方法上的明确性和指导性。他在全书的"导言"中集中阐明了在写作方法上必须坚持的五条基本原则。

第一,把整个文学批评史置于西方思想发展的主流语境之中。他认为,"文学批评史深深地被覆盖在范围广泛的哲学、宗教、社会、经济和心理领域的思想史之中。因而,本书的一部分目的,就是要把现代文学理论放到更加宽广的历史语境里,从一种能表明其联系、起源、演化和反应的线索的视角去审视它"。这样,文本和思想被置于了一个关系复杂的网络和视野之中,而不是被串联在一根单一的线条之上。

第二，把写作的焦点集中在最重要人物的最重要和最有影响的文本之上。这意味着，即使是面对历史上最重要的理论家的著作，也不追求面面俱到和囊括一切，而是对精选出来的经典文本进行"细读"，因为"它们代表或者体现了特定文学批评倾向的原则"。选择性本身就意味着立场和态度的体现。

第三，在相互关联的知识谱系和历史语境的网络中去独立理解各个部分的内容。这不仅是为了减少阐述的重复性，也是为了在相互联系之中凸显独特性和关联性。

第四，要纠正流行的对于原创性和现代文学理论之地位的错误理解。这类错误观点认为，历史上的文学批评和理论著作经常被人们当成现代文学理论的某种"开场白"和铺垫，没有独立的价值和意义。但在哈比布看来，实际上"现代理论的很多看法都已被早期的——有时是相当早期的——思想家和文学研究者预见到了，或者说很有可能成了早期思想家们曾探讨过的看法与主题的翻版"。因而，所谓的"原创性"，在历史面前往往都经不起检验。

第五，在写作中尽量追求阐述和分析的明晰性。哈比布认为，真正的理论上的复杂性，并不体现在语言表达的艰深晦涩上；艰深晦涩的语言经常成为各种陈词滥调的炫耀性的伪装，实际上并不能真正表现语言表达的微妙性和精确性。

通读整部《批评史》，我们可以发现，哈比布基本上贯彻了上述五条基本原则，这样就使我们较为容易通过本书来把握西方文学批评和理论在两千五百年发展过程中的总体框架、脉络、重要理论家及其代表作和观点。所有这些内容都处在一种相互关联的网络之中，加之对社会、历史和思想语境的深入描述，使得读者很容易把握不同理论与观点的来龙去脉、目的、动机和意义之所在。

除此之外，我以为，非常有价值和更加值得中国读者注意的是，哈比布在这部《批评史》的"导言"和"结语"中（也包括在书中正文的每个部分的概述里），非常明确地表达了他自己对于文学批评和文学理论领域里的一些重要问题的观点，由此可以看出他作为专业的文学批评史学者的理论立场和态度。我把他的观点和立场概括为以下几个方面，它们对于我们当下的理论建设和批评事业确实具有非常大的启发意义。

第一，关于文学批评与文学理论的关系。哈比布认为，文学批评的实践主要涉及分析和评价各种特定的文学文本，而文学理论则要致力于考察文学实践背后的重要原则。在哈比布看来，文学理论是对文学实践或更大的理论框架中的实践情景的系统阐释。因而，文学理论要为我们揭示文学实践背后的重要动机，要向我们表明文学实践与意识形态、权力结构、读者大众的无意识、读者的政治态度和宗教态度、社会经济结构之间的内在联系。首要的是，文学理论向我们表明，文学实践并不是某种自然而然的事情，而是人类有意识进行的一种特定的历史建构。（参见"导言"）

第二，关于"理论之死"。在最近十几年当中，西方学术界一直都有相当多的观点认为，"理论"已经死亡，我们正处在一种"后理论的"时代环境之中。然而，哈比布提出了全然不同的看法："文学理论并非出现于20世纪；它至少已经有两千五百年那么古老，它不可能简单地与偶然出现在我们近来历史中的一批理论站在一起。"（"结语"）因此，轻易断言"理论已死"，确实属于一种妄断。从某种意义上说，所有理论其实都是我们反思自身存在的一种特殊方式，文学理论同样如此。新理论的诞生,并不意味着旧理论的死亡;理论始终都会伴随着我们的存在而存在。哈比布进一步指出,"理论之死"的主张还与"反对理论"的倾向有关:"认为理论已经死亡的主张设想,实践——文学批评的实践——在没有理论的情况下,在没有某种对其基本原理系统反思的情况下,可以按某种方式进行下去。"("结语")对于这种荒谬的观点,哈比布断然地嗤之以鼻:"这样一种实践,即使有可能,也将是一项完全贫乏的和肤浅的事业。"("结语")可见,他坚决拒绝排斥理论的立场十分鲜明。

第三,关于"宏大理论"与经验研究。对此二者关系的看法,哈比布的观点是比较谨慎和辩证的。他认为,"或许真实的是,在历史发展宏大叙事意义上的'理论',或者一系列要求普遍解释力量的原型意义上的'理论',已经日益变得很有疑问。按照21世纪初的标准,就连解构、结构主义和新历史主义也被认为在其阐释的范围和解释的雄心方面过分宏大。人们对宏大规划与艰深语言有点不那么宽容。对'形而上学'或者对把'历史'普遍化的批判,或者说实际上对'理论'本身的批判,目前在很多地方都被认为不可能很全面。取代这些宏大观点的是一系列更加经验的探究,以较为狭隘地界定的领域和兴趣为基础。相关的个案是生态批评,它要研究文学中的自然(被当成一种现实,而不是一种建构)和环境的多方面意义,要返回到爱默生、梭罗和英国浪漫派作家那里去寻求灵感;有男女同性恋批评,它使性取向成为一个基本的分析范畴;有叙事学或叙事研究,它设想出了脱离其结构主义理论资源的引人注目的独立程度;还有对特定历史时期、地点和作者进行的详细的、经验的和事实的研究。就连'真实'的概念——两千多年来哲学的核心追求——现在也被认为不仅是一种知识的建构,也是一种意识形态建构,用来赋予看待世界的某些方式特权。在一种奇怪的历史发展中,我们已经回到了原地,返回到了一种修辞学的和怀疑论的观点,我们由此不仅承认了通过语言建构起来的我们的感知和概念方面的能力,也承认了语言情景本身的建构作用,那种情景充满着表演的多方面维度,一切在历史上特殊的环境都内在地塑造了交流的过程,无论是哲学的、政治的交流过程,还是文学的交流过程"。("结语")看完这段稍微有点长的引文之后,我们似乎不太容易抓住哈比布的主要观点和态度。但是,认真看来,他一方面指出了当今文学理论发展中的一些值得注意的新趋势,另一方面,他实际上表达了并不同意对于"理论"的怀疑论调。如果再联系前述他的观点来看,他维护"理论"的权威和价值的立场与态度,应该是非常明确的。

第四,文学批评中的历史观点和联系的观点。在这个问题上,哈比布始终坚持认为,文学批评中的诸多问题,无法仅仅从文学活动本身来加以说明,而应该联系哲学、宗教、政治乃至经济等领域,才能从根本上阐明文学活动的最终根源与动机。正如他指出的:"文学批评的历史使人想到……如果一种论点明显是从这种历史中形成的,那么,可以肯定的是,文学批评在最深刻的各个层面上不仅与哲学和神学等其他探究领域有联系,也与根本的经济发展和政治发展有联系。"("结语")不仅如此,哈比布还具体说明了文学批评活动与其他研究领域之间的密切关系:"它的探究已经延伸到了大量领域:在哲学方面,它研究了主体性和客观性的概念、经验的本质、统一性和同一性的范畴、普遍与特殊之间的联系;它的心理学探究包括人类各种能力之间的联系,如理解、想象、理性、情感、本能与无意识;它在形式和修辞学方面的关注点已经扩大到了模仿、结构、自由嬉戏、愉悦、象征、寓言、言说的其他特征等概念,以及观众的性质和构成;在教育方面,它提出了文学的道德、知识和意识形态功能;在政治方面,它研究了阶级、性属和种族的问题;在神学方面,它反思了文学在话语或科学图景之中的地位,以及文学表现最高的精神性真理的能力。当然,它牵涉到了两千多年的意识形态、政治和宗教论争,卷入了各种权力结构的冲突之中。"("结语")我以为,哈比布的观点之所以值得我们高度关注,一个很重要的原因在于,我们的一些文学批评和文学理论研究,由于某些特殊的历史和文化原因,常常过度强调文学批评和文学理论的"独立性"或"自主性",以至于使文学批评和理论自我孤立于人类的其他活动领域,仅仅局限于文学活动的狭小领域来说明文学问题。这种做法显然有悖于文学活动最基本的性质。

第五,对"审美主义"的批判。审美主义的思潮在中国文学批评和理论的语境中至少盛行了十几年或更长的时间。无独有偶,西方世界也存在类似的情形。审美主义思潮的出现固然有着复杂的社会、历史、思想和文化方面的原因,但这种思潮在实质上具有强烈的反历史主义的倾向和性质。我们看到,哈比布对审美主义的批判态度是极为鲜明的。他强调说:"我们有时对文本'纯粹'审美的或文学的维度的狭隘看法,在18世纪末之前,实际上会被一切作家、思想家或批评家认为是奇怪的和使人迷惑的。从文学批评在两千多年前开始以来,审美就被认为必然与政治、道德和教育问题相重叠。柏拉图,荷马与赫西俄德等古希腊诗人,维吉尔、但丁、莎士比亚,当代俄国、以色列或巴勒斯坦的诗人们,都不会理解'为艺术而艺术'的看法,也不会理解我们应当把文学理解为文学的观念。这种狭隘的唯美主义在根本上是奢侈的产物,产生于一种高度隐居的和非政治化的学术环境,文学研究在其中可以满足于成为一种单纯的练习,成为一种单纯词语鉴赏力的研究。"("结语")可以说,哈比布的观点一针见血,极为精辟。只要稍微具备一定的文学史和艺术史的常识就会发现,片面强调"审美性""文学性""艺术性"之类的观点,无论在西方还是在中国,都是非常晚近的现象。在人类漫长的审美活动和艺术活动的历史上,审美从来都是与人类生存的重大关切紧密相关、不可分离的。大凡生育繁衍、战争、劳作、祭祀、礼仪、生老病死、道德伦理等生存中的重大关切,无一不与文学、艺术等"审美"表达活动相联系。哈比布的观点不仅指出了一个简单明了的历史事实,也清楚地表明了他自己对于"审美主义"的反对态度。他的观点值得我们深思,并且值得我们汲取。

第六,对"价值中立"的批判。我觉得,哈比布的以下一段话,尤其值得中国的学者和读者大众反复细读和思索:"这方面的全部要点在于,总体上的教育,以及文学批评特殊的理论和实践,再也不可能被人为地孤立于政治、社会和经济结构……于是,有了一种日益普遍的认可,即承认阅读、写作和阐释行为并不是在某种程度上价值中立的,并非存在于某种不受时间影响、学院的真空之中;这些一度传说的'中立'行为,渗透着我们进入大多数广阔的文化和政治结构中的要义……阅读的政治含义对于在新批评思潮中阅读诗歌的学生来说不会马上就很明显;但是,对巴勒斯坦或以色列诗歌的中东读者来说,对印度和巴基斯坦小说的读者来说,对前苏联各个地区的戏剧观众来说,对伊朗和马来西亚等国家重新解读伊斯兰法律文本与传统的学者及政治家来说,阅读的政治含义都不可避免地和明显地很清晰。"("结语")读完这些话,我们很快就会想起一种悖论式的现象:这么多年来我们一直在加速大力引进西方当代的特别是后现代的文学理论和批评著作,但令人奇怪的是,我们似乎对这些引进著作中的绝大部分极为明确的非"价值中立"的倾向视而不见,一面却又大讲"价值中立"和所谓的"客观立场"。这是一种非常具有讽刺意味的现象。事实上,确实如哈比布所说,文学批评特殊的理论和实践,并非存在于"真空"之中,绝不可能人为地与政治、社会和经济结构隔绝。换言之,无论在历史上,还是在现实中,"价值中立"都是不可能存在的。因而,主张或宣扬"价值中立",要么是自欺欺人,要么就是虚伪或试图掩盖什么。

第七,关于文学批评的功用。在这个问题上,我们中国的传统或者强调批评的"载道"之功,或者强调批评作为政治斗争之工具的功能。在我看来,哈比布对待文学批评之功用的观点,可以为我们打开一扇视野广阔的窗口,帮助我们跳出自己狭小的视野。他说:"我们需要利用自己文学的、哲学的和文学批评的遗产的丰富性,以便实现人类的潜力,加强培养对自己世界的理解。文学批评不仅为分析莎士比亚、弥尔顿、托尼·莫里森和纳吉布·马赫福兹提供了工具,也为分析足球比赛、广告、政治演说、记者招待会、摇滚音乐会和新闻报道的'文本'提供了工具。我们可以利用很多思想家提供的各种洞见——范围从柏拉图和亚里士多德,经过爱默生和惠特曼,直到阿列克塞·德·托克维尔和当代政治家——来分析民主政治在一系列独特的现代语境中的性质。我们可以探讨'字面'语言与比喻语言之间联系的各种发现——从奥古斯丁经过阿奎那和伊本·路世德,直到洛克、施莱尔马赫和德里达——以帮助分析《古兰经》和伊斯兰教的各种文本。我们面临的这些任务具有极端的紧迫性。"("结语")在哈比布的这段详细说明里,我们可以捕捉到一种高远的多元文化融合的眼界。这种眼界不仅关乎作者深广的学识,也关乎作者内心的境界和胸襟。

回想起来,西方文学理论传入并深刻影响中国学术界,至少已经有一百多年的历史了。这个历程无疑是与西方科技与文化的强势侵入相伴相随的。并且,随着这个世界日益走向所谓"全球化",我们势必会继续面对并非我们所创造、依然还在不断涌入的西方文学批评和理论的资源。这就是我们作为中国人不得不面对的现实"语境":既有我们自己已不再强势的固有文化传统,又热衷于接受和学习外来的"西方文化",同时我们也试图创造新的本土文化,使外来资源能够"在地化"。无论我们是否愿意,也无论我们是否承认,西方文论和西方文化都已经成了我们在中国进行文学批评和理论建构时思考、言说、论述的重要资源。

我以为,在借助和接受西方文学批评和理论的资源之时,确实需要对一些重要问题有所注意、警醒和反思。例如,我们所谓的"西方",无论从历史上看,还是从现实看,都不是一个同质化的整体,其内部存在着众多差异,或者说实际上是一个多元文化的混合体,甚至是一个马赛克式的混合体。因而,我们的着眼点不应当是同质性、一致性和共同性,而应当是差异性、独特性和不可替代性。从总体上看,西方文学批评和理论中依然存在着一些我们中国人至今知之甚少的"盲点"。比如西方的中世纪,我们不知道从什么地方得到一种"共识",自以为中世纪是一个"黑暗""愚昧""无知"的时代,除了基督教神学的教条和偏见之外,一无是处。其实,我们要知道一个基本事实,即任何一种文化的传承都是一个复杂的不断建构和形成的过程,而不可能是断裂式的。人们至今还在不断谈论的柏拉图和亚里士多德,曾经被中世纪的主流思想奉为正统思想家,他们的学说主要是通过中世纪才流传到今天的。还有,近代西方文论中特定的"浪漫主义"和"现实主义"思潮,在中国的语境中被我们一再误读,不知道被我们演变和涂抹成了怎样的面目。再有,人们现在时兴谈论的所谓现代主义与后现代主义,其实对于作为中国人的我们来说相当隔膜,其中需要我们认真去了解的东西,远远超乎我们自己的想象。所以,我们要真正走进"西方",确实不是一件轻而易举的事情。

从哈比布的这部《批评史》所强调的观点来看,我们需要对西方文学批评和理论发展演变的语境、传承、体制有所了解,而不能囿于某些被"固化"了的批评家和理论家的文本。就大多数情况而言,我们往往只是根据自以为理解的"文本"去谈论文本,而不大顾及原初文本产生的语境、传承的过程和制约的体制等极为重要的因素。比如,我们对西方悠久的修辞学传统的了解实际上非常有限。其实,这门发端于希腊古典时期的关于演讲的学问,在古罗马时代和中世纪总共一千多年的漫长时间中,一直都是最为重要的知识领域之一。它以演讲术为中心,汇聚了语言学、逻辑学、写作、文体学、口头表达等方面的知识与技巧,当然也与文学批评和理论有着密切关系,甚至充满着强烈的意识形态和政治色彩。西方的这种修辞学,与我们中国人主要当作语言和语词表达技巧的修辞学,实质上有着很大的差异。还有,西方文化有着漫长而深厚的宗教传统和宗教意识,并且也充满着不同宗教以及同一种宗教内部的种种矛盾冲突和斗争。这种宗教传统和意识在两千多年的发展演变中,从表层到深层,弥漫和熔铸到了文学、文学批评、文学理论之中。不仅如此,宗教传统和宗教意识也深深地浸透了西方人文学科的所有领域。因而,如果不熟悉西方的宗教传统和宗教意识,不对这种背景具有最起码的理解,那么,我们在理解其文学批评和理论之时,也会遭遇很大的困难。

尽管中国文论传统与西方文论传统存在着种种异质性、差异性和难以跨越的文化隔阂,但我们始终都应该以一种好奇的、求知的、审视的、批判的和反思的心态去对待我们的祖先曾经当作怪异之物的外来的西方文论与文化。我们力求真正走进西方文论和文化,并不是为了对它们膜拜和景仰,而是为了求知,为了借鉴,更是为了创新。

本书在翻译过程中面临着各种挑战和困难。原书篇幅浩大,涉及的人物、著作、术语和专门知识领域众多,都需要在迻译时做大量的功课和文献资料的查阅工作,以确保翻译准确。尽管译者竭尽所能,以求精准和忠实于原著,但囿于阅历和水平,翻译中的舛误、疏漏和可商榷之处在所难免,因此,还望专家、学者和读者们批评指正,以期使译本水平得到进一步的提升。

阎　嘉

2015年夏于成都蓝谷地

献给雅斯敏

目 录

1 / 致谢

1 / 经常援引的著作缩略语表

1 / 导言

第一部分 古代希腊的批评

7 / 古典文学批评:知识与政治背景

16 / 第一章 柏拉图(公元前 428—约公元前 347 年)

37 / 第二章 亚里士多德(公元前 384—公元前 322 年)

第二部分 修辞学的传统

59 / 第三章 希腊的修辞学

普罗塔哥拉,高尔吉亚,安提丰,吕西阿斯,伊索克拉底,柏拉图,亚里士多德

72 / 第四章 希腊化时期与罗马的修辞学

修辞学,西塞罗,昆休良

第三部分 罗马帝国时期的希腊语和拉丁语批评

95 / 第五章 贺拉斯(公元前 65—公元前 8 年)

108 / 第六章 朗吉努斯(公元 1 世纪)

118 / 第七章 新柏拉图主义

普罗提诺,马克罗比乌斯,波伊提乌

第四部分 中世纪

139 / 第八章 中世纪早期

圣奥古斯丁

153 / 第九章 中世纪晚期

圣维克托隐修院的于格,索尔兹伯里的约翰,但丁·阿利吉耶里,文绍夫的杰弗里,伊本·路世德(阿维罗伊),圣托马斯·阿奎那

198 / 第十章 转折:中世纪的人本主义

乔万尼·薄伽丘,克里斯蒂娜·德·皮桑

第五部分　现代早期到启蒙运动

213 / 第十一章　现代早期

詹巴蒂斯塔·吉拉尔迪,罗多维科·卡斯特尔维屈罗,雅各布·马佐尼,托尔夸托·塔索,约阿基姆·杜·贝莱,皮埃尔·德·龙萨,菲利普·锡德尼爵士,乔治·盖斯科因,乔治·普登汉姆

253 / 第十二章　新古典主义文学批评

皮埃尔·高乃依,尼古拉·布瓦洛,约翰·德莱顿,亚历山大·蒲柏,阿弗拉·贝恩,塞缪尔·约翰逊

288 / 第十三章　启蒙运动

约翰·洛克,约瑟夫·艾迪生,詹巴蒂斯塔·维柯,大卫·休谟,埃德蒙·博克,玛丽·沃尔斯通克拉夫特

第六部分　19世纪早期和浪漫主义

323 / 现代导论

330 / 第十四章　康德式的体系与康德的美学

352 / 第十五章　G. W. F. 黑格尔(1770—1831年)

375 / 第十六章　浪漫主义(1):德国和法国

弗里德里希·冯·席勒,弗里德里希·施莱尔马赫,热尔曼娜·德·斯塔尔

393 / 第十七章　浪漫主义(2):英国和美国

威廉·华兹华斯,塞缪尔·泰勒·柯勒律治,拉尔夫·沃尔多·爱默生,埃德加·爱伦·坡

第七部分　19世纪晚期

431 / 第十八章　现实主义与自然主义

乔治·艾略特,埃米尔·左拉,威廉·迪安·豪威尔斯,亨利·詹姆斯

450 / 第十九章　象征主义与唯美主义

查尔斯·波德莱尔,沃尔特·佩特,奥斯卡·王尔德

462 / 第二十章　异端思想家

阿瑟·叔本华,弗里德里希·尼采,亨利·柏格森,马修·阿诺德

484 / 第二十一章　马克思主义

卡尔·马克思,弗里德里希·恩格斯,乔治·卢卡奇,特里·伊格尔顿

第八部分　20世纪

513 / 20世纪:背景与概观

525 / 第二十二章　精神分析批评

弗洛伊德和拉康

552 / 第二十三章　形式主义
　　　　　　　维克多·什克洛夫斯基,鲍里斯·埃亨鲍姆,米哈伊尔·巴赫金,罗曼·雅各布森,约翰·克罗·兰色姆,威廉·K. 威姆萨特,门罗·C. 比尔兹利,T. S. 艾略特

579 / 第二十四章　结构主义
　　　　　　　斐迪南·德·索绪尔,罗兰·巴特

595 / 第二十五章　解构
　　　　　　　雅克·德里达

611 / 第二十六章　女性主义批评
　　　　　　　弗吉妮亚·伍尔夫,西蒙·德·波伏娃,伊莱恩·肖瓦尔特,米谢勒·巴雷,朱丽娅·克里斯蒂娃,埃莱娜·西克苏

649 / 第二十七章　读者反应理论与接受理论
　　　　　　　埃德蒙·胡塞尔,马丁·海德格尔,汉斯·罗伯特·姚斯,沃尔夫冈·伊瑟尔,斯坦利·菲什

675 / 第二十八章　后殖民批评
　　　　　　　弗朗茨·法农,爱德华·萨义德,加娅特丽·查克拉沃蒂·斯皮瓦克,霍米·巴巴,小亨利·路易·盖茨

696 / 第二十九章　新历史主义
　　　　　　　斯蒂芬·格林布拉特,米歇尔·福柯

707 / 结语

712 / 参考文献

730 / 索引

致　　谢

　　我要对以下人士提出的忠告、建议、鼓励和灵感表达我最深切的谢意：迈克尔·佩恩，克里斯·菲特，特里·伊格尔顿，弗兰克·克莫德，安德鲁·麦克尼尔，金伯利·亚当斯，穆格尼·塔巴素姆，威廉·卢茨，杰弗里·西尔，罗伯特·瑞安，莫尼卡·丹托尼奥，桑德拉·索科维斯基，玛丽·埃伦·布雷，汤米·赖特，珍妮·亨特，埃玛·贝内特，玛丽安·帕特尔，朱莉·斯蒂尔，卡伦·威尔逊，欧内斯特·希尔伯特。我要对蒂姆·拉昆塔诺为参考书目提供的宝贵协助表示感谢。我对母亲西迪夸·沙布纳姆、孩子伊沙阿姆和哈桑有着难以言表的歉疚，他们都与本书同在。我也要把本书献给我的妻子、无可比拟的雅斯敏。

经常援引的著作缩略语表

CCP　　*The Cambridge Companion to Plato*, ed. Richard Kraut (Cambridge: Cambridge University Press, 1992).

〔《剑桥柏拉图指南》,理查德·克劳特编(剑桥:剑桥大学出版社,1992).〕

CHLC　*The Cambridge History of Literary Criticism* (Cambridge: Cambridge University Press); V. Ⅰ: *Volume* Ⅰ: *Classical Criticism*, ed. George A. Kennedy (1997); V. Ⅲ: *Volume* Ⅲ: *The Renaissance*, ed. Glyn P. Norton (1999); V. Ⅳ: *Volume* Ⅳ: *The Eighteenth Century*, ed. H. B. Nisbet and Claude Rawson (1997); V. Ⅴ: *Volume* Ⅴ: *Romanticism*, ed. Marshall Brown (2000).

〔《剑桥文学批评史》(剑桥:剑桥大学出版社);V.Ⅰ:卷一:《古典批评》,乔治·A.肯尼迪编(1997);V.Ⅲ:卷三:《文艺复兴》,格林·P.诺顿编(1999);V.Ⅳ:卷四:《18世纪》,H.B.尼斯比特和克劳德·罗森编(1997);V.Ⅴ:卷五:《浪漫主义》,马歇尔·布朗编(2000).〕

Curtius　Ernst Robert Curtius, *European Literature and the Latin Middle Ages*, trans. Willard R. Trask (London: Routledge and Kegan Paul, 1979).

〔厄恩斯特·罗伯特·柯蒂乌斯:《欧洲文学与拉丁中世纪》,威拉德·R.特拉斯克译(伦敦:劳特里奇与基根·保罗出版公司,1979).〕

GI　　　Karl Marx and Friedrich Engels, *The German Ideology*: *Part One*, ed. C. J. Arthur (1970; rpt. London: Lawrence and Wishart, 1982).

〔卡尔·马克思和弗里德里希·恩格斯:《德意志意识形态》第一部分,C.J.阿瑟编(1970;重印,伦敦:劳伦斯和威沙特出版公司,1982).〕

HWP　　Bertrand Russell, *History of Western Philosophy* (London: George Allen and Unwin, 1974).

〔伯特兰·罗素:《西方哲学史》(伦敦:乔治·艾伦和昂温出版公司,1974).〕

LWC　　*Literature and Western Civilization*: *The Classical World*, ed. David Daiches and Anthony Thorlby (London: Aldus Books, 1972).

〔《文学与西方文明:古典世界》,戴维·戴希斯和安东尼·索尔比编(伦敦:奥尔杜斯丛书出版公司,1972).〕

MLC　　*Medieval Literary Criticism*: *Translations and Interpretations*, ed. O. B. Hardison,

Jr. (New York: Frederick Ungar, 1974).

[《中世纪文学批评:翻译与阐释》,小 O. B. 哈迪森编(纽约:弗雷德里克·昂加尔出版公司,1974).]

MLTC   *Medieval Literary Theory and Criticism*, *c.* 1100—*c.* 1375: *The Commentary Tradition*, ed. A. J. Minnis, A. B. Scott, and David Wallace(Oxford: Clarendon Press, 1988).

[《中世纪文学理论与批评,公元 1100—公元 1375 年:评注的传统》,A. J. 明尼斯,A. B. 斯科特和戴维·华莱士编(牛津:克拉伦顿出版社,1988).]

PF   Perry Anderson, *Passages from Antiquity to Feudalism*(London: Verso, 1985).

[佩里·安德森:《从古代向封建主义的过渡》(伦敦:维尔索出版公司,1985).]

导　言

在我们的世界上，比过去变得更加重要的是，我们学会了批判性的阅读。2001年的"9·11"事件及其后果——以一种新的紧迫性——已经向我们表明了误解和教育不当（inadequate education）的危险。比过去变得愈益重要的是，我们理解了用其他语言从远处发出的各种声音；这就像我们理解自己文化中令人困惑的多种声音一样紧迫。为了理解我们自己的现在，我们需要了解自己的过去。我们需要批判地看待各种文化、政治和宗教的文献，它们提供了我们认同的所需之物，它们告诉了我们是谁，我们将是谁，以及我们会成为什么。正如一位美国黑人学者最近所说的："在这个世界的自我满足失败之后，世界上各种文化之间相互理解的挑战，将成为我们面临的唯一最大任务。"[1]

毫无疑问，已经很清楚的是，人文学科的研究从总体上来说再也不是一种奢侈，而是一种必需，对于作为一种开化文明之遗存的我们来说至关重要。如果不了解我们自己的道德、教育和政治价值观来自何处，不了解形成这些价值观的各种斗争，不了解产生那些斗争的历史语境，那么，我们就不可能形成一种对这些价值观的清晰认识。要研究《圣经》、柏拉图、希腊悲剧（Greek tragedy）、莎士比亚或《罗马法》，要研究犹太人或非洲裔美国人的历史，要考察《古兰经》（Qur'an）和西方世界全面介入伊斯兰（Islam）文明的漫长历史，就要研究弥漫于我们现存世界的各种冲突与文化趋势的根源。无论是屈从于控制着全世界、怂恿我们保持愚昧无知的无尽力量，还是屈从于盲从（无论是以盲目的民族主义、盲目的宗教虔诚的形式，还是以伪装为各种样子的、盲目的沙文主义的形式），我们都不可能成为好公民——特定国家（state）的或全世界的好公民。抵抗使我们处于愚昧无知中的那些力量的关键之一在于教育，尤其是构成教育之核心的过程：**阅读**（reading），细致、小心、批判性地阅读的个体与机构的实践活动。这种阅读需要的远远不止是密切关注书本上的字词，也不止是密切关注我们当即面对的文本（text）。我们需要知道写作一个文本的原因，知道文本的写作对象，是哪些宗教的、道德的或政治的目的促成了写作，以及写作的历史与文化环境。然后，我们才可以继续关注它们的风格（style）、语言、结构、修辞技巧和文学技巧的运用等问题。

人文学科中的所有学科［以及科学（sciences）中的那些有争议的学科］，都要求这种细致的、批判性的和广泛的阅读。有一个学科，它因为坚持这些策略而**显出特色**，这就是文学批评（literary criticism）学科，它的运作既要通过实践，又要通过理论。在最基本的层面上，我们可以认为，文学批评的实践涉及各种特定的文本。理论要致力于考察实践背后的原则。我们可以认为，理论是对实践或更大框架中的实践情景的系统阐释，理论要揭示我们实践背后的动机，它向我们表明实践与意识形态（ideology）、权力结构（power structure）、我们自己的无意识（unconscious）、我们的政治和宗教态度、我们的经济结构的联系。首要的是，理论向我们表明，实践不是某种天然的事情，而是一种特定的历史建构。因此，我们在本书中将要进行的一段考察文学批评史的历程，不仅要重访我们认同的某些最深厚的根源，也要恢复我们与自己的现在和未来生存的某些最深厚的资源的联系。

本书的方法论

本书的方法论基于五个基本原则。现代文学批评和理论的读者遇到的主要困难之一是，文学批评与理论经常使用的概念和术语植根于哲学（philosophy）与其他学科之中。在处理这种困难时，本书的第一个原则和目的是，不只提供一种孤立的文学批评史，而要把这种历史置于西方思想主流的语境之中。例如，这意味着，不只是考察柏拉图和康德就诗歌或美学（aesthetics）说了些什么，而要把他们的美学观置于他们哲学体系的框架之中。如果没有那些体系，我们对他们关于文学和艺术的观点的了解，就可能只是一种杂乱的理解；此外，那些体系本身仍然以各种外在形式与我们在一起，它们依然在为我们提供一些思考世界的方式。

很多文学研究者都反对现代文学理论和文化理论，基本都是由于对哲学和技术行话的不信任，以及缺乏对伟大哲学体系的了解。我希望，本书在使柏拉图、亚里士多德、康德和黑格尔这些伟大思想家的著作变得不那么使人畏缩方面能有一点用处。事实上，如果不理解他们的一些重要理念，我们就完全不可能着手理解德里达、福柯和克里斯蒂娃那类思想家。很多文学理论都要以熟悉广泛的哲学理念为前提。更重要的是，那些思想家的哲学体系对于理解现代西方思想来说至关重要。例如，如果不理解洛克所阐述的自由主义（liberalism），如果不理解启蒙思想的主要导向，如理性主义（rationalism）、经验主义（empiricism）和实用主义（pragmatism），以及康德和黑格尔把这些导向置于更广泛、更全面说明世界之中的努力，那么，我们就不可能着手理解我们继承下来的这个世界。此外，如果不了解反对资产阶级（bourgeoisie）主流思想的各种趋势——其范围从浪漫主义（Romanticism）经过象征主义（symbolism）直到马克思主义（Marxism）、弗洛伊德的学说和存在主义（existentialism）——那么，我们就无法理解我们是谁。我们需要了解，今天，我们成了复杂的造物，这种造物是漫长而复杂、包含了所有那些运动和倾向的历史发展的产物。在我们自己的心态和对世界的一般看法中，我们都显示出那些经常相互冲突的思想方式的踪迹与遗迹。例如，我们会以多半属于资产阶级价值观的观念来过自己的公共生活，如运用理性，依赖经验（experience）和观察，致力于竞争、效率、实用性，当然还有获取利润。然而，通常在我们的私人生活中，我们每个人也都熟悉一套价值观，它们有时来自封建时期的基督教（Christianity）或犹太教（Judaism）、伊斯兰教（忠诚，虔诚，信仰），或者来自浪漫主义的看法［强调想象、创造性、情感（emotions）以及世界的神秘感］，或者来自马克思主义（相信机会均等,对各种重新构想历史的方式开放,在适合于一切人的全面意义上重新界定自由之类的资产阶级价值观),更不要说源于精神分析(psychoanalysis)领域里的弗洛伊德和其他先驱者的有关人类精神的某些激进理念。文学批评史深深地被覆盖在范围广泛的哲学、宗教、社会、经济和心理领域的思想史之中。因而,本书的一部分目的,就是要把现代文学理论放到更加宽广的历史语境里,从一种能表明其联系、起源、演化和反应的线索的视角去审视它。

第二,假定本书要按细致的文本分析方法写下去,那么,必然要有所选择,要把焦点集中在一些最重要人物的最重要和最有影响的文本上。有很多重要人物被省略了,读者可能会反对说,没有详细论述保罗·德曼和其他解构主义者,没有论述很多女性主义(feminism)作者,没有论述弗雷德里克·詹姆逊或新历史主义(New Historicism)的某些支持者。我必须承认所有这些省略的过错。我的理由很简单,即没有足够的篇幅。本书的意图不是要提供百科全书式的覆盖范围,也不是提供对于一切可能的重要人物的粗略论述。这些很有价值的任务早已由一些杰出的作者完成了。本书的目的旨在弥补一种不足之处,这是学生们不断向我表达的:需要一种文本,它通过把焦点集中在细读众多艰深的文学批评和理论著作之上,引导学生去克服那些复杂性。举例说明这个要点:对柏拉图或康德所做的一两页概述,在学生阅读《理想国》或《判断力批判》时不会有所帮助。相反,本书的宗旨是要对精选的文本进行细读,它们代表或者体现了特定文学批评倾向的原则。另外还需要的是,对那些文本的历史背景进行清晰而详细的说明。因而,我希望,引导本书的这两个宗旨也能结合起来,运用于目前可以得到的任何优秀的文学批评文集中。

第三,严格说来,虽然本书没有哪个部分是独立自足的,但我希望每个部分都能被独立地理解,因为它们被置于了一种知识的和历史的语境之中。这种策略旨在回应一种一再重复出现的实际关注,这是多年来我从学生们那里获悉的,即他们对某位思想家的解读,始终要以对其他思想家的了解为先决条件,但不可避免地相互参照的网络,往往会使第一次面对艰深思想家的学生们感到困惑。在把重复的需要降到最低限度时,我力图遵循这一策略:例如,论述柯勒律治或华兹华斯的部分,应当提供对浪漫主义的基本原则和主题的非常全面的评述,如理性与想象之间的关系,授予诗歌的崇高地位,以及主体性概念值得怀疑的性质。换言之,即使没有首先阅读有关柏拉图、康德、休谟和其他思想家的章节,这些部分都应当易于理解。当然,要阐述那些思想家之间的联系;但就学生而言,不要使他们吃力地以了解那些思想家为前提。

本书的第四个原则是,需要纠正一种对于原创性和现代文学理论之地位的偏颇理解,这种偏颇在很多研究生院里流行,并反映在某些理论和批评文集之中。先前历史时代的批评著作,经常被深信不疑地当作现代理论令人眼花缭乱的观点的不充分的、蒙昧的开场白。透过所谓解构(deconstruction)的镜头,哲学史有时被看成一系列被解构了的领域:在这种扭曲的影像中,柏拉图、康德和黑格尔被当成次要的思想家,他们的误解和失察被德里达、拉康和福柯那类重要的思想家敏锐地揭示了出来。只有对哲学史的无知,才会认可这样一种态度。事实上,如所有那些现代思想家所承认的,康德、黑格尔和马克思对哲学做出的贡献要深刻得多:倘若没有这些思想家,那么,现代理论家的工作就不可能出现,在很多方面,这种工作都还停滞在早期思想家所确定的各种疑问之中。总的来说,现代理论——它的值得赞扬之处——经常都是出于想象,而不是出于原创;此外,我希望以下的篇幅将表明,现代理论的很多看法都已被早期的——有时是相当早期的——思想家和文学研究者预见到了,或者说很有可能成了早期思想家们曾探讨过的看法与主题的翻版。自然,各种文集和对批评的现代说明可以对我们自己的时代有所偏向,但不应当允许这种强调模糊我们自己所做贡献的真实性质,应当历史地对它定位,并且根据它们与先前时代思想的深远联系来进行评价。

贯穿本书的最后一个原则是一种对明晰性的渴望。不幸的是,提供各种新分析方法并且产生极为丰富洞见的多数理论,都由于艰深的语言和对行话的依赖而使自身脱离公众与政治话语(discourse)。真正的复杂性(人们在伟大思想家和重要的文学理论家那里发现的)与糊涂混淆之间存在着一种差别;掌握能够表达真正艰深之概念的语言与掌握毫无必要的艰深的语言之间也存在着一种差别,后者提供的仅仅是一种炫耀或复杂性的伪装,反复利用陈旧的理念,在这种过程中不仅丧失了明晰性,也牺牲了表达的微妙与精确性。

我之所以这么说,是意识到了在拒绝把某些理论家拉进明晰性意识里去的背后,存在着一些引人注目的原因。我痛苦地意识到,后结构主义(poststructuralism)和女性主义的某些文本现在被人用一种方式做了阐释,而那种方式有点违背后结构主义和女性主义对悠久的、以欧洲[以及欧洲中心主义的(Eurocentric)]男性传统的范畴为基础的理论与系统思想的反感。在缺乏充分评判那些文本的文体意义所必需的才能和创造性的情况下,我便让自己接受了这一任务,即让那些文本及其语境能够被相对广泛的读者所理解。

注释

[1] Henry Louis Gates, Jr., *Loose Canons*: *Notes on the Culture Wars* (New York and Oxford: Oxford University Press, 1992), p. xⅱ.

第一部分
古代希腊的批评

古典文学批评:知识与政治背景

我们英语中的"批评"(criticism)一词,源于古希腊词语 *krites*,其含义是"评判"(judge)。或许,最初的批评类型就出现在诗歌的创作过程本身之中:一位诗人在创作自己的诗歌时,也许要做出某些"评判",要对主题和诗中运用的技巧、他的读者可能赞成什么、他本人与口头传统(oral tradition)或书面传统中的前辈的关系做出评判。因此,创作活动本身也就是一种批评活动,它不仅涉及灵感,也涉及某些自我评估、反思和判断。此外,在古代希腊,"史诗吟诵者"(rhapsode)或职业歌手的艺术,也包含了一种阐释的要素:史诗吟诵者吟诵的诗歌通常都不是他自己创作的,他的艺术必须是一种高度自觉的(self-consciousness)和阐释性的艺术,正如表演莎士比亚的戏剧(play)实际上是对它的阐释一样。[1]在莎士比亚的《威尼斯商人》(*The Merchant of Venice*)的书面文本中,犹太高利贷者夏洛克(Shylock)这个人物在惯例上是盛气凌人、贪婪和有报复心的。然而,我们对他的性格及其处境的感知(perception),却可能因为我们看见他下跪、被极度自以为是的基督教对手所包围等表演而改变。同样,对荷马(Homer)的《伊利亚特》(*Iliad*)或《奥德赛》(*Odyssey*)的不同表演,很可能会产生非常不同的效果。人们可以把呈现出来的阿喀琉斯(Achilles)想象为原型式的希腊英雄,勇敢并且(几乎)是不可征服的;但也可以将其想象为残暴、孩子气和自私的。荷马史诗中有很多事件和情景——诸如普里阿摩斯王①恳求阿喀琉斯,或奥德修斯②拒绝求婚者——它们必定会产生一系列丰富的阐释与表演的可能性。甚至连抒情诗的表演也必定会具有多种阐释的可能性,这种可能性经历了很多个世纪依然存在着。莎士比亚的十四行诗《萨福颂》,多恩③的《别离辞:节哀》,雪莱(Shelley)的《西风颂》,艾略特(Eliot)的《普鲁弗罗克》,当代以色列诗人或巴勒斯坦诗人的诗歌,各自都可以用多种方式来"表演"或大声朗诵,都会产生极为不同的效果。在每一种情况下,表演都必须有相当的自觉,并渗透着批评性的判断。

在这种宽泛的意义上,文学批评至少可以远远追溯到古代希腊(archaic Greece)时期,开始于基督诞生前 800 年左右。那是史诗诗人荷马与赫西俄德(Hesiod)的时代,是抒情诗人阿

---

① 普里阿摩斯王(King Priam):荷马史诗《伊利亚特》中的特洛伊国王。(本书的页下注皆为译者注,下文不再注明。)
② 奥德修斯(Odysseus):荷马史诗《奥德赛》中的主人公,伊萨卡国王。
③ 多恩(John Donne,1572—1631 年):英国"玄学派诗歌"的代表人物。

基罗库斯(Archilochus)、伊比科斯(Ibycus)、阿尔凯奥斯(Alcaeus)和萨福(Sappho)的时代。我们所称的"古典"(classical)时期,出现于公元前 500 年左右,那是伟大的戏剧家欧里庇得斯(Euripides)、埃斯库罗斯(Aeschylus)和索福克勒斯(Sophocles)的时代,是哲学家苏格拉底、柏拉图和亚里士多德的时代,是修辞学派、雅典的民主制(Athenian democracy)和权力崛起的时代。在此之后是"希腊化时期"(Hellenistic period),它经历了希腊文化向地中海和中东大部分地区的扩张,这种扩张由于亚历山大大帝(Alexander the Great)的征服而大大加速,在他于公元前 323 年去世之后,他的将领们建立了各种各样的王朝。在希腊化的领地内,有一种共同的统治阶级的文化,使用共同的书面方言和共同的教育制度。[2]埃及的亚历山大城创建于公元前 331 年,成了学术和文学的中心,修建了巨大的图书馆和博物馆,接纳了卡利马库斯(Callimachus)、阿波罗尼奥斯·罗迪乌斯(Apollonius Rhodius)、阿利斯塔克(Aristarchus)和泽诺多托斯(Zenodotus)这些有名望的诗人和文法学者。我们知道这些人物,部分是通过苏埃托尼乌斯(Suetonius,公元 69—140 年左右)的著作,他撰写了最初的文学史和批评史。[3]

希腊化时期通常被认为结束于公元前 31 年的"亚克兴战役"(the battle of Actium),在那场战役中,埃及这个亚历山大帝国的最后部分,被日益强大和不断扩张的罗马共和国所吞并。在亚克兴战役胜利之后,整个罗马世界便陷入了尤利乌斯·恺撒(Julius Caesar)的义子屋大维(Octavian)的单独统治中,屋大维很快就被尊崇为第一位罗马皇帝"奥古斯都"(Augustus)。在差不多一千年的这段时间里,诗人、哲学家、修辞学家、文法学者和批评家们拟定了众多基本术语、概念和问题,它们把文学批评的未来塑造成现在的样子。它们包括"模仿"(mimesis)的概念;美(beauty)的概念及其与真和善的联系;文学作品有机统一的理想;文学的社会、政治和道德功能;文学、哲学与修辞学(rhetoric)之间的联系;语言的性质和地位;文学表现对观众的影响;对隐喻、转喻(metonymy)和象征(symbol)等言说样式的界定;最重要的文学作品"经典"(canon)的概念;以及各种体裁(genres)的发展,诸如史诗、悲剧、喜剧(comedy)、抒情诗和韵文。

最初记录下来的批评实例可以追溯到古代雅典的戏剧节(dramatic festivals),它们被组织成竞赛,需要对哪位作者创作出最佳戏剧做出正式评判。一场特别引人注目的文学批评讨论出现在阿里斯托芬(Aristophanes)的剧本《蛙》(The Frogs)中,它于公元前 405 年首次演出,正好在公元前 404 年"伯罗奔尼撒战争"(the Peloponnesian War)结束前,雅典在这场战争中彻底败在其对手斯巴达的手中。在我们这个高度技术化和专业化探讨文学的时代看来,文学批评被用来使成千上万的观众娱乐和消遣似乎是一件奇怪的事情。而这恰恰印证了雅典公民极有教养的天性,即他们被期待能鉴别很多从前的文学作品的典故,能理解批评争论的术语以及它们更加广泛的政治和社会含义。事实上,剧本本身的合唱就称赞了观众的博学,宣称公民们如此"精明"和"敏锐",以致他们不会错过"一个要点"。[4]

阿里斯托芬的喜剧情节(plot)是围绕这一理念建立的,即世界上留下来的没有一个是好诗人;当前活着的戏剧家都是"说话荒唐的人……是自己艺术的羞辱者"(Frogs,Ⅰ.93)。获得好诗人效劳的唯一方式,就是从哈迪斯①那里带回来一个死去的诗人。为了确定死去的悲

---

① 哈迪斯(Hades):希腊神话传说中冥界的掌管者。

剧家欧里庇得斯或埃斯库罗斯哪一个更适合这项任务,就要在阴间之神普路托(Pluto)的审判庭前进行一场审判。审判的判官是戏剧的保护神狄俄尼索斯(Dionysus)。阿里斯托芬描绘了狄俄尼索斯和他的奴隶桑西亚斯(Xanthias)前去审判庭聆听两位悲剧诗人的辩论的过程中的喜剧冒险经历。

这不仅仅代表了老一代和年轻一代的两种文学理论之间的一场争论,它也是诗歌艺术方面的一场争论(Frogs, Ⅱ.786,796)。埃斯库罗斯代表过去一代较为传统的美德(virtue),如作战英勇,英雄主义,尊重社会等级——它们全都体现在一种高尚、得体和崇高的演说风格中——而欧里庇得斯则代表较为新近、民主、世俗和坦率一代的声音。在谈及诗歌的普遍功能时,埃斯库罗斯解释说,俄耳甫斯(Orpheus)那样的诗人教给了人类宗教仪式、道德法典和医学,赫西俄德给予了有关农作的教诲,荷马则歌唱了战争的英勇、荣誉和技巧(Frogs, Ⅱ.1030-1036)。埃斯库罗斯把自己置于这种传统之中,提醒观众说,他自己的戏剧激发了对于战争的男子汉激情(Frogs, Ⅱ.1021,1040)。他告诫说,"我们,诗人们,是人类的教师","神圣的诗人"应当避免描绘一切邪恶,尤其要避免描绘我们在欧里庇得斯那里发现的那种淫荡和乱伦(Frogs, Ⅰ.1055)。

欧里庇得斯赞同说,一般而言,诗人因其"富有睿智"以及智慧的建议而受到重视,因为他把公民训练成"更好的市民和更有价值的人"(Frogs, Ⅰ.1009)。但是,与埃斯库罗斯相比,他声称自己使用了一种"民主的"方式让来自所有阶层的人物发言,表现了"普通生活的场景",教导公众去推理(Frogs, Ⅱ.952,959,971-978)。他坚持认为,诗人应当以"人类的方式"发言,并指责埃斯库罗斯使用的语言是"夸夸其谈"、晦涩和重复的(Frogs, Ⅱ.839,1122,1179)。埃斯库罗斯则反驳说,高雅的风格和高尚的言辞适合"强有力的思想和英雄的目的"(Frogs, Ⅱ.1058-1060);他还责备欧里庇得斯教雅典城的年轻人"空谈闲聊,高谈阔论,论辩争吵……挑战,讨论,反驳",并且给舞台带来了"放荡"和"耻辱"(Frogs, Ⅱ.1070-1073)。

最终,为了获得最大的喜剧效果,产生了一对标准,表明埃斯库罗斯的诗"较为重要"(Frogs, Ⅱ.1366,1404-1410)。值得注意的是,在解决这一问题时涉及两个因素:狄俄尼索斯解释说,雅典不仅需要一位能使其延续戏剧节与"合唱竞赛"的真正诗人,而且这位诗人也能被召唤来就一个政治问题给予城邦一些非常必要的忠告,即应当对亚西比德(Alcibiades,一个有才气却自私、放纵的将军,当时在流放中,他成了城邦和民主制的一个威胁)做些什么(Frogs, Ⅱ.1419-1422)。埃斯库罗斯基本上重复了战争开始时雅典政治家伯里克利(Pericles)提出的那个忠告,即雅典真正的财富就在它的舰队之中。狄俄尼索斯宣布埃斯库罗斯是优胜者,因为埃斯库罗斯使他的"灵魂(soul)感到欣喜"(Frogs, Ⅱ.1465-1467)。有趣的是,合唱队(chorus)的歌唱称赞埃斯库罗斯是一个"敏锐而有才智的人"。不过,这种才智属于特殊的一类;它体现了悲剧艺术所要求的那种智慧(wisdom);它明显地与哲学家苏格拉底的那种"闲谈"和"精细琐碎的遁词"形成了对比(Frogs, Ⅱ.1489-1497)。诗歌与哲学之间的这种争吵,在文学批评史上将一再重现。

显然,阿里斯托芬的戏剧既体现了又确定了诗歌和文学批评的公民职责。事实上,这部戏因为第二次演出而获得了殊荣,因为人们认为埃斯库罗斯为雅典城邦完成了一次重要的爱国服务（*Frogs*, Introd., p.293）。这样一种荣誉有赖于他明确要求正准备遭受一次羞辱性的军事上的失败的雅典人，返回到埃斯库罗斯的戏剧所代表的尚武和"男子汉气"的价值观之上。他的剧本《蛙》把雅典在政治上和文化上之困境表现为一种文学批评的困境。这个最初记录下来的持续不变的文学批评争论的实例，揭示了古代希腊世界中诗歌与批评的一些显著特点。首先，我们有时把焦点限定在一个文本"纯粹"审美的或文学的方面，这对古代希腊人来说可能是难以理解的；诗歌对他们来说是教育过程中的一个重要因素；它的分支扩大到了道德、宗教和公民职责的整个领域；同样，诗歌本身是一个讨论更大问题的论坛；它把自己获得的尊重大大地归功于其公众和政治性质，也归功于它的技巧或艺术方面。事实上，诗歌和文学的这些不同维度并不是相互分离的，与它们有时对我们显现出来的不一样。因此，要理解希腊世界的文学批评的起源和性质——尤其是在我们很快将要考察的柏拉图和亚里士多德的著作里——我们就需要了解一些塑造了他们对世界之理解的政治、社会和知识力量。

政治和历史语境

公元前5世纪"古典的"雅典——刚好在柏拉图的时代之前——是一个繁荣的民主制的城邦，拥有大约30万人口。不过，这种民主制和我们现代的民主制有很大的不同：它不仅是一种直接的民主制而非代议制民主，也是高度排外的。只有数量大约4万—4.5万名成年男性公民，才符合参与决策过程的条件。这个共同体的其他成员由妇女、外来居民和大量奴隶构成，他们形成了永远被排斥的大多数。甚至大多数自由人，无论是在土地上劳作的还是在城邦里工作的，都很贫穷，几乎没有在经济上改善的希望（*LWC*, 32）。这种环境在希腊世界里很普遍，不仅存在阶级冲突，也导致了不同统治形式之间的长期斗争。柏拉图和亚里士多德的哲学与文学理论，在整体上都是由对这些政治斗争的意识所形成的。

到其历史的这个阶段，雅典不仅成了一种民主的力量，也是一种帝国的势力，是由一百多个城邦组成的所谓"提洛同盟"（Delian League）的首领，它向那些城邦勒索贡物。它取得这种优势相对较晚和较为迅速，尽管民主制本身的发展花了好几个世纪，但它取代了一些较早的制度，诸如寡头政治（oligarchy）或专制政治（tyranny）和君主政体（monarchy）——它们的权力掌握在少数精英或一个人手中。到公元前500年，希腊所有重要城邦中的专制暴君都已被推翻（*LWC*, 31）。社会平等和民主制结构的理想在雅典得到了领导者和立法者的推进，如梭伦（Solon），他使法庭变成了民主的；克利斯提尼（Cleisthenes），他把政治结构组建成十个部落，每个部落由50名最高法院理事会成员为代表；还有伯里克利，他开始给以城邦官员身份提供服务的人们发放薪酬，这样，这种服务就不会成为富人的一种特权。在其葬礼演说词中，伯里克利把民主界定为一种制度，其中的权力掌握在"全体人民"手中，"在法律面前人人平等"，公共职责不是由阶级来决定，而是由"实际能力"来决定。[5]

把雅典推到突出地位的，在很大程度上是它在两次击退波斯人入侵希腊时所起的领导作用。在第一次入侵时，雅典人在没有斯巴达人帮助的情况下于公元前490年在马拉松

(Marathon)打败了由大流士国王(King Darius)率领的波斯军队。第二次入侵于公元前480年在萨拉米斯(Salamis)被雅典强大的海军所阻止,在陆地上于公元前479年在普拉蒂亚(Plataea)被阻止。尽管陆地上的战役获胜实际上得到了斯巴达的帮助,但正是雅典承担了希腊同盟者的领导权,把它们组织成一个联盟,即"提洛同盟",目的是把小亚细亚(Asia Minor,今土耳其)的希腊城邦从波斯人的统治下解放出来。战后的那些年月是雅典作为权力、繁荣和文化中心的年月:伯里克利支配了雅典的政治;修建了帕特农神庙(Parthenon)和卫城前门(Propylaea);索福克勒斯和欧里庇得斯的悲剧上演;城邦成了普罗塔哥拉(Protagoras)等职业哲学教师和修辞学校的东道主,那些修辞学校为年轻的贵族男子讲授公共演说和论辩的艺术(*PV*, 22-23)。城邦充满了自由的政治讨论和知识探究。伯里克利把雅典称为"希腊①的学校"(*LWC*, 35)。

在所有这些历史情境中,至少有三项发展深刻影响了文学和批评的性质,也影响了哲学和修辞学的性质。首先是**城邦**(*polis*)的发展。希腊人最初通过城邦这种政治结构把他们自己与非希腊人,即"野蛮人"区分开来,在他们看来,城邦本身能使人类实现其作为人类的全部潜能。当亚里士多德把人界定为"政治动物"时,他心里想到的正是这种政治结构。正如学者M. I. 芬利(M. I. Finley)指出的,城邦由"行动协调一致的人们"构成,是"一个群体",人们在其中能"聚集起来,面对面地处理问题"(*LWC*, 27-28)。也如后来黑格尔、马克思和涂尔干(Durkheim)这样的思想家反复说过的,人类存在的本质倾向是社会性和公共性的,人类自身的实现在于提升而不是牺牲公共利益。这些设想对柏拉图和亚里士多德来说也是共同的,尽管他们的文学理论在其他方面不尽相同,但他们两人都不得不认为文学是公众或城邦所关心的。芬利说:"宗教、文化与经济或政治一样,都是公众极为关注的……对宗教仪式来说,对音乐(music)、戏剧、诗歌和体育来说,重要的场合就是地方的或整个希腊的公共节日。由于有城邦这样的普遍赞助者,希腊的悲剧和喜剧……就像立法会议上的辩论一样,成了面对面讨论的大部分内容。"(*LWC*, 28)就连戏剧的内在结构也受到了城邦理想的影响:合唱队(无论是由一组舞者和歌者构成的,还是单个言说的人物)是群体或城邦的代表。正如格里高里·纳吉(Gregory Nagy)极为意味深长地指出的,合唱队是"社会等级的缩影",并且体现了"一种在教育方面经验的集体化"(*CHLC*, V.I, 50)。很明显,文学和诗歌具有一种公共的甚至政治的功能,这种功能在很大程度上是教育性的。T. H. 欧文(T. H. Irwin)认为,"雅典的戏剧节代替了我们所熟悉的某些大众媒介"。[6]没有哪个人比柏拉图更深刻地意识到了文学的文化影响力。事实上,欧文指出,"荷马史诗的道德观持久影响希腊思想",这种影响在一些方面与民主态度相抵触。我们可以接着说,柏拉图——非民主主义者——也极力反对荷马和诗人们的影响。诗歌在教育方面具有一种首要的作用:教给孩子们文字是为了记住诗歌,最终是为了表演和解释诗歌(*CHLC*, V.I, 74)。在古代希腊的世界里,诗歌不仅具有一种公共性质,也要拥有好几种服务功能,那些功能在我们的世界里已经被新闻媒介、电影、音乐、宗教教育和科学所取代。具有讽刺意味的是,如我们将看见的,柏拉图本人的形象隐隐出现在这些长时期取代的

---

① 希腊(Hellas):Hellas 在历史上指(由不同城邦组成的)希腊地区,相当于今天的希腊(Greece)。

背后。

其次，与文学和批评相关的政治发展存在于这一事实中，即雅典在希腊世界中的优势并非没有受到挑战。希腊世界中的另一个重要力量是斯巴达，它以自身的防御联盟体系，即著名的"伯罗奔尼撒同盟"（Peloponnesian League）来抗衡雅典在"提洛同盟"中的领导权。这两种超级强权之间的斗争不仅是军事上的，也是意识形态上的：雅典到处试图培育它自己的民主风格，而斯巴达则到处鼓励它自己的寡头政治类型。这种斗争震撼了整个希腊世界，最终导致了伯罗奔尼撒战争，战争持续了27年，开始于公元前431年，以雅典的彻底失败结束于公元前404年。柏拉图在这场战争期间度过了前半生的24年，这一冲突导致的问题影响了他的思想的很多方面，包括他的文学理论。甚至在失败之前，雅典就于公元前411—410年在寡头政党手中经历了一次短暂的政变（"四百人"执政）。正是在这个压抑的时期中，苏格拉底于公元前399年因不恭敬罪受审并被处死。斯巴达人于公元前404年强制推行另一种寡头政治，即所谓"三十人执政"，其中包括了柏拉图的两个亲戚克里提亚斯（Critias）和查米德斯（Charmides），他们也是苏格拉底的朋友。然而，公元前403年，在一场内部斗争之后雅典恢复了民主制。这场斗争实际上是两种生活方式之间的斗争，是雅典民主制"思想开明的社会和文化气氛"与斯巴达"严格控制的、军国主义的寡头政治"之间的斗争（CCP, 60 - 62）。正是这场斗争，才确立了柏拉图反对民主的观点和有一点独裁主义的哲学观与诗歌、智者派（sophistic）、修辞学所表达的道德上不固定、怀疑和相对观之间的对立。如我们看到的，在这场斗争中，我们所了解的西方哲学诞生了。

古代和古典希腊时期造成文学发展的第三个因素是"泛希腊主义"（pan-Hellenism），或者说是在希腊各个城邦的精英中发展起来的某些文学理想和标准（CHLC, V.Ⅰ, 22）。格里高里·纳吉指出，泛希腊主义在持续修改和传播荷马史诗以及一般诗歌的过程中至关重要。众所周知，《伊利亚特》和《奥德赛》是口头传统的产物，是在漫长的时间中逐渐形成的；某个特定的诗人可能以早已为人熟悉的基本内容讲述了一个故事，并在自己复述的过程中对故事做了修改；接着，那诗人把这些诗歌技巧和这种诗学知识传授给自己的后继者。纳吉的观点是，荷马史诗和其他诗歌"不断再创作和传播"的过程，借助泛希腊主义的发展而获得了某种程度的稳定性。文学理想的标准化导致了一个在"不断扩大的传播循环"中削弱创新性与"固定文本"的过程（CHLC, V.Ⅰ, 34）。因而，按照纳吉的观点，泛希腊主义产生了很多重要的结果。首先，它提供了一种语境，诗歌在这种语境中再也不只是对地方神话的一种表达或仪式性的再表演。"游吟诗人"（the traveling poet）不得不选择神话中那些对他所到之处的各种场景来说具有共同性的方面。取自神话的、最终用来表达这种"各种特征之汇聚"的词语就是"真理"（aletheia）(truth)。因此，"诗人"或歌者的概念演变成了"掌握真理者"（the master of truth）的概念。诗人成为真理的传播者，真理是普遍的，有别于神话，神话是局部的和特定的。有趣的是，纳吉从词源上把"沉思"（mousa）这个词与"记忆"（mne-）联系起来，它的意思是"让思想联系起来"。在这种解读中，沉思"就是人把思想与过去、现在和未来**真实**发生的事情联系起来"（CHLC, V.Ⅰ, 29 - 31）。纳吉的看法对于理解后来的希腊文学理论来说至关重要：真理的领域成了诗歌与哲学激烈争夺的一个竞技场。

泛希腊主义推动标准化过程的第二个结果,就是某一批文本或文本的"经典"发展到了经典的地步(CHLC,V.Ⅰ,44)。正是在亚历山大城的学术时期,"批评"或"评判"这个术语才被用来区分那些值得被囊括在经典之中的作品。纳吉指出,在这个时代,有九个名字构成了"被继承下来的抒情诗的经典":阿尔克曼(Alcman)、斯特西科罗斯(Stesichorus)、阿尔凯奥斯(Alcaeus)、萨福、伊比科斯(Ibycus)、阿那克里翁(Anacreon)、西蒙尼得(Simonides)、巴库里德斯(Bacchylides)和品达(Pindar)。因此,"从前的口头吟咏中存在的大量地方传统",已经发展成了"一种适合于所有希腊人的、固定的抒情诗作品的有限传统"(CHLC,V.Ⅰ,44)。相关的第三个结果是,模仿的概念演变成了一种"权威性的概念"。模仿规定由诗人"通过仪式,重新设定神话事件";它也规定了"现在对从前的再设定进行重新设定",如同表演者后来模仿诗人一样。模仿成了一个权威性的概念,因为作者以神话的权威性来言说,神话不是作为局部被接受的,而是作为普遍性、永恒和不变被接受的。模仿成了一种"含蓄的许诺",即表演者并不生造任何变化以"适应任何地方观众的兴趣",他要带来"准确表演的快乐"(CHLC,V.Ⅰ,47-49)。甚至在这种口头表演传统被废弃之后,准确模仿的这种权威性的或专制主义的伦理仍被保存在教育中,文本在其中"完全成了一种写作样板,很有可能被其他写作样板所模仿"(CHLC,V.Ⅰ,73)。纳吉所概括的所有这些发展,也许可以被认为指向了一个总的方向:从荷马时代以来的很多个世纪里,诗歌已经获得了一种日益增加的权威性,其功能被确定为**普遍性的**神话和真理的贮藏库,那些被固定为经典的享有特权的文本再也不对再创作开放,而只能准确模仿或表演,它们以这种尊贵地位主导着诗歌的教育作用。我们从纳吉对希腊早期诗歌观的出色说明中得出的最后一个要点是,到柏拉图的时代,剧场已经成了诗歌的主要媒体,吸收了史诗和抒情诗的全部剧目。悲剧成了最卓越的诗歌技艺(CHLC,V.Ⅰ,66-67)。舞台几乎是为我们理解柏拉图和亚里士多德的文学理论而设置的;在思考他们的理论之前,我们必须就那些对这些理论形成产生有利的和不利的影响的知识趋势说几句话。

知识语境

在理解柏拉图的诗歌概念时的一个最重要的因素,就在于诗歌到他的时代所取得的权威性和地位。如我们已经看到的,这种权威性的发展是多方面的:诗歌宣称要提出对世界、诸神、伦理和**真正**道德的看法。诗歌不仅是很多时代积累起来的集体智慧的贮藏库,也是对普遍化的神话的表现。它具备一种公共功能,这在其最高体现的悲剧中最为明显,对古代希腊人来说,悲剧所承担的角色是我们的神学和宗教机构,我们的历史学,我们的现代大众媒介,我们的教育体制和我们探求真理的各种方式。

有很多知识趋势构成了柏拉图和亚里士多德哲学的背景。有趣的是,这些趋势在一些重要方面与诗歌所构成的文化主流融合在一起。这当中首先是智者派,它出现于公元前5世纪的雅典,它的主要代表人物如普罗塔哥拉(Protagoras)和高尔吉亚(Gorgias),都是柏拉图的同时代人。其次是修辞学,它是公共演说的艺术,这种艺术对雅典民主制的有效功能来说至关重要。智者派和修辞学家都要提供公共辩论和演说的训练,经常要收取高额费用;他们的课程旨在为贵族青年男子的政治生活做准备。虽然智者派和修辞学这两种趋势紧密相关,以致智者派确实成了修辞学家最初的教师,但是它们之间也有差别:严格地说,修辞学局限于辩论和说服的技巧;一些较有雄心的智者派发誓要把更加普遍的教育扩大到哲学所思考的领域——道德,政治,以及现实与真理的本质(CCP,64,66)。

　　柏拉图既反对智者派,也反对修辞学。他拒绝智者派对世界的说明,那些说明在实质上是世俗的、人本主义的和相对主义的(relativistic)。那些说明拒绝宗教的权威,把真理看成人类的和实际的建构。换言之,没有什么真理最终处在人类感知之上或者超越了人类的感知。柏拉图在修辞学方面所拒绝的东西也是以它所谓的排斥真理为基础的:修辞学所关注的并非真理而是说服,它经常折磨观众的无知,只迎合观众的偏见,却不寻求道德的和客观的基础。显然,智者派和修辞学的态度出现在一种民主制的环境之中:正如在我们现代的民主制中一样,作为某种先验论据的真理概念已经消失了;如在我们的法庭上一样,我们只能论证说,对事件的一种看法比另一种看法更有可能,具有内在的相关性。我们不会声称这种较好的观点以某种方式表达了一种绝对可靠的真理。柏拉图的大部分哲学都产生于一种愿望,即把秩序强加于混乱,把变化和暂时性封闭在永恒的规划之中,把我们思考道德、政治和宗教问题的基础奠定在永恒、普遍、脱离人类认识(cognition)能力的真理之上。柏拉图对智者派和修辞学思维方式的拒绝是如此彻底,以致他本人的哲学内在地是由否定它们的主张所塑造和产生的。他的所谓辩证法源于有系统地提问和解答,在很大程度上也产生于与智者派和修辞学方法之对比的差异。对我们来说重要的是,柏拉图在文学方面发现了相同的世界观。事实上,他认为悲剧是一种修辞的形式。T. H. 欧文说:"在抨击修辞学时,柏拉图也抨击了一种更古老的雅典的习俗——悲剧。"像修辞学一样,悲剧"使特定的道德观对无知的和非理性的观众来说显得很有吸引力"(CCP,67-68)。珍妮弗·T. 罗伯茨(Jennifer T. Roberts)使我们想起了"观看悲剧在教育雅典市民方面所起的重要作用。正是悲剧,才给雅典人以机会去思索和争论很多问题,它们与柏拉图的对话中提出的问题是相同的"。[7]因此,对柏拉图来说,智者派和修辞学实际上表现了一种世界观,它已经由古老得多的诗歌艺术提出来很久了。在与那种观点最为尖锐的对立之中,不仅出现了他的辩证法,也出现了他的哲学的内容。

　　那种诗歌观是什么呢? 那是一种可以一直追溯到荷马的观点:我们可以回想起宙斯(Zeus)与王后赫拉(Hera)之间的争吵,赫菲斯托斯(Hephaestus)可笑的场景,像雅典娜(Athena)和阿佛洛狄忒(Aphrodite)那样的各种女神之间的争吵,还有总的来说诸神经常性的不雅行为。这是一种如同由偶然性支配着的世界观,在那个世界里,"自然过程基本上是无规律的和不可预料的",在那里,"诸神可以凭自己高兴而干预它们或操纵它们"(CCP,52)。柏拉图坚定地拒绝这种不庄重的和不系统的(也许是自由主义的)观点。正如很多学者已经指出的(部分是根据亚里士多德的权威性),柏拉图自己的理念受惠于前苏格拉底的自然主义(naturalism)传统,那种传统试图提供另一种对世界的说明,它不是诗歌的、神话的传统,也不是以传统为基础的;相反,它为了一种理性的解释而诉诸自然过程。欧文指出,在赞同前苏格拉底学派方面,苏格拉底和柏拉图两人都要挑战"自己同时代人普遍的和根深蒂固的宗教设想"。在拒绝荷马式无规律的世界图画方面,他们像自然主义者一样要拒绝这种观点,即我们将因为没有做出适当的牺牲,没有在不吉利的日子进行斗争,或者没有通过奉献礼物来保护神的爱好而遭到神的惩罚。在柏拉图看来,诸神都是"完全公正的和善良的,没有愤怒、嫉妒、恶意或欲望"。欧文说,这两种观点都以一种没有取得一致的方式存在于希腊的传统之中(*CCP*,52-53)。此外,与自然主义者一样,苏格拉底和柏拉图都区分了作为"外表"(appearance)的单纯感觉证明与只有通过理性(reason)才能接近的根本真实(reality)(*CCP*,54)。因此,希腊哲学开始于将理性思维运用于人类生活的一切领域:"在苏格拉底的一生中,反思道德和人类社会不再是荷马与诗人们的专利权;它成了批判性思维的另一个领域。"(*CCP*,58)换句话说,希腊哲学开始时是作为一种挑战,即要挑战诗歌的专利权,反对在智者派和修辞学这些较近的趋势中扩大其观点。柏拉图的哲学与诗歌对立的观点,实际上为两千多年的文学理论和批评设置了舞台。

注释

[1] 我在这里的说明得益于格里高里·纳吉的一篇优秀文章,他在其中指出,就连"史诗吟诵者"这个词语"都是建立在艺术的自我指涉概念之上的"。"Early Greek Views of Poets and Poetry," in *CHLC*, V.I, 7.

[2] 参见 M. I. Finley, "The World of Greece and Rome," in *LWC*, 38.

[3] Gaius Suetonius Tranquillus, *De grammaticis et rhetoribus*, ed. Francesco della Corte (Turin, 1968); *De poetis*, ed. Augusto Rostagni (Turin, 1944). 后者包含了对各种诗人生平的描述,包括维吉尔、贺拉斯、卢坝和泰伦斯。

[4] *Frogs*, II. 1115-1117, in *Aristophanes*, Volume II: *The Peace*, *The Birds*, *The Frogs*, trans. Benjamin Bickley Rogers, Loeb Classical Library (Cambridge, MA and London: Harvard University Press/Heinernann, 1968). 下文引用写作 *Frogs*。

[5] Irving M. Zeitlin, *Plato's Vision: The Classical Origins of Social and Political Thought* (Englewood Cliffs, NJ: Prentice-Hall, 1993), pp. 16-19. 下文引用写作 *PV*。

[6] T. H. Irwin, "Plato: The Intellectual Background," in *CCP*, 68.

[7] Jennifer Tolbert Roberts, *Athens on Trial: The Antidemocratic Tradition in Western Thought* (Princeton: Princeton University Press, 1994), p. 84.

第一章　柏拉图
（公元前 428—约公元前 347 年）

人们普遍承认，希腊哲学家柏拉图奠定了西方哲学的基础。数学家和哲学家 A. N. 怀特海（A. N. Whitehead）在说到西方哲学是对柏拉图的一系列注脚之时，强调了这一点。虽然这种断言有点夸大，但它确实使人想到，柏拉图为西方思想的大多数基本问题和难题提供了最初的阐释：我们如何界定善和美德？我们如何达到真理和知识？灵魂与身体之间的联系是什么？什么是理想的政治国家？文学和艺术的用处是什么？柏拉图对这些问题的解答依然还有争议；然而，这些问题本身持续存在着，经常是以柏拉图提出它们的形式和语境存在着。

柏拉图于公元前 428 年出生在雅典一个有悠久贵族血统的家庭中，这一事实最终必定会在很多层面上影响他的哲学。在 20 岁时，柏拉图像其他许多年轻人一样，被有争议的思想家和教师苏格拉底迷住了。苏格拉底对柏拉图的影响是深远的：柏拉图放弃了自己的政治抱负，献身于哲学。柏拉图在《申辩》（Apology）中讲述了一个故事：德尔斐神庙①中的神谕"最明智者活着"引起了苏格拉底的注意。苏格拉底怀疑这神谕中的真理，却依然受到激励而献身于追求知识、智慧和美德的事业。他运用辩证方法来提问和解答，经常因为打击那些声称睿智的人和自称进行教育的人的自负而引起敌意。大量的人，包括修辞学家、诗人、政治家和工匠，都感受到了其智力的锋芒。苏格拉底在某些圈子里的不受欢迎，由于他破坏了对于善和真理的习惯看法以及反对民主制的原则而加剧。最终，他于公元前 399 年被控不虔诚而受审，并被处以死刑。

在其崇敬的老师死后，柏拉图离开雅典，游历了意大利、西西里和埃及。他返回之后，在雅典创办了一所学园（Academy）[与数学家泰阿泰德（Thaetetus）一道]。正如学园入口处的题词所显示的——"不懂几何学（geometry）的人不得进入此门"——几何学成了最重要的课程，还有数学和哲学。学园也讲授天文学、生物学和政治理论。学园的学生中包括亚里士多德，他的大多数哲学的形成都是出于对柏拉图的理念的批判或延伸。

柏拉图的思想受到很多前苏格拉底思想家的影响，那些思想家都否认通过我们的感觉所了解的物质世界仅仅是"外表"。他们力图描述一种物质外表之下的真实。赫拉克利特（Heraclitus）的理论认为，世界上的所有事物都处于一种流动的状态；巴门尼德（Parmenides）

---

① 德尔斐神庙（Delphi）：古希腊最重要的阿波罗神庙，位于德尔斐，古希腊人认为这里是世界的中心。

认为真实是不变的和整一的。柏拉图也受到源于毕达哥拉斯(Pythagoras)的数学概念的影响。从苏格拉底那里,柏拉图学到了通过系统追问已获得的理念和意见来追寻真理的辩证方法["辩证法"(dialectic)源于希腊语 *dialegomai*,意思是"逆向命题"(to converse)]。正如在柏拉图早期的对话中所表现出来的那样,他也继承了苏格拉底对伦理学问题和准确界定道德概念的重要关注。

柏拉图的大部分哲学都是以对话的形式来阐述的,通常由苏格拉底担任主要发言人。属于柏拉图的经典著作包括 35 篇对话和 13 封书信。一些对话和全部书信的真实性受到人们的怀疑。人们在传统上把柏拉图的对话划分为早期、中期和晚期作品。大多数学者似乎都赞同早期对话阐述了苏格拉底重要的哲学思想和方法。这些对话包括《申辩》《查密迪斯》(*Charmides*)、《克力同》(*Crito*)、《尤息弗罗》(*Euthyphro*)、《高尔吉亚》(*Gorgias*)、《伊安》(*Ion*)、《拉齐斯》(*Laches*)、《普罗塔哥拉》(*Protagoras*)、《李西斯》(*Lysis*)和《理想国》(*Republic*)的第一卷,它们都致力于探讨和界定美德、节制、勇气(courage)、虔诚和正义等概念。这些早期著作都表现出一种自然主义的探求倾向,通过对这些概念之实质的定义进行理性分析,挑战并经常否定传统的权威和传统赋予它们的意义。例如,在《尤息弗罗》中,苏格拉底否认虔诚的定义是仅仅偶然取悦于诸神;相反,一种取悦于诸神的行为就**因为**它是虔诚的;因此,必须到别处寻找虔诚的实质。总的来说,苏格拉底和柏拉图都拒绝了在道德上不一致地把世界看成混乱、无规律、不可预料和服从于诸神的心血来潮的——如在荷马、索福克勒斯和其他诗人那里所看到的。人们只有在想到阿喀琉斯、俄狄浦斯(Oedipus)和其他传奇人物陷入其中的无法忍受的矛盾网络时,才会觉察到那种诗歌观念深刻的非理性,正如它在人类与神界之间设置的任意联系引人注目地示例的那样。这种非理性最终将渗透在柏拉图对整个诗歌领域的控告之中。

柏拉图中期的重要对话——《高尔吉亚》《美诺》(*Meno*)、《申辩》、《克力同》、《斐多》(*Phaedo*)、《飨宴》(*Symposium*)、《理想国》——超越历史上的苏格拉底对道德的极大关注,进入认识论(知识论)、形而上学(metaphysics)、政治理论和艺术的领域之中。对话的风格改变了。早期的对话将苏格拉底的角色表现为一个系统的提问者,这时却把苏格拉底变成了阐述柏拉图本人学说的角色,长篇大论的阐述大多没有受到挑战。在柏拉图思想发展的这个阶段,把这些不同的关注统一起来的是他那著名的"形式"(Forms)理论,它以柏拉图日渐敬畏作为人类探究之原型或模式的数学为基础。应当说,柏拉图不仅反对诗人们所提出的对世界无序的和神秘的看法,也反对德谟克利特(Democritus)和普罗塔哥拉等思想家的怀疑主义,他们实际上否定了真实客观的世界以某种方式外在于人类心灵和独立于人类解释的看法。《斐多》和《理想国》里系统阐述的"形式"理论可以做如下概括。围绕我们的、凭我们的感觉观察到的那个熟悉的客体世界,并不是独立的和自足的。它的确不是**真实的**世界(即使其中**存在着**各种客体),因为它依赖于另一个世界,即纯"形式"或理念(ideas)的领域,它只能凭借理性去领悟,而不是凭借我们身体的感知去领悟。这两个领域之间的关系是什么?柏拉图认为,物质世界中任何客体的特性,都来自那些特性的理想"形式"。例如,物质世界中的一个客体很美,是因为它分享了存在于更高领域里的理想的"美的形式"。高、平等或善也是如此,柏拉图认为它们都是"形式"的最高级。柏拉图甚至把全体客体的特征刻画为具有其理想"形式"的实质,因此,物质世界里的一张床,是"形式"世界中理想之床的一个不完美的摹本。这两个领域之间的联系最好可以用几何学的例子来说明:我们用物理工具所建构的任何三角形或四方形都必定是不完美的。它充其量只能近似于理想的三角形,后者是完美的,不能被感觉感知,只能凭理性感知;理想的三角形不是一个物质客体,而是一个**概念**,一个理念,一种"形式"。

按照柏拉图的观点,"形式"的世界是不变的和永恒的,它独自构成了真实。它是实质(essences)、统一性(unity)、普遍性(universality)的世界,而物质世界的特征则是永远变化和衰退、单纯的存在(existence,与实质相反)、多样性(multiplicity)和特殊性(particularity)。如果我们考虑到每一种"形式"都是一个名目或范畴,物质世界中的很多客体都可以划归在它们之下,那么,这些反差就会变得更加清晰。回到床的例子上来,我们可以说:为了睡觉的目的,可以建造很多客体;它们拥有的共同之处是一种满足这种功能的特定建造物,例如,有四条腿的一个平面;因此,它们被归入"床"这个一般范畴。相似地,"善"(Goodness)——柏拉图认为它是最重要的"形式"——可以被用来划分一类广泛的行为和态度,否则它们就仍然是彼此完全不同和没有联系的。于是,我们可以看出,"形式"理论的核心作用就是统一世界上各种组群的客体或概念,把它们归属于一种共同的实质,因此有助于理解我们无数的多种多样的经验。此外,这种理论试图赋予真实一种客观的基础,这种基础超越了单纯的主观意见。对现代按照经验主义设想培养起来的读者来说,柏拉图的理论听起来也许很奇怪:我们倾向于重视那些特殊和独特的东西;我们的现代科学大多依赖于对物理现象进行精确的观察;我们被训练成把自己当下面对的世界看成真实的。这样的思维对柏拉图来说完全是格格不入的,他坚持认为真实存在于普遍性之中,而不是存在于特殊性之中,这种观点对哲学和神学所产生的深远影响至少持续到18世纪,那时,启蒙运动的思想家们开始把认识看成并非天生存在于心灵之中的,而是来自感觉经验的特殊性。

柏拉图的理论的一段著名的表达出现在《理想国》第七卷里,他在其中通过主要发言人苏格拉底叙述了所谓的"洞穴神话"(myth of the cave)。苏格拉底概述了以下的情节梗概:

> 想象一下住在一种洞穴式地下室里的人们,洞穴有一个很长的通道通向亮光照到其全部宽度的地方。设想他们从童年起腿和脖子都被捆着,因而他们一直待在同一个地点,只能向前看,因为束缚而不能转动自己的头颅。再想象那亮光来自他们背后较高的远处燃烧着的火光,在火光和被囚禁者之间,在被囚禁者上方有一条路,沿着路修筑了一道矮墙……
>
> 也想象一下……人们携带着各种工具经过那道墙,把工具举过墙头,还有人的影像和动物形象,是用石头、木头和各种材料做成的,有些负荷者大概在说话,有些则缄默着。[1]

由于人们面对洞穴墙壁而背对洞口,他们只能看见火光投射到墙上的从他们背后经过的人和物体的影子。当那些人说话时,他们会听见墙壁传来的回声,想象着那些经过的影子是说话者。柏拉图的观点是:那些只知道影子的人会把影子当成真实;如果他们被迫站起来转过身,那么,他们最初会因为从洞穴口照射进来的光线而目眩眼花,无法看见他们先前见到其影子的那些物体。的确,他们会坚持认为,那些影子更加真实。如果他们现在被迫攀登上那条"粗糙而陡峭"的路,那么,他们将会更加失明。然而,在他们使自己习惯了新的亮光之后,他们就会逐渐辨别出那些影子和真实物体的映像,最终就能"抬头看太阳",认识到太阳"掌管着可见领域中的一切事物",它在某种意义上是所有事物潜在的"原因"(cause)(*Republic*,515c - 516c)。那些刚刚得到启迪的人们,现在则会同情那些仍然居住在洞穴的黑暗中、错把影子当作真实的人们。柏拉图解释说,人们被囚禁于其中的洞穴代表了物质世界,走向光明的旅途就是"灵魂上升"到"形式"的世界,它的最高处就像太阳一样,是"善"的"形式",而"善"则是"所有那些正确的和美的事物的原因"(*Republic*,517b - c)。

尽管这个神话很美,柏拉图的"形式"理论仍有很多问题。首先,他本人从来就没有明确地澄清"形式"的领域与物质世界之间的联系到底是什么,他所使用的希腊词语可以翻译为"模仿"(imitation)、"分享"(participation)和"共性"(commonness)。亚里士多德指出,柏拉图错误地把"形式"本身看成实际存在于某个抽象的领域里,其基础在于这样一种模式将使主语与谓语的语言结构不成立。例如,如果我们说"这张桌子(主语)是美的(谓语)",那么,我们就是要说明:这张桌子拥有一种普遍的美的特质。断定那种美凭借其自身的权利**存在着**,就是要论证那种特质可以独立于它所依附的任何客体而存在。尽管有这些难点,但这种理论构成了柏拉图思想的所有领域的基础,对理解他的艺术观和诗歌观来说是不可或缺的。"形式"理论成了一种原型式的主张,我们叫作真实的东西不可能被限制于此时此地;那种真实包含了一种有组织的和相互联系的总体性(totality),其要素必须被理解为一种全面范式的一部分。这种理念的深远影响甚至延续到了我们这个时代。

不过,在《斐里布》(*Philebus*)、《智者》(*Sophist*)和《巴门尼德》(*Parmenides*)这些晚期的对话里,柏拉图使自己的"形式"理论服从于一种小心谨慎的追问。《巴门尼德》提出,那种理论需要一种无限的回归,而更深一层的"形式"必须被推断为存在于最初的"形式"的背后。在《智者》里,柏拉图提出了一种不同的真实观:此时它被界定为影响或被影响的力量。他像反对"形式"理论一样地论证说,这种力量必定在形成和变化的世界里起作用。因而,这个世界必定是真实的一部分。然而,根据这些晚期著作,并无法搞清楚柏拉图看待"形式"的最终立场到底是什么。包括《泰阿泰德》(*Thaetetus*)在内的其他晚期对话关心的是知识的问题,《蒂迈欧》(*Timaeus*)表达了柏拉图的宇宙论(cosmology),而《法律》(*Laws*)包含了对政治问题的进一步分析。

柏拉图论诗歌

柏拉图在其众多的对话里对诗歌做了评论。在《申辩》中,苏格拉底断言诗歌起源于灵感而不是智慧,他还评论了诗人们炫耀自己懂得他们并不拥有的东西(22c - d)。在《普罗塔哥拉》里,他讨论了诗歌在教育和传授美德中的作用(325e - 326d)。《飨宴》谈到了诗歌创作背后的动机,如体现和保存某些智慧与美德概念的欲望(209a)。《斐得若》(*Phaedrus*)区分了多产的灵感与非多产的灵感(245a),还区分了言说与写作的相对优点。而《克拉底鲁斯》(*Cratylus*)则并非决定性地讨论了语言性质的各个方面,如词语与事物之间的联系。

不过,柏拉图对诗歌最为系统的评论出现在相隔几年的两个文本中。第一个文本是《伊安》,苏格拉底在其中反复审视了史诗吟诵者或歌者对自己艺术的本质的论述。第二个篇幅较长的评论出现在《理想国》里,其中的一些评论在《法律》的更加实际的语境里被重复过。在这些对话的第一篇里,苏格拉底与一位名叫伊安的史诗吟诵者(歌者和解释者)进行讨论。在苏格拉底的理解中,史诗吟诵者的艺术基本上有两个组成部分:了解一位特定诗人的诗句必须得到理解其思想的支持(*Ion*, 530b‐c)。苏格拉底有关吟诵史诗的大多数论点都集中在其解释的、批评的作用上,而不是其音乐的和情感的力量上。在整个表面上的"对话"中,伊安都扮演了苏格拉底本人观点的自愿的、天真的工具角色,不知不觉地费力完成了他自己最初自夸的暗示,即他"属于所有人中……[拥有]关于荷马的最好事情要说的人"(*Ion*, 530c)。很有特点的是,苏格拉底的策略并不是直接反驳这一陈述,而是展开各种语境,在它们的指引下,伊安说法中的组成要素之间的联系恰恰显出了其荒谬。

伊安的主张很奇怪的是自我限制的:他主张只援引和解释一位诗人,即荷马,要忽略和不关注其他诗人的作品(*Ion*, 531a)。苏格拉底向伊安证明说,真正的知识必须具有一种比较的基础:如果人们能够谈论荷马在某些特点方面如何优越,那么,他们就一定也能谈论其他诗人在这些方面如何不足(*Ion*, 532a‐b)。此外,苏格拉底指出,每一门独立的艺术都有它自身的专门知识领域,有它自身被指派的知识领域(*Ion*, 537c)。因此,当荷马谈论驾驭战车时,正是战车驭者,而不是史诗吟诵者,才能评判荷马所说之话的真理;相似地,医生、占卜者和渔夫都比史诗吟诵者更适合被安排来评判那些与他们的专业相关的段落(*Ion*, 538b‐539e)。伊安不能确证史诗吟诵者在其中可能比其他艺术的从业者更好地解释荷马诗歌的任何一个领域。然而,他准备好了自己的说法,即他吟诵荷马比其他任何人都好。怎样做到这一点呢?苏格拉底解释说,伊安作为一个史诗吟诵者的力量不是以艺术或知识为基础的——如果是那样的话,他就能将其他诗人的诗吟诵得同样好——相反,他是以神的灵感为基础的(*Ion*, 533d‐534e)。

按照苏格拉底的观点,史诗吟诵者像诗人本人一样,处于一种"对神入迷"的状态,并非以自己的声音在言说,那仅仅是神通过它言说的一种媒介。缪斯给诗人以灵感,诗人接着把这种灵感传递给史诗吟诵者,史诗吟诵者对观众产生一种得到灵感的情感效果(*Ion*, 534c‐e)。苏格拉底把这一过程比作一块磁铁,它把自身的吸引力传给一系列铁环,它们接着把吸引力传给其他铁环,从第一节开始悬垂。缪斯就是那磁铁或磁铁矿;诗人是第一个铁环,史诗吟诵者是中间的铁环,而观众则是最后一环(*Ion*, 533a, 536a‐b)。诗人以这种方式传达和解释诸神的意见,而史诗吟诵者则解释诗人。因此,史诗吟诵者成了"解释者的解释者"(interpreters of interpreters)(*Ion*, 535a)。

苏格拉底坚持认为,诗人是"一种很轻和有翅膀的东西,而且值得尊敬,在他得到灵感和抛开自己之前绝不会写作,在他身上再也没有理性"(*Ion*, 534b)。按照苏格拉底的看法,不仅诗歌,甚至连批评也是非理性的和需要灵感的。因此,在这篇写于《理想国》之前几年的早期对话中,柏拉图就已经明显地把诗歌和哲学的领域分离开了;前者真正的基础在于同理性分离,而理性则是哲学的领域;诗歌在其真正的本质上是沉浸在情感的激动之中的,缺乏沉着镇定。说了这番话之后,柏拉图在这篇早期的对话中对诗歌表示了某种敬意:他谈到了诗人是"值得尊敬的",是得到了神的灵感。

柏拉图在《理想国》中的诗歌理论远不那么讨人喜欢。实际上,现代读者很可能会对用来讨论诗歌的篇幅感到恼怒,说到底,其中主要关心的是个人与国家之正义问题的政治宣传。柏拉图的文本激发了一些为诗歌的辩护,特别是由锡德尼(Sir Philip Sidney)[2]和雪莱[3]所做的辩护。总的来说,政治评论家都把自己的注意力集中在正义问题之上,而文学批评家则倾向于使美学评论脱离其总体的讨论。[4]然而,在柏拉图的美学与他对正义理想的阐述之间存在着一种密切联系。柏拉图的全部正义概念明显出自与诗歌学问的对立,而诗歌与正义之间的密切联系构成了整个讨论,使用了政治的和美学的术语。考虑一下以下三个主要问题将大有益处:(1)柏拉图对诗歌的评论怎样构成了其文本形式;(2)柏拉图的美学的政治动机;(3)这些美学的根本哲学前提以及柏拉图论点中的矛盾。

诗歌与《理想国》的形式结构

只是到了《理想国》的结尾处,苏格拉底才提到哲学与诗歌之间的"一场古代的争论"(*Republic*,607b)。然而,这一冲突不仅明显出现在作为柏拉图出发点的开头几页里,也是其文本结构的前提。在苏格拉底提出自己对正义的说明之前,他就被安排听说了一些其他的、较为流行的定义。在很典型的辩证法的张力中,苏格拉底的看法逐渐被表达为驳斥那些流行的评价,在对它们的否定之中找到了自己的真正前提。因此,成问题的不单是不偏不倚地追寻根据直接原理来论证正义的含义,还包括一种权力斗争,即对哲学的权威性与诗歌冲突的历史要求。通过这种辩证法,诗歌作为篡夺智慧宝座者的身份,尤其是篡夺普遍智慧宝座者的身份,逐渐被揭露出来。[5]

个人发言者的主张是作为诗歌权威性的代言人出现的。苏格拉底同一个名叫玻勒马霍斯(Polemarchus)的人争论了"正义"(justice)的定义。玻勒马霍斯在争论中援引了"聪明而富有灵感的人"西蒙尼得(Simonides)的话说,正义就是欠债还债。这话激起苏格拉底说它"是一个令人迷惑的正义的定义……西蒙尼得按诗人的方式下了这个定义"(331d-332c)。正是苏格拉底本人造成了自己当下的对手与诗歌学问之间的联系,他对玻勒马霍斯说:"那么,正义的人到头来竟然被证明了是个小偷,很可能是你从荷马那里学到了这种理念。因为荷马很尊敬自鸣得意的奥托吕科斯(Autolycus),他是奥德修斯的舅舅,认为'他在偷窃和背信弃义方面的才能超过了一切人'。所以,**按照你跟荷马和西蒙尼得的看法**,正义似乎就成了一种偷窃,具备那种有利于朋友、有损于敌人的品质"(334a-b,**黑体格式**为引者所加)。因此,苏格拉底明确地把玻勒马霍斯古怪的"正义"概念归因于一种诗歌传统。

甚至这还仅仅是更加全面地抨击整个希腊诗歌智慧贮藏库的序幕。在第二卷的开头,苏格拉底断言,正义不仅对其产生的结果来说必须是可爱的,"对它本身来说"(358a)也必须是可爱的。也许,我们在这里获得了最初的暗示,即《理想国》中对真实与外表,以及对作为认识和行动之终极结果的自在的"形式"和与世间活动更直接或更接近的结果之间所做出的区分。

苏格拉底认为,诗歌"本身"无法考察正义,因为诗歌的认识局限于外表的世界。这个事实通过另一位发言者阿得曼托斯(Adeimantus)的论点得到了进一步的表明,他强化了苏格拉底对诗歌的批判。阿得曼托斯说,普遍认为值得称颂的东西并非正义本身,而是产生于正义的好名声。阿得曼托斯在支持自己的立场时再次援引了荷马与赫西俄德的观点,尽管他误解了他们(363a - d)。阿得曼托斯继续考察了诗歌在表达正义方面的全部缺点,从而提供了一个得到承认的智慧的语境,哲学对正义的"真正"寻求在其中就可以显现为一种驳斥的论据。针对"门外汉和诗人使用的与正义和非正义有关的语言",他提出了四项指控:门外汉和诗人承认节制与正直是可敬的却令人不快;他们认为放荡和非正义不但是令人愉悦的,也"仅仅在舆论方面和按惯例是可耻的";他们坚持认为,非正义比正义会"得到更好的回报",如果坏人很富有和有权力,也会毫不迟疑地尊重他们;而一切之中最奇怪的是,他们把诸神描绘成既把不幸指派给好人,又轻而易举地受到献祭、符咒和魔法的劝慰或操纵。阿得曼托斯继续说,"而为了所有这些说法,他们引用诗人的诗篇作为证明"(364a - c)。诗歌再次被等同于流行的智慧;它也被与智者派的观点联系了起来,即信仰、法律和实践要求的只是符合惯例而不是绝对的有效性(这一指控在第十卷里做了重复);诗歌对诸神的看法被认为在道德上是不一致的。

哲学正在形成的霸权(hegemony)的基础现在已经准备好了。阿得曼托斯的结论是:诗歌教导年轻人说,外表"控制着"真实,**表面上**正义的比**实际上**正义的更有利可图。正是这种对幻影的追求,这种对虚伪的褒扬,才导致了社会的腐败,其表征包括秘密社团组织、政治俱乐部和智者派教导的"甜言蜜语",由此透露出了"流行集会和法庭的艺术"(365a - e)。阿得曼托斯这时提出了自己关键性的结论,即在诗歌或散文中,没有任何人充分探究过正义"本身"是什么的问题(366e)。因此,苏格拉底探究的出发点,最终是通过一种复杂的策略达到的:(1)诗歌被认为是得到承认的、涉及正义的流行智慧库;(2)照此,诗歌就是对个人私利和欲望之基本原理的法典汇编,这种法典汇编使强迫施行法律用来约束自私自利成为必要;(3)结果,这样的"智慧"在道德上是不一致的,为**非正义**之人更大的繁盛提供了一种神的和人的设置;(4)最根本的是,诗人的说明限于正义的**外表**,并非真正的正义或正义"本身"。

按照苏格拉底的观点,这种"诗歌的"说明混淆了正义与其效果、其物质结果、正义所产生的名声及其心理动机。它所暗含的指控是,诗歌没有从其可能的环境和条件中抽象出正义本身,没有领悟到其实质的、普遍适用的统一性。诗歌能感知到的仅仅是一种不一致的多样性,仅仅是特殊的外表,在本质上无法把这些看成一个更大的整体的一部分。因此,哲学的目的从这一系列的否定中逐渐浮现出来:一方面,在追寻正义的**真正**本质中,哲学家将通过抽象从特殊的境况中分离出正义的实质;另一方面,哲学家将在一种总体化的知识体系中领悟正义的一致性的参与。因此,柏拉图最根本的策略就是以其全部的伪装无情地提出对诗歌的抨击,这种抨击是实体化的,或者说,把诗歌当成一个概念,似乎它具有一种固定的实质:正义被认为是一个统一体,具有单一的实质(479a)。此外,对诗歌的评论提供了哲学宣称要战胜的一些重要因素：流行的智慧必须遭到专业精英更高的知识的反驳；个人主义(individualism)和欲望的伦理学必须被国家利益的控制所取代；必须表明正义比非正义更有利可图；必须把诸神设想成正义的。在这些关键性的方面，诗歌的意义确定了《理想国》的真正目的和方法。

柏拉图美学的政治

诗歌在这个文本中更深层的结构功能，并不限于头两卷。在第三卷和第十卷里，这种功能扩大到了柏拉图所提倡的其理想国的保卫者或统治者的教育计划方面。为这种训练规定的最初要素包含雅典传统的体育与音乐的结合。希腊词语"缪斯的"(mousike)如同其构成使人想到的那样，宽泛地指缪斯所掌管的一切艺术，包括诗歌、文学和音乐。柏拉图机灵地看到了整个这一领域在青年的意识形态训练方面的重要性："音乐方面的教育是至高无上的，因为节奏与和谐比其他任何东西都更能寻找到自身通往灵魂最深处的道路，最强有力地掌握灵魂。"(401d-e)因而，意识形态通过其形式的表现所起的作用，远远超过通过其直白的内容所起的作用，而诗歌，如我们已看到的，被柏拉图看作一种塑造公众意见的强大力量。因此，他并没有低估诗歌对其理想国所显现出的危险，诗歌因而被安排进了一个严格的等级之中，保卫者(哲学家)和他们的助手(士兵)在其中构成了精选出来的少数，他们统治着大多数农夫、工匠和"会赚钱的人"(415a-b;434c)。

柏拉图受到的这种威胁到底有多严重，被这一事实所表明，即音乐从根本上确定了保卫的作用："在这里……在音乐方面……我们的保卫者必须建立起自己的警卫室和警戒岗位。"为了提防对国家潜在的"难以觉察的败坏"，他们首先必须提防的是"音乐和体育方面的创新反对已经建立起来的秩序……因为对音乐的新类型变化的警惕，就像要当心那些会危害我们的财富的东西一样。因为在没有扰乱最基本的政治和社会惯例的情况下，音乐的样式绝不会受到打扰"。使柏拉图担心的(他通过阿得曼托斯之口说)这些创新，鼓励了一种"不守法律"，它"通过逐渐渗透……不声不响地充满了人们的人格和追求，从这些问题向前发展到攻击自己的交易，从这些关系向前发展到放肆地反对法律和体制……到最后，它就颠覆了一切公共的和私人的东西"(Ⅳ，424b-e)。柏拉图在这里含蓄地承认了马克思和恩格斯两千多年之后理论化了的东西：一个社会的统治思想就是其统治阶级的思想。此外，柏拉图也预见到了葛兰西(Gramsci)的理论，即这样的霸权不是一种自动的过程，而必须通过有意识的手段和深思熟虑的计划获得。把主体本身塑造成符合统治者目标的无意识同谋，成了借助法律和武力实施的过度的、危险的煽动性高压政治的优先需要。诗歌像最善于表达的意识形态的声音一样，必须永远警惕它，以免它释放出破坏政治、经济和法律结构的力量。这种观点使人想到，柏拉图相信诗歌具有一种内在的颠覆性，这成了他把整个诗歌领域"实体化"(hypostatization)的一个标志。不过，在考察对诗歌形式的这种简化论的说明之前，需要表明柏拉图阐明的诗歌之颠覆潜力的真正本质。

苏格拉底提出，在能够更加清晰地看出"更大"对象中的正义的基础之上，最好首先考察一个城邦中的正义,而不是考察刻画个体特征的正义(Ⅱ,368e)。假定想得到的城邦是明智、勇敢、节制和正义的(Ⅳ,427e),那么,保卫者本身就必须具备很多特质:敏锐的感觉,力量,勇敢,精神昂扬,热爱智慧(376e)。柏拉图认为音乐和体育指向了灵魂的提升:体育本身可以培养一种无情的和严厉的性情,而专门的音乐训练则会使灵魂变得很温和。因此,保卫者的天性必须达到两种性情之间的和谐:一方面是精神昂扬,另一方面是温和,加上热爱知识。柏拉图在这里使用的术语透露了内情:这样一种保卫者将成为"最完美和谐的音乐家"(Ⅲ,410c - 412a)。

这种术语能够使我们更好地理解柏拉图怎样把诗歌构想为一种意识形态的破坏力量。保卫者的灵魂和谐并非天生的,和谐只能通过长期训练和意识形态的教诲来达到。在把这样一种保卫者描述为音乐家方面,在不当地把这个社会阶层归于音乐的支配者方面,在把诗人本身排除在对自己艺术的解释权之外方面,柏拉图再次把音乐规划为诗歌与哲学之间的意识形态冲突的场所。诗歌的主要威胁在于它有能力扰乱统治者当作一种主体模式所取得的协调得很好的平衡。在第十卷里,柏拉图将断言,诗歌在灵魂中建立了一种"不道德的结构",激起情感,取代了作为统治者的理性(Ⅹ,605b - c,606d)。因此,在较早的篇章里,柏拉图鼓吹对诗歌进行公开的和严格的审查,提出了一些到那时还没有被阐明的指控:(1)诗歌关于诸神和人类的主张与表现的虚伪性;(2)诗歌对性格的腐蚀作用;(3)诗歌在感性和情感领域里"混乱的"复杂性与怂恿个人主义。

苏格拉底评论说,音乐包括了传说和故事。他认为,那些通常被人讲述的故事,尤其是荷马和赫西俄德讲述的故事,应当由于它们对诸神的可耻描绘而被禁止;或者说,最多只应允许它们在"非常少的听众"之中流传。这当中包括赫西俄德对乌拉诺斯与克洛诺斯①之间的斗争的描述,荷马对赫拉与宙斯争吵的贬损。即使是寓言式的,这些传说都是不允许的,因为"年轻人无法区分什么是寓言(allegory)和什么不是寓言"(Ⅱ,377c - 378e)。这样的表现篡改了"实际上很善良的"神的真实性质,更进一步,神不可能像那些诗人和埃斯库罗斯暗示的那样成为恶事的原因(Ⅱ,379b - e)。也不应当允许诗人们把诸神表现为具备多种形式,因为实际上"他们各自都是可能最完美和最好的,永远都只采取他们自己的形式"(Ⅱ,381c - d)。最后,苏格拉底断言,诗人们不应把诸神表现为骗人的,因为"在神那里没有说谎的诗人"(Ⅱ,382d)。这段话再次使人想到,诗歌在其真正的本质上是一种虚伪的花言巧语的活动。基本要点在于,对诸神和人类的这些描绘会把虚假和腐败的理想灌输给保卫者。这里又出现了哲学与诗歌冲突方面的一个极为重要的因素,即为神命名的权利,授予神的世界一种特殊的景象:对诗歌来说,那个世界被表现为集中于私利的人类价值观的一种人神同形论的投射,是一个神秘偶然、非理性、流动和缺乏统一结构的世界。在柏拉图手中,哲学的规划是要稳定那个世界,把它分散的因素拉进秩序和统一的形式中,它们只有在其中才能被确定为绝对的和超越的。也许可以更准确地说,无论世界实际上像什么样子,保卫者们面对的对它的唯一看法,就是要把它看成有

---

① 乌拉诺斯(Uranus):古代希腊神话中的宇宙之神,克洛诺斯之父。克洛诺斯(Cronus):古代希腊神话中的农神,乌拉诺斯之子。

序的和一致的。我们可以看出,这里开始浮现出一种模式:在诗歌被控诉的每个方面,无论是对正义、真理的表现,还是对诸神的贬损,诗歌都提供了一种难以控制的和无法减轻的多样性的景象,在其中,对任何理想的超越(transcendence)都只是偶然的,因此不能完全达到。

除了对诸神的混乱概念之外,诗歌还被指控"对于与最伟大的契机有关的人"说谎话,把不义的人描绘为幸福的,把正义的人说成不幸的,把隐蔽的不义说成有利可图的。必须禁止这些说法(Ⅲ,392b)。考虑到需要在保卫者身上培养的那些品质,这种禁止必须扩大到某些特别的特征之上。假如保卫者必须英勇,那么,就必须"监督"和剥夺地狱传说之恐怖和惧怕的"全部词汇",以避免浸染统治者的"温和"的风险。必须禁止描绘诸神与人类的悲哀和笑声,因为它们无益于节制和自制。也必须防止诗歌把诸神和人类表现得贪婪或可以贿赂(Ⅲ,390e),实际上是要防止表现"邪恶的脾气、放肆、卑鄙、粗俗"(Ⅲ,401b)。这将有助于保卫者防止"在邪恶的标志中间受教育",以免他们"无意识地在自己的灵魂里积累和滋长大量的邪恶"。从最早的童年起,就必须"不知不觉地"把他们引导"到喜爱、友谊、与美好的理性和谐相处"(Ⅲ,401c-d)。

假如所渴望的保卫者的精神构造是勇敢、节制和自制,那么,我们就会对柏拉图的这些禁止的说法产生共鸣,或者说至少会理解——直到我们遇到他对这些品质的实际界定。例如,勇气被定义为"对于可怕的和不可怕的事情保持坚定正确的与合法的信念"。在资格方面,柏拉图解释说,这样界定的勇气属于"公民的勇气"(Ⅳ,430b)。他把在保卫者身上培养这种勇气比作一种染料,它"不会被那些具备可以洗掉我们信念之可怕力量的碱液洗刷掉"(Ⅳ,430a)。同样,节制在于控制一个人的"多种"欲望;在外延上,一个城邦的节制是指,下层民众或多数人被"更好的"少数人所支配。柏拉图竟然把节制界定为一种"全体一致"的状况,统治者和被统治者在其中都一心一意,对于谁应该进行统治的意见都和谐一致(Ⅳ,430e-432a)。按相似的理路,对统治者和"多数人"来说,自制就意味着控制人们的欲望;但对多数人来说,他们也需要"服从自己的统治者"。柏拉图接着说,应当禁止作者"在个别公民的散文或诗句中描绘对其统治者的鲁莽无礼"(Ⅲ,389e-390a)。这些定义揭示了柏拉图在美学与政治之间造成的联系的两个突出特点。首先,尽管他声称这些概念中的每一个"本身"都应当经过检验,但他对它们的界定是有政治动机的,因为它们武断地把这些概念引入了一个按等级制统治的国家之阶级关系的参照系中。在柏拉图的计划中,一个男人可能勇敢、自制或节制,仅仅是因为从内在和外在认识到了政治现状的有效性。这在更宽泛的层面上意味着,不但知识,而且语言本身也是由一种政治目的论建构起来的,而赋予概念的含义较少是按它们相互的关系,更多的是按它们各自与所渴望的政治目的的功利关系。按照这种观点,哲学与诗歌之间的斗争就显现为一种语言斗争,这种斗争不仅为了限定人类本性的特质或神的世界的特质,而且为了限定这些特质"本身"。必须防止保卫者受到诗歌的意识形态和语言学环境的影响,这样,哲学才会对在意识形态方面构成的灵魂"白板"(*tabula rasa*)发挥作用,享有一个自由接受的领域,不仅为了铭刻它本身的意识形态议程,而且为了它对语言本身的有效排空和重新塑造。

其次,推动柏拉图向政治上倾斜的定义的因素是他早期的个人与国家之间的并行论。他的美学在这个意义上显现为具有政治动机,即它们要由保卫者应当相信人类和诸神的什么来决定,要由他们作为个人在性格上必须追求什么来决定。以上引述的对个人美德的界定,包含相同的基本伦理模式的各种侧面：由统一体对"多数"的控制和支配。在应用于个人时，"多数"是指有可能无穷多的需要由理性约束的愿望和欲望，它是一个统一体。在第十卷里，它将明确地显现为诗歌诉诸灵魂的"低级"部分，即欲望部分（Ⅹ，603b‐c）。换言之，它是一种对变化和多样性的鼓励，是为特殊性而鼓励特殊性，因此转移了对普遍性的关注。在把这种模式投射到作为一个整体的国家之上时，柏拉图让大批人站到了灵魂中欲望难以控制的多样性一边，而保卫者则被认为集体属于理性的统一体。保卫者的个性几乎要被全部抹去，不仅要通过意识形态的训练，而且要通过他们作为一个共同体的强制性的生存：他们不应拥有任何个人财产或财富；他们必须共同生活，靠简单的饮食滋养，从其他公民那里接受生活津贴（Ⅲ，416d‐417b）。因而，在集体性方面，保卫者在城邦中的作用是个人灵魂中理性之统一作用的投射。因此，柏拉图美学的政治动机不仅在于想得到的保卫者的性格，也在于作为一个整体的理想国的性质和根源。

正是在这里，柏拉图对统一体的首要倾向本身最为普遍地并且在每个层面上都凸显了出来，从一个城邦的起点，到它正式地统一制定的官僚政治结构。正如保卫者身上最终要达到的是灵魂的和谐统一那样，因而城邦的最终政治目标就是要获得并保持统一。这里必须注意到的是如何统一——甚至超出了所谓正义或善的目标——成了最终的目的论的原则，它透露了构成城邦全面结构的各种要素的相互关系。

按照柏拉图的观点，一个城邦产生的环境在于每个人都不是自给自足的。没有任何人能够充分提供他或她自己所需的全部东西（Ⅱ，369b）。这背后更深刻的前提是一种严格的功能专门化，由此"一个人自然就会适应其任务"（Ⅱ，370b）。柏拉图在这一点上很强硬，坚持认为"对一个人来说不可能很好地从事很多技艺工作"，在理想国里，每个人"整天"都在"一个职业"中工作（Ⅱ，374a‐c）。这种严格的劳动分工是正义的个人与正义的城邦之间整个类比的基础。而这也就是我们接近柏拉图有关正义与诗歌的全面论点之核心的地方。对国家中的正义的定义出现在第四卷里：正义是一种状况，在其中，"每个人都必须在国家中进行一种社会服务，那种服务是他的天性最适合的"。它也被界定为"做人们自己的事的原则"和"不做爱管闲事的人"（Ⅳ，433a‐b）。苏格拉底在这里承认，他一直在寻求的这个"原则"，实际上早已被规定为一个城邦的真正起源方面的"一个普遍要求"（如上所引）。如果说对一个城邦和一个个人的其他美德的界定，如智慧、勇气、节制和自制，在语义上似乎都把这些概念限制在社会秩序的工具之内，那么，相同的策略则更加明显地出现在柏拉图的断言中，即所有的正义概念，即使通过毫无偏见的追寻，内在于它的空洞性也可以远远地被辨认出来：公正，公平，均衡。而所有这些断言（它们作为正义定义的必要组成部分也许在道理上可以借助）实际上背离了该概念，在其中也许是哲学史上一种最专横的企图，即只有知识精英才能理解的清晰性的名义，要颠覆一致同意的语言，要重新指定词语的语义附加值。在《理想国》里，正义"本身"是一种被对它的追逐所驱赶的幽灵：它的作用被变成了纯粹的循环，在国家起源和终结时起作用，它们表面上的结构极性的那些极点之间毫无中间的逻辑联系。在柏拉图重新塑造国家与个人之间的类比方面，论证的循环甚至更加明显。苏格拉底论证说，既然"城邦被认为正义是因为存在于其中的三种自然性质各自起着作用……那么，我们由此将期望个人在其灵魂里也具有这些相同的形式"(Ⅳ,435b-c)。还有,可以预料,个人身上的正义被界定为灵魂的一种状况,在其中,"几个部分……各自完成自己的任务",而理性在其中统治着。从中达到这种状况的人"将是一个正义者和一个思考自己的事务者"。当然,这样一种和谐的灵魂要靠体育与音乐的正确混合来培养(Ⅳ,441e-442a)。于是,非正义构成了灵魂的三个原则的"一种内战",扰乱了主导的自然关系(Ⅳ,444a-d)。

整个这种以严格的功能划分为基础的论点,构成了柏拉图早期蔑视诗歌的基础。用政治术语来说,诗歌的最大罪行就是它在劳动专门化方面的不顺从。柏拉图要求,同一个人不应模仿"很多东西";苏格拉底说,涉及"多种形式"的一切诗歌的模仿都将"有害于我们的政体,因为在我们当中不存在任何双重的或多重的人,因为每个人都做一件事"(Ⅲ,397b-e)。接着,柏拉图到达了那个有名的段落,即要求驱逐"多重"诗人,这个段落的逻辑价值需要重新考虑:

> 如果一个人……他凭借自己的灵巧能够设想每种形状并模仿它们,这样一个人来到我们的城邦,随身带来他希望展示的诗歌,那么,我们将跪下,把他崇拜为一个神圣、奇异和可喜的人,但应当对他说:在我们城邦之中没有任何一个那种人,这样一个人出现在我们当中也不合法。我们应当把他送到另一个城邦去,在他头上洒下香水,给他戴上羊毛饰带。(Ⅲ,398a)

这几行文字有时被认为对诗歌抱有一种矛盾的态度,但第十卷似乎证实了下跪和崇拜诗人使人想到是使用了一种完全嘲弄的和讥讽的方式。这段话的核心论点并非诗歌腐败,也不是它表达了谎言;确切地说,诗歌在其本质上是一种社会与政治存在的正义框架之可能性的矛盾:在一个由几种人构成的城邦里,每种人都通过某种特殊作用为全体的福利做贡献。然而,诗人参与了一种在本质上抵抗这种专门化的活动;在这里重要的是要认识到,对柏拉图来说有争议的并不是任何个别诗人的倾向,而是诗歌本身的倾向。

针对诗歌的这种普遍的指控,在第十卷里得到了阐明。它再次成了一种标记,表明诗歌多么深刻地构成了整个讨论,即最后这一卷没有奉献给正义或政治,而是给了诗歌。苏格拉底或许在确信自己较早的论点方面有所动摇,返回来对这一主题提出了另外的想法——怀着更深刻地使自己确信的有偏见的意图。通过苏格拉底和格劳孔(Glaucon)之间的对话,柏拉图这时把诗人说成一种"最不可思议的智者派"和一种"真正聪明和奇妙的人",他们"创造了全部手工工匠各自生产的所有那些东西"(Ⅹ,596c-d)。柏拉图归结于诗歌的这种看法的政治含义是:在一个按照不可交换之功能的严格等级安排的国家里,诗歌可能不具有任何**可定义的**(因此也是有限的)功能。诗歌对生产和知识的所有领域的任意侵犯,意味着它在定义上渗透了等级制的一切层面,因此,它破坏了作为一个整体的等级制。它并不确切了解自身的地位,它可能从来都不清楚它可以从属于或者高于哪种活动或学科。它毫无限制地撒播其影响,随意分裂社会关系,根据它自身储备的得到灵感的智慧来再造社会关系,那种智慧对理性来说晦涩难解,以致不可分类和界定。在这种意义上,诗歌成了不可定义性的化身和对理性的限制。它在其本质上是一个叛逆者,一个篡位者,它渴望统治;同样,它也是对哲学宝座最强有力的威胁,是对哲学王的国家中政治宝座的威胁。

此外，在诗歌不确定的功能中有一种更深一层的政治附加值。柏拉图认为，诗歌主要会引诱两类政治结构，即民主的和专制的（Ⅷ，568a-d）。而且，专制竟然被柏拉图认为在某种意义上并不与民主制相对立，而是民主制的一种逻辑延伸。诗歌与民主制的这种联系的准确意义，可以由一种更加宽泛的政治语境来表明。柏拉图提出，有五种基本的统治形式。他自己理想的政体既可以被认为是王权的，也可以被认为是贵族统治的（Ⅳ，445d）。其他四种形式代表了远离这种模式的进一步衰退：荣誉政治（timocracy，在其中对荣誉的追求是至高无上的），寡头政治，民主制和专制（也许可以接着说，这样一种进化在希腊的历史中毫无基础）。与他早期的个人与国家平行的论点一致的是，柏拉图设想了五种基本的人格或灵魂的类型，与统治形式相对应（Ⅷ，544e-545c）。

柏拉图承认，就连理想国最终都将崩溃。它的堕落最初将由选择性地培养保卫者方面的缺陷引起，在统治阶级本身之中产生混乱与意见分歧（Ⅷ，545d-547a）。最后产生出来的荣誉政治将保留贵族统治的某些特点，如给统治者以荣誉，武士阶层节制赚钱；但在接纳有高尚精神而非理性的公职人员方面，它将使自身永远保持一种战争的姿态，"对金银强烈而隐秘的欲望"以及个人所得将使它的统治者受到影响。一个受到对荣誉的渴望引导的国家就将如此（Ⅷ，547d-548c）。这种制度自然要让位于寡头政治，统治部门在其中要依附于财产条件（Ⅷ，550c），城邦在其中再也不是一个统一体，实际上划分成了富有和贫穷两个城邦（Ⅷ，551d）。由于这种不公平的状况，这样一种城邦将以犯罪和乞丐的普遍存在为标记（Ⅷ，552d）。在这里最有趣的，也许是柏拉图刻画寡头政治家"灵魂"之特征的方式。虽然他认为财富和财产高于一切，但他很"节俭勤劳，只满足他自己必要的愿望和欲望……要克制自己其他无益的和无用的欲望"。用苏格拉底的话来说，他是"一个肮脏的家伙……在一切之中寻找剩余利润"（Ⅷ，554a-b）。这些话几乎一字不差地预见到了韦伯①对早期资本家心理的描述。具有讽刺意味的是，虽然柏拉图对于从君主政体和贵族统治向民主制和专制统治的发展的"理想"描述在希腊社会的真实历史中几乎没有基础，但或许可以把它理解为对于欧洲从各种小王国经过封建主义（feudalism）大厦向资本主义（capitalism）霸权之历史转变的很有价值的理想化，如马克思认为的，它们各自都是从先前制度内部的不和谐中产生的。由于寡头政治家的"内部纷争"，那些控制着自己衰退的欲望的人受到对自己财产的担心的驱使，柏拉图把他们的特征刻画成不是一个统一体，而是一个"双重人"（Ⅷ，554d-e）。再一次，这一点或许与人类在现代资本主义社会中讽刺性的自我分裂类似，如出自各种传统的评论者理论化了的那样，包括一些浪漫派、黑格尔、卢卡奇②、德·托克维尔③和萨特（Sartre）。

当柏拉图描述从寡头政治向民主制的发展时，我们终于可以开始看清楚他反对诗歌的辩论所依赖的深刻政治动机。民主制最初是作为反对富有的寡头执政者的一场大众革命而出现的，人们可以平等享有公民权和政治职责（Ⅷ，556e-557b）。在这里受到崇尚的是个人自由，

---

① 韦伯（Max Weber，1864—1920年）：德国社会学家，代表作有《新教伦理与资本主义精神》等。
② 卢卡奇（Georg Lukács，1885—1971年）：匈牙利哲学家和美学家，代表作有《审美特性》等。
③ 德·托克维尔（Alexis de Tocqueville，1805—1859年）：法国政治思想家和历史学家，代表作有《论美国的民主》等。

这导致了很多令人不快的后果。首先,"每个人都拥有按照自己意愿去做的自由",并"将安排一个计划,按照使他自己高兴的方式去引导他的生活"。其次,这种体制将产生一切"种类和状况的人",比其他任何统治形式都更加多种多样。因此,民主制就成了"因每种性格类型而出现的多样化",通过"(个人)体制的集市"购物,每个人都可以"建立他自己的体制"。最后,统治将成为"无政府主义的和混杂的,为类似的平等和不平等规定了一种毫无差别的平等"(Ⅷ,557b - 558c)。此外,民主社会的混乱扩大到了个人生活:父母与孩子、教师与学生、自由人与奴隶、男人与女人之间的权威关系被破坏了。自由的精神增大到如此强的地步,以致最终就连法律都受到漠视,不守法的状况盛行(Ⅷ,562e - 563e)。

那么,这样一种民主制培养出来的是哪种公民、哪种心灵呢?首先,约束寡头政治的人之欲望的"必要的"和"不必要的"欲望之间的区别,现在被废除了。"欲望的温床"现在"夺取了年轻人灵魂的城堡,发现了它的空虚,它未被学习和追求荣誉所占据"(Ⅷ,560b - 561a)。民主政治的人同样培养了灵魂的所有部分,"断言它们全都是相似的,要得到同样的尊重"。他们的生活将被"纵容日常欲望"所驱使,"他们说的和做的都是进入其头脑中的一切"。换言之,"在他们的存在中没有任何秩序与强制"(Ⅷ,561d)。最明显的是,柏拉图断言,民主政治的人"是一种具有最突出差异的多重人……在其身上包含了大量体制和品质的类型"(Ⅷ,561e)。

我们在这里可以看到,除了柏拉图认为的诗歌与民主制显而易见的联系之外,诗歌与民主制一样被指控具有相同的根本特点。像民主制一样,诗歌培养的是真正的个人,这种"多重"人"充满"差异,拒绝把自己的社会作用或自己的自然潜能变成唯一的一个方面。还有,像民主制一样,诗歌培养了灵魂的所有部分,拒绝服从理性的律法。因而,暗含的意思是,诗歌本身受到对自由的"贪婪"的驱使,而自由则是民主社会的标志。在意识形态领域,诗歌成了社会无序、个性特征的原型,强调的不是压制差异,而是不服从理性。与民主制一样,诗歌的标志植根于任性和身体愉悦,拒绝承认灵魂内部或灵魂与身体之间的等级。

柏拉图断言,专制产生于民主制国家的混乱,由一个人声称代表了社会秩序和被压迫的大多数人的利益。关于从一种统治制度向另一种统治制度的发展,柏拉图的观点是,虽然专制开始时表面上是对民主制之混乱的一种反动,但实际上它是民主制的一种延伸。专制君主远远没有成为他自己灵魂的国王,实际上是造物之中最糟糕的,因为他受到违法欲望那种"可怕温床"的奴役,那些欲望在他个人的构造中已经废黜了理性。他让不懂得如何约束的自己无意识的欲望与本能(instincts)的"乌合之众"充分发泄出来。因此,专制体现了无政府状态和无法无天最恶劣的部分。所以,从贵族统治经过寡头政治向民主制和专制的退化,代表的不仅仅是国家最初的统一的崩溃,同样重要的是,也代表了个人的统一分裂成一种无法无天的多样性。统一的、完整的贵族统治的人享有其灵魂各个"阶层"之间的和谐,他先被分裂成寡头政治的"双重"人,然后是民主制造成的"多重"人,最后,在专制政治中,就连灵魂结构的残余也分裂成了一种不受控制的欲望的增殖,成了无法复归的特殊性、多样性和相对性的深渊。

形而上学的预设与绝境

至关重要的是要看到,柏拉图明确地把诗歌的潜力与政治上和精神上统一的这种退化联系起来。统一的概念在很多层面上所起的作用都是柏拉图整个论点的形而上学前提。[6] 在前述对正义与诗歌之间的关系的描述中接连出现的就是柏拉图的这一预设,即统一是个人和国家构成所渴望的目标。他不断地声称,民主制的"乌合之众",不论是灵魂中的欲望的乌合之众,还是市民的乌合之众,都必须受到一种理性要素的控制(Ⅳ,431a-d)。此外,正是统一的目标才规定了严格的劳动分工,其基础是柏拉图的这一观点,即发挥多种多样作用的个人将导致国家的毁灭(Ⅳ,434b)。柏拉图实际上提出了其明确的预设,即统一在本质上是一种积极的价值,而多样性则与无序、放纵和邪恶相联系。例如,他宣称,卓越是"一"(one),而各种各样的邪恶则是无穷的(Ⅳ,445c)。对国家来说,最大的邪恶在于它将成为"多"(many)而不是"一"。

柏拉图按相同的方式认为,理性本身是一个统一体,而情感是变化无常的(Ⅹ,604e-605c)。如柏拉图认为,知识的结构构成了一种朝着理解资料方向发展的运动,试图将资料理解为一个相互联系的整体或体系:辩证法的科学既揭示了各种事物最初的原理和实质,又把它们看成一种有序结构的一部分(Ⅶ,533c-d,534b,537c)。使这种对秩序的理解成为可能的是,各种"形式"本身就是一个统一体,可以说,"形式"把自身浓缩成物质世界里各种表现形式的集中实质(Ⅴ,476a-b)。它构成了那些表现形式的基础,对它们加以分类和解释。但是,"形式"的统一体只有哲学家才能理解;柏拉图说,民众都是梦想家,他们"在多样性中徘徊游荡",错把相似性当作同一性,把特殊性当作普遍性(Ⅴ,476c;Ⅵ,484b)。因此,保卫者们在自己最初学习音乐和体育之后,"同样"必须进行统一体的学习(Ⅶ,524e),通过数或算术(arithmetic)、几何学和天文学方面的训练来培养。按照柏拉图的观点,这些科学依赖于运用理性而不是感觉。通往统一的政治手段的最基本策略,就是把统治者和哲学家的作用结合起来。柏拉图认为这些作用在当前的分离,本身就是多样性的表现;现在,一个"混杂的游牧部落"在完成各自的任务(Ⅴ,473d)。

柏拉图在这里无意中透露,如果说走向知识和正义的运动在实质上是一种走向统一的运动,无论是个人的还是国家的,那么,它也是一种强制的运动。灵魂中的统治力与国家中的统治机构并没有统一任何真正的差异:柏拉图心里想到的统一,要通过压制一切差异来达到,要专制地把它本身断定为物质世界中多样性的一种特定类型的永恒内在结构。例如,在灵魂的多种竞争性愿望和欲望之间,或者在它们与理性之间,不存在任何折中妥协:它们必须受到理性的绝对权威的统治。相似地,国家的统一不是通过各个阶层或群体的矛盾主张的任何真正和谐来达到的;保卫者是享有特权的理性的政治体现,他们完全决定了国家的利益。因此,"统一"绝不是平等的各个部分的一种汇合或共存。相反,它实际上是对一种支配体系的委婉说法,是一种严格的等级制,由此,"低等"(指身体、欲望或一个国家中的大多数人)不仅被归类在

"高等"之下,而且被这种包含剥夺了任何对于真实、意义或价值的独立要求。低等——它囊括了物质世界的各种特殊性——只有在与其潜在的作为一种前定"形式"之例证相称时,才可能具有意义或现实性。例如,由一位诗人或画家描绘的美的对象,必须在一种前定"形式"或美的定义之中早已完全包含了它的美。诗人所表现的特定场景中特定对象的独特性,必须能还原为一种示范性的状态。在可统一性的利益方面必须放弃或牺牲的,正是独特性或特殊性。如果诗人试图扩大或改变对美的评价,那么,在柏拉图眼里,这就是对这种"形式"的性质或实质的歪曲。在这方面,对统一的迫切要求进一步排除了对一个物质对象"本身"的一切意图。对柏拉图来说,只有能够使理想"形式"(诸如美)成为一个对象,那么,这个对象"本身"才可能被研究。对象本身不可能像这样被研究,并因此被变成纯粹指涉的状态,超越它本身指向那"形式",其"形式"只不过是多余的独特物质的现实结果。按照很多现代理论家从索绪尔到德里达对语言的看法,这并不是相互联系的指涉系统。在柏拉图那里,指涉性只被导向一个方向:从物质对象(它只被变成一种指涉状态)到自在的"形式"。此外,指涉沿着一种严格的等级制运行。因而,可以说,柏拉图对诗歌的大部分责难都依赖于这一事实,即诗歌的理解对象仅仅是各种指涉,不是事物本身。

另外一个有深刻联系的构成柏拉图著作之基础的形而上学预设,包含在他的实体化策略之中,包含在把变化与多样性变成永恒的和可定义的实质的策略之中。根据它对诗歌地位的认识,需要考虑到存在于这种策略中的很多矛盾。柏拉图不仅把"形式"实体化了,也把理解"形式"的方式、哲学和整个诗歌领域实体化了。这意味着,哲学与诗歌具有严格界定了的实质,这里的要点在于,这些实质是在明确的相互对比中确定的。柏拉图的论点完全没有理解这种可能性,即两个真正的哲学家(与智者派相反)可能怀有尖锐分歧的真实观,或者说两个诗人可能坚持完全对立的观点。尽管他运用了诗歌传统中的大量例证,但他的诗歌观并不是由真实诗人的实践经验的归纳抽象构成的;相反,它是一种先在的定义,这种定义强制把可能变化无穷的实践变成统一的可攻击性。同样,作为一种科学学科的"哲学",被认为是处在哲学家的实际实践之上的一种理想追求。

然而,即使我们按其自身的条件去理解柏拉图将哲学与诗歌进行的实体化的对立,它也是不一致的,它所做的就是把真理的概念、功能的单一性、理性、情感和模仿都实质化了。柏拉图对诗歌的控告是基于:(1)它**固有的**对虚假的表现;(2)它固有的在模仿领域内的运作;(3)它把各种功能结合在一起;(4)它对灵魂的低级方面的诉求,如情感和欲望;(5)它对无法复归的特殊性和多样性而非统一性的表现。"根据真理"的论点在《理想国》里很早就被放弃了。苏格拉底在强烈要求必须审查由诗人们讲述的大多数流传的"故事"——如赫西俄德对乌拉诺斯、克洛诺斯和宙斯之间不体面的行为的描述——之后接着说:"即使它们都是真实的……也几乎没有可能听到这些故事。"(Ⅱ,377c-378a)在这里,立刻变得很明显的是,那不是真理,而是作为审查尺度的政治和教育的权宜之计。此外,柏拉图不断宣称,保卫者本身(虽然没有别的什么人)必须"为了国家利益"而使用谎言(Ⅲ,389b;Ⅴ,459c-d;Ⅶ,535d-e)。声名狼藉的"高尚的谎言"的全部要点在于,要使公民,可能还有统治者本身相信,他们的社会地位和作用不是环境和意识形态训练的产物,而是由大地"母亲"赋予的(Ⅲ,414c-415c)。

当然,柏拉图并非没有意识到这种不一致。他试图通过进一步扩大实体化策略来解释和克服它,认为"实质性的虚假"与"言辞中的虚假"存在着一种差异。柏拉图主张,前者为诸神和人类所痛恨,而后者则可能是"有用的"(Ⅱ,382c-d)。通过这种将真理概念实质化的努力,柏拉图立刻把真理从语言和诗歌可能接近的领域中排除掉。无论诗人说什么,要点在于,诗歌不可能表达"实质性的"真理,因为它按照其对象而被限制在外表的领域内,而按照其运作方式则被限制于模仿。换言之,并非诗歌的内容使它变得虚假,它的虚假体现在它的形式之中。[7]

事实上,模仿的概念将真理补充作为柏拉图的简化论、不一致的哲学与诗歌之对立的基础。柏拉图涉及诗歌模仿的评论,不限于第十卷。在第三卷里,他表达了对诗歌的一种意识形态的偏爱,在其中,有关模仿的叙述比例很大:诗歌越是模仿性的,就越堕落,涉及对所有"毫无价值的"对象的模仿;同样,它需要"多种变化的形式"(Ⅲ,396c-397d)。在第十卷中,诗人被当成了智者派的范例,是一个"不可思议的"手工工匠,可以"创造"任何东西:"所有工具……所有植物和动物,包括他本身,此外还有大地、天堂、诸神,以及天堂和地狱的一切事物。"诗人确实"创造了全部手工工匠各自生产的所有那些东西"(Ⅹ,596c-d)。因此,诗歌的模仿在其真正的本质上冒犯了功能单一性的政治原则。而诗人模仿的东西当然是事物的外表,而非真实,因为他仅仅模仿其他人实际上生产的东西(Ⅹ,596e,597e)。柏拉图阐述了他著名的三张床理论:我们发现了三张床,一张存在于自然(nature)中,它由神创造;另一张是木匠的作品;第三张则是画家或诗人的作品。因此,木匠模仿真实的床,而画家或诗人模仿物质的床。这样,诗人的作品就像史诗吟诵者的作品一样,是"对模仿的模仿"。这里需要回想一下柏拉图论证的确切顺序:他没有简单地论证说诗歌的模仿离真理有三层;他先宣称模仿通常是"离自然有三层",然后把诗歌实践归于这种限制之下(Ⅹ,597e)。他接着声称,模仿者(不只是诗人)只懂得外表而毫不懂得真实(Ⅹ,b-c)。那么,诗人"懂得"什么呢? 柏拉图的答案是:诗人只懂得如何模仿(Ⅹ,601a)。因此,正如柏拉图将哲学的追求实质化、为它规定了前定的属性一样,他也将模仿本身实质化了,诗歌的方式被限制于模仿。此外,他声称,诗歌所欺骗的只是那些"仅凭形式和色彩来评判的人"(Ⅹ,601a),暗示了对诗歌的纯形式的评价或审美评价都必然与真理的价值无关。

这种步骤马上就出现了疑问。首先,即使我们同意柏拉图就模仿所说的话——模仿局限于外表,它通过不确定领域的潜在的无穷延伸并非是以知识为基础的——但这肯定不足以阻止模仿凭其本身的资格成为一种艺术或技艺。诚然,按照柏拉图本人的逻辑,我们可以承认,诗人**确实**懂得的一件事情,即如何模仿,像木工工作或做床一样是一个专门化的领域。因此,如果我们仿效柏拉图本人的条件,那么,我们就不需要把诗人的特征刻画为某个声称懂得一切的人。他只声称懂得模仿的艺术,而模仿恰恰就构成了他的创造领域。明显构成柏拉图拒绝承认这一点之基础的,就是他坚持认为,模仿凭其本身的性质必须超越它本身而涉及它所模仿的事物。柏拉图不会承认,模仿本身可能具有一种独立于它假定之指涉的真实性或价值。柏拉图没有为这种可能性[后来被哲学家普罗提诺(Plotinus)所接受]留下任何空间,即画家或诗人模仿床本身的"形式",正像木匠所做的那样。他显然拒绝承认诗歌或绘画所创造的形象是感觉世界的一部分,与其他物质对象同等。这不仅把诗歌诱骗进了一种指涉的循环,也漏掉了诗歌可能追求的指涉要点。例如,画家描绘木匠时需要懂得的与木匠无关,而与绘画有关。他无意伪称那形象是木匠;那形象具有真正的木匠不可能具有的一种功能和价值。柏拉图竟然把模仿的特征刻画为"一种游戏的形式,不必严肃对待"(Ⅹ,602b)。

那么,当我们回想起保卫者们自己都必须进行大量的"模仿"时,我们应当怎样解释柏拉图对模仿的**全面**控告呢?[8]柏拉图告诉我们,他们必须模仿"那些人……他们很勇敢、节制、虔诚、自由,以及所有那类事物"(Ⅲ,395c)。柏拉图没有在这两种模仿——诗人所用的模仿与保卫者们所依靠的模仿——之间做出区分,并且都使用了相同的希腊词。此外,他坚持认为,哲学家将"模仿"永恒的"形式"(Ⅵ,500b-c);那么,哲学家不会离真理至少有**两层**吗?最后,柏拉图将哲学与诗歌的对立实体化有赖于它们的相互界定,这在他全面刻画各自的特征时显示了出来。柏拉图断言,诗人的作品讲述了"过去、现在或未来的事情"(Ⅲ,392d),同样也与身体欲望、情感、特殊性和多样性有关。相反,哲学家远不是"游荡于产生与衰朽这两极之间",他关注永恒的实质,关注灵魂和理性,关注作为一个整体的知识(Ⅵ,485a-c)。哲学,正义"本身"的形式通过这一媒介将被清晰地感知到,被限定在与诗歌明显的对立之中,它必须取代诗歌,以便使真正的和理想的正义国家成为可能。尽管苏格拉底反复说并且讽刺性地否认他是一位诗人(Ⅱ,379a;Ⅲ,393d),但也许并非偶然的是,他把国家的建构描述为由一位"政治艺术家"来指挥,他通过模仿一种"神圣的模式"来塑造城邦。苏格拉底心目中的构造"将在这位哲学缪斯控制了国家时实现"(Ⅵ,499d;500e-501c)。《理想国》所求助的哲学缪斯,必须将它本身确定为反对诗歌缪斯,它必须首先迫使诗歌缪斯从国家宝座上让位。

柏拉图的影响与遗产

柏拉图对西方思想的很多基本领域的影响,包括文学理论,是深远的和弥漫性的,并且延续到了现在。首先是"形式"理论的影响:虽然从亚里士多德的时代起这一点就受到了怀疑,但它的内涵仍然具有强大的吸引力,即世界是一个统一体,我们对世界上多重特质的体验(experience)可以被归入某些统一的概念中,物质世界本身仅仅是很小一部分,或者说是更高真实的显现,对现世的努力来说存在着一个更高、理想的类型。超越自身指向一个不可见的永恒世界的现世理念,已经成了犹太教、基督教和伊斯兰教神学与哲学中的一个必要因素。理性与感觉、理性与情感、灵魂与身体之间的差别虽然不是柏拉图的原创,却通过他的影响持续提供了一些哲学和宗教思想的基本术语。

在历史术语方面,柏拉图主义在很多时代中都发挥了显著影响。由柏拉图在雅典创办的学园在他死后一直持续到公元529年,那时它被查士丁尼皇帝(the emperor Justinian)以异教的理由关闭。在这个时期中,以"新柏拉图主义"(Neo-Platonism)闻名的哲学由普罗提诺(Plotinus,公元204/5—270年)创立,而他的信徒和普及者波菲利(Porphyry,约公元232—305年)则把柏拉图的概念同源自毕达哥拉斯、亚里士多德和"斯多葛学派"(the Stoics)的要素结合在一起。普罗提诺修改了柏拉图的诗歌模仿观,而新柏拉图主义者普遍使用源自柏拉图的

《伊安》和《斐得若》的诗歌灵感理论去论证诗歌超出了人类的理性。新柏拉图主义在欧洲作为主流哲学超过了一千年,其主要的拥护者包括扬布利科斯(Iamblichus,约公元250—约325年),普罗克洛斯(Proclus),以及亚历山大里亚的神学家犹太人斐洛(Philo Judaeus)、克雷芒(Clement)、奥利金(Origen)。这些思想家中的一些人部分受到柏拉图的启发,发展出了一个文本的寓言解读系统,尤其是《圣经》的文本。例如,斐洛建构了一种对《创世纪》的寓言式解读。圣奥古斯丁(St. Augustine)的神学及其对经文某些部分的象征性解读,极大地受到了柏拉图的影响。

在中世纪,只有《蒂迈欧》和柏拉图的少数其他文本可以在拉丁文中找到。然而,柏拉图主义对圣奥古斯丁的影响,却保证了它存在于中世纪的基督教思想之中。它通过哈尔基狄(Chalcidius)、马克罗比乌斯(Macrobius)和波伊提乌(Boethius)的著作得到了进一步的传播。普罗提诺和普罗克洛斯影响了假大法官丢尼修(Dionysius the pseudo-Areopagite,约公元500年)的神秘主义著作,它们在9世纪被翻译出来,激发了大量神秘主义诗歌的写作,以这一前提为基础,即神的真理用普通语言难以表达。丢尼修也传播了新柏拉图主义的创造观,像在《自然之书》(Book of Nature)中表达的那样是有等级的。这样一种观点在但丁的《天国》(Paradiso)中得到了广泛的表现。然而,到13世纪,柏拉图的影响由于那时刚翻译的亚里士多德的著作而极大地衰退,阿奎那(Aquinas)和"经院学派"(the scholastics)用亚里士多德的著作来从事对基督教教条的理性说明。

文艺复兴时期(Renaissance)经历了一次由回归古典资源的人文主义者发起的对经院思想的反动,他们对柏拉图的偏爱超过了亚里士多德。著名的人文主义者包括佛罗伦萨柏拉图学园(Platonic Academy)的领导者,如马尔西利奥·菲奇诺(Marsilio Ficino,1433—1499年)和皮科·德拉·米兰多拉(Pico della Mirandola,1463—1494年),以及约翰·科利特(John Colet)、伊拉斯谟(Erasmus)和英国的托马斯·莫尔爵士(Sir Thomas More)。文艺复兴时期的柏拉图主义(Renaissance Platonism)强调了诗歌的教化功能和柏拉图的一些概念,如"爱的阶梯",从身体领域向精神领域的引导。诗歌的辩护者(如菲利普·锡德尼爵士)和批评者[如萨伏那洛拉(Savonarola)]双方都求助于自己对柏拉图有关诗歌的论点的理解。一个多世纪之后,柏拉图的学说再次由著名的"剑桥柏拉图学派"(the Cambridge Platonists)的一群神学家和诗人们复苏,他们包括拉尔夫·卡德沃思(Ralph Cudworth)、本雅明·惠奇科特(Benjamin Whichcote)和亨利·莫尔(Henry More)。在这个宗教理念日益遭到抨击的时代,这些思想家试图为基督教神学(Christian theology)提供一种理性的基础,如后来19世纪的英国国教徒所做的那样,他们也受到柏拉图思想的影响。其他一些受惠于柏拉图的人物包括哲学家莱布尼茨、天文学家开普勒和伽利略。

柏拉图的一些看法,如外表与真实之间的差别,以高度曲折的形式出现在康德和黑格尔的哲学之中,并出现在黑格尔的一些追随者的哲学中。这些看法也渗透进了英国一些浪漫派诗人的作品里,如布莱克(Blake)、华兹华斯(Wordsworth)和雪莱。在美国,爱默生(Emerson)的先验论(transcendentalism)带有柏拉图思想的印记,正如爱伦·坡(Allan Poe)、波德莱尔(Baudelaire)和法国象征派的诗歌理论和实践的情况一样。像马修·阿诺德(Matthew

Arnold)那样的文人,实际上将柏拉图本人的论点转过来反对柏拉图自己,主张诗歌是人本主义价值和培育感性的智慧库。柏拉图的影响延伸到了 20 世纪,延伸到了叶芝(Yeats)、里尔克(Rilke)、华莱士·斯蒂文斯(Wallace Stevens)和其他人的作品之中。很清楚的是,柏拉图在文学上和批评方面的影响,不可能同其哲学观点更加广泛的影响相分离。虽然如此,他对文学批评家和理论家的影响,已经包含了某些可以确认的领域和问题:模仿说;诗歌的教育和教化功能;诗歌在政治国家中的地位与审查制度的问题;把诗歌当作修辞学的一种式样;诗歌灵感的本质;诗歌与其他各种学科和部类的对立,如哲学、科学、理性和机械论(mechanism)。我们依然要与柏拉图设置的各种问题进行斗争。

注释

[1] *Republic*, in *Collected Dialogues of Plato*, ed. Edith Hamilton and Huntington Cairns (Princeton: Princeton University Press, 1969), 514a‑c. 下文引用写作 *Republic*。对柏拉图著作的进一步援引都使用这个版本,除非另有说明。

[2] Sir Philip Sidney, *A Defence of Poetry*, ed. J. A. Van Dorsten (Oxford: Oxford University Press, 1966), pp. 0‑61.

[3] 与锡德尼不同,雪莱确实认为柏拉图的诗歌观是一个国家全面的生产机制的一部分;不过,他反对柏拉图的直接论点大部分局限于断言柏拉图本人就是诗人。*Shelley's Defence of Poetry*; *Browning's Essay on Shelley*, ed. L. Winstanley (Boston and London: D. C. Heath, 1911), pp. 13, 35.

[4] 在对《理想国》的大量政治评论和哲学评论中,一些著名的著作包括:N. R. Murphy, *The Interpretation of Plato's Republic* (Oxford: Oxford University Press, 1951); R. C. Cross and A. D. Woozley, *Plato's Republic: A Philosophical Commentary* (London: Macmillan, 1964); Terence Irwin, *Plato's Moral Theory* (Oxford: Oxford University Press, 1977); Julia Annas, *An Introduction to Plato's Republic* (Oxford: Oxford University Press, 1981), and C. D. C. Reeve, *Philosopher Kings: The Argument of Plato's Republic* (Princeton: Princeton University Press, 1988). 对柏拉图的美学进行解释的作品包括:R. G. Collingwood, "Plato's Philosophy of Art," *Mind* 34 (1925): 154‑172; Iris Murdoch, *The Fire and the Sun: Why Plato Banished the Artists* (Oxford: Oxford University Press, 1977); Julius Moravcsik and Philip Temko, eds., *Plato on Beauty, Wisdom, and the Arts* (Totowa, NJ: Rowman and Littlefield, 1982); Elizabeth Belfiore, "A Theory of Imitation in Plato's *Republic*," *Transactions of the American Philological Association* 114 (1984): 121‑146; G. R. F. Ferrari, "Plato and Poetry," in the *Cambridge History of Literary Criticism*, vol. Ⅰ, ed. George A. Kennedy (Cambridge: Cambridge University Press, 1989), pp. 92‑148. 与前述的大多数著作一样,Irving M. Zeitlin's *Plato's Vision: The Classical Origins of Social and Political Thought* (Englewood Cliffs, NJ: Prentice-Hall, 1993) 实际上把柏拉图的正义观和他的美学当作两类不同的论述。Julius A. Elias' *Plato's Defence of Poetry* (Albany: State University of New York Press, 1984) 试图在一种末世学的、政治的和方法论的神话的背景之内将柏拉图对诗歌的评价语境化,但他的论点与这里所提出的论点非常不同——不然的话就是对立。

[5] Eric Havelock 在其经典性的研究著作 *Preface to Plato* (Cambridge, MA: Harvard University Press, 1963) 中讨论了在柏拉图时代的希腊社会中诗歌在教育方面的重要性。

［6］对《理想国》中的统一的进一步但有点简略的讨论,可参阅 Nicholas P. White, *A Companion to Plato's Republic* (Indianapolis, 1979), pp. 38 – 40。

［7］也可参阅 Collingwood 的论点,即模仿在本质上不可能充分地表达其模式;"Plato's Philosophy of Art," 157 – 159.

［8］有关"模仿"的各种可能之含义的有用的讨论,参阅 Elizabeth Asmis, "Plato on Poetic Creativity," in *CCP*, 350 – 355;不过,Asmis 没有关注这里所提出的问题。

第二章 亚里士多德
（公元前384—公元前322年）

生平与哲学

　　柏拉图的学园中最出色的学生是亚里士多德，他于公元前367年从他在马其顿（Macedonia）的出生地斯塔革拉（Stageira）来到雅典，跟随柏拉图学习。亚里士多德对思想史的巨大贡献跨越了好几个领域：形而上学、逻辑学（logic）、伦理学、政治学、文学批评和自然科学（natural sciences）的各个分支。的确，亚里士多德对这些研究领域的论述，深刻地塑造了后来两千年在这些领域中对各种问题的阐述。亚里士多德生于公元前384年，是尼各马科（Nicomachus）的儿子，而尼各马科是马其顿国王菲利普（Philip）的父亲阿敏塔斯二世（Amyntas Ⅱ）的宫廷御医。亚里士多德年轻时尼各马科就去世了，但据说他教给了儿子一些解剖学知识，这是有益于亚里士多德最终的哲学观的一种早期训练。确实，亚里士多德比柏拉图更加对自然现象的经验观察感兴趣，尤其是在生物学方面，这种差异有助于说明这两位思想家在根本上不同的观点。

　　公元前343年，马其顿的菲利普国王邀请亚里士多德作为他儿子亚历山大的私人教师，到他在佩拉（Pella）的宫廷服务。亚里士多德教授那个未来的国王和征服者四年，此后他受菲利普委派去视察当时被战争毁坏的斯塔革拉的修复工程，并为那座城市建立法律法规。在成功完成这个任务之后，亚里士多德返回雅典，开办了他自己的修辞学和哲学学校。学校名叫吕刻昂[the Lyceum，这个名称是题献给牧羊神阿波罗·吕刻俄斯（Apollo Lyceus）的]，学校还包括一个很大的图书馆、一个自然史博物馆和一个动物园。与柏拉图学园的大部分学生来自贵族不一样，吕刻昂大多吸收中产阶级的市民，这两个学校之间形成了一种敌对状态。事实上，这种敌对状态在后来的思想家和流派的著作里延续了很多个世纪。柏拉图的学园把重点放在数学、形而上学和政治学上，而吕刻昂占优势的则是自然科学，其课程包括植物学、音乐、数学、医学、希腊城邦的构造、动物学和所谓野蛮人的习俗。

　　有记录说，亚里士多德写过27篇对话；正是那些对话，而不是那些留给我们的著作，使他在古代世界很有名。不幸的是，那些对话都没有保留下来。我们现在拥有的亚里士多德的著作,只代表了他的实际著作量的四分之一,都是亚里士多德本人及其学生写作的讲稿,大多是他生命中最后12年的作品。这些著作由罗得岛的安德罗尼柯(Andronicus of Rhodes)于公元前1世纪发表。当马其顿的亚历山大于公元前323年去世时,雅典成了极为反感马其顿人(他们在菲利普的统治下征服过雅典人)的场所,对亚里士多德来说离开那里是权宜之计。实际上,他像苏格拉底一样受到了不虔诚的指控;与苏格拉底直面死刑判决不一样的是,亚里士多德选择了避免让雅典人"两次冒犯哲学",迁移到了马其顿的哈尔基斯(Chalcis)。

亚里士多德的形而上学

处于亚里士多德的形而上学和逻辑学之核心的是"实体"(substance)的概念。亚里士多德在其《形而上学》(*Metaphysics*)中宣称,形而上学的主题是**"作为存在之存在"**(being qua being)。[1]换言之,形而上学研究的是普遍的存在,以及它对于存在之物的意义。亚里士多德在《后分析篇》(*Posterior Analytics*)里告诉我们,在我们能够知道一个事物是**什么**之前,在我们能够知道它的真实本质(essence)或实质之前,我们必须意识到**它存在着**。然而,对于存在的这种意识,并非不同于我们对那事物的实质的认识,而是那种认识的一部分。要拥有真正的知识,我们就必须认识事物的实质及其原因。例如,我们可能意识到某物的**存在**,如"云层中的喧闹声",但在我们**实际上**意识到它之前,在我们知道那事物是**什么**(雷声/雷声的原因)之前,我们甚至并不知道它存在着。[2]因此,"作为存在之存在"这个词组,并非指作为一种孤立的、抽象状态的存在,而是指作为理解它与实质之联系的存在。基于这些考虑,亚里士多德把形而上学面临的问题("什么是存在")重新表述为"什么是实体"(*Met.* Ⅰ-Ⅸ, pp.312-313)。"实体"(*ousia*)的希腊词语,也可以翻译为"实质"(essence)。因此,实体的概念包含了存在与实质之间的联系。

亚里士多德所阐明的实体概念,渗透到了后来的西方逻辑学与形而上学的历史中。它确实是亚里士多德在这些领域里的著作的根本原理,就像它对他的《范畴篇》(*Categories*)和《形而上学》来说至关重要一样。在《范畴篇》里,亚里士多德基本上坚持认为,存在着我们可以通过它们去看世界的十个范畴:所是(whatness,实体),数量(quantity),质量(quality),关系(relation),场所(place),时间(time),位置(position),状态(state),行动(action)和影响(affection)。[3]只要粗略看一下这些范畴,我们就会明白:它们在各个最深刻的层面上仍然渗透在我们自己有关世界的思考之中。当我们以一种理解它的观点想到任何实体之时,我们会根据它的特质、与其他实体的关系、在空间和时间中的位置等去对待它。但是,按照亚里士多德的观点,一定存在着这些特质和关系所属的一种根本的基质或实体。因此,对亚里士多德来说,实体在这些范畴中具有首要地位:它既作为其他范畴的根基构成了它们的基础,也使它们转移到一种主语和宾词的关系上[范畴的希腊词语意指"宾词"(predicate)]。可以参考亚里士多德在《形而上学》中对实体的定义来解释实体的这种第一性。在第五卷里,它被定义为"不可能由其他什么来断定的最终主语",以及"具有独特和独立存在的一切事物"(*Met.*, Ⅴ.ⅷ.4)。

亚里士多德主张,范畴表明了"存在"的各种方式,所有这些存在的方式都涉及实体。在第七卷里,亚里士多德把实体称为"存在"的第一意义。因而,只有实体,而不是其他任何范畴,才可能单独存在,因为范畴依赖于实体(Met. Ⅰ-Ⅸ, pp. 147-149, 310-313)。亚里士多德在《范畴篇》里以另一种方式指出了这一点,他在其中对第一实体和第二实体做出了区分:第一实体"既不是被断言的,也不是在一个主语中可以发现的"(Cat., p. 19)。第一实体的例子包括一个特定的人或一匹马。其他范畴,如数量和特质,将作为宾词或这些特定实体的限定条件。对亚里士多德来说,第二实体规定了种类或类属,单个的实体被划归在它们之下。因而,一个特定的人属于"人"这个种类,这个种类本身被归入"动物"这一类属。于是,我们可以看出,所有的第一实体都是独特的,每一个都表示一个不可分割的整体。第二实体涉及很多事物,不是一个实体,如"动物"这个类属指一切动物,并不指任何特定的动物。亚里士多德告诉我们,实体最显著的特征就是,它可以容纳相反的限定条件或宾词,而在数字上保持一和同一。例如,人们可以从很多方面断言同一个人是好的和坏的。因而,实体看起来具有一种不可分割的基质的功能,其他范畴中的各种要素都可以作为宾词隶属于它。

从历史的观点看,值得注意的是,亚里士多德对作为宾词之主语的实体的看法,代表着对柏拉图的"形式"的一种明显突破,确实在某种程度上可以作为亚里士多德对那些"形式"进行批判的部分结果。亚里士多德有时对"形式"表现出极大的不耐烦,认为它们是"空洞的说法和诗歌式的隐喻"(Met., Ⅰ.ⅸ. 12),甚至一度把它们当作"纯粹的废话"而不屑一提(PA, Ⅰ.ⅹⅹⅱ. 83a, 33)。不过,他根据几个理由对那些"形式"进行过批判。柏拉图曾经对特定的对象(如一个人或一张床)和"普遍性"(universals)或特质(如善或高)进行过区分。柏拉图认为,这些普遍性在"形式"的世界里拥有一种独立的存在,那个世界以某种方式超越了物质的、感性的、对象的世界。柏拉图认为,一个特定的人身上的善,来自或参与了善的理想"形式"。然而,亚里士多德认为,特殊与普遍、单独存在的事物与特质之间的联系的这种观点,会使人无法解释语言的主谓结构(PA, Ⅰ.ⅹⅹⅱ.83a, 33)。例如,如果我们想说一个特定对象具有某种特质,比如说,"这匹马很高"(其中的"这匹马"是主语,"很高"是谓语),那么,这无助于我们认为"高"是第一实体(马)以某种方式与之联系的一种单独实体。倘若高确实是适用于很多对象的一种普遍性,那么,我们就必须把它看成一种**特质**,这种特质被一类对象所拥有,而不是作为一种凭其本身的资格存在的**事物**。亚里士多德认为,"形式"把大量的混淆引进我们对感性世界的解释之中,这是完全不必要的(Met., Ⅰ.ⅷ-ⅸ)。

不过,亚里士多德确实提出了某些关于"形式"的推论,以得出他自己的普遍性理论,即普遍性是指那些可以被断定为很多主语(或一类主语)的特质,这些特质不具有任何独立的存在。亚里士多德颠倒了柏拉图式的等级,主张普遍性为了自身的存在而依赖于特定的事物,而不是相反。如"黑"这样的特质可以存在于一个人的身上,但它不具有任何独立的生命。亚里士多德拒绝了"形式"的世界,把普遍性定位为单纯描述这个世界中的事物,这种观点代表了脱离柏拉图观点的一次重要转变,提供了一种更加以**此世**(而不是另一个更高的世界)为中心的形而上学。虽然亚里士多德会赞同柏拉图的观点,即理性比我们的感觉更能接近更高的认识,但亚里士多德坚持认为,感觉是认识的出发点和来源。他试图通过充分关注我们的真实体验和对世界的密切观察,来平衡柏拉图对理性的片面强调。在宽泛的意义上,西方思想史经常显现为这两种观点之间的冲突:柏拉图式的唯心主义观点——它认为真实高于和超越了我们自己的世界,以及更加经验主义的亚里士多德式的观点——它试图在我们的世界之中发现真实。

尽管如此,亚里士多德的哲学却与现代的现实主义(realism)和实用主义相去甚远。源于19世纪的现代的现实主义,倾向于把各种特定的事物看成与从一组特定实体中抽象出来的事物一样,都是真实的和普遍的。例如,我们会注意到,许多特殊动物都具有一种共同的特别特征,具有在陆地上和水中生存的能力。我们据此抽象出"两栖"的特征,设想出"两栖"这个范畴去把那些动物集合在一起。在亚里士多德看来(整个中世纪的大多数哲学都追随这一观点,甚至还延伸到了康德和黑格尔的著作中),真实的正是普遍性,而不是特定的事物。按照直接的感知,虽然特殊性先于普遍性,但正是普遍性才能解释特殊性。还有,如在前面看到的,亚里士多德的观点依赖于实体的概念。亚里士多德认为,如果没有第一实体,就没有其他任何东西可以存在(Cat., p. 22)。在其《形而上学》的第十二卷里,亚里士多德认为,虽然我们认为宇宙是一个整体,但实体是其第一真实。因此,实体的概念把亚里士多德的整个体系结合在一起,从存在的最贫乏的层面一直到神,像宇宙的终极或"第一原因"(First Cause)一样,神是实体的终极担保者。

然而,实体概念本身是有疑问的。一方面,亚里士多德把实体看成构成了其他范畴的基础;另一方面,他又认为实体是与其他范畴中在实质上可以断定的一切属性同一的(PA, p. 121)。例如,如果我们说到主语"马"有"四条腿",那么,后面的谓语就成了主语的一部分,因为有四条腿对马的定义来说是实质性的。我们有理由问,如果我们剥离掉其他范畴中的一切属性,那么,还剩下别的什么呢?各种范畴建立在其上的原理本身似乎是自相矛盾的,在某种意义上,后来的西方哲学史(直到德里达以降)也许可以被认为是与这个问题进行斗争的一种努力。

亚里士多德的逻辑学

亚里士多德对哲学的最大贡献是在逻辑学领域。亚里士多德认为,逻辑学是一种"工具"(organon),它对研究知识的每个分支来说是一种初步的要求。他本人将逻辑学命名为"分析学"(analytics),他的逻辑学著作包括《范畴篇》《解释论》(Interpretation)、《前分析篇》(Prior Analytics)、《后分析篇》(Posterior Analytics)和《题旨》(Topics)。这些著作后来被亚里士多德的追随者们[以"逍遥学派"(Peripatetics)闻名]统称为《工具论》(Organon)。虽然亚里士多德从前苏格拉底学派和柏拉图那里汲取了其逻辑学的一些要素,他却是使逻辑学的规则和方法定型的第一位哲学家,并且把逻辑学当作科学思维的一种系统前奏。亚里士多德试图阐明各种命题的结构,这些命题断言了真实或虚假、证明的性质、普遍命题与特殊命题的联系、定义对一个主语的实质性特质的离析等。亚里士多德的逻辑学的基础是"三段论"(the syllogism),它担当逻辑学的基础达两千多年。亚里士多德式的三段论的典型构成是"大前提"(major premise)、"小前提"(minor premise)和"推断出来的结论"(inferred conclusion),如在这个三段论的经典例子中一样:"所有的人都是必死的;苏格拉底是人;所以,苏格拉底是必死的。"亚里士多德对很多不同种类的三段论进行了分类,范围从这种简单的"如果……那么"的结构,直到更为复杂的格式。亚里士多德对逻辑学的贡献包括为逻辑学提供数学基础,把论证的辩证方法用作一种证明的工具,对经验资料的利用。亚里士多德的逻辑学的影响超过了其形而上学或政治学的影响。甚至在亚里士多德的普遍影响经历了被柏拉图的影响所遮蔽的古代晚期或文艺复兴晚期那样的时期中,亚里士多德在逻辑学中依然具有最高的权威性。

尽管如此,亚里士多德的逻辑学还是受到了伯特兰·罗素(Bertrand Russell)那样的思想家们的严厉批判,罗素认为亚里士多德两千年的影响是一个"停滞"的时期,声称亚里士多德"现在的影响……有害于清晰的思考"(HWP,206)。罗素所要反对的是,亚里士多德过多地强调三段论,而三段论绝不是唯一一种演绎论证;与一般的希腊人一样,亚里士多德"不适当地突出了演绎"对归纳的优势地位;罗素认为,"实体"或"实质"的概念也许适合于一个词语,却不适合于一个事物,因此,亚里士多德错误地把语言的主语和谓语结构应用于世界本身。罗素竟然说:"实际上,科学、逻辑学或哲学中的每一次进步,都不得不在不顾来自亚里士多德之追随者反对的情况下取得。"(HWP,207-212)亚里士多德的逻辑学不仅受到了现代数学家们的抨击,也受到了物理学家、黑格尔及其追随者和马克思主义思想家那样的哲学家、德里达那样的现代文学和文化理论家们的抨击。

甚至比三段论和演绎推理更为基本的,是由亚里士多德阐明的逻辑学的三个所谓法则(有时叫作"思想律"),它们被后来的很多思想家发展到了我们自己的时代。其中的第一个是同一律,它要表明 A 是 A;第二个是不矛盾律,它规定某物不可能同时是 A 和不是 A;第三个是排中律,它断言某物必定**要么**是 A,**要么**不是 A。这些"法则"可以被认为是从三种不同的观点来表达的同一个法则,它们作为西方思想(几乎)不可动摇的基础度过了两千多年。同样,它们也受到了较为详细的考察。一般而言,这些法则中的第一个,即同一律,被包含在亚里士多德的第一实体的概念之中,作为"个别",表示一个"整体"(Cat. 3a10-13),不承认等级(Cat. 3b34),也许最重要的是,从来没有被界定为"指涉某种超越或外在之物"(Cat. 8a19)。但是,说 A 是 A 意味着什么呢?这不是一种明显的和空洞的同义反复吗?我们可以看出,在我们用任何一个重要的词语来代替字母 A 时,它并不是一个陈腐的命题。例如,让我们使用"男人"这个词语。当我们说一个男人是一个男人时,我们是要诉诸某些构成了男人之实质的特质;我们是要说这种实质是固定的和不变的;我们**也**是要说一个男人以某种方式不同于一个女人,不同于一个动物,不同于一种植物等。我们很快就可以发现,我们的界定如何具有巨大的经济和政治含义:如果我们把我们的"男人"界定为理性的、政治的、道德的和自由的,那么,对我们来说看来很自然的是,他应当参与政治过程。我们把女人界定为缺乏这些特质,女人就将被我们的定义排除在外。这个同一律是高度强制性的和分等级的,这一点在"主人"和"奴隶"这两个词语中表现得更明显。主人也许可以恰当地按照那些共同表示"文明的"属性来界定,而奴隶则被限制在"未开化"的名号之内(亚里士多德本人把奴隶界定为一种"会说话的工具")。这些等级上的对立,在历史上包含了希腊人与野蛮人、基督教徒与犹太教徒、白人与黑人、贵族与奴隶这些词语。

逻辑学的第二个和第三个法则只不过证实了我们对女人或奴隶的绝对降格。亚里士多德所坚持的矛盾律(*Met.* Ⅰ-Ⅸ,1011b-13)告诉我们,某物或某人不可能同时是一个男人和不是一个男人。再一次,这不是很明显吗?它确实没有告诉我们任何新东西吗?事实上,我们要陈述的是同一律更深层的含义,即某一套特质归属于"男人",另一套**不同**的特质符合女人,这两套特质不存在任何重叠。按照这种逻辑,我们不可能说到一个可能处于这两个极点之间的人:一个具有女人气特质的男人或一个具有男人气属性的女人。排中律明确禁止了这个中间地带(*Met.* Ⅰ-Ⅸ,1011b-23),它要求某物必须**要么**是 A,**要么**不是 A。一个人要么一定是男人,要么不是男人;要么是美国人,要么不是美国人;要么是穆斯林,要么是犹太人;要么是好的,要么是坏的;要么赞成,要么反对。因此,这些在今天还不幸地在很大程度上支配着我们思维的"法则",不仅是强制性的,也鼓励一种世界观,即明确地划分成各种范畴、阶级、国家、种族(race)和宗教,每一个都具有它自身与众不同的实质或特征。排除中间地带是一项长期的意识形态的、政治的和经济的策略,这种策略排除了界定弹性和根据变化了的环境而改变的一切可能性。这种思维方式是如此根深蒂固,以致连对它的竭力颠覆,如来自马克思主义、女性主义、解构和精神分析的颠覆,都必须在与它们所挑战之对象共谋的更宽广的网络内部进行。人们一定会回想起,同一性的概念稳固地在实体概念的内部运转;因此,不仅逻辑学,还有形而上学和政治学思想,都已受到了这些所谓法则的影响。

亚里士多德的政治学

亚里士多德的诗歌观不仅以他的形而上学原理为基础,也以他对政治国家的看法为基础。与柏拉图的方法不一样,亚里士多德的方法是分析式的和经验式的,从一个复合整体的概念开始,突破它,直到它最小的部分。[4]这种分析心理构成了亚里士多德拒绝柏拉图的这一观点的基础,即国家应当成为一个统一体。实际上,统一体会破坏国家的自足,因为国家不仅要以各种相互支持的功能为大多数人提供栖息地,也要为各种不同的人提供栖息地(*Pol.*,Ⅱ.ⅱ)。一个国家的统一产生于它的各种利益的和谐一致;它在一种既定的建构"精神"方面也具有一种教育功能,这种教育承担了对习惯和智力的训练(*Pol.*,Ⅱ.ⅴ)。我们将看到,诗歌和艺术在这种教育中都具有一种实质性的功能。

源自亚里士多德的形而上学的第二个前提涉及国家的目的。亚里士多德的观点是:国家并非单纯地为了提供生计、保护和货物交换这些功利主义的功能而存在(*Pol.*,Ⅲ.ⅸ)。国家不止于此。它是一种政治同盟,其目的在于"最高的善"(*Pol.*,Ⅰ.ⅰ)。按照亚里士多德的观点,群体的和个体的人的首要目的或目标是"令人满意的生活"(*Pol.*,Ⅲ.ⅵ)。在界定这种令人满意的生活时,亚里士多德借助了他自己较早在《伦理学》中的论述:"分别对个体的、群体的、国家的人来说的最好生活,是那种具有得到物质财富充分支持的功效的生活,以帮助参与那种功效所要求的活动。"(*Pol.*,Ⅶ.ⅰ)他在《伦理学》里一再重复了这些陈述,认为幸福与达到功效和**实践智慧**(*phronesis*)是成正比的(*Pol.*, Ⅶ.ⅰ)。因此,国家的终极目标主要是取得功效;亚里士多德认为,国家的存在是为了"高尚的行为"(*Pol.*, Ⅲ.ⅸ)。再一次,这些政治观点构成了亚里士多德在《政治学》中论述行为的基础。

也是根据《伦理学》中被反复提及的观点,第三个形而上学的前提是这一原则,即功效是过度与缺失之间的一种手段(*Pol.*, Ⅳ.ⅺ)。亚里士多德把这叫作"中间道路原则",并把它的适应性扩大到国体的形成(*Pol.*, Ⅴ.ⅸ)。因此,在一种政治语境里,亚里士多德把最好的生活界定为"中等生活",它为各种各样的人提供了一条中间道路或"中庸"(mean)之道(*Pol.*, Ⅳ.ⅺ)。这个原则在亚里士多德评价民主制和论述他认为最值得要的国体方面将变得很重要,他把它叫作"政体"。这在他从总体上界定诗歌和艺术方面也很重要;亚里士多德提出,诗歌和艺术各自都应当以中庸为目标。亚里士多德所提倡的政治国家本身就是一种"中庸"。像柏拉图一样,亚里士多德在民主制里发现了很多实际的和潜在的邪恶。他提到的民主制的两个特点是大多数人的统治权和自由(*Pol.*, Ⅴ.ⅸ)。他也重复了柏拉图的指控,即民主制的标志是一种普遍的混乱和对法律的不尊重,缺乏对奴隶、妇女和儿童的控制。亚里士多德所倡导的国体叫作政体,它被呈现为寡头政治与民主制的一种混合物,这种混合物可能朝着这两个方向中的任意一个倾斜(*Pol.*, Ⅳ.ⅵ)。

亚里士多德的诗学

《诗学》的形而上学与伦理学语境

在其《诗学》开头的陈述中,亚里士多德提出要考察诗歌"本身"。我们不应当被这个说法所误导,以为亚里士多德会以某种方式论述我们 19 世纪和 20 世纪诗歌的自主性(poetic autonomy)的概念。对亚里士多德来说,诗歌和修辞学都具有"创造性"科学的地位;这些学科在一种知识等级中拥有自己的地位;而亚里士多德认为它们是理性的活动,要寻求一种普遍性(而不是任意的特殊性)的知识,要提供一种社会的和道德的功能。我们已经看到,亚里士多德的整个体系的结构都由实体的概念支配着,从最低级的层面一直到神,如"第一原因"或"不动的推动者"(Unmoved Mover)。这种等级秩序内部的每个要素都有其适当的地位、作用和目的。亚里士多德的世界实际上是一个封闭的体系,其中的每个实体都受到一种内在化的目的的引导,那些目的指向自身性质的实现,并最终指向实现它与神的和谐。在这种体系里,对诗歌进行分析和分类的方式与人类的知识和活动的其他分支一样。现代所提出的诗歌自主性的概念,以自身为目的的诗歌概念,诗歌作为一个有自身律法的独立领域,对亚里士多德来说可能都是毫无意义的。在《尼各马科伦理学》(*Nicomachean Ethics*)里,他相当明确地就创造性的活动宣称:"创造行为本身并不是目的,它仅仅是一种手段,属于别的某种东西。"[5]与形而上学的目的一样,艺术的目的是要获得一种普遍性的知识。对亚里士多德来说,艺术的主旨是经验事实背后的"原因"。因而,《诗学》是诗歌之本质和功能的理论性论述,它是由亚里士多德在吕刻昂所提出的一项更加广泛的哲学研究的一部分。它的部分动机是要反对柏拉图对诗歌强有力的批判,那种批判对诗歌的谴责以道德和认识论为基础。

亚里士多德在《诗学》中的分析经常是按照它对悲剧的各种规定,它对悲剧、史诗和其他类型的区分,以及它对情节与人物的评论来进行的。这些看法的影响是如此深远,以致在今天的学术机构中,对文学作品的分析还要通过这些范畴来进行,诸如主题、人物、情节和作者在文本中的在场。不过,在各种文学批评的传统内部来评价亚里士多德的《诗学》的意义时,在理解诗歌和艺术在亚里士多德的理论体系中的地位时,我们需要考虑其文本的政治学、伦理学和形而上学的框架。像柏拉图一样,亚里士多德考虑了"音乐"是否应当构成国家教育整体的一部分的问题,尤其是对孩子的教育来说。我们需要回想起,"音乐"具有一种宽泛的意义,不仅包含了运用乐器和歌曲的表演,也包含了舞蹈,它在总体上涉及各门艺术。因而,亚里士多德所提出的问题,实际上与我们可以称为自由教育的价值有关。人们早已了解到,亚里士多德批评柏拉图的理想国是在严格的功利目的的范围内来界定的。相反,亚里士多德本人的国家被导向了"最高的善"这一终极目的,并能使人们过上"令人满意的生活"。他在《政治学》中提出,这种令人满意的生活的一个必需的方面,就是从事文明追求的闲暇(Pol., Ⅷ.ⅲ)。他主张:"有一种教育形式是我们必须为自己的儿子们提供的,不是因为有用或者必需,而是因为能使自由人高兴和感到值得。"他指责坚持要求某种特定追求的有用性"对那些眼界开阔的人们来说是不恰当的"(Pol., Ⅷ.ⅲ)。他甚至提出,在一个层面上,我们从音乐获得的愉悦本身就是一个目的。不过,他很快就对这个说法做了限定,接着说这种愉悦仅仅是一个"附带的结果",音乐真正的本质在于它是美德的一种刺激物,表现在它"对性格(character)和灵魂的影响上"(Pol., Ⅷ.ⅴ)。我们在这里可以看出,虽然亚里士多德反对一种乏味的和机械的功利主义,但他仍然坚持认为,赋予音乐价值的是它在教育和形成个性方面潜在的效用。然而,很典型的是,亚里士多德提出了源于音乐的愉悦与它所激发的效用之间的有机联系。亚里士多德认为,因为效用"必须以正确的方式与自我享受相联系,与喜欢和憎恨恰当的事物相联系"。他的结论是:"显然,学习课程或形成习惯,与正确的判断以及由良好的性格和高尚的行为所带来的愉悦一样,都不重要。"(Pol., Ⅷ.ⅴ)

在《政治学》里,这些说法对诗歌来说显得同样适用。亚里士多德关于音乐的全面结论是:既然它具有"达致灵魂的某种特定力量……那么,它就必须应用于教育,年轻人必须在其中受到教育"。[6]亚里士多德认为,音乐在教育年轻人方面更有价值,因为它是令人愉悦的。这个论点将被后来的很多批评家重复,包括贺拉斯和锡德尼。于是,很明显,虽然艺术和诗歌可能具有它们自身的律法并提供愉悦,但这种愉悦对更深层的道德目的来说是必需的,这种目的在教育中被制度化了。与柏拉图的理想国相比,诗歌在理想国中被认为是道德、理性和真正知识的障碍,而在亚里士多德的国家里它却具有一种积极的作用。不过,亚里士多德以他自己的方式,与柏拉图一样对孩子们应当面对的素材的恰当性表示了批判性的态度:他们应当受到保护,不应接触"不恰当行为"的艺术表现,不应允许他们去看喜剧或粗俗的表演,必须在总体上保护他们不接触任何包含"不道德或敌意"的表演(Pol., Ⅶ.xvii)。

除了亚里士多德在伦理学上和政治学上的倾向之外,还有一些认识论和形而上学的原则构成了他在《诗学》中的论点与规则的基础。其中的一些上页已经提及：亚里士多德的经验方法，他对大多数人的承认，个人和国家的目的论（teleology），以及适度的原则。对此，我们可以接着加上统一的概念、可能性①、必然性、理性、普遍性和真理。所有这些概念，与亚里士多德的伦理学和政治学原则一起，构成了他对于好的文学之特征的看法的基础。在这方面很要紧的问题包括真实性的意义与希求，对性格的表现，细节的运用，语言的运用，文学作品各个组成部分彼此结合成整体与和谐的方式。

亚里士多德对模仿和行动的一般看法

亚里士多德的《诗学》的核心部分有两个复杂的概念，即模仿和行动，它们渗透了亚里士多德的形而上学原理与其伦理学和政治学的倾向。像柏拉图一样，亚里士多德坚持认为，诗歌在实质上是模仿的一种方式。但是，亚里士多德提出了一种完全不同的模仿观，这种观点导致他认为诗歌具有一种积极的作用。对柏拉图来说，模仿本身体现了远离真理一步的距离，因为它产生了"形式"或特定实体之实质的不完美的摹本。在这种意义上，整个物质现象的世界对柏拉图来说就是对"形式"世界的一种不完美的模仿。对柏拉图来说，诗歌所占的地位甚至比感性的外表世界更低，因为它不得不模仿那些外表，而外表已是对"形式"的模仿。然而，亚里士多德赋予模仿积极的意义。他没有把模仿看成一种必然诋毁性的活动，而认为它是一种基本的人类本能，使它成为走向真理和知识的一条途径。他在《诗学》中宣称，人从孩提的时候起就有模仿的"本能"，人和禽兽的区别之一就在于人最善于模仿（Ⅳ.2—3）。② 亚里士多德大胆地接着说，不仅是哲学家，而且各种层次的所有人都在获得知识中找到了快感。人类依靠模仿去获得知识，他们通过这种过程去推断每种客体的性质。因此，对亚里士多德来说，模仿既是一种获得知识的方式，又与快感相联系。这种观点在亚里士多德的《修辞学》里得到了强化，他在其中推断说，既然获得知识和赞美是令人愉悦的，那么，像素描、雕塑和诗歌这样的模仿艺术也一定是令人愉悦的。他坚持认为，快感不在于被模仿的对象，而在于模仿的过程本身，它通过一个推断的过程获得了知识。[7]在《政治学》里，亚里士多德也提出，我们在模仿时很高兴，因为它产生了一种与真实的相似性（Pol., Ⅷ.Ⅴ）。对比起来看，柏拉图所嘲弄的艺术表现与真实之间的真正差距，却被亚里士多德当作快感的一个来源提出来。对真实性的这种快感，是他将在《诗学》中再次提出的某种东西。因而，很明显的是，对亚里士多德来说，模仿的概念极大地充满了道德的和认识论的功能。

《诗学》中的另一个关键概念是行动，它在亚里士多德的理论体系中同样很复杂。在《政治学》里，亚里士多德试图评价沉思与行动的相对优点。显然，他为行动赋予了极大的优先权。他宣称："美德本身并不够，还必须有把它变成行动的力量。"（Pol., Ⅶ.ⅲ）他甚至一度表明："幸福就是行动；正义的和受到限制的人们的行动，代表了很多美好事物的实现。"同样，积极的

---

① 可能性（probability）：国内旧译为"或然性"（参见朱光潜、罗念生等先生的译法）。为通俗起见，本书中均译为可能性。

② 本章中与《诗学》有关的译文，参考了罗念生、杨周翰译《诗学·诗艺》，人民文学出版社 1982 年版。

生活对国家和个人来说都会是最好的(Pol., Ⅶ.ⅲ)。不过,亚里士多德认为,由于自身的缘故介入的沉思和智力甚至更加积极,"因为在这种思维中的目标是要做得很好,因此,在某种意义上也是行动"(Pol., Ⅶ.ⅲ)。这些说法所表明的是,对亚里士多德来说,无论行动是身体的还是心理的,是公共的还是个人的,都具有一种道德的结果或目的。艺术模仿人类的行动,但人类的行动必须具有其终极目的,即"最高的善"(PA, p.171)。

《伦理学》更加深刻和详细地揭示了行动的道德性质。行动的概念包含一些要素:行动的(直接)原因是选择,而选择的原因则是"指向某种结果的愿望和推理"。因此,亚里士多德说,选择必然包含了智力的训练和性格的某种倾向(NE, Ⅵ.ⅱ.4)。亚里士多德进一步解释说,符合美德的行动要求行动者具备某些条件:他必须怀着知识去行动;他必须深思熟虑地选择行动;而行动必须源于"一种固定的和持久的性格倾向"。这样,美德由对正义和适度的行动的**反复表演**产生(NE, Ⅱ.ⅳ.3)。亚里士多德坚持认为,美德的对象,即美德实质上所关注的东西,就是情感和行动(NE, Ⅱ.ⅵ.10-12)。他把美德界定为"决定对行动和情感之选择的一种固定的思想倾向,实质上在于遵守与我们有关的中庸……那就是两种恶习之间的一种中庸的状态,一种是过度,另一种是欠缺"(NE, Ⅱ.ⅵ.15)。这些说法提供了一种背景,我们靠着它可以理解《诗学》的核心概念:模仿的本质;行动的本质,以及它与美德、思想、情感和性格的关系。

因而,概括地说,对于诗歌的模仿与行动之间的联系可以做如下描述。作为一种创造性的艺术,诗歌本身并不是目的。其目的是要表现行动,按照亚里士多德的看法,行动本身就是一种目的,因为它力求具有美德。因此,模仿与行动之间最初的关系就是手段与结果的关系。然而,它们之间的关系也是以中庸或中间道路的概念为基础的。正如符合美德的行动将以中庸为目的一样,艺术本身在其模仿的或表现的努力中必须以中庸为目的,并把这一点用作其创作时的标准。我们现在也许处在一种更好地理解《诗学》中模仿与行动这两个词语之含义的地位之上。

《诗学》中的模仿概念

在其文本刚开始时,亚里士多德断言,诗歌和音乐的所有方式都是模仿。这些模仿可能在三个方面不同:在所用的媒介方面,在表现的对象方面,在表现的方式方面。手段可以包括色彩、形象、声音、节奏、言语与和谐。亚里士多德认为,用词语进行模仿的艺术就是诗歌。由于反对把诗歌等同于运用韵律的流行看法,亚里士多德坚持认为,诗人的实质特征就是模仿(Poetics, Ⅰ)。假定亚里士多德后来提出,诗歌艺术的起源在于自然原因,即我们模仿的天性和我们通过模仿所获得的快感,那么,看来诗人的艺术就是把人类共同拥有的冲动形式化。再一次,这又处在与柏拉图的观点尖锐对立的境地,柏拉图认为诗人是被神的力量所支配的,在一种非理性的迷狂中写作,远离了其人类的同类。对亚里士多德来说,诗人是人类社会的一个必要组成部分,理性地发展和提炼出各种基本特点,而这些特点是他与其他人所共有的。

艺术模仿彼此有别的第二个方面,是它们所处理的各种对象。不过,对所有艺术来说共同的是,它们都模仿在行动中的人(Poetics, Ⅱ)。如早已提到的,亚里士多德心目中的行动是那些具有意义和道德价值的行动。亚里士多德认为,被模仿的行动必须是高尚的或基本的,因为人类的性格要符合这些特性。因此,存在于人类行动和人类性格基础中的就是道德:正是行动和性格中的这种道德成分,才是艺术家必须模仿或表现的。正是在所有艺术的这种普遍规则之内,才能做出有关各种被模仿的对象的区别:后者可能是较好的、较差的,或者像一般人一样(Poetics,Ⅱ)。亚里士多德以这样一种举动奠定了两个广泛问题的基础:一方面是体裁的差异,另一方面是艺术品与真实之关系的本质。此外,这两种讨论仍然牢不可破地依赖于它们靠其进行下去的道德基础。亚里士多德认为,悲剧把人表现得比一般人更好,喜剧则把人表现得比一般人更差。虽然这种对道德真实性的各自背离产生了悲剧和喜剧的体裁,却没有任何诗歌体裁是由道德真实性或与一般人"相似"产生的。正如很快将出现的,看来亚里士多德把这种机械的道德真实性归入了历史学科。

最终可以区分各种模仿的方式,就是表现的方式。亚里士多德只承认两种基本类型:叙事(narrative),诗人在其中以他自己的身份或通过人物发言;戏剧表现,在其中表演故事和付诸行动(Poetics,Ⅲ)。亚里士多德把悲剧追溯到英雄诗和史诗、赞美诗和颂诗,他提出,喜剧的根源在辱骂的和抑扬格诗歌之中。

《诗学》接着进行了诗歌与历史之间的对比,亚里士多德在其中对模仿提出了一些进一步的总体评论。亚里士多德断言,诗人的职责不在于描述实际上已发生的事,而在于描述"按照可然律或必然律……可能发生的事"(Poetics,Ⅸ)。使诗人区别于历史学家的不在于一个用韵文写作,另一个用散文写作,而恰恰在于这一事实,即与历史学家不一样的是,诗人不受服从于表现真实事件的约束。亚里士多德由此得出的结论在很多方面都与我们现代的诗歌、历史和真实性的概念相去甚远。他推断说,诗歌比历史更"富于哲学意味"并且更**严肃**(*spoudaioteron*),因为诗歌表现的是**普遍的**(*ta kathalou*)事,而历史仅仅处理个别的事。提出这个问题的另一种方式,就是认为诗歌产生普遍真理,而历史给予我们的是特殊的事实。今天,我们倾向于认为诗人只有通过处理特殊的对象和细致的情景才能表现普遍真理;我们认为历史不只是叙述一系列事件,而是在那些事件内部去发现广阔的模式,并且是根据各种观点提出来的。不过,我们对真实性的一些看法,如同在整个19世纪中所阐述的,与亚里士多德的共同之处是都坚持可能性或必然性。诗歌并不描绘真实事件的细节,这个观点对亚里士多德来说并没有降低诗歌的真实性。诗歌表现的是普遍性的东西,这对亚里士多德来说比特殊事件更加真实。诗人表现的是塑造各种事件的可能性或因果关系(causality)的内在结构,因而是可以普遍应用的,并且可转换为其他系列的事件。因此,诗人不表现一个特定人物之行动偶然的或意外的性质,不表现那些只可能在他人行动中起作用的因素。历史学家实际上要受到这种偶然性的限制,要受到这种不可避免地沉浸于像被剥夺了普遍适用性一样的特殊性的限制。我们在这里可以看到,实体或实质的概念多么深刻地构成了亚里士多德的文学概念的基础。

诗歌与历史之间的另一个重要差别出现在《诗学》的第二十三节里。诗人的眼界是一个统一体,它是历史学家的工作所缺乏的。历史所涉及的不是一个行动,而是一个时期,要处理一连串事件,它们的多样性必然不是由单一目的或目标所能统一起来的。然而,诗人必须模仿单一的行动,那个行动是"整一"和"完整的";他的主题必须"用单一的观点"去理解。这里所包含的是一种艺术观,它甚至直到今天都是普遍深入的:艺术通过诉诸外部世界各种要素中的普遍性，通过使它们参与到为促进道德和教育目的本身之艺术目的的服务当中，而以某种方式安排和统一了那些要素。在这种意义上，正是诗人，而不是历史学家，才试图通过使经验的各种要素达到和谐，把经验置于更加广阔的知识语境和道德职责里去，以便理解经验。

在说了所有这些话之后，亚里士多德并没有排除诗人可能模仿那些实际上发生了的行动。某些真实的事件可能包含有普遍性的成分，与历史学家不一样的是，诗人拥有选择将要表现的事件的自由。正是出于这个原因，亚里士多德才说，诗人的主要注意力必须被导向的不是运用韵律，而是建构情节。最拙劣的那种诗人会成为一种历史学家，使用那些"穿插式的"情节，仅仅是相互跟随的穿插，没有顾及可能性或必然性。确实，正是诗人对情节的运用，才把他置于了一种文学模仿的传统之中。正如在所有事物中一样，亚里士多德渴望一种平衡，即诗人本身的独创性与运用传统要素之间的平衡。诗人不应当专门采用那些通过传统流传下来的故事（Poetics, IX）；在另一方面，亚里士多德认为，对诗人来说不可能完全改变传统的故事，他只有改编那些故事的自由（Poetics, XIV）。在这里显现出亚里士多德之诗学的一个至关重要的要素，就是模仿并非一个可以出现在真空里的过程，也不是一种纯粹个人的事业。对行动的模仿实质上表现在情节的结构之中，而诗人则必须学习从前的模仿和情节结构的大师们的经验与失误（Poetics, XIV）。

到《诗学》结尾时，亚里士多德似乎已经拓宽了他对诗歌模仿的定义，使它变得不那么排外。这时他认为，诗人必须用三种可能的方式之一来模仿。他必须模仿过去有的事或现在有的事，传说中的或人们相信的事，以及应当有的事。在这里出现了一些复杂的问题，包括真实性、惯例、理性和可能性。如果我们仔细考察一下这个后来对诗歌模仿的定义，那么，它揭示出它本身完全不同于《诗学》中早先对其的定义。我们可以回想起，那些早先的定义提及模仿时并不涉及道德或真实性，而是涉及可能性和普遍性。使诗人区别于历史学家的是诗人表现普遍真理的能力，正如在表现由可能性联系起来的事件的情况下那样。然而，现在重点到了真实性之上；诗人表现那些发生在过去或出现在现在的事情。此外，还引进了两个重要因素。第一个是对模仿的道德责任的诉求，第二个是对人们习惯的意见的诉求。有可能是在回答柏拉图对诗歌的控告时，亚里士多德提出，对一件艺术作品不是"真实表现"的批评，可能会遇到这个论点，即它表现的情景并非像它事实上那样，而是"像它应当那样"。这个被锡德尼和其他人所接受了的论点，把一种道德功能归于诗歌的模仿，因此诗歌应当表现的情景是在道德上有益的或有教育意义的。这种道德功能在亚里士多德早期的定义中也许是含蓄的，即诗歌模仿人类的行动；然而，道德要素仅仅是间接含蓄的，因为它属于模仿的对象，即人类行动的道德成分。看来，现在亚里士多德赋予了模仿行为本身一个道德目的，作为其真正定义的一部分。这里的情况再次因为这一事实变得有点复杂，即诗人现在似乎有了一种选择：或者表现真实的东西，或者表现在道德上理想化了的真实的因素。看来，对亚里士多德来说，模仿的道德目的比一切真实性的努力都具有优先权；他提到了一种情景"像它应当那样""比真实更好"（Poetics, XXV）。但是，这两种功能之间的联系并不清楚：艺术中的真实性完全与其道德目标相联系吗？这两种功能是分离的吗？它们在实际上是相互排斥的，互相可以取代的吗？虽然亚里士多德的文本对这些问题没有提供任何明确的答案，但其价值主要在于提出了问题。

后来的诗歌模仿的定义中的第二个新因素,就是对惯例的诉求。亚里士多德再次回应了可能对诗歌没有表现真理的批评,主张我们可以求助于"人们的意见"。例如,虽然一位诗人可能没有真实地表现诸神,但他有理由按照流行的意见和人们讲述的有关诸神的神话来表现他们。再一次,到了亚里士多德的文本的这个阶段,我们已经远远离开了柏拉图把真理用作据以谴责诗歌的一种标准的观点。柏拉图的控告的真正基础,即诗歌既求助于又强化了流行的意见、错误概念和虚假,被亚里士多德用来破坏绝对和先验真理的一切标准。亚里士多德承认不能简单地拒绝流行意见,这朝着以下看法迈出了一大步,即真理不在于以某种方式超越,它要在人类的共同体之内而非之外实现。在其《修辞学》里,亚里士多德声称:"真理并非超越人类本性,而人在极大程度上实现了它。"(*Rhet.*,1355a)再一次,亚里士多德把真理的标准应用于诗歌,反映了与柏拉图的一种重要的哲学差异。对亚里士多德而言,真实存在于人类努力的范围之内,它属于人类社会和人类历史范围。诗人必须面对的正是这种真实,而不是被抽象成难以达到之超越的柏拉图式的真实。这里的最终要点在于,《诗学》里至少出现了两种没有取得一致的有关诗歌模仿的定义,一个强调了可能性和普遍性,而另一个则宽泛得多,诉诸真实性、道德和惯例。

亚里士多德悲剧观中的行动概念

亚里士多德对悲剧的分析到目前为止是《诗学》中最著名的部分。它在很多个世纪中仍然很有影响,直到18世纪之前都没有受到过严重的挑战。正是在对悲剧的这种论述中,前述概念之间的联系——模仿、行动、性格、道德和情节——最为清晰地出现了。以下是亚里士多德对于他所称的悲剧的"实质"(*ousia*)的著名定义:

> 悲剧是对十一个严肃、完整、有一定长度的行动的模仿;它的媒介是语言,具有各种悦耳之音,分别在剧的各部分使用;模仿方式是借人物的动作来表达,而不是采用叙述法;借引起怜悯与恐惧来使这种情感得到宣泄。(*Poetics*, VI.2 - 3)[8]

用来表示"行动"的希腊词语是 *praxis*,它在这里不是指一种特定的孤立的行动,而是指行动和事件的整个过程,它们不仅包括主要人物所做的事,也包括发生在他身上的事。在修饰这种行动时,亚里士多德再次使用了 *spoudaios* 这个词语,它的意思是"严肃的"或"重大的"。正如亚里士多德后来的评论所揭示的那样,这种严肃性实质上是一种**道德上的**严肃性。亚里士多德用来表示"完整的"词语是 *telaios*,它指一种已经达到其结局或者已经结束了的情景。而 *megethos* 这个词语则指巨大、高度或长度。由此看来悲剧的主题是一个行动的过程,那种行动在道德上是严肃的,表现了一种完整的统一,不仅根据重要性,而且如将看到的,根据某种规定的时间、场所和复杂性的限制,占据了一定的长度。此外,既然悲剧在实质上是戏剧而不是叙事,那么它就要表现行动中的人,而结构适当的悲剧将为各种情感,主要是怜悯和恐惧,提供宣泄或**净化**(*katharsis*)。因此,悲剧对观众产生的**效果**成了其真正定义的一部分。

行动的概念对亚里士多德的悲剧观来说很重要,因为它构成了其他组成要素和特点的基础,它们包括情节、性格、言辞、思想、形象与歌曲。这些要素涉及模仿的媒介(言辞和歌曲),模仿的方式(形象),以及模仿的对象(安排在一个情节里的行动,演员的性格和思想)。人们将回想起,亚里士多德也规定了其他要求,诸如行动的完整、艺术上的统一和情感的影响力。模仿人的行动的悲剧的要素并不主要是刻画性格,而是安排情节,亚里士多德把这叫作"第一原则"和"悲剧的灵魂"(Poetics, Ⅵ.19-20)。亚里士多德对性格与情节之间的联系的解释是复杂的且有些使人迷惑的。人们早已看到,在《尼各马科伦理学》里,他认为行动产生于"选择",选择则是由思想、智力和某种性格倾向所产生的。他还认为美德涉及情感和行动,产生于一种"固定的性格倾向"。这些说法似乎暗示了,一种特定的性格以某种方式运用思想,将产生一种特定的行动。在《诗学》中,他重复了这种公式,认为"性格和思想是行动的造因"(Poetics, Ⅵ.7-8)。然而,稍晚一些,他在《诗学》里赋予了行动在诗歌表现中的优先权。他的推论看来像是这样进行的:悲剧不是对人物或性格的表现;相反,它所表现的是人的"行动、生活、幸福与不幸系于行动"(Poetics, Ⅵ.12)。

在这里,有可能会错误地认为亚里士多德以某种方式赞成一种存在主义的观点,即行动先于性格,性格实际上是一系列行动累积的结果或产物。亚里士多德非常清楚地说过,一种固定的性格倾向导致了一种特定的行动,而不是相反。那么,他何以要坚持认为必须加以表现的是行动而非性格呢?亚里士多德随后在《诗学》里的评论帮助我们回答了这个问题。并非他把行动与其在性格中构成原因的基础分离了。相反,如早已提到的,悲剧所表现的行动不是单个性格的行动;它是一种更加广泛意义上的行动,是一个"生活的"领域,主要人物在其中行动和被采取行动。行动的这种更加广泛的意义是亚里士多德在把情节界定为"事件的安排"时所赋予的(Poetics, Ⅵ.12)。因为悲剧在实质上是戏剧,所以其基础不可能是刻画性格;如亚里士多德指出的,不可能有一种没有任何行动的悲剧,但没有性格刻画的悲剧则是完全可能的(Poetics, Ⅵ.14-15)。悲剧必须以事件的某种结构为基础,特定性格的特定行动造就了那种结构。这种全面的戏剧结构即情节,是"悲剧艺术的目的"(Poetics, Ⅵ.13)。

行动与性格之间的这种联系,可以由亚里士多德后来对那种对悲剧来说必需的情节的评论进一步澄清。对亚里士多德来说,情节最重要的特点就是**整一性**。这种整一性并非以性格为基础:只涉及一个主人公不会实现这种整一性。亚里士多德提出,无数的和各种各样的事情都可能发生在一个人身上,这种多样性不可能因为涉及那个人而被统一起来。这里所暗示的是亚里士多德的政治倾向,即个人并非孤立地行动,他们的真正性质是社会的,他们的行动出现在人类关系和事件的复杂网络之内,那些关系和事件所影响的远不止是单个的人。因而,对亚里士多德来说,整一不是由表现单个人赋予的,而是由表现"一个对象""一个行动"所赋予的(Poetics, Ⅷ.1-4)。换言之,所描述的事件的整个复合体,必须服从于一个有机的统一体,由此,每个事件在整体中都具有一种不可或缺的地位。正如亚里士多德指出的:"里面的事件要有紧密的组织,任何部分一经挪动或删削,就会使整体松动脱节。"(Poetics, Ⅷ.4)亚里士多德认为,整个复合体就是**一个**统一了的行动。

如何达到这种有机的统一呢?亚里士多德早已告诉过我们,各种事件必须由"可能性或必然性"来联系。在《诗学》的第七节里,他较为详细地讨论了情节的结构。亚里士多德重复了他最初的表述,即悲剧表现一个"完整的"行动,并提出了以下定义:"所谓'完整',指事之有头,有身,有尾。"(*Poetics*, Ⅶ.2-3)对亚里士多德来说,"头"指事之不必然上承他事,但自然引起他事发生者。"身"指事之承前启后者。"尾"指事之按照必然律或常规自然的上承某事者,但无他事继其后。显然,情节的整一性对亚里士多德来说是以一种因果关系的概念为基础的。他在这方面的观点看来是,组织得很好的情节并非"随便起讫,而必须遵照此处所说的方式"(*Poetics*, Ⅶ.7)。在这里几乎不需要说明,亚里士多德有关头、身和尾的公式已经产生了深远的影响,其影响远远超出悲剧或戏剧的界限,并且深刻地浸透了思维方式和写作方式,甚至直到我们这个时代。然而,同样很明显的是,构成这些公式之基础的因果关系概念,已经受到了广泛的挑战,尤其是在过去两个世纪里。"开始"("头")的概念被用更加复杂的方式做了重新阐述,从黑格尔到德里达。在我们自己的时代里,我们更加不愿意承认,任何一组事件都可能具有一种绝对的开始或起源的情形;或者说,一种结尾可能只不过是一种任意强加的限制,或者是我们希望可以纳入自己的考虑的事件的结束。

不过,就亚里士多德对情节整一性的看法而言,还有一些更深层的因素。其中之一是审美的因素,与表现之美有关;另一个是表达情感的因素,涉及悲剧将在观众中引起的情感。亚里士多德坚持认为,就任何要成为美的实体而言,它的各个部分不仅必须按一种有序的方式来安排,体积也应有一定的大小(*Poetics*, Ⅶ.8-9)。亚里士多德根据空间和时间来界定这种长度;在这两种情况下,界定不仅涉及美的对象本身,也涉及感知它的美的那个人。在空间的表现方面,美的对象必须具有一种可以被眼睛"一览而尽"的长度,以便产生"整一性"的效果。如果某物对眼睛的感知来说太小或者太大,那么,它就不可能是美的。同样的,对整一性的要求也适用于时间:无论所描述的事件是什么,都必须能为我们的记忆所把握。亚里士多德认为,正如美的对象的情况一样,"因此,情节也须有长度,以易于记忆者为限"(*Poetics*, Ⅶ.9-11)。亚里士多德坚持认为,较长的行动较好,只要它能使我们"一览而尽"。亚里士多德此时提出了一个关于情节的适当长度的界定,这个界定在因果关系和长度之外引进了另一个因素,即性质的连续进程或事件的质变:"长度的限制只要能容许事件相继出现,按照可然律或必然律能由逆境转入顺境,或由顺境转入逆境,就算适当了。"(*Poetics*, Ⅶ.12)这有助于进一步解释一出悲剧何以不可能以性格为基础:它的基本目的在于不仅按照因果关系与必然性或可能性来安排事件,也按照它们在各种环境中产生性质变化来安排事件,那种变化在悲剧的情况下必须是由顺境转入逆境(*Poetics*, ⅩⅢ.6-7)。虽然亚里士多德没有明确说明这一点,但如果没有这种命运的变化,那么,结合起来的所有其他要素在悲剧中可能就难以有结果。

亚里士多德对这一事实的承认,体现在他根据情节的形式结构和在观众中产生的情感对情节的整一性的进一步解释之中。虽然亚里士多德把情节的形式结构划分为"开场"(prologue)、"场次"(episode)、"退场"(exode)、"进场歌"(parode)与"合唱歌"(stasimon),但很明显,对他来说,情节的真正结构存在于行动的运动之中。他把情节划分为简单情节,它们展现了一个连续的行动和复杂情节——如在索福克勒斯的《俄狄浦斯王》(*Oedipus Rex*)中所示例的那样,它们的行动的标志是通过"突转"(reversal)、"发现"(recognition)和"苦难"(suffering)的一种运动。在其文本的后面,他把行动划分为两个部分,即"复杂因素"(包括所有事件,直到命运的变化)与"最终结果"或拆解(它从命运的变化一直进行到戏剧的结束)。在这个方面,命运中的变化确实被置于了戏剧的核心:被划分了的行动既导致了那核心,又是它的结果;它处于与它的关系中,以致突转、发现和苦难都具有了自身的意义。亚里士多德更喜欢复杂情节,因为正是突转、发现和苦难的过程,才唤起了怜悯和恐惧的情感,它们本身促成了情节的整一性。

因此,情节的整一性不仅使因果关系、可能性和命运的变化成为整体,也使在观众中产生的恐惧和怜悯的情感成为整体。在重复了他的公式之后,即悲剧不仅表现了一个完整的行动,也表现了引起恐惧和怜悯的事件,亚里士多德增加了一个重要的限制条件。当"一桩桩事件是意外发生的而彼此间又有因果关系"时,实际上最容易引起恐惧和怜悯(Poetics, IX. 11-12)。换句话说,就连这些情感的产生也必须是戏剧中表现的原因和结果序列的结果。虽然怜悯和恐惧的效果可能显现为一种惊异,但它仍然必须被感知为先前事件不可避免的结果。因而,唤起怜悯和恐惧就成了情节整一性的一个必需的方面。亚里士多德后来确实承认了,这些情感可能被场面壮观的手段激发起来(如舞台上戏剧的视觉因素),但他依然坚持认为,一个较好的诗人将根据情节的内在结构产生这些情感(Poetics, XIV. 1-2)。

亚里士多德对恐惧和怜悯的效果的解释,提供了对性格与行动之间关系的更深一层的洞见,正如在他对后来被命名为主要人物的"悲剧性缺陷"(tragic flaw)的著名说明中提出的那样。亚里士多德认为,怜悯是由不应遭受的不幸引起的,恐惧是在我们认识到遭受这种不幸的人"与我们相似"时引起的(Poetics, XIII. 4)。因此,这些情感不可能由一个坏人的走运激发起来,它们也不可能产生于看见一个完全受人尊重的人或一个彻底的坏人遭受不幸(Poetics, XIII. 2-4)。相反,有疑问的性格必须占据这些极端之间的一个中间位置:他必须是"不十分善良,也不十分公正,而他之所以陷于厄运,不是由于他为非作恶,而是由于他犯了错误"(Poetics, XIII. 5-6)。这些说法在很大程度上澄清了悲剧表现行动而不是表现性格的原因。因为导致不幸的"缺陷"并不是一个人"固定的性格倾向"的**必然**结果。相反,它是主要人物陷入其中的一种疏忽,一种错误,由于缺乏判断力或知识,而它仅仅以一种**意外的**和偶然的方式才成为其性格的结果。因此,悲剧必须把焦点置于行动的序列之上,而不是置于性格之上,因为一种特定的行动可能是毫不典型的,也可能在因果序列中占有一席之地,超出了认识或对任何特定性格的控制,超出了仅仅表现性格的情形。

亚里士多德对悲剧中的性格刻画的评论,提出了一些更深层次的疑问。他提出了四个问题。第一个是性格必须"善良"。首先,揭示了性格的,无论是通过对话还是通过行动,是"抉择"(Poetics, XV. 1)。早在第六节里,亚里士多德就已经解释过,这种抉择必须出现"在某些场合,人物的去取不显著时"(Poetics, VI. 24)。亚里士多德在这里提到的是**道德**抉择:他所使用的词语是 proa-iresis,它也可以翻译为"意志"(will),指对一种特定行为过程的有意抉择。再一次,这把行动与性格之间的关系置于了一种有疑问的理解之中。我们回想起,亚里士多德在其《伦理学》中说过,行动产生于选择。因此,正是在对一种特定行动的抉择之中,性格才被揭示出来。然而,着重点看来依然是在道德意义上的特定行动之上,而不是在性格之上。揭示性格本身并不是目的,它只不过与产生在道德上有意义的行动达成了一致。以为整个性格是在抉择与行动的特定顺序中表现出来的,这也不太准确。更准确地说,通过那种特殊的行动,性格得到了集中的表现。

还需要考虑亚里士多德前述评论的另外两个特点。他说刻画出来的性格必须"善良",这话是什么意思呢?亚里士多德用来表示"善良"的词语是 chrestos,它可以意指道德上的善、诚实或可尊敬的;但是,它也可以指有用、有价值或可用的。我们可以从当下的语境中推断出,亚里士多德是在谈论悲剧里运用某些角色的价值或者恰当性。他宣称,性格的善良在"各种人里面都有"。他承认,妇女和奴隶也可能"善良",即使"妇女比较低,奴隶非常贱"(Poetics, XV. 1-3)。其含义是,最适合于悲剧的角色不仅必须是男性和自由公民,这些公民也必须来自社会的上层。在第十四节里,他声称,适合于悲剧的素材可以通过不断求助于"为数不多的家族"来找到,那些家族受到了令人恐惧的灾难的困扰。亚里士多德因此为男性社会精英的文化表现保留了文学的领域;妇女和奴隶的困境与经历的重要性被归入次要的。虽然希腊悲剧和其他地方当然也有这种排他性的例外,但这些趋势已经支配了大多数西方文学。产生于亚里士多德前述对性格之评论的另一个更普通的观点是,不是所有的行动都适合模仿,只有那种具有道德困境的行动才适合。有很多行动是偶然的,因为它们并不必然产生于或者引起某种东西;更重要的是,有很多行动并不涉及道德选择。再一次,我们在这里看到了实体或实质与偶然之间的固有差异,这种差异对亚里士多德的形而上学来说很重要。

亚里士多德的第二个规则是,所描述的各种性格应当"适合"。例如,一个男人不应当像女人那样行动,或者相反。这与第四个规则有关,即性格必须"一致"(Poetics, XV. 4, 6)。亚里士多德在这里允许了某种灵活性:一种性格最好是"寓一致于不一致的";因此,行动与一种"性格的固定倾向"之间的联系并非总是一种偶然的必然性或可能性。亚里士多德这么说,的确放弃了诗人在刻画性格时必须寻求不可避免性或可能性的观点(Poetics, XV. 10)。又一次,在与柏拉图的对比中,亚里士多德似乎考虑到了行动在实际上的复杂性,它不可能始终都按其效果来预测或准确定量。甚至一种在行动上毫无特点的性格,也有可能属于可能性的领域。

亚里士多德的第三个规则更有疑问。他要求,一种性格必须"相似";某些翻译(translation)把这一点解释为,是说性格应当"像真实的那样"。亚里士多德使用的词语是 homoios,它的意思可能不仅是"相像"或"相似",也有"属于同一类或同一地位"的意思。在这里,亚里士多德心里想到的是什么呢?看来似乎不合情理的是,假定亚里士多德美学思想的整个趋势都脱离了柏拉图的思想,因而亚里士多德要提倡一种伦理学的真实性,在这种意义上,被刻画的性格除了如先前描述的在一种普遍意义上之外,就应当以某种方式"忠实于生活"。亚里士多德的文本经常借助可能性和必然性的概念,以免放弃艺术表现与真实之间的任何联系。然而,这些概念确保了这种联系被形式化和理想化:单纯模仿真实事件的任意过程,既不会产生整一性,也不会产生真正的真实性。后者要通过识别和表现特殊事件真实流动之中普遍的东西来达到。另一位翻译亚里士多德著作的翻译家提出,亚里士多德所说的"相似"的意思是"像传统的人",因为阿喀琉斯不应当被描绘成温柔的,或者说奥德修斯不应当被描绘成愚蠢的(Poetics, p. 54 n. C)。这似乎是对于理解亚里士多德的意思的一种较为富有成果的方法:亚里士多德明确说过,这第三个要求显然与性格的适合或一致不同,因此,"相似"也许有理由指需要使性格刻画与传统的刻画一致,并且要以普遍特征为基础。

亚里士多德《诗学》的遗产

亚里士多德的美学遗产，像其作为一个整体的哲学遗产一样，明显属于一种古典遗产。确实，亚里士多德的思想作为一个整体，为西方世界的思想与文学的整个古典传统奠定了基础。对亚里士多德的古典主义的要素提供一种简要的说明是不无裨益的。

最根本的前提是一种政治学的前提，即个人只有在一个社会和国家之中才能实现他或她的本质与目的。我们自己的个人主义概念，通常源自浪漫派，对亚里士多德来说是完全不相干的。对亚里士多德来说，诗歌不是表现有关个人的独特之处，而是表现他们的普遍特征，表现他们与社会的其他成员共同具有的东西。虽然亚里士多德赋予了诗歌某种自主性，但它仍然作为一种教育和道德教诲之工具在国家中占有一个明确的地位。与在浪漫派那里不一样，诗歌并没有被提升到超越其他追求的一种显赫地位之上。

诗歌也要服从于亚里士多德哲学一般的古典主义原则。从言辞的最细微的层面，到情节结构的最高层面，诗歌都被坚持认为是一种理性的、深思熟虑的活动，它始终都必须遵守中庸，要受到适度原则的引导。与哲学一样，它力求表现普遍真理，它不受涉及真实的特殊要素的约束。它与真实的关系受到可能性与必然性概念的支配。另外，观点方面的古典主义表现为亚里士多德以一种等级制的方式坚持不同体裁之间的明显差异：喜剧处理"低级"性格和琐碎的事情，属于最低等级；史诗包含各种情节和长篇叙事，地位低于悲剧，较为集中，产生一种较大的整一效果。再者，坚持性格的适合与一致属于古典主义。最后，亚里士多德认为观众是精英的观点，深刻影响了他有关悲剧结构的规则。亚里士多德的各种看法促进了文学批评好几个领域的发展：诗歌模仿的问题，艺术与真实之间的联系，各种体裁之间的差异和高雅艺术与低级艺术之间的差异，语法和语言研究，文学的心理和道德作用，观众的性质与作用，戏剧的结构和规则，以及情节、叙事和性格的概念。所有这些概念依然深刻地渗透了我们关于文学和世界的思考。

《诗学》通常被认为是文学批评史方面最有影响的著述。然而，在很长时间里，《诗学》在西方世界不为人知，并且经常被歪曲。在整个中世纪和文艺复兴早期，只有通过哲学家伊本·路世德［Ibn Rushd，在拉丁语的西方以阿维罗伊（Averroës）知名］撰写的一个阿拉伯语版本的拉丁语译本，才能了解到《诗学》。虽然到中世纪晚期亚里士多德已经取代了柏拉图在哲学和神学方面的显著影响，但贺拉斯仍然对文学批评具有最强有力的古典主义影响力。一直到15世纪晚期，《诗学》才被重新发现，并且通过大量的译本和评论传播，从1498年乔奇奥·瓦拉（Giorgio Valla）的拉丁语译本开始。最有名的评论有明图尔诺（Minturno）的《诗人》（*De poeta*，1559），尤利乌斯·恺撒·斯卡利杰（Julius Caesar Scaliger）的《诗学七书》（*Poetices libri septem*，1561），罗多维科·卡斯特尔维屈罗（Lodovico Castelvetro）的《亚里士多德〈诗学〉的翻译和解释》（*Poetica d'Aristotele vulgarizzata e sposta*），它们最终确立了亚里士多德的观点在文学批评中的优势，尤其是对戏剧理论和实践的影响。这些观点对皮埃尔·高乃依（Pierre

Corneille)那样的 17 世纪法国戏剧家和 18 世纪的新古典主义作家产生了持久的影响。在 19 世纪,当浪漫派和象征主义者越加转向柏拉图和朗吉努斯(Longinus)之时,亚里士多德的影响有点没落了。然而,批评家们仍然在不断重新回顾亚里士多德的一些基本概念,如**净化**和**悲剧性缺陷**(hamartia)。在 20 世纪早期,亚里士多德试图系统地把诗歌作为一个特殊领域来论述的影响,可以在鲍里斯·埃亨鲍姆(Boris Eichenbaum)那样的俄国形式主义者(Russian Formalist)那里、在一些新批评家那里、在诺思罗普·弗莱(Northrop Frye)那种对人物的系统的原型批评那里看到。对亚里士多德的兴趣在 20 世纪后半期被"芝加哥学派"(Chicago School)的批评家们复苏了。他对体裁的独特论述已经成了体裁理论的基础,他对情节和叙事结构的看法继续成为叙事理论的基础。最后,他认为观众的反应是悲剧写作中的一个至关重要的因素的观点,几乎预示了读者反应批评。然而,远比所有这些影响更大的是他关于实体的学说,这个概念继续构成了我们思维的基础,甚至构成了我们破坏常规思维方式之努力的基础。

注释

[1] Aristotle, *The Metaphysics* Ⅰ-Ⅸ, trans. Hugh Tredennick, Loeb Classical Library (Cambridge, MA and London: Harvard University Press/Heinemann, 1947), p. 147. 下文引用写作 *Met.* Ⅰ-Ⅸ。

[2] Aristotle, *Posterior Analytics*; *Topica*, trans. Hugh Tredennick and E. S. Forster, Loeb Classical Library (Cambridge, MA and London: Harvard University Press/Heinemann, 1976), p. 202. 下文引用写作 *PA.*。

[3] Aristotle, *The Categories*; *On Interpretation*; *Prior Analytics*, trans. Harold P. Cooke and Hugh Tredennick, Loeb Classical Library (Cambridge, MA and London: Harvard University Press/Heinemann, 1973), pp. 16-19. 下文引用写作 *Cat.*。

[4] Aristotle, *Politics*, trans. T. A. Sinclair (Harmondsworth: Penguin, 1986), Ⅰ.i. 下文引用写作 *Pol.*。

[5] Aristotle, *Nicomachean Ethics*, trans. H. Rackham, Loeb Classical Library (London and New York: Heinemann/Harvard University Press, 1934), Ⅵ.ⅱ.5. 下文引用写作 *NE.*。

[6] *Aristotle*: *Poetics*; *Longinus*: *On the Sublime*; *Demetrius*: *On Style*, trans. W. Hamilton Fyfe (Cambridge, MA and London: Harvard University Press/Heinemann, 1965), Ⅷ.v. 除非另有说明,我将使用《政治学》的这个译本。我对译文略微做了改动。

[7] *The Art of Rhetoric*, trans. H. C. Lawson-Tancred (Harmondsworth: Penguin, 1991), 5.Ⅰ.11. 下文引用写作 *Rhet.*。

[8] 我用"严肃的"这个词代替了"英雄的",作为对 *spoudaios* 这个词的译法。

第二部分

修辞学的传统

第三章　希腊的修辞学

"修辞学"（rhetoric）这个词源于希腊语 *rhetor*，其意思是"言说者"，最初指公共演说的艺术。这门艺术包含了范围广泛的技巧，演说者可以借以写作和安排演说的各种要素，演说要具备说服力，要在知性（intellect）、情感和生动性方面对听众有吸引力。在过去的两千多年里，修辞学的范围和运用产生了根本性的变化，它在变化着的文学、知识和社会语境之中已经积累了多方面的意义。修辞学的艺术和文化实践已经取得了与一些领域的联系：政治领域，它见证了修辞学的诞生；哲学机构和学科，它的发言人经常贬低修辞学，把它的地位置于逻辑学和形而上学之下；神学机构，它充其量把修辞学置于有益于表达神学启示的地位之上；整个教育领域，修辞学在其中经常承担着核心作用，一直到今天都在写作教学中发挥着普遍深入的影响力；当然还有文学批评领域，它一直在汲取修辞学的源泉，尤其是在语言、比喻以及言说者或作者与观众之关系的各个焦点方面。

修辞学起源于公元前 5 世纪的古代希腊。它的早期发展要归功于智者派、亚里士多德，然后，在罗马世界，要归功于加图（Cato）、西塞罗（Cicero）和昆体良（Quintilian）。教会神父圣奥古斯丁支持修辞学为基督教学说服务。古典修辞学发展到西塞罗的时代之时有五个部分或"部门"："取材"（invention）、"布局"（arrangement）、"风格"（style）、"记忆"（memory）和"演讲"（delivery）。它们中的第一个是"取材"（*heuresis/inventio*），涉及演讲的内容。这种内容包括对利害攸关的问题的陈述，说服的手段（包括直接的证据），对演说者性格的说明，逻辑论证，对听众情感的考虑，以及对演说的伦理学和政治前提的考虑。第二个"部门"是演说的"布局"（*taxis/dispositio*），要把演说安排成一种特定的顺序。演说开始于"导引"，以唤起听众的兴趣和同情；接着它将对一种特定背景和语境进行"叙述"，并陈述相关的事实；它将继续进行到"证明"，证明由逻辑论证、驳斥反对的理由或反对意见构成；它将以"结论"来结束，结论可以扼要概括实质性的论点，并进一步诉诸听众的情感。第三个"部门"是"风格"（*lexis/elocutio*），涉及用语言来表达早已安排好的各种理念的方式。风格在惯例上有两个要素，言辞或选择词语，以及构成，后者涉及句子结构的各种要素，如结构、节奏和样式的运用。

这三个"部门"对公共演说和书面写作来说都是共同的。另有两个部门，得到过亚里士多德的确认，对演说来说很特殊："记忆"，它表示为了口头表演而记住演说词；"演讲"，它包括控制声音和控制姿势。风格在惯例上要以亚里士多德的学生泰奥弗拉斯托斯（Theophrastus）所阐明的风格的四个优点为基础来评价：正确（语法和语言运用上的）；明晰；修饰（运用比喻和演说的样式）；恰当。风格被划分成庄严、中等和平实。

按照亚里士多德、西塞罗和昆体良所表达的一种传统，修辞艺术于公元前476年由锡拉库萨①的一个当地人高吉亚斯（Corax）正式创立，他的学生提西亚斯（Tisias）把自己老师的教义传播到了大陆。人们对这些人物所知甚少，有些学者提出，他们事实上是同一个人。[1]在其产生时，修辞学是古代希腊政治过程的一个组成部分，尤其是在公元前5世纪的雅典和锡拉库萨。人们早就承认，修辞学与民主制的政治制度有着深刻的或许是内在的联系。独立地和清晰地进行自我表达的能力，无论是在演说还是在写作中，始终都被认为是民主制的基石之一。通常的情况是，一个特定社会中的统治阶级不仅要掌控政治的和经济的权力，也要掌控文化媒介、占主导地位的观念和概念，尤其是语言本身。可以这么说，一个特定阶级最终要通过控制语言，通过控制观念和人们有可能获得的世界观，从而在政治和经济领域里实施控制。

人们有时会认为，现代民主制的缺点之一在于，语言，因此也有对真实、自我、真理和道德的界定，确实都被一部分特定人群控制着，他们由此不仅决定了什么被认为是真实、可能和道德上的正确，也决定了语言是对谁表达的和在哪种程度上有权使用。例如，在今天的写作课上，我们见证了这个过程所起的作用，因为我们强制使思想过程和学生的写作进入那种亚里士多德式的修辞学范畴与格式，那些范畴和格式构成了我们大部分教学训练的基础。掌握、使用和控制语言处于政治过程的核心，这种中心地位在存在于古代雅典的那种政治民主制中是极为明显的。国家、家庭或个人的全部未来，要依赖令人信服的演说能力。生与死、战争与和平、繁荣与毁灭、自由与被奴役之间的平衡，经常要依靠修辞学。

因为公共演说和公共讨论在古代雅典极为重要，所以，那里才会出现一群修辞艺术的专业教师。最初的那些教师被称为"智者派"（源于*sophos*，意思是"智慧"），他们的事业是传授在法庭、立法机构、政治论坛、哲学反思和论辩中使用的修辞艺术。智者派的影响如此普遍深入，以致修辞学最终在希腊的教育中担当了核心作用。容易使人误解的是，以为智者派把修辞学带到了雅典；他们只不过是要回应修辞学在希腊世界里增强了的重要性，在那个世界里，民主制正在一些城邦里发展。有很多学者认为，修辞学的传统是逐渐发展起来的，[2]希腊人在自己的史诗和戏剧文学中就已具有了一种修辞学的意识，它们在很大程度上要依赖为生活带来某些道德、宗教和政治困境的演说的力量；他们也在自己有关诸神的概念中显示出这种修辞学意识，诸神作为人神同形的实体，能被人类的演说打动，而演说则经常具有一种以物易物和讨价还价的功能。古代希腊的各种文本极大地依赖发表演说的力量。这方面的一个著名例子是荷马的《奥德赛》，它几乎全部由演说构成：我们看到了雅典娜②对宙斯发表的演说，以及其他神，

---

① 锡拉库萨（Syracuse）：意大利西西里岛上的一座城市，又译叙拉古，位于岛的东岸。锡拉库萨由希腊科林斯的殖民者于公元前734年建立，后来成为地中海的一个重要城市，并在其中修建了阿波罗神庙和雅典娜神庙。

② 雅典娜（Athena）：希腊神话中奥林匹斯十二主神之一，也是奥林匹斯三个处女神之一，为掌管智慧的女神。

如波塞冬①、卡吕普索②和赫尔墨斯③对宙斯发表的演说；看到了忒勒马科斯④和求婚者们对"伊萨卡国民大会"(the Ithacan assembly)发表的演说；以及内斯特⑤、墨涅拉俄斯⑥、阿尔喀诺俄斯⑦、珀涅罗珀⑧和奥德修斯本人的各种叙事。发表演说的重要性在索福克勒斯的《俄狄浦斯王》那样的戏剧中也很明显，剧中的俄狄浦斯从无知到自觉的历程，是以克里翁(Creon)和提瑞西阿斯(Tiresias)的演说冲突作为中介的。因此，智者派的贡献是要把一种艺术的规则系统化和精致化，这种艺术在他们出现之前很久就已经繁荣起来了。

智者派最有影响力的人物有普罗塔哥拉、高尔吉亚、安提丰（Antiphon）、吕西阿斯(Lysias)和伊索克拉底(Isocrates)。普罗塔哥拉出生于希腊的殖民地阿布德拉(Abdera)，他游历全希腊发表演说并教书。他享有极大的声望和财富，但最终于公元前411年因为反对民主制而在雅典受审。普罗塔哥拉最著名的信念是"人是万物的尺度"。这在实质上是一种世俗的人本主义和个人主义理念；每个人都要在个人所接受的感觉基础之上来建构他自己的真实观。普罗塔哥拉也传授过这一非常有影响的观点，即每个论点或看法都有两面，它们可能同样都是合理的。他因此被（尤其是苏格拉底）指控怂恿论证中的权宜之计，导致人们把较差的理由变成较好的，把较好的理由变成较差的。显然，普罗塔哥拉的教导在根据事物本身的条件（而不是借助神的力量这些外在手段）来促进人本主义的理性主义方面，鼓励了相对主义、怀疑论(Skepticism)和不可知论(agnosticism)。认为真理以某种方式处于人类感知和语言之外的保守观点，因此受到了深刻的挑战，只是到了19世纪和20世纪，这种挑战才得到普遍恢复。

智者派中的另一个强有力的人物是高尔吉亚（约公元前485—公元前380年），他是希腊的殖民地西西里岛(Sicily)的当地人。他最初来到雅典是代表其家乡莱翁蒂尼(Leontini)为反抗锡拉库萨而寻求军事援助。虽然雅典人拒绝了他的请求，但他还是很快建立起了作为一个时髦演说者的声誉，成了雅典的一名修辞学教师。他跟随恩培多克勒(Empedocles)、高吉亚斯和提西亚斯学习。他的修辞学实践与理论之标志是，他强调修辞学需要学习诗人们对语言的运用。他认为世界上包含了各种基本矛盾、对立面和对立的极端，它们只能靠语言来调解。高尔吉亚与很多浪漫派，尤其是柯勒律治(Coleridge)一样，认为诗人的语言是这种调解的原型式的工具。像雪莱一样，他认为诗人要唤醒人们，使他们意识到自己共有的人性；诗歌是与他人认同的移情作用的媒介。

倘若高尔吉亚认为修辞学是通向灵魂和说服灵魂的艺术，那么，他就会坚持认为，修辞学需要从诗歌那里借用演说的样式，使用一切格式化的方法，包括词语的声音，以便把听众争取

---

① 波塞冬(Poseidon)：希腊神话中的十二主神之一，宙斯之兄，为掌管海洋的神。
② 卡吕普索(Calypso)：希腊神话的海之女神，她将奥德修斯困在她的奥巨吉亚岛上七年，后来奥德修斯还是离开了她。
③ 赫尔墨斯(Hermes)：希腊神话中奥林匹斯十二主神之一，为信使和掌管商业之神。
④ 忒勒马科斯(Telemachus)：希腊神话中奥德修斯的儿子。
⑤ 内斯特(Nestor)：希腊神话里特洛伊战争中希腊的贤明长老。
⑥ 墨涅拉俄斯(Menelaus)：希腊神话里特洛伊战争中的斯巴达王，阿伽门农之弟。
⑦ 阿尔喀诺俄斯(Alcinoos)：希腊神话中的淮阿喀亚王，海神波塞冬的孙子。
⑧ 珀涅罗珀(Penelope)：希腊神话中奥德修斯忠贞的妻子。她在丈夫远征特洛伊失踪之后，拒绝了所有的求婚者，一直等待丈夫归来。

过来。正如在普罗塔哥拉那里一样，真理的概念要服从于用语言来表达特定的观点或经验，服从于说服特定的听众。

第三个主要的智者派是安提丰（约公元前480—公元前411年），他是雅典当地人和普罗塔哥拉的同时代人。与普罗塔哥拉一样，他反对雅典的民主制，最终因为叛国罪被处死。尽管如此，他拥护雅典的传统信念，即要调和个人与公众、私人与公共的利益。他教授演说术，也是一个专业的演说稿作家。他对修辞学的贡献是开拓性的，因为他为修辞学详细阐述了各种规则。他认为，最好的演说要诉诸演说者和听众的实际经验。他的很多演说都适合雅典的法庭，虽然它们都遵循了一种传统的结构，由开篇、引言、叙述事实、论点、证据和对陪审团的请求构成，但它们很引人注目，因为它们是用一种崇高、正式的风格写成的。

在雅典法庭上最著名的修辞学家是吕西阿斯（约公元前458—公元前380年），他曾在提西亚斯和普罗塔哥拉门下学习。吕西阿斯和他哥哥玻勒马霍斯一起从雅典的殖民地西西里岛被流放到雅典，当时西西里岛的民主制被推翻了。他的出名是作为一名修辞学家，他对曾导致他哥哥死刑的那个人提起了诉讼。雅典的很多法庭案例都与维护民主制的斗争有关。吕西阿斯因为用一种平实风格写作演说稿的能力而著称，其演说稿在语调和主旨方面很适合当时的特殊情景。他的演说在结构方面很简朴，由引言、叙述、证据和结论构成。

与其他那些智者派一样，伊索克拉底（公元前436—公元前338年）的教学极大地受到各种政治事件的影响，尤其受到雅典与斯巴达之间的伯罗奔尼撒战争（公元前431—公元前404年）的影响，以及在面临亚细亚对雅典可能的威胁时，他对希腊的统一的坚持。他在雅典开办了一所演讲艺术学校，学生包括一些在希腊最有权势的人物。伊索克拉底的政治观和他关于教育的教义，部分来自他的老师提西亚斯、高尔吉亚和苏格拉底等人，在他自己的时代和后来的时期里产生了广泛的影响。同样很有影响的是，他强调修辞学是教育的基础。他认为演讲艺术的实质性目的是政治上的：为了培养政治家，以促进希腊文化的价值与统一。像苏格拉底一样，他认为教育主要应当培养道德上的美德。与苏格拉底一样，他怀疑其他一些智者派的技巧，坚持认为追求真理和美德是修辞学应有的组成部分，修辞学家必须受到广泛的教育，像柏拉图就政治家提出的那样，那种教育应当包括互为补充的心灵培养和身体训练。

倘若修辞学与民主制在传统上有着种种联系的话，那么，有点具有讽刺意味的是，上面提到的这些修辞学家都是民主制的反对者。然而，同样清楚的是，他们所形成的修辞学技巧，只出现在为了各种政治体制以及政治的、文化的和教育的原因而进行的斗争之中。

柏拉图对修辞学的批判

智者派对演说艺术的明显垄断并非没有受到过挑战。假若修辞学在雅典的公共生活中具有无法抵抗的重要性的话，那么，几乎不会使人吃惊的是，这门艺术要遭到诋毁。出现在雅典法庭上和政治集会上的实际的演说，通常都在很大程度上脱离了智者派所奠定的各种规则，过分依赖激情、成见、对法官的同情，以及确实可以说服听众的一切方式。智者派在自己的学生中培养了一种论证一个事例的两个方面或很多方面的能力;他们因此被指控培养人们凭借聪明地运用语言"使较糟的理由显得较好",由此牺牲了真理、道德和正义,以获取从来都不会减退的私利。阿里斯托芬在其喜剧《云》(*The Clouds*)里挖苦过智者派。如柏拉图的对话所表现的那样,尤其是在《高尔吉亚》和《斐得若》中,苏格拉底提出了一种更加严重的、具有永久破坏性的挑战。

柏拉图的《高尔吉亚》很值得做一些深入的思考,因为它再现了好几种语境,可以帮助我们追寻古典修辞学的意义深远的结果。最初的对话出现在柏拉图的代言人苏格拉底和著名修辞学家高尔吉亚之间,高尔吉亚的门徒波鲁斯(Polus)最终把他的这个话题接了过去;最后,苏格拉底继续与一位有抱负的、愤世嫉俗的年轻政治家卡里克利斯(Callicles)进行争论。虽然苏格拉底使用了他一贯的提问与回答的辩证法策略,表面上试图研究修辞学的性质,但到文本结束之时很明显的是,他的全部论点是以哲学与修辞学这两个领域之间的尖锐对立和反差为前提的。

在这篇对话的前面,当苏格拉底听说高尔吉亚正在他朋友的房子里时,他希望知道高尔吉亚"是"谁;换言之,想知道他的职业或专门知识的领域是什么。他一次又一次地坚持追问,什么是修辞学的对象?什么是它的领域?它与什么**有关**?

当高尔吉亚回答说修辞学的领域是演说之时,苏格拉底反驳道,**很多**探究的领域都与演说有关,而演说只不过是修辞学所利用的一种**手段**:他早先关于什么是修辞学的对象的问题,依然没有得到解答。高尔吉亚解释说,修辞学使一个社群中的个人和政治权力获得了自由。那么,什么**是**修辞学呢?高尔吉亚提供了一个简洁的定义:它是"运用口头词语去说服的能力——要说服法庭上的陪审员、立法委员、参与集会的公民——简言之,要争取赢得公民团体的公共集会的一切形式和各种形式"(*Gorgias*, 452e)。[3]

然而,苏格拉底还是不满意。他承认修辞学是一种说服听众的手段,这确实就是它的全部目的。但是,这种说服与什么**有关**呢?什么是它的实施领域呢?他拒绝了高尔吉亚没有说服力的主张,即这个领域就是正确与错误的差别:苏格拉底坚持认为,有两种说服,一种是给予确信而毫不理解,一种是给予知识。他坚持认为,修辞学导致确信,却没有就正确与错误教育人们(*Gorgias*, 455a)。还是在确信的主题上,辩论转到了另一个方向上:苏格拉底提出,当我们在一个特定领域里需要忠告时,我们会找出那个领域里的专家。相反,高尔吉亚反驳说,在公共广场上,修辞学家的意见胜过了专家或专业人士。修辞学家在面对一群人时更加具有说服力。苏格拉底聪明地把这个诉求转向了一群反对修辞学的听众:如果一群人是由外行构成的话,那么,修辞学家确实会说服那群人。他在一群专家听众面前不会更有说服力。因此,修辞学家是说服其他外行的外行。他们从来不需要懂得一种情景的真正事实;他们不需要任何专门知识,只不过具有一种说服的手段而已(*Gorgias*, 459a - c)。

就在这个时刻,苏格拉底或者有意或者无意地误解了高尔吉亚的回答的性质:高尔吉亚说,修辞学本身就是专门知识的领域。苏格拉底的整个建议是把修辞学断定为内容,是一个必须涉及一类明确对象的探究领域。他没有理解到高尔吉亚的意思是说,修辞学是**一种形式**,它没有任何固有的内容,它内容的缺乏不需要被认为是空洞,而是一种把一切类型的内容系统化并控制它们的手段。它以这一认识为前提，即没有任何内容，无论是政治的、哲学的、科学的，还是文学的，内在地具有说服力，或者内在地具有意义，直到它被组织起来，使听众对其的接受最大化。意义的出现仅仅是演说者、听众和语境之间的这种相互作用或关系的一种结果。

苏格拉底试图压制的，恰恰就是意义和真理的这种相关的状况。他对修辞学固有的对听众的诉求的责难，是以柏拉图认为真理超越了人类的意见为基础的。苏格拉底说，在法庭上，修辞学依靠的是制造大量引人注目的证据；但是，他认为，这种辩论或反驳在真理的语境中是毫无价值的。苏格拉底指责修辞学家改变他们所说的话以适应自己听众的奇思怪想，他说，哲学的观点就从不改变。苏格拉底提出，实际上，修辞学家和政治家都要被迫迎合现存的权力结构和大多数人的观点；修辞学与政治学重叠的功能，就是使一个人的观点同化到在政治实践里流行的那些观点之中(*Gorgias*，481d-482c)。

苏格拉底的辩论使人烦扰的是，它明确拒绝了这一看法，即修辞学是一种理性的追求，是以知识为基础的。他坚持认为，修辞学中并不涉及任何专门知识，它只要求一个擅长猜测的头脑、一些勇气，以及一种与人们互动的天生才能。总的来说，他把修辞学划归为阿谀奉承的一个分支，再加上诗歌、音乐和悲剧那样的模仿艺术；阿谀奉承与鼓励良好的行为无关；它只是许诺使当下的愉悦最大化，并且以并非专门知识的诀窍为基础，因为它缺乏对其对象的理性理解(*Gorgias*，502b-503b)。

这篇对话里的哲学与修辞学之间的尖锐对立，因为苏格拉底政治上的对手卡里克利斯的严厉反驳而得到了凸显：他声称，哲学家们并不了解法律体系、政治或人类本性；他们隐藏在私人的讨论中，而不是公开表达重要的观点；卡里克利斯嘲弄说，苏格拉底本人不可能在法庭上发表恰当的演说或者为自己辩护——"他会以死告终！"(*Gorgias*，484a-486c)。当然，卡里克利斯的话是预言式的：苏格拉底最终的确在他自己的审判中拒绝像修辞学家那样发表演说，对大多数人的意见毫不在乎，他确实是以死告终。卡里克利斯对哲学家的其他指控完全没有得到苏格拉底的回应，苏格拉底以一种不同寻常的非辩证法的方式得出了他自己的结论，尽管他表达了意图。

苏格拉底的论点在一个不同于卡里克利斯的论点的领域里移动。卡里克利斯所关注的完全是注重实际的：如何使实际的集会和法庭相信。苏格拉底对修辞学的唯心主义批判，正是认为它仅仅是以实际的私利为基础。它不是基于善的根本原则，也不是基于个人和公共生活之目的与功能的根本原则。所有活动的终极目标都是善，而其他一切都应该是指向这个目的的手段(*Gorgias*，499e)。苏格拉底把善等同于秩序；宇宙是一个有序的整体，我们在这个共同体内的理想应当是正义、自律和幸福(*Gorgias*，507d-508a)。倘若要运用修辞学，那么，它的动机必须是道德上的；它应当使人们得到改善，改变共同体对更好者的需要，而不是迎合已经存在的需求(*Gorgias*，517a-b)。它的目标不是真理和善的**外表**，而必须是它们的**真实**(*Gorgias*，527a-c)。苏格拉底实际上在这方面所做的，不是以一种适当的形式来补救修辞学，而是超出认可地把它变成哲学。使修辞学保存下来的唯一正当的方式，就是要具有哲学的实质性特征。

对修辞学的自我消灭和把自身变为哲学的这种要求，在柏拉图的《斐得若》中得到了进一步的详细说明。在其中,苏格拉底界定了对修辞学的传统理解:"被当作一个整体的修辞术,不仅在法庭和其他公共集会上,也在私人场所,不一定是一种凭借词语手段对心灵的影响吗?它也不一定是在涉及大小问题时都一样的艺术,正确运用它时不再要求考虑是在处理重要事情而非不重要的事情吗?"(*Phaedrus*, 261a-b)[4]此外,一位修辞学教师"可以任意使同样的事情对同样的人显得一会儿正确,一会儿不正确"(*Phaedrus*, 261c-d)。确实,苏格拉底坚持认为,整个修辞艺术都被囊括在了提西亚斯和高尔吉亚那样的修辞学家的主张之中,即真理并不重要;要紧的是确信,它不是以真理为基础,而是以可能性为基础。因此,演说者应当时刻注意的正是可能性,而那些修辞学家把可能性界定为"使自身吸引大多数人的东西"(*Phaedrus*, 273a-b)。

苏格拉底再次用修辞学家的论点转过来反对他们自己。如果可能性是由单纯的真理的外表造成的,那么,由此导致的结果就是,修辞学家,特别是那些希望欺骗其听众的修辞学家,一定具有对真理的认识。他们对真理越了解,就越容易呈现真理的外表(*Phaedrus*, 273d-274a)。演说者因而必须了解自己的主题:他必须懂得如何理解作为一种理念之表现的分散的细节,或者说懂得如何去感知"多"中的"一";他必须能够分离和划分那些细节,懂得如何归纳概括;他必须能够洞悉灵魂的本质和可能影响不同天性的不同论述方式(*Phaedrus*, 277b-c)。简言之,对苏格拉底来说,不存在任何脱离了真理的真正的演说艺术(*Phaedrus*, 260e)。再一次,如果修辞学穿上哲学的外衣的话,那么,它就可能得到允许;如果它不能按照真理的概念来改造自身的话,那么,它就与其真正的本质背道而驰。

亚里士多德与修辞学的进一步发展

亚里士多德很有影响的《修辞学》一书开始时就说,修辞学是辩证法或逻辑论证的"对应物"(counterpart)。亚里士多德认为,在从前对修辞学的论述中被忽视了的,是修辞学最重要的部分,即证明(proof),它依赖三段论的"省略式"(the enthymeme)。三段论省略式是一种演绎推理,其前提不是确定的或必然的,而是可能的。[5]鉴于辩证法要运用逻辑三段论,所以修辞学就运用三段论省略式(*Rhet*., 1355a)。柏拉图认为传统的修辞学脱离了真理的概念,与他形成反差的是,亚里士多德主张,修辞学是一种有用的技巧,正因为它可以促进真理和正义的事业。实际上,其真正的地位天然较高,更容易引起争论。由于修辞学容易被滥用,所以它与一切好的东西一样都具有这种不利的条件(*Rhet*., 1355b)。此外,亚里士多德认为,我们需要论证矛盾看法的能力,不是因为这样我们就能不加区别地进行论证,或者说服人们去作恶,而是因为这样我们就能较为充分地理解事例,就能驳倒不公正的相反论点(*Rhet*., 1355a)。这种能力只能用在修辞学和辩证法中。在后来的一章里,亚里士多德声称:"修辞学是辩证法科学的一种混合物,是对道德的考察性研究,与辩证法和辩论术类似。"(*Rhet*., 1359b)

再次与柏拉图形成强烈反差的是,亚里士多德主张,修辞学像辩证法一样,并不涉及任何单一领域。修辞学的功能不是说服;相反,它是"对每件事情有说服力的方面的发现",它同样能够发现什么是真正有说服力的和什么是表面上有说服力的艺术,正如辩证法能够把真实的三段论与表面上的三段论区分开来一样(Rhet.,1355b)。亚里士多德后来指出,虽然其他各门艺术都具有说服力,对一个特殊领域具有启发性,但修辞学要涉及一切领域里有说服力的要素。例如,物理学要就事物和运动的某些特点"说服"和教导人们,政治科学要就政府的某些特点说服和告知人们。修辞学要单独考察这两个领域里有说服力的要素,而与它们各自的真实内容无关。

亚里士多德把修辞学最重要的组成部分——证明划分成三种基本类型,它们涉及(1)演说者的性格,(2)听众的倾向,(3)演说本身的论证性质。出自演说者性格的证明,来自演说者性格的可信性与合理性,这种可信性不一定是预先给定的,而是在演说过程中建立起来的。出自听众倾向的证明,是在听众被演说引入某种情感状态时产生的。最后,证明是通过演说获得的,因为它论证了一个特定问题有说服力的方面(Rhet.,1356a)。为了掌握这些不同的证明,就必须掌握三段论,必须科学地理解性格和美德,必须理解每种情感以及它是如何产生的。倘若修辞学要求这种广泛的掌握,那么,亚里士多德认为那应当是辩证法和伦理学的一个分支。他实际上认为,修辞学"被归类为政治学是非常恰当的"。亚里士多德接着说,修辞学和辩证法两者都属于"那类提供论证的能力"(Rhet.,1356a)。

辩证法和修辞学在它们用来证明的程序方面有点类似。在逻辑学使用归纳法的地方,修辞学则使用例证;在逻辑学使用三段论的地方,修辞学就有三段论省略式的对应物。但是,亚里士多德在修辞学与辩证法之间做出了一个重要区分。辩证法是专家们的领域,而修辞学涉及要求公共讨论的共同利益的问题。修辞学的前提"是关于已经确立的商讨习惯的问题"(Rhet.,1356b-1357a)。这些都是与"我们没有任何技艺"有关的问题,这些问题承认有各种解释,它们要与听众进行商讨,而那些听众知识范围有限,不可能跟上冗长的推理。

亚里士多德列举了修辞学的三种类型,对它们的区分是按照听众类型和演说的目的。他告诉我们说,一场演说由三个要素组成,即演说者、主题和听众;这三者之中与目的有关的是最后一个。第一种类型是"协商性"(deliberative)修辞,其领域是政治学,它涉及国家未来应当采取哪些行动。这里的听众是指集会,目标是要运用劝告去说服具有某种优势的听众,或者运用威慑手段去表明可能产生于行动的一个特定过程中的危害。"辩论"修辞("forensic" rhetoric)用于法庭上,它涉及过去已经采取了的行动,它运用起诉和辩护以达到正义的目的。最后一个类型是"展示性"修辞("display" rhetoric),它把焦点集中在呈现之上,涉及赞扬和贬低,以达到展示高贵的目的。亚里士多德承认,这些目的可能有重叠,但这些类型的主要目的是使它们区别开来(Rhet.,1358b-1359a)。

亚里士多德用了后面的几章来讨论修辞学的各种分支。他解释说,协商性演说最重要的主题是:国家的收入,战争与和平,保卫疆界,进口和出口,立法。这些都是协商性演说者们必须拥有详细知识的方面(Rhet.,1359b-1360b)。构成这几章之基础的一个设想在于,为了找到协商性演说中说服力的资源,就必须研究人们最为深刻地要寻求的东西。对亚里士多德来说,这个问题的答案就是幸福(happiness):"一切劝告和劝阻都与幸福有关,都与有益于幸福和与之相反的事物有关。"(Rhet.,1360b)

按照亚里士多德的看法,修辞学的说服力中最重要的和最为决定性的因素,是对各种政治体制的理解。他的理由是,所有人都要被自己的利益和体制保护了自己的哪些利益所说服(Rhet., 1365b)。亚里士多德声称,任何体制中的主导群体或阶级都将是决定性的,这暗示了修辞学家必须为了适应这个事实而设计自己的演说。亚里士多德提出,有四种体制:民主制,其中的政府部门由多数成员指派,其目标是自由;寡头政治,以财富为指向,由有产者进行统治;贵族政治,其中的政府部门由出身高贵的人指派,其目的在于保护习俗和灌输某种教育;君主专制或由一个人统治,它可能采取王权的形式,其中的王权要受到限制,也可能采取专制,其中没有任何限制。

亚里士多德此时用了简短的一章来展示修辞学,其中的目的是要展示优点或缺陷,一个特定问题的高贵或卑下。他列举了优点的各种要素,如正义、勇气、节制、壮观、宽宏大量、慷慨大方、审慎和智慧。最大的优点就是那些对他人最有用的和那些适合于参与有目的的行动的严肃之人的优点(Rhet., 1366b-1367b)。

亚里士多德进而讨论了辩论演说和诉讼,然后转而讨论起诉和辩护,并转向了诉讼的主题,即非正义。根据诉讼中必须做出的推论,必须理解三个方面:人们犯错误的动机,他们在这么做时的倾向,针对哪种类型的人(Rhet., 1368b)。人们力图去进行危害的动机是恶习、缺乏自我控制(self-control)以及欲望。受欲望刺激的行动旨在获得愉悦(Rhet., 1372a)。就如何反对或谋求书面的和非书面的法律服务,如何求助于作为证明的古代权威和现代名人,以及如何运用或反对在拷打之下获得的证据,亚里士多德都给予了忠告(Rhet., 1375b-1377b)。值得注意的是,与从前的修辞学方面的作者不一样,他的论点赋予可能性的地位高于非技巧方面的证明。他断言,可能性不可能误导或讹误(Rhet., 1376a)。

《修辞学》接下来的主要部分集中在情感和性格方面。亚里士多德早已告诉过我们,修辞学的领域是研究以可能性而非逻辑学为基础的论证或证明,修辞学依赖于三段论省略式和例证,它们是逻辑学方面的三段论和归纳法的对应物。不过,亚里士多德也列举了以情感和性格为基础的证明,它们不可能被认为是论证性的。这时他告诉我们,我们不仅必须关注演说的论证性的和说服性的方面,也必须关注演说者建立起他自身的可信性和把听众带入某种情感状态中去。他认为,演说者的形象在政治演说术中较为重要,而听众的倾向在法庭上较为重要。一位演说者本身可能由于他的常识、美德和善意而有说服力(Rhet., 1378a)。对演说者来说,为了在像愤怒这种特定情感的情况下控制住听众,他就必须理解人们处在愤怒情况下的心理状态,他们想对谁发怒,在什么情况之下发怒。论述情感的这一节的其余部分,根据这三种因素讨论了十种基本情感。

有点出乎人们意料的是,亚里士多德随后对性格进行讨论的焦点,不是集中在演说者试图为他自己确立某种性格之上,而是集中在演说者应当了解听众的品性之上。这些品性要受到情感和心理状态的影响,这早已讨论过了。它们也要受到年龄和命运的影响,亚里士多德这时就转向了这些问题。他列举了三种"年龄",即青年、壮年和老年。一般而言,他把青年的性格描述为欲望性的,要受到激情和变化的影响,渴望放纵,专心于理想和高贵而不是金钱,乐观,过于自信,具有勇气,容易轻信,喜欢幽默。老年一般是以相反的品质为标志:缺乏信心,愤世嫉俗,坏脾气,胆怯,自私自利,喜欢金钱,悲观。中年,或者是亚里士多德所称的生命的巅峰时期,达到了另外两种年龄之极端的中间;它的性格特征是避免放纵,平衡,适度,根据真理来判断,为了高贵和私利而生活。命运,亚里士多德的意思是指出生、财富和权力的机遇,也会影响性格。例如,财富会导致傲慢自大和桀骜不驯,权力会导致野心、刚毅和认真对待公共利益。这些部分仍然极少说到在任何特定情境中的修辞学策略。相反,它们为在社会等级、渴望和普遍利益方面了解自己听众的演说者,提供了非常一般的指导(Rhet., 1389a - 1391b)。

亚里士多德到这时为止都掩盖了对各种类型的论证证明来说很特殊的材料,以及利用情感和性格去影响听众的问题,现在他继续讨论演说艺术的各种要素,它们与一切演说都有密切关系。这些要素有"共同的话题"、风格和构成。共同话题是标准的前提,它们可以用来为任何内容服务。他把焦点集中在两类共同话题之上,它们是一切演说者都必须运用的。第一个是可能与不可能,演说者由此将努力表明某件事情要发生或者已经发生。第二个是程度或等级,演说者由此将证明一个特定问题的重要或不重要(Rhet., 1392a)。

亚里士多德转而讨论共同证明,他提醒我们有两种类型,即三段论省略式和例证;他在这里列举了三段论省略式进一步的细分,即"格言"(maxim)。他认为,例证有两个种类,即叙述过去的事件和发明事件,后者被再划分为比较和寓言。叙述的例证要提供行动的特定序列的先前例证,例如,薛西斯①和大流士在刚刚征服埃及之后就入侵了希腊,因此,如果现在的国王要征服埃及,那他就会入侵希腊。比较可以用来表明在一个领域里的一个特定行动过程,当运用于另一个领域时如何荒谬(或者明智)(Rhet., 1393b)。寓言实际上是用一个格言来说明一个被提议的行动的明智或愚蠢(Rhet., 1394a)。

亚里士多德继续讨论格言,他把格言界定为一种普遍的声明,不是与特殊性有关,也不是与普遍的确定性有关,而是和与采取的行动相关的事情有关。格言实际上是已经排除了推理的三段论或三段论省略式的结论或前提。亚里士多德提出,使用格言适合于老年人,他们应当利用曾经经历过的事情。人们不应当反对运用哪怕是平凡的事情,只要它们是有用的,因为所有人都赞同它们。格言在几个方面有助于演说:首先,它们可以调和听众的"愚蠢",只要它们适合特定听众的偏见和预设。它们也赋予演说以个性,亚里士多德这么说的意思是指具有清晰的道德目的;倘若格言是善的,那么,它们就会使演说者看起来具有一种善良的性格(Rhet., 1395b)。

亚里士多德这时对三段论省略式进行了一般性的说明,说它是一种前提和结论都与可能性相关,而不是与必然性相关的三段论(与逻辑学的三段论形成了反差)。就演说者方面而言,最重要的先决条件是要充分把握对特定主题来说很特殊的性质。亚里士多德把三段论省略式划分为两种类型,即论证和反驳。前者根据无可争辩的前提来论证某物是或不是事实,后者要得出有争议的结论(Rhet., 1396b)。亚里士多德提供了一个很长的论证与反驳之共同话题或前提的目录。前者包括的前提的基础是对立、类似、相互联系的事物、等级、精确度、区分、归

---

① 薛西斯(Xerxes,约公元前519—公元前465年):波斯帝国国王,公元前485—公元前465年在位,曾入侵希腊。

纳、罗列各个部分、推论、靠类推的预言、原因(Rhet., 1397b-1400b)。这些都是演说者的职责所要发明的各种话题或前提。亚里士多德认为,反驳性的三段论省略式比论证性的三段论省略式更好了解,因为它们在很短的时间内根据相反的前提提供一个单一的结论,这样,对听众来说对立就很明显。

到这时为止,亚里士多德把他的研究都奉献给了他所声称的修辞学的核心作用,即创造证明。他现在转而讨论风格,风格虽然不是修辞学特有的部分,但它在实践的基础上保证了讨论的进行:演说的表现需要适合特定听众的天性。在这个方面,亚里士多德注意到了,修辞学的全部事业与意见有关,因此,对风格的思考是必需的,因为风格对演说的特征有很大的影响,并且由于听众的"卑下"而有很大的作用(Rhet., 1404a)。他甚至认为,书面演说的风格比它们的知性内容更为有效。他告诉我们,在建构演说时要考虑三个基本组成部分(Rhet., 1403b)。其中的第一个是证明据以展开的基础,这早已讨论过了(证明的根源是对听众或审判者、演说者的性格和演说本身所进行的论证的作用)。第二个是风格,即现在讨论的主题,第三个是发表演说的实际方式,亚里士多德在后面将对它加以讨论。亚里士多德注意到,对风格和发表演说的探究,涉及修辞学和诗学,因为风格的设计是从悲剧中带到修辞学里来的。正是诗人们最先开始了这些探究,他们的技巧被高尔吉亚这样的修辞学家吸收后变成了"诗歌散文"风格。亚里士多德反对庸俗的和无知的观点,即认为这样一种诗歌风格是最好的演讲。他坚持认为,论证和诗歌有不同的风格,并继续思考了散文风格的各种要素。

亚里士多德规定,风格的优点是"明晰"(clarity),要适合主题。使风格变得明晰的是主要的动词和名词。然而,恰当使用不同寻常的词语,可以赋予风格崇高;这样使用必须有所限制和隐蔽,必须给人以自然的而非做作的演说印象,因为前者是有说服力的(1404b)。"隐喻"(metaphor)是风格的核心要素,但也必须恰当和适度地运用,要从同类之中选取熟悉的事物(Rhet., 1405a-1405b)。亚里士多德反对智者派使用"同音异义字"(homonyms)的"恶作剧似的"诡计,就如声称不同的词语可以意指同样的事物一样。亚里士多德坚持认为,"一个词或另一个词在不同的条件下并不表示相同的事物"(Rhet., 1405b)。

因此,修辞学演说的首要优点就是明晰,它允许使用不熟悉之物和隐喻。但是,在追求这种优点时,演说者有可能陷入各种各样的冷漠之中:过度地或不适当地使用复合名称、外来词语、绰号和隐喻。在所有这些情况下,富有诗意地进行演说的企图可能导致荒谬可笑的效果,使人难以理解,因而毫无说服力(Rhet., 1406a-1406b)。风格的另一个要素是"明喻"(simile),亚里士多德认为它只是与隐喻稍有不同。他把明喻界定为"要求解释的隐喻"。明喻在实质上是具有诗歌风格的,但也可以少量运用在散文中(Rhet., 1406b-1407a)。

亚里士多德接下来关注的是语言的"纯粹性"(purity)。他提出,风格的首要原则是说希腊语。这需要四个要素:恰当处理连词,使用起来要使它们都适合听众记忆的范围;使用特殊的而非一般的词语;避免模棱两可;根据体裁和韵律恰当地使词语和谐一致。一般来说,演说应当容易阅读和容易言说,没有太长的一系列联系,清楚标明标点符号的位置。主要从句不应当被任何很长的限定词或短语序列打断(Rhet., 1407b)。

亚里士多德告诉我们,与明晰一样,"适当"(propriety)是风格的首要属性。适当是指特定的内容适合表达它的方式。重大的事情应当庄重地表达出来;简朴的词语不应当有修饰。对适当而言,也必须运用情感,使演说适合听众的特点,并且要合时宜,在恰当的时候运用恰当的表达。总而言之,适合的风格使问题具有说服力。亚里士多德注意到了,一位怀着正当理由动情演说的人(如一个对暴行感到愤怒的人),始终都会赢得听众的同情,即使他在说废话(Rhet.,1408a–1408b)。因而,要以一种有力的方式来表达温和的思想,反之亦然。最初在诗歌中发展起来的演说的另一个特点是"节奏"(rhythm)。一篇散文演说完全不应该没有节奏;然而,它也不应有精确的节奏,也不应有"韵律"(meter),否则就成了一首诗(Rhet.,1409a)。

亚里士多德在其对"睿智"(wit)和隐喻的讨论中,做出了一些有趣的观察。正如他的著述中的其他许多地方一样,他提出,学习是一项令人愉悦的活动,因此,我们将从创造知识的词语中获得愉悦。在演说所使用的各种技巧中,具有这种效果的就是隐喻(与那些陌生的外来词语或我们早已知道的有关词语相反)。隐喻通过运用一般的相似性产生理解和认可,因而心灵必须去发现类同之处。例如,一位诗人把老年叫作一根芦苇,他产生这样的反思和认可,是通过这两者都已失去了自身的鼎盛时期这一事实。亚里士多德所提供的这种知性启示的另一个例子是,"神在灵魂中设置的智力就像它的灵光"。很有趣的是,亚里士多德早就预见了德里达的洞见,不仅把隐喻与诗歌联系在一起,而且把它与哲学反思联系在一起:"甚至在哲学中,它也要求一种推测的能力,哪怕在彼此极少有联系的事物中去觉察到相似性。"(Rhet.,1412a)明喻也可能具有一种相似的效果,虽然较少有力量。亚里士多德把这些隐喻、明喻和生动性的一般效果等同于睿智。谜语、悖论性的或对立的思想,也可能是睿智的,因为它们伴随着学习和更重要的明晰性(Rhet.,1412a)。亚里士多德认为,理解变得较为重要是通过对比,变得较为敏捷是通过在很短的时间内发生的事件(Rhet.,1412b)。

良好的风格的最后的要求是它要适合一种特定的修辞学类型。书面写作的风格不同于争论的风格,政治的、辩论的和展示性的演说的风格都各不相同。亚里士多德认为,书面写作必须是最为准确的,它需要避免经常重复和使用"连词省略"(asyndeton),这适宜于演说。在协商性修辞学中,准确性不是必要的,因为听众会是一大群人,他们不太容易参与仔细的审查。但是,用在法庭上的辩论风格,需要较为谨慎,如果听众是一个法官,那就更是如此。在后面这种情况之下,牵涉的修辞学的数量最少,各种事实显然要清楚,缺少争论,这样,判断就是"纯粹的"(Rhet.,1414a)。

《修辞学》最后的部分涉及写作,与风格的主题一样,亚里士多德把它包括在为了实际目的之中,而不是因为它包含了修辞学固有的一个要素。演说必须具有两个基本的组成部分,因为它对说明、表达主题或者事例来说是必要的,对论证或证明主题来说是必要的。总的来说,演说具有四个部分:引言;陈述或主叙述;证明演说者的主张,包括反驳相反的论点;最后是总结性的结语(Rhet.,1414b)。

演说的引言的性质因类型而不同。展示性演说的引言要由赞扬或责备、劝告、讨论、求助听众引起,一般来说要确定演说的调子。在辩论的演说中,引言必须提供演说的目的;它也可以用来化解对演说者的偏见,或者用来造成对其对手的偏见,引起听众的同情,控制听众的情感状态和专注的程度(*Rhet.*，1415a‑1416a)。演说的叙述部分在辩论的演说中最为重要。叙述不应太长，但要发现一个中间点。它必须具有性格，因为它要展示一种道德的(而不是知性的)目的。它应当把演说者树立为具备某种性格和可信性，为不同寻常的主张提供清晰的理由，并在这些都有说服力之时提供细节(*Rhet.*，1417a‑1417b)。就所涉及的证明而言，亚里士多德提出，在辩论的演说中，它们必须论证四件事情中的一件：一个行动或事件是否发生了，它没有造成任何伤害，它不像所声称的那么重要，或者它做得符合正义。

两个演说者争论各自的主张，会以争吵而告终。亚里士多德提供了一些可以运用的技巧，如指出对手主张的无条理、自相矛盾、诡辩和混乱。但是，只有那些明显旨在引出这些弱点的提问才应该使用这些技巧。玩笑和讽刺在争论中也可以成为武器。

演说的最后部分是结语，它有四个要素：使听众顺利地倾向于自己和否定性地倾向于对手；增强或减弱所论证的事实；把听众带进一种情感状态；扼要总结。扼要总结可以概括已经证明了的某人主张的要点，或者系统地逐点详细对比自己的论点与对手的主张，质问("那么，他表明了什么？")，或者反讽(irony)("他那么说，但我这么说")。最后，一个"连词可以省略的"(asyndetic)结尾是适合演说的，这样，它就是一种结束语，而不是一种致辞。

亚里士多德的《修辞学》对后来关于修辞学论述的某些领域具有深远的影响，尤其是他对三段论省略式的基本形式、误导的三段论省略式、性格和共同话题的分析。然而，他对三段论省略式与辩证法的联系的强调，在文艺复兴之前并没有得到恢复。

注释

[1] George A. Kennedy，*A New History of Classical Rhetoric*(Princeton：Princeton University Press，1994)，p.34.

[2] James J. Murphy and Richard A. Katula，*A Synoptic History of Classical Rhetoric*(Davis，CA：Hermagoras Press，1994)，p.18. 以下引文写作 *SH.*。本章里对希腊修辞学的部分说明要归功于 Murphy and Katula，以及 Kennedy 所提供的描述。

[3] 这里所用的版本是 Plato，*Gorgias*，trans. Robin Waterfield(New York and Oxford：Oxford University Press，1994)。

[4] *Collected Dialogues of Plato*，ed. Edith Hamilton and Huntington Cairns(Princeton：Princeton University Press，1969).

[5] Aristotle，*The Art of Rhetoric*，trans. H. C. Lawson-Tancred(Harmondsworth：Penguin，1991)，1354a. 下文引用写作 *Rhet.*。

第四章　希腊化时期与罗马的修辞学

历史背景

以城邦为基础的希腊古典文化，实际上在公元前338年终结于雅典在"喀罗尼亚战役"(the battle of Chaeronea)中被马其顿的菲利普打败。在亚里士多德于公元前332年去世之后不久，他的"学生"亚历山大大帝（菲利普的儿子）就征服了庞大的波斯帝国。希腊化时期据说始于亚历山大去世的公元前323年，此后，他的帝国被他的将军们所瓜分，那些将军开始了各种各样的王朝：埃及的托勒密［Ptolemy，以及后来的腓尼基（Phoenicia）和巴勒斯坦（Palestine）］、叙利亚的塞琉古(Seleucus)、波斯、美索不达米亚(Mesopotamia)和马其顿的卡桑德(Cassander)。尽管有这些瓜分活动，但希腊的语言和文化已经传遍了所有被征服的领土。虽然希腊古典文化的一些要素被保存了下来，但城邦的时代在更为专制和君主制的统治形式面前退让了；此外，还有一场不同民族和文化的巨大混杂与融合。这个新的希腊化的时代以希腊传统与东方传统的融合为特征。尽管如此，依然存在着与希腊古典时期之间的各种连续性：新的统治阶级的语言主要是希腊语，他们的教育是相同的，希腊的科学和逻辑学继续对希腊化时期的思想发挥着根本性的影响。

在经济方面，希腊化的世界经历了一次贸易、商业、投资和大规模生产的巨大扩张。一个国际金融体系成长起来。政府不仅控制着多数工业，而且大量土地集中到了统治者手中，因此，小农场主被降到了农奴的地位上。作为这场经济革命的一部分，许多大城市以及大量人口出现了。这些城市中最突出的是亚历山大港，拥有的人口超过了50万，有一座博物馆和一个巨大的图书馆，藏书达75万册。这种集中化和控制的一个结果是，一方面是贫富之间，统治者、贵族和商人之间鸿沟的扩大，另一方面是农民和工人之间差距的扩大。

如果说对绝大多数人口来说条件是艰苦和压抑的话，那么，并不使人吃惊的是，希腊化时期哲学的主要趋势是"犬儒主义"(Cynicism)、"伊壁鸠鲁主义"(Epicureanism)、"斯多葛主义"(Stoicism)和怀疑论。其中的斯多葛主义和伊壁鸠鲁主义这两种趋势，是以雅典以及柏拉图创立的古老学园和亚里士多德的"逍遥学派"为基础的。这些新的思想方式广泛共有的特点是，对政治和日常生存的严苛世界的冷漠。总的来说,它们都提倡以某种形式退出社会。犬儒主义哲学由西诺普①的第欧根尼(Diogenes of Sinope,约公元前400—公元前325年)创立,他有公开裸露癖而被人们嘲弄地叫作"狗"(kuon),因此有了"犬儒"这个名称。他提倡回归自然,只满足于必要的物质需求,避开一切习惯的或人为的东西。他认为,人们以这种方式可以达到自我满足和自由。这个学派在公元前3世纪很活跃,在公元1世纪经历过一次复兴。

斯多葛主义是根据它在其中教学的雅典的"圆柱大厅"(Stoa Poikile)命名的,由季蒂昂②的芝诺(Zeno of Citium,公元前335—公元前263年)在公元前300年左右创立,并由克里西波斯(Chrysippus)、巴比伦的第欧根尼(Diogenes of Babylon)和其他人加以发展。他们的核心学说利用了赫拉克利特的"逻各斯"(Logos)或普遍理性的概念。他们认为,这种宇宙理性支配着作为一个有序整体的世界,一切邪恶或厄运都不过是终极之善的更大模式的一部分。人们通过承认世界秩序和自己是其中的一部分来维护自己的理性本质,他们由此获得了心灵的满足与平和。为了达到这个目的,斯多葛学派强调自律、宽容、平静和人类平等。虽然他们坚持人们确实应当参与社会生活,但他们认为,这种参与应当以这一认识为基础,即最高的善就是要按照理性和自然去生活,并由此获得美德。后来罗马的斯多葛学派,如西塞罗(公元前106—公元前43年)所说,塞内加(Seneca,公元前4—公元65年)、获释奴隶爱比克泰德(Epictetus,约公元55—135年)和马可·奥勒利乌斯(Marcus Aurelius,公元121—180年)皇帝,都把重点越来越集中在培养一种内在的精神性和超然于外部世界方面。斯多葛学派在语法理论和寓言式的解释方面对文学批评做出了贡献(CHLC,V.Ⅰ,210)。特别有趣的是他们有关"幻象"(phantasia)或想象(imagination)的概念。它是指在内心呈现形象,或者通过外部世界的影响,或者通过文本的作用。乔治·肯尼迪(George Kennedy)指出,虽然斯多葛学派一般都认为艺术是模仿,但他们中的一些人认为,"幻象"是一种拥有更高的创造性的过程。他们认为,单纯的模仿只可能表现所看见的东西,而"幻象"则可以按照理想的标准来表现(CHLC,V.Ⅰ,211)。例如,一幅画像可以把一种美的理想作为基础,而不是以任何现存的人为基础。肯尼迪声称,"幻象"的概念成了希腊和罗马作家的批评词汇的一部分,它直到很晚才成为浪漫派文学理论的一个必要组成部分。虽然斯多葛学派承认诗歌模仿生活,但他们在寓言式的解释方面对这一原理的运用,把这样的模仿看成象征的,而不是字面上的。斯多葛学派在修辞学方面的影响一般来说是"平实的",它要求避免一切对情感的强烈诉求或过度使用修饰与演说的样式(CHLC,V.Ⅰ,212)。

伊壁鸠鲁主义是根据其创始人伊壁鸠鲁(公元前342—公元前270年)命名的,也开始于公元前300年左右。众所周知的是,伊壁鸠鲁教导说,最高的善就是快乐。然而,他并不提倡不受控制的放荡和沉溺;虽然他承认身体的欲望应当得到满足,但他提出,最大的快乐是精神上的和沉思的;我们获得这样的精神安宁,要通过摆脱痛苦,通过认识到宇宙的运行要遵循它自身的律法,而不受来自诸神的干扰。灵魂是物质性的,它随着身体死去,不可能受到惩罚。

---

① 西诺普(Sinope):地名,在今土耳其境内。
② 季蒂昂(Citium):地名,在今塞浦路斯境内。

虽然伊壁鸠鲁学派并没有就文学说过很多话，但伊壁鸠鲁和他的一些追随者提出了对语言的说明，认为词语起源于人类的印象，意义是通过舆论和惯例创造出来的（CHLC, V.Ⅰ, 214）。这样一种观点预见了很多现代理论。

以怀疑论知名的哲学在一些晚近的思想家那里经历过复兴，如休谟，也在20世纪的一些思想方式中经历过复兴，如解构，这种哲学可以追溯到前苏格拉底学派，如色诺芬尼（Xenophanes），并且得到了智者派的高尔吉亚和普罗塔哥拉的发展。柏拉图的学园后来宣称坚持这一学说。怀疑论基本上认为，我们不可能具有某种认识：我们的感觉——它最终是我们的一切认识的来源——是容易犯错误的，可能误导我们。怀疑论在希腊化时期变得较有系统，并且被定型了，通过皮洛（Pyrrho）、卡涅阿德斯（Carneades）和埃奈西德穆斯（Aenesidemus）这些著名倡导者得到了表达，他们就保持对事物的信念确定了十个理由。希腊化时期的怀疑论者部分反对斯多葛学派，认为我们既然不可能拥有或不可能确定有关世界的认识，那么，我们只能通过一种不承担义务的态度来获得幸福，我们凭这种态度中断了对事物的肯定性判断。如果有必要采取行动，我们就必须在实际考虑和各种可能性的基础之上去做。

这些哲学大多是理性的和唯物主义的，认为就连诸神和人类的灵魂也是由物质构成的。希腊化时期哲学的一个相当不同的方面，表现在把希伯来的各种概念与希腊化的各种概念结合起来的努力之中，如体现在犹太学者亚历山大的斐洛［也以犹太人斐洛（Philo Judaeus）闻名，约公元前20—约公元40年］的著作中的那样，受到了斯多葛主义和柏拉图主义的影响。把《圣经·旧约》（the Old Testament）翻译成希腊语［叫作"七十子希腊文本圣经"（the Septuagint），因为有72位翻译者被授权完成这一任务］开始于公元前3世纪中期（LWC, 39）。斐洛对希伯来和希腊概念的综合是以对经文的寓言式解释为基础的。斐洛认为，《圣经·旧约》是"有关人类灵魂及其与上帝（God）关系的神圣寓言"，肯尼迪认为，他的著作"是希腊语中最早发展起来的寓言式的解释"（CHLC, V.Ⅰ, 213）。希腊的逻各斯概念是斐洛体系的核心，它既是宇宙的秩序，又是认识上帝的中介。斐洛区分了宇宙的精神方面和物质方面，主张灵魂可以逃脱物质，灵魂被禁锢在物质中，只有通过禁欲的否定才能逃脱；我们旅途的终极目标是与上帝的神秘的融合，除此之外上帝是不可认识的。斐洛的学说对基督教思想产生了重大影响。

虽然所有这些希腊化时期的哲学有时存在着根本的差别，但它们在自身广阔的框架之中是失败主义的，要么鼓吹退出世界，要么就完全把自己交托给世界。对它们来说，获得幸福或平静的内心状态，并不在于采取什么行动或改变世界，而在于一种超然的内心态度。在某种意义上，斐洛的学说可以被认为是这种态度的一个顶点，为基督教神学铺平了道路：对斐洛来说，整个物质世界都是邪恶的，只不过是灵魂发展的一个障碍。在这个时期，总的来说，对文学和批评的研究更多的是在技巧方面，阐明古典文本的风格，对它们进行分类，鼓励对它们的模仿（CHLC, V.Ⅰ, 219）。这些希腊化时期的倾向，连同很多神秘主义的宗教崇拜，都延续到了罗马的世界，这一部分是独裁主义政治制度的结果，在那种制度中缺乏自由，其产生的政治争论都被限制在严格的范围之中。正是在一种日益受到限制的政治框架之内，正如很快将要看到的，罗马的修辞学（Roman rhetoric）、文学和批评发展起来，其基础是希腊的模式。随着君主政治的建立，出现了庇护人以及一种走向阿谀奉承、夸张和无节制的必然趋势。

希腊化时期的修辞学

亚历山大的巨大图书馆和博物馆成了科学、文本批评和诗歌写作这些领域的一个学术中心。希腊化时期，在图书馆里工作的学者们进一步把修辞学的内容和规则系统化了。这个时期保存下来的一个重要文本是《亚历山大修辞学》(Rhetorica ad Alexandrum，这个文本是献给亚历山大大帝的)，它于公元前4世纪用希腊语撰写成。这个时期的希腊修辞学家包括泰奥弗拉斯托斯(约公元前370—公元前285年)，他可能开创了对演说样式和思想样式的研究，创立了风格的三种层次的概念，即高雅、中等和平庸。这个时期最重要的希腊修辞学家是铁姆诺斯①的赫尔玛格拉斯(Hermagoras of Temnos)，他生活在公元前2世纪。他论述修辞学的著作已经被学者们进行过重新整理，影响了罗马重要人物的修辞学理念，如西塞罗和昆体良。特别有影响的是赫尔玛格拉斯的**停滞**(*stasis*)说，它确定了对于争论中的紧要问题的"立场"或"姿态"。他对一般情况与特殊情况进行了区分，这些情况可以按照四个可能的问题进行争论。这种理论旨在帮助学生们阐明问题和写作演说稿(CHLC,V.Ⅰ,198)。正如乔治·肯尼迪注意到的，希腊化时期的教育把重点放在"获得书面和口头写作的实际技巧"之上，到罗马帝国时代，学生们的练习包括用学生自己的词语来复述一段叙述、描述、以神话或历史人物的角色进行演说、比较两件事或两个人、论证一个主题以及反驳和证实的实践。由此学到的一些写作过程经常被带进文学写作之中(CHLC,V.Ⅰ,199)。很多这些写作练习一直都在被运用，甚至最近在我们自己的课堂上、在课本(教授现代修辞学和写作)里依然存在。

罗马的修辞学

希腊的修辞学在公元前2世纪进入罗马。赫尔玛格拉斯对罗马早期的两个重要修辞学文本产生过巨大影响，这两个文本是《修辞学》(Rhetorica ad Herennium，约公元前90年)和西塞罗的《论选材》(De inventione，公元前87年)。《修辞学》的作者姓氏不明(虽然有时以"假西塞罗"为人所知，因为这本著作被归于西塞罗达长达1 500年)，它是对五个部分的体系(选材、布局、风格、记忆和发表演说)进行详细讨论的第一个文本，这五个部分对罗马的修辞学传统来说很重要。作者坚持认为，这是一种实际的论述，演说者的任务是要有能力讨论法律和习俗确定的由"公民运用"的那些问题。[1] 像亚里士多德一样，他把修辞学划分为"表现辞藻技巧的"(epideictic)、"协商的"(deliberative)和"法庭的"(judicial)三个分支(对应于亚里士多德描述的"展示""协商"和"适合于法庭")。他对修辞学的五个部分的界定如下：选材是设想出要使一个特定事例令人信服的问题(选材是演说者的任务中最艰难和最重要的)；布局是安排问题；风格

---

① 铁姆诺斯(Temnos)：古代希腊的一个小城邦，位于安纳托利亚西部沿海地区，今已不存。

是使词语和句子适合于选定的问题；记忆是把问题牢牢记在心里；发表演说是指调整声音、表情和姿态（RH，Ⅰ.ⅱ.3）。

作者引证了讨论的标准模式的六个部分：引言、陈述事实、划分、证明、反驳和结论。他认为，有两种引言，即直接的和迂回的。引言的目的是使听众容易接受、有好感和专心，可以依靠四种方法：谈论演说者；谈论对手；谈论听众；讨论事实本身（RH，Ⅰ.ⅲ.4－1.ⅳ.7）。他告诉我们，最完整的论证有五个部分：陈述、推理、证明推理、修饰、概要或结论。结论有三个部分，包括概括、扩展和诉诸同情。

关于发表演说和记忆，作者解释说，好的演说要确保演说者显得很诚挚。记忆有两种，自然的和人为的。后者有赖于利用背景和形象（RH，Ⅲ.ⅹⅵ.28－29）。作者提出，风格有三个层次：庄严的或高雅的风格，它要运用精心安排的令人印象深刻的词语；中等风格，它要运用一种较低等级的词语，不过，它并非口头词语；简单的或平实的风格，它运用标准演说最流行的习惯用语（RH，Ⅳ.ⅷ.11）。三种风格的这种观点在中世纪（Middle Ages）被批评家们所采纳，如文绍夫的杰弗里（Geoffrey de Vinsauf）和旺多姆的马太（Matthew of Vendôme），他们认为这三个层次分别适用于有关法庭、城镇和农民阶层的叙述。

最后，作者提供了一份很长的演说样式和思想样式的目录。前者由语言的修饰产生，后者由理念或概念本身的特性产生（RH，Ⅳ.ⅹⅱ.18）。论述演说样式的部分仔细考察了各种标准的样式，如对照、"呼语"①、通过提问和回答推理、通过反面推理。这里对转喻和"提喻"（synecdoche）做了一种有趣的区分。转喻被界定为一种样式，它由非常类似意中对象却用了一个不同名称的对象引起。它可以用更大者的名称来替代较小者的名称，用选取的事物替代选取者，用手段替代所有者，用原因替代效果或者相反，用容器替代内容或者相反。提喻出现在根据部分来理解整体或者相反的时候，或者当单数根据复数来理解或者相反的时候（RH，Ⅳ.ⅹⅹⅹⅱ.43－ⅹⅹⅹⅲ.45）。隐喻据说出现在一个适合于一件事情的词语被变成另一个词语之时，其基础是一种特定的相似性；它被用来造成生动性、简短性，避免猥亵，夸大或减少，或修饰。最后，寓言被界定为演说的一种方式，通过词语的字面意义来表达一件事，但有另一种含义。它可能呈现出三个方面：比较，在一些产生于一种相似性的隐喻被放到一起之时；论证，在为了将对象放大或最小化而从一个对象中抽取出一种相似性之时；对比，当人们取笑地通过对比来指一件事之时（RH，Ⅳ.ⅹⅹⅹⅳ.45－46）。思想样式的名目包括演说的坦白直率、掩饰、划分（一个问题可供选择的办法）、精炼、详述一个论点、比较、例证、明喻、性格刻画、对话、人格化、强调和简明。

西塞罗的修辞学理论

马库斯·图留斯·西塞罗（公元前106—公元前43年）是古典修辞学家中最有名的。他

---

① 呼语（apostrophe）：直接称呼不在场的虚构的人物，或者称呼拟人的事物，尤其是指演说或作文过程中的离题话。

出身于有特权的公民等级或中上层阶级,是罗马元老院和法庭上的公共演说艺术著名的实践者。他在创造自己的修辞学演绎推理方面吸取了柏拉图、亚里士多德、狄摩西尼(Demosthenes)、伊索克拉底和泰奥弗拉斯托斯的观点,他的演绎推理也灌注了他自己的丰富经验。他在罗马当学生时所接受的教育体系,把核心集中在修辞学上,规定了写作、演说、论证一个主题、立法和法庭辩论、学习修辞学规则、记忆训练和恰当发表演说方面的训练。西塞罗本人认为,发表演说这一行为在演说中最为重要。他在公元前 1 世纪前期,就发表了他的修辞学论著《论选材》。在这本著作之后还有其他修辞学著作:《论演说家》(*De oratore*,公元前 55 年);《布鲁图斯》(*Brutus*,公元前 46 年),一部罗马演说史;《雄辩家》(*Orator*,公元前 46 年);《论雄辩的种类》(*De optimo genere oratorum*,公元前 46 年);《论演说术的类别》(*Partitione oratoria*,公元前 45 年),一部讨论演说组成部分、听众性质和演说者可以借助的资源的著作;《论题》(*Topica*,公元前 44 年),它把亚里士多德的逻辑学运用于罗马的修辞学。

西塞罗生活在一个动荡的时代,那时罗马共和国受到了政治、社会和军事动乱的冲击。公元前 139 年和公元前 103 年,西西里岛爆发了奴隶起义。第三次奴隶起义出现于公元前 73 年,由斯巴达克[①]领导。苏拉[②]于公元前 82 年已经在罗马建立了专政。意大利的一场农业革命以及大量国内战争,都动摇了罗马共和国,它被阶级冲突所分裂,自身受到上等阶层的富裕奢侈与庶民和农民的悲惨贫穷之间的巨大反差的冲击。西塞罗惧怕进一步的革命和民众统治的可能性;他支持一种"秩序的和谐",即贵族与商业阶层的合作。西塞罗的主要对手是卢修斯·塞尔吉乌斯·喀提林[③],喀提林试图联合各种革命派别。公元前 64 年,西塞罗为执政官统治进行辩护,遭遇喀提林并战胜了他,获得了上层阶级的一致支持。最后,爆发了对抗喀提林的势力在战斗中被打败,他的一些追随者被处死。西塞罗在镇压这场革命中起了关键作用,此后,他被罗马人拥戴为国家之父和救星。[2] 普鲁塔克[④]把这时的西塞罗描述为"罗马最有权势的人"(*Fall*, 296)。

然而,西塞罗刻薄的睿智也制造了敌人。他最终陷入了恺撒[⑤]与庞培[⑥]之间棘手的权力斗争,接着是安东尼与屋大维之间的权力斗争。总的来说,他为维护罗马共和国而反对帝王统治的忠诚,总是在这些强势人物之间摇摆。他没有参与暗杀恺撒,虽然他是布鲁图斯[⑦]的朋友;他在元老院辩护说,布鲁图斯和卡西乌斯[⑧]在暗杀恺撒之后应当被赦免。西塞罗担心安东尼为自己谋取最高权力,发表了一系列反对安东尼的演说,被称为"腓利比克之辩"(*Philippics*,根据狄摩西尼就马其顿的菲利普而对雅典人发表的演说命名)。起初,屋大维为西塞罗提供了保护,那时西塞罗在促进其事业方面很有帮助。然而,屋大维最终答应了安东尼的要求,把西

---

① 斯巴达克(Spartacus,?—公元前 71 年):色雷斯人,在战斗中被俘并沦为奴隶,后成为奴隶起义领袖。
② 苏拉(Sulla,约公元前 138—公元前 78 年):罗马统帅,政治家。
③ 喀提林(Lucius Sergius Catiline,约公元前 108—公元前 62 年):罗马的阴谋叛变者。
④ 普鲁塔克(Plutarch,约公元 46—120 年):罗马帝国早期希腊传记作家,著有《希腊罗马名人传》。
⑤ 恺撒(Caesar,公元前 100—公元前 44 年):罗马共和国末期军事统帅,政治家。
⑥ 庞培(Pompey,公元前 106—公元前 48 年):罗马统帅,政治家。
⑦ 布鲁图斯(Brutus,公元前 85—公元前 42 年):罗马共和国晚期元老院议员,参与并组织了谋杀恺撒。
⑧ 卡西乌斯(Cassius,?—公元前 42 年):罗马将军,刺杀恺撒的主谋之一。

塞罗列入了死亡名单;安东尼的士兵最后在西塞罗的一所度夏宅邸里逮捕了他;他们砍下他的头颅和双手,在罗马广场的公共讲坛上展示。

在《论选材》里,西塞罗强调了修辞学在政治上的重要性。他也肯定了修辞学的功能是要帮助促进社会进步,要以正义和公共福利为基础,而不是以物质力量为基础。这样,演说者不仅必须拥有口才,也要拥有智慧。[3]值得简要地陈述一下的是西塞罗对演说的六个部分的界定。(1)"**开篇**"(exordium)意在使听众有好感、专心和容易接受。它被划分为"**引言**"(introduction),引言要直接达到上述三个目的;"**暗示**"(insinuation),它间接地并通过掩饰来达到那三个目的。当听众怀有敌意时,要用暗示来开始演说(Ⅰ.20)。(2)"**叙述**"(narrative)是对被断言已经发生的事情的说明(Ⅰ.25)。(3)"**划分**"(partition)是使整个演说容易被理解,有两种形式:一种形式是表明同意或不同意对手的方面,另一种形式是概述我们自己的其他论点(Ⅰ.30)。(4)"**证实**"(confirmation)是叙述中的一部分,它通过征集各种论据来支持我们的事例。西塞罗在这里对论证进行了一些全面的考察。论证可以通过提及个人或行动的属性来支持命题。所有论证要么是必要的,要么则是可能的。必要的论证不可能被反驳;可能性对人们的一般信念起作用。此外,所有论证或者通过类比来进行(在自己的事例与无可置辩的事实之间推断出相似性),或者通过三段论省略式来进行,它要从事实中得出可能的结论(Ⅰ.35-65)。(5)"**反驳**"(refutation)要破坏对手演说中的证实或证明,可以通过驳斥其假设或结论,或者通过揭示对手的论证形式是谬误的(Ⅰ.75)。(6)"**结束语**"(peroration)终结演说,有三个部分:概述演说的实质性论点,激发对对手的憎恶,唤起对自己事例的同情。结束语也可以包含拟人化的表现以及诉诸评判委员的同情(Ⅰ.80.100-105)。在《论选材》里,西塞罗告诉我们,每种演说都有赖于一种"停滞"或供思考的问题,并详细阐述了每种演说的特殊规则——适合于法庭的、协商的和表现辞藻技巧的。

《论演说》以四位演说家之间交谈的方式写成。西塞罗本人的观点大多通过克拉苏(Crassus)这个人物表达出来。他是一位著名的雄辩家,西塞罗曾在他门下学习修辞学。这篇论文就风格提出了更多的洞见,特别是提出了演说中的每个证据都应当与情感有关,因为大多数决定的做出都要以情感为基础;[4]还有,每种情感都天然具有一种特殊的面貌和情调,演说者必须在演讲中把握住它们(Ⅱ.213)。有关演说的其他建议,包括应懂得听众在演说开始时最容易接受,因而应当利用开始来进行自己最能提供证明的陈述;要使用隐喻,因为——发现普通词语中新的关联——这是给予听众最大愉悦的事情。西塞罗认为,发表演说在成功的演说中是最重要的因素(Ⅲ.213)。雄辩家被界定为一般来说能够对"普通"听众清楚地表达理念的人(Ⅰ.85)。

有关《论演说》最有趣的是,它提出两个重要话题——演说的文化价值以及演说、哲学与其他知识形式之间的联系方式。西塞罗通过克拉苏发言,断言修辞学的艺术在享有自由、和平与安宁的国家里特别繁荣兴旺。此外,这门艺术超越其他一切地方是把人区别于动物,正是这门艺术给人类带来了统一和文明(Ⅰ,Ⅷ)。这样,雄辩家就必须在自己身上结合多种美德,而这些美德只能在其他单个人身上发现(ⅩⅩⅤ-ⅩⅩⅥ)。西塞罗也很不赞同柏拉图对修辞学的批评。柏拉图认为修辞学把焦点集中在风格上,并且脱离了哲学,而西塞罗坚持认为,好的修辞学家必须以知识和对自己主题的理解为基础进行演说，哲学和修辞学可以互补。演说者必须具备哲学、法律和人类心理的知识，必须在人文学科方面受过训练（Ⅰ，Ⅺ-Ⅻ）。按照西塞罗的观点，苏格拉底"把聪明地思维的能力与优雅地演说的能力……分离了，虽然它们天然就是统一在一起的"。有趣的是，西塞罗把这一点与同样不自然的"言说与内心的……分离"联系在一起（Ⅲ，ⅩⅥ）。简言之，西塞罗与柏拉图形成了反差——这种反差如此鲜明，以至近乎成了特征——他坚持认为，修辞学家和哲学家可以在一个人身上统一起来；无论他被叫作修辞学家还是哲学家，都是一个无关紧要的问题（Ⅲ，ⅩⅩⅩⅤ）。我们也许还能想起，柏拉图实际上曾把好修辞学家重新界定为哲学家。

在《论雄辩的种类》里，西塞罗认为狄摩西尼是所有雄辩家中最伟大的。在《布鲁图斯》里，他认为，对一个演说家的成功的最终检验，不是凭借批评家的称赞，而是民众的认可。他还增加了一些其他的规则，诸如避免浮夸的言辞以及遵循适度的路径。在《雄辩家》中，西塞罗认为，演说术的功能——教导、使人愉悦和感化听众——都与风格的三个层次有关，即庄严、中等和平实。西塞罗认为，理想的雄辩家将用平实的风格来证明自己的事例，用中等的风格来使自己的听众愉悦，用庄严的风格来唤起特殊的情感反应。运用庄严风格的雄辩家具有最大的力量，但这应当与其他风格适当地结合起来。普通主题应当用简单的方式来处理，宏大的主题应当用庄严的风格来处理，处于它们之间的主题要用中等的风格来处理。西塞罗宣称，雄辩家应当像亚里士多德所阐明的那样熟悉逻辑学，也要熟悉历史、民法、宗教和道德。他认为，思想的样式对雄辩来说比语言的样式更重要，因为修饰和装饰对演说而言是实质性的。在《论演说术的类别》中，西塞罗提供了对修辞学的原理与分类的较为系统的说明。他最后的修辞学论著《论题》，旨在成为对亚里士多德的《论题篇》（*Topics*）的解释，实际上却试图表明哲学和修辞学为了选材而如何利用共同的主题或话题。柏拉图曾经嘲笑修辞学对真理漠不关心，是以情感诉求而非正确的论证为基础，而亚里士多德及其追随者却强化了论题（theses）或"推理的范畴"，并且"建立了一个完整的论证体系"（*CHLC*，V.Ⅰ，229）。

的确，西塞罗最伟大的成就也许可以说是对各种学派的原理的一种修辞学的综合，以及试图把哲学与修辞学融合起来。他无疑增加了拉丁语的哲学和文学批评词汇，由此为修辞学和哲学的进一步改进铺平了道路。也许，对西塞罗来说最好的——以及最讨人喜欢的——赞颂辞，是由普鲁塔克用这样的词语来表达的："西塞罗，超过了任何人，使罗马人看到了，雄辩对什么是善所赋予的魅力有多么巨大，只要表达得好，正义是多么不可战胜，优秀而有效率的政治家，始终都应当在自己的行动中偏爱正确的东西胜过流行的东西，用他的话来说就是，应当以某种方式表达使人愉悦的公共利益，而非被证明了的令人不快的公共利益。"（*Fall*，p. 287）

昆 体 良

人们认为，西塞罗最后说的话是："共和国随我而死！"西塞罗的修辞学后继者们所居住的世界，是非常不同的。随着帝国统治的建立与巩固——权力由此处在一个人手中——个人和政治自由、自由演说和真诚论争的能力，出现了大幅的下降。塔西佗①的《关于演说术的对话》（"Dialogue on Oratory"）中的一个人物评论说，由奥古斯都开创的和平时期，实际上在元老院造成了"平静"，这是"限制雄辩以及其他一切"的结果。[5]包括从共和国向帝国转变在内的各种变化，由墨菲（Murphy）和卡图拉（Katula）做了简洁的表达：

> 新帝国的条件对创造性的演说术来说是不利的：演说的长度、支持者的数量和法庭审判的持续时间都减少了；演说者在所发表的每次演说中都有冒犯皇帝的风险；过去充满活力的问题在很大程度上没有了；君主政治的权力稳定地侵占了有自治权的人群……简言之，带来创造性的修辞学的社会和政治条件，再也不是罗马世界的标志了。[6]

有点讽刺意味的是，塔西佗解释了自己时代缺乏伟大演说术的原因。他的人物之一马特努斯（Maternus）声称："从前伟大的和著名的雄辩术是特许的产物，受它欺骗的人们要求自由。"在一个有序的国家里，"一种健全的道德和服从权威的意愿盛行"，不需要雄辩术或长篇演说。他问道，"当政治问题不是由无知的多数人来决定，而是由一个卓越的聪明人来决定之时"，需要长篇演说的地方是在元老院吗？（Tacitus，pp. 768-769）也许，在这些评论表面之下的不远处，是一种潜在的对自由的渴望，在其中也许可以听见超越皇帝声音的其他声音。

虽然这些环境见证了修辞学在公元1世纪的罗马的普遍衰落，但它们仍然在昆体良那里创造了一个人物，他那持久的影响力近乎与西塞罗的影响力相抗衡。昆体良于公元35年出生在西班牙北部，公元96年去世，那一年他的《雄辩术原理》（Institutio oratoria）发表。这个文本是对修辞学和教育理论、文学批评的重要贡献；其影响是巨大的，在文艺复兴时期的影响仅次于西塞罗，并一直延续到了我们自己的教育体系之中。

昆体良在罗马学习演说术，受到过那时的重要演说家多米提乌斯·阿弗尔（Domitius Afer）的培训。他从业当了律师，并开办了一所修辞学学校，在其学生中有塔西佗、小普林尼（Pliny the Younger）、尤维纳利斯（Juvenal）和苏埃托尼乌斯（Suetonius）。他被维西巴斯安（Vespasian）皇帝任命为修辞学的国家教授；其名声延续到了铁达时（Titus）和图密善（Domitian）皇帝治下，他最终被授予了荣誉执政官的头衔。

在《雄辩术原理》中，昆体良详细描述了罗马的教育制度，其中心在修辞学之上，他还提供了一个从童年起培养理想演说家的计划。在序言里，昆体良强调了自己文本中也许是最具原创性的主题，即真正的演说术对道德上的善的依赖："完美的演说家……不可能存在，除非他首先是一个善良的人。"[7]因此，演说家需要具备"心灵的各种优点"。像西塞罗一样，昆体良反对柏拉图将修辞学与哲学分离开来。昆体良把这些活动结合在一起是以道德为基础的：演说家必须在道德上是善良的——对哲学家来说不可能离开道德操行的原则——因为他作为公民积极地参与国家的各种事业，即民事的、法律的、司法的、私人的和公共的事业。因而，与西塞罗一样，昆体良认为智慧与雄辩是天然地和必然地彼此相伴的。因此，演说家需要受到《雄辩术

---

① 塔西佗（Tacitus，约公元55—120年）：罗马历史学家。

原理》中详述的广泛训练。该书由十二卷构成。第一卷概述开始学习修辞学之前的孩子们所必需的教育,第二卷对此进行了描述。第三到第九卷讨论修辞学的五个组成部分:选材、布局、风格、记忆和发表演说。第十卷是对希腊和拉丁修辞学家的考察,第十一卷涉及记忆和发表演说的技艺,而最后一卷则讨论理想的雄辩家的特征、其风格和他必须遵循的规则。以下的讨论将把焦点集中在前两卷之上,它们由于对教育的普遍洞见而著名,还有第十二卷,它阐明了昆体良对雄辩家的看法。

第一卷,涉及对孩子的教育,昆体良主张公共学校的教育要超过私人指导,后者并非必然会提防在学校里可能的坏习惯和不道德。此外,一位杰出的教师要获得更多的学生听众;单独一个学生不会为教师的演说能力和教学天赋提供适当的讲坛。正如昆体良指出的:"如果我们要一次只与一个人谈话,那么,世界上就不会有任何雄辩。"(Ⅰ.ⅱ.31)。然而,教师通过成为自己学生的一位"好朋友",可以建立起一种友爱关系,这种关系将使每个学生感到被单独对待,而不是一大群人中的一员。关爱的教师也将"让自己下降到学习者能力的水平上"(Ⅰ.ⅱ.15-16,27-28)。昆体良继续说,孩子能力的主要表征是记忆和模仿。他推荐了一些消遣活动和游戏,它们既是活泼的标志,也表现了孩子的道德倾向。他反对肉体惩罚,因为它在孩子身上不会产生任何好的变化。

孩子一旦学会了如何阅读和写作,接着就必须学习语法。昆体良确定了语法领域的两个组成部分,即正确演说的艺术和对文学的阐释。他告诫说,要防止把语法看成是微不足道的,因为它为未来的雄辩家奠定了坚实的基础。语法学家需要懂得音乐,以便理解韵律和节奏;他必须懂得一些天文学和哲学,因为诗歌经常利用这些学科(Ⅰ.ⅳ.2-5)。总的来说,昆体良告诉我们,语言以理性、古代、权威和习俗为基础。虽然有时可以服从过去的名人们的判断,虽然可以允许适度运用古老的语言,但在演说中恰当运用语言最可靠的指南是习俗,它必定具有"公共性的特征"(Ⅰ.ⅵ.2-3)。然而,昆体良警告说,习俗不可能以大多数人的实践为准绳;相反,它是"对有教养的赞同"(Ⅰ.ⅵ.45)。这个原则将再度出现在很多作者那里,并且在很多读者反应批评的文学理论中很活跃。

关于阅读方面的练习,昆体良提出,学生大声阅读的方式应当是"雄赳赳的",要把庄重与可爱结合起来(Ⅰ.ⅷ.2)。选择来阅读的段落应当描绘出道德上的善;昆体良推荐阅读荷马与维吉尔(Vergil)的作品,以便感受英雄诗篇概念的崇高庄严和意义重大;阅读悲剧和抒情诗,以及喜剧,因为这可以大大有助于雄辩。昆体良借助荷马、维吉尔和贺拉斯表明,这些诗人所获得的权威性是修辞学写作的楷模。在分析诗歌时,必须教学生仔细阅读,详细说明说话、韵脚和韵律各个部分,确定对词语的正确使用,懂得特定词语的各种意义,辨别各种比喻、言说样式和思想样式,熟悉有关的历史事实,最重要的是要理解整个作品组成方式的优点(Ⅰ.ⅷ.5-18)。他把比喻界定为"把一个词语或短语固有的意义转化为另一种,以便增加其力量"(Ⅷ.ⅵ.1)。他把样式界定为"不同于普通用法的艺术地言说的一种形式"(Ⅸ.ⅰ.14)。此外,男孩子应当学会口头叙述"伊索寓言"(Aesop's fables),应当练习用自己的话来解释诗歌。他们应当练习写作格言和性格描写。总的来说,诗人们讲述的故事应当用来增加他们的知识,而不是被简单地当作雄辩的楷模(Ⅰ.ⅸ.2-6)。

如此描述了修辞学的开端学习之后,昆体良在第二卷里转向了属于修辞学领域本身的传授和学习。他在这方面最重要的论点是,修辞学教师在接收处于容易受到影响之年龄的孩子时,应当具有值得效法的道德。他对理想的教师的描述在我们自己的时代还是中肯的,值得全文援引:

> 因而,最重要的是,要让他[教师]采用父母的情感对待自己的学生,并且要考虑到他所继承的位置是孩子们被委托给他的那些人的职位。既不能让他身上有任何恶习,也不能让其他人容忍恶习。要让他的严厉不再严厉,让他的和蔼不那么容易,以免让这个人产生厌恶,或那个人产生不敬。要让他经常讨论什么是荣誉和善,因为他越是经常告诫,他就越少不得进行严厉的批评。要让他没有火暴脾气,然而也不要纵容应该纠正的东西。要让他在自己的教学方式方面简单明了,并且忍受劳苦……要让他乐意回答那些向他提出问题的人,而他自己的问题要针对那些提不出问题的人。在给自己的学生布置练习方面,要让他既不吝啬,也不过多;因为一种特性会招致对劳动的厌恶,而另一种特性又会招致自满。在改正需要改正之处方面,要让他不要粗糙,尤其不要责备……要让他自己每天说很多话,为的是启迪学生。虽然他在学生的阅读课上可以向他们指出供他们模仿的大量例子,然而,栩栩如生的声音……对心灵的滋养更加有营养——特别是教师的声音,如果他的学生受到了正确的教导,那么,学生既会热爱他,也会尊敬他。(Ⅱ.ⅱ.4-8)

这段话在其规则方面奇怪地显得很现代——尤其是那些有关回应学生作业的话——也许例外的是,我们并不那么坚持强调教师的道德人格。教学的道德要素对昆体良来说如此重要,以至于他坚持认为,如果缺少这种要素,其他一切规则都是无用的(Ⅱ.ⅱ.10-11,15)。

昆体良也提出,从一开始就应当给予孩子最好的教师,认为可以把孩子的早期教育移交给较差的教师的观点是错误的。杰出的教师非常准确地了解自己的学科,不会超出教学的基本问题。此外,他们都是判断力很强的人,懂得如何使自己的教学适应自己学生的标准。最重要的是,他们对知识的掌握,能够使他们在自己的教学中获得清晰的优点,这是"雄辩的首要优点"。教师的才能越少,他就会越含糊和越自命不凡(Ⅱ.ⅲ.2-9)。

人们会回想起,西塞罗曾把演说划分为六个部分,其中的实质性部分是叙述。昆体良提出,修辞学教师可以从叙述这样的主题开始,这早已研究过了。他注意到,有三种叙述:寓言(fable),它利用想象性的素材,如在悲剧和诗歌里示例的那样;**议论**(argumentum),它具有真理的外表,如在喜剧里运用的那样;历史,它是对事实的一种陈述。正是最后这种和最实质性的叙述,是学生必须向修辞学教师学习的。应当教学生写作叙述文,它既不是干巴巴的或乏味的,也不是装饰着牵强的装饰物(Ⅱ.ⅳ.2-4)。昆体良在这方面也就教育学提供了有价值的忠告。应当避免一个单调乏味的教师,成熟不应当受到迟来的匆忙的鼓励。教师在纠正过错方面不应很严厉,他应当尽可能使人愉悦,他"应该称赞学生的某些表演才华,宽容一些人,改变一些人,提供何以要做出改变的理由;也要通过增加一些自己的东西而使某些段落更加清晰"(Ⅱ.ⅳ.8-12)。

还有练习叙述,学生们必须参与反驳和证实叙述的任务,赞扬突出的人格,指责不道德的人格,研究一个全面话题的**备忘札记**(*commonplaces*,有关道德或法律论点的一般主张)和**论点**(*theses*)(有关一个全面话题的论点,经常要比较两件事情的优点)(Ⅱ.iv.18-25)。学生们也必须在称赞或谴责法律方面经历训练。昆体良认为,修辞学教师的职责包括指出各种文本的美和过错,如果有必要,他要帮助学生逐行读完文本。他应当向学生指出思想或语言中一切有意义的东西。特别是,他应当警觉整个段落的目的,叙述的清晰性,论证的细微之处和紧迫性,以及演说者控制自己和听众情感的能力。他也应该注意风格上的高雅和缺点,例如,在适当运用隐喻和形象方面(Ⅱ.v.7-9)。在随后的一章里,昆体良强调说,朗诵(declamation)的艺术迄今为止是最有用的训练(Ⅱ.x.2-3)。朗诵方面的训练要被完全看成为实际案例的答辩做准备,因此应当模仿它们(Ⅱ.x.12-13)。

昆体良对修辞学的性质和价值有一些有趣的全面评论。修辞学是一门最为重要的、关注行动的实践性艺术,而不是一门关注理解的理论性艺术,也不是像绘画或雕塑那样的创造性艺术(Ⅱ.xviii)。这样,对修辞学来说就不存在任何严格的规则;规则必须适合于各个案例的特殊性质与情况(Ⅱ.xiii)。昆体良反驳了修辞学是说服的艺术的古典定义,因为说服可以通过很多手段达到。他更愿意把修辞学命名为成功演说的科学(Ⅱ.xv)。修辞学绝不是一门在道德上无关紧要的艺术;它属于善良的人的范围,因为没有对善和正义的认识,人们就不可能进行适合于法庭的和表现辞藻技巧的演说(Ⅱ.xx)。最后,像西塞罗一样,昆体良用柏拉图对修辞学的批判反过来针对柏拉图本人:修辞学的素材确实可以是任何东西,这就是演说者必须接受一种全面教育的原因(Ⅱ.xxi)。在第三卷和第四卷里,昆体良仔细考察了修辞学的一些历史,并告诉我们,他自己的立场是折中的,不属于任何特定的学派(Ⅲ.i)。他基本上同意传统上把修辞学划分成适合于法庭的、协商的和表现辞藻技巧的几个分支,并声称各种问题或者与法律有关,或者与事实有关(Ⅲ.iv-v)。他对演说的各个部分的说明——开篇、叙述、证实、证明、区分——与西塞罗的说明相似。

在讨论了选材之后,昆体良在第七卷里转而讨论布局。在一般原则方面,他所提倡的是起诉应当集中证据,而辩护则应当分别考虑证据,论证应当从一般进行到特殊(Ⅶ.i)。第八卷讨论风格,昆体良认为风格是最艰难的主题。他所提倡的风格是明晰(clarity)、高雅,并要适合于听众(Ⅷ.i-ii)。不过,比喻,诸如隐喻、提喻和转喻,可以用来增强某种意义,或者修饰某种风格(Ⅷ.vi)。

然而,简单地遵循这些风格上的规则,在昆体良看来并不足以创造出一个好的雄辩家。必须形成某种资质和习惯的能力,要通过写作(西塞罗也曾强调过这一点),并通过阅读和模仿最好的作家——古代的和现代的作家,诗歌、历史、哲学和演说术方面的作家。不过,仅仅被动地模仿还不够,学生必须有创造力,加上某种属于他自己的东西。关于写作,昆体良坚持认为,应当细心而不急躁,通过大量修正所做的自我改正,是写作过程必需的部分(Ⅹ.i-iv)。为了达到流畅和熟练,其他的练习,如翻译、释义、论题、备忘札记和写演说词,也很有价值(Ⅹ.v)。此外,年轻人应当开始参与法庭的实际案例,学会为各种案例想出一个计划。这将培养他们在即兴创作方面的能力,昆体良把这称为雄辩家的"最高成就"(Ⅹ.vi-vii)。

昆体良这时转向了记忆和发表演说,他要求记住一场演说。关于发表演说,他与西塞罗的观点相同,即认为它具有最强有力的效果;确实,它甚至比演说的内容本身还重要,因为它就是将要感动听众的东西。发表演说必须遵循与风格相同的原则:它必须清晰、正确、适当修饰,适合特定的听众、场合与案例的性质(XI.iii)。

在《雄辩术原理》最后也是最有名的一卷里,昆体良对原创性提出了一个要求,因为他描述了理想的雄辩家的特征。他重复了自己最初的断言,即没有任何人能够成为雄辩家,除非他是一个善良的人。他的推论是,一个真正有才智的人不会选择以恶习对美德,只有善良的人才可能在其演说中真诚。此外,演说的目的是要表达什么是善、正义和荣誉(XII.i)。因此,雄辩家必须通过获得广泛的知识而使自己形成一种高尚的人格,即根据哲学家们的观点认识到什么是正义和荣誉,并通过历史和诗歌认识到正义与荣誉的真实的和虚构的例证。不过,他不必成为哲学家,因为后者仅仅思考而不行动。雄辩家的职责是要利用自己在实际事务中的知识和认识。他也必须具有民法、宗教、自己国家的习俗的知识,并充分掌握风格的三个层次。昆体良要求,精力充沛的雅典演说风格高于过度放纵的亚洲风格。最后,他要求,雄辩家要参与长期的实践,敏锐地关注当今的颓废与困惑——如剧院(theater)和宴会庆典——这些都在他们的身边(XII.x-xi)。

总的来说,可以看出,昆体良对修辞学和教育理论领域的主要贡献在于,他坚持要求这些领域的一切方面都要以道德作为基础。他的全部著述的目的是要表明,为了成为雄辩家和政治家,必须经历训练人的模式,雄辩家和政治家可以用有德行与有效的方式为国家的管理做出贡献。他们不仅必须精通雄辩术,也必须在哲学、法律和文科研究方面受到训练。他们必须讲究实际,适应性强,宽厚和有节制,并且对自己的国家保持一种斯多葛学派的责任感。他坚持雄辩家的这些道德的和知识的品质,是对修辞学在他那个时代衰落的反思,并且力图进行补救,这种衰落在很大程度上是由政治环境造成的,即不鼓励思想和言论自由。遗憾的是,在那种环境里,他的教育规划不可能实现。它在文艺复兴时期也没有实现,尽管他的论述在文艺复兴时期受到了敬重。

修辞学后来的历史:概观

在于亚克兴战役中打败安东尼的内战之后,屋大维在公元前 27 年成了整个罗马世界的皇帝,并且统治到公元 14 年。共和国已经永远地土崩瓦解了,罗马被各个皇帝统治着,直到它在公元 410 年衰落。在这个时期,言论自由——以及修辞学的艺术——完全受到了限制:演说者把焦点集中在风格、发表演说和修辞学的修饰之上,而不是集中在实质之上。一般都把这个时期称为"第二智者派时期"(the Second Sophistic,公元前 27—公元 410 年),以新一代智者派命名,他们倡导回归古典雅典人的语言和风格。涉及国家政治的协商性演说变得不那么重要,随着帝国的扩张,修辞学终于被狭义地界定的法律和技术性演说所支配。学校中传授的修辞学离日常生活和国家的实际事务越来越远。它把焦点集中在模仿的早期模式上,尤其是公元前

4世纪雅典的那些模式。尽管如此,还是有各种理论的发展。在这两个方面——退出**现实政治**(realpolitik)和理论发展——事情的这种状态有点类似于20世纪晚期的理论增殖,几乎所有理论都疏远了政治和经济权力的机器。

以这些情况为标志的"第二智者派时期"没有创造出任何重要的修辞学论著,除了朗吉努斯的《论崇高》(*On the Sublime*)。倘若修辞学在实际上被剥夺了其社会的和政治的功能的话,那么,修辞学的艺术从此以后就丧失了其公共作用,日益把焦点集中在将文学写作的规则形式化之上,这在整个中世纪里被认为是修辞学领域的一个部分。事实上,这个时期流行的哲学,尤其是在公元三四世纪期间,是新柏拉图主义,它源于犹太人斐洛和普罗提诺;与古典修辞学公共的、政治的和理性性质形成鲜明对比的是,新柏拉图主义在取向上是神秘主义的和禁欲主义的,倡导对政治和经济世界绝对的冷漠。像"第二智者派时期"的修辞学家一样,新柏拉图主义者对古典文本怀有"普遍的敬意",认为它们是智慧的源泉。同样,新柏拉图主义者试图抹去古典作者之间的差别和冲突。他们力图调和柏拉图与荷马以解决哲学与诗歌之间的"古老争吵"。正如唐纳德·拉塞尔(Donald Russell)所说,为了这么做,他们不得不发展"寓言式和象征式解释的技巧",为中世纪的话语概念铺平道路,那种话语认为物质世界是一个更高的世界固有的象征。虽然这是一项希腊语的发展,但正是拉丁语作者马克罗比乌斯(Macrobius)确保了西方文化中的这种技巧的遗产。[8] 新柏拉图主义者实际上延续了寓言式解释的一种斯多葛派传统,它在很大程度上旨在捍卫荷马和其他诗人不受最初由柏拉图带来的那些指责的批评(*CHLC*, V.Ⅰ, 298-299)。

这个时期的一些修辞学家确实产生了一种持久的影响。在占优势的对风格的关注之下,文法学家非常活跃。在4世纪时,文法学家多纳图斯(Donatus)写了两本手册:《语法初阶》(*Ars minor*),对演说的八个部分做了讲解;《语法进阶》(*Ars maior*),它也讨论演说和比喻的特征。另一位有影响的文法学家是普里西安(Priscian),他在6世纪初左右撰写了他的《语法基础》(*Institutiones grammaticae*),讨论演说的各个部分以及写作问题。在中世纪期间,普里西安的文本被用于大学教育,而多纳图斯的文本则用在小学教育中。这个时期的其他修辞学家,如维克托里努斯(Victorinus),影响了中世纪的《圣经》注释和修辞学论著。唐纳德·拉塞尔评论说,"第二智者派时期"对文学研究方法产生了一种持久的社会方面和教育方面的影响:细读的技巧得到了发展,它可以用来研究伟大的雄辩家、荷马和伟大的戏剧家的策略;这种技巧后来被用于基督教的基本文本(*CHLC*, V.Ⅰ, 298)。

到4世纪结束时,基督教在罗马帝国中已经上升到了主导地位。这个过程是从公元313年君士坦丁大帝(the emperor Constantine)颁布一系列法令开始的,那些法令同意宽容基督教;君士坦丁大帝的继任者之一狄奥多西一世(Theodosius Ⅰ)在380年曾经颁布了一道法令,要求践行基督教。这种优势的结果是,发起了对教育方面运用古典的异教方法和神话的反对。基督教的"尼西亚大公会议"(Council of Nicaea)建立了一种话语结构,其中的每次发言都要由一位负责自己教区布道的主教主持。奥古斯丁受过古典修辞学的训练,他在426年写出了他的《论基督教教义》(*De doctrina Christiana*)。他在其中认为,语言是一个传达思想和情感的符号(sign)系统;但是,他在第四卷里赞成修辞学的重要性,尤其是西塞罗的修辞学,即认为其是一种通过布道和教育来解释与传达基督教信息的工具。最终,教会选定西塞罗的修辞学作为布道者的指南。奥古斯丁因此提供了古典修辞学与中世纪修辞学之间的联系(*SH*,205 - 211)。

在中世纪,修辞学成了教育中的"三文科"(trivium)的一部分,另外两个组成部分是语法和逻辑学。修辞学主要关系说服听众的手段,而语法的重点则在语言之正确性的规则之上,逻辑学的重点在有效的论证。按照一些学者的看法,存在着一种修辞学与诗歌的"混淆",表明这些学科的边界还没有清晰地确立起来。如果情况是这样的话,那么,它部分可以追踪到古典文学批评"实践的和说教的倾向",部分可以追踪到这一事实,即如 O. B. 小哈迪森(O. B. Hardison, Jr.)所称,大多数古典批评"的确是可以应用于诗歌的演说批评"。[9] 中世纪修辞学批评的主要来源事实上是贺拉斯的《诗艺》(*Ars poetica*),它极大地汲取了亚历山大的诗歌理论(它本身受到过修辞学理论的影响)和罗马的修辞学,尤其是西塞罗的修辞学。贺拉斯的文本实际上为诗歌贡献了一些修辞学的宗旨:要教导、愉悦和"感动"听众。哈迪森指出,对诗学与修辞学之间的任何明确分离的看法,在 16 世纪重新发现亚里士多德的《诗学》之前甚至都没有出现。一些文艺复兴时期的批评家,如尤利乌斯·恺撒·斯卡利杰,试图把修辞学的规则限制于散文写作。

中世纪期间最有影响的修辞学论著是《修辞学》和西塞罗的《论选材》。根据这些文本,中世纪的作者,如伊尔松的康拉德(Conrad of Hirsau)、文绍夫的杰弗里、迦兰的约翰(John of Garland)和索尔兹伯里的约翰(John of Salisbury),都接受了三种风格的概念以及对修辞学样式的分类。其他著名人物包括贝德(Bede)和阿尔昆(Alcuin)。也很有影响的是可以追溯到公元 4 世纪的两部著作:提比琉斯·克劳狄乌斯·多纳图斯(Tiberius Claudius Donatus)的《对维吉尔的评注》(*Interpretationes Vergilianae*)和马克罗比乌斯的《农神节》(*Saturnalia*)。这两部著作根据它们掌握的修辞学的各个领域讨论了维吉尔的《埃涅阿斯纪》(*Aeneid*),第二部书恢复了一个标准主题,即维吉尔是雄辩家,还是诗人(*MLC*, 12)。在"加洛林时期"(Carolingian period),追随多纳图斯和马克罗比乌斯样式的纯粹修辞学批评消失了,一直到 15 世纪才得以复兴(*MLC*, 13)。哈迪森提出,"在 12 世纪和 13 世纪期间有一场涉及三文科学科之相对重要性的活跃的争论",它表明,参与者远不是混乱的,他们对什么是有疑问的具有敏锐的理解。诗歌从此以后被置于语法领域中来论述(*MLC*, 13)。总的来说,中世纪的修辞学占据的地位逊于逻辑学的发展,尤其是在托马斯·阿奎那那样的经院神学家的手中。

在文艺复兴时期,回归到了古典资源,修辞学在教育课程里享有一种恢复了的中心性。文艺复兴时期的人文主义者大量利用了西塞罗的教学法。[10] 鉴于中世纪的诗学与修辞学利用了西塞罗早期的文本《论选材》来强调涉及**形式**的两个修辞学的部门,即风格和布局,文艺复兴时期的作者们则利用了他的成熟著作《论演说家》以及刚刚恢复的昆体良的论著,用它们来强调选材的内容和策略("RP," 1048 - 1049)。不过,随着文艺复兴的发展,对选材的这种强调让位于对风格的关注,它被认为是修辞学的核心领域,正如鲁道夫·阿格里科拉(Rudolphus Agricola)的《辩证法的创新》(*De inventione dialectica*,1485 年)那类有影响的文本所表明的。这些发展实际上所表明的,是修辞学的一种归类——它本身变成了风格——归于诗学,修辞学对听众、论证方式和说服的关注丧失了。正如托马斯·斯隆(Thomas Sloane)非常雄辩地指出的,"诗学的这种修辞学化确实很少能够挽救迅速消失的修辞学思想的独特性"("RP,"1049)。修辞学就这样死亡了。

的确,对亚里士多德的《诗学》的重新发现,连同罗伯特利(Robertelli)在 1554 年整理出的新版的朗吉努斯的著作,激发了新的对诗歌形式和一种诗歌观的强调,即诗歌并不像仅仅作为修辞学的一个分支那样完全是可以分析的。像罗伯特利和卡斯特尔维屈罗那些人文主义者的新文学理论,得到了《诗学》的激发,并非以修辞学的研究为基础。被归因于亚里士多德的三个"统一"——时间、地点和行动——成了对戏剧的普遍规定。也有一种亚里士多德式的对一首诗的有机统一的坚持,而修辞学的各个"部门"则倾向于明确区分写作的形式要素与它的内容。正如将在后面一章里出现的那样,这种形式主义(formalism)特别得到了浪漫派诗人的强化,在 20 世纪前半期的俄国形式主义、新批评(New Criticism)和所谓"芝加哥学派"的亚里士多德式的批评家那里达到了顶点("RP,"1047)。在某种意义上,这些现代的形式主义是一种复苏了的对传统修辞学术语和分类之约束的反对。

在随后的时代里,修辞学仅仅以一种分裂了的形式留存下来,如在"拉米斯特改革者"①那里一样,他们追随法国思想家佩特努斯·拉米斯(Petrus Ramus),把修辞学变成了风格(通过把选材和倾向这些部门排除在外,他们把这两者归属于辩证法),认为修辞学的各个部门是不同的研究领域。修辞学残存的组成部分**发音法**(pronunciation),在 17 和 18 世纪的弗朗西斯·培根(Francis Bacon)、约翰·布尔沃(John Bulwer)以及托马斯·谢里丹(Thomas Sheridan)那类演员手里,成了一个独立研究的主题——研究姿态、雄辩术和作为表演的语言。在 17 世纪以及 18 世纪,诗学的西塞罗式的要素,如把理念扩大到引起和控制听众的"激情",与出自亚里士多德《诗学》的术语一道幸存下来,如情节、性格和思想。诗歌选材的过程保持了其重要性,但它与传统修辞学中不一样,主要不是以听众来定向的。相反,它成了一种个人的、沉思默想的行为,即孤立地构成一种单独的思想。演说的样式较少指向听众的激情;写作更多地被认为是一种自我表现的形式,是作者心智的一种标志,并且开始由心理学(psychology)这个新学科来研究("RP,"1049)。这样一种方法由这个时期一些重要的修辞学论著做了表达,包括乔治·坎贝尔(George Campbell)的《修辞学的哲学》(*Philosophy of Rhetoric*,1776 年)和理查德·惠特利(Richard Whately)的《修辞学原理》(*Elements of Rhetoric*,1828 年)。这种思维方式在浪漫主义那里达到了一种新的强度,它提供了对以想象才能为基础的诗歌创造的新说明。浪漫派倾向于利用柏拉图和朗吉努斯,抨击灌注于新古典主义诗学中的亚里士多德式的诗学和修辞学的残余。他们再次把柏拉图的诗歌学说变成一种神启式的疯狂或着魔,而不是亚里士多德认为的诗歌是一种理性活动,要服从于修辞学选材的过程。他们也求助于朗吉努斯的观点,把诗歌看成将其听众送到一个更高的境界,而不是说服他们。

有趣的是,一方面,这把修辞学的要素分离成对语言的表演性方面的研究,另一方面,把语言当作个人的沉思默想,表明了言说与写作之间的分裂(speech/writing rift),这种分裂随着印

---

① 拉米斯特改革者(the Ramist reformers):16 世纪文艺复兴时期的一个逻辑学派别。

刷术的发展(development of printing)不可逆转地被扩大和强化了。大量的书面文化促进了作为一个孤立和单独过程的创新与创造性的理论和实践。总的来说,在文艺复兴时期之后,修辞学经历了一次分裂,它的一些功能由此被保存在其他领域里,诸如法律、政治学和诗学,有些功能则被文学和语言学分析所吸纳,它在实质上的公共性和社会性的特征消失在它的现代结构变形之中。修辞学原初的推动力(正如柏拉图所承认的,虽然是以一种否定性的方式),是强调整体分析。它旨在囊括其道路上的一切东西,渴望普遍适用于谈论的所有领域。无论人们是谈论政治学、法律、宗教,还是谈论诗歌,都可以按照某些主要原则在每个领域塑造谈论的形式。的确,柏拉图没有认识到,修辞学不是由内容构成的,而在实质上是一种形式:换言之,它并不具有一种特定的内容,是有关**其他**学科内容的令人印象深刻之形式的模式。

在中世纪,修辞学的这种形式上的功能早已被逻辑学和神学所取代。在文艺复兴时期之后,资产阶级经济和思想方式的逐渐崛起,在18世纪晚期和19世纪取得了爆发性的显著优势,它们在好几个方面对修辞学的瓦解起了作用:通过日益增强的专门化,每个探究领域因此都渴望一种相对的自主性,不仅拥有它自身的独特内容,也拥有它自己的方法,例如,人们认为,文学应被当作文学来对待,而不是当作一种社会的、道德的或政治的文献。在这种高度分隔的知识系统里,修辞学被当成了一种特殊的内容,而不是一种可以适用于其他学科的形式。此外,理性主义、经验主义和实证观点的优势,培养了对预先决定的思想和表达范畴的不信任,促进了对语言更加直接和平实的运用,剥夺了语言的讽喻潜能,这种潜能在中世纪的文本里非常丰富地得到了实现。到19世纪末并且一直到现在,"修辞学"已经成了一个贬损的词语,表示内容空洞、言词浮夸、过多修饰。尽管如此,正如下面要表明的,修辞学在20世纪期间经历了某些有意义的复苏。

修辞学的遗产

在现代西方世界,源自古典修辞学的遗产是深远的和普遍深入的。修辞学在政治学和法律方面起过核心作用;两千年来,修辞学一直处于欧洲教育制度的中心,它在教育方面的影响在其对写作教学持久的支配方面依然很明显,受到了如斯蒂芬·图尔明(Stephen Toulmin)那样的论证理论家们的影响。然而,在这个领域里,修辞学具有一种有点狭窄的适用性,从公共演说的领域被转移到了写作艺术方面,甚至在其中经常被变成主题一致性和文章发展的问题;虽然对潜在的听众有所承认,但这种认可经常都是抽象的(听众经常被乏味地确定为学生的同类或教师),由于创新行为在实质上仍然是个人的和沉思默想的,因而是对作者个人观点的表现。之所以这么说,是因为写作教学的方法开始感到了文学研究中修辞学复兴的回响。修辞学近来对文化和批评理论的庞大领域产生了重新恢复的影响,跨越了大量学科,尤其是像演说行为理论那样的学科,它们直接涉及交流的性质。修辞学对文学批评和理论的影响大大向前扩展了,超过了隐喻和转喻那样的对演说样式进行的风格方面的分析。对文本的修辞学研究本身不仅必须关注作者的意图,也要涉及隐含在有说服力地或论证性地运用语言的文本之中的所有特点：作为一种交流手段的文本的结构，听众或读者的性质和反应，文本与其他话语的关系，作者、文本和读者之间相互作用的社会与政治语境，以及对文本的现代接受与其原初的表演性条件之间差异的历史主义关注。简之，修辞学方法认为，文学文本不是一种孤立的行为（例如，仅仅记录了作者个人的思想），而是在一种社会语境中的**表演**。

在这种宽泛的意义上，修辞学就成了很多文学与哲学研究中的一种构成整体的必然要素，范围从马克思主义和女性主义的观点，经过阐释学（hermeneutics），到接受理论（reception theory）。从20世纪前半期以来，像路德维希·维特根斯坦（Ludwig Wittgenstein）和吉尔伯特·赖尔（Gilbert Ryle）那样的哲学家们，已经认识到了研究哲学命题中的语言运用的重要性。后来的语言哲学家，如 J. L. 奥斯汀（J. L. Austin），研究了语言的表演性方面。研究作为符号系统的语言的性质，如理解语言的交流功能和"文学"功能，已经成了大多数形式主义规划的核心，包括新批评在内。然而，如在早期的形式主义那里一样，这种现代的形式主义——部分地表现在"诗歌不应当有意指，而是存在"这样的宣言式的口号之中——倾向于破坏修辞学把文学作为一种有效交流形式的方法，或者把文学文本看成从一切语境中抽象出来的一种孤立的言辞结构，或者把文学文本看成由同样孤立的语言结构所激活的，而那种语言结构在总体上被认为是符号之间关系的一个系统。这些形式主义方法中的大多数都把注意力放到并非作为一种交流手段，而是作为一种物质实体的文学作品之上，它为了自身而存在，拥有某种模式和结构。与新批评的趋势有联系的人物之一 I. A. 理查兹（I. A. Richards）曾经写过《修辞学的哲学》（*Philosophy of Rhetoric*，1936年）一书，他在书中对诗歌和修辞学做出了一种区分，这种区分部分地源于约翰·洛克（John Locke），即诗歌利用了全部语义的丰富性和词语的多重含义，修辞学则旨在说服和运用解释性的语言，其中的每个词语的含义都要清晰，所用的语言要中性或不偏不倚。然而，由于反对洛克要求一种摆脱了形象和歧义（polysemy）的明晰的语言，理查兹承认这样的纯粹性是不可能的，提出考察语言之语义的丰富性，正是修辞学的任务。

不过，理查兹的洞见在新批评和其他形式主义的优势面前让步了。一场更加普遍的修辞学的复兴是由肯尼思·伯克（Kenneth Burke）宣告的，他反对那些各种各样的现代形式主义，要求恢复对文学形式与解释的修辞学研究。T. S. 艾略特和韦恩·布思（Wayne Booth）那样的作家，倾向于把焦点集中在作者与文本的关系之上，正如在艾略特的文章《诗歌的三种声音》（"The Three Voices of Poetry"）里一样；诺思罗普·弗莱的《批评的解剖》（*Anatomy of Criticism*，1957年）最终也拒绝了一切语言运用之间的鲜明差异，即文学的或修辞学的语言运用利用了形象和比喻，以及哲学的和解释性的语言运用；后者也以正反矛盾并存和言外之意为标志。接受理论和读者反应理论（reader-response theory）的理论家们，包括伊塞尔（Iser）、霍兰（Holland）和菲什（Fish），都把焦点集中在读者的作用和情景之上；其他批评家，诸如伯克、雅各布森（Jakobson）、拉康、德里达和保罗·德曼（Paul de Man），都复苏了某些基本的修辞学的比喻理念，如反讽、隐喻和转喻，有些人认为，这些比喻对语言和思想过程来说是必须的部分。德里达认为，一切语言，无论是哲学的还是文学的，在本质上都是隐喻性的〔因为解释或说明的过程涉及一种能指（signifier）对另一种能指的无穷取代，从来都不会停止在任何所指

(signified)之上〕，并且是在一种重要的修辞学意义上。德曼把修辞学与一种不确定性和开放性结合起来，这种不确定性和开放性不可能被限制在一个语法的或逻辑的系统之内。语言学家和结构主义(structuralism)者，如托多罗夫(Todorov)、热内特(Genette)和巴特(Barthes)，经常修改修辞学的比喻的分类。修辞学的视点在所谓的"法律与文学"运动①中得到了明确的承认：法庭上的起诉或辩护的叙述，要利用文学的和修辞学的很多策略。但是，其影响并不是单向的：文学的和其他文本本身都可以根据为法庭设计的策略来看待。实际上，"文学"形象的整个武器库都是修辞学家发明出来的。因而，在这种宽泛的意义上，也许可以把修辞学看成一切话语的一个必然的组成部分。例如，一个文学的、哲学的或历史的文本，可以被认为是由一位作者在特定环境下出于某些动机来论证一个案例；观众或读者是法官，具有他们自己的动机和利益。确实，现代的修辞学家和理论家倾向于认为，由古典修辞学所确证的所有演说样式——如隐喻、明喻、转喻、反讽——都不只是语言或修饰的外在添加物，而要以通过语言手段进行思维的过程为先决条件；照此，对那些样式的分析，对于理解语言的性质、概念化的过程、观众或读者的反应来说，都是必要的。

因此，很明显的是，修辞学在西方文学和教育中的遗产遭到了漫长的哲学传统的反对，这种哲学传统本身被认为致力于对真理的理性追求，要界定令人满意的生活与幸福；简言之，西方哲学传统的主流倾向于拒绝修辞学对风格、激情和对听众之影响的思考，赞同对内容的强调。这种传统实际上由柏拉图开创；它贯穿了中世纪的逻辑学和神学，以及中世纪就逻辑学、语法和修辞学在教育方面"三文科"中的地位所进行的论争；它一直延续到整个文艺复兴时期，试图强调诗歌的形式要素，贯穿了17世纪的拉米斯特逻辑学，直到启蒙运动时期的经验主义和理性主义哲学，正如洛克在坚持这一观点时表达的：哲学语言要摆脱形象和比喻；它继续存在于20世纪 G. E. 穆尔(G. E. Moore)和伯特兰·罗素的分析哲学之中，也存在于逻辑实证主义(logical positivism)、言说行为理论(speech act theory)与符号学(semiology)的各种分支之中。有意思的是，尽管哲学对修辞学的轻视通常都把修辞学与诗歌结合在一起，但诗歌的辩护者们有时让自己反对所谓修辞学的刻板和规定性，如在浪漫主义、19世纪晚期的象征主义和现代形式主义那里一样。有时，那些辩护者受到朗吉努斯的影响，认为诗歌的主要功能不是交流，而是在读者内心中创造出某种状态，创造出指向超验世界的词语模式，或者创造出一种相对自主的、突出语言的物质特质的词语结构。

哲学与修辞学之间持久的斗争，已经迫使这两个领域里的思想家们不仅要阐明和界定真理的各种概念，而且同样要阐明和界定真理与风格之间的关系。虽然有争论的是今天依然还存在着修辞学与较为传统的哲学化的分析和经验主义方式之间的冲突，但同样也很清楚的是，正如在罗马帝国的晚期一样，也存在着一种相互影响，例如，在最近的对语言的哲学观方面。这种冲突与融合促使我们甚至在今天也不要以某种方式把真理看成存在于真空之中，把它从一切实际的和政治的考虑中抽象出来，而要承认我们对真理的界定在本质上与流行的政治结

---

① "法律与文学"运动(the Law and Literature movement)：20世纪70年代在美国兴起的一场研究法律与文学之关系问题的运动，主要代表人物有怀特和波斯纳等人。

构有联系。修辞学不可避免地要持有的真理概念,是作为多数人意见的真理。即使它在表面上的目的是说服或使人确信,但这种说服可以在论证的基础上理性地达到,论证的全部结果是要赋予其接近真理的外表。论证一个案例绝不是一件貌似真实的界定的事情;它也绝不是简单地让人们去占有事实的问题;事实不仅需要得到解释,而且什么可以算作事实首先就是解释的结果。事实本身是根据各种观点来进行的解释。实际上,修辞学之真正可能性的前提是缺乏真理,而绝不是一种理想的限度。完全可能的是真理的外表或近似于真理;任何超越解释者观点的现行的真理,都会排除对修辞学的需求。修辞学的产生和得以实现,只有在一种民主制之中,或者说至少只有在一个允许言论自由的国家之中。在民主制里,真理不只是相对的,它也**必然**是不在场的,或者说作为**内容**是不存在的;它只可能作为一种观点存在,而这种观点不得不在与另一种观点冲突时面对自身的局限性。不存在任何以之为尺度的真理,也许只存在理解的程度和与固定的解释一致的程度,那些解释在惯例上已经取得了事实的地位。但是,一定有某种外部因素,它会解除一种特定观点的局限性。这种民主制境况的危险在于,大多数人有可能肯定某种虚假的东西是真实的。

注释

[1] [Cicero] *Ad C. Herennium*: *De ratione dicendi* (*Rhetorica ad Herennium*), trans. Harry Caplan (Cambridge, MA and London: Harvard University Press/Heinemann, 1968), Ⅰ, ⅱ, 2. 下文引用写作 *RH*。

[2] Plutarch, *Fall of the Roman Republic* (Harmondsworth: Penguin, 1968), p. 95. 下文引用写作 *Fall*。

[3] Marcus Tullius Cicero, *De inventione*; *De optimo genere oratorum*; *Topica*, trans. H. M. Hubbell, Loeb Classical Library (Cambridge, MA and London: Harvard University Press/Heinemann, 1968), Ⅰ.5.

[4] Marcus Tullius Cicero, *De orators* (Cambridge, MA: Harvard University Press, 1967-1968), Ⅱ.165.

[5] *The Complete Works of Tacitus*, ed. M. Hadas, trans. A. J. Church and W. J. Brodribb (New York: Random House, 1942), p. 767. 下文引用写作 *Tacitus*。

[6] James J. Murphy and Richard A. Katula, *A Synoptic History of Classical Rhetoric* (Davis, CA: Hermagoras Press, 1994), p. 178. 下文引用写作 *SH*。

[7] *Quintilian: On the Teaching of Speaking and Writing: Translations from Books One, Two, and Ten of the Institutio oratorio*, ed. James J. Murphy (Carbondale: Southern Illinois University Press, 1987), p. 6.

[8] Donald Russell, "Greek Criticism of the Empire," in *CHLC*, V.Ⅰ, 298-299.

[9] "Introduction," in *MLC*, 10. 我对中世纪的修辞学的概述有赖于哈迪森富有洞见的描述。

[10] 本节的一些洞见有赖于极为博学的文章 "Rhetoric and Poetry," by Thomas O. Sloane in *The New Princeton Encyclopedia of Poetry and Poetics*, ed. Alex Preminger and T. V. F. Brogan (Princeton: Princeton University Press, 1993). 下文引用写作 *RP*。

第三部分

罗马帝国时期的希腊语和拉丁语批评

第五章　贺拉斯(公元前65—公元前8年)

贺拉斯(Quintus Horatius Flaccus)写作《诗艺》，一直持续到其生命的终结。他的影响力是巨大的，超过了柏拉图的影响，在很多时代里甚至超过了亚里士多德的影响。贺拉斯主要作为一位诗人而著名，他是颂诗、讽刺诗和书信体作品的作者。在文学批评领域里，人们在传统上把他与以下看法联系在一起，如"诗人是像画家一样的人"，诗歌应当"寓教于乐"，以及诗歌是一种需要劳动的手艺这一理念。贺拉斯的文本最初为人所知的是《致皮索父子书》("Epistle to the Pisones")，而《诗艺》的标题最初是在昆体良那里发现的；这个文本实际上采用了非正式书信的形式，是一位得到承认的诗人给予想要成为诗人的罗马富有的皮索家族的忠告。虽然《诗艺》从技术上说是一部文学批评和修辞学理论的著作，但它本身是用诗歌写成的，这一事实规定了它的结构和节奏。《诗艺》是第一首著名的关于诗学的诗歌，这样一种对文学批评原则的诗歌式的表达，被好几个文人模仿过，包括中世纪作家文绍夫的杰弗里、文艺复兴时期的作家皮埃尔·德·龙萨(Pierre de Ronsard)、新古典主义诗人尼古拉·布瓦洛-德普雷奥(Nicolas Boileau-Despreaux)和亚历山大·蒲柏(Alexander Pope)、浪漫派诗人拜伦男爵(Lord Byron)和20世纪的一些诗人，如华莱士·斯蒂文斯(Wallace Stevens)。贺拉斯的批评原则主要是在《诗艺》中表达出来的，但在他的一些书信中也有表达，如《致弗洛鲁斯书》("Epistle to Florus")和《致奥古斯都书》("Epistle to Augustus")，这些原则的影响甚至更加广泛和持久。

贺拉斯的生平与公元前1世纪罗马的历史和政治的动荡事件痛苦地交织在一起。他生为一个自由民(获释奴隶)的儿子，先在罗马，然后在雅典受教育。在他一生期间，罗马从一个由元老院和选举出来的执政官统治的寡头政治的共和国，变成了一个由屋大维(后来以奥古斯都闻名)一个人统治的帝国。最初，贺拉斯的同情是在共和主义者布鲁图斯和卡西乌斯一边，他俩曾暗杀过尤利乌斯·恺撒，他们担心恺撒有当皇帝的野心。贺拉斯在公元前42年的"菲力比战役"(the battle of Philippi)中与布鲁图斯和卡西乌斯一同战斗，反对恺撒的义子屋大维和马克·安东尼。共和主义者失败了，此后爆发了另一次内战，这次是在屋大维和马克·安东尼之间，安东尼本人与埃及的克利欧佩特拉皇后(Queen Cleopatra)结成联盟。屋大维在亚克兴战役中的彻底胜利，使他成了罗马世界的唯一统治者；他被授予奥古斯都的头衔，被尊为神。不过，贺拉斯很幸运。他参与反对屋大维的举动得到了宽恕。他由诗人维吉尔引荐给一位极其富有的艺术庇护人麦吉纳斯(Gains Maecenas)。最终，贺拉斯享受到了皇帝本人的庇护。

尽管如此,有争议的是,贺拉斯的忠诚仍然有点摇摆不定。

在评价贺拉斯的著作和世界观的特征时,我们需要知道一些他那个时代罗马世界流行的知识和文学态度方面的情况。最为普遍的哲学观是斯多葛主义的观点,它强调责任、纪律、在政治上和公民义务方面参与,以及接受自己在宇宙图式中的地位,这种观点似乎尤为适合罗马人的需要,它们都被吸收到了军事征服、政治管理和法律改革之中。的确,罗马的斯多葛主义比它在希腊化时期的祖先更加渗透在实践倾向之中,虽然它依然在宣扬以承认宇宙秩序为基础的内心满足应当是人类的首要目标。斯多葛哲学对贺拉斯的世界观具有某种影响,正如在他的《歌集》(*Odes*)中表现出的那样,尽管罗马重要的斯多葛哲学家,如塞内加(Seneca,公元前4—公元 65 年)、爱比克泰德(Epictetus,约公元 60—120 年)与马可·奥勒利乌斯皇帝(emperor Marcus Auerelius,公元 121—180 年),他们都在贺拉斯去世之后才写作。在贺拉斯时代活跃的其他哲学观点包括伊壁鸠鲁主义和怀疑论;这两种哲学的因素,尤其是前者,都深刻地渗透在贺拉斯的诗歌和文学批评之中。虽然贺拉斯的态度不可能被说成是"快乐主义的"(hedonistic),但他承认通过个人快乐所获得的满足与退出公共生活的闲适安宁;他的作品透露出一种对于帝国理想和传统宗教的讽刺性怀疑。

实际上,当把贺拉斯的作品与其同代人的作品放在一起时,他的哲学观和诗学观就明显地较为突出。他那个时代最伟大的诗人是维吉尔(公元前 70—公元前 19 年),他的史诗《埃涅阿斯纪》便是以斯多葛派的理想为基础的,如虔敬、责任、自律和为了更大的事业牺牲个人利益。所有这些品质都在其主人公埃涅阿斯身上得到了表现,他必须经历艰难困苦,他必须放弃自己的个人幸福和对狄多女王(Queen Dido)的爱情,因为更大的目标是要创建罗马。作为一个整体的《埃涅阿斯纪》意在赞扬和祝贺罗马帝国,特别是奥古斯都的统治。与这种明显的政治诗的事业相反,贺拉斯的诗歌和文学批评在政治上的矛盾态度表现得较为明显。当我们考虑到这个时代另一个重要诗人奥维德(Ovid,约公元前 43—公元 17 年)的作品时,我们对贺拉斯的看法甚至会进一步清晰起来。奥维德的《爱的艺术》(*Ars amoris*)这样的作品,导致了他被奥古斯都放逐。奥维德显然受到了犬儒派和怀疑派的影响,表现了罗马生活颓废的和丑恶的——甚至色情的——方面,其基础是个人主义和利己主义,而不是公共责任或虔敬。他的《变形记》(*Metamorphoses*)——例如,把宙斯描绘成贪婪、欺诈、纠缠于同其妻子赫拉微不足道的争吵——看起来与维吉尔的《埃涅阿斯纪》截然相反,也许还是一种反史诗,揭示出帝国的真正动机是掠夺、短命和以个人私利为基础,而不是高尚的理想和历史的命运。贺拉斯的作品处于这两个极端之间的某个地方,一个极端是完全与帝国理想的全部政治和宗教领域相联系,另一个极端则是对它们公开地冷嘲热讽。

多琳·C. 英尼斯(Doreen C. Innes)那样的学者评论过希腊语和拉丁语文学普遍的总体特征:诗人们对自己在文学传统中的地位具有一种高度自觉的态度。在伟大的亚历山大时期的学者和诗人们之后,希腊作家的经典作品就已经严格确立起来了。这样,作家们有可能模仿从前的作家,在这种传统的框架之内达到原创性。因此,像维吉尔、奥维德和贺拉斯这样的诗人,接受了希腊的模仿论,同时又在罗马的语境中为原创性而努力(*CHLC*, V.Ⅰ, 246 - 247)。例如,维吉尔的《埃涅阿斯纪》仿效了众多用在荷马史诗中的方法和策略,同时又充满了历史命运这样的主题和责任这样的新理想。奥古斯都时期的诗人(the Augustan poets)的美学框架,继承了卡利马库斯(Callimachus)这一类亚历山大时期作家的传统,那些作家证明了从史诗写作和对著名功绩的夸张赞扬,向较小规模的类型和技巧优雅的关注点的转变。这种遗产也包括作为诗歌之合适基础的**天才**(*ingenium*, genius)与**技艺**(*ars*)之间的论争。"为艺术而艺术"(art for art's sake)的理想已经得到了亚历山大时期的一些作家的支持,如泽诺多托斯(Zenodotus)、厄拉多塞(Eratosthenes)和阿利斯塔克(Aristarchus)(*CHLC*, V.I, 205, 248 - 252)。这在奥古斯都时期也成了一个问题:诗歌主要应当提供快乐,还是这种快乐应当具有一种促进社会、道德和教育的作用?

贺拉斯对这些和另一些问题明显不连贯的论述,可以按照某些概括性的标题组织起来:(1)作家与他的作品、他对传统的认识和他自己的能力的关系;(2)《诗艺》作为文字结构的特征,如统一、恰当和布局;(3)诗歌的道德与社会作用,如建立传统智慧库,通过人物塑造提供道德范例,促进公民美德和鉴赏力,以及获得愉悦;(4)为诗歌写作贡献读者,既把诗歌写作看成艺术,也把它看成商品;(5)对于文学史以及语言和风格中的历史变化的意识。这些都是占据了贺拉斯文本的大部分传统的主题,是我们在考虑他的诗歌以及他的政治环境的关键因素时必须重视的。

虽然书信是得到承认的罗马文学的一种体裁,但贺拉斯的文本的高度个性化否定了书写亚里士多德意义上的"技术性"论文的一切意图。贺拉斯的一些极为丰富的洞见采取了插入语的形式,偶然也有些近乎离题,整篇文章在调子方面都是不经意的。贺拉斯的"原理"出自体验,而非理论。

贺拉斯时代的罗马是一个庞大的有75万人的大都市;它也是一个艺术庇护人的中心,那些庇护人对诗人奉承献媚。贺拉斯的信在结束时运用了一个疯癫诗人的形象,他像血吸虫一样吮吸其读者的血:"谁若被他捉住,他一定不放,念到你死为止,像条血吸虫,不喝饱血,决不放松你的皮肉。"[1]① 贺拉斯在这里直接的观点是:诗人应当依赖学习和艺术,而不是依赖与教育无关的灵感,这种灵感无异于疯癫。但是,这个结尾也是贺拉斯对想要成为诗人之人的怀疑的一个标记。这样一个结尾,促使我们回过头来在另一个层面上再次阅读这个文本。

这些解释的层面实际上彼此破坏了稳定性。在《理想国》第十卷里,柏拉图认为诗歌不是一种自在的实体,而是对现实的一种模仿:确实,诗歌要由它与现实的差距来判断。亚里士多德认为,诗歌作为一个有其自身权利的领域值得研究,他把观众反应的主观因素引进了他对悲剧的界定之中,悲剧因此部分地"与情感有关"(产生某些效果)。但是,这只不过是一种虚假的"主体性"(subjectivity):它以为,(假定的观众中的)成员会以一种一致的方式做出反应。然而,对贺拉斯来说,艺术的定义包含一种真正的主体性的要素,根据的是作者与观众这两个方面。首先,作者的素材不是预先给定的,必须根据其能力来选择:"你们从事写作的人,在选材的时候,务必选你们力能胜任的题材,多多斟酌一下哪些是掮得起来的,哪些是掮不起来的。"(*AP*, 38 - 40)在一种引人注目的互惠的意象中,贺拉斯认为观众的反应是诗歌存在的一部

---

① 本章中《诗艺》的译文参考了杨周翰所译《诗艺》,载《诗学·诗艺》,北京:人民文学出版社,1982年版。

分:"你自己先要笑,才能引起别人脸上的笑,同样,你自己得哭,才能在别人脸上引起哭的反应。你要我哭,首先你自己得感觉悲痛。"(AP,102-103)谈到戏剧时,贺拉斯强化了自己的观点:"这就是观众和我都要寻求的东西。"(AP,153)因而,不仅观众是真正的艺术才能的最终标准,而且文学在本质上是对话性的:假定的特定观众的反应指引着文学的"创造"。贺拉斯心目中的观众不是任何抽象的实体。他敏锐地意识到了观众变化着的情绪与趣味的历史变化。有趣的是,贺拉斯把这种变化性牢牢地置于语言的根基之中。他认为,对诗人来说,这完全是为了"呈现一个已知词语的新颖之处",甚至是为了"创造"词语:"老一辈的消逝了,新生的字就像青年一样会开花、茂盛。"(AP,48,60-62)在谈到观众构成和对语言发展之需要的变化时,贺拉斯展现出了对于作为文学批评之必要因素的文学史的历史性自觉与意识。

贺拉斯的文本中所表达的一个突出的和有影响的原则,是当时标准的修辞学的"恰当"(decorum)原则,它要求形式与内容、表达与思想、风格与主题、措辞与性格之间保持一种"合适的"关系。像很多现代理论家一样,贺拉斯的"形式"概念包括了语言本身,他似乎认为,形式与内容之间存在着一种固有的或内在的联系;换句话说,内容不可能以某种方式先于或者独立于形式,与蒲柏认为语言是"思想的外衣"所暗示的不一样。内容和思想也不可能先于语言。这就是贺拉斯可以谈论词语的旧秩序消失、词语要求新的意义的原因。当他说到"创造"词语时,这看来是要求语言通过日益认识到自身的不适当而有所扩展。

这把我们带到了贺拉斯关于文学之"客体"地位的矛盾态度的另一面。他坚持读者或观众对于被称为"文学"之物的**本体论的**(ontological)贡献,描述了在制造观众本身方面的新变化。他说,为了看戏的观众曾经"还不似今日拥挤,那时聚集的人群确是屈指可数,而且他们都是清醒、纯洁、有廉耻的人"。但是,随着罗马开始扩张自己的领土和容纳了更多各色平民的城市,"节奏和牌调也便更加随意了"(AP,205-207,211)。观众的这种扩大和"堕落",直接支配了舞台上可以允许的和想要的东西。但是,如果观众这时缺乏"品味",那么,这会把贺拉斯对于好的文学的特征描述置于何处呢?贺拉斯坦率承认,经常是一出"戏……人物刻画又非常恰当,纵使它没有什么魅力,没有力量,没有技巧,但是比起内容贫乏、徒然响亮而毫无意义的诗作,更能使观众喜爱,更能使他们流连忘返"(AP,319-322)。贺拉斯在这里实际上颠倒了亚里士多德的情节优先于性格刻画的观点;对贺拉斯来说,他拒绝接受亚历山大时期"为艺术而艺术"的态度,坚持文学的道德作用,良好的性格刻画就是绝对必要的。的确,这种作用在戏剧中部分地要由合唱队来实现,贺拉斯认为,合唱队"必须赞助善良,给以友好的劝告,纠正暴怒,爱护不敢犯罪的人;它应该赞美简朴的饮食,赞美有益的正义和法律,赞美敞开大门的闲适;它应该……请求并祷告天神,让不幸的人重获幸运,让骄傲的人失去幸运"(AP,196-201)。贺拉斯在这里说明了一种全面的道德观,它包含了生活的很多方面,从通过压制消极情感来形成性格,到正确评价社会和政治成就,以及宗教情感。然而,这种观点出自贺拉斯笔下是如此平凡,以致它有可能成为讽刺性的。

如果诗人要恰当地传达出性格,他就必须懂得"对于国家和朋友的责任是什么,懂得怎样去爱父兄、爱宾客,懂得元老和法官的职务是什么,派往战场的将领的作用是什么"(AP,312-315)。由于反对柏拉图所认为的诗人必然只可能提供对现实的模仿而歪曲了现实,贺拉斯坚持认为"要写作成功,判断力是开端和源泉"(AP, 309),他认为诗歌是社会智慧和宗教智慧的仓库(AP, 396-407)。在刻画性格方面,诗人必须意识到人们的各种性格特征,从儿童、少年、成年到老年(人类年龄的这种排列根据的是修辞学)(AP, 158-174)。因此,诗人的工作必须以知识作为基础;源于对实际生活中的大量情景之敏锐观察的不是书本知识,而是详细的经验知识。换言之,贺拉斯要求于诗人的是一种高度的现实主义,正如在这段陈述里所表达的:"我劝告已经懂得写什么的作家到生活中到风俗习惯中去寻找模型,从那里汲取活生生的语言吧。"(AP, 317-318)这显然是一种相对来说很现代的观点,要求(正如华兹华斯和T. S. 艾略特后来说过很多的那样)诗人运用那种"活生生"的语言,而不是来自修辞学储藏和以前诗歌用法的语言。贺拉斯坚持认为,诗人的创造要以"人所尽知"的"平常事物"为基础,以便其他人可以叙述(AP, 240-243)。在这里,听众或观众的反应再次成了对写作过程来说是必要的。

正是贺拉斯对待诗歌的实用主义方法的征兆,才使他不断地间接提到财富在文学创作中的"作用"。一方面,他可以说像"商贩叫卖,招来一大群人买他的整齐的货物,诗人也一样,如果他的田产很多,放出去收利的资财也很多,也可以召唤一批牟利之徒来替他捧场"(AP, 419-421)。另一方面,他仿效柏拉图,描述了诗歌本身在所有职业中的一种情景,即没有任何知识,却可以从业而不受惩罚:"但是不会吟诗的人却敢吟诗。有什么不敢的呢?他有自由,他是个自由公民。"(AP, 382-383)然而,这种嘲弄与贺拉斯关于如何在事情的这种令人遗憾的状态中取得成功的真诚忠告结合在一起:

诗人要**寓教于乐**(*miscuit utile dulci*),既劝谕读者,又使他喜爱,才能符合众望。这样的作品才能使索修斯兄弟(Sosii,出版商)赚钱,才能使作者扬名海外,流芳千古。(AP, 342-346)

这里的符合"众望"表达了贺拉斯对待文学的态度的核心,他认为美学是一种实用的联合体。它不只是说文学要书写得好或不好,后来卖得好或不好。文学在经济上取得成功的诀窍,早已铭刻在了它的美学作用之中(铭刻在其中的是它的道德作用),文学在审美和金钱这两个方面都成了一种商品。贺拉斯要求文学在社会方面有用和令人快乐的观点产生了巨大的影响,因为他坚持认为,诗歌不仅要使读者陶醉,也要提供道德忠告。

在使人想到想要成为诗人的人的责任时——诸如认识自我或了解自我的能力——贺拉斯强调了写作良好的诗歌所要求的劳动的重要性。这种劳动的一部分,要到真诚而有资格的人对其作品的正确批评中去寻找。贺拉斯告诫诗人,要把自己的作品存放九年。他告诫说,一首诗一旦发表,诗人所用的词语将永远成为公共财产,成为无法逃避的社会语言的一部分:"没有发表的东西,你是可以销毁的:**一言既出,驷马难追**。"[*nescit vox missa reverti*](AP, 386-390)贺拉斯在这里使用了 *vox*(声音)的比喻,而没有说 *liber*(书),这可以理解为暗指发表的行为会招致声音的分离:一旦以言语的形式个人化,它就把作者永远留在了预设的巨大网络的纠缠之中,向众所周知的"作品"可以选择的含义开放。实际上,贺拉斯的论点看起来引人注目得现代,在于它拒绝承认作者的意图是一首诗之含义唯一决定性的或最终的标准。诗歌的意义要由它在超出诗人掌控的更大意义结构之中的境况来决定。

但是，在这部"经典"之中，贺拉斯就艺术和文学真的告诉了我们什么呢？实际上，他只不过重申了那时对文学的看法，即文学是愉悦和教诲折中的产物。甚至他反对诗歌是一种"游戏"的观点也是传统的。他强调诗歌是一种劳动行为，是**成果**（ars）而非**天生的创造性**（ingenium），几乎不是原创性的；关于这些问题，长期盛行着一场论争。[2] 甚至在这方面，贺拉斯也走过了一条安全的**中间道路**（via media）："我的看法是：苦学（studium）而没有丰富的天才，有天才（ingenium）而没有训练，都归无用。"（AP, 409 - 410）确实，贺拉斯在坚持他所认为的诗歌是一种劳动行为方面取得了主动。此外，在这些传统的关注之外，贺拉斯提倡一种诗歌统一的松散概念，一首诗的各个部分应当据以恰当布局。毕竟，贺拉斯的《诗艺》开始时就使用了艺术家应当避免的一种奇形怪状的形象：一个长在马颈上的人头，"四肢是由各种动物的肢体拼凑起来的，四肢上又覆盖着各色羽毛"（AP, 1 - 2）。贺拉斯也对文学史有一种新的关注，低估了文体之间的差异，如悲剧和戏剧（CHLC, V.I, 258, 261 - 262）。有争议的是，具有原创性的是贺拉斯综合了传统的和较为新颖的看法。确实，也许就是因为他缺乏原创性，他的能力才给予了引人注目的富有诗意的和警句式的表达一堆累积起来的智慧或"常识"，让批评家以诗人的权威性来发言，这确保了他的文本的经典地位。

无论情况如何，很明显的是，如此大量地反复利用传统的观点，在贺拉斯所处的政治环境中具有部分基础。贺拉斯曾经是共和主义者，站在布鲁图斯一边反对安东尼和屋大维，然后逐渐转向接受新皇帝屋大维即奥古斯都的神圣地位。奥古斯都直到晚年都对文人怀抱着一种开明宽容的态度，诗人们为传播他的宗教、文化和农业改革计划提供了一个讲坛。贺拉斯变化着的忠诚的复杂性被记录在他的诗歌里，像罗马的大多数文学文本一样，那些诗歌都是高度自觉的产物。我们或许可以把《诗艺》解读为这种诗学上自觉的一种浓缩形式，以及对传统诗歌实践的一种理性化（rationalization）。

这种理性化部分地以贺拉斯对诗歌与政治不协调的看法为基础。困扰着《诗艺》的相同的模棱两可和犹豫踌躇，遍及那些诗歌，甚至到了更为引人注目的程度。看来正是这一系列的犹豫踌躇，如果愿意，可以把它叫作**难题**（aporiai），即对当时强调个人创造与强调退出政治或美学的承诺的困惑，才使贺拉斯的著作有别于亚里士多德、维吉尔或后来的朗吉努斯这类作家所撰写的任何东西。进入其诗歌意义之中的是无法抹去的对他自己、对他的个人背景的书写，具有讽刺意味的是，它们成了普遍化的。贺拉斯的很多颂诗都涉及死亡这个极为普遍的主题；对他来说相对特殊的地方在于他（传统的）超越死亡的努力，他拒绝承认死亡是有关意义和语言的一种绝对限度，这不可分割地与他敏感地意识到自己卑贱的出身有关。"出身"的问题处于贺拉斯在政治上的矛盾态度的核心，接着又成了他多元价值观的美学态度的基础。尽管尤维纳利斯冷嘲热讽地评论说，"当贺拉斯喊出'**高兴！**'时／他的胃早已舒适地填满了"[3]，但贺拉斯有可能认为自己的艺术是与贫困而非富有结盟的某种东西。他看起来几乎被自己普通平凡的生存状态所困扰。（我们在这一点上与尤维纳利斯的冷嘲热讽也许具有共同之处，即贺拉斯的"中等"家庭实际上是有三个浴池、24间房屋的宅邸，尽管与元老阶层很多人的庞大资产相比这确实属于中等。）在《诗艺》中，贺拉斯确立了商业心理与有益于诗歌写作的心灵结构之间的鲜明对立："当这种……贪得的欲望腐蚀了人的心灵，我们怎能希望创作出诗歌来？"（AP,

330-331)同样的对立也弥漫于诗歌中,不仅仅以偶然使人不快的形式,也作为控制着它们的世界观的一部分。贺拉斯对诗歌的看法在其动机方面表面上都是完全注重实际的,避免了形而上学、政治或宗教的含义。他较为关注作为一门手艺的诗歌背后的直接劳动。但是,这些较为一般的关注,在贺拉斯的诗中偏向了形式现象的特权,潜藏在哲学、政治和经济上冷漠的外表之下。

贺拉斯对奥古斯都的模棱两可的态度众所周知。在一些颂诗里,如Ⅱ.12,他宣布放弃歌唱恺撒的英勇行为的一切资格。贺拉斯带着典型的嘲讽说,这要求用"平实的散文"。[4]在第四卷的第五首颂歌里[即在奉奥古斯都之命写作《世纪之歌》(Carmen saeculare)之后],他似乎承认了恺撒的统治是稳固的和成功的。但是,在从模棱两可到效忠转变的这种年代顺序之下的,是一种更加微妙的情感的演变;更加微妙是因为更少公开的政治性,但仍然是政治性的。贺拉斯明显脱离了政治的反抗,用一种类似宗教的和美学的语言表达了出来,并装饰着罗马神话和伦理学的装饰物。然而,他对缪斯和诸神的虔诚却是半心半意的:甚至在他纠正自己早期的"错觉"之处(或许受到了奥古斯都革新宗教职位的"启示"),如在《歌集》Ⅰ.34里那样:

我,从来就不是
一个慷慨的或热情的
诸神的朋友,现在必须忏悔
向我自己处于纯粹愚蠢之时的导师。

看来,他对那些外在权势的"虔诚",在很大程度上通过他对他们的操控而得到了指引:"我就是缪斯的祭司。"(Odes,Ⅲ.1)黑格尔有关罗马帝国的某些洞见,给贺拉斯在那时的境况投下了一道有趣的亮光。在《历史哲学》(The Philosophy of History)中,黑格尔把罗马宗教的特征刻画为"权势信徒的一种工具;它被个人当作私有物,那些人追逐自己的个人目标和利益;然而相反,真正的圣徒却拥有一种自身中的具体力量"。[5]然而,当贺拉斯说到自己的诗是一座不朽的纪念碑时,这并不只是自我夸大,并非自夸他将独自以某种方式死而复生。它同样是一种断言,即人生最重要和持久的礼物,是那些不受当下政治环境、宗教和伦理实践的偶然性约束的东西。因此,纪念碑对政治的意义与对美学一样,肯定了退出世俗事务的最终价值,这种退出进入了主体性并且凸显了主体性。对个人的这种关爱超过了关爱公众,成了贺拉斯拒绝把主体性的意义看成被分散到了罗马法律和义务的客观形式之中的一个征兆。在其《现象学》中,黑格尔列举了罗马帝国晚期与现代资产阶级国家之间的一个著名类比。在那些社会中,个体性是抽象的;评价只根据所有权(property)和财产,因而它不具有任何真正的内容。黑格尔认为,在这个时期,任何真正的伦理精神都在"权利"或"法律"的状况下毁灭了;"不幸的意识"是"旨在成为绝对的自我之确定性的悲剧命运"。[6]在贺拉斯栖息的那个世界里,主体性的这种"放弃神性"(kenosis)或空洞化都已然开始。他本人痛惜过前几代人带着较为健康的道德和对待生活很少颓废的态度的消逝(Odes,Ⅲ.6)。

贺拉斯的矛盾近乎有系统。他口头上赞成诸神、缪斯和奥古斯都·恺撒在行政管理上的英勇行为。但是,如黑格尔后来说到的,那是主体性的真空,他渴望填满它。甚至连征服和统治的主题也要以它们对于主体性之含义的偏离了的形式来评价：

> 支配你的欲望：由此你将统治更多
> 超过你把利比亚和加德斯①合并起来……

(Odes, Ⅱ, 2)

在同一首诗里，贺拉斯告诫说要提防贪婪，"在纵容时，它就会像凶猛的浮肿一样生长"。此外，征服有其局限性："岁月如梭……老年和死亡……无人能征服。"(Odes, Ⅱ.14)贺拉斯坚持认为，死亡之湖将被"王国的统治者"和类似的"贫困农民"穿越。就连虔诚也阻止不了这个结局。这些担忧最终成为成熟地对于征服概念本身的大胆追问：

> 我们的目标为何那么高，在时日必定会阻挠我们
> 勇敢的弓箭手之时？追逐国土的赌博者为何
> 要为异国的太阳激动？什么放逐曾经
> 逃脱过他自己的心灵？

(Odes, Ⅱ.16)

在这里值得回想起实际上由佩里·安德森(Perry Anderson)论证过的一个观点：既然整个罗马世界的经济都要依赖奴隶生产方式，大规模的系统化涉及劳动与自由民的知识-政治活动之间的分裂，帝国在技术条件方面停滞了，只有通过地理上的征服，它才可能维持自身。安德森的观点当然来自马克思，马克思注意到，在罗马帝国，一切生产劳动都被贬低为奴隶劳动："自由的劳动在道德上受到禁止。"[7]是什么诱因使奴隶必须凭借技术或经济进步来增加其效率呢？扩大的唯一途径是军事征服的"侧面"途径，它接着就会产生更多的财富和更多的奴隶劳动。正如安德森指出的，"古典文明……在特征方面与生俱来就是**殖民性**的"(PF, 26-28)。从这个观点来看，贺拉斯的文本可以被解读为追问罗马文明的真正基础。倘若他倾向于野蛮的罗马世界之中的"内在性"，而内在性、人类主体性的内容在其中几乎没有意义，那么，我们能把贺拉斯的态度理解为颠覆性的吗？它们当然颠覆了罗马传统的价值观和罗马对公共责任的强调；在贺拉斯看来，唯有诗歌，才可以征服死亡(Odes, Ⅳ.8)。诗歌具有它的个人实质；贺拉斯在某个阶段嘲弄性地写了一首诗，是关于被要求写一首诗。他坚持自己的价值观的计划：简朴的生活，摆脱了嫉妒的心灵，以及献身于自己的缪斯。

具有讽刺意味的是，虽然贺拉斯总的来说反对私有财产的理念，回顾起来如他在某个时期所做的那样，有"很少的私人财富，却有大量的公共财产"(Odes, Ⅱ.15)，但他在诗歌领域里完全赞成这一原则，正如他在《诗艺》里声称的那样："从公共的产业里，你是可以得到私人的权益的，只要你不沿着众人走俗了的道路前进。"[publica materies privati iuris erit, si / non circa vilem patulumque moraberis orbern] (AP, 131-132)再一次，贺拉斯涉及了重新界定**公共**(publicus)与**私人**(privatus)之间的关系。他的洞见在这里也许比最初显得更深刻。他反对"私有财产"的原则，不是单纯反对财富的社会不平衡，甚至也不是反对经济上你死我活的竞

---

① 加德斯(Gades)：古代希腊时期迦太基的腓尼基人的海军基地，位于今北非海岸。

争(评论者们喜欢的一个有关贺拉斯的论点)。"私有财产"的概念与个人的**本质**有密切关系。佩里·安德森谈到罗马的法律系统时断言,"新罗马法伟大的、决定性的成就是……它发明了'绝对财产'的概念"(PF, 66)。这一点曾经也得到过黑格尔的肯定,他对主体性的含义的讨论是有启发性的。黑格尔总的来说是鄙视私有权概念(private right concept)的。他认为,在皇帝这个人物身上,他的意志是绝对的,"孤立的主体性……得到了一种完全无限制的实现"。而这种单一的、反复无常的、畸形的意志,控制了主体的一种冷漠的平等:"个人是完全平等的……没有任何政治权利……私有权发展起来,使这种平等变得完美……抽象的主体性的原则……现在自我实现了,在认可私有权方面成了个性。"如黑格尔继续说的,这里的要点在于,"私有权是……**根据事实本身**(*ipso facto*),一种无效的东西,一种对个性的忽视"。[8]

对黑格尔来说,私有权的原则是罗马共和国必然崩溃的一种征兆:不存在任何能够超越由个人的贪婪和反复无常支配着的客体之客体(精神的或政治的)。我们不需要断言,贺拉斯会以黑格尔式的词语来思考,为的是相信自己也意识到了私有权是道德和精神分裂的标记,是人类缺乏可以度量的真正主体性的标记,而不只是抽象的法律词语。还有,尽管他强调文学需要使观众满足,但他退回到一种重构的主体性之中,这就包含了他的美学。他有可能认为自己是一个隐士,喜欢满足精选出来的少数人的诗学标准。他采取了**反对**(*recusatio*)的姿态,拒绝尝试对帝国和公共功绩进行任何史诗般的歌颂(CHLC,V.Ⅰ,251)。学术精英主义的漆黑外衣使他适合于传统的装模作样:"我把粗俗的人群关在门外。给我虔诚的寂静吧。/我就是缪斯的祭司。"(Odes,Ⅲ.1)当然,贺拉斯的宗教是诗歌。这一点确保了一个创造的天堂,一个处于无情的公共世界之中的隐居的天堂,这一点重新填满了"隐居"的巨大空虚,等同于重新定义价值观,并重新定义本质上的"人"。这种重新定义确实具有一种颠覆性的潜力。

但是,与大多数解构批评一样,对政治同谋的这种阻止是一种孤立的姿态,没有用任何语境化的实践框架来使之在政治上变得有意义或有效。贺拉斯要退回到的"人"到底是什么呢?首先,在《诗艺》中,它需要一种本质主义,人类本质由此得以被确定:"大自然当初创造我们的时候,她使我们内心能随着各种不同的遭遇而起变化。"(AP, 108)这就与一种抽象的社会变化之决定因素的观点结合起来了:"随着年岁的增长,它给人们带来很多好处;随着年岁的衰退,它也带走了许多好处。"(AP, 175-176)这种观点几乎与德里达的看法相同,德里达把各种哲学上反对立场的历史增长归结为一种中立的原因:"延异(*différance*)的运动。"此外,贺拉斯似乎认为"真理"和"美"是毫无疑义的概念。

再者,贺拉斯反对现存,经常也借赞美过去来表达。他所称赞的美德毫不含糊地是古典的:它在本质上是不该受责备的,除非那些美德无耻地将心灵的平和与避免危险联系在一起。

> aueam quisquis mediocritatem
> diligit tutus …

> 所有喜欢安全的人都获得了奖赏
> 中庸之道与极度憎恨……

> (*Odes*,Ⅱ.10)

尽管如此,与上面的译文不同的是,贺拉斯诗句的拉丁语并没有"极度"这个词,他的诗句暗含一种亚里士多德式的对"极度"概念的实体化:像在亚里士多德那里一样,中庸是用否定性的词语来界定的,用的是并非中庸的词语。"极度"本身被当成一种实体,表示某种要避免的东西。这可以被理解为,把被认为是非传统的或威胁已建立之秩序的具体边缘化。但是,我们也应回想起,对亚里士多德来说,"中庸"本身是一种道德结果。贺拉斯把它变成了一种单纯**手段**的状态,指向达到"安全"的特许目的,这比亚里士多德的阐述甚至更加保守。亚里士多德至少限定了自己对道德上的美德的定义,它构成了"在实质上遵循**相对于我们的**中庸"(黑体格式为作者所加)。[9]

此外,贺拉斯所珍爱的并不只是安全。他"丰富"了的一切,他渴望的东西,诸如良好的健康、内心的宁静和诗歌(*Odes*,Ⅰ.31),来自他缺乏对不承诺的承诺。这些诗句具有一种自我暴露的扭曲:

> 随着财富的增长,担忧也在增长,对更多财富的渴望
> 杰出的麦吉纳斯(杰出而依然是个骑士),
> 我做得不对,低下头以使
> 自己的头看不见?

(*Odes*,Ⅲ.16)

贺拉斯用"低下头"、用拒绝抬起自己的头,指他在物质野心和贪婪面前退却。但是,他也在另一种意义上低下了头:在政治上,他的头颅确实看不见。他的作品创造了激进的姿态,但它们仍然不过是那样的姿态。贺拉斯经常被认为是罗马共和主义理想的大胆代言人,他目睹了围绕着他的一切东西的崩溃。虽然贺拉斯的讽刺诗强有力的诗歌天赋、微妙和简洁都是无可置疑的,但正是这种观点,反映了贺拉斯批评的历史,它使《诗艺》成为经典,超过了它对奥古斯都时期国家的真实叙述。

有两段这样的叙述出现在塔西佗和苏埃托尼乌斯的著作中。这些叙述确实告诉了我们,如果没有某种有关奥古斯都统治的政治观点,就没有任何对贺拉斯的观点的评价能被接受。苏埃托尼乌斯把奥古斯都刻画成从早期发展起来的冷酷无情和变幻无常的性格,到一个宽大仁慈的统治者,"在其正义的统治方面勤奋用功"。[10]苏埃托尼乌斯强调说,元老院甚至还坚持奥古斯都的绝对权威。具有讽刺意味的是,塔西佗借助左翼历史学家责难他对罗马元老阶层的世界观进行了"最平静的"表现,提供了一种更加愤世嫉俗的说明。塔西佗说,没有任何对帝国统治的反对,因为"最大胆的精灵也陷入了战斗……而残存的贵族们……喜欢现时的安全胜过了喜欢危险的过去"。[11]这会成为对贺拉斯的心态的恰当描述吗?贺拉斯作为一个自由民的儿子,很难变得"高贵"。在菲力比之战中逃离战场后,他也没有成为"最大胆的精灵"之一,哪怕是在屋大维的统治得到巩固之前。塔西佗表面上哀悼共和国理想的消逝,要求在新秩序中"没有旧的合理道德的遗迹留下来"(*Tacitus*, 5-11)。然而,尽管一些评论提出,"自由"与"君主"不可兼得(*Tacitus*, 678),塔西佗却以这一说法来开始他的《历史》:在"亚克兴冲突之后……对和平来说实质性的是,一切权力都应该集中到一个人手里"(*Tacitus*, 419)。尽管如

此,在其阿格里科拉历史里,塔西佗把英国酋长对自己军队的描述变成了罗马帝国的事业:"为了掠夺、残杀、抢劫,他们赋予帝国虚名;他们创造了一种孤独[荒野],把它叫作和平。"(Tacitus,695)

元首统治对和平来说是必要的,这是一个极为普通的观点。它为黑格尔所接受,[12]甚至佩里·安德森也写道:"奥古斯都的罗马君主政治……在其钟点敲响时准时到来了。"(PF, 70)然而,我们的问题仍然是:如果这种观点真的被贺拉斯所接受,为什么还有他的模棱两可?为什么他的批判会如此温和?用 R. M. 奥格尔维(R. M. Ogilvie)的话来说,一种解决办法可以说是,与他那个时代其他有名的诗人们相比,贺拉斯缺乏社会名望(他曾经意识到了的某种东西)去做出权威性的判断,并且毫无从事政治事业的真正前景。[13]为了支持这一观点,我们可以引证西塞罗的说法,即某些政治部门是"为古老家族的人们保留的,或者是为富人们保留的"。[14]但是,西塞罗与奥维德、普罗佩提乌斯①一样冒险。关于这一点,还有比普鲁塔克描述安东尼的士兵砍下西塞罗的头颅和双手,因为西塞罗写下了《腓利比克之辩》更好的证据吗?[15]或者,奥维德被放逐到一个单调乏味的边区村落,从来就没有被废除?此外,苏埃托尼乌斯声称,奥古斯都的一些法令,如婚姻法,引起了公开的对立。他的观点在元老院经常遭到公开责难,没有得到任何回报。[16]在文学领域里,"奥古斯都给予了知识分子一切可能的鼓励"。不过,他主要是对文学的道德方面感兴趣,并且"表现了对创新者和仿古者的轻蔑……非常激烈地抨击他们:尤其是他的亲密朋友麦吉纳斯"。[17]那么,贺拉斯怎么容易受到另一个"亲密朋友"麦吉纳斯的影响呢?贺拉斯的评论者所偏爱的思路认为,他的诗歌"回避了系统化论点的外表"。贺拉斯在这么做时,确实回避了系统化论点本身吗?或许,倒洗澡水时连孩子一块儿倒掉了——在他所有的三个洗澡池中。

但是,让我们不要过度苛刻。很多历史学家都同意这一点,共和国在最后阶段所说和所做的一切都已经堕落了:个人的自我扩张早已被效忠于国家所取代。因此,我们有恺撒和克拉苏个人的(而不是国家认可的)军事上的英勇行为。无论如何,共和国仅仅成了一种名义上的民主制,实际权力在贵族阶级打不断的连续掌握之中。此外,帝国的统治保持了完整的共和国的基本法律框架,尤其是它的经济法。主要的变化在于,君主意志取代了寡头政治的意志。在共和国期间和之后,公民意志实际上几乎没有了价值。这一点反映在那时流行的哲学之中:斯多葛主义,怀疑论,伊壁鸠鲁主义。伊壁鸠鲁主义比斯多葛主义更多地得到了贺拉斯毕生的效忠,这个思想派别对诸神冷嘲热讽,阻止社会和政治上的参与。无疑,一个处在贺拉斯那种不确定地位的诗人,在这方面会为他自己的不介入找到一个平台。

但再一次,黑格尔在这方面的观点是富有启发性的。他提出,**所有**这些哲学的目标都是相同的:把冷漠的灵魂交托给真实世界。它们全都是一种"对世界绝望的想法,那个世界再也不具有任何稳定的东西"。[18]马克思说过非常相似的话:"伊壁鸠鲁[以及]斯多葛哲学是它们时代的恩赐;因此,当普遍性的太阳已经落下时,飞蛾就会寻找私人的灯火。"[19]有关伊壁鸠鲁学派的一个共同说法是,"暴君们对自己的所有暴行都不可能破坏聪明人的内心幸福"。[20]因此,

---

① 普罗佩提乌斯(Propertius,公元前 50—公元前 16 年):古罗马诗人,著有《哀歌》。

虽然我们可以同情贺拉斯的处境，但我们应当在心里记住，他潜在地、颠覆性地退回到主体性之中，这一行为，像他在《诗艺》里所做的规定一样，都不是原创性的，在他的时代很普通。他的原创性只在形式层面上，正是在这个层面上，他的优点无疑值得称赞。看来，奥古斯都由于给罗马的国家带来了"秩序"而受到普遍称赞。在这种思维系统之内，贺拉斯的文本确实打上了矛盾情绪的优点和局限性的标记。但是，这使马克思这位具有历史敏锐性的思想家温和地断言，罗马的"秩序""比最糟糕的混乱还要糟"。各个皇帝完全使共和国各行省的剥削合法化了，最后的结果是整个帝国的"普遍贫困"。[21]也许，我们应当在最后引用恩格斯的话：

> 老贺拉斯使我想到海涅（Heine）的某些地方，海涅从贺拉斯那里学到了那么多东西，他也在**根本上**（au fond）非常像一个卑鄙的政客（politice）。想象一下这个老实人吧，他挑战 vultus instantis tyranni［暴君威胁性的面目］，在奥古斯都的面前却低声下气。除此之外，这个满嘴脏话的老者竟如此这般得依然非常可爱。[22]

贺拉斯还能要求更伟大、更真诚的颂词吗？

注释

[1] Horace, *The Art of Poetry*, trans. Burton Raffel (New York, 1974), p. 62. 本书包含了 Raffel 的韵文译本和 James Hynd 的散文译本。我所援引的大部分是 Hynd 的译本，除了 Raffel 有点不合习惯地（却有效地）强调表示的着重点之外，那些着重点表示本章试图表明的东西。下文引用写作 AP，使用行的数字。

[2] 有关贺拉斯这些观点的有价值的说明，参阅 Steele Commager, *The Odes of Horace: A Critical Study* (Bloomington and London: Indiana University Press, 1967), pp. 42–49。

[3] Satire Ⅶ, in Juvenal, *The Sixteen Satires* (London: Penguin, 1974), p. 165.

[4] *The Odes of Horace*, trans. James Michie (Harmondsworth: Penguin, 1976). 下文引用写作 Odes。

[5] G. W. F. Hegel, *The Philosophy of History* (New York: Dover, 1956), p. 295.

[6] G. W. F. Hegel, *Phenomenology of Spirit*, trans. A. V. Miller (Oxford: Oxford University Press, 1977), p. 455.

[7] "Origin of Family, Private Property and State," in *Marx and Engels: Selected Works* (London: Lawrence and Wishart, 1968), p. 560.

[8] Hegel, *Philosophy of History*, pp. 315–316, 320.

[9] Aristotle, *NE*, Ⅱ.ⅵ.15.

[10] Suetonius, *The Twelve Caesars*, trans. Robert Graves (Harmondsworth: Penguin, 1989), p. 73.

[11] *The Complete Works of Tacitus*, ed. M. Hadas, trans. A. J. Church and W. J. Brodribb (New York: Random House, 1942), p. 4. 下文引用写作 Tacitus。

[12] Hegel, *Philosophy of History*, p. 313.

[13] R. M. Ogilvie, *Roman Literature and Society* (London: Penguin, 1980), pp. 142, 144.

[14] Cicero, *On the Commonwealth*, trans. G. H. Sabine and S. B. Smith (New York: Bobbs-Merrill, 1929), p. 135.

[15] Plutarch, *Fall of the Roman Republic* (Harmondsworth: Penguin, 1968), p. 319.

[16] Suetonius, *The Twelve Caesars*, pp. 73, 85.

[17] Ibid., pp. 101-102.

[18] Hegel, *Philosophy of History*, p. 318.

[19] Karl Marx and Friedrich Engels, *On Literature and Art* (Moscow: Progress Publishers, 1978), pp. 207-208.

[20] Ogilvie, *Roman Literature*, p. 81.

[21] *Marx and Engels: Selected Works*, p. 559.

[22] Engels, letter to Marx, December 21, 1866, in Marx and Engels, *On Literature and Art*, p. 210.

第六章　朗吉努斯(公元 1 世纪)

在早期的元首统治之后,公元头 4 个世纪期间出现了两种明显的知识趋势。其中的第一个趋势以"第二智者派"(公元前 27—公元 410 年)闻名,它根据新一代的智者派和修辞学家命名,那些学者把雅典之希腊的古典语言和风格作为自己的楷模。第二个趋势是新柏拉图主义哲学,它的主要代表人物是普罗提诺,将在下一章里讨论。这个时期重要的修辞学论著是用希腊语写成的:名为"论崇高"(*peri hupsous*)的著作在传统上被归于"朗吉努斯",时间可以追溯到公元 1 世纪或 2 世纪。它在"第二智者派"的大部分时期中是最有影响的修辞学著作,后来对 17 世纪以降的文学批评产生了明显的影响,与源于亚里士多德和贺拉斯的古典遗产的微小影响有所不同。它由于对崇高的论述而使现代批评家们着迷,它把崇高当作灵魂或精神的一种品质,而不仅仅是一个技巧问题。在中世纪晚期的古典时期,这篇文章很少为人所知。它最初在文艺复兴期间于 1554 年由罗伯特利发表出来。后来,在 1572 年,它被翻译成拉丁文,然后在 1652 年由约翰·霍尔(John Hall)翻译成英语。在现代,崇高概念的复苏被归于 1674 年尼古拉·布瓦洛的一个译本,而布瓦洛是法国新古典主义最重要的人物。在欧洲浪漫派对新古典主义的广泛对抗中,在刚刚在伊曼纽尔·康德这类思想家的著作里崭露头角的美学领域中,崇高都成了一个重要因素。

《论崇高》只有一个现存的手稿,文本的三分之一散失了,人们肯定不知道作者是谁。手稿有"狄奥尼西奥斯·朗吉努斯"的名字,这导致古代学者把这部著作或者归于哈利卡尔那索斯的狄奥尼西奥斯(Dionysius of Halicarnassus),或者把它归于 3 世纪的修辞学家卡西乌斯·朗吉努斯。现代学者越来越倾向于把这部手稿的出现追溯到公元 1 世纪或 2 世纪。作者肯定是一位修辞学家,他的文章在语气上是个人式的,是写给他的朋友和他在罗马的一个学生波斯图尼乌斯·特伦提安努斯(Posturnius Terentianus)的。

在文本的开头,朗吉努斯提出要撰写一篇系统论述崇高的文章,由此他将阐明自己的主题,表达理解主题的方法。[1] 他提出了一个初步的定义,声称崇高在于"语言的一种完美无缺的卓越和独特,而且……单是这一点就使最伟大的诗人和历史学家们成为卓越的……因为天才的作用不是要说服听众,而是要使他们为自己而欣喜若狂"。朗吉努斯接着说,"激发起惊愕的是投射到我们身上的魅力,它始终都高于仅仅是令人信服和使人愉悦"(Ⅰ.3-4)。正如他所解释的,这种灵感与确信之间的差异,涉及力量和控制:我们可以控制自己的推理,但崇高施加一种我们无法抵抗的力量（Ⅰ.4）。朗吉努斯引人注目地对其他写作技巧与崇高进行了区分。例如，善于创造的技巧和恰当运用事实，要表现在整个写作之中。但是，他认为，崇高看起来就像一道闪电一样，"在突然的一击之中"驱散它面前的一切，揭示出演说者的力量。朗吉努斯借助经验来证实这些主张的真理性（Ⅰ.4）。

与在他之前的贺拉斯一样，朗吉努斯这时进入了一场长期的激烈争论，涉及艺术是来自自然的天赋，还是来自有意识地运用方法和规则。他的答案回应了贺拉斯所提出的妥协。朗吉努斯认为，自然确实是一切创造的主要原因，但天才的工作不可能是完全随意的和没有系统的，需要由艺术的规则提供"良好的判断"（Ⅱ.2-3）。在这个问题上，手稿遗失了两页；当文本重新开始时，我们看到了朗吉努斯提供的例子，它们取自各种诗人，属于艺术家在达到高贵伟大时可能陷入其中的那些过错。第一种过错是"膨胀"（tumidity），这时艺术家或诗人目标过高，不是达到狂喜，只不过陷入了"荒唐"，产生出空洞浮夸或言过其实的效果。膨胀"起源于试图超过崇高"。朗吉努斯确证了相反的过错，即"幼稚"（puerility），它是最不光彩的过错。他把它界定为一种"学术态度，是冷漠的失败之中过度阐述的结果"（Ⅲ.3-4）。朗吉努斯认为，当作家非常艰苦地努力取悦或想变得高雅时，他们就陷入了做作。第三种过错是公元1世纪的修辞学家泰奥多勒斯（Theodorus）所称的"假装癫狂"（parenthyrson）。[2]朗吉努斯解释说，这个词语指"被错置的和毫无意义的情感，出现在毫无必要之时，或者出现在要求约束却毫无约束之处"。没有得到主体许可的情感是"纯粹主观的"，因此不能被观众分享（Ⅲ.5）。

在接着提出了冷漠的几个例证之后，朗吉努斯做出了一种概括，对我们来说，它听起来令人奇怪地有点熟悉：他提出，"文学中的所有这些不恰当，都是同样的种子长出来的杂草，即追求新奇理念的激情，它就是今天流行的疯狂"（Ⅳ.5）。不过，他的真实论点在于源于相同根源的优点与缺点，那就是对美、崇高、令人愉悦的措辞和夸张的真正追求——简言之，对一种崇高风格的真正追求——有可能导致上述错误（Ⅳ.5）。

诗人怎样才能避免这些错误呢？首先，他需要的是对于什么是真正的崇高具有"清楚的认识和评价"。然而，这样的认识并不容易达到；与一切文学判断一样，它一定是成熟经验的结果（Ⅳ.6）。朗吉努斯后来对崇高的界定确实以某种方式借助了经验，那种方式后来为阿诺德、利维斯（Leavis）和其他人所仿效。朗吉努斯告诉我们，真正的崇高"使我们振奋"，如此"受到一种被骄傲控制的感觉上的振奋，我们心中充满令人欢欣的骄傲，仿佛我们让自己创造出了我们真正听见的东西"。这种真正的崇高有别于单纯的"高贵的外在表现"，后者被证明是"空洞的浮夸"（Ⅶ.1-3）。真正的崇高将对"感性的、非常精通文学的人"产生持久的和反复的影响；这种影响是不可抗拒的，对它的记忆是"牢固的和无法抹掉的"。正如在阿诺德和利维斯那里一样，朗吉努斯对文学中的伟大的看法，看来是一种**与感受有关的**（*affective*）观点：我们对它的判断要依靠它对读者或听众的情感效果（拉丁语 *affectus* 作为名词的意思是"倾向"或"状态"，作为动词是指"受到影响"）。他也预见到了这些非常晚近的批评家的看法，断定理想的听众是有教养的人和感性的人。朗吉努斯拓宽了自己的定义，认为"真正的美和崇高……一直会使所有的人感到满足"（Ⅶ.4）。他这么说似乎是指各个时期和各种趣味的一切"有资格的"人：当一群有教养的听众之中出现了持久的一致意见时，这就是一部文学作品真正的崇高本质的证明。在某种宽泛的意义上,朗吉努斯也预见到了各种共鸣的理论,其范围从埃德蒙·博克(Edmund Burke)的观点到读者反应理论的批评家的观点。

在一个重要的段落中,朗吉努斯列举了崇高的五个"真正的根源":(1)掌握了"精力充沛的"或强有力的理念(有时被翻译者翻译为"思想的伟大");(2)受到"强烈情感"的激发;(3)对样式的正确建构——包括思想样式和演说样式;(4)言辞的高贵,包括措辞和使用隐喻;(5)庄严和振奋的普遍效果。朗吉努斯告诉我们,这种普遍效果包含前四种要素。朗吉努斯的这些主张,意在系统思考这些要素,但他有时偏离了主题。首先,与从前论述崇高的作者塞西琉斯(Cecilius)相比,朗吉努斯认为,崇高并不等于情感,或者说崇高并非始终都依赖于情感。某些情感可能是低劣的或卑鄙的,很多崇高的事件并没有展现出任何情感(Ⅷ.1-2)。朗吉努斯这时返回到崇高的第一个根源,即掌握了坚实的或重要的理念,提出这种才能是"自然的天赋",断言它是自然的馈赠,而不是某种获得的东西;他认为,这种才能在崇高方面所起的作用超过了其他根源。他在这方面列举出的崇高的例证,意在表达也许可以认为是他的基本立场的东西。他援引了荷马的作品,[3]并且反思道:"伟大的风格是重要思想的天然结果,崇高的言辞自然出自生气勃勃的人。"(Ⅸ.1-3)在这个时刻,手稿第六页的下文缺失了;文本再继续时,朗吉努斯援引了《伊利亚特》中的两个段落。他认为,其中的一个段落达到了崇高,因为它"颂扬了上天[诸神]的力量",而另一个段落则没有达到,因为它"不虔诚",没有表现出"适宜的感觉"(Ⅸ.5-7)。荷马史诗中的这些段落是崇高的,因为"它们表现了神的本质的真正属性,即纯洁、庄严和独特"(Ⅸ.8)。有趣的是,朗吉努斯也援引了《圣经·旧约》早期的一些段落("让那儿有光"),把它们作为"神的力量的重要观念"(Ⅸ.9)的表现。在这些段落里,朗吉努斯似乎在对深刻而恰当的宗教情感的表现中发现了崇高,它展现了一种恰当感,它恰当地标明了神与人的关系。因而,伟大的作家通过自己思想的庄严伟大达到崇高,通过表现在道德上和神学上得到提升的宇宙观而达到崇高。然而,并不清楚的是,崇高的这些品质怎么可能被归入朗吉努斯最初罗列的五个"根源";人们也许可以推测,它们或者可以回答对"重要的"理念的需求,或者可以回答"庄严的普遍效果"。

在论述荷马的一个著名段落里,朗吉努斯得出了一些进一步的推断:他声称,荷马向我们表明,"随着天才的衰落,正是对传奇性的热爱,才刻画出了老年的特征"。荷马在其天才的全盛期写作的《伊利亚特》充满戏剧性的行动;它以"一贯的崇高"为标志,这种崇高在于诗歌"持续不变的精力",它"充盈着来自真实生活的各种形象"。相反,正如老年的特征一样,《奥德赛》中占主导的叙事不过是《伊利亚特》的"尾声"。在后来的诗歌中,"伟大还在,却没有了强度"。在荷马的天才退潮时,他"徘徊在传奇性难以置信的领域里",而且在《奥德赛》中确实是"现实被传奇所胜过"(Ⅸ.12-14)。朗吉努斯在这里似乎为他的崇高概念增加了进一步的维度:首先,它与戏剧性的行动而不是与叙事联系在了一起;其次,它牢固地植根于与传奇相反的现实之中。朗吉努斯做出的另一个推断是,"随着其情感力量的衰退,伟大作家和诗人让位于性格研究"。朗吉努斯认为,荷马在《奥德赛》中的性格刻画仿效了"性格喜剧"的风格(Ⅸ.15)。我们或许要再次追问,崇高的这些属性是否与崇高的五个"根源"有关。很有可能是,朗吉努斯把戏剧性的行动与"强烈的情感"联系了起来,写实主义(realism)成了表现"可靠的"或精力充沛的"理念的媒介。显然,对朗吉努斯来说,传奇的幻想性质代表了与这样的可靠性的分离。

朗吉努斯还为他的崇高概念增加了一个因素:把某些要素恰当地结合进一个有机整体中的力量(Ⅹ.1)。他援引了萨福与荷马的例子,认为这些作家"按照美德的秩序把所有主要特点组织起来……不让任何东西受到影响、有损尊严,或者受到学究气的干预",从而依靠"有序的和……一致的结构"产生崇高的效果(Ⅹ.7)。朗吉努斯认为,与这种结合的力量密切相关但又有区别的是"扩大"(amplification)的策略:无论主题何时容许有新的起点和不完善的地方,言辞都可能由于增加了力量、运用夸张而成倍增加,强调论点或事件,或者通过对事实或情感的仔细综合(Ⅺ.1-2)。不过,朗吉努斯脱离了从前同样用崇高来扩大的各种界定。他提出,崇高"在于提升",要在"单个理念中"找到,而扩大却在于数量和过多。扩大在于"聚集起内在于主体的一切方面和话题,由此加强所论述的论点。在其中,它不同于证明,它论证了所要求的论点"(Ⅻ.1-3)。[4]在说明崇高与扩大之间的这种差异时,朗吉努斯援引了狄摩西尼和西塞罗的修辞学风格:前者具有修辞学的崇高力量,它如同亮光闪现一样"驱散了他面前的一切",而运用扩大的后者则像"传播很广的大火"一样吞噬了围绕着它的一切(Ⅻ.4)。朗吉努斯在这里的评论显现出来的是,虽然崇高与扩大截然不同,但它们都不同于形式上的论点,因为它们利用了可以选择的说服手段:崇高打动听众并控制他们,而扩大却仔细考量一个论点,以各种外观把它显示出来。

朗吉努斯评论说,还有另一条通向崇高的道路,正是柏拉图为我们指引了这条道路,即模仿过去伟大的历史学家和诗人的道路。正如阿波罗的女祭司受到这个神的神圣力量的启示一样,一个作家也有可能受到"那些老作家的自然天赋"的启示(ⅩⅢ.2-3)。柏拉图本人从荷马那里借用了大量东西。朗吉努斯一再保证,这样的借用不是偷窃,而是"像从优秀性格那里接受一种印象一样……以此塑造人物"(ⅩⅢ.4)。此外,朗吉努斯认为,影响的过程不是被动的和静态的,而是当代作家与古代诗人进行竞争的一种积极努力。柏拉图与荷马的关系就是这样:"争夺奖赏"的一种努力。朗吉努斯接着说,"甚至被我们的祖先打败也并非不是荣耀"(ⅩⅢ.4)。他(以及他在这方面的洞见背后的希腊化时期的传统)也预见到了阿诺德关于传统的"试金石"理论(touchstone theory of tradition),我们由此可以对照一系列得到承认的经典来衡量当代的作品:朗吉努斯主张,当我们试图达到崇高时,我们应当问一问自己,荷马、柏拉图或狄摩西尼会怎样完成这一任务。我们也必须问问自己,这些伟大的作家会怎样回应我们自己的作品:"伟大确实是严酷的考验,只要我们打算像这样让评判委员和观众来聆听我们自己的发言的话。"朗吉努斯接着说,我们也应当在心里记住子孙后代的判断;如果我们拒绝说出"超过"对我们自己时代的"理解"的任何东西,那么,我们的看法将是"盲目的"和"半成形的"(ⅩⅣ.1-3)。在这些重要的段落里,朗吉努斯阐明了一种保守的传统概念,它被证明具有持久的影响力:不仅是阿诺德,也有艾略特、利维斯和爱伦·坡这些早期作家(还有朗吉努斯之前的亚历山大时期的学者们),都阐述过相似的规定,据此,只有根据得到承认的伟大作家的经典所确立的标准,才可能衡量一位当代作家的伟大。尽管如此,朗吉努斯本人的阐述允许在过去与现在的作家之间有创造性的竞争,承认现在的作者在原则上可以达到崇高。在这个方面,他预见到了更加自由的对待传统的态度,如在哈罗德·布鲁姆(Harold Bloom)"影响的焦虑"

(anxiety of influence)概念中奉为神圣的那种态度,据此,一位作者"误读"先前的作家是要为他自己标示出一个原创性的领域。

倘若模仿是一条通往崇高的道路的话,那么,另一条道路就是经过想象的大路。在勾画这条道路时,朗吉努斯预见到了浪漫派对这个话题的很多讨论。他评论说,"重要、伟大和精力"(即崇高的基本组成部分)在很大程度上都是依靠运用形象产生的。他说明了对"想象"这个词语的流行用法:它被用于"那些由强烈情感激发起来的段落,你在其中似乎看到了你所描述的东西,并且把它们生动地带到你的观众眼前"(ⅩⅤ.1-2)。虽然浪漫派倾向于认为想象主要是或唯独是诗歌的特征,但朗吉努斯区分了用在诗歌中的想象与用在散文或演说术中的想象。在这两个方面,目标都是要激发起观众的情感和生动地呈现事物。使它们区分开来的是,诗歌中对想象的运用"表明了一种传奇式的夸张,远远超过了可信性的限度,而想象在演说术中最完美的效果始终都是现实与真理的效果"(ⅩⅤ.2,8)。很多现代批评理论并不认为诗歌与散文之间有任何鲜明的区别,对比之下,朗吉努斯却怀疑自己时代的"现代"演说家跨越这些边界的企图:他评论说,某些演说家使自己的演说变得富有诗意,偏离"到了一切不可能性之中"。朗吉努斯认为,在修辞学中恰当运用想象"是要把大量气势和情感引进到演说中,但当与论证方法结合在一起时,不仅仅要使听众信服,而且会完全控制他们"(ⅩⅤ.8-9)。他解释说,在这些情况下,演说者的想象的概念远远超过了"单纯的说服":"我们的注意力从推理被引向了想象的迷人效果,而技巧则被隐藏在辉煌的光环之下。"(ⅩⅤ.11-12)因此,虽然理性在论证中绝不是可有可无的,但显然,想象被认为是一种更高的力量。

到目前为止,朗吉努斯已经分析了崇高的三个根源:自然天赋、模仿和想象。现在他转向了另一个根源,即对样式的运用。他在这方面提供的第一个例子是使用誓言,或者是朗吉努斯所称的狄摩西尼在演说中所使用的"呼语"。这个著名演说家倡导雅典人用战争政策来反抗亚历山大大帝之父、马其顿的菲利普的统治:"你们没有错,雅典的男人们,要开始为希腊的自由而斗争……不,要依靠那些在马拉松冲锋陷阵的人们。"朗吉努斯断言,在使用这句誓言时,狄摩西尼把自己的论点变成了"超凡的崇高和情感的一部分"。对这种样式的运用能使演说者"带着听众跟自己走",使失败了的雅典人相信,他们再也不应把在喀罗尼亚的失败看成一场灾难(ⅩⅥ.2-3)。

在上面举出的例子中,虽然朗吉努斯再次表明了一个论点怎样通过比喻的手段而非纯粹理性的手段变得更加有力和更有说服力,但他告诫自己的读者说,对于"过度使用"样式存在着一种普遍的怀疑。例如,一位法官或一位国王,也许会感到被一位有才能的演说家的样式策略所冒犯或操控,在这种情况下,他会对演说的真实推理抱有敌意。因此,朗吉努斯建议,一种样式在不引人注意之时具有最大的效果:它可能被崇高恰当地遮蔽,对情感产生强有力的效果。狄摩西尼对誓言的运用被当成这种隐蔽方式的一个例证:这种样式"被其辉煌"所隐蔽。朗吉努斯要求,崇高的东西和在情感上动人的东西,离我们的内心较近,始终都会在我们意识到运用各种样式之前打动我们。朗吉努斯罗列了其他一些重要样式。其中之一是修辞学的样式,即"提问和回答,它会在情感上影响听众"(ⅩⅧ.1-2)。传达出明显真实的和强烈情感的另一种样式是词语、短语或句子次序的倒置。这样的倒置模仿了人们在恐惧、担忧或愤怒的情景下对语言的真实运用。朗吉努斯认为,最好的散文作家用倒置来"模仿自然,并达到相同的效果。因为艺术只有看起来像自然一样才是完美的,而自然只有通过隐藏与她的本性有关的艺术才是成功的"(XXII.1)。这样的倒置改变了词语和短语的自然顺序,造成即兴创作的效果,使观众能够分享情景的兴奋感(XXII.3-4)。

朗吉努斯列举的其他样式有累积(accumulation)、变化(variation)和高潮(climax):这些样式涉及事例、时态、人称、数量和性别的变化。这些变化可以产生出一种"崇高的和情感的效果"。按照朗吉努斯的观点,所有这些样式都有助于我们去发现,情感是崇高中的一个重要因素。朗吉努斯对它们的论述所强调的是突然之间——以及非理性地——控制情感的语言能力,是语言在用于不同寻常的结合时的力量,此时语言被迫偏离了惯例上预期的结构。有点奇怪的是,朗吉努斯超出了古典传统,为浪漫派的艺术观提供了如此之多的灵感。确实,他认为,如果没有失败,一个强有力的阶段就无法解释,这个观点已经成了整个现代关于诗歌的思考的一部分,从浪漫派到新批评。此外,在借助大量例证方面,朗吉努斯阐明了修辞学的细读文本的实践(close reading practice);对作为一种文辞结构之文本的这种密切关注,并非现代形式主义者和新批评家们的专利,这已经成了很多个世纪里修辞学的全部内容的一部分。

朗吉努斯接着转向了他早先列为崇高的第四个根源的其他方面,即措辞、思想和隐喻的高尚。他毫不怀疑,所有演说家和历史学家都旨在把合适的措辞用作"他们的最高目标"。正是优秀的措辞,才赋予了风格"伟大、美、古典风味……使各种事实显得像具有一种生命的声音"。他再次告诫说,庄严的措辞要留给庄严的和重要的情景(XXX.1-2)。[5]隐喻在讨论普通主题和描述方面特别有用:比喻性的写作具有一种天然的高贵庄严,而隐喻为崇高做出了贡献(XXXII.5-6)。

朗吉努斯提出了一个长期争论的问题:"在诗歌和散文中哪个更好,是具有一些瑕疵的伟大呢,还是普通品质的正确构成然而整个都很合理且没有瑕疵?"他评论说,一个相关的问题是,文学价值应当与最大程度的优点一致呢,还是应当与那些在本质上伟大的优点一致(XXXIII.1-2)。可以预料,朗吉努斯本人的立场是伟大的优点,哪怕它并非一律地持续不变,却始终都应当得到更高的评价:完美的精确有成为微不足道的危险;普通的本质不会有任何风险;真正的和神圣的灵感并不容易受到任何规则的约束(XXXIII.2-5)。朗吉努斯解释说,希佩里德斯①比狄摩西尼具有更多的优点;虽然他的演说"缺少伟大;它们平心静气,出自冷静感,不会扰乱听众的平静"。对比之下,狄摩西尼"似乎要以其指责痛骂使全世界的演说家都目瞪口呆。你可以很快睁开双眼看到闪电般的攻击,而不是时刻警觉他的情感反复爆发的面孔"(XXXIV.4)。或许,在这里比在朗吉努斯的文本的其他任何地方都更加明显的是,演说者在一个特定的政治场合面对立刻陷入混乱的听众时,仅仅凭借运用理性和一种抽象的使人信服的论点,或者靠创造一种在技巧上很完美的演说,都不可能获得最大限度的说服力。只有在听众能被"扰乱"时,只有在听众的情感最初像被闪电激起、接着被演说在技巧上的优点煽动起来

---

① 希佩里德斯(Hypereides,公元前390—公元前332年):古代希腊的雄辩家,据说师承伊索格拉底和柏拉图。

时，所有这一切才可能集合起来成为说服力。

朗吉努斯后面的段落实际上提出了成为他的整个文本之基础的形而上学的设想。正是这个段落，明显预见到了康德的美学和很多浪漫派的美学。他认为，"自然"已经使我们区别于其他动物，并且具有

> 从一开始就吸入我们内心的一种不可征服的激情，因为无论它是什么都是伟大的，并且比我们自己更加神圣。因此，在人类事业的范围内，存在着这样的沉思和思想的力量，甚至整个宇宙都不可能使它们满足，但我们的理念经常超越那些围绕着我们的限度。从所有方面审视一下生命吧，看看在一切事物之中处于最高的非凡、伟大和美，然后你会很快意识到我们创造的目标……我们为自己点燃的那一点点火焰一直明亮而稳定，然而，我们没有因此带着比看见天火更大的惊愕来看待它，它经常变暗，或者认为它比埃特纳火山爆发更加令人惊奇，能把岩石和整座山从深处掀翻，有时喷射出纯粹巨大火焰的江河……有用的和确实必需的是极为廉价的；始终都不同寻常的是它赢得了我们的惊奇。（XXXV.2-5）

因此，朗吉努斯强调情感是崇高的一种至关重要的因素的观点，并不是依赖于单纯诉诸心灵超过了抽象的推理，而是对于他的人类目的观的内在表达。这种目的远不符合对于我们在宇宙图式中有限的和恰当地位的经典认可，是要努力超越我们自己的人类本性走向神圣；而这种努力的实现借助了"不可征服的激情"的翅膀。朗吉努斯后来说，崇高把人类提升到"接近于上帝强有力的心灵"（XXXVI.1）。所有这些倾向都预见到了浪漫派；也与浪漫派一样，朗吉努斯把"令人惊奇"和崇高的地位置于高于仅仅是"有用"和"必要"的东西之上。这种在表面上简单的对立和优先次序的排列，成了明显偏离古典世界观的一种标记：虽然亚里士多德实际上规定了必然性与可能性、普遍性与特殊性，把它们作为诗歌涉足世界的基础，但朗吉努斯所倡导的恰恰背离了这样的普遍性。这种美学的前提并非对人类经验来说很重要的东西，而恰恰是逃脱了这种中心性的东西，是处于经验顶点的不同寻常的罕见之物，唯有靠天才来表现。当我们在写作中通过达到崇高而诉诸情感时，我们其实是诉诸首先把我们与我们在生活中的最高目标联系起来的东西，是通过我们自己存在的无限潜力的本质进行的确认。

的确，朗吉努斯提到过荷马、狄摩西尼和柏拉图都是"半神祇"，他们通过"与崇高的单独接触"补救了自己的其他过错，应当受到子孙后代的尊敬。朗吉努斯得出的较为折中的结论是，既然技巧上的正确要归于艺术，而卓越的高度要由天才达到，那么"适当的是，艺术始终都应当帮助自然。它们的合作会因此导致完美"（XXXVI.3-6）。

朗吉努斯接着转向了崇高最后的根源，即"词语本身在某种秩序中的安排"（XXXIX.1）。他认为，音乐性（melody）是说服力和愉悦的天然乐器；它也是达到伟大和情感的手段。他继续说，写作是"词语的一种音乐性——词语是人的本性的一部分，它们达到的不是人的耳朵，而是人真正的灵魂"，这样，演说者的真实情感就被带进了听众的心里（XXXIX.1-3）。朗吉努斯援引了狄摩西尼的两句演说词作为例子，详细解释了崇高的效果怎样由音乐性如此产生出来——依靠长短格这种"节奏中的高贵者"——就像依靠思想一样（XXXIX.4）。

在创造崇高中比别的一切更加根本的是,把一个段落中的各种要素构成或安排成一个统一的、单一的系统。朗吉努斯提倡一种艺术上的有机论(organicism),运用了后来帮助过无数作家的一种类比,即正如在人类的成员那里一样,在崇高的要素那里也是如此:"如果脱离了其他成员,没有哪个成员本身具有价值,然而,它们相互一起构成了一个完美的有机体。"(XL.1)有些短语可能在实际上是普通的或平凡的,但在合适的地方,它们也许会有助于一个段落全部的崇高(XL.3)。朗吉努斯在"削弱了意义"的"极端简明"与"直接触及要点"的"真正的简短"之间进行了区分。另一方面,冗长的段落是"没有生气的"(XLⅡ.1-2)。朗吉努斯认为,微不足道的或平凡的词语和短语也可能降低一个段落的价值(XLⅢ.1-2):"恰当的过程是要使词语适合于主体的尊严,并因此模仿自然,艺术家是自然创造的人。"(XLⅢ.5)这些对艺术的规定在19世纪晚期现实主义出现之前都没有遭到破坏。

手稿保存下来的最后部分,也许是朗吉努斯的世界观中最具启发性的,最能说明他对文学的看法如何从他对自己时代明显的否定性评价中产生出来。很多学者都告诫说,朗吉努斯整个手稿的目的是单纯地提出对风格的实际论述,他使用"崇高"这个词语仅仅是指一种高尚的或宏大的风格。虽然朗吉努斯对崇高的论述确实与其说是普遍性的,不如说是那些把它看成一个独特美学范畴的现代批评家们的观点,但是,这种论述仍然是以这样一些环境为基础的,即这些环境展现了很多与浪漫派美学背后的那些环境的重要类似之处。

如前面的很多部分一样,朗吉努斯的最后这一节是写给特伦提安努斯的,向他讲述了一个成为他们时代之特征的"问题":"在我们这个时代里,我们发现那些最终具有说服力和适合于公共生活的性质,在文学魅力中很强烈、功能很多并且尤为丰富,然而,真正崇高的和超越的性质,再也不是现在创造出来的,或者说是极为罕见地创造出来的。这样一种世界范围的缺乏文学现象困扰着我们的时代。"(XLⅣ.1-2)这个问题看来是,虽然有些作家拥有技巧上的特长,但真正伟大的或崇高的文学再也没有被创造出来。朗吉努斯声称要提供两种对这个现象的解释,第一种是他的一个熟人、一位哲学家提出的,第二种是他自己提出的。哲学家挑战了他所称的那种"陈腐的"解释,即真正的天才只有在民主制中活跃多产。相反,他似乎要提出,他那个时代的民主制已经退化成了一种"平等的奴隶制",在其中"我们似乎从童年起就要受到规训"。哲学家说,我们决不吸取"最符合规则和最成熟的文学源泉,它是自由的"。结果,他认为,我们倾向于奴性的方式和阿谀奉承。正如监牢限制和阻碍了身体的成长一样,因而所有的奴隶制虽然是平等的,"也许最好被说成是人类灵魂的囚笼,是一座公共监狱"。哲学家评论说,虽然奴隶在这样的环境中可以被授予某些才能,但"从来没有哪个奴隶成了雄辩家"(XLⅣ.3-6),因为他没有自由演说的习惯。

朗吉努斯看来反驳了这样一种解释。他把文学写作方面平庸(mediocrity)的真正根源置于"喜欢金钱,我们现在全都遭受的那种贪求无厌的毛病以及喜欢快乐"之中,这两个方面都"使我们变成了奴隶"。追逐财富因此被变成了一个"神",随之而来的是其他一些恶习:铺张浪费,狂妄自大,别出心裁,奢侈豪华,傲慢无礼,混乱无序和不知羞耻。这种过程的结果是:"人们于是再也不往上看……他们灵魂的伟大由于空虚而日渐荒芜,再也不是他们的理想,因为他们重视灵魂中那些终有一死和枯萎凋谢的部分,忽视自己不朽的灵魂的发展"。朗吉努斯问道,假若"我们已经为了获利而不惜任何代价出卖了自己的灵魂",那么,我们能够指望"对那些伟大的与持续到永远的事物还剩下一点点自由的和没有受贿的评判吗"? 最后,在一个其重要性很容易延伸到我们自己的大众消费主义的世界之中的段落里,他声称:"耗费掉现在这代人精神的是冷漠,在冷漠中,我们当中几乎只有很少人能度过自己的一生,只有使我们自己努力……为了从中得到赞扬或快乐,绝不是出自为世界行善的光荣的和值得赞美的动机。"(XLIV.6-11)有些学者,如G. E. M. 德·圣克鲁瓦(G. E. M. de Ste. Croix),已经发现朗吉努斯的回答在这些基础之上是"极为令人失望的",即它几乎忽视了哲学家实质性的评论,它只不过复述了斯多葛学派思想的老生常谈,把流行的轻浮和普遍的道德不安归因于贪欲和追求快乐。圣克鲁瓦还反驳了常规的学术设想,即在谈及从民主制向奴隶制的退化时,哲学家是指罗马共和国转变为由一个人统治的帝国。他指出,朗吉努斯的文本在这个时期的希腊语著作中很典型,它几乎专门关注希腊文学,对罗马文学没有表现出任何兴趣。这样,称元首统治制度以某种方式削弱了希腊文学是毫无意义的,因为它几乎没有受到罗马统治形式中的变化的影响。圣克鲁瓦认为,可以提出一个好得多的个案,"因为人们认为除了荷马和早期诗人之外,希腊文学的确是随着**民主制**(*demokratia*)兴起和衰落的——在最初的和严格的意义上!"换句话说,有关文学衰落的观点起源于希腊人,他们意识到了希腊文学的繁荣大多都在民主制之下。[6]

然而,在我们看来,朗吉努斯的说明中表现出来的世界观,在其价值观的系统方面相当清晰:灵魂超过了身体,不朽、持久和无私超过了易腐败、短暂和自私自利。这种世界观是斯多葛式的和柏拉图式的——甚至是新柏拉图式的——但在其重点方面也有点基督教式的。在一场现在也许遭到很多学者反对的论争中,O. B. 哈迪森很有魅力地提出,朗吉努斯的文本,如果其作者确实如某些学者声称的是普罗提诺的学生的话,那么"说明了古典晚期的新柏拉图主义美学,它似乎也激励了古典晚期的亚洲主义(Asianism)"。有关这个推论的有趣之处在于哈迪森相关的洞见,即这种亚洲主义是这个时期里最接近为艺术而艺术理论的,它不仅采取了文学的形式,也是"表现辞藻技巧的演说术开出的花朵"。[7]走向艺术的自主性(artistic autonomy)的这种趋势,受到了修辞学理论而非诗学理论的激励。

无论我们是接受还是反对哈迪森的洞见,朗吉努斯的世界观与浪漫派的世界观之间的相似之处都是很明显的。此外,如果我们认为朗吉努斯的影响是在一种宽泛的"美学"方向上转向了相对的艺术自主的概念的话,那么,我们就可以看出,古典主义与浪漫主义之间的论争不仅从18世纪到20世纪就早已耗尽了,而且在希腊化世界本身之中和罗马帝国早期也已耗尽了(正如维吉尔史诗中斯多葛的、道德的和教诲的趋向与奥维德诗歌更加审美的和个人主义的味道的对比那样)。确实,朗吉努斯对于他那个世界缺乏崇高的解释,明显接近于雪莱对现代资本主义世界的谴责,在那个世界里,实用与获利的原则同诗歌的无私原则是对立的。我们在这里发现,由于我们可以根据一部不完整的手稿来判断,所以朗吉努斯要求解释崇高的真实动机,以及他强调情感是实现我们更高本质的途径而不是单纯的理性,如雪莱的观点那样,都被限制在实用主义利益的领域之内。

按照上面勾勒的语境,朗吉努斯对崇高的专注也许可以被认为是要求精神上的重新定位,即从理性和单纯的技术能力[它们本身反映了唯物主义(materialism)和实用主义的思想],转向承认人类天性中更深刻和更本真的性情,通过它对情感和想象的发挥,把它们本身看成并非孤立的,而是更大的和神圣的图式的一部分。这种要求在各个文学时期以各种伪装被无穷无尽地重复。由朗吉努斯提出的这些主题,以及他论述它们的大多数方式,都持续到了我们自己的时代,延伸到了文学、政治学、法律和媒介领域中:诗歌或真的散文可以在情感上使听众狂喜而不只是说服的观点;有机统一和总体性的观点;模仿的本质;理性与想象、理性与情感、美与功利、艺术与天才、艺术与自然之间的关系;最为重要的是,对语言之力量的承认——以思想的伟大和熟练运用样式为基础——为了达到崇高,由此改变我们对世界的感知。

注释

[1] Aristotle:*Poetics*;Longinus:*On the Sublime*;Demetrius:*On Style*, trans. Stephen Halliwell, W. Hamilton Fyfe, Doreen C. Innes, and W. Rhys Roberts (Cambridge, MA and London:Harvard University Press/Heinemann, 1996), I.1. 下文引用都使用这一文本。

[2] 这个词指不适当运用"手杖"(thyrsus)。这手杖是希腊酒神狄俄尼索斯及其信徒所携带的权杖,由芦苇做成,顶端经常带有一个松果做成的尖头。"Parenthyrson"因此隐喻地指假装狄俄尼索斯式的癫狂。

[3] 例证引自《奥德赛》第十一卷,埃阿斯在地狱里见到奥德修斯,拒绝说话,仍然怀恨把死去的阿喀琉斯的武器奖赏给奥德修斯,这一举动促使了埃阿斯自杀。朗吉努斯提出,这种沉默"比一切言说都要崇高"。

[4] 手稿在这里往下的两页遗失了。

[5] 四页手稿在这里遗失了;在文本再次开始时,朗吉努斯谈到了隐喻。

[6] G. E. M. de Ste. Croix, *The Class Struggle in the Ancient Greek World* (Ithaca and New York:Cornell University Press, 1981), pp. 324–325.

[7] "Introduction," in *MLC*, 10.

第七章　新柏拉图主义

新柏拉图主义哲学在公元 3 世纪和 4 世纪期间占主导地位。它从犹太人斐洛的学说中得到过某种灵感,由普罗提诺、叙利亚哲学家波菲利和普罗克洛斯加以系统的发展。与"第二智者派"的修辞学家们一样,新柏拉图主义者对古典作者怀有最崇高的敬意;事实上,敬重的程度如此之高,以致他们试图弥合柏拉图和亚里士多德等各种各样的古典作者之间的矛盾,也试图弥合哲学与诗歌之间的矛盾;他们尤其想使柏拉图的诗歌理论同荷马以及其他诗人的诗歌实践重新达成和解。他们达到这一目的的根本方法是,通过寓言式和象征式的解释方法,为中世纪基督教的寓言和话语概念开辟道路,那些寓言和话语把物质世界看成对更高世界的固有象征。拉丁语作家马克罗比乌斯,正是他把解释艺术方面的这些实质上希腊的成就传承到了中世纪(CHLC,V.Ⅰ,298)。从文学批评的观点来看,新柏拉图主义者的伟大成就在于,试图为从前斯多葛学派的努力提供一种形而上学的框架,这种努力就是要捍卫荷马和其他诗人,使他们免于受到最初由柏拉图及其追随者们所提出的指责。在这种意义上,新柏拉图主义者重新阐述了柏拉图的形而上学的框架,以便为艺术恢复名誉,并使它们达成和解。在这里要考察的三个重要代表人物是普罗提诺、马克罗比乌斯和波伊提乌。

普罗提诺(公元 204/5—270 年)

公元 3 世纪的哲学家普罗提诺在不同时期被学者们认为是古代最伟大的形而上学学者、新柏拉图主义的奠基人和对基督教思想产生了最深刻影响的人物。新柏拉图主义哲学接受了柏拉图的理念,即终极的真实存在于另一个世界里,存在于一个超验的和精神的领域,物质世界从中获得了自身的存在和意义。然而,柏拉图的体系即便没有被彻底改变,也在很大程度上被修改了,披上了新柏拉图主义的外衣。普罗提诺的哲学产生了巨大的影响,按照其神学的和神秘主义的组成部分,这种影响从奥古斯丁、马克罗比乌斯、波伊提乌和中世纪基督教的柏拉图主义(Christian Platonism)开始,经过意大利文艺复兴时期的人文主义、17 世纪的"剑桥柏拉图学派"和浪漫派诗人,一直延伸到现代的思想家和批评家,如威廉·詹姆斯(William James)、亨利·柏格森(Henri Bergson)、A. N. 怀特海和哈罗德·布鲁姆。

普罗提诺的生平主要是由他的信徒、希腊哲学家波菲利记录下来的,他也编辑了普罗提诺的著作。普罗提诺出生于上埃及的里科普里斯(Lycopolis)[据希腊智者欧纳皮奥斯(Eunapius)的看法]。尽管他有罗马人的姓名,但他的文化背景看起来是希腊的,而且他用希腊语写作。他在亚历山大城的柏拉图主义者阿摩尼乌斯·萨卡斯(Ammonius Saccas)门下研究哲学;他也谙熟犹太哲学家斐洛的著作,不仅受到柏拉图和亚里士多德的影响,也受到斯多葛主义、"诺斯替教"(Gnosticism)和"新毕达哥拉斯学派"(Neo-Pythagoreans)的影响,还受到东方神秘主义教派的影响。他对波斯哲学和印度哲学的兴趣,促使他参加了戈尔狄安皇帝(emperor Gordian)反抗波斯人的远征,这次远征在皇帝被谋杀之后夭折。公元244年,普罗提诺在罗马建立了一所哲学学校,他在那里试图说服加列努斯皇帝(emperor Gallienus)在坎帕尼亚①创建一座以柏拉图的《理想国》的原理为基础的城市,但失败了。普罗提诺去世后,他的教义由其信徒波菲利和扬布利科斯所继承;该教义作为一种独立哲学的最终伟大表现,是在普罗克洛斯(411—485年)的著作之中,此后它被合并到了基督教里,进入教父们(Church Fathers)的著作和基督教神秘主义的著作中。[1]

普罗提诺的哲学论述直接出自其教义。他去世时,留下了54篇这样的论著,它们都被波菲利汇编在"九章集"(*Enneads*)这个标题之下。希腊语的 *ennea* 这个词意思是"九",波菲利把文本编排为六部《九章集》,即每一部各自包含九篇论文的六个系列。普罗提诺认为,他的著作在实质上是对柏拉图的理念的评论与讲解,因此,他在无意之中形成了一个新柏拉图主义的新派别或运动。虽然他基本上接受了柏拉图把世界划分成更高的永恒"形式"的可以理解的领域,以及在时间中和变化着的更低的可以感觉的世界,但使他的图式有别于柏拉图之图式的,是他阐明了一个更加精致的真实层次的等级,以及他对这些不同层次之间关系的解释。他的图式可以做如下表达:

太一(the One)

具体体现:统一/真理/起源/善

实质和存在的根源

永恒	**行动/言说**	
	神圣心灵(Divine Mind):掌管	
	理智领域	
"彼在"	**行动/言说**	
	内在	灵魂
	万有灵魂/世界灵魂(World-Soul)/伟大灵魂	人类
	外在(自然原理)	身体
"此在"	物质世界,感觉,时间	

---

① 坎帕尼亚(Campania):意大利一个行政区的名称。

按照普罗提诺的看法,存在的所有不同阶段都发源于神性,一切事物的目的最终都要回归于神性。真实基本上被划分为永恒精神和理智领域(它包含"太一""理智领域"和"万有灵魂"),以及物质、感觉、空间和时间的自然领域。人类属于这两个世界:他们的灵魂属于更高的"万有灵魂"的领域,而他们的身体则占据了物质、感觉与延伸着的空间和时间的世界。哲学的任务是要推动灵魂超越自然领域,上升到理智的直觉,最终达到对"太一"的心醉神迷与神秘结合。

在普罗提诺的体系之中,神性本身是一种有等级的三个组合,表现在三个原则或"本质"(hypostases)之中:"太一","神圣心灵"或"智慧","万有灵魂"。"太一"也可以用"绝对""善"或"上帝"这些词语来表示。从这个"太一"发散出"神圣心灵",它掌管着"神圣思想"或"智慧"(这个智慧领域相当于柏拉图的永恒"理念"或"形式")。这种"神圣智慧"(Divine Intelligence)包含了一切特殊的智慧,而这个领域中的智慧形式是存在于更低的感觉领域里的一切智慧的原型。此外,"神圣智慧"是"太一"的表现,而"太一"仅凭理慧或理性是不可认识的。从"神圣心灵"发散出"万有灵魂"或一切事物的"灵魂"。"万有灵魂"有三个阶段:理慧灵魂,它要沉思理慧领域的"神圣思想";"推理灵魂",它按照智慧领域中的原型模式产生出感性世界;"非推理的灵魂",它是动物生命的原则。在这方面,"万有灵魂"形成并安排了物质世界。

可以看出,这些阶段或层次中的每一个都存在于两种关系之中,这两种关系指向比本身更高的关系和更低的关系。只有第一个阶段,即"太一"的阶段,才与前述的任何阶段都没有关系,因为它是其他阶段的绝对原因。与柏拉图不同,普罗提诺并不认为这些关系是模仿;相反,每个阶段都是前面阶段的一种"发散",把后面阶段的原型印记作为目标保留下来,它在自身走向最终与"太一"重新结合的道路上,必须回归那个目标或与其一致。

因而,"灵魂"具有一种中介的功能,一方面要返回去凝视自身在"神圣心灵"中的根源,另一方面,要产生在它之下的一切生命。普罗提诺把"灵魂"描述为"一切有生命之物的创造者……无论由土地和大海所养育的是什么,全部都是上天的造物,神在上天如星辰照耀;它是太阳的创造者;它本身形成并安排了这巨大的天空,指引着它的一切有节奏的运动"。这样,"灵魂"就"远比任何肉身之物更加值得敬重"(Enneads, V.i.2)。他解释说,这种"伟大灵魂"或万有灵魂"与"神圣心灵"之间的联系如下:"'灵魂'不过是一种形象和'神圣心灵'的话语,生命的河流被它向前推进到创造更多的存在……源于'神圣心灵'的'灵魂'也是智慧的;为了它的完美,它必须凝望那'神圣心灵','神圣心灵'可以被认为是一位注视着自己孩子的父亲。"普罗提诺认为,"灵魂"在其"较高层面"上与"神圣心灵"结合在一起,"分享它的性质,但在较低层面上,与下界相联系"(Enneads, V.i.3)。因此,"灵魂"是由"神圣心灵"的"话语"创造的,这两个层面的特征被刻画为父亲与孩子的关系。

普罗提诺用另一种方式,即根据智慧与感觉,解释了灵魂的这种中介功能。他说,如果我们看看感觉世界,看到它的"巨大和美,还有……秩序",我们就可能上升到这个世界的"原型",即智慧领域更加本真的领域,"完美的认识"在那里创造出思想。掌管着这个领域的是包含了"难以接近之智慧"的"神圣心灵"(Enneads, V.i.4)。普罗提诺认为,"灵魂"具有一个"内在阶段,即倾向于'神圣心灵'的意图,以及一个外在阶段,即面向外部。通过对"神圣心灵"的凝视(它的内在阶段),它保持了一种与其根源的相似性;通过其外在阶段,它参与"行动和再创造……因此,它的一切创造都带着'神圣智慧'的踪迹"。换言之,灵魂的一切创造——作为发散和形象——都是按照智慧领域的原型塑造出来的(Enneads,V.iii.5)。

与"灵魂"的领域一样,"神圣心灵"的领域是永恒的。普罗提诺把它描述为"永恒实在之中的纯粹存在;没有哪个地方有什么未来,因为每个那时都是一种现在;也没有任何过去,因为那里没有任何东西不再存在"(Enneads,V.i.4)。这个理智领域相当于柏拉图的永恒"形式"。然而,普罗提诺认为,既然这个领域是多样性的领域,既然它包含了多种原型和思想实质,那么,它就一定在某个"一"之中有其根源,在某个绝对"统一"之中有其根源(Enneads,V.i.5)。因此,"神圣心灵"——理智领域——本身就是"最高的一"的一种发散:正如"灵魂"是"'神圣心灵'的一种行动和话语"一样,因而"神圣心灵"也"是'太一'的行动和话语"(Enneads,V.i.6)。

那么,普罗提诺赋予这种"太一"的绝对统治权是什么呢?它的属性也许可以划归在统一和现存、真理与善的名目之下。它最直接的属性就是绝对的统一:它就是"'超越万有'、绝对没有多样性",而且独立于别的一切;其他实体获得的统一与它们接近统一是成比例的。它是绝对的开端(Enneads,V.iii.15-16)。它是"来自生命和理智据以展开的力量",它是"实质和存在的根源"(Enneads,V.v.10-11)。它不可分割,也不受制于空间和时间(Enneads,V.i.11)。它是无限的,没有任何限定,没有任何限度;它超越了一切存在(Enneads,V.v.6)。它不会变化,它没有任何组成部分,没有模式,没有形状(Enneads,V.v.10-11)。普罗提诺就"太一"的"在场"(presence)所说的话,也许超过其他一切哲学而说明了德里达后来赋予这个词语的意义。"太一"是"无所不在的;与此同时,它不是在场,不受任何事物的限制;然而,由于彻底独立,在任何时刻都不受在场的约束"。确实,"太一"的在场是"一种在任何地方即刻的在场,不包含任何事物,没有留下任何空间,因而一切都由'他'掌握着"(Enneads,V.v.9)。这样,实际上,"太一"就成了一种绝对的和直接的在场,它包含和囊括了其他一切在场;它是原型的在场,与被规定的其他一切在场(其他实体)有关。

根据认识和真理,普罗提诺声称,"整个'理智秩序'可以被认为是一种光明,是作为其'君主'的'太一'处于顶点所带来的……但是,作为超越性理智的'太一'超越了认识。'太一'真实地超越了所有的陈述"(Enneads,V.iii.12-13)。因此,"太一"处在一切推理性的认识之上,超越了理性的范围;它只能部分地被那些"具有神性"的人们所把握(Enneads,V.iii.14)。此外,"太一"所沉思的对象并非外在的:"它看见了'自身'",它在自我认识中理解了一切事物(Enneads,V.iii.8),成了"真理之王"(Enneads,V.v.3)。

在体现了绝对统一、在场和真理的同时,"太一"同样也体现了绝对的善。它是主要的善,宇宙中一切事物的存在都要指向这种善;事物在拥有更大的善之时,相应地会超过其他事物,同样也会拥有更加本真的存在(Enneads,V.v.9)。"太一"体现了一种"绝对和独特的'善',这种'善'……是纯粹的,超越一切的,是一切的'原因'"(Enneads,V.v.13)。

人类怎样理解"太一"呢?普罗提诺认为,我们必须"撇开感觉系统,以及欲望和冲动"(Enneads,V.iii.9),为的是使我们自己适应"太一"的洞察力,以一种"完全沉浸"的态度,使我们能够"在那种'在场'的光明中"闪现(Enneads,V.v.8)。因此,普罗提诺的体系是按这些关系来表达的,即它们可以用一种非常直接的方式使我们自己适应后来的解构策略:"太一"明显是一种"超越性的所指",它授予了整个体系权威——它是绝对的根源和人类生活的目标;它体现了绝对真理和善;它的在场不仅是普遍存在的,而且是无所不包的,预先把人类的一切努力和历史限定在了它绝对的认识论和道德权威的包围之内。这种包围受到无限与有限、永恒与短暂、理智与感觉、灵魂与身体之间尖锐对立的影响。此外,真实性等级中的每个阶段都是由言说、话语造成的。在某种真实的意义上,普罗提诺的思想也许最好被看成显示和阐明了柏拉图观点的特征,无意中为它的观点后来与基督教神学至关重要的大量综合做好了准备。

普罗提诺对艺术和美的看法,必须在上面概述的哲学和神学体系的语境中加以理解。普罗提诺在《九章集》的两个部分中论述了美的概念,即第一部的第六篇和第五部的第八节,标题为"论理智的美"。在这里可以先考虑较为全面的后一篇文章;它把艺术、美、模仿和认识的本质与功能置于一种深刻阐述过的哲学和神学观之内。这篇很有影响的论文,实际上为中世纪几个世纪的基督教关于美以及美与上帝及存在的整个领域之关系的思想奠定了基础;之所以如此,部分依靠颠覆柏拉图对艺术和模仿的看法,或者确切地说,依靠把柏拉图本人的"形式"理论的逻辑推进到对于真实性各个层次之联系的更加有条理的说明,这种说明的全面性足以合法地解决而不是排斥艺术的价值。

普罗提诺在这篇文章里确立的第一个要点是,美是理想的;换言之,它在实质上属于理念的领域,而不属于感性、物质对象的领域。他举了两块石头的例子,一块石头被艺术家的双手塑造成了一尊雕像,另一块未被艺术触动过。普罗提诺认为,前者的美不是作为石头(即不是作为物质),而是"借助了由艺术引入的'形式'或'理念'"。这种形式在进入石头之前存在于艺术家心里。实际上,在设计者的心里,美以一种更高的形式存在着,因为它"被集中成了统一体",超过了它进入物质时带来的扩散。艺术凭借一种理念创造事物,而那种理念早已具有了美的对象。普罗提诺把这种理念叫作"理由律"(Reason-Principle)(*Enneads*, V.viii. 1)。这种理念在其纯粹形式之中比它与物质结合在一起更加美。的确,美只有在作为一种理念时,才可能进入心灵。因此,美并不存在于具体的对象中,而存在于"灵魂或心灵"之中(*Enneads*, V.viii. 2)。

普罗提诺这时解释了美的根源,参照了他的宇宙哲学的等级。他认为,创造美的事物的"自然"本身,必须由一个"更早的美"产生出来。"自然律"(Nature-Principle,它存在于"万有灵魂"的层次之下)包含在"在物质形式中发现的美的一种理念原型之中"。但是,这种原型本身在"灵魂"的一种依然更美的原型里具有其根源。然后,这种原型在"理智律"(Intellectual-Principle)、纯粹理智的"形式"领域里具有其根源。普罗提诺用于这种理智领域的词语是"彼在"(There)。他把感性领域指定为"此在"(Here)(*Enneads*, V.viii. 3)。普罗提诺认为"彼在"的领域是由"诸神"居住的,他有点形而上学地使用"诸神"这个词语来指神圣的秩序,或者是某种高贵的存在,他们负责照顾最高的上帝。[2] 理智领域里的"诸神"或居住者的美,不是由于他们的肉体形式,而是由于他们的智力。在这个本真的、永恒存在的、没有过程和形成的领域里,一切都是清楚和透明的:"一切存在对其他存在来说都是明晰的……它们中的每一个都在自身之中包含了一切,与此同时在其他一切存在中又看见了一切,这样,每个地方都有一切……虽然存在以某种方式在每一个之中都占主导地位,但一切都在每个他者之中反映出来。"那个世界的一切存在都参与了"对一种无限的自我的沉思"(Enneads, V.viii. 4)。普罗提诺认为,神圣领域里的很多神祇"在力量方面都是独特的,但又都是一个神,因为那是一种神圣力量的很多面相……这是一个成了一切神的上帝"(Enneads, V.viii. 9)。那个领域里的智慧"不是靠推理建立起来的智慧,而是从一开始就是完美的……是一种原初的、非借来的智慧,不是某种附加在'存在'之上的东西,而是其真正的实质"(Enneads, V.viii. 4)。因此,"彼在"的世界或理智领域是一个完美的、统一的世界,那里的一切存在都融入了一种无限神圣的同一性之中。此外,智慧的系统也是一个统一体,是完整的、自我封闭的,担当了后来一切智慧的衡量尺度。普罗提诺预见到了阿奎那的观点,提出知识或智慧不是某种与存在无关的东西,它是存在的真正实质的一部分。他甚至把真实性界定为智慧:"'存在'是'真实的',因为它的根源在智慧之中。"因而,那个领域里的知识不是杂乱无章的;它不是用语言来表达的;它存在的"'彼在'不是刻写,而是本真的存在"。像柏拉图一样,他认为"理念"或"形式"是真实的存在或在(Enneads, V.viii. 5)。像古代埃及的象形文字一样,理智领域里的知识和智慧的每一种表现,"都是一种独特的形象,它本身就是一个对象,一种直接的统一体,不是一种论证推理的集合体"。普罗提诺把这叫作"统一体中的智慧"(Enneads, V.viii. 6)。

在"此在"的世界、感性的世界里,情况全然不同。一切都是"不完整的",包括我们的知识,它作为"一堆法则和一堆命题"而存在着(Enneads, V.viii. 4)。我们所拥有的这种智慧,只不过是原初"统一体中的智慧"的影像,这种影像以散乱的形式,运用语言和推理再造了原初的影像(Enneads, V.viii. 6)。这种局限性的一个例外在艺术之中:艺术家返回到"'自然'之中的那种智慧,它体现在艺术家自己身上;这不是一种由各种法则建立起来的智慧,而是由一种总体性建立起来的,不是一种由多种细节搭配成一个统一体构成的智慧,而是由一种设计出细节的统一体构成的智慧"(Enneads, V.viii. 5)。因此,按照普罗提诺的观点,艺术家似乎比哲学家或科学家具有一种更加直接的接近早期智慧的直觉。他的观点从一种直接的统一体开始,再扩大到理解越来越多的细节,而哲学家的认识则是累积起来的,从细节或部分开始,然后达到一种总体性。

确实,按照普罗提诺的观点,整个宇宙都是以这种"艺术的"方式创造出来的:它不可能一步一步地详细思考出来和建构起来。相反,它的存在和本质"要靠超越自身而达到……一切事物一定存在于别的事物之中"。换言之,整个宇宙是预先存在的世界的摹本或影像:"存在的总和产生于神界,在更大的美之中。"(Enneads, V.viii. 7)神界的美之所以更大,是因为它以一种纯粹的形式存在着,没有与物质混合。根据这种创世说(creation accounts),一切可能存在于我们的感性世界里的东西,都早已作为一种原型存在于"形式"的领域之中:普罗提诺认为,"从开始到结尾,一切都由'理智领域的形式'所把握"(Enneads, V.viii. 7)。就连物质也是一种"理念",虽然它是理念的最低层次。因此,全部宇宙在实质上都是理念的:它的真实性不在其物质性方面,而在其所有物质形式之下的原型理念方面,其创造中的关键要素是"存在与理念"(Enneads, V.viii. 7)。

因而,尘世之美源于神界的完美。我们将再次在阿奎那和中世纪的思想家那里发现这种美的概念,对我们来说它最初难以把握,因为在我们的世界里,我们习惯于通过自己的感官来感知美。在普罗提诺的体系里,感知美不完全是靠感官,而是靠理智,这是他与柏拉图的艺术观和诗歌观之分歧的基础之一。他实际上从柏拉图的《蒂迈欧》中援引了一个判断,即上帝一旦创造了宇宙,就认可了自己的作品。对普罗提诺来说,美在把人类灵魂引向更高领域的真理方面起着重要作用。他认为,上帝的意图是"要使我们感到原型和'神圣理念'可爱的美"(*Enneads*, V.viii.8)。因此,虽然柏拉图认为诗歌诉诸人类较低等的本质、欲望和激情,但普罗提诺在艺术中看出了一种接近神界的方式,其基础是艺术再造了那个世界的美,感官和激情无法辨别那种美,而要靠理智。

普罗提诺与柏拉图之分歧的另一个关键方面是,他坚持认为理智与感性这两个领域之间存在一种连续性的逻辑:按照普罗提诺的观点,柏拉图贬低感性世界没有意义,因为这个世界产生于更高的领域,并且是根据它的原型塑造出来的。柏拉图把"模仿"等同于本体论和认识论上的低等,而普罗提诺则强调了与模仿所体现的本源的连续性:他认为,"赞美一种表现,就是要赞美它据以创造的本源"。此外,感性世界里不存在任何固有的缺点,它本身就是美的:"倘若神不存在,在一种超越一切思想的美中不存在超越性的美,那么,有什么能比我们看见的事物更可爱的呢?肯定地说,只有除了这个世界不是'那个'世界之外,不可能恰当地对它提出任何指责。"(*Enneads*, V.viii.8)因此,感性世界只有在与理智比较时才显得有缺陷;但是,出于同样的原因,它根据自身的能力和在那种等级中适当的地位,表现了那个更高世界的美,并使之永存。普罗提诺认为,这个"第二'宇宙'[即我们人类的世界]在各种程度上都复制了那原型:它在复制中具有生命和存在……在其形象的个性中,它也保持了那种神圣的永恒"(*Enneads*, V.viii.12)。这些说明极其重要:"复制中的生命和存在"——普罗提诺把一种独立功能和价值归于模仿、复制、反映。柏拉图把艺术所提供的形象当成对其原物的单纯形容,而普罗提诺则认为形象本身是有价值的,是真实性的另一个层次,它使它所具有的那些神圣理念或本原的踪迹永恒。柏拉图会把一匹马的画像仅仅看成一种关系,与一匹真实的马有关系。普罗提诺则看出了绘画本身、形象中的价值和功能,它在某些方面可能会高于自然对象。正如普罗提诺说明的,柏拉图"没有看出,只要'至高无上'发出光,它的结果就不可能没有光"(*Enneads*, V.viii.12)。因此,反映和复制是加强和延续神圣理念的方式,而不是对它们不完美地背叛和扭曲。在这里,我们看到了中世纪基督教美的概念的根源,即把美归因于上帝创造的完整性。此外,柏拉图认为艺术是对自然的模仿,而自然本身则是对永恒"形式"的模仿,与此相反,普罗提诺坚持认为,艺术并不涉及对自然中的事物赤裸裸的复制,而是返回到"'自然'本身由其产生的'理由律'……它们是美的拥有者,增加了自然所缺乏之物"(*Enneads*, V.viii.1)。因此,柏拉图认为艺术模仿的是早已成为模仿(永恒"形式")之物,而普罗提诺则认为艺术直接模仿"形式"本身,具有哲学的论证推理难以达到的一种直接性。

普罗提诺还以另一种方式赋予美的概念优先性。正如他把智慧界定为存在之实质的一部分那样,他把美也囊括在那种实质之内:"没有'存在'的'美'不可能存在,'存在'不可能避开'美':抛弃了'美','存在'就丧失了其实质的某种东西。'存在'是令人渴望的,因为它与'美'是同一的。"(*Enneads*, V.viii.9)因此,像智慧一样,美并非外在地为存在增加的一种属性:事物只有到它们拥有美和智慧的程度,才具备存在。把存在的核心或实质理解为内在地负载着对这样的美和智慧的断定,将主导中世纪的思想:创造,作为上帝的手艺,在本质上是美的,是对他的智慧的一种内在表现。确实,对普罗提诺来说,"一切观看的最终对象",或者我们沉思的终极目标,是"有关一切事物的完整的美"(Enneads, V.viii. 10)。这里的"美"再次成了一个远比它在我们的世界里更加丰富的词语:它可以由理智辨别,在很多层面上包含了秩序、比例(proportion)和世界的完美,包括了认识和善的层面,也许可以认为,它容纳了美学的各个维度。

普罗提诺结束其文章时用了一个段落,它也许是一位哲学家曾经书写过的最美和最有洞见的段落之一。对美的感知不是一种被动的行为,不是凝望一个外在于观看者的美的对象。普罗提诺认为,如果我们对美的感知仅仅是部分的和感性的,那么,"受到重视的只是直接印象",我们就仍然是被动的观看者。然而,如果我们的灵魂"被这种美所渗透",那么,我们就不可能仍然是单纯的凝望者、单纯的观众:"必须把洞察力带进来,不再以那种分隔的方式来看,而是像我们认识自己那样。"(Enneads, V.viii. 10)例如,倘若我们要追求一种上帝的洞察力,那么,我们就必须在自身之中发现那种洞察力。普罗提诺提供了一种对与上帝神秘结合的说明,这种说明为后来的基督教和伊斯兰教神秘主义所分享,确实对它们产生过影响。如果我们使自己服从于上帝的洞察力,我们就将丧失自我,就不能发现自己的形象;受上帝的支配,我们将发现自己的形象"被提升到一个更美的程度";更进一步,我们将"沉浸在一种完全的自我认同之中",形成"与上帝沉默之存在的多重统一"(Enneads, V.viii. 11)。因此,这种上升到与上帝结合的第一个阶段就是分离,我们在其中意识到自我的一种状态;但是,如果我们脱离感性和欲望,我们就成了"'神'的一部分":我们不是一直处于分离、单纯旁观或观看的状态,我们自己成了"被看的",成了我们自己的洞察力或自我认识的对象。因此,要真正认识美,就是要**成为**它:我们必须让自己拒绝信赖感觉或视力,它们"涉及外在"。普罗提诺认为,不可能有对于美的洞察力,"除非在与对象认同的意义之上……这种认同相当于一种自我认识,一种自我意识(self-consciousness)"。当我们最完全地与我们的认识对象认同之时,我们就"最完全地意识到了我们自己"(Enneads, V.viii. 11)。在这些段落里,普罗提诺不仅预见到了东方和西方神秘主义的很多形式,也预见到了康德和黑格尔这一类认为一切意识都是自我意识的思想家们的哲学。对普罗提诺来说,认识——认识美或别的任何事物——是一种相互作用的形式,一种统一的而非分离的方式,一种将对象内在化并被它改变的方式,一个自我与对象相互适应的过程,在融合起来的认同中,一个迷失在另一个之中。

普罗提诺把希腊的诸神乌拉诺斯、克洛诺斯和宙斯分别等同于"太一""理智律"和"万有灵魂"。在这种神话学的解释中,克洛诺斯占有一个中间地位,处于"伟大的上帝"(乌拉诺斯)与"下等的儿子"(宙斯)之间。这里有趣的是,普罗提诺评论说,"父亲"或"太一""过于高高在上,以致无法在'美'的名目之下来思考",因此,正是"次要的上帝"或克洛诺斯,"仍然是主要的美"(Enneads, V.viii. 13)。换句话说,原初的美在普罗提诺的体系里不属于"太一",而属于理智的领域。普罗提诺认为,我们"自己拥有美是在我们对自己的存在来说是真实的时候……我们的自我认识……是我们自己的美"(Enneads, V.viii. 13)。对我们的存在来说的真理,在于承认我们的目的是要回归到神,回归到与绝对的"统一"的统一,在于放弃感觉世界的多重诱惑。这有助于进一步解释普罗提诺把认识看成与我们的对象认同:我们通过对象认识自己,后者成了我们自我认识的形式,在这样的自我认识中,我们不仅感知到外在的美,也成为美,使它变成我们的真正存在。柏拉图使艺术和诗歌远离认识,普罗提诺则认为,认识与美之间的一种内在联系是对于存在的断言,它们中的每一个都由此塑造出另一个;因此,美获得了一种提升了的重要性,这种重要性接着构成了艺术之意义的基础。

《九章集》第一部里的一篇叫作"美"的文章,在文艺复兴期间对艺术家们产生了引人注目的影响。普罗提诺在其中用相似的术语讨论了美的概念,但观点略有不同,即认为灵魂力图理解真正的美。他承认,在我们的普通生活中,美主要让它自身吸引感官,吸引视觉和听觉;他认为,也有一种美,存在于生活的高尚行为和对理智的追求之中,并存在于"源于'灵魂'的一切"之中(Enneads, I.vi.1)。他断言,那些各种美的形式之下存在着一个法则,这个法则被来自它先前的、非肉体存在的灵魂铭记着。他认为,"灵魂包含了一种特别专注于美的能力",这种能力能够使它根据灵魂本身早期与最高存在的联系,确切地认可美(Enneads, I.vi.2)。与在另一篇文章中一样,普罗提诺坚持认为,所有尘世的美都源于理想的"形式"。有趣的是,他附带地把美解释为根据多样性而形成的统一体,这种观点在中世纪产生了深刻的影响。他提出,一切无形的物质,如果不是按照以理性为基础的理想"形式"模仿和构造的,都是丑的,因为它们"脱离了'神的思想'"。但是,在理想"形式"起作用的地方,它就会聚集起来,把"各部分的差异"协调成一个统一体:"它把混乱无序聚集起来变成协调一致;它使这种总和变成一种和谐的一致性;因为'理念'是一个统一体,就可能出现的多样性而言,它所塑造出来的东西必须达到统一。"正是根据这种统一,"美使自身获得了特殊地位"(Enneads, I.vi.2)。因此,美不仅在本质上与秩序和统一密切联系在一起,而且统一本身也是神的一个特征,是等级制的最高领域的一个特征;在那个等级制中下降得越低,存在就越会跨越出去变成多样性。因而,对普罗提诺来说,正如对很多追随其道路的中世纪的思想家们来说一样,上升到上帝、善、真和美,实际上就是逃脱尘世的多样性的束缚,回归到统一产生的根源。因此,一切美之下的"法则",都是一种"其努力旨在支配物质,使模式形成"的法则(Enneads, I.vi.3)。它是一种秩序和统一的法则。

普罗提诺文章中的其他部分专门讨论了灵魂得以呈现于对美的感知中的手段。他提醒我们说,有一些"较早的和较高的美",超过了在感觉世界中感知到的美,但只有"灵魂才发现和表明了它们"。确实,只有灵魂才可能理解高尚的行为、美德和学问的美(Enneads, I.vi.4)。但是,就灵魂要获得对最高之美的洞察力而言,它必须拒绝身体、一切物质追求和欲望,以及在其"真正的自我"之内的生活。为了达到其本真的自我,它必须排除一切"内在的不和谐",化解其由于同物质世界的交往而形成的"异己的本质"(Enneads, I.vi.5)。在这条向上的道路之上的灵魂,不得不"放弃各个王国和对大地、海洋、天空的控制"(Enneads, I.vi.7)。当灵魂因此变得纯净时,它就是由"所有'理念'和'理性'"构成的,"理智和源于理智的一切,都是灵魂的美"。的确,在形成善和美的事物的过程中,灵魂变得像上帝一样,"因为'存在'中的一切美和对美的分享,都来自'神'。我们甚至可以说,'美'就是'本真的存在'"(Enneads, I.vi.6)。正如在另一篇文章中那样,普罗提诺把美等同于真实的存在,并解释说,灵魂从"神圣心灵"那里获得自身的美;接着,灵魂成了"在感觉世界里发现的美的创造者"(Enneads,Ⅰ.vi.6)。

要上升到产生美的根源,灵魂就必须向内退缩,回到它本身,放弃尘世的感性观看方式,看出尘世之美都是"摹本、遗迹、影子"。普罗提诺认为,灵魂的旅程是要去到故土:"'故土'就是我们来自的'彼在'的根源,'彼在'就是'神父'。"(Enneads,Ⅰ.vi.8)要开始这个旅程,灵魂就必须在自身之中唤醒自己的洞察力,完善自身,直到它达到一种"内在的统一",忠实于它的"实质性的本质"。普罗提诺认为,在这个问题上,"你现在要变得真正具有洞察力"。换言之,整个灵魂必须只变成洞察力,使自身沉湎于所寻求之物,在上帝那里获得其本真的自我。正如在另一篇文章中一样,普罗提诺要求,主体与客体、认识者和被认识者,都应该成为一体,因而,他在这里提出,灵魂本身必须变得与其洞察对象一样具有相同的本质:"除非首先变得像太阳一样,否则眼睛就绝不会看见太阳,除非自身成为美的,否则灵魂就绝不可能洞察到'最高的美'。"(Enneads,Ⅰ.vi.9)洞察力的最终对象,同样可以叫作美、善或真,当然也是上帝,走向上帝的旅程必须在与其他一切隔绝之中进行:"他在自己的每一次孤独中,都将领悟到那种独处的'存在''分离''单纯''纯粹',一切事物都要依赖的'那个',一切都要期待的'那个','生命之源','理智'和'存在'的'根源'。"(Enneads,Ⅰ.vi.7)因此,在普罗提诺的体系里,上帝在每个层面上都确定了人生整个旅程的范围:如开始和结束,如认同真、善、美,如这三者所断言的存在的真正建构。这种远离了我们的美的概念,是宇宙秩序和统一必要的组成部分,是有限造物与"神"的关系的必要部分。

显然,普罗提诺对诗歌和艺术的复原,是由他对柏拉图的形而上学和美学错综复杂的重新阐述所激发来的。他的追随者们延续了这项形而上学的和批判的事业。波菲利运用一种寓言式的方式重新解释了《奥德赛》对伊萨卡岛上仙女洞的描述,那种方式挑战了一切象征式的一对一的解释。唐纳德·拉塞尔评论说,这种"对意义分歧的宽容"在古典批评家中非常"不同寻常",在新柏拉图主义的世界观中很典型,支配着它的是这一看法,即"在宇宙等级的各个舞台和层面上,一切都象征着别的某种东西,或者说象征着几种不同的东西"(CHLC,V.Ⅰ,325)。我们可以通过表明这一点来证明拉塞尔很有价值的洞见,即意义分歧的概念在某种程度上是智者派和怀疑论者的学说中所固有的,与柏拉图的某些观点所得出的定义的相对主义倾向相反。也很有趣的是,看来出自斯多葛主义和新柏拉图主义传统的那种寓言,实质上是摆脱词语与其意义之间的束缚的一种努力,是要阐明一种更大的解释框架,词语在其中可以意指别的东西;这种努力的重点在于竭力使一个词语意指别的东西;在这种意义上,意义分歧也许可以被认为是内在于寓言的。诗歌与哲学的和解,对一个文本内部和各种经典文本之间内在矛盾的解释,看来都要求这样一种在语义上放松传统的词语从属关系和模式。因此,公元5世纪的新柏拉图主义者普罗克洛斯用柏拉图本人的文本,实际上重新解释了柏拉图本人对诗歌的说明,认为诗歌可以为最高的功能服务,如促进灵魂与神的结合,通过使认识成为可能,直到促进模仿功能(柏拉图则把模仿功能变成了这种最低的功能)。

马克罗比乌斯(约生于360年)

新柏拉图主义对于文学的另一种有影响的形而上学观点,包含在马克罗比乌斯的著作之中。他大约生于公元360年,是两个文本的作者,这两个文本被证明在中世纪具有广泛影响,即《农神节》(约395年)和《评斯齐皮奥之梦》(Commentary on the Dream of Scipio,约400年)。与其同时代的基督教徒圣奥古斯丁不同,他属于一种致力于说明异教文本的世俗传统。《农神节》以对话形式写成,讨论适合青年的文科教育的各个方面。维吉尔不仅被当作诗人来对待,也成了基本教育的资源,是学习的一切方面的权威。对维吉尔的这种看法,成了马克罗比乌斯时代的罗马世界的特征,也成了中世纪对维吉尔之"全知全能"的看法的基础。这个文本重新肯定了某些古典文学批评的立场,如艺术模仿自然,诗人应当按照与他们寻求原创性相关的文学传统来写诗,文学应当寓教于乐。

《评斯齐皮奥之梦》在很多个世纪里一直被认为是对梦之意义的权威性说明。很晚之后,弗洛伊德正确地评论说,古代文化把各种严肃的意义与梦联系在一起,而现代科学则把梦归入迷信的领域。被马克罗比乌斯的《评斯齐皮奥之梦》当作出发点的是西塞罗的著作《论共和国》(De re publica),与柏拉图的同名文本一样,这部著作专门讨论统治的艺术。这部政治和哲学论著的最后一卷讲述了一位罗马将军小斯齐皮奥·阿弗里卡努斯(Scipio Africanus the Younger)的一个梦。在梦中,他的祖父、著名将领大斯齐皮奥·阿弗里卡努斯(Scipio Africanus the Elder)来拜访他,他的祖父在"第二次布匿战争"①中曾经把罗马从迦太基领袖汉尼拔(Hannibal)的手中拯救出来。马克罗比乌斯的文本具有几个有趣的特点。虽然它表面上分析了斯齐皮奥的梦,却涉及非常广泛的问题和含义。它对新柏拉图主义学说的解释在整个中世纪都很有影响,尤其是真实性高于并且超越了物质领域的学说;它考察了这样一种图式里的真理的本质;它也思考了文学语言与哲学语言之间的关系,语言的比喻或寓言式用法,与它们在为更高领域的真理提供途径方面的作用之间的关系;最后,它提供了对梦的意义的系统说明。

马克罗比乌斯的文本的核心动机是一个问题,这个问题在21世纪里依然有争论:哲学有理由使用虚构和比喻的语言吗?马克罗比乌斯注意到柏拉图的《理想国》和西塞罗的《论共和国》由于使用这样的语言受到过批评,希望研究"在论述政治问题的著作中包含这样一种虚构和梦的理由"。[3]他试图区分在哲学中正当使用虚构和不当使用虚构。他提出,寓言可以服务于两个目的:"或者使听众满足,或者鼓励读者读好作品。"前一种仅供消遣,在哲学中必须避免(CDS,I.ii.6-8)。第二种把读者的注意力引向某些美德,可以分为两种类型。在第一种类型中,如在《伊索寓言》里那样,故事的场景和情节都是虚构的;然而,第二种类型,马克罗比乌

---

① 第二次布匿战争(the Second Punic War,公元前218—公元前202年):古代罗马与迦太基之间进行的三次战争之一,以迦太基的失败而告终。

斯把它称为"寓言式叙事","有赖于真理的一种坚实基础,是用一种虚构的风格来处理的"。作为这种故事的例证,马克罗比乌斯援引了对宗教仪式、诸神的世系和事迹、神秘主义概念的说明。不过,以真理为基础的第二种类型,甚至也允许再进行两种划分,因为"讲述真理不止一种方式"。如果故事情节涉及的问题是"神性的堕落和毫无价值",那么,这种故事的类型就是哲学家们应当拒绝的。在哲学中可以接受的有用的唯一故事类型,是那种表现了"正派高贵的神圣真理概念,具有体面事件和人物……体现在寓言的适度外表之下"的类型(CDS,I.ii.9-11)。

运用虚构的另一个理由是,"直白、公开暴露,它们本身都是对'自然'的冒犯",它的"神圣仪式隐藏在神秘的表征之中,所以……唯有具有高等智力的杰出人物,才会得到它的真理的启示"(CDS,I.ii.17-18)。然而,马克罗比乌斯告诫说,"寓言式叙事"甚至并非始终都对哲学有用。例如,当哲学家们谈到"上帝"和"心灵"时,"他们都避免使用寓言式叙事……接近这个领域对寓言来说是一种亵渎"。马克罗比乌斯解释说,虽然寓言可以被哲学家们合理地用来一般地谈论灵魂或诸神,但无法解释一些最高的概念,诸如最重要的"心灵""智力"或事物原初的"形式"。事实上,当哲学家们确实谈到这些概念时,他们要"借助明喻和类比",因为人类的心灵不可能把握这样的概念(CDS,I.ii.13-16)。

在分析斯齐皮奥之梦的文本之前,马克罗比乌斯提出了一些有关梦的一般评论。像公元2世纪的希腊作家阿特米多乌斯(Artemidorus)一样,马克罗比乌斯把梦划分成五种类型:谜一般的、预言式的、神谕式的、噩梦式的和幻影式的。他评论说,最后两种类型没有任何预兆的意义。另外三种类型为我们提供了预言的力量(CDS,I.iii.2-3)。在神谕式的梦里,父母、虔诚的或受尊敬的人或者牧师,清楚地揭示了将要发生或不会发生的事情,以及要采取的或要避免的行动。如果一个梦真的实现了,我们就把它叫作预言式的梦。谜一般的梦是一种隐藏了真实意义、为了理解它而要求解释的梦。谜一般的梦有五种变体:个人的、异族的、社会的、公共的和普遍的。

马克罗比乌斯认为,斯齐皮奥的梦是神谕式的,因为对他显现的那两个人揭示了他的未来。它是预言式的,因为斯齐皮奥看出了自己死后住处所在的地方和自己未来的状况。它是谜一般的,因为用言辞向他揭示的真理的深刻含义被隐藏了,实际上,它包含了谜一般的梦的所有五种变体。西塞罗的文本中的斯齐皮奥的梦是一篇引人注目的文献,值得较为详细的考察,不仅因为马克罗比乌斯对它的分析,也因为它为中世纪的宇宙观投射下了亮光。它肯定不是一种科学的分析,它对宇宙论的解释并非原创性的;就它的各个部分而言,它来源于毕达哥拉斯、柏拉图、亚里士多德和斯多葛派的哲学家。然而,它提供了一种对宇宙论的简洁概括,在很多个世纪里都很有影响。西塞罗文本中的那个段落出现在与作为主要言说者的斯齐皮奥对话的形式中,开始时是大斯齐皮奥·阿弗里卡努斯(他曾打败过汉尼拔)出现在他孙子小斯齐皮奥面前,小斯齐皮奥被带到了天堂,俯瞰着地球和其他星球。阿弗里卡努斯向小斯齐皮奥指出,他(小斯齐皮奥)注定要毁灭迦太基城。但他也预言,罗马的统治将处于一种无政府状态,整个国家将由于小斯齐皮奥的诚实、才能和智慧而求助于他。小斯齐皮奥的职责是"在共和国中恢复秩序"。[4] 阿弗里卡努斯解释说,保护或捍卫自己国家的人民在天堂保有一个"特殊地位",他们在那里享有"永恒的幸福生活"(DRP,VI.xiii)。

小斯齐皮奥的父亲波鲁斯这时来到他面前解释说,他还无法离开自己的躯体,还要待在天堂里。他声称,人类已经使灵魂理解了"你们叫作星球的永恒之火",每个星球都在围绕着自己的轨道运转,受到神的理智的鼓舞。注定了的是,人类的灵魂必须一直被囚禁在他们的躯体里。波鲁斯说,只有上帝才能把人类的灵魂从他们的躯体中解放出来(DRP,Ⅵ.xv)。他接着告诉小斯齐皮奥,虽然他在地球上,但他必须实现自己的职责。他必须热爱正义与虔诚,它们都要归功于他的父母、同族人,首先要归功于自己的国家。他认为,这样一种生活将通往天堂(DRP,Ⅵ.xvi)。

这时发生了某种引人注目的事情。斯齐皮奥环顾宇宙和星球,评论说,整个观点"显得极为美好……确实,地球在我看来那么微小,以致我都很轻蔑我们的帝国,可以说,它所覆盖的只是一个点,是它的表面"(DRP,Ⅵ.xvi)。阿弗里卡努斯后来对宇宙结构的说明值得充分援引,因为它简洁地表达了一种普遍的和持久的中世纪的世界观:

> 有九个领域,或者确切地说,有九个星球,它们结合成了一个整体。其中之一,最远的一个,是天堂;它囊括了其他一切,它本身就是最高的上帝,在它自身之内掌握着和包含了其他一切星球;各个星球永恒旋转的过程都被固定在它之中。在它之下是其他七个星球,它们旋转的方向与天堂的方向相反。这些星球中的一个是其光亮照到地球上的,被叫作"农神"(Saturn①)的星球。下一个到来的星球叫朱庇特②,它为人类带来了好运和健康。在它之下的那个星球为红色,对人类居住来说很可怕,你可以把它分配给马尔斯③。在它之下、几乎在距离中间的是太阳,它是统治者、首领和其他光明的统治者,它是宇宙的心灵和指导法则,它显现出这样的崇高,以它的光明充满了一切事物。可以说,它有自己的同伴陪伴着——维纳斯④和墨丘利⑤都在自己的轨道上,在最低处旋转的星球是月亮,由太阳的光线照射出亮光。但在月亮之下一无所有,除了必然要死和注定要衰落的之外,除了唯一赋予人类诸神之慷慨的灵魂之外,虽然在月亮之上的一切事物都是永恒的。第九个重要的星球就是地球,它在所有星球中是固定的和最低的,走向它的一切可以估量的实体,都因为它们天然向下的趋势而憔悴。(DRP,Ⅵ.xvii)

阿弗里卡努斯也解释了"天体音乐"(music of the spheres),它是由天体运动创造出来的。以上段落中的引人注目之处是,阿弗里卡努斯通过赋予斯齐皮奥一种整体宇宙的全面观点,使他能够看出尘世的关注有多么微不足道,那些关注的焦点集中在身体和尘世的荣耀之上。在斯齐皮奥不断回头看地球之时,阿弗里卡努斯本人斥责说:"如果对你们来说它看来很小,就如它实际上很小一样,那么,把你们的目光固定在那些天堂的事物之上吧,蔑视尘世吧……你将

---

① Saturn:也被称为"萨杜恩",是罗马神话中的农神。后用它来命名的星球即土星。
② 朱庇特(Jupiter):罗马神话中的主神,相当于希腊神话中的宙斯,以它命名的星球即木星。
③ 马尔斯(Mars):罗马神话中的战神,以它命名的星球即火星。
④ 维纳斯(Venus):罗马神话中爱与美的女神,以它命名的星球即金星。
⑤ 墨丘利(Mercury):罗马神话中众神的信使,以它命名的星球即水星。

看见属于你们罗马人的那部分多么渺小。因为你们掌握的整个领土……确实只是一个小岛……现在你们看见了它多么渺小,尽管它有着骄傲的名声!"(DRP, Ⅵ.xix-xx)他也告诉斯齐皮奥说,尘世的荣耀是微不足道的:"必死的并不是你,而只是你的身体。因为你的外在形式所显示的那个人并非你自己;精神才是真正的自我……正如永恒的上帝推动部分必死的宇宙一样,因而,不朽的精神推动了脆弱的身体。"(DRP, Ⅵ.xxiv)

阿弗里卡努斯解释说,始终都在运动中的事物是永恒的,与某种永恒的东西一样,人类的灵魂是自我运动的。他认为,这种持久的力量应当用来从事"最好的追求",最好的任务"是那些在捍卫你们故土时所从事的任务"。他接着说,如果灵魂设计出了将自身"尽可能与身体"分离的方法,那么,它的飞跃将会更快。那些无法做到这一点、沉溺于世俗快乐和激情的灵魂,不会返回到天堂中,而会"在地球附近盘旋",只有在"很多个时代的痛苦折磨"之后,才会返回到它们在天堂的适当地方(DRP, Ⅵ.xxvi)。

在分析这个梦时,马克罗比乌斯断言:"梦的目的是要教导我们,那些为国家服务得很好的人们的灵魂,在死后会回到天堂,在那里享受持久的幸福。"(CDS, Ⅰ.iv.1)马克罗比乌斯的大部分"分析"都被证明是对新柏拉图主义学说的各种要素的一种说明(诸如"太一""心灵"和"灵魂世界"),也说明了这些要素与毕达哥拉斯关于数的理论(numbers theory)、源于柏拉图的《蒂迈欧》和其他资源的各种宇宙论理论的联系。他讨论了身体的各种特性(如具有三个方面),认为它们始终都是由土、水、气、火这四个要素构成的(CDS, Ⅰ.iv.36)。他把斯齐皮奥的梦作为出发点,解释了他的新柏拉图主义的宇宙观:"存在着最高的上帝;然后是出自他的'心灵',各种事物的模式被包含在其中;存在着'灵魂世界',它是一切灵魂的发源地;存在着向下延伸到我们的天国的领域;最后,才是世俗领域。"(CDS, Ⅰ.vi.20)马克罗比乌斯也讨论了预言的模糊性质(CDS, Ⅰ.vii.1-9)。

马克罗比乌斯根据斯齐皮奥的梦就美德所说的话,得出了他自己的暗示,罗列了柏拉图的《理想国》中提出的四种美德。这些美德后来由圣安布罗斯(St. Ambrose)这样的人物改造后以适应基督教神学,它们最终以四种"基本的"或"天然的"美德闻名,即谨慎、节制、勇气和正义,罗马天主教会使它们区别于忠实、希望和慈善这些"神学的"美德(CDS, 120 n. 2)。在这里有趣的是,马克罗比乌斯对这四种美德很有影响的界定,仿效了西塞罗、普罗提诺和波菲利的做法。谨慎在于轻视世俗和只专注于神的事务;节制要求戒除身体上的满足;勇气指灵魂在逃离身体、升上天国领域时没有恐惧;正义要求"服从各种美德"(CDS, Ⅰ.viii.3-4)。马克罗比乌斯也列举了(根据普罗提诺与波菲利的观点)这些美德的世俗含义,例如,谨慎是一种"政治上的"美德,包含理性、理解和远见(CDS, Ⅰ.viii.5-9)。然而,有关这些美德的引人注目之处在于,无论它们所坚持的世俗职责是什么,它们最终都要求脱离此世的事务,转向神圣的事务。马克罗比乌斯称赞西塞罗使"世上发生的事情没有哪件更令人满意"这个说法失去了时效,把它变成了对上帝来说,而不是对共和国统治下的人类群体而言(CDS, Ⅰ.viii.12-13)。换言之,西塞罗承认,虽然共和国很好,但它们像一切世俗事务一样,在永恒的语境中都是毫无意义的。

马克罗比乌斯也称赞了斯齐皮奥的梦中提出的对灵魂的看法,即灵魂源于上天,虽然它在尘世占据了身体,但它因为能够记住来自哪里和应当回到哪里而被赋予了美德(CDS, Ⅰ.ix. 1-4)。他赞扬了斯齐皮奥对正义(以及另外三种美德)的理解,这使他得以"不把他自己的判断看成真理的尺度"(CDS, Ⅰ.x.3),也称赞了他对灵魂不朽的理解(CDS, Ⅰ.x.5-7)。除了其他问题之外,马克罗比乌斯认为在斯齐皮奥的梦里正确提出的问题有:上帝的全知全能,宇宙的结构(CDS, Ⅰ.xvii.5),星球的运动,天体音乐,尘世荣耀的短暂性质,以及运动的本质。马克罗比乌斯结束其《评斯齐皮奥之梦》时说,哲学有三个分支:道德的、物质的和理性的。他认为,所有这三个分支都包含在斯齐皮奥的梦中,他得出结论说:"我们必须宣称,没有什么比这部著作更完整,它包含了哲学的全部重要部分。"(CDS, Ⅱ.xvii.15-17)

一个诱人的观点是认为马克罗比乌斯以某种方式预见到了很久之后的各种观点,如尼采和德里达那一类思想家的观点,它们与哲学"平实的"或直接的语言,与文学比喻的和虚构的语言之间的联系问题有关。根据马克罗比乌斯研究过这种联系的这一事实,虽然可以认为他很现代,但我们也需要记住,他对这种联系的看法表现了他的新柏拉图主义的倾向,即哲学必须把文学语言用作接近更高、更隐蔽之真理的手段,这种观点反映了他的信念:物质世界是更高的真实、纯粹"形式"的领域不完美的一种表现形式。此外,如上面所见,他主要以道德为基础,严格限制在哲学中使用虚构。他对梦的说明与阿特米多乌斯的观点相比并不那么现代,阿特米多乌斯提出了一个象征式和寓言式的解释梦的体系,预见到了弗洛伊德的理念,如浓缩和取代。总之,马克罗比乌斯对于在哲学中使用虚构所提出的理由是:它们通过运用生动的想象性描绘,可以加强哲学的论证;它们可以用一种高贵的、寓言式的形式传达深刻的真理;在涉及无法以别的方式传达的真理时,这些寓言式的或比喻的表达是适当的;对更高真理的虚构性表达,通过限制接近真理而适合于保持它们的神圣性。虽然这些理由中的一部分与奥古斯丁和阿奎那这些基督教作者就比喻式解读经文所提出的理由有所重叠,但马克罗比乌斯的著作在中世纪有关世俗文本的评论传统中占有一种开创性的地位。他对斯齐皮奥之梦的分析,不仅适合论证在哲学上运用某些虚构,也适合揭示他自己的观点与西塞罗的观点,它们在柏拉图、斯多葛学派、普罗提诺和波菲利的影响下,认为世俗关注和事件必须置于一个庞大得多的宇宙论图式之中。这种观点在中世纪有极大的影响力,构成了这一广泛传播的看法的基础,即世界上发生的事情不仅具有世俗词语的字面意义,甚至也具有一种通过更高领域反射回来的更加重大的意义。

波伊提乌(约 480—524 年)

罗马哲学家波伊提乌对中世纪思想产生过巨大影响,这种影响在逻辑学领域里是根本性的。他翻译过四部逻辑学论著,包括亚里士多德的《工具论》,也翻译和评论过波菲利的《亚里士多德〈范畴篇〉导论》(*Introduction to the Categories of Aristotle*)。他撰写过论述西塞罗的文章,写过五篇关于逻辑学的论文。在这里将要考察的文本也具有巨大的影响,即《哲学的慰藉》(*The Consolation of Philosophy*, 524 年),它撰写于狱中。这个文本实际上总结了中世纪很多种世界观最重要的组成部分,构成了中世纪晚期人本主义的基础。虽然波伊提乌在这部著作中实际上证明了神之旨意的各个方面,但他从来都没有明确地把自己看成一个基督徒,而他的文本显示出了柏拉图和新柏拉图主义的大量影响。尽管如此,《哲学的慰藉》仍然是很多个世纪中讨论基督教伦理学的一个权威性文本。

波伊提乌在公元 480 年左右诞生在罗马一个著名的贵族家庭中,他在公元 510 年成了执政官,并与元老院的利益结成了联盟。他在公元 523 年下台,当时他引起了提奥多里克国王(King Theodoric)的厌恶。国王征服了意大利,成了罗马的统治者。对他提出的指控——最突出的是叛国罪的指控——是出于政治上的动机,导致了他被流放、监禁和处死。正是在狱中,他反思了自己度过的一生,按照他自己的哲学原则,不得不把这种反思置于追问上帝的旨意、世界的不公正、人类的自由意志(free will)、世界的秩序和目的的更大语境之中。

波伊提乌在狱中处于沮丧之中时,从诗歌写作中得到了安慰,渴望缪斯负责掌管他的努力。然而,在那里对他显现的却是"哲学夫人",一个"表情庄严的女人",她赶走了诗歌的缪斯,认为她们"以激情不结果实的荆棘扼杀了理性的丰硕成果"。[5]哲学对诗歌的这种公然取代,为中世纪晚期诗歌的敌人提供了刺激因素,尽管有一些像薄伽丘(Boccaccio)那样的作家描述过波伊提乌的态度,认为他仅仅是不赞成淫秽的、矫揉造作的诗歌(CP, 2 n.2)。此外,"哲学夫人"指出,她的长袍(长袍意味着哲学的统一,最初由柏拉图用来象征最伟大的哲学家,后被波伊提乌与大多数中世纪思想家当作最伟大的哲学家,一直沿用到 13 世纪)已经被后来的哲学派别之争撕破,如伊壁鸠鲁主义和斯多葛主义,也已被世俗邪恶的人们撕破,哲学的"主要职责"就是要反对这些人(CP, 5-6)。

哲学试图把波伊提乌的不幸和他对邪恶之人猖獗的追问,置于上帝的本质和旨意的宽广视野之中。最根本的是,她提醒波伊提乌说,世界不是由偶然或机遇支配着,而是由神的理性来支配的(CP, 16)。她接着向波伊提乌表明,"命运"女神是两面性的,既带来繁荣,也带来绝望,她的真正本质就是要变化(CP, 19-20)。她使波伊提乌想到了他自己从前的命运,被一个高贵的岳父提拔,拥有一个贞洁的妻子,有两个成了执政官的儿子——现在他已失去了所有这一切。基本的教训在于,这个世界"不可能保持不变",它经受了剧烈的变化,却荒唐地要信赖人们变化无常的命运(CP, 22)。哲学问道:"为什么……人们要在自身之外寻求内在的幸福呢?"(CP, 24)哲学评论了与人们一致的这种反讽,他们"凭其理性的天赋是神圣的,却认为自己的优越有赖于拥有没有生命的小玩意儿……上帝希望人类超越一切尘世的事物"(CP, 27)。她规劝说:"尘世的权力并非真正的权力,公共荣誉并非真正的荣誉。"(CP, 30)甚至像波伊提乌这样有道德的人们所赢得的名声,也很少有价值,而死亡"使高贵与低贱变得平等"(CP, 31-33)。

哲学这时开始了解释和界定最高之善的过程,她将"使人们解除一切更深的欲望"。人们在追求富裕、荣誉、权力和名声方面的物质收获时,就脱离了自身的本质和目的。人是不变的宇宙秩序的一部分,而"自然……有远虑地凭借其律法支配着浩瀚的世界……她控制着一切事物,用牢不可破的纽带把它们联结在一起"。在这种强势的图景内部,"一切事物都要再次追寻自身合适的路径,在回归那些路径时非常欣喜。各种事物中唯一稳定的秩序是把开端与结尾联系在一起的秩序"。人类虽然因尘世的忧虑而缺乏眼光和心烦意乱，但对其根源和真正的目标也有某些模糊的记忆(CP，40-41)。通过"不可信赖的公众意见"获得的荣誉和尊重，是毫无价值和变化无常的(CP，44)。相反，聪明人"依据自己良心的真理来衡量自己的美德，而不是依靠流俗的尊重"(CP，47)。

意味深长的是，哲学解释说，误导人们的各种世俗的抱负——权力、名声、尊严、快乐——都"在本质上……完全是一回事"。"自然使之变得单纯和不可分割的东西，人类却错误地要去划分。"所有这些追求都是相互关联的，并且同样是有缺陷的(CP，50-51)。哲学这时吟唱了一首诗，诗概括了柏拉图《蒂迈欧》的一个部分，体现了中世纪世界观的重要组成部分。这首歌或诗在中世纪期间产生了广泛影响，值得详细援引：

啊，上帝，上天和尘世的创造者。他以永恒理性掌管着世间，在你的掌握中，时光从开始流过。你使万物处于运动中，虽然你自己没有任何变化。没有任何外在原因迫使你从混乱的物质中创造出这作品。确切说，那是最高之善的形式，毫无嫉妒地存在于你之中，它促使你按照永恒榜样塑造了万物。你是那最美者，根据你的神圣心灵创造了这美丽的世界，照你的形象塑造了它，你把完美的部分安排成一个完美的整体。

你把各种要素和谐地联结起来，所以，寒冷与炎热、干燥与潮湿合在一起，更加纯洁的火焰不会突然燃遍天空，大地也不会沉陷到水的重量之下。

你把灵魂世界当作你的替身释放到宇宙各个和谐的部分之中，在其运行中三倍地推动万物……

你以相似的方式创造了灵魂和更小的生命形式，使它们适应自己乘着疾驰的战车高高飞翔，你把它们散布在整个大地和天空。当它们按照你的优雅律法再次转身面对你时，你召唤它们像跳跃的火焰般返回来。

……你的视野就是开端和结尾；一个向导，首领，道路，目标。(CP，53-54)

这里所表达的富有特征的中世纪的观点包括：神的理性对世界的统治；上帝是"不动的行动者"(unmoved Mover)；被创造的世界内在的美；四种要素的关系；新柏拉图主义有关灵魂世界是上帝与物质世界之间的中介的观点；开端与结尾的循环，上帝不仅由此成了根源，而且是一切造物的结果和目标。

哲学根据一定存在着一种善和完美的根源的设想认为，"最高的上帝充满了最高和最完美的善"。既然完美的善是真正的幸福，那么，"接着就是，真正的幸福在最高的上帝那里拥有自己的住所"(CP，55)。进一步还有，"人类感到幸福是由于获得了神性……虽然上帝在本质上确实是一，但还是可能存在很多可以分享的神"(CP，56)。因此，如果幸福就是最高的善，其他一切善都是这种最高的善的侧面，那么，"善和幸福就完全是相同的东西"。此外，上帝的实质"要在善中去发现，在其他任何地方都不可能发现"(CP，57)。

哲学再次按照很有特点的柏拉图式和中世纪的方式认为，如果"每种善由于分享到完美的善而成为善……善与太一就是相同的"(CP，59)。万物在追求生存中追求统一，因为"如果没有统一,生存本身就无法维持"。既然统一是与善同一的,那么,"万物都渴望善"(CP,61)。因此,善就是"被一切所欲求的"。善是那种"其他一切事物都与之有关的东西",如果没有它,它们就会"毫无方向或目标地徘徊"(CP,61)。

要实现自身的真正本质,人类就必须"教导其精神说,精神在隐藏于它本身的宝藏中所拥有的,就是它在自身之外去寻求的一切"。她在一段美妙的陈述中接着说:"真理的种子在内部深处生长,通过呼吸学识而被唤醒了生命。"(CP,61-62)然而,可以理解的是,波伊提乌并不知道,倘若"只渴望善的全知全能的上帝"存在的话,那么,这个世界在事实上怎么可能存在邪恶,以及邪恶怎么可能不受惩罚(CP,67)。哲学解释说,作恶的力量完全不是一种力量;只有聪明人才可能做他们想做的事;邪恶的人只不过追随了自己非理性的欲望:"强烈的欲望统治着他们的内心……狂怒在鞭打他们",他们是悲哀和虚假希望的奴隶。"被那些邪恶力量"变成奴隶,"不可能做自己希望做的事情"(CP,72-73)。此外,善始终都会得到报答,邪恶始终都会受到惩罚,因为一种行动的目标或目的,就是对那种行动的褒奖(CP,73)。同样地,邪恶本身就是对邪恶者的惩罚;更为深刻的是,既然存在本身与统一是同一的,而统一又与善同一,那么接下来就是,只要失去了自身的善,无论什么都无法存在;因此,作为邪恶者就是要"丧失自身的人类本性",就是要丧失自身对神之本质的分享,就是要成为野兽(CP,74)。

哲学进一步解释说,在人类的观点看来像是不公正的意外事件,实际上要被"天意"引向善的结果。她在"天意"与"命运"之间进行了一种有趣的区分。"天意"是"神之理性本身",它支配和连接万物;另一方面,"命运"属于一切易变的事物。因此,"'天意'是暂时事件的延伸,因为这种情况出现在神的心灵眼界中;但是,当同样这种事件的延伸在时间中完成时,就被称为'命运'……'天意'是已形成的万物不变的和单纯的形式,而'命运'则是万物变动着的联系和暂时的秩序"(CP,82-83)。因此,"命运"本身要服从于"天意"。"'命运'的变化过程要走向'天意'单纯的稳定性,而推理要走向理智……时间要走向永恒,循环要走向其中心"(CP,83)。哲学对波伊提乌的问题的回答,本身在很多个世纪里一直都没有变化:"天意"的劳作和神的智慧都超越了人类的理解,甚至邪恶之人的行为也可以用来产生出善(CP,84,86)。我们可以看出,正如上帝把作为"一"的世界与"多"联系起来,把统一与多样性联系起来一样,"天意"就是"命运"的统一,它们之间的差别是神的观点与人类的观点之间的差别。所以,在这种世界观内部深刻而根深蒂固的是统一和秩序的理想,它们刻画出了宇宙的各种要素本身之间"互相关爱"的特征。正是这种关爱支配着星球的永恒运动,而"不协调的战争被排除在了上天的范围之外"。然而,关爱也支配着四种要素的联系:"和谐一致以合理的制约支配着各种要素……只有这样,事物才可能持久:它们被关爱所吸引,再次求助于使它们存在的'原因'。"(CP,87-88)因此,上帝最终被设想成了一种循环,即原因自我产生的循环,它使自身外在化,它从统一下降到多样性,然后在重新统一中把一切再聚集到它本身。一切命运都具有作为其目的的对善良者的考验和报酬,以及对坏人的惩罚。当然,在这样一种有序的和公正的世界中,不可能存在任何偶然的事情(CP,88,91)。

哲学解释说,这种图式并没有排除人类的自由意志。各种事件不会发生,因为它们都被预见到了。无论什么已知的东西,都不为已知事物的力量和本质所知,却为知者的力量所知

(*CP*，100)。正如人类的理性既超越又囊括了人类的感性感知一样,神的理智超越了人类的理性。这种理智是直觉的,按某种观点来理解人类理性以一种逐个的和局部的方式来理解的东西。上帝的认识实际上并非对未来事件的先见之明,而是"对从不改变的存在的认识"(*CP*,106)。所以,相同的事件"由于上帝对它的认识而成为必然的,但如果考虑到它本身的性质,却是自由的和未确定的"(*CP*,107-108)。哲学认为,这方面的教训在于,人类的自由意志仍然未受玷污,上帝的律法也是公正的,按照人类的行为扬善惩恶,因此,人类应当"坚定地反对邪恶,培养美德"(*CP*,108)。这种观点在很多个世纪里都一直深深地扎根在中世纪的精神之中。

注释

[1] "Introduction," in *The Essence of Plotinus: Extracts from the Six Enneads and Porphyry's Life of Plotinus*, trans. Stephen Mackenna, ed. Grace H. Turnbull (New York and Oxford: Oxford University Press, 1948), pp. XVI-XIX. 下文引用写作 *Enneads*。

[2] 这个词语由 Grace Turnbull 在 *Enneads*, pp. 15-16 中做了极好的解释。

[3] Macrobius, *Commentary on the Dream of Scipio*, trans. William Harris Stahl (New York: Columbia University Press, 1990), I.i.1-3. 下文引用写作 *CDS*。

[4] Cicero, *De re publica*; *De legibus*, trans. Clinton Walker Keyes (Cambridge, MA and London: Harvard University Press/Heinemann, 1966), VI.xii. 下文引用写作 *DRP*。

[5] Boethius, *The Consolation of Philosophy*, trans. Richard H. Green (New York: Dover, 2002), 1-2. 下文引用写作 *CP*。

第四部分
中世纪

第八章　中世纪早期

历史背景

在过去半个多世纪里,学者们已经挑战了从前认为中世纪是一个黑暗、无知和迷信时代的看法。"中世纪"(*medium aevum*)这个词语以及"中世纪"这个理念本身,是由意大利人文主义思想家们发明的,他们希望使他们自己的时代——复兴、再生和重新发现古典思想家——区别于以前的时代。尽管事实上中世纪早期,即从罗马于公元 5 世纪在日耳曼部族(Germanic tribes)手中衰落,一直到公元 1 000 年左右,经历了一次向经济上和知识上各种形式的原始主义的复归,但在这期间,不仅于公元 9 世纪出现了"加洛林文艺复兴"[Carolingian Renaissance,根据查理曼大帝(the emperor Charlemagne 或 Carolus Magnus)命名],而且从公元 11 到 13 世纪(即人们所知的中世纪晚期),出现了知识上和文化上的大量进步。文艺复兴时期的人文主义者高度赞扬古典希腊和罗马的作者,认为自己是他们最早的合法继承者,谴责介于他们与古典时期之间的中世纪经院哲学(scholasticism)是愚昧的。这种对中世纪哲学和文学的拒绝,通过"新教改革"(Protestant Reformation)得到了强化,新教改革把中世纪与罗马天主教(Roman Catholicism)联系在一起。[1]然而,晚近在各个学术领域里,包括文学批评在内,人们都已表明这幅图画是错误的。文艺复兴时期的大部分思想和文化,事实上是对中世纪的一种发展,而中世纪绝对没有忽视古典希腊和罗马的传统。

有很多因素促使了中世纪的形成:发展中的基督教传统;打垮罗马帝国的日耳曼部族的社会与政治模式;罗马的行政和法律体系的残余;古典世界的遗产;与伊斯兰文明(它超出了本研究的范围)的联系。在中世纪文明的发展中,最强大的力量是基督教。甚至在罗马于公元 410 年崩溃之前,基督教就已经日渐得到了宽容,因为从公元 313 年以来,从君士坦丁大帝开始,基督教就得到了一系列法令的保证;到公元 381 年,它被承认是罗马帝国的官方宗教。在圣保罗(St. Paul)、罗马的克莱门特(Clement of Rome)这些作者和《圣约翰福音》(Gospel of St. John)那里,基督教思想的开端已经把基督教的宗旨与希腊哲学的概念联系起来。后来,公元 2 世纪的基督教作家所关心的是,要证明他们的信仰是正当的。他们中最善于表达的解释者是殉道者查士丁(Justin Martyr)。他是一位教师,于公元 165 年左右在罗马被处死。

早期基督教曾经是异质性的,包含了大量教派及其完全不同的信仰与实践,经常陷入争论之中。例如,"阿里乌斯教派"(Arians)和"聂斯托里教派"(Nestorians)都拒绝了由"亚他那修教派"(Athanasians)所宣扬的"三位一体"(Trinity)的概念。"幻影说教派"(Docetae)和"巴西里德教派"(Basilidans)拒绝了基督受难的实在性。"贝拉基教派"(Pelagians)否认了原罪(original sin)的概念,赞成人类的自由意志。最终,为了解决这些教义上的争端,召开了很多世界性的教会讨论会,从公元 325 年的"尼西亚大公会议"开始,这次会议宣告那些教派中的大多数观点都是异端,把"亚他那修教派"的"三位一体"的观念确立为基督教教义的正统。在公元 451 年的"迦克墩大公会议"(Council of Chalcedon)之前,"道成肉身"(Incarnation)的教义并没有被正式采纳。这些争论的过程是由这样一些人物形成的,如亚历山大的亚他那修(Athanasius of Alexandria,293—373 年)、尼斯的格列高利(Gregory of Nyssa)、圣巴西尔(St. Basil,约 330—379 年)、纳西昂的格列高利(Gregory of Nazianzus,约 330—约 389 年)、约翰·克里索斯托(John Chrysostom,约 347—407 年)、安布罗斯(约 339—397 年)和希波的奥古斯丁(354—430 年)。这个时期最伟大的基督教思想家之一是哲罗姆(Jerome,约 347—420 年),他把《圣经》从原初的语言翻译成拉丁语(以"拉丁语圣经"版著名)。这个时期还采取了其他一些步骤来促进信仰与实践的统一,其中包括颁布标准布道词,培训主教,以及促进教皇职位(papacy)在权力与威信方面的增长,并开始把焦点集中在效忠和服从之上。话虽如此,但基督教教义在中世纪早期从来就没有完全定型,很多东正教会还坚持非正统的信仰。此外还召开了其他一些世界性的会议,直到公元 681 年以罗马教会与君士坦丁堡教会之间的分裂作为结束。

尽管有这些困难,罗马帝国在崩溃之后,留下了教会来维持很多领域的统一、秩序和导向。教会的统一比帝国的统一维持得更久。教会在组织方面变得日益复杂,罗马日益受到教皇制度领导阶层的支配。正是教会,推进了道德价值观,培养了适当的社会行为,传播了古典学问。教会被说成是"唯一的机构",它在"从古代到中世纪的整个转变"之中享有连续性(*PF*,131)。它不仅保存了古典文化,而且把它的"同化作用和适应性"推进到"更加广大的人群"之中,有效地把他们的语言拉丁语化,使拉丁语系的语言得以出现(*PF*,135 - 136)。拉丁语一直是中世纪期间的学术和法律语言。入侵罗马帝国的日耳曼部族在他们定居的所有地方都保留了作为交流手段的拉丁语;不过,正如 E. R. 库尔提乌斯(E. R. Curtius)指出的那样,从公元 12 世纪和 13 世纪以降,本国语言和文学的增长并没有伴随着拉丁语出现分裂,倒是变成了两种语言,即由学者使用的语言和普通人使用的语言。很多个世纪以来,拉丁语"一直作为教育、科学、政府、法律、外交用语存在着"。像薄伽丘(Boccaccio)和彼特拉克(Petrarch)那样的作家,"依然受到中世纪拉丁语遗产的影响",而中世纪拉丁语文学(medieval Latin literature)的影响在现代的很多运动中持续着,如人本主义、文艺复兴和宗教改革(religious reform)(Curtius,26 - 27)。基督教的一个尤为重要的方面是修道院制度(monasticism)以及它在早期基督教禁欲主义(asceticism)中的根源。修道院制度由圣巴西尔在东方创立,由圣本尼狄克(St. Benedict)在西方创立,它要承担对贫穷、顺从、谦卑、劳动和虔诚的严格训练。正是大量的修道士,要负责撰写大多数书籍,传播早期的《圣经》手抄本,维持学校、图书馆和医院。修道士后来演变成了正规的神职人员(priesthood)[遵循严格的"教规"(regula)],完全不同于在"世俗"(saeculum的意思是"尘世"或"时光")领域里活动的、不受修道院约束的神职人员以及各种等级的牧师和主教。古代社会的奴隶生产方式曾经培养出了对手工劳动的轻蔑和随之发生的技术方面的停滞。修道院体制把"智力与手工劳动"结合起来"为上帝服务",农业劳动"获得了神灵崇拜般的尊严"(PF,135)。因而,基督教促进了技术、劳动和文化的"解放",摆脱了"建立在奴隶制之上的社会限制"(PF,132)。在这些至关重要的方面,基督教成了"两个时代之间不可或缺的桥梁",即古代奴隶制生产方式与封建生产方式之间的桥梁(PF,137)。

颠覆西方罗马帝国的另一个势力是日耳曼部族,包括斯堪的纳维亚人、哥特人、汪达尔人(Vandals)、法兰克人和盎格鲁-撒克逊人。这些民族中的很多都在罗马衰落之前很早就已定居在帝国的各个地区。最终,由阿拉里克(Alaric)领导的西哥特人(Visigoths)起义反抗罗马的统治,于公元410年洗劫了罗马。这座城市于公元455年再次被汪达尔人夺取。日耳曼部族的生活方式以及法律、经济和政治结构在很多方面都还很原始。这种结构与罗马帝国的行政管理遗产结合在一起,最终演变成了封建主义的制度,它包括了统治者与臣民、领主与诸侯之间的契约义务,这些义务以勇气、荣誉、忠诚、保护和服从这些价值观为基础。我们在《贝奥武夫》(Beowulf)这类诗歌中不断看到这些价值观的表现,它们经常尴尬地与基督教的价值观共存,诸如谦卑和信赖神的旨意。

在中世纪早期,工商业衰败,土地日益集中在少数人手中,并经常出现普遍的饥荒和疾病,经济制度极大地受到地方贸易的限制。古代罗马文化在集中于乡村、封建领地和修道院的生活面前衰落了。这种等级制的、在很大程度上固定的生活方式,得到了教会的认可;每个人都在其中拥有自己位置的社会秩序,被认为是更大的、神所建立的宇宙秩序的一部分。这个时期最为重要的人物之一是查理曼大帝(742—814年),他建立了一个延伸到欧洲西部、中部和意大利大部分地区的帝国,并在一定程度上集中了法律和统治。他于公元800年由教皇利奥三世(Pope Leo Ⅲ)加冕为皇帝,这一事件意味着"神圣罗马帝国"(Holy Roman Empire)的形成,它成了法兰克人的王朝与罗马教皇制度强大而有影响力的"结盟"。帝国由此实现了在查理曼统治下的政治统一,以及在罗马教皇统治下的宗教统一。佩里·安德森评论说,加洛林王朝的君主政体,加上作为其"官方导师"的教会,导致了在整个帝国中"真正的行政管理与文化的复兴",赞助了"文学、哲学、艺术和教育的革新"。甚至更为重要的是,正是在这个时代里,奠定了封建主义的根基(PF,137,139)。E. R. 库尔提乌斯评论说,当基督教于公元381年成为罗马帝国的国家宗教之时,罗马的普遍主义就"获得了一种两重性。对国家的普遍要求再加上对教会的普遍要求"。中世纪查理曼的帝国借助"转让"的学说,从罗马接过了"世界帝国的理念;因此,它具有了一种普遍的而非民族的特征"(Curtius,28-29)。正如后来出现的那样,这些理念被奥古斯都以对比鲜明的方式所接受,他在尘世的罗马与天国的城市之间做出了鲜明的区分,但丁则发现了维吉尔的罗马与圣彼得(St. Peter)的罗马之间的联系。库尔提乌斯强调了这两个时代之间的连续性:罗马的语言也成了《圣经》、教会和中世纪学术的语言(Curtius,30)。在查理曼去世之后,帝国被瓜分,但公元962年复苏,那时日耳曼的奥托大帝(Otto the

Great of Germany)被教皇约翰十二世(Pope John XII)加冕为皇帝。神圣罗马帝国一直延续到公元1806年(虽然已经失去了其大部分权力)。

知识与神学趋势：基督教与古典主义

整个这一时期的思想和文学，都是在前面描述的更大的宗教与正在展开的封建主义的语境内部来阐述的。中世纪早期的知识趋势受到了两个主要因素的推动：古典思想的遗产，以及发展中的基督教神学与这种遗传变动着的关系。罗马时代晚期的世俗批评包括了一些有影响的人物：马克罗比乌斯和塞尔维乌斯(Servius)，他们为维吉尔在中世纪的声望和对新柏拉图主义的认识做出了贡献，塞尔维乌斯也是这个时期的标准语法的作者；语法学家阿利乌斯·多纳图斯，他撰写了有关泰伦斯(Terence)的评论，也撰写了名为《语法初阶》和《语法进阶》的手册，一直在整个中世纪使用；普里西安，他的《语法基础》也在中世纪使用；还有狄俄墨得斯(Diomedes)，他提出了对语法上的比喻用语的详尽说明，以及"对诗歌类型最为系统的、具有活力的说明"(CHLC，V.I, 341, 344)。维吉尔成了语法学校中的基本文本，而西塞罗则在修辞学教学中占有特殊地位。古代晚期的修辞学家之一马提安努斯·卡佩拉(Martianus Capella)在公元5世纪初期写作，他在中世纪出名主要由于他那权威性的有关七门文科的百科全书。①后来有影响的百科全书是由卡西奥多鲁斯(Cassiodorus)撰写的，他编撰了基督教最早的有关教堂知识和世俗艺术的手册(Curtius, 41)，还有塞维尔的伊西多尔(Isidore of Seville)(CHLC，V.I, 341, 344)。伊西多尔把"古代晚期知识的要旨传给了后代"(Curtius, 23)。这些概要促进了中世纪大学(universities)文科课程最终形成"三文科"，包括逻辑学、修辞学和语法，以及"四门高级学科"(quadrivium)，包括天文学、音乐、算术和几何学。这个时期的一位重要思想家是新柏拉图主义者波伊提乌(约480—524年)，他翻译的亚里士多德的逻辑学著作被证明对于中世纪晚期的思想具有极端的重要性，尤其是对经院哲学来说。在前述的进展中，有两项进展与中世纪早期有密切关系：新柏拉图主义(它始于中世纪之前，在前一章里讨论过)，以及与之密切相关的寓言式解释的基督教传统，如在圣奥古斯丁的著作中所体现的那样，在本章里将加以讨论。

在中世纪早期，教会"超脱尘世的"倾向，趋向于使文学和艺术的地位从属于更加紧迫的拯救和为来世做准备的问题。总的来说，普遍的不稳定、不安全感和文盲强化了宗教情感，助长了退出尘世的理想，谴责世俗生活是毫无价值的，只不过是走向来世、永恒拯救和极乐的一个阶段。随着基督教神学内容的发展，出现了对待古典文学的两种主要趋势。其中的第一种趋势力图使基督教拉开与异教的距离，并相应地反对希腊和罗马文化中艺术的异教根源，第二种趋势则力图延续基督教对古典修辞学和哲学的挪用。基督教思想的前一种趋势，源于公元3

---

① 七门文科(liberal arts)：分别是语法、修辞学和逻辑学，以及算术、几何学、音乐与天文学，也称"三学四科"。它们是中世纪学校教育中最重要的学科。

世纪的神学家德尔图良(Tertullian,约160—约225年),持续到最后一位基督教教士作者教皇格列高利一世(Pope Gregory the Great,540—604年),它强调信仰和启示的权威性高于理性。德尔图良和格列高利拒绝一切世俗知识,认为文学是一种愚蠢的追求。德尔图良认为戏剧得到了巴库斯①和维纳斯的保护,他称他们是激情与欲望的"魔鬼"。话虽如此,但晚近的学术已经认可了德尔图良有关基督教学说的著作与柏拉图和斯多葛哲学传统、修辞学的综合(CHLC,V.Ⅰ,337)。修道院制度禁欲主义的倾向强化了基督教对于尘世之美和艺术的焦虑:圣哲罗姆、圣巴西尔、圣贝尔纳德(St. Bernard)和圣弗朗西斯(St. Francis)全都厌恶自然之美,因为它分散了对神圣事物的沉思。一般来说,早期的基督教哲学家都重复了柏拉图反对艺术的观点,即艺术由于依赖伪造或创造形象,所以远离了真理,它诉诸我们天性和激情中的低级、感性部分。德尔图良谴责了戏剧中假装的实践活动和虚假模仿。就柏拉图的另一个反对意见而言,基督教徒认为异教艺术表达骄傲、伪善、野心、暴力和贪婪这些情感,它们都明目张胆地反对谦卑、驯服和爱这些基督教的美德。波伊提乌这类基督教思想家也重复了柏拉图的担忧,即艺术是诱惑性的,可以使人们脱离正当的道路。公元8、9世纪的基督教中也有一场"圣像破坏之争"(iconoclastic controversy),涉及形象描绘的可接受性。基督教徒坚持认为,把圣像呈现于感官贬低了他们的精神学说。一直到公元787年的"尼西亚大公会议",虔诚的形象才被认为是宗教教诲的合法资源。

  基督教思想的第二种趋势以公元3世纪的基督教神学家克雷芒和奥利金为代表,他们都来自亚历山大港,显示出了理性主义的着重点和试图使古代希腊的思想与基督教的宗旨达成一致。奥利金(约185—约254年)是《论原理》(On First Principles)一书的希腊语作者,该书首次系统说明了基督教神学。奥利金是早期教会最有名的《圣经》学者,他所阐明的注解(exegesis)经文的寓言式方法的影响持续了很多个世纪。基督教哲学复苏古典希腊和罗马传统术语的努力,通过纳西昂的格列高利、尼萨的格列高利(Gregory of Nissa)、约翰·克里索斯托和安布罗斯延续下来,在圣奥古斯丁、圣波拿文都拉(St. Bonaventura)和圣托马斯·阿奎那的著作中达到了空前的高峰。这些思想家对古典学问和文学具有一种较为适应新环境的看法。虽然诗歌和历史获得了某种认同[第一位重要的基督教诗人是普鲁登蒂乌斯(Prudentius),第一位基督教历史学家是奥罗修斯(Orosius)],但教会在很长时间里一直反对戏剧和视觉艺术,因为它们与偶像崇拜有联系。奥古斯丁认为,话剧是"不纯洁的公开展示",[2]它的言说是"烟云和风"。[3]总的来说,显然,基督教作家对古典文化显示出了范围广泛的态度,他们的作品不可能按照简单的赞成或不赞成来整齐地分类。乔治·肯尼迪很有益地提出,公元325年"尼西亚大公会议"之前的基督教神父们的作品对某些普遍原理展现出一种明显的赞同:基督教徒必须具有文化,这必定需要阅读一些古典文本;可以从古典著作中采纳各种例证,进行寓言式的解读,使之与基督教教义达成一致;古典哲学和文学确实包含了某些真理;《圣经》受到神的启示,在文字层面上是真实的,但也包含着意义的道德与神学层面(CHLC,V.Ⅰ,339 - 340)。

---

  ① 巴库斯(Bacchus):罗马神话中的酒神,相当于希腊神话中的狄俄尼索斯,为戏剧的保护神。

事实上，人们可能会认为，基督教的寓言在其根源上需要面对古典思想，并且必须使《旧约》与《新约》达成一致。也有罗马帝国时代怀疑论思想的传统，表现在西塞罗和公元2世纪晚期的思想家塞克斯都·恩彼里柯（Sextus Empiricus）这类人物的著作里。奥古斯丁本人受到过在其最终皈依之前的那种怀疑论的影响，在此之后，他终于相信绝对真理来自神的启示。更为普遍的是，基督教思想不得不面临对于经文的怀疑论态度，其基础是文本的前后不一致和与理性不相容。正如新柏拉图主义学派受到过使荷马与柏拉图、诗歌与哲学和解的要求驱使，并受到使柏拉图与亚里士多德的学说达成和谐之要求的驱使一样，基督教的思想家们也需要使《旧约》与《新约》达成一致，并在总体上使《圣经》与希腊哲学家的教诲达成一致。为了适应这些要求，基督教作家和新柏拉图主义者发展了早已由斯多葛学派阐明过的寓言式解释的传统。基督教的寓言式解释的传统实际上开始于圣保罗，由亚历山大的克雷芒及其学生奥利金加以延续。克雷芒认为，理性对于理解《圣经》来说是必需的，希腊哲学家们已经预见到了基督教的上帝的概念。他断言，真理隐藏在象征物之中。奥利金认为《圣经》受到了神的启示，他阐明了一个庞大的、很有影响的寓言式解释的体系，根据文字、道德和神学这三个层面，对应于作为身体、灵魂和精神的人的构成（CHLC, V.Ⅰ, 330-334）。我们现在可以看看，基督教的这些努力在圣奥古斯丁的观点的经典阐述中，怎样适应和发展了古典学问。

圣奥古斯丁（354—430年）

在奥古斯丁对艺术和文学的看法中，可以发现很多前述的倾向，而且有些倾向确实从中出现了。正是在他的著作（连同阿奎那和但丁这些晚期作家的著作）中，可以看出对古典和基督教的概念最为深刻的综合。奥古斯丁比其他任何早期的基督教思想家都更加深刻地影响了罗马天主教和新教（Protestantism）思想的传统。他生于北非，是拉丁教会神父之首。他在迦太基、罗马和米兰学习之后，于公元395年成了主教。在其《忏悔录》（Confessions, 400年）中，奥古斯丁描述了自己皈依基督教的漫长而艰难的过程，这条道路中包括了对"摩尼教"（Manicheism）与怀疑论的信仰。他在《上帝之城》（City of God, 412—427年）里详细说明了自己的神学。他在其中认为人类历史是对神的计划的展开。在展示基督教的历史图式时，他在实质上针对那些把罗马在公元410年被哥特人洗劫归因于放弃异教诸神的人们，为基督教进行了辩护。虽然奥古斯丁承认哲学在追求智慧方面占有一席之地，他却使哲学从属于神的启示，认为理性的任务是要促使人们更加明晰地理解早已凭信仰得到承认的事物。奥古斯丁断言，原罪的极端重要性在于为人类违背上帝和人类本性的堕落状态负责。他肯定说，原罪的原因是傲慢，奥古斯丁把傲慢等同于人类的自恋和对自负的欲望，人类因此把自己看成自己的光。奥古斯丁把精神生活划分成"尘世之城"——其特征是"自恋达到了藐视上帝的程度"，以及"天国之城"——它依赖于"上帝之爱，以至具有蔑视自我的意味"（CG, XIV. 10-14）。虽然奥古斯丁并不否认人类的自由意志（因为正是人类堕落了的意志才导致了原罪），但他的特征经常被刻画为相信决定论（determinism），因为唯有那些属于天国之城的人和选民（elect）才会获得拯救。选民被挑选出来不是由于他们的善良,而是由于未知的原因。发源于圣保罗的这种决定论的学说后来被加尔文(Calvin)恢复。奥古斯丁断言,只有上帝才能恢复用以创造人类的善的自然状态。把人类从原罪中拯救出来的媒介是"道成肉身";只有通过"上帝与人类之间的中介"基督,人类才可能接近恩典(grace)。奥古斯丁的两个城的概念在中世纪期间具有普遍深入的影响力,支持了教会反对国家的斗争。奥古斯丁断言,《圣经》的真理(实际上只是他自己的观点)经常与柏拉图的观点相吻合,或者说受到了柏拉图观点的影响,他认为柏拉图是最伟大的哲学家。

在《忏悔录》中,奥古斯丁曾经回顾性地后悔自己"愚蠢地"沉浸在古典文学之中(Confessions,Ⅰ.ⅹⅲ;Ⅲ.ⅱ)。他谴责了文科研究,提出只有《圣经》才是真正的文科研究。他在《论基督教教义》和其他著作中稍微修改了自己的观点。虽然他同情柏拉图以道德为基础论证的要放逐诗人和戏剧家的观点,但他所认为的诗歌与真理有联系的观点却有点不同。他提出,绘画、雕塑和戏剧都必定是虚假的,它们不是出自应当如此的意图,而仅仅由于无法成为它们所表现之物。悖论性的是,艺术家不可能忠实于自己的艺术目的,除非他作假。中世纪美学的问题之一在于,要使尘世之美与精神上的全神贯注达成一致。对奥古斯丁和大阿尔伯特(Albertus Magnus)、波拿文都拉这样一些中世纪的哲学家来说,美并不专门涉及物质对象;相反,它意味着某些条件之间的和谐关系,无论这些条件是物质的、理智的,还是精神的。受到西塞罗的影响,奥古斯丁认为美的要素首先是整体的和谐,其次是各部分按适当比例安排的统一(Confessions,Ⅳ.ⅹⅲ)。

奥古斯丁的美学依赖于一种修正过的柏拉图式的框架,它诉诸物质世界从属于的一个更高的精神领域。同样,由感觉要素构成的艺术与精神生活相比,被认定属于真实的较低层次,远离了上帝、存在的终极根源和据以衡量一切事物合于真实的标准。因而,早期的教会怀着一种部分来自柏拉图的形而上学的理想主义,坚持认为真实是精神性的,对世界的感官感知和观察并不是通向真理的可靠途径。然而,由于教会陷入其中的各种神学论争,物质世界并没有被当作不真实的而遭到拒绝,却被接纳进了神创造的图式,占据了一个仍然很卑下的地位。尘世事物的美被认为是对其神的根源的表现,有赖于它们的统一——即神性的统一——它们模仿了上帝的"唯一性"。这关系中世纪基督教对"一"与"多"的看法:正是终极的上帝的统一,才把统一与和谐授予了世间巨大的多样性。世界是上帝之诗,它通过和谐与具体的均衡显示了上帝的美(CG,Ⅺ.18)。

奥古斯丁使古典思想和文学适应基督教之目的的策略,被证明了对中世纪的哲学和神学倾向具有深刻影响。这种策略也成了奥古斯丁的重要著作《论基督教教义》的标记,在这里值得对它进行考察,因为它不仅涉及基督教可能对古典修辞学和学术的利用,也清晰地说明了奥古斯丁关于符号和比喻语言(figurative language)的理论。《论基督教教义》致力于理解和解释《圣经》,它的头三卷写于公元397年。第四卷涉及修辞学在《圣经》教学中的运用,增加于公元426年。奥古斯丁提出,为了发现《圣经》的意义,我们必须考虑到事物与符号,换言之,事物即应当传授给基督徒的东西,符号则是表达这些事物的方式。他把事物与符号区分开来,认为前者绝不被用来表示别的任何东西。他接着说:"每个符号也是一种事物……但并非每种事物也是一个符号。"[4]

第一卷涉及事物的本质。奥古斯丁断言,有些事物是供使用的,有些事物则是供享受的。他声称,"享受一个事物就是为了它本身而满意地停靠在它之中。另一方面,使用就是要利用可以支配的一切手段去获得欲求的东西"(Ⅰ.4)。因而,享受某种东西就是要把它本身当作目的,从中找到自己的快乐(Ⅰ.33)。因此,应当像这样享受的唯一对象是"三位一体的上帝"(Triune God)或"三位一体"(Trinity),"他是我们最高的善和我们真正的幸福"。奥古斯丁对"三位一体"的特征界定如下:"在'圣父'是统一,在'圣子'是平等,在'圣灵'是统一与平等的和谐。"(Ⅰ.5)因此,只有"真正的享受对象"才会成为"永恒的和不可改变的"对象。其他一切对象都是供使用的,只不过是我们借以达到享受上帝的手段(Ⅰ.22)。这样,使用与享受之间的差别,就包含了手段与目的、从属与本质、暂时与永恒、物质与精神、旅途与目标之间的差别。实际上,这些差别都是以此世(this-worldliness)与彼世(other-worldliness)之间的广泛差别为基础的,这两者之间的差别在很多世纪里都是基督教神学的核心问题:世界本身绝不可能超出手段的地位;甚至世界之美也绝不可能就是目的本身。世界上的客体是为了这样的用途、这样的手段的;奥古斯丁认为,即使它们为人所爱,我们的爱却不在于它们,而要涉及上帝。

世界因此被剥夺了一切**字面上的**意义:它的意义不在其孤立的各部分,甚至也不在把一切部分联系起来的关系的系统中,而在它有可能指向超越自身、达到它在另一个界域里所表示的东西,这种指涉的存在由超验的目标支配着。这种自我超越(self-transcendence)的机制是假定的物质与精神的和谐一致:物质世界的各种要素不是为了它们自身存在,而仅仅是为了指向超越自身达到精神领域。因此,世界在本质上成了象征性的,始终都涉及超越自身而获得意义,而我们的表现方式必然是寓言式的,因为意义纯粹字面的层次是无效的。这个层次要起作用,只有通过在意义的象征层面上超越自身:意义系统不是在字面层次上横向延伸到与其他词语的关系,与索绪尔对语言的描述不一样,而是向下穿过这些不同的寓言层面。世界上没有什么对象能够具有意义、重要性或含义,除了涉及上帝之外。奥古斯丁声称:"我们的生活中没有哪个部分没有被占据,可以说,没有哪个部分能为希望享受其他某个对象提供余地……对上帝的热爱……没有任何河流经历过从它自身向后退,没有由于它自身的转移而使流量减少。"(Ⅰ.22)只有上帝才会为了他自身而被热爱,其他一切事物只有涉及上帝才被热爱(Ⅰ.27)。显然,人类的认识和感知的全部系统都只得到一个目的的支持,这个目的是由神的中介从外部强加的,它本身不是认识论的。换言之,认识只可能前进到早已得到支持的东西,只能遵循早已被指定的唯一道路。奥古斯丁认为,对信仰、希望和热爱来说,一切"认识和预言都是有用的"(Ⅰ.37)。

虽然奥古斯丁表面上认为世界是由"事物"构成的,但他坚持认为,那些事物要被利用,而不是享受,这个观点实际上与它们的**符号**地位一致,因为它们具有的意义不在它们自身之中,而在于只要它们表示出精神要素或者使之成为可能。的确,因为世界本身的要素按其潜能被体验为作为走向上帝的路径,所以,世界本身就成了对上帝之"言"(Word)的表现。换句话说,被基督徒体验的世界在实质上不是一种事物或一系列事物,因为它被变成了一种符号或符号系列。奥古斯丁声称:

> 我们在自己内心拥有的言辞成为一种向外的声音,被叫作言说;然而,我们的思想在那声音中没有失去自身,而是保持了自身的完整,具有了言说的形式,却没有因变化而改变它自身的本质:因而,"神之言"虽然没有经历本质的变化,却成了具有血肉的,以致他得以寓居在我们之中。(Ⅰ.13)

这里的类似之处在于这两者之间,即人类的内在言语或思想在言说之中将自身外在化以及"神之言"以人类的形式将自身化身为基督。基督通过自己的物质与精神存在,为人类语言进入"神之言"做好了准备,提供了一个原型式的联系点,"神之言"在这个点上可以赋予世界——以及表达这个世界的人类语言——其理想化的形式、方向和目的。奥古斯丁谈到神的智慧时认为,"虽然'智慧本身'是我们的家,但他也使自己成为我们应当到达自己家的道路"(Ⅰ.11)。作为"圣父",上帝既是根源,也是目标;作为基督,他是道路。作为基督,作为相互混合的神与人的组成部分,他浸透了世界与这一可能性之间的关系,即克服其本质的物质性,把它们赋予意义的要求投射到精神领域,达到最终通往上帝的精神之路的状态。因此,在尘世中被物质化为基督的"上帝之言",唤起了意义的更大力量,使人类思想外在化的言说能够由此上升到世界内容的地位之上,超越单纯的物性。

在第二卷里,奥古斯丁转向了对符号的研究。他把符号界定为"一种事物,除了它给感觉留下的印象之外,它使其他事物作为其自身的一种结果出现在心里"(Ⅱ.1)。有趣的是,奥古斯丁并没有像晚近思想家那样通过特定存在与普遍意义之间的二元性来界定符号(例如,作为一个特定对象存在的一朵玫瑰,却可能具有一种普遍的象征意义,表示爱情);相反,奥古斯丁似乎根据这种二元性来看符号,即一方面根据孤立的感性存在,另一方面根据引起进一步心理表现的符号的因果关系作用。奥古斯丁早于索绪尔很多个世纪就已对自然符号与惯例符号进行了区分。他认为,自然符号没有体现任何人类的意图,却依然导致对别的事物的认识,正如烟雾表示失火一样。这样的联系只有通过经验来揭示(Ⅱ.1)。对比之下,惯例符号"是那些有生命的存在相互交流表现……自己心灵感受、感知或思想之目的的符号"(Ⅱ.2)。当然,大多数和最重要的惯例符号是词语。

奥古斯丁认为,甚至上帝在《圣经》中赋予的符号,也要通过人类来了解,需要进行研究。他认为,经文的困难大多源于两个根源,即未知的符号与含糊的符号。符号要么是准确的,要么就是比喻的;它们在指涉意中的对象时是准确的,在那些意中的对象被用来表示别的事物时是比喻的(Ⅱ.10)。对未知的准确符号的主要补救,就是要了解《圣经》的语言(拉丁语,希伯来语,希腊语);奥古斯丁甚至承认,解释的多样性是有用的,因为解释的多样性经常会使模糊晦涩的段落变得清晰(Ⅱ.11,12)。在比喻符号的情况下,它们的意义一部分要通过了解语言来追溯,一部分要通过了解事物来追溯。例如,研究"亚当""夏娃"和其他名字的意义,有助于澄清《圣经》中的很多比喻性表达;有时,这些符号预设了一种对事物的认识,无论是动物、矿物,还是植物,都要靠比较的方法来使用它们(Ⅱ.16)。总的来说,虽然奥古斯丁承认《圣经》的某些意义隐藏在"最为浓密的暗昧"之中,但他解释说,"所有这些都是神出于努力抑制傲慢的目的而安排的",并且也是出于在通过符号交流认识时增加愉悦的目的而安排的(Ⅱ.6)。此外,我们必须"相信,无论其中写下的是什么,即使被隐藏起来,比任何事情都好和都真实的是,我们可以通过自己的智慧去设想"(Ⅱ.7)。再一次,认识系统被认为是封闭的、受到限制的,因为它要靠上帝的全知全能和先见之明。人类的认识永远都是对上帝的部分仿效,以及追随上帝的渴望,这种认识早已为上帝所知。

奥古斯丁就异教的知识对基督徒提出的忠告是,在异教的知识陷入迷信时,就应当拒绝它;但异教的科学和哲学中一切有用的东西都应当拿来为基督教所用。例如,推理的辩证法或科学可以极大地有助于我们理解《圣经》,它规定这门科学不是用于纯粹无价值之物,不是通过聪明的使用词语来诱骗对手。此外,只有这样的词语修饰才应当用来与"目的的严肃性"达成一致(Ⅱ.31),我们应该记住,支配着逻辑推论的法则无法确保真理,这完全是另一个问题(Ⅱ.34)。奥古斯丁之所以承认辩证法和逻辑学是由异教思想家发展起来的,并不是认为这些科学是由人类发明出来的,因为逻辑序列"永远存在于事物的原因之中,其根源在上帝那里"(Ⅱ.32)。相似地,定义、分类和划分的科学,不是人类创造的,而"是从事物的原因发展出来的"(Ⅱ.35)。

奥古斯丁有关运用修辞学的规定很相似。与辩证法一样,修辞学可以为智力提供训练,但我们应当小心受到诱惑,使理智倾向于造成危害和空虚。此外,辩证法和修辞学都是工具性的,仅仅是达到更高目的的手段;就它们本身而言,它们不可能产生幸福生活的秘诀(Ⅱ.37)。再一次,虽然奥古斯丁坚持认为雄辩术的规则是真实的,但声称,这些规则并非人类发明的;相反,某些充满深情的表达赢得了听众,明晰而简洁的叙述影响了听众,多样性维护了有趣表达的规则或环境,只有这些情况才是人类发现的(Ⅱ.36)。

奥古斯丁告诫年轻的基督徒"不要轻率冒险"去追求异教学问的所有分支,而要仔细地对它们区别对待(Ⅱ.39)。他承认,异教哲学家,尤其是新柏拉图主义者,不仅表达了"虚假的和迷信的幻想",也表达了"文科教育的教诲,它较好地适应了对真理的运用,以及一些优秀的道德规则"。这些应当被基督徒采纳,他们可以使自己致力于在传播福音时"恰当"运用那些教诲(Ⅱ.40)。最后,奥古斯丁试图正确地评估异教认识的价值,认为这些认识"与《圣经》的认识相比"是贫乏的,"因为无论人类从其他资源中学到了什么,只要它们是有害的,都要受到谴责;如果它们是有用的,就可以被容纳"(Ⅱ.42)。因而,很明显,世俗认识与《圣经》的认识之间的关系,就是手段与目的之间的关系。《圣经》的认识是一种核心或焦点,其他一切认识都要聚集到它那里,其他一切认识要根据它来安排和评价。

在第三卷里,奥古斯丁讨论了模糊的符号。既然那些符号要么是直接的,要么是比喻的,那么他所关心的是提供一些规则,它们将指引读者去了解,无论是从字面上还是从比喻上去解释经文的特定段落。奥古斯丁声称,了解言说的象征物是必要的,因为《圣经》中广泛使用了比喻,当涉及的段落在字面上出现了荒诞的意义时,就必须考虑到它们运用比喻语言的可能性(Ⅲ.29)。他把象征物界定为一种表达方式,在其中"带着某种意图说到一件事情,而意图在于应当理解另一件事情"(Ⅲ.37)。

总的规则是,在字面上无论涉及什么段落,如果与"生活的纯粹性"不一致,或者与"教义的公正性"不一致,都必须被当成比喻性的(Ⅲ.10)。奥古斯丁援引了圣保罗的说法,即"文字能置人于死,但灵魂予人生命"。奥古斯丁告诫说不要从字面上对待比喻性的表达。在这么做时,我们要理解以一种"尘世的"方式所说的意思,像这样"盲目执着于文字",就会因此设定"灵魂之死",使理智从属于肉身。他认为,这是"对灵魂的痛苦束缚,是把符号当成事物,就不能把心灵之眼提升到超越肉身之物和被造之物,心灵之眼可以在永恒之光里吮吸"(Ⅲ.5)。这些评论有趣地阐明了基督教寓言的基础。"按照事物被表达的方式去理解它们"的字面意义(Ⅲ.37),与物质性和身体感觉的领域相适应。"以其来表达一件事物和理解另一件事物"的比喻性表达方式,试图把感知提升到一个精神的和理智的领域。字面意义停止于"事物"的不透明性,比喻意义则看**透**事物,把它们当成更加高贵的真理层面的单纯符号,废弃世界的物性,使它渗透一种象征意义,那种意义使它们的所有要素都指向死后灵魂的生活。因此,在寓言中奠定了各个意义层面的基础,每个层面都否定了(超越和保存在一种更高的综合之中)以前的层面。奥古斯丁认为这个上升的过程是一种摆脱了束缚的自由:无论谁对一个对象表示敬意而没有认识到它所表示的含义,实际上都处于符号的束缚之中;当我们首先理解了它们是符号(不是事物本身),然后理解了符号的意义之时,我们就摆脱了这种对符号的束缚(Ⅲ.9)。我们已经看出,奥古斯丁对使用与享受的区分,对基督徒来说,实际上把事物的世界变成了一个符号的世界:认为世界是物性,意味着把它本身看成目的;把它看成象征,就是把它看成达到更高目的的一种手段。因而,比喻性的语言成了一种提升我们眼界的方式,即摆脱本身作为对象或目的的世俗世界,走向上帝;不难看出,寓言怎样构成了一种系统的使用,并且控制了这样的语言。

我们必须意识到,比喻性表达方式的原因之一在于,同样的词语并非始终都表示同样的事物。在一段听起来令人吃惊的现代的评论中,奥古斯丁声称,"对象在其意义方面并非单一的,它们中的每一个都不止表示两种意义,有时甚至表示好几种不同的事物,按照在其中发现它的那种联系"(Ⅲ.25)。这似乎使人想到了一种相关的有关意义的观点,诸如从索绪尔以来很多思想家所强调的那样。奥古斯丁甚至鼓励对经文的各种解释,这些解释规定了它们"与真理的和谐……因为上帝就《圣经》所做出的更加宽容和更加丰富的规定,超过了可以在几种意义上去理解的同样的词语,它们全都被同时出现的其他段落的陈述证实为同样神圣吗?"(Ⅲ.27)因此,经文某个特定段落的解释的多样性,要受到严格控制,因为需要与其他在神圣性上被认可的真理达成一致,如在经文的其他段落中所表达的那些真理。确实,奥古斯丁认为,在解释一个有疑问的段落时,在缺乏出自经文的证据的情况下,我们可以运用理性的证据。"但是,"他告诫说,"这是一种危险的实践。因为借助《圣经》之光行走要安全得多"(Ⅲ.28)。首先,《圣经》的学生应当**祈祷**他们可以理解经文,因为"主赋予了智慧;从他嘴里说出了知识和理解"(Ⅲ.37)。奥古斯丁也解释了他自己的信念,即那是"圣灵"通过《圣经》的人类作者在言说(Ⅲ.27)。在这里呈现的知识与智慧的模式,是上帝控制下的完美体系的模式。一切有意义的知识和智慧都包含在《圣经》之中,它们是由"圣灵"激发出来的;人类可以把自己的理性能力和世俗知识的各个分支在某种程度上用来理解上帝之"言"。但最终,这种"言"处于人类语言和理性之上,人类必须寓言式地从对自己世界的字面上的理解,上升到象征性地把自己的世界看成一个巨大图式中的一小部分,那个图式包含了人类的世界并赋予了它意义。这个**世界**必须被理解为上帝之"**言**"。

在《论基督教教义》的前三卷里,奥古斯丁讨论了发现《圣经》之意义的问题。第四卷致力于探讨对那种意义的表现和交流,如在教学和布道活动之中。正是在这里,奥古斯丁广泛论述了基督教布道者需要利用修辞学。奥古斯丁很快就确定了,对基督教教师来说,运用修辞艺术是合法的;因为,如果"坏人用它来获得邪恶与毫无价值的事业的胜利……那么,好人为什么不站在真理一边来研究对它的运用呢?"(Ⅳ.2)他认为,基督教教师的职责是要传授正确的和反驳错误的,如有必要,就要用叙述来说明,用推理和证据来消除怀疑,用演说的气势来感动人们采取行动,用恳求、劝告和责备等各种策略来唤起情感(Ⅳ.4)。

不过,虽然雄辩术对基督教布道者来说很有用,但它与智慧相比并不那么重要,尤其是因为被分派的智慧并非人类的智慧,而是一种"上天的智慧,它来自'圣父'"。因而,基督教布道者只不过是这种更高智慧的执行者(Ⅳ.5)。这样,即使他的雄辩(eloquence)力量很弱,他也能凭借记忆和利用经文的丰富性得到帮助。因此,他本人的言辞将"获得实力与力量"(Ⅳ.5)。然而,如果布道者能够用雄辩术和智慧来言说,那么,他将提供更为重要的服务。再一次,很有趣的是,人类智慧与神的智慧之间暗含的联系;在缺乏前者的情况下(即缺乏修辞学的技巧),后者依然有能力,只要允许为了它本身而言说;不过,倘若经文很艰深,更加有效的交流就要靠言说者理解其意义,并懂得如何使听众参与。奥古斯丁劝告说,学习雄辩术要依靠模仿那些把雄辩术与智慧结合起来的人们,而不是向修辞学教师学习(Ⅳ.5)。

雄辩术与智慧的这种结合,最初是在《圣经》里发现的,它们"不是由人类的艺术和关注构成的,而是……从神之心灵的智慧和雄辩中流淌出来的"(Ⅳ.6)。奥古斯丁在这里进一步阐明了知识的概念是从上帝下降到人类的。在神的心灵中,一切知识都存在于一种绝对明晰的状态之中。然而,对人类来说,这种知识却是一种神秘事物,它不可能在没有《圣经》帮助的情况下被洞察。对《圣经》本身的解释和阐明,需要由那些不仅拥有必要的理智素质,也具有必不可少的精神纯洁性和启示的人们来进行。奥古斯丁声称,朦胧晦涩是经文的雄辩的一个必要因素。他坚持认为,这种朦胧晦涩是"有用的和有益的",其原因很多。首先,它是"设计来使我们的理解获益的,不仅由于发现真理,也由于锻炼了理解的力量"(Ⅳ.6)。第二个原因在于,朦胧晦涩将"闯入饱和状况之中,激发那些愿意学习者的热情"。最后,朦胧晦涩将"给那些无神论者的心灵覆盖上面纱,他们或者会转向虔诚,或者会被排除在对神秘事物的认识之外"(Ⅳ.8)。虽然奥古斯丁出于这些原因赞同经文的朦胧晦涩,但他坚持认为,基督教的布道者不必模仿的,恰恰就是这种朦胧晦涩,他不可能要求受到神启发的《圣经》作者的权威性。相反,他的首要目标是要通过运用清晰的言说来理解,要阐明"朦胧晦涩之处"(Ⅳ.8,11)。因此,他应当担忧的与其说是他的雄辩,不如说是他教学的清晰性(Ⅳ.9)。之所以这么说,是因为他如果只是清晰而没有风格上的优雅,那么,他就绝不会吸引多少热心的学生。他必须运用雄辩术,这样,他的信息就会"很有风味地满足大多数人的趣味"(Ⅳ.11)。尽管奥古斯丁本人作为基督徒进行过大量抵抗,但他最终还是开始像古典修辞学家那样发言,他优先关注的一个问题是,如何使自己的言说适应听众的构成和性质。

奥古斯丁似乎意识到了最后这个问题,援引了西塞罗的观点,或许为了证实后者的公正,并使他本人的阐述引人注意。奥古斯丁称赞了西塞罗的看法,即"雄辩家必须为了教学、使人高兴和劝说而演说"。虽然奥古斯丁赞同西塞罗认为的演说家不仅必须教导听众,也要使之高兴,以便吸引其注意力和说服听众,打动听众采取行动,但奥古斯丁甚至比西塞罗更加希望强调后者注重的教导是三种功能中最具实质性的。奥古斯丁声称,教导的真正功能是要清楚地指出真理;如果演说者不理解,他就不会说出他想说的话。尽管演说的风格可能会增加令人愉悦的效果,但奥古斯丁坚持认为,"真理本身,当以其明显的简朴展现出来时,给人愉悦,因为它就是真理"(Ⅳ.12)。这种强调真理重于风格的方面,似乎使奥古斯丁的基督教修辞学甚至有别于西塞罗那一类修辞学家,他们都很强调演说实质的重要性。

奥古斯丁详细研究了基督教强调真理与古典修辞学注重风格之间不稳定的平衡关系。不稳定是因为一方有可能破坏另一方;平衡是不对称的,因为对真理的表现被认为是必要的,而风格上的特点悦人心意,却非实质性的。情况由于奥古斯丁的忠告而进一步复杂起来,即基督教的演说者"将由于祈祷的虔诚而比依靠演说的才能更容易成功"。虽然他必须获得演说的知识与资质,但当演说时刻到来之时,他就应当依赖上帝。奥古斯丁提出,"因为那不是你在演说,而是你的'圣父之灵'在你身上演说"(Ⅳ.15)。在这里,我们有了基督教演说术的一个重要维度,它在古典修辞学中完全缺席。基督教演说家作为一个人的个人努力,几乎已被这一事实所破坏:他本人只不过是"圣灵"之言通过他来发言的一种工具。因而,他本人的人类知识和演说技巧只不过是为了这种以神之言来取代他的演说角色所做的准备。这里的一个暗含意义看来是,即使演说者在能力方面很弱,他纯洁而真诚的意图却可能求助于"圣灵"的帮助,借此把他的技巧提升到超过他所能达到的任何正常水平的程度。

尽管有这种重要的基督教的限制,但奥古斯丁重申,旨在强化什么是善的演说者,不应该轻视教导、给予愉悦和感动听众这三个目的中的任何一个。奥古斯丁把西塞罗对风格的三种划分当成是与这三个目的分别对应的。奥古斯丁修正了西塞罗的阐述,写道:"因而,他将成为雄辩家,他很少以一种受到压抑的风格来言说,为的是以一种有节制的风格来提供教导和适度之事,为的是以一种庄严的风格来提供愉悦和伟大之事,为的是改变心灵。"(Ⅳ.17)然而,由于基督教的演说者要就拯救人类灵魂发言,所以他始终都要涉及重大问题(Ⅳ.18)。尽管如此,他必须运用适合其场合的风格水平(Ⅳ.19)。虽然实际上的演说因为场合与主题的要求,也许还有教导和动人,从而混合使用了这些风格,但演说最终要激发起"对生活的改变"(Ⅳ.24)。提供愉悦和达到表现美的目的,必须有益于庄严风格的目的,那就是要"说服人们培养良善的习惯,放弃邪恶的习惯"(Ⅳ.25)。总的来说,一切演说都应当以清楚明白、风格优美和有说服力这三个优点为目标(Ⅳ.26)。奥古斯丁认为真理本身是良好风格的基础,这个观点奠定了他基督教化的有关修辞学的新定义:"因而,要雄辩地和睿智地演说,正是要表达真理,它要有利于用适合恰当的言辞来传授真理。"(Ⅳ.28)因此,雄辩在形式方面、风格方面的基础被曲解了,并且将其基础重新确定为内容上的功能。

注释

[1] *Cambridge Companion to Aquinas*, ed. Norman Kretzmann and Eleonore Stump (Cambridge: Cambridge University Press, 1993), pp. 4-5.

[2] St. Augustine, *City of God*, trans. Henry Bettenson (Harmondsworth: Penguin, 1984), Ⅰ.31.下文引

用写作 *CG*。

[3] *The Confessions of St. Augustine*, trans. Rex Warner (New York: Mentor, 1963), Ⅰ.xvii. 下文引用写作 *Confessions*。

[4] St. Augustine, *De Doctrina Christiana* (Calvin College: Christian Classics Ethereal Library, 2003), Ⅰ.2. 我发现这个译本特别实用,已经进入了公共领域,可以在 www.ccel.org/ccel/augustine/doctrine.iii.html. 网站的电子文本中找到。

第九章　中世纪晚期

历史背景

中世纪早期的某些思想家在很多个世纪里持续发挥着塑造性的影响。奥古斯丁的影响——尤其是他对人类意志和需要神之恩典的看法——持续到了中世纪晚期，但只有一条思想脉络与其他神学家的学说进行竞争。中世纪早期的另一位思想家波伊提乌也继续发挥着深刻的影响，主要通过他把亚里士多德的逻辑学论著翻译成的拉丁文译本，以及他对这些论著和新柏拉图主义者波菲利对它们之解释的评论。同样，中世纪早期的某些文学批评的潮流也延续到了中世纪晚期，或者说在中世纪晚期得到了复兴。语法批评和文本注释的传统从古典时代晚期以来完全得到了延续。寓言式批评和对异教与基督教文本的注解，也享受到了类似的延续。中世纪早期的新柏拉图主义思想最为突出的潮流之一，在公元 12 世纪经历了一次复兴。在这些连续性之外，中世纪晚期见证了新知识运动的成长，主要是各种形式的人本主义和经院哲学，它们出现在于中世纪晚期学术制度中成长起来的知识结构与划分的内部，即教会学校（cathedral schools）和大学内部。

为了理解这些思考文学的新方式——它们不可避免地与更加广泛的思想运动有联系——我们就必须考虑到成为中世纪晚期之标志的更大的社会与经济发展。正如在前一章里提到的，中世纪早期经历了罗马帝国、罗马行政管理与政府集中化体系的崩溃，商业、贸易和农业的衰败，以及在很多领域里回复到部落习俗与地方法律。在很大程度上留给教会（以及某些像查理曼那样的统治者）的是，对某种社会的和道德的凝聚力的尝试，以及对各种知识的与文学传统的保护和传播。中世纪晚期开始于公元 1050 年左右，在很多层面上经历了引人注目的进步。最为根本的是，出现了一次经济上的复苏。正是在这个时期，封建主义制度达到了相对稳定的形式。"封建主义"这个词语源于"封地"（fief）一词（中世纪的词语是 *feudum* 或 feud），它的意思是受到"封建地产"（fee）约束的一块土地；换言之，那块土地没有被拥有，但某个人有权耕种，以地产收益作为回报，或者为地主完成某些服务。佩里·安德森简洁地把"封地"界定为"土地的委托转移，由司法裁判权或政治权力授予，以兵役作为交换"（*PF*, 140）。

封建社会中的基本契约关系是在领主与封臣之间：领主拥有土地并提供保护，作为对此的回报，封臣必须服从自己的领主，缴税或租金，提供兵役或其他服务。小农场主经常放弃自己独立的土地所有权，以得到强势领主的保护。通常，封地（地块或某些公职）是世袭的，封建制度总的来说是一种固定的等级制，范围从最高的领主、君主，经过各种等级的贵族，诸如城堡主、男爵、伯爵和委托人，直到骑士。因此，这个等级制中的每个成员都是领主与封臣，都卷入了在其之上者和在其之下者的错综复杂的关系网络之中。然而，在更加宽泛的意义上，社会日渐被划分成两个阶层，一个阶层是拥有土地的贵族和僧侣，另一个阶层由大批农民构成，加上少数商人、交易者和工匠等中产阶级。农民本身也存在着等级，从佃户或租地农民，到农奴（他们被束缚于特定的土地之上），再到最贫穷的人，他们根据机遇出卖自己的劳动。显然，这并不是一种以个人事业、优点或能力为基础的制度。正如黑格尔后来注意到的，法律和政治结构并不合理，却是世袭地位、现存实践、传统和习俗的一种产物。话虽如此，至少在理论上，领主要受制于与农民的契约关系的条件，为农民提供军事上和经济上的保护。封建制度的基本生产单位是采邑或庄园：这包括领主的宅邸和领地（其土地的这个部分不为租用者所有），教区教堂，一个或几个村庄，以及在众多农民之间划分成条块的土地。土地的大小从 2 000 到 4 000 英亩。庄园大多是自给自足的，独立自治的，存在于相对独立的经济状况中，很少有对外贸易(PF, 137)。

封建主义的另一个构成要素是城市（cities）。到中世纪晚期，重要的城市社区已经形成。欧洲主要的城市包括巴勒莫、威尼斯、佛罗伦萨、米兰、根特、布鲁日和巴黎。其中的很多城市在财产和服役方面都享有引人注目的摆脱封建束缚的自由度。在经济方面，各个城市都由两种类型的组织支配着，即商业行会（merchant guilds）与手工工匠行会，它们的目的在于为自己的成员确保对地方贸易的垄断。商业行会限制对外贸易，确立统一价格。手工工匠行会的成员形成了一种包括工匠师傅在内的等级制，他们拥有自己的行业，而"熟练工人"则为他们劳动，还有学徒，师傅负责对他们的训练和抚养。手工工匠行会也要调节生产手段，尽力保持竞争的稳定性和自由，保持工资和价格的标准，甚至还反对新技术或更有效率的策略。行会对自己的成员抱着一种家长式的态度，在艰难时刻维持他们的生存，为他们供养寡妇和孤儿，并且发挥更加广泛的宗教作用和社会作用。行会制度部分依赖于基督教教义，起源于教会神父和阿奎那，它反对过度富裕或私有财产，谴责高利贷或收取利息，提倡价格公平，鼓励走向作为整体的共同福利的方向，而不是个人福利。至少，这些都是理论上的理想。

佩里·安德森借助马克思的洞见，评论了封建主义的一些结构性特征。最根本的是，由于封建权威要通过领主与封臣之间的复杂链条来传播，所以，"政治上的统治权从来就没有集中到一个单一的中心"。这种"统治权的分割"存在着三种结构上的后果。首先，领主与农奴这两个基本阶层没有任何直接的集中，没有被集中到所有权关系的相似形式的内部。领主从农民阶级那里榨取农业剩余物或利润，农民"栖息于一个要求与权力交叠的世界里"，多数人通过公共的和农民拥有的一些土地生存下来，能够在某种程度上形成"农民自治和抵抗"(PF, 148-149)。权力的这种分层的一个更为重要的结果，实际上是中世纪城镇的创建。封建制度率先在一种农业经济内部造成了城市的自主发展。即使古代世界的城市更大一些，但它们是由贵族统治的,而那些贵族主要是土地所有者。对比起来,欧洲中世纪的城镇都是"自治公社,享有脱离了贵族阶级和教会的、政治上和军事上的共同自治性"(PF,150)。马克思曾经注意到,在封建主义内部,城镇与乡村存在着一种**力量上的**对立。安德森把这种冲突概括为"由商人控制、组织成行会和行业的、日渐增长的商品交换的城市经济,与由贵族控制、组织成庄园和土地条块的、拥有集体与个体农民之飞地的、自然交换的乡村经济"之间的冲突(PF,150-151)。正是城市中的商人阶级与乡村中的贵族阶级之间的这种对立,最终刺激了资产阶级和资本主义经济的增长。

封建权力结构的第三个结果是封建主义内部的另一种结构上的矛盾。统治者对其臣民并没有最高权力;相反,他是一个"自己封臣的封建宗主[领主],把他们束缚在一起的纽带是相互效忠"。统治并非一种真正的"紧密结合的机制",这个事实对封建制度的稳定性和生存"造成了一种持久的威胁"。与此同时,"实际上的王权始终都必须对照作为一个整体的封建政治的天然本质来断定和估价,在持续斗争中建立一种外在于私人权限之契约网络的'公共'权威性"(PF,151-152)。

封建权力结构中的另一个矛盾是教会,它在古代晚期被合并到帝国权力的机制内部,成了封建主义内部的一种自治机构,也是宗教权威的唯一来源。一些因素导致了这种情况。到公元1215年"第四次拉特兰会议"(Fourth Lateran Council)的时候,僧侣理论(僧侣由此被授予了从教皇彼得那里继承来的某些权威)以及确定"七大圣事"①的理论,都增强了僧侣的地位和权力。教会作为精神守护者的角色,通过要求忏悔和威胁逐出教会得到强化与传播。此外,一些宗教改革运动已经扭曲了修道院、僧侣,以及根据封建贵族阶级的权力对教会官员的任命,并坚持教皇和教会在教会事务中的权威性。伯特兰·罗素评论说,教会从封建贵族统治下解放出来是"欧洲从黑暗时代中出现的原因之一"(HWP,305)。在这种解放之前,教会与国家权力之间的冲突成了"中世纪的地方病",尤其是从公元1050年到1350年左右的时期里,再加上后来知识发展的引人注目的结果(PF,152)。例如,但丁和阿奎那的思想就打上了世俗权力与精神权力之间的这种斗争的标记,正如奥古斯丁曾经对此提出过原型式的表达那样。奥古斯丁实际上把人类经验划分为"上帝之城"(civitas dei)与"尘世之城"(civitas terrena)这两个范畴。这些范畴——以及它们所体现的冲突——通过精神对世俗、教皇职位对帝国、灵魂的要求对身体的要求等众多外表延续下来。

这些内在的结构矛盾,全都促成了封建主义的衰落。封建主义成长的一个大规模结果,就是要相对于君主政治的权力,加强拥有土地的贵族阶层或贵族的权力。接着,封建主义衰落的一个因素是在几个国家里强大的甚或绝对的君主政治的成长和确立,特别是在法国、英国和德国。促进破坏封建结构的其他因素有:增长中的贸易国际化;城市的扩展和城市就业机会的增加,它吸引农民移居到城镇;开始于公元1096年的"十字军东征"(Crusades),它鼓动农民打破了自己与在外地主的土地的契约;"百年战争"(Hundred Years' War,1337—1453年),它巩固

---

① 七大圣事(seven sacraments):分别是圣洗圣事、坚振圣事、告解圣事、病人傅油圣事、圣体圣事、圣秩圣事和婚配圣事。

了法国的君主政治;著名的遍布欧洲的"黑死病"(Black Death)瘟疫,它造成了劳动力的短缺;1517年之后,各种新教教派的崛起,它们强化了认可世俗活动的潜在趋势。所有这些因素都促进了经济活动的激增,以及它们被宗教与政治意识形态合法化,这些趋势超越了封建主义约束力的边界。

中世纪晚期的知识趋势

中世纪的课程

处于中世纪晚期知识趋势背后的是这些显著的历史发展。重要的趋势包括各种形式的人本主义,它们源于古典语法学传统、新柏拉图主义和寓言式批评的遗产,以及以经院哲学著名的运动——它在很大程度上以复苏的"亚里士多德主义"(Aristotelianism)为基础,经过了伊本·路世德(阿维罗伊)这样的伊斯兰思想家的调和。这些晚期的知识趋势实际上开始于波伊提乌的逻辑学,并且被教育方面的发展——主要是教会学校和大学的崛起——所激活。大学最初是培训教师的机构或社团,通常由人文学科以及医学、法律和神学学科构成。人文学科的概念可以远远追溯到智者埃利斯的希庇亚斯(Hippias of Elis),他是苏格拉底的同时代人,以及修辞学家伊索克拉底,他反对柏拉图所坚持的以一种更加广泛的教育体制来进行纯粹哲学的培训。表示"自由艺术"①之体系的"最具权威性的章节"(*locus classicus*)是罗马思想家塞内加所用的一个词语,他把这些艺术叫作"自由的"是因为它们应当为自由人所具备,其目的不是为了挣钱。

到古代结束时,自由艺术(liberal arts)的数目被固定为七门,并且按照顺序排列,在整个中世纪里都被保留下来。头三门是语法、修辞学和辩证法(或逻辑学),从公元9世纪以来就以"三学科"("三道")知名;其他四门是算术、几何学、音乐和天文学(astronomy),曾经被波伊提乌命名为"四道"(*quadruvium*),后来以"四门高级学科"知名。正是马提安努斯·卡佩拉以名为《哲学与墨丘利的联姻》(*De nuptiis Philologiae et Mercurii*)的传奇形式描述了自由艺术,它在整个中世纪里一直具有权威性(Curtius, 36-38)。在七门自由艺术中,"三学科"的艺术是最彻底地高雅的,其中被研究得最详尽的是语法,它包含了对语言或正确言说的研究,以及对文学解释的研究。"文学"(*litteratura*)这个词语是希腊语"语法"(*grammatike*)的译名,"文学"指懂得语法和诗歌的人(Curtius, 42-43)。被研究的作者包括维吉尔、奥维德、多纳图斯、马提安努斯·卡佩拉、贺拉斯、尤维纳利斯、波伊提乌、斯塔提乌斯(Statius)、泰伦斯(Terence)、卢卡(Lucan)和西塞罗,以及基督教作家尤文库斯(Juvencus)、阿拉托(Arator)和普鲁登蒂乌斯等。这份名单一直扩展到了公元13世纪,外加属于寓言式解释和被认为是圣人的

---

① "自由艺术"(*artes liberales*):拉丁语,按字面意思为"自由艺术",也有译为"博雅艺术",今天一般译为"人文学科"。为了反映这些学科历史演变的情况,这里译为"自由艺术"。

异教作家。语法和修辞学教学早已获得了权威性的地位,正如在标准的和令人印象深刻的课程中的"著作人"(auctores,它的词源包括"权威性""作者"或"创作者")那样(Curtius,48—52)。

正是这种课程方面的权威性——加上支撑它的设想——遭到了经院哲学思想家的辩证法或逻辑学方法的排斥。如前面提到的,从公元 12 世纪开始,这些理性方法得到了教会学校和大学发展的促进。教会学校实际上取代了作为教育中心的残存的修道院。它们坐落在城镇里,最有名的是在巴黎、沙特尔和坎特伯雷。这些学校中的每一个都有教规引导,"经院学者"(scholasticus)在安排课程方面享有相对的灵活性。法国逻辑学者彼得·阿贝拉尔(Peter Abelard,1079—1142 年)在圣热纳维耶芙山(Mont Ste. -Genevieve)学校教学,意大利神学家彼得·朗巴特(Peter Lombard,约 1100—1160 年)曾在这样的学校里受教育。也许,推动这些学校的唯一最大力量是哲学的复兴,在古代结束时,哲学曾经让位于自由艺术,"不再是一个系统的学科和一种教育力量"(Curtius,37)。然而,在新学校里,哲学成了课程的一个重要部分。

这种复兴在公元 11 世纪晚期和 12 世纪初期由坎特伯雷的安瑟尔谟(Anselm of Canterbury,1033—1109 年)和前面提及的其他神学家作为先锋。这些思想家实际上开拓了以经院哲学知名的中世纪思想的主要学派或运动。他们借助波伊提乌的逻辑学,尝试对源于经文、教父和教会教令的基督教学说进行一种理性的和条理分明的解释。人们注意到了圣安瑟尔谟的策略之一是本体论的论证,它试图用逻辑手段证明上帝的存在。早期最重要的经院哲学家是洛色林(Roscelin)及其学生彼得·阿贝拉尔。后者通过其名为《是与否》(Sic et Non)的著作对晚期经院哲学产生了引人注目的影响,该书提出了一系列对比法,旨在揭示以权威为基础的论点的无条理性。虽然阿贝拉尔赞成《圣经》首要的权威性,他却鼓励大胆地把辩证法用作走向真理的途径,把逻辑学看成最重要的基督教的科学。以"判决大师"(Master of the Sentences)知名的彼得·朗巴特成了《箴言四书》(Libri quatuor sententiarum)的作者,该书收集了有关"道成肉身""三位一体"和圣礼的权威性"判断"(sententiae),它最终成了天主教神学的标准文本。

在公元 12 世纪的这次思想的"复兴"中甚至更为重要的是大学的普遍增长。古代的大学曾经在很大程度上致力于语法和修辞学的教学。正是在中世纪,我们现代的大学概念被创造出来,具有各种系科、正规的课程和学位的等级。最古老的大学是在意大利、法国和英国,包括博洛尼亚大学(1158 年)、牛津大学(约 1200 年)、巴黎大学(1208—1209 年)和那不勒斯大学(1224 年)。这些大学为"新的"亚里士多德的哲学扫清了道路,刚刚发现的亚里士多德有关自然史、形而上学、伦理学和政治学的著作,经过阿拉伯语和希腊语译本为西方所知。最重要的阿拉伯的亚里士多德思想家是伊本·路世德,他的学说无法与教会的学说取得协调。在教皇的鼓动下,对"新"亚里士多德的研究于公元 1215 年被禁止,但限制很少具有效力。正是"多明我会"①的学者们,试图调和基督教的信仰与希腊哲学(Curtius,54—55 年)。由此产生了经院哲学的巨大推动力,这种推动力在大阿尔伯特那里,然后在其学生托马斯·阿奎那那里达到了

---

① "多明我会":公元 1215 年由西班牙贵族多明我创立的一个基督教教派,也称"布道兄弟会"。

顶点。通过巴黎大学的多明我会的努力,"危险的亚里士多德被净化、恢复名誉并被批准。更有甚者:他的学说被合并到了基督教的哲学与神学之中,并以这种形式保持了权威性"(Curtius, 56)。

由于这些变化,学习的课程再也不把著作人名单当成首要的,那些著作人曾经在很多个世纪里被认为是渊博经验与道德原则方面的技术知识和世俗智慧的源泉。大学,尤其是成为欧洲教育中心之一的巴黎大学,已经变成教会的工具。哲学和神学获得了新的突出地位,而语法、修辞学和文学则被推到了有点成为背景的地位。有一些人本主义学问的飞地,如在索尔兹伯里的约翰主教领导之下的沙特尔学派,以及在牛津大学,罗杰·培根(Roger Bacon)这样的思想家在那里预想出了一种对待知识的科学方法,它将比经院哲学活得更加长久(Curtius, 56—57 年)。

中世纪的批评:历史回顾

按照广泛的历史关系被归入"中世纪批评"(medieval criticism)这个题目之下的内容,已被O. B. 小哈迪森这样的学者划分成几个时期。在后面将会看到,晚近的学术已经挑战了这种划分,其基础是人本主义与经院哲学之间明显的差别。尽管如此,哈迪森的图式,如下面所概述的,作为出发点是极为有用的。中世纪的第一个时期与古典晚期交叠在一起,它从公元前 1 世纪左右一直到公元 7 世纪。前一章里已经讨论过,这个时期批评的主导传统是语法的、新柏拉图主义的和寓言式的。新柏拉图主义出现于普罗提诺、波菲利和普罗克洛斯的著作中,并在其中得到了发展。寓言式注解的传统已经被确立,从斐洛传到克雷芒和奥利金,再被安布罗斯和奥古斯丁所吸收。中世纪批评的这个时期最为重要的文本是各种注解和文集,它们被合并到了语法课(grammar curriculum)之中。这当中包括塞尔维乌斯对维吉尔的评注,多纳图斯对泰伦斯的评注,狄俄墨得斯的《语法术》(*Ars grammatica*)和伊西多尔的《百科全书》。基督教作家包括德尔图良、拉克坦提乌斯(Lactantius)和奥古斯丁,他们与吸收异教文本的问题进行抗争;最终,基督教思想家和教师从根本上把研习的课程扩大到了囊括《旧约》的作者与大量基督教文学的范围,由此改变了世界文学的编年表和古典文本之"经典"的内容。正如哈迪森宣称的,语法批评是保守的,把焦点集中在理解与模仿的实际帮助之上,其次才集中在文学的道德功能之上。新柏拉图主义把对诗歌的看法提升为一种深奥的智慧库。

第二个时期是"加洛林文艺复兴",从公元 8 世纪到 10 世纪,产生了大量的评注,包括拉班·马罗(Rabanus Maurus)、奥塞尔的莱米吉乌斯(Remigius of Auxerre)和斯科图斯·埃里欧根纳(Scotus Eriugena)的著作。这个时期最为全面的修辞学论著是阿尔昆的《修辞学》,它在范围和重点方面都是西塞罗式的。出自这个时期的唯一纯粹的批评文献是《词语注释》(*Scholia Vindobonensia*),是对贺拉斯的《诗艺》的评注,意在帮助在语法课上解读贺拉斯。这个文本把诗歌界定为"创造[虚构]"和写作的"艺术";它赞成适度、克制和逼真的价值,提防创造不可能的或不可信的情节。作者解释说,诗歌要靠语法、修辞学和逻辑学来提供养料;它的内容是伦理学和四门高级学科。诗歌使人愉悦,提供道德教诲,唤起爱国精神(*MLC*, 23 - 28)。

接下来的时期从公元 11 世纪到 13 世纪(以中世纪盛期著名),经历了对新柏拉图主义之兴趣的复苏,它在一些方向上造成了知识上的动乱。这场动乱开始于公元 10 世纪末,起因是约翰·斯科图斯·埃里欧根纳翻译的假大法官丢尼修(之所以这么称呼,是因为在中世纪期间,他被误当成雅典的丢尼修,后者曾与圣保罗在雅典最高法院交谈)的著作。假想的使徒丢尼修的著作——它们实际上写于公元 5 世纪末左右——的权威性,使那些著作对中世纪的神学产生了深刻的影响。那些著作尝试对基督教教义与新柏拉图主义进行综合,也试图与卡尔西蒂乌斯(Calcidius)、马克罗比乌斯和波伊提乌的著作进行综合,这些人为后来的神秘主义论著奠定了基础。丢尼修的著作阐明了一个脱离物质世界、走向上帝的精神历程,重新强调了灵感、超越理性的理智,以及只有通过象征才可以交流的梦幻体验。丢尼修的象征主义导致了对超越的新的兴趣,正如哈迪森所说,他的上帝"是一个根据数字创造世界的建筑师或几何学家,或者换一种说法,是一位在事物的不和谐中创造出和谐的音乐家"(*MLC*, 29)。

丢尼修的著作成了中世纪柏拉图主义之更大模式中的一个有重大影响的因素,这种模式包括伯纳德·西尔维斯特里斯(Bernard Silvestris)对维吉尔的《埃涅阿斯纪》的评论,也表现在公元 12 世纪语法人本主义(grammatical humanism)的复兴之中。这种人本主义的复兴反映在一系列受到贝尔纳影响的有关诗歌艺术(*artes poeticae*)的论著之中,从公元 1175 年旺多姆的马太(Matthew of Vendôme)的《诗律艺术》(*Ars versificatoria*)开始,延伸到公元 1215 年左右梅尔歇莱的杰维斯(Gervase of Melcheley)的《诗艺》(*Ars poetica*)。这些论著之一是文绍夫的杰弗里的《新诗学》(*Poetria Nov-a*)(将在下文里较为详细地讨论),它在强调诗歌内在的和理智的要素方面,显示出这种显著的新柏拉图主义影响的踪迹。这些诗歌论著的主要目的在教育方面;它们都是手册性质的,重点在突出模仿训练,以及对语法和修辞学样式的了解。

这个时期的另一个主要的批评趋势是"作者评介"的传统(*accessus* tradition),属于语法注解(grammatical exegesis)的范围。"作者评介"是对课程作者的正式介绍,它要遵循一种公式,这种公式通过乌得勒支的贝尔纳(Bernard of Utrecht)和伊尔松的康拉德等作者的著作成了标准,康拉德的《教学法》(*Didasca-lon*)是最完整的范例。"作者评介"的公式包括:作者的姓名,标题,体裁,作者的意图,文本的卷数,程式在风格和教诲方面的状况,内容安排的秩序,该书在教学和道德方面的用处,对文本的解释或阐释,它所属的知识部门。这样的公式可以通过塞尔维乌斯追溯到希腊化时代;贝尔纳和康拉德所用的大部分材料都利用了古典晚期的一些概要,如狄俄墨得斯的《语法术》和伊西多尔的《百科全书》。康拉德提供了一份"作者名单",它说明了在教会学校中所用的课程:异教作者有荷马、维吉尔、贺拉斯、泰伦斯和斯塔提乌斯,他们成了基督教作者的补充。康拉德强调了模仿的重要性,要通过一切伟大的作家来练习模仿;他也强调说,理解诗人的根本原因是为理解经文做准备,这在实际上为作者名单增加了冠冕(*MLC*, 32-33)。

公元 12 世纪也产生了一些对昆体良、卡西奥多鲁斯和拉班·马罗之传统中的知识的考察。这种论著中最著名的例子之一是圣维克托的于格(Hugh of St. Victor)的《论教学》(*Didascalicon*),下文将加以考察。也很重要的是索尔兹伯里的约翰的《元逻辑》(*Metalogicon*),它描述了语法课及其对著作人的利用,也阐明了在以下双方之间爆发的论争,即同教会学校有联系的所谓人本主义文学研究的提倡者与同巴黎大学有联系的逻辑学的倡导者。正如哈迪森很有益地提出的,梅尔歇莱的杰维斯(Gervase of Melcheley)的《诗艺》(Ars poetica,约 1215—1216 年),可以被看成较古老的人本主义立场与较新颖的经院哲学立场之间的一种妥协的产物:在内容方面,它适合于作为教会学校的《诗艺》,但在按照逻辑学对同一性、相似性和矛盾的区分而放弃修辞学对诗歌样式的区分和对其分类方面,它是经院哲学的(MLC,34)。

中世纪批评的经院哲学阶段受到了伊斯兰哲学家的深刻影响,如阿尔法拉比(al-Farabi,约 870—950 年)和伊本·路世德,这个阶段的标志是把诗歌看成逻辑学的一个分支而非语法或修辞学分支的趋势。诗歌在这时被认为是一种使用语言的才能和技巧,而不是具有自身特定内容的学科。这种观点预见到了现代形式主义的诗歌概念。因此,虽然语法课把诗歌提升为使人愉悦的源泉和通过美德的范例提供道德教诲的手段,但经院哲学倾向于把诗歌看成一种单纯的再创造,甚至看成脱离了理解经文与阐明基督教教义的实质性神学任务。晚近论述亚里士多德的古典评论者已经提出了诗歌与逻辑学之间的联系,但在中世纪早期,这种联系被中断了,以利于对诗歌进行修辞学和语法论述。乌得勒支的贝尔纳和伊尔松的康拉德开始把诗歌与逻辑学联系起来,靠的是把"作者评价"的公式与亚里士多德的"四因素"说联系在一起;如我们已经看见的,梅尔歇莱的杰维斯用一种逻辑学体系来对样式进行分类。诗歌属于逻辑学还是属于语法的问题,成了有关人文学科的更加广泛的论争的一部分:教会学校坚持语法最重要,在运用"著作人"的传统经典来解释文学时,语法被赋予了核心地位,相反,刚刚出现的大学则认为,逻辑学在三学科中应当占有首要地位。

紧接着经院哲学阶段的是另一些人本主义的趋势,实际上开始于但丁的《论俗语》(De Vulgari Eloquentia),它认为,对伟大的诗歌来说,俗语(vernacular languages)是一种适宜的媒介。但丁的后继者们,如彼特拉克、墨萨多(Mussato)和薄伽丘,都可以被认为是过渡时期的人物,他们或者站在衰落中的中世纪一边,或者站在新生的文艺复兴一边。无论如何,他们都是人本主义文科研究的倡导者和诗歌的辩护者,反对晚期经院哲学对诗歌的诽谤,虽然他们经常都在使用经院哲学的论点。人本主义不仅在意大利经历了一场复兴,在法国也如此,《诗艺》的传统在那里的德尚(Deschamps)的著作中得到了恢复;寓言式解释的传统在佩特鲁斯·贝尔科琉斯(Petrus Bercorius)、约翰·德·里蒂瓦尔(John de Ridevall)和克里斯蒂娜·德·皮桑(Christine de Pisan)(在下一章里将较为详细地考察她)的著作中延续。寓言诗在《高文爵士和绿衣骑士》(Sir Gawain and the Green Knight)、《玫瑰传奇》(Roman de la Rose)这类不朽的作品里,在乔叟(Chaucer)的《坎特伯雷故事》(Canterbury Tales)和其他作品里,在高尔(Gower)的《情人的忏悔》(Confessio Amantis)和托马斯·马洛礼爵士(Sir Thomas Malory)的《亚瑟王之死》(Morte Darthur and Everyman)里,也得到了表现。在理论关系方面,主要问题仍然是诗歌在科学的全部图景中的地位。墨萨多和薄伽丘(将在下一章里考察)认为诗歌是一种受到神灵启示的神学,彼特拉克认为诗歌是教诲的手段和爱国精神的传播媒介。所有这三个人都反对保守的观点,即认为诗歌是使用语言来表现虚构和谬误的手段,缺乏任何内在的道德内容。薄伽丘推动了文艺复兴时期柏拉图主义的发展,彼特拉克则推动了文艺复兴时期人本主义的教育和修辞学的状态。

因而,总的来说,在文学批评的关系方面,中世纪晚期的特征是一种形成中的和广泛的语法人本主义传统,它从古典时代晚期延续下来。这种传统得到了新柏拉图主义和寓言式解释方面的发展的补充,由于经院哲学方面的各种运动而有点黯然失色,经院哲学接着又在公元14世纪的人本主义复兴面前让步。前述的中世纪文学批评的各种趋势的图画,不可避免得很简洁。它在设想方面也受到了挑战,这种设想认为经院哲学与人本主义的各种趋势之间存在着一种明显的差别。像 A. J. 明尼斯(A. J. Minnis)和 A. B. 斯科特(A. B. Scott)这样的学者已经提出,经院哲学与人本主义之间惯例上的差别是"容易误导的",无论是从编年史上来看,还是按照每种运动所谓的特征来看。[1]首先,他们声称,公元13世纪的经院哲学实际上是从公元12世纪的人本主义中产生出来的;此外,经院哲学学者不只是拒绝接受或忽视了对人本主义语法课来说如此重要的经典,相反,他们为了自己的目的重新利用了那些作品,实际上把早期的文学批评方法导向了对经文的研究。他们再次指出,公元14和15世纪的大多数所谓人本主义的文学理论,都把经院哲学作为其出发点,从中获得了很多基本的理念。这些理念包括:诗歌的用途,诗歌在科学等级之中的地位,诗歌的精神与道德意义,以及风格问题。按照这些学者和其他学者的看法,人本主义与经院哲学之间的关系最好被看成是辩证的,每个学派实际上都对照对方的立场来阐明自己的立场(*MLTC*, 7-10)。最近,马丁·欧文(Martin Irvine)把有关中世纪文学批评与历史的惯例性错误看法,归因于两种惯例性的"现代偏见":首先,文化史的一种"人本主义范例",其次,原教旨主义地把中世纪的文学兴趣变成一种"严格的宗教实用主义"。[2]因此,人本主义与经院哲学之间的联系,最好被看成流动的和相互限定的。就语法、修辞学和逻辑学(辩证法)这三学科的各种要素之间的联系,也可以说同样的话。正是这些学科的关系,才能清楚地表达诗歌在中世纪晚期的意义。这样,才有可能考察对诗歌的这些不同定位。

文学的状况

如前面表明的,中世纪的各种批评可以根据体现在学问体制中的对知识的广泛划分来分类。中世纪三学科的所有三个要素——语法、修辞学、辩证法——都是语言与话语科学,涉及解释与意义;它们的边界经常交叠在一起,有时确实会成为激烈争论的主题。相应地,文学定位的状况也在变化。从古典时代晚期以来,诗歌就已被定位为修辞学的一个分支;在中世纪晚期,诗歌研究日益被语法传统所吸收,但在经院哲学思想家手中,诗歌研究成了逻辑学领域的一部分。

中世纪批评的这些不同趋势,现在可以通过详细考察代表每种趋势的一两个重要作家来考察。我们可以从考察中世纪把文学置于知识的全部图式之中的倾向开始,正如将出现在我们对圣维克托的于格的分析中的那样。然后,我们可以从总体上考虑语法在中世纪思想中根本的意识形态的重要性,以及语法课(文学是属于它的一个重要部分)的性质与价值,以索尔兹伯里的约翰和但丁的作品为例。接着,我们可以继续考察对诗歌的定位,它先被定位于修辞学之中(在文绍夫的杰弗里的文本里),然后被定位于逻辑学之中(如在经院哲学思想家伊本·路世德和阿奎那那里,以及在但丁那里表现出来的那样)。最后,在下一章里,我们可以看出,把诗歌定位为哲学或神学的一部分,以薄伽丘和克里斯蒂娜·德·皮桑的著作为例(在对寓言式传统实际上的人本主义的复兴之中)。

中世纪批评的传统:文学与语法

中世纪的大多数知识趋势都奠基于源自古典语法传统的文本注解传统,这种传统被基督教学者们延伸到了对《圣经》经文的注解中。的确,对诗歌最为持久的定位是在语法课之中,把语法同解读诗歌联系起来,可以追溯到索尔兹伯里的约翰和拉班·马罗这些中世纪的作者,再上溯到卡西奥多鲁斯和维克托里努斯这些古典时代晚期的人物,一直上溯到昆体良,他曾经把语法定义为对诗人写作的呈示,以及正确运用语言的法则。

语法与诗歌的联系产生了三种特有的论述类型。第一种是**评论**或**注解**(commentary or gloss)。重要的评注可以追溯到古典时代晚期,如塞尔维乌斯和多纳图斯的评注。中世纪著名的例子包括约翰·斯科图斯·埃里欧根纳对假大法官圣尼修的著作的评注,以及里拉的尼古拉(Nicholas of Lyra)的《普世圣经评注》(*Glossa Ordinaria*),后者是中世纪对《圣经》的标准评注(*MLC*, 6-7)。要理解注释和评注在文本教学与传播中的重要性,我们就需要记住中世纪的书籍和手稿在物理上的特征。首先,存在着大量的文本变体:一个文本并没有以某种方式被固定和封闭。较为引人注目的是,页面在设计上要包括在很宽的边沿上的注释和丰富的评注;这在实际上意味着,文本与评注之间的划分并不像通常在现代文本中那样显得很清楚;文本要仔细地和精巧地编码到——甚至被包含在——由传统的解释传下来的一个更加广泛的意义系统之内(*GLT*, 17)。因此,就连文本的物质形式也会分享到语法的意识形态功能,正如很快将看到的,它为某些对世界的看法提供了理由。总的来说,中世纪的文学理论赋予了继承下来的文学形式以优先权,强调了以新颖的方式处理传统问题的优点,而不是发明全新的观点。

语法论述的第二种类型是"声律艺术"(*ars metrica*),因为语法课包括了诗体学和对标准诗歌形式的研究。这类著作的一个古典时代晚期的例子是贝德的《声律艺术》(*De Arte Metrica*),它包含了最早的分析重音节奏的诗体学之一;在中世纪的拉丁语论著中很有名的是但丁的《论俗语》(约1304—1307年),将在下面对它进行考察。中世纪的俗语论著包括厄斯塔斯·德尚的《修辞艺术》(*L'art de dictier*, 1392年),它促进了文艺复兴时期的一些文本的出现,如杜·贝莱(Du Bellay)的《保卫和发扬法兰西语言》(*Deffence et illustration de la langue francoyse*),以及乔治·盖斯科因的《课程笔记》(*Certain Notes of Instruction*)。语法论述的第三种类型是"作者评介"或作者介绍,前面已经对它进行过讨论。这种作者介绍在昆体良的《雄辩术原理》中有其根源,它提供了一份课程作者的名单;中世纪公式化地阐述著作人或标准作者的名单或经典的实践,在公元11世纪早期以"作者评介"知名的这些论著中被定型下来。正如在下文将出现的,但丁的《书信》(*Epistle*)在其方法方面是经院哲学式的,但也受到了"作者评介"传统的影响。

语法论述的所有这三种类型——评注、声律艺术和作者评介——都是中世纪人本主义的工具(*MLC*, 10)。应当说，中世纪的"语法"(*grammatica*)比我们现代的"语法"概念宽泛得多，它在中世纪思想和意识形态的整个图式中的重要性，不可能被估计过高。正如马丁·欧文最近提出的，虽然语法是话语艺术中的第一位(其他艺术是修辞学和逻辑学)，但它不只是众多学科当中的一门学科。从古典时代晚期直到文艺复兴早期，语法都具有一种根本性的作用，要提供学习、解释和知识的模式。它是一种社会实践，要提供唯一的运用读写能力(literacy)的权利，对经文的理解，对文学经典的认识，以及国际拉丁语文本共同体的成员资格。"语法"得到了欧洲中世纪占优势的社会与政治体制的支持；反过来，"语法"又起着支持那些体制的作用：法庭、教堂，以及一切重要的权力中心。这样，"语法"的权威性就成了宗教和政治权威的一种文本反映(*GLT*, 2,13,20)。正是"语法"，详细阐述了解释策略的规则，以便把某些文本建构为权威和价值观的知识库；它实际上把语言和文本建构成了知识的对象，由此预示了**一切**话语艺术，包括《圣经》和文学阐释、哲学、神学和法律(*GLT*, 2)。在古典时代晚期，语法和修辞学都在延续罗马"帝国"(*imperium*)的神话方面具有一种重要作用。维吉尔的文本被提升为一种国家"圣经"，他被看成语法方面的主要权威。语法学校中的文学教育具有一种意识形态功能：保护杰出祖先的功绩与特征，提供英雄主义和美德的文化范例。同样重要的是，语法成了传播某种历史观的工具。历史是一门独立的学科，却要通过标准的"著作人"和帝国神话来传授，把历史和帝国的形象培养成连续性的和统一的，要培养一种具有连续传统的神话，并培养把过去与现在统一起来的神话。这种帝国神话与维吉尔的"圣经"地位，在多纳图斯、塞尔维乌斯和马克罗比乌斯这些作家对维吉尔的评注中得到了揭示。随着基督教的文本共同体开始通过安布罗斯和奥古斯丁这样的思想家塑造自己的经典，语法也一直是根本性的(*GLT*, 78-86)。扩大了的基督教的经典并没有取代异教的经典文本，而是重新利用了它们，使它们从属于与基督教教义一致的寓言式解释，为了解读和解释经文而赢得语法学方法的支持。

以罗马作家瓦罗(Varro，公元前116—27年)阐明的语法为基础的中世纪语法模式，由两个主要因素构成：对文学文本的解释，阅读与写作方面的训练。后来在中世纪很有影响的一个文本是《维克多利的艺术》(*Ars Victorini*)，它把语法的解释维度划分成四个部分："读经法"(*lectio*)，涉及诗体学和朗读的原理；"叙述"(*enarratio*)，有关展示内容与解释的原理；"修正"(*emendatio*)，关于语言学上正确与文本上真实的法则；"评判"(*iudicium*)，涉及对文本的批评或评价。因此，语法包括了语言和文学研究；它构成了一个特殊的知识领域——传统文本的经典——以及体现在标准书面拉丁语(*latinitas*)中的语言法则(*GLT*, 3-4)。因而，很明显，语法成了整个书面知识体系与解释体系的基础。

通过语法来研究的语言，当然不是普通的言说或方言俗语，而是古典文学文本的语言。语法的真正性质及其在古典时代晚期和中世纪文化中的根本作用，赋予了书写以超过言说的特权。因此，尽管德里达评论了自柏拉图的《斐得若》以来西方传统中言说超过书写的优先权，但正如欧文所说的，从公元4世纪到11世纪经历了一场"语法"和书写在官方文化中的胜利(*GLT*, 12)。中世纪的文化以异教和基督教古典文本之经典的权威性为基础，最终由《圣经》使之完满；正是语法，阐明和激活了这种权威性，接着又从这种作用中接受了其权威性。倘若中世纪的文化最终是以《圣经》为基础的话，那么，"语法"就是这种文化的一种实质性前提。《圣经》使用的三种语言——希伯来语（Hebrew language）、希腊语和拉丁语——都被认为是神认可的，因此，《圣经》与书写相互认可了彼此的权威性。按照拉班·马罗的观点，上帝之律法的文字包含和透露了世界上过去、现在与未来的一切。拉班认为，书写是抵御暂时、变化和死亡的一种手段（GLT, 14）。

正如欧文认为的，文本性和批评话语的现代形式，都是更加悠久的语法史的一部分，这种历史经常被遗忘或被忽视。事实上，如他认为的，"语法"一直在塑造我们对文本、书写与文学经典的理解。我们可以把他的洞见扩大，并提出我们现代的阅读、书写和文本性的理论，当它们被置于这种漫长的视野之中时，也许显得并不那么激进。首先，我们现代的互文性（intertextuality）概念已经被预见，并且早已得到了阐明。正如欧文指出的，"语法"创造了一种文化，它是**互文性的**：一部书面作品被建构为一个文本，靠的是被授予了在一个更大的文本库之中的地位；它被解释为一个更大的文本系统的一部分（GLT, 15）。此外，很明显的是，中世纪的学者们坚持一种解读和解释的体系，它比我们今天习惯性地使用的各种方式更加错综复杂。一个文本共同体的成员资格，要求具备古典语言方面最高等级的读写能力，尤其是拉丁语。最后，多数现代的文学和文化理论，都以首先符合建构世界和我们自己的语言为前提。不过，也很明显的是，很多个世纪之前，"语法"早就已经非常精致复杂地用符号世界取代了事物世界；它早已把物性变成了语言，运用了一个跨越众多层次、巨大的意义等级的系统。这个系统正如在索绪尔那里看到的一切语言观那样，是有相互联系的。换言之，那个系统中没有任何要素会被认为具有什么孤立的或独立的意义。在所有这些方面，中世纪的文学理论都比人们以前所认为的要复杂深奥得多——也比我们自己的思维方式根本得多。现代理论与中世纪的"语法"完全成熟的碰撞终究要出现，尽管这种碰撞在丽塔·科普兰（Rita Copeland）和 A. J. 明尼斯这些学者的著作中已经开始了。这种碰撞会确保改变我们对双方的理解。

人类知识图式中的文学：圣维克托的于格
（约 1097—1141 年）的神学阐释学

圣维克托的于格的著作说明了中世纪把文学定位为一种有序的和有等级的知识图式中的一个组成部分的趋势，这种图式以语法传统作为基础。此外，马克罗比乌斯和其他新柏拉图主义者提出过很多问题，涉及身体与灵魂之间的联系，人类的终极目的，字面语言与比喻语言的使用，以及寓言式的解释，这些问题在写作于公元 12 世纪 20 年代后期、名为《论教学》（Didascalicon 这个希腊词语的意思是"启蒙的"或"适合于教学的"）的有广泛影响的论文中被提了出来。它的作者——圣维克托的于格，生于公元 11 世纪最后 10 年。他的名字源于他在巴黎的圣维克托修道院当教师和院长的那个环境，他从公元 1118 年起任职，一直到去世。那座修道院由尚波的威廉（William of Champeaux）创建于公元 1108 年。

正如于格在其序言中所说，《论教学》在实质上关注的是阅读：它试图为人们应当阅读的东西,以及他们阅读的顺序和方法制订指导方针,这些方针和方法适合于艺术与《圣经》。[3]因此,这个文本是一篇教育论文,主要针对中世纪课程中的教师和学生。正如杰罗姆·泰勒评论说的,与中世纪各种机构特殊化的课程形成对比的是,《教学法》"提出了一个计划,计划坚持传统艺术的整个复合体的不可或缺性,坚持要求所有人都按特定顺序对它们进行科学的探究,把这作为一种手段,既缓解世俗物质生活的弱点,又恢复与神的'智慧'的统一,人类是为了那种'智慧'而被创造出来的"(DHV, 4)。

作为一篇有关教育方法的论文,《论教学》属于一种可以一直向上追溯到波伊提乌、奥古斯丁、昆体良、西塞罗,再到柏拉图、亚里士多德和智者派的传统。在某些方面,它实现了对从前著作的一种综合,而这种综合是原创性的。正如泰勒注意到的,每次看来都是在"知识本身要开始适应世俗论"的时候(DHV, 4)。这是在宽泛意义上的公元12世纪的文艺复兴时期,在这个时期里,传统的中世纪课程受到了对待知识的世俗化与理性主义态度的挑战,部分受到了对希腊文本的重新发现的激发。此外,《论教学》中勾勒出的学习方法,对从公元12世纪以来整个欧洲的课程具有广泛的影响;它不仅对索尔兹伯里的约翰、托马斯·阿奎那和圣波拿文都拉那样的思想家的理念产生了影响,而且它就阅读和解释所提出的各种问题,在文学批评和今天我们自己的教育机构的其他学科之中,依然是中肯的。

于格在其论文开始时强调,我们应当追求的第一件事情是智慧,因为正是智慧"照亮了人类,使他们能够辨认自己……如果人类没有忘记自己的起源,那么,他们就会承认,一切要变化的东西都是无关紧要的"(Ⅰ.ⅰ)。促使我们走向这种智慧的第一个原则是"认识你自己":于格仿效柏拉图、毕达哥拉斯和其他人,断言我们的灵魂在其构成方面类似于外在于我们的事物的本质;它"在自身内部表现出想象出来的与那些事物的相似性"。因此,在认识我们自己时,我们认识了一切事物的本质。丁格解释说,在我们的尘世生活中,我们的心灵"被身体感觉弄麻木了",因而"忘却了它是什么"。不过,我们可以"通过教诲"使自己复原,"这样我们就可以看出自己的本质"(Ⅰ.ⅰ)。于格认可了毕达哥拉斯把哲学界定为追求智慧,但他坚持认为,这并非为各种技能所需要的那种实用的智慧;相反,它是"那种智慧,即它是事物唯一的原始'理念'或'范型'"(Ⅰ.ⅳ)。于格认为,智慧应当支配人类的一切行为和追求;唯有凭借知识和美德,我们才可能恢复我们堕落了的本质的完整性,因为正是对真理的预期和对美德的实践,才使我们恢复了与上帝的相似性。既然人是由不朽的灵魂和容易腐朽的身体构成的,那么,他就不得不在自己追求智慧时赋予其精神本质以优先性(Ⅰ.ⅴ)。于格把智慧划分为两个部分:"理解",它适合于"人类的"行为,即我们为了自己在自然界生存而产生的那些行为;"认识",它适合于"神的"行为,那些行为是我们为了恢复自己的神的本质而采取的。理解本身被分成两种,理论上的——涉及对真理的探究,以及实践的——它适合于我们的道德活动(Ⅰ.ⅷ)。

于格在一段陈述里回想起柏拉图在《理想国》第十卷里的观点,认为要顺应柏拉图的评论者们的观点(DHV, 55 n. 59),即存在着三类作品:上帝的作品,自然的作品,工匠的作品。上帝的作品要从虚无中创造出来;自然展现出被隐藏起来的东西;工匠模仿自然,他的艺术是一种"机械的"艺术(Ⅰ.ⅸ)。

到目前为止,于格讨论了理论的、实际的和机械的艺术的根源。接着,他转向了对逻辑学起源的关注,他认为逻辑学是认识的第四个和最后一个分支。他说,逻辑学是发明出来的,因为当我们追寻"事物的本质"时,我们需要认识"正确的和真实的话语的本质"。有趣的是,于格在自己的看法中以某种方式预见到了康德的观点,即没有对正确论点的认识,我们就很容易陷入错误之中,因为"真实事物恰好不符合我们推理的结论,正如它们不符合数学计算一样"。他像康德那样再次提出,如果没有对我们自己进行推论所用的工具的认识,我们就会得出各种"错误的和彼此相反的"结论。于格认为,理性的或论证的逻辑学可以划分成辩证法和修辞学;但理性的逻辑学本身是对语言逻辑学的再划分,它被分成语法、辩证法和修辞学(Ⅰ.xi)。他后来把语法界定为"关于怎样没有错误地言说的知识",辩证法是"有清楚判断的论证",它把真理与谬误区分开,修辞学则是"说服的学科"(Ⅱ.xxx)。

于格认为,总的来说,一切艺术(这里使用的"艺术"是在宽泛的意义上,包括所有知识的学科)都指向哲学,哲学是热爱神的智慧,那种智慧"在单独和同时的一瞥中领悟了一切事物的过去、现在和未来"。因此,一切艺术的终极目的就是要"在我们身上恢复与神的相似性"(Ⅱ.i)。如早已提到的,于格把哲学划分成四个分支,即理论的、实际的、机械的和逻辑的。理论的本身又分成神学、数学和物理学(Ⅱ.i);正是对数学的划分,才构成了"四门高级学科":算术、音乐、几何学与天文学(Ⅱ.vi)。有趣的是,于格认为四门高级学科涉及概念,它们"是内在地构想出来的",而三文科(语法、辩证法和修辞学)则涉及词语,"它们是外在的事物"(Ⅱ.xx)。于格认为,这七门"科学"是"古人为教育专门挑选出来的,因为它们超过了其他一切有用的东西",它们是后来独立探究的基础,因为它们最大限度地使心灵准备好"完整认识哲学的真理"(Ⅲ.iii)。的确,于格重申了这"七门自由艺术",它们是哲学的组成部分,提供了"一切知识的基础";因此,学生应当使自己致力于掌握这些艺术。他告诫说,这些真正的艺术应当有别于单纯的"艺术的附加物",那些附加物包括"诗人们的一切诗歌——悲剧,喜剧,讽刺诗,英雄诗和抒情诗,抑扬格诗,某些说教诗,寓言和历史",以及虚假的哲学著作,它们"以混乱的话语"模糊了"单纯的意义"。这些"附加物"可以为了娱乐而被阅读,但不应当取代艺术。此外,他坚持认为,七门自由艺术相互"依赖"和彼此吻合,因而其中没有哪一门在追求成为哲学家时可以被遗漏(Ⅲ.iv)。他警告说,每门艺术都拥有它自身的特定领域,依其内容和方法而定,其特定领域不应被跨越(Ⅲ.v)。

前述内容表现出了于格为阅读过程(reading process)提供指导的知识和教学法框架。他认为,当我们需要详细说明一个特定文本之时,我们的说明包括三个要素:"文字,意义,内在意义。"他所说的"文字"是指词语的适当安排;"意义"是"文字在表面上呈现出来的某种现成的和明显的意义";"内在意义"则是"只有通过解释和评论才可能发现的更深刻的理解"(Ⅲ.viii)。详细说明的方法是分析,它"从有限的或被限定的事物开始,朝无限的或未限定的事物前进"。此外,我们在进行探究时,是"从普遍下降到特殊"(Ⅲ.ix)。

于格为阅读和解释《圣经》提供了一种相似的指导图式。他认为,同把真理与谬误混合在一起的哲学家的著作相比较,《圣经》的文本受到其绝对真理和摆脱了谬误的限定。那些《圣经》是由"培养起了广泛信仰的"人们创作出来的,而且他们都得到了"普遍性的教会的权威性"的支持(Ⅳ.i)。《圣经》文本区别于哲学文本的另一个重要方面在于,在《圣经》中,"不仅是词语,而且就连事物都具有一种意义"。哲学家们只懂得词语的意义,那些意义是靠惯例建立起来的,表达了"人类的声音";然而,事物的意义由自然规定,表达了"上帝的声音","远远超过了优秀"。于格把"词语"界定为"人类感知的符号",事物则是"与神的'理念'的类似之处"。人类的声音或"外在的词语"甚至在被说出时就衰退了,"内在词语"、心里的理念则是永恒的。因此,在《圣经》里发现的理解是深刻的,因为我们在其中"通过词语达到了概念,通过概念达到了事物,通过事物达到了它的理念,通过其理念达到了'真理'"(V.iii)。阅读《圣经》的结果在于,"或者以知识训导心灵,或者以道德武装心灵。它教导我们,使我们高兴的是认识,使我们需要的是模仿"(V.vi)。

与寓言式解释传统中的很多作者(诸如奥古斯丁、贝德、阿奎那和但丁)不同的是,于格提出了对经文的三重(而非四重)理解,这一看法受到了格列高利一世的影响,类似于哲罗姆和奥利金所提出的寓言的各种层次(*DHV*, 120 n.1)。于格认为,《圣经》具有"三种传达意义的方式——历史、寓言和比喻的解释"。历史表达了意义的文字层面;寓言涉及精神或神秘意义;比喻的解释指解释的道德层面。于格告诫说,我们不应当在《圣经》文本的每个地方都试图发现意义的所有这些层面,而应当"按照理性的要求把个别事物适当地分派在它们自身的地位之上"(V.ii)。

就阅读经文时要遵循的顺序而言,于格坚持认为,在进行到寓言式解释的其他层面之前,就要掌握字面的或历史的阅读。他把"历史"界定为"不仅叙述真实的事实,而且是一切叙事的最初意义,它根据它们固有的性质来使用词语"。他强调说:"有关神的学问的基础和原理就是历史……寓言的真理是从历史之中抽取出来的。"他概括了解释的三个层面,认为历史提供了"赞美上帝功绩的手段",寓言是"相信上帝之神秘性"的手段,道德是"模仿上帝之完美"的手段(Ⅵ.iii)。

在关于寓言的主题方面,于格把《圣经》比作一幢建筑:铺垫在泥土中的石头地基就是字面意义;石头上面的层次是为其他一切起着"第二基础"作用的上层建筑,即精神意义。经文"在其字面意义上包含了很多东西,它们似乎既彼此对立,有时又透露出带有荒谬或不可能味道的某种东西。但是,精神意义不容许有任何对立;在它之中,很多东西都可能彼此有别,但没有哪个可能是对立的"(Ⅵ.iv)。寓言式的上层建筑包含着一些神秘事物,如"三位一体"、恩典、原罪与复活。于格告诫说,学生要建立一种已被接受之教条和"不可动摇之真理"的结构,这样,他就可以安全地在这种结构之上建立"他后来发现的无论什么东西"。他随后将"懂得如何把《圣经》的所有段落转变成合适的解释",这样就能够判断什么是与"可靠的信仰"一致的(Ⅵ.iv)。虽然于格早就坚持不能忽视对经文的字面阅读,但他在这里警告说:"文字置人于死,但精神将要审判。"他告诫说,只单纯遵循文字,很快就会使人陷入错误之中。因此,我们必须"以这样一种不至于使我们自己的感觉偏向《圣经》作者的方式来遵循文字",要确保"我们不以这样一种方式遵循文字以至于否认对真理的整个判断在其中被放弃"(Ⅵ.iv)。

于格强调说,寓言式研究和历史研究中的阅读顺序是不同的,因为历史"遵循时间的顺序",寓言则遵循"认识的顺序",即我们应当据以从明晰的事物进行到模糊的问题。因此,他建议,其中"宣扬了明显真理"的《新约》应当先于《旧约》进行研究,在《旧约》里,"相同的真理以一种隐蔽的方式来宣扬,被符号所覆盖"。例如,《旧约》里做出的很多预言,它们只有通过生活和基督的作品显露出来(Ⅵ.vi)。

于格认为,正如对世俗文本的说明一样,对经文的解释包括"文字、意义和更深层的意义"。在他对世俗著作的分析中,涉及词语安排和句子结构的文字在每种话语中都可以找到(Ⅵ.ix)。意义是词语的某种安排最明显的含义;不过,有时词语本身可能具有一种明显的含义,但它们的全部意义是模糊的。于格认为,某种意义的确可能是难以置信的、不可能的、荒谬的或虚假的(Ⅵ.x)。相反,"神的深层意义绝不可能是荒谬的,绝不可能是虚假的"。它"不容许任何矛盾,始终都是和谐的,始终都是真实的"。意义的这个层面始终都要求解释和努力;如果我们无法确定这种意义,那么,我们就应该牢固把握作者的意图(这一点似乎可以得到确定);在做到这一点不可能之时,我们至少应当引出一种"与可靠真理一致的深层意义"。于格再次针对把我们自己的意见强加于文本的做法告诫说:我们应当努力使我们自己的想法与《圣经》的思想达成一致,而不是强制使经文与我们自己的思想达成一致(Ⅵ.xi)。在所有这些设想中,于格实际上追随了中世纪文学批评实践的主流:阻止新奇性和个性,词语的意义最终必须由受到经文限制的语义领域来约束。

维护和界定语法课:索尔兹伯里的约翰(约 1115—1180 年)

索尔兹伯里的约翰的著作同样是公元 12 世纪时中世纪在知识和教育方面复兴的征兆。正是在这个时代,语法课得到了扩大,由于广泛接触亚里士多德的逻辑学论著,逻辑科学在很多学科中取得了核心地位,不仅包括自然科学,也包括文学、哲学和神学。约翰的《元逻辑》(1159 年)反映了并且在某种程度上说明了这些变化。实际上,它是一篇教育学论文,它针对一群诽谤者激烈地为三文科的要素辩护,那些诽谤者公然抨击语法、逻辑学和修辞学的价值。约翰主要以两部著作知名。其中的第一部是《论政府原理》(*Policraticus*),是一本政治家手册,它被认为是中世纪政治理论的一部经典著作。第二部是这里要考察的《元逻辑》。在《元逻辑》于公元 1159 年完成之时,这两个文本被送给了英国大臣托马斯·贝克特(Thomas Becket),它们是对贝克特发言的;这样一个高贵的读者保证要出版和发行手稿。约翰也是拉丁语诗歌和各种传记,包括贝克特的传记的作者。

约翰出生在英国的索尔兹伯里附近,公元 1136 年去巴黎学习逻辑学,师从彼得·阿贝拉尔、兰斯的阿尔贝里克(Alberic of Reims)和默伦的罗贝尔(Robert of Melun)这些著名教师。从公元 1138 年起,他在著名的沙特尔教会学校研习语法,师从沙特尔的贝尔纳(Bernard of Chartres)的继承人吉尔伯特·德·拉·波雷(Gilbert de la Porrée)和孔什的威廉(William of Conches);他跟随里夏尔·莱维克(Richard l'Évêque)学习修辞学,跟随贝尔纳的弟弟泰奥多里克(Theodoric)学习艺术。他于公元 1141 年返回巴黎,在罗贝尔·普鲁斯(Robert Pullus)和普瓦西的西蒙(Simon of Poissy)门下研究神学。他在罗马的教皇法庭度过了几年,最终成了坎特伯雷大主教西奥博尔德(Theobald)的私人秘书,后来专任其继任者托马斯·贝克特的私人秘书。他参与了教廷的各种使命,熟悉教皇阿德里安四世(Pope Adrian Ⅳ)。像贝克特一样,约翰由于为教会反对王权的权利辩护而招致了亨利二世国王(King Henry Ⅱ)的不满,两个人都被迫流放,到公元1170年教会与国王之间的关系稍有改善时才返回。虽然如此,接着发生了更多的争吵,结果,亨利国王于同年下令谋杀贝克特,约翰很可能经历了这一事件。公元1176年,他被任命为沙特尔主教,他在这个职位上一直到去世。值得注意的是,《元逻辑》在结尾时,说明了约翰对教皇阿德里安去世后和西奥博尔德大主教行将去世时教会的分裂所感到的痛苦。约翰提出,唯一的办法是要向上帝祈祷,希望可以出现一位值得效力的教皇职位的继任者,以及任命关心自己子民的国王。[4]

《元逻辑》长期以其优雅的拉丁语风格知名,它是中世纪显示出熟悉和发扬亚里士多德的《工具论》或逻辑学论著的权威性及其全部范围的第一部著作。《元逻辑》明显的目的是要为逻辑学(约翰在一种宽泛的意义上用这个词语来指语法、修辞学和逻辑学整个三文科)辩护,反对来自怀疑论者群体的攻击。这个群体由一个被约翰嘲讽地叫作"科尔尼菲西乌斯"(Cornificius,根据多纳图斯在一个文本里援引的声名狼藉的诽谤维吉尔的人命名)的人物领导着。约翰所轻视的对手的真实姓名不为人知;虽然约翰显然是要为传统的语法和逻辑学课程辩护,但如果认为他以某种方式片面地卷入"人本主义的"教会学校及其对语法的重视,与大学及其日益强化的对逻辑学的(更为狭义地界定的)强调之间的论争,却是过分简单化的。

实际上,约翰既为语法课进行了辩护,也为理智地致力于逻辑学和哲学研究进行了辩护,这些研究并没有以某种方式忽视人文学科,而是以它们作为基础。那么,他辩论的目标是什么呢?他把自己的对手"科尔尼菲西乌斯"的特征刻画为"假哲学家",其格言是"理性",却无休止地和毫无意义地忙于"毫无修养的争论"。他认为,这些"过度饶舌的逻辑学家"鄙视除了逻辑学(在狭义上界定的)之外的一切,并且对语法一无所知(ML,14,16,86)。

事实上,他认为,这个贫乏宗派的成员实际上已经抛弃了文科和哲学研究,转向了四种职业,他嘲弄地把这些职业叫作新的"准四门高级学科":他们成了僧侣和传教士,或者成了医生,或者参与宫廷服务,或者沉浸于追求赚钱(ML,16-20)。因此,他所嘲笑的对象显然是一种刚刚出现的渴求名利的心理,怀着一种明显的实用主义倾向,把整个人文研究领域当作无用之物丢弃,只抢救了对其实际的和世俗的野心有用之物。因而,约翰的努力是全面性的:他力图为在宽泛意义上包括了语法的逻辑学进行辩护;要求逻辑学研究一定不能孤立地进行(这只会导致过度琐细),而必须被看成是与一个更加全面的知识图式结合在一起的;强调逻辑学,哪怕是狭义上的逻辑学,应当以一种经过训练的方式来进行研究,那种方式要通过理解新近发现的亚里士多德的逻辑学论著去了解。

激发《元逻辑》的这种广泛的努力,不仅需要为语法、逻辑学和修辞学辩护,也要努力界定这些学科及其相互联系。约翰也把这种课程说成是由他自己的某些老师传授的。他把这些讨论置于他对语言的性质更加广阔的洞见、他对艺术和诗歌的看法、他对人类才能的说明及其宗教世界观的总体框架之中。

约翰从这一断言开始,即自然借助理性和言说这两种能力,把人类提升到其他造物之上。

这些活动互为先决条件：如果理性与智慧没有用恰当和雄辩的言说来表达，那么，它们就是使人丧失力量的和无益的。约翰甚至认为，雄辩术不仅是一切人文和哲学研究的基础，也是一切文明的基础，包括政治、信仰和道德(ML，9-12)。与科尔尼菲西乌斯声称雄辩术是一种自然天赋相比，约翰仿效贺拉斯断言，需要用学习与训练来培养和实现这种天赋(ML，30)。这种学习体现在逻辑学里，逻辑学涉及那些促进雄辩术的学科。约翰把逻辑学宽泛地界定为"词语表达和[论证]推理的科学"。[5]他把这个定义归之于"逻各斯"的"词语"和"理性"这两种含义。因此，逻辑学"包括了与词语有关的一切课程"(ML，32)。

在这种意义上，逻辑学指人文学科，约翰坚持认为，它们是一切理解的基础。这些艺术中的头三门即"三文科"，透露出了"一切词语的意义"。"四门高级学科"——算术、几何学、音乐和天文学——则揭示了"自然的一切隐秘"(ML，36)。在人文学科中居首位的是逻辑学，在其宽泛的意义上包括了语法，约翰(引自伊西多尔)把语法界定为"正确言说和写作的科学——它是一切人文研究的起点"。约翰后来的评论给我们提供了有关语法课的极端重要性的看法："语法是所有哲学的发源地……是整个学术研究的第一个保姆……它从我们婴儿时期起就养育我们，引导着我们在哲学方面向前迈出的每一步。它以母亲般的关爱，[在哲学家的追求中]从头到尾抚育和保护着他们。"约翰甚至认为，忽视语法的人不可能进行哲学探讨(ML，37-38)。有趣的是，约翰在这里的评论不仅揭示了中世纪人本主义的洞见，即哲学和智慧需要用恰当和雄辩的语言来表达，也揭示了现代的洞见，即哲学在本质上是一项语言学的事业，哲学的真正可能性在于对语言的把握，哲学内在地(而不仅仅是外在地表现出来的)是由从属于语法规则的语言的本质与范围塑造出来的。

像古典时代晚期和中世纪的很多思想家一样，约翰认为，语法为其他一切学科提供了基础，并且是通向其他一切学科的途径。他声称，"可以说，[语法]艺术是一条公共大道，一切都有权在这条道路上旅行"(ML，54)。他解释了语法的主要功能，它"并未被狭隘地限定于一个主题。相反，语法使心灵准备好了理解可以用词语来传授的一切东西……其他一切研究都要依赖语法"。确实，语法是"一切书写之物的关键，也是一切言说之母和主宰者"(ML，60-61)。语法是走向雄辩术和其他哲学追求的通道(ML，73)。语法甚至最终要对人类的最高目的负责，它是在为与上帝重新团聚做准备之中所进行的美德实践。美德必须以知识为基础；既然语法是科学知识的根源，那么正是语法，从一开始就植入了美德的种子；因此，语法的功能超越知识延伸到了道德和神学的领域(ML，65)。正如早已提到的，中世纪的语法概念比我们的语法概念更加具有包容性。按照约翰的看法，语法研究不仅包括了文字、音节与词语的性质和意义，也包括了诗体学、诗歌法则、言说样式的定义和用法、在历史和虚构叙事中使用的方法(ML，56-60)。

很明显，今天我们可能划归在文学阐释之下的大部分内容，在中世纪都被划归在语法的概念之下。的确，约翰指出，在他那个时代关于诗歌的恰当地位存在着某种争论。诗歌长久以来都被认为是修辞学的一个分支，而修辞学家在传统上都要列举和解释言说的各种样式。不过，到公元12世纪，修辞学的大部分内容都被吸收进了语法研究之中。而约翰则坚持认为，诗歌研究属于语法。他认为，虽然语法是人类的一种创造，它却忠实地模仿自然。这方面的一个例证是,诗歌的各种规则反映了自然,诗人必须"遵循自然对他的引导"(ML,51)。约翰在这方面所想到的是贺拉斯的说法,即诗人表达了由自然提供的人类情感的范围。对约翰来说,诗人在描述性格或者以言说来赋予那些性格时,遵循自然也必须考虑到诸如时代、地点、时间和其他环境等因素。然而,按照约翰的观点,某些批评家利用诗歌与自然的这种密切联系,认为诗歌是一门独特的艺术:"有些人否认诗歌是语法的一部分,要让它成为一门单独的艺术。他们主张诗歌不再属于语法,也不属于修辞学。"约翰本人的意见是:"诗歌属于语法,语法是诗歌之母和诗歌研究的保姆。"(ML,51-52)

今天,我们习惯了源于19世纪和20世纪早期的思想家与诗人们的理念,即诗歌是一个自主的领域,它不服从由道德、政治和教育等其他领域所强加的各种规则。如果我们通过思考得出结论,认为诗歌的含义被包含在语法中,而没有凭其本身的资格构成一个研究领域,那么,我们就可以看出,诗歌在实质上同语法一样,最终都要有益于同样的意识形态功能。在语法中起着支配作用的"正确性"原则,也将延伸到超过诗歌的领域;按照其真正的概念,诗歌必须包含支配着创造意义和联系词语的根本规则。这并非不允许诗歌中的新奇性或者认为它不可能;相反,必须创造出来的新奇性,是对早已存在之物的合理与预言性的推断,新奇性本身只能沿着某些被权威认可的渠道传播。简言之,诗歌是**一种受到支配的**活动,是一项受规则支配的事业,与受到语法支撑也支撑着语法的主导的意识形态结构具有内在联系。

诗歌对语法的这种实际益处,可以通过考察约翰的语言观和他对文学解释的说明来进一步阐述。他把诗歌置于语法之下,最终是以这一事实为基础的,即诗歌恰好是语法普遍符合自然的一个例证。约翰提出:"文字,是书写的符号,首先表现了声音。其次,它们代表事物,它们通过眼睛的窗户把事物传导到心里。"语法不仅赋予语言根本要素,也"训练我们观看和聆听的能力"(ML,38)。因此,语法包含了表示意义之过程的所有方面。尽管我们现代源于索绪尔和其他人的符号概念倾向于把一种**声音**或能指同一个**概念**联系起来,然后再把声音和概念的整个这一复合体与"事物"或对象联系起来,但对约翰来说,符号的出发点实际上是**书面的**刻写;换言之,声音在获得书写形式之前并未拥有能指的地位,因此,它早已成了语法的一个组成部分和创造物,从其诞生时起就属于整个语法规则的系统。我们的感官用以回应那些能指的真正方式受到了语法的控制。还有,对约翰来说,没有任何概念可以成为声音与事物之间的媒介:声音直接为事物命名,语言因此具有一种透明的特点,通过一种简单的交流直接反映世界。词语的意义正在于它毫无疑问地指涉一个事物。语法规则由此被强加于世界本身的运作。

因此,约翰虽然承认语法是"人类的一种创造",它是"任意的,以人的判断力为条件",但他对此做出了限定,断言语法"模仿自然",并且"要尽可能在所有的方面与自然一致"(ML,38-39)。例如,约翰声称,自然"在一切人之中"把元音的数目限定在五个。此外,人首先为呈现于自己感官的事物命名,因而名称被"铭刻在了一切物质之上"(ML,39)。言说的各个部分也模仿自然,动词表示事物中的变化,副词表示运动中的差别,形容词表示体现在事物中的品质(ML,39-41)。约翰甚至提出,"事物的特性充盈着词语",正如在我们把某些词语叫作"甜"或"苦"的时候一样,一般来说存在着一种"事物与词语之间的交互关系"(ML,47,50)。因此,对约翰来说,诗歌只不过是一种专门的和高度形式化的语法与自然相符的实例。对一致性的这种要求本身当然是有意识形态动机的:语法系统,以及它所激励起来的世界观,最终都是由神的旨意塑造出来的(ML,39)。此外,恰恰是语法系统,成了文明以及它区别于野蛮人的标志;约翰认为,野蛮是"对文明词语的败坏,那就是说,是对希腊词语或拉丁词语的败坏"(ML,52)。因此,文明不仅排斥欧洲之外的东西,也排斥只被当成当代欧洲的东西;文明被专门界定为以古典时代的过去为基础。约翰接着说,正确言说的最高裁判是习惯:我们会接着说,不是普通的习惯,而是"那些正确言说者的实践"(ML,49)。再一次,约翰很早就预见到了读者反应理论家们得出的这种结论,他提出,语法规则——阅读、写作和文学阐释的全部领域的语法规则——都是由有学问的和学术的精英规定的,他们是有特权的解释文本的群体,他们最低限度的资格是在"文明化的"语言方面有教养。

  这样一种群体不仅要具有很高程度的教养,也需要在文学解释活动中遵守某些严格的规则。我们早已看到,作者评介或作者介绍遵循了一种完全固定的公式。约翰在为语法和逻辑学辩护的过程中,提供了一种有趣的对中世纪教学、讲解和阐释方法背后的基本原理的说明。他提出,使用语言时最值得要的品质就是"浅显易懂的明晰和易于理解"。对言说样式的运用经常妨碍理解,因此,这样的运用应当避免并且加以辨别,应当成为"真正有学问者专有的特权"(ML,56)。这里的理念是,只有有学问的人才会明白语法规则,按照伊西多尔的看法,比喻是"一种可以允许违背的规则"。因此,支配着运用比喻和样式的规则是非常严格的,甚至连背离规则都要受到控制(ML,54)。对明晰的要求意味着,"应当仔细分析词语的意义",这样,我们就能确定"每个术语准确的力量……因而,就可以消除诡辩的疑惑,否则它们就会使真理变得模糊"(ML,57-58)。这里又一次含蓄地承认了,思考的过程本身是由语言决定的,思想的混乱产生于对语言的模糊运用。当然,也存在一种假设,即绝对的明晰在语言中是可能的。

  分析的第二个原则是,应当以这样一种方法来分析文本,即"作者的意思始终都要得到保护"。应当"带着同情的温和而不是折磨的痛苦来研究"文本(ML,146,148)。为了理解一个文本,我们必须考虑到它的根本目的(ML,57)。因此,在中世纪的解释中很典型的是,大量强调作者的意图;这种强调又以语言的明晰性理念为前提,因为作者的意图表现在文本的文字含义之中:我们必须"考虑到所写之物明显的字面意义是神圣的",直到我们通过"进一步阅读或神的启示"而获得更加充分的把握(ML,148)。

  被约翰本人的教师之一沙特尔的贝尔纳当作例子的第三个原则,是模仿著名的作者,不仅在于运用技巧努力教育学生方面,也在培养信仰和道德方面。这里的问题在我们自己的时代依然有关,那就是经典的问题。贝尔纳认为不要浪费时间去阅读毫无价值的东西,他为自己的学生规定作为典范的,都是著名作者的经典作品。他要求学生上升到"真正的模仿",而不是单纯的剽窃,有时劝诫他们,有时又鞭策他们(ML,68-69)。对贝尔纳用"模仿"的价值来鞭策学生的描述,在中世纪的文学批评中成了一种有点苛刻的持久特点的征兆:这种语境中的"模仿"并不是指模仿对象世界,而是模仿从前作者的著作。这也是中世纪教育方法所特有的,贝尔纳会强迫自己的学生背诵出自著名作者著作中的段落。像这样强调模仿过去的大师,实际上意味着被权威认可的看待世界的方式早已被确定和分类了;所有希望去做的学生都要准确仿效和重复那些世界观,不仅要储存在记忆之中,也要通过语法和修辞学来编码,以便根据过去古典时代的深度来确定未来写作的根本特征。实际上,早在哈罗德·布鲁姆开始谈论"影响的焦虑",当代作者也许会因此为了创造的目的而故意"误读"自己的前辈以便为自己标示出一个原创性的领域之前很久,约翰就已提出了这种真正的洞见。他提出,人们始终都会改变对自己前辈的看法:"为了给自己挣得名声,每个人都要铸成自己的特殊错误。虽然他有望纠正自己的老师,但他以此把自己树立成要由自己的弟子与后代来纠正和指责的目标。我看出了,同样的规则有可能适合于我自己的情况。"(ML,117)约翰把他自己囊括在这种误读的链条之中使人想到,在他看来,产生文学传统的这种方式是不可避免的。在另一方面,他会谴责这样一种情形(引自泰伦斯),即"有多少头脑,就有多少意见"(ML,116)。最后,对这种人本主义课程的价值观来说重要的是,诗歌在整个中世纪里被认为具有贺拉斯所赋予的双重作用:寓教于乐(ML,92)。

在上面概述的对待文学阐释的特殊方法中,有一些潜在的普遍原则。我们早已看到,语言被认为具有一种与现实或对象世界密切的一致性;这种一致性最终得到了上帝的权威认可,得到了"最高思想"的权威认可,"没有任何人能探测到'最高思想'的深度:言辞断然说出,在时间过程中实现,与神之旨意的教令和谐一致"。正如奥古斯丁所说,上帝之"言""永远都在产生"(ML,262-263)。进一步的普遍前提在于,"所有知识分支的原理都是相互交织的,各自都需要他者的帮助,以便达到自身的完美"(ML,204)。

人类的知识和人类的感知才能被按照顺序排列在这种神的计划之中。约翰认为,我们对物质世界的认识,开始于我们的感官;想象力对被感觉感知到的材料进行操作和安排;我们的推理能力超越了感官感知,沉思上天的事物;我们的最高才能是直觉地理解那种导向精神智慧之物(ML,227-230)。认识的这些阶段将被康德那样的思想家们用世俗得多的术语加以改写,它们在这里却形成了联系,并且受到我们与上帝的关系的约束,正如得到顺从和恩典的调节一样。约翰声称,这些"连续的步骤都是恩典的结果",我们通过虔诚和顺从的实践获得智慧(ML,231-232)。我们的理性本身是神赋予的:我们拥有理性,是因为我们分享了"原初的理性",它是"上帝的智慧"(ML,225)。约翰甚至要求,既然感性和理性经常犯错误,那么,信仰就是"对理解真理来说主要的和根本的必需之物"(ML,273)。因此,人类的所有知识——它们必须得到我们努力向善和智慧的指引——从一开始就受到了宗教范畴的限制。过程的这种图式有赖于把宇宙看成一个有序的整体,它的各个部分彼此以对方为先决条件;一切事物在被孤立时都是不完善的,只有在与这个整体结合起来时才是完美的(ML,10)。正是上帝原初的理性,才"包含了自然、发展和一切事物的终极目的"(ML,250)。约翰的论著的另一个重要贡献在于,它在中世纪的著述中第一次广泛地考察了亚里士多德的全部逻辑学著作,解释了它们的价值和重要性。总而言之,《元逻辑》为我们提供了一幅启示性的图画,不仅与中世纪的课程有关,也与构成那些课程之基础的宗教世界观和人类本质的概念有关。

提升俗语:但丁的《论俗语》

虽然在下一节里将较为详细地考察但丁的著作,他的论文《论俗语》(约1304—1308年)却有趣地触及了文学与语法的联系,可以在这里适当地加以考察,即使它的影响在文艺复兴时期之前并不那么大。虽然《论俗语》本身是用拉丁语写成的,但它主要是论证俗语在诗歌写作中的作用。与索尔兹伯里的约翰一样,但丁认为,人类凭借其言说的才能和理性而有别于动物。[6]倘若有这种构造存在的话,那么必要的就是,"人类应当具有某种符号,同时是理性的和感性的,为的是相互交流思想"。按照但丁的观点,语言符号把思想从一个人的理性传达到另一个人的理性,运用了感官媒介。符号一定具有两个组成部分:声音,它是感性的;意义,它诉诸理性(DVE, 10-11)。因此,但丁认为,语言是思想的外部工具(而不是以某种方式决定思想的过程)。

但丁把俗语界定为"自然"言语,当我们还是孩童时就通过模仿活动获得了它,它并不遵循任何规则。但丁把语法界定为"第二言语",它源于第一言语。与第一、自然、言语不同的是,语法只能由几个人通过刻苦研究和花费大量时间获得。有趣的是但丁就创造语法所提出的理由。他评论说,没有哪种人类语言可以持久和延续(DVE, 17-20,27)。语法是作为一种理想的言语的稳定性而创造出来的,是"一种在不同时代和不同地方不可改变的言语的特性"。语法把语言理想的、不可改变的实质断定为构成了真实言语之波动和延展性的基础。但丁认为,创造语法背后的主要目的是双重的:第一个目的是对稳定性的这种要求,因而,言语在个人的支配下也许不会波动;必定有关的第二个目的是,我们或许会"至少获得对古人之看法与行为的部分认识,或者获得对其地方的不同而造成不同于我们之原因的部分认识"(DVE, 29)。因此,通过语法去断定一种"正确的"和稳定的语言的理念,无疑与一种文学遗产有联系,那种遗产体现、示例并且确实界定了那种语法。但丁在提出我们的实践应当根据模仿经典来进行之时,使这种联系变得很明显:"我们越是忠实地模仿伟大的诗人,我们所写的诗歌就越是正确……这理应使我们……与他们的诗歌教诲进行竞争。"(DVE, 78)因此,不仅语法体现了统一、秩序和持久的理想,以及成为文明本身的标志,而且诗歌传统也为语法奠定了基础。

就俗语而言,但丁希望表明它适合于诗歌写作,要寻求一种有效的并且适合于整个意大利的俗语(DVE, 35)。他把一般的俗语界定为一种杰出的、最重要的和典雅的语言,拒绝意大利各种方言要求具备这些品质和这种普遍适合性的权利。他把这种杰出的俗语界定为"属于意大利的所有城镇,但显然不属于那些城镇中的任何一个"。但丁提出,杰出的语言已经被杰出的诗人从各种方言中"挑选出来了",那些诗人,包括他自己在内,把挑选出来的方言合并到了普遍使用的语言之中(DVE, 56-57)。这种语言是"最重要的",因为其他一切方言都要依靠它,在与它达成一致之中波动。俗语也将是"典雅的",因为"宫廷是一切领域的一个公共家庭……因此,正是那些时常出入所有皇室宫廷的人们,总在说着杰出的俗语"(DVE, 61)。不过,但丁尖锐地评论说,意大利缺乏一个帝国宫廷(但丁是意大利统一和恢复罗马帝国的鼓吹者,这里暗指在罗马应当有一个帝国宫廷);因此,意大利的杰出俗语"像一个徒步旅行者一样在到处漫游",只有通过分散在整个意大利的杰出作家的实践来统一,他们本身"要借助'理性'的高尚光芒来统一"(DVE, 61-62)。因而,意大利的俗语就是那种"已经被杰出作家所使用的俗语,他们在整个意大利都用俗语来写诗"(DVE, 63)。

因此,正如正确使用拉丁语要由涉及古典作家之实践的语法来详细说明一样,对俗语的正确运用要体现在伟大诗人的实践之中。实际上,但丁坚持认为,俗语只应当由天才和有学问的人使用,应当只限于最有价值的主题,诸如战争、爱情和美德,应当以组合歌的形式来表达(*DVE*, 67-71)。有点具有讽刺意味的是,但丁把诗歌写作从使用拉丁语来表达中解放出来的努力,把诗歌写作从体现在"语法"中的正确使用拉丁语中解放出来的努力,其本身就是用拉丁语来书写的。甚至更有讽刺意味的是这一事实,即但丁从语法的统治权中退却出来(他认为语法是人为的,并且低于俗语的自然言说),似乎要折返到俗语领域内同样的严格性之上,折返到成为语法本身之特征的语言和诗歌形式的严格规则之上。在另一方面,在历史关系方面,但丁可以帮助我们把中世纪以来的文学史与文学批评看成一种逐步脱离"语法"的过程,是脱离认识、意识形态和方法的这种受规则支配之主体的过程。在詹乔治奥·特里希诺(Giangiorgio Trissino,1478—1550年)用但丁的文本来证明语言的最高形式应当叫作意大利语而不是托斯卡纳语①之前,其文本还没有开始凸显出来。如我们将看到的,文艺复兴时期的其他作家扩大了但丁为俗语所进行的辩护和促进。有趣的是,但丁本人的《神曲》(*Divine Comedy*)却违反了他自己在《论俗语》中制定的各种规则。其中谈到了武器、爱情和战争这些有价值的主题,却没有使用组合歌的风格,也没有使用悲剧风格(*DVE*, 20)。因而,正是但丁本人的诗歌作品,而不是他对俗语的理论化,为诗歌确立了一条不同的道路,这条道路的未来没有受到悠久的语法之往昔的约束。

中世纪批评的传统:文学与修辞学

正如在前一章里看到的,古典时期的大多数文学批评——包括哈利卡尔那索斯的狄奥尼西奥斯(Dionysius of Halicarnassus)、贺拉斯和"朗吉努斯"的作品在内——实际上都是应用于诗歌的修辞学批评。古典时代晚期以来的修辞学遗产包括:三种风格(高、中、低)的系统,把样式划分为图式和比喻,根据演说样式来划分思想样式,天才与艺术在诗歌写作中的相对重要性,模仿杰作的学说,内容与语言之间的区别,以及恰当的概念(*MLC*, 5)。的确,如哈迪森评述说的,诗歌与修辞学之间有明显区别的概念,在公元16世纪亚里士多德的《诗学》重新流行起来之前,甚至都还没有影响。因此,在整个中世纪里,修辞学通过广泛传播的各种论著一直影响着文学批评,诸如《修辞学》和西塞罗的《论选材》。这个方面最重要的文献是贺拉斯的《诗艺》,它被中世纪的作者们认为是语法的一部分,而不是修辞学的一部分。贺拉斯成了语法课中所利用的标准作者之一。对比之下,朗吉努斯的《论崇高》在中世纪期间丝毫没有影响,在公元16世纪之前还没有被翻译成拉丁语。在中世纪能够找到的古典时代晚期的修辞学文本是泰比里乌斯·克劳狄乌斯·多纳图斯对维吉尔的讨论,以及马克罗比乌斯的《农神节》。前者把维吉尔树立为修辞学所有领域里的大师;后者则提出了什么已经成为标准的问题,即维吉尔

---

① 托斯卡纳语:托斯卡纳(Toscana)是意大利西北部的一个省,其省会是佛罗伦萨,近代意大利语即起源于这里。

到底是演说家还是诗人,说明维吉尔掌握了修辞学的规则,也具备了作为模仿者的熟练性(*MLC*, 5)。

正如哈迪森表明的,在加洛林文艺复兴时期之后,纯粹的修辞学批评消失了,并被吸收进了语法论著之中,那些论著从修辞学里吸取了大部分内容。公元12和13世纪的"诗艺"极大地利用了《修辞学》。这些世纪经历了一场有关三文科的相对重要性的论争,以及关于文学地位的论争。正如早已看到的,索尔兹伯里的约翰把诗歌置于语法领域之内。"诗艺"是为教会学校的课程设计的,因此成了语法课的一部分,即使它们曾经极大地受到过修辞学的影响。这类文本最好的例证之一就是文绍夫的杰弗里的《新诗学》,现在就将考察它。

文绍夫的杰弗里(约1200年)

文绍夫的杰弗里的名字(在拉丁语里是 *de Vino Salvo*),源于一篇属于他的有关保存葡萄酒的论文。不过,文章却与葡萄酒无关,而与诗学有关,这为他赢得了名声,尽管他的生平几乎不为人知,人们只知道他生活于公元12世纪晚期和13世纪早期,写过诗歌,在巴黎学习,造访过罗马,在英国教授修辞学。[7]他的论文《新诗学》具有广泛的影响;它旨在提供诗歌规则和实践方面的指导,以及对伟大诗人的研究和模仿,从公元13世纪一直到文艺复兴时期,它都是欧洲训练诗人的标准手册之一。作为中世纪很有特点的作家之一,杰弗里认为诗歌是修辞学的一个分支,并因此按照修辞学的选材、布局、风格、记忆和发表这五个"部门"来安排其论文。确实,他的文本植根于并且涉足以古典时期的资源为基础的修辞学以及诗学的中世纪传统课程之中。杰弗里的论文的主要资源是《修辞学》,也被叫作"新修辞学"(*Rhetorica Nova*),因为它刚刚连同从公元12世纪晚期以来就已经在使用的标准修辞学论文、西塞罗的《论选材》一起,加入了中世纪的课程之中。杰弗里的论文《新诗学》附和了《新修辞学》的标题,表明他希望提出一种新诗学。它也呼应了以之为基础的第二个资源的标题,即贺拉斯的《诗艺》,后者在中世纪以《诗学》(*Poetria*)为人所知。像贺拉斯的文本一样,杰弗里的论文是用拉丁语诗句写成的,正如马格丽特·尼姆斯指出的,它属于一种"人文科学方面用诗歌写作手册的漫长传统,这一传统可以回溯到贺拉斯之前,一直延续到公元12世纪之后"。这种传统中最有名的晚近著作是亚历山大·蒲柏的《批评论》(*Essay on Criticism*)。

值得注意的是,杰弗里的论文是献给教皇英诺森(Pope Innocent)的,英诺森被说成是"世界的太阳"(*Poetria Nova*, 16)。在其对诗歌的"综合评论"里,杰弗里把诗歌创作的主旨或主题比作修建房屋:"心灵之手先于建造房屋的身体之手塑造了整个房屋。在它变成真实的之前,它的存在方式是原型式的。"(Ⅰ.47-49)杰弗里坚持认为,在动笔写作之前,诗人必须"在心灵的大本营之内"建构起诗歌的"整个结构","让它在从口头流传出来之前就存在于心里"(Ⅰ.57-59)。这种理性的诗歌观,即写作行为先于书写完全呈现在心里,与我们所继承的浪漫派的诗歌概念形成了鲜明反差。例如,雪莱后来认为,实际的诗歌创作完全是内心原初的概念遥远的和褪色的翻版。杰弗里认为,一旦诗歌的主旨被创造出来,我们就必须创造或发明词语表达的方法:"要让诗歌艺术自愿达到用词语来覆盖内容。"(Ⅰ.61-62)后来,他声称,词语"是开启封闭之心灵的工具;可以说,它们是心灵的钥匙"(Ⅳ.1065-1066)。再一次,在我们的时代里,我们已经熟悉了这一理念,即语言不仅是思想的外在表现,而且是激活思想的真正工具。杰弗里认为,整个思想领域都先于语言,这个看法成了中世纪思想的一个组成部分;这种观点通过蒲柏和其他很多人一直延续到了19世纪。

杰弗里评论说,有两种安排诗歌素材或主题的主要方法。第一种方法是遵循自然次序,即事件的自然顺序,这样,"话语的次序就不会脱离事件发生的次序"(Ⅱ.88-91)。然而,倘若我们遵循艺术的次序,那么,我们就会改变自然次序,有时会把后面的事情放到前面,以至于使"素材达到最佳效果"(Ⅱ.120-126)。的确,杰弗里认为,艺术次序"比自然次序更高雅"(Ⅱ.98-99)。假若要坚持艺术的改变力量,那么显然,杰弗里的文本就迈出了引人注目的一大步,远离了艺术是单纯的模仿的看法,也远离了艺术是以某种方式脱离自然真理之阶梯的理念。

杰弗里论文的大部分内容都致力于讨论风格以及在诗歌中创造特定风格的各种"修饰法"。他的总的忠告是,要"考察一个词语的心灵,只有这样才会看出其表情"(Ⅳ.739-740)。换句话说,我们不应当只是为了词语之声音和外表的表面性质来运用它们,而应当考虑到它们在特定语境中的意义。我们必须"联系所提出的意义来考察词语……让丰富的意义由丰富的措辞来给予荣誉"(Ⅳ.750-755)。杰弗里详细说明了十种基本修饰的比喻或样式,它们包括:隐喻,拟声,寓言,转喻,夸张和提喻(Ⅳ.959)。他认为,隐喻提供了愉悦,因为"它来自于你自己的东西……隐喻为你提供了一面镜子,因为你从中看见了自己,在另一个领域里认出了你自己是一个羞怯的人"(Ⅳ.796-799)。必须用理性"控制住"语言的比喻用法(Ⅳ.1013-1014)。一般来说,在修饰中必须避免一切过度(Ⅳ.1934-1935)。尽管如此,他仍然鼓励诗人进行实验,因为被改变了的"意义……为词语赋予了新的生命力"(Ⅳ.949-951)。确实,他解释说,所有比喻都"因为词语的比喻身份和赋予它们的不同寻常的意义而很独特"(Ⅳ.963-964)。与认为诗歌仅仅模仿自然的漫长美学传统相比较,杰弗里把相当引人注目的重点放在了诗歌对自然的改变之上,并且要求诗人达到新奇性。艺术的资源提供了"一种手段,可以避免走老路,要行走在一条更加独特的道路上"(Ⅳ.982-983)。

杰弗里对诗人与观众的关系做出了一些睿智的评论,那些评论也许同样适用于教师与演说者,乃至适用于今天。他告诫说:"要普通平常的口才,不要高傲的雄辩。古人的训令很清楚:说得很多,想得很少……所以,不要在意自己的才能,而要在意你与之交谈的人。使你的言辞的分量适合他们的情况,使你的言说适应主题。在你传授艺术时,就让你的言说对每门艺术来说都是天然的;每门艺术都对它自身的方言感到高兴。但要注意,它的方言要保持在自身的边界之内。"(Ⅳ.1080-1089)这些陈述中的很多内容都使人想起贺拉斯的训令,特别是那些不仅要求使言辞适合于主题,也要求在写作过程本身之中把预期的观众用作指南的内容。

总的来说,有三个要素"使一件作品变得完美:艺术理论,你可以得到其法则的指引;经验,你可以通过实践来加以培养;出众的作家,你可以模仿他们"(Ⅳ.1704-1707)。杰弗里强调,诗歌和散文在某些方面会遵循不同的道路。不雅的事物在散文中可以得到允许,但在诗歌中就不行;乡村的词语形式将以其丑陋"妨碍"诗歌,"给诗句带来羞耻……一行散文是一种粗陋的事物；它宠爱一切词语"(Ⅳ.1855-1863)。他认为，在其他一切问题方面，诗歌和散文的艺术原则都是相同的(Ⅳ.1873-1880)。他指出，普通言说和口头语言只允许出现在喜剧中，喜剧"只要求简单明了的言辞"(Ⅳ.1885-1886)。使用词语的最终判断，必须是一种"心灵、耳朵和用法的三重判断"(Ⅳ.1947-1948)。

虽然杰弗里文本中的大部分内容都明显指向了一种较为现代的诗学，但他仍然坚持适度、得体、恰当和诉诸理性的古典规则，也诉诸散文与诗歌之间重要的古典时代的差别，以及喜剧据以占有低下地位的类型等级。此外，杰弗里提供的良好作品的例证，充满了对教皇的赞颂、对基督使命的叙述和对原罪的叙述——这些例证是以中世纪的神学为基础的。话虽如此，引人注目的是，杰弗里并没有为诗歌设置明显说教的或道德的作用；他的文本的主要目的是要提供愉悦，尽管是一种精致的和受到控制的愉悦。在语言关系方面，贯穿其诗学和修辞学的核心设想是，存在着一个稳定的、字面意义的核心，那种意义甚至经过比喻的改变之后也保存了下来。杰弗里的文本的这个特征，连同他对上面提到的古典时期的倾向的坚持，都表明了文本有点矛盾和不一致的性质，使之成为其时代的一种产物：古典时期的价值观与走向现代主义(modernism)的冲动不自在的共存。现代主义属于形式方面，包含了对艺术愉悦和快乐的强调，而肯定约束了现代主义之创新的理性与适度，则源自一种深刻的保守世界观。

中世纪批评的传统：文学与逻辑学

如前面提到的，经院哲学开始于公元12世纪，尽管其基础早已在很大程度上被奠定了。总的来说，在中世纪大学里培养起来的这种思维方式，以一些倾向为特征。首先，经院哲学家的活动都具有一种得到普遍承认的基督教正统的背景，那种正统通常由全球基督教大公会议来界定，如"尼西亚大公会议"。其次，经院哲学思想家最初的活动受到了前面列举的早期基督教教士哲学家的影响，尤其是奥古斯丁。不过，在公元12和13世纪期间，亚里士多德的著作日益为人所知。伊斯兰学者们刚刚翻译了阿拉伯语的亚里士多德的全部文集，以及加伦(Galen)、希波克拉底(Hippocrates)、欧几里得(Euclid)和波菲利的文本。亚里士多德的文集大多由伊斯兰哲学家伊本·路世德和伊本·西那[Ibn Sina,阿维森纳(Avicenna)]进行传播，它们从公元12世纪中叶起被翻译成拉丁语。最终，亚里士多德被当成了经院哲学的根本哲学基础，他取代柏拉图成了基督教神学的主要哲学基础。再次，经院哲学家们的一般倾向是喜好争论，他们主要依赖辩证法和演绎推理。普遍的教学方法是"读经法"和"争论"(disputatio)，它们依靠通过三段论法来进行的陈述与论证。最后，与这些思想家有关的典型问题有：证明上帝的存在，信仰与理性之间的关系，意志与智力(will and intellect)的关系，普遍性的问题，在这个问题上的对立派别被划分成唯实论者(这派思想家有波伊提乌和尚波的威廉等人，他们追随柏拉图，相信普遍性的真实存在)和唯名论者(这派思想家有洛色林和彼得·阿贝拉尔等人，与亚里士多德一样，他们认为普遍性只不过是为各类对象指定的名称而已)。最重要的是，经院哲学家们试图建立知识的各种分支系统和等级的综合体，神学位于这个综合体的顶端。经院神学的各种派别包括那些受到"圣芳济会修道士"(Franciscan)邓斯·司各脱(Duns Scotus,1266—1308年)、"多明我会"神学家大阿尔伯特(1193—约1280年)和托马斯·阿奎那启示的宗派。

阿奎那的神学代表了对奥古斯丁关于人类堕落本质的悲观看法的突破。中世纪早期较多地体现在奥古斯丁超脱尘世的观点之中,表现了对世俗生活的蔑视和对天国之城的渴望。阿奎那的观点较为理性和理智,并且承认此世生活和政治国家具有较为重要的价值。尽管如此,奥古斯丁式的冲动,即把宗教生活看成以意志为基础而非以理智为基础的观点,在一些思想家中延续,如圣波拿文都拉(1221—1274年)、邓斯·司各脱和奥克汉姆的威廉(William of Ockham,约1285—1349年)。最终,经院哲学被唯名论(nominalism)(有时被囊括在经院哲学的议程之中)所超过。唯名论在公元14世纪繁荣,它与罗杰·培根(约1214—1294年)这类思想家的著作一起,为文艺复兴时期思想更加科学的进程铺平了道路,也为哲学与神学的日渐分离铺平了道路。

显然,经院哲学的产生和维系,在根本上依靠了对逻辑学或辩证法的强调。这种强调延伸到了它对文学的探讨中,文学被认为是逻辑学的一个分支,是一种操纵语言的工具。文学被认为是一种形式,而不具有任何特定的内容。这种看法极大地受到伊斯兰哲学家阿尔法拉比和伊本·路世德的影响。亚里士多德的逻辑学文本在公元8世纪和9世纪被翻译成阿拉伯语,此后,阿拉伯思想家们对亚里士多德的文集进行了评论和百科全书式的综合与分析。在其《科学目录》[Catalogue of the Sciences,由克雷莫纳的杰拉德(Gerard of Cremona)翻译成拉丁语]中,阿尔法拉比对亚里士多德的逻辑学论著进行了分类,其中包括了亚里士多德的《修辞学》和《诗学》。传播亚里士多德《诗学》的一个更为重要的媒介是伊本·路世德的《论亚里士多德的〈诗学〉》(Commentary on the Poetics of Aristotle),它于公元1256年由赫尔曼努斯·阿勒曼努斯(Hermannus Alemannus)翻译成拉丁语。值得注意的是,伊本·路世德的评论——在拉丁语译本中——在中世纪被非常广泛地阅读,超过了阅读亚里士多德的《诗学》本身[《诗学》于公元1278年由穆尔贝克的威廉(William of Moerbeke)翻译出来]。这样,它成了经院哲学时期最为重要的对文学批评的理论陈述(MLC, 14-15)。这些文本给了多米尼库斯·贡迪萨里努斯(Dominicus Gundissalinus)的《论科学的分类》(On the Division of the Sciences)这类论著以灵感。贡迪萨里努斯否定了诗歌的教化(didactic)功能,坚持认为诗歌与众不同的特征在于它是一种创造幻觉的技巧,而修辞学的作用是说服,逻辑学的作用是证明。他认为诗歌独特的手段是"想象力的演绎"(MLC, 35)。

然而,认为经院哲学家一般都简单否定诗歌和文学,却是不公平的:在他们认为诗歌是逻辑学的一个分支方面,他们也在以神学为桂冠的科学等级中为诗歌确定了一个位置。罗杰·培根和托马斯·阿奎那这些晚期经院哲学家认为诗歌具有一种双重身份:它既是一种才能,也是道德哲学的一个分支,具有特定的伦理内容(MLC, 34-35)。此外,在用亚里士多德式的术语重新构想"作者评介"的传统方面,他们开辟了文学研究重要的新途径。传统的"作者评介"或作者介绍的公式,被重新阐述为亚里士多德式的序言,以亚里士多德对四个根本原因的说明为基础:文本的"效果因"是作为代理人的作者本身;"材料因"是作者所用的素材;"形式因"是作者的文学风格和结构;"目的因"则是作者写作的最终目的。正如 A. J. 明尼斯和 A. B. 斯科特解释说的,正是亚里士多德的《物理学》和《形而上学》中的术语,而不是其《诗学》中的术语,构成了大多数经院哲学的文学理论之要素的基础(MLTC, 3)。这种亚里士多德式的阐释体系,允许评论者把焦点更多地集中在作者的人类品质之上,完全不同于神之灵感的力量(就《圣经》的情况而言),或者不同于仅仅作为要模仿的非人格化之权威性资源的"著作人"的概念。像这样把焦点集中在作为人的作者之上,激发了在分析作者的作用(有别于作者、评论者、抄写者、百科全书编撰者等)和文学形式方面日益增加的复杂性。因此,新的和更加自由的批评词汇最终得到了鼓励,允许更加全面地对待作者、素材、风格、结构和效果。在这一节里,我们将仔细考虑经院哲学对诗歌的最为重要的论述,即伊本·路世德的《论亚里士多德的〈诗学〉》,以及在其有巨大影响力的世界观之语境中的阿奎那的美学,最后是但丁的《致坎格兰德书》(Epistle to Can Grande della Scald),它是经院哲学批评最重要的实际运用之一。

伊本·路世德(阿维罗伊,1126—1198 年)

伊斯兰哲学家和法理学家伊本·路世德主要以他对亚里士多德的伟大评论而著名,那些评论对中世纪的西方产生了深远的影响,而伊本·路世德在中世纪西方的基督教学者和犹太学者中获得了广泛的认可。他对亚里士多德重要著作的几乎所有评论都被翻译成了拉丁语,其中一些被翻译成了希伯来语。他也撰写了有关柏拉图《理想国》和波菲利《绪论》(Isagoge)的广泛评论。在对亚里士多德的阐释中,他试图排除新柏拉图主义的各种要素,那些要素到当时为止已经歪曲了先前阿拉伯人对这位希腊哲学家的解读。正是通过伊本·路世德,亚里士多德文本的重要文集才被传播到了欧洲。伊本·路世德本人的主要哲学论著的核心目的,如《矛盾的矛盾》[Incoherence of the Incoherence,它试图反驳阿尔加扎利(al-Ghazali)在《哲学家们的矛盾》(Incoherence of the Philosophers)中对哲学的抨击],是要使哲学与宗教、理性与启示达成和解。一般而言,虽然伊本·路世德认为哲学产生的真理是可靠的,但他并不赞成纯粹理性的宗教,而赞成对启示性宗教之真理的哲学的和理性的理解。具有讽刺意味的是,正是拉丁语的"阿维罗伊主义者"(Averroists)对伊本·路世德之教义的误解——他们认为他相信信仰与理性是矛盾的——才引起了阿奎那的哲学的回应,其哲学努力在于协调这些领域的关系。对后来的伊斯兰思想史而言,具有讽刺意味和令人悲哀的是,伊本·路世德在伊斯兰世界的影响,远比他在基督教欧洲的影响要小;他未能使伊斯兰学者与神学家们相信哲学在他们的宗教观中的恰当性。[8]

伊本·路世德出身于一个法理学者的家庭,接受过法律方面的训练,在塞维尔和科尔多瓦①当法官。公元 1153 年左右,他通过其朋友、哲学家伊本·图菲勒(Ibn Tufayl)的介绍,见

---

① 塞维尔(Seville)和科尔多瓦(Cordova):塞维尔是西班牙南部安达卢西亚的城市,科尔多瓦也是西班牙南部安达卢西亚的一座城市。

到了"穆瓦希德朝廷"①的王子。有一个故事说,王子问他哲学家们认为世界是暂时被创造出来的还是被永远创造出来的,这场对话激励了伊本·路世德对希腊哲学家进行评论。在这里要考察的伊本·路世德的文本,是他的《论亚里士多德的〈诗学〉》,它于公元1481年由赫尔曼努斯·阿勒曼努斯翻译成拉丁语,后者是住在托莱多②的一名僧侣。亚里士多德文本的第一个版本于公元1481年印刷,在文艺复兴期间出版。亚里士多德去世之后不久,他的《诗学》的文本实际上就消失了;在古典时代晚期和中世纪早期的大部分时间里,它都不为人所知,除了通过亚里士多德的学生泰奥弗拉斯托斯这些中介人之外。在西方留存下来的最古老的原稿可以追溯到公元11世纪。但是,这并不是影响了中世纪西方的那个版本;对中世纪产生了这种影响的版本是阿拉伯语的,它是公元10世纪的希腊语原稿的译本,该原稿可以追溯到公元700年之前。这个版本在很大程度上脱离了西方的原稿,一部分要由通过伊本·路世德的评论传播的、被改变了的亚里士多德之观念的形式负责(MLC, 81-82)。

正如早已提到的,阿尔法拉比(他的《科学目录》在公元12世纪两次被翻译成拉丁语)这些阿拉伯哲学家,仿效希腊晚期的评论者,把亚里士多德的《修辞学》和《诗学》看成《工具论》或逻辑学系列论文的一部分。诗歌因此被认为是处理语言的能力或方法,与任何特定的内容无关。正如O. B. 小哈迪森说明的,这种"解释忽视了模仿、情节、性格化、净化,以及亚里士多德所强调的大多数其他主题,以利于……想象力的演绎",想象力的演绎被认为是诗歌与众不同的特征(MLC, 82)。然而,由于这种观点被归因于伊本·路世德,它已经被做了一些修改,正如我们现在将看到的。

既然伊本·路世德的文本形式是一种评论,据称仿效了亚里士多德文本的轮廓,那么,它就包含了大量的复述和阐发。我们可以区分出三个重要的主题,它们在《论亚里士多德的〈诗学〉》里曲折地做了一些展开,如我们现在看到的,这些土题不时相互交错,唯独与亚里士多德的希腊语文本无关。我们要记住,伊本·路世德的文本是用阿拉伯语写成的,它的直接读者并非西方人,而是阿拉伯学者和作家。他声称,要给阿拉伯读者带来亚里士多德的洞见,因为这些洞见可以对阿拉伯文学传统产生冲击。按照这种看法,我们可以了解以下三个主题:(1)诗歌被宽泛地界定为赞扬或谴责的艺术,其基础是表现了道德上的选择;(2)诗歌的目的是要对其读者产生一种有益的效果,既通过卓越的模仿技巧,也通过旋律、姿态和语调这些表演性因素;(3)诗歌被认为是逻辑学或逻辑话语的一个分支,这是与修辞学话语比较而言,并且形成了对比。

虽然亚里士多德被当成所有这些观点的权威来援引,但伊本·路世德实际上提出了各种洞见,它们经常只是附带地与亚里士多德的主要论点有关。例如,伊本·路世德的核心论题是"每首诗和所有诗歌要么谴责,要么褒扬",这个观点是从亚里士多德在《诗学》第四章里的见解发展出来的,即最初的诗歌形式是对著名人物的赞扬和讽刺。伊本·路世德声称,适合诗歌的

---

① 穆瓦希德朝廷(Almohad court):中世纪柏柏尔人在北非及西班牙南部建立的伊斯兰教王朝(1147—1269年),西班牙语称"阿尔摩哈德王朝"(Almohades)。

② 托莱多(Toledo):西班牙中部的一座城市。

主题是那些"涉及选择的问题,好的和坏的选择"。[9]因而,这些主题就直接涉及美德与恶行,因为诗歌表现的目的是"要促使人们走向某些选择,并且阻止他们做出另一些选择"。与亚里士多德一样,伊本·路世德坚持认为,一切行动和性格都涉及美德或恶行(91)。他进一步把一类诗歌界定为"褒扬和叙述美好的与优秀的行为",而另一类诗歌则是"谴责和抨击卑贱与不道德的行为"。作为赞扬诗的优秀例证,伊本·路世德提出了史诗,引述了亚里士多德对荷马的赞扬(93-94)。伊本·路世德坚持认为,一首赞扬诗应当表现"有道德的选择行为,它普遍适用于有道德的活动,并非专门适用于美德的个别实例"。只有这样一种普遍适用的表现,通过激发起想象力,才能唤起灵魂中怜悯或恐惧的激情(94)。例如,"当人们被个别地感知时",悲剧就不应当模仿他们,而应当表现他们的"性格",其中"包括行动和道德态度"(95)。伊本·路世德坚持认为,诗歌不应当引起单纯赞美的愉悦,而应当寻求"通过想象走向美德的愉悦层次。这种愉悦适合悲剧"(103)。因而,正如在亚里士多德那里一样,诗歌应当表现普遍性的东西,对一切人来说共同的东西,而不应当表现对人们或他们的环境来说独特的东西。

伊本·路世德的主张的另一个方面是,一种有道德的行为必须以道德选择为基础,而不只是以习惯为基础;正如他后来认为的,诗人描绘的行动必须"以自由选择和认识为基础"(104)。亚里士多德曾经要求,悲剧所描绘的行动必须是"严肃的",意思是行动必须具有一种有意义的道德上的重要性。伊本·路世德也要求,"受难和恐惧"的情感不可能通过表现"微不足道和不重要的"行动来唤起,而要通过描绘"艰难和严苛的经历……它们有可能降临到人类身上"(103)。

关于诗歌的模仿,伊本·路世德十分强调写实主义。虽然亚里士多德谈到过诗人要表现可能的事物,但伊本·路世德坚持认为,诗人只参与真实的表现,只说"存在的或可能存在的事物"(98)。诗人实际上"只把名称赋予那些存在的事物",他的表现要以自然中的事物为基础,而不是以"虚构或想象的"事物为基础。像亚里士多德一样,他提出,诗人要接近哲学家,因为哲学家"用普遍性的词语"来言说(99)。但是,伊本·路世德坚持认为,正如"熟练的艺术家按照对象在现实中的样子去描写它"一样,"诗人应当按照对象本身的样子描写和构成它……所以,他模仿和表现灵魂的性格与习惯"(105)。亚里士多德为诗歌写实主义的辩护是根据"可能性"和"必然性"来表达的;正是这种写实主义,不适合描绘对象,而适合表现行动、事件和事件在一个"情节"中的联系。对比之下,伊本·路世德要求,一个"善良和熟练的诗人"应当"按照事物固有的品质与它们真实的性质去描写和刻画它们"(111)。亚里士多德本人的写实主义在很大程度上被限制于表现包含了道德行为之因果关系内容的事件。看来,伊本·路世德规定了一种较为广泛的对诗歌客观性的追求,这种客观性令人奇怪地很现代,因为它要求精确地表现世界上的对象;他甚至认为,诗歌在以直接经验为基础之时最为真实:与其他每个人一样,诗人"要尽力叙述对他自己来说理解了的那些事物,以及几乎直接从其全部偶然性和情景中发现了的那些事物"(110)。像这样强调直接经验(完全不同于《圣经》、权威、法律、惯例或传统)是理解与诗歌表现的基础,在经验主义和理性主义出现之前,并没有成为西方哲学的一种被普遍接受的基本准则;在浪漫派之前,它并没有在文学中取得重要地位。就这些洞见对以后几代人的影响程度而言,其影响力局限于西方,没有延伸到大多数伊斯兰思想家和诗人那里。

显然,伊本·路世德至少与亚里士多德一样,非常强调诗歌的道德目的和作用;他更加强调诗歌模仿的写实主义性质;这些强调符合他赋予诗歌之情感因素以更大的重要性的观点,那些因素将对读者产生一种效果。换言之,与亚里士多德不同的是,伊本·路世德认为,这种写实主义或自然主义直接增强了诗歌的情感与想象的力量,因此也增强了诗歌的道德效果。与亚里士多德相同的是,伊本·路世德把我们从诗歌中感知到的愉悦归因于这一事实,即表现对人类来说是天然的,我们从事物的意象中获得愉悦;他还认为,我们也从韵律和音调中获得愉悦(92)。亚里士多德曾经区分过内在于诗歌的要素,诸如表现的方式、情节和性格,以及那些"外在于"或属于戏剧或诗歌表演的要素。伊本·路世德复述了亚里士多德对诗歌的"内在"与"外在"要素的区分,把这两种因素——模仿或表现,以及音调——当作那种差别的基础。总的来说,他承认诗人在这两方面的技巧会影响观众。表演的各种特点"使语言变得更加具有表现性"(94)。话虽这么说,他还是倾向于赞同亚里士多德的观点,即熟练的诗人不依赖"外在"表演的帮助(100)。的确,生动地表达了真理的诗歌的言说,不需要外在的强化(112)。伊本·路世德认为,悲剧应当通过表现达到其效果。

在总体上,伊本·路世德坚持认为,诗歌写作的杰出之处源于两个因素,即安排和长短。关于前者,诗歌应当模仿自然,包含一个单一主题和单一结局;就后者而言,如亚里士多德曾经提出过的,也应当具有一种"一定的长度",就观众的感知和理解而言,既不能太长,也不能太短。在这个方面,作为一个整体的表现要有一种统一性,包含开始、中间和结尾(98)。这样一种统一的和有序的安排,将对观众产生所期望的影响或效果。在一个奇怪的预示了 T. S. 艾略特有关"客体的相关性"概念的规则里,伊本·路世德规定,当诗人把事物描述成它们实际上的样子时,"想象力的刺激就不会超过事物的品质及其真正性质"(111)。艾略特曾经提出,诗人对一系列对象和事件的描述,会唤起一种正好被决定了的情感;伊本·路世德似乎也看出了诗歌表现与人类情感之间的一种内在联系,它暗地里是以"外在的"对象世界与人类感知的"内在"世界之间的应和为基础的。

构成伊本·路世德文本的第三个洞见是,他把诗歌当作逻辑学的一个分支。一般来说,他似乎要把言说划分成"逻辑的"与"非逻辑的"言说(103)。他经常提到诗歌是"诗歌的言说",意指这是言说的从属类型之一,不同于其他言说类型,但在根本上与其他类型有关。他把修辞学的特征刻画为"善于说服的言说",诗歌则是"表现的言说"(96)。确实,他甚至把诗歌的言说界定为"真实的或标准的言说"的"变体"(117)。他把作为自己出发点的这种主张,当成是亚里士多德的观点,认为诗歌应当适度运用隐喻的和比喻的语言,这样就不会在整体上模糊晦涩,也不会退化为普通的言说(115)。出现在诗歌中的"变体",是通过改变词语的意义,运用修饰、韵律和不熟悉的措辞产生出来的(117)。尽管如此,伊本·路世德认为,这种变体是严格地和理性地受到控制的:看来他是用散文的标准来衡量诗歌,确实认为诗歌像修辞学一样,是散文的一种特殊类型。实际上,伊本·路世德也许刺激了或者说至少强化了中世纪把诗歌定位为语法或修辞学分支的趋势。他提出:"三段论法是一种陈述,修辞学演说是一种陈述,而诗歌写作也是一种陈述。"(114)他也提出,诗歌的尾声或结语应当概括值得纪念的主题,"正如在修辞学的结语中所发生的那样"(105)。他一度完全偏离了亚里士多德对悲剧数量上的组成部分的解释（他只把这当作一个出发点），认为阿拉伯语诗歌要被划分成"修辞学的开场白"、赞扬的主体部分本身以及一种"修辞学的结尾"(101)。他在这里描述了阿拉伯语颂诗（qasidah）的形式；有趣的是，他的描述借助了某些对修辞学演说的划分，把诗歌当成了一种逻辑学的陈述。

倘若伊本·路世德要求诗人表达真理，并把这看作对听众具有一种道德上有说服力的影响的话，那么，很明显的是，对他来说，诗歌就具有哲学、逻辑学和修辞学的某些功能。他把"得体的风格"界定为人们用其来使"言说提供坦白的真理并且要清晰"(120)。有趣的是，当诗歌的语言"变体"是强调性的，并运用了出色的意象时，那么，这么做的意图就是"对所表现的事物具有较为完整的理解"(118)。因此，诗歌通过对清晰、最低限度——并且理性地——脱离了"标准"言说之言说的运用，被归因于使人信服和促进理解的目的。脱离普通言说的方式不仅要严格受到有利于排除古怪隐喻和样式的一般目的的控制，而且还存在着诗人应当避免的六个基本错误：表现不可能之事，歪曲的表现，通过不合理的事物表现合理的事物，使事物与其反面比较，使用具有模棱两可含义的词语，借助修辞学的说服力而不是诗歌的表现法(120-121)。

所有这些禁令的趋向都是要把诗人引向写实主义和表达真理的清晰性：诗歌的言说虽然与修辞学的言说有差别，但都具有相同的基础，都是整个话语家族的一部分。伊本·路世德对真理的强调也许部分源自这一事实，即像很多伊斯兰思想家一样，他似乎要把《古兰经》当作原型式的文本。他认为《古兰经》在阿拉伯语文学中是例外，因为它赞扬了"有价值的意志行为，谴责毫无价值的意志行为"。他声称，《古兰经》禁止"诗歌的虚构"，除非那些虚构谴责恶行并称赞美德(109)。甚至在《古兰经》中使用不同于标准言说的强调性的变体，也不会产生一种装饰性的效果，而是一种"更加完整的理解"(118)。因而，按照一种引人注目的与中世纪大多数诗学的可通约性，伊本·路世德的观点也许可以说具有一种《圣经》的基础：正如维吉尔和《圣经》被尊崇为权威性的文本一样（在文体风格和语法上，以及在它们的内容方面），因而，《古兰经》也被用作一种文学范本。

因此，伊本·路世德的论文成了经院哲学诗歌观的原型，把诗歌定位为话语等级之中的一种话语形式，处于该等级顶端的是神学。与很多认为诗歌是逻辑学话语中等级最低之分支的次要经院哲学思想家不同，伊本·路世德至少还承认诗歌具有一种重要的道德作用（与阿奎那有点相似）；与阿奎那不同的是，他也赋予了诗歌一种认识论的作用；实际上，对伊本·路世德来说，这两种作用在整体上是有联系的。

后来的中世纪与文艺复兴时期的思想家和作家，从伊本·路世德的文本中收集到了有关亚里士多德的什么呢？肯定地说，有强调诗歌的道德作用和真理价值；在形式方面，强调诗歌结构的统一，以及需要诗歌对其读者产生强有力的影响。还有，他们可能碰到过认为诗歌是与其他话语有密切关系的一种话语的看法，而且认为诗歌在很大程度上是与修辞学和逻辑学交错的。在所有这些方面，很可能是——学者们依然还在争论的一个问题——伊本·路世德强化或确认了那些早已存在或适合于中世纪思想的倾向。例如，伊本·路世德没有在戏剧与叙事、悲剧与史诗之间做出区分，这种把不同文体混合起来的做法，在但丁和乔叟这类作家那里也可以看到（*MLC*, 85）。此外，读者会在伊本·路世德的文本中发现一种对悲剧组成部分的高度非亚里士多德式的描述。虽然亚里士多德坚持认为情节是最重要的因素,行动优先于性格,伊本·路世德却把悲剧以及史诗的特征刻画为"赞美之歌",认为它们最重要的组成部分是"性格与信仰"。他把情节说成是由"寓言形式的表现性言说"构成的(95)。读者也会徒劳地追寻亚里士多德对"逆转"和"确认"的描述,虽然他们会发现这一看法,即怜悯和恐惧是由不应遭受厄运的奇观激发起来的(102)。

尽管有这些有时很剧烈的对亚里士多德观点的改变,伊本·路世德的文本仍然产生了广泛的影响,并且得到了罗杰·培根这样的人物的赞成。它被本维努托·达·伊莫拉(Benvenuto da Imola)这类批评家广泛利用,伊莫拉是公元14世纪评论但丁的评论家,他认为但丁的《神曲》在实质上是一部赞扬和谴责的作品。它也影响了彼特拉克的人本主义信徒科卢西奥·萨卢塔蒂(Coluccio Salutati),后者利用了赞扬与谴责的原则,以及伊本·路世德对模仿的界定。这种影响在公元16世纪的萨伏那洛拉、罗伯特利和马佐尼(Mazzoni)这些作家那里都有踪可寻。他们都认为,诗歌在某种程度上是逻辑学的一个分支,他们都援引伊本·路世德的著作来支持他们自己的立场。正如哈迪森评论说的,在整个16世纪中,诗歌的说教理论不自在地与亚里士多德的学说共存,伊本·路世德的亚里士多德著作的译本,适应了人本主义者的说教态度。这两种批评方式之间的张力在罗多维科·卡斯特尔维屈罗的著作中达到了明显的对立,它对亚里士多德《诗学》的解释虽然是极大地歪曲的,却摆脱了伊本·路世德的影响。卡斯特尔维屈罗遭到了他的人本主义的同代人托尔夸托·塔索(Torquato Tasso)的尖锐反对,塔索认为英雄诗是对美德的赞扬,他把自己的观点与圣巴西尔、伊本·路世德、普鲁塔克和亚里士多德的观点联系在一起(*MLC*, 88)。因而,具有讽刺意味的是,由于各种历史情况的一种复杂结合,伊本·路世德的亚里士多德译本,长久以来都被赋予了超过对亚里士多德本人观点的信仕度。

圣托马斯·阿奎那(1224/5—1274年)

亚里士多德也在托马斯·阿奎那的思想中占有突出地位,后者是经院哲学最伟大的哲学家,也是罗马天主教会最伟大的哲学家。阿奎那的哲学主要把亚里士多德的思想作为基础,但也受到斯多葛学派、新柏拉图主义、奥古斯丁、波伊提乌、西塞罗、伊本·西那、伊本·路世德、伊本·盖比鲁勒(Ibn Gabirol)和迈蒙尼德(Maimonides)的影响。最终,阿奎那被宣布为教会的官方"学者",他的著作被认为表现了正统的教条。他的思想体系在天主教的教育机构中仍然在广泛传授。

阿奎那于公元1224年或1225年出生在意大利那不勒斯城附近的一个贵族家庭。他最初在一个"本笃会"(Benedictine)的修道院学习,直到公元1239年,那时他到那不勒斯大学去学习人文学科。在那不勒斯,他受到多明我会修道士的影响,与圣芳济会的修道士一样,献身于贫困和简朴的理想。然而,多明我会修道士在加强研究方面很独特,并且为了这个目的在很多城市建立了机构。他们在学术上的重要努力是要使亚里士多德的思想与基督的教义达成和解。在巴黎大学这个基督教知识分子的中心,阿奎那把秩序与在秩序支持之下进行研究的神学结合了起来。他也跟随著名的大阿尔伯特学习,后者也是一个多明我会修道士。正如已经提到的,这两个人物达成了和解,正是通过他们的努力,教会才接受了亚里士多德的思想而不是柏拉图(他在很多个世纪里都得到了教会神父的提携),并把亚里士多德的思想作为基督教思想的核心。在三年的时间里(1256—1259年),阿奎那成了巴黎大学的神学教师,接下来的10年中,他在意大利各个城市教书,此后返回巴黎任教。阿奎那于公元1274年去世,时年49岁。他给西方世界留下了一笔神学和哲学著作的遗产,这笔遗产比柏拉图与亚里士多德的遗产加起来还要多。[10]

阿奎那主要以两部重要著作知名。第一部是《反异教大全》(*Summa contra Gentiles*),撰写于公元1259—1264年。它的基本目的是要捍卫——或者说论证——基督教的真理,反对那些不接受《圣经》权威性的异教徒。因此,在《反异教大全》的头四卷里,阿奎那没有依赖《圣经》,而是依赖"自然理性",它可以用来证明上帝存在和灵魂不朽。然而,道成肉身、三位一体和末日审判(Last Judgment)的真理却超出了自然理性的把握。实际上,按照阿奎那的观点,理性与启示的领域需要做出清晰的区分。他坚持认为,这两个领域虽然截然不同,却不可能相互抵触,必须达成一致。可以实证的宗教真理(为了学识)也可以借助信仰来认识,正如朴素的人或孩子的情况那样。

像这样坚持理性与启示的某种可通约性,反映了阿奎那的生活与某些重要的历史境遇的交集。在某些方面,他的传记忠实地反映了他诞生于其中的封建制度的约束被废除:多明我会的修道士从制度方面看很贫穷,他们摆脱了传统修道院对祈祷和体力劳动的强调,转向了以学问和布道为中心的生活。其次,封建世界本身处于变化之中,日渐摆脱农业经济,转向以家长式商业行为为基础建立起来的城市经济;因此,一种更加理性主义的对待世俗事务的态度,开始取代超脱尘世和对世俗的蔑视,后者曾经构成了中世纪早期的特征。最后,这些发展汇聚到了欧洲自然主义和理性主义的"亚里士多德主义"之中,这种"亚里士多德主义"同样经过了伊斯兰哲学家们的过滤。

实际上,正是在回应由阿拉伯哲学的涌入所引发的一场论争时,阿奎那坚持维护了理性与启示的协调一致。西班牙的伊斯兰哲学家伊本·路世德曾经坚持认为,宗教知识与理性知识是两个截然不同的领域,它们的一些信徒的思想可能发生冲突。这对基督教(以及伊斯兰教)的正统思想来说是不可接受的,阿奎那则发现自己卷入了反对"阿维罗伊主义"(Averroism)的某些特点和阿维罗伊主义对亚里士多德思想的阐释的争论之中。阿奎那认为,神学是有关神的科学,与之有关的人类知识的其他一切因素都是按照等级来安排的。虽然他的图式把神学的地位置于人类科学的顶点,但它也协调了这些科学,认为它们是为人类作为理智所造之物的最终结局而准备的,那就是要认识上帝。虽然阿奎那对理智与推理做出了区分,但他认为理智与推理都是有限的:它们不可能通过推论来领悟上帝恩典的赠礼,然而它们却得到了启示的宗教真理的补充。他认为,自然哲学通过推理来进行,而有关神的科学则遵循理智。推理对很多事物的考察都是为了达到一种真理,而理智则以一种朴素的真理来把握很多事物,"正如理解自己实质的上帝能够认知一切事物一样"。[11]阿奎那把关于神的科学称为"第一哲学",确认就是这门科学"把各种原理授予了其他一切科学"(MTA，111)。阿奎那声称："上帝是每种事物的目的，因此，每种事物都尽可能在最大程度上达到那个目的，力图把与上帝统一作为其最终目的。"而"人类的理智渴望、热爱和享有对神圣事物的认识，虽然它只能把握对那些事物的很少认识……一切人类认识与活动的最终目的都是对上帝的认识"。实际上，阿奎那断言，对人类的福祉来说(他把这种福祉等同于人类的最终目的)，"没有任何理智的认识能够具有什么能力，除了对上帝的认识之外"(MTA，113-117)。

与认为自然科学是为神的科学做准备的看法相关的是，认为物质世界不是要被抛弃，而是在上帝的创造中具有其地位。通过各种科学对自然界进行理性研究，是为研究精神问题做准备。中世纪学者们的主要资源再次成了亚里士多德的思想，他们借助了他的《物理学》。在很多领域里——政治理论、政体、文学、法律——认为自然是由上帝旨意降临和笼罩的奥古斯丁式的观点，开始让位于更加理性和世俗的看法，它强调因果关系和被决定的律法在自然中的运作。在阿奎那那里，这两种表面上完全不同的观点被合并到了一起：上帝的旨意确实支配着宇宙，但这种旨意要使科学律法适应自然所服从的律法，并适应一切事物都按照其特定本质运行的意志。阿奎那在其有关人类构造的看法方面也仿效了亚里士多德，即认为身体是内容，灵魂是形式。

重要的是要记住，这些观点中的一部分在当时是极为异端的，并且遭到了很多人的反对，其中包括波拿文都拉，他认为阿奎那的观点威胁到了灵魂的超越，威胁到了灵魂摆脱身体和自然界的自由。阿奎那的一些学说遭到了巴黎大学和牛津大学的谴责。在他那个时代，他的神学既是有争议的，也是激进的。阿奎那的思想在中世纪晚期一直受到很多批评，直到启蒙运动之时，它还受到源于邓斯·司各脱和奥克汉姆的威廉的各种思想派别的挑战。阿奎那在公元1323年之前还没有被宣布为圣徒，在公元1567年之前也没有变成教会学者。只有从文艺复兴时期以来，大多数教皇才称赞他的思想体系。现代对托马斯主义(Thomism)的复兴始于1879年，那时发布了教皇利奥十三世(Pope Leo XIII)的通谕《永恒之父》(Aeterni Patris)。从1918年起，天主教会的教会法指定神学院的教授和学生要遵循"'天使圣师'①的方法、教导和原理"。

在其第二部重要著作《神学大全》(Summa Theologiae)中，阿奎那提出了上帝存在的五个证据。第一个证据是论证"不动之动者"：为了避免一种无限的回归，一定有某种推动其他事物的东西，而推动者本身并不会动。第二个证据是出自"第一原因"的论证，它遵循一种相似的逻辑：一定存在一种原因，而它本身不会成为原因。第三个证据是，一切必然性都一定有一个最初的根源。第四个证据是，世界上真实存在的完美的各种类型与等级，一定在某种绝对完美的事物中有其根源。第五个证据是，即使没有生命的事物也要服务于一个目的，它们必须被引导到超越它们的某种存在。按照阿奎那的观点，上帝的一些特征如下：上帝是永恒的、不变的，他没有任何组成部分或构成，因为他不是物质。在上帝那里，实质与存在是同一的，在上帝那里没有任何意外或偶然性。他不属于任何种类，不可能界定。上帝的智力活动就是他的实质；他

---

① "天使圣师"(Angelic Doctor)：这是天主教会赐给托马斯·阿奎那的称号。

完全理解他自己,他在这么做时也理解了世界的各种要素,那些要素在某些方面就像他一样。正如阿奎那指出的,"上帝本身,在认识他自己时,认识了其他一切事物"(MTA,114)。上帝的认识是全面的、整体的和即刻的;那种认识不是推论的、碎片的和理性的。阿奎那认为,上帝从虚无中(ex nihilo)创造了世界;上帝是一切事物的目的,那些事物都倾向于与上帝相似。人类的理智渴望上帝,它是每个人灵魂的一部分,灵魂是身体的形式。阿奎那赞同亚里士多德在普遍性问题上的观点;那些普遍性并不具有一种独立的、实质性的存在,而仅仅是一些名称或范畴。关于对原罪和天意的追问,阿奎那基本上赞同奥古斯丁的观点,即只有上帝的恩典才能救赎人类的原罪,得到救赎(salvation)的某些人类选民是一种神迹。

这里显现出的世界图画,是一幅严格一致的图画,排除了一切可能闯入的侵扰。它也是一幅不确定地以启示与理性、上帝的旨意与自然律法、实质与存在毗邻的狭隘基础为平衡的图画。罗素声称,阿奎那"对理性的诉求在某种意义上是虚伪的,因为要得出的结论事先就已确定了"(HWP,453)。此外,既然世界上没有任何事物是完全微不足道的,那么,除上帝之外的一切事物都在它们自身以外拥有真实的存在,在其结果方面,那就是上帝。上帝实际上担当了宇宙的分界线,因为一切事物都是复制出来的——在它们的真实意义上——在上帝的领域之内,他的自我认识包含了对一切事物的认识。换言之,各种事物只有在上帝那里才获得了自身的真正认同,因而,只有在上帝自我认识的行为中,在被迫依赖于他的关系中,它们才被迫存在。因而,它们达到认同不是以其自身的权利作为认识的对象,而是作为上帝之主体性的投射,或者确切地说,是上帝之主体性的"心力投入"(introjections)。此外,正如上面提到的,人类的终极福祉在于对上帝的沉思。因此,人类自身的认识内在地被引向了神,被引向了世界上只有当它们与神联系起来之时的事物。上帝的实质以几种方式限定了世界:作为起源与目的,作为开端与结局,作为主体与客体,作为认识者与被认识者,作为中心与边缘。

前述内容表现了形成阿奎那的美学背景的普遍世界观。实际上,那种世界观具有重要意义,因为其核心要素提供了中世纪大多数思想、普遍实践以及美学的语境。在其对阿奎那的研究中,恩贝托·艾柯(Umberto Eco)把阿奎那说成是"一个为那个时代的哲学和神学思想提供了最完整表现的人"。[12]艾柯注意到,中世纪的审美感受力不仅涉及作为一种抽象的美(例如,作为上帝的一种属性),也涉及以其具体物质形式出现的美(Eco,12-13)。他也评论说,正如在圣贝尔纳德和其他人那里明显表现出来的一样,中世纪倾向于利用对外在感性之美的拒绝,来把审美感受力提升到更高的层次,即一种更加欣赏内在的、精神之美的层次(Eco,10)。因此,"强调一种并未消亡的内在之美,超过了简单反对一种感性的美学。确切地说,那是对这样一种美的复原",因为美的永恒内在实质是感性外表之美的根源。内在之美被认为表现在外在之美中(Eco,10-11)。

这样一种中世纪的审美感性的要旨,被艾柯认为形成了阿奎那本人的美学背景。为了理解阿奎那的美学,我们必须把握他的形而上学的某些更深层次的基本特点,这对中世纪很多思想家的世界观来说是根本性的。阿奎那赞同亚里士多德的观点,声称形而上学的主题是作为存在之存在,或者说是存在的实质性属性。其他科学涉及存在的一些特殊方面,例如,算术把存在当成数字。因此,形而上学是一种根本性的科学,因为它只涉及普遍的存在,"论述共同的认识或普遍的事物,它不以对恰当的或个别事物的认识为**转移**"(*MTA*, 20)。

再一次与亚里士多德一样的是,他把事物的**实质**与其**存在**区分开来(*MTA*, 24 - 26)。实质与存在只有在上帝那里才是同一的。在所有被创造出来的事物之中,它们都是独特的。阿奎那的解释如下:"存在的行为属于第一行动者上帝,通过他自己的本质;对上帝来说,存在的行为是其实质……但是,按照其自身的本质属于某种事物的,只有通过分享才属于其他事物……因此,存在的行为被其他事物所拥有,来自'第一行动者',通过某种分享。"(*MTA*, 33)因此,**正是上帝要存在的真正实质**,或者用一种不同的方式来说,**存在就是他的实质**。如阿奎那所认为的,"上帝本身**就是**他的存在行为"(*MTA*, 32,黑体格式为作者所加)。存在不在自然中或被创造出的存在的实质之中,它们拥有存在仅仅是作为一种对上帝存在的折射;值得注意的是,阿奎那用"分享"这个词语来描述两种存在方式之间的联系。柏拉图曾经用同样的词语(*koinonia*)来表达"形式"世界与物质世界之间的联系。因此,上帝与人类之间的联系,在其最深刻的层面上,就包含在存在之概念本身之中:上帝的**本质**不是别的什么,就是存在(虽然很快将看到,存在本身不是空虚,而是充满了某些属性);别的一切事物都具有**另外的**本质,它们不是存在,它们确定了其个别的存在。

人类与神之间的联系的所有特征,都是从这种未被创造和被创造的主要关系中产生出来的,它代表了从存在与实质的同一性向下运动到它们彼此分离。用这种观点来看,创造的行为就是背离它与实质的共存的存在行为。存在与实质的同一性,是把存在潜在的无限多样性控制在实质范畴之内的一种保留手段。换言之,有可能在世界上真实发生的一切,早已在一种普遍图式之内被指派了一个地位和一种预先决定了的意义。对一切要超越那种图式的事物来说,对要滑动到实质之边界以外的存在的内容来说,它们都会进入一个偶然性和入门的领域。在某种意义上,这正是**人类**所做的:作为一种**被造**之存在,他也是堕落的,他背离了内在于实质与存在之同一性的绝对普遍性和必然性,进入外在于神之恩典的偶然性和特殊性之中。由人类的存在越出其实质所造成的差距,表现了这种外在性的领域。人类迷失在此世作为结果的偶然性的诱惑之中,必须寻找到返回神那里的道路,返回到使存在与实质相互连接之中,返回到实质与存在的统一,只有这种统一才能赋予其生存以秩序、和谐与意义,靠的是追求混乱的多样性和存在的特殊性之下的普遍与实质的形态。作为一种理智的造物,人类首先要追求认识上帝,这条道路要通过认识实质和普遍性而向前进。

不过,由于人类的全部存在都是"被分享"或者通过分享上帝的存在而达到的,所以,人类绝不会切断与上帝的关系。阿奎那声称,"每种被造的实存都通过存在的行为本身获得了与上帝的相似性"(*MTA*, 31)。阿奎那接着说,"人类与上帝之间的本质差距,不可能妨碍他们之间相似的共同性"(*MTA*, 36)。因此,上帝与被造之存在的关系,并非通过本质而存在,而是通过类似而存在。

先 验 论

阿奎那遵循亚里士多德和经院哲学的传统——正如他们通过各种范畴来表现的那样——

提出了某些适用于存在的特殊方面的断言。不过,他称为"先验论"(transcendentals)的其他一些断言,是一切存在的特质。这些特质包括"一""真""善"等断言。由阿拉伯哲学家增加的更多断言包括"事物"和"某物";有些评论家则增加了另一个先验论的断言"美"。这些先验论的属性是一切存在的普遍特点,没有为存在的本质增加任何东西;它们中的每一个都与存在的整体共存,这就是阿奎那认为它们可以相互转换的原因。换句话说,有可能看出任何这些外表之下的存在,每种外表都包含了一种对待存在的不同观点。

也许有理由追问,阿奎那或经院哲学的一般思想何以要坚持认为存在具有某些内在的特性。答案部分在于中世纪的形而上学,它认为上帝的存在与实质是同一的:与大多数完美的存在一样,上帝内在地具有某些属性。然而,也有必要与某些异端进行斗争,如摩尼教,它认为宇宙是善与恶之势力的战场。对存在的内在统一、真理和善的坚持,成了同对世界和创造的这些看法进行斗争的一种方式。当美被添加到先验论的名单上之时,这种论点就可能被进一步延伸:上帝的创造在本质上是美的,正如艾柯指出的,美因此"获得了一种形而上学的价值,一种不变的客观性,以及一种普遍性的扩展"(Eco, 22)。这种把世界看成在本质上是美的观点,来自很多资源。最明显的影响是《圣经》,它高度赞扬了上帝创造的美。柏拉图的《蒂迈欧》也曾把宇宙想象为受到秩序和美的支配。后来,有些影响源于毕达哥拉斯,这些影响把圣奥古斯丁这样的人物引导到根据音乐和数的和谐来看世界的美。最后,也许最重要的是,存在着新柏拉图主义者普罗克洛斯、波菲利,尤其是假大法官丢尼修(有时被称为假丢尼修)的影响,后者的著作《神圣之名》(*Divine Names*)把宇宙表现为一种发源于"第一原理"之美的令人眼花缭乱的等级。受到丢尼修影响的重要人物之一是约翰·斯科图斯·埃里欧根纳,他认为宇宙是一个巨大的象征结构,其中的一切都指向上帝(Eco, 23-24)。艾柯提出,"埃里欧根纳的美学观在整个中世纪里……是影响最为深远的"(Eco, 24-25)。

阿奎那列举了一些论据来证明上帝是一。在前面的章节里已经看到,统一性的概念在两个根本的方面对柏拉图来说非常重要:"形式"世界的统一性实际上控制和安排了物质世界的多样性。诗歌受到谴责正因为它不受约束地违背了这样的统一性。在阿奎那身上,我们看到了统一性的概念在一个更加根本的层面上施加了其控制力:它不仅是上帝的主要属性之一,也是普遍存在的主要属性之一;只有通过对此的否定,差异和多样性才可能出现。此外,多样性的概念本身受到了限定,以致它可以包含在统一性之下;换言之,只有在与统一性纯粹对称的对立中,它才会出现,而统一性仍然是可能性和度量的根本基础。在缺乏这种受到控制的极端对立的情况下,多样性就会导致无限的倒退,以及缺乏认识或真实的可靠基础。最后,上帝的唯一性在本质上受到世界秩序的限制:偶然性与入门被允许滑向这种中世纪观点的边缘,堕入非真实的状态。理解这一点的另一种方式可以这么表示,即只有神的与人类世界的这些要素被允许进入真实状态,才可能受到统一性的强迫控制。处于这种观点之核心、确保了整个框架之稳定性的是存在与实质的同一性,它包含了有关上帝之统一性的最深刻观点。

关于先验的"真实",阿奎那断言,"真理是存在的一种倾向……正如在存在中普遍发现的某种东西"(*MTA*, 62-63)。因此,不可能脱离真实来理解存在,"因为要是与理智不相符或与理智不相当,就无法把握存在"(*MTA*, 62)。换句话说,存在早已以某种方式被导向了与我们的理智能力达成一致。阿奎那声称,"即使人类的理智不存在,也可以说事物在与神的理智的关系方面仍然是真实的"(MTA,68)。因此,阿奎那所认为的真理概念,并不是依赖于人类感知结构的人本主义概念。相反,真理先于人类的感知和认识:事物早已处于它们被指定的位置上,有关它们的真理与价值早已被铭刻在它们的存在之中;人类的理智只不过被动地附着于这种预先确定的安排之上,仅仅以它们自身有限的方式记录下那种安排的真理。正是这种预先确定的使存在与神的理智和谐一致,才保持了认识统一的范例,这种范例是人类理智要努力仿效的。多样性浸染了人类认识和物质世界,使它们同分享神的理智的一致性相分离,它是必须克服的某种东西,因为人类的理智以一种更高的方式指向超越自身、达到完满。

在讨论先验的"美"时,阿奎那声称:"不存在任何没有分享到美与善的东西,因为每种事物按照其恰当的形式都是美的和善的……被创造出来的美不是别的,而是被事物分享到的与神之美的相似性。"(MTA,88)这种说法听起来有点像柏拉图的说法,而阿奎那接着说,美与善都以同样的真实为基础,但在原因方面有别。善作为一种目的与欲求有关,因为它是一切欲求的对象;然而,美与感知力有关,"因为那些可以被说成是美的事物在看见之时就使人愉悦",是一种形式上的原因,因为愉悦的产生有赖于形式的恰当比例。有三样东西是美所必需的:完整或完美,恰当的比例或"和谐"(consonantia),以及"形式"(claritas)的出色。

阿奎那再次仿效丢尼修,坚持认为上帝之美不受被造之存在的美的有限性的影响:它不受可变性和腐败堕落的影响,它也不被限制在任何特定的方面,因为上帝是绝对的,在每个方面都很美。此外,在上帝那里,"每种美和每种美的存在……的朴素与超自然的'实质',都是先于存在的,确实不是分离的,而是一律的[一致的和单纯的],以产生多重效果的方式预先存在于其原因之中"(MTA,90-92)。这种阐述又一次看起来像是柏拉图式的,因为一种统一性的原因产生了多重效果,尤其是因为因果关系不仅被认为是一种形式关系,也浸透了内容,因此,"善"先于善之事物的多样性而存在,事物的善要通过分享那种预先存在的实质。由于各个部分与整体有关,所以这些部分之间的关系属于和谐,和谐就是美的实质(MTA,94-95)。形式是一个属于它的事物的恰当本质所依赖之东西,而秩序则是适合于和谐的那种"结果"(finality)(MTA,98)。

中世纪的寓言与阿奎那

很多作家都注意到了在整个中世纪存在着的一种普遍倾向,即认为世界上的所有事物和宇宙在实质上都是象征性的,是上帝借以对人类发言的巨大词典中的符号。一切事物都指向超越它自身,指向超越其直接的尘世意义,走向事物更加全面之模式和神之目的方面更高层次的意义。在这样一种观点方面很有影响的倡导者是假丢尼修、罗马作家马克罗比乌斯和约翰·斯科图斯·埃里欧根纳,后者写道:"在可见的和有形的事物之中,没有任何事物没有表示出某种无形的和可以理解的东西。"(Eco,139)这种囊括一切的象征主义,提出了一种对受到统一性、秩序和目的限制的世界的看法。在这样一种看法中,人类被迫要阅读和解释这本世界之书或宇宙之书。

基督教的寓言最初产生于奥利金这类作家使《旧约》与《新约》达成和解的努力,试图表明它们彼此都是一致的,它们都以不同的方式说出了相同的真理。寓言在通过使《圣经》从属于一种解释代码来限定其潜在的意义的无限性方面也具有基础。《圣经》被认为是一个无限丰富的智慧的贮藏;圣哲罗姆认为,《圣经》是"意义的一个无穷的森林",而奥利金则谈到过"《圣经》的一个最为庞大的森林"。然而,这种观点必须与指派给《圣经》文本的特定的和有限的意义取得一致。因此,教父们根据意义的三个层面,设想出了一种解释《圣经》的寓言式理论:字面的、道德的和神秘的。后来,这个体系被扩大到了包括四个层面:字面的、寓言的、道德的和神秘的。里拉的尼古拉(Nicholas of Lyra)把意义的这四个层面概括如下:"字面意义告诉我们事件;寓言意义为我们传授信仰;道德意义告诉我们该做什么;神秘意义向我们表明我们要去哪里。"(Eco,145)一个相关的问题是,确定《圣经》中的一个特定段落是从字面上来对待,还是从比喻上来对待。如我们已经看见的,圣奥古斯丁是第一个提出了确定这个问题之规则的人。

在其《神学大全》中,阿奎那在一段理解了前述趋势的阐述中解释了寓言:

> 词语据以表明事物最初意义的属于第一意义,它是历史的或字面的。事物通过词语据以表明它们本身也具有一种意义的那种意义,叫作精神意义,它以字面意义为基础,并且预示了字面意义。现在,这种精神意义有三个层面。因为像使徒认为《旧约》的律法就是《新约》律法的一种样式一样,丢尼修认为,**《新约》的律法本身是未来荣耀的一种样式**……因此,就《旧约》律法之事表明了《新约》律法之事而言,存在着寓言的意义;就基督所做之事而言,或者就表明了基督之事,都是我们应当去做之事的典型,存在着道德的意义。但是,就它们表明了与永恒荣耀有关的东西而言,存在着神秘的意义。(《神学大全》,Q. I, Tenth Article)[13]

阿奎那关于寓言之定义值得注意的是,从**事物**的意义转向**词语**的意义。字面的或历史的意义表示语言与世界的联系。意义的其余层面被包含在语言和文学或《圣经》传统的领域之内。这种象征主义(对阿奎那来说,它本身表示了词语与概念之间的联系)最为普遍的名称就是"精神意义"。这三种划分包含了基督教把其之前的过去纳入自身的历史和神学框架(寓言意义)之内的努力;它们也肯定了基督本人的范例在道德上的权威性(道德意义);最后,它们强调了基督教对此世短暂、局部和有限性质的看法,它具有的意义只与上帝之永恒图式的总体性有关,那种图式只有通过启示而不是人类的理性才能接近(有神秘解释的或神秘的意义)。

艾柯把阿奎那对寓言的看法说成是一种广泛变化的组成部分,那种变化倾向于把人类的世俗世界下降到字面意义的地位,把精神和象征意义限制于《圣经》历史的领域。首先,阿奎那坚持认为,诗歌相对于对《圣经》的说教来说是一种"低下的说教"(*infirna doctrina*)。它是低下的,因为它缺乏真理,然后,这一点有赖于这一事实,即诗歌涉及那些想象出来的或发明出来的而非真实的对象。如艾柯注意到的,虽然这样一种观点并不意味着阿奎那对诗歌的蔑视,但它部分表达了他对认识的各种方式的等级的感受(Eco,148-149)。正因为诗歌谈到了未知的或从前未想象到的事物,所以它不可能通过理性来交流,必须使用隐喻(Eco,149 n.53)。然而，与《圣经》不同的是，诗歌绝不可能获得字面意义与象征或精神意义之间的真正特性。鉴于诗歌在认识方面是**不完善的**，《圣经》的神秘性**超过**了我们的理解能力，因此需要通过隐喻和寓言来表达(Eco，150 n.54)。《圣经》中叙述的字面上的历史事件具有一种精神意义，那种意义只有上帝才能了解，却不必为在神之灵感授意下写作的作者所了解。在另一方面，诗歌的世俗语言虽然运用了寓言和隐喻，但涉及的对象和事件不具有任何固有的精神意义。阿奎那认为诗歌只具有一种字面意义；意义的一切更深的层面(阿奎那把它称为"寓言似的")都只不过是这种字面意义的亚种；他所理解的字面意义要表达一种特定的作者意图(authorial intention)(Eco，153 n.66)。

按照艾柯的看法，在阿奎那之后，某些思想家，如约翰·邓斯·司各脱、奥克汉姆的威廉和奥特库尔的尼古拉(Nicholas of Autrecour)，都质疑了他的自然有机形式的概念，因而为一种新的艺术和美的概念提供了推动力。这些思想家强调了特殊性和独特性，而不是美的普遍特质，为美学提供了新颖的可能性，那些可能性在很多现代的艺术概念中实现了，即强调艺术是创造而不只是模仿，强调了美的事物的特殊性和独特性。艾柯也认为，这三种样式是中世纪晚期经院哲学危机的征兆。由罗马帝国的崩溃和蛮族的入侵所造成的混乱，曾经导致了寻求秩序的绝望努力，正如毕达哥拉斯的数的美学(aesthetics of number)所经历过的那样，这一点在这个时期的奥古斯丁和其他作家那里也很重要。加洛林文艺复兴之后相对稳定的政治秩序，曾经激发了对宇宙进行系统的理论上的安排，经院哲学在其中起过核心作用。然而，一些因素开始破坏世界秩序的这种概念和神学对此的表达：十字军东征，中产阶级的崛起——这个阶级在阿奎那的美学中所表达的"那种普遍秩序的意象中"无法看到自身，民族主义，对俗语的运用，以及神秘主义(Eco，212-213)。简言之，经院哲学"再也没有反映出那个时代的经济和社会关系……符合认知模式的现代美学使资产阶级社会变得完善，那个社会出现在中世纪美学处于危机中的时刻"(Eco，214)。这些新观点强调艺术家是创造者和发明者，与阿奎那认为艺术家是在运用上帝奠定的规则的看法形成了反差。尽管如此，艾柯在经院哲学和中世纪的美学中发现了一种持久的价值。首先，我们仍然可以学习经院哲学根据理智来解释艺术的努力，它对审美自主性与功能的要求之间关系的论述，以及它承认我们叫作审美情感的东西实际上有赖于价值观、意识形态和文化代码的系统(Eco，215-216)。

但丁·阿利吉耶里(1265—1321年)与寓言的方式

对但丁·阿利吉耶里这位西方世界产生的、有争议的、最伟大的诗人的著作来说，寓言是必需的。他因其史诗《神曲》(1307—1321年)和以"新生"(*La Vita Nuova*，约1295年)为名发表的早期爱情组诗而极为著名，后者是为了向贝雅特丽齐·波提纳里(Beatrice Portinari)表达敬意而书写的。但丁也撰写过文学批评著作，这要部分归功于亚里士多德、波伊提乌、西塞罗和阿奎那的影响。在《论俗语》里，他为用意大利俗语写作诗歌的恰当性进行过辩护。在《飨宴》(Il *Convivio*，1306—1309年)里，他创作了包含有14首颂诗的诗集，以及用散文撰写的评论,评论旨在澄清有人指责他在这些颂诗中"毫无约束的激情",并且要阐明寓言的原理。公元1319年,他给维罗纳①的他的赞助者坎格兰德写了一封在那时很有名的信,也论述了寓言,虽然那封信的真实性受到了质疑。在《飨宴》里,但丁声称,寓言有四种意义,他列举了这四种意义并且解释如下:

> 第一种被称为字面意义,这是一种没有超出文字表面的意义,如在诗人的寓言中那样。下一种被叫作寓言式的意义,这是一种隐藏在那些寓言外表之下的意义,是一种隐藏在美丽虚构下面的真理……
>
> 第三种意义被称为道德上的,这种意义是教师们应当通过《圣经》力求专门去发现的,因为这对他们和学生都有利……
>
> 第四种意义叫作有神秘解释的,那就是说,超越了感觉;这种情况出现在用一种精神意义来解释经文之时,那种精神意义虽然在字面意义上也是真实的,但要依靠表明了一部分永恒荣耀的天国之事来表示。[14]

作为寓言式意义的例证,但丁提供了奥维德对俄耳甫斯(Orpheus)驯服野兽的说明。但丁认为,其中的寓言意义在于,聪明人使残酷的内心变得温柔和谦卑。他认为,道德意义要通过《福音书》中对基督使山脉变得崇高的描述来说明;基督随身只带了三名使徒,这意味着"与我们很少得到指引的巨大秘密有关"。为了举例说明有神秘解释的意义,但丁回想起《旧约·诗篇》(Psalm)的第114首诗,其中讲到以色列人离开埃及时,"犹大变成了整体与自由";但丁评论说,这意味着"当灵魂脱离原罪时,它就以其力量变成了整体与自由"。但丁坚持认为,在寓言式的描述中,"字面意义始终都应当首先出现,因为在这种意义中包含了其他意义"。字面意义也是其他意义的"主题和素材",是它们的基础。他把字面意义说成是处在"表面",包含了内在的其他意义(Ⅱ.ⅰ.65-80)。很多个世纪之后,德里达试图解构这种外在与内在的隐喻。在坚持把字面意义包括在一切解释之中方面,但丁(像在他之前的其他人一样)部分地反对古典时期的修辞学家把寓言和隐喻界定为仅仅是用一套词语来取代另一套词语。他也仿效很多神学家,肯定了意义的所有四个层面的真理,反对修辞学和诗学对寓言的看法,即认为就连字面意义也有可能是虚构的。在整个《飨宴》中很明显的是,寓言的作用之一是要"隐秘地"以及用一种隐蔽的方式表现在别的地方不能说出来的有关上帝与永恒的秘密,即使哲学这种人类最高贵的追求,也不可能彻底了解那秘密(Ⅲ.ⅹⅴ.58-69)。话虽这么说,亚里士多德的权威性还是处于但丁论述寓言字面意义的基础之中;他认为亚里士多德是人类理性的"大师"和"领袖",就像"信仰"与"服从"一样有价值(Ⅳ.ⅵ.50-73)。

在《致坎格兰德书》里,但丁把《神曲》献给了自己的赞助人,并且解释了这首诗的寓言式结构。但丁在信的开头重申了亚里士多德的立场,即有些事物是独立自主的,在自身之中拥有存在,而有些事物的存在是相关的,在它们自身以外与其他事物有联系。[15]但丁用这一立场来解释概述对其《神曲》的整个看法的需要。然而,也许最好把它当作解释寓言的导言:它本身的词

---

① 维罗纳(Verona):意大利东部城市,位于阿尔卑斯山南麓。

语是不完善的。但丁解释说,他的文本"有许多意思,那就是说,具有几种意义"。字面意义必然会超越自身,表示使之完善的更高的意义。但丁的界定要追寻阿奎那阐述的主要思路,但对三种精神意义的命名是可以相互替换的"寓言式的"。虽然非字面的意义是用各种名称来称呼的(寓言式的、道德的、有神秘解释的),但它们"都可以被称为寓言式的,因为它们都不同于字面的或历史的意义"("LCG," par. 7)。因此,他认为寓言的结构在宽泛的意义上都是二元的(dualism),字面意义是对此世的叙述,寓言意义则指精神领域。

与这种二元论一致的是,但丁认为诗歌的主题是双重的,对应于字面意义和寓言意义。从字面上看,作品的主题"是死后灵魂的状态"。从寓言方面看,"主题就是人,在训练其自由意志,获得或者有可能获得正义的奖赏或惩罚"("LCG," par. 8)。对主题的这种划分意味着,意义的两个层面之间明显有点分离,也有严格的相互关系,它们双方都有可能单独在神学上认为封闭、有目的和一致的宇宙语境里起作用。换句话说,尽管但丁声称其作品是多义的,具有"几种意义",但必须排除进一步阐释的可能性,以使这样的分离与相互关系能起作用。但丁再次按照这种二元论,认为作品的目的或终极目的是双重的,即直接的目的与最终目的。这种目的被认为是精神上的目的,即要把灵魂从原罪和痛苦的状态引导到幸福的状态("LCG," par. 15)。因此,但丁文本中既定的寓言的双重结构,透露出了阅读过程的每个方面,从作者的意图和对语言的运用,到读者的反应。所有这些因素都卷入了一个复杂的结构框架之中。

在阿奎那和但丁的文本中,也构成了寓言之基础的是相信普遍的真实性,而不是个别的真实性。寓言的结构预示了意义的各个层面之间概念运动的轻松自如。这种情况只有在以下条件下才有可能出现,即每个事件没有陷入特殊性和独特性之中,不得不担负其自我超越的重担,自身缺乏独立自主性,它部分地分享到更加广泛的意义范围。这样的自我超越,可以在一个封闭的意义系统之内获得一致性和准确的寓言式表达,字面层面上的一个特定对象或事件,由此可以在寓言层面上被赋予清晰的意义。实际上,与西塞罗和马克罗比乌斯一样,但丁指出了追求知识的优点,它们与世俗追求财富和权力相反(Ⅱ *Convivio*, Ⅳ.ⅻ-ⅹⅲ)。更为根本的是,但丁在自己的一些作品里按照行星的位置表现了一种典型的中世纪的宇宙论,以及运动和第一原因的概念。例如,在《致坎格兰德书》中,他像阿奎那做的那样,以亚里士多德的形而上学为基础,认为"一切存在之物,除了这一个事物之外,都因另一个而有自身的存在……那另一个就是上帝。因此,一切具有自身存在的事物,都直接地或间接地从'他'那里获得自身的存在"("LCG," par. 20)。又像阿奎那一样,但丁声称,上帝作为存在与实质的独立自主性,可以被理性所证明,甚至更可以被神的权威性或《圣经》所证明("LCG," par. 20-22)。因此,可以看出,在寓言中,词语的意义在本质上超越了词语本身,涉及精神关系与意义的更重要的联系,其终点就是上帝,所以,寓言在其最深刻的层面上表现了一种对世界的看法,根据那种看法,事物的存在不是独立自主的,始终都要通过一系列的中介关系,最终依赖于作为最初的和绝对独立自主之存在的上帝。一切世俗的目标都要服从人类生活的终极目标,那就是通过凝视上帝这个"真理之源"而获得幸福("LCG," par. 33)。

实际上,但丁有关诗歌的洞见,总的来说展现了中世纪众多作家早已讨论过的那些显著的特征。例如,在《飨宴》中,他声称,一首诗的"善"像其他一切话语的善一样,在于其意义,而它的美则在于它的修饰(Ⅱ.xi.4－5)。他提出,诗歌作为一种说服的形式,要得到修辞学规则的支持(Ⅱ.vi.6;Ⅱ.viii.2);但丁提到了亚里士多德的《修辞学》和《新修辞学》,他与一般的中世纪的作家一样,错误地把《新修辞学》当成是西塞罗的("LCG," par. 18－19)。与其他话语一样,诗歌是一种理性的活动,它的构成利用了各种修辞学的样式(Ⅱ Convivio, Ⅲ.ix.1－3)。然而,在使有限的语言得以实现方面,但丁表现得有点现代,甚至超过了文绍夫的杰弗里这样的人物:语言不仅没有表现出神的神秘性,而且它对表达人类的思想来说甚至也是一种不适当的工具,人类的思想远远超过了语言,并且超出了语言的能力(Ⅲ.iv.4,12)。他在《致坎格兰德书》中认为:"我们凭借理智来发现很多事物,因为它们没有任何词语符号。"他评论说,柏拉图意识到了这一事实,意识到了结果需要利用隐喻("LCG," par. 29)。然而,对但丁来说,语言的这种不适当性,最终成了人类与神相比的局限性的标志;寓言是一种词语表达的形式,它隐喻性地指向超出人类理解的神秘性,以一种结构化的方式适应人类的局限性。

注释

[1] "Introduction," in *MLTC*, 5.

[2] Martin Irvine, *The Making of Textual Culture*:*"Grammatica" and Literary Theory*, 350－1100 (Cambridge and New York:Cambridge University Press, 1994), pp. 18－19. 下文引用写作 *GLT*。

[3] *The Didascalicon of Hugh of St. Victor*, trans. Jerome Taylor (New York:Columbia University Press, 1991), p. 44. 下文引用写作 *DHV*。

[4] *The Metalogicon of John of Salisbury*:*A Twelfth-Century Defense of the Verbal and Logical Arts of the Trivium*, trans. Daniel D. McGarry (Gloucester, MA:Peter Smith, 1971), pp. 275－276. 下文引用写作 *ML*。

[5] 引自约翰的所有引文中的方括弧都是编者所加。

[6] Dante, *De Vulgari Eloquentia*, in *The Latin Works of Dante*:*De Vulgari Eloquentia*, *De Monarchica*, *Epistles*, *Eclogues*, *and Quaestio de Aqua et Terra*, trans. A. G. Ferrers Howell (New York:Greenwood Press, 1904), pp. 4－6. 下文引用写作 *DVE*。

[7] "Introduction," in Geoffrey of Vinsauf, *Poetria Nova*, trans. Margaret F. Nims (Toronto and Wetteren, Belgium:Pontifical Institute of Medieval Studies/Universa Press, 1967), pp. 10－11. 这里提到的其他一些有关杰弗里生平和著述的细节,也出自 Nims 简短却有用的引论。

[8] 这里的大部分信息出自 W. Montgomery Watt 在 *Islamic Philosophy and Theology* (Edinburgh:Edinburgh University Press, 1985), pp. 117－119 中的出色描述。

[9] Averroës, "The Middle Commentary of Averroës of Cordova on the *Poetics* of Aristotle," in *MLC*, 89. 下文引用都出自该文本,只标明相应的页码。

[10] Norman Kretzmann and Eleonore Stump, eds., *Cambridge Companion to Aquinas* (Cambridge:Cambridge University Press, 1993), pp. 3, 12－13.

[11] *An Introduction to the Metaphysics of St. Thomas Aquinas*:*Texts Selected and Translated*, preface by James F. Anderson (Indiana:Regnery/Gateway, 1953), p. 109. 下文引用写作 *MTA*。

[12] Umberto Eco, *The Aesthetics of Thomas Aquinas*, trans. Hugh Bredin (Cambridge, MA:Harvard University Press, 1988), p. 140. 下文引用写作 Eco。

[13] *Summa Theologica*, trans. Fathers of the English Dominican Province, 1920–1931.

[14] Dante, Ⅱ *Convivio*：*The Banquet*, trans. Richard H. Lansing (New York and London：Garland, 1990), Ⅱ.ⅰ.Ⅰ,20–60.

[15] "The Letter to Can Grande," in *Literary Criticism of Dante Alighieri*, trans. Robert S. Haller (Nebraska：University of Nebraska Press, 1973), par. 5. 下文引用写作"LCG",数字表示段落。

第十章 转折:中世纪的人本主义①

中世纪的两个人物——乔万尼·薄伽丘和克里斯蒂娜·德·皮桑,是使经院哲学黯然失色的(但也是从其中产生的)文艺复兴的人本主义的重要先驱。正如将在以下的说明中看见的一样,薄伽丘见证了为诗歌辩护和对人本主义课程的迫切需要,这与其说是为了应对经院哲学家的冲击,倒不如说是为了应对正在崛起的商人阶层的冲击,那些商人阶层看不到文学和艺术中的任何实用价值。薄伽丘进行辩护的基础是宽泛意义上的人本主义,他提倡回归到古典文学和对修辞学与逻辑学知识的需求之上。然而,薄伽丘为诗歌进行的辩护,实际上是根据诗歌对读者产生的效果,把这门艺术重新界定为独立于修辞学的学科,我们仍然可以把这个看法与今天联系起来。克里斯蒂娜的观点在中世纪是一种强有力的人本主义的声音,它大胆地闯进了男性权威人士的文学论争之中,不仅挑战了男性的史学观和男人对女人的刻画与论述,也把这种理性概念本身与女性联系起来。

为诗歌辩护:乔万尼·薄伽丘(1313—1375 年)

虽然薄伽丘希望作为一名学者出名,但他因其《十日谈》(*Decameron*,1358 年)而广为人知,该书汇集了由 10 个人物讲述的 100 个有时有点色情的故事,以公元 1348 年席卷整个意大利的"黑死病"②为背景。薄伽丘也写寓言诗和传奇故事,它们影响了乔叟和莎士比亚。与但丁一样,他推动了意大利的俗语文学事业。然而,他通过用拉丁语撰写的学术著作,成了文艺复兴时期人本主义的有影响的先驱者。他的《关于名女人》(*De Mulieribus Claris*,1361 年)成了克里斯蒂娜·德·皮桑的《妇人之城》(*City of Ladies*,1405 年)的一个来源。在文学批评方面,他最重要的著作《异教诸神的谱系》(*Genealogia Deorum Gentilium*,1350—1362 年)是一部

---

① 人本主义(Humanism):本译本主要从西方哲学传统的角度,一律将 Humanism 译为"人本主义"。中文也有将文艺复兴时期的社会思潮 Humanism 译为"人文主义",或将 Humanism 译为"人道主义",译者认为后者是一个伦理学概念。本译本均不采用"人文主义"和"人道主义"的译法。

② 黑死病(bubonic plague):公元 14 世纪 40 年代在欧洲流行的瘟疫,因患者皮肤上会出现黑斑而死得名,当时欧洲有 2 500 万人死于黑死病,也称 Black Death。

15卷的古典神话的巨型百科全书。在前13卷里,他试图汇编、整理和提供对古典神话的寓言式解释。最后两卷致力于为诗歌进行全面辩护,援引了从柏拉图时代以来赞成和反对这门艺术的论点。因此,这部著作不仅要努力解释古典文学的优点,而且试图训练诗人为自己的艺术辩护,这种传统从贺拉斯开始,经过龙萨、杜·贝莱(Du Bellay)、布瓦洛和蒲柏,一直延伸到华兹华斯、柯勒律治、雪莱和阿诺德。作为文学与文学批评的一部百科全书,它对诗人和批评家们的影响是广泛的,并且持续了两个多世纪。正如查尔斯·奥斯古德(Charles Osgood)表明的,随着公元15世纪重新发现的亚里士多德的《诗学》一道,薄伽丘的文本实际上为文艺复兴提供了"文学理论的主旨";它的踪迹出现在乔叟、斯宾塞(Spenser)、琼森(Jonson)、弥尔顿(Milton)和雪莱那里。[1]虽然他出生于一个商人家庭,但他最终逃离了商业生活,进入了贵族和宫廷圈子。

薄伽丘的《异教诸神的谱系》的序言,是写给塞浦路斯和耶路撒冷国王雨果四世(Hugo Ⅳ)的,国王委托薄伽丘写了这部著作。这篇序言就薄伽丘之任务的重要性,以及他对自己目的的看法,提供了某些暗示。关于古代诸神和神话,他认为:"在我所知道的书中,没有哪部书包含了所有这些问题……诸神的名字、部落及其起源,它们都分散在全世界的各个地方。"(GDG,9)因此,他的著作要成为到那时为止未收集起来的神话和传说的总汇。

薄伽丘在序言中说明了另外两个意图。第一个意图是要解释古代文本深刻的、真实的意义,那种意义经常被表面上的荒谬性、不可能性或者被附着的虚假神学所掩盖。第二个意图是,在揭示古代诗人的智慧时,他打算针对诗歌艺术的诽谤者为诗歌艺术进行辩护(GDG,12)。薄伽丘在第十四卷里激烈地进行了这种辩护,其中轻蔑地忽略了无知和无鉴赏力的人们对诗歌的指责,他也在其中反驳了法理学家和律师的批评。他认为,那些人说起话来引人注目、有影响力和说服力。他们对诗歌的控告以这一观点为基础,即诗歌没有带来财富和权力,它毫无实际用处,因此,诗人总的来说都肯定愚蠢到了在这种无利可图的活动中度过自己的一生(ⅩⅣ.iv)。这些指控促使薄伽丘不仅要为诗歌辩护,也要赞美贫穷。鉴于律师受到了对金钱、声望和世俗事物的热爱的污染——他们都是容易腐败的,所以诗歌像神学和哲学一样,拒绝这样的追求:"诗歌使自身致力于更伟大的事情;因为她虽然住在天堂,与神的辩护人厮混在一起,但她会使一些人的心灵从高处走向一种对永恒的渴望。"(ⅩⅣ.iv)此外,诗歌是"一门稳定和确定的科学",它"在一切时代和地方"都是相同的,而法律却要受到文化和环境变化的影响(ⅩⅣ.iv)。薄伽丘实际上把真正的诗歌重新界定为"一种心理疾病,经常都使富人感到痛苦"(ⅩⅣ.iv)。这是一种想象力的匮乏,人们因此怀着一种绝不会满足的渴望追求短暂的财富(ⅩⅣ.iv)。在这里值得注意的是,薄伽丘勇敢的辩护把诗歌与哲学和神学的超凡脱俗联系在一起;它号召人们唯有通过使自己认识到此生微不足道和短暂的性质,才能走向美德,要求他们把注意力集中在精神生活之上。

薄伽丘这时建构了一个有关神学研究的房子的寓言:在一个高高的王位上"坐着哲学,这个来自上帝怀抱的信使,一切知识的主妇"(ⅩⅣ.v)。在她周围是有学问和谦卑的人们,坐在高贵的位置之上;远处有一群吵吵闹闹的妄求知识者,冒牌哲学家,他们对真理或智慧毫无兴趣,只对获得讨人喜欢的名声感兴趣(ⅩⅣ.v)。正是这些人,薄伽丘把他们刻画成用最粗鲁的词语来谴责诗歌:他们指责说,诗歌是一门"毫无用处和荒唐的手艺";诗人都是"搬弄是非的人,或者用更低下的词语来说,是惯于说谎的人";诗人的作品不仅是虚假的,而且经常都是晦涩和猥亵的;此外,诗人都是"心灵的勾引者,犯罪的教唆者"。薄伽丘表明,这些吹毛求疵者用柏拉图的权威来支持他们"对诗人的疯狂遣责"(ⅩⅣ.v)。薄伽丘最初的反应是要指出:"诗歌与其他学科一样,都源于上帝这个一切智慧的创造者。"倘若某些诗人迎合了一种淫荡的趣味,诗歌本身却不可能受到普遍的责难,因为它提供了"如此多的美德的诱因",并且使用"优雅的风格和措辞"去"把人们的思想引导到天堂的事情之上"(ⅩⅣ.vi)。

薄伽丘接着界定了诗歌、它的起源和作用。他把诗歌叫作一种口头的或书面的"热诚与优雅的创新(invention)",它"源于上帝的怀抱"。薄伽丘借西塞罗的权威性来支持自己的主张,即诗歌是一门得到灵感的艺术,对它来说,不可能有任何严格的规则与公式(ⅩⅣ.vi)。诗歌的热情就是"在其效果方面的崇高:它促使灵魂渴望表达;它展现出心灵奇异的和空前的创造性;它把这些沉思默想安排成一种固定的秩序,用词语和思想不同寻常的交织来修饰整个写作;因此,它用一种美好与合适的虚构的外表掩盖了真理"(ⅩⅣ.vi)。有趣的是,他的这种界定是现代的,因为诗歌作品不可能提前计划,因为这些创造既是得到灵感的,也是新颖的;它在以下这种含义方面却不那么现代,即诗歌在本质上是寓言式的,始终都用虚构掩盖了真理。诗歌的作用也是实用的;它可以使国王为战争做好准备,描绘人类性格的各种状态,激发美德,抑制恶行。也很现代的是,薄伽丘坚持认为,诗歌在根本上可以根据其效果来界定。实际上,他认为"诗歌"这个词语的词源是以其效果为基础的:它来自希腊语的 *poetes* 这个词,他认为其意思是"优雅的话语"(ⅩⅣ.vi)。他认为诗歌起源于希腊,它在那里是作为语言的一种高级形式出现的,被用于祈祷和赞美上帝,也被用来表现"神圣之事的极度神秘性"(ⅩⅣ.viii)。

薄伽丘预见到了浪漫派的很多观点,认为诗人更喜欢孤独的、有利于沉思默想的徘徊,尤其是对上帝的沉思。在这么做时,诗人摆脱了城市的纷扰困惑,诸如"贪婪和唯利是图的市场",以及法庭和吵闹的人群。自然的愉悦"抚慰了灵魂;于是,他们汇集起内心散落的精力,使诗人天赋的力量得以复苏",激励那力量"渴望沉思高尚的主题"(ⅩⅣ.xi)。

对一个想要具有影响力的诗人来说,他不仅必须懂得语法和修辞学的规则,也要懂得"其他人文学科的原理,包括道德和自然方面的学科"。他必须具有一种全面的知识,不仅包括古代作家的作品,也包括全世界作家的作品、民族的历史乃至他们的地理学(ⅩⅣ.vi)。话虽如此,他却并不认为诗歌仅仅是修辞学的一个分支,因为"在虚构的修辞学的伪装中没有任何组成部分"(ⅩⅣ.vi)。因此,薄伽丘认为诗歌是一门有点独特的艺术,明显不同于修辞学和一般学问的其他分支。

薄伽丘转到了认为诗人是搬弄是非者或说谎者的指责之上,他反驳说,进行虚构的诗人与使用三段论法的哲学家一样都没有招致耻辱。此外,"寓言"(*fabula*)这个词语的词源是拉丁语动词 *for*, *fari*,意思是"交谈"(*confabulatio*)。他援引了从前的作家设想出的一种界定:"虚构是一种话语形式,它在创造的外表之下阐明或证明了一种理念;当去掉它的外表时,作者的意图就显露出来了。"(ⅩⅣ.ix)因此,虚构始终都是一种呈现隐蔽的真理的方式。事实上,薄伽丘区分了四种虚构的类型:第一种,如《伊索寓言》,在表面上缺乏真理的一切迹象;第二种,显现为真理与虚构混合在一起,被用来"以类似虚构的方式掩盖神与人类的问题";第三种显得更像历史而非虚构,如在维吉尔的《埃涅阿斯纪》中那样,隐蔽的意义远远不同于表面的意义(XIV.ix);第四种虚构完全没有包含任何真理,既没有表面上的真理,也没有隐藏着的真理,薄伽丘把这种类型同诗歌完全分离开来。他认为,那些反对前三种虚构形式的人们,可能也会反对《圣经》,因为《圣经》充满了形象和比喻。总的来说,虚构的实际能力就是如此,因为"它通过其外表使无文化者感到愉悦,以其隐蔽的真理训练有文化者的心灵;因此,两方面都通过同样的熟读得到启发和快乐"(XIV.ix)。因此,虚构——薄伽丘用它来指诗歌的创造——浸透了古典时期通过呈现真理进行教学和使人快乐的功能。它也浸透了神学的一种功能,即掩藏神的神秘性。实际上,薄伽丘反对那些断言真理与雄辩不可能相互配合的观点,他援引昆体良的看法,认为伟大的"雄辩与虚假相矛盾",肯定了维吉尔是哲学家,而"但丁是伟大的神学家和哲学家"。这是因为诗歌是"在哲学的家里培养起来的,在神学研究中受过训练",因而它表达了"真正最深刻的意义"(XIV.x)。在第十五卷里,薄伽丘力图表明,虽然诗歌的用途并非立刻就很明显,但它具有维系价值观的更深刻的用处,这一点部分由于它的观赏性质,部分因为它给读者带来"益处和愉悦"的智慧(XV.i)。

关于晦涩的指责,薄伽丘承认多数诗歌都很晦涩;但在这方面,它与哲学没有任何不同;柏拉图和亚里士多德的文本都"充满了艰深之处"。此外,《圣经》也"充满了晦涩和模棱两可"。薄伽丘为晦涩所做的辩护一部分是神学方面的:正如《圣经》是晦涩的,以致要避免明珠暗投,要保护神的神秘性,因而,诗歌的职责是要保护这些庄严的问题"不被不虔诚者盯上"。正如奥古斯丁谈到《圣经》时说的,晦涩促成了严肃的理智的努力,也产生了阐释的丰富变化(XIV.xii)。薄伽丘称赞晦涩的其他部分更多地与诗歌的技艺有关:"你必须阅读,你必须坚持不懈,你必须熬夜,你必须探究,并且发挥你头脑的最大力量。"(XIV.xii)最后,薄伽丘承认,对晦涩的指责依赖于古代的修辞学规则,即"演说必须简洁明了"。但是,薄伽丘援引彼特拉克的观点来支持自己的主张,坚持认为"演说术在词语的安排方面完全不同于虚构,虚构已经被委托给创造者的判断力,创造是不同于演说术的另一门艺术的合法工作"(XIV.xii)。因此,虽然薄伽丘认为诗歌在其目的的某些方面与哲学和神学是一致的,但他仍然关注要把诗歌的领域规划为一个自主的领域,最终摆脱了修辞学。

薄伽丘回应了诗人是说谎者这一指责,反驳说诗歌的虚构同样与虚假毫无关系。因为,诗人的目的不是欺骗;诗歌的虚构不同于谎言,因为它通常都与"字面上的真实"完全没有类同之处,一个例外是历史的虚构。诗人的真正职责是要表达隐藏着的真理;它们没有被限制于"根据创造它们的表面来利用字面上的真实"(XIV.xiii)。因此,如果它们一定要"在创造中牺牲字面上的真实",那么,就不可能指责它们说谎(XIV.xiii)。再一次,薄伽丘提到了《圣经》的比喻语言,《圣经》中的很多段落虽然一眼看上去都显得与真理相反,但拥有一种"内在意义的最高权威"(XIV.xiii)。在这一章和作为一个整体的文本里,薄伽丘背离了坚持认为寓言具有字面意义的真实的看法;他实际上赞成这一看法,即诗歌在本质上牺牲了字面的真实,以便表现更深刻的意义层次。

薄伽丘与批评诗歌的人相反,宣称最好的诗歌促使人们追求纯善的思想和行为

(ⅩⅣ.ⅹⅴ),否定了认为诗人只不过是"哲学家的模仿者"的指责。他提出了哲学与诗歌之间的一些有趣的差别。在一种宽泛的意义上,诗人应当被认为是哲学家,因为"他们从来都不以自己的创造来掩饰一切与哲学完全不一致的东西,与凭借古人的意见做出的判断不同"(ⅩⅣ.ⅹⅴⅱ)。然而,虽然诗人的"目的地"与哲学家的目的地相同,但哲学家依靠三段论法来进行论证,使用一种"毫无修饰的散文风格,带着对文学修饰的某种轻蔑"。在另一方面,诗人不用三段论法来思索,把自己的想法隐藏"在创造的外表之下",根据韵律并仔细留意风格特点进行写作(ⅩⅣ.ⅹⅴⅱ)。我们又一次发现了根据风格而不是内容来阐述的哲学与诗歌之间永恒的差异:哲学由于使用了一种字面语言而受到信任,而诗歌始终都要隐藏其真理,要通过形象和隐喻来言说。薄伽丘认为,如果说诗人要模仿什么的话,那就是模仿在"其永恒的和不可改变的运行"之中的自然(ⅩⅣ.ⅹⅴⅱ)。

薄伽丘的大部分努力都是要表明,诗歌不知何故并不与基督教的原则相对立。指责诗歌亵渎、淫秽和虚假的批评家们声称,阅读诗歌是一种罪过。薄伽丘则认为,神学的错误与古典时期异教诗人的多神论(polytheism),都是可以原谅的,只要明白了上帝并非为他们所特有这一真相。此外,《福音书》和基督教教会没有禁止阅读诗歌。虽然薄伽丘承认像奥维德和卡图卢斯(Catullus)那样的诗人,以及各种喜剧作家,都描绘过放荡的内容,但他援引圣保罗、其信徒假丢尼修、奥古斯丁和哲罗姆本人(他经常被援引来反对诗歌)的权威著作来支持自己的主张,即诗歌是《福音书》和神学传统的组成部分(ⅩⅣ.ⅹⅴⅲ)。此外,薄伽丘问道,如果批评家们指责诗歌是异教,那么,同样那些批评家为什么要称赞异教哲学家柏拉图和亚里士多德呢?他评论说,诗歌在这方面犯下的罪过没有超过哲学:"因为哲学虽然没有追问真理的最敏锐的调查者,但很明显,诗歌是它最忠实的守护者,因为她披着其艺术的面纱在保护哲学……她是哲学的女佣。"(ⅩⅣ.ⅹⅴⅱ)在这里显得很清楚的是,尽管他为诗歌进行了辩护,但薄伽丘把这门艺术置于一种等级之中,它在其中既服从于哲学,也服从于神学。他承认,"研究《圣经》"甚至比研究最好的诗歌作品"好得多"(ⅩⅣ.ⅹⅴⅱ)。

薄伽丘这时以一种相同的方式来论述一个在其文本中反复出现的主题:异教作家与他们的基督教继承者的关系。他把异教诗人叫作神学家,因为他们涉及"神话"神学(mythical theology)(这个词语是他从奥古斯丁那里借来的)。这些诗人的作品包含了道德的和物质的很多真理,无论他们的神学体系怎样,他们都经常展现出了那些"正确的和荣耀的"东西(ⅩⅤ.ⅷ)。因此,对基督教徒来说,研究古代的异教作家并非不恰当或不虔诚。薄伽丘投入到了详细肯定自己的信仰和对基督教学说的信任之中,这种信仰使他不受任何相反影响的影响(ⅩⅤ.ⅸ)。他认为,他从童年起就"被上帝的意志"召唤去从事诗歌的职业(ⅩⅤ.ⅹ)。他评论说,他为诗歌辩护是"一项最为紧迫的职责"(ⅩⅤ.ⅹⅳ)。

女性主义:克里斯蒂娜·德·皮桑(约1365—1429年)

克里斯蒂娜·德·皮桑也许是欧洲中世纪最善于表达的和丰富多产的女性的声音。她在

25岁时守寡,没有任何遗产,带着三个孩子,不得不靠当作家谋生。她被委任为查理五世(Charles V)的传记作者。她的赞助人包括法国的查理六世国王(King Charles Ⅵ of France)、纳瓦尔的查理国王(King Charles of Navarre)和勃艮第的两个公爵。她发表的作品被翻译成了英语、意大利语和其他语言,其中包括《爱神书简》(*Epistle of the God of Love*,1399年),她在其中驳斥了法语通俗作品《玫瑰传奇》里对妇女的厌恶性描写和缺乏道德,后者是由纪尧姆·德·洛里斯(Guillaume de Lorris)写作的一首爱情寓言诗,由让·德·默恩(Jean de Meung)做了详细的评述。围绕着这些文本的争吵以"玫瑰争吵"(*Querelle de la Rose*)著称,克里斯蒂娜与巴黎大学校长让·热尔松(Jean Gerson)联手反对受人尊重的人本主义者、王室大臣让·德·蒙特勒伊(Jean de Montreuil)和皮埃尔·科尔(Pierre Col)。在另一部作品《克里斯蒂娜显圣》(*Christine's Vision*,1405年)里,她抱怨说自己的命运是一位女性作家和学者,担负着女人传统的义务。她同年创作的另一部作品《三德书》(*Livre des Trois Vertus*)关注妇女在社会中的地位和角色。她最有名的作品是《妇人之城》(1405年),它受到薄伽丘《关于名女人》(1361年)的影响,也受到昆体良、奥古斯丁(克里斯蒂娜的书名暗指他的著作《上帝之城》)、圣维克托的于格和但丁的语言学与寓言理论的影响。克里斯蒂娜在她那个时代的妇女中几乎是唯一通过其家庭与王室的联系获得了良好教育的女人,她父亲托马索·迪·本维努托·达·皮萨诺(Tommaso di Benvenuto da Pizzano)被查理五世任命为宫廷占星家,她的阅读范围很可能还包括奥维德、波伊提乌和索尔兹伯里的约翰的著作,以及前面提到的一些人物的著作。[2]克里斯蒂娜也发表过一首关于贞德(Joan of Arc)的诗歌《圣女贞德》(*Ditie de la pucelle*,1429年)。

《妇人之城》实际上试图重写妇女的历史,其范围从过去延伸到未来,也跨越了异教和基督教的时代。这样的重写需要破除关于妇女的古老男性神话,诸如她们没有统治能力,她们无法胜任学识,以及她们在道德上的不足。它也需要适应和重新改编薄伽丘的文本《关于名女人》,后者把范围局限于异教妇女,略去了对宗教史上的著名女性人物和当代女性的论述。此外,薄伽丘对妇女的"赞扬"具有很深的嘲讽意味,他把妇女描绘成在智力上很迟钝,并且列举了很多邪恶女人的例子。克里斯蒂娜的论述范围要全面得多,包括了出自犹太教与基督教传统的妇女,以及她自己时代杰出的妇女。最重要的是,她的所有例证都有助于她的全面论述,即要反驳男人对妇女提出的诽谤性指责。正如杰弗里·理查兹伯爵(Earl Jeffrey Richards)指出的,克里斯蒂娜文本的历史观,由于仿效但丁,延续了俗语传统和维吉尔的诗歌成就,得到了进一步深化(BCL,xlii-xliv)。理查兹认为,克里斯蒂娜的文本的目的之一,就是要展示妇女对学问的亲和力;这么做的一种有效手段是要显示出她自身的博学,用一种"有学问和有教养的散文",使用类似拉丁语的语法,以至她为俗语进行的"辩护和说明",也成了为女性进行的"辩护和说明"(BCL,xxvii,xli)。

实际上,克里斯蒂娜的女性主义的本质是一个有争议的问题,有些学者提到了她的保守主义,她对中世纪阶级结构的拥护,她对传统的诉求,而且最重要的是她对基督教的诉求。理查兹在这个问题上再次提出了一个清晰的洞见,解释了克里斯蒂娜对基督教的诉求,认为它是"一种战胜压迫的手段",她为基督教婚姻生活的辩护"是要求男人与女人之间的道德义务的最高形式,并非认可制度化的控制"。不仅如此,克里斯蒂娜没有渴望返回到某种理想化的过去;相反,她要求"**实现**的理想是由她所继承的那种传统传承下来的"。因此,她对妇女在全部历史中的苦难的刻画,成了"一种对变化的要求"(BCL,xxix-xxx)。

《妇人之城》被写成了克里斯蒂娜与"理性""正直"和"正义"这三种寓言式的美德之间的对话。正如六百多年之后弗吉妮亚·伍尔夫(Virginia Woolf)在《一个人自己的房间》(*A Room of One's Own*)的开头反思了由男人所写的大量关于女人的书一样,克里斯蒂娜文本的开头也提出了,男人们撰写的如此多的论文都包含了"如此多对于女人及其行为邪恶的侮辱性"的疑问(BCL,I.1.1)。她评论说,所有哲学家和诗人似乎都"同时得出了一个结论,即女人的行为倾向于并且充满了各种恶行"(BCL,I.1.1)。使克里斯蒂娜感到迷惑不解的是,这些有关妇女的男性理论与她自己对所有社会阶层妇女的实际体验之间的不一致,那些阶层包括"公主、贵夫人、中等阶层和下层妇女"(I.1.1)。克里斯蒂娜认为,最初,她并不相信自己的智力,感到倾向于"更多地依赖别人的判断,而不是依赖我自己感受到和知道的东西"(I.1.1)。她把自己描述成厌恶自己和"全部女性",并且对"不可能在任何事情上出错"的上帝何以要造出一种如此"令人讨厌"的造物感到奇怪(I.1.1-I.1.2)。克里斯蒂娜在这方面的策略是有独创性的和显得没有诚意的:她最初把自己置于女人通常的自卑立场之上,缺乏自信,甚至不相信自己的直接体验,让自己受到男性权威传统的胁迫。然而,随着该书的进展,对她自己体验的试探性陈述被扩大到了囊括广阔历史时期的妇女们的体验,直到其包容性能够在理论上延伸到针对男性的各种假设,那些假设最初都是非常傲慢专横的。

正如克里斯蒂娜所想到的,由于为这些想法而操劳,对她来说似乎存在着"三种王室夫人"的幻影(I.2.1)。第一种夫人既使她感到安慰,也温和地责备她回避了自己的感觉的证据,依赖于"众多奇怪意见"的证明。她向克里斯蒂娜指出,对妇女持有这些否定性意见的"最伟大的哲学家"都会"互相抵触和批评"。因此,哲学家们的主张都有可能犯错误,不可能被当成"忠实的东西"(I.2.2)。就诗人而言,那夫人指出,他们经常以一种虚构的或嘲讽的方式来言说,其意思经常与他们的字面语言似要肯定的意思相反。男人们针对婚姻制度——它是上帝规定的……一种神圣仪式——发起的各种抨击,遭到了经验的反驳:实际上不可能发现哪个丈夫会允许妻子虐待和凌辱他,不像那些男性诽谤者声称的那样(I.2.1)。

那夫人解释说,她和她的两个同伴都是"天国的神仙",她们的作用是要在尘世的人们当中游走,以便"给我们按照上帝的意志创建的那些制度带来秩序并维持平衡"(I.3.1-2)。第一位夫人带来一面镜子:无论谁看到这面镜子都将获得对自我的认识,并将获得对"一切事物的实质、品质、比例和尺度"的认识(I.3.2)。不过,这三位夫人也开始了另一项任务:为反对无数攻击女性者的"夫人和一切勇敢的妇女"提供避难所。在这项任务中,第一位夫人告诉克里斯蒂娜,她必须在这三位夫人的帮助之下建造一座城市,"它已经被预先决定了",只有有名望的和有德行的夫人才能居住在那里(I.3.3)。那三位夫人并不对每个人显现:克里斯蒂娜被选中是因为她"对探究真理有着巨大的热爱"(I.3.2)。第一位夫人把自己的身份确定为"理性夫人",她责令克里斯蒂娜为这座"妇人之城"奠基并建造它,它将成为世界上最漂亮的和可以"永远保持下去的",尽管有"嫉妒的敌人"发动袭击(I.4.1-3)。

第二位夫人介绍她自己是"正直":她是上帝之善的信使,要就正直提出忠告并进行辩护,抵抗作恶者的力量。她带来一把直尺,"它把正确与错误区分开,表明善与恶之间的差异"。由于所有事物都要由这把直尺来衡量,所以克里斯蒂娜必须用它来衡量"妇人之城"的建筑物(Ⅰ.5.1)。第三位夫人把自己的身份确认为"正义":她的职责是要公正评判,要"根据每个人应有的功过来实施判决"。她教导头脑健全的男人和女人纠正自己的行为,"要说真话","要拒绝一切邪恶"。她手里拿着一个金钵,它被用来"按照分量给每个人的正确行为进行分配"。她也解释说,其他德行都以她为依据,那三个夫人中的每一个都不可能离开别人而存在。"正义"将建造城市的高屋顶和塔楼,让城里住着"值得尊敬的夫人和有权势的女王",在此之后,她将把城市的钥匙交给克里斯蒂娜(Ⅰ.6.1)。

克里斯蒂娜得到指令把那城市建造在"学问领域"之上,那是一块"平坦和富饶的平原"。她必须在那里挖开泥土,奠定基础(Ⅰ.8.1-2)。"理性夫人"在回答克里斯蒂娜所询问的男人们攻击妇女的行为背后的动机时解释说,这样的行为是"违背自然的,因为世界上没有任何联系比伟大的爱更加伟大或更加强烈,自然通过上帝的意志把这种爱放在男人与女人之间"(Ⅰ.8.3)。就男人们的动机而言,她认为有些男人被善良的意图所激发,要使男人们脱离"邪恶和放荡女人"的陪伴。"理性夫人"声称,当这样的攻击不加区别地扩大到所有女人时,它们就是以无知为基础,而不是以理性为基础的(Ⅰ.8.3)。其他的动机包括男人们自身的缺点和恶习,以及嫉妒女人更显著的理解力和行为的高贵;还有,有些人在诗歌或散文里仅仅模仿那些得到承认的意见,重复那些意见也许会给他们带来名声(Ⅰ.8.5-10)。那些攻击被隐喻性地认为是垃圾的一部分,克里斯蒂娜必须清除它们,以便为那城市奠定基础。实际上,城市本身将成为一座词语之城,正如"理性夫人"后来的劝告所解释的那样——"拿起你的笔当泥铲,让自己准备好铺下砖块"(Ⅰ.14.4)。

克里斯蒂娜这时问"理性夫人"各种杰出的诗人和思想家的显赫之处,如奥维德、切科·达斯科利①、西塞罗和加图,怎么与他们对妇女的严厉抨击达成一致。"理性夫人"在回答时讨论了创造女人和原罪这些复杂的神学问题。她认为,女人是根据亚当的肋骨创造的这一说法意味着,"她应当像一个同伴一样站在他身旁,绝不要像个奴隶一样躺在他脚下,也意味着他应当像爱自己的肉体一样爱她"。此外,如果上帝这个"最高工匠"并不为创造了女人而羞愧,那么,自然为什么应当羞愧?实际上,女人"是按照上帝的形象创造的"。"理性夫人"纠正了那些把这种说法归诸肉体的人的看法:情况并非如此,因为"上帝并不具备人类的身体"。这种说法意在指灵魂:"上帝创造了灵魂,并把完全相似的各种灵魂,同样善良和高贵的灵魂,放到了女性的和男性的身体之中。"(Ⅰ.9.2)与西塞罗认为女人比男人低等的说法相抵触的是,她声称,崇高还是卑微,并不在于有性别的身体,而在于"行为的完美和美德"(Ⅰ.9.3)。就加图认为如果没有女人,男人们就能与诸神交谈的观点而言,她反驳道,通过圣母玛利亚(Virgin Mary)所获得的东西,超过了通过夏娃失去的东西:"人类与神性是结合在一起的,倘若夏娃的过错没有出

---

① 切科·达斯科利(Cecco d'Ascoli,1269—1327年):意大利星相学家,著有长诗《阿采尔巴》(*Acerba*,1326年)。因认为天体影响上帝的抉择,被教会处以火刑。

现,那么,前一个观点就绝不会出现……人类的本质通过女人这种造物堕落到多么低下,人类的本质就会被同样的造物提升得更高。""理性夫人"就加图的观点评论说:"现在你可以看出被认为很聪明的男人的愚蠢之处。"(Ⅰ.8.3)

在这个问题上,也许值得评论一下克里斯蒂娜在为妇女辩护时所使用的一些策略。在表面上,她似乎要以中世纪惯常的方式为自己的立场求得神学的认可,最终依赖于上帝的绝对权威。然而,她所提到的神传下来的三种美德——理性、正直和正义——同样可以被认为是人类的以及人本主义的美德的理想化的投影。理性是三者中的第一种,它与独立思考有相互关系,而不是以相信他人的权威性为基础。的确,它们最初的目的是要给克里斯蒂娜提供自信,以便依赖她自己的经验,而不是依赖男性作家的陈述。因而,具有讽刺意味的是,神在这里所认可的是女性经验的合法性。此外,化身为女人的"理性",也使理性的才能从其被男性据为己有和滥用的历史中解脱出来。因而,克里斯蒂娜对基督教的诉求可以被认为是宽泛意义上的人本主义。另一种策略是要动摇男性对《圣经》的解释,并要表明男性的名声,诸如西塞罗和加图的名声,经常都是以误解为基础的。克里斯蒂娜以这种方式对历史的重新书写,是同时在几个层面上进行的:神学的注解,由男性界定的文学传统,以及人类的心理构造。

"理性夫人"驳斥了那些认为女人对政治和政府毫无天然判断力的男人们的观点,援引了过去"伟大的女性统治者"的几个例证,以及一些当代女性的例证,她们在自己的丈夫去世后管理丈夫的各种事务(Ⅰ.11-13)。她也讲述了一些女性的故事,她们拥有一种堪与男人媲美的身体上的力量与勇气,如塞密拉米斯女王①(Ⅰ.15),亚马孙人和塔米里斯女王②(Ⅰ.16-17),彭特西勒亚女王③和其他很多人(Ⅰ.19-26)。关于妇女的理智能力,"理性夫人"认为,如果不让女人一直待在家里,并让她们接触知识,那么,她们甚至会比男人们做得更好,因为正如她们具有较柔弱的身体一样,"她们具有更丰富和更敏锐的心灵,只要她们自己加以运用"(Ⅰ.27.1)。"没有任何东西像这样指导过一种通情达理的造物,去练习和体验众多不同的事物。"(Ⅰ.27.1)再一次,这个段落的值得注意之处在于,尽管它在表面上具有神学的框架,它却预见到了启蒙运动的主要思路,即把一种意向中的理性主义与对世界之多样性的体验结合在一起。

虽然克里斯蒂娜对神学和文学的男性传统的反抗可以被认为受到了诉诸妇女集体的个人体验的影响,即要打破对抽象理性和权威的诉求,但她对体验的诉求得到了把理性的范围扩大到超越其神学界限的支持。"理性夫人"向克里斯蒂娜保证,像以前一样,她将"通过各种例证提供证据",那些例证的范围从科尼菲西亚(Cornificia)、罗马夫人普罗巴(Roman lady Proba)、希腊女诗人萨福,到喀耳刻女王(Queen Circe)(Ⅰ.28-32)。她也提到了一些女人,她们通过发现新的艺术和科学拓宽了知识的道路:卡门蒂斯(Carmentis)为后来建立罗马的地区创立了法律;她"确定了拉丁语的字母和句法、拼写法……以及完整地引进了语法科学"。由于她的贡献,她获得了荣誉,甚至被认为是女神(Ⅰ.33.2)。她提出的其他例子包括密涅瓦(Minerva)、

---

① 塞密拉米斯女王(Queen Semiramis):古代传说中的亚述女王。
② 亚马孙人和塔米里斯女王(Amazons and Queen Thamiris):亚马孙人为希腊传说中的女战士族群,塔米里斯是亚马孙女王之一。
③ 彭特西勒亚女王(Queen Penthesilea):亚马孙女王之一。

刻瑞斯(Ceres)和伊希斯(Isis),她们分别发明了制造盔甲、耕作土地和种植的技艺。"理性夫人"为自己的评论援引了薄伽丘的权威著作,并根据这些例子推断说:"上帝……希望向男人们表明,他并不轻视女性。"(Ⅰ.37.1)克里斯蒂娜本人得出的结论是,这些妇女的贡献之伟大甚至超过了亚里士多德,她告诫说:"从此以后,让所有那些……在其著作和诗歌里说女人坏话的作家都沉默下来,他们的所有同谋者和支持者——让他们降低眼光,为胆敢说出如此的坏话而羞愧,因为真理与他们的诗歌背道而驰。"(Ⅰ.38.4)就那些要感激密涅瓦的骑士和贵族们而言,她的信息是毫不含糊的:"从现在起,让他们闭上自己的嘴。"(Ⅰ.38.5)值得注意的是,克里斯蒂娜的看法从最初的试探性,已经发展到了直截了当的断言。

"理性夫人"在确定了女人可以拥有力量、理解力和独创性之后,继续论证说,女人有审慎的能力,她把这种能力等同于实践的和道德的智力,向过去学习,反思未来,以及聪明地处理眼下的事务(Ⅰ.43.1)。她指出,审慎既可能是一种天赋,也可能是获得的。正是后者,即获得的知识,才更有价值,因为它会持久。"理性夫人"再次提供了几个审慎的妇女的例证,包括加亚·西里拉女王(Queen Gaia Cirilla)、狄多女王(Queen Dido)、克里特的奥普斯女王(Queen Ops of Crete),以及拉丁努斯国王(King Latinus)的女儿拉维尼亚(Lavinia),她嫁给了艾尼阿斯(Ⅰ.44-48)。

在第二卷里,克里斯蒂娜描述了如何在城墙之内建造城市,以及在其中居住哪些人。"正直"告诉她说,在尊贵的夫人中最重要的是10个女预言家,上帝给予了她们"启示方面的更大荣耀",超过了给予其他一切先知的荣耀(Ⅱ.1.3)。"正直"详细谈到了一些女预言家,也指出了犹太教中有很多女预言家,如底波拉(Deborah),以利沙伯(Elizabeth)——她是圣母玛利亚的表妹,以及安娜(Anna)——她在神殿里认出了基督(Ⅱ.4.1)。

最后,"正直"宣称,她已经完成了在城市里建造房屋和宫殿的工作,这个时刻对城里的人们来说正是:"现在,一个崭新的女性王国产生了。"(Ⅱ.12.1)她解释说,在城里住上高贵的公民——"诚实正直、具有高贵之美和权威性"的妇女——之后,"正义夫人"将引导女王和高贵的公主们住进最高的房间里(Ⅱ.12.2)。克里斯蒂娜提出了婚姻的话题;她援引了瓦勒里乌斯(Valerius)和泰奥弗拉斯托斯的权威著作,他们声称,由于妇女怨恨、冲动和冷漠的过错,所以婚姻制度是不幸的和无法忍受的。"正直"回答说,被虐待、殴打和遭到残酷对待的,正是妇女。然而,重要的是,她认为,并非所有婚姻都充满了敌意和痛苦感;有些丈夫"非常善良",有些夫妇共同生活在"极为和平安宁、热爱和忠诚"之中(Ⅱ.13.1)。

克里斯蒂娜提出了男人们针对女人的其他各种指责,所有这些指责都由"正直"借助经验和大量例证进行了反驳。那些指责包括认为女人没有能力保守秘密(Ⅱ.25.1-27.1),以及女人极少提出建议(Ⅱ.28.1-29.3)。"正直"提供的例证包括解救自己的民族、促使敌对派别讲和或使自己的族裔皈依基督教的妇女(Ⅱ.31.1-35.3),以及那些美丽贞洁的妇女(Ⅱ.37.1-43.3)。要面对的其他断言还很多:女人反复无常(Ⅱ.47.1-52.2),不贞(Ⅱ.54.1),卖弄风情(Ⅱ.62.1-63.11)以及贪婪(Ⅱ.66.1-67.2)。有趣的是,"正直"把反复无常界定为"只不过是反对理性的命令,因为理性告诫每个理智的造物行动要适当。当一个男人或女人考虑到理性要被感性征服时,这就是意志薄弱或反复无常,陷入错误或罪过越深,弱点就越大,就越不顾及理性"(Ⅱ.49.5)。"正直"认为,按照这个标准,历史不仅要表明男人们比女人更加变化无常,也要表明教会本身早就从理性的标准倒退了(Ⅱ.49.4-5)。在这里也很重要的是,克里斯蒂娜所认为的理性与正直之间的绝对相等;她的阐述是世俗的,因为它把理性提升到了远远超过阿奎那和正统基督教教义的其他重要阐述者的神学指派给它的功能的地步。在这里,克里斯蒂娜似乎使理性不仅摆脱了其男性的历史,也摆脱了使它受到限制的神学语境。她的策略明显不同于20世纪女性主义者的策略,后者完全拒绝理性,因为理性过于深刻地受到男性价值观的影响,也许还有建构。

关于众多男人相信教育对女人的道德观念有害,"正直"声称,"并非男人们的所有意见都是以理性为基础的"(Ⅱ.36.1)。她援引了在克里斯蒂娜的文本中最著名的一个多才多艺的女人的例证:法律教授乔万尼·安德烈(Giovanni Andrea)的女儿诺维拉(Novella),她在法律方面受过非常良好的教育,以致有时他"会派诺维拉……代替他去给他门下的学生演讲。为了防止她的美貌转移听众的注意力,她在自己面前挂了一道小帘子"(Ⅱ.36.3)。几乎没有什么形象比得上对女性力量的这种刻画!"正直"也提到了克里斯蒂娜本人的父亲,他从目睹自己女儿学习中获得了愉悦(Ⅱ.36.4)。实际上,"正直"肯定了,按照上帝的计划,"一切都会在适当的时候出现在头脑中",为女性辩护的任务已经留给了克里斯蒂娜。

在第二卷结束时,"正直"宣布,她的任务——建立漂亮的宫殿和让高贵的夫人们住进城里——已经完成。接着,克里斯蒂娜说道,她这时必须求助于"正义夫人",以便完成城里剩下的工作(Ⅱ.68.11-69.1)。在第三卷里,"正义夫人"对克里斯蒂娜解释说,必须把女王带进城里,这样她才可以进行统治。她必须得到城里所有居民的尊敬,因为她"不仅是他们的女王,而且拥有仅次于唯一'圣子'的对所有被创造出来的权力的职能和统治权,她认为他是'圣灵'之子,并且意味着他就是上帝这个神父之子"(Ⅲ.1.1)。在所有女人都恳求其出现之后,"天国女王"进来宣布说:"我是并将永远是女性的领袖。这种安排从一开始就存在于神父上帝的心里,在'三位一体'会议上得到了显示和规定。"(Ⅲ.1.3)其他夫人,包括玛丽·抹大拉(Mary Magdalene)和许多圣徒圣女,于是被邀请来与女王住在一起。

克里斯蒂娜以一种一定会使现代女性主义者失望的方式结束了这一卷。虽然她提醒城里的居民说,那城市是一座对抗他们的敌人和攻击者的避难所,但她奉劝女人们不要"不屑于服从你们的丈夫"(Ⅲ.19.1-2)。如果她们的丈夫很善良或者很温和,她们就应当称赞上帝;倘若她们的丈夫"很残酷、卑鄙和野蛮",她们就应当显示出忍耐,并努力把他们引回到一种理性和美德的生活(Ⅲ.19.2)。她在对所有阶层的妇女发言时告诫说:"所有妇女——无论高贵、中产阶级或下层阶级——都要熟悉一切事物,都要小心捍卫你们的荣誉。"(Ⅲ.19.6)现代的女性主义者也许会提出这种可能性,即那城市体现了一种强迫集中居住的形式,女人们因此得到了保护,不受男性制度之诽谤的危害,付出了前述一切积极的和变革的参与代价。这种情况的反面是,克里斯蒂娜与三位妇人之间的交谈,只会引起女性的参与,男人们都被排斥了,只能在规划好的沉默中偷听。以这种方式,女人们被允诺了她们所需的空间,这种空间把她们自己从男性对她们的历史的书写中解脱出来,并且毫无阻碍地重新阐明了那种历史。

注释

[1] Charles G. Osgood, "Introduction," in *Boccaccio on Poetry*: *Being the Preface and the Fourteenth and Fifteenth Books of Boccaccio's Genealogia Deorum Gentilium* (Indianapolis and New York: Bobbs-Merrill, 1956), p. xxx. 下文引用写作 *GDG*。

[2] "Introduction," in Christine de Pisan, *The Book of the City of Ladies*, trans. Earl Jeffrey Richards (New York: Persea, 1982), pp. xix, xxvii. 对克里斯蒂娜生平的很多细节的描述,以及对其作品之意义的描述,都出自 Richards 译本的出色引论。下文引用写作 *BCL*。

第五部分

现代早期到启蒙运动

第十一章 现代早期

历史背景

大约开始于公元14世纪并在中途延续到17世纪的这个时期,在惯例上被确定为文艺复兴时期,它是指对于古典时期的希腊和罗马的价值观、伦理学和风格的"再生"或重新发现。这个词语是由意大利的人本主义者设想出来的,他们力图在一千年的间隔之后为自己的时代打上重新肯定同古典时期的人本主义遗产具有连续性的标记,那一千年的时期因所谓的迷信和停滞而以"黑暗时代"和"中世纪"闻名。用这种观点来看,文艺复兴时期颠覆了中世纪的神学世界观,用更加世俗的和人本主义的观点取而代之,促进了刚刚觉醒的对于经济和科学方面的现世世界的兴趣,并且赋予了个人新的重要性——这一切都受到了重新发现经典的激励。这种观点已经有了一些动摇,甚至连"文艺复兴"这个词语本身也受到了怀疑,经常被更加宽泛和更加中性的词语"现代早期"(early modern period)所取代,后者倾向于使自身拉开与文艺复兴时期作家之自我形象的距离。

一些领域中的历史学家和学者现在倾向于承认,文艺复兴时期的很多进展,事实上是中世纪的倾向的延续或修正。例如,中世纪的很多思想都以尊重——实际上是认识到——经典为特征;某些时期,如公元9世纪的加洛林文艺复兴和公元12世纪的文艺复兴,都以人本主义的趋势为标志。实际上,正如在第九章里看到的,经院哲学与人本主义思想方式之间的差别,已经受到了挑战,经院哲学的思想继续在中世纪之后发挥着很大的影响力。此外,现代早期在文学、艺术、科学和宗教方面毋庸置疑的令人眼花缭乱的成就,经常都与古典时代的过去无关,或者说只有微弱的关系。尽管如此,正如戴维·诺布鲁克(David Norbrook)这样的学者所认为的,也许存在着一种保留"文艺复兴"这个标签的情况。诺布鲁克指出,这个词语在现代早期的用法,在很大程度上局限于文学与绘画领域。正是在19世纪,历史学家们认为文化是"一个统一的系统,经济、社会和政治因素都在其中对艺术具有影响"。虽然这样的统一是人为的和通过回忆所强加的,但文艺复兴的理念也许"提供了一种理解现代性如何改变世界的方式"。文艺复兴时期的各种形象当然是在相互冲突中塑造出来的:雅各布·布克哈特(Jacob

Burckhardt)在其《意大利文艺复兴时期的文明》(The Civilization of the Renaissance in Italy,1860年)中表达的文艺复兴"极其尊严典雅的概念",已经受到了 F. J. 弗尼瓦尔(F. J. Furnivall,1825—1910年)这类学者更加平民主义的概念的挑战。新批评对文艺复兴时期诗歌的看法,强调了其孤立的形式特质,这种观点也已遭到新历史主义学派的挑战,特别是斯蒂芬·格林布拉特(Stephen Greenblatt),他坚持把诗歌置于社会力量的语境之内,并且借助社会精英的兴趣来解释文学经典的形成。[1]

实际上,如果说现代早期本身并不是一场文艺复兴,那么,它肯定具有标志着它是一个深刻变革乃至革命时代的某些与众不同的特征。这个新时期最明显的特征在惯例上被确认为"人本主义",这个词语基本上源自西塞罗,被意大利思想家和作家用来使自己区别于中世纪的经院哲学。"人本主义"这个词语已经被广泛使用,并且贯穿了政治关系和阶级的各个领域。总的来说,它意味着一种以人类为中心而不是以神为中心的世界观和一整套价值观,运用了对人类本质的自我维系的界定(而不是把这一点归诸上帝),把焦点集中在人类的成就和潜力之上,而不是集中在神学教条和两难推理之上;这个词语也保留了其西塞罗式的各门人文学科的联系(人本主义者原初的定义之一是人文学科的教师),在总体上也保留了与一切领域中的世俗和独立探究的联系,与认为这些研究领域在神学框架内部是有等级限制的观点相反。

在这种宽泛的意义上,人本主义确实是文艺复兴时期大多数思想的特征。不过,人本主义本身仅仅是在包括了其他领域的感性方面更为深刻之变化的一种表现。这种变化的特征也许可以恰当地刻画为从一种宽泛的"超脱尘世"的倾向——把此世的生活看成一个单纯的短暂阶段,是为此后的生活做好准备——转向一种"此世"的态度,它把此世的行动和事件看成凭其本身的权利具有意义的,不必让它们求助于任何终极的神的意义与目的。从"超脱尘世"向"此世"的这种转变,既构成了现代早期之重要转变的基础,也反映了那些转变。这些变化中最根本的是在经济和政治方面:中世纪晚期的根本制度——封建体系,教皇的普遍权威,神圣罗马帝国,以及由中世纪行会控制的贸易系统——都遭到了破坏。作为大规模资本投资、快速发展的制造业以及贸易和商业扩大的结果,经济生活的焦点日益从封建贵族的庄园财产转向了新兴的城市,诸如佛罗伦萨、米兰、威尼斯和罗马,它们的富裕使它们得以作为文化繁盛的中心突显出来。这种"复兴"延伸到了欧洲其他一些城市,如巴黎、伦敦、安特卫普(Antwerp)和奥格斯堡(Augsburg),它们也为人本主义文化做出了贡献。很多因素都促成了封建主义的衰落:君主政体和中央集权政府的崛起,农奴和佃农(在"十字军东征"期间没有得到其武士领主的帮助)得以把自身从土地上解放出来,并且在日益扩大的城市中找到了工作,日渐不受封建领主的控制。所有这些发展都与封建贵族日趋衰弱、日益强大和富有的中产阶级的崛起并行不悖。神圣罗马帝国、教皇职位的权力与威信的衰落,导致了意大利和其他地方的国家日渐独立。实际上,我们现代的国家概念——对文艺复兴时期的社会、宗教和文学趋势来说是根本性的——就起源于这个时期:佛罗伦萨、米兰和威尼斯这些意大利最强大的国家的统治者,都拒绝一切宗教的国家概念,强调国家的独立和世俗性质,促进了一种新的"市民意识"(civic consciousness)产生,关系公民的责任、爱国精神、对本身作为一种目的的国家经济与政治利益的追求。像文艺复兴时期其他很多创新的概念一样,这种政治上的现代性,诞生于回归到市民人本主义的古典政治理想和致力于公共福利。

正是这些明显的经济上和政治上的变化，促使了现代早期其他特点的形成，诸如更加现世的倾向、人本主义的成长、世俗政治哲学的发展，以及开始系统考察自然界以及人类的身体和心灵。其他的特征包括与拉丁语相反且并列的俗语（以及文学）日益增加的重要性，与神学或逻辑学相反的更加明确的以风格和美学为中心。实际上，这个时期的大多数文学与艺术成就，是由非宗教人士而非神职人员以及艺术的赞助人取得的，如佛罗伦萨的"美第奇家族"（the Medici）的统治者，他们都是日趋世俗的，而不是教会的。

在北欧和西欧等其他地方，封建主义经历了相似的衰落，让位于君主政治和专制统治者的中央集权的权威，那些统治者得到了正在上升的中产阶级的帮助，侵蚀了贵族和封建行会的权力。在英格兰，亨利七世（Henry Ⅶ）于1485年建立了都铎王朝（Tudor dynasty）。法国与英国之间的"百年战争"（1337—1453年）使法国的君主们得以建立自己的统治；路易十一（Louis Ⅺ）的王国几乎扩大到了整个法国；西班牙于1469年因阿拉贡的费迪南（Ferdinand of Aragon）与卡斯蒂利亚的伊莎贝拉（Isabella of Castile）的联姻而被统一。所有这些国家都经历了民族意识（national consciousness）的迅速高涨；只有因派系冲突依然处于分裂之中的意大利，以及仍然是神圣罗马帝国一部分的德国，在这个时期中没有成为民族国家。然而，帝国本身到这时实际上已经成了一种遗迹，实际权力并不在皇帝手中，而在各个国家的国君手中。

这些斗争都是决定性的，既鼓励了人本主义的成长，也塑造了这个时期的文学和批评。随着中央集权的君主政治的巩固，贵族统治的构成从作为武士阶层的土地贵族，演变成了刚刚出现并且正在扩张的宫廷贵族统治。地位和社会进步再也不是单独由军事力量与服役决定的，也不是由出身和等级的遗产决定的；日益重要的是修辞学技巧的人本主义价值观、文学技艺、为宫廷提供的各种管理和意识形态服务。宫廷庇护人（court patronage）的圈子得到了扩大，主要文学样式的命运不可分割地与宫廷政治有联系。俗语的崛起是由诗歌、修辞学和意识形态理论所塑造的，它们处在与民族意识增长的相互关系之中。这个时期的几乎所有诗人都积极参与了政治进程，并且形成了一种重要的"公共领域"（public sphere）的要素，公共论争与话语的舞台在文艺复兴晚期开始出现。例如，英国诗人们在英国内战（English Civil War）期间奋笔疾书，支持保皇党人与议会一方；约翰·弥尔顿（1608—1674年）是"清教徒革命"（Puritan revolution）在文学上的最主要鼓吹者，他的史诗《失乐园》（*Paradise Lost*）赞美了新教对个人道德责任的看法，而他的《论出版自由》（*Areopagitica*，1644年）则成了为言论自由进行的热情辩护，以及为了市民人本主义的利益而对独断的传统主义进行的批判。

知识背景

人本主义与古典学术

虽然古典时期的作家在中世纪大部分时间里都具有影响，但现代早期对古典学术的复兴却有着全然不同的特点与范围。首先,在中世纪,学术研究大多由神职人员来承担,通常都是修道士,到晚期,则由教会学校的学者来承担。整个中世纪持续的重要努力之一,是要使古典哲学和文学同基督教《圣经》的教学达成一致。现代早期见证了受过教育的人士之中新的世俗阶层的成长,以及在修辞学和法律这些领域里对古典学术的更加世俗性的利用。这个时期最著名的人本主义者和古典学者促进了诗歌与修辞学方面的古典文学形式的复兴。这些著名人物包括阿尔贝蒂诺·墨萨多,他被认为写作了这个时期的第一部悲剧,更为重要的人物是弗朗西斯科·彼特拉克(1304—1374年),他概述了古典研究的课程,把焦点集中在古典语言研究和传统语法学对模仿经典作家的要求之上。以研究古典学术模式为基础的雄辩术对彼特拉克来说很重要,因为它能激发人们追求美德。彼特拉克的计划以道德哲学与修辞学的结合为基础,激励了其他一些人,如列奥纳多·布鲁尼(Leonardo Bruni),他们对人文学科研究的课程进行了阐述,那些课程部分起源于由西塞罗和昆体良所推荐的人文学科的课程。

这些新课程在某种程度上与中世纪的"三文科"(修辞学、语法、逻辑学)和"四门高级学科"(音乐、天文学、算术、几何学)相互重叠,但把新的重点置于修辞学、诗歌、历史和道德哲学之上。中世纪与人本主义对待古典学术的态度之间的另一个重要差异在于,人本主义坚持要彻底了解古典语言,不仅要了解拉丁语,也要了解希腊语,这种研究开始于14世纪末。在中世纪,古典学术研究大多要通过拉丁语译本。此外,人本主义者试图返回到古代作家纯粹的拉丁语之上,以此来反对中世纪教会的拉丁语。人本主义者也坚持直接研究古代文本,不受中世纪的注释和评论的强制性框架的妨碍。另一个差别在于,在现代早期,古典学术文本得到了极为广泛的传播,部分由于刚才概述过的教学法的原因,部分由于印刷术的发展。最终,拉丁语作为学术话语和文学语言的垄断地位遭到了破坏,在但丁、彼特拉克、薄伽丘和很多人本主义者的著作中,语法和写作规则要适应于建立与俗语有关的理论。因此,人本主义者创建了一整套技巧以及解释古典学术文本和俗语文本的框架。总的来说,人本主义者以强调那些学科的道德价值以及总体的世俗成就,取代了经院哲学对诗歌和修辞学的厌恶。戴维·诺布鲁克认为,人本主义产生于捍卫修辞学、反对经院哲学之中,有效地恢复了哲学与修辞学之间的"古老争吵"(*PBRV*, 8, 53)。在这个过程中,人本主义者重新肯定了古典学术对风格、逻辑学、文学中的理性、修辞学或有说服力的成分的强调,从而把在中世纪里一直都有点分离的修辞学、逻辑学和诗学这些学科结合在一起。

诗人们不仅建立了关于俗语的理论,也用俗语来写作,培养俗语的文雅表达法。彼特拉克的朋友乔万尼·薄伽丘使各种古典学术形式适合于俗语,发展出了牧歌、田园诗和传奇这些文学形式。薄伽丘通过他最有名的《十日谈》这样的作品,提供了意大利语的散文范型,它们既影响了塔索那样的意大利语作家,也影响了乔叟那样的其他国家的作家。培植散文——在叙事文学、书信体和对话体之中——是人本主义者的一项重要成就。一个著名例子是巴尔达萨雷·卡斯蒂里欧尼(Baldassare Castiglione)的名为《廷臣论》(*The Courtier*)的论文,它探讨了对待爱情的态度、有教养的举止和适合于绅士的教育。这个文本经常被认为是文艺复兴时期的理想的一种体现,在整个欧洲都有深远影响。后来,意大利的作家们发展出了其他一些文学形式:史诗在卢多维科·阿里奥斯托(Ludovico Ariosto, 1474—1533年)的《疯狂的奥兰多》

(Orlando Furioso)中达到了顶点,它摆脱了中世纪史诗理想主义的和道德主义的本质。历史编纂和政治论著也达到了写实主义的新水平:马基雅维利(Machiavelli)撰写了一部佛罗伦萨史,它摆脱了神学的解释,以"自然"法则作为基础。马基雅维利的政治著作完全破坏了中世纪的政府概念:在他的论文《君主论》(The Prince,1513年)里,他把政治当成一个自主性的领域,摆脱了道德或宗教教条的侵扰。他认为,国家是一个独立的实体,其主要目标在于提升市民美德,而不是宗教美德,并且要不惜一切代价自我保存。历史编纂方面的一个更为重要的人物是弗朗西斯科·圭恰尔迪尼(Francesco Guicciardini,1483—1540年),他的《意大利史》(History of Italy)的特征在于,对人物、动机和事件进行写实主义的详细分析。洛伦佐·瓦拉(Lorenzo Valla,1406—1457年)把学术的批判方法和分析应用于《圣经》文本,他挑战了某些权威文献的真实性,为后来抨击基督教教义开辟了道路。

人本主义在欧洲其他地方也很繁荣兴旺。荷兰思想家德西德里乌斯·伊拉斯谟(1466—1536年)是他那个时代最有名的人本主义者,他的著作被人们广泛阅读。他对理性、自然主义、宽容和人类内在之善的强烈信念,导致他反对教条主义的神学与经院哲学,提出代之以一种以基督的榜样为基础的朴素虔诚的理性宗教。他的《学术讨论会》(Colloquia,1519年)批判了天主教会的弊端,经常被认为为"路德教派的改革运动"(Lutheran Reformation)铺平了道路;但伊拉斯谟本人也反对路德教派(Lutheranism)的教条主义和某些暴行。他最著名的著作《愚人颂》(Encomium moriae,1509年)讽刺了神学的教条主义和大众的容易受骗。法国也出现了一些著名人物,如弗朗索瓦·拉伯雷(Francois Rabelais,约1494—1553年),他的《巨人传》(Gargantua and Pantagruel)阐明了一种自然主义的和世俗的哲学,这种哲学赞扬人性,嘲笑了经院哲学的神学、教会的弊端和各种形式的固执。在英国,最著名的人本主义者是托马斯·莫尔爵士(1478—1535年),他的《乌托邦》(Utopia,1516年)对他那个时代的社会和经济缺点进行了一种不那么强烈的隐蔽的谴责:宗教的不宽容,经济上的贪婪,贫富之间明显的差距,征服的想法,帝国主义(imperialism)和战争。正如锡德尼那样的作家们所进行的理论概括一样,创造这些虚构的世界,承认了一种远离政治现实的批判的和道德的尺度。按照诺布鲁克的看法,通过文学想象创造出来的这种乌托邦领域,讽刺性地成了公共领域的一个组成部分,推进了一种脱离"公共生活的日常话语"的知识独立的程度(PBRV, 13)。

人本主义传统在这个时期崛起的英国俗语文学中得到了丰富的表现。就连经常被当作中世纪作家的乔叟,也在他的《坎特伯雷故事》里表现出了一种略具世俗人本主义的观点,该书为了更重要的风格上的效果,如"逼真"(verisimilitude)和对人物、情景、动机的写实主义描绘,往往忽视了单纯的道德主义。英国戏剧在克里斯托弗·马洛(Christopher Marlowe,1564—1593年)、本·琼森(1573?—1637年)和威廉·莎士比亚(1564—1616年)的作品中达到了空前的高度。马洛的《浮士德博士》(Doctor Faustus)表现了一种对于体验的压倒性的渴望,以及一种使世界服从于人类智力活动与独创性的人本主义愿望。莎士比亚的剧本不仅表现了对人类性格和情感的深刻分析,也体现了衰落中的封建制度的价值观与新兴资产阶级的价值观建构之间的巨大斗争。正如克里斯·菲特(Chris Fitter)表明的那样,莎士比亚的戏剧准确阐明了诺布鲁克之主张的真理,即文艺复兴时期的戏剧为各式各样的意识形态观点提供了一个论坛,那些观点与君主制和官方理论的自我形象相抵触。[2]这个时期很多国家的民族意识的出现,都反映在意大利、英国、法国、德国和西班牙俗语文学的成长之中。

哲学与科学

一般来说,人本主义者往往都很厌恶经院哲学对逻辑学、神学及其亚里士多德式的基础的看重。像锡德尼和弥尔顿那样的诗人都反对柏拉图(虽然他们为了支持自己的主张曾以柏拉图本人的风格为例),赞成把诗歌提升到哲学和历史散文的语言之上。人本主义者更加关注语言的物质性方面、雄辩的成就,关注高贵、话语的道德效果,他们都求助于西塞罗那样的古典修辞学家,并且促进了其他古代哲学的复兴,如柏拉图主义。实际上,这个时期的重要哲学家,如马尔西利奥·菲奇诺(1433—1499年)和皮科·德拉·米兰多拉(1463—1494年),都是新柏拉图主义者,都与科西莫·德·美第奇(Cosimo de' Medici)在佛罗伦萨创办的柏拉图学园有关系。有些思想家复兴了古代的斯多葛主义、伊壁鸠鲁主义和怀疑论的运动。其中包括洛伦佐·瓦拉,除了其历史著作之外,他还撰写了《论自由意志》(*Dialogue of Free Will*),并对伊壁鸠鲁的伦理学进行过同情的考察;当然,政治哲学家马基雅维利也受到过伊壁鸠鲁哲学的激励,谴责禁欲主义和超脱尘世。在法国,米歇尔·德·蒙田(Michel de Montaigne,1533—1592年)阐明了一种怀疑论的哲学。他坚持认为,感官的解放经常具有欺骗性,甚至连理性也可能误导我们。他认为,我们应当认识到,不存在绝对真理,正是对不可靠性本身的粗陋认识,才可能把我们从迷信和固执中解放出来。与后来的怀疑论思想家大卫·休谟一样,蒙田认为,宗教、哲学和道德体系最终都是习惯的产物。这个时期最著名的英国哲学家是弗朗西斯·培根爵士(1561—1626年),他最重要的贡献都包含在他的《新工具》(*Novum Organon*)和《学术的进展》(*Advancement of Learning*)之中。培根是英国经验主义传统的先驱者,他促进了运用归纳法(induction)和直接观察来反对经院哲学对权威、信仰和演绎推理的依赖。

可能毫无疑问的是,中世纪与现代早期之间的一个重要差异,在于科学观方面的一个重大转折。中世纪的宇宙论和经院哲学的神学,都是以一种托勒密的地球中心论的地球观为前提的,它认为地球是宇宙(universe)的中心,被一个由七个同中心的天体(行星轨道)构成的系列环绕着,在它的远处是"苍天"(Empyrean)和上帝的宝座,上帝是"不动之动者"和一切事物的"第一原因"。宇宙被认为是由土、气、火、水四种元素按不同比例结合起来构成的;人类则是由四种"体液"(humors)构成的。正如但丁的《神曲》中一样,地球被认为只能在其北半球住人,北半球由亚洲、非洲和欧洲构成。这种世界观在很大程度上是以亚里士多德的物理学与形而上学为基础的,在现代早期却被尼古拉·哥白尼(Nicholas Copernicus,1473—1543年)的太阳中心说粉碎了,太阳中心说的真理性得到了伽利留·伽利略(Galileo Galilei,1564—1642年)的证明,从而为现代机械论的(而不是精神上的)宇宙概念铺平了道路。甚至连这种人本主义科学革命的大部分都返回到了古代希腊的科学和天文学中被忽视了的资源,如公元前3世纪希腊化时期的天文学家阿利斯塔克,他最先提出了一种太阳中心说。在数学理论(mathematical theory)和医学方面也出现了巨大进步;安德烈亚斯·维萨里(Andreas Vesalius,1514—1564年)提出了一种以仔细观察为基础的对人类身体的描述。这个时代一项特别有意义的发明就是印刷术,它由约翰内斯·古滕贝格在德国发展起来,并很快传播到了整个欧洲。不必说,在每个传播领域里所出现的各种变化,都是深刻的和深远的,它们不仅使信息得以大量和迅速地传播,也能使意识形态的一切形式大量和迅速地传播。

宗　教

现代早期最深刻和规模最大的变化之一就是"新教改革",它爆发于1517年,以基督教世界中的一次重要的分裂而告终。北欧的大部分都脱离了罗马天主教以及教皇的权威。其间也出现了"天主教改革"[Catholic Reformation,有时以"反宗教改革"(Counter-Reformation)著称],它在16世纪中期达到了最强烈的程度,引人注目地改变了天主教从中世纪以来在形态方面的特征。实际上,这些变化体现了一种较为明显的与中世纪的思想和制度的决裂,而不是由人本主义的其他趋势所造成的众多变化。民族意识甚至在宗教改革中起到了一种更加必要的作用,因为新教的事业与反对教皇以其最高职位对教会的控制有关。

虽然新教改革有可能被天主教会内部的弊端直接激发起来——如为了一己私利而聚集财富,出卖特赦权,以及作为神迹地崇拜物质对象——但它在实质上被导向了反对中世纪神学的某些最为重要的宗旨,如它的圣礼理论,它的经过精心阐述的调节上帝与人类的教会等级制,以及它坚持宗教信仰必须由善行来补充。如在前面看到的,中世纪的神学曾经通过两个系统得到广泛传播:中世纪早期的神学曾经以圣奥古斯丁的教义为基础,即人类是堕落的(由于原罪),人的意志堕落了,只有上帝预定了的那些人才能获得永恒的拯救。这种在很大程度上属于宿命论(predestination)的体系,人类借以完全而神秘地依赖于上帝,在很大程度上于公元12和13世纪被彼得·朗巴特和托马斯·阿奎那的神学所取代,后者承认人类的自由意志,但主张人类需要神的恩典以获得拯救。这种恩典要通过圣礼为人类提供,诸如浸洗、忏悔、圣餐或弥撒。教会等级制的权威可以通过教皇一直追溯到使徒彼得,正是这种制度,才使他们有权执行那些圣礼并由此获得接近神之恩典的途径。

像马丁·路德(Martin Luther)那样的新教改革者,都反对上帝与人类之间的这种复杂的调节体系,提倡回归到《圣经》真正的教义和奥古斯丁那类教父的著作之上。他们拒绝教士的理论和对圣母的崇拜,拒绝了圣徒的调节,以及对神迹的敬重。总的来说,他们返回到了奥古斯丁式的原罪观,人类意志的堕落状态,就"加尔文主义"(Calvinism)而言,他们返回到了对宿命论的强烈信念之上。新教改革的原因是多重的和复杂的。教皇职位在权力和威信方面的衰落,在"大分裂"(Great Schism)中达到了顶点,分裂成了对于教皇职位的两种相互冲突的主张,罗马和阿维尼翁①的主教们就此产生了争论。很多趋势都有助于为改革做好准备,包括神秘主义的鼓吹者和14世纪英国的改革者约翰·威克利夫(John Wyclif),他抨击了天主教会的弊端。前面提及的很多人本主义思想家,如伊拉斯谟和托马斯·莫尔爵士,都为宗教方面的复兴做出过贡献,与"共同生活弟兄派"(Brethren of the Common Life)有联系,这个非宗教人士

---

① 阿维尼翁(Avignon):法国东南部的城市。

的群体在德国和"低地国家"①建立了各种学校。他们公开承认一种以基督的模式为基础的朴素虔诚的宗教,正如托马斯·肯皮斯(Thomas à Kempis)在《模仿基督》(The Imitation of Christ)中所表达的那样。这本书拥有广泛的读者,曾经激励过罗耀拉的伊格那修(Ignatius of Loyola)创建"耶稣会"(Society of Jesus)。在这些以基督教人本主义(Christian humanism)者著称的思想家的著作中,基督教摆脱了其迷信的和仪式性的因素,教皇的绝对权威遭到了拒绝,强烈要求一种合理的和理性的信仰。民族意识的增长与专制统治者日渐增强的力量相联系,构成了另一个因素。也许,最根本的原因是经济方面的:不仅仅有统治者窃取教会财富的欲望,而且更为重要的是,中产阶级日益增强的力量与财富,这个阶级的商业利益与封建主义和天主教的理想相抵触,像在阿奎那的著作中那样,天主教谴责牟利和高利贷。

马丁·路德于1517年有效地发动了宗教改革,草拟了反对特赦的95个论点,并把它们钉在威登堡教会的门上。在他已发表的著作里,他号召德国的君主们改革教会本身,使教会独立于教皇。他拒绝罗马天主教对圣体的(eucharist)解释,并且拒绝教会拥有超过国家的最高权力的看法。他的核心学说是"凭借信仰证明有理"(justification by faith):人类的罪过唯有通过信仰才能得到宽恕并获得救赎,而不是通过善行。实际上,路德强调个人良知(conscience)的首要性,人类与上帝之关系的直接性,不通过牧师、圣徒、神迹或朝拜圣地的中介。路德的观点被指责为异端,1521年,他被逐出教会。一系列的起义横扫了德国,在1524—1525年的"农民起义"(Peasants' Revolt)中达到了顶点。瑞士的新教改革由乌尔里希·茨温利(Ulrich Zwingli,1484—1531年)和法国人约翰·加尔文(1509—1564年)发动;后者强有力地重新肯定了奥古斯丁的宿命论学说,即上帝早已预定了获救的选民,以及要遭到诅咒的其他人。然而,这种学说并没有培养出一种对待尘世生活的冷漠态度,它认为,虽然没有任何人能够知道他或她是选民还是要受到诅咒,但选拔的"标记"是一种虔诚的生活、善行和节制。具有讽刺意味的是,正如马克斯·韦伯后来证明的,加尔文的世界观和"新教伦理"("Protestant ethic")——它可以用来支持有纪律的贸易和商业世俗活动——的影响,在资本主义的崛起中起过一种必要的作用。确实,加尔文主义在各个社会和国家里传播,新的资本主义伦理在那些社会和国家里成长起来,在英格兰的清教徒、苏格拉的"长老会"(Presbyterians)、法国的"胡格诺派"(Huguenots)和荷兰的教会之中扎下了根。

天主教改革在某种程度上独立于新教改革,最后以在教皇保罗三世召集的"特伦多大公会议"(Council of Trent,1545—1563年)上重新界定的天主教教义而告终。受到新教徒挑战的各种教义得到了重新肯定:善行对于获得救赎来说的必要性;作为获得神之恩典的唯一手段的圣礼(sacraments)理论;罗马教皇超越全部教会体系的最高权力;符合《圣经》和使徒教诲的同等权威(apostolic authority)。天主教改革的大部分工作都是由耶稣会教士(Jesuits)完成的,该教派由罗耀拉的伊格那修于1534年创立,其运作是通过传教士的活动、各种学院和神学院。

这些重要的宗教方面的变化导致了基督教世界的一场巨大分裂:德国北部和斯堪的纳维亚成了路德教会的;英格兰选择了一种折中的天主教教义,把它同效忠英国王权结合在一起;

---

① "低地国家"(Low Countries):指荷兰、比利时和卢森堡这三个地势较低的国家。

加尔文主义则控制了苏格兰、荷兰和瑞士法语区。依然表示效忠教皇的国家在当时只有意大利、法国、西班牙、葡萄牙、奥地利、波兰、爱尔兰和德国南部。新教改革不仅促进了个人主义的发展,也促进了民族主义的发展(与摆脱罗马教会而独立的趋势共同发展),强化了对资产阶级思想与实践活动的支持,以及更多的民众可以接受的较为广泛的教育。新教与人本主义的很多价值观相互交叠或相互补充:这些价值观包括自我约束、勤奋和智力上的成就。

文学批评

正如我们自己的很多体制都是从现代早期传承下来的一样,我们自己的大部分文学批评,以及批评作为一个相对自主的领域这一概念本身,也源于这个时代。特别是,独立国家和自由主义的资产阶级的崛起,激发了人本主义文化和民族情绪的普遍成长;这个时代的文学与批评趋向于反映市民价值观(civic values)、民族认同感以及历史方面的场所感,尤其是确定了与经典作品相关的尺度。这个时期的技术,如印刷术的发展与传播,改变了阅读的条件,使编辑过程变得更加方便(特别是经典文本),以及阅读公众(reading public)的范围得到了极大的扩展。如格林·P.诺顿(Glyn P. Norton)表明的,文艺复兴时期文学批评的某些创新的特征,包括重新评价语言的性质与功能,脱离了经院哲学的四重寓言性结构——以字面的、指涉的意义观为基础,转向了一种对话性的语言观以及从属于历史发展的语言观。这样一种转变需要新的阅读和解释的方法,以及日渐承认一切文学批评在本质上都与特定的社会语境有联系(*CHLC*, V.Ⅲ,3-4)。

也很清楚的是,欧洲普遍从封建权力转向专制主义的国家,造成了文学与批评的生产条件方面的深刻变化。罗伯特·马茨(Robert Matz)这样的学者认为,尽管一些权力形式的差异——经济的、社会的和司法的——都被融入了封建领主的权威之中,但16、17世纪见证了这些领域的日益分离。文学与文学批评方面的一个重要结果是,艺术家以许多方式发挥了更大的自主性;对他们的支持较少来自"私人赞助者",更多来自"匿名的市场";出现了越来越多的"艺术与教会和宗教的分离";也许最重要的是,专制主义国家的出现成了"在某种程度上与封建领主的国家不同和对立的一个场所……为世俗资产阶级知识分子的社会主张创造了机会,他们在正在扩张的官僚政治国家内部获得了权力,他们的认同在于其人本主义的语言技巧和受过训练的行为,而不是武士的职责或传统的拥有土地的身份"。这些文化上的变化披上了人本主义的外衣,不仅与刚刚形成的资产阶级有联系,也与贵族统治本身从"武士精英变成市民精英"有关。[3]马茨认为,这种变化产生了对于恰当的贵族行为的不同看法,以及贵族政治集团自身的内部斗争,它们反映在这个时期一些重要的为诗歌进行的辩护和对诗歌的界定之中,而它们也是在其中形成的。

在我们自己的时代,尤其是在西方文化之中,诗歌和有益的文学已经被边缘化了,人们很容易忘却在文艺复兴期间诗歌和文学批评卷入政治过程有多么深刻。在一些极富创造性的研究之中,戴维·诺布鲁克推断说,于尔根·哈贝马斯(Jürgen Habermas)的"资产阶级公共领域"的概念,是一个"有争议的领域,市民在其中可以享有平等,摆脱权力垄断的压力"。哈贝马斯认为,这种公共领域至少出现于1695年左右。诺布鲁克把它的出现追溯到较早的英国语境,把它的成长归因于一些因素,诸如教育改革,改革者为广泛享有公共教育而展开的活动,对新教著作宽松的审查制度,允许更加独立于宫廷赞助者的文学市场的出现,报纸发行量的增加和选民规模在公共生活中的扩大,当然还有更加广泛的阅读公众的增长(PBRV, 18, 24, 28, 32)。诺布鲁克提出的重要观点是,诗人卷入了这个领域之中:诗人是一种公众人物,文艺复兴时期的所有英国诗人都"试图通过自己的作品影响公共事务"。[4]在君主政体出现和封建贵族衰落之后,很多诗人都只能通过为王权服务来考虑事业前景。虽然这样做当然需要向宫廷话语妥协,但公共领域的扩大和前面提到的其他因素都激励诗人去创造虚构的和乌托邦式的世界,去塑造公共事件的意象(如在马维尔的贺拉斯式的颂诗中那样),并在一定程度上维护个人主义。此外,文本批评充满了一种强有力的政治潜力,要使腐败体制的权力和语言非神秘化:人本主义学术揭露了"君士坦丁的赠礼"①是一种伪造,这有助于破坏罗马教皇的权力,把《圣经》翻译成俗语将阐释权威的特权从神职人员的手中转到了个人读者的手中。在这样一种气候里,诗人和批评家不可避免地会把重点放在诗歌实际的和社会的作用之上,强调它对修辞学策略的依赖(PBRV, 9, 11, 13–15)。

实际上,文艺复兴时期的大多数批评都是在捍卫诗歌与文学的斗争中形成的——产生于神职人员和世俗圈子内部,使之不受不道德、微不足道以及与实际生活和政治生活无关的指责。在现代早期发展起来的批评类型,也包括大量对于古典文本的人本主义评注和学术研究。16、17 世纪期间最有影响的古典学术论著是亚里士多德的《诗学》和贺拉斯的《诗艺》。这个时期第三类重要的批评论著包括对亚里士多德的《诗学》的评论,有关亚里士多德与贺拉斯的文本的相对优点的争论,以及试图协调他们的洞见。与亚里士多德和贺拉斯一道,15 世纪早期重新发现了西塞罗和昆体良很有影响的修辞学的观点:文艺复兴时期的批评家们倾向于使这些观点适应他们自己的需要,甚至还扭曲了那些观点。

几乎所有这些辩护、评论和论争都涉及一些根本性的概念:模仿(模仿外部世界和古典作者的传统),格林·诺顿把其特征刻画为"整个时期都有争议的主要诗学问题"(CHLC, V.Ⅲ, 4);文学的真理、价值与教诲作用;古典学术的"统一性";逼真的概念;俗语的运用;对叙事和戏剧这些诗歌体裁的界定;创造新的、混合的体裁,如传奇式史诗(romantic epics)和悲喜剧(tragicomedies);在诗歌中运用韵律;"定性诗"(quantitative verse)和"定量诗"(quantitative verse)的相对价值;文学与诗歌相对于道德哲学和历史这些学科的地位。在以下的章节里,我们将通过这个时期一些有影响的作家、为诗歌辩护的重要作者和各种论争中的主要竞争者,来考察对这些问题的处理。把他们划分成三种主要类别很有帮助,尽管要记住各个系列的作家在关注点和动机方面有很多相互重叠之处。第一个系列的作家都是意大利人[吉拉尔迪

---

① "君士坦丁的赠礼"(Donation of Constantine):君士坦丁大帝是使基督教成为罗马帝国正式宗教的皇帝,他于公元 337 年去世。公元 9 世纪时,有关君士坦丁赠礼的书突然出现在基督教教义中,书中记载了君士坦丁将整个西罗马帝国,包括罗马,赠予当时的教皇西尔维斯特一世的遗嘱。根据这个记载,赠礼的原因部分是为了感谢西尔维斯特治愈了君士坦丁城的麻风病。到公元 11 世纪,教皇们不断援引君士坦丁赠礼来证明他们不仅是基督教会的传教士,而且是意大利中部政权的统治者。在整个中世纪,无论是反对还是赞同基督教会世俗权力的说法的人都认为赠礼之事确凿无疑。洛伦佐·瓦拉于 1440 年发表论文称,君士坦丁的赠礼是一个漏洞百出的骗局。

(Giraldi),卡斯特尔维屈罗,马佐尼和塔索],他们与阐明或重新阐明自己与古典学术传统的联系有关;第二组包括法国和英国作家[杜·贝莱(Du Bellay),龙萨和锡德尼],他们努力为诗歌和运用俗语辩护;第三类以盖斯科因(Gascoigne)和普登汉姆(Puttenham)为代表,旨在利用修辞学传统来界定诗歌艺术。在这些作家当中,促进俗语和对诗歌的真正界定,在本质上都与他们政治的、经常是民族主义的属性有联系。

面对古典学术遗产:吉拉尔迪,卡斯特尔维屈罗,马佐尼,塔索

随着文艺复兴时期的作家们返回到古典时期的过去,他们都批判性地和不可避免地按照他们自己心里的议程去这么做。在为了自己的目的而利用古典时期的文本时,他们都不得不阐明自己对待古典学术遗产的态度——尤其是对待亚里士多德、贺拉斯和西塞罗的诗学与修辞学遗产的态度,要说明自己对待古代作家提出的问题的立场。这些问题包括"模仿"的意义,对体裁的界定和扩展,对古典学术之统一性的阐述,诗学与修辞学的联系。正如在第九章里提到的,在中世纪期间,亚里士多德的《诗学》主要通过伊斯兰哲学家伊本·路世德的评论而为人所知,伊本·路世德的评论认为亚里士多德文本的核心论题是这一概念,即诗歌的作用是赞扬有道德的行为并谴责卑下的行为。

1508 年发现的《诗学》的希腊文本和它在 1536 年被翻译成拉丁语,对文学批评产生了新的和强有力的刺激。贺拉斯《诗艺》的许多版本在流传之中,其中最有影响的一个版本于 1500 年出现在巴黎。虽然诗学日益与修辞学相互重叠,正如在文艺复兴时期的明图尔诺、斯卡利杰、杜·贝莱和普登汉姆这些作家的著作里很明显的那样,重新发现亚里士多德的文本培育了对文学形式和有机统一问题的新的研究,它不完全以修辞学为基础。对亚里士多德的很多评论都出现在 16 世纪期间。较早的评论,如罗伯特利的评论(1548 年),把亚里士多德的洞见与来自贺拉斯和西塞罗式的修辞学传统的规则结合在一起。后者因卡斯特尔维屈罗而著名(1570 年,1576 年)。它们在实质上摆脱了修辞学的影响。有点具有讽刺意味的是(倘若亚里士多德《诗学》的真实文本具有实用性的话),很多作家都像伊本·路世德一样,认为文学要通过展现美德与恶行来发挥道德作用;他们把这一点同贺拉斯关于文学也应当使人快乐的规则结合起来;因此,文学应当"寓教于乐"的公式(被锡德尼所利用)渗透了这个领域的思想。

亚里士多德对意大利作家和批评家的影响最为深刻,然而,他们把他的著作当成他们自己的诗艺概念的出发点。这些作家所提出的突出问题包括"统一性",吉拉尔迪和卡斯特尔维屈罗对此进行了讨论;有关体裁的理论,它弥漫在吉拉尔迪和塔索的著作中;诗歌模仿的学说,所有这些作家都对它进行了论述,而在马佐尼的著作里进行了最具创新性的讨论。尤其是,这些概念中的很多都相互纠缠在一起。文艺复兴时期的作家们为亚里士多德原初对行动统一的要求增加了时间与地点统一的学说;有关这些统一性的论争,包含了对古典体裁的讨论,特别是抒情诗、史诗、悲剧、喜剧以及混合体裁,如传奇式史诗和悲喜剧。较新的、具有人本主义特征

的体裁也包括随笔（essay）和对话形式，以及日益把焦点集中在作为一种睿智表达方式的警句诗（epigrams）之上。薄伽丘的作品激发了对散文虚构性质的探究，以及对其逼真或写实主义这些构成要素的探究。这些探究为后来对于作为一种截然不同于中篇小说（novel）和传奇故事（romances）这一体裁的分析铺平了道路（CHLC，V.III，10-11）。这个时期的大多数作家都用模仿来指诗歌对典型的或可能的真实世界进行的表现，诗人的创新是要把幻想与事实结合起来，并要模仿作为典范的古典作家。正如将从这里要考察的作家们身上看到的，对这些问题的论述在广阔的视野中具有很大的差异，显示出每个作家适应古典规范的不同点，受到了特殊的当代议程的激励。

贾姆巴蒂斯塔·吉拉尔迪（1504—1573年）

意大利戏剧家、诗人和文学批评家吉拉尔迪卷入了很多论争之中。像但丁一样，他赞同用俗语来言说，与源于亚里士多德和贺拉斯的很有影响的文学的古典概念相比，他提倡新传奇这种体裁，它是一种长篇叙事诗，把古典史诗的要素同中世纪传奇的要素结合在一起。这种传奇最值得注意的当代例证，就是阿里奥斯托的《疯狂的奥兰多》（1516年）。因此，吉拉尔迪实际上卷入了一场"古""今"之争，这场论争将持续很多个世纪。吉拉尔迪倾向于用很多方式来表达现代。首先，他倾向于在一种历史语境中来看待文学，这就意味着，古典时代的价值观并不一定适用于所有的时代。他在其戏剧和理论中也反对亚里士多德有关悲剧的很多规则，如行动的统一和时间的统一。他的戏剧和诗歌影响了很多后来的作家，包括皮埃尔·高乃依和莎士比亚。他的文学批评论著《论罗曼司的写作》（*Discorso intorno al comporre dei romanzi*，1554年）是最有争议和很有影响的，预见到了马佐尼、杜·贝莱和柯勒律治的某些观点，并且可与他们的观点相提并论。

在《论罗曼司的写作》里，吉拉尔迪辩解说，传奇直接违背了亚里士多德提出的史诗应当模仿一个单一行动的规则。传奇不仅涉及很多行动，也涉及很多人物，要把"它们的行动"建立"在八个或十个人物之上"。[5]吉拉尔迪尖锐地评论说，传奇既不是来自希腊人，也不是来自罗马人，而是"来自值得赞美的我们自己的语言"。他接着说，这种语言的伟大作家们赋予了这种体裁"同样的权威性"，堪与荷马和维吉尔赋予其史诗的权威性相媲美。吉拉尔迪也提出了一种有机统一的理想，认为一首诗的各个部分必须"像身体的各个部分一样完全相互适应"（DCR，24）。然而，这并不是浪漫派和晚近的诗人们所提倡的那种有机论。实际上，它与古典和新古典的有机统一观具有更多共同之处。吉拉尔迪与两个世纪之后的蒲柏一样，坚持认为"精明的诗人……可以用各式各样的装饰物来修饰自己作品的主要部分"，赋予每个部分"恰当的尺度和得体的修饰"，这样，每个部分"就会按照美的秩序确定自身的位置"（DCR，24）。这种有机统一的理想依靠了古典的比例恰当、和谐（harmony）与适度（moderation）的概念；它也认为形式具有一种修饰物与内容之间的联系，而后来的作家们则认为恰当的形式来自一种特定的内容。

不过，吉拉尔迪在坚持认为作家不应由于把自己限制在前辈们规则的束缚之内而限制了自己的自由之时，敲击出了一种更加浪漫派的和现代的音调。那些限制将成为一种"对母亲的天性所赋予的才能的糟糕的运用"(DCR,39)。他评论说,就连维吉尔与荷马也表明,诗人们有可能会厌恶古人的习惯。吉拉尔迪在这方面的论点具有一种民族主义的调子:他主张,托斯卡纳①的诗人不需要受到希腊人和罗马人的诗歌形式或文学界限的约束。他评论说,毕竟,亚里士多德与贺拉斯都不懂得意大利语或适合于意大利语的写作方式(DCR,40)。不理睬亚里士多德之诗学的奥维德,"是作为一位优美艺术的诗人"而出现的,因为他所书写的事物不存在任何规则或范例。然而,吉拉尔迪的现代主义受到了它对创新的要求的束缚:他所推荐的意大利诗人都仿效了由这种语言方面的最好诗人奠定的范例,他们早已写出了优秀的传奇(DCR,41)。

在其他方面,吉拉尔迪的诗歌观呼应了贺拉斯和古典时期其他作家的观点。就诗人的文明作用而言,吉拉尔迪坚持认为,诗歌必须"称赞美好的行为,谴责邪恶的行为"。他主张,意大利的诗人,如但丁、彼特拉克和阿里奥斯托(Ariosto),实际上在这种观点方面比希腊人和罗马人更加具有决定性,"希腊人和罗马人仅仅暗示了这样的谴责与称赞"(DCR,52)。此外,诗人始终都应该遵守"规范,规范不是别的,正是适合于地点、时间和人物的东西"(DCR,56)。吉拉尔迪也认为,在运用寓言式解释的原则时要运用得当,确保不会变成"与它们所评论的事物之意义完全无关的怪想和幻想"(DCR,67)。因此,吉拉尔迪试图平衡古典的美德与当代艺术的需要,或者要使之达成妥协。

罗多维科·卡斯特尔维屈罗(1505—1571年)

卡斯特尔维屈罗的出名,是由于他严格地重新解释了亚里士多德关于戏剧中时间与地点统一的问题,他的严格方法后来得到了新古典主义作家的认可。不过,在他的著述中也很重要的是,他论述了模仿、情节、诗歌与历史的差异,以及他对诗歌之目的与读者的看法。实际上,他的很多观点都与当时批评的正统理路相左。与部分源于贺拉斯的漫长批评传统相较,即认为诗歌的作用是要"有益"和使人愉悦,卡斯特尔维屈罗则以一种引人注目的现代姿态坚持认为,诗歌的唯一目的是要产生愉悦。他也抛弃了那种由于柏拉图而产生了巨大影响的、长久以来的看法,即认为诗歌以某种方式得到了神的启示(divine inspiration),诗人因神的狂热或疯狂而着魔。他坚持认为,诗人是被创造出来的,不是天生的:他的创造是研习、训练和艺术的产物。[6]与大多数对亚里士多德的《诗学》发表了评论的前辈和当代人不同的是,卡斯特尔维屈罗认为,亚里士多德的文本只不过是一部未完成的著作的未完成的草稿(PA,19)。他本人的评论《亚里士多德〈诗学〉的翻译和解释》(*Poetica d'Aristotele vulg-arizzata e sposta*,1570年,1576年)声称,它不仅要阐明、提炼甚或反驳亚里士多德的观点,也要为有抱负的诗人提供一种全面的指南。

在卡斯特尔维屈罗的异端观点之中,最重要的是他坚持认为,诗歌的唯一目的是愉悦,而不是教导或者有益,此外,他认为诗歌的合适读者是普通人(PA,19)。文艺复兴时期以及其

---

① 托斯卡纳(Tuscana):意大利中西部的一个大区,包括了佛罗伦萨、比萨等九个城市,被认为是埃特鲁里亚文明的摇篮。

后的正统批评观,都承认贺拉斯对诗人的双重作用的论述,即诗人把有益和愉悦结合了起来(*qui miscuit utile dulci*,"寓教于乐")。这种论述已经被西塞罗那样的古典修辞学理论家以及尤利乌斯·恺撒·斯卡利杰那样的文艺复兴时期的理论家所重复。在其文本的各个部分里,卡斯特尔维屈罗确实承认,诗歌对其读者可能具有一种有益的作用,但这样一种作用对诗歌的本质来说并不是实质性的(*PA*,150,171)。

卡斯特尔维屈罗否认了那些以诗的形式来写作历史、科学或艺术著作的人们的诗人头衔;按照他的观点,真正的诗人是"实质上的创造者"(*PA*,105)。真正的创造是伟大劳动的产物,这个观点经常被卡斯特尔维屈罗重复。诗歌必须在两个方面是逼真的:它必须模仿真实的对象,而不是幻想的对象;诗歌的模仿方式必须看上去是可能的,至少对读者来说是可能的(*PA*,48,92);不过,卡斯特尔维屈罗对此做了限定,要求诗人对事件的描绘必须使人惊异,因为"使人惊异尤其能给人以愉悦"(*PA*,254)。但是,使人惊异不能包括不可能之事(*PA*,290)。

卡斯特尔维屈罗对悲剧的看法大抵上与亚里士多德的观点相同,尽管他赞同的理由经常不同:与亚里士多德一样,他认为情节是最重要的因素,其理由是情节比其他因素要求付出更多的劳动(*PA*,66)。他把悲剧的等级置于史诗之上,原因在于悲剧要求诗人发挥更大的天赋(*PA*,321)。卡斯特尔维屈罗首先阐明了时间与地点的统一,正是他的权威性支撑了他的观点的普遍传播。他对这些统一性的阐述被误认为是以亚里士多德的观点为基础的,他的论述赋予了这种学说在此后两百多年中极高的权威性。这种特殊的学说与亚里士多德的权威性最终在总体上被浪漫派所破坏。卡斯特尔维屈罗的概念的影响力在17世纪法国古典主义的戏剧中达到了顶峰。然而,在其理论的精神方面,他成了19世纪繁荣起来的现实主义和自然主义的先驱。

卡斯特尔维屈罗把亚里士多德当作自己的出发点,断言历史、艺术和科学不是诗歌的恰当主题,其原因有很多。历史的主题不是由作家的天赋提供的,而是由"世俗事件的过程或明显的和隐蔽的上帝意志"提供的。对比之下,诗歌的素材"是靠诗人的天赋创造出来和想象出来的"(*PA*,18)。诗人的真正职责是要发挥自己的"理智才能去模仿人类的行动……并通过自己的模仿为读者提供愉悦"。卡斯特尔维屈罗就诗人要避免涉及艺术与科学而提出的最后一个理由,对他本人的诗歌概念来说也许是最为必要的:"诗歌被创造出来是为了提供愉悦和娱乐这个唯一的目的……是针对普通人和未开化的多数人的灵魂的。"而且,在卡斯特尔维屈罗看来,普通人"无法"理解艺术与科学中运用的微妙论点和理性论据,因而也对它们没有耐心。诗歌的主题应当适合普通人的理解力,要由"在人们中间谈论的日常事件"构成(*PA*,20)。形成鲜明对比的是,亚里士多德则坚持诗歌的恰当主题是高贵家族的命运。

同样与亚里士多德有分歧的是,卡斯特尔维屈罗认为,诗歌的类型不是由人类的道德品质决定的,而是由他们的社会等级决定的。亚里士多德认为,被诗歌模仿的个人必须是好的或者坏的,他们必须比我们自己或者与我们一样的人更好或更坏。按照亚里士多德的观点,悲剧模仿更好的人,而喜剧模仿更坏的人。卡斯特尔维屈罗在谈到亚里士多德的陈述不完整、与他后来的注释不一致时,援引了一些因素作为证据,即亚里士多德《诗学》的文本"只不过是一些注释的堆积",原本打算作为一个更加完整和一致的文本的基础(*PA*,22)。卡斯特尔维屈罗认为，倘若诗歌模仿行动中的人，那么，它的类型就不是由人的道德本质决定的，而是由"他们是高贵的要人、市民还是农夫"决定的。诗歌的目的不是要增加对于人类性格中的好与坏的认识，而是"要在表现以前从未见过的行动之中给普通人提供最大可能的愉悦"（即那些行动是创造出来的，而不是取自历史）(PA, 23)。

亚里士多德曾经区分过三种类型的模仿，第一种类型是叙事，第二种类型是戏剧，第三种类型是这两种类型的结合。卡斯特尔维屈罗则提出了另一种类型的目录：叙事、戏剧和类似。他提出，叙事方式仅仅使用词语来表达词语与事物：它既叙述人们所说之事，也叙述人们与物质世界交互作用的全部范围。戏剧方式使用词语和事物这两者（即物质对象、人物、舞台背景）来表现词语和事物。戏剧方式不同于叙述，因为它更多地受到空间和时间的限制，它只可能表现那些可以听见和看见的事物，它的行动必须在真实的时间中发生（即被描绘的事件发生于其中的真实的时间过程）(PA, 31-33)。类似的方式是卡斯特尔维屈罗自己创造出来的，它或者使用直接引用，或者使用类似于原初使用之词语的替代词语。不过，第三种方式通常不是单独出现的，而是内含于一种叙事之中(PA, 33-35)。

关于愉悦的话题，卡斯特尔维屈罗有一些有趣的洞见。亚里士多德断言，人们从模仿中所伴随着的学识中获得愉悦：模仿涉及理智地观察对象中的相似性和差异的过程。卡斯特尔维屈罗也再次否定了这一点；他只是补充说，人们何以发现模仿有趣，还有其他一些原因被亚里士多德忽略了。人们从模仿其他人中获得愉悦，从模仿动物中获得愉悦，从模仿自然或命运中获得愉悦；在所有这些情况下，他们的愉悦在于这一事实，即"他们的模仿对他们来说意味着建构一种新的自然或命运的秩序，建构一种新的世事的过程，以及以某种方式分享超越人类能力的创造"(PA, 45-46)。

我们此刻触及了使卡斯特尔维屈罗闻名的东西：统一性。总的来说，他赞同亚里士多德关于统一性的学说，甚至扩大了统一性的应用范围，但提出了一种不同的统一性的基本原理。关于情节的长短或持续时间，他赞同悲剧的情节——它要通过看和听来领悟——不能超过"太阳旋转一周"，卡斯特尔维屈罗认为这要花费12个小时。然而，他认为，史诗（叙事诗）中的情节只诉诸听觉，可能比12个小时持续得更久，却没有提供任何一个超过了12个小时的部分（因为这会使听众对一个场景感到疲倦）(PA, 82-83)。然而，卡斯特尔维屈罗拒绝了亚里士多德就这种时间约束所提出的理由，即"听众的记忆力和持续力有限"。卡斯特尔维屈罗提出，真正的原因在于，"既然构成情节的想象性行动是直接用词语来表现词语，用事物来表现事物，那么，想象性行动在舞台上所占用的时间就必定与表现它的时间一样长……就像是真实发生的那样"(PA, 82, 87)。卡斯特尔维屈罗承认亚里士多德把情节的统一性界定为是由"单个人的单个行动"构成的，或者说最多是由两个密切相关的行动构成的(PA, 87, 89)。卡斯特尔维屈罗发现，亚里士多德的文本中没有支持这一立场的任何理由，除了诉诸荷马和悲剧诗人的权威性之外(PA, 89)。卡斯特尔维屈罗本人提出的理由，首先是有关悲剧的12个小时的时间限制，不允许表现很多种行动；其次，把自己的表现限制于一种行动的史诗诗人，将更多地展现他的"判断和技巧"(PA, 89-90)。此外，卡斯特尔维屈罗认为，亚里士多德关于统一性的标准——行动应当在其本身之中具有一种可能的或必然的关系——也过于狭窄；他提出，行动也可能因为与一个人、一个地点或一个国家有关而被联系起来(*PA*, 91)。实际上,他似乎推断亚里士多德关于时间的统一性的观点会扩大到空间:行动"必须被置于一个不比演员在其上表演的舞台更大的场所之中,在一段不比演员的表演所占用的时间更长的时间之内"(*PA*, 243)。正如最后这句话所表明的,卡斯特尔维屈罗把亚里士多德关于统一性的概念重新解释成了一种详细的写实主义的规则。然而,他对可能性的一般讨论符合亚里士多德的要求,即诗人要表现可能性和必然性,允许提供被排除的情节本身之外的某些不可能的事件。

雅各布·马佐尼(1548—1598年)

意大利学者雅各布·马佐尼生于意大利的切塞纳(Cesena),他的主要著作是一篇叫作"论人生的三种道路:行动、沉思和宗教"(*De Triplici Hominum Vita*, *Activa Nempe*, *Contemplativa*, *e Religiosa Methodi Tres*, 1576年)的哲学论文。在这个文本里,马佐尼试图协调柏拉图与亚里士多德的哲学。在这里我们关注的是马佐尼的美学,对它的阐述与他对但丁著作的持久兴趣有关。正如吉拉尔迪确定了为传奇史诗进行辩护一样,马佐尼也发现有必要为但丁的寓言进行辩护,以反对那些责难其主题是幻想的和不真实的批评家们。其论文《为但丁的喜剧辩护》(*Delia difesa delt-a Commedia di Dante*, 1587年)讨论的核心问题是诗歌模仿的本质。在为但丁的诗歌辩护时,马佐尼阐明了一种全面系统的诗歌模仿的美学。

在引言里,马佐尼反对他在哲学家们那里发现的一种共同的观点,即认为形而上学是一门综合的科学,其他一切艺术和科学都是它的一个部分。相反的是,马佐尼仿效亚里士多德,坚持认为各门艺术与科学之间的真正差别在于它们认识和建构相同对象的不同方式。[7]因而,一门特定的艺术或科学,要凭它认识和建构一种特定对象的方式来区分(*DCD*, 39-40)。在解释这种区分的基础时,马佐尼主张要仿效柏拉图。马佐尼认为,有三种类型的对象,以及三种处理它们的方式。这些对象是"理念""作品"与"幻象",分别有"支配性"艺术的对象、"构成性"艺术的对象和"模仿性"艺术的对象。因此,这些对象就被处理成可以仿效的、可以加工的和可以模仿的。马佐尼提供了一个也是由柏拉图所提出的例子。让我们设想对象是一根马缰绳。"支配性"艺术在这里将成为驭马的艺术,它只涉及缰绳必须起作用的**理念**;缰绳制作者的艺术拥有作为其目的的"作品"或构成物,因为这在实际上是制作缰绳的艺术;模仿性艺术涉及那缰绳仅仅因为它是模仿性的,依靠的是一种"幻象"或意象(*DCD*, 40)。不过,与柏拉图不同的是,马佐尼希望确定模仿性艺术与构成性艺术之间的严格差别;毕竟,柏拉图曾经认为,构成性艺术(如制作缰绳)是模仿对象的理念;马佐尼则反驳说,虽然制作缰绳的艺术确实表现了或复制了由支配性艺术所提供的理念,但它也要为其他目的服务,如控制马匹。所以,马佐尼声称,尽管一切艺术都会涉及某种模仿,但把模仿性艺术同其他艺术区分开来的是,它们都在表现的目的之外没有任何别的目的(*DCD*, 41)。

马佐尼进一步解释说,作为模仿性艺术之对象的幻象或意象,源于人类的技巧或幻想。换言之,像绘画和雕塑这样的艺术,完全不是模仿实际存在的对象,而是通过它们本身的想象设想出来的对象。马佐尼利用了柏拉图在其对话《智者》中对模仿的两种类型所做出的区分。第一种是模仿真实的事物,即"真实的"(icastic);第二种类型是模仿艺术家创造的事物,即"幻想的"(phantastic)(*DCD*, 46)。

马佐尼承认,诗歌是一种模仿性的艺术,他力图按照媒介、主题、直接原因和最终原因来界定诗歌。他认为,诗歌的恰当媒介或手段是和谐、韵律和格律,全部都来自音乐,因为它们以一种有序的方式产生愉悦(*DCD*, 57-58)。虽然马佐尼坚持认为,诗歌这样的模仿性艺术涉及幻想的对象,但他仍然反驳"众人的意见"说,诗歌的主题只不过是"寓言式的和虚假的"。他求助于亚里士多德的权威著作,甚至还有柏拉图(对他来说,某些真实表现诸神的诗歌类型可以接受)的权威著作,以肯定诗人确实可以描述真理并描绘幻想;换句话说,诗人可以运用"真实的"模仿。马佐尼再次仿效亚里士多德(他曾要求,诗歌应当模仿可能之事),声称诗歌的恰当主题是"可信":这个范畴包括真实与虚假(因为有时可以用一种可信的方式来表现虚假的东西)(*DCD*, 72-73)。

实际上,对诗人来说,以一种"可信的"方式来对待其主题,意味着什么呢?马佐尼要求,诗人始终都必须运用诉诸感官的特殊的和具体的手段;他可以用一切手段来谈论那些有疑问和抽象的事物,但他的言说方式不同于科学家或哲学家的言说方式;诗人甚至必须依靠意象和幻象来表现复杂的理念;他必须通过运用比较和出自自然事物的相似性来进行教诲。为什么?因为诗人必须向"人们"发言,"在人们之中有很多是未开化的和没有受过教育的"。为了举例,马佐尼援引了但丁《天国》结尾处的一个段落,它把"三位一体"的意象表现成三个圆圈。马佐尼提出,如果柏拉图见证过但丁的独创性,那么,他就会承认诗人在这个方面的优越性,并因此承认诗歌突出的潜力(*DCD*, 78)。

关于可信性,马佐尼认为,第二个结论要取决于诗人:如果诗人在两种境况之间具有选择权,即一种是可信的但很虚假,另一种很真实却不可信,那么,他就必须始终遵循可信的道路。最后,既然诗歌应当更加重视可信的而不是真实的东西,那么,诗歌就应当被置于古代"智者派"的范畴之内。虽然"智者"这个词语长期以来都具有否定性的内涵,但马佐尼援引菲洛斯特拉托斯(Philostratus)的《智者传》(*Lives of the Sophists*)论证说,智者派具有某些美德。他们从修辞学上来处理一切——马佐尼把这理解为"可信"——并自信地依靠幻象和意象来表现自己的主张,正如诗人应当做的那样(*DCD*, 80)。马佐尼评论说,菲洛斯特拉托斯与柏拉图和波伊提乌一样,并不认为智者派的艺术是"低下的和诽谤性的",而是一种有价值和高尚的追求,它在某些方面分享到了"真正哲学的正直"(*DCD*, 82)。马佐尼认为,真正的哲学借助真理来引导理智,借助善来引导意志。但是,并非所有的智者派在这些方面都反对哲学。他声称,柏拉图只反对那种错误引导理智和意志的智者派(*DCD*, 83)。马佐尼认为,另一种、第二种智者派——菲洛斯特拉托斯把它叫作老智者派——确实在理智面前设置了虚假的事物,却没有误导意志;他评论说,这种智者派并没有受到古人的谴责。正是在这种古代的智者派之中,马佐尼划分出了幻想诗(phantastic poetry),它经常在虚构的外表之下包含着"众多高尚概念的真理"(*DCD*, 83)。

最后一种智者派——被菲洛斯特拉托斯叫作第二智者派——把真实名称和真实行动用作"适合于正义规则"的讨论基础。马佐尼把模仿真实的诗歌(icastic poetry)置于这个种类之中,它"表现真实的行动和人物,但始终都使用一种可信的方式"(*DCD*, 84)。马佐尼得出结论说,诗歌是一种"理性的才能",必须被归类为那些并非涉及真理而是涉及"明显可信"的理性才能。他援引了柏拉图的权威著述,柏拉图曾把诗人称为一种"非凡的智者",诗人从不表现真理,却总是表现外表。普鲁塔克也曾"表明,诗歌欣然接受谎言,以便更好地使人愉悦"。因此,马佐尼认为诗歌是一种"智者的艺术",它的特有属性是模仿,它的主题是可信,它的结果或目的是快乐;倘若具有这些特质,诗歌就不得不经常提供不真实的东西(DCD,85)。但是,如果诗歌的主题——可信——与修辞学的主题相同,那么,它们的不同之处是什么呢?马佐尼的答案是,修辞学涉及可信是因为它可信,而诗歌涉及可信是因为它使人惊异。他坚持认为,这种界定并不排斥真理,因为自然和人类历史中的真理都可能是使人惊异的(DCD,86)。马佐尼也认为,柏拉图并不认为所有的诗歌都是明显的谎言(DCD,87-88)。

就诗歌的"直接原因"(即使之成为可能的力量)而言,马佐尼把这种原因定位于他所称的"公民权利"(civil faculty)。按照这个词语,他自己把它界定为"道德哲学"(DCD,98)。他提到了普遍的社会话语,这种话语制定了伦理行为的规则。他把公民权利划分为两个部分。第一个部分涉及人类行为之公正性背后的法律,这个部分被称为政治或公民法律。第二个部分与"娱乐活动"的法律(或者如马佐尼所称的停止严肃艰难之活动的法律)有关,这个部分被称为诗学。换言之,公民权利包含了在国家中进行的严肃工作,以及为减轻那种工作而提供的娱乐活动或游戏(DCD,90-91)。马佐尼认为,在所有游戏之中,没有哪种游戏比诗歌"更有价值,更高尚,更重要"。

马佐尼接着开始讨论"最终原因"或诗歌之目的的问题。他认为,当从不同的观点来考虑相同的对象之时,它可能具有不同的目的。例如,舌头的首要目的是要提供对味道的感觉;然而,在动物之中,它也可能被用来防卫;在人类之中,它是一种言说的工具,是一种理性的工具(DCD,94)。同样,可以按照三种不同的方式认为诗歌具有三种不同的结果或目的:在其模仿的方式方面,它的结果是要提供一种正确的模仿或表现;诗歌的目的被认为是娱乐,只产生愉悦;第三,它可以被认为是"由公民权利所指引、支配和限定的娱乐"(DCD,95)。按照这种方式,诗歌把有用或道德改善作为其目的:它"限定欲望,使之服从于理性"(DCD,98)。在这方面有趣的是,马佐尼利用对诗歌的这种三重界定来回应柏拉图对诗歌的指责。马佐尼认为,被柏拉图放逐的这种诗歌受到了公民权利的控制,它产生一种"自由的"快乐,这种快乐独立于任何法律,它"扰乱了欲望……造成对理性的完全背叛,为有道德的生活带来损害和损失"(DCD,97)。马佐尼甚至援引柏拉图的观点承认说,诗歌依靠它所能提供的快乐而给我们的心灵带来有益的东西。马佐尼评论说,不仅如此,而且在《理想国》的第二、第三和第十卷里,以及在《法律》的第二卷里,柏拉图还提出了诗歌的才能就是公民权利,以一种使人愉悦的方式为那些在其他方面不服从学问的人们提供指导(DCD,99)。马佐尼在这里的策略是运用了引人注目的反讽:他没有反驳柏拉图反对诗歌的论点,反而在柏拉图的文本中寻求对他本人更具包容性和分层的诗歌模仿观的支持,从而表明柏拉图分散在各处的诗歌观实际上的复杂性质,突出了这些观点超过在传统上通常赋予这位希腊哲学家的简化论观点的重要性。

马佐尼接下来所做的事情甚至更加使人惊异。他接受了柏拉图放逐诗歌的框架本身,揭示了这种框架在界定时用一种更加全面的方式来调节诗歌的可能性。他评论说,柏拉图的理想国由三种等级的人构成:工匠(包括低等的和中等的公民),战士,文职官员(包括那些统治国家的有权力的公民)。马佐尼认为,与国家的这种构成相一致,存在着由公民权利所创造的三类主要的诗歌:英雄的、悲剧的和喜剧的。英雄史诗(heroic poetry)主要以战士为目标,要激励他们去模仿那些诗句中所叙述的荣耀行为。悲剧富有特征地描述"伟大人物可怕的和恐怖的败落",它以统治阶级为目标,其作用是要缓和"他们对于国家的傲慢态度",以防止他们"在自己的统治中"变得"目中无人",并使"他们始终处于法律之正义的控制之下"。喜剧以下层阶级为目标,要"为了他们正当的命运而安慰他们",要"在卑下的公民心里灌输服从等级高于自己者的观念,这样……他们就不应该不服从或反抗,这样,他们始终都应当对自己的状况感到满足"(DCD, 105)。因而,诗歌的这三种类型由于"受到公民权利的支配",不仅要带来快乐,也要"为理想国"带来"用处和利益,以一种近乎隐蔽的方式"来教导三个社会阶层(DCD, 106)。

马佐尼的下一个策略在其写作的那个时代里不同寻常地引人注目。他连续提出了有关诗歌的三种定义。在第一种定义中,他指出诗歌是一门"艺术",它"以诗句、韵律与和谐来创造……模仿可信的非凡事物,通过人类智力的创造来适当地呈现事物的形象"。第二种定义把诗歌叫作一种"游戏",它也是由人类理智"为了使人快乐"而创造出来的。最后一个定义也把诗歌称为一种"游戏",认为它是"由公民权利为了用一种有益的方式使人快乐而创造出来的"(DCD, 108)。这些定义分别强调了诗歌的模仿功能、它作为一种游戏的地位以及它作为一种"由公民权利修正过的游戏"的更高地位。马佐尼坚持认为,只有第三种诗歌才受公民权利的支配,正是诗歌的这种方式,才应当作为"好诗人"的理想保存下来,在这方面最重要的范例是但丁(DCD, 109)。

马佐尼的文本的根本意义远远超过了单纯为诗歌或寓言进行辩护。他的文本在很大程度上是靠他对诗歌逐步的、日趋全面的界定构成的。他按照日趋全面的标准反复界定诗歌,实际上揭示了他自己的思想进程,即把诗歌从简化论地封闭在柏拉图(在某种程度上还有亚里士多德)关于诗歌的界定中解救出来的一种透明性,它重新开启了有关诗歌本质的更加宽泛的概念的可能性。此外,马佐尼不只是参与了对柏拉图的反驳,还介入了对柏拉图与亚里士多德的**重新解读**。他通过援引他们著作中一些不那么有名的段落,实际上把他们的文本从传统上的简化论的解读中解救了出来,那种解读的基础是通常被引述的他们观点的那些来源(如《理想国》的第十卷)。马佐尼表明了他认为真实的那些内容,但到当时为止,他们本身有关重新界定诗歌模仿之本质的论点中的含义,尚未被人们捕捉到。他通过对柏拉图和亚里士多德的定义进行分层和提炼,表明了在柏拉图本人的结构框架内部,诗歌在政治结构中对所有的社会阶层都具有一种重要的意识形态作用。只有诗歌,其唯一目的才是要产生快乐,诗歌是由人类理智创造的,如果没有受到公民权利的指引,它就有可能引起社会的混乱无序。最好的诗歌确实负有社会责任,因为它产生于同一个根源——公民权利,即政治正义和秩序的理想。马佐尼的文本的最终策略,是试图把修辞学从其遭受诽谤的名声中拯救出来,把诗歌命名为这样一种得到救赎的修辞学。对修辞学和诗歌的救赎,取决于马佐尼对它们与真理之关系的重新界定,以及他对真理本身之价值的重新评价:他利用亚里士多德的文本是要表明,就与这些学科相关的而言,正是可信性而非真理,才一直是一种恰当的理想。也是在坚持这种观点方面,马佐尼是现代的,他把智者、相对主义、作者与读者的相互作用,从柏拉图及其后继者们所强加的绝对真理的暴政中解救出来。

托尔夸托·塔索(1544—1595年)

塔索长期享有文艺复兴时期最杰出的诗人之一和最有影响力的批评家的名声。使他最为著名的是他的史诗《被解放的耶路撒冷》(*Jerusalem Delivered*,1581年),史诗的主题是第一次"十字军东征"。这首诗最初完成于1575年,后来被改编成一个更长的版本《被征服的耶路撒冷》(*Jerusalem Conquered*)。在改编的过程中,塔索撰写了长篇批评论著《论英雄史诗》(*Discorsi del Poema Eroic-a*,1594年),这部论著既为他早已书写过的史诗进行辩护,也提出了构成其改编本之基础的一些原理。《论英雄史诗》的文本本身表现了对早期批评文本《论诗的艺术》(*Discourses on the Poetic Art*)的大量扩充和修改,《论诗的艺术》稍早在1587年发表。

塔索出生于索伦托(Sorrento),在费拉拉的宫廷里度过了几年,他在那里的行为迫使公爵阿方索二世(Alphonso Ⅱ)以精神错乱为由把他监禁起来。1586年获释之后,他漫游于宫廷之间,后来在罗马去世。"偏执狂"(Paranoia)或许是一个过于强烈的词语,但肯定有大量对于对其史诗的敌对批评的不安和焦虑弥漫在塔索的《论英雄史诗》之中,它——在某种程度上成了文艺复兴时期学术的特征——炫耀了其学识,尽最大努力以维护其原创性的论点,尤其是与罗多维科·卡斯特尔维屈罗这类作家在当时的影响相比较而言。塔索本人修改过的《论英雄史诗》,不仅对文艺复兴时期有着引人注目的影响,也对意大利、英国和法国后来的文学理论有着重要影响。它的影响力毫无疑问部分源于这一事实,即这种史诗理论是由第一位用一种欧洲俗语来写作史诗的伟大诗人提出来的:它实际上是他本人的史诗写作所依靠的理论,这种理论证明和解释了他自己的史诗。

塔索非常了解他那个时代重要的批评问题,诸如与荷马和维吉尔、古人和今人有关的价值观,以及诗歌在提供愉悦方面之作用的有效性问题,他的文本则反映了他对有关诗歌与批评的各种要求的调和。正如塔索文本的译者指出的,对于这些要求,"塔索全都加以了考虑,关于诗歌应当使人娱乐的社会要求,诗歌应当鼓励信仰的教会的要求,人本主义对于古代遗产的崇敬,现代主义对自我的赞美,塔索都进行了调和——没有设法使诗歌降格为娱乐,没有把诗歌混同于宣传……没有贬低古人、中世纪的人或今人;他甚至没有设法成为反亚里士多德主义者或反柏拉图主义者"。[8]实际上,亚里士多德成了塔索文本的主要资源之一,其他的资源有贺拉斯和古典修辞学的典籍。在一种宽泛的意义上,可以认为塔索顺应和扩大了亚里士多德的洞见,把它们变成了他自己的英雄史诗的基础,其目的在于证明自己史诗的内容、风格和措辞。

在其论著的第一卷里,在开始界定英雄史诗的任务之前,塔索提出了一般界定诗歌的一系列尝试。他提出,一切种类的诗歌,包括史诗、悲剧、喜剧和抒情诗,都是"用诗来模仿"的形式(*DHP*, 7)。它们都模仿什么呢?塔索提出了斯多葛学派的观点,即诗歌模仿人与神的行为。他驳斥了认为诗歌同样可以模仿神的一切行为这一看法,并得出结论说,诗歌"是对人类行为的模仿,它被塑造出来是为了教导我们怎样生活。既然每种行为都要借助反思和选择来完成,那么诗歌就会涉及道德习惯与思想"(*DHP*, 10)。

为了做出这种界定，塔索首先承认了亚里士多德的格言，即"在一切事物之中，人们必须考虑到结果"或目的；在界定诗歌时，我们始终都必须清楚它的"卓越的目的"（DHP, 6, 10）。不过，他拒绝了源于贺拉斯《诗艺》中的这一观点，即诗歌的目的是双重的，包含了愉悦与功用。塔索认为，一门艺术不可能具有在某种程度上毫不相干的两个目的。因此，诗歌要么应当抛弃一切"有用的"目的，如教诲和使自身完全满足于使人快乐，要么"就希望它成为有用的，那就应当把它的愉悦引导到这种结果。把愉悦引向有用，很可能就是诗歌的目的"（DHP, 10）。塔索所要求的愉悦与有用之间的内在联系，实际上证明了是要使愉悦从属于有用，这与手段和结果有关：他认为，诗人"要为自己的目的确立的不是使人快乐……而是有用，因为诗歌……是一种最早的哲学，它从我们最早的时候起就在道德习惯和生活原则方面给予我们教诲"。无论如何，诗歌所产生的愉悦都应当受到其道德目的的限制："我们至少应当承认，诗歌的目的并不只是任何享乐，而仅仅因为它与美德相联系。"（DHP, 11）虽然这一点看起来与浪漫派和后现代主义（postmodernism）要求愉悦应当不受约束和毫无限制以及容许放纵于自由嬉戏的看法相去甚远，但塔索确实指出了，"旨在愉悦比旨在赢利高尚，因为追求享乐是为了它本身，追求其他东西也是为了它本身……追求有用则不是为了它本身，而是为了别的什么东西；这就是有用与愉悦相比是一个并不那么高尚的目的的原因，也是它与最终目的很少有类似之处的原因"（DHP, 11）。塔索这时对他的界定进行了以下扩展："诗歌是对人类行为的一种模仿，目的是通过愉悦成为有用的，而诗人则是一个模仿者，如同很多人一样，他用自己的艺术使人快乐而不是赢利……诗人既是一个善良的人，也是人类行为和道德习惯的一个好的模仿者，其目的是以使人快乐来获益。"（DHP, 12-13）

虽然塔索并没有完全拒绝提尔的马克西穆斯（Maximus of Tyre）的意见，即"哲学和诗歌在名称上是两个，但在实质上是同一的"，但他还是提出，使这两个学科区分开来的是它们考虑事物的方式："诗歌由于事物很美而思考它们，哲学因为事物之善而思考它们。"（DHP, 13）诗歌努力以两种方式来展现美——通过叙事和通过表现，这两者都属于"模仿"这个名目。塔索依样仿效亚里士多德说，叙事是适合于史诗或英雄史诗的方式。他提出了史诗与悲剧之间的一种更深层的、非亚里士多德式的差异，这种差异在于"用来模仿的方法或手段；对悲剧来说，为了净化灵魂，除了诗句之外还要使用韵律与和谐"。因此，在塔索的阐述中，史诗和悲剧在一个要素方面是一致的，即被模仿的事物，因为它们都要表现"英雄的行为"。它们在用来模仿的手段方面不同，在它们模仿的方式方面不同（DHP, 14）。不过，塔索也提出了另一个重要的差别，即在对观众或听众产生的效果方面的差别。他最初把英雄史诗界定为"用崇高的诗句来叙述的，对一种高尚、伟大和完美行为的模仿，目的在于通过使人快乐来提供益处"。然而，正如他承认的，这种界定并没有区分出各种不同的诗歌，因为"每种诗歌的目的对于它来说都应当是特殊的"（DHP, 14-15）。他认为，悲剧的效果（按照亚里士多德的看法）是"要通过恐惧和怜悯来净化灵魂"。喜剧的效果是"要激起对卑贱事物的笑声"。相似地，史诗应当"以它自身的效果提供它自身的快乐——它也许就是要激起惊奇"（DHP, 15）。虽然他承认悲剧和喜剧也会产生一定程度的惊奇，但这种效果特别适合于史诗，因为我们乐于承认，在史诗中，"有很多惊奇也许并不适合于舞台……因为读者被允许拥有很多自由，而那些自由却是禁止观众拥有的"(DHP, 16)。此外,史诗诗人的主要目的是要引起惊奇,而这只是其他诗歌形式的一种附带效果(DHP, 17)。按照塔索的看法,史诗的另一个特点在于,它是一个有四个组成部分的"整体":寓言,或者对行为的模仿;寓言中人物的道德习惯;思想;以及措辞(DHP, 18 - 19)。

  诗歌与真实之间的联系在第二卷里得到了论述,塔索在其中认为,诗人既可以创造其诗歌的题材或内容,也可以从历史中获取它们;后者在塔索看来更加可信,其普遍理由在于"真实[与虚构相反]为英雄史诗的诗人提供了较为合适的基础",他必须"追求逼真"(DHP, 26)。诗人以"真实的外表"使读者快乐,并"力图使我们相信,他所涉及的东西值得相信和信任"。塔索援引了亚里士多德的权威著作,认为诗人如果是模仿者的话,那么,"相称的就是他们要模仿真实"(DHP, 27)。与马佐尼相比较,塔索坚持认为,诗歌"与修辞学一样都属于辩证法的范围……其功能不是要考虑虚假,而是要考虑可能性。因此,诗歌涉及虚假,并非由于它是虚假的,而是因为它是可能的。就其是逼真的而言,可能性属于诗人"(DHP, 29)。塔索仿效亚里士多德,认为诗人的首要主题"在于是什么,可能是什么,被认为是什么,被告知是什么;或者是所有这些的总和"(DHP, 30)。塔索由此试图把诗歌从诡辩的领域中拯救出来,把它带回到辩证法的领域之中。诗人并不是智者派认为的那种意义上的幻象或意象的创造者;相反,诗人"是以说话的画家的方式成为意象的创造者,因为诗人像神学家一样构成意象并掌控它们的形成"(DHP, 31)。不过,塔索并没有把诗歌与经院神学家联系在一起,而是与神秘神学家联系在一起:"为了导致对神圣事物的沉思,从而以意象唤醒心灵,就像神秘神学家和诗人所做的那样,是一项远比靠示范、经院神学家的作用来说教更加高尚的工作。因而,神秘神学家和诗人的高尚超过了其他一切人。"(DHP, 32)总之,诗人虽然是意象的创造者,却"类似于辩证家和神学家,而不像智者"(DHP, 33)。

  塔索转而讨论史诗的其他特质,他提醒我们说,他到现在为止列举了史诗的两项实质性的职责:逼真和表现使人惊异之事。塔索提供了一些例子,以说明同样的行为从一种观点来看可能是逼真的,从另一种观点来看可能就是使人惊异的:上帝和超自然力量的行为,当从人类和自然的观点来看之时是使人惊异的;然而,当"根据它们行动的功效和力量"来看之时,当脱离人类和自然的局限来看之时,它们就是逼真的(DHP, 38)。

  在第六卷里,塔索讨论了史诗和悲剧的相对优点的问题,当然,对他来说,肯定适合更高荣誉的就是史诗。他把史诗称为"一切诗歌中最美的"和"最高尚的";就其本身而论,它提供了自身与众不同的快乐,一种通过隐喻和言说的其他样式所产生的快乐(DHP, 172, 177)。塔索将史诗华丽的措辞和比喻同演说直白的或粗俗的风格进行了鲜明的对比。他的观点特别有趣,似乎可以认为是对我们自己偏爱直白的演说和清晰性所做出的无意而有预见的评论,这种偏好体现在我们自己的写作理论中,被很多思想家归因于主流哲学以及资产阶级世界的需要。塔索把"演说的低级形式"叫作"空洞或贫乏的"风格:"这种风格适合于微不足道的题材;词语应当是普通的和常见的,因为凡是脱离了普通用法的都是崇高宏伟的。隐喻性的、生造的、外来的词语……都不适合……低级风格所要求的首先就是可能性,是拉丁语所称的**明证**(evidentia)、希腊语所称的活力,我们还是可以恰当地把它叫作清晰性或表现。正是这种力量,使我们几乎领悟到被叙述的事物;它来自密切关注毫无遗漏的叙述。"(DHP,188-189)这些评论帮助我们发现的是一种语言学的倾向,它有时被称为资产阶级的清晰性和资产阶级的现实主义——甚至是自然主义,它并非出现于近代历史之中。这些方式始终都可以利用,但只是作为一种"低级的"或"普通的"风格因素,那种风格在各种层次的等级之内所占的地位是对待语言之方法的一个层面。按照这种等级向上升,恰好要由脱离"普通"、世俗的可能性和对细节的表现来衡量。对待语言的方法,因而还有体现在语言中或者由语言所激发起的世界观,它们对后来的资产阶级革命来说都是必需的,这是一种简化论的方法,因为语言被剥夺了其比喻的能力,这种能力保存了表现现存世界的能力,而现存世界则是更大的、天国的和最终神秘的秩序的一个要素。还原为所谓"字面的"语言,意味着一个无限的可理解的世界,对于它以理性、经验和观察为基础的那些根基来说是可以理解的。对文艺复兴时期的作家而言,最低级的普通命名者不只是在风格方面,还在暗含在风格中的世界观方面,在近代史中成了主要的表现方法和思想方法,正如在现实主义、自然主义和对"普通"生活进行表现的普遍性中那样。

在论述史诗的优越性时,塔索当然要挑战亚里士多德的权威性,亚里士多德主张悲剧的优越性,表明悲剧具有史诗的一切要素,却处于更大的集中和统一之中。实际上,塔索本人求助于柏拉图的权威性,他把柏拉图的著作当作他所偏爱的史诗来引用,因为它很少依赖外来的帮助(如演员)。塔索补充说,就悲剧具有史诗的各种要素而言,是悲剧从史诗中借用了那些要素(DHP,204)。尽管塔索承认悲剧由于较短而较为集中,但他认为史诗由于更长,所以具有更大的力量,能提供更大的愉悦,与悲剧所提供的愉悦相比,史诗的愉悦是"真正的愉悦",它"混合了哭泣和眼泪"。塔索否认悲剧较好地达到了其目的;悲剧达到其目的靠的是"一条倾斜而曲折的道路,史诗所走的则是捷径。因为,如果说通过范例使我们得到提高有两种方式的话,那么,一种方式就是通过揭示对卓越的奖赏和一种近乎神圣的价值来激励我们去读好作品,另一种方式则是以令人痛苦的结果来引起我们对于邪恶的恐惧。第一种是史诗的方式,第二种是悲剧的方式,由于这个原因,后者很少有益处,很少能提供快乐"(DHP,205)。在这里有趣的是,塔索承认,他要同受人崇敬的亚里士多德的权威性进行竞争:他提出,他在一些问题上与亚里士多德有分歧,因而他"不会在伟大时刻的事情上完全屈从于他,那些事情就是渴望发现真理和热爱哲学"(DHP,205)。也许很典型的是,塔索作为文艺复兴时期的重要理论家,把自己的史诗理论建立在亚里士多德诗学的基础之上,从而重新塑造了为自己目的服务的真正基础。后来的思想家们也许会彻底拒绝亚里士多德,塔索则与这位古代大师有着如此的关系,以致他必定会借助他所需要的那种权威性,通过他自己真实的诗歌实践来进行颠覆亚里士多德的活动。

为俗语辩护:杜·贝莱,龙萨

虽然人本主义者敬重古典学术,但文艺复兴时期很多最杰出的思想家,包括但丁、彼特拉克、薄伽丘、威廉·朗格兰德(William Langland)、约翰·高尔(John Gower)和杰弗里·乔叟这些作家,都用俗语进行写作;其中一些人,如彼特拉克和但丁,感到需要建立理论和捍卫自己的实践活动。具有讽刺意味的是,人本主义本身曾经做出过很大努力来破坏"语法学"的权威性,拆解中世纪晚期的经院哲学大厦,以及弥漫于其中的亚里士多德的特殊遗产。从拉丁语这种帝国语言中自我解脱出来的大部分冲动,在于民族主义的情绪,16世纪一些国家,特别是意大利、英国、法国和德国,都见证了民族文学的成长。新教改革运动不仅激发了这种对民族主义的同情,也促进了对《圣经》的俗语翻译,以及对圣礼和圣歌的俗语翻译,在某些情况下,这为民族语言的发展奠定了广泛的基础。这个时期的很多重要诗人都写作"民族"史诗,其中包括阿里奥斯托、塔索、龙萨、斯宾塞和弥尔顿。

就意大利的情况而言,它缺乏一种民族语言,但丁曾经被迫捍卫由主要的意大利诗人所使用的"普遍的"俗语。他的论点后来得到了一些作家的强化,如詹乔治奥·特里希诺、莱昂纳·巴蒂斯塔·阿尔贝蒂(Leone Battista Alberti)、彼得罗·本博(Pietro Bembo),他们要求佛罗伦萨俗语与拉丁语平等,而巴尔达萨雷·卡斯蒂里欧尼则倡导宫廷语言。洛伦佐·瓦拉提出,语言观是历史地变化着的。赞成俗语的各种论点在法国作家杜·贝莱和英国作家罗杰·阿谢姆(Roger Ascham)的著作里采取了一种强烈的民族主义和爱国主义(patriotism)的姿态。这些努力累积起来的效果,与其说是要驱逐"语法学"和拉丁语的权威性,不如说是要维护俗语书面文化同等的权威性。这些作家不得不提出俗语中的韵律、节奏和诗律的问题。一时间,一些俗语诗人努力模仿古典诗歌的定量韵律,由此按照音节的长短来衡量重音(而不是像俗语诗歌的定量韵律的重音那样)。也有围绕着使用押韵的各种论争,在杜·贝莱和龙萨的著作里,可以看到很多这类论争。

若阿基姆·杜·贝莱(约1522—1560年)

但丁曾经为自己的意大利俗语的优点进行过辩护,以此来反对拉丁语,与他一样,若阿基姆·杜·贝莱参与了为他的法国俗语(French vernacular)而进行的持久辩护。杜·贝莱这么做的动机来自他当初在波瓦第尔(Poitiers)学习法律之时,那时他受到他的朋友皮埃尔·德·龙萨的影响。龙萨在巴黎的科克雷学院(Collège de Coqueret)学习。这个学院被它的教师让·多拉(Jean Dorat)塑造成了一个人本主义学识和激进诗学的中心。那里的学生自发形成了一个以"七星诗社"(Pléiade)闻名的群体,它是按照七位明星构成的星座命名的:这七位诗人是多拉本人、杜·贝莱、龙萨、艾蒂安·若代尔(Etienne Jodelle)、让-安托万·德贝(Jean-Antoine de Baïf)、蓬蒂斯·德·蒂亚尔(Pontus de Tyard)和雷米·贝洛(Rémi Belleau)。那个时候,拉丁语是宫廷、学术和诗歌的官方语言,法国俗语则是民众的土语和通俗娱乐表演形式的土语。

杜·贝莱写作《保卫和发扬法兰西语言》(1549年)是为了回应1548年出版的一本小册子,它要求法语通俗诗歌与拉丁语诗歌平等。杜·贝莱及其同事采取了一种有点不同的姿态:他们确实希望捍卫和证明对法国俗语的使用,但希望通过把俗语提升到其通俗形式之上,并使它以一种新的诗学作为基础,这样,它就可以与古典希腊语和拉丁语的庄严、规范相媲美。

杜·贝莱在《保卫和发扬法兰西语言》的开头就指出，语言在某种程度上并不是自然的产物，而是"人类欲望和意志"的产物(281)。[9]他承认，有些语言确实比另一些语言更加丰富；然而，其中的原因并不是那些语言固有的优点，而是"人类的技巧和勤勉"。他在这部论著中的基本目的是要表明，法国俗语并不是"对良好的学问与博学无能为力"(282)。在回应法语是"野蛮的"指责时，杜·贝莱提出了两个论点，这两个论点都突显了他的事业的民族主义性质。首先，"野蛮的"这个称呼丝毫不是取决于合法的权威性或特权，而完全是相对的：希腊人凭他们的傲慢态度把其他一切民族都称为野蛮的；然而，"这种希腊人的傲慢自大只赞赏它自己的发明创造，既无法律也无特权使它自己的民族合法化，还贬低其他一切民族"(282)。希腊人也许会认为斯基泰人①是野蛮的，他们自己却被斯基泰人认为是野蛮人。他断言，现代法国文化现在在各个方面都与希腊文化是平等的。紧接着他们的罗马人也做了同样的事情：罗马的帝国主义"不仅力图进行征服，而且宣称其他民族是讨厌的和可怜的"(282)。在这种语境中，杜·贝莱提出了编纂历史的问题：由于罗马大量作家对历史书写进行了歪曲，人们记住并且赞扬罗马人的功绩，那些作家也共谋要忽视高卢人(Gauls)"尚武的荣耀"(283)。因此，法语的衰退深刻地植根于帝国主义的历史之中，不仅植根于对其他民族进行军事镇压的历史之中，也植根于他们对历史编纂和文学这些领域的文化与语言进行征服的历史之中。杜·贝莱指出，"野蛮"这个词语被用于一个民族的语言和文化，是那个民族的"敌人以及那些无权把这个称呼给予我们的人们"所为(283)。

杜·贝莱认为，如果法语在一个贫穷的国家之中很流行，这不是因为它有什么固有的缺陷，而是因为"对我们祖先的无知"，是他们培养了高尚的行为而不是词语(283)。希腊人和罗马人都"在培养自己的语言方面较为勤勉"(284)。杜·贝莱评论说，法语终于开始成熟，但还没有"结出它完全有可能结出的果实"(283)。他表达了这一希望——既是政治上的也是文化上的，即"当这个高贵而强大的王国进一步得到君主的控制之时"，法语就会"达到这样的高度和伟大，它就可以与希腊人本身和罗马人达到平等"(284)。杜·贝莱的文本再次明显地把文化上的伟大与政治上和经济上的强大联系在一起。

在表达了所有这些看法之后，杜·贝莱坚持认为，法语并没有像赞赏外国语言(希腊语和拉丁语)的人们所断言的那样处于这样一种贫乏的状态。他评论了16世纪30年代和40年代翻译成法语的希腊和罗马的大量文本，认为法语至少是"其他一切语言的一个忠实的翻译者"。来自很多学科的众多外语文本的法语译本证明，"一切科学都可以"用法语来"忠实地和丰富地处理"。杜·贝莱以另一种政治姿态赞扬了法兰西新近的国王弗兰西斯一世(Francis Ⅰ)，说他"恢复了所有优雅艺术和科学在古代的尊严"，促进了法语的高雅(285)。然而，虽然翻译是一项"值得称颂的劳动"，但它并不足以把法语提升到它可能的高度。杜·贝莱列举了古代作家所确立的修辞学的五个部分或"部门"：选材、演说风格、布局、记忆和发表。他认为，后三个部分取决于演说者及其特定境况。在头两个部门中，选材的确可以得到翻译的帮助。倘若选

---

① 斯基泰人(Scythians)：属于伊朗族的古代民族，公元前1000年生活在中亚细亚辽阔的草原上，为游牧民族，公元前2世纪左右逐渐消失。

材是那种冗长地谈及一切事情的能力的话,那么,这种能力的获得就"只有靠对各门科学的完全理解,那些科学最初是由希腊人论述过的,接着由他们的模仿者罗马人进行了论述"。因此,"掌握了选材的充分性和丰富性的人",必须懂得希腊语和拉丁语(285)。为了这个目的,并且就这个问题而言,翻译是有用的。然而,在演说最重要的方面——演说风格或风格,翻译就不可能有用。风格取决于演说的样式,如寓言、比较和明喻,它们都有赖于"演说的普通用途"。换言之,既然"每种语言都有只适合于它的某种东西",特征和表达法不可能翻译成其他语言,那么,演说风格的优点就必须在一种特定语言内部逐步发展起来;它们不可能从其他语言输入(286)。因此,法国作家不仅必须参与翻译,而且必须参与模仿古典时期的诗人和形式。虽然罗马人确实依靠模仿希腊作家使自己的语言变得丰富,但他们模仿的是最优秀的作家,并且通过对借用词汇的移植并使它们适用于自己的语言而丰富了他们自己的语言(287)。

杜·贝莱以相似的方式要求法国作家模仿优秀的希腊作家和罗马作家,要求他们接受贺拉斯关于需要在艺术上努力的规则,在选择要模仿的作家方面训练重要的判断力,并了解自己的能力(288-289)。在一段冗长的对法国未来诗人的呼吁之中,杜·贝莱要求他们超过所有流行的诗歌形式和抒情诗;要"脱离你们的希腊语和拉丁语标本",并要仿效贺拉斯,把"有利可图与使人愉悦结合起来"。他恳求和劝告未来的诗人说:"尚不知名的法国缪斯,为我唱出那些颂歌吧,用那与希腊和罗马竖琴的声音完全一致的鲁特琴,不让所有诗句中都不出现丝毫珍贵而古老的学识的遗迹。"就其主题而言,诗人应当颂扬诸神和有美德之人,以及"世间事物的永恒秩序"。最重要的是,他告诫诗人要使自己的创造"远离粗俗,用恰当而绝不空洞的词语和表达法来丰富创造,使之成为杰作,用庄严的句子加以装饰,以一切方式变换诗歌的色彩与修饰物"(289)。他鼓励诗人复苏古人的某些诗歌形式,诸如英雄史诗、"十一音节诗"(hendecasyllables)和田园诗,要恢复喜剧和悲剧——它们现在都被滑稽剧和道德剧所侵占,恢复它们古老的尊严。在古代作家那里,会找到使法语增色的所有"原型"(290)。

在某些方面,杜·贝莱的看法是极为保守和传统的。虽然他要求革新和丰富法语与文学,但他对这种提升的看法完全集中在回归到经典之上,不是把经典用来盲目地模仿,而是用作补充的永久资源。他的号召实质上是要求古典的严肃性、庄重、对形式的掌握,以及被古代修辞学家记录下来的对诗歌技巧的运用。他的看法唯一新颖的特点是,坚持认为通过返回到古典语言的资源和原型,法语就会实现其潜力,从而取代它们,把它们从文化统治权的位置上驱逐出去。杜·贝莱同龙萨和"七星诗社"的其他成员一道,帮助开创了法国诗歌的一个新时代。

皮埃尔·德·龙萨(1524—1585年)

与他的朋友和远亲若阿基姆·杜·贝莱一样,皮埃尔·德·龙萨实际上是在巴黎科克雷学院的希腊文化研究者让·多拉的监督之下学习,那所学院为著名的"七星诗社"的七位诗人组成的核心提供了庇护。这个群体参与了对希腊语和拉丁语诗歌的热切研究,致力于复兴法国诗歌和语言,以模仿和改编古典原型为基础。

龙萨出生于一个天主教贵族家庭,其家庭与法国王室的宫廷有着密切联系。他父亲为弗兰西斯一世国王工作,他本人则作为侍童为王太子夏尔(the royal prince Charles)服务。虽然他的家庭促进了文艺复兴时期的学术与诗歌理想,但龙萨本人作为一名神职人员,在法国激烈的宗教冲突的时代,成了天主教的坚定捍卫者。他尤其反对新教较为严格的形式,它们谴责模仿异教的经典。实际上,龙萨最出名的是他的十四行诗,它们按照普罗提诺和后来的新柏拉图主义的传统,使来自基督教神学和古典时期异教哲学的各种要素开始共存。他按照"七星诗社"的文学理想用法语写作,却模仿古典时期和意大利诗歌的形式。他的诗歌作品包括四卷《颂歌集》(1550年),一部十四行诗诗集《给卡桑德拉的情歌》(*Les Amours de Cassandre*,1552年),一部以维吉尔的《埃涅阿斯纪》为基础的未完成的史诗,名为《法兰西亚德》(*Franciade*,1572年),以及他著名的《给爱兰娜的十四行诗》(*Sonnets to Helene*,1578年)。

龙萨的《简论法国诗歌艺术》发表于1565年。与贺拉斯的《诗艺》一样,这篇《简论》采取了给年轻诗人提出忠告的书信体的形式,信中的年轻诗人是贵族阿方斯·德尔邦(Alphonse Delbene)。在这篇简短的文章里,龙萨一开头就提出了一个有点激进的主张:诗歌艺术"可能既不是凭规则学到的,也不是凭规则传授的,它更多的是一件体验的事情,而不是传统的事情"。[10]换言之,诗歌的真正力量来自作者的生活体验。龙萨鼓励那位年轻诗人"时常造访所有行业的从业者,驾驶船舶的,打猎的,猎鹰的……金匠,铸造工,铁匠,冶金工"。从这些广泛的体验中,诗人将能够"储藏众多良好而生动的表象",以便"丰富和美化"自己的作品。这种生活体验将为他提供"优秀的创作、描绘和比较"所需的素材,它们将赋予诗歌魅力和完美,能使诗歌成为普遍的并且"胜过时代"(182)。

龙萨在强调与传统对立的体验时,这种明显激进的语调,在某种程度上被他对神学之起源、诗歌之基础以及诗歌在结果上固有的精神与道德作用的看法抵消了。这种神学基础看来源于普罗提诺。龙萨认为,正是通过古典时代的缪斯,上帝才"在其神圣的恩典中……使无知的民众知晓了他的威严的卓越之处。因为诗歌在最早的时代只不过是一种寓言式的神学,它通过有魅力的和悦人的各色寓言,为人类粗糙的头脑带来了神秘的真理,即使公开宣告,他们也无法领悟"(179)。与中世纪的修辞学家和诗歌理论家一样,龙萨认为诗歌在其根源上天生就是寓言式的,与神学的职责在很大程度上是重叠的。龙萨以使人回想起普罗提诺的词语说,在这个早期阶段,诗人被神召唤来描述他们"像神一样的灵魂":他们与"神谕、先知、占卜者、女巫、释梦者"进行交流,以细节和注释来强化自己预言式的言说。先知和女巫告诉诗人的东西,就是诗人要告诉普通人的东西。因此,诗歌的作用实际上是要把神的神秘话语解释并翻译成可以理解的习惯用语。然而,与他的大多数中世纪前辈不同的是,龙萨认为,后来的诗歌把这种内在的寓言和神学功能变成了一种更加人本主义的方式:诗人的"第二个学校"产生于罗马统治时代期间,它们都是"人类的,因为更加充满了技巧和劳动,而不是充满神的启示"(180)。

按照"七星诗社"诗人们的信念,诗歌中神之启示的这种世俗的发展,并非龙萨所欢迎的。他对诗人的忠告实际上是要求其返回到早期的神学基础之上。他认为,缪斯"不愿居住在一个灵魂之中,除非那灵魂很温和、圣洁、有德行……不要让任何不属于超人的、神的东西进入你的灵魂。你要怀着最大的敬意传播那些严肃的、重要的、美好的观念——而不是世上到处都有的那些观念。因为首要的事情是创造,它来自自然之善,同样也是来自古代优秀作家的教训"(180)。又一次,我们似乎听见了这些词语背后的普罗提诺的声音。在普罗提诺那里的对整个人类的普遍忠告,在这里被变成了诗人的特权和特殊职责。普罗提诺告诫说,只有消除物质的世俗领域的利益,灵魂才可能希望维持自身走向"一"或最高上帝的至高境界的旅途;对龙萨来说,像这样把自己提升到超越世俗关怀,是诗人极为重要的职责,这种职责很难与龙萨较早的忠告达成一致,即诗人对范围广泛的世间事务的体验。龙萨的策略也许可以被看成实际上是对普罗提诺上升到上帝那里的观点的审美化:普罗提诺的确认为神之美的吸引力是这种上升的一个部分,龙萨则认为诗人是不可或缺的引导者。

在要求灵魂的这种纯洁的和向上的方向之后,龙萨对诗人提出了更加世俗的、贺拉斯式的忠告:他必须研究"优秀诗人"的作品;他必须"纠正和琢磨"自己的诗句;他必须把自己的作品提交给诗人同伴和朋友审查;服从法语作诗法的特殊律法。在另一个方面,龙萨的忠告则是激进的:诗歌语言不应被限制于宫廷的习惯用语,因为它经常要依赖赞助人,诗歌语言应当通过选择性地借用大量外省俗语来加以强化(182)。

龙萨《简论》的其余部分讨论了修辞学的三个传统部门,即选材、倾向(disposition)和布局,以及法语语音学、法语语法和韵文的各个方面。他认为,诗人的目的是要"模仿、创造和表现——哪些事物或者可能是哪些事物——与真实类似"(183)。这是对诗人的任务有点简略的阐述:诗人可以模仿或表现早已存在的事物,它们早已处在"类似于真实"的地步;但在单纯模仿之外,他也可以**创造可能**拥有这种相似性的事物;在这里似乎简略地借用的是亚里士多德对可能性的要求,诗人由此不必被迫表现任何实际的有关世界的真实,而是某种可能存在的东西,它显示了与真实的相似性。因此,诗人可以创造和模仿:他不必受到真实世界的约束。实际上,龙萨后来被浪漫派树为自由诗的先驱者。然而,古典时期对可能性的约束,实际上限制了龙萨的创造观可能包含的内容:与浪漫派的一些人相较,他坚持认为,创造应当"秩序井然并且有所约定";它们不应当是"幻想的和忧郁的",因为那样的创造像"暴怒之人的破碎梦想"一样,并且是"有伤痕或受伤的想象力"的产物(183)。

实际上,当龙萨讨论到"倾向"这个部门或对素材的布局时,他甚至更加坚持这个论点。倾向要依赖声音的创造,在于"对被创造之物优雅的、完美的安排和使之有序;它不允许把属于一个地方的东西放到另一个地方,但在借助技巧、研究和应用来操作时,它会把每个素材安排和放置到它的恰当地点"(183)。再一次,这些词语——"秩序""恰当""应用"——都完全是古典的和保守的。尽管龙萨相信诗歌的神的启示,但他与亚里士多德和贺拉斯一样,显然认为诗歌的过程是一个理性的和有计划的过程(184)。

龙萨把修辞学的第三个部门演说风格或风格界定为包含了"言辞的恰当与辉煌,经过了恰当的选择和修饰"。一首诗将"相应地"发出光辉,"因为言辞是有意义的,经过了判断力的选择"(184)。然而,龙萨的风格观再次受到了返回到经典作品的要求的束缚:诗人必须"通过模仿荷马"而把自己引向风格的这些要素(184)。在这里又一次存在着一种不稳定的平衡:一方面,诗人必须服从古代的先例;另一方面,他必须利用生活本身,利用体验。对浪漫派而言,龙萨文本中这种不稳定的古典的平衡,在很大程度上倾向于赞同体验,并且得到了一种激进得多的想象力概念的认可。

诗学与为诗辩护：锡德尼

正如在前一章里看到的，薄伽丘曾经在其《异教诸神的谱系》中大胆地为诗辩护。若阿基姆·杜·贝莱和菲利普·锡德尼爵士这类作家仿效薄伽丘的努力，都发表过著名的宣言或曾为诗辩护。这样的辩护不得不在整个19世纪里继续进行，并且延续到了我们自己的时代，它们凸显了这一事实，即"美学"这个范畴，作为一个努力把自身从神学、道德、政治、哲学和历史的束缚中解放出来的领域，部分地是文艺复兴时期诗学的一个结果。前面提到过，新柏拉图主义的复苏部分是要反对亚里士多德的形式主义，它在现代早期的很多辩护中都是工具性的。那些辩护认为，文学，特别是诗歌，得到了神的启示，创造了一个高于自然领域的世界。

也成了很多这些为诗辩护之一部分的，是一个源于贺拉斯的公式。按照这位罗马诗人的看法，诗歌的作用在于："诗人的愿望应该是给人益处和乐趣，他写的东西应该给人以快感，同时对生活有帮助。"["aut prodesse volunt aut delectare poetae / aut simul et iucunda et idonea dicere vitae"(*Ars poetica*，Ⅱ.333-334)]马茨巧妙地提出，贺拉斯在这里规定了诗歌的两个目的，第一个是选择性的，在随后的从句里则是一种结合，它们旨在满足古代罗马世界的两类赞助者，即有教养的说希腊语的精英与更加具有功利主义思想的中等阶级。这个强有力的贺拉斯的公式，诉诸乐趣与有益、闲暇与劳作，被锡德尼和文艺复兴时期的其他作家重新用作一种意识形态工具，提出了对贵族统治的作用和贵族行为相互冲突的看法。对贵族统治的这些看法，反过来影响了对诗歌的界定。有关人本主义研究的乐趣与益处的主张，为托马斯·埃利奥特（Thomas Elyot）试图改变贵族统治的概念提供了基础，从"武士和宫廷精英变成知识分子和行政管理"精英，代表着向上运动和勤勉刻苦的"新人"。正如将要看到的，乔治·普登汉姆提出，修辞学技巧对宫廷来说是必需的，廷臣们认为人本主义修辞学是接近自己特权与权力之目标的一种手段。在锡德尼那里，贺拉斯的这个公式——被表述为"使人愉悦的教诲"——在他的文学批评和意识形态里被用来回应他自己不明确的社会身份，即他既是宫廷贵族，又是新教贵族。一方面，锡德尼为宫廷的诗歌乐趣辩护，认为它可以促进武士的服务。然而，锡德尼意识到，刚刚出现的知识分子和官僚阶层以某种方式取代了武士阶层在专制国家里的重要性，他（像很多贵族一样，倾向于保护自己在专制国家里的地位，对抗正在上升的"新人"阶层）接受了人本主义和新教对贵族政治作用的看法，主张把这些看法作为政治和文化权威的资源（Matz，17-19，21-22）。然而，贵族们虽然接受了自律、勤奋和知识回报的人本主义理念，但他们证明了自己的地位，以及他们在有权接触到的乐趣方面不同于下层阶级。

这些着重点反映在锡德尼为诗歌进行的辩护之中，这种辩护与贵族意识形态一样，提出了可以选择的社会权威形式，却没有放弃从前的权威形式。马茨认为，诗歌的这种双重作用也被埃德蒙·斯宾塞所利用，他声称："诗歌的乐趣……反复灌输了有益的乐趣形式。"在这么做时，斯宾塞帮助"确立了诗歌的乐趣与宫廷的乐趣之间的差异"，为"在刚刚得到确认的诗歌严肃的乐趣与打上物质烙印的乐趣之间的差异方面出现的美学范畴"铺平了道路。这里的关键问题在于,贺拉斯的诗学完全卷入了"文化价值观的冲突"之中,并且卷入了"创造作为独特的和与众不同的审美乐趣之诗歌"的努力之中(Matz, 22)。对待这种现象的另一种方式——刚刚开始出现的作为一个相对自主领域的美学——是要承认诗歌日益脱离周围的领域,如修辞学理论(其中的大部分早已被诗学所吸收)、逻辑学和神学。这些趋势中的一部分现在可以通过锡德尼的著作来分析。

菲利普·锡德尼爵士(1554—1586年)

菲利普·锡德尼爵士经常被当作全面的"文艺复兴时期的人"(Renaissance man)的原型来引用:他的才能是多方面的,不仅包括诗歌和有教养的学识,也包括政治才能和军事服役方面的美德。他出生于一个贵族家庭,最后被授以爵位,在政府中拥有职位,其中包括担任荷兰的弗拉辛(Flushing in the Netherlands)行省的总督。他参与了伊丽莎白一世女王(Queen Elizabeth Ⅰ)发动的对西班牙的战争,因伤在32岁时去世。他的朋友包括诗人埃德蒙·斯宾塞;他撰写过牧歌传奇《彭布罗克伯爵夫人的阿卡迪亚》(The Countess of Pembroke's Arcadia, 1581年),他最早用英语创作了十四行组诗,受到意大利诗人彼特拉克的影响,他将组诗取名为《爱星者与星星》(Astrophil and Stella, 1581—1582年)。

锡德尼的《诗辩》(Apologie for Poetrie,1580—1581年)在很多方面都是文学批评的一个有重大影响的文本。它不仅是一篇辩护词,而且是那个时代讨论诗学的最值得称赞的论文之一。虽然它的一些理念并非原创,但它表现了对英语的各种路向以及对文艺复兴时期文学批评之关注的最初综合,并且利用了亚里士多德、贺拉斯以及薄伽丘、尤门乌斯·恺撒·斯卡利杰这些晚近作家的观点。它提出了各种问题,诸如诗歌的价值与功用,模仿的本质,自然的概念,它们都要涉及众多语言的文学批评,直到18世纪晚期为止。锡德尼写作《诗辩》是由一位清教徒大臣斯蒂芬·戈松(Stephen Gosson)1579年发表的一篇题为"虐待学校"(The School of Abuse)的攻击诗歌的文章引起的。正如前面提到的,锡德尼驳斥了戈松对宫廷乐趣的新教徒式攻击,有力地捍卫了诗歌作为贵族统治的一种有德行之活动的地位(Matz, 22)。

在《诗辩》开始时,锡德尼评论说,诗歌已经从它作为"对知识的最高评判"的地位,下降到了"成为孩子们笑柄"的地步。[11]他以年代为基础,提出了范围广泛的论点,来为"可怜的诗歌"、古代传统的权威性、诗歌与自然的关系、诗歌作为模仿的作用、诗歌在各门知识学科中的地位、诗歌与真理和道德的关系等进行辩护。锡德尼起初的论点是,诗歌是表达知识的最初形式,是"照亮无知的第一个赋予光明者",正如穆西乌斯(Musaeus)、荷马、赫西俄德、李维乌斯(Livius)、恩尼乌斯(Ennius)、但丁、薄伽丘和彼特拉克这些人物进一步使之体现出来的那样(216-217)。他指出,最初的希腊哲学家泰勒斯(Thales)、恩培多克勒、巴门尼德和毕达哥拉斯,都用诗歌来表达自己的观点。就连柏拉图也用对话、描述场景和情景这些诗歌手法来修饰其哲学(217)。此外,希罗多德(Herodotus)这类历史学家也借用了诗歌的"方式"和"分量"。锡德尼由此得出的结论是:"最初得以进入流行判断之门的既不是哲学家,也不是历史编纂者,似乎他们都没有得到诗歌的伟大护照。"(218)他的论点是,知识的一个实质性先决条件是学问方面的快乐;正是诗歌创造了知识的每一个分支——科学的、道德的、哲学的、政治的,它们都可以通过令人快乐的形式表达出来,从而使人们理解它们(218)。

锡德尼的第二个论点也许可以叫作"来自传统的论点",因为它借助古代罗马和希腊的诗歌概念,并且"依靠了它们的权威性"(219)。罗马用来表示诗人的词语是 *vates*,意思是"占卜者,有先见之明者或先知……那些最优秀的人们把一个如此神圣的称号赋予了这门使心灵陶醉的知识"(219)。锡德尼认为,对诗人的这种界定是相当"合理的",正如这一事实所表明的,大卫的《圣歌》是"神圣的诗歌",因而是以诗歌的方式来表达预言。因此,诗歌不应当被"可笑地……评价"成它堕落了的那种样子,并且"不应当在上帝的教堂之外来指责它"(220)。

古代希腊对诗歌的界定对锡德尼来说甚至更加重要,它提供了理解他本人看待诗歌与自然之间关系的路径。锡德尼提醒读者说,英语中"诗人"这个词语的希腊语词源是 *poiein* 这个词,意思是"创造"(to make)(220)。锡德尼认为,每一种艺术都由于其"主要对象"而拥有"自然的作品":例如,天文学家按照自然的安排来观察星星,几何学家和算术家按照自然的安排来考察数量;自然哲学家考察物质的自然,道德哲学家思考自然的美德与恶行;语法学者、修辞学家和逻辑学家分别以自然为基础来解释言说、说服和推理。锡德尼在这里列举了中世纪的"三文科"和"四门高级学科"等学科的所有要素。他的论点是:这些学科中的每一门都**依赖**于自然的某个方面,它提供了探索这门学科的基础。然而,诗人摆脱了这样的隶属关系,或者说他依赖于自然:"唯有诗人,蔑视受到任何这种隶属关系的束缚,凭借自己创造的活力上升,实际上变成了另一个自然,创造出来的事物比自然产生出来的更好,或者说那些全新的形式本身在自然中绝不存在,如众英雄、半人半神、独眼巨人。"诗人没有被束缚在自然"狭窄的"范围之内,他自由地漫游于"他自己睿智的轨道之内"(221)。这样,诗人的"创造"或生产就高于自然:"自然绝不会像各种诗人所做的那样,以如此丰富多彩的画面来表现世界……她的世界是黄铜做成的,而诗人只生产黄金。"(221)

锡德尼小心地把人类的这种创造力置于一种神学的语境之中。虽然人是"创造者"或诗人,但他的能力源于他的"神圣的上帝……他按照他自己的样子创造了人,使人超越并胜过第二自然的一切作品,他在第二自然中与在诗歌中一样,什么都没有表明;当具备神之气息的力量时,他就会使事物显现出远远超过了她的行为"(222)。锡德尼接着提到了原罪,其结果是:"我们真正的睿智,使我们懂得了完美是什么,然而,我们受到污染的意志,使我们无法达到完美。"(222)在这里重要的是,锡德尼试图确定人"创造"诗歌的能力与他相对于上帝的地位之间的内在联系。人是按照上帝的形象创造出来的,这一点最为深刻地表现在,人在一个更低的层次上复制了上帝作为创造者的作用。这也意味着,人被提高到了物质的自然世界(锡德尼把它叫作"第二自然")之上。人身上的这种像上帝一样的行为,把他提升到了自然的其他部分之上,这一点首先表现在诗歌之中;也正是发挥了"睿智"的诗歌,才使我们得以瞥见完美,哪怕在我们受到原罪"污染"的意志阻止我们达到完美之时,我们也能瞥见它。诗歌的这个最终神学目的,后来在锡德尼的文本中得到了阐述。

很明显,对锡德尼来说,如果诗歌比自然更高的话,那么,他的诗歌作为模仿的概念就不是指奴仆式地复制自然。他声称,诗歌"是一门模仿的艺术,正因为这样,亚里士多德才用自己的词语'模仿'(*mimesis*)来为它命名,那就是说,诗歌是表现、仿造或描绘出:比喻性的言说,是一

第十一章 现代早期

幅言说的图画——就这个目的而言,是要寓教于乐"(223)。在这个界定中,锡德尼从亚里士多德和贺拉斯那里采纳了各种原理,为的是提出他自己有点宽泛的对模仿的看法。他提出,有三种诗歌模仿的类型。第一种由这种诗歌构成,即"模仿上帝难以置信的卓越之处",如在《圣经·旧约》各个部分中的诗歌那样。第二种模仿类型是由这种诗歌实现的,它涉及的主题的范围是哲学、历史或科学,诸如加图、卢克莱修(Lucretius)、马尼留斯(Manilius)或卢卡的著作(223)。锡德尼评论说,这种类型是由它的研究领域决定的,被"包裹在计划好的主题范围之内",而不是依赖于诗人"自己的创造"(224)。正是锡德尼提出的最后一种模仿类型,才使诗歌摆脱了亚里士多德所强加的各种限制。锡德尼提出,第三种模仿类型是由"合适的诗人"创造的,"他们除了睿智之外没有任何法则,他们赋予了它各种特色,那些特色最适合眼睛观看"。正是这些诗人,他们"最恰当地为了寓教于乐而模仿,并且为了模仿,不借助任何现存的、已经存在的或将要存在的东西:而只是不断延伸……直到神所考虑的什么可能如此,以及应当如此"(224)。因此,诗人至少在两个方面摆脱了对自然的依赖:首先,他没有被限制于任何特定的主题与任何特定的自然领域。其次,他的"模仿"实际上没有复制自然中的任何东西,因为他所关注的并非真实,而是对可能性和理想化情景的描绘。

这种诗歌类型的终极目标是道德上的:锡德尼认为,诗人的模仿是为了"快乐和教诲"。教诲和快乐的目标都是善:通过快乐,诗人使人们变得欢迎善;通过教诲,他使人们能够"懂得善把他们引向何处"。锡德尼认为,这就是"一切学识所要引向的最高尚的领域"(224)。倘若诗歌具有这些目的,那么,并不令人吃惊的是,锡德尼把"押韵和诗句"划归到装饰物的地位:不是这些东西创造了诗人,相反,它们"模仿了美德的高尚形象以及恶行……具有令人快乐的教诲"(225)。然而,锡德尼认为,一切学识,而不只是诗歌,都指向这个最终结果或目的:"引导我们并把我们吸引到完美的高度,因为被黏土般的居住地变得很糟的我们堕落了的灵魂,有能力达到那样的高度。"(225)他声称,所有学问领域的努力都要"凭借认识,即认识到使心灵从身体的地牢中得到提升,去欣赏他自身神圣的实质"(226)。虽然每一门科学都有"它们自身的专门目的",但它们仍然都要被引向"最高目的"。"世间一切学问的终极目的"就是"善良的行为"(226)。很多这些说法都已经由圣维克托的于格、文绍夫的杰弗里和中世纪的其他很多作家提出过。在这里有趣的是,锡德尼对学问的神学框架的祈求,在特征方面是中世纪的;明显较为现代和具有文艺复兴时期特征的,是他把中世纪的学科等级变成了把诗歌置于其顶端。

实际上,锡德尼对学问本身的终极目的的祈求,具有一个隐蔽的目的:要把诗歌确立为最适合于这个目的的学科。锡德尼认为,诗人在这方面的主要竞争者,是道德哲学家和历史学家。道德哲学家会宣称,他通向美德的道路是最直接的,因为他将传授什么是美德和恶行,何以必须控制激情,美德的范围如何扩大到家庭和社会(227)。在另一方面,历史学家会声称,道德哲学家仅仅"通过某些抽象的思考"来传授美德,而他自己的历史学科将以"很多个世纪的经验"为基础来提供美德的具体范例(227)。锡德尼提出了实施美德传授这种职责的第三个可能的竞争者,即律师。但是,他很快就排除了律师的主张,因为律师"并非努力使人们变得更好,而是要使人们的邪恶不伤害其他人"。律师仅仅强迫人们遵守美德的外在形式,而不能改变人们的内在倾向(228)。锡德尼总结了道德哲学家与历史学家之间的争辩,分别认为"一方提出规则,另一方则提出例证"(228)。由于这两门学科都是片面的,所以它们两者都不完善:哲学家用艰深的术语来制定"赤裸裸的规则",那些术语都是"抽象的和普遍性的";相反,历史学家缺乏概括的力量,"受到的约束不是应当如此,而是事实如此,是事物的特定真实"(229)。实际上,由于历史学家"受制于微不足道的世界的真实",所以他要提供的教训经常都是消极的,在某些情况下表现了坏人的兴旺和大行其道(234)。

按照锡德尼的看法,正是"无可匹敌的诗人",才履行两种作用:"他把普遍的概念同特殊的例证结合起来。"诗人描绘一幅关于哲学家的抽象洞见的"完美图画",提供在哲学中仅仅是"词语描述"的内容的形象(229)。正是诗歌,才可能依靠"真实生动的知识"渗透灵魂和内在的情操。"如果哲学家的宣言不通过诗歌说话的图画来阐明或揭示",那么,它们就仍然是隐晦模糊的(230)。正是诗歌,才把生命带给了所有一切美德、恶行和激情,因此,诗歌"虚构的形象"比哲学的"常规指教"具有"教诲方面的更大力量"(231)。虽然哲学家"隐晦模糊地"这么教导,但只有有学问的人们才能理解他的意思,而"诗人是最脆弱的胃的食粮,诗人确实是一直最受欢迎的哲学家",正如运用可以理解的寓言来表达的《伊索寓言》所表明的那样(231)。锡德尼认为,诗歌感动人们或影响人们的力量,"在等级上比教诲更高……它完全接近于教诲的原因和结果"(236)。对于要接受教诲的人们来说,他们首先必须充满学习的愿望:用亚里士多德的格言来说,学习的成果不仅是**认识**(gnosis),而且是**实践**(praxis),锡德尼则坚持认为,诗歌激发人们去完成哲学仅仅抽象地传授的任务(236)。锡德尼声称,柏拉图和波伊提乌都完全意识到了诗歌的力量,"从而把主妇变成了哲学,经常借助诗歌用以化装的服饰"(238)。

就诗人超过了历史学家而言,锡德尼借助了亚里士多德的说法,即"诗歌更加**哲学**(philosophoteron),并且更加**严肃**(spoudaioteron),那就是说,它比历史更哲学,在学问上更严肃"(232)。锡德尼援引了亚里士多德的观点,即诗歌涉及**普遍性**(kathalou),而历史涉及**特殊性**(kathekaston);特殊性要受实际上发生的事的限制,而普遍性则根据可能性或必然性来理解恰当的行动或言辞(232)。锡德尼甚至认为,把人物虚构地表现成他"应当如此",对于刻画不完美的真实历史人物来说更加可取。他认为,一个"虚构的例子"具有的"教诲力量与真实例子相同"(233)。由于历史学家受制于真实,他就不能自由地表现人物或事件的理想类型,而诗人则可以"把自己的例证设计成最为合理的"(233)。此外,无论历史学家可以根据真实事件来叙述什么,诗人都可以凭借自己的模仿来创造,"为了更多的教诲和更大的快乐而美化它……让一切……都处于他的笔的权威之下"(234)。这里的着重点在于诗人的自由,这种自由允许他选择自己的素材,按照理想的模式来进行设计,这样,他就能"以最大的特色"来表现美德,"按照使人快乐的比例"来安排自己的词语(234,237)。锡德尼宣称,由于所有这些原因,我们必须给"诗人戴上桂冠,不仅因为他战胜了历史学家,而且因为他战胜了哲学家"(235)。锡德尼的语调不断呈现出必胜的信念和坚持不懈,试图颠覆传统的知识等级:"在一切科学中……君主就是我们的诗人。"(236)这里的反讽在于,锡德尼赞成诗歌把神学和哲学从自身优越的地位上赶下来,但使用了一种神学的理由。对他的做法的另一种解读也许是认为,他通过使诗歌本身浸透了神学的作用,提供了神学或许会被诗学取代的一些条件。正是诗歌,才最有效地使人们想战胜自己低下的本质,从而提供接近神的路径:"由于美德是世间所有学问最好的栖息地……所以，诗歌最通晓传授美德，最慷慨地接近美德……是最优秀的工匠。"(239)然而，由于诗歌认为学问的"君主"破坏了这种诉求所要求的神学框架，所以这明显成了世俗人本主义方向中的一个步骤。

锡德尼这时为诗歌的各种体裁进行了辩护，这无疑表明了他指派给这门艺术的道德与神学作用。锡德尼认为英雄史诗是"最好的，是最成熟的诗歌类型"，因为它"为心灵提供知识"，并且"最能激发心灵想成为有价值的"(244)。正如在这些评论中很明显的，诗歌的作用对锡德尼来说有三重：向人们传授美德的实质；激发人们采取有道德的行动；构成这两种作用之基础的是，给人们留下世俗事务短暂和毫无价值之性质的印象。诗人是历史学家和道德哲学家，但首要的是传教士和神学家。

锡德尼这时谈到了针对诗歌的明确指责。第一种是认为有其他一些知识门类比诗歌更加富有成果。锡德尼认为，赋予人类的最重要的才能是"演说"(oratio)与"理性"(ratio)。正是诗歌，才最能使这种才能变得完美。就演说而言，它"远远超过了散文"，理由有两个：它由于对词语的小心翼翼地安排而产生快乐，因而它是令人难忘的。由于知识有赖于记忆，所以诗歌与知识有着密切关系(246-247)。此外，由于诗歌"传授和激发美德"，所以不可能有任何比诗歌"更富有成果的知识"(248)。第二个指责是认为，诗歌"是谎言之母"(247)。锡德尼著名的反驳是："诗人……什么都不断言，因而也从不说谎。"(248)与历史学家不同，诗人并不声称要说出真理；他并不叙述"什么是或什么不是，而要讲述什么应当是或不应当是"。他的书写"并非肯定性的，而是寓言式的和比喻性的"(249)。反对诗歌的下一个理由是，它"滥用人们的睿智，把睿智训练成荒唐的罪过和淫荡的爱恋"(250)。锡德尼认为，这里的过错在于特定的诗人滥用了他们的艺术，而不在于这门艺术本身。并不是"诗歌滥用了人们的睿智，而是人们的睿智滥用了诗歌"(250)。锡德尼认为，就连上帝的话在被滥用时，也可能培养出异端和亵渎(251)。

锡德尼最后面对的也许是最严重的指责是，柏拉图曾经把诗人驱逐出其理想国，有人声称，柏拉图作为哲学家，成了"诗人的天然敌人"(253)。锡德尼则提出，柏拉图反对滥用诗歌，而不是反对这门艺术本身：他指责自己时代的诗人们传播关于诸神的错误看法，那些看法会腐蚀青年(255)。这种错误信念的危险现在都被基督教排除了。锡德尼也援引了柏拉图的对话《伊安》，认为其中提出了一种"神对诗歌的赞扬"，把诗歌看成得到了"神之力量"的激发，"远远超过了人的睿智"(255-256)。他也援引了很多赞美诗歌的伟大人物的权威著作，包括亚里士多德、亚历山大、普鲁塔克和恺撒的著作(256)。

锡德尼用了一段悼词而不是质询来结束自己的文本，为那个贫乏的国家而悲叹，即诗歌在英国已经衰落。诗歌已经成了"卑鄙之人以及奴隶般的才智"的领域(258)。虽然锡德尼承认诗歌是一种"神的赠礼"，而且要依赖天赋，但他为这一事实而哀叹，即那些想成为诗人的人忽视了在自己的手艺上需要付出努力，这门手艺的原则必须是"艺术、模仿和训练"(即天才，对先前作家的范型的模仿，以及实践)(259)。他在结论中告诫读者，再也不要蔑视这门神圣的艺术，提醒读者记住他前面的论点和他借助的各种权威著述。他恳求读者要相信，"诗歌中包含了很多神秘之物，一部分意图是隐秘地写下来的，不是凭借世俗的才智，这会被误用"(269)。他还诅咒那些对于"趴在地上的"心灵着迷的人们，"那种心灵不可能使自身得到提升，不可能去注意诗歌的天空"(270)。这里的隐喻确实把锡德尼文本的全部锋芒包裹起来了。从前以这种方式谈到过《圣经》,如"隐秘地"写下来,以至于处于卑劣的眼光范围之外。在锡德尼的文本中,诗歌却被提高到了那种神圣的地位:在其真正的本质里,它反对俗气和"趴在地上的"关怀;它是刚刚被确定的人类创造和努力的天堂。

诗歌形式与修辞学:盖斯科因,普登汉姆

在文艺复兴期间,修辞学——或者说至少是修辞学理论——在教育机构中享有一种恢复了的中心地位。文艺复兴时期的作家们利用昆体良和西塞罗成熟时期的著作,最初把焦点集中在选材策略之上,接着集中在风格之上。这种新的着重点部分受到了拉丁语日渐被俗语所取代的激励,于是俗语也要受到风格分析的影响。诗歌与修辞学的领域日益相互重叠,正如分析诗歌与散文、诗人与演说家的程序所遇到的那样。诗歌与散文都被认为具有说服的目的,有时,还具有赞扬与谴责的目的。修辞学课程需要在想象的和真实的环境中进行各种演说实践,要求演说者设想某个角色,考虑能在听众中引起某些回应的方法。维达(Vida)、明图尔诺、斯卡利杰和锡德尼等诗歌理论家与辩护者们,实际上把诗歌当成修辞学的一种高级形式,他们利用西塞罗和昆体良的观点,并且把亚里士多德关于模仿的看法与围绕着贺拉斯关于诗歌的作用是寓教于乐的思路的论争,结合在一起。对那些接受了修辞学理论的作家来说,诗歌的一个重要维度就是说服,以及打动听众或读者的力量。

乔治·普登汉姆的《英国诗歌艺术》(*The Arte of English Poesie*,1589年),以对风格的修辞学分析为基础;杜·贝莱和龙萨等作家也提供了对诗歌的修辞学论述。虽然诗学与修辞学日益交叠在一起,但重新发现亚里士多德的《诗学》促进了对于不完全以修辞学为基础的文学形式和有机统一的新的考察,它把诗歌的形式与内容区分开来。实际上,文艺复兴时期一直延续到今天的遗产之一在于这一事实:诗学的范围扩大到了完全超出修辞学的限制性边界,包含了道德哲学、形而上学、科学和政治思想。这个拓展与综合过程的核心人物包括马可·吉拉拉莫·维达,他的《诗艺》(*De arte poetica*,1527年)综合了出自贺拉斯传统的洞见、修辞学对选材和风格的论述、人本主义对体裁和诗歌的道德作用的看法,以及尤利乌斯·恺撒·斯卡利杰,他的《诗学七书》(*Poetices libri septem*,1561年)阐述了影响极大的、认为文学批评是一个具有自身方法之独立领域的观点。

正如在前面看到的,意大利的特里希诺和法国的杜·贝莱等作家发展了俗语诗歌理论。俗语的成长,连同前述的发展,都激发起了诗歌形式方面的一些问题,它们与格律和押运等问题有关。在回归古典时期的先例方面,文艺复兴时期的诗人拒绝了中世纪诗人常规的、以重音为基础的头韵格律。有些人尝试了把古典时期以音节长度而非重音为基础的定量格律的理念引入俗语中。总的来说,人本主义者反驳了认为押韵是非古典的不合规则之表达法的观点;有关押韵的论战,在塞缪尔·丹尼尔(Samuel Daniel)与托马斯·坎皮恩(Thomas Campion)之间的争论中很突出,前者撰写了《为韵文辩护》(*Defence of Rhyme*,1603年),后者否认押韵

(rhyme)是有利于古典的形式。对押韵的厌恶以威廉·韦布(William Webbe)和乔治·普登汉姆等人为一方,他们居然把使用押韵同罗马天主教的精神联系起来,导致了追求英语诗歌新韵律的基础,最终刺激了无韵诗(blank verse)的成长。现在可以通过在盖斯科因和普登汉姆的著作中出现的对英国文学情景的论述来探讨这些趋势。

乔治·盖斯科因(1542—1577年)

诗人和戏剧家乔治·盖斯科因由于用英语撰写了第一篇文学批评的文章而享有盛誉,文章题为"课程笔记",涉及用英语写作韵文。这篇文章发表在盖斯科因名为《乔治·盖斯科因的诗歌》(*The Posies of George Gascoigne, Esquire, corrected, perfected, and augmented by the author*,1575年)的作品集里。这部作品集包括了用无韵诗写成的英国早期的第二部悲剧《伊俄卡斯特》(*Jocasta*)。盖斯科因在剑桥大学"三一学院"(Trinity College)和"格雷律师学院"(Gray's Inn)受教育,是一名诗人和士兵,也是贝德福德郡(Bedfordshire)的国会议员。他作为雇佣兵参加了荷兰的战争(1572—1575年),被西班牙人俘虏。他还创作了很多戏剧和诗歌作品。

盖斯科因的论文《课程笔记》仿效贺拉斯《诗艺》的传统,作为给有抱负的诗人提供忠告的论文或手册,论述了整个修辞学领域的问题,包括选材、作诗法、诗歌形式和风格。盖斯科因大多坚持认为,诗歌写作的特征是"杰出的创造",或者说是发现合适的主题与题材。他认为,"拥有大量令人愉悦的词语",或者沉湎于头韵体诗(alliterative verse)的"震撼声"(头韵体诗在英国北部和中部地区很常见),都是不够的。[12]盖斯科因坚持认为,诗人必须使用"具有某种深度的技巧来创造,在创造中也有与它相关的某些特点",否则他的作品"在熟练的读者看来就不过是一种无稽之谈"[即某种陈腐的或平常的事情](163)。实际上,与文艺复兴时期的很多文学理论家一样,盖斯科因劝告诗人要"避免普通作家不恰当的习惯"(163)。盖斯科因反对运用"没有理性的押韵"(164)。换言之,诗人不应当由于押韵的缘故而分心,也不应当以追求押韵来指引诗歌的题材。

盖斯科因也劝告说,诗人要在整首诗的韵律运用方面保持一致。他劝告诗人要这样来安排每个词语,使它达到其"天然的重点或声音……就像它平时被读出来或使用时一样"。他指出了重音的三种类型:"长重音"[*gravis*,(\)],"短重音"[*levis*,(/)],"抑扬音"[*circumflexa*,(~)],它是"中间的",可长可短(164)。他表示,英语中最常见的音步,是双音节的音步,头一个音节短,后一个音节长(抑扬格音步),他则鼓励运用抑扬格五音部诗(iambic pentameter)(在这个方面,正如其他很多作家已经注意到的,英语似乎天然就要衰落)。同样促进了与众不同的英语韵文事业的是,盖斯科因告诫说,诗人要避免使用多音节词语,因为"最古老的英语词语都只有一个音节,所以使用单音节词越多,看起来就越是真正的英国人,闻到的'学究味'(inkhorn)[13]就越少"(166)。另一个理由是,很长的词语"使诗句令人生厌,并使它令人不快"。的确,虽然盖斯科因仿效西塞罗要求诗人运用与在散文中使用的相同的样式或比喻,但他通常反对使用怪异的和模糊的词语,并要求诗人在"傲慢模糊的诗句"与"过于简单的诗句"之间找到一个中间地带(167)。盖斯科因所提出的大部分忠告都以如下宗旨为方向,即要使英语诗歌和韵律的惯例标准化,把这些惯例与"不相关的"惯例区别开来。

乔治·普登汉姆(1590年去世)

  一篇很长的、很有影响的、名为《英国诗歌艺术》的论文,于1589年匿名发表,它要被归于乔治·普登汉姆,虽然这么做的证据并不确切,学者们还要继续争论下去。普登汉姆在牛津大学接受教育,于1579年把自己的诗歌《帕森尼亚德斯》(*Partheniades*)奉献给伊丽莎白一世女王。《英国诗歌艺术》这个文本所属的诗歌和修辞学论文的传统,从《修辞学》和昆体良的《雄辩术原理》,经过文绍夫的杰弗里的《新诗学》和旺多姆的马太的《诗律的艺术》,一直延续到但丁的《飨宴》。普登汉姆论文的核心目的,与但丁和若阿基姆·杜·贝莱等作家的目的相似:要证明诗歌使用俗语是正当的,特别是要把英国俗语诗歌确立为一门艺术,要求对它进行认真的研究和钻研。

  《英国诗歌艺术》分成三卷,第一卷证明诗歌表现了个人和社会的需要;第二卷《论比例》致力于探讨诗歌技艺;第三卷《论修饰》提出了重新命名的古典修辞学的样式和比喻。普登汉姆的文本对他的同时代人有很大影响,也对17世纪的作家有很大影响;最近,它的一些术语和洞见被纳入了新历史主义的研究之中。毫无疑问,普登汉姆的写作出现在英国文学的一个伟大时期,他的文本充分展示了英国早期批评与某些关于语言的论争有关(如希望从希腊语、拉丁语和其他语言输入某些术语),以及与形成对英语诗歌某些特点的感受有关,如强调音节的重音。或许可以认为,他的论文不仅归属于"标准的"英语的理念,也能激发现代早期英语文学批评的某些术语的出现。"颂诗""抒情诗""警句诗"这些术语被带进标准的趋势之中,部分是通过普登汉姆文本的中介作用与影响力。[14]简言之,他的文本帮助确立了现代英国批评的术语和方法。

  在其论文的开头,普登汉姆把诗人界定为"创造者"和模仿者:他能够根据自己的心灵创造出自己诗歌的实体与形式,正如在锡德尼的辩护中那样,这种能力把诗歌提升到其他一切艺术与科学之上。但是,与锡德尼不同的是,对锡德尼来说,诗歌对事物的表现是按其理想状况,而不是按其真实状况,而普登汉姆声称,诗人也可以按照一种"真实而生动的"方式来表现"出现在他面前的每种事物"(3)。普登汉姆认为,英语诗歌与希腊语和拉丁语诗歌一样,都可以被说成是一门艺术。他问道:"如果……艺术只不过是由理性所规定的某些规则的秩序,并且是由经验累积起来的",那么,英语诗歌就得像古典诗歌那样服从很多规则和微妙的差异。此外,英语在意义、构思、睿智和创造之可能性方面同样也很丰富。虽然古典韵律以数量韵脚为基础,而这是英语诗歌所缺乏的,但这可以由押韵和旋律的丰富性来补偿(5-6)。

  与锡德尼一样,普登汉姆表明,诗歌在总体上和由于王室的赞助人而陷入其中的那种坏名声,都可归因于"粗暴的忽视",以及诗人外在于人们"忙碌的生活和愚蠢可笑的行为"(16-18)。在一个也许可以被认为预见到了马修·阿诺德悲叹现代机器文明状态的段落里——他认为诗歌和文学是对此的补救——普登汉姆哀叹他自己所处的"铁一般的和恶意的时代",在这个时代里,君主、统治者乃至绅士们的精力,已经被"帝国和野心"的事务消耗殆尽;他们毫无闲暇"来运用其他一切文明的或使人愉悦的自然或道德教诲的艺术……他们杂乱无章的心灵也许会由此得到调节,并且恢复平静"(21)。

第二卷对"诗节"(staffe)、"韵律"(measure)、押韵和押韵模式进行了考察和分析,为那些写作英语诗歌的人们提供了关于所有这些问题的忠告。普登汉姆认为,英语的诗行是以韵律和押韵为基础的。正是后者,才创造了英语诗歌的大部分音乐效果。重要的是,普登汉姆要寻求对英语诗歌中重音的作用的理解(78-80)。也许,这个部分中最有意义的是,它把当时英语中实际使用的各种韵律定型化并且做了分类:在这种意义上,它实际上成了第一部英语韵律学著作。

《英国诗歌艺术》最后一卷《论修饰》主要提出了可以为了诗人的任务而对语言进行分析。这个部分是修辞学的指南,反映了对于语言和修辞学的人本主义关怀的较为广阔的背景。普登汉姆把这个部分描述为关注"塑造我们创造者的语言与框架,为达到这样的目的,它会使听众的心灵和耳朵感到愉悦并且吸引它们,运用某种新奇的和陌生的传达方式,使它不被误解为普通平凡和习惯"(137)。有趣的是,这里的重点不在古典时期的教诲与快乐之间的协调,而在后者:诗人要使心灵和耳朵感到快乐,诗歌的感觉效果被认为很重要;此外,这种快乐源于**新的**表达方式。诗歌的这些职责被很多浪漫派与现代主义者所重复。事实上,按照普登汉姆的看法,诗人的主要优点在于熟练地运用各种样式(138)。

普登汉姆的"论语言"一章是有关标准英语(standard English)的"经常被引证的章节"(*locus classicus*)。在那个时候,有一场开始于16世纪40年代的论争,即著名的"关于学究气术语的论争"(Inkhorn term controversy),涉及的范围有拉丁语和希腊语词语是否能被引进到英语中。普登汉姆的观点显然要求某种妥协。普登汉姆提出了一个要点,语言在这个点上会获得普遍的一致认可与标准化,在这个点之外,只允许有一些次要的变化。然而,随着我们读完普登汉姆的整个文本,我们发现,这种"一致认可"并非真正地对整个领域的一致认可。他认为,诗人必须使用"自然、纯粹、在他所有的领域里最平常的"那种语言。不过,他把这种"最平常的语言"看成与"在王宫里所说的或者在不错的小镇和城市里所说的"语言是相同的,而且一般来说是由"文明人和举止优雅的人培养出来的",而不同于在"行军中和边境上"所说的语言,不同于"贫穷的乡巴佬或粗鲁人"所说的语言,也不同于大学里的学者们遇到的言辞"做作"的语言。普登汉姆不仅把"标准"英语看成是与宫廷阶层一致的,而且与地理上的区域一致:特伦特河(River Trent)北部所说的语言不可接受,因为"它不像我们南方英语那么典雅,也不那么通用"(144-145)。普登汉姆竟然提出了一种未被玷污的语言学的边界,他告诫诗人说:"你们因此将接受常见的宫廷语言,伦敦以及伦敦周围60英里之内的各个郡的语言,不要超出得太远。"(145)他承认现存英语词典标准化的权威,反对使用由秘书、商人和旅游者输入的"受到不良影响的……学究气的术语"(145)。不过,他也承认,很多术语,诸如"有意义的""比喻的"和"渗透"等在英语中是必不可少的。为了部分支持自己的观点,他援引了贺拉斯《诗艺》中提及语言随着时间而改变的诗句(146-148)。

普登汉姆没有把风格界定为包含在特定的词语或短语之中,而是界定为"一种持续的和连续不断的言说与写作的短语或隐含的字句",是一种揭示了"作家心灵倾向"的总体印象(148)。他反复提到了古典时期的格言,即一个人的风格应当与他的主题保持一致,以及三种主要的风格是高雅、平庸(中等)和低等:高雅风格包括圣歌、悲剧和历史,描绘了诸神和高贵家族的事情;平庸的风格(如在喜剧中那样)涉及平常人的事情;低等风格(如在牧歌和田园诗里那样)涉及平民和手工工匠。普登汉姆重申了规范性的古典原则,据此,高雅风格应当表现崇高的主题,低等风格应当表现较为低劣的主题,并且承认有时可以为了特殊目的而违背这个原则(149-150)。

在"论样式"一章里,普登汉姆指出,言说的样式具有一种内在的二重性,因为它们超出了普通言说与直白言说的界限。例如,隐喻是"通过传达颠倒了意义";寓言"在隐蔽模糊的真意之内包含了意义和虚饰的两重性"(154)。这样,所有这些样式都有可能被滥用;不过,在诗人手里,其唯一目的是使听众愉悦,这样的虚饰不是恶行,而是美德,倘若他观察过在运用自己的样式方面的规范性与尺度的话(155)。普登汉姆继续解释说,正如希腊人和罗马人为各种样式设想出了名称一样,他将为各种样式设想出英语的名称。普登汉姆提醒读者说,他的文本意在"为了夫人们、年轻淑女们或闲适的朝臣们学习,使他们渴望熟悉自己的母语"。他希望指导他们"个人的消遣娱乐",以"求爱"和"诗歌"为目的(158)。在第十五章里,普登汉姆开始时继续对伊丽莎白女王提出自己的看法,再次肯定了自己作为宫廷诗人的身份,即"为王公贵族、尊贵的夫人、绅士淑女们提供娱乐",这种娱乐包括"在与快乐和诚挚一样有益的……各种问题方面"提供安慰和给予严肃认真的建议(298-299)。

普登汉姆认为,语法、修辞学和逻辑学学科完全是形式化的——要通过"认真的观察"和实践来获得,属于天赋的才能。诗人与自然的关系包括了前述的一切可能性、综合的模仿、增补和创新(306)。但是,与锡德尼一样,普登汉姆要求诗歌在各门学科之中成为独特的,因为诗歌受到了"清晰鲜明的幻想和想象"的激发。实际上,诗人产生作用的方式与自然产生作用的方式是相同的:"甚至与自然本身一样起着作用,即通过它自身特定的长处和特有的天资,而不像其他一切工匠那样凭借实例、沉思默想或训练,因而,[诗人]在最自然和最不做作的时候,最值得赞美。"(307)普登汉姆的文本在很多方面都代表了现代英语批评发展中的一个重要阶段,早就预见到了浪漫派借以反对新古典主义的理念,乃至走向艺术主要提供快乐的观点。公开强调快乐,与强调道德教诲截然相反,成了一种含蓄的——虽然在这个阶段并非一种自觉的或明确的构想——对待诗歌之自主性的姿态。

注释

[1] David Norbrook, "Introduction," in *The Penguin Book of Renaissance Verse 1509-1659*, ed. H. R. Woudhuysen (Harmondsworth: Penguin, 1993), pp. xxii-xxv. 下文引用写作 *PBRV*。

[2] Chris Fitter, "A Tale of Two Branaghs: Henry V, Ideology, and the Mekong Agincourt," in *Shakespeare Right and Left*, ed. Ivo Kamps (New York and London: Routledge, 1991), pp. 261-264.

[3] Robert Matz, *Defending Literature in Early Modern England: Renaissance Literary Theory in Social Context* (Cambridge: Cambridge University Press, 2000). 下文引用写作 Matz。

[4] David Norbrook, *Poetry and Politics in the English Renaissance*, revised edition (Oxford: Oxford University Press, 2002), p. 1. 下文引用写作 *PER*。也可参见其重要著作 *Writing the English*

Republic：*Poetry, Rhetoric and Politics 1627 - 1660* (Cambridge：Cambridge University Press，2000)。

［5］*Giraldi Cinthio on Romances*：*Being a Translation of the Discorso intorno al comporre dei romanzi*，trans. Henry L. Snuggs (Lexington：University of Kentucky Press，1968)，p. 11. 下文引用写作 *DCR*。

［6］Castelvetro，*On the Art of Poetry*：*An Abridged Translation of Lodovico Castelvetro's Poetica d'Aristotele vulgarizzata e sposta*，trans. Andrew Bongiorno (Binghamton，NY：Medieval and Renaissance Texts and Studies，1984)，pp. 42 - 43. 下文引用写作 *PA*。

［7］Giacopo Mazzoni，*On the Defense of the Comedy of Dante*：*Introduction and Summary*，trans. Robert L. Montgomery (Tallahassee：University Presses of Florida，1983)，pp. 37 - 38. 下文引用写作 *DCD*。

［8］"Introduction," in Torquato Tasso，*Discourses on the Heroic Poem*，trans. Mariella Cavalchini and Irene Samuel (Oxford：Clarendon Press，1973)，pp. XXⅱ-XXⅲ. 我要把自己描述的内容归功于译者从学术上展示的塔索文本的背景。下文引用的译本写作 *DHP*。

［9］Joachim Du Bellay，*La Deffence et Illustration de la Langue Francoyse* (Paris：Société des Textes Français Modernes，1997). 由于 Gladys M. Turquet 翻译的这个文本的英译本不易得到，所以我建议读者参阅这个译本的精选，载于重印的 *The Norton Anthology of Theory and Criticism*，ed. Vincent B. Leitch (New York and London：W. W. Norton，2001)，括弧中是相应的页码。

［10］Pierre de Ronsard，"A Brief on the Art of French Poetry," trans. J. H. Smith，in *The Great Critics*，ed. James Harry Smith and Edd Winfield Parks (New York：W. W. Norton，1951)，p. 179. 下文所有引自龙萨《简论》的内容都出自这个译本。

［11］*An Apology for Poetry*，in *The Selected Poetry and Prose of Sir Philip Sidney*，ed. David Kalstone (New York and Toronto：New American Library，1970)，p. 216. 以下的所有引文都出自这个版本。

［12］George Gascoigne，"Certayne Notes of Instruction," reprinted in *English Renaissance Literary Criticism*，ed. Brian Vickers (Oxford：Clarendon Press，1999)，p. 162. 下文引用的所有页码都指这个版本。

［13］大约在这时，出现了一场有关外来词语"学究气"用在英语中是否值得的激烈论争。学究气是指一种墨水池，后来形象地用来表示某种与外来的、经常是多音节词语相联系的卖弄学问的行为。

［14］George Puttenham，*The Arte of English Poesie*，ed. Gladys Doidge Willcock and Alice Walter (1936；rpt. Cambridge：Cambridge University Press，1970)，p. xcii. 我的一些评论要归功于编者的引论。下文引用的所有页码都指这个版本。

第十二章 新古典主义文学批评

新古典主义指文学和艺术中的一种广泛的趋势,其持续时间从 17 世纪早期一直到 1750 年左右。虽然这种趋势的性质不可避免地在不同文化之中有所不同,但它通常都带有一些共同的关注点和标志性特征。最根本的是,新古典主义包含了返回到古典时期的模式、文学风格、古代希腊和罗马作家的价值观。在这个方面,新古典主义者在某种程度上都是文艺复兴时期人本主义者的继承人。但是,他们中的很多人都鲜明地反对他们认为的一些文艺复兴时期的作家在风格上的毫无节制、过度修饰和语言的过度复杂;他们也反对"哥特式风格"(Gothic style)和"巴洛克式风格"(Baroque style)的奢华。

很多重要的中世纪和文艺复兴时期的作家,包括但丁、阿里奥斯托、莫尔、斯宾塞和弥尔顿,都曾经使自己的作品充满了幻想和神秘的本质。吉拉尔迪这类作家曾经力图证明运用传奇体裁以及"使人惊异的"和非真实要素的理由。锡德尼和其他作家甚至按照一种理想化的新柏拉图主义的理路提出,诗人的任务是要创造一个高于自然界的理想世界。反对文艺复兴时期诗学中的这种理想化趋势的新古典主义者,或许可以被认为是文艺复兴时期诗学中的另一种重要趋势,即亚里士多德主义的继承者。后一个方面的动力在明图尔诺、斯卡利杰和卡斯特尔维屈罗的著作里曾经有所表现,这些人都撰写过有关亚里士多德的《诗学》的评论,强调了亚里士多德关于可能性的概念,以及行动、时间和地点的"统一"。

虽然文艺复兴时期的很多诗人都曾努力走向一种个人主义的观点,甚至是在他们挪用古典时期经典的要素之时,但新古典主义者在强调客观性、非个性化、理性、规范性、平衡(balance)、和谐、比例与适度等古典价值观方面,在总体上都很少暧昧不明。虽然文艺复兴时期的很多诗人都开始深刻理解创新和创造性的重要,但新古典主义作家重新肯定了文学写作是一个理性的和受到规则约束的过程,需要付出大量技艺、劳动和研究。在文艺复兴时期的理论家和诗人提倡新的混合体裁之时,新古典主义者却倾向于坚持把诗歌与散文、各种体裁的纯粹性和各种体裁的等级区分开来(虽然与亚里士多德不同的是,他们普遍都把史诗置于悲剧之上)。新古典主义诗人典型的诗歌形式,在法国是"亚历山大格式诗"(the alexandrine),在英国是"英雄双韵体诗"(the heroic couplet)。新古典主义的大多数思想都打上了承认人类局限性的标志,与人本主义(以及后来的浪漫派)断言人类的潜力近乎无限的主张形成了对比。

对新古典主义的文学理论和实践来说,模仿与自然是两个核心的概念,它们有着密切的联系。在某种意义上，模仿的概念——模仿外部世界，主要是模仿人类行为——是对客观性和非个人化之理想的重新肯定，与文艺复兴时期作家中日益增加的复杂的个人主义以及对主体性的探索相反。但是，对这一概念来说也很必要的是，要模仿古典时期的模式，尤其要模仿荷马与维吉尔。实际上，模仿的这两个方面经常像蒲柏所证明的那样。这种证明在很大程度上是以自然概念为基础的。这个复杂的概念具有很多含义。它涉及宇宙和谐与分等级的秩序，包括世界内部的各种社会层次与政治层次。在这个巨大的自然图式中，一切事物都有其恰当的和被指定的位置。这个概念也指人类的本质：在人类的体验中，什么是核心、永恒和普遍性性。因此，"自然"就具有了一种深刻的道德意义，包括可以允许的行为方式，排除了某些"非自然的"（这个词语经常被莎士比亚用来描述人物残忍的和狡诈的行为，如麦克白夫人）行为。显然，新古典主义的自然观完全不同于浪漫派后来赋予它的那些意义；这种观点继承了中世纪观点中的某些内涵，即认为自然是一种天意的图式，但正如很快将要出现的，它弥漫着更加新颖的科学自然观，而不是亚里士多德的物理学。新古典主义作家普遍认为荷马和维吉尔这样的古人早已发现并且表现了自然的根本律法。因此，外部世界，包括人类行为的世界，都可以由现代作家来进行最好的表现，只要他们遵循早已由古人铺筑好的模仿的道路。当然允许创新，但仅仅是作为对过去模式的修正，而不是按照一种决裂的形式。

之所以说这些，是因为新古典主义者绝对没有致力于奴隶式的对经典的模仿。拉布吕耶尔（La Bruyère）确实认为，古人早已表达出了值得说出的一切；蒲柏在其坚持不懈的某个时刻，把遵循自然法则等同于模仿荷马。但是，本·琼森、高乃依、德莱顿和其他很多人都在自己消化古典时期的价值观方面更加灵活。几乎所有这些人都承认莎士比亚的天赋，有些人则承认弥尔顿的天赋；布瓦洛确认了一种无法说明的要素的贡献，即在伟大的艺术中"我不知道是什么"（*je ne sais quoi*），蒲柏承认，天才能获得"一种超越艺术领域的恩典"。此外，新古典主义者试图发展和提炼亚里士多德对于悲剧在观众中引起的情感的说明，而他们努力模仿自然的一个重要部分在于描绘人类的激情。在 18 世纪初爆发了各种关于"古人"与"今人"的相对优点的论争（"ancients" and "moderns" debate）。古人被认为是良好判断力、自然法则，以及秩序、均衡与适度的古典价值观的智慧库。这些论点可以在乔纳森·斯威夫特（Jonathan Swift）的《书籍之战》（*The Battle of the Books*，1704 年）和布瓦洛、蒲柏的著述中找到。支持"现代"的人强调了形式与内容的原创性、体裁的灵活性以及允许介入新的思想方式。

新古典主义与晚近的科学、实际上作为启蒙运动的某种核心价值而出现的东西的联系，是极为矛盾的，甚至是荒谬的。一方面，新古典主义的自然概念已经由牛顿的物理学（Newtonian physics）透露出来，宇宙被承认是一架巨大的机器，要服从于固定的分析法则。另一方面，新古典主义大多数思想的要旨都是向后看的和保守的。在表面上，看起来也许是，新古典主义的作家具有与启蒙运动的思想家同样的对于理性力量的信念。新古典主义者的确认为文学要从属于规则的系统，而文学写作作为一种理性过程，要服从于判断力（蒲柏使用的"批评家"这个词语的希腊语原意是"判断"）。虽然某些新古典主义作家，尤其是在德国，确实受到了笛卡儿（Descartes）和其他理性主义者的影响，但新古典主义作家所诉求的"理性"，总的来说并不是启蒙运动个人主义的和进步论的理性（虽然如在后面的章节里将看到的，启蒙运动的理性从其他观点来看可以被认为是强制性的和压迫的力量);相反,它是古典哲学家们的"理性",即一种普遍的人类的能力,它提供了接近普遍真理的途径,也意识到了它自身的局限性。亚历山大·蒲柏和其他人都强调了人类理性的局限,告诫要提防对它的傲慢的和无限制的利用。理性在新古典主义的思想中在很大程度上是以亚里士多德式的、有时是贺拉斯式的词语来自我宣示的:坚持要求可能性和逼真,坚持三一律(unities)和规范性的原则。然而,这里所追求的逼真或者与真实相似,不同于19世纪的现实主义,后者力图描述与一切特定情境有关的典型要素和普遍真理;它并不通过积累经验的细节或随意记录所谓真实来起作用。它在这种亚里士多德的意义上是理性的,即成为坚持秩序、节制、适度和平衡这些特质的理由。

有趣的是,迈克尔·莫里亚蒂(Michael Moriarty)认为,新古典主义坚持一批体现为意识形态投资的规则,必须根据文学市场上的广泛发展来理解它们。他认为,一种特殊的文学批评在17世纪开始形成一个专门的和专业的学科,因为文学被确认为一个自主的研究领域和专门知识的领域。17世纪的批评提出了一种有助于创造的扩大了的读者身份群:这个广泛的人群范围从宫廷和沙龙贵族,到资产阶级的中产阶级。这个人群的批评意识形态被导向了快乐和以高雅"趣味"为基础的评价。17世纪下半叶期间出现的周期性压力,"提供了一个新的关于文学的话语渠道,它要对非学术的社会精英发言"。但是,存在着一种相应的相互作用:文学消费的习惯修正了批评话语;例如,尽管史诗在理论上享有很高地位,但日益增加的到剧院去的公众的要求和趣味产生了更多关于戏剧的批评。与这些发展一起,从资产阶级的背景中产生了一个新的文人阶层,即"新学者"(nouveaux doctes)。他们擅长特定的文学训练,把焦点集中在语言、修辞学和诗学之上。对这些知识的掌握使他们能够为自己确定作为文人的更加值得尊敬的身份,他们因此能为上流社会提供适合于其尊严的那种快乐。他们用贺拉斯的词语把这种快乐界定为必然与教诲结合在一起;它是一种精致的快乐,产生于遵守各种规则。正是这些与个人无关的、神圣的、体现在亚里士多德和贺拉斯这些古代权威的著作中的规则,以及体现在"法兰西学院"(Académie Française)这类现代权威那里的规则,才宣布了作品作为艺术产物的神圣地位,它们使"诗人作为快乐传播者的地位"被合法化为占主导地位的群体。[1]

新古典主义走向秩序、明晰性和标准化的这种趋势,在17和18世纪期间在试图控制对语言的使用和词语的意义方面也很明显。在法国,"法兰西学院"于1635年为此目的而建立起来,弗朗索瓦·德·马莱伯(François de Malherbe)这样的作家认为,意义应当为了语言的明晰性和交流而被固定下来。塞缪尔·约翰逊(Samuel Johnson)的《词典》(Dictionary)出版于1755年。这些努力背后的推动力反映在约翰·洛克的语言理论中,他追随笛卡儿,坚持认为哲学研究恰恰应当通过对其术语的界定来进行,运用"清晰的和独特的"理念,避免比喻性的语言。对于作为理性活动外在符号的语言的明晰性的这种理想,充斥于新古典主义的诗歌中,它经常都是推论性的、论证性的和以避免晦涩含糊为目的的。走向明晰性的这种趋势,以不同的方式被理论化,被认为是与资产阶级霸权的开始一致的,是反对文艺复兴时期词语和意义的增殖,是进一步远离中世纪寓言式思维方式,走向意图中的使语言书面化的标志。

具有讽刺意味的是,新古典主义为它自身的终结做好了准备。走向这种对新古典主义的自我超越的路径之一,是通过崇高这一概念。被归之于"朗吉努斯"的公元1世纪的叫作"论崇高"的论文,曾经把崇高看成超越理性能力的情感上狂喜的一种形式。布瓦洛在1674年翻译的这个文本,紧接着在英国和德国引起了对这一话题的活跃讨论,正如我们将在论述康德的第十四章里看到的,这种讨论经常伴随着对美的概念的广泛考察。实际上,在英国,"崇高与正确性之间"的对比"具有社会的与政治的反响,因为前者与英国的自由主题相联系,后者则与英国和法国专制主义的宫廷相联系"(CHLC,V.Ⅲ,552-553)。新古典主义者的另一项遗产,是根据有资格的多数人的意见来考察"趣味"的概念。多数人的意见这一概念,为一种导向读者反应的美学做好了准备,而不只是恪守一堆抽象的规则。以下的章节将考察新古典主义文学批评的一些重要人物,他们所在的最明显的国家是法国和英国。

法国的新古典主义:高乃依,布瓦洛-德普雷奥

新古典主义首先在法国扎下了根,其影响从那里蔓延到了欧洲的其他地方,特别是英国。正是让·沙普兰(Jean Chapelain)把意大利的亚里士多德评论家卡斯特尔维屈罗和斯卡利杰的观点介绍到了法国。路易十四(Louis XIV)统治期间的法国宫廷,是一个庇护了很多诗人和戏剧家的中心。16世纪的宗教战争之后相对和平、繁荣与国家统一的政治条件,加上神职人员和宫廷贵族中受过教育的精英的增长,被证明在1635年创立"法兰西学院"的时机已经成熟。学院由卡迪纳尔·黎塞留(Cardinal Richelieu)领导,其使命部分是要通过编纂词典和语法,以及研究修辞学和诗学,从而使语言标准化,以追求休·M. 戴维森(Hugh M. Davidson)所称的"修辞学的理想",即被认为对市民社会的发展来说是至关重要的一种雄辩术(CHLC,V.Ⅲ,500)。这样做的结果之一是,出现了一种供各种法国理论家进行投机的修辞学语境。另一个结果是法国新古典主义理论相对统一和系统的性质。如迈克尔·莫里亚蒂指出的,由"法兰西学院"界定的 *vraisemblance*(可能性)与 *bienséance*(规范性)概念的密切关系,可以发挥一种"意识形态审查制度"的作用,要求对人物的表现要符合公众意见或性别与阶级的陈规(CHLC,V.Ⅲ,523)。法国新古典主义的主要人物是高乃依、拉辛(Racine)、莫里哀(Molière)和拉封丹(La Fontaine)。高乃依的理论产生于为自己的戏剧实践进行辩护的需要,以反对斯居代里(Scudéry)和让·沙普兰这类严格的古典主义者。最著名的理论家是多米尼克·布乌尔(Dominique Bouhours)、勒内·拉潘(René Rapin)和尼古拉·布瓦洛。布乌尔认为,作为一个整体的新古典主义趋势的特征,是要反对过度修饰和坚持规范性的原则。布瓦洛或许是最有影响的法国新古典主义批评家,他认为,要保持古典诗歌形式之间严格的分界线。

皮埃尔·高乃依(1606—1684年)

皮埃尔·高乃依出生于诺曼底的法国城市鲁昂(Rouen),主要是一位剧作家。他出生在一个中产阶级家庭,在最初想当律师的努力失败之后,他便投入了剧院暴风雨般和颇有争议的生涯之中。他最重要的文学批评文本《戏剧诗三论》(*Trois Discours sur le poème dramatique*,1660年),是为回应他所激起的论战而撰写的,它解释和证明了他自己的戏剧实践。这些论战

的根源在于对高乃依最著名的剧本《熙德》(Le Cid)的各种接受态度之上,该剧于 1637 年上演。虽然剧本在观众中受到了极大的欢迎,但它不仅遭到了批评家们的抨击,而且受到了法国文学机构和政治机构的抨击。这些抨击的理由是,据称剧本没有遵守由亚里士多德和贺拉斯所奠定的古典戏剧的规则。批评家们声称,该剧违背了古典的统一性——行动、时间和地点的统一性——以及亚里士多德关于可能性和必然性的规则;他们认为,剧本在这么做时,破坏了戏剧的道德教诲作用。高乃依对这些指责的回应是,一方面写作了另一些剧本来显示他对古典惯例的掌握,另一方面撰写了他的《戏剧诗三论》。虽然他按惯例被认为是弗朗索瓦·德·马莱伯和拉辛所代表的新古典主义传统优点的拥护者,但他的《戏剧诗三论》的实际文本使人想到,他所关心的是使古典的规则适应现代对舞台的要求,并对那些规则提出更加宽泛和自由的解释。

在他的《戏剧诗三论》里,第三篇的标题是"论行动、时间和地点的三个统一",高乃依在其中试图解释自己剧本背后的基本原理。关于行动的统一,高乃依拒绝一切把这种统一解释为意指"悲剧只应当在舞台上表现一种行动"的观点。他提出,亚里士多德关于一个完整的行动应当有开头、中间和结尾的说法,意思是指这三个部分是"单独的行动,它们在主要的行动中都会得到各自的结果"。正如这三个部分都要从属于主要行动一样,因而,高乃依要求,这三个部分中的每一个都可能包含从属的行动。换言之,虽然他承认"必须有一个唯一的完整行动",但他坚持认为:"只有通过其他几个行动,行动才可能成为完整的……它作为准备过程,使观众处于一种愉悦的悬念之中。"他提出,每一幕的结尾"都使我们处在期待下一幕里将要发生某种事情之中"。[2] 因而,高乃依所要论争的不是一出戏里的行动应当完整,而是对完整的行动的定义;有趣的是,他自己的定义试图阐明亚里士多德关于一出戏的各幕之间的联系的含义;它也使观众的反应成了一个必要的组成部分。此外,亚里士多德认为一个事件不必简单地接着另一个事件,而是按照必然性或可能性由它引起的,高乃依把这个观点阐述成了一条规则,它是"新的,与古人的用法相反"。这条规则是,行动的所有部分不仅应当密切地和有原因地连接起来,而且它们都应当"在序诗中具有自身的根源"["序诗"(protasis)是第一幕里对事件的介绍](102-103)。

亚里士多德把一出戏划分成两个部分:为主角的"命运变化"做准备的"纠葛"(complication);"解决方式"(resolution),即剧中的其余部分。虽然高乃依承认这种划分,但他认为,"纠葛完全取决于诗人的选择和勤勉的想象",除了可能性和必然性的要求之外,"不可能提出关于它的任何规则"(105)。高乃依接着说,诗人不应当参与为剧本的真实行动提供背景的冗长叙事;这样做将使观众讨厌,给他们增加负担。只应当用叙事来解释或评论已经出现在剧中的行动。高乃依重申了亚里士多德的观点,即应当避免"解围人物"(deus ex machina),因为这为情节提供了一种"错误的解决方式"。在另一方面,他发现亚里士多德对欧里庇得斯的《美狄亚》(Medea)中飞行战车的批评是苛刻的,高乃依认为,因为观众已经对这种意料之外的不可能的场景有了充分的准备(106)。

就幕与场景的数量和统一性而言,高乃依断言,不存在把构成每一幕的不同场景联系起来的任何规则;这样的联系确实会为行动的连续性做好准备,但"它只是一种美,而不是一种规则"。他评论说,场景的联系并非始终都是古人才很熟练,对现代观众来说,只有通过适应,它才会成为一种规则,因而,"他们现在不可能在没有想到那是一种缺陷的情况下经历一个分离的场景"(103)。按照高乃依的看法,应当产生效果的那种联系,要依靠人物的出场和言说。例如,一个出现在舞台上的人物不一定只起聆听其他人物说什么话的作用;他的出场必须"由剧中情节来规定",因为这个人物要在一个特定场景中起着一种必不可少的作用,要把这种作用同其他场景联系起来(104)。同样,幕的数量不是由亚里士多德来规定的;高乃依认为,虽然贺拉斯把一出戏限制在五幕之内,但我们确实不知道古代希腊的戏剧到底包含了多少幕,因为他们并没有在幕与场景之间做出任何区分,因为他们通过合唱队的歌唱来把情节分隔开。他提醒我们说,现代戏剧没有受到那么长的合唱队歌曲的阻碍,它们把一种实在的负担强加给观众,观众在听了吟唱之后不得不回想起剧中的行动(107-108)。总的来说,高乃依建议,虽然每一幕都应该表现全部行动中的一部分,但后者应当更加有利于以后的几幕,因为第一幕仅仅描述了"道德本质",并使各个人物适合于情节(106)。

就时间的统一而言,高乃依注意到了亚里士多德的规则,即一出悲剧的行动必须包含在太阳旋转一周的时间之内。关于批评家和戏剧家们提出的这是指 12 个小时还是指 24 个小时的问题,高乃依意在提出,必须不受限制地解释亚里士多德的观点,甚至允许行动的持续时间达到 30 个小时,因为有些主题本身不适合于做如此短暂的处理(109)。高乃依指出,严格遵守这一规则"迫使某些古人走向了真正不可能的边缘",因为他们的行动包括了军队和战争的旅途。不过,高乃依在总体上认为,赞同这样一种规则的不只是亚里士多德的权威著作,还有"常识"。他提醒我们说:"戏剧诗是一种模仿,或者确切地说是人类行动的肖像……当这些肖像越是与原物相似,它们的出色就相应地增加。"在这个基础上,他建议把行动压缩在"尽可能最短的时期之内,这样,演出就可以越发与真实相似,因而就越接近于完美"(109-110)。高乃依在这里所借助的是作为一种审美标准的写实主义。亚里士多德所赞成的作为悲剧行动之选择的那种写实主义,是一种"模仿"或描绘普遍性的写实主义,要把一种情景的真实性普遍化。高乃依所赞成的写实主义是逼真,是按照"其比例尺度"来表现真实(110)。高乃依指出,虽然诗人由于这些原因受到了时间的限制,但他可以通过叙事这类策略来传达主人公的背景和处境是怎样的(111)。就行动的统一而言,高乃依赋予听众或观众在决定由什么来构成时间的统一性方面以一种必要的作用。他提出,"持续时间的问题"应当留给"观众的想象力"。用明确的言辞清楚地说出所描述的一个行动的持续时间,将成为一种"令人厌恶的做作"。他也诉诸听众的反应,建议剧本的第五幕要具有一种"特权"以加快时间进程:既然它是最后一幕,那么,它就可以叙述舞台之外的事件,这将比舞台上的行动本身所允许花费的时间更多。这背后的原因再次成了对观众的要求,观众凭借戏剧的这种舞台表演急于想知道结果(110)。

就地点的统一而言,高乃依表明,亚里士多德或贺拉斯都没有确定任何规则。相反,这个规则的确定"是作为一天的统一性的结果",包含了"一个人在 24 个小时中出发和返回的各个地点"。高乃依发现,这种看法"有点太随意":它会考虑在舞台的两侧表现两座城市。虽然他承认时间和地点的精确统一可能是值得努力的,但这些统一会对剧作家努力描述可能的行动强加一些限制。例如,很多写实主义的情景都不容许在一个房间或大厅里来描述。他指出,索福克勒斯和其他许多成功的戏剧家都没有遵守地点的严格统一。高乃依认为,我们应当采取一种折中的办法;例如,我们可以"承认整个城市就是地点的统一",倘若场景的变化仅仅是在各幕之间而不是在一幕之内,那么,不同的地点就并不要求不同的舞台布景。他提出,这将有助于"欺骗观众,他们……不会注意到这种变化"(113-114)。高乃依提出了一个有趣的折中办法:正如法理学家谈到"合法的虚构"一样,我们也可以提出"戏剧性的虚构",例如,如果剧中的行动要发生在一些属于不同人物的寓所里,那么,我们就可以在邻近其他所有寓所的地方设置一个房间,这个房间可以被理解为每个人物都可以在其中进行密谈的地方(114-115)。

在其《戏剧诗三论》结束时,高乃依实际上指出了他改变由亚里士多德和贺拉斯所提出的古典的统一性的根本依据。他评论说,对批评家来说,很容易在他们的责难中做到严厉;但如果他们自己不得不写剧本,如果他们自己"通过经验认识到他们的严厉造成了什么约束,从我们的舞台上驱逐了多少美好的事物",那么,他们也许会考虑自己的严厉性。高乃依坚持认为,检验的标准就是经验,是真正的实践。正如高乃依提出的,他的全部目的是要"使古人的规则适合于现代的乐趣"(115)。在做这种努力时,与其说他使那些规则变得更加自由——确实,他有时希望它们还要更严格些——倒不如说根据观众的需要和要求对它们进行了重新阐述,尤其是对现代观众来说。在重新确定它们的意义的这种努力之中,他不仅求助于对亚里士多德关于可能性和必然性的更加宽泛的理解,以便在为更加现代的逼真性服务方面得到它们的支持,而且求助于其他美学标准,诸如美、综合性和统一性。他的文本是一个有趣的例证,说明古代的权威不仅要受到古代作家本身颠覆那种权威的例证的调节,而且最重要的是要受到对经验和戏剧实践的诉求的调节。高乃依实际上把表演的重要性从它在亚里士多德的文本里懦弱地占据的边缘地位中解救了出来。

尼古拉·布瓦洛-德普雷奥(1636—1711年)

法国诗人、讽刺作家和批评家布瓦洛,不仅对法国(老式的)文学具有普遍深入的影响,而且对英国和德国诗人及批评家产生了深远的影响。他的《诗艺》(*L'Art Poétique*)最初于1674年出版,被约翰·德莱顿(John Dryden)翻译成英语。布瓦洛的文本代表了对法国古典主义原则的正式表述,也许是对所有地方的新古典主义理想的最直接表达。它极大地借助了亚里士多德和贺拉斯的观点,接着又对蒲柏这样的英国新古典主义作家产生了强有力的影响;实际上,这种影响的一部分在蒲柏的《批评论》(*Essay on Criticism*)中有着非常直接的回响。布瓦洛的文本与权威性享有如此的威望,以至于他以"诗坛立法者"(*législateur du Parnasse*)著称,被认为塑造了法国文学的趣味,并把这种趣味完全固定下来成为一致的标准,把它从"非古典主义的"西班牙和意大利的影响下解救了出来。布瓦洛帮助了法国公众赏识他的朋友拉辛和莫里哀的作品。最重要的是,布瓦洛成了古典主义的理性、"良好判断力"和均衡的化身。

与蒲柏的《批评论》一样,布瓦洛的《诗艺》体现了某些早已开始席卷欧洲的巨大的知识上和政治上的变迁。在某些方面,它体现了对整个封建制度的拒绝;新古典主义思想的特征在于:它在事实上忽视了中世纪,并力图恢复古典时期的理性与自然的原则,以及古典时期认为人类在实质上是社会性的观点。正如莫里哀的剧本实现了宗教信仰与理性主义之间的平衡、赞成一种启示性的而非独裁主义的宗教一样,布瓦洛的文本打上了对理性以及观察之重要性的核心主张的标记。在这种意义上,布瓦洛的新古典主义像莫里哀和蒲柏的新古典主义一样,展现出与正在形成的资产阶级哲学和相对现代的思维方式在表面上的类似。它反对基督教的清教徒主义,使清教徒主义的主张服从于理性的裁判。然而,正如在其他那些作家的情况下一样,布瓦洛所赞成的"理性"是古典时期的观点,即认为理性是人类共有的一种能力,它是对普遍真实的认识。它并不是资产阶级哲学的个人主义的理性,那种理性拒绝一切权威,并最终依赖于发现个人的感性知觉。此外,布瓦洛在其文本中像莫里哀在其《伪君子》(Tartuffe)里所做的那样,直接借助国王(路易十四)的权威,把他当作一位开明的和几乎全知全能的君主,这位君主消灭了"反抗",给整个欧洲带来了秩序。

与蒲柏的《批评论》一样,布瓦洛的文本是按照贺拉斯《诗艺》的传统用一首诗写成的,为悲剧、喜剧、史诗和颂诗这些不同体裁的诗人提出忠告,并提供了对文学史各个方面的总结。与贺拉斯的文本的相似性,在第一篇里就清晰可辨,它提出了对诗人的一般规定。布瓦洛要求诗人要考虑自己能力的范围、他"自己的力量与分量"(Ⅰ,Ⅰ.12)。[3]他或许比贺拉斯更加坚持与诗歌写作有关的技艺和劳动:"要上百次思考你所说的话;/推敲,反复推敲涂抹上的每一种色彩。"(Ⅰ,Ⅱ.172-173)像贺拉斯一样,他劝告诗人要避免向奉承者炫耀自己的作品:"要热忱接受真正的忠告,但要怀疑虚假的赞扬。"(Ⅰ,Ⅰ.192)他警告诗人要避免过度的琐细、"空洞无聊的多余之物",要为了使读者"愉悦"而改变自己的话语(Ⅰ,Ⅰ.60,70-72,105)。最重要的类似之处也许是由布瓦洛重复贺拉斯的那个公式所提供的:

> 在到处都充满谨慎小心的教训里,
> 愉悦与有用、可靠结合在一起;
> 冷静的读者会轻视空虚的故事,
> 他也像寻求快乐一样寻求教诲。

(Ⅳ,Ⅱ.86-89)

布瓦洛几乎复述了贺拉斯对诗歌功能的最一般的表述,并且增加了对内容要"可靠"的要求(Partout joigne au plaisant le solide et l'utile),这表明,他的文本在其基本主张方面并非原创性的。然而,它超过贺拉斯之处,它体现了它自身的时代与贺拉斯的时代之间修辞学与思想的漫长历史发展之处,是在它坚持理性对于诗歌事业的核心地位方面。

理性原则处于布瓦洛文本的中心,对它的强调完全超过了贺拉斯的文本,甚至比蒲柏的文本更甚。布瓦洛对诗人运用理性的最普遍的要求包含在这几行诗里:"因此,要热爱理性;让你所写的一切/都从她那里借来美、力量和光明。"(Ⅰ,Ⅱ.37-38)布瓦洛很熟练地谈到了广泛的信赖理性的各种结果。首先,它构成了诗歌的形式与内容统一的基础。布瓦洛说:"不管写出的内容是愉悦的还是崇高的,/始终都要让理性与你的韵律相伴随。"(Ⅰ,Ⅱ.27-28)实际上,在诗歌中使用韵律不应当允许它支配诗歌的顺序;它必须服从于"最重要的理性"的力量(Ⅰ,Ⅰ.36)。正是理性,才能防止"虚假炫丽的诗歌"的"过度",以及使用"过度而毫无意义的对象"(Ⅰ,Ⅱ.40-45)。一首诗中的声音应当灌注理性的光明;风格的完美将导致内容的

完美:

> 因此,在你打算写作之前要学会思考。
> 看你的想法是清晰,还是模糊不清,
> 表达紧随其后,或完美或不合规范。
>
> (Ⅰ,Ⅱ.150-152)

他对于思想以某种方式先于语言和表达的这种看法,与我们现代认为语言本身不仅是一种传达手段,也是思想的塑造者的观念背道而驰。尽管如此,与蒲柏一样,布瓦洛要求一首诗的各个部分之间要达到统一,"一切部分都结合成一个完美的整体"(Ⅰ,Ⅰ.180)。在其文本的后面,布瓦洛重申了古典主义对于适度的忠告:"首先要避免偏爱[愚蠢的]无节制。"(Ⅱ,Ⅰ.132)为了在各种极端之间指引一条道路,布瓦洛劝告作家要仿效受人崇敬的古代诗人,如维吉尔和提奥克里图斯(Theocritus)。他说起了荷马:"让你的努力把他树立为榜样;/热爱他的诗作就是一种褒奖。"(Ⅲ,Ⅱ.306-307)布瓦洛甚至把古典戏剧的统一性与理性结合在一起(Ⅲ,Ⅱ.43-46)。在第二卷和第三卷里,布瓦洛把各种诗歌形式和体裁的特征描述为牧歌、悲歌、颂歌、悲剧、喜剧和史诗。关于悲剧与史诗的相对优点的问题,他似乎站在塔索一边,反对亚里士多德对悲剧的优越性的看法。布瓦洛认为,英雄诗"需要一种崇高的语调"(Ⅲ,Ⅱ.159-161)。

因此,诗歌的调节、适度、时间与地点的统一以及对古典范例的模仿,全部都被布瓦洛同理性的运用联系了起来;后来,在蒲柏的《批评论》里,所有这些优点都与仿效自然联系了起来。对布瓦洛来说,理性也要求反对使诗歌从属于宗教上的清教徒主义。他声称:"我们虔诚的神父,在他们不担任神职时,/却憎恨舞台的不虔诚与亵渎。"但是,"正义的理性最终揭露了他们的法则,/显示出他们错位的热情的愚蠢。"(Ⅲ,Ⅱ.79-80,85-86)布瓦洛的论点是:在用天使、圣女和圣徒来取代古典时期的英雄时,宗教热情被用错了地方。他也认为,清教徒对运用诗歌修饰的厌恶是错位。他认为,修饰对诗人的技艺来说必不可少:"倘若我们眼前没有这些修饰物/失去力量的诗歌就会枯萎死去。"(Ⅲ,Ⅱ.173-174,188-191)布瓦洛否认他要求基督教诗歌要充满"偶像崇拜的虚构",而是拒绝异教神祇和诗歌修饰自身直接受到"徒劳的顾虑"打扰,以及寻求一种不可能的完美(Ⅲ,Ⅱ.216-225)。布瓦洛在这方面的观点是复杂的,或许是不完全一致的:在他渴望返回到古典时期的模式方面,他甚至赞同古典时期的异教直接与基督教教义相抵触的那些方面,其理由是《福音书》并非诗歌的合适主题,去掉古典时期的修饰将使诗歌枯竭。像很多批评家已经指出的那样,布瓦洛在这方面暴露了他自己的某些局限性:他完全忽视了中世纪美学理论的贡献和基督教关于美的概念。他完全无法想象基督教神话能取代古典神话,甚至还会补充古典神话,正如但丁和弥尔顿所做的那样,他似乎并不赏识他们的作品。他对塔索给予了勉强的赞扬(Ⅲ,Ⅱ.208-215)。他的论点是:《福音书》的上帝不应与对异教诸神的描述混同起来,后者实际上先于具有基督教内容的诗歌理念本身。他借助理性来反对这样的宗教和清教徒诗人,理性对他来说不仅是古典的,而且是异教的:"把那些留给他们虔诚的愚蠢去追求吧,/可是,让我们的理性去征服这些徒劳的恐惧,/让我们不要处于自己的自负之中,/关于真实,上帝创造了一个谎言的神祇。"(Ⅲ,Ⅱ.232-235)因此,就基督教的上帝要保持纯粹和真实而言,对他进行刻画的范围就必须限制于《福音书》和神学;一定不能允许他接近诗歌的领域。

与在他之后的蒲柏一样,布瓦洛也求助于自然:"研究自然是你唯一的挂念。"他认为,诗人必须懂得人类的本性,懂得"心灵的奥秘"。他必须观察并且能够描绘人生所有舞台上的一切人。然而,甚至在这方面,遵循自然也被认为是服从理性的规则:"你们演员必须受到理性的控制;/让年轻人说起话来像年轻人,老年人像老年人。"(Ⅲ,Ⅱ.390-391)确实,诗人必须遵守"严格的规范",规范本身有赖于对人类本性的认识,有赖于理性的发挥:必须按照每个人"固有的性格"来描绘他,这既必须是有条理的,又必须与人物的故土、等级和乡土习惯一致(Ⅲ,Ⅱ.110-112,121)。因此,诗人不仅必须懂得人类本性,他也必须成为各种习惯和年龄的观察者,他必须"观察城市,充分研究宫廷"(Ⅲ,Ⅰ.392)。对规范性的所有这些强调,都被布瓦洛认为要依赖于对理想的运用:"我喜欢改变时代的作家,/使舞台保持恰当的规范,/这始终都会因恰当的理性规则而满足。"(Ⅲ,Ⅱ.422-424)

理性在布瓦洛的文本中还有一个决定性的方面:与情感和情绪的和谐关系。虽然布瓦洛强调理性,但他表示,尽管有"冷漠的作者"以一种"冷漠的风格"描述了"热切的渴望",但他"因规则而叹息"(Ⅱ,Ⅱ.45-49),而在"自己完全狂喜"之时遵守"最精确的时间",只"受最严格的艺术规则"指引(Ⅱ,Ⅱ.73-78)。布瓦洛本人的忠告则是:

在你的所有写作中都用心灵和技巧观察
要引起激情,征服心灵。
……秘诀是,先留心者先收获,
要打动我们的心灵,然后获得娱乐……

(Ⅲ,Ⅱ.15-21,25-26)

布瓦洛在这里重复了一个老旧的公式,它早已被很多像锡德尼一样的文艺复兴时期的作家使用过:因为诗歌要给予教诲,所以它必须首先使人快乐。在布瓦洛的文本里,渗透了这个公式的是对理性的诉求,因而这个公式获得了一点新的语义特征:它实际上拓宽了理性的范围。换言之,理性没有被布瓦洛等同于遵守艺术规则,而是相反,他把理性等同于对于**何时遵守规则**的认识。理性本身规定了,一首诗应当创造一种情感上的效果。

与贺拉斯一样,虽然布瓦洛极为强调使读者快乐,他却提醒诗人说,他并非为了当下的荣耀而写作,而是为了"不朽的声名"(Ⅳ,Ⅱ.124-125)。尤其是,他嘲笑了那些把诗歌变成一种"唯利是图的交易"的人,他们由于对赞助人的阿谀奉承而成了有缺陷的(Ⅳ,Ⅱ.168-171)。在一个非常可疑的论点中,布瓦洛声称,没有任何必要去关心在一个"精明君主"的统治之下谋生,以为他"奖励了你的优点,保护了你的需要"(Ⅳ,Ⅱ.188-192)。布瓦洛用诗歌赞扬了那位有争议的君主路易十四,他把"欧洲的平衡牢牢掌握在自己手中",他驱逐了"叛乱、不和、恶行与愤怒,/这以爱国者的形式使我们的时代堕落"(Ⅳ,Ⅱ.207,214-215)。路易十四(1643—1715年)是"波旁王朝"(Bourbon)历任法国国王中第一个实行专制君主统治的国王;

他认为,他是受上帝委派来进行统治的,"朕即国家"(*l'état, c'est moi*)这句话要归之于他。他在宗教方面的政策是反动的;例如,在1685年,他废除了《南特诏议》(Edict of Nantes),这部诏议曾经授予了"胡格诺派"信仰自由。路易十四的继任者路易十五和路易十六在其统治期间也是独裁主义的,这种控制促成了1789年法国大革命的爆发。在路易十四的统治之下,法国经历了一种持续不变的重商主义(mercantilism)政策,它旨在使中产阶级拥有更多的商机,劝告人们不要成为僧侣或修女。

英国的新古典主义:德莱顿,蒲柏,贝恩,约翰逊

英国新古典主义的先驱是本·琼森,他利用了古罗马和文艺复兴时期意大利的资源,这些资源对戏剧形式法则的求助,"在把真正的诗人与虚假的作诗者区分开来的斗争中"[4],成了战斗精神的一部分。英国新古典主义批评的主流受到了法国范例的激励(也遭到了反对)。法国对英国的影响因"1660年复辟"①而得到了强化,查理二世(Charles Ⅱ)在"英国内战"之后流亡到法国,此时他的王朝一起返回到英国。布瓦洛的《诗艺》通过德莱顿的译本被引进英国。不过,布瓦洛的影响最显著的是在蒲柏身上;德莱顿本人为捍卫英国戏剧而反对某些法国批评家。

如早已提到的,路易十四的法国开始了一种由国家参与的新古典主义规划。虽然英国的新古典主义批评并不那么成系统,但很多人都认为,接受新古典主义理想对于创建一个稳定和有序的政治国家来说是必要的(*CHLC*, V.Ⅲ,549)。然而,德莱顿和其他人都谴责法国批评家对王室的奴颜婢膝。英国拥有自己应有的那部分严格的导师:托马斯·赖默(Thomas Rymer)非常坚持严守统一性和可能性的原则,以致他曾经指责过莎士比亚的过错。但有些人,如约翰·丹尼斯(John Dennis),承认文学必须随着变化着的宗教和文化而改变,甚至赞美弥尔顿超过了古人。正如乔舒亚·斯科德尔(Joshua Scodel)指出的,英国新古典主义在总体上非常通融,以致在传统范围内容纳了乔叟、莎士比亚、多恩(Donne)和弥尔顿这些作家,而他们"并不符合一种严格的古典范例"。此外,适合于英国发展状况的古典规范,在含义上经历了某些变化(*CHLC*, V.Ⅲ,543)。尽管艾迪生(Addison)也对英国戏剧持一种悲观看法,但他预见到了夏夫兹伯里(Shaftesbury)这类晚近作家对想象力、趣味、美和崇高的讨论,夏夫兹伯里的《特征论》(*Characteristics*,1711年)最先大规模论述了美学、哈奇生(Hutcheson)、博克和休谟的观点。这些作家中的很多人都利用了霍布斯(Hobbes)和洛克所建立的经验主义与"观念联想论"(associationism)的哲学基础。英国的古典倾向包含了一些重要的散文作家,他们奠定了现代英国小说的基础,如丹尼尔·笛福(Daniel Defoe,1660?—1731年)、乔纳森·斯威夫特(Jonathan Swift,1667—1745年)和亨利·菲尔丁(Henry Fielding,1707—1754年)。正如我们

---

① "1660年复辟"(the Restoration of 1660):指1660年克伦威尔死后,查理一世的儿子返回伦敦复辟王权,史称查理二世。这次复辟导致英国政坛分为辉格党和托利党。

将在下面看到的,德莱顿和约翰逊也许是英国最具有灵活性的新古典主义的代表人物,他们力图在古人与今人的优点之间进行调解。总的来说,从约翰逊到德莱顿这些批评家,实际上推进了一种切实可行的英国文学传统的观念。

约翰·德莱顿(1631—1700 年)

约翰·德莱顿在英国批评史上占有一种开创性的地位。塞缪尔·约翰逊称他是"英国批评之父",断言他的《论戏剧诗》(*Essay of Dramatic Poesy*,1668 年)是"英国现代散文的肇始"。德莱顿的批评著作很广泛,它们论述了史诗、悲剧、喜剧等各种体裁,戏剧理论、讽刺文学(satires)、古代与现代作家的相对优点,以及诗歌的本质和翻译。除了《论戏剧诗》之外,他还撰写了大量绪论、评论和序言,它们共同为后来诗歌批评的发展搭建了舞台,这些发展体现在蒲柏、约翰逊、马修·阿诺德和 T. S. 艾略特等作家的身上。

德莱顿也是一位造诣极高的诗人、戏剧家和翻译家。他的诗歌产量反映了他不断变化着的宗教和政治忠诚。在查理一世国王与议会两院之间的"英国内战"爆发之前,他出生于一个中产阶级家庭。他最初支持议会,而议会由奥利弗·克伦威尔(Oliver Cromwell)领导,其领导人都是清教徒。实际上,他的诗歌《英雄诗》(*Heroic Stanzas*,1659 年)赞美了克伦威尔的成就,在查理一世被获胜的议会党人处死之后,克伦威尔作为"护国公"(Lord Protector,1653—1658 年)统治英国。然而,随着已故国王的儿子查理二世于 1660 年恢复王位,德莱顿改变了立场,在其诗歌《复归的正义》(*Astrea Redux*)里赞扬新的君主政治。德莱顿于 1668 年被封为桂冠诗人,其后创作了几首重要的诗歌,包括仿英雄诗(mock-heroic poetry)《马克·弗莱克诺》(*Mac Flecknoe*,1682 年),以及一首政治讽刺诗《押沙龙与阿齐托菲尔》(*Absalom and Achitophel*,1681 年)。另外,他还创作了两首反映他从信仰"英国国教"(Anglicanism)转向信仰天主教的诗歌:《世俗化的宗教》(*Religio Laici*,1682 年)捍卫了英国国教教会,而五年之后的《牡鹿与豹》(*The Hind and the Panther*)则反对英国国教。德莱顿著名的戏剧包括喜剧《现代婚姻》(*Marriage a la Mode*,1671 年)和悲剧《奥伦-蔡比》(*Aureng-Zebe*,1675 年)、《一切为了爱情》(*All for Love*,or *the World Well Lost*,1677 年)。他的翻译作品包括《古代和现代寓言集》(*Fables, Ancient and Modern*,1700 年),其中收有奥维德、薄伽丘和乔叟的翻译作品。

德莱顿的《论戏剧诗》被写成了尤金尼乌斯(Eugenius)、克里特斯(Crites)、利希德乌斯(Lisideius)和尼安德尔(Neander)这四个发言人就戏剧进行的一场争论。这些角色按惯例被看成德莱顿的四个同时代人。尤金尼乌斯(意思是"出身名门")可能是查尔斯·萨克维尔(Charles Sackville),他是"巴克赫斯特勋爵"——德莱顿的赞助者和诗人。克里特斯(希腊语意为"裁判"或"批评家")也许代表罗伯特·霍华德爵士(Sir Robert Howard),他是德莱顿的内弟。利希德乌斯指查尔斯·塞德利爵士(Sir Charles Sedley),而尼安德尔("新人")则是德莱顿本人。正如德莱顿自己后来在为其辩护时指出的,《论戏剧诗》是由一场与罗伯特·霍华德爵士(克里特斯)就在戏剧中使用韵律而进行的公开辩论引起的。[5]在《论戏剧诗》的序言中为读者写的一条注释里,他提出,他的文本的主要目的是"要维护我们英国作家的荣誉,使他们不受那些不义地偏爱法国人的人们的责难"(27)。然而,《论戏剧诗》的范围远远超过了这两个主题,实际上涉及了一些关于戏剧的性质与写作的关键的争论。

这些争论中的第一个是古人与今人之争,这一争论在很多个世纪里间或出现在文学和批评之中,它在文艺复兴时期之后的17世纪晚期,在欧洲文学中获得了一种新的和当下关注的强度。乔纳森·斯威夫特这样的传统派在其有争议的《书籍之战》(1704年)里,曾经哀叹今人"腐蚀"了宗教和知识,并在古人那里发现了文学的原型标准。今人受到整个文艺复兴时期各种形式的进步的激励,力图改变甚或遗弃古典时期的理想,以利于变化了的世界和现代观众的需求。德莱顿的《论戏剧诗》成了对这场争论的重要干预,也许标志着文艺复兴与新古典主义价值观之间的差异。与塔索和高乃依一样,他试图在古代权威的主张与现代作家的迫切要求之间采取一种折中方案。

在德莱顿的文本里,这种折中包含了一些争论:其中之一涉及古典的时间、地点和行动的统一;另一个则把焦点集中在古典时期对各种体裁的严格区分之上,如悲剧与喜剧;也有古典的规范和得体的问题,以及在戏剧里使用韵律的问题。所有这些因素都构成了戏剧的本质。此外,德莱顿对英国戏剧传统进行了一种很有影响的评价,比较了这种传统自身内部的作家,并且与法国戏剧中他们的对手进行了比较。

德莱顿的《论戏剧诗》是熟练地根据它自身的戏剧结构写成的,它提出了某些期待(古典规则的权威性),在对那些规则进行颠覆中达到了高潮,在对法国和英国戏剧进行比较性评价中结束。开始时通过克里特斯的声音,保证要把读者哄骗到自得地服从于古典的价值观之中,结果却是用那些价值观来反对古人本身,并且破坏了或者重新界定了那些价值观。

利希德乌斯提出了以下对戏剧的界定:"**一种恰当而生动的人类本性的形象,表现了其激情和幽默,所要遭受的命运的变化,为的是人类的快乐与教诲。**"(36)哪怕不经意地对这一界定匆匆一瞥,它也会显示出与亚里士多德的界定非常不一样:亚里士多德没有把悲剧界定为表现了"人类本性",而是界定为模仿一种严肃和完整的行动;此外,虽然亚里士多德确实提出过命运的逆转是悲剧的一个组成部分,但他只字没有说到"激情和幽默";虽然他在总体上赋予了文学以道德和理智的作用,但他也只字未提使观众"快乐"。在德莱顿的《论戏剧诗》里运用的对戏剧的界定,体现了与古典模式逐渐分道扬镳的历史;实际上,这是一种很有利于现代戏剧的界定,有点令人吃惊的是,克里特斯同意完全遵守这个界定。在德莱顿的文本中,克里特斯被描述为"一个判断力敏锐的人,在智慧方面的鉴赏力有点过于精细"(29),最终代表的则是古典的保守主义。

克里特斯评论说,在一种"极少有好诗人却有如此之多严厉的评判者"的氛围中,诗歌现在不那么受到尊重(37-38)。他的实质性论点在于:古人是"'自然'的忠实模仿者和明断的观察者,而表现在我们戏剧里的那种'自然'是如此四分五裂和不正常;它们传递给我们的是与那种'自然'的完全类似;我们像所有恶意的复制者一样忽视了对此的审视,它们表现得很怪异,并且显得丑陋"。他提醒他的同伴说,有关戏剧的一切规则——关于情节、修饰、描述和叙事——都被亚里士多德、贺拉斯或他们的前辈阐明了。他评论说,就我们现代作家而言,"我们并没有为我们自己增加任何东西,除非我们有信心说我们的智慧更好"(38)。

这些古典规则中最为根本的是三个统一,即时间、地点和行动的统一。克里特斯声称,古人在他们的大多数戏剧中都遵守这些规则(38-39)。克里特斯提出,行动的统一规定,"诗人要以一个伟大而完整的行动为宗旨",剧中的其他一切东西"都要服从"于它。他解释说,这背后的理由在于,如果有两个主要行动的话,那就会破坏戏剧的统一性(41)。克里特斯根据高乃依的看法提出了另一个理由:行动的统一"使观众的心灵处于完全的平和之中";然而,这样一种统一必须由从属的行动来管理,从属行动将"以一种令人愉悦的将要发生什么的悬念控制住观众"(41)。克里特斯认为,大多数现代戏剧都经受不起由这些统一所实施的检验,而我们由此必须承认古代作家的优越性(43)。

因而,这成了德莱顿文本中对古典的权威性的表现。率先为今人辩护的是尤金尼乌斯,他认为,他们没有把自己限制于对古人"枯燥乏味的模仿";他们没有"按照古人的思路来描绘,而是遵循'自然'的理路;除了他们全都知道的经验之外,把握住我们面前的生活,那么毫不奇怪的是,我们发现了他们没有觉察到的某些气质和特点"(44)。这是一个有趣的和重要的论点,它似乎被后来的亚历山大·蒲柏忽略了,蒲柏在其他一些方面遵循了德莱顿要求遵守"自然"规则的规定。蒲柏在其《批评论》中提出,模仿自然就是要模仿古代作家。德莱顿通过其角色尤金尼乌斯之口,完全倒向了这种自鸣得意的等式:尤金尼乌斯实际上转而反对克里特斯本人的评论,即艺术与科学从亚里士多德的时代以来已经造成了巨大的进步。我们不仅拥有可以利用的古人的集体经验和智慧,而且拥有我们自己对世界的体验,一个用科学术语来理解的比过去的时代好得多的世界:"如果说现在比亚里士多德的时代更加了解自然的原因……那么,结果就是,诗歌和其他艺术也以同样的努力依然达到了近乎完美。"(44)

尤金尼乌斯转到了统一性的问题上,他(仿效高乃依)指出,到贺拉斯的时代,把一出戏划分成五幕已经被牢固地确立了,但这种划分并不为希腊人所知。实际上,希腊人甚至并没有把自己限制于一种常规的幕的数目(44-46)。此外,他们的情节通常是以"某个源于底比斯(Thebes)或特洛伊(Troy)的传说"为基础的,一个情节"显露出如此的俗套……以致在它出现在舞台上之前,它就早已为所有观众知道了"。尤金尼乌斯断言,既然新奇性中的快乐因此被消解了,那么,"按其定义,戏剧诗的一个主要目的是要引起快乐,这个目的结果就被破坏了"(47)。有一些强有力的评论,有可能破坏崇敬经典的漫长传统。但是,尤金尼乌斯的话几乎无法结束:古人不仅没有实现戏剧使人快乐的这一职责,他们也达不到另一个要求,即教诲。尤金尼乌斯严厉指责了希腊和罗马戏剧家的狭隘描述,以及他们有缺陷的场景的衔接。他列举了他们自己违背统一性的例子。甚至更为尖刻的是他的评论,他仿效高乃依提出,当欧里庇得斯和泰伦斯这样的古典作家确实遵守统一性时,他们被迫变成了荒谬的(48-49)。就地点的统一而言,他指出,在亚里士多德和贺拉斯那里的任何地方都找不到这一点;它是在我们自己的时代由法国戏剧家所制定的舞台规则(48)。此外,古人并没有"惩罚恶行和奖赏美德",而是"经常表现出一种极度的邪恶,以及一种不恰当的虔诚"(50)。

尤金尼乌斯也严厉指责了古人没有充分带着爱心来行动,反而是带着"欲望、残忍、报复、野心……它们都更容易在观众中唤起恐惧,而不是怜悯"(54)。因此,在德莱顿的文本里,亚里士多德对悲剧的界定不仅被一种适合于现代诗人的阐述极端地取代了,而且古代哲学家的定义本身也被变成了看起来对古代戏剧家来说完全不切实际的和有疑问的,他们一直都违反了其实质性的特征。

下一个争论的要点是法国作家与英国作家相比较而言的素质；赞美法国人优点的是利希德乌斯，而尼安德尔（德莱顿本人）则为自己的同胞进行了辩护。利希德乌斯认为，当下的法国戏剧胜过了整个欧洲，它遵守时间、地点和行动的统一，没有充满在英国舞台上随处可见的那些讨厌的次要情节。此外，法国人提供了多种多样的情感，却没有陷入悲喜剧的荒谬体裁中，悲喜剧是英国人特有的发明(56-57)。利希德乌斯也指出，法国人精于按比例分配一方面用于对话和行动，另一方面用于叙述的时间。有些行动，如决斗、战斗和死亡的场景，"绝不可能被模仿到一个恰到好处的顶点"；不可能按照规范性或可信性来表现它们，因而必须叙述，而不是在舞台上付诸行动(62-63)。

尼安德尔的回答使我们感到惊异。他完全没有反驳利希德乌斯提出的主张。他承认，"法国人把他们的情节策划得更加有规则，遵守喜剧的法则，以及舞台的规范……比英国人更加精确"(67)。尼安德尔实际上认为，英国人的那些"缺点"其实都是优点，那些优点使英国戏剧远远超过了古典传统的苍白无力。被尼安德尔或德莱顿当成一种正确假设的是：一出戏应当表现一种"对'自然'的生动模仿"(68)。他指出，法国戏剧之美是"一尊雕塑的美，而不是一个人的美，因为没有充满诗歌灵魂的生命力，那是对幽默和激情的模仿"(68)。

实际上，在证明悲喜剧体裁是正当的时，尼安德尔声称，高兴与怜悯之间的反差将使重要的场景陷入更加强烈的轻松中(69)。他提出，那是"对我们国家的尊敬，即我们为舞台创造了、增加了和完善了一种更加令人愉悦的写作方式，而不是任何国家的古人或今人所懂得的方式，那就是悲喜剧"(70)。这种对悲喜剧的赞美，实际上几乎颠覆了关于体裁的纯粹性、规范性和情节之统一的一切古代的规定。尼安德尔中肯地复述了高乃依的评论，即任何具有实际舞台经验的人都会看出古典的规则多么使人受到约束(76)。

尼安德尔这时对英国近来的戏剧传统做了简要评价。他认为，在所有现代诗人，也许还有古代诗人中，莎士比亚"具有最宽厚和最有理解力的灵魂"。他"天生博学"，不是通过书本，而是靠阅读自然和它的一切形象："他向内心看，并在那里发现了自然。"(79-80)此外，其推论是，为了表现自然，莎士比亚不需要向外看和向经典看，而是向内看他自己的人性。博蒙特（Beaumont）和弗莱彻（Fletcher）都是拥有莎士比亚之睿智与天赋的先例，他们通过研究提高了睿智和天赋；他们所擅长的是表现"绅士们的谈话"，以及对激情的表现，尤其是爱情(80-81)。他认为，本·琼森是"一切剧院曾经拥有过的最有学问和最明智的作家"，他的特殊才能是对幽默的表现(81-82)。尼安德尔把"幽默"界定为"某种过度的习惯、激情或倾向"，它确定了一个人的个性(84-85)。在一段重要的陈述中，他肯定说："莎士比亚就是荷马，或者说是我们戏剧诗人之父；琼森则是维吉尔，是精致作品的典范。"(82)尼安德尔——或德莱顿——实际上在这里要做的是，为英国戏剧标明一种独立的传统，以新的原型来取代古典传统的原型。

最后的争论涉及在戏剧里使用韵律。克里特斯认为，"押韵在一部戏里是不自然的"(91)。克里特斯仿效亚里士多德，坚持认为对舞台来说最自然的诗歌形式是无韵诗，因为平常说话要遵循一种抑扬格模式(91)。尼安德尔的回答则充满矛盾（德莱顿本人后来在这个问题上改变了看法），他并不否认可以运用无韵诗，但他断言："在严肃的戏剧里，主题和人物在其中都是伟大的……韵律在其中是自然的,比无韵诗更有效。"(94)此外,在日常生活里,人们不是用无韵诗来说话,就如同他们不用韵律来说话一样。他还评论说,押韵和重音是一种现代的替代品,代替了古典诗歌中用数量作为音节的尺度(96-97)。

在尼安德尔赞同押韵的论点之下,是一种对戏剧的真正本质来说根本性的观察结论。他坚持认为,虽然一切戏剧都要表现自然,但应当在喜剧与悲剧之间进行区分,"喜剧是对普通人和平常说话的模仿",而悲剧"确实是对'自然'的表现,但这'自然'逐步发展到了更高的程度。情节、人物、睿智、激情、描写,全部都被提高到了普通说话的层次之上,达到了诗人的想象力所能达到的高度,在比例上与真实性相等"(100-101)。虽然运用诗句和韵律有助于诗人控制另一种"没有法则的想象力",但这对诗人的"丰富幻想"(fancy)仍然有巨大的帮助(107)。这个总结性的论点提出,诗人把"想象力"用于超越自然的限度,这突出了尼安德尔(以及德莱顿)违背了古典的惯例。如果说德莱顿是新古典主义者的话,那么,其意义就在于此,即他承认经典为戏剧提供了原型;但是,现代作家拥有创造他们自己的原型和他们自己的文学传统的自由。此外,考虑到这个文本中全部四个发言者都共同具有的毫无疑问要坚持的某些假设,也许可以把他叫作古典主义的:无论用什么方法来构想,一出戏的统一性还是一个极为重要的要求;一出戏通过情节和性格刻画来表现事件和可能的行动,表现真理,或者说至少表现与真理的类似之处;遵循"自然"的法则,如果不是通过模仿古人,那么就是通过向内审视我们自己最深刻的构造;最后,一出戏的每个方面都要考虑到心目中所设想的观众的反应。但是,倘若德莱顿同样也强调诗人的睿智、创新和想象力的话,那么,他的文本也许可以被认为表现了新古典主义与浪漫主义之间的一种过渡状况。

德莱顿的其他文章和序言看来都证实了前述的评论,并且揭示了对他有关诗人技艺的看法的洞见。在他于1666年为《奇迹年》(Annus Mimbilis)所写的序言里,他声称:"一切诗歌的写作都属于,或者说应当属于睿智;而睿智……正是作家身上的想象才能。"(14)他接着提出了一个更加全面的界定:"诗人想象力的第一个乐趣是恰当地创造,或者说是发现思想;第二个是幻想,或者说是那种思想的变化、推导或塑造,使表现了它的判断适合于主题;第三个是演说艺术,或者说是为那种思想穿上衣服或修饰的艺术,从而进行塑造和改变,使用恰当的、有意义的和响亮的词语:在创造中可以发现想象力的敏捷,在幻想中可以看出它的丰富性,在表达中看出它的精确性。"(15)此外,这里的重点是在睿智、想象力和创造之上,而不是只在模仿的古典规则之上。

事实上,德莱顿后来撰写了《为戏剧诗辩护》("Defence of an Essay on Dramatic Poesy"),为他早先的文本进行辩护,即反对罗伯特·霍华德爵士对德莱顿拥护在戏剧中使用韵律的文本的抨击。在这里,德莱顿为韵律的辩护经历了着重点上的变化,进一步揭示了他对古典规则的修正。他现在认为,赞同韵律的大多数理由是它所产生的快乐:"因为快乐是诗歌最有价值的部分,是诗歌的目的,哪怕不是唯一的目的:可以承认教诲,但它是第二位的,因为诗歌使人快乐,才会给人教诲。"(113)德莱顿声称:"我承认,我的主要努力是要在我的有生之年使人快乐。"(116)我们从亚里士多德以来已经走过了漫长的道路,甚至从锡德尼以来也走过了漫长的道路,他们都认为诗歌主要拥有的是一种道德或伦理目的。提出诗歌主要的或唯一的目的是使人快乐，就是朝着现代晚期文学自主性的概念迈出了一大步。德莱顿接着提出，虽然诗人的任务是要"充分地模仿"，但他也必须"打动灵魂，唤起激情"，并且引起"赞美"或惊奇。为了这个目的，"仅仅模仿并不够"。模仿必须"随着诗歌的所有技艺和装饰物一起得到提升"(113)。

如果说德莱顿在这些陈述中似乎预见到了浪漫派的某些倾向的话，那么，这些评论得到了其他一些深深植根于一种古典遗产中的立场的补充。后来在《为戏剧诗辩护》中，他坚持认为："他们不可能成为好诗人，他们很不习惯论争……因为道德真理是诗人的主妇，与哲学家的主妇差不多；诗歌必须与自然真理类似，但它必须**是**与伦理有关的。实际上，诗人装饰真理，也装点自然，但并不改变它们。"(121)因此，尽管德莱顿赋予了睿智和想象力以重要性，但他依然认为诗歌在实质上是一种理性活动，具有一种伦理学和认识论的职责。如果诗人超过了自然和真理，那么，这仅仅是由于修饰的方式；它并没有取代或改造自然的真理，而只是提升了它们。德莱顿声称，想象力"被认为分享了理性"，当想象力创造了虚构时，理性就让自身暂时成了欺骗性的，但绝不会使人相信"那些最遥不可及的事情……幻想与理性相互结合在一起；在前的不可能把在后的留在后面"(127-128)。这些阐述不同于后来浪漫派认为想象力与理性相比是第一位的看法。想象力的确可能超过理性，但仅仅是在古典的可能性的限度之内。德莱顿的全部诗歌和批评事业或许可以用他自己的话来概括：他认为，一切诗歌，包括古代的和现代的，都是以"模仿'自然'"为基础的。他与古典的不同之处是他用以从事这种诗歌事业的方法(123)。他仿效柏拉图《蒂迈欧》和亚里士多德《诗学》中的宣示，在其《诗与画的相似之处》("Parallel of Poetry and Painting"，1695年)中提出：诗人(与画家)应当模仿的不是自然的个别例证，而是自然形式背后的原型理念。[6]虽然他坚持这种古典的立场，但他也提出，在模仿自然时，现代作家应当"改变习惯，依照行动的场景所处的时间和地域；因为这仍然是模仿'自然'，'自然'始终是相同的，虽然会以不同的装束出现"(*Essays*，Ⅱ，139)。这种姿态实际上既体现了德莱顿的古典主义，也体现了他脱离其严格的边界的性质。

亚历山大·蒲柏（1688—1744年）

《批评论》于1711年由亚历山大·蒲柏匿名出版，它也许是以一切语言对新古典主义原则所做的最为清晰的陈述。在其广泛的框架中，它表现了一种世界观，那种世界观综合了罗马天主教的观点与古典美学原则和"自然神论"(deism)的要素。蒲柏生而是一个罗马天主教徒，这不仅影响了他的诗歌和批评原则，也影响了他的一生。在他诞生的那一年，出现了所谓的"光荣革命"(Glorious Revolution)：英国天主教君主詹姆斯二世(James Ⅱ)被新教徒国王奥林奇的威廉三世(William Ⅲ of Orange)所取代，占优势的反对天主教的法律限制了蒲柏一生的很多领域：他无法接受大学教育，无法拥有公共或政治职务，甚至无法在伦敦居住。实际上，蒲柏全家迁居到了温莎森林(Windsor Forest)的一个小农场，邻近被其他天主教贵族家庭占据的地方，后来他随母亲一起搬到了特威克纳姆(Twickenham)。不过，蒲柏私下接受过教育，并且进入了一个伦敦作家的精英圈子，其中有戏剧家威彻利(Wycherley)和康格里夫(Congreve)，诗人格朗维尔(Granville)，批评家威廉·沃尔什(William Walsh)，以及作家艾迪生和斯梯尔(Steele)，还有自然神论的政治家博林布鲁克(Bolingbroke)。蒲柏的个人生活也受到了疾病的影响：他是个驼背，只有 4.5 英尺高，还遭受肺结核的痛苦。他一直都需要女仆帮助穿衣服和照料。尽管有这些社会的和个人的障碍，蒲柏却创作出了一些曾经最杰出的诗歌。他最著名的出版物包括《夺发记》(*The Rape of the Lock*，1712 年；1714 年)这样一些仿英雄诗，以及《愚人志》(*The Dunciad*，1728 年)。他的哲理诗《人论》(*An Essay on Man*，1733—1734 年)严厉抨击了人类在质问神的权威性、寻求以理性和科学为基础的自恃方面的自大或骄傲，认为人类没有遵守人类理性应有的限度。就连《批评论》也是用诗写成的，仿效了贺拉斯《诗艺》的传统，有趣的是，《人论》的大部分哲学主旨已经在这首早期诗歌里得到了阐述，并且被应用于文学和批评。虽然《人论》确认人类的主要过错是"傲慢"的原罪，以及赞成以一种有序的和分等级的宇宙为基础的伦理，但它还是根据牛顿的机械论描述了这种秩序，表现了一种泛自然神论的观点。

同样的矛盾也弥漫在《批评论》中，它造成了一种折中的混合结果，即包含了罗马天主教就傲慢的（否定）意义所预设的观点，也许受到伊拉斯谟影响的人本主义的世俗主义，植根于从亚里士多德、贺拉斯、朗吉努斯和布瓦洛这类现代信徒的修辞学传统之中的风格上的新古典主义，以及跟随培根、霍布斯和洛克这些人物而来的一种现代性的混合物。有些批评家认为，作为结果的这种混合物是不和谐的；为了做到对蒲柏公平合理，我们或许可以援引一幅他所刻画的讽刺作家的肖像：

> 诗人或散文作家，你将把我叫作，
> 天主教徒还是新教徒，或是这两者，
> 就像善良的伊拉斯谟以一种真正的中庸，
> 把我的所有荣耀都置于适当地位，
> 而托利党叫我辉格党，辉格党却叫我托利党。
>
> (*Satire* Ⅱ.ⅰ)

显然，标签可能过分简单化；然而，不容置疑的是，蒲柏的全部观点在总体上都是保守的和向后看的。他在实质上要求返回到过去，返回到古典时期的价值观，而他所哀叹的各种世俗化运动早已压倒了他试图恢复的对自然、人类和上帝的看法。

实际上，蒲柏的诗以多种方式要求研究和捍卫"自然"与"睿智"。"自然"这个词语在这首诗里使用了 21 次，"睿智"一词使用了 46 次。倘若当"自然"一词在通过各种传统时聚集了众多的含义的话，那么，蒲柏的要求"返回自然"就是复杂的，而他在自己的诗里利用这个词语的多重意义造成了一种对自然的全面重新界定。此外，在宇宙的层面上，自然可以指由神的旨意产生的世界和宇宙的秩序，这种秩序是有等级的，每个实体在其中都有其特有的被指派的位置。在《人论》中，蒲柏详细说明了"存在的巨大链条"("Great Chain of Being")，范围从上帝和天使，经过人类和低等动物，直到植物和无生命的对象。自然也可以指人类经验中常态的、主要的和普遍的东西，包括道德和认知领域，恰当的道德行为规则和人类理性的原型模式。

"睿智"这个词语在蒲柏的时代也具有各种含义：它可以一般地指理智和才智的敏锐；它也意味着"睿智"具有现代意义上的聪明，例如表现在创造一种简洁贴切的言说或双关语（puns）样式的能力方面;较为特别的是,它授予了一种能力,以辨别不同实体之间的类似之处,感知事物外表之下隐蔽的关系。实际上,在17世纪晚期和18世纪早期,"睿智"成了一个广泛而热烈争论的对象。各种参与者都在争夺界定它的权利,以及赋予它道德意义的权利。尼古拉·马勒伯朗士(Nicolas Malebranche)和约瑟夫·艾迪生这些作家,以及约翰·洛克这样的哲学家,都认为睿智是一种否定性的特质,与想象力的误用,对真理的扭曲、亵渎和怀疑相联系,这种特质与"判断力"相反,后者是一种清晰和真实洞察的能力。文学通常都与睿智有联系,并且受到了来自清教徒的攻击,清教徒们还认为睿智在道德上是有缺陷的和讹误的。在另一方面,约翰·德莱顿和威廉·威彻利这样的作家,以及夏夫兹伯里第三伯爵(the third earl of Shaftesbury)这样的道德家,都为睿智的运用和自由辩护。蒲柏的睿智概念是在这种争论的语境中设想出来的,他在《批评论》中对"真正的"睿智的重新界定,不仅成了一种支持恰当地运用睿智的手段,而且是为文学本身进行辩护,即睿智是一种认识或理解文学之独特性的方式。[7]

很容易把蒲柏的《批评论》当作一部没有独创性的著作加以拒绝,也很容易把它当作出自亚里士多德、贺拉斯、昆体良、朗吉努斯和布瓦洛的类似格言的一部大杂烩而加以拒绝。虽然蒲柏所提出的一些孤立的洞见也许不是原创性的,但作为一个整体的诗歌在其诗歌的统一性方面做出了一些努力,这或许有理由被认为是新颖的。首先,蒲柏不只是描绘了好的文学批评的范围和性质;在这么做时,他根据对自然和睿智的探讨,把古典的优点重新界定为对诗歌和批评来说都是必要的;对古典主义的这种重新陈述,本身被置于了对文学史、传统和宗教的广泛重新阐述之中。最重要的是,这三方面的努力是以一首*诗*的形式来进行的:作品的形式成了示例,并且显示了其大部分明显的"意义"。它的力量远远超过了它的解释意义:这种力量有赖于诗歌的效果,这些效果是由它本身设定的古典文学倾向和它本身的有机统一产生的。

虽然蒲柏文章中的大部分都在哀叹当前文学批评陷入其中的深渊,但他无论如何都没有公开指责批评实践本身。虽然他告诫说最好的诗人造就了最好的批评家("让这说法教育其他那些本身就很优秀的人们",Ⅰ.15),虽然他承认有些批评家是失败的诗人(Ⅰ.105),但他指出,最好的诗歌和最好的批评都得到了神的灵感:

> 两者必然相似,都从上天获得了光明,
> 有些人为判断而生,也有人为写作而生。
>
> (Ⅱ,13-14)

蒲柏用"判断"这个词来指批评家,利用了古代希腊词语 *krites* 的含义。蒲柏认为批评的努力是高尚的,倘若它坚守贺拉斯对诗人的建议的话:

> 可是,**你们**这些寻求**给予**和**有益**的名望的人们,
> 正应当具有批评家的高尚名声,
> 要确保认识**你自己**和你自己的**领域**,
> 你的**天赋**、**趣味**和**学识**会达到多远;
> 一旦开始运用,不会超过你的深度……
>
> (Ⅱ.46-50)

实际上,蒲柏在《批评论》的很多部分都提到了,批评本身是一门艺术,必须受到适合于文学本身的相同规则的支配。然而,他提出,有些规则是批评特有的。批评家除了要了解自己的能力之外,还必须熟悉他要考察的作家的各个方面,包括作家的

> ……**寓言**,**主题**,每页文字的**范围**,
> **宗教**,**国家**,他那时代的**天才**:
> 如果这一切没有立刻出现在你眼前,
> 你或许会**挑剔**,但绝不会**进行批评**。
>
> (Ⅱ.120-123)

也许具有讽刺意味的是,蒲柏在这里的忠告似乎很现代,因为他要求了解作家工作的所有方面,不仅包括其主题和艺术传承,而且包括其宗教、国家和知识语境。他不那么现代的是坚持认为,批评家要以作家的意图作为解释的基础:"在每部作品里都关注作家的**目的**,/因为没有什么能比它们的**意图**包含得更多。"(Ⅱ.233-234,255-256)

蒲柏详细说明了有关批评家的另外两个指导方针。第一个是要认识到一件作品的全部统一性,由此避免陷入偏颇的评价之中,那些评价的基础是作家对诗歌构思、修饰性语言和韵律的运用,以及那些偏向古代或现代风格的倾向,或者以特定作家的名声为基础的倾向。最后,批评家需要拥有一种道德上的敏感,以及对平衡和比例的感觉,正如这几句诗所表明的:"也不要让**批评家**身上的**人性**失去!/**善的本质**与**善的感觉**必须永远结合起来。"(Ⅱ.523-525)为了善的本质和善的感觉,蒲柏要求批评家不仅要接受自我批评和诚实的习惯("要使自己快乐,消除你的错误,/使批评家的每一天都得到延续",Ⅱ.570-571),也要接受谦逊和忠告。他告诫说,诚实还不够;真实必须伴随着"良好的教养",否则就会丧失其效果(Ⅱ.572-576)。单纯的书本知识经常都会以卖弄、轻蔑和过分活跃的语言来表现自身:"莽汉愚蠢而自负地去冒险。/不信任感伴随着谦逊谨慎的言说。"(Ⅱ.625-626)蒲柏结束其忠告时对理想的批评家做了这样的概括:

> 可是,那个人在哪里,那个**可以**给予忠告的人,
> 请他依然给予**教导**,然而不要**以懂得为骄傲**?
> 不要有偏向,也不要凭借**好感**或者凭借**敌意**;
> 不要**迟钝地先入为主**,也不要**盲目地以为正确**;
> 虽然有学问,但要有教养;虽然有教养,但要真诚;
> ……赋予准确的**鉴赏力**,但不要有约束;
> 一种**书本**的和**人类**的**知识**;
> **慷慨的交流**;**灵魂**的交流,除了**傲慢**之外;
> **爱好赞美**,以为**理性**站在他一边?
>
> (Ⅱ.631-642)

当我们读完对一个好批评家的这种综合时,变得很明显的是,它们主要都是人性或道德感的属性,而不是审美特质。实际上,这里提到的唯一的特殊审美特质是"鉴赏力"。其他优点也

许可以说具有一种神学背景,有赖于战胜傲慢的能力。蒲柏实际上把神学语言("灵魂","骄傲")转换成了美学语言。正是这种谦卑的倾向——如果愿意的话,这是一种美学上的谦卑——能够使批评家避免自大地炫耀自己的学问,避免陷入偏见,并使自身向对人性的认识开放。蒲柏所求助的"理性",并不是启蒙运动的哲学家们个人主义的和世俗的"理性";它是那种被阿奎那和中世纪很多思想家所理解的"理性",它被理解为人类本性中的普遍原型,被限制在一种神学的框架之内。这种意义上的理性是谦卑的一种必然结果:正是谦卑,才使批评家得以超越以自我为本位的教条主义,由此成为理性的和不偏不倚的,在努力追求真理中意识到自己的局限性。因而,认识本身就具有一种良好教养方面的道德基础;构成良好教养之基础的是更加深刻的真诚的品质,我们在这里可以把它理解为一种与谦卑相当的倾向:一种追求真理或真实判断的真正渴望,没有被个人的野心和主观偏见所遮蔽。有趣的是,整个概括采取的形式不是一种断言,而是一种延伸的追问,意味着这里所提出的是一种理想的类型,没有哪个当代批评家能回答它。

蒲柏对批评家的特别忠告以美德为基础,它们的应用范围远远超过了文学批评,延伸到了道德、神学和艺术本身的领域。具有某种讽刺意味的是,《批评论》的主要部分并没有专门讨论批评,而是讨论艺术本身,诗歌和批评被认为是艺术的分支。换言之,蒲柏认为批评本身是一门艺术。因此,他所提出的大部分指南是用自然和睿智的语言来表达的,同样适合于诗歌与批评。不仅如此,还有一些段落提出,批评必须成为创造性过程的一部分,诗人本身必须拥有批评的才能,以便用一种自觉的和受到控制的方式发挥他们的技艺。因此,在这些领域之间,在批评内部的艺术要素与对艺术来说必要的批评要素之间,存在着大量的重叠。虽然蒲柏对诗人和批评家的忠告的核心部分是要"遵循自然",但他对这个概念的详细阐述赞成睿智和判断的语义职能,确立了所有这三个条件之间的一种密切联系——有时确实是一种等式;睿智可以与文学或诗歌相互联系;而判断可以与批评相互联系起来。然而,由于诗歌与批评的性质相互重叠,所以,睿智和判断在它们各自的追求之中都要具备。

在鼓励诗人和批评家遵循自然之前,蒲柏仔细解释了自然的核心作用之一:

> 对一切事物来说,自然确定了恰当的限度,
> 精明地抑制了骄傲的人假装睿智;
> ……一个天才只适合于一门科学;
> 艺术如此广大,人类的睿智却如此有限……

(Ⅱ.52-53,60-61)

因此,甚至在进入对美学的讨论之前,蒲柏从总体上把人类的睿智确定为骄傲的一种手段,在本质上容易受到滥用的影响。然而,在自然的安排中,人类的睿智却是微不足道的,占据了一个被分配的位置。正是在这种语境中,蒲柏宣布了他著名的格言:

> 首先要遵循自然,以及你的判断框架
> 凭借它的公正标准,它依然是相同的:
> **一贯正确的**自然,依然神圣辉煌,

> 曾经**明亮**、**不变**和**普遍**的光辉,
>
> 生命,力量和美,全都必须赠予,
>
> 同时有艺术的**源泉**、**目的**和**检验**。
>
> (Ⅱ.68-73)

属于自然的特征包括持久或永恒,以及普遍性。最终,自然是一种表现了神之力量的力量,不是在晚期浪漫派那种遍及自然物质表面的神之精神的意义上,而是在中世纪表现了上帝创造的秩序、和谐与美的意义之上。这样,自然就提供了艺术必须据以来衡量的永恒的和原型的标准:上述诗句中的含义不是说艺术模仿自然,而是说艺术从自然中获得其灵感、目的和审美标准。

蒲柏认为自然为艺术提供了普遍的原型的观点,导致他谴责过度的个人主义,他认为那是对睿智的一种滥用。睿智被滥用是在它违反了合理的判断之时:"因为**睿智**和**判断**经常相互冲突,虽然也意味着相互帮助,就像**男人**和**妻子**一样。"(Ⅱ.80-83)不过,与中世纪的很多修辞学家一样,蒲柏并不认为诗歌是一种完全理性的过程,不可能事先有系统地设计出来。他指出,在诗歌中就像在音乐里一样,"没有任何方法能传授那些不可名状的优雅"(Ⅰ.144)。实际上,天才有时会跨越判断的边界,而他们的越界或者特许就成了艺术的一种规则:

> 伟大的睿智有时会**高兴地违规**,
>
> **出现**真正的批评家都**不敢改正**的**过错**,
>
> 出于具有**华丽无序**部分的**庸俗范围**,
>
> 并**攫取**超出艺术领域的**优雅**,
>
> 没有经过**判断**,它就获得了
>
> **心灵**,以及它的结果**马上**会获得的一切。
>
> (Ⅱ.152-157)

如果康德是一个诗人的话,那么,他也许会用这样的方式来表达他的核心美学理念。康德也认为,天才为艺术制定了规则,那些规则不可能事先被指定,审美判断忽视了关于我们理解力的传统概念。实际上,康德为很多浪漫派美学奠定了基础,如果孤立地来看蒲柏的上述诗句的话,那么,它们完全可以被解读为是对浪漫派美学学说的阐述。它似乎断言了睿智超过判断的首要地位,以及艺术超过批评的首要地位,认为艺术是得到了灵感的,在它直接诉诸"心灵"方面超越了常规思维的规范。批评家在这方面的任务,是要认可伟大的睿智的优越性。虽然蒲柏的诗句在这些方面确实超过了中世纪与文艺复兴时期的很多美学,但当然必须在它自身的诗歌语境中去加以理解:他直接告诫当代作家不要滥用这样一种对睿智的特许:"**现代人**,要当心!如果你们一定要违规/反对那**规则**,却绝不要违背它的**目的**。"(Ⅱ.163-164)事实上,上述诗句不只得到了蒲柏后来的看法的补充,即坚持认为现代作家并非仅仅依赖他们自己的洞见。现代作家应当依靠诗歌智慧的共同贮藏,它们是古人建立起来的,并且得到了"普遍称赞"的承认(Ⅰ.190)。

蒲柏对睿智的探讨,将睿智与古典的重要优点结合起来,它们本身被等同于自然。他最初

对真正睿智的界定,把它确定为是对自然的表现:"**真正的睿智**就是要有优势来提供装饰的**自然**,/那些常被思考的东西,但绝不是**表现**得如此之好。"(Ⅱ.297-298)蒲柏后来认为,表现就是"**思想的外衣**","真实的表现"阐明了对象,却没有改变它们(Ⅱ.315-318)。上述诗句是对蒲柏的古典主义的集中表达。如果说睿智是自然的"外衣"的话,那么,它将表现自然而不会改变它。诗人在这方面的任务是双重的:不仅要找到能最真实地传达自然的表现方法,而且要首先保证他要表现的主旨确实是一种"自然的"洞见或思想。诗人必须表现的是一种普遍真理,那种真理是我们立刻就会认出来的。相信表现客观的和普遍的真理这种古典时期的信念,在蒲柏的整个文本里多次被重复。例如,他劝告诗人和批评家说:"因而,不要关注睿智是古老的还是新颖的,/而要谴责错误,评价依然是真实。"(Ⅱ.406-407)

上述段落里提出的第二个古典理想是有机统一和整体性的理想。蒲柏坚持认为,表现或者风格,必须适合于主题与意义:"**声音必须显得是意义**的回声。"(Ⅰ.365)在文章的其他地方,蒲柏强调,对诗人和批评家来说,重要的是从总体上来考虑一件艺术作品,以及具有本身应有比例和地位的所有部分(Ⅱ.173-174)。睿智和自然再次成了蒲柏文本中几乎可以互换的概念。在这种统一性和比例中的一个实质性组成部分,是古典时期适度的优点。蒲柏建议诗人和批评家要遵循亚里士多德的伦理格言:"要避免极端。"那些在任何方向上走极端的人,都显示出"**非常傲慢**,或者见识极少"(Ⅱ.384-387)。此外,战胜傲慢的能力——谦卑——暗中与蒲柏所称的"健全的理性"相联系(Ⅰ.211)。

实际上,《批评论》中的核心段落与在后来的《人论》中一样,都把一切主要过错看成源于傲慢:

> 在共同造成盲目的所有原因中,
> 人类违背了判断力,并误导了心灵,
> ……**傲慢**,是**愚蠢者无尽的恶习**。
>
> (Ⅱ.201-204)

正是傲慢,导致批评家和诗人以同样的方式忽视了普遍真理,赞同主观的武断想法;傲慢促使他们重视特殊的部分,而不是整体;傲慢使他们无法达到睿智与判断力的和谐;傲慢成了他们的过度与偏见的基础。正如在《人论》中一样,蒲柏把傲慢同个人主义联系起来,同过度依赖自己的判断力联系起来,从而无法遵守由自然和古典传统所奠定的法则。

蒲柏在《批评论》中最终的策略,是把古典文学和批评的传统等同于自然,勾勒出从古典时期到他自己时代重新界定了的文学史的轮廓。蒲柏坚持认为,自然规则只是由古人发现的,并非创造出来的:"那些**被发现的**而非**发明出来的**古老规则,/依然属于**自然**,但**自然使之变得有条理**。"(Ⅱ.88-89)他追忆了古代希腊的一个时期,那时,批评出色地履行了它作为"缪斯之侍女"的作用,并且推动了对诗歌的理性的赞美。然而,批评后来从这个高位跌落,那些人"无法战胜主妇,追求女仆"(Ⅱ.100-105)。批评家们没有帮助正确评价诗歌,也许在他们自己没有精通诗歌艺术的结果方面,使批评艺术退化成了非理性的对诗人的抨击。蒲柏对批评家和诗人的劝告很清楚:"因此,要学会正确地尊重古代的**规则**;/模仿**自然**就是要模仿**它们**。"(Ⅱ.

139-140)

在提出对文学与批评史的概述之前,蒲柏哀叹文学的"黄金时代"已经过去(Ⅰ.478),描绘了文学与批评在晚近历史的倒退时代中已经陷入的深渊:

在快乐、富有和悠闲的富足时代,
出现了茂盛的杂草,它们茂盛地大量生长;
那时,**爱情**成了悠闲的君主关注的一切;
在**议会**上极少有,绝不会陷入**斗争**……

……后来的外国统治的特权
确实耗尽了大胆的苏西努斯①的所有糟粕;
于是,多疑的牧师们改革了国家,
传授了更加**令人愉悦**的拯救方法;
上天会使臣民摆脱其争论的**权利**,
以免上帝本身会显得过于**不受限制**。
……因此鼓励,睿智的**巨人**挑战上天……

(Ⅱ.534-537,544-552)

蒲柏在此列举了两种历史境况。他以"悠闲的君主"来指查理二世(1660—1685年)的统治,他父亲查理一世国王曾经参与了同英国议会的战争,那场战争是由他过度的独裁主义引起的。战争失败之后,查理一世于1649年被斩首,英国被议会党人所统治,该党由清教徒奥利弗·克伦威尔所领导。克伦威尔死后不久,刚刚选出来的议会反映了国家对清教徒统治时代感到的不安,导致查理王子夺取了英国王位,成为查理二世。正如蒲柏指出的,新国王享有过悠闲生活、道德松懈和懒惰的声名。查理二世及其兄弟詹姆斯二世(1685—1688年)的统治以(君主统治)"复辟"时期著名。两个国王都是天主教的坚定支持者,他们引起了极大的反对,造成了蒲柏在上面提到的第二次历史事件,即1688—1689年的"光荣革命"。1688年,新教徒王子奥林奇的威廉及其妻子玛丽(詹姆斯二世的女儿)被秘密邀请夺取英国王位。在他们的统治之下,即蒲柏提到的"外国统治的特权",获得通过的《宽容法案》(Toleration Act)授予所有基督教徒以宗教自由,只有天主教徒和一神教派除外。还颁布了一部《权利法案》(Bill of Rights),它授予英国公民由陪审团进行审判的权利和其他各种权利。

因此,就理解蒲柏的诗句的内容而言,有两个明显的"光荣革命"的结果。第一,早期"新教改革"的各种动力,如宗教个人主义和修改英国教会学说,都再次得到了确认。蒲柏提到了福斯图斯·苏西努斯(1539—1604年),他所创立的非正统的学说否定了基督的三位一体,与新教徒那些"多疑的牧师们"一样成了相同的神学趋向,新教徒使国家得到了革新。第二,甚至更重要的是,革命的结果是议会完全战胜了国王,君主的权力永远受到了限制。新教教义在总体

---

① 苏西努斯(Socinus,1539—1604年):意大利思想家。

上与反对专制政体的努力联系在一起;显然,蒲柏的同情并不在那些走向民主的运动一边。值得注意的是,他的上述诗句机智地把"光荣革命"的这两种含义缠绕在一起:他讽刺性地说到了"上天会使臣民摆脱"不仅与世俗权力进行论争的权利,而且还有与上帝本身进行论争的权利。按蒲柏的判断,这成了现代诗歌和批评衰落的社会背景:宗教上和政治上的个人主义,对自由的渴望,以及伴随着的对权威和传统的拒绝,在这些趋势之下的是同样的文学领域里的堕落,那些堕落相当于傲慢和违背自然。

蒲柏这时为这些现代病态提供了一种更加广泛的历史语境。他把体现在古典作家身上的"自然"追溯到亚里士多德。他提出,那些承认亚里士多德的诗歌写作规则的诗人们懂得,"那些征服了**自然**的人,不应当掌管古老的**睿智**"(Ⅰ.652)。换言之,真正地还是虚假地运用睿智,必须由那些懂得自然规则的人来判断。同样,在蒲柏所称赞的传统中的第二个批评家贺拉斯,是"判断力方面的巨匠,如同在睿智方面那样","他的**规则**只传授其**作品**赋予灵感的内容"(Ⅱ.657,660)。蒲柏所称赞的其他古典批评家有哈利卡尔那索斯的狄奥尼西奥斯(约公元前30—7年)、公元1世纪的罗马作家佩特罗尼乌斯(Petronius)和昆体良,以及公元1世纪《论崇高》的希腊语作者朗吉努斯。蒲柏认为,在这些作家之后代表古典传统的人们处于一个黑暗时代,这个时代接着出现了西罗马帝国毁于汪达尔人和哥特人之手之事,这个时代被"暴政"和"迷信"所支配,这个时代**被相信**的东西很多,却极少**被理解**"(Ⅱ.686-689)。在这里有趣的是,蒲柏认为中世纪是所谓"黑暗时代"的延续。他提到,中世纪神学的开端是"**第二次大洪水**",由此"**僧侣们**终结了**哥特人**所开创的东西"(Ⅱ.691-692)。因此,即使他本人是一个天主教徒,却大力强调了傲慢的原罪。蒲柏似乎要拒绝天主教神学的传统,认为它属于一个迷信和非理性信仰的时代。他在这里是作为文艺复兴时期思想家的后裔在写作,那些思想家认为自己是古典作家的真正继承人,中世纪是一个失常的时代。甚至更为引人注目的是,蒲柏接着赞扬了文艺复兴时期人本主义思想家德西德里乌斯·伊拉斯谟,说他"把那些**圣汪达尔人**赶下了舞台"(Ⅱ.693-694)。与蒲柏一样,伊拉斯谟曾经热爱以理性和宽容为基础的经典。他拒绝了教堂的基督教、神学教条主义和迷信,赞成一种简朴和理性虔诚的宗教。他的著作帮助"新教改革"铺平了道路,虽然他本人怀疑他从新教和天主教双方那里所发现的偏见。

蒲柏对伊拉斯谟的绝对效忠(部分还有对博林布鲁克那样的当代人物的效忠),指向了一个泛自然神论的方向,一方面,要容纳世俗语境而非神学语境中的傲慢的意义,另一方面,要在其适当限度之内容纳理性。他的历史考察继续称赞了文艺复兴时期艺术成就的"黄金时代",并且提出,那以后的艺术和批评主要在欧洲繁荣兴旺起来,尤其是在法国,它产生了批评家和诗人尼古拉·布瓦洛。布瓦洛是一位受到贺拉斯极大影响的古典主义者。倘若布瓦洛本人对蒲柏的批评思想有所影响的话,那么,我们会发现,蒲柏这时开始为他自己进入批评史搭建舞台。虽然他注意到英国人"讨厌**睿智的特权**",普遍不受外国文学的影响,但他评论说,有些英国作家较为健全合理:他们赞同"**更加正确的古代理想**,/在这里**恢复**了睿智的**根本法则**"(Ⅱ.721-722)。蒲柏这时称赞的作家或者对他来说是知名的,或者就是他的私人教师。他提到的名字有罗斯康芒伯爵(the earl of Roscommon),他熟知古典的睿智;威廉·沃尔什,他的私人教师;最后是他自己,为他已故的私人教师奉献了"谦卑的"颂词(Ⅱ.725-733)。总而言之,蒲柏在这里的策略是不同寻常的：他在重新追溯良好批评的谱系时，以自然和对睿智的真正运用为基础，把他自己的谱系描述为诗人和批评家，由此重新界定或重新肯定了真正的批评传统，并且给他自己打上了进入那种传统的标记。蒲柏把他自己说成是坚守和示范了他迄今为止所称赞的批评的优点。

阿弗拉·贝恩（Aphra Behn，1640—1689年）

阿弗拉·贝恩在很多方面都是一个先驱。由于她的家庭环境和她丈夫的早逝，她不得不靠当作家谋生——她是第一个这么做的妇女。她是英国小说的奠基者之一；她在苏里南（Surinam）的长期逗留，激发她写出了《王子的奴隶生涯》（*Oroonoko*，1688年），这是第一部反对奴隶制的小说。而她作为一名女戏剧作家的经历，使她遭遇了一个女人在这种职业中所要面临的大量障碍，结果造成了她对戏剧极为异端和有争议的看法。这些观点主要表现在为她的剧本所写的序言之中，诸如《荷兰情人》（*The Dutch Lover*，1673年）、《流浪者》（*The Rover*，1677年）和《幸运机缘》（*The Lucky Chance*，1687年）。如果说皮埃尔·高乃依这样的人物迈出了脱离古典戏剧规则的权威、诉诸经验的第一步的话，那么，阿弗拉·贝恩对经验的诉求——特别是诉诸女性的经验——就要激进得多。此外，她（也许是无意之中）把戏剧的表演维度提高到了新的重要地位，如演员的能力和诚实。

在《荷兰情人》的序言《致读者书》（"Epistle to the Reader"）中，贝恩采取了一种绝对挑战性的语气。她为戏剧的价值进行了辩护，把这种价值赞许性地与在大学里传授的传统知识进行了对比。她认为，那些知识相当于"曾经写出来的绝对是最偏离正道的剧本"。[8]话虽如此，她同样否认，诗人，尤其是戏剧诗人，"应当因为引起人们的内心或习惯的巨大改变而受到指责"。指望戏剧要产生一种道德作用，是不切实际的，缺乏任何经验的基础。相反，这样的期望一点不比这一荒唐假设逊色，即"最勤勉的舞台活动的信徒们"都是城市里最为愚蠢和下流的一群人（Behn，Ⅰ，222）。经验也包含了刚写成的实际剧本的效果：贝恩断言，那些戏剧"并没有对改善人们的道德或他们的睿智产生多少作用，不同于经常出现的布道，这个晚近的时代一直受到布道的烦扰"（Behn，Ⅰ，222）。贝恩所说的"经常出现的布道"，是指随着清教徒主义（puritanism）在英国的崛起而出现的对戏剧的道德谴责。就道德意图而言，贝恩坚持认为："没有任何剧本是为了那种意图而写作的。"她认为，就连最优秀的悲剧人物所表现的"都不大可能是供明智之人追求的模式……至于喜剧，你在其中遇见的最优秀的人们，依然不适合你去模仿"。贝恩本人的意见并未经过仔细考虑，她认为，戏剧代表了"聪明人应有的"最好的娱乐表演；要正式谈论它们的规则——以为这是人类生活中的"重要事情"——是毫无价值的。贝恩本人写作剧本《荷兰情人》的目的在于，"只是尽我的可能使之变得愉悦有趣"，判断她成功与否的裁判者是观众（Behn，Ⅰ，223）。

贝恩这时开始讨论围绕着女性作者身份（female authorship）的各种模糊不清的问题。她在那些人面前筑起了一道污蔑批评的堤坝（"令人不快的、可怜的花花公子"等），他们告诉观众说，她的剧本期望成为"一个不幸的剧本……因为它是女人的剧本"。她在回应他们的假设时断言，倘若女人受过与男人一样的教育，那么，女人完全有能力获得知识，具备男人所具有的各种能力。此外,她指出,成功的剧本并不依赖于男人们超过女人的在学问上的优点,并且列举了莎士比亚和琼森的例子。进一步,倘若"虚假做作在男人的行为和言谈中始终都占有比真理和判断力更大的比重"的话,那么,女人就完全可以达到男人们所达到的高度(Behn,Ⅰ,224)。她一口气拒绝了古典的戏剧规则:那些"发霉的关于统一性的规则……如果它们还意指什么东西的话,那它们就还足以理解,还要女人来实行"(Behn,Ⅰ,224)。她未做任何道歉地结束道:"现在,读者们,我已经不那么在意我不得不说的话了。"(Behn,Ⅰ,225)

在写于大约15年后的《幸运机缘》的序言中,贝恩声称,她将为自己的喜剧辩护,以反对"那些恶意的责难,投向它的恶意的性质,尽管都是徒劳"。[9]她大声疾呼,正是由于她的剧本非常成功,才促使批评家们"给它添加了所有的恶名"。她说,他们给它堆积了"古老的绝不会失败的诽谤——这并不适合于女士们"(Behn,Ⅲ,185)。她赶紧指出,很多诗歌作品长期都以一种不妥当的方式来对待妇女的主题,但攻击被忽视了,"因为那些诗是男人们写作的"。她奚落了那些伪善的批评家:"我向一切有常识的和理性的人挑战……读一读我的任何喜剧,拿它们同这个时代的其他喜剧比较,如果他们能找到一个词语会冒犯最有道德的耳朵的话,那么,我将服从他们的所有暴躁的指责。"她告诫那些批评家不要单纯因为那是一个女人的作品而谴责它,而要"通过阅读、比较或思考来考察它是否有过错"(Behn,Ⅲ,185)。她指出,阅读她的剧本的人不仅有罗杰·莱斯特兰奇爵士①,批准书籍出版的官员和演出《幸运机缘》的戏剧公司的所有者,而且还有"一些具有非常伟大的品质的女士";这些读者中没有哪个在她的作品里发现了任何伤风败俗之处。此外,她不仅驳斥了有关伤风败俗的指责,而且驳斥了对被认为伤风败俗之处感到的满足。她指出,有些伟大的戏剧所具有的场景也许会被断言在这方面很无礼;然而,她声称,那些场景并不伤风败俗,因为它们在艺术上是正当的,包含了"对人物性格来说恰当的"东西,"自然属于……为他们而构思的处境"(Behn,Ⅲ,186)。

贝恩在这里实际上所做的,是要评价良好判断、批判性阅读和思考的优点,超越传统男性知识和常规男性文学法典的苍白,它们都由于自身明显的偏见和恶意,丧失了自身以权威性来言说的权利。贝恩提出,另一种声音,一个女人的声音,不是从一种在那种法典之下的立场来发言,而是从它之上来发言;她没有费力驱赶男性有关女性作家的设想;相反,她为妇女们挪用了常识和理性的范畴,把它们从被误用和滥用的男性偏见的传统中抽离出来。然而,她的"女性主义"的身份并不清楚。首先,她在政治上是保守的,是反对英国议会党的保皇党人的坚定支持者。此外,她并不认为她自己外在于男性文学传统(male literary tradition),实际上,她的反驳要被囊括在那种传统之中。或者说,她这样认为吗?以下是她说的话:"我所要求的一切,就是有关我的男性诗人角色的特权……行走在我的前辈们十分渴望在其中成长的那些成功的道路之上,接受古代和现代作家为我规定的那些尺度。"(Behn,Ⅲ,187)倘若她能够如此大胆地试图从被玷污了的男性传统中赎回"常识"和"理性"的概念,那么,她何以就无法赎回作为一种合法的女性活动的"诗歌"呢?她为何一定要诉诸自己身上作为"男性"角色的诗人呢?为何她看起来要一直返回到古代作家那里去敲文学传统的大门呢?

---

① 罗杰·莱斯特兰奇爵士(Sir Roger L'Estrange,1616—1704年):英国政治家和作家。

这些陈述也许适合于一种修辞学的目的：或许使男性作家感到放心的是，她并没有排斥传统，一旦她得以进入其中，她的轻蔑就将消散。寄希望于她在1687年进行写作时就会谈论一种女性传统，是不切实际的；然而，这些最后的陈述需要在一种语境中来解读，即她蔑视男性知识和古典的文学写作规则的语境。确实，她的原创性与她说了什么一样，都在于她言说的方式：她的文本采取了文学批评史上前所未有的一种语气和一种风格。她的作品是挑战性的，不道歉的，以及把她自己完全置于男性知识和文学的传统经典之外（通过与她所说的一样的她的语气而达到一种外在性），不遵循一种逻辑模式；它显得不时被打断，确切地说，通过她正直的、愤怒的起伏运动，她的情绪的有意倾泻，她反驳缺乏实质的批评的节点，以及特殊性或细节的流动——姓名，以及特定情境，它们本身都以一种新的直接而明显的方式，使她的一般陈述充满了实质性，普遍被当成了在同一个层面上的由其构成的特殊，而不是傲慢地强迫特殊性（用她会认为的一种惯常的男性方式）示例性地服务于它自身被预定了的和说明的性质。

塞缪尔·约翰逊（1709—1784年）

在其众多的成就之中，塞缪尔·约翰逊最值得被人们记住的，也许是他那部两卷本的《英语词典》（Dictionary of the English Language），它初版于1755年。他的几乎同样有名的著作还有《英国诗人列传》（Lives of the English Poets，1783年）和八卷本的莎士比亚作品集（1765年）。他最著名的诗歌是《人类欲望的虚幻》（The Vanity of Human Wishes，1749年），它对世俗追求的空虚进行了反思。他也写过剧本和一部小说《拉塞拉斯王子的故事》（The History of Rasselas，1759年），以及大量期刊文章，如《漫步者》（Rambler）、《冒险家》（Adventurer）和《闲散者》（Idler）等。1737年，约翰逊从他出生的利奇菲尔德城（Lichfield）迁居到伦敦，伦敦成了他的文学生活的中心；他出入于一个知识分子圈子，其中有保守派思想家埃德蒙·博克、画家乔舒亚·雷诺兹（Joshua Reynolds）和经济学家亚当·斯密（Adam Smith）。约翰逊本人的传记（biography）由他的朋友詹姆斯·鲍斯韦尔（James Boswell）记录下来，后者于1791年出版了著名的《塞缪尔·约翰逊传》（Life of Samuel Johnson）。

约翰逊的文学作品和个性的一个必不可少的方面，是他的文学批评，它对英国文学产生了巨大的影响。他为莎士比亚剧作所写的著名《序言》和编辑的剧作集，在确立莎士比亚的声誉方面起到了重要作用；他对英国大量诗人生平的描述，为英国文学经典的形成和界定形而上学的睿智这些特质做出了贡献；他对批评本身的评论也产生了一种持久的影响。他在批评上的洞见是睿智的、尖刻的、煽动性的，有时则是激进的，并且始终都以其大量的阅读范围为基础。

他的小说作品《拉塞拉斯王子的故事》是为了支付他母亲葬礼的费用而在一周之内的夜晚写成的，约翰逊在其中通过一个叫作伊姆拉克（Imlac）的人物，表达了对于诗歌本质的一些重要洞见。在第十章里，伊姆拉克进行了一场关于诗歌的专题讨论，它经常被认为是对新古典主义原则的概括；伊姆拉克在何种程度上代表了约翰逊本人的看法还有争议，尤其是因为伊姆拉克要求在文本中对诗人的说明要不可能被充分理解。然而，他所说的大部分话都被约翰逊在别的地方重复过，因此，应当认为——即使是尝试性地——那是约翰逊的文学批评观点的一部分。

伊姆拉克是一个有雄心而非实际上的诗人,他声称,无论他走到哪里,他都会发现"诗歌被认为是最高的学问",而且"几乎在所有的国家中,最古老的诗人都被认为是最好的"。[10]他预见到了约翰逊后来的评论,提出"早期作家都拥有自然,以及他们的艺术的追随者:前者的出色是在力量和创新方面,后者的出色是在典雅和精致方面"。这似乎使人想到了传统的新古典主义的观点,即现代作家只有通过广泛模仿和提炼古典作家的作品,才可能继续写作。然而,伊姆拉克很快就评论说:"没有任何人凭借模仿而变得伟大",诗歌的卓越只有通过关注"自然与生活"才可能达到。此外,在约翰逊的文本中,有对于直接生活经验的强调,以及对于作家要了解自己的读者的强调。伊姆拉克也强调说,诗人必须熟悉各种知识;他必须存储"各种形象和类似之处",这样,他的内心就会充满"无穷无尽的多样性"。这些不同的知识的最终目的都是道德上的:"每种理念都有助于加强或修饰道德的或宗教的真理。"伊姆拉克认为,一般来说,诗人的事业是"要考察,不是考察个人,而是考察人类;要评论普遍属性和重要的外貌……他要在对自然的描绘中展现出这些显著而惊人的特征,使人回想起对每个心灵来说都是新颖的东西"。诗人必须"使自身摆脱对自己时代或国家的偏见;他必须在抽象的和不变的状态下思考正确与错误……并上升到普遍的和超验的真理,它们始终都将是同一的"。

伊姆拉克还指出:"认识自然只是诗人任务的一半;他同样必须熟悉所有的生活方式。"诗人必须能够评估幸福和不幸的各种状况,要观察"所有激情结合在一起的一切情况,在人类心灵被各种体制和气候或习惯的意外影响改变之时追踪其变化"。这两套规则看起来是相互矛盾的:一方面,诗人要表现永恒、普遍的真理;另一方面,他要表现出激情、文化和人类心理所经历的变化。情况有可能是,约翰逊试图通过其人物来表达诗人通过经验要明白的要求,既要明白人类心灵在不同时期经历的各种变化,也要明白在那些变化着的表现形式之下的普遍真理。

在《拉塞拉斯王子的故事》的下一章里,伊姆拉克对想象的才能发表了一些评论,这再次展现出了新古典主义对于表现真理的倾向。伊姆拉克的观点受到他遇见的一个有渊博学识的天文学家的激励,天文学家独自沉浸于深邃的思想,这促使他变得疯狂,他真诚地相信他掌控着气候。但是,伊姆拉克也承认,虽然这种"超越理性的幻想的力量在某种程度上属于精神错乱",但我们全都在某种程度上受到这种力量的支配:"没有任何人的想象力不会在某个时刻支配着其理性",没有哪个人不会"希望或者担心超越有节制之可能性的限度"(ch. XLIV)。尽管约翰逊遵循柏拉图、亚里士多德和其他很多人的古典主义路线,认为理性是通往真理的途径,但重要的是,在这里与理性相对立的不是激情或情感,而是被提升到一种心理能力或倾向的地位上的想象力。约翰逊在这里赋予想象力的真正力量和盛行的程度,成了危险地扭曲真理和自然的某种东西,它将得到浪漫派的支持,把它当作一种转化的力量,比理性更能被理解,是通往更高和更加精神性的自然之真理的途径。

然而,约翰逊对理性、可能性和真理的古典主义信念,得到了他对文学的道德作用的同样古典主义的坚持的补充。在为《漫步者》第4期(1750年)撰写的一篇短文里,他称赞当代传奇小说超越了早期传奇俗套的、不切实际的主题,早期传奇充满了巨人、骑士、不幸的妇人和虚构的城堡。他声称,现代传奇"展现了生活的真实状态"。[11]因此,现代作家不仅需要从书本中获得的知识,而且需要"那种经验,即绝不可能通过独自勤奋获得,而必须来自普遍交往,以及对生活世界的精确观察"(Rambler, 10)。不过,约翰逊认为,倘若存在着这些现代传奇的读者,那么,作者主要关心的就不应当是逼真,而是道德上的教诲。那些书籍主要是针对"年轻人、缺少教育者和闲散者,那些书对他们来说可以成为行为的劝诫,以及生活的向导"(Rambler, 11)。约翰逊承认,"艺术的最大优点"就是要"模仿自然;但是,必须对自然的各个部分进行区分,哪些部分最适合于模仿"(Rambler, 12 - 13)。因此,约翰逊所提倡的"写实主义"是极具选择性的,要受道德责任的制约;虽然作者确实必须坚持可能性,但他不必表现一切事物;他一定不能"混淆正确与错误的性质",而且确实必须有助于"确定它们的边界"。恶行始终都会引起厌恶,而不是赞美;美德必须用可能性所允许的最完美的形式来表现(Rambler, 14 - 15)。约翰逊的立场看来是牢固地确立在古典写实主义传统的范围之内的:与亚里士多德一样,他要求文学,哪怕是刚刚出现的小说体裁,用一般的和普遍的词语来表现真理,而不是受到表现大量"意外"事件和境况的需要的约束;在这个方面,作者对素材和方式的选择可能受到道德责任的限制。

然而,约翰逊的著作中有很多例证,他在其中把他自己表现成在坚持古典主义的论述方面具有灵活性。他认为,很多长期受到尊重的规则与原理,都不过是那些自封的立法者们"武断的法令",他们"禁止新的睿智的实验,限制去幻想放任自己冒险的天生倾向,谴责天才的一切未来的追求都要沿袭迈俄尼亚①之鹰的道路[荷马]"。约翰逊强调,各种规则应当从理性中抽取出来,而不是从单纯的先例中抽取出来(Rambler, 197 - 199)。在第156期中,他也要求"很多规则的提出都无须考虑自然或理性"。在这些说法中,他列举了一些被长期坚持的有关戏剧的规则:只有三个人必须同时出现在舞台上的规则;把一出戏限制于五幕;以及时间的统一,一出戏因此应当在一天的范围内演完。约翰逊反驳说,这些以写实主义为目的的规则,没有使我们的普遍意愿适应于被"欺骗",即舞台上的事件都是真实的:"必须承认某种错觉,我知道没有什么地方可以固定想象力的限度。"(Rambler, 193 - 194)他赞同悲喜剧的"混合"体裁,认为这既没有违反理性,也没有违反戏剧的实质性作用,它"自称仅仅是成为生活的镜子"。不过,约翰逊确实提出,绝对需要遵守行动统一和性格统一的规则。在鉴别要遵守哪些规则方面,他声称:"把自然与习惯区分开来应该成为作家首先要努力的。"(Rambler, 194 - 196)在这里似乎有一种坦白陈述,并不是古典规则的基础——坚持自然、理性和真理——都错了,而是有些规则在实际上并非源自那些基础。

很多这样的问题都在约翰逊为他编辑的莎士比亚戏剧集所写的著名《序言》中进行了更加详细的讨论。有三个基本关注点贯穿了这篇《序言》:诗人的名声是如何确立的;诗人与自然的关系;与依赖由批评和惯例所确立的原则相比较,自然与生活经验的相对优点。约翰逊在《序言》开始时介入了有关古代作家与现代作家的相对优点的争论。他断言,古代作家的优点是以一种"逐步的和比较的"评价为基础的,因为要由"观察和经验"来检验。[12]约翰逊认为,如果我

---

① 迈俄尼亚(Meonia):荷马史诗《伊利亚特》中所记古代希腊之地名,史诗中多次提及"迈俄尼亚"。如第二卷有"墨斯福斯和安提福斯乃迈俄尼亚人的首领,塔莱墨奈斯的儿子,母亲是古伽亚湖里的女仙,率领家居特摩洛斯山下的迈俄尼亚人",第五卷有"伊多墨纽斯杀了法伊斯托斯,迈俄尼亚人波罗斯的儿子,来自土地肥沃的塔耳奈"。

们用这些标准——"崇敬的持续时间和延续时间的长短"——来评判莎士比亚的话,那么,我们就会证明有理由让莎士比亚"享有古人的尊严",因为他的名声已经经过他那个时代的各种习惯、意见和情境而留存了下来(60-61)。

约翰逊探究了莎士比亚不朽成就背后的原因,做出了一个重要的总体陈述:"没有什么能使很多人满意,能长久地使人满意,只有对普遍自然的表现才有可能。"(61)此外,约翰逊用"普遍自然"来指,在按照"真理的稳定性"进行创作时要避免特殊的方式、偶然的习惯和基础,也就是说,那种真理是永恒的和普遍的。约翰逊声称,在所有作家中,莎士比亚率先成了"自然的诗人;这个诗人使他的读者握有一面风俗与生活的忠实镜子"。他的人物不是根据时间、地点和地方风俗的偶然事件来塑造的;相反,他们都是"共同人性的真正后裔",他们的"行为和言说受到一切心灵都为之激动的那些普遍激情和原理的影响"。约翰逊认为,其他诗人把人物表现为个体;在莎士比亚那里,人物"都是共同的种类"。正是由于这些事实,莎士比亚的戏剧才充满了"实际经验的公理和家庭的智慧……从他的作品里可以汇集一个民间的和经济上精明节俭的系统"(62)。

与大多数戏剧作家"夸张的或被加重了的人物"相比较,莎士比亚的角色都不是英雄,而是凡人;他用人类的语言来表现"人类的情绪",运用了寻常的事件。实际上,由于他运用了源于"普通生活交流"中经久耐用的说法,约翰逊认为莎士比亚是"我们语言的原创性大师之一"(70)。虽然莎士比亚"拉近了遥远,使奇异为人所熟悉",但他所描绘的事件与可能性相吻合。由于具有这些特质,莎士比亚的戏剧"成了生活的镜子"(64-65)。

约翰逊这时针对约翰·丹尼斯、托马斯·赖默和伏尔泰(Voltaire)这些批评家和作家提出的指责,为莎士比亚进行了辩护。那些批评家认为,莎士比亚的人物不足以反映他们的时代和身份,例如,他的罗马人并不是十足的罗马人,他的国王并没有十足的王室气派。约翰逊反驳说,莎士比亚"始终都使自然支配着偶然事件;而且……他保护了绝对必要的人物",把他们从偶然的习俗和"国家与社会地位的偶然差别"中解救出来(65-66)。一种较为严厉的责难形式涉及莎士比亚把喜剧和悲剧的场景混合在一起,由此违背了悲剧与喜剧之间的古典差异。约翰逊承认,莎士比亚的剧作"不是严格的和批评意义上的悲剧或喜剧,而是一种截然不同的合成物;它展现了人间自然的真实状况,同时带有善与恶,欢乐与悲哀,与比例的无穷变化和无数的结合方式融合在一起"。古代诗人选择了这种多样性的某些方面,分别把它们限制于悲剧和喜剧;莎士比亚则"把令人激动的笑声和悲哀的力量不仅在一个有思想者的身上结合起来,而且结合在一部作品里"(66-67)。正是在这方面,即在他为悲喜剧所进行的辩护方面,约翰逊要求把自然作为更高的权威,而不是先例。他承认,莎士比亚的实践"与批评的各种规则相反……但始终都有对于从批评到自然的公开诉求。写作的目的是要给予教诲;诗歌的目的是通过愉悦给人以教诲。混合戏剧可以传达悲剧或喜剧的一切教诲,这一点无可否认……它比悲剧和喜剧更接近生活的外貌"。此外,约翰逊认为,混合体裁有利于更大的多样性,而"所有的快乐都在于多样性"(67)。约翰逊也指出,当莎士比亚的剧作在1623年第一次由他的演出公司的成员进行"编辑"时,那些编辑们虽然把剧作划分成喜剧、历史剧和悲剧,却无法清晰地把这三种类型区分开来。在这三种形式中,莎士比亚的"写作方式是相同的,即让一种严肃与嬉戏进行交换",而他"从来不会达不到自己的目的"(68)。

然而,约翰逊确实承认,莎士比亚也有很多过错。他的第一个过失在于,他"更在意快乐而不是教诲,他的写作似乎不带有任何道德目的"。约翰逊承认,从莎士比亚的剧作中可以挑选出一个"社会责任的系统"。问题在于,莎士比亚的"规则和公理是他偶然说出来的;他没有对善与恶进行任何区分",只让善行与恶行的例子"偶然地起作用"。约翰逊坚持认为,作家的职责始终都是"使世界变得更好"(71)。约翰逊所列举的莎士比亚的其他过错有:情节的松散,他因此"忽略了教诲或快乐的机会";没有注意到时间或地点的区别,以至于来自一个时代或地点的人们被不加区别地赋予了属于其他时代和地域的特征;他的幽默粗俗放肆;他的叙述和事先准备好的演说冷漠浮华;没有在场景中把唤起恐惧和怜悯坚持到底;以及有悖常情地和不着边际地迷恋于牵强之词与俏皮话(71-74)。

然而,有一种类型的过失,约翰逊认为并非莎士比亚的责任:忽视了古典戏剧的统一性。约翰逊抓住这个机会详细阐述了他早先对那些古代规则的冷嘲热讽。首先,他使莎士比亚的历史剧免除了对统一性的一切要求;因为那些历史剧既非悲剧,亦非喜剧,它们不服从于支配着悲剧和喜剧的那些法则。这些历史剧所需要的一切,是"行动的变化要有所准备,以便于理解,事件要有变化和动人,人物要一致、自然和独特。不要求其他任何统一性"(75)。约翰逊认为,莎士比亚确实遵守了行动的统一:他的情节不是由复杂因素和结局构成的,"因为这极少是真实事件的正常状态,而莎士比亚是自然的诗人"。但是,他确实遵守了亚里士多德的要求,即情节要有开头、中间和结尾。

不过,就时间和地点的统一而言,莎士比亚毫不关注,在这个问题上,约翰逊为莎士比亚的辩护追问了这些统一性本身。像高乃依一样,他认为这些统一性是"给诗人增添了更多麻烦,而不是使观众感到快乐"(75-76)。约翰逊认为这些统一性产生于"假想的使戏剧可信的必然性"。这样一种要求要以这个观点为前提,即观众或读者的心灵"会因为明显的虚假而产生反感,当虚构脱离了与现实的相似性时,它就丧失了力量"。地点的统一只不过是根据时间统一的一种推论,因为在很短的一段时间里,观众不可能相信特定的演员已经穿越了不可能的距离,到达了遥远的地方。这些都是批评家们反对莎士比亚戏剧的不合规则之处的理由。在约翰逊看来,这些前提本身都是不可靠的。在一段引人注目的相反论证中,他认为莎士比亚本人是反权威的,并且断言:"那是虚假的,即任何表现都被误当成了真实;任何戏剧寓言在其物质性方面都永远是可信的。"(76)约翰逊评述说,观众在到剧院的途中始终都会意识到,他们要使自己服从于虚构,服从于一种暂时自我欺骗的形式。而我们必须承认,"如果容许欺骗",它就没有"任何必然的局限性"。如果我们相信舞台上演出的战斗是真实的,那么,我们为什么要计算时间,或者不承认地点的变化是不真实的呢?我们自始至终都知道,"舞台仅仅是个舞台,表演者仅仅是表演者"(77)。

约翰逊认为,模仿给予我们快乐,"不是因为它们被错当成了真实,而是因为它们把真实带给了内心"(78)。约翰逊断定,"没有任何东西对寓言来说是实质性的,除了行动的统一之外",时间和地点的统一都产生于"虚假的设想",并且减少了戏剧的多样性(79)。因此,这些统一性"要奉献给更高贵的多样性和教诲的美",一出戏最大的优点是"模仿自然和指导生活"。约翰逊完全意识到了在这些问题上准备好反对他的势力,他在实际上使人想到了"戏剧原则要接受新的考察"(80)。然而,他的策略是从逻辑上论证时间和地点统一的无条理性,并把莎士比亚确立为一个可供选择的权威资源,以反对古典的传统。具有讽刺意味的是,他自己的观点因此通过一位剧作家得到了认可,而他本人却要努力使那位剧作家符合古典的尊严。

约翰逊明显赞同这一传统,即认为莎士比亚缺乏正规的学识;他的成就的更大部分"是他自己天赋的产物"。与大多数模仿前辈的作家相比较,莎士比亚直接获得了"很多对于生活方式的确切认识",以及对无生命世界的认识,这些认识是"通过反思事物的真实存在"而汇集起来的(89)。他清楚地证明了,"他是用自己的眼睛在观看;他提供的是他所接受的形象,没有受到其他任何人的干预的削弱或扭曲"。总之,"英国戏剧的形式、人物、语言和表演都属于他"(90)。约翰逊也敏锐地指出,莎士比亚的名声在某种程度上也要归功于他的观众,要归功于观众自愿称赞他的优雅,忽视了他的缺点(90-91)。在这个文本里,约翰逊诉诸自然和直接经验,注重古典的先辈和规则,以及把莎士比亚评价为开创了一种新传统,实际上为关于诗人之作用的各种更加广阔的视野、诗人与传统和古典权威的关系、个人的诗歌天赋的优点搭建了舞台。他对莎士比亚的评价以他对其剧作的辛劳编辑为支撑。

约翰逊对其后继者产生了巨大影响的另一个领域,是传记和对英国经典中的诗人的比较评价的领域。他对英国大量诗人的生平和作品的描述,最早是以一系列重要英国诗人作品集序言的形式写成的。这些序言一共有52篇,于1781年单独以《英国诗人列传》的形式出版。总的来说,约翰逊把传记提升为一种艺术:约翰逊的文本完全没有奴隶式地恪守各种事实,而是充满了想象性文本的一切因素:演说式的特征,想象力的洞见,假设式的论证,生动的描绘,反思性的判断;他不仅借助读者的理智,也借助读者的情感、背景和道德感。在所有这些序言里,他最根本的诉求是有关"自然"的概念,还包括理性、真理和道德上的恰当。他思考了诗歌的各种体裁和风格,模仿的本质,翻译问题,古典的艺术规则,以及文学批评的职责。

每篇序言的典型结构和构成,都为传记艺术与文学批评的理论和实践提供了重要因素。约翰逊很有特点地把特定诗人的作品置于对其政治语境的详细描述之中,置于诗人的个人境遇、学识、性格、与文学同辈和公众的关系之中。他经常列举赞扬和谴责特定诗人的各种方式;他对有些诗人的诗歌进行了详细分析;他尝试了对诗人的伟大、重要性及其在英国文学传统中的地位做出总体的、比较的评价。所有这些说明在某种程度上都透露出了约翰逊自己的批评格言,即要"正确评判一个作家,我们必须把我们自己转移到他那个时代"。[13]约翰逊的评价证明了它们对确立英国经典或文学传统的影响。例如,正是他,才最为全面地为莎士比亚和其他诗人进行了辩护,反对指责他们违背了古典的统一性;正是他,才把德莱顿称为"英国批评之父"和改变了英国诗歌的诗人:"他发现它的时候是砖,经过他的手却把它变成了大理石。"(*Lives*, 157, 194)同样地,正是约翰逊,在思考了蒲柏的优点与缺点之后,造成一个既定的事实,即蒲柏作为一个诗人的名声是稳固可靠的:"倘若蒲柏不是一位诗人,那么,到哪里去寻找诗歌?"(*Lives*, 402)此外,正是约翰逊,才认为艾迪生的散文是"中间风格的楷模",而他在文学史上的实质性作用是表现了"具有最诱人形式的知识,不是崇高的和严格的,而是可以理解的和为人熟悉的"(*Lives*, 236-237)。

从整体上来考虑，约翰逊对英国诗人的评价已经作为阿诺德所称的"自然中心论"留存了下来，是批评可以不断地返回到其上的参照点。虽然约翰逊的批评有赖于坚持自然、理性、真理和道德教诲的古典基础，但约翰逊所增加了的是，要求对作家及其作品进行历史语境化（他在《列传》和《词典》中就莎士比亚所做的工作就是例证），以及把自然——在其最全面的意义上——地位置于单纯的先例或古典作家的权威之上的职责，这种职责或许使看待文学传统的新的或修正过的观点成为可能。约翰逊强调，"真理……高于规则"（*Lives*, 94）。也值得记住的是，约翰逊所说的"自然"，主要不是指外部世界、物质的自然，而是指人类本性对理性与道德感普遍的和历史的体现。他在其论述弥尔顿的文章里声称："对外在自然的认识，以及那种认识所要求的或包含的科学，都不是人类心灵的伟大事业或经常性的事业……首先必需的是有关正确与错误的宗教的和道德的认识；其次是熟悉人类的历史，并熟悉那些可以说体现了真理的例证……审慎与正义是一切时代和一切地方的美德与卓越之处；我们永远都是道德家，但我们只是偶然成了几何学家。"（*Lives*, 23）在这两个方面——对历史语境化和比较的要求，以及诉诸超越惯例的自然和真理，他预见到了大多数浪漫派的和现代的批评，并为它们搭建了舞台。

注释

[1] Michael Moriarty, "French Literary Criticism in the Seventeenth Century," in *CHLC*, V.Ⅲ, 556 - 558, 561 - 562.

[2] Pierre Corneille, "Of the Three Unities of Action, Time, and Place," trans. Donald Schier, in *The Continental Model: Selected French Critical Essays of the Seventeenth Century, in English Translation*, ed. Scott Elledge and Donald Schier (Ithaca and London: Cornell University Press, 1970), pp. 101 - 102. 下文引用所列页码均为这个文本。

[3] 这里所用的文本是 William Soame and John Dryden 的译本。它在 *The Art of Poetry: The Poetical Treatises of Horace, Vida, and Boileau* 中重印，trans. Francis Howes, Christopher Pitt, and Sir William Soames, ed. Albert S. Cook (Boston: Ginn, 1892)。

[4] 参见 Colin Burrow, "Combative Classicism: Classical Literary Criticism in Renaissance England," *CHLC*, V.Ⅲ, 488。

[5] John Dryden, "Defence of *an Essay of Dramatic Poesy*," in *Essays of John Dryden: Volume* Ⅰ, ed. W. P. Ker (New York: Russell and Russell, 1961), p. 133. 以下德莱顿文章的所有引文都出自这个版本。

[6] *Essays of John Dryden: Volume* Ⅱ, ed. W. P. Ker (New York: Russell and Russell, 1961), pp. 119 - 125. 下文引用写作 *Essays*, Ⅱ。

[7] 我对睿智的一些评论要感谢 Edward Niles Hooker's "Pope on Wit: *The Essay on Criticism*," in *The Seventeenth Century: Studies in the History of English Thought and Literature from Bacon to Pope*, R. F. Jones et al. (Stanford: Stanford University Press, 1951), pp. 225 - 246 所提供的出色阐述。

[8] *The Works of Aphra Behn: Volume* Ⅰ, ed. Montague Summers (New York: Benjamin Blom, 1967), p. 221. 下文引用写作 *Behn*, Ⅰ。

[9] *The Works of Aphra Behn*: *Volume* Ⅲ, ed. Montague Summers (New York: Benjamin Blom, 1967), p. 185. 下文引用写作 *Behn*, Ⅲ。

[10] Samuel Johnson, *The History of Rasselas*, *Prince of Abyssinia* (Harmondsworth: Penguin, 1986), ch. Ⅹ. 所有引文都出自这个文本。

[11] Samuel Johnson, *Essays from the Rambler*, *Adventurer*, *and Idler*, ed. W. J. Bate (New Haven and London: Yale University Press, 1968), p. 9. 下文引用写作 *Rambler*。

[12] *The Yale Edition of the Works of Samuel Johnson. Volume* Ⅶ: *Johnson on Shakespeare*, ed. Arthur Sherbo, introd. Bertrand H. Bronson (New Haven and London: Yale University Press, 1968), p. 59. 以下出自约翰逊《序言》的页码均指这个版本。

[13] Samuel Johnson, *Lives of the English Poets*, introd. John Wain (London and New York: Dent/Dutton, 1975), p. 158. 下文引用写作 *Lives*。

第十三章 启蒙运动

历史与知识背景

"启蒙运动"(Enlightenment)是一种广泛的知识趋势,横跨了哲学、文学、语言、艺术、宗教和政治理论,它从1680年左右持续到18世纪末。按照惯例,启蒙运动被称为"理性的时代",尽管这个名称现在被认为有点简单化,因为它没有包括那个时期不同的知识倾向。启蒙运动的思想家们在见解方面绝不是统一的,而他们在总体上都认为自己开创了一个人本主义的、知识的和社会进步的时代,构成其基础的是人类理性在推理上日益增加的征服外在自然世界和人类自身的能力。他们认为,他们的使命是要使人类思想和制度摆脱非理性的偏见和迷信,以及培育一个摆脱了封建的变化无常、政治上的专制主义和宗教上不宽容的社会,人类在其中可以通过在理性和自由的基础之上做出道德与政治选择,来实现自己的潜能。在政治和经济方面,启蒙运动的思想对自由主义的兴起来说是必不可少的,对于资产阶级的势力通过1789年的"法国大革命"(French Revolution)和后来遍及整个欧洲的革命而取得优势地位来说,也是必不可少的。实际上,人们应当记得,理性不只是被哲学突显出来的人类寻求知识的一种中性的能力;理性作为一种生活方式的反作用,作为一种对于世界的根本倾向,在经济领域里有着它们的基础,构成了对于银行业、投资、贸易和制造业更加新颖的、理性态度的基础,为科学和技术的地位提供了各种深刻的含义。

启蒙运动的这些形象,特别是理性的力量和客观性,受到了来自很多方面的挑战:最初,受到了一些通常被包括在启蒙运动思想轨道范围内的人物的挑战,如让-雅克·卢梭(Jean-Jacques Rousseau),他强调了情感与本能的重要性,大卫·休谟,他的怀疑论甚至包含了理性的能力;受到了特奥多尔·阿多诺(Theodor Adorno)、马克斯·霍克海默(Max Horkheimer)和罗兰·巴特等其他很多人的挑战,他们发展了最初由马克思和恩格斯所提出的对于作为资产阶级意识形态之基础的"理性王国"的批判;受到了一种选择性的,从叔本华(Schopenhauer)、尼采、柏格森直到德里达的异质哲学传统的挑战,它强调了理性与意识形态和实际利益、物质存在的内在联系;受到了产生于弗洛伊德(Freud)和荣格(Jung)的精神分析传统的挑战,它强调了人类行为的一个组成部分极少是由理性引起的;受到了女性主义的挑战,它认为理性是男性对世界的建构中的一个支配性因素,内在地受到了复杂的身体要求的制约;还受到了各种形式的后结构主义和后殖民主义(postcolonialism)理论的挑战,它们把理性确定为欧洲特有的一种现象,在本质上同阶级利益和帝国霸权的规划联系在一起。在其核心之中,理性一开始就在很多层面上从意识形态上被定了位。因此,所有这些运动和趋势都要挑战理性关于中立性、公正性、客观性和普遍性的主张。

尽管有这些批判,尽管它们从 20 世纪初期以来就发挥了不同的力量,但启蒙运动的主流一直都对我们的世界具有一种深远的影响。启蒙运动的大部分思想都以对于宇宙的新科学观为基础,这种观点是由英国数学家艾萨克·牛顿爵士(Sir Isaac Newton,1642—1727 年)的著作激发起来的;这种由科学方法可以确定的法则所安排好的机械论的宇宙概念,最终取代了由慈善的神的意志安排的和在历史上被引导的宇宙观。理性的概念本身造成了对悠久的思想和体制实践之传统的深刻挑战。对理性的依赖在本质上毫无新意;柏拉图和亚里士多德这类古典哲学家,都曾主张理性是我们可以通过它接近普遍和必然之真理的能力。中世纪的基督教哲学承认,理性是一种特有的精神倾向的一个必要组成部分,但它仅仅是一个要素,需要得到信仰和启示的平衡。换言之,理性被限制在一种较为宽泛的人类能力的模式之内,它的限度得到了强调:理性本身不可能接近上帝或救赎,它也不可能探究宇宙的终极秘密。就启蒙运动来说新颖的是,它坚决主张理性是我们可以通过它获得知识的主要能力,坚持认为它有可能被无限地应用。理性的结果再也不需要受到对信仰的要求或神之启示的支配的约束。不仅如此,对理性、人类个人推理的能力的高扬,实际上破坏了对一切形式的权威的依赖,无论是教会、国家、传统、习俗的权威,还是一切强有力的个人的权威。这种思维方式甚至在今天的现代民主制中都特别明显:正如阿列克塞·德·托克维尔就美国所说的那样,一般人都喜欢依赖他们自己的洞见(尽管不了解情况),而不是服从于权威或他人的证据,甚至也不服从于专家的权威。

启蒙思想的三个有重大影响的先驱是英国思想家弗朗西斯·培根(1561—1626 年)、法国理性主义哲学家勒内·笛卡儿(1596—1650 年)和荷兰理性主义思想家本尼迪克特(巴鲁克)·斯宾诺莎(Benedict [Baruch] Spinoza,1632—1677 年)。培根的主要哲学著作是《学术的进展》(1605 年)和《新工具》(1620 年),他在其中阐述了我们在实际观察一些特定现象的基础之上借以概括的归纳法。他提出,归纳作为现代科学的方法,是一种比中世纪依赖于演绎和演绎推理更加有效的认识途径,演绎推理的前提是由传统的权威传下来的。在《新工具》里,培根坚持认为,认识只可能产生于对自然的实际观察;他认为,像三段论那样的构成中世纪大多数哲学之基础的逻辑学要素,可以在它本身的范围内形成一种一致的结构,但并不必然与真实的事实有联系。例如,三段论可能由于其命题在逻辑上的循环而很有效,但那些命题仍然可能是不真实的。因而,获得认识的唯一可靠的方式,就是凭借一种"真正的归纳",理性因此被用来观察事实;只有用这种方式,才可能产生理念和公理。

即使受某些思想体系控制的赞同意见已经有很多个世纪,培根还是断言,我们必须从这种可以选择的基础重新开始。他警告说,迄今为止,人类的心灵已经被他们叫作"偶像"或虚假概念的东西误导了。他们把那些偶像划分成四类。第一类是"部落的偶像",它指被扭曲了的关于自然的印象,这是由对整个人类来说共同的感觉和理解力的缺陷造成的。第二类是"洞穴的偶像":他认为,每个人都拥有一个秘密的洞穴,他通过洞穴或者从洞穴中去看世界。那洞穴是一种关于个人本质和教养之特殊性的隐喻:他的世界观将通过他的主观体验折射出来,并且被扭曲。第三种偶像是那些关于"市场"的偶像,它们又一次成了"人类交往与合作"的一种隐喻:当人们进入社会关系之中时,就产生了一种社会话语,它以其含糊暧昧和智力缺陷迎合了"普通人"。最后是"剧场的偶像":它们是哲学家和学者们的体系,那些体系"只不过是一些舞台剧",因为它们表现了"他们自己创造的世界",而不是真实的世界。[1]这些先前的体系的支持者们要求我们通过那些虚构去看世界,而不是为了我们自己而直接去体验世界。

勒内·笛卡儿经常被称为现代哲学之"父"。与培根一样,笛卡儿挑战了中世纪哲学的基本原理。在他的《方法论》(*Discourse on Method*)中,他以一种怀疑的方式开始了他的思考,怀疑一切事物,包括他自己的感觉、理解以及外部世界的真实性,直到他能够找到一种可靠的和确定的基础,能够把他自己的思想体系建立在那基础之上。笛卡儿决心"拒绝我所能想象到的极少有怀疑理由的绝对虚假的一切",以便发现是否有哪种确定的知识留存了下来。他首先怀疑我们的感觉判断,因为它们经常欺骗我们;他接着怀疑推理的过程;他想象,整个世界也许就是一种错觉。然而,笛卡儿在设想一切都是虚假的之时断定:"绝对实质性的是,思考这个问题的'我'应当是某种东西,并且注意到了'**我思,故我在**'('*I think, therefore I am*')这一真理是那么可靠和那么确定……以致我终于得出结论说,我可以承认它……是我要寻求的第一个哲学原理。"笛卡儿继续确认了——他那伴随着思维过程的实质性本质或自我,把他自己叫作"思维着的存在",独立于一切地点或一切物质环境。这样,他提出了著名的心灵与身体的二元论或差异。心灵是一种思维着的实体,身体则属于空间、时间和物质范围的世界。这样,笛卡儿使一种机械论的世界观得到了延续。笛卡儿从他早先的怀疑过程推断出,他可以把这当作一个普遍的规则,即我们非常"清楚和非常明显地"设想出来的事物,全都是真实的。[2]笛卡儿把数学当作自己的认识模式,设想它的理念清楚明白,它的真理很可靠。

第三位有影响的人物是斯宾诺莎,他是一个出生在阿姆斯特丹的犹太人,仔细研究过笛卡儿的著作。他本人的理性主义和非正统的观点导致他于1656年因为异端被逐出犹太人社群。他也因为对《圣经》的非正统观点而冒犯过基督教的神学家们。与笛卡儿一样,他相信推论的首要地位,相信一种机械论的宇宙观;然而,他并没有采纳笛卡儿的二元论,反而认为宇宙是由单一实体构成的,他认为那种单一实体就是上帝,它折射到了不同的心灵和物质属性之中。在其主要著作《伦理学》(*Ethics*,1677年)中,他认为最高的善在于理性地控制自己的激情,最终在于承认自然的秩序与和谐,它是神之本质的一种表现。后来的启蒙思想家,如英国的约翰·洛克和大卫·休谟,法国的伏尔泰、狄德罗(Diderot)和达朗贝尔(d'Alembert),以及德国的戈特霍尔德·莱辛(Gotthold Lessing),都促进了对于宗教的更加怀疑的、理性的和宽容的态度。最为普遍的态度是"自然神论",它认为神的律法是自然的和理性的,拒绝一切迷信、圣迹和圣礼。

培根和笛卡儿代表了将要成为启蒙思想的两条主线,即经验主义和理性主义。培根的经验主义把重点放在我们对世界的经验和观察之上;笛卡儿则强调用我们的理性来获得一种清楚明白的关于世界的概念。启蒙思想的另一个潮流是唯物主义,它以刚刚讨论过的思想家的思想为标志,却以托马斯·霍布斯(1588—1679年)为最充分的代表。霍布斯甚至阐明了对于心灵的唯物主义观点,认为感觉是由很小的粒子的冲击和相互作用引起的。

在政治方面,启蒙运动提出了几种关于理想国家的蓝图。有几个启蒙哲学家拟订了"社会契约"(social contract)的理论,或者说,这种契约可能与一个国家的公民在意见上达成一致,因而社会生活要由法律来支配,统治者的权力及其按照权利和义务与其臣民的关系都将被界定。这些思想家中的很多人都要求人们要像自然状态下的样子,先于社会契约的形成。正如在其《利维坦》(Leviathan,1651年)中所表达的那样,霍布斯对这种国家的看法是令人沮丧的:他提出,如果没有任何有约束力的法律或契约,那么,人们就会处于永远交战的状态之中。他的推理是:自然在基本上使人类成为平等的;从这种平等性中产生了"差异"(霍布斯用它来指敌意或挑衅性),因为人类的主要目的是自我保存,他们会为同样的事物进行竞争。最后,战争将产生,因为人类为了尽一切可能来保护自己,会努力尽自己的可能控制更多的人。争吵的第三个原因是对荣耀和名声的渴望。霍布斯认为,在这种战争的状态之下,就不会有任何贸易或工业,没有任何文化,没有任何艺术、文学或科学,只有"持续不断的恐惧,以及暴死的危险;还有人类的生活,孤独,贫穷,肮脏,粗野和浅薄"。在这种自然的状态之中,就不会有任何规则、任何道德、任何正义和任何法律:霍布斯认为,这些体制属于人类,正如他们生活于社会中,而不是生活于孤独之中。霍布斯认为,甚至在一个特定国家的人们之间建立了社会契约之后,一个国家仍然会处在反对另一个国家的战争姿态之中;然而,这种状况与个人的战争状况不同,它在实际上有可能促进勤劳和幸福。

启蒙运动的主要经验主义思想家之一,以及在阐述政治自由主义方面最重要的哲学家,是约翰·洛克,他最有影响的著作是《人类理解论》(An Essay Concerning Human Understanding)和《政府论两篇》(Two Treatises on Civil Government),它们都出版于1690年。在《人类理解论》中,洛克否定了笛卡儿的观点,即心灵具有"各种先天的理念",或者说理念完全是天生的。相反,心灵最初是一块**白板**(tabula rasa),我们对世界的体验被刻写在其上。[3]洛克认为,我们的所有理念都来自经验,或者通过感觉,或者通过反思。我们通过自己的感官获得关于外部世界中的对象的理念,诸如黄色、白色、坚硬、寒冷或柔软的理念;我们也通过反思我们自己心灵的内在运作获得理念,这些理念包括感知、思维、怀疑、推理和相信。他认为,这两类运作是"认识的源泉",此外没有认识或理念的任何别的源泉(Essay, 89 - 90,348)。洛克与笛卡儿的一致之处,在于他坚持清晰明确的理念;如我们将看到的,与某些现代语言哲学家一样,洛克指责把语言误用或滥用于我们关于世界的很多错误概念中,并且提出语言应当变得更加准确。

苏格兰哲学家大卫·休谟发展了洛克的某些经验主义概念,得出了一些更加激进、怀疑的结论。洛克认为我们的心灵通过理念认识外部世界,休谟则认为我们认识的**只是**理念,不是外部世界本身。我们只能通过"它们引起的感知"来认识外在对象,我们只能根据"我们感知的一致性"来推断它们的存在,无论它们确实是真实的,还是仅仅是"感官的幻觉"。[4]事实上,洛克本人承认,就连那些构成经验之核心的简单理念,都不可能被证明是与现实一致的,他承认,事物的真正实质是不可知的(Essay, 271 - 273,287,303)。洛克和休谟两人都否定了亚里士多德式的"实体"概念是现实的根本基础。休谟发展了洛克在拒绝实体方面所固有的怀疑论:在世界上不存在任何实质,无论我们谈到的外在对象是一张桌子,人类的特性,还是像善这样的道德概念。所有这些最终都是我们心里的建构,大多充满了风俗和习惯。实际上,在休谟看来,甚至人类本身都不是一种固定的论据,而是通过"感知的连续性"建构起来的(THN,135)。因此,休谟要求追问人类特性的概念本身。此外,在休谟看来,现代科学的整个推动力以之为基础的因果关系法则,曾经被称赞为宇宙的"根本原理",它只具有一种惯例上的有效性,其基础仅仅是习惯的权威性(THN,316)。我们在世界上感知到的东西,不是因果关系的作用,而只是"不变的联系",换言之,是我们把两种现象联系起来的长期习惯。

在法国,启蒙运动的主要人物是伏尔泰(1694—1778年)、德尼·狄德罗(1713—1784年)和让·达朗贝尔。也许同其他一切人相比,伏尔泰更多地普及了牛顿和洛克的观点。他年轻时曾经因为写过讽刺贵族统治的诗歌而被囚禁在巴士底狱,后来被流放到英国。他的大量著作包括《哲学词典》(*Philosophical Dictionary*,1764年)和一部虚构哲理小说《老实人》(*Candide*,1759年),他在其中宣布了理性、经验和由自然法则支配着的世界的概念的必要性。在《老实人》中,他嘲笑了德国哲学家戈特弗里德·莱布尼兹的乐观主义、决定论和理性主义,莱布尼兹相信世界的预先设定的和谐,伏尔泰在以下一句话里讽刺了莱布尼兹的立场:"一切都是在这个完全可能最好的世界上最好的。"其含义是说,抽象的理性本身并不能理解人类情景和人类缺陷的无限多样性。在这种意义上,理性就被当成了一种给人以安慰的虚构,以迎合人类对秩序的要求。伏尔泰讽刺性地描写了各种"合理的"理由,如战争,宗教上的不宽容,不平等的制度,对乌托邦的追求,破坏人类满足的贪婪,大众的容易受骗,以及人类自我欺骗的力量。将要出现的两个严格教训之一,是对直接体验世界的需要,老实人得出结论说:"要认识人们必须旅行的那个世界。"另一个教训是需要劳动,以便阻止"厌倦、恶行和贫困这三大邪恶"。总的来说,伏尔泰拥护自由和言论自由,虽然他的同情并没有延伸到普通人那里。法国其他启蒙思想家包括理性主义者狄德罗和达朗贝尔,他们都是创造了《百科全书》的群体的主要成员,《百科全书》是有关最新的科学和哲学知识的概览。在德国,启蒙运动的趋势通过戈特霍尔德·莱辛(Gotthold Lessing,1729—1781年)和摩西·门德尔松(Moses Mendelssohn,1729—1786年)得到了表现,他们两人都提出了宗教宽容的哲学。

某些启蒙运动的哲学对"法国大革命"的理想产生了一种塑造性的影响。这些哲学包括洛克的《政府论两篇》(1690年),它证明了1688年革命之后在英国盛行的新政治制度的正当性。洛克谴责了专制的君主政体和议会的绝对统治权,肯定了人民有权反抗暴政。伏尔泰提倡一种由资产阶级支配的开明的君主政治或共和政体。巴龙·德·孟德斯鸠(Baron de Montesquieu,1689—1755年)也影响了"法国大革命"的第一个阶段,提出了一种以行政、立法和司法权力的分离为基础的自由主义理论。让-雅克·卢梭(1712—1778年)通过他关于民主、平等和私有财产之罪恶的理论,对"法国大革命"的第二阶段产生了重要影响,正如在他的《社会契约论》(*Social Contract*)和《论人类不平等的起源》(*Discourse on the Origin of Inequality*)中所倡导的那样。然而,在某些方面,卢梭几乎不属于理性主义的启蒙思想的主流。值得注意的是,他经常被称赞为浪漫主义之父,因为他把自然状态提升到超过文明的地位,把情感和本能提升到超过理性和传统知识的地步。

不过,总的来说,启蒙哲学的主要趋势是走向理性主义、经验主义、实用主义和功利主义(utilitarianism);这些趋势形成了资产阶级自由主义思想(liberal-bourgeois thought)的核心。这种思想传统背后的主要哲学设想是:世界是由独特的和彼此分离的特殊事物构成的[哲学上的多元论(philosophical pluralism)];意识(人类自身的)与世界彼此都是独特的,存在着一种独立于我们心灵的外在现实;普遍的理念是根据特殊理念的联系与抽象形成的(换言之,普遍的理念是对我们心灵的解释,不是在世界中发现的)。正是这些设想,支撑着启蒙思想的其他趋势:世界是一架机器,要服从于律法;人类社会是原子式的或单独的个人的总和;个人是一种自主的和自由的理性代理人;对理性、经验和观察的依赖将能使我们理解世界、人类自身,能使历史进程符合人本主义的、道德的、宗教的和政治的条件。

这些设想不仅渗透了启蒙运动对文学的讨论,而且不断地透露出很多文学与批评的观点,其范围从马修·阿诺德和亨利·詹姆斯(Henry James)这样的人物所提出的经验主义文学理论,到新批评和"新亚里士多德主义"(neo-Aristotelianism)等20世纪的其他运动。启蒙运动的理性主义倾向已经以各种修正的方式渗透到了康德、黑格尔、马克思和克罗齐(Croce)的美学之中。同样地,从浪漫派、法国象征主义(French Symbolism),以及叔本华、尼采、柏格森、海德格尔(Heidegger)和萨特这些思想家产生出来的大多数批评,都推动了启蒙运动之设想有疑问的性质。由弗洛伊德和荣格所激励起来的精神分析批评(psychoanalytic criticism),以及结构主义、解构和后殖民主义批评这些晚近的运动,都使启蒙运动的理性主义和经验主义服从于追求知识与意识形态的审查。它们都质问了实体独立存在的观念,主体与客体二元论在认识论上的有效性,独立的外部世界的理念,以及语言在某种程度上反映了现实或与现实一致的观点。不过,应当记住,很多这类批评都是由启蒙运动的哲学家们本身所开创的,在更加现代的发展出现之前很久,它们都由黑格尔进行了最为清晰的表达。

启蒙运动的文学批评:语言、趣味和想象力

与启蒙运动相联系的历史和知识进展,都对文学批评在诗歌语言、趣味的概念、睿智、判断力和想象力这些能力的讨论方面,产生了深远的影响。这些历史进展包括:资产阶级日益增强的力量和贵族与僧侣相应的衰落;对君主的绝对权力的约束和宪政形式的发展;政治平等的理想的颁布;日益增加的新科学观点的声望和力量;公共领域和阅读公众持续扩大;作为西方思想之主流的理性主义和经验主义的发展。

启蒙哲学与文学批评之间最为直接的联系,通过为18世纪打上标记的各种语言哲学而产生。这些语言理论中最重要的是约翰·洛克所阐明的那种理论,以及他的语言观对文学批评的特殊影响力,这些都强化了他的经验主义对这个领域和其他领域的普遍影响。很多学者都认为,洛克的经验主义的科学的和观察的维度影响了诗歌写作,刺激了相对新颖的对感官细节的关注、科学的描述以及著名的"关于特殊性的学说",它们是由约瑟夫·沃顿(Joseph

Warton)和休·布莱尔(Hugh Blair)这些作家提出来的。在这种意义上,洛克的影响破坏了塞缪尔·约翰逊和其他人的新古典主义概念(把一切都向后通过文艺复兴和中世纪的作家追溯到亚里士多德),诗歌说出了一种普遍性的语言,表达了普遍的真理。但是,正如威廉·基齐(William Keach)和其他人认为的,洛克的经验主义的其他维度同样很有影响。经验主义主观的和心灵主义的方面,不仅把心灵表现为被动地接受来自外部世界的理念,而且在通过把接受的理念在各种联系中联结起来以建构经验之中**很活跃**,这导致了18世纪的文学和批评专注于表现内心的体验。诗歌试图表现人类的心理状态,并且记录心灵与理念的联系。实际上,"观念联想论"的学说经过洛克、休谟、哈特利(Hartley)和孔狄亚克(Condillac)这样的思想家,已经成了文学批评对诗歌语言进行讨论的一种力量。接着,这种学说激发了对于"联觉语言"(synaesthetic language)的新兴趣,通过诉诸另一种感觉来表现五官感觉。这样的语言被认为是诗歌特有的潜能。洛克的讨论也冲击了18世纪诗歌风格的一个重要特征的发展,即"拟人化的表现"(personification),它多方面地提升了普遍与特殊之间的联系。[5]

从一种宽泛的观点来看,人们已经注意到,18世纪的文学和批评的改革反映了更加广泛的科学与哲学发展的经验主义推动力。有趣的是,苏珊·曼宁(Susan Manning)认为,18世纪的语言并没有被专门化为一些独特的话语,各自都具有其特有的行话。相反,科学家、哲学家、神学家和文学批评家都试图描述人类的经验,在本质上使用了相同的语言,她把这种语言说成是**文学**语言。这样,文学批评家、哲学家和科学家的关注点明显被统一起来。经验方法对他们来说都是共同的。[6]洛克实际上把牛顿的经验方法扩大到了对人类心灵的分析,在英国、法国和德国,他的经验主义描述了心灵用感觉来接受理念,在整个18世纪中"在很大程度上支配了文学批评的目的与方法"(CHLC, V.Ⅳ, 590)。曼宁的说明列举了感知洛克之影响力的其他一些方面:在约翰逊那里,他把"经验的试验"应用于文学的标准;在博克那里,他根据经验来界定崇高,以及它对读者或听众感官的影响。约翰逊复述了洛克对滥用词语的责难;他在1755年的《词典》中概括了经验主义对待语言之态度的外延和定义的方面(CHLC, V.Ⅳ, 600 - 601)。而且,在上面提到的宽泛的意义上,洛克的经验主义为18世纪关于人类本质的思考提供了一个出发点。

更深一层的重要影响显现在相对主义的方向上:洛克的哲学怀着一种固有的怀疑主义,认为心灵并不了解真实世界,只了解观念,词语与观念之间的联系并非天然的,而是惯例的。这种怀疑主义的立场鼓励了18世纪的文学批评和哲学"放弃了绝对性",在"关系和相对性"中去寻求基础(CHLC, V.Ⅳ, 590, 596)。正如将在论述休谟的一节里看到的,读者反应的美学被相对化了,而这种相对主义受到了对经验的共同本质之诉求的制约。更为重要的是,文学批评"第一次成了以历史为基础的,而不是以规则为基础的,确认了它对人类感知的依赖和它受时间与地点的限制"(CHLC, V.Ⅳ, 596)。显然,由启蒙哲学和科学所发动的这些趋势,不只是在整个18世纪中达到的,也延伸到了整个19世纪、20世纪和我们自己的时代,包含了作为一个独特领域的美学的成长,对趣味、崇高和历史主义的探讨,以及读者反应美学。

洛克的影响也延伸到了对他本人的观点的颠覆。正如很快将看到的,虽然他本人支持一种摆脱了一切比喻性影响的字面的、示意的和清晰的语言,但很多18世纪的语言理论家都认为他的观点是简化论的,剥夺了语言创造性的和表现性之潜能的力量,剥夺了语言表现人类情感和激情的力量,而不是仅仅在理性的暴政面前退缩。很多理论家都提出了对语言之起源的历史性说明,并且赞成各种原始主义的立场。卢梭和狄德罗认为语言是一种符号系统,它从一种自然状态发展到一种惯例的状态,随着所谓文明的日益进步而被腐蚀和变得做作。正如基齐评论说的,狄德罗和博克都分别称赞不确定性是诗性的和崇高的,而不是谴责它。布莱克维尔(Blackwell)认为语言在起源上充满了隐喻,通过精致文雅而日益变得陈腐;如我们将看到的,维柯(Vico)认为原始语言不是理性的,而是感性的和想象的,具有诗性的智慧;赫尔德(Herder)也用诗歌确证了原始的语言(CHLC,V.IV,135-138)。孔狄亚克和卢梭认为现代语言较少拥有音调的和谐和音乐性,更加精确、明晰和粗糙。谢里丹批评洛克忽视了激情,并且像赫尔德和18世纪的其他很多人一样,表现出一种对书面语言的不信任(CHLC,V.IV,343-344)。在这些反对中,我们见证了明晰性和"平实性"之理想的优势,以及刚出现的对于对语言的这种严格的标准化的反对,这种反对最终将发展为浪漫主义的各种分支。

　　人们广泛感受到洛克之影响的一个特殊领域,是他对睿智与判断力所做的区分,这一点将在下文讨论。对约翰·多恩(John Donne)这样的形而上学诗人来说,睿智体现了一种概念上的和语言学上的机智与敏捷,被称赞为它在灵巧性方面越是增加就越好。如我们在德莱顿和蒲柏那里看到的,新古典主义作家要求睿智要由判断力来调节。洛克把睿智同诗歌和愉悦联系在一起,把判断力与哲学上的明晰和认识联系在一起,实际上用严格的形式重新铸造了一种由托马斯·霍布斯所阐明的反对意见。正如詹姆斯·桑布鲁克(James Sambrook)表明的,洛克的哲学被艾迪生普及化了,他认为,了解洛克对于文学批评家来说是必要的。艾迪生本人对想象力和审美反应心理学的探究,受到了洛克的影响。艾迪生的美学中的有趣之处在于,他试图把洛克的原理结合到他对文学的分析之中,而保留新古典主义关于诗歌模仿的某些设想,甚至还预见到了浪漫派认为想象力和艺术具有超过自然之能力的观点(CHLC,V.IV,618-621)。

　　启蒙运动的哲学设想现在可以根据一些重要思想家的文学批评和文化批评来考察,因为它们表明了各种批评的趋势。我们将考察洛克和维柯所阐明的语言观;在艾迪生的著作中将洛克的理念普及化,以及将它们同新古典主义的甚至预示着浪漫派的观点结合起来;休谟和博克所提出的关于趣味与判断力的理论(他们的思想尤其与很多启蒙价值观相反,在这里可以富有成效地进行思考);由玛丽·沃尔斯通克拉夫特(Mary Wollstonecraft)所进行的对妇女的社会地位和教育状况的分析,她实际上把启蒙运动的理念延伸到了性别概念之上。

约翰·洛克(1632—1704年)

　　洛克的哲学的影响一直在持续和传播着。他奠定了英国经典的经验主义的基础,他的思想特征经常被刻画为以宽容、适度和常识为标志。总的来说,洛克的立场属于清教徒主义;他父亲曾经支持过议会党人反对国王的斗争,他进过牛津大学,而该大学同情清教徒。在牛津大学时,他受到英国重要的科学家罗伯特·玻意耳爵士(Sir Robert Boyle)的影响,玻意耳提倡一种实验的和经验的方法。他也仔细研读过笛卡儿的著作,并且成了艾萨克·牛顿的朋友。1668 年,他被推选为"皇家学会会员"(Fellow of the Royal Society)。在其资助者夏夫兹伯里伯爵去世之后,洛克到荷兰寻求避难,直到 1688 年的"光荣革命",革命恢复了新教徒君主奥林奇的威廉的王位。洛克最重要的著作是《人类理解论》(1690 年),尽管有一些反对意见,但它很快就为他赢得了很高的声望。

洛克的经验主义的含义依然与我们有关:很多意识形态的力量仍然鼓励我们把世界看成特殊事实的一种集合,产生各种感受,即我们的心灵因此行进到获得抽象的理念和普遍真理。在我们的语境里,洛克对语言的看法特别有趣,因为它们不仅为 18 世纪之后的语言理论提供了出发点(包括赞成和反对洛克观点的理论),而且预见到了很多有关语言的现代文学批评的思想。

洛克的根本努力是要表明语言怎样密切地与思维过程相联系,因此提出需要用最准确的方式来使用语言,从而避免我们概念中不必要的混乱。在转向一般地讨论他的语言观之前,值得评述两段有影响的文字,它们深刻地影响了文学和诗歌。在第一段文字里,洛克对睿智与判断力这两种才能做出了著名的区分:

> 那些拥有大量睿智和敏捷记忆力的人,并不是始终都具有最清晰的判断力或者最深刻的理性。因为睿智大多在于汇集起各种理念,并且凭借敏捷和变化把它们汇集在一起,在其中可以发现一切类似之处或一致性,由此构成令人愉悦的图画和幻想中惬意的景象;判断力正好相反,完全站在另一面,小心谨慎地进行分离,一个接着一个,在其中发现理念的最小差别,由此避免被相似性误导,并避免被造成一个事物与另一个事物的密切关系所误导。这是一种与隐喻和暗示完全相反的行动方式;睿智的乐趣和快感大多存在于其中,它如此生动地触动了幻想,因此对所有人来说都可以接受,因为它的美立刻就显现出来,不需要任何思考的努力就能看出其中的真理或理由。(Essay, II, xi, 2)

在这个段落里,洛克实际上使人回想起了哲学与诗歌、修辞学之间古老的对立。大部分古典的和文艺复兴时期的思想都曾努力要把诗歌的各种功能结合起来,既要产生愉悦,又要产生(道德上的)益处,洛克则再度唤醒了难以对付的柏拉图主义的幽灵,不仅把获益和愉悦的领域区分开来(甚至对立起来),而且把分别与诗歌和哲学有关的才能区分开来。诗歌领域由睿智支配,它在完全不同的事物之间去发现特性和密切关系,即旨在愉悦和幻想的想象力与虚构的活动。在另一方面,哲学领域则由判断力掌管,由清晰冷静的、将没有共同属性的事物区分开来的能力掌管,以明确划分各种事物,为的是促进认识。一方的动力在于走向混乱与合并,另一方的动力则在于走向明晰。诗歌的领域是幻想、比喻性的语言、隐喻和暗示的领域;哲学的语言则避免修饰,与真实世界有关。洛克试图拆解很多个世纪中把对于快乐和教诲的要求融合起来的努力,认为它们是对立的,而不是有关的。

因此,在《人类理解论》第三卷《论词语》的末尾,洛克认为比喻性言说包含了一种对语言的"滥用"。他承认,"我们在话语中寻求的是愉悦和快乐,而不是信息和促进",比喻性言说的修饰与修辞学也许不会被认为是过错。他告诫说:"然而,如果我们照事物本身的样子说到它们时,我们必须允许所有的修辞学的艺术,除了秩序和明晰之外;雄辩术所发明的对于词语的一切艺术的和比喻的运用,不是为了别的什么,而是要迂回地传达错误的理念,激起激情,由此误导判断力;完美的欺骗就是如此:因而……在所有自称要告诫或教诲的话语中,肯定要完全避免这种欺骗。"洛克竟然把修辞学说成是一种"错误和欺骗的强有力的手段"。在这段话里,洛克反对愉悦和快乐是要追求认识和道德上的改善。不过,他承认,雄辩的吸引力"就像女性一样",至今都很有效:修辞学被"公开传授",而"欺骗的艺术得到资助和提升"(*Essay*,Ⅲ,ⅹ,34)。虽然文艺复兴时期的人本主义者渴望把人类的追求和才能结合起来,但洛克要求把它们明确区分开来。洛克在这方面要求照字面意义来解释语言,使词语摆脱其隐喻的和寓言的潜能,这种潜能已经聚积了很多个世纪。当语言因此被变成指示符号之时,就被剥夺了一切隐含的潜能,词语实际上就成了意义表面上的透明窗户,其物质维度则受到了压制。洛克的意见或许是资产阶级把语言重新塑造成功利主义工具的最明确的标志,这种科学的趋势依然在影响着直到今天的我们的某些写作课堂。

洛克表面上显得很刺耳的有关比喻性言说的观点,需要在他的语言观的普遍语境中去评价。这些观点无意中突出了洛克的经验主义的某些怀疑论的含义,乔治·贝克莱(George Berkeley)和大卫·休谟也以各种方式表明了这些含义。洛克把词语界定为"理念的符号"或者"内在的概念"(*Essay*,Ⅲ,ⅰ,2)。他预见到了索绪尔和很多现代语言理论家的观点,强调符号(词语)与理念之间的联系不是天然的,而是由"一种完全任意的强加"造成的,它受到"普通用法、默认同意"的控制(*Essay*,Ⅲ,ⅱ,8)。他还指出,虽然所有存在的事物都是特殊的,但大多数词语(除了特有的名称之外)都是普遍性的,并没有指明特定的对象,因为让一个词语代表每个对象不仅是不切实际的和麻烦的,也会使思想的作用丧失能力,思想的作用极大地依赖于我们从恃定的情境中抽象的能力和概括的能力。因此,一个词语通常都会覆盖对象的整个类别(*Essay*,Ⅲ,ⅲ,1-6)。洛克还强调,"一般"和"普遍"并不属于"真实的存在",或者说不属于"事物本身":它们都是人类心灵的创造,旨在促进我们对世界的理解。实际上,类属和种类的实质只不过是抽象的理念:例如,"成为一个人或者成为**人类**中的一员,以及拥有'人'这个名称的权利,都是同样的事情"(*Essay*,Ⅲ,ⅲ,11-12)。换言之,一切像"人"这样的一般理念的实质,都不是在世界上发现的;它是一种纯粹的词语的性质,虽然洛克提醒说,在形成抽象的或一般的理念时,我们试图追寻我们似乎在自然事物中所发现的相似性。然而,他否认了在世界上存在着我们可以认识的任何"真正实质"(*Essay*,Ⅲ,ⅲ,13)。

在《人类理解论》的其他部分里,洛克实际上承认了一种怀疑论的立场,即我们心里所知道的东西并不是世界本身,而是我们关于它的理念。他对语言的讨论强化了这种绝对的怀疑主义,尤其是关于实质的概念,两千多年来它都支配着哲学和神学。他提出,"实质"这个词语具有两种含义:它可以用来指"真实的内在的……对事物的构成",然而,它是不可知的;它也可以指构成每个种类的特征,它以一种抽象的或一般的理念为代表,附着于它的是一个特定的词语(*Essay*,Ⅲ,ⅲ,15)。洛克用这两个定义来对"真实的"和"名义上的"实质进行了著名的区分:他认为,当我们谈到简单的理念和"方式"而它们在实质上却很不相同时,真实的实质与名义上的实质就是相同的。简单事物的名称——它们不可能被分解成更小的组成部分——是最不可怀疑的,因为它们中的每一个都代表一种单纯的感知(Essay, Ⅲ, iv, 12-13)。简单的理念不是由心灵制造出来的,而是"由对它起作用的真实存在的事物对它呈现出来的"(Essay, Ⅲ, v, 2)。方式的名称(复杂的理念,它们不可能凭借自身而存在,而要依赖于实体,诸如"三角形""善""弑父"),纯粹是心灵的创造,与真实的存在没有任何直接的联系,因此,它们真实的和名义上的实质是一致的。但是,在"黄金"这样的实体(洛克把它界定为"凭借自身维持存在的独特事物")的情况下,真实的和名义上的实质就很不相同:名义上的实质不可能体现在任何特定的真实事物之中。实质仅仅指涉类型和种类,并不指涉个别(Essay, Ⅱ, xii, 4-6;Ⅲ, vi, 3-4)。如果存在着一种真实实体的实质的话,那么,我们只可能去猜想那可能是什么(Essay, Ⅲ, vi, 6)。洛克不承认一切对"实体形式"的追求都是毫无结果的,它们都是"完全无法了解的"(Essay, Ⅲ, vi, 10)。我们对于种类和类属的认识是由"我们内心的复杂理念"建构起来的,"不是根据它们准确的、独特的、真实的实质"。洛克坚持认为,我们不能认识真实的实质(Essay, Ⅲ, vi, 8-9)。他在这里摆脱了作为具有"某种受到控制的被确定了的实质"的自然概念。不过,他确实承认,虽然实体名义上的实质都是由心灵而非自然创造的,但它们并非完全是任意的,而是试图遵循自然的模式:我们在自然中发现了某些联结在一起的特质,而我们试图在自己复杂的理念中模仿这些联系(Essay, Ⅲ, vi, 15, 28)。

在"论词语的不完整性"一章里,洛克提出,语言主要被用于两个目的:记录我们自己的思想,以及与他人交流这些思想(Essay, Ⅲ, ix, 1)。他也把语言界定为"认识的工具"(Essay, Ⅲ, ix, 21)。词语的不完整性在于它们所表达的意义的不确定性。他似乎把明晰性界定为一种情景,即一个词或一组词会"在听众身上激发起相同的理念,它代表了言说者心里所想到的理念"(Essay, Ⅲ, ix, 4)。洛克把不确定性归结到一些原因:由于词语与其意义之间不存在任何天然的联系,不存在任何天然的标准,所以,不同的人会把不同的理念附加于相同的词语;支配着意义的规则并非始终都很清楚或者能被理解;词语经常在不知道其意义的全部范围的情况下被获悉(如被儿童获悉)。这些不完整性不大可能使日常或"民间"话语失效,但在哲学上会产生严重的后果,哲学寻求的是普遍真理(Essay, Ⅲ, ix, 4-15)。

甚至在更加强有力的标题为"词语的滥用"一章里,洛克列举了一些被归之于交流失败的故意的过错。它们包括:没有"清晰和明确的理念"就使用词语,或者使用"没有任何要表示的内容的符号";使用的词语不稳定和没有明显的含义;动人的含糊晦涩,用新的和不同寻常的方式使用词语;用含糊晦涩来掩盖概念的艰深和不完备;把词语当作事物(即以为自己的观点描述了现实本身);以为某些词语的意义已为人所知,不需要解释(Essay, Ⅲ, x, 2-22)。洛克对这些情况的矫正是为词语附加清晰和明确的理念,尊重词语的普通用法,在必要时详细阐述它们的意义,尽可能确保词语"与事物的真理"或真实存在之物达成一致,始终如一地使用词语的意义。洛克甚至夸耀了词典的理念,虽然他认为这是不切实际的,但词典可以使语言的所有用法标准化并且清晰。他认为,如果这一建议得到关注,很多流行的争论就会停止,而"很多哲学家……以及诗人的著作都会被限制于简短概括",而不是冗长的大部头(Essay, Ⅲ, xi, 9-26)。

在其语言哲学方面，正如在其一般的为经验主义辩护方面一样，洛克不自在地摇摆于两种观点之间，一方面认为人类心灵通过参与建构了世界，另一方面心灵却从外部"接受"这个世界。他的评论的一般实质使人想到，我们通过语言建构世界：我们自己把一般的理念、范畴、分类强加于世界。我们再也不可能谈到柏拉图的"形式"或者亚里士多德的实质或实体：我们所"发现"的实质是我们自己的建构，即语言的建构。自然本身只包含了特殊性，它表面的规则性和秩序是我们自己思想过程的投射，思想过程的媒介是语言。所有这些都指向了一种"一致的"语言理论，语言因此不是指涉性的（指涉某种外在的现实），而是只通过其表现我们感知的系统性质与一致性而获得意义。在另一方面，洛克似乎表明了，语言与现实之间的联系不完全是任意的：在某个层面上，即单纯理念的层面，我们的感知确实以某种方式与外在现实相适应。洛克没有解释这种适应性，但他并没有放弃这种所谓的客观性的最后残余。实际上，他对语言的明晰性的迫切渴望，也许是要反对失败了的指涉性的系统：整个大厦，语言和现实的完全等同与和谐，传播了很多个世纪的建立在逻各斯概念之上的神学大厦（包括逻各斯所表达的作为词语和创造之秩序的上帝的理念），都将要崩溃。

约瑟夫·艾迪生（1672—1719 年）

虽然约瑟夫·艾迪生也是一位诗人和戏剧家，他最出名的却是作为一名随笔作家的身份，而他的确为随笔形式的发展做出了很大贡献。与书面文学形式一样，随笔在 18 世纪很繁荣。他与从求学时代起就认识的朋友和同事理查德·斯梯尔一起，成了期刊《闲谈者》(*Tatler*，1709—1711 年)和《旁观者》(*Spectator*，1711—1714 年)的系列文章的作者。正是他的雄心，才把哲学、政治和文学讨论带进了中产阶级的圈子。他是一位政治家和作家，担任过副国务大臣、爱尔兰总督秘书和爱尔兰事务大臣的职务，从 1708 年起直到去世，他都是"辉格党"或自由党的成员。斯梯尔也是一位政治上的自由主义者，两个人都把自己的期刊用于文学、道德和教育目的。为了这些目的，他们提供了一些虚构人物的短篇作品，这些作品评论了当代的各种问题和习惯，并且根据主要是人本主义的和在很大程度上是中产阶级的价值框架，提供了各种讽刺性的画像。由这两位作家发展起来的"随笔"——他们都匿名为自己的期刊写作——既是一种个人文献，也是探究事情真相的一种努力，以戏剧性的和睿智的方式，但最终是为了对自己的读者进行道德上的启蒙。随笔具有新闻特点，因为它们提出了时事事件和关注点的代表性，其范围从行为代码、衣着时尚、婚姻习俗，到政治宣传。在迎合日益增长的有读写能力的中产阶级的读者群方面，《闲谈者》很快就受到了欢迎，它的关闭是由于它牵涉了政治上的党派偏见；它效忠于"辉格党"或自由主义者的事业，见证了"辉格党"的落败，以及随着"保守党"取得权力而日渐受到"托利党"报刊的抨击。在《闲谈者》于 1711 年 1 月终结之后仅仅两个月后，这两位作家创办了《旁观者》，他们使它保持了脱离政治党派的偏见。后来的这份刊物因描述了各种虚构的人物而著名，诸如罗杰先生、安德鲁先生和威尔·霍尼康，他们所表现出的活力和一致性影响了后来的小说写作。

在《旁观者》于1712年关闭之后,艾迪生和斯梯尔创办了《护卫者》(Guardian)。然而,这份刊物从来就没有达到其前辈的流行程度,而且正是以节选本形式出现的《闲谈者》和《旁观者》,才延续了对整个19世纪重要的读者群的掌控。大多数有价值的文学批评都被收进了《旁观者》的专栏里,其中包括连载的有关较为严肃问题的系列文章,包括哲学与文学,试图塑造和提升其读者群的批评趣味。那些趣味部分被限制在一种新古典主义的价值观系统之内,借助了亚里士多德和朗吉努斯的观点,这在那些论述睿智、悲剧和弥尔顿《失乐园》的文章中很明显。然而,它们也利用了一些较新的评论,如那些对约翰·洛克的心理学的评论。

实际上,虽然那些期刊是针对中产阶级发言的,但它们的作用是要重构这个阶级的价值观,而不仅仅是传播或者解释它们。在《旁观者》第6期里,斯梯尔提到自己的时代是"一个腐败的时代",专注于奢侈、财富和野心,而不是专注于"善意、友谊、清白"这些美德。[7]斯梯尔要求,人们的行为应当被导向公共利益,而不只是私利,那些行为应当由理性、宗教和自然的规定来支配(Spectator, 68 – 70)。在《旁观者》中,有几篇文章专门讨论了文学批评的问题,如悲剧的本质、睿智、天才、崇高和想象力。就悲剧而言,艾迪生和斯梯尔建议要遵循亚里士多德和贺拉斯的规则。他们总的要求是要遵循自然、理性和古人的实践(Spectator, 87)。

1711年,蒲柏在于这一年出版的《批评论》里试图区分真正的和虚假的睿智,艾迪生则在《旁观者》第61期和第62期里尝试了同样的任务。在第61期里,他认为,双关语和俏皮话都属于"虚假"睿智的类型;他认为,除了昆体良和朗吉努斯的例外,没有哪个古代作家对双关语和真正的睿智做出过区分。在第62期论述睿智的文章里,艾迪生发现,德莱顿把睿智界定为"适合于主题的词语和思想之恰当性"过于宽泛:它可以应用于一切好作品,不只是应用于睿智(Spectator, 108)。他更喜欢前面提到的约翰·洛克在其《人类理解论》中对睿智与判断力所做的区分。洛克曾经认为,那些被赋予了睿智和有判断能力的人们通常都是不一样的人,因为这两种能力涉及不同的程序。睿智在于以"敏捷"和"多样性"把彼此类似的理念聚集在一起。被归入这种一般程序之下的是各种修辞学的比喻,如隐喻和暗示。在另一方面,判断力在于仔细地把各种理念区分开,这样,一种理念就不会被误当成另一种理念(Essay, II, xi, 2)。艾迪生自己补充说,并不是理念的每种类似之处都能被称为睿智:类似之处必须给读者提供快乐和惊奇(Spectator, 105)。他归入洛克有关睿智的定义之下的不仅有隐喻,还有微笑、寓言、比喻、故事、梦幻和戏剧作品。他进一步补充说,理念的类似之处并非睿智的唯一来源;理念的对立也可能产生睿智(Spectator, 110)。

在洛克关于睿智的定义的基础上,艾迪生提出了一种虚假睿智的定义:尽管真正的睿智在于理念的类似和一致性,但虚假的睿智是由单纯的字面意义的类似和一致性产生的,如在字谜游戏中那样;还有音节的类似,如打油诗的押韵;词语的类似,如双关语和俏皮话;以及整个句子。艾迪生提出,除了真正的和虚假的睿智之外,还有一种混合类型,他把它称为"混合睿智",它部分在于词语的类似,部分在于理念的类似。这样的混合睿智是他在考利和奥维德等作家那里(而不是在德莱顿、弥尔顿、希腊人和大多数罗马作家那里)发现的,它是一种"双关语与真正睿智的合成物……其基础部分存在于虚假之中,部分存在于真实之中"(Spectator, 107 – 108)。艾迪生赞同地援引了法国批评家布乌尔的观点,即"任何不正确的思想都不可能是美好的,在事物的本质中都不具有其基础:一切睿智的基础都是真理;对任何思想的判断没有基础的话,就不可能有价值"(*Spectator*, 108-109)。这些评论引人注目地近似于蒲柏把真正的睿智界定为"自然所提供的优点":把阐明睿智的基础置于真理之中,这里的类似之处显示出艾迪生所采取的深刻的新古典主义立场。在《旁观者》第65期里,斯梯尔做出了相似的陈述:"我始终都会让理性、真理和自然成为赞扬与指责的尺度",要求运用这些标准,而不是"意见的普遍性"(*Spectator*, 111)。

然而,虽然艾迪生和斯梯尔在借助绝对标准而非公众意见方面,采取了一种新古典主义的姿态,但他们在后来的一些文章里,的确在相当程度上预见到了更加现代的诉诸读者群的集体趣味的趋势。在《旁观者》第409期里,艾迪生把趣味界定为"**心灵的才能,它带着愉悦洞悉到一位作者的美,带着嫌恶洞悉到他的不完美**"。他认为,检验某人是否拥有这种才能,就要阅读那些经得起时间检验的"古代的著名作品",以及那些"鼓励我们同时代人的优雅才华"的现代作品(*Spectator*, 202)。有趣味的人会欣赏到那些文本的美。与德莱顿以及后来的阿诺德和艾略特这些作家一样,艾迪生在这个方面诉诸有教养的读者群的权威,以及体现在经典之中的"永恒"原则。他的立场看来横跨于一种以文本的权威性为中心的古典倾向,与一种赋予读者在确定文学价值方面以必要作用的现代态度之间。他带着相似的矛盾情绪,认为有关趣味的才能"在某种程度上是我们与生俱来的",但能够通过接受优雅的作品来培养,也能够通过与有教养的人交流以矫正我们评价的偏爱,并通过接受古代和现代最优秀的批评家的意见来培养(*Spectator*, 203-204)。艾迪生的观点进一步加深了这种矛盾情绪,他认为,虽然诗歌方面的时间、地点和行动的统一以及其他古典的规则都是"绝对必要的",但他也坚持认为:"对艺术来说还是有某种实质性的东西,那种东西提升想象力并使之惊异,把心灵的伟大赋予读者,除了**朗吉努斯**外,很少有批评家想到过这一点。"(*Spectator*, 204)坚持对想象力的诉求比仅仅遵守古典规则**更加**具有实质性,以及诉诸朗吉努斯,都使人想到了对这一观点的不满,即认为艺术是一种纯粹理性的、完全可以解释的过程。这种不满在文学批评史的这个过渡阶段有点难以归类,它在后来将发展成为浪漫派对艺术的某些表述。

这样的发展在艾迪生发表于《旁观者》第411期的一篇论述想象力的愉悦的文章中就有了萌芽。艾迪生在文章中提出,我们的视觉是最完美和最令人愉悦的感官:"它使心灵充满最为多种多样的理念,与处于最远距离的对象进行交流……使它自身遍布无限多样的实体,领会最广泛的形体,把我们的理解力带向宇宙最遥远的部分。"(*Spectator*, 205-206)正是视觉感官,才为想象力提供了各种理念。艾迪生把想象力(这个词语可以与他所使用的"幻想力"交换使用)的愉悦界定为产生于"视觉对象,或者是当我们在实际上看得见它们之时,或者是当我们"通过各种艺术形式"把有关它们的理念带进我们的内心之时"。虽然艾迪生承认,当我们最初没有通过视觉感知到的时候,在想象中可能不存在任何形象,但他也指出:"我们有力量保存、改变与组合那些形象,一旦我们感知到了,就会把它们组合成最使想象力愉悦的各种图画和幻象。"通过这种能力,我们可以使创造出来的情景"比人们在自然的整个环抱之中所能发现的还要美"(*Spectator*, 206)。这些评论预见到了很多浪漫派作家的论述,使人想到像他们所认为的那样,我们在想象力中具有一种强大的超越和改变自然的能力。

艾迪生间接地预见到了柯勒律治所做的区分,即来自我们眼前之对象的想象力的"主要乐趣",与产生于视觉对象之**理念**的"次要乐趣"之间的差别,后者是在对象本身不在时,在我们的记忆中唤起的(*Spectator*,206 - 207)。与康德一样,艾迪生把想象力置于感觉与理解力之间的某个地方;它高于感觉,但低于理解力。理解力的乐趣更加"优越",因为它们以新的认识作为基础;然而,艾迪生补充说,想象力的乐趣正好"一样强烈和一样令人欣喜";它们也更加容易达到,会立刻激发我们对美的赞同(*Spectator*,207)。此外,拥有精致想象力的人"可以说会以另一种眼光来看待世界,在其中发现多种魅力,那些魅力使自身躲开了人类的普遍性"(*Spectator*,207)。他也指出,起源于自然或艺术情景的幻想力或想象力的乐趣,对我们的身体和心灵都具有一种有益健康与有助于康复的影响(*Spectator*,208)。在这里,我们似乎达到了一种不稳定的平衡,即古典或新古典坚持理性和理智的优越性,与浪漫派对想象力具有无限潜力的转化力的洞见之间的平衡,它可以把我们的见识提升到对世界的常规理解之上,甚至可以对我们的感性产生一种在道德上有益的影响。

在《旁观者》第412期论想象力的第二篇文章里,艾迪生简要论述了美和崇高。他认为,想象力的主要乐趣产生于看到了伟大、不同寻常或美丽的对象。这些属性中的第一个是伟大,他把它界定为"整个观点的博大,单一被认为是整体",正如辽阔粗犷、一望无际的沙漠或大山。这个看法再次预见到了康德的某些观点,艾迪生提出,我们的想象力"喜欢被一个对象充满,或者抓住一切就其能力来说非常巨大的事物"。在这些巨大的景象面前,我们体验到一种灵魂的寂静与惊异,因为我们对受到限制的憎恨,以及我们对自由的深刻渴望。康德的观点有点不同,但仍然是以我们对自由的渴望为基础的:虽然自然的巨大浩瀚超出了想象力的力量,但那种巨大浩瀚本身能被一种更高的力量所理解,那种力量就是理性的能力。对艾迪生来说,在这些无限的景象方面的愉悦来自这一事实:眼睛可以漫游于所见景象的巨大浩瀚,并且"让自身沉迷于对象的变化之中"(*Spectator*,209)。虽然康德由此限制了想象力的边界,使这种能力服从于理性,但艾迪生要求一种更加浪漫派的态度,几乎就是济慈式的态度,由此感知到主体与其所见的客体融为一体。

浪漫派也具有艾迪生的观点,即我们从一切新颖的或不同寻常的事物中获得想象力的乐趣;这样的新颖提供了"令人愉悦的惊奇",并使我们的好奇心得到满足,因为我们都"非常厌倦如此之多的相同事物的重复展现",而欢迎"外表的……奇异"(*Spectator*,210)。我们欣赏那些永远变化着的和生气勃勃的景象,而不是静止的景象。对新颖、奇异和生气勃勃的这种坚持,将要成为浪漫派对世界的很多看法的一个组成要素。想象力的第三种主要乐趣是由美引起的。又一次像康德一样,并且也预见到了现代浪漫派的观念,艾迪生认为,对美的感知不是根据从中世纪美学继承下来的客观条件——和谐、比例、秩序,而是作为一种完全忽视理性的过程和受想象力支配的过程。美的效果是直接的和明确的:美"通过想象力……传播一种隐秘的满足……有一些对实质的限制,心灵无须任何事先考虑,就宣告首先看见了美或丑"(*Spectator*,211)。然而,艾迪生承认,存在着第二种美,它在于"外貌的乐趣或变化,在于各部分的均衡和比例,在于主要部分的安排和配置,或者在于所有因素的恰当混合与并存"(*Spectator*,212)。在这种界定中有趣的是,它保存了一些有关美的古典概念的要素(对称,秩序,比例),却没有把这些要素专门置于对象之中,而是置于我们的主观反应之中,他把它的特征刻画为一种"隐秘的快乐",一种超越理性解释范围的乐趣。最后,他指出,虽然那些巨大、不同寻常或美丽的对象全都会产生乐趣,但在这些特质融合起来时,在以视觉和听觉为基础的感官一起进入内心时,这种乐趣就增殖和强化了。

总而言之,艾迪生和斯梯尔的观点表现了新古典主义价值观与后来的作家更加持久地论述的各种倾向的有趣结合,那些倾向将融合成浪漫派对世界和人类本身的看法的要素。他们让自己对广泛的中产阶级公众发言,沉浸在资产阶级思想的唯物主义和实用主义的意识形态之中,坚持古典的价值观,可以被认为是他们培养这个阶级的道德、宗教和文学感受的努力的一部分;然而,他们还是不得不适应更加晚近的对于美和想象力的态度,这些态度都指向了浪漫主义的方向,它们同样也破坏了这个政治阶层的传统价值观。

詹巴蒂斯塔·维柯(1668—1744 年)

意大利哲学家维柯在其著作中表达了一种有关人类思想、语言和文化发展的历史观,这种历史观预见到了黑格尔、马克思和其他人的进步观。他的主要著作是《新科学》(*Scienza Nuova*),初版出版于 1725 年,后来有 1730 年和 1744 年的两个版本。像他的那些更为著名的后继者们一样,他认为人类的本质不是永恒不变的,而是由特定的社会、宗教和经济环境造成的。

维柯生于那不勒斯,受过修辞学和中世纪哲学方面的教育,具有广泛的兴趣,其范围从哲学和诗歌延伸到社会学(sociology)、神学和法律。在他的早年生活中,他加入了一个激进的知识分子群体,他们反对中世纪哲学的核心原则,他们的观点表现了启蒙运动的理性主义和经验主义的价值观,并且以伽利留·伽利略(1564—1642 年)、弗朗西斯·培根和笛卡儿等人的著作为基础。维柯在成为那不勒斯大学的修辞学教授之后,加入了另一个思想家的群体,即"巴拉丁学院"(Palatine Academy),它也效忠于启蒙运动和把哲学与科学从神学之中解放出来。维柯就人本主义教育发表过很多演讲。他的历史诗学影响了爱德华·萨义德(Edward Said)和哈罗德·布鲁姆这样的思想家。

维柯解释说,他的《新科学》的目的是要"按照神的旨意研究民族的共同本质"。[8]他指出,"市民社会的世界"——它包括人类的社会、政治和法律制度——"肯定是由人类创造的,它的原则因此要在我们自己的人类心灵的变化之中去寻找"(NS, para. 331, p. 96)。他的论点是:哲学家已经把自己的精力投入研究自然之中,而自然是由上帝创造的,只能被他了解。在这么做时,他们忽视了研究市民世界,我们可以了解市民世界,因为我们创造了它。然而,像黑格尔一样,他拒绝了以下看法,例如由斯多葛学派和伊壁鸠鲁学派所提出的看法,即人类历史是事件的一种任意的或盲目的系列。相反,历史是由神的旨意安排的。因此,"新科学"必须成为"一种理性的神之旨意的市民神学",要在对人类制度的分析中论证"什么旨意在历史中起作用"。实际上,真正的"智慧……应当传授关于神的制度的知识,以便把人类的制度引向最高的善"(NS, para. 364, p. 110)。因而,这门科学描述了"一种理想的永恒历史,它被每个民族的历史在时间中穿越"(NS, para. 349, p. 104)。然而,同样地,维柯的"科学"将成为"一种理念的、习俗的和人类行为的历史",他从中试图得出"人类本质之历史的原理"(NS, para. 368, p. 112)。因而,与黑格尔的历史图景一样,或许同样是对启蒙运动的反思,启蒙运动的那些理想都被两位作者吸收了。维柯对历史进步的看法,考虑到了神与人类中介(agency)的相互适应或同等。那些启蒙运动的理想——关于理性、科学和人类意志的首要性——已经开始破坏作为神之旨意完全片面的演变的历史概念。维柯的思想反映了他与启蒙思想早期阶段的联系:天意(divine providence)与人类中介开始了一种不稳定的等同;人类的力量这时被那种图景所容纳,导致了人类与神的活动之间不稳定的平衡。在黑格尔之后,这种平衡将被永远颠覆,以利于人类的倾向和自然的因果关系(由于剥夺了它对神的表现)。

维柯关于诗歌的洞见以一种引人注目的方式构成了他的努力的一个必要部分,即要解释人类社会的起源和发展。他采取了源于埃及人的对历史的三重划分:诸神的时代、英雄的时代和人的时代。他认为,这些时代中的每一个都具有它自身的语言、市民社会和政府形式。诸神的时代代表了人们直接生活在"神的统治"之下的时期,要遵守预言和神谕所规定的各种戒律。由这个群体所说的语言是"一种符号与物质对象的无声语言",它与他们所表达的理念具有一种"天然的"联系。维柯把这种语言称为"象形文字的"或"神的"语言。英雄时代指"贵族统治的国家",在其中,"英雄"或那些天性高贵者统治着普通人。在其中使用的"英雄语言"是一种由"相似性、比较、形象、隐喻和自然描述"所构成的"象征性"语言。这种制度接着让位于人的时代,在其中,"所有人都承认自己在人类天性上是平等的",并且建立了两种"人类统治"的形式,第一种是平民国家,第二种是君主政体。其中所使用的语言是"书信体的"或"俗语",满足的是日常生活的要求。这种国家与全体人民的意见达成了一致,它的语言是其"绝对主人"普通人民的语言;因此,普通人从贵族那里夺取了语言和法律的控制权(NS, para. 31-32, p. 20)。

维柯的诗歌语言观的基础之一,是为了反对从前的文献学者的观点,他断言文字和语言是一同诞生的,并且在全部三个历史时期里共同发展。实际上,在第一个时期里,最初的异教民族(维柯用这种说法来指基督教之前的民族)"都是诗人,他们都用诗歌的特征来言说"。与我们认为诗歌需要对语言的高度把握的观点相反,维柯认为诗歌的根源在于一种"语言的贫乏",在于需要"解释和被理解"。他认为,初民具有"强健的想象力"和"伟大的激情",却具有"最薄弱的推理能力"。因此,他们使用"诗歌的特征",诸如有生命的实体、诸神和英雄的形象。维柯把这些诗歌特征叫作"想象力的类属",它们实际上都是被用来解释世界的寓言或神话的(NS, para. 34, p. 21)。因此,维柯认为,需要学习的第一门科学,应当是神话或者对寓言的阐释(NS, para. 51, p. 33)。第二个时期即英雄时期,使用的是"英雄的"语言,它是象征性的。在第三个时期里,出现了从英雄诗歌向抑扬格诗歌的进步,在此之后,语言"最终固定成了散文"(NS, para. 34, p. 22)。维柯认为,这些语言提供了一种"心理词典",我们需要它是为了理解其他一切语言:"这样一种词典对了解理想的永恒历史所说的语言来说是必要的,那种历史在时间中要被一切民族的历史所穿越。"(NS, para. 35, p. 23)

维柯认为,随着历史的进步,智慧本身改变了形式。在最初的民族中,智慧"开始于缪斯女神",而最初的圣人都是"神学诗人",他们实践了"占卜的科学"(NS, para. 361-364, pp. 109-110)。这是"一切民族的民间智慧",它存在于"对属于神之旨意的上帝的沉思"之中(NS, para. 365, p. 111)。人类的制度要由"被认为是神之劝告的可以感觉到的符号"来调节。智慧因此被扩大到了包括"给予人类的有益的劝告",以及对国家的有效安排。因而,这种诗歌神学也是一种"市民神学"(NS, para. 366, p. 111)。在这个"诗歌神学"的时期之后出现的是形而上学或"自然神学"的时代。在第二个时期里,智慧的构成是"对于上帝身上的人类心灵的认识",以及承认上帝是"一切真理的源泉",是"一切善的调整者"(NS, para. 365, p. 111)。这个时期的形而上学超越了感性,并且凭借对理性的运用证明了天意(NS, para. 366, pp. 111-112)。最后一个时期是基督教神学的时期,它包括了以前时期的智慧,并增加了"由上帝所揭示的永恒事物的科学",这门科学提供了"有关真正的善和真正的恶"的知识(NS, para. 365, p. 111)。因此,基督教神学成了"市民、自然与神学所揭示的最高知识的一种混合;所有这三者都统一于对神之旨意的沉思"(NS, para. 366, p. 111)。维柯也认为,智慧或知识的这种进步是从感性(诗歌领域),经过理性(哲学领域)到启示的转变。维柯在这里实际上把亚里士多德的这一格言历史化了,即人类理智中的内容首先是通过感官接受的(NS, para. 363, p. 110; De Anima, 432a7f)。正如在黑格尔那里一样,维柯的历史图景的每个阶段都没有简单地把早期阶段抛下,而是把它们的关键要素结合在一起,哪怕是在超越早期阶段之时。因此,基督教时代合并了感性与理性这两者,甚至是在它继续前进到启示的更高层面之时。黑格尔的图景的明显不同之处,也许反映了这两位思想家与启蒙思想交汇的历史时刻(维柯处于早期阶段,而黑格尔则处于启蒙运动之后),黑格尔的不同之处在于,人类思想经过宗教前进到了它在哲学中的终极目标。

维柯的体系中的有趣之处在于,诗歌作为一种通过感官认识世界的方式,是形而上学最初的形式,这种诗歌形而上学的形式部分保留在后来的、理性的和启示性的形而上学之中。维柯认为,第一个时期的形而上学"并不像现在文人们的形而上学那样是理性的和抽象的,而是被感受到的和想象出来的⋯⋯这种形而上学就是他们的诗歌"(NS, para. 375, p. 116)。这个时期的诗人们"按照他们自己的理念"来创造事物,"借助了一种完全有形的想象力",换言之,这种想象力完全以感性为基础,而不是以理性为基础,因此,按照维柯的看法,具有崇高性。在这个时代,诗歌作品是三重的:"创造适合于大众理解力的崇高寓言";主宰诗人;以及"教导普通人的行为合乎道德"(NS, para. 376, p. 117)。维柯认为,最初的神学诗人以这种方式"创造了最初的神的寓言⋯⋯有关朱庇特的寓言,他是人类和诸神之王、之父"(NS, para. 379, p. 118)。他们认为,朱庇特凭借感觉符号进行控制,"这些符号都是真实的词语,自然是朱庇特的语言"。这种语言的科学是预言,是有关诸神语言的科学(NS, para. 379, p. 119)。维柯认为,正是对在场的担心或恐惧,才使人们创造了诸神和预言的科学(NS, para. 382, p. 120)。诗歌的起源正是在这种担心之中,这种担心导致了宗教以及宗教的占卜语言。诗歌的"恰当素材"是"可信的不可能性",它表现了把生气与力量归于太阳和天空这些无生命的对象的不可能性。因此,按照维柯的看法,正是诗人,才在最早的人们当中创建了宗教(NS, para. 383, p. 120)。

维柯在把诗歌的起源归之于缺乏推理力量时强调,他要颠覆以前由柏拉图、亚里士多德和意大利文艺复兴时期的思想家们提出的一切关于诗歌起源的理论。

实际上,维柯认为,最初的诗人们所说的语言与事物的真正本质完全不一致,那"是一种幻想式的语言,利用了被赋予了生命的物质实体,而且它们之中的大多数都被想象为神圣的"(NS, para. 401, pp. 127 - 128)。他们依靠神性来解释与"天空、大地和海洋"有联系的一切事物。维柯提出,我们自己的现代用拟人化来理解精神实体:我们创造了它们与人类相关的形象。但是,最初的诗人不具备我们的抽象能力,而把感性和激情赋予没有生命的对象(NS, para. 402, p. 128)。维柯认为,一切比喻都可以还原为四种基本的比喻:隐喻、转喻、提喻和反讽(NS, para. 409, p. 131)。这些基本比喻是初民的"诗歌逻辑"所采取的形式,它们仍然构成了我们对世界的基本理解。最为"必要和常见的"比喻是隐喻,它"把感性和激情赋予没有感觉的事物"。因此,隐喻是一种把人类的能力赋予没有生命之实体的手段,是使外部世界的要素与我们自己的人类能力相称的一种手段,从而创造出有关那些要素的叙事或寓言。因此,"每种隐喻……都是一种简明扼要的寓言"。值得注意的是,并且预见到了某些现代理论,维柯把隐喻归之于哲学创造方面的一种至关重要的作用。隐喻表现了外部世界与我们的心灵活动之间的类似之处,它"必须追溯到哲学正在形成的时代"。因此,这些比喻的基础,在人类思维的艺术和科学方面的基础之中(NS, para. 404 - 405, p. 129)。维柯注意到了在所有语言中试图把外部世界的因素拟人化的众多表现:我们说到过"山岗的眉毛或肩膀",说到过"小麦的胡须";我们说到过"大海在微笑"或者"风在低语"。维柯所做的这些努力,具体表现在一切语言之中,它们就像初民们的蒙昧无知的一种标志:"处于蒙昧无知中的人使自己变成了宇宙的规则……他把自己变成了整个世界。"维柯提出,随着我们的推理能力的进步,我们敢于超越我们人类的构造进入事物的实质本身之中,而不是把我们自己的人的形象强加于围绕着我们的世界。维柯在这里提出了一些极为复杂的问题:主体性在创造外在世界中的作用;人类理解力的本质与把一切外在于我们的事物变成我们自己心理活动的模式的诱惑;我们与世界交往的诗学的、隐喻的基础。他在这方面的图景与黑格尔的图景非常不同,黑格尔受康德的影响,认为人类认识在层级方面进步到了它已认识到自身在建构外部世界中的作用。维柯似乎使人想到,知识的进步是随着我们使主观因素脱离我们对世界的说明而产生的。

维柯认为,由于最初的诗人们没有能力从特定实体中抽象出各种特质,他们也运用转喻和提喻,这两者帮助他们以"最特殊和最能感受到的理念"为基础来为事物命名(NS, para. 406, p. 130)。然而,反讽——它是"由虚假造成的……它戴上了真理的面具"——在"反思的时期"之前不可能开始。最初的诗人具有"孩童的淳朴天真",而且"在天性上很诚实";因此,最初的寓言一定是"真实的叙述"(NS, para. 408, p. 131)。隐含在维柯的评论中的是这一理念,即反讽只有在一种更加高雅的文明中才可能出现,那种文明中的人们能够拉开同自己的思想和语言的距离。维柯认为,这四种比喻都是"一切最初的诗歌国度必要的表现方式"。随着人类心灵的进一步发展,这些比喻就成了"修饰性的",因为所创造的词语能够表示"抽象的形式或类属"(NS, para. 409, p. 131)。维柯在这里似乎是说,在原始民族当中最初使用这四种基本比喻时,它们表现的**只是**与世界的交往:这种交往没有任何根本的文字基础。由于人类心灵的发展,对于我们与世界之关系的一种更加理性、科学和文字的表现方式建立起来了,而比喻则退化到了一种修饰性的地位,与这种文字层面有关。不过,它们被保留了下来,就像必然与文字有关一样,也像其基础一样持久。因此,维柯把两种重要的历史作用归于诗歌,或者说归于他所称的"诗歌智慧":建立在其上的初民的宗教和市民制度;诗歌智慧则为一切更深的学问提供了最初的基础。

大卫·休谟(1711—1776年)

苏格兰哲学家大卫·休谟是启蒙运动的重要人物之一。像约翰·洛克和乔治·贝克莱一样,他也是一个经验主义者,认为我们的认识来源于经验,他把自己前辈的经验主义推向了一种有争议的怀疑主义,即怀疑我们对外部世界的认识、我们的主观认同和我们的宗教信仰。他的重要哲学著作有《人性论》(*A Treatise of Human Nature*,1739—1740年),它在一个更加容易理解的版本《人类理解论》(*An Enquiry Concerning Human Understanding*,1748年)中被复述,还有《道德原理论》(*An Enquiry Concerning the Principles of Morals*,1751年)。他也撰写过《政治论》(*Political Discourses*,1752年),以及一些有关宗教的论著,包括《宗教自然史》(*The Natural History of Religion*,1755年)和《关于自然宗教的三篇对话》(*Three Dialogues Concerning Natural Religion*),后者直到他去世之后才于1779年出版。除了这些显著的成就之外,他还撰写了六卷本的《英格兰史》(*History of England*,1754—1762年)。

休谟的论文《论趣味的标准》("Of the Standard of Taste")发表在1757年名为《论文四篇》(*Four Dissertations*)的集子里。另外三篇文章论述了宗教史、激情和悲剧。论趣味的文章提出了直到今天依然有关的关于审美判断的标准问题:我们怎样调和人们有关趣味的相互冲突的判断?我们能够获得一种客观的标准吗?当我们对美做出判断时,我们表达了有关对象或我们自己的某种看法吗?读者或观众在确定趣味的要素方面具有什么作用?

休谟在文章开头就提到了这一不可避免的事实:趣味之间有非常大的差别,甚至在相同环境下长大的人们当中也是如此,那些人都接受了相同的一般倾向和偏见。当我们把自己的思考转向一种更加广泛的、跨文化的语境之时,这种分歧甚至更加引人注目:我们可以把其他民族和文化的趣味与习俗叫作"野蛮的",而他们也很有可能用这样的指责来回敬我们。[9]

休谟认为,这样的意见分歧更多的是趣味领域的标志,而不是科学领域的标志,在科学领域里,对有争议的词语的解释经常都会化解争论。在另一方面,关于趣味,我们会对我们所赞同的那些特质达成一致意见,诸如高雅、恰当和简朴;然而,不同的人会把不同的意义附着于那些词语("OST," 2)。同样地,在道德领域里,语言的真正本质造成了人们意见之间的融洽。道德语言的词语早已被铭刻上了赞美或谴责:没有任何人会反驳说,美德是值得赞颂的,或者恶行要遭到反对。这些词语都是"最不可能被滥用或被误解的"("OST,"5)。然而,当我们从这个一般层面转向更加特殊的情况时,不同意见就出现了,因为人们赋予"美德"的特质将因特定的倾向、历史和文化环境而变化。

休谟把注意力转向了一种怀疑论的观点,即怀疑由从前的一些思想家们提出的审美标准,他们对判断力与情感或感觉进行了区分。根据这种怀疑论的立场,理解力的判断涉及超越它们自身的某种东西,即涉及"事实的真正实质",因此,只存在着一种正确的判断,我们有能力确定它。不过,情感没有表现出任何与真实对象有关的东西,只与对象和我们的心理能力之间的关系有关。因而,所有情感都是正确的:相同的对象可以引起上千种不同的情感,其中没有哪种可以正当地声称比其他的情感更加正确。按照这种观点,美"并不是事物本身中的任何特质:它只存在于沉思事物的心灵里;每个心灵都感知到一种不同的美"("OST,"7)。

休谟提出,这种怀疑论的立场被求助于我们的实际经验破坏了:实际上,我们确实做出了某些被多数人意见所认可的判断,例如,弥尔顿被看成是比奥格尔比(Ogilby)更优秀的作家,艾迪生被认为是比班扬(Bunyan)更优秀的作家。如果有人要否认这一点,那么,我们就不会重视那个人的趣味,在这里,"趣味天生平等的原则因此被完全忘却了"。休谟强调说,艺术的规则并不是由演绎推理确定的,而是由经验确定的,是由"全面的观察"确定的,"涉及在一切国家和一切时代所发现的普遍使人愉悦的东西"。对经验的这种诉求,对读者或观众的经验的这种诉求,赋予了读者在确定艺术要素方面一种不可或缺的作用。休谟声称,无论发现什么使人们愉悦的艺术的要素,都不可能是错误的("OST,"8-9)。

不过,休谟承认,虽然艺术的一般规则是建立在经验和"人类天性的共同情感"之上的,但人们的真实感受和经验并不总是符合这些规则。审美判断涉及"心灵更加纯粹的情感",它们具有"一种非常柔弱和微妙的性质"。而几乎没有任何妨碍会混淆或遮蔽我们的判断,使我们从"心灵完全的平静"转移开,"把注意力投向对象"。这样的妨碍可能属于外在的或内在的性质:外在的妨碍可能是我们与审美对象的文化距离;内在的障碍可能是我们自己的偏见或我们不发达的趣味感。我们可能受到特定事件的影响,那些事件"就对象做出了错误的说明"。我们感知的"内在感官"需要处于一种健康的状态。休谟在这里预见到了康德所称的"无关功利"或对对象不偏不倚的评价。休谟认为,甚至当我们可以使自己拉开同我们的个人处境和偏见的距离之时,我们对一件特定作品的艺术特质的欣赏,都必须成为一种更加"持久的赞美"的一部分,特别是各个时代和文化的人们对同一件作品的赞美。例如,"同一个荷马,两千年前他在雅典和罗马使人愉悦,现在在巴黎和伦敦依然受到赞美。气候、政府、宗教和语言等所有变化,都无法遮蔽他的荣耀"。因而,"美的一般规则"出自我们对"那些模式和原则"的诉求,"它们是由民族和时代的一致赞同与经验所确立的"("OST,"11-12)。

在这种广泛的和一致同意的经验的基础之上,休谟推断,存在着"某些一般的原则",我们可以据以赞成或批评一件艺术作品。他甚至还暗示说,存在着一些艺术的形式和特质,它们与我们心理机制的"原始结构"有关,很有可能使我们感到愉悦。休谟并不否认美和其他审美特质是主观的;它们虽然都"不是对象的特质……但有一些对象的特质,它们在本质上适合于产生那些特殊的"愉悦或不愉悦的感受("OST,"16)。

我们得以说服一个不同意我们判断的"糟糕批评家"的唯一方式,是要向他表明一种艺术的原则,并提供例证,他可以把那些例证提交给他自己的经验来判断;倘若他的经验与之不符,我们至少会使他相信,他的趣味是有欠缺的。实际上,对审美趣味的感觉并不是靠遵循抽象的规则发展起来的,而是靠"在特定艺术方面的**实践**"。正是不断重复的对艺术对象的体验,以及不断接受艺术对象的影响,才使我们的感受或情感变得高雅("OST,"18)。对于高雅趣味的进一步要求,是要比较各种艺术对象和各种美,并且比较各种文化的观点。为了仔细考察对象本身,我们不仅必须排除个人的偏见,而且必须通过一种想象力的跳跃,把我们自己置于艺术对象原本的观众的地位;我们必须使我们自己的处境"适合表演所要求的情况"。作为一名读者、观众或听众,我必须"忘却,如果可能的话,忘却我个人的存在和我的特殊环境"。用休谟的语言来说,听众必须把"一种适当的暴力"强加于"他的想象力"("OST,"20-21)。

按照休谟的观点,真正的趣味是一种理性的过程;我们依赖良好的判断力去检查我们的偏见,理性对于以很多方式形成良好的趣味来说是必不可少的。我们也必须意识到作品的结构,意识到把各个部分与整体联系起来的方式,意识到"整体的一致性和统一性",意识到艺术作品的目标或目的。休谟认为,甚至诗歌都"不是别的什么,而是一系列的命题和推理……然而,披着想象力之表象的伪装"。因此,诗人本身不仅需要趣味和创新,而且需要判断;同样,要成为良好趣味的批评家,必须具备"同样卓越的能力"("OST,"22)。

因而,不必说,可靠的批评判断所要求的这种特质的结合是罕见的。休谟认为,虽然趣味的原理是普遍性的,但只有少数人才有资格对一件艺术作品做出判断,因为大多数人在获得真正的趣味方面都无法克服各种障碍。以下是休谟对真正的批评家的素质和作用的概括:"强有力的感觉,与高雅的情感一致,得到实践的提高,通过比较完善,排除了一切偏见,就能够赋予批评家这种很有价值的特征;无论在哪里发现这种综合的判断,它都是趣味和美的真正标准。"("OST,"23)因而,趣味的标准不是客观的;相反,它以主观的多数人的意见为基础——但仅仅是"有资格的"多数人的意见。休谟在这里预见到了由现代读者反应理论所阐明的"阐释的共同体",而且更直接地预见到了康德把趣味的基础置于"主观普遍性"之上。

休谟在这里面临着有可能使人为难的问题,即到哪里去寻找这样的批评家?他的答案始终都是以诉诸我们的实际经验为基础。科学和哲学经常为了一种更新的解释而推翻一种理论,与它们不同的是,艺术领域要依靠批评的判断来稳定,那些判断或多或少具有其长久的有效性。伟大的艺术家和文学人物都"保持了一种普遍的、无可置辩的对于人类心灵的最高统治权"。休谟承认,偏见可能暂时遮蔽人们的判断,但真正的天才将幸存下来。不同意见出现在哪里,"人们就只会照其他有争议的意见去做,它们都要服从于理解力:它们必须提出最好的论据",它们必须迁就那些有不同判断力的人们。休谟提出了不同意见的两个可能的根源。一个根源是特定人们的不同倾向,另一个根源是不同国家和时代的特殊方式与信仰。虽然他承认不同意见有时是无法解决的,但他坚持认为,"趣味的一般原则是人类天性中的一致性",一个有学问的人可以宽容习俗、民族和时代的差异("OST,"26-28)。

休谟在文章结束时将美学领域与道德领域进行了对比。他认为,道德原则是"不断变迁的和革命性的"。它要求一种对我们来说特别强烈的想象力的努力,甚至在艺术之中,要承认对道德理想的描绘,它们与我们一直被灌输的那些理想形成了鲜明对比。尽管如此,在我们试图做出一种审美判断时,要做出这样一种努力;休谟再次预见到了康德的观点,康德更加强调要坚持把艺术领域与道德领域分开。休谟特别告诫说,批评家们必须忽视宗教差异,因为宗教的

"错误"在于"在天才的作品方面最为宽容"("OST,"33-34)。例如,当我们阅读荷马或维吉尔的作品时,我们必须忽视"异教神学系统的一切谬论"。在另一方面,休谟提出,宗教偏见(religious bigotry)可能毁坏艺术作品的面貌,并列举了罗马天主教对拉辛和高乃依的剧作的影响。休谟似乎要暗示,诗人自身必须遵守某种规范性和恰当性,以避免对宗教原则的不恰当表达,那种表达超过了对诗人的艺术目的的要求("OST,"35-36)。

在试图把艺术趣味从单纯的主观主义中挽救出来之时,休谟求助于一些因素,它们全部都以经验为基础。首先,存在着一种文学和艺术的经典,它历经了各个时代和各种文化的判断而留存下来,这种经典是由多数人的意见确定的。其次,这种多数人的意见指向了一种共同的人类本性,它对艺术的某些特点会普遍地产生反应,如典雅和有机统一。最后,相关的多数人的意见并不是民主地确立的;相反,正是那些有资格的批评家中的精英的多数人意见,通过那些精英们达到一种无关功利的审美观的能力,才能得到权威的认可来担当真正趣味的仲裁者,成为那种共同的人类本性的代言人,而那种共同的人类本性则处于完好无缺、有教养和没有偏见的状态。在实质上,休谟对主观的审美判断怎样以一种标准为基础的问题的回答,是认为我们在实际上已经应用了各种标准,正如我们现存的有关伟大艺术家的一致意见所表明的。因而,这个问题就变成了要阐明我们已经使用的各种标准的问题。这种策略的大部分都将成为康德美学的基础;而且,与康德的美学一样,休谟的美学引起了一些责难。首先,尽管休谟声称各个时代的判断都应当得到重视,但他的方法是非历史性地诉诸普遍的人类本性,并且没有解释阐释的共同体在实际上是如何根据它与现存的权力结构的关系而形成的;换言之,他谈到的有资格的批评家的共同体是一个抽象的实体,而不是处于并产生于一个特定的历史场所的范围之内。

埃德蒙·博克(1729—1797年)

埃德蒙·博克最为著名的是他的政论著作,以及他作为一名政治家所进行的活动。1765年,他成为英国自由主义政党"辉格党"领导人罗金汉侯爵(marquess of Rockingham)的秘书。他也当过英国议会议员;他的这种地位使他卷入了纷争,站在"辉格党"一边,限制国王乔治三世的权力。他在一本名为《对目前不满之原因的思考》(*Thoughts on the Causes of the Present Discontents*,1770年)的小册子里,表达了他对这一问题以及美国殖民地出现的问题的看法。然而,他最有名的著作显然是他的《对法国大革命的反思》(*Reflections on the Revolution in France*,1790年),它对1789年的法国大革命的很多方面都进行了严厉的抨击。

在《对法国大革命的反思》中,博克表达了保留封建主义实质性的经济结构与政治结构的渴望。他求助于过去的权威,反对过去的集体智慧和经验,反对他所认为的法国革命家们抽象的理性主义。与所有的保守派一样,他主张,在社会改革方面,我们必须采取一种渐变的策略,我们的出发点必须是真实的现状,而不是一套理想主义的和抽象的理性原则,它们可能同真实的社会与经济状况完全没有关系。他坚持封建等级制的有效性与合法性,坚持世袭的君主政体,坚持要由世袭贵族和僧侣占据统治地位。最后,与在他之前和之后的很多保守派一样,他坚持认为,只有切实可行的自由的概念,才具有一种与社会职责和义务的概念密不可分的联系。在这个文本里,博克提出,单纯求助于理性,无法解决人们的感性、情感以及对趣味和高雅进行思考的问题。

这些政治倾向的一部分预先出现在博克更早的文本《对我们关于崇高与美两种观念之根源的哲学探究》(*A Philosophical Enquiry into the Origins of Our Ideas of the Sublime and Beautiful*,1757年)之中。博克在其中按照一种可以追溯到朗吉努斯的《论崇高》(博克曾经读过)的传统来写作,《论崇高》在18世纪和19世纪的复兴,在很大程度上得到了康德和浪漫派作家的支持。博克的文章吸取了艾迪生和休谟的洞见,并且像这些思想家一样,博克采取了一种宽泛的经验主义的观点。

博克在文章的开头评论说,我们通常都会为真理与虚假、为理性的作用确定标准。但是,就与趣味有关的而言,有一种"肤浅的"观点提出,人们之间有很大的不同。然而,与休谟和康德一样,博克提出,除非我们拥有一种有关趣味的标准,正如我们具有一种有关理性的标准一样,否则,我们就无法"维持平常的生活联系"。[10]虽然他承认趣味"与其他一切比喻性词语一样",在其意义方面并不精确,但他用这个词语来指那些内心的能力,它们受到有关想象性作品的判断的影响,或者形成了有关想象性作品的判断(*PE*, 12)。博克试图表明,某些关于趣味的标准,对于具有康德所说的某些特征的一切人来说都是共同的,虽然博克的方式与休谟一样都是经验主义的。

博克的基本策略是把我们据以认识外部世界的能力划分成三种:感觉、想象力和判断力。他认为,由于所有人的感官都是相同的,所以,"感知外在对象的方式在一切人那里都是相同的"。换言之,我们的感知都以相同的方式起作用(*PE*, 13)。倘若世界上的对象对我们全部都呈现出同样的形象,那么,"每个对象在一个人身上所激起的愉悦和痛苦,一定也会在一切人身上出现"(*PE*, 13)。例如,就味觉而言,我们全都同意,我们不仅会在某些食物中发现甜味和酸味,也会发现甜味使人愉悦,酸味或苦味使人不快。博克认为,有些人偏离了这个标准,那是因为一种"形成了习惯的"味觉附着到了天然的味觉之上。一个人可能觉得烟草令人愉悦,而这种对苦味的嗜好是通过习惯获得的,并且是由于某种麻醉的效果(*PE*, 14)。这样的人还是会感到他所不熟悉的其他苦味令人不快。博克总结说,"所有这些感觉的愉悦""在一切人那里都是相同的,无论高低贵贱、有学问还是没有学问"(*PE*, 16)。

博克之所以要在感知层面上确定这种一致性,其策略是要用典型的经验主义的方式来表明,想象力和判断力等其他能力最终也是以感知为基础的。博克认为,想象力是一种创造性的能力;它可以按照我们的感觉感知事物的顺序来呈现它们的形象,也可以按照一种新的方式来重新安排它们。想象力是创造性艺术的主要领域。不过,与后来的浪漫派对想象力的看法相比较,博克否认想象力能创造出任何全新的事物:它"只能改变它根据感觉感知到的那些理念的倾向"(*PE*, 17)。想象力是"愉悦与痛苦的最广大的领域",由于想象力仅仅是感觉的"代表",所以,由形象产生的愉悦或不快,必须依赖于与我们通过感觉体验到的愉悦相同的原理。博克总结说:"在想象力中一定存在着与在人类感觉中一样接近的某种一致性。"(*PE*, 17)

我们从想象力的活动中获得愉悦有两种方式。我们可以从对象本身的性质中获得愉悦，或者从想象力必须对原初对象进行的模仿的相似性中获得愉悦。博克认为，愉悦的这两种原因在一切人身上都会同样起作用，因为"它们实际上是根据原理在起作用"，而不是根据人们所具有的任何特定习惯在起作用（PE，17）。博克在这里借助了洛克对睿智和判断力所做的区分。按照洛克的看法，睿智的特征是要追寻事物之中的相似性，而判断力则很典型地要辨别差异。博克仿效洛克，坚持认为，睿智和判断力在其性质方面完全不同。他提出，我们从睿智获得的满足远远超过了从判断力获得的满足；后者被用于我们在每天同世界打交道时所进行的区分中。但是，当我们利用睿智时，当我们在事物之中发现相似性时，"我们就创造了**新的形象**，我们统一、我们创造、我们扩大了自己的储藏"（PE，17 - 18）。博克在这里预见到了浪漫派的很多观点，即诗歌有力量挑战表现世界的常规方式。

博克试图表明，从模仿与真实对象之间的相似中产生的愉悦，一般来说在所有人身上都是相同的。这样的愉悦的变化并不取决于改变趣味的能力，而取决于人们对真实对象的认识，这种认识是偶然获得的和依情况而定的，这种认识有赖于"经验和观察"（PE，18）。因此，构成我们对相似性感到愉悦的趣味是一致的。然而，像休谟一样，博克承认，这种愉悦可以通过与其他对象进行比较而被修改。一种优雅的或高级的趣味并不取决于一个人具有更强的趣味的能力，而取决于他对于可疑的艺术方式拥有更多的认识和经验。博克认为，"就趣味是天生的而言，它几乎对所有人来说都是共同的"（PE，19 - 20）。换言之，没有被认识和经验提炼过的趣味，在一切人身上都是相同的。

因而，就趣味属于想象力而言，"其原理在所有人身上都是相同的"（PE，20）。然而，人们在受对象影响的**程度**方面可能不一致。这种差别产生的原因可能有两个：或者产生于更高程度的"自然感性"，或者产生于"对对象更加密切和更加持久的关注"（PE，21）。这种类型的差别把我们带向了判断力的领域。当我们涉及对感性对象或激情的艺术表现时，就牵涉了想象力，因为"如果没有推理的任何依靠对象"，我们也能表现那些东西（PE，22）。但是，博克认为，当想象力的作品延伸到人类的特点和行为、它们之间的关系、各种恶行与美德之时，它们就被归入判断力的领域，它"得到了注意力和推理习惯的促进"（PE，22）。趣味在这里变成了一种"高雅的判断"。博克总结说，趣味"不是一个简单的理念，而部分是由对主要的感觉愉悦的感知、对次要的想象力的愉悦的感知、对推理能力的结果的感知构成的，涉及它们之间的各种关系，并且涉及人类的激情、方式和行为。所有这些都是形成趣味必不可少的"。博克认为，由于感觉构成了想象力和判断力活动的基础，所以，它们是"我们的所有理念的主要根源，从而是我们的所有愉悦的主要根源"。因此，"趣味的整个基础对所有人来说都是共同的"（PE，22）。

博克承认，尽管趣味的原理是一致性，但在不同的人当中呈现出的程度不同，他把这样的变化归之于某些缺陷。趣味需要感性和判断力；如果感性是有缺陷的，那么，其结果就将是缺乏趣味，如在那些被认为情感迟钝的人们当中一样。如果判断力薄弱，那就会产生"错误的"或者"糟糕的"趣味。属于判断力薄弱的因素包括"无知，疏忽，偏见，轻率，多变，固执"（PE，23）。话虽如此，博克却并不认为趣味是心灵的一种单独的能力，并非与判断力和想象力不同。他坚持认为，良好的趣味不同于糟糕的趣味，仅仅是由于发挥了我们的理解力。他提出，趣味

"得到提高恰恰是因为我们提高了自己的判断力,依靠了扩大我们的认识,依靠了持久关注我们的对象,依靠了经常的训练"(PE,25)。

博克对崇高和美的评论,在某些方面预见到了后来由康德所提出的观点,康德的观点在有些方面非常不同。博克认为,无论痛苦、危险和恐怖的理念所激起的是什么,都是崇高的一个来源;而崇高是"心灵所能感受到的最强烈的情感",比愉悦的情感强烈得多(PE,36)。最终,痛苦成了一种如此强有力的力量,因为它是死亡的"使者","恐怖的国王"。正是在我们能够使自己拉开与这样的痛苦和恐怖的距离之时,我们才可能发现它们是令人愉悦的;而这种感受就是崇高(PE,36)。崇高在一些根本的方面不同于美:崇高的对象是巨大、粗糙、模糊、黑暗;美的对象是微小、光滑、明亮和精巧。崇高的对象以痛苦为基础,美的对象则提供愉悦(PE,113)。

玛丽·沃尔斯通克拉夫特(1759—1797年)

玛丽·沃尔斯通克拉夫特被公认是现代最早的女性主义作家之一,她是一位激进的思想家,其主要看法以1789年的法国大革命直接引起的争论和问题为框架。她的《为男权辩护》(*Vindication of the Rights of Men*,1790年)与托马斯·潘恩(Thomas Paine)的《人的权利》(*The Rights of Man*)一样,为法国大革命进行了辩护,对博克在《对法国大革命的反思》中所表现出的轻蔑进行了抨击。沃尔斯通克拉夫特的思想特征被恰当地刻画成启蒙运动的思想家,她提出了赞成理性的各种论点,反对封建主义的世袭特权和全部不公正的体制。然而,沃尔斯通克拉夫特为这些传统的启蒙运动的原理增加了一个重要维度:关注妇女的经济权利和教育权利,正如在她最有名的著作《为女权辩护》(*A Vindication of the Rights of Woman*,1792年)中所表达的那样。

沃尔斯通克拉夫特不平静的生涯反映了她的意识形态倾向,并且构成了其基础。她是家里六个孩子中的一个,与家里的其他人一起在有点暴虐的父亲手下遭受痛苦。她直接经历过妇女们所遭受的经济上的损害,试图靠当家庭女教师和女仆这些传统的女性职业来谋生;她是不幸的浪漫遭遇的受害者,最初与画家亨利·富塞利(Henry Fuseli)在一起,然后与一个美国商人吉尔伯特·伊姆雷(Gilbert Imlay)在一起,她与伊姆雷怀过一个孩子,而这些失贞导致她曾经两度试图自杀;她最后嫁给了政治哲学家威廉·戈德温(William Godwin)[他的《政治正义》(*Political Justice*)出版于1793年];在生下女儿[她后来嫁给了诗人雪莱并且写过小说《弗兰肯斯坦》(*Frankenstein*)]几天之后,沃尔斯通克拉夫特便去世了。尽管她的生活很动荡,她却与自己时代的一些著名激进人士有交往:她的出版商约瑟夫·约翰逊(Joseph Johnson),持不同政见者理查德·普赖斯博士(Dr. Richard Price)(他最先激起了博克反对革命的情绪),托马斯·潘恩,当然还有威廉·戈德温本人。

在沃尔斯通克拉夫特的出版物中有《论妇女教育》(*Thoughts on the Education of Daughters*,1786年)和一部小说《玛丽的故事》(*Mary, A Fiction*,1788年)。虽然她并没有直接论述过文学问题,但她探讨过妇女的本质、她们天赋的能力、产生于社会和经济环境中的她们的性格、她们受教育的能力等问题,这些问题对很多女性主义理论来说仍然很重要,并且构成了很多女性主义文学批评的基础。

《为女权辩护》的主要目的被陈述如下:"为女权而斗争,我的主要论点建立在这个简单的原理之上,那就是说,如果她没有通过教育准备好成为男人的同伴,那么,她就会妨碍知识和美德的发展;因为真理对一切人来说都一定是共同的,否则它就在影响一般的实践方面无法产生效力。"[11]她指出,只有妇女理解了为什么应当具有美德,只有"自由将她的理性强化到了能理解自己的职责",理解到那职责的一部分是要成为一名"爱国者"之时,她才能加入这一事业中去(86)。沃尔斯通克拉夫特声称,如果男人的权利应当得到考虑,那么,按照一种"平等的推理",妇女的权利也需要得到关注。正如沃尔斯通克拉夫特所暗示的,这些要求以两个根本的原理为基础:首先,不仅男人拥有"理性的禀赋",女人也拥有"理性的禀赋";其次,没有任何权威能够简单地强迫妇女履行一套特定的职责(87-88)。沃尔斯通克拉夫特用了一个强有力的评论来结束这一节论述:"如果人们充分证明了理性要得到尊重,并且坚持为人类的一半而要求正义的话,那么,妇女的权利就要得到尊重。"(89)她在这段话里实际上所要求的是启蒙运动的理性、职责、自由、自我决定乃至爱国主义的原则;她的女性主义在于要求把同样这些原则扩大到妇女;她没有像后来的女性主义者那样,把这些原则本身贬低为父权制(patriarchy)和历史的产物。例如,很多现代女性主义者都向理性本身的首要地位以及各种范畴发起了挑战,诸如实质与偶然、身份、空间、时间、因果关系,从柏拉图和亚里士多德以来的男性思想家都根据它们来划分世界。

然而,沃尔斯通克拉夫特远没有忽视男性范畴的缺陷或男性对理性的利用,实际上,她预见到了现代女性主义者的很多反对理由。与在很多个世纪之前的克里斯蒂娜·德·皮桑那里一样,沃尔斯通克拉夫特的努力的一个实质性部分,就是要把理性的概念从男性对它滥用的历史中拯救出来,要把它用于与性别有关的更加公正的目的。她的著作的第一章论述了人类的权利与职责,为她后来涉及妇女性格和教育的特殊论点提供了一种重要的历史与政治语境。她断言,"返回到最初的原理中去寻求最简单的真理"的时候到了,那些真理已经被"流行的偏见"和习惯所遮蔽。她断言,男人超过野蛮动物之处在于他的理性权力;把一个人提升到超过另一个人就是美德;经验表明,通过与我们的激情进行斗争,我们就会在一定程度上获得与动物相反的认识。这些原理汇集起来成了沃尔斯通克拉夫特的整个论点最根本的前提:"我们天性的完善与获得幸福的能力必须通过理性、美德和认识的程度来评价,这样做区分了个人,引导了约束社会的法律。"沃尔斯通克拉夫特认为,我们必须返回到最初的原理,以寻求真理,因为很多个世纪以来"根深蒂固的偏见已经遮蔽了理性,而且……欺骗性的品质已经冒用了美德的名义"(91)。我们必须以"浅显的"推理为基础,独立思考那些还没有被这些偏见和私利所玷污的东西。

沃尔斯通克拉夫特认为,封建主义的整个历史和结构都是以非理性的私利与偏见为基础的,而不是以理性为基础:"确实悲惨到了如此地步,以致产生了世袭的荣誉、财富和君主政治,具有生动感性的男人们为了证明天意的安排是正当的,几乎会说出亵渎的话来。"(93)她尖锐地批判了君主政治的制度,这种制度把国家的命运置于少数人手中,他们的地位在其本质上就促使他们走向非理性的反复无常;她还驳斥说,每个职业都"对道德有害",都以等级的主从关系、等级制的权力结构或盲目服从权威为基础(96)。虽然她对卢梭批判文明社会的某些做法具有同感,但她拒绝了卢梭的这一观点,即自然和孤独的状态比文明的状态更好:人具有一种禀赋,即理性的禀赋,这种禀赋使他超出了单纯的野蛮生存状态;如果卢梭看得更清楚一些的话,那么,他就会思考"人在建立真正的文明方面的完善,而不是去谈论极端地逃回到在感性上蒙昧的黑夜之中"(99)。

在重要的第二章里,沃尔斯通克拉夫特试图颠覆流行的对妇女性格的看法,那些看法依赖于政治上和经济上的环境,并且依赖于有关妇女的男性写作的历史。她解释说,妇女被教导说,要培养乖巧、外表柔弱、欺骗性的"表面"顺从等品质(100);她们被鼓励要养成温柔、顺从的"主要美德"和一种"像宠物狗一样的倾向"(118);她们在实质上"被剥夺了应当成为人性之外衣的美德",被迫培养"做作的优雅",由此"她们唯一的抱负就是要变得美丽,要唤起情感,而不是引起尊重"(121)。她们被劝告说,这样的品质将为她们赢得"男人的保护"(100)。

沃尔斯通克拉夫特认为,男性作家的漫长传统已经对这种把妇女降格为"做作、柔弱的性格"产生了作用(103)。她呼喊道,"那些书的全部主旨"都倾向于"贬低人类的一半,并且把妇女表现成以各种纯粹的美德为代价来讨人喜欢"(104)。她提出了弥尔顿、卢梭和18世纪作家约翰·格雷戈里(John Gregory)的例证。在弥尔顿那里,她发现了一个矛盾:一方面,在《失乐园》(Ⅳ.637 - 638)里,弥尔顿对夏娃描绘成对亚当说:"**你的法律是神,我的法律是你**:此外不闻不问 / 这才是最幸福的知识,女人的美誉。"(101)然而,在其长诗的后一卷(Ⅷ.381 - 391)里,他把亚当表现为向上帝抱怨说,他需要一位平等伙伴的友谊,这样他就能体验"理性的愉悦"(102)。沃尔斯通克拉夫特从这里得到提示,提出我们要探索那些原理,妇女们能够根据它们与"上帝"进行合作,这样,她们就能在世界上具有一种创造性的作用。

不过,大多数男性作家实际上都把妇女表现为"毫无用处的社会成员"(103)。沃尔斯通克拉夫特在其他方面很钦佩卢梭,就连卢梭也提出,女人应当练习乖巧和撒娇,以便使自己成为"更加迷人的欲望的对象";女人对"真理和坚韧"的培养必须明确受到限制,因为"顺从是应当留下来"给予妇女的"重要教训"。沃尔斯通克拉夫特的大胆反驳,成了她的女性主义策略的一个必要因素:"全都是废话!"(108)不仅是卢梭,还有大多数男性作家步其后尘,都认为女性教育的整个趋势应当被引向一个目的:要使女人取悦于男人(110)。这种"废话"的一个更晚近的例证,是约翰·格雷戈里在名为《父亲给女儿们的遗产》(*A Father's Legacy to His Daughters*,1774年)的手册中对女性正确行为的论述。格雷戈里劝告女人们要把"对服饰的爱好"、掩饰的能力、避免"对多愁善感的敏感"培养成这样的"美德"(111,116)。沃尔斯通克拉夫特还抨击了赫斯特·林奇·特拉尔·皮奥齐(Hester Lynch Thrale Piozzi)、德·斯塔尔女士(Mme. de Staël)和著名法国作家费利西泰·让利斯女士(Mme. Felicité Genlis)等女作家,认为她们实际上重复了"男性的情绪"(202 - 205)。

沃尔斯通克拉夫特认为,在所有这些对女性行为的根本规定中,有一个植根于教育策略中的基本原理:努力"限制女人的理解力,并使她们的感觉变敏锐,以此来奴役女人"(104)。在妇女教育(women's education)方面,"对理解力的培养始终都要服从于取得某些物质上的成就"(105)。鉴于男人从幼年起就具有系统地和精确地思考的"方法"与需求,所以,妇女"接受的只是一种混乱的教育",被教导说要依赖"一种本能的、绝不能用来检验理性的常识"。这妨碍了妇女在"事实"的基础上进行概括(104)。妇女所获得的这种散漫的知识,更多地是以"单纯观察真实生活"为基础的,"而不是来自把个别观察到的结果,与通过思索概括出来的经验结果进行比较"(105)。沃尔斯通克拉夫特在这方面的意见反映了启蒙运动的理想;尽管很多女性主义者,包括克里斯蒂娜·德·皮桑,都曾借助直接经验来反驳从理论上对男人进行反思,但沃尔斯通克拉夫特认识到,单纯借助直接经验可能很少具有什么力量:它被禁锢在特定现象和事件的领域之内,被剥夺了自身提供可供选择的解释的权力。在她看来,妇女实际上被限制在具体细节之中,被迫把世界看成一系列离散的和没有联系的现象,它们的联系也有可能是任意的。在被剥夺了概括能力的情况下,妇女们实际上也被剥夺了思考的能力。的确,陷入这种具体细节之中也是顺从地陷入现存之中:男人们被鼓励要训练自己对过去、未来和现在的思考。女人们则被告知,她们只需要把焦点集中在现在之上,眼界的狭窄实际上增加并且巩固了她们对男人的依赖(116,118)。

为妇女提供这样一种带有任意性的教育,存在着一些不体面的和有害的后果。最重要的是,妇女无法担当真正的道德行动者:如果没有理性的力量,她们就不可能做出道德上的选择,并且有可能盲目服从权力结构声称对她们拥有权威的一切东西。道德行为的另一个先决条件是自由;沃尔斯通克拉夫特聪明地声称,自由"是美德之母"(121)。因此,为了妇女们能够作为道德行动者对社会做出贡献,她们必须能够理解自己行动的基础,并且拥有做出道德决定的自由。沃尔斯通克拉夫特坚持认为,"一个负责任之人的行为,必须受到他本身的理性活动控制"(121);她把"通过其他规则而不是从纯粹理性推论出来的规则用来教育有道德者"的一切努力等同于一种"奴隶制度"。这些规则必须"适用于整个人类"(117):她坚持认为,两性的行为"应当建立在相同的原理之上,并且具有相同的目标"(108)。

传统的女性教育的其他结果包括,妇女们无法参与任何特定领域里"严肃的科学研究",因为她们的注意力转向了"生存与礼仪"之上(105)。此外,妇女被阻止与自己的丈夫成为朋友和伙伴,因为要有效地管理自己的家务或者教育自己的孩子(119)。虽然说了所有这些话,但沃尔斯通克拉夫特深深地明白,仅有对特殊妇女的个人教育不会解决全部问题。教育制度本身在男人对女人实施的暴政方面起着一种根本性的作用,培养了女人的一切愚蠢行为,诸如多愁善感、无条理的思维、喜欢穿着打扮以及培养身体之美(318-319)。这个问题,即这种不平等,具有一种结构方面的基础,它存在于封建主义本身的结构之中。对教育本身的重新阐明,需要以一种更加理性的政治结构为基础;在"国王和贵族被理性启蒙,更喜欢真正的人的尊严,而不是幼稚的状态,摆脱华而不实的世袭的附属品"之前,教育不会有什么效果(103)。她认为,"野蛮的力量至今还统治着世界":只有当以暴力为基础的等级制度让位于以自由为基础的社会之时,"人类,包括妇女……才会变得更加明智和有道德"(122)。沃尔斯通克拉夫特承认,她就阻碍妇女能力所表达的大部分观点,同样适用于大多数男人,他们本身"服从于更强的势力,为的是不受惩罚地享受片刻的快乐"(122)。她的号召实质上是针对社会的,那种社会不仅将解放妇女,也将解放男人,使他们全都摆脱盲目服从、沉浸于现在、看不到道德之理性基础的奴隶状态。

这样,国家对妇女的教育就具有"极大的重要性"(297)。沃尔斯通克拉夫特认为,个人教育与公共教育应当结合起来,这种策略将疏通排他性的公共教育或个人教育的片面缺陷。她认为,公共教育"应当以塑造公民为导向"。但是,良好公民的美德最初必须在家中通过发挥友爱、尊重家庭成员和家庭责任来培养;公共影响以及公共美德"必定来自个人的品性"(279)。为了这个目的,即把个人教育与公共教育结合起来,沃尔斯通克拉夫特建议,国家走读学校要对所有社会阶层实行免费教育,男性和女性共同在学校接受教育。在一切方面,包括穿着方面,都应当促进平等,尤其是两性的美德都要依赖于理性的原则,而不是依赖于外在的服从(283,286)。这样一种制度将培养两性之间的友谊和热爱,而不是对一方实施独裁专制,另一方则要口是心非地服从(288)。它也将促进早婚,她认为这种制度是"维系社会的纽带"(283,287)。学习的科目不仅包括传统的学科,如植物学、天文学、阅读、写作、算术和自然史,也包括体育(287)。此外,应当教给妇女有关解剖学和医学的基本原理,以便使她们"合理养育自己的婴儿";也应当教给她们"心灵的解剖学"、道德科学,以及一般而言的人类理解力的发展(298)。建立这样的走读学校,要能够使孩子们在家里睡觉,"这样他们就能学会热爱家庭",并且要鼓励他们在学校"与一些同辈人打成一片,因为只有通过平等竞争,我们才可能形成一种关于我们自己的正确判断"(293)。

最后这个要点在沃尔斯通克拉夫特所提出的教育方法中很重要:孩子们并不是机械地学习他们不理解的东西,必须鼓励他们为自己思考,通过交流,针对同辈人的看法检验自己的理念。实际上,沃尔斯通克拉夫特提出,宗教、历史和政治"也可以用苏格拉底的方式通过交谈来传授"(287)。她自己的教育原则也许可以说具有一种审美倾向;她所提倡的课堂上的那种独立思考,与她对艺术家之独立性的看法有一些类似之处。她认为,与美德有联系的有关优美艺术的趣味和有关情感的趣味,都要求大力培养和"拓展心灵"(284)。真正的艺术家并不简单地创造一种自然的"奴隶似的摹本",而是运用一种"高贵的想象力……使感觉变得纯粹,并扩大理解力",以构成一幅理想的图画或者一个和谐的整体(290-291)。还有,与某些新古典主义作家一样,她坚持认为,判断力或理解力是"一切趣味的基础"(284)。她评论说,真正的"趣味永远都是在观察自然影响时使用理解力的成果;等到妇女们拥有更多理解力之时,要指望她们拥有家庭的趣味便是徒劳"(285)。与艺术家一样,一个女人不可能简单地依赖他人(如她的丈夫)来做出判断,因为没有哪个人能够"根据模仿来聪明地行动,因为在生活的各种情况下都存在着一种独特性,它要求运用判断力来修改一般的规则"(298)。作为她所提出的教育的结果,妇女将更加充分地从物质维度和道德维度去理解美。妇女将获得一种"高贵之美……为了把人表现得完美,就应当同时达到物质之美和道德之美……判断力必须出现在面部神情上,倾向与幻想要通过眼神传递,人性要在脸颊上留下曲线,否则,最优美的眼神都是徒劳,或者说高雅要以最美好的特征来完善"(291)。沃尔斯通克拉夫特在这里实际上把女性之美**重新界定**为理性、挚爱和独立倾向的一种必然产物,存在于这种品质背后的不只是外表的偶然机遇,而是对性别关系的根本改变,其基础自然是修正过的教育规划和政治规划。

实际上，最终正是根据政治的和经济的前提，沃尔斯通克拉夫特才发现了更加有效的教育支撑物的可能性。社会平等将成为教育平等的基础(287－288)。她要求男人承认妇女"具有教育和统治的有利条件"(286)。只要能够使她们从事政治和道德课题的研究，她们就能够"适当地关注家庭职责。活跃的心灵包含了其职责的全部范围"(288)。在"她们的心灵具备更加宽广的范围"之前，在允许她们去"发现自己在知识方面的优点"之前，妇女不可能履行自己的家庭职责，"几乎没有这种可能性，除非像男人一样接受相同追求的教育"(294)。她要求："使妇女们变成理性的造物和自由的公民，她们很快就会成为不错的妻子和母亲。"(299)

因此，沃尔斯通克拉夫特力求把启蒙运动将知识和道德置于理性的基础之上的原则，扩大到妇女，那些原则本身预示了有权使用正确的信息，以培养有条理的思维，首要的是，培养允许为了她们自己去做出判断和思考之意义上的自由。如果没有这种独立性，那么，妇女们甚至不可能成为善良、思维清晰的妻子与母亲；沃尔斯通克拉夫特含蓄地拒绝了妇女私人的、"家庭的"领域(private, "domestic" sphere)与男人的公共领域之间的一切明显差异。她也预见到了黑格尔的主奴辩证法(master-slave dialectic)，以及在很多非洲裔美国奴隶叙事中所提出的论点，坚持认为一个有道德、繁荣和幸福的社会，不可能建立在与性别、一般机遇有关的不平等的基础之上。后来的女性主义者经常与沃尔斯通克拉夫特有分歧，认为婚姻是一种被父权制原则的历史无可挽回地普及了的制度；他们拒绝了她的观点，即认为道德和美德应当建立在永恒不变之原则的基础上；他们抛弃了她把这些观点的基础置于超人的基础之上的行为，并且抛弃了她对理性的诉求。然而，她的看法中持久的是，坚持认为一切领域中的女性平等最终都有赖于社会与政治秩序的彻底重构；她有关教育的论点仍然与今天相关；她认为，真正的道德不可能以无知和盲目顺从为基础，这种观点保持了其鼓舞人心的力量。

注释

[1] Francis Bacon, *The New Organon*, ed. Fulton H. Anderson (Indianapolis: Bobbs-Merrill, 1960), pp. 47－50.

[2] *The Philosophical Works of Descartes*: Volume I, trans. E. S. Haldane and G. R. T. Ross (NP: Dover, 1955), p. 101.

[3] John Locke, *An Essay Concerning Human Understanding*, ed. A. D. Woozley (Glasgow: Fontana/Collins, 1975), p. 89. 下文引用写作 *Essay*。

[4] David Hume, *A Treatise of Human Nature*: Book One, ed. D. G. C. Macnabb (Glasgow: Fontana/Collins, 1978), pp. 113, 130－131. 下文引用写作 *THN*。

[5] William Keach, "Poetry, after 1740," in *CHLC*, V.IV, 129－133.

[6] Susan Manning, "Literature and Philosophy," in *CHLC*, V.IV, 587－588.

[7] Addison and Steele, *Selections from the Tatler and the Spectator*, ed. Robert J. Allen (New York: Holt, Rinehart, and Winston, 1961), pp. 67－68. 下文引用写作 *Spectator*。

[8] *The New Science of Giambattista Vico*, revised translation of third edition, Thomas Goddard Bergin and Max Harold Fisch (Ithaca and New York: Cornell University Press, 1968), para. 31, p. 20. 下文引用写作 *NS*。

[9] David Hume,"Of the Standard of Taste," para 1. 这篇文章最初发表于 David Hume, *Four Dissertations* (New York: Garland, 1970); 我援引的是较为容易获得的网络版, 这个版本特别方便, 因为它的段落编了号码: www. csulb. edu/~jvancamp/361rl5. html。下文引用写作"OST"; 数字指段落。

[10] Edmund Burke, *A Philosophical Enquiry into the Origins of Our Ideas of the Sublime and Beautiful* (New York and Oxford: Oxford University Press, 1990), p. 11. 下文引用写作 *PE*。

[11] Mary Wollstonecraft, *Vindication of the Rights of Woman*, ed. Miriam Brody Kramnick (Harmondsworth: Penguin, 1985), pp. 85–86. 以下所有引文的页码都指这个版本。

第六部分

19 世纪早期和浪漫主义

现代导论

从1760年到1860年这一时期的欧洲历史,被法国大革命和工业革命(Industrial Revolution)这两个主要系列的事件所主导,它们见证了浪漫主义的产生和发展。这两种现象都对这个时代最深刻的结构变化起了决定性的作用,即欧洲从封建社会向资产阶级社会的转变。这篇导论将根据法国大革命和工业革命在政治、社会和经济方面的原因与结果,民族主义的成长,从这些现象中产生的各种意识形态和知识方面的斗争,以及作家和批评家的反应(其中大部分形成了那些斗争的热度),来简要考察这一转变。这里的描述部分以埃里克·霍布斯鲍姆(Eric Hobsbawm)、赫伯特·马尔库塞(Herbert Marcuse)、乔治·列斐伏尔(Georges Lefebvre)和其他人对这个时代的分析为基础,而在这里提到的大多数历史资料,都源于本书末尾的参考书目所列举的一些一般的历史记录。

法国大革命:背景与结果

说1789年的法国大革命的结果依然与我们在一起,并非一种夸大之词。历史学家埃里克·霍布斯鲍姆提出,整个19世纪直到20世纪的大多数政治斗争,都围绕着赞成还是反对那场革命中至关重要的原则。[1]那场革命的结果导致了延续很多个世纪的封建主义庞大大厦的毁灭。封建主义具有的特征是静态的和地方化的经济,世袭的特权,权力集中在君主和贵族手中,加上庞大的教会财富与影响。每个人都被认为在事物所谓自然的和被神认可的秩序中占有一个固定的位置。

实质上,法国大革命,连同继之而起的其他很多革命,开始以资产阶级或中产阶级的权力来取代国王与贵族的权力,资产阶级包括了刚刚被确定的贵族、金融家、实业家、商人和一部分自由职业者。[2]除了由法国大革命所造成的政治变化和经济变化之外,在人们的思想中也有一种根本性的变化。封建世界以固定的等级制、忠诚、权威、宗教信仰、君主或寡头权力等价值观为特征;这些价值观日渐被资产阶级的意识形态所取代,其中大部分都源于启蒙运动的思想。这样的意识形态最突出的是世俗性,强调理性、个人体验、效率、有用,首要的是,以理性的自由主义经济为基础的政治上的自由主义,并且得到了技术与科学的帮助。浪漫主义大多从中获得了自身最初的冲动,以回应由政治、经济、哲学和美学领域内的这些巨大的结构转型所形成的新世界。

法国大革命的主要背景受到了一些主导性境况的影响。其中首先是14世纪到15世纪期间在欧洲各地出现的专制君主政治。在英国,都铎王朝的君主建立了专制政府,接着由斯图亚特王朝、詹姆斯六世和查理一世接替。他们对君主政治概念的拓展和他们试图破坏议会,最终导致了国王的支持者与议会的支持者之间的内战(1642—1649年)。由奥利弗·克伦威尔领导的议会支持者取得了胜利。查理一世于1649年被斩首,英国在短期之内被议会统治着。然而,1660年的所谓"复辟",把查理二世推上了王位。在1688年的"光荣革命"中,奥林奇的威廉和玛丽被请回来统治英国。这一系列事件终结了英国的专制君主政治,有利于议会政府。

欧洲中部和西班牙也处于专制君主的统治之下,其中有普鲁士的腓特烈大帝(Frederick Ⅱ the Great of Prussia,1740—1786年)和奥地利的约瑟夫二世(Joseph Ⅱ of Austria,1780—1790年)等开明君主,也有俄国的叶卡捷琳娜大帝(Catherine the Great of Russia,1762—1796年)等更加专制的君主,叶卡捷琳娜大帝镇压了1773年到1774年的农奴起义。不过,在法国,情况却很可怕。波旁王朝的创建者亨利四世促进了工业和制造业的发展,实际上却削弱了封建贵族的统治权。紧接着的路易十四(1643—1715年)、路易十五(1715—1774年)和路易十六(1774—1792年)这三任波旁王朝的国王,都喜欢极端地重新篡夺权力和司法机构。路易十四宣称"朕即国家",他的两任继承者都宣称君权神圣。让·博丹(Jean Bodin,1530—1596年)表达了作为政治理论的专制主义(absolutism),他声称,君主的权威来自上帝,哲学家托马斯·霍布斯和荷兰作家胡戈·格劳秀斯(Hugo Grotius,1583—1645年)也提出过专制主义的理论。

因此,法国大革命部分反对从14世纪以来在理论和实践方面成长起来的过度专制的政治。另一个因素是社会的经济改革。从14世纪到17世纪的几个世纪,都见证了后来培养资本主义成长的各种趋势:为了盈利而通过投资积累起来的财富,银行业与信贷服务的发展,公司监管协会与合资公司,封建制造业行会的衰落,新的采矿业和毛纺业的发展,以及农耕方法的革命化。这些趋势伴随着经济上的民族主义、竞争的伦理规范和帝国主义。到17世纪,英国、法国、意大利、西班牙、葡萄牙与荷兰都已经变成皇权国家;贸易成了世界性的,而不是一个国家或地方的现象。到17世纪末,资产阶级已经取得了经济上的霸权。

依照这一背景可以看出,法国大革命新近的原因是经济上、政治上和知识上的。经济上的原因也许最为重要:虽然中产阶级已经上升到了经济上的主导地位,但他们毫无相应的政治上的特权;这些阶级反对古老的商业主义(commercialism)政治,它确立了垄断,对购买、工资和价格实行控制。经济上的另一个原因是残存下来的封建特权的制度,高层僧侣和某些贵族阶层由此垄断了政府。农民憎恶被迫向领主缴纳各种费用和税金,城市民众则极大地遭受了高价的痛苦。政治上的原因包括专制君主政治,毫无系统的统治、金融、税收和法律方式。或许,最直接的原因是损失惨重的英国与普鲁士之间的"七年战争"(Seven Years' War,1756—1763年),以及法国涉足"美国独立战争"(American War of Independence,1778年),这两场战争都对政府在经济上的破产产生了作用。

知识方面的影响在很大程度上起源于启蒙运动,正如在前一章里看到的,它的主要趋势是走向理性主义、经验主义、实用主义和功利主义;由英国的约翰·洛克和大卫·休谟,法国的伏尔泰、狄德罗和达朗贝尔,德国的戈特霍尔德·莱辛等思想家激发起来的这些趋势,构成了资产阶级自由主义思想的核心。对法国大革命具有较为特殊的影响的是洛克的《政府论》(下篇)(1690年),它证明1688年英国革命之后获胜的英国新政治制度是正当的。洛克谴责了专制君主政治和议会的绝对统治权,提出人民有权反抗暴政。伏尔泰提倡一种开明的君主政治或者由资产阶级统治的共和国。巴龙·德·孟德斯鸠也影响了法国大革命的第一个阶段,提倡一种以行政、立法和司法权的分离为基础的自由主义理论。让-雅克·卢梭则通过民主、平等和私有财产之罪恶的理论,强有力地影响了法国大革命的第二个阶段,正如他在《社会契约论》和《论人类不平等的起源》中所提倡的那样。法国大革命背景中的最后一个知识方面的因素,是资产阶级经济的成长,它破坏了商业主义,(按照变化了的条件)提倡经济放任主义的学说以及劳动价值理论。

法国大革命开始于贵族政治对君主政治以及贵族要求增加自己的特权感到不安,但事态很快就被资产阶级的影响所控制,其影响形成了大革命实质上的资产阶级性质。在第一个阶段(1789—1792年),路易十六于1789年召开了一次"三级会议"(Estates General),这种议会大会在过去是不定期召开的。"三级会议"的代表有僧侣、贵族和普通人。"三级会议"中最富有和最有能力的组成部分是资产阶级(FR, 43),它本身就组成了"国民议会"(National Assembly),由资产阶级的主张改革者领导,到1791年草拟了一部新宪法。正是在第一个阶段中,巴士底狱被攻占,教会被世俗化,并且颁布了《人权宣言》(Declaration of the Rights of Man,以下简称《宣言》),《宣言》宣称自由、安全和财产是天赋人权。《宣言》反对封建特权,在性质方面却不是平等主义的。政治结构并非民主制,而是一种君主立宪制,有产寡头集团在其中通过代表大会进行统治。这份文献在性质上也是国家主义的,它认为权威的根源在于国家。

法国大革命的第二个阶段开始于1792年8月。这是一个更加激进的阶段,把大众全都卷入了进来,其领导者,如马克西米利安·德·罗伯斯庇尔(Maximilien de Robespierre,1758—1794年)、乔治·雅克·丹东(Georges Jacques Danton,1759—1794年)和让-保罗·马拉(Jean-Paul Marat,1743—1793年),都致力于卢梭关于平等的学说。选举出了国民大会,其目的是草拟一部新的民主宪法,它将包括有关穷人的权利和保障的内容。法国变成了共和国。1793年1月,路易十六被指控叛国并被斩首。法国进入了与奥地利和普鲁士的交战状态,并且被担心革命理想传播的奥地利和普鲁士统治者打败。国民大会执行机构、著名的"公共安全委员会"(Committee of Public Safety)实行了所谓的"恐怖统治"(Reign of Terror,1793—1794年)。这个时期通常因其暴力和处死成千上万的人而被人们铭记,但是,正如霍布斯鲍姆指出的,这也是一个取得了非凡成就的时期。其中包括草拟了由一个现代国家创造的第一部真正的民主宪法(尽管这部宪法并没有实施),废除所有残余的封建权利,稳定粮食的最高价格,分割庞大地产以出售给较为贫困的公民,政教分离,在法国殖民地废除奴隶制,把普鲁士和英国入侵军队赶出法国,法国经济的相对稳定(AR, 90 - 91)。罗伯斯庇尔于1794年被处死,实际上标志着法国大革命激进的第二个阶段的结束。国民大会此时由代表资产阶级利益的、较为温和的领导人控制。1795年,国民大会草拟了一部新宪法,它以保护财产为基础,把选举权限制于财富的所有者。权力被授予一个五人小组。这个阶段的特征是牟取暴利和大量的腐败，相继发生的通货膨胀和经济上的混乱，这些都为拿破仑·波拿巴（Napoleon Bonaparte）在1799年11月9日["雾月十八日"（eighteenth Brumaire）]的政变铺平了道路，那一天标志着法国大革命的结束。

拿破仑时代

拿破仑由于在法国与奥地利的战役中取得胜利而被提升到民族英雄的地位。最终，他的声望和军事权力使他得以在1799年推翻法国政府，成为执政官；他于1804年成为法国的拿破仑一世皇帝，而他的独裁统治实际上终结了法国大革命的自由主义理想。然而，他也巩固和发展了那场革命的某些成就，如使政府集中化，继续改革税制，继续重新分配庞大的地产，废除农奴身份，继续从大革命开始的教育、刑法和民法[它们修订后以《拿破仑法典》（Code Napoléon）知名]领域里的改革。革命热情部分传播到了普鲁士，法律上的这些发展在意大利、普鲁士和瑞士等其他国家被输送到了法律体系之中。不过，拿破仑破坏了大革命所推行的政教分离，他于1801年与教皇皮乌斯七世（Pope Pius Ⅶ）签订了《政教协约》。

拿破仑延续了从革命时代传下来的对英国、奥地利和俄国的战争，他打败了奥地利和俄国的势力，把法国的疆界扩大到了包括欧洲大陆的大部分地方，并且把他的弟弟们推上了威斯特法利亚①、那不勒斯和荷兰的王位。最终，拿破仑相继被英国、奥地利、普鲁士和俄国打败。他遭到了流放，一直到1821年去世。

维也纳会议与梅特涅体系

在法国大革命的后果之中，自由派与保守派之间在意识形态和政治上的斗争，席卷了欧洲其他地区。很多强国的头目或代表——包括普鲁士、奥地利、俄国和英国的代表——都聚集在"维也纳会议"（Congress of Vienna，1814—1815年）上，以决定欧洲的未来。会议由奥地利外交大臣克莱门斯·冯·梅特涅（Klemens von Metternich，1773—1859年）掌控，他曾经协助建立打败了拿破仑的同盟国。梅特涅是个坚定的保守派，他决心返回到1789年法国大革命之前的状态。他设计了一个协议，要求在1789年前掌权的各个王朝由此应当恢复，各个国家由此应当再度拥有自己在那时所拥有的领土。英国的自由主义运动挑战了保守派，英国1832年的《改革法案》（Reform Bill）实现了选举改革，给予中产阶级选举权，并且确立了中产阶级的霸权。资产阶级的企业家们还鼓动反对《谷物法》（Corn Laws）、有利于土地所有者的关税保护

---

① 威斯特法利亚（Westphalia）：德国西北部的一个地区，当时为一个新成立的王国，拿破仑让其弟热罗姆任国王。

法;这些法律最终于1846年被废除。出现了反对复辟的法国波旁王朝君主路易十八的起义,他在1824年被他的甚至更加反动的弟弟查理十世所接替。

激烈的意识形态斗争也震撼了普鲁士和俄国。为了回应,梅特涅把一个强制性的规划强加于普鲁士,即著名的《卡尔斯巴德决议》(Carlsbad Decrees,1819年),它为了应对学生骚动,使整个大学体制和新闻界处于严格的控制和审查制度之下。然而,梅特涅的同盟国体系开始崩溃。英国主要出于经济上的动机退出了;1830年在欧洲爆发了另外几场革命。首先是法国的"七月革命"(July Revolution),法国的资产阶级领导人驱逐了查理十世,让路易-菲力普(Louis-Philippe)取代他成为君主立宪政体的首领。比利时的荷兰人地区成功地举行了反抗荷兰人统治的起义;1831年,波兰反抗俄国人统治的起义遭到了沙皇尼古拉一世(Tsar Nicholas Ⅰ)的残酷镇压。

1848年的革命与民族主义的成长

法国大革命的口号是"自由,平等,博爱",它不仅培养了个人权利的理念,而且培养了个人对于作为一个整体的社会或民族的义务,民族被认为具有一种特殊的历史、文化和方向。1848年的革命部分是由自由主义者内部对反动统治的不满引起的,在总体上则受到了民族主义情绪的激励,从法国大革命以来,民族主义情绪到处扎下了根。1848年,对路易-菲力普日益加强的专制的普遍不满,导致了他被废黜。法国再次变成了共和国,拿破仑一世的侄子路易·拿破仑·波拿巴(Louis Napoleon Bonaparte,1808—1873年)则以压倒性的多数支持被推选为总统。

受到法国1848年的各种事件的激励,奥地利和匈牙利也出现了革命。在奥地利,梅特涅被迫辞职,皇帝被迫承认了自由宪章。民族主义对于在德国和意大利出现的变化来说是一种特别有效的力量,它们最终完成了统一。崩溃的另一个庞大帝国是"奥斯曼帝国"(Ottoman Empire),由于在希腊和塞尔维亚的得到俄国帮助的民族主义起义(1829年),以及在被征服的波斯尼亚、黑塞哥维那和保加利亚等领土上的民族主义起义(1875—1876年),奥斯曼帝国开始崩溃。

工业革命

由19世纪20年代的英国和法国社会学家命名的"工业革命",被霍布斯鲍姆说成是"世界史上有可能最重要的事件"(AR,44)。它通常被划分成两个阶段,第一个阶段从18世纪中叶延伸到19世纪中叶,第二个阶段实际上一直持续到了今天。由于英国的财富、鼓励个人盈利,以及得到自由主义政治支持的经济体系取代了封建行会制度,加上它的殖民地和对世界市场的有效垄断,所以,大规模的工业化首先从英国开始了。然而,工业主义迅速传播;到19世纪中叶,法国和比利时都参与了机械化生产;到19世纪末,德国已经从农业经济转变成了最重要的工业力量;到那个世纪末,工业化延伸到了日本和意大利。欧洲从14世纪以来的经济转型(economic transformation),在很多行业中都经历了一些技术方面的创新,如棉纺行业和铁器行业,这种创新在发明蒸汽机和大规模使用煤炭方面达到了顶点,另外还有使用传送带、装配线和其他大规模生产技术的工厂系统的发展。棉织品加工由于1767年发明了多轴纺织机、1785年发明了动力织布机和1792年发明了轧棉机而实现了机械化。

工业化的第二个阶段的标志是使用电和石油,钢铁行业的发展,增加自动操作,劳动分工,以及日益增加的依靠工业的科学治理。随着建造更好的道路、铁路系统、汽轮、远程通信和汽车,19世纪也经历了旅行方面的巨大进步。农业也进行了合理化的组织与机械化。更为重要的是,资产阶级大量增加的财富要寻求更多的市场投资的出路,这样的市场由于欧洲自身国家人口的增加正在扩大,同时也在欧洲列强的殖民地扩大。资本日渐被投资、金融和垄断巨头的形成所控制,而经济自由主义日益被政府控制、经济援助和保护主义所取代。到这个时期,如霍布斯鲍姆所称,资产阶级已经建立起了霸权,"过去的诸神和国王们,在今天的实业家和蒸汽机面前毫无能力"(AR,69)。

尽管工业主义促进了繁荣和经济发展,但工业主义并非没有自身的社会和经济问题,以及政治危机。虽然工资增加了,却有大规模的失业,部分是由于在工厂中把妇女和儿童当作廉价劳动力。极端恶劣的劳动条件、漫长的劳动时间和疾病,增加了工人阶级的痛苦。资本主义经济中的这些缺陷都有助于促使1848年的欧洲革命(European revolutions of 1848)和英国的"宪章派"(Chartists)起义(1838—1848年)的发生,"宪章派"为执行"人民宪章"而斗争,要求普选权、秘密投票和加薪,以反对"国会下议院"(House of Commons)议员的财产条件限制。到19世纪末,欧洲的大多数人口都在从事工业劳动,而不是从事农业劳动,他们都卷入了拥挤的城市生活方式之中。以上和其他一些因素导致了一种新的政治力量的出现,即工业无产阶级,它成了新兴资产阶级,银行家,工业巨头,工厂、铁路、钢铁厂和矿山经营者刚刚建立起来的霸权的主要对手。

自由主义与保守派之间的意识形态斗争

前述的政治斗争和经济转型,自然伴随着自由主义与保守派之间的意识形态斗争,即那些希望进一步推进理性主义、个人主义和有限政府等支撑法国大革命的原则的人们,与那些希望返回到革命之前强调传统、信仰和权威的人们之间的斗争。在大革命期间,这种斗争本身主要体现在自由主义政治家埃德蒙·博克与托马斯·潘恩(1737—1809年)之间的争论之中,潘恩是国民大会的温和成员之一。在《对法国大革命的反思》(1790年)中,博克对法国大革命的抨击以保守主义通常的原理为特征:借助过去的权威和传统的集体智慧,以反对他所认为的法国革命家抽象的理性主义。托马斯·潘恩的激进主义,如在他有广泛影响的《人的权利》(1791年)中所表达的那样,包含了新兴资产阶级意识形态的核心本质:摆脱过去,摆脱传统,摆脱惯例,以及明显强调现在;提升理性主义,以便人民能够为了自己而决定什么是最好的生活方式;坚持一种有点民主的观点,即政治权威既不是世袭的,也不是神授的,而是来自于人民。

这种意识形态的斗争在很多领域里都在竭力进行,包括宗教、哲学、文学和艺术的领域。也许,意识形态最为深刻的普遍变化是思想的世俗化(secularization of thinking),它与资产阶级的理性主义和唯物主义的世界观相一致。就19世纪的大部分而言,宗教被卷入了各种争论之中——与哲学、科学和一种完全改变了的生活方式进行争论,这些争论经常威胁宗教本身的基础。19世纪30年代在德国产生了一个"高等考证"学派(Higher Criticism school),它致力于研究《圣经》作者所使用的资源和方法,经常追问《圣经》文本的一致性和历史的准确性。这个领域最突出的研究成果之一是戴维·施特劳斯(David Strauss)的《耶稣传》(*Life of Jesus*,1835年)。在那个世纪晚期,教会面临着来自科学尤其是达尔文的科学方面的进一步威胁。这些进展,加上很多反对教会的财富、财产、法权、世俗权力的政府的冲击,使世俗化成了一种制度上的和意识形态的现象。

19世纪有组织的无产阶级的形成,伴随着一些重要的政治和经济理论,并且得到了它们的推动。亚当·斯密、大卫·李嘉图(David Ricardo)和詹姆斯·穆勒(James Mill)的资产阶级自由主义经济理论,以其经济个人主义、放任政策和自由竞争的概念,支配了19世纪大多数的思想与实践;这些概念遭到了倾向于代表劳工阶级利益的思想家的反对,诸如空想社会主义(Utopian socialism)者克洛德·亨利·圣西门(Claude Henri de Saint-Simon,1760—1825年),夏尔·傅立叶(Charles Fourier,1772—1837年,他提倡生产资料的集体所有),以及罗伯特·欧文(Robert Owen,1771—1858年,他抨击盈利制度是剥削工人的劳动)。最重要的社会主义思想家是卡尔·马克思(1818—1883年)和弗里德里希·恩格斯(1820—1895年)。马克思和恩格斯提出了历史唯物主义的概念,它认为资本主义是从各种生产方式的漫长历史中发展起来的,从古代奴隶制的生产方式直到封建制度,这种进步在实质上受到了阶级斗争的推动。他们认为,一旦在技术上得到帮助的资本主义的积累和世界扩张导致了一个贫富鲜明对比的世界,一旦工人阶级意识到了自己的历史作用,那么,资本主义本身就将让位于共产主义(communism),共产主义则将废除私有财产,把自身的基础置于人类的需要之上,而不是少数人对日益增加的利润的贪婪之上。

前述的历史发展,加上由它们所生产的意识形态的争论,构成了康德和黑格尔的哲学产生的至关重要的背景,以及广泛的浪漫主义运动至关重要的背景。

注释

[1] E. J. Hobsbawm, *The Age of Revolution*: *Europe*, 1789 - 1848 (London: Abacus, 1977), pp. 73 - 75. 下文引用写作 *AR*。

[2] Georges Lefebvre, *The French Revolution*: *From Its Origins to* 1793, trans. Elizabeth Moss Evanson (London and New York: Routledge and Kegan Paul/Columbia University Press, 1965), pp. 43 - 46. 下文引用写作 *FR*。

第十四章　康德式的体系与康德的美学

> 不存在任何有关美的科学,只存在批判的科学。
>
> *Critique of Judgment*, p. 172

大多数现代文学理论与文化理论都鼓励我们在文学和艺术自身历史的与意识形态的语境中去研究它们。然而,在学术界和通俗文化方面,我们今天依然非常熟悉"为艺术而艺术"这类说法,我们依然听到有人把诗歌或音乐说成是"以其本身为目的"的,为了它们本身而被欣赏的。这些说法背后的理念认为,文学必须摆脱一切特定的道德职责或政治目的:文学的主要目的不是提供道德教训,也不是促进社会事业,而是提供快乐;我们对文学的重视是为了它本身,无论它可能具有别的什么意义。从柏拉图到 18 世纪的大多数思想家也许会对这样一种理念感到迷惑不解或者感到恼怒:虽然他们可能会承认文学的功能之一是要使我们"快乐",但他们会坚持认为,文学具有重要的道德、宗教或社会的维度。

看来奇怪的是,认为文学是自主的、在自身之外没有任何目的的观点,最初对其做出最为明确表达的,并不是诗人或文学批评家,而是一位哲学家:伊曼纽尔·康德(1724—1804 年)。正是康德的《判断力批判》(*Critique of Judgment*,初版于 1790 年),综合了以前表达文学之自主性的各种偶然的努力或这一观点,即认为文学只受它自身的律法支配,而不是受来自道德和教育等其他领域的规则的支配。康德的这部著作被证明对后来的美学和诗歌产生了巨大影响,在我们今天把文学作品尊崇为超越道德、教育和政治要求之外的某种东西之时,这种影响依然还在起作用。例如,今天有很多人都反对具有明显的政治宣传目的的电影,反对其唯一目的是灌输道德教训或支持一种特定宗教观的诗歌。我们倾向于寻求的目的是**内在**于文学或艺术本身的;我们在这么做时,把焦点集中在文学的**形式**之上,与把焦点集中在文学似乎要"说"什么之上差不多,正是这种形式(例如,综合一部电影的各个部分的方式),才给予了我们快乐。所有这些倾向都可以追溯到康德的美学。

伊曼纽尔·康德与 G. W. F. 黑格尔一道,通常被认为是现代最伟大的两位哲学家。康德的著作对黑格尔的思想以及现代哲学的其他分支产生了深远的影响;它们为后来的大多数德国政治理论与法律理论提供了试金石;它们也对浪漫派思想的发展和众多现代美学理论产生了巨大影响。

康德于 1724 年生于东普鲁士哥尼斯堡(Königsberg)城的一个收入不高的家庭。他父亲是马鞍匠,母亲没有受过教育。对康德早年生活产生了重要影响的是其家庭沉浸在"虔信派"(pietism)的传统之中,这个新教教派强调内在的和情感上的灵性。康德的个人生活相对来说很平凡,尽管他经历过"七年战争"(其间东普鲁士一度被俄国占领)以及"法国大革命"。这些事件可能在导致康德脱离虔信派、走向政治上和神学上的自由主义方面起过作用。他是民主制的信奉者,直到1793年和1794年的"恐怖统治"前,他都同情"法国大革命"。康德经常被描绘成一个具有极为规律的习性的隐遁者;很有名的是,人们可以根据康德在午后准时散步来设置自己的钟表。不过,虽然康德几乎没有离开过哥尼斯堡,虽然他从未结过婚,但他拥有在一群有表达能力的朋友之中的社交生活,他在其中以充满活力与机智诙谐而著名。

1740年到1746年,康德在哥尼斯堡大学学习。1755年,他在该大学当了一名讲师,讲授的学科很广泛,包括自然科学、形而上学、逻辑学、伦理学、法律理论、人类学和地理学。1770年,他被任命为逻辑学和形而上学教授,他一生的大部分时间都在这个职位上。与黑格尔不同的是,康德是一个很有天赋的演讲者,他日益增加的名声在他被任命为大学校长时得到了承认。值得注意的是,康德最初的著作都与科学主题有关。他受里斯本地震的触动而撰写过有关地震的理论著作。他的重要科学论著有《自然通史与天体理论》(General Natural History and Theory of the Heavens,1755年),他在其中提出了一种关于宇宙起源的原创性观点——类似于拉普拉斯①后来提出的理论。康德在这部著作中的一部分努力,是要为牛顿的物理学提供哲学上的理由。康德对科学发展的认识,证明了对他后来就"批判"哲学所做的论述来说至关重要,他所提出的批判哲学认为,哲学不仅要研究我们所认识的各种客体,而且要研究我们的认识方式本身,研究其可能性及其限度。

这种"批判"哲学在康德最重要的著作《纯粹理性批判》(Critique of Pure Reason,1781年;1787年第二版)中得到了详细的表达。康德自己认为这部著作开创了一次哲学方面的"哥白尼式的革命",因为它试图证明,虽然我们的认识不可能超越经验,但某些认识是先天的(不依赖于经验),并且具有推理上的确定性。正如我们将看到的,这种看法部分地是为了回应苏格兰哲学家大卫·休谟的怀疑论。康德的第二部重要著作《实践理性批判》(Critique of Practical Reason)出版于1788年。康德的第三部重要著作《判断力批判》出版于1790年。他仅有的另一部美学论著是《对美感和崇高感的观察》(Observations on the Feeling of the Beautiful and Sublime),出版于1764年。

康德的政治著作有机地产生于他的批判哲学,他在其中表达了一种自由主义的观点。他受洛克和卢梭等思想家的影响,试图从哲学上证明人类政治自由的权利,并且赞成代表制宪政。在这个方面,他具有某种与"美国革命"和"法国大革命"相同的理想,他对这两场革命都怀着极大的同情。康德主要继承了启蒙运动的信念,即相信理性的力量不仅在于通过系统的运用科学方法去研究外部的自然世界,而且要研究人类的本质、人类的心理构造、道德以及他们与之共存的政治和社会系统。然而,康德与启蒙思想的关系却充满了矛盾。对他的道德与政治研究来说最重要的是,相信人类的自由;人类作为行使自由意志的道德力量和政治力量,并

---

① 拉普拉斯(Laplace,1749—1827年):法国天文学家、数学家。

不是一架简单的机器,并非完全服从于物质世界的律法,那个世界是呈现于我们面前的**现象**或事物的世界。人所进行的道德选择要以某些假设为基础,其中之一就是超越由因果关系支配着的现象界、把自己行为的基础置于理性之上的自由,无论它们在物质上或自然方面的结果如何。康德对这种内在道德感的信念,部分源于他早年在家庭中所受到的虔信派的影响。虔信派是18世纪德国的趋势之一,它与启蒙思想相对立,鼓励一种对待宗教的情感主义的观点。

有关政治自由和宗教自由的主张,的确是康德的文章《什么是启蒙》("What is Enlightenment",1784年)的核心论题。他认为,启蒙的格言是:"要有勇气运用自己的理智! (*Sapere aude*!)"[1]康德认为,一个社会的知识阶层应当"传播尊重个人价值、尊重一切人为自己而思考之职责的理性精神"。康德接着说:"就这种启蒙而言,所需要的一切就是**自由**……在所有问题上**公开**运用理性的自由……**公开**运用人的理性始终都必须是自由的,这本身就可以在人类之中带来启蒙。"(KPW,55)康德承认,限制**私下**运用理性没有害处。他所说的"私下"运用理性,是指在某个特定职位或公职上运用理性,这要求服从自己的上级和某些制度的规范。例如,传教士不得不向信众传授某些教义。然而,在"公开"运用理性时,传教士将担负的角色是不受限制地对"真正的公众"(而不是一群特定的听众)或世界发言的学者;他在这种地位上应当享有不受限制的自由,甚至有自由去批判或破坏他处于"私下"地位时所传授的那些教义。康德完全反对把那些坚持不能改变的和强加于未来几代人的教条进行严格的系统化。那"将成为违背人类天性的罪行,而人类原本的命运在于……进步"。应当让每个时代"扩大和纠正自己的认识"。康德认为,即使是君主,也不可能把各种看法强加于自己的民众,因为这将"践踏人类的神圣权利"。君主的"合法权威正有赖于将他自己的民众的集体意志联合起来"(KPW,56-58)。我们可以听见这些言辞背后的卢梭的声音。康德的观点最终把他带向了与各种权威的冲突之中。他的论著《纯理性限度内的宗教》(1793年;1794年第二版)因其理性主义的和非正统的观点,冒犯了普鲁士国王弗雷德里克·威廉二世(Frederick William II)。国王强迫这位难以驾驭的哲学家答应不再撰写关于宗教问题的著作。康德在国王死后违背了自己的允诺。前述的评论说明了自由的概念不仅是康德的政治思想的试金石,而且是其三大"批判"所提供的整个体系的组成部分。因此,这些重要著作需要置于它们的历史语境之中,这种语境不仅包括启蒙运动的哲学及其对理性探究的强调,而且包括"美国革命"和"法国大革命"背后的政治思想,即对人类自由和个人权利的强调。

为了理解康德在《判断力批判》中所表达的美学观,我们需要把这部著作看成是一个囊括了前两大"批判"的更加广阔的规划的一部分。《纯粹理性批判》是迄今为止康德著作中最重要和最具开创性的。这部最早的"批判"的实质性规划有三个部分:第一,康德希望界定人类理性的边界,即理性可以告诉我们何种事物、哪些事物超出了理性的掌握。第二,他希望为形而上学建立一个可靠的基础。经验主义哲学家洛克和休谟曾经认为,既然我们的一切知识都来自经验,那么,这种认识就不可能以任何必然的律法为基础。例如,休谟认为,因果关系的概念不是以原因与结果之间的任何必然联系为基础的,反倒是依赖于我们"不断联系"的习惯,即我们在习惯上借以把两件事情联系起来,把一件事情看成原因,把另一件事情看成结果。洛克和休谟还破坏了一个对大部分古代和中世纪的哲学与神学来说核心的概念:亚里士多德和托马斯主义把"实体"看成第一位真实的理念,其他一切都要以这种真实为基础。他们断言,在外部世界的客体之下不存在任何最初的实体或实质,我们与那些客体仅有的联系是依靠我们的感官。康德仿效休谟的怀疑论——如康德所回忆的,这种怀疑论把他自己从"独断论的沉睡"中唤醒,关注把形而上学的基础置于先天的(独立于经验的)和必然的原理之上。换言之,我们所拥有的这样的认识,必定会显现为具有绝对的确定性。这样一种努力部分表现了康德渴望调和近代科学的发现,尤其是由牛顿阐明的自然的根本律法。最后,康德对"现象"(phenomena)与"本体"(noumenon)进行了区分。现象指我们体验到的客体世界,即呈现于我们面前的那些客体;本体,或者说作为客体本身的那些客体,是仅仅供思考的和外在于我们可能之体验的那些客体。这种区分不仅有助于确保现象世界具有一种可靠的基础(第一"批判"的规划),而且为道德世界提供了一种切实可行的基础,对康德来说,那是一个本体的领域(第二"批判"的规划)。

在《纯粹理性批判》中,康德承认,我们的一切认识都开始于经验,但他并没有接受经验主义的主张,即认为我们的一切认识都以某种方式来源于经验。[2]认识不仅由我们从世界上获得的印象构成,而且具有我们自己在建构呈现于我们面前的世界时所补充的那些部分。例如,康德认为,因果关系的概念并不是在世界上发现的某种东西;相反,它表现了我们用以看待世界的方式之一。相似地,"实体"的概念(一个客体的实质性特征,客体的其他特质都要以之为基础)也不是在世界上的任何地方发现的:如果我们去看一个客体,排除掉由经验赋予它的一切特质(其形状、色彩、大小等),那么,给我们留下的还是实体的概念,这再次表现了我们看待客体的方式。康德用这些例证来表明,因果关系和实体的概念并非以某种方式存在于世界上,而是植根于我们自己先天的认识能力之中(CPR, 45);我们把这些概念**带给**了自己的经验世界,它们建构了那种经验。这同样适用于康德为理解力所确定的全部 12 个基本范畴。按照我们看待世界的四种基本方式,它们可以划分为四种类型:**数量**范畴的统一、多样性和总体性;被囊括在**质量**之下的现实、否定和限制;处于**关系**之下的实体、因果关系、共同性;最后,康德在**形态**的名目之下罗列了可能性、存在和必然性(CPR, 113)。在这里不必详细研究这些范畴;要了解的重要之点在于,它们共同表现了我们自己的心理结构带给我们对世界之体验的东西。正是通过这些范畴或基本概念,我们才划分和安排了我们对世界的认识。

为了理解康德对我们的心灵如何有助于构成围绕着它的世界的说明,我们需要把握对他的思想来说很重要的两个差别:先天与后天之间的差别,即**分析判断**与**综合判断**(analytic and synthetic judgments)之间的差别。先天的认识独立于一切经验;它具有必然性和普遍性。另一方面,经验的认识只可能是后天的,即要通过经验。这种认识是归纳性的,绝不可能达到必然性或普遍性。康德对分析判断与综合判断的区别做了如下解释。在分析判断中,谓语没有为早已包含在主语中的概念增加任何东西。以康德在这一说法中提出的例证来说:

一切实体都扩大了

主语是"一切实体",谓语是"扩大了"。由于扩大(占据了一定数量的空间)早已被包括在"实体"的概念之中,所以显然,谓语在这里没有为主语的概念增加任何东西。这是一个分析判断,它**必定**是真实的,它必定**普遍地**适用于一切实体。它也是一个先天判断,因为我们不需要经验的陈述来验证它;我们不需要超越那个概念本身(*CPR*, 49)。实际上,我们把这个概念应用于我们的经验。另一方面,在综合判断中,谓语确实为主语增加了某种东西。例如,如果我们说:

一切发生的事情都有其原因

原因(谓语)的概念没有包含在"一切发生的事情"(主语)的概念之中。因此,这是一个综合判断。它正好也是一个先天判断,因为因果关系的概念不可能(如休谟表明的)源于经验,因为它具有必然性和普遍性(*CPR*, 50-51)。

康德坚持认为,只有综合判断才是"可以扩展的",或者说能够为我们先前的认识提供真正增加了的东西。康德认为,形而上学应该包含先天的与综合的认识,因为它的努力不仅是要分析各种概念,而且要扩大我们的先天认识(*CPR*, 54)。所以,康德认为,纯粹理性的普遍问题是:先天综合判断如何可能?康德认为这个问题非常根本,以致形而上学的成败要取决于对它的解决(*CPR*, 55)。康德在这里否定了休谟的怀疑论,诉诸现存的大量认识。康德把纯数学和自然科学看成是早已包含了大量的先天综合认识(*CPR*, 53-54)。康德希望把形而上学确立为一门特殊的科学,即一门纯粹理性的科学。他把理性界定为提供先天认识之原理的能力。他也把自己的哲学称为"先验的",他这么说的意思是指,哲学"不要过多地以我们认识客体的方式忙于各种客体,因为这种认识方式有可能是**先天的**"(*CPR*, 58-59)。换句话说,康德关注的是使形而上学成为科学的,因为它将使理性成为一个自觉的领域:意识到它的限度以及它与外部世界发生联系的确切方式。他关心的是不仅要反对怀疑论的经验主义,而且同样要反对一切"教条式的"运用理性的方式,理性由此会跨越自身的边界,违背单纯思辨的目的,那些思辨始终都可能与其他思辨相抵触(康德是指由这种无限制地把理性用作"二律背反"的行为所造成的可能的自相矛盾)(*CPR*, 57)。

康德在提出先天综合判断如何可能的问题时,实际上面临着由洛克和休谟怀疑论地假设的心灵与现实之间的断裂。如果现实是外在于心灵的,那么,我们怎么可能真正地认识它?我们对现实的认识怎样以那些必然的和普遍的原理为基础,它们怎么可能真正扩大这种认识?康德提出,人类的认识有两个根源:感性与理解力。正是通过感性,各种客体才被"给予"或者呈现给我们;通过理解力,客体才服从于思考的过程,被置于某些范畴或概念之下。我们对任何客体的体验都要求这两种过程和谐地起作用。客体通过感性被给予我们;它本身可以通过我们与客体的直接联系提供一些直觉的认识;思考的过程遵照感性提供的材料行事。康德区分了由感觉(客体对我们感官的作用)所提供的外表的**内容**,以及外表的**形式**,它是由我们主体的构造(感性与理解力两者)所决定的(*CPR*, 62-66)。因此,康德的全部规划是要表明,感性和理解力在记录来自外部世界的客体时不仅仅是被动的,而且它们两者都包含了先天的组成部分,这些部分构成了我们接受那些客体的形式或方式。他试图表明,在感性的情况下,这被称为"先验感性"("transcendental aesthetic")("感性"这个词源于希腊语的 *aisthesis*,意思是感知);他努力要表明理解力的概念如何构成了我们思考一切客体的方式,这被称为"先验推理"。

"先验的"这个词在这里使我们想到,他所关注的是要表明,在感性与理解力这两种情况之下,各种客体之间没有联系,因为它们处于自身的状态,但感知的主体与被感知到的客体(或者说呈现于我们面前的客体)之间有着联系。

因而,在先验感性中,康德认为,空间和时间都不是外部世界的特征。相反,它们两者都是感性直觉的纯形式,是作为先天认识的原理。换言之,空间和时间都是我们心灵的特性;它们构成了我们用以看待世界的方式最根本的特征;我们把空间和时间**带给**了自己对世界的体验(CPR,67-68)。康德提到空间是"外部感觉",因为正是凭借对空间的直觉,我们才把一切客体表现为外在于我们并处于空间之中。他把时间叫作"内部感觉",因为这为我们对自己内心状态的直觉提供了一种确定的形式。因此,空间和时间都是主体的感性状态;那就是说,它们是一切外表(即客体的一切呈现)之可能性的普遍的主观状态。它们是一切感性直觉的纯形式,同样,它们使先天判断与综合判断成为可能(CPR,75-80)。在康德看来,这就是使几何学、数学和自然科学的各种真理成为可能的原因。

正如空间和时间决定了客体向我们的感官所呈现出来的形式那样,因而,康德认为,在先验推理中,理解力的概念或范畴以一种先天的方式,决定了我们得以思考那些客体的方式。换句话说,范畴是思想的先天必要条件(CPR,138)。与空间和时间一样,它们是经验之可能性的先天必要条件(CPR,126)。康德认为,有12个基本的理解力的范畴。他声称,在先验推理中,存在着认识的三个主体根源,它们使理解力以及一切作为其经验产物的经验成为可能(CPR,130-131)。这些范畴中的第一个是对直觉再现的**理解**。我们从感觉经验中获得的各种印象,必须按照时间(我们的内部感觉)来安排,并且被结合成一种单一的再现。其次,对我们来说,为了弄清楚我们的经验(或者,对我们来说,要具有一种整一的经验而不是混乱的经验),我们必须能再造那些统一的再现,并把它们同其他再现结合起来,在某种程度上,它们并没有结合成直接呈现于我们的感官那样(CPR,131,144)。康德认为,它们通过这种对再现的**再现**,可以彼此联系起来,对再现的再现是想象力的作用,之所以这样说,是因为它把直觉中的感觉复本改变成了一种形象(CPR,132-133)。康德认为,感官提供各种印象,但它们本身不可能把各种印象结合起来提供客体的形象;为了达到这一点,就需要一种对想象力的综合(CPR,144)。事实上,在必然的联系中把感性与理解力结合起来的正是想象力(CPR,146)。最后,被结合起来的再现在概念中达到了有意识的**确认**(CPR,134-135)。那就是说,由想象力所安排和再造的直觉的感性内容,现在由于被归于特定的概念或范畴而受制于思想的规则。康德提出,理解力就是"判断的能力";正是这一点,才把各种概念以及对直觉中的客体的各种感性再现结合起来。因而,通过这种三重综合——由**理解**、**再造**和**确认**构成——最初由世界向我们的经验呈现出来的模糊一团的感觉,被统一成了确定的、可知的内容。通过这种过程,我们对世界上的客体的经验变成了有序的,而不是混乱的。但是,这种有序的经验必定属于一种统一的自我(ego),这种自我构成了经验的一切要素的基础。例如,如果我明天醒来没有意识到我自己与今天或昨天存在着的自我相同,那么,我的经验就是混乱的。这样的经验就将是随时对我的经验自我的体验,这种自我就是每次特殊体验的对象。就这种经验必须有序、必须在概念中得到确认而言,在理解力的所有功能和概念之下必须有一种统一性。康德赋予这种统一的名称是知觉的先验统一。这是指一种先验的自我,我们必须把它预先假定为或断定为处于对我们的经验自我之体验的背后,并且俯瞰着它。正是先验的自我(处于经验之上),才统一了对经验自我的各种体验,并且使之变得有序。

然而,如果不表明这些论点实际上不仅分离了我们关于人类自我的概念,而且分离了我们关于现实的概念,那么,就不可能重视它们的全部重要性。换言之,它们把现实分离成了两个领域:现象领域,或事物向我们显现出来的样子;本体领域,或事物本身的样子。康德基本上认为,综合的三个阶段中的每一个,都以一种先天的方式决定了客体在内心的一切再现。每个阶段都要求反讽式地把我们对"客体"的理解划分成本体与现象:我们**必须**断言物自体是不可知的,因为它们决定了要获得的范畴与现象之间必要的和先天的联系。因而,康德实现了一种双重策略:一方面,超出人类理解力的一切都一律被限制于和具体化为本体的范畴;通过明显地把这个领域同可知的领域区分开来,可知的领域就能获得与人类自我的必要联系。这样,现象与本体的区分(phenomena-noumena distinction)就能通过一种走向确定性的先天约束而使认识变得有序。另一方面,如果没有一种自我之中的二元性,这种有序就不可能达到,由此,分离了的先验自我(transcendental ego)就会忽视经验自我的体验。自我与世界的这种分离,使自我内部的统一成为可能(因为有另一个被分离的自我处于它的背后),也使自我与世界的统一成为可能(世界是一个统一体,因为在其现象方面,它的形式是由主体的感性和理解力决定的)。

康德对现象与本体的区分,经常被错误地当成是对两类客体的区分,即真实的客体与非真实的客体。康德使用本体这个词语并不是指"现实"或"真实的客体",而是按其希腊语的意义,指"某种被思考或被设想出来的东西"(CPR, 266-267)。因此,现象是"感性的实体",因为它们是特定感性直觉中的客体。本体则是"能被理解的实体",因为它们指**有可能**成为纯粹理解力之对象的东西,只要理解力的概念有可能独立于感性进行运作。康德并没有说本体存在着。对康德来说,本体不是"(一种)特殊的客体",现象与本体不是两类客体。它们之间的全部区别是从现象的立场做出的:本体只不过是一种"**限制性的概念**,其作用是要……限制感性认识的客观有效性"(CPR, 272)。康德要求,本体"必须被理解为只有在一种**否定性**的意义上才会这样存在"(CPR, 270)。所以,康德既没有断言本体是真实的,甚至也没有断言它存在着:它是一种概念,其意义完全在于它对于现象的否定性参照。它只是关于一种客体的**模糊**概念(并非客体本身),**将**只提供给理解力,就这样与可能的感官分离开来(CPR, 274)。这个关键论点的反面在于,康德没有把现象看成是在某种意义上不真实的或虚幻的:"我无意说,这些客体[现象]都只是一种错觉。"(CPR, 88)

在其第二部重要著作《实践理性批判》中,康德的关注点从在理论上对世界的认识(思辨理性的领域)转向了我们的道德行为的基础(实践理性的领域)。康德认为,思辨理性专门涉及理解力的对象,它们是在感性直觉中提供的,因此要以经验为条件。康德认为,实践理性"与主体有关……与意志决断的基础有关",因此不受客观性的经验条件限制,这些"基础"纯粹是理性的。[3] 康德所关心的是要表明,实践理性——道德能力——在理性的基础上做出其决定,而不是根据物质世界中的偶然经验环境或那些决定的效果来做出决定。实践理性的根本律法是一种"绝对律令",它与假设律令不同,它决定意志而不顾经验的结果;绝对律令实际上使道德行为脱离了物质世界中一切可能的结果(黑格尔和马克思后来在批判康德的立场时指出,康德在这方面所做的是要使道德变成彻底抽象的)。绝对律令是普遍适用于经验的律法(即不受特定情景的偶然性限制);受到这样的道德律法强制的行为就是"职责"(CP, 32)。换言之,我们按照这样一种先天的道德律法被迫采取行动的意识要求我们履行自己的职责,无论这样做有多么艰难,无论它是否符合我们自己的实际利益。因此,按照康德的观点,我们的行为必须以职责为基础,而不是以行为的结果为基础。康德认为,意志的终极目标是最高的善,它是美德与幸福的综合。为了努力达到这个目标,实践理性必须要求三样东西:不朽,作为本体而存在的自由(因为我们的意志必须摆脱适合于现象的因果关系,而在实际上,它本身就是新的客体或情景的原因),以及上帝。如果意志要服从道德律法的话,就必须假定这些要求(CP, 117, 123, 137ff.)。康德深刻地意识到了在这里可能出现的问题:他在第一"批判"中认为,本体只不过是一种"限制性的概念",缺乏任何肯定性的内容。这时,在第二"批判"中,他似乎要肯定本体的实体性存在,即上帝、自由(本体的人类自我的自由)与不朽。康德在这里的策略是要断言,必须**假定**这些实体,这样,道德就可以具有坚实的基础;他承认,我们不可能要求具备对于它们的任何思辨的或理论的认识。关于这些实体的真实性,他认为:"但是,只有在涉及道德律法的实践而不是为了任何思辨的用途时,这种真实性才仍然可以假定。"(CP, 143)

因此,正如在第一"批判"和第二"批判"中所表明的,现象与本体的区分实际上为上帝和道德保留了一个领地(通过把它们提升到不可知的、本体的世界),保护这个领地不受启蒙运动思想家的理性主义和经验主义的冲击。康德坚持认为,只有以感性经验为基础的现象界,才可能被纯粹理性的理智能力所理解。本体的实体,即上帝、自由和不朽,是"实践"道德的能力,即意志的一种功能。这种形而上学的姿态也许可以被认为是一种努力,即试图恢复阿奎那对理智与意志、理性与启示领域的分离,在现代语境中,这种努力不得不调和科学的发现。因果关系的确在康德的现象界起着支配作用,它实际上是由现代科学遗留下来的世界;但是,它的掌控不可能扩大到本体界,本体界在实质上是信仰的领域。因此,康德把现实分离为现象与本体,实际上是迫使资产阶级思想的根本原则与经过修正的封建态度共存。在达到这种分离的过程中,他嘲讽了人类的自我,把这种自我分离为经历了各种体验的经验自我,与一种处于经验之外并与经验相分离的先验自我;第二个自我既把第一个自我当作自身的对象,也统一了它。因此,康德的嘲讽在应用于现实与自我时,就历史性地代表了在更广大的、统一的视野之中调和刚刚出现的资产阶级思想的各种矛盾的最初的重要努力。因而,康德与前述资产阶级启蒙思想的传统处在一种极为矛盾的关系之中。

康德的《判断力批判》论述了我们的审美判断力的本质与范围,它也试图调和启蒙运动有关美学的各种思路。如我们已经看到的,启蒙运动的思路之一是理性主义,正如戈特弗里德·威廉·莱布尼兹(Gottfried Wilhelm Leibniz, 1646—1716年)及其信徒克里斯蒂安·沃尔弗(Christian Wolff, 1679—1754年)这样的人物所表达的那样。这两位思想家的观点得到了沃尔弗的信徒亚历山大·哥特利布·鲍姆嘉通(Alexander Gottlieb Baumgarten, 1714—1762年)及其学生格奥尔格·弗里德里希·迈尔(Georg Friedrich Meier, 1718—1777年)的进一步发展。站在经验主义一边的是弗朗西斯·哈奇生(1694—1747年)、大卫·休谟和埃德蒙·博克的美学理论。

康德在这部第三"批判"中提出的核心问题,以与提供了前两大"批判"的主题相同的疑问来表达,这个疑问现在在不同的语境中被提了出来:在美学领域里,先天综合判断怎么可能?当我们感知美时,我们要做出一种主观判断,然而我们却说到了美,它似乎就是世界上的客体、艺术作品或文学作品的一种特征。在实质上,康德希望把这些判断的基础置于必然的和普遍的原理之上,却又承认了它们的主观特征,尤其是感性特征。理性主义者莱布尼兹和沃尔弗曾经认为,感官的感知是思想的更加低级(并且更加混乱)的阶段;他们认为,美和艺术可以通过感官感知来认识。在另一方面,经验主义者却不认为美是事物的一种特质,反倒是通过我们的主观感官才具有的一种感觉。换言之,他们认为,我们具有一种对美的感觉,这种感觉实质上在一切人中都是相同的。

康德希望保留理性主义以普遍性和必然性对审美判断做出的贡献,同时却承认经验主义坚持审美判断的主观性特点的观点。就反对理性主义者而言,他否认美可以成为物自体的一种特质;就反对经验主义者而言,他否认审美判断中的普遍赞同可以归纳性地从"有资格的"人们的不同经验中获得。这只可能产生一种"偶然的一致性"。因此,按照康德的看法,我们需要一种对审美判断力的分析,这将表明它们怎么可能既是主观的,又具有普遍性和必然性。

对哲学的划分:理论的,实践的,审美的

就康德对审美判断的说明而言,重要的是"合目的性"(purposiveness)的概念。为了把握这个概念,我们需要提到康德为《判断力批判》所写的导言,它试图解释这一"批判"在其整个体系中的作用。康德在其中提醒我们说,他的前两大"批判"把我们的认识能力划分成了两个领域:理解力的理论领域,它的各种概念为自然规定了先天的律法;这是感性的现象世界。还存在着理性的实践领域,这种能力为在训练我们的意志方面的自由规定了律法。这是道德行为的世界,它涉及我们的自由、本体、自我。[4]康德这时提出了问题:这两个领域,即理解力和理性的领域,现象、自然和道德的领域,怎样协调一致?对康德来说很明显的是,在道德领域里所做出的决定,可能在现象界或自然界中具有作用;因此,当我们按照我们道德自由的律法去行动时,自然律法必定以某种方式与我们实际上可以达到的某些目的的可能性协调一致(CJ,15)。

然而,康德问道,什么可以成为把物质世界与道德世界联合起来的基础?他在判断力中找到了答案,他把这个答案描述为理解力与理性之间的"调节环节"。康德认为,我们人类的能力被分成三种:我们的认识能力通过理解力立法;我们的欲望(以及意志)能力通过理性立法;我们感受快乐或不快的能力通过判断力立法(CJ,16-17)。判断力怎样刚好担负起了理解力与理性这两个领域之间的调节角色?康德把判断力界定为一种双重能力。一方面,判断力是把一个特定事物归入一种一般律法之下的能力;例如,我们看到一朵玫瑰,把它归入"花朵"的一般范畴之下。这种判断力是一种"决定性的"判断力,为了利用这种能力,我们必须早已具备有权处置的、由理解力提供的各种概念。正是这些概念,才"决定"了我们的判断力。然而,康德

承认,虽然理解力提供了一般的先天概念,我们通过它们认为自然要服从普遍的律法,但这些概念仍然是**一般的**概念,并不必然适用于自然的全部细节和多样性。自然对象,按其特殊性和个性来理解,也许要服从一切额外的规则,而那些规则并未包含在理解力的概念之中。正是在这里,判断力必须承担一种不同的作用:它不是按照一种预先决定的概念把某种特殊的事物归入一般的律法,而必须为它所面对的特殊实体**寻找到**一种普遍的或一般的律法(CJ,18-22)。这种判断力被称为"反思性的"判断力。正是在这里,合目的性的概念开始活动。即使判断力这时必须在没有理解力概念的帮助下继续运作,它还是必须设想,自然的全部细节具有某种统一性,它要受各种律法的支配,并展现出某种秩序。换句话说,它的运作必须像是这种统一性已经被理解力规定了。它必须设想自然的外表之中有一种一致性和联系,这样,我们就能连贯地反思自然,这样,我们对自然的探究或考察就会被证明是一种一致的经验,而不是混乱的经验。在假定自然的各种显现的这种统一性和秩序时,我们要假定自然与我们的感知能力之间的一种和谐:它们彼此适合或适应。康德所称的"合目的性",就是这种和谐。康德提到,这种设想是"自然之合目的性的先验概念",他认为它是判断力的一种主观原则或格言。它是主观的,因为它确实没有告诉我们任何关于自然本身的东西,而是与我们自己的主观性有关;它与我们必须运用的方式有关,只要我们以一种有序的方式来理解自然(CJ,22-25)。正是通过合目的性的概念,判断力才在由理解力所提供的自然概念与理性为之立法的自由概念之间进行调节。康德把由判断力提供的自然的合目的性的概念,叫作有关我们知解力的**调节**原则:换言之,判断力在自然与我们的知解力之间所进行的协调,是使自然的现象界与受理性支配的道德界结合起来的基础。正是由于这种协调,我们以道德目的为基础的行为才可能在现象界产生结果。

审美判断力的本质

正如早已提及的,合目的性这一概念,构成了康德对审美判断力的说明的基础。恰恰就是这种合目的性——自然的异质律法与我们的知解力的和谐——才产生了愉悦。当我们发现经验主义的自然律法可以统一在一个原则之下时,换言之,当我们在自然中发现了一种秩序或模式时,我们就体验到了愉悦(CJ,26-27)。这样的愉悦对我们的审美体验来说是必要的。按照康德的看法,当我们做出一种审美判断时,我们是对一个对象的**形式**(不是通过我们的感官所提供的内容)做出一种判断;这种判断是反思性的,因为我们不是根据任何预先确定的概念的观点来评价对象;对象的形式引起了愉悦,因为它展现了与我们的知解力的和谐,即与我们的理解力和想象力的和谐。因而,我们把那个对象叫作"美的",而我们根据这样一种愉悦来判断对象的能力,就是"趣味"(taste)(CJ,30)。

为了理解康德对审美判断力的说明,我们需要想到他在第一"批判"中的那个模式,即我们怎样获得认识的模式。康德认为,当我们在世界上碰到一个无形式的对象时,我们首先通过自己的感性直觉来**理解**它;换句话说,我们创造了一种对对象的内心表现,这种表现通过在空间和时间中的安排而被赋予了某种**形式**。在此之后，想象力接了过去，把表现**再造**成一种形象。作为结果的表现这时涉及了理解力，理解力通过把表现置于某个特定的概念或范畴之下而**确认**它。不过，在审美判断中，我们所经历的只是前两个过程：当想象力把表现再造为一种内心形象时，这种形象涉及的不是理解力，它将为我们提供关于它的概念性认识，但不是提供给主体、我们的自我以及主体对愉悦或不快的感受。因此，审美判断不是一种认知判断；我们在客观上并不是通过这种判断**认识**到一个对象，因为它的基础是主观的。审美判断没有告诉我们任何有关对象的东西；它告诉我们的只是，作为主体的我们，怎样受到我们内心对对象的表现的影响。

按照康德的看法，当我们运用审美判断把一个对象描述为美的时，存在着审美判断的某些与众不同的特点。几乎所有这些特点都与前面概述的"合目的性"的概念有关，即我们在世界的客体中或自然中所发现的各种根本模式，由此引起了我们的想象力的知解力与理解力之间协调的相互作用，这种协调为我们提供了愉悦。首先，趣味判断是"非功利性的"。换句话说，当我们判断一个对象是美的时，我们与对象的实际存在毫无**利害关系**，毫无有意隐瞒的动机。我们并不关心对象是否会对世界产生某些作用，也不在意它是否具有某种效用，甚或是否具有积极的道德价值。为了用康德的词语来说明这一点，我们也许可以说，我们与对象的**目的**毫无利害关系，或者说，至少与可能被指派给对象的一切外在目的毫无利害关系。我们只满足于凝视对象，以及从中获得愉悦。正如康德所说，美的事物没有任何意义，他把美界定为非功利性的趣味判断的对象。

与这样一种纯粹的和非功利性的趣味判断形成对比的是，我们与感官愉悦和道德上的善有关的判断，与一个对象的存在确实具有一种"利害关系"。这类判断涉及欲望的能力：例如，如果我们从某种食物中体验到了愉悦，那么，我们的愉悦就是以对那种食物的欲望为基础的，当然也包括它的实际存在。在道德判断中，我们必须把一个对象归入理性的原则之下，要运用目的的概念。例如，一种食物可能是令人愉悦的，或者适合于我们的感官，但凭理性来判断是有害的；在这种情况下，我们为对象赋予了一种客观价值，而不仅仅是一种主观价值。在这两种情况下，判断是"功利性的"或受到某种目的的约束；在这两种情况下，判断再也不是自由的，因而就不可能是一种审美判断。

审美判断具有普遍的有效性吗？

然而，如果我们赞同康德到目前为止所说的话，那么，我们就面临着一种可能的两难处境：如果说审美判断是主观的，如果说我对美的感知没有就对象说出任何东西，而仅仅是反思了我的愉悦的感受，那么，我们怎么可能希望使其他人赞同我们的判断呢？康德对这种两难处境的回答，在大多数现代文学理论中产生了反响，尤其是在那些以读者反应理论为基础的理论分支中产生了反响。康德认为，如果我们对一个对象的美的判断是**非功利性的**，那么，这就意味着我们的判断并不依赖于任何主观的倾向或个人的条件，这个特点暗含了对一切人来说的愉悦的基础。例如,如果我喜欢某幅特殊的肖像画,我就不可能把这种喜欢的基础置于这一事实之上,即这幅肖像画使我想起了我父亲,或者说对它的描绘使用了我正好喜欢的特定色彩,或者说我从中看出了某种道德意义;这些都是一些明显不可能适用于每个人的个人动机。我对那幅肖像画做出美的判断,必须摆脱所有这些个人的原因和条件。按照康德的看法,倘若我们把我们对美的愉悦感受同一切单纯的感官愉悦(它以个人的感受为基础)分离开,或者同我们有关道德上的善的理念分离开,那么,我们就**可以**声称我们的判断是普遍性的,即其他人一定会赞同我们的判断(CJ, 379)。康德也说明了,趣味是一种**共通感**(sensus communis),这种感觉为我们全体所拥有。这种共通感的原则是要以一种不偏不倚的方式为自身而思考,要从其他一切人的观点来思考,并且要始终如一地思考。我们的判断力先天考虑到了这种共通感,考虑到了其他一切人呈现一个特定对象的方式。如果我们根据正好附加于我们自己的判断力之上的限制进行抽象,我们就可以把焦点集中在我们表现状态的形式特点之上;我们因此就可以越过我们判断的个人条件,并且反思我们自己根据一种普遍性的观点做出的判断(CJ, 160-161)。然而,与关于善的判断不同,那种判断以概念为基础,因此具有一种客观的普遍有效性,审美判断则只具有一种**主观的**普遍性。换言之,即使我们谈到美时就像它是对象的一种特征(CJ, 378),而我们确实要说明的却是对象与主体所感受到的在每个人那里都相同的愉悦之间的联系。康德在这方面提出了一个在今天依然极为普遍的相关洞见:他认为,没有任何规则或理性论证能够强迫我们承认美。在审美判断中,我们不愿依赖其他人的趣味;我们总是要让对象服从我们自己的眼睛,以看出我们是否感到它很美(CJ, 59)。后来,康德把这些原则概括为趣味判断的两个特征。第一个特征是,趣味判断必定是自主的和先天的:一个人应当为自己而判断,不依赖于他人的判断力。康德认为,甚至在我们遵循古典的模式时,这并不是模仿,而只是利用了我们的前辈同样利用过的资源(CJ, 145)。第二个特征在于,没有任何证据的经验基础能够使任何人同意一种特定的趣味判断,也没有任何一种趣味判断能够由一种先天证据来决定(例如,由诉诸从前的批评家所提出的美的特质来决定)(CJ, 147-148)。当我们做出一种审美判断时,我们并不期望根据由概念提供的各种规则来证实,而是期望根据其他人对我们的判断的赞同来证实(CJ, 379)。我们在这里可以看出,康德不仅把极端的重要性归之于审美判断中的直接体验,而且也为达到以多数人意见为基础的美的概念奠定了基础。

人们完全可能反对说:如果情况真是这样,那么,人们的审美判断为什么会不同?为什么一个对象因为美而打动一个人,却因为简单而打动另一个人?虽然我们声称我们的审美判断是普遍有效的,但它经常被其他人所拒绝。康德的回答是:人们所怀疑的并不是这样一种声称是否可能;他们只是在特定情况下无法就如何适应那种说法取得一致意见(CJ, 58-59)。例如,一个人的判断也许会因为他无法使自己的感受脱离个人境况而被遮蔽,在这种情况下,他的判断将不再是纯粹审美的:它也许部分是一种感官愉悦的判断,甚或是一种道德判断。实际上,虽然康德认为审美判断是主观的(按照规定,这种主观性可以被预先假定为在人们当中是普遍相同的),但这样一种判断**可以**成为逻辑判断或概念判断的基础。例如,我们在审美判断中会说:"这朵玫瑰很美。"这种说法本身没有就那朵玫瑰(对象)说出任何东西,而是就那朵玫瑰与我的(主体的)快感之间的联系说出了某种东西。但是,如果我们拿几个与玫瑰有关的这种判断来比较,我们或许会继续提出更加宽泛的说法,如:"玫瑰总的来说是美的。"这个新的判断再也不是审美的;它是以一种审美判断为基础的逻辑判断或概念判断(*CJ*,379)。

康德为我们预先假定每个人当中愉悦的相同基础提出了另一个理由,即我们认为美的一个对象将在每个人身上产生一种知解力、想象力和理解力协调的相互作用。他认为,这两种能力之间的协调,不仅是审美判断所要求的,而且为一般的认识所要求,因此,我们可以设想,这种协调是我们的主观构造的一种普遍特点(*CJ*,62,159)。此外,审美判断中的这种协调是一**种感受到的**协调;我们在理智上并不了解它,而是通过我们的感官体验到它(*CJ*,62)。实际上,康德解释说,由于这种协调是普遍可传达的,所以,我们必须预先假定每个人身上都有某种"共通感"。他把这种共通感界定为"产生于我们的知解力自由游戏的结果",它涉及想象力与理解力的相互协调(*CJ*,87-88)。他认为,这样的共通感不可能以经验为基础,因为这并不是说其他某个人**会**赞同我的审美判断,而是说他**应当**赞同。因此,在康德看来,这种共通感是一种理想的标准。如果我们预先假定了每个人身上的这种共通感、这种标准,那么,我们就可能把我们的审美判断变成每个人的一种规则(*CJ*,89)。我们实际上要说的是,如果我由于一种真正非功利性的判断(它不是以我个人的感觉或处境为基础的)而认为某种自然景色很美,那么,我也相信,以相同方式做出非功利性判断的每个人,都将在一种"感觉"的基础上这么做,那种"感觉"对我们所有人来说都是共同的,他们都将因此获得相同的快感和相同的对美的评价。这种感觉是每个人身上的想象力与理解力之间的协调感。

康德用"合目的性"这个词语来指自然**显得**适合于我们的知解力的方式。为了领会这一点,我们需要反思他对**目的**与**合目的性**所做的区分。如果我们凭借理性拥有关于某个对象或结果的概念,并且运用我们的意志去获得这种对象或结果,那么,那个对象就被叫作**目的**(*CJ*,64-65)。然而,当我们面对外部世界(或者如康德所称的自然)之时,我们就不可能说自然是由意志为了某个特定目的而设计的。但是,如果我们要用一种有序的和连贯的方式进行对自然的研究,那么,我们就必须**假定**,自然受到一种因果关系和一种意志的驱使,以便它展现出意图和目的。换言之,我们把自然看成是具有"无目的的合目的性";我们认为它适合或适应于我们面对它时的知解力。康德后来进行的类推,可以帮助我们理解这一点。我们看到自然变化无穷的现象,它们不是无目的的机制的因素,而是**艺术**,是**被假定为**具有服从于我们知解力的某种意图和秩序的东西(*CJ*,387)。然而,由于这只是一种假设,所以我们不可能把任何客观目的归因于自然:它的合目的性是某种属于我们内心对它的再现的东西。而这种内心再现是由我们的想象力和理解力协调的相互作用造成的。当我们判断一个对象是美的时,我们这么做的基础在于:这种和谐产生了一种愉悦,我们可以同每个人交流它,并且预先假定每个人都具有它。说明这一点的另一种方式是,正是我们再现一个对象时的合目的性的单纯**形式**,才给予了我们这种普遍可传达的愉悦(*CJ*,380)。由于我们对美的审美判断只涉及一个对象(或者确切地说,我们对一个对象的再现)的形式,所以,我们对美的判断就不可能包括魅力或情感这类因素,它们都属于个人的感觉(*CJ*,380-382)。它也不可能包括对对象的效用的考虑,甚至也不包括对对象的完美的考虑(实现假定的完美要根据某种预先假定的概念)(*CJ*,382)。

想象力在审美判断中的作用

因此,审美愉悦的确是我们对于自己知解力之协调作用的"形式上的合目的性"的意识(CJ, 67-68)。当我们在自然现象中发现了意料之外的秩序模式或外表时,我们可以感受到的正是那种愉悦。这种协调到底存在于什么之中?康德对这个问题的回答,为浪漫派的大多数理论和文学实践奠定了基础。这种巨大影响在很大程度上源于康德对想象力在审美判断中的作用的说明。他把审美判断界定为判断一个涉及想象力之自由合法的对象的能力(CJ, 91)。在审美判断中,想象力的作用并不是再现性的,因为它处于我们对世界的平常认识之中。在我们对对象的日常认识中,想象力把由我们的感官为我们提供的信息再造成形象;这种再造服从于某些联想的律法,并服从于理解力的各种规则。在我们日常与世界打交道之中,我们的想象力必然要受到我们面对的实际对象的制约,也要受到我们主观的感官(我们的感性与理解力)强加于对象的形式的制约。然而,当我们以一种审美观来对待世界时,我们的想象力并没有被要求经受同样的约束。康德认为,在这种情况下,理解力要适应想象力,而不是相反(CJ, 91-92)。想象力这时可能是**创造性的**和自发的;它可以引起它本身对可能的直觉形式的选择;它可以按照不同于我们平常经验中的顺序把各种形象结合起来,产生出新的和令人吃惊的结合物。理解力到处都要求秩序和规律性,并且通常会把约束强加于想象力。给予我们愉悦的是对那些优先权的颠覆:我们可以通过想象力沉湎于我们的表现力的自由嬉戏,我们可以显得自然和实证。在一段促进了很多浪漫派思想的说明中,康德提出,对理解力的要求可以被证明是令人厌恶的,而"自然以其极为丰富的全部多样性,可以永远滋育成长"(CJ, 91-92)。然而,甚至在这种创造性的作用方面,想象力也不完全是自由的:它的创造依然不能违背理解力的基本律法。这就是康德要提到想象力的"自由合法"的原因:正是一种合法性(遵守理解力的基本律法),才没有被强加于想象力,而是强加于自我训练,甚至是在其自由嬉戏之中。看来,这就是康德在谈到主体的想象力与理解力的协调时所意指的东西,他把它等同于无目的的合目的性。正是这种**被感受到的**我们的知解力之间的协调,才给予我们审美的愉悦。由于它是被感受到的,所以每个人都必定为了他或她自己而体验到它,不存在任何与构成美有关的客观规则(CJ, 384)。我们在这里发现了康德与启蒙思想的一种重要偏离,实际上,这是走向浪漫派思想的一个转折点。不仅审美判断摆脱了道德的束缚,而且艺术被变成了一个自主的领域,但它也被变成了主观体验的领域,处于其核心的是想象力至高无上的创造性作用,它在某种程度上战胜了我们在概念上的能力。

美的特征

康德对美的看法也许有助于澄清他关于审美判断之主观普遍性的观点。他最著名的有关美的定义,可以做如下理解:"美是一个对象的**合目的性**的形式,这一点要被理解为**没有任何对目的的表现**。"(CJ,386)例如,我们可以在一朵花中发现某种合目的性,在我们的判断中,花朵完全不涉及任何目的。事实上,康德区分了两种美。第一种是**自由之美**(pulchritudo vaga),它没有预先假定对象意在成为什么的任何概念。自由的自然之美的例子再次可以是一朵花:当我们从审美上来判断它时,它什么都没有表现,我们是为了它本身而喜欢它。在这里,我们的想象力处于一种游戏的状态,仅仅注视着花朵的形式。植物学家对它的判断可能不同,因为他知道它的功用和它意在成为什么;在这种情况下,他会做出一种认知的和理性的判断,而不是一种纯粹的趣味判断。第二种美是**附属之美**(pulchritudo adhaerens),它的确预先假定了对象意在成为什么的概念。附属之美的例子有人类、教堂、宫殿或避暑别墅之美。在每个这类例子的情况下,美都不过是附属于一个特定的目的,因为受到事物意在成为什么的确定概念的限定。因此,如果我们判断一座教堂是美的,那么,这并不是一种纯粹的趣味判断,因为我们对其美的评价,与我们对其**作为教堂**的善或完美的评价有联系。因而,我们的判断部分是理性的,以一种概念为基础,部分是审美的,以我们对愉悦的感受为基础(CJ,76-77)。康德承认,我们的趣味得到了审美与理智爱好的这种联系的强化:这样一种联系使趣味成为确定的,并且服从于各种规则。然而,它们都不是趣味的规则,而是把趣味与理性、美与善结合起来的规则。这样一种结合能使我们把美用作一种促进某种特定的善的手段(CJ,78)。康德提出,很多有关美的争论都可以通过对自由之美与附属之美的这种区分来解决。判断一个对象为自由之美的一个人,也许会受到另一个人的责难,那个人主要注意的是对象的目的,把对象的美看成是纯粹附属的。然而,这两个人都以各自的方式做出了正确的判断,一个人根据自己对愉悦的感受从审美上做出判断,另一个人则根据概念从知性上做出判断(CJ,78)。在康德这里的讨论中开始出现的是,他没有以某种方式反对把艺术和文学用于道德目的;他所关注的只是确定这些领域具有某种自主性,当它们与道德和实际用途这些领域联系起来时,这种联系的性质显然可以理解。说明这一点的另一种方式是要承认,艺术和文学不具有铭刻在它们真正的界定之中的外在目的;一旦它们作为美的作品在独立的基础上得到承认,它们就可以服务于各种社会的、道德的和教育的目的。

因此,虽然康德关注的是确定审美判断摆脱道德、单纯的感官愉悦、功用和完美概念的自由,但他确实承认需要把审美判断置于由另一些领域所暗示的更加广泛的语境之中。他甚至谈到了美的理想,认为它可能源于有关对美之对象的愉悦方面"在一切年纪的人们当中可能最广泛存在的一致意见"。康德认为,我们以这样一种经验的和归纳的方式,可以从很多人的一致同意中获得一种美的理想,这一事实使人想到,在这种一致同意之中一定存在着一种深深隐藏着的基础,它对一切人来说都是共同的(CJ,79)。这种趣味的理想或原型当然只是一种理念。康德再次坚持认为,我们不可能简单通过模仿其他人的这种理想或可仿效的趣味来获得它们。这种理想是每个人都必定会在自己内心中产生出来的。它不是一种以可以传授给其他人的概念为基础的理想;相反,它是一种想象力的理想,它以我们的表现力与我们随之感受到的愉悦的协调状态为基础(CJ,80)。

然而,这种理想只能为了那种"固定的"而非自由的美而被寻求。换言之,美必定是固定的,或者是由对象意在成为什么的概念所决定的。这种"固定的"美的对象将部分属于审美判断,部分属于知性判断。康德认为,谈论美丽的花朵的理想、美的观点的理想甚或美的宅邸或花园的理想,都是毫无意义的,因为这些对象中没有哪一个具有被充分决定了的目的(*CJ*,80-81)。因此,与可以寻求的美的理想有关的唯一实体就是人,因为只有人才在自身之中具有存在的目的。人可以凭借理性决定自己的目的。康德认为,这种美的理想有两个组成部分,即"审美标准的理念"与"理性的理念"(*CJ*,81)。第一个部分是一种由想象力达到的标准,这种标准是从审美上判断每个种类的。这种标准将根据物质比例指向某种平均数,而作为一种标准,它不会由任何特殊的个人实现。康德承认,一个美丽的男人或女人的标准理念会因文化和民族而不同。正是依照这种标准,判断的规则才首先成为可能。这为人们的审美判断如何能达成一致意见的问题提供了进一步的解答:虽然我们各自都会在我们自己感受的基础上分别做出这样的判断,但我们在一种文化真空中却做不到这一点;我们自己的判断由于在我们的文化中起支配作用的各种原型才有可能(*CJ*,82-83)。美的理想的第二个组成部分是"理性的理念",我们根据它来判断一个人的外表是其目的和道德状况的表现(*CJ*,81,83)。按照康德的看法,除非我们认为一个人的外表在这些方面是有意义的,否则我们就不会倾向于在其中感受到愉悦(*CJ*,83)。但是又一次,这并不是说在人类身上,审美之维在本质上就带有道德意义。康德小心地声称,当我们根据这样一种美的理想做出一种判断时,我们的判断并非一种纯粹的审美判断(*CJ*,84)。

崇 高

在《判断力批判》第二卷里,康德把注意力从美转向了崇高。为了把握他对崇高产生了巨大影响的观点,我们需要考虑他在第一"批判"中就理性的能力及其与理解力的联系所做出的某些重要陈述。正如理解力的概念赋予了感官经验的材料以统一性一样,理性(康德把它叫作**理念**)的概念赋予了理解力的概念以统一性(*CPR*,305)。理性的概念是"先验的",因为它们不是源自经验,它们实际上超越了经验。例如,"美德"的理念或"博爱"的理念是一种理性的理念,不是源于经验,而是由理性当作目标的一种范例(*CPR*,311-312)。我们早已在我们的道德生活中看到了这种对理性的运用,按照康德的看法,在道德生活中,我们的行为应当由理性来决定,而不是由经验的环境来决定。因此,在道德领域里,我们的经验本身由于理性的理念而成为可能(*CPR*,313)。我们关于美德的理念不是源于经验;我们所做的是通过理性说明了这种理念,因而把它用作一种范例或者标准,我们借以判断自己的经验。康德认为,在现象领域,理性的理念是根据**纯粹**的理解力的概念形成的(即没有任何相应的感性直觉),而它们的作用是要把理解力的概念组织起来,这样,它们就形成了一种首尾一致的统一性和总体性(*CPR*,314-318)。康德把这叫作对理性的一种"调节性利用",他这么说是指,理性本身并没有产生对经验或对象的认识,而是凭借其理念提出了理解力可以渴望的一种统一性和总体性的理想(*CPR*,533)。正是理性,才赋予了我们**整个**认识的理念,我们必须设想,我们要获得对各个部分或特定对象的认识。因而，这些理念不是源于自然；相反，我们在自己对自然的研究中用它们来做出关于一致性的假设。我们预先假定了自然的一种系统性的统一，以及我们自己理解力的系统性的统一(CPR, 534-538)。人们将回想起，康德对"合目的性"的界定，恰恰假设了自然适合于我们的知解力。

事实上，正是我们的认识能力与自然界相互适应的问题，才决定性地把美与崇高区分开来。康德指出，在某些方面，美与崇高相似：它们都涉及愉悦，与认识一个对象无关；它们都不是以一种逻辑判断或认知判断为基础，而是以一种反思判断为基础(它要力图为特殊个案**找到**一般规则)；我们从它们之中体验到的愉悦，都涉及表现对象的方式(而不是对象本身)，涉及表现力、想象力。然而，美与崇高之间存在着显著的差别。首先，美涉及一个对象的形式，它由明确的边界构成；崇高则涉及**无形式的**对象，它表现出的是没有边界。美伴随着对魅力的感受，对促进生活的感受，并伴随着我们想象力的嬉戏。崇高则引起一种不同的反应：我们感受到一种对我们生命力的瞬间检验，接着是生命力更加强烈的涌动；这时，我们的想象力没有参与嬉戏，而是严肃地发挥作用；我们从对象中感受到拒斥，也感受到被它所吸引。当我们判断一个对象是美的时，我们的心灵止于一种宁静的沉思状态；但对崇高的感受涉及心灵的一种运动和激动(CJ, 387)。康德把我们对崇高之感受的特征刻画为一种"否定性的愉悦"：我们感受到的不是魅力或者热爱，而是赞美或者敬重(CJ, 386)。

美与崇高之间的这些差别有赖于前面提到的决定性差别，这种差别涉及理解力与理性之间的联系：当我们判断自然之美为美时，我们把它归结为一种形式上的"合目的性"，自然中的对象由此似乎预先适应了我们的知解力，产生了我们的想象力与理解力之间协调的相互作用，这种作用接着引起了我们的愉悦感。但是，一个产生了崇高感的对象所起的作用似乎相反：它在形式上显得违背了一切目的的概念，或者用康德的话来说，它对我们的知解力来说似乎是"反目的的"。例如，当我们认为自然是美的之时，我们认为它并不是一架毫无目的的机器，而是具有一种意图或模式，似乎它就是艺术，似乎它以某种方式适合于我们的认知能力。就崇高而言，情况正好相反：自然"以其混乱、以其最狂野的无序"激发起了崇高的感受，就如它被认为具有威力并且巨大无边一样(CJ, 387)。由于这个原因，我们在面对艺术作品时就不可能体验到崇高感，因为艺术作品是由人的目的决定的。我们在那些自然对象中也不可能体验到崇高，其目的是明显可见的。确切地说，我们在谈论粗犷的自然，这种自然不属于任何确定的概念(CJ, 109)。因此，崇高显现了对我们的知解力的一种挑战：当自然的这个方面被看见之时，它不是有目的的，而是反目的的——它以其威力和巨大无边，似乎超出了我们内心感官的范围和控制。作为这种挑战的结果出现的是，我们的想象力完全不足以再现这样一种无序的自然的巨大无边，因而迫使我们意识到我们具有一种能力，即理性，它超越了整个自然界，其理念超越了感觉。正如康德指出的，我们意识到了，我们具有一种内心能力，它超越了一切感官的标准(CJ, 388)。康德命名为"崇高"的，正是这种意识或能力。因此，崇高实际上并不是自然的一种特质，而是我们自己心灵的一种特质；自然以之展现了它拥有某些巨大无边、威力和无序，完全充当了激发这种崇高感的契机。当自然对我们显现为无限之时，这种直觉就在我们身上激起了对我们自身的一种无限力量的意识，即理性的力量。理性的理念要努力走向无限和总体性,与这种努力相比较,自然界中的一切感性的努力都是微不足道的。说明这一点的另一种方式是,我们在自己身上发现了一种抵抗自然表面上的全能和巨大无边的能力。我们在自己的理性中发现了一种能力,它甚至可以超越自然的无限(CJ, 390)。所以,正如一种对美的审美判断涉及想象力与理解力的自由嬉戏,并且在总体上与其概念协调一样,因此,在对崇高的判断中,想象力与理性有关,与它同理念的协调一致有关(CJ, 389)。差异在于,在对美的判断中,想象力与理解力的协调表现了主体的合目的性(即一种适应自然的状态);在对崇高的判断中,想象力与理性的"协调"实际上构成了一种矛盾:虽然想象力(感官最重要的能力)不可能理解被认为是崇高的自然,但理性表明了自身高于想象力和自然(CJ, 390)。

康德把这种崇高感,这种对理性之优越性的认识,等同于道德感和对我们自己超越感觉的目的的尊重(CJ, 389)。康德认为,在判断自然的崇高方面,最初可能激起我们的恐惧感,因为我们认为自己在身体上的虚弱是自然的存在;但在结果方面,我们的想象力由于使自身涉及理性而得到了提高;因此,我们唤起了自己的力量,"把我们自然关注的对象看成是微不足道的,诸如财产、健康和生命"(CJ, 391)。

美、崇高与道德

康德认为,对自然中的崇高的感受是一种心理上的协调,类似于我们在道德感中体验到的那种协调:理性对感性实施了它的统治作用,诸如它在道德领域里所做的那样(CJ, 128)。对自然中的崇高的感受,与心灵通过道德原则超越感官障碍的能力相对应(CJ, 131)。实际上,康德提出,有关崇高的判断,比审美判断要求更多的审美修养和道德倾向。埃德蒙·博克对美和崇高的经验主义说明可能只要求其他人偶然的赞同,与他的观点不同的是,康德提出,这种要求必须以一种先天的原则为基础,不只是"通过收集得票数"这种经验主义的方式,只要它具备必然性和普遍有效性(CJ, 138-139,143-144)。在判断某种崇高的(或者引起崇高感的)东西时,我们要求其他人赞同是以这一事实为基础的,即我们预先假定了在他们身上具有道德感或一种道德能力(CJ, 124-125)。

显然,崇高感与道德感具有一种内在的联系。正如康德所说,我们在崇高中体验到的愉悦是一种涉及推理性的沉思的愉悦,具有一种道德基础,因此,这种愉悦要求普遍的参与(CJ, 158)。对美的要求是什么?康德问道,是美感与道德感之间内在的密切关系吗?康德坚持认为,只有在做出有关趣味的纯粹审美判断**之后**,任何**利害关系**——道德的、经验的、理智的——才可能附属于它。正是在社会的世界里,我们才把各种利害关系与美联系在一起。康德认为,对社会的促进是天然的,社会性是我们的人性的一个标志。他甚至谈到了一种"原初的契约",我们的人性由此规定了对普遍传达的要求。他认为,当文明达到顶峰时,这样的传达就成了我们最优雅的行为,甚至感觉也会得到尊重,仅仅因为我们能够使它们普遍可以传达。按照康德的看法,正是在这个方面,我们的审美判断力提供了从感官快乐向道德感的转变,表明那种判断是"人类**先天**能力链条中的一个调节环节"(CJ, 163-164)。

再一次，康德的这些洞见要被证明具有巨大的影响力，它们不仅在浪漫派作家的观点中留下了踪迹，而且间接地在19世纪晚期很多文学人物的著作中留下了踪迹。康德声称，要对自然之美产生直接的兴趣，始终都是"善良心灵的标志"。如果这种兴趣是习惯性的，那么，它就表明了有利于道德感的内心协调。理性具有一种兴趣，即自然应当展现出某种与我们的愉悦的和谐；因此，如果没有发现我们的道德兴趣被唤起的话，我们就不可能对自然之美进行沉思。自然在其美之中将自身展现为艺术，似乎它是有意按照一种合法的安排被设计出来的，就像无目的的合目的性一样(*CJ*, 165-168)。康德甚至提出，当我们反思我们从自然获得的感觉形式时，"可以说，这些形式包含了一种语言，自然用这种语言对我们发言，这种语言似乎具有一种更高的意义"(*CJ*, 169)。这些说明预见到了由华兹华斯、柯勒律治和浪漫派其他作家就自然的深刻意义所做出的很多评论，这种意义凭借理性思想难以表达。

艺术、想象力与天才

康德有关艺术和天才的观点也为很多浪漫派思想奠定了基础。而且，就他要确保审美判断的领域是一个自主领域的全部努力而言，他关于艺术与社会之间的联系的观点，将要通过后来很多关于艺术的社会、教育和道德作用的理论产生反响。康德最初把艺术界定为"通过自由的一种创造，即通过一种将其行为置于理性基础之上的选择的能力"(*CJ*, 170)。像亚里士多德一样，康德认为艺术是一种创造性的或实践的能力，有别于科学的理论能力。他也对艺术与单纯的手艺做出了重要的区分。真正的艺术是自由的艺术，"它是游戏……它以自身的理由使人愉悦"，而手艺则是"唯利是图的"艺术或劳作，它仅仅通过其产品来吸引我们(*CJ*, 171)。机械的或唯利是图的艺术只是把一个可能的对象变成真实的，而审美的或自由的艺术则意在直接唤起一种愉悦感。如果审美的艺术仅仅是使人愉悦的，那么，它就要通过对单纯的感觉的表现来产生愉悦；如果它是优美艺术，那么，它要通过作为认识方式的表现来产生愉悦。康德把优美艺术界定为"一种表现方式，其目的在于它自身，即使没有目的，它也会把我们心理能力的文化推进到[促进]社会交流"(*CJ*, 173，方括号中的词为编者所加)。如上所见，康德赞成艺术的社会作用；即使我们对被算作艺术的东西的判断必须以形式上的审美原因为基础，我们对艺术的判断也不同于我们对自然的判断。要判断优美艺术是美的，我们就必须具有一种目的的概念，即艺术作品意在成为什么的概念；我们必须评价艺术品的完美性，或者它实现其目的的程度(*CJ*, 179)。康德认为，我们在优美艺术有目的的形式中获得的愉悦，也是"文化"。换言之，与单纯的感官快乐的愉悦不同的是，优美艺术中的愉悦以某种方式适合于道德理念。除非我们把艺术"或远或近地"与道德理念联系起来，否则它们最终只会作为娱乐存在，不会使心灵满足(*CJ*, 195-196)。康德认为，美与崇高一样，在我们身上唤起一种类似于由道德判断所产生的心灵状态；我们的审美趣味的能力能够使我们把单纯的感官魅力变成一种"惯常的道德兴趣"，因为趣味教导我们要"自由地"喜欢感官的对象，即为了它们的形式而不是为了它们的感性内容而喜欢它们(*CJ*, 230)。康德也把趣味界定为一种"判断力使道德理念变成感性方式的能力"(CJ,232)。因此,康德认为,要研究优美艺术,我们就不可能遵循各种规则;相反,我们必须培养自己的心理能力,使我们自己接受人文学科的影响;这将促进一种"普遍的同情感"和参与亲密交流的能力。我们可以通过发展自己的道德理念、培养道德情感来培养自己的趣味(CJ,232)。康德在这里所预见到的,是后来的19世纪和20世纪关于文学的感性、文学的道德和教育作用的观点。例如,在19世纪晚期,马修·阿诺德提出,伟大的文学是不可界定的;它必须被体验到,我们的文学感性要通过日益增加的对伟大作品的影响的接受来培养。与20世纪的 F. R. 利维斯一样,阿诺德在文学中发现了一种救赎的和道德的功能:他们都认为文学教育是培养道德感性的一种手段。

康德对"天才"的论述也影响了浪漫派的和后浪漫派的很多理论。他把天才界定为"天生的内心倾向,自然通过它为艺术提供规则"(CJ,174)。他在这里所说的意思是,虽然每种艺术都有某些规则,但对创造艺术作品来说不存在任何明确的规则或一系列规则。相反,正是"天生的"天才,依靠对想象力和理解力的主观协调,才创造了某种原创性的东西,由此提供了示范性的模式或标准(CJ,175)。与大多数古典美学理论相比较,康德认为天才是模仿精神的真正对立面。他认为,学习不是别的什么,而是模仿。而艺术的各种规则不可能作为规则来直接传达;相反,它们必须从天才所创造的真实艺术作品中抽象出来。因此,有关艺术的规则唯一能传递给后代的方式,就是借助优美艺术的模式(CJ,176-178)。

对康德来说,并不令人吃惊的是,想象力在天才的运作中起着一种至关重要的作用。他认为,真正的艺术作品必须灌注"精神"或心灵的一种"鼓舞生气的原则"。而这种原则是"表现审美理念的能力"。他把审美理念界定为"对想象力的一种表现,它激励了大量思想,但没有任何[确定的]概念……能适合于它,因而没有任何语言能完全表达它"(CJ,182,方括号中的词为原书译者所加)。康德接着说,审美理念是理性理念的"对应物"。正像理性的理念超越了实际经验一样,审美理念成了想象力的表现,它们要努力超越经验,力图提供一种对理性的概念的表现,即在我们的感性体验中毫无直觉的那些理念。正如康德认为的,想象力在根据真实的自然所提供的材料创造"另一个自然"方面具有很大的力量。当经验变得过于平凡时,我们会按照"更高的"理性原则来改造它。康德认为,这样,我们感受到了自己的自由,这种自由使我们的想象力摆脱了在平常认识中约束它的联想法则(CJ,391)。对想象力的表现(康德把它叫作对象的"审美属性",而不是概念属性)引起了超越一切明确概念的复杂思想;想象力因此"从审美上扩大了"概念,表明了概念的含义及其与其他概念的密切关系,使心灵向进一步联想的无穷序列开放,它不可能由现存概念来表达(CJ,183)。因此,天才在于想象力与理解力的一种特殊的结合。当想象力为了认识而被运用时,它就受到理解力规则的约束,它是一种"展示"审美理念的能力,或者是一种为审美理念提供具体形式的能力(CJ,217)。但是,当我们的目的是审美的时,想象力就是相对自由的(CJ,185)。康德在这里引入了一个象征主义的概念,它再次处于浪漫派关于诗歌的大部分思想的核心。既然理性的理念和审美的理念都超越了经验,所以,它们不可能由一种相关的感性直觉来充分地"展现"或表现。这些理念或先验的概念只能由一种象征性的方式来明显地展现,它运用了类推法。例如,不可能给予我们的感官以符合上帝之理念的任何对象。因而,如果我们要为这种理念提供感性的表达,我们就必须通过类推,用一种象征方式来这么做:我们把自己可以体验到的(即人的)其他某种对象的概念转移到上帝的概念之上,所有的因果联系都存在于人的概念之中,我们则把它转移给上帝的概念。因此,这一系列的关系在两种情况下都是相同的,但对象(上帝)内在的特点仍然是未知的。因此,我们对上帝的"认识"并不是认知性的(或者用康德的话来说,不是"示意性的"),而是象征性的(CJ,225-228)。

作为例证,康德列举了诗人的例子,他们为不可见的实体和概念的"理性理念"提供了具体的、可感的表现,诸如地狱、永恒、死亡、嫉妒和热爱。诗人运用了想象力,使它仿效理性在寻求一种理想的总体性中的游戏,以一种完整性把这些理念呈现给我们的感官,那种完整性在自然之中实际上是找不到的(CJ,391)。因此,诗歌可以创造出凭借我们平常的、明确的概念无法表达的那些情感,按照康德的看法,首先是诗歌,才可能显现出审美理念的力量(CJ,183)。在所有的优美艺术中,康德给予了诗歌以优先地位,因为正是这种艺术,比其他一切艺术更能使想象力成为自由的,它由此表现了我们无法用语言来表达的大量思想;康德认为,诗歌把心灵提升到天然决定的现象界之上(CJ,392-393)。然而,康德小心地重复说,想象力的自由不是绝对的;如果这种能力处于一种"没有法则的自由"状态的话,那么,无论其理念多么丰富,都会产生"毫无价值的东西"。这就是康德把审美用途中的想象力归属于一种"合法的自由"的原因(CJ,188-189)。

康德把优美艺术划分为三种类型:言说的艺术,它由讲演术和诗歌组成;视觉艺术,它可以是塑造性的艺术,如雕塑,或者是"感官幻觉"的艺术,如绘画;"美的感觉游戏"的艺术,如音乐(CJ,190-192)。在所有这些艺术中,诗歌是最高的,因为康德提出了前述的理由。诗歌是"引导想象力自由嬉戏"的艺术;虽然诗歌是与幻觉一起游戏,但它不是欺骗,因为它公开宣称自身是想象力的单纯游戏,这种游戏的进行处在与理解力法则的协调之中(CJ,393)。康德反对修辞学的艺术,他认为,不可能为了法律的或宗教的目的而推荐它,因为在这些重要问题上,应当没有任何丰富的睿智、想象力或主观观点的踪迹(CJ,393)。视觉艺术在层级中处于第二,因为它们也使想象力参与了一种自由的嬉戏,这种嬉戏仍然是与理解力相称的(CJ,200)。对康德来说,音乐占据了最低的等级,因为它只说出了"一种感觉的语言"(CJ,199)。

康德的哲学和美学具有巨大的影响力,尤其是对浪漫派的思想和浪漫派关于文学想象力的概念的影响。例如,他对审美自由、艺术形式、天才、艺术非功利的和非道德的特点的看法,对他的同时代人歌德和席勒产生了深刻的影响,也对柯勒律治、美国的先验论者和爱伦·坡产生了深刻的影响。浪漫派和非浪漫派的思想都试图克服康德对现象与本体的绝对区分:本体界被带回到了想象力和理智的掌握之中。实际上,康德的著作展现了黑格尔的体系的真正可能性,这种体系的巨大影响涵盖了哲学与美学。康德所提出的哲学问题影响了乔赛亚·罗伊斯(Josiah Royce)这样的英美唯心主义者,给予"马尔堡学派"(Marburg School)的成长以灵感,它的著名成员包括恩斯特·卡西尔(Ernst Cassirer,1874—1945年)和鲁道夫·施塔姆勒(Rudolph Stammler,1856—1938年)。康德的审美的"非功利性"的理想被马修·阿诺德和T. S.艾略特这些后来的作家应用于文学批评领域,他们认为批评是一种在理论上不受直接的政治和社会要求妨碍的活动。康德美学的影响扩大到了俄国,它们在俄国反映在由列夫·托尔斯泰(Leo Tolstoy)和其他人所提出的艺术观之中。在对形式和艺术自主性的强调方面，这些美学也对19世纪晚期唯美主义的一些支持者、某些现代主义作家和美国的"新批评派"具有引人注目的吸引力。康德对崇高的论述，在保罗·德曼(Paul de Man)和让-弗朗索瓦·利奥塔(Jean-François Lyotard)这些更晚近的作者的著作中成了这种概念的批评的重要组成部分。用更为概括的话来说，康德的哲学在其对现象与本体的区分方面，在其坚持世界在一些根本方面属于我们的建构方面，在其把道德的基础置于理性和自由之上方面，都产生了深刻的影响。最后，在康德的思想中，实体的概念——基督教神学的形而上学基础——被主观化了，并被变成了人类理解力的12个基本范畴之一，由此被变成了可以用来理解世界的观点之一。

注释

[1] Immanuel Kant, *Political Writings*, trans. H. B. Nisbet, ed. Hans Reiss (Cambridge: Cambridge University Press, 1991), p. 54. 下文引用写作 *KPW*。

[2] Immanuel Kant, *Critique of Pure Reason*, trans. Norman Kemp Smith (London: Macmillan, 1978), pp. 41-42. 下文引用写作 *CPR*。

[3] Immanuel Kant, *Critique of Practical Reason*, trans. L. W. Beck (Indianapolis: Bobbs-Merrill, 1978), pp. 15-18. 下文引用写作 *CP*。

[4] Immanuel Kant, *Critique of Judgment*, trans. Werner S. Pluhar (Indianapolis and Cambridge: Hackett, 1987), pp. 9-11. 下文引用写作 *CJ*。

第十五章　G. W. F. 黑格尔(1770—1831 年)

黑格尔思想的历史语境

黑格尔式的哲学体系在西方现代思想的历史及其起源中占有核心地位。其范围和影响不可能被评价得过高。与康德一道，乔治·威廉·弗里德里希·黑格尔通常被认为是最伟大的西方现代哲学家。黑格尔的体系最初得到了 1789 年"法国大革命"的激励，对他来说，这场革命体现了整个欧洲的资产阶级为了获得对封建贵族和僧侣的支配权，取代以理性为基础的封建主义社会没落的与不合理的等级制而进行的革命斗争，大革命的社会体制和人类群体都体现了一种理性的观点。革命性的资产阶级哲学和理想在黑格尔的著作中得到了最为明确的表达。在这种意义上，黑格尔成了启蒙运动的产物，因为他强调了理性的最高价值，这使他开始与启蒙哲学的其他主要推动力相汇合，如经验主义或源于经验的认识学说。然而，黑格尔的体系本身虽然不是浪漫派的，却也深深地渗透着源于浪漫主义的某些属性：信奉一致性或主体性的理念，以及伴随着的相信主体与客体、人类自身与世界在其本质上是相互创造和相互决定的。因此，黑格尔的思想实现了欧洲知性史与社会史上的启蒙运动与浪漫主义这两种主要趋势的巨大综合，它们在惯例上被认为在很多方面都是对立的（如在它们各自重视的理性与想象力方面）。在对这两种趋势的继承方面，黑格尔的哲学深刻地受到了康德著作的影响。

黑格尔的思想在历史和哲学方面的结果甚至更加重要。他的体系影响到了范围广泛的哲学，其结果至今依然与我们同在：马克思主义，19 世纪晚期和 20 世纪初期的英美唯心主义，存在主义的各种分支，以及 20 世纪众多理论家们的思想，其范围从西蒙·德·波伏瓦（Simone de Beauvoir）和朱丽娅·克里斯蒂娃这样的女性主义者，到雅克·拉康和雅克·德里达这样的所谓"后结构主义"思想家。黑格尔的学说渗透了大多数新教神学，他的历史哲学深刻地影响了众多学科，包括政治理论和文化理论。同样，黑格尔式的体系也激起了对它本身的很多反对，其形式有 19 世纪奥古斯特·孔德（Auguste Comte）和埃米尔·涂尔干（Emile Durkheim）的实证主义（positivism），20 世纪早期伯特兰·罗素、G. E. 穆尔和其他人的现实主义，以及逻辑实证主义、分析哲学和在整个 20 世纪残存下来的经验主义的各种分支。

在黑格尔的思想中,是什么激发起了如此广泛持久的称赞,在另一方面又有如此强烈的对抗和轻蔑?要在黑格尔的个人生活中寻找答案是徒劳的。事实上,黑格尔虽然生活在耶拿①,但他使房东的妻子怀了孕;人们也许很想知道,三个阶段的辩证法的根源是否部分在于房东、房东妻子和房客黑格尔的这种动态的三角关系之中,加上那个非婚生的孩子造成了辩证法第二个阶段的"外化"(externalization)或"异化"(estrangement)。除了这种生殖行为之外,黑格尔的生平普通平凡:他生于普鲁士的斯图加特(Stuttgart),父亲是一个小公务员;他在图宾根(Tubingen)的一所著名神学院学习神学和哲学,当过私人家庭教师,然后于1801年开始在耶拿大学教书;1811年,他娶了一个相当年轻的女子,她为他生了两个孩子;1816年,他成为海德堡(Heidelberg)大学的哲学教授;1818年,他应邀担任柏林(Berlin)大学的哲学教授,他在那里教书直到去世。在柏林时,他的名声达到了顶点,来自欧洲各地的学者都来聆听他的演讲。黑格尔的第一部重要著作是《精神现象学》(1807年),这部著作也许是他曾经写下的最为艰深的哲学文本;在此之后是他的三卷本《逻辑学》(Science of Logic),出版于1812年到1816年期间。他随后的《哲学全书》(Encyclopaedia of the Philosophical Sciences),实际上重新论述了作为一个整体的他的哲学;他生前出版的最后一部著作是他的《权利哲学》(Philosophy of Right,1821年)。他去世之后,他的学生和信徒们编辑出版了他的各种主题的演讲录,包括《历史哲学演讲录》《美学演讲录》(Lectures on Aesthetics)、《宗教哲学演讲录》(Lectures on the Philosophy of Religion)和《哲学史演讲录》(Lectures on the History of Philosophy)。他的一些早期著作也在他去世之后出版,它们在某些情况下为他的晚期思想投下了值得注意的亮光。这些早期著作包括他的《早期神学著作》(Early Theological Writings)和《费希特与谢林的哲学体系之间的差异》(The Difference Between Fichte's and Schelling's System of Philosophy)。

不过,在更加宽泛的意义上,黑格尔的生平却决不普通平凡。他的生活有时令人吃惊地直接与巨大的历史变化交织在一起,那些变化在现代西方世界的政治和文化中留下了持久的烙印。当"法国大革命"于1789年开始之时,黑格尔与华兹华斯、柯勒律治和其他很多人一样,把它当作新时代光荣的黎明来迎接;他与他的朋友、诗人荷尔德林(Hölderlin)一起,围绕着他们种下的一棵"自由之树"跳舞。两年之后,法国革命军队入侵德国,德国在那时是一个以"神圣罗马帝国"闻名的松散联邦,由奥地利的弗兰西斯一世统治,包括了普鲁士的日耳曼国家。1806年,法国在早已击败了奥地利人的拿破仑的领导之下,在耶拿战役中打败了普鲁士;正是在这个非常时期里,黑格尔住在耶拿并在努力完成自己的不朽著作《精神现象学》,它于次年出版。黑格尔亲眼见过拿破仑皇帝,正如他所记录的:"皇帝——这个世界的灵魂,我看见他骑马穿过城市,检阅他的军队;看见这样一个人的确是一种奇妙的感觉,他在那里把精力集中在一个要点之上,骑在马上,向世界伸出手,并支配着世界。"这段陈述后来被伯特兰·罗素这类哲学家当作笑柄,他们不合时宜地把它同其语境剥离开来。黑格尔的观点在于,拿破仑像亚历山大大帝和尤利乌斯·恺撒一样,是一个"世界历史的"人物,其行为和生涯使某些广泛的历史变

---

① 耶拿(Jena):德国中东部城市。

化的趋势具体化并且集中起来。黑格尔从"法国大革命"及其理想扩展到其他国家的情形中发现了一个机会,即普鲁士可以借机超越封建主义,进入一个更加开明的社会之中。实际上,直到拿破仑在 1814 年失败之前,普鲁士都在朝着这个方向前进,废除了农奴身份,走向一种代议制政治。这些运动在 1814 年之后被普鲁士国王弗雷德里克·威廉三世(Frederick William Ⅲ)镇压下去了,被称为 1819 年《卡尔斯巴德决议》的一系列法令,实行了广泛的审查制度,这种审查制度扩大到了新闻界、大学,当然还有艺术领域。

因而,人们从一开始就可以看出,黑格尔的哲学是在巨大的,有时是激烈的政治斗争的热度中铸造出来的。整个欧洲都感受到的不仅有"法国大革命"的冲击,也有随后的 1830 年和 1848 年革命的冲击;资产阶级为取得反对贵族政治和专制统治的领导权而进行的斗争贯穿了整个 19 世纪。"法国大革命"的理想在很大程度上已经由一些同启蒙运动有联系的思想家们阐明了:正如黑格尔在其《哲学史演讲录》中评论说的,笛卡儿事实上已经把哲学与神学分离了,或者使哲学解脱了神学,把重点放在了作为走向认识之主要途径的理性(而不是启示或外在的权威)之上。约翰·洛克和大卫·休谟这类经验主义哲学家已经挑战了古典时期和中世纪作为主要真实的、其他一切都以之为基础的"实体"理念;他们强调了经验在获得认识方面的重要性。在政治关系方面,这些思想家提出了某种形式的代议制政治(如洛克所提出的),甚或以人们的"全体意志"为基础的民主制(如卢梭在《社会契约论》中提出的)。虽然黑格尔承认启蒙哲学家们的重要贡献,但他认为这些哲学家是片面的,他们在损害经验的情况下强调理性,反之亦然。他认为,哲学史是一个统一体,它可以逐步地把从前的思想家们分别强调的各种因素结合成一个整体。在某种程度上,他认为这种历史在他自己总体化的体系中达到了顶点。

启蒙运动的传统在设置思想与现实、主体与客体、自我与世界之间的鸿沟方面也是片面的。因此,黑格尔把启蒙运动的各种洞见与浪漫派思想家坚持自我与世界之统一性的观点结合起来。康德的哲学已经朝这个方向迈出了一步。因此,黑格尔自己与启蒙哲学的关系,大多通过了康德体系的中介,也通过了费希特、席勒和谢林等人对那一体系进行修正的中介,这些人都是黑格尔广泛的德国浪漫派的同代人和朋友。在其《纯粹理性批判》(1781 年)中,康德曾经试图界定人类理性的范围和限度,认为理性的运作只能扩大到世界,因为世界早已由我们的主观能力,即感性与理解力,建构起来了。为了使它成为我们心灵的贡献,他把这个世界叫作现象界或向我们显现出来的事物的世界;他把我们只能思考、不能使它们对我们的感官呈现的对象叫作本体或者纯粹可理解的(以及假定的)对象。康德的大多数后继者,包括费希特、席勒、谢林和黑格尔本人,都把这种差别当成事物本身显现出来的样子与事物本身可能成为的样子之间的差别。换言之,他们把这种差别当成外表(作为我们主观建构的世界)与外在真实(作为它本身可能成为的世界)之间的差别(appearance/reality distinction)。他们在不同的时间里都试图克服这种差异:黑格尔拒绝了费希特和谢林的努力,认为费希特把自我与自然视为同一,在于单纯从形式上把自我的范畴强加于自然;谢林的努力则是由于他把心灵与自然视为同一,这仅仅是直觉到的(而不是从理性上理解到的),这在实际上暴露了他的差异和区分是绝对的。对黑格尔来说,必须从理性上来理解主体与客体、心灵与自然的这种统一性。[1]

黑格尔式的辩证法

　　黑格尔哲学的所有方面,逻辑学的、形而上学的、政治的和美学的,都与他的历史哲学有着密切联系。黑格尔是后来所称的"历史主义"(historicism)的最善于表达和最有影响力的提倡者,他相信只有在特定的历史语境里,我们才能理解各种现象——人类、民族、事件和对象,相信这些语境构成了建构这些现象时的一个必要因素。换句话说,对一切事物的考察,都不可能脱离其特定的历史、原因、结果及其在广阔的历史图式中的特殊地位,那种图式经常被认为要通过无情的法则的运作被导向特定的目标。总的来说,黑格尔认为,人类历史是一种绝对心灵的进程或走向自我意识的自由之意识的进程。走向自由的运动,被黑格尔等同于走向更高的理性的运动,在人类心灵的运作以及社会的和政治的安排这两个方面都表现了这种运动。实际上,当我们自己的心灵变得很理性,我们生存于其下的法则和体制也变得很理性时,我们将自由地赞同要依靠那些法则活下去。黑格尔也把这种总体运动的特征刻画为逐渐达到在意识方面的**自觉**;换言之,随着意识向更高层次运动,它日渐感知到,它先前当作外部世界的东西,当作与它相比异化了的和异质的某种东西,实际上在其最深刻的理性的核心中,在本质上,是由它本身的运作建构起来的。以前当作**实体**来面对的东西,现在被确认为**主体性**。因此,黑格尔也把整个这种运动描述为从实体到主体的进程。正是这种进程,才在意识的逻辑运作中起着作用,在意识通过历史的进步中起着作用。

　　理解作为一个整体的黑格尔哲学的最全面的途径就是辩证法的概念,这个概念在三个主要层面上运作,即逻辑层面、现象学(phenomenology)(意识所采取的形式)层面和历史层面。正如很快将要看见的一样,辩证法也具有某种政治含义。为了概括辩证法在逻辑上的运作,我们必须从《精神现象学》中的一个重要段落开始:

> 一切都开始把握和表达真实,不仅是作为**实体**,而且同样是作为**主体**……这种实体作为主体是纯粹的,**完全是否定性的**,对这种真正的理性来说是对单纯的分离;正是由于加倍,才竖立了对立面,然后再次否定这种中立的多样性以及它的反题(直接的单纯)。只有这种自我**复归**的同一性,或者说对自我之中的他者的这种反思——而不是**原初**的或**直接**的统一本身——才是真实的。这是它自身形成的过程,这种循环预先假定了作为其目标的结果,具有也是作为其开端的结果;只有通过努力达到其结果,它才是真实的。(PS, 17)

　　在这里,辩证法的三个"契机"或阶段,是按照同一性和差异性的概念来表达的;而整个运动都被界定为主体性(它被当作一个过程,而不是一种静态的命题)。第一个阶段是直接而单纯的自我同一的阶段。在这个阶段中,它表现了我们最初对一个对象的看法,我们认为它是一个直接的命题,是单纯的存在,是独立的,脱离了其语境,在其本身之中具有同一性。在第二个阶段,即**调解**的和**外化**的阶段,我们认为对象的同一性通过它与其他对象的关系而被外化、调解或分散了。换言之,我们不是在对象自身之中去确定其实质和同一性,而是**在别的东西之中**、在其**关系**中去确定其实质与同一性。在第二个阶段中,我们关注的不是对象直接存在的事实,而是其内容、性质、实质,是成为其存在之基础的特质,是**超越**其特定存在的一般的或普遍的特质。第三个阶段是**经过调解的统一**或者经过调解的同一性的阶段:为了达到这个阶段,我们必须阐明一种总体性的原则,那种总体性可以统一我们对对象的前两种观点,即对象是一种特定的存在,以及对象体现了某些普遍的和实质性的特质。

我们可以用黑格尔本人提供的例子来说明这一过程。我们或许见过植物的成长有三个阶段,即发芽、开花与结果。如果我们承认发芽是靠它本身(我们最初的看法),那么,它看来就是自我同一的,在其自身之中具有其实质。但很快,当开花显现出来时,发芽消失了,开花接着让位于结果。因此,在实际上,发芽的实质并没有包含在它自身的直接存在之中:它超越自身指向了开花。而开花的实质返回来延伸到发芽,并走向了结果。所以,这些阶段中的每一个实际上都在自身以外具有其实质,它真正的同一性看来是由外在于它的一种多样性构成的。但是,它们全部都获得了自身真正的同一性,即全部过程的实质性要素,那就是"植物"——总体性的原则在一种必然的联系中把它们结合了起来(PS, 2)。孤立地考虑,仅仅是假定,每个方面都具有"实体"的特征。然而,作为一个由思想来阐明之过程的各个方面来考虑,它们就成了"主体",或者说是思想本身之运动的有意识的因素。因此,黑格尔把整个过程的特征刻画为一种从实体到主体的运动,从最初认为一种实体是异化或"他者"的观点,经过一种日益扩展的观点认识到,实体是按其**实质**构成的,由一种主体的过程而具有了普遍意义。换言之,对黑格尔来说,主体性是一种**过程**,它把对象中理性的、实质的和普遍的东西理解为主体自身运作的产物,显示了主体性的真正形式——不是任何特定个人个体的和偶然的主体性,而是普遍的主体性。因此,辩证法是一种思维方式,它承认自我与世界处于必然的联系之中,思想不是一个静态的分类体系,而是一种自我批判的过程,单纯赋予我们感官的世界与"现实"的名称不相称。世界上的事物在很大程度上要由它们的关系来阐释;不可能孤立地来理解它们,不可能从它们与其他事物的联系中抽象出来,而必须在它们的历史语境之内来理解。正如黑格尔在其《权利哲学》中说明的:"现实的就是合理的,合理的就是现实的。"现实不单是毫无联系和不可改变的事实大量的、可能无条理的聚集(如粗劣的经验主义会认为的那样);相反,在其本质上,现实是合理的,从历史的观点来说是进步的,并且是潜在地统一的,符合我们自己的理性自我最为深刻的要求。因此,辩证法是一种思想方法,它不仅是理性的,而且是有联系的和历史的。

正如在黑格尔的《逻辑学》中所解释的,显然,辩证思维构成了一种对传统逻辑学的冲击,传统逻辑学以同一性的概念为基础。如果不理解这一点,现代文学与文化理论的大部分重要性——它在改变了的语境中再次展现了这种冲击——都会丧失。黑格尔本人的逻辑学得到了"多样性中的同一性"或"差异中的同一性"概念的支持,部分地成了克服思想与现实、主体与客体之间的分离的一种努力,它们的分离暗含在洛克和休谟的经验主义哲学之中,在康德对现象与本体的区分中则变得很明显。

黑格尔的《逻辑学》对于从亚里士多德以来对西方思想来说的一些根本性的范畴进行了一种辩证的重新考察。亚里士多德的形而上学探究从"什么是存在"的问题开始,他把这个问题看成是与"什么是实体"的问题相同的,黑格尔则认为"存在"这个范畴是一种毫无内容的抽象:存在本身不具有任何确定的特质。黑格尔认为,纯粹的存在是"绝对的抽象",因为它的纯粹性在于"属性的绝对不在场"。因此,存在就是虚无;不可能在任何基础之上来区分这两个词语,因为它们毫无内容。[2] 既然存在既意味着其对立面(虚无),也不能与对立面相分离,那么,它们同时既对立又同一的基础,必定外在于它们。它们永远都在相互转移,它们之间的这种不确定的转化需要用第三个词语来表达,即"形成"。我们从被定位为单纯的自我同一性的"存在"开始;但是,当思想反思这一点时,它的同一性就显得存在于它自身之外,即存在于"虚无"(它的"他者")之中;按照进一步拓展了的我们的观点,我们可以发现它们都是"形成"的两个方面,正是在它们的统一之中,才能区分它们(SL,82-83,92-93)。因而,形成是存在和虚无的"真相",它们双方在更高的统一中"被否定了"(被超越,却被保留下来)。

　　黑格尔用这种辩证的方式考察了他称为"客观逻辑"与"主观逻辑"的范畴,从"存在"的领域,经过"实质"的领域,转向了"概念"的领域(概念性的思想是理解力的最高方式,它能理解一个对象之中普遍性的东西)。黑格尔坚持认为,对整个这一事业来说重要的是,形成而非存在是一切存在的根本特征;离开了差异,就不可能思考同一性的概念。差异性是黑格尔摆脱传统逻辑学背后的原则(传统逻辑学试图根据固定的范畴和法则去理解一个静态的世界),实际上,黑格尔摆脱了把世界看成是静态的、多元的(由独立的对象构成)和外在的(超越人类主体性的限定因素)一切思想体系(如片面的经验主义或理性主义)。黑格尔指出,如果我们在实际上坚持传统逻辑学的第一法则,即 A=A,那么,我们就会把这种空洞的、同义反复的说法变成"行星是行星……心灵是心灵"。甚至在做出这种说明时,我们预先假定了(指定的实体之间)的一种差异是它们的同一性的真正基础。因此,同一性所具有的本质在它自身以外,在差异之中:行星的自我同一性完全在于它与不同于它的东西的联系之中(很多批评家都认为这一洞见是由非常晚近的索绪尔一类的人物首创的)。因此,同一性与差异是不可分离的。[3]

　　在《小逻辑》里,黑格尔区分了三种基本的思维方式:**理解**,它把世界看成是静态的和由独特的特殊性构成的;**辩证法**,它要确定事物矛盾的和动态的性质,但无法解决那些矛盾("辩证法"这个词语在这里是在一种特定的意义上使用的,不同于表明作为一个整体的黑格尔思想的辩证法);**思辨**或"绝对理性",它"按照其对立面……来理解各种条件的统一"(Logic,118-119)。对黑格尔来说,主体性是全部过程的原则:思辨阶段的意识是自觉的,因为它具有的只是它自身,即就其客体而言的整个过程。黑格尔在这种巨大的辩证法中显示出来的特点之一在于,任何特定的"事物"都含有一种矛盾,即依赖于其他事物的它的"实质"或内容,与它存在的直接"形式"(它显得是独立自足的)之间的矛盾(Logic,185,187)。由于这种对超越它的东西的依赖,事物就成了"外表":对黑格尔来说,唯一完全的真理是绝对,即整体。换句话说,事物并不是孤立存在的;它们必须由它们进入的各种关系构成;因此,黑格尔对世界的看法是关系论的:实体之间的关系不仅在空间中横向展开,而且通过时间和历史展开,发展到获得一种有目的的总体性与统一。正如黑格尔在《精神现象学》中说明的:"真实的是整体……关于绝对,必须认为它在实质上是一种**结果**,只有在**结果**之中,它才成为它真正的样子。"(PS,11)

　　事实上,黑格尔所阐明的辩证法是一种在历史上累积起来的过程,调和了很多现代哲学的主要趋势和倾向:首先,是在笛卡儿的"我思"(cogito)中所表达的那种确定性原则。按照黑格尔的看法,笛卡儿的思想标志着哲学脱离神学(以及从中解放出来)。笛卡儿的"我思"或自我意识表明了从实体的原则向自觉的主体性原则的第一次真正进步。[4]但是,笛卡儿把自我意识仅仅当成是一种直接的命题,而对黑格尔来说,正是一种过程,才通过历史发展揭示了上帝或绝对。此外,洛克正确地看出了,"经验"是总体性中的一个必要因素(Lectures, 295),而经验主义一般来说都正确地坚持认为,真实的东西必定适合于真实的世界(Logic, 61)。对黑格尔来说,休谟的重要性是双重的。首先,他表明,洛克的经验主义导致了"没有任何固定的立场",并且在"恰好是一种主观的普遍性"的"习惯"之中达到了顶点(Lectures, 363, 374)。休谟对客观性的这种否定,扩大到了上帝。其次,正是从休谟那里,康德才获得了自己哲学的出发点:承认普遍性和必然性的确不在感知之中(Lectures, 369, 427)。然而,按照黑格尔的看法,康德正确地把这些置于了作为客观性之必然决定的主体性之中(Lectures, 427-428)。不过,康德所获得的这种必然性是以断定一个抽象的本体世界为代价的,那个世界可以保护上帝的概念不被受到主流的启蒙运动影响的纯粹理性所冲击。因此,黑格尔的辩证法带有前面提到的启蒙运动影响的痕迹;然而,他坚持认为,所有这些启蒙哲学实际上把思想与存在、主体与客体割裂了。所以,黑格尔把这些哲学的真理同包含在歌德、费希特和谢林这些思想家的浪漫主义中的一切真理结合了起来。不过,正如前面提到的,他认为被费希特和谢林所肯定的主观与客观的统一是抽象的;这种同一性必须从历史方面达到,必须理性地而不是直觉地来理解(PS, 11)。因此,黑格尔试图把启蒙运动的理性主义和经验主义的理路与浪漫主义的洞见结合起来,其中的每一方本身都不过是全部辩证法的一个潜在的阶段或契机。

卢卡奇和马尔库塞(Marcuse)这样的作者认为,"法国大革命"的理想渗透进了黑格尔式的辩证法的结构之中。这些资产阶级的理想包括:废除封建专制主义,用适合资产阶级利益的一种经济体制(以自由竞争为标志)和一种政治体制(自由民主,以及在法律面前平等)来取代它,把个人从盲目服从于外在权威中解放出来,确立个人对其理性活动的信念。很明显,正如前面提到的,黑格尔的辩证法暗示了,世界**本身**正如**假定**的那样,并不等于现实。经验主义哲学最终依赖于"常识"和习惯的概念,意味着有点保守地接受事物既定的秩序。相反,黑格尔的思想表现了一种更加激进的立场,即一种否定的哲学(philosophy of the negative),这种哲学旨在否定或超越只不过是既定的世界。因而,这种否定处于辩证过程的核心:这种辩证法主张,只有当社会和政治结构按照我们的理性要求来建构时,它们才可能被认为是现实的。对黑格尔来说,理性思想与自由相关,这种自由废除了世界的特定性;世界因此成了主体的自我实现的一种媒介,这种实现的顶点就是自我意识或意识,即在理解世界上的现实之物时,主体看到的只是自身理性的运作。黑格尔认为,这种走向自由的运动是历史地进行的,从东方世界(在那里,只有一个人——皇帝——是自由的),走向希腊和罗马世界(在那里一部分人是自由的),再到现代世界(所有人在其中都是自由的)。

《精神现象学》

"现象学"(phenomenology)这个词语意指某种"关于外表的科学或研究"那样的东西。黑格尔在这部著作中试图描述绝对精神或意识在其走向自由和自我意识的道路上所采取的各种形式(表现或外表),这种运动与从实体走向主体的过程相关。这种运动的终极目的是自我意识,精神或意识在那时所面对的世界再也不是"客体",而是它本身;换言之,它获得了这一认识,即它为了客体而拥有**自身**,它对客体性的意识最终是对**自我**的意识,是对它自身最深刻的本质的意识。因而,在这条道路上,较早对真理的阐明被日渐更加全面的真理概念所取代,或者确切地说是被否定,朝着绝对前进。

在这部著作著名的"序言"中,黑格尔解释了构成辩证法之基础的原理:认识的本质不是碎片式的,而是一种连贯一致的统一性和总体性;认识所表达的不是一种静态的系统,而是一种逻辑方面和历史方面的发展变化;特定的哲学有助于一种包含了一切早期阶段的总体化的哲学(totalizing philosophies)的发展(PS, 2);认识在于克服主体与客体最初的对立,在于克服客体的他性(实体性),将它置于自我或主体性的普遍形式之下去理解(PS, 21);真理不是一种固定的结果,而是一个流动的、发展中的过程(PS, 23);认识的发展是从最初把各种要素感知为彼此独立的和在外表上相关的,到把那些要素看成是在单一的、统一的内容的发展中占有一席之地(PS, 36-38)。

黑格尔的出发点是这一哲学立场,它依赖于感觉的确定性(sense-certainty),或者说,依赖于我们的感官提供的直接材料,把它们作为认识世界的手段。黑格尔认为,初看起来,感觉的确定性"显得是**最真实的认识**……然而……这种**确定性**本身被证明是最抽象和最贫乏的**真理**"(PS, 58)。感觉的确定性就客体所能告诉我们的一切,就是它所**是**;它同样把意识本身变成了一种纯粹的"我",一种抽象的感知中介。这里的关系是两个特殊之间的直接联系,是两个实体之间的直接联系。直接性被认为是"这个""这里"和"现在"的特征(PS, 60)。但是,黑格尔指出,这些词语——这些被用来认可直接感觉经验的词语——事实上都是普遍性的,因为它们都可以中性地应用于各种客体。例如,"这个"可以指一座房子或一棵树;"这里"可以指空间中的各种地点;"现在"可以指时间中的各个时刻。"因而,实际上普遍的是,它是感觉之确定性的真实[内容]。"(PS, 60)黑格尔也指出了,我们绝不可能表达出个体性本身;语言在本质上是普遍的(在它始终都把特殊的事物归于一般范畴之下的意义上),它使我们只能表达普遍的个体性(PS, 60-62)。语言所能表达的不是表示我的这个特定的"我",而是一种可以指任何人的"我";"这个""这里"和"现在"这些词语的情况也一样(PS, 66)。感觉的确定性也终于意识到了,它的实质不在主体或客体之中,而在它们的统一性之中,在主体与客体全部联系起来的关系之中(PS, 62)。

黑格尔在这里的核心论点是:感觉材料本身不可能给予我们认识。暗含在这个论点中的是:(1) 纯粹的直接经验是不可能的,因为我们无法理解它,无法用语言来表达它或传达它。

(2)感觉经验的各种因素只能联系到普遍来理解,实际上,很多这些因素本身都是普遍的;在感觉经验中真实的,恰恰就是这些普遍的因素。(3)没有任何事物可以脱离其他一切事物来理解甚或来体验。我们在某些广阔的语境之内来理解和体验。想象上"直接的"认识对象早已经过了调节——经过语言,经过其他客体,经过它们与我的关系,经过我与其他自我的关系。

接着,意识转向了下一个阶段,即"感知"阶段。感知超越了感觉的确定性,认识到普遍性是其对象,感知所面对的普遍性被各种矛盾所分裂(正如在洛克对实体的说明中那样,甚至也如亚里士多德对实体的说明那样):那些矛盾是各种特性之普遍性与一种事物的个别性之间的矛盾,是各种特性本身的统一性与多样性之间的矛盾,是内在于事物的实质与外在于事物的实质之间的矛盾(PS, 77)。黑格尔认为,这些矛盾持续存在,因为意识设想,它所涉及的是各种实体和特性。一旦它意识到它所涉及的是思想和概念时,它就前进到了"理解"阶段(PS, 77, 79)。用黑格尔的术语来说,意识前进到了对客体的**概念性**理解;换言之,它认识到了与客体有关的真实是其普遍的和实质性的特点。但是,它依然认为概念性的客体是它本身的异化,没有认识到它所涉及的是**它自身的**思想和概念性的建构。

前面的描述意在提供关于辩证过程如何以意识所采取的进步形式进行运作的理念。但是,我们不可能放下黑格尔的《精神现象学》而不简短思考一下它最重要和最有影响的段落之一,即"主奴辩证法"(master-slave dialectic)。在论述"意识"的段落(它由感觉的确定性、感知和理解构成)之后是"自我意识"的阶段。康德和几乎所有启蒙哲学家都阐述过自己对作为一种孤立存在的人类自我的看法,黑格尔则坚持认为,人类的认同与意识在其真正的本质上是社会的和历史的。正是这一事实,最为清晰地出现在——虽然有点形而上地——主奴辩证法之中。

黑格尔在论述自我确定性的段落的开头宣称,早已考察过的感觉的确定性、感知和理解这三种意识的形式,现在不能被认为是自我维系的对世界的看法,而是自我意识的契机或阶段。对黑格尔来说,自我意识最根本的形式是欲望。正如黑格尔指出的:"自我意识是普遍的**欲望**。"(PS, 105)欲望是一种媒介,我们通过它废除了客体的异己性,把它变成我们的。正是通过这种对世界的占有和改变,自我意识才肯定和确认了自身。它通过破坏客体的独立性,达到了"自身的确定性"(PS, 109)。但是,自我意识只有通过确认才能获得满足,这种满足是世界上的客体无法明确提供的。这种确认只能由另一个自我意识来提供。我们可以在一个我们改变和占有的对象中确认我们自己,因而它就带着我们的特点的印记;但是,在这样一种对象中,我们只是暗中确认了自己。就真正的自我确认而言,我们需要另一面自我意识的镜子,我们从中可以看见被客观地肯定的我们自己——成了主体。正如黑格尔指出的,自我意识"**只有在另一个自我意识中**"才能获得满足和确认(PS, 110)。

正如在有关主奴的段落开头说明的,这成了黑格尔的主要论点:"只有在被承认中……自我意识才存在。"(PS, 111)。当一个个体的自我意识被另一个自我意识面对时,各自才确定了自身,但不是确定另一方,因此,它的确定性不是真实的;只有当"各自是为了另一个为了它自身的另一个而存在"时,这种确定性才具有真实性(PS, 113)。换言之,要确定我的人性,我的自我意识,我必须获得的确认不是来自一个对象,也不是来自我当作一个对象的某人,而是来自我确认了其人性的某个人;我们各自承认对方不是一个对象,而是自由的、自主的主体。我们是怎样获得这种确认的呢? 黑格尔提出,存在着一种为了这两个个体之间的确认的斗争。这种斗争必定是一种生死之争,因为每个个体都必须证明他"不是附属于任何特定的存在……不附属于生命"。这涉及试图夺取他人的生命,也是拿自己的生命冒险。"只有通过拿自己的生命去冒险,才会赢得自由",个体才会证明自己的实质性存在没有被囚禁在个体存在的"直接形式"之中;在力求他人的死亡时,个体要表明他不重视他人与不重视他自己一样;他的实质性存在——与他自己的实质性存在一样——存在于一种他者的、外在于他的形式之中(PS, 114)。

无须说,这些个体的每一方或者双方的死亡,都会排除一切对任意一方的意识的确认。因此,生死之争的结果不是死亡,而是胜利和一种意识的独立性,它为自身而存在,而完全的依赖或者受到他人意识的束缚,其存在只是为了他人。黑格尔把前者叫作主人,把后者叫作奴隶。主人就是他已经拿自己的生命去冒险,并且已经表明他可以超越自己的肉体存在;奴隶就是他惧怕拿自己的生命去冒险,并且依附于其肉体存在。很明显的是,在黑格尔描述的这个问题上,这两种类型的意识——独立的和依赖的——也许可以被认为是对立的,然而是还未达成一致的契机或一种意识的各个方面。换言之,随着意识的进步,它达到了一种状态,它在其中被分开在这两种形式之间,无法与它们达成和解。意识的独立契机是"直接的自我意识",或者说是一个还没有通过与世界的相互作用调节过的"我";依赖的契机是"**物性**"形式的意识。两种契机都是实质性的。既然它们本来就是既平等又对立的,它们尚未达到反映在一种统一性之中,那么,它们作为意识的两种对立形态而存在……前者是主人,另一个则是奴隶"(PS, 114)。因而,意识与它本身是对立的:作为对自我的意识,作为主体,它还没有与作为构成部分的物性、作为客体的自身达成和解。因此,主人与奴隶的这种模式,可以当成自我意识之发展的一种隐喻。它也要按照历史的条件来解释,正如很快将看到的。

不过,主人的胜利是短暂的:事实上,在把他者变成奴隶、变成物性时,他利用他去掌控外部世界。奴隶为了主人而不断在世上劳动。但是,正因为主人已经把他者的意识变成了物性,他就不可能获得他自己的意识所要求的相应的确认,因为这样的确认只能由另一个自由的和自主的意识提供。实际上,正是奴隶,而不是主人,才会接近独立的自我意识的真理。奴隶体验过"死亡的恐惧,绝对的主人",他的全部存在在这种体验中"都会被彻底动摇"。黑格尔认为,这种"把一切稳定的东西都绝对融化掉"是"自我意识的实质性本质",它是"绝对的否定性"(PS, 117)。换句话说,正如黑格尔的哲学自始至终都坚持的,思维和意识的真正本质就是要**否定假设**,要把直接的假设提升到经过思想调节的某种状态。对死亡的恐惧所给予奴隶的是这一暗含的意识,即他的世界的全部范围和深度都可能被否定;在世上劳动和改变世界(甚至是为了主人)时,他通过遵照这种意识行事而使之变得很清楚。他在自己的整个奴隶状态、服从和规训的过程中克服了自己对自然存在的依附,所有这些都渗透了他的形式化的劳动行为。因此,他通过劳动和改变它而使自己摆脱了对物质世界的依赖(PS, 117)。

黑格尔已经告诉了我们,我们基本上是以欲望的形式与对象相联系:但是,产生于实现欲望的满足,产生于占有对象的满足,只不过是一种短暂的满足,因为它缺乏这种"客观性和持久性"(*PS*, 118)。"另一方面,劳动是受到控制的欲望……劳动形成和塑造了事物。"因而,劳动永久地和客观地改变了事物;奴隶或工人认识到了在他创造的对象中的他自己实质性的和独立的存在:奴隶"认识到,正是在自己的劳动中,他在其中似乎只具有一种异化了的存在,他获得了对他自己的一种想法"(*PS*, 119)。因此,奴隶通过自己劳动的形成行为而超越主人,获得了自身存在的独立与肯定。我们也得知,意识不只是确认了在世界上的自身,而且确认它**创造了**世界。意识不单是一种理论上的姿态,而且是一种形成的实践**行为**。不过,黑格尔坚持认为,就劳动要具有这种意义而言——为奴隶的存在提供一种客观的和独立的形式,(死亡)恐惧的契机、服务和顺从都是必要的。如果意识试图对世界劳动而**不体验**到死亡恐惧,那么,它对世界的塑造就只是一种"空洞的以自我为中心的态度",就不会赋予它"一种对于作为实质性存在的自身的意识"。这样的劳动就只表现了依然"陷入奴隶状态"的"自我意志",就只展现了局部化了的技巧。相反,渗透着这种原始存在之恐惧的奴隶的劳动,体现了意识实质性的和普遍的本质,它通过否定世界而认识了自身(*PS*, 119)。

诚然,有很多对于主奴辩证法的解释,最有名的解释是由马克思和萨特提出来的。在《1844年经济学-哲学手稿》(*Economic and Philosophic Manuscripts of 1844*)中,马克思宣称:"黑格尔《现象学》及其最后成果——作为推动原则和创造原则的否定的辩证法——的伟大之处就在于,黑格尔把人的自我创造看作一个过程,把对象化看作非对象化,看作外化和这种外化的扬弃;因而,他抓住了**劳动**的本质,把对象性的人、真正的因而是现实的人理解为他**自己的劳动**的结果。"[5]① 马克思还宣称,黑格尔把劳动看作人的本质的立场,是资产阶级政治经济学家[如亚当·斯密、J. B. 萨伊(J. B. Say)和大卫·李嘉图]的立场,而这种观点的局限属于他们自己:他"只看到劳动的积极的方面,而没有看到它消极的方面"(*EPM*, 132)。换言之,黑格尔看到的只是劳动服务于对象化的人之本质的功能的方面;他忽视了劳动**被异化**的可能性,忽视了远远没有体现劳动者本质的劳动产品与劳动者异化的可能性,因而劳动者无法从产品中看到自身。尽管有这些批判,黑格尔有关劳动是自我实现的根本性洞见,成了马克思反思主体的出发点。此外,马克思同样具有黑格尔对意识的看法的根本前提。他在《德意志意识形态》(*The German Ideology*)中宣称,世界是由社会活动构成的,意识是一种社会产物。他坚持认为,"真理……不是一个理论问题,而是一个**实践的**问题"(*GI*, 42, 51)。他还声称,"人的本质"在某种程度上不是预先决定的,而是"社会关系的总和"(有关费尔巴哈的第六个论纲)。

总的来说,黑格尔对主奴关系的说明,可以被看成体现了自我意识倾向于确认它是一种社会产物发展中的一个必然阶段。它也许可以被认为是一种历史过程,表现了一个特定社会或一种市民社会前的自然状态中的压迫状况,个人在其中的相互竞争要求得到确认。换言之,在市民社会中,个人权利得到了保证,主奴辩证法的各个阶段都早已经历过了。在黑格尔本人的描述中,主人与奴隶的意识——无法在一种统一中达成和解——让位于意识的其他形式。这些形式中的第一种是斯多葛主义,它导致了退出"普遍恐惧和奴役"的严苛世界,即晚期罗马帝国的世界,进入一个纯粹思想的领域。这种斯多葛主义对世界的艰难困苦采取了一种冷漠的

---

① 本节译文参考了中文本马克思《1844年经济学-哲学手稿》,刘丕坤译,人民出版社1979年版,第116页。

态度,但它脱离世界的"自由"却是抽象的,没有任何确定的内容(PS,121)。它让位于意识的另一种形式,即怀疑论,这也是古代罗马世界很有特点的一种哲学。斯多葛主义对世界消极地漠不关心,怀疑论则积极地否定世界的一切确定性的内容,否定我们可以具有对世界的任何确定的认识;但是,它也是抽象的,也涉及一种矛盾,即它的**行为**必须像它所否定的世界那样似乎是真实的。在这个阶段,意识变成了一团"混乱,一种永远自我生成的混乱的头昏眼花"(PS,124-125)。这就是黑格尔对现代解构类型的有预见的批判,那种解构拒绝一切确定性的优势。怀疑论的这种矛盾的和双重的本质,实际上导致了主人与奴隶的契机未取得一致的共存,接着在"不幸意识"面前让步,不幸意识在实质上是一种基督教的意识,它被划分为意识到自身是一种不可改变的实质,与意识到自身沉浸到了变化、多样性和衰退的世界之中。这种不幸意识从苦行主义方面否定了它自身个体的和肉体的自我,以便把其真正的认同投射到一个超验的精神世界之中。然而,它的自我毁灭的努力,只不过肯定了它的个体性,以及它通过劳动和行动的自我实现(PS,136-138)。

从这一点前进,意识的发展如在《精神现象学》中所描述的那样,取得了一种社会的和历史的地位,从宗教意识一直经过启蒙运动和"法国大革命",发展到所达到的绝对认识阶段。黑格尔后来的著作,即在他去世后出版的《历史哲学》,对这种发展进行了详细得多的历史考察。值得简要地谈及的是黑格尔对"法国大革命"和《精神现象学》中的绝对认识之目标的评论。他对启蒙运动和"法国大革命"的评价出现在论述"精神"的一节里,黑格尔在其中描述了希腊世界的瓦解。那个世界中个人与社会之间的统一被破坏了,在罗马世界面前屈从了,罗马世界是一个原子化的个人的世界,个人具有价值仅仅因为他们拥有像财产权那样的一些法律权利。这种"空洞的个体性"在皇帝身上得到了具体体现,他的绝对权力被体验为某种异化的和压迫性的东西(PS,291-292)。个人与社会结构之间的这种异化状况,经过欧洲的封建社会直到"法国大革命",持续了很多个世纪。在封建主义的那些世纪期间,个人通过创造国家权力和经济财富,超越了自己单纯的自然状况。自我意识看到自身体现在两种形式的活动之中(PS,301-302)。换句话说,正是通过这些活动,人们才创造了自己。黑格尔这时详述了对待国家权力与财富的两种态度之间的辩证法:"高贵意识"率先与国家权力(它以专制君主政治的形式体现出来)结盟,然而,它的结盟后来变成了单纯语言上的,单纯阿谀奉承的,此后,权力从君主传递到了它自身手中(PS,308-316)。"卑贱意识"则对国家权力怀着一种反抗的倾向(PS,307)。虽然高贵意识与卑贱意识之间的这种反差看来涉及封建社会中贵族阶级与资产阶级、农民之间的差异,但显然,高贵意识最终采取了卑贱意识的姿态。然而,正是后者——资产阶级和农民,而不是贵族阶级——创造了财富。因此,正如在主奴辩证法中一样,高贵意识依赖于一种他者的活动,因而没有按它自身的形象创造出社会的和经济的世界。简言之,这就是黑格尔所描述的权力如何从封建贵族阶级传递给富有的和有进取心的资产阶级。这种转变的中介就是"法国大革命"。

于是,按照历史的发展,《精神现象学》随着"法国大革命"达到了顶点,"法国大革命"开创了具有按照理性原则改变世界的一种绝对自由之意识的国家。从这个阶段起,黑格尔转向了对绝对认识的描述,或者说是对于对真实世界的认识的描述。当心灵或精神达到对世界的实质就是它自身的思想和行动合理运作之结果的意识之时，就达到了这种认识。在概念的、外在的、实体的形式中所见到的一切客观性，都被变成了概念性的和主体性的（PS，486‑487）。在这种意义上，绝对认识体现了一种真实的自我意识的状态，它的真实的一部分在于它自身的历史历程。认识和历史"这两者一起，被理解为'历史'，这种形式类似于绝对精神、真实、真理和他的王位之确定性的内在化与十字架，如果没有它，他就没有生气，就是孤独的"（PS，493）。只有通过人类的群体，绝对理念或上帝才会完成自我实现，那种群体的意识通过历史发展上升到意识直到自身成为神性的表现。在绝对认识的阶段，主体与客体之间的分离被克服，因为自我意识为了客体而拥有自身；它通过自然世界、社会世界和政治世界发现了自身，发现了它自身的运作。表达这一点的另一种方式是，主体与世界之间异化的各种形式，最终都会被克服。

黑格尔的美学

黑格尔的美学与其历史哲学的联系非常密切。正如我们已经看见的，黑格尔认为人类历史是绝对心灵或意识走向自觉的理性和自由的一种过程。黑格尔认为，艺术是绝对理念或精神在这一旅途上经历的各个阶段之一。艺术与宗教、哲学一样，是表现精神的方式之一。黑格尔在其《美学导论》（*Introduction to Aesthetics*）的开头大胆地断言：艺术高于自然。构成这种观点的基础是黑格尔更为普遍的评论，即世界上真实的、实质性的东西是精神（或绝对理念）。他用一种有点柏拉图式的方式提出，无论世界上的美的东西是什么，它的美都是因为它分享到了这种更高的实质。因此，"自然之美只显现为对属于精神之美的反思，显现为[美的]一种有缺陷的、不完全的方式"。[6]

与康德一样，黑格尔认为艺术和美属于"**感官**、感觉、直觉、想象力"的领域。它们的领域在实质上不同于思想的领域，而正是由于"创造和构造的**自由**，我们才欣赏到艺术之美……看来似乎是，我们逃脱了规则和规律性的各种束缚……艺术作品的根源是幻想的自由活动，幻想在其想象之中是比自然更加自由的它本身"（IA，5）。黑格尔在这里交替使用幻想和想象这两个词语，而不是像柯勒律治所做的那样提取出两者之间的差异。他的主要论点是：创造性的想象可以利用自然的形式，但也可以在其自由的创造中超越自然形式（IA，6）。

黑格尔认为，真正的艺术必定是自由的。实际上，黑格尔在这里希望科学地思考的艺术，是"**自由的**艺术，在其目的和手段方面都是自由的"（IA，7）。它不是为了宗教或道德的目的，它与宗教和哲学一样，必须成为表达精神的普遍真理的一种有效方式："在这方面，它的自由本身就是优美艺术和真正的艺术，只有当它把自身置于同宗教和哲学一样的领域中，当它成为唤起我们的心灵，表现**神圣**、人类最深刻的利益、精神最广泛的真理的唯一方式之时，它才会完成其最高任务。"（IA，7）换句话说，它必须以其自身的方式实现其他那些学科的作用和目标，与相关的独立性达成一致，而不是让其目的陷入其他那些学科的范围之内。使艺术有别于其他表现方式的是，它能够以感觉形式表现哪怕最为深奥的理念，这样，我们的情感和感官将受到影响。因此，艺术使感觉与理智、自然与思想、外在与内在的世界达成了一致。被康德、柯勒律治和其他人赋予想象力的统一的力量,被黑格尔给予了一般的艺术。就艺术通过只表现外表而进行欺骗的反对意见而言,黑格尔的回答是,外表对现实来说是实质性的,因为前者体现了自身,或者说通过后者"发出光亮"(IA, 8)。此外,全部经验世界——内在的世界与外在的世界——直接表现出来的并没有包含真正的真实:"只有超越情感和外在对象的直接性,才能发现真正的真实。因为真正真实的仅仅是存在于自身之中和为了自身之物,是自然与精神的实体……艺术所强调和揭示的,恰恰是那些普遍力量的这个维度。"(IA, 8)换句话说,艺术实际上通过把世界的混乱和偶然性组织起来而有助于我们去感知真实,我们由此可以发现外表的"真正意义"(IA, 9)。所以,体现在艺术中的真实高于"普通的真实",因为后者受到了意外和偶然的影响。

与亚里士多德和锡德尼一样,黑格尔指出,历史负载着"普通生活及其事件的偶然性",艺术则表明了普遍性和"支配着历史的永恒力量"(IA, 9)。不过,黑格尔小心地指出,艺术不是表现精神真理的最高方式;在这种功能方面,它被宗教和哲学所取代(IA, 9-10)。艺术的局限在于它被限制于一种特定的内容;用艺术所能呈现的只是"真理的一个范围和阶段",那个范围和阶段能够用感性的、物质的形式来体现(IA, 9)。黑格尔认为,在现代,有一种比艺术所能提供的更加深刻的对真理的理解:思想和反思"已经在优美艺术之上展开了自己的翅膀"(IA, 10)。艺术再也无法提供很多个世纪之前曾经在它之中寻求的精神需要的满足:在我们的世界里,思想以及发展成了一种必然性,我们借以进行"普遍的思考并且……通过它们来调节特殊"(IA, 10)。黑格尔在这里似乎要提出,艺术再也不适合那些"真正的"功能,即作为我们可以通过它去理解真理、道德、文化史和抱负的主要形式。我们再也不依赖艺术去塑造自己的世界观,去塑造自己真正的感受和感知的方式。相反,艺术已经变成了知性探究的一种对象,成了一种有点遥远和分离的理解对象:甚至当我们被深深感动时,我们也会把自己与艺术的交融提升到知性的自我意识层面。

虽然如此,黑格尔却否定了把艺术活动当成是不严肃的和轻佻的而弃绝的一切观点。正相反,他强调说,思维是"精神最内在的实质性本质",而艺术源于精神,即使它的表现采取了一种感性的形式,它在本质上也是精神性的(IA, 12)。艺术,至少是最高的艺术(黑格尔把它叫作优美艺术),不单是对"狂野不羁的幻想"的一种表现;相反,由于它表现了精神的最高真理,所以,这种内容本身将需要艺术的控制与品质(IA, 13)。

黑格尔简要地考察了从前的一些系统论述艺术的努力。他所思考的第一种方法是一种经验主义的方法,作为例证的是亚里士多德的《诗学》、贺拉斯的《诗艺》和朗吉努斯的《论崇高》,以及一些更加晚近的理论家的实践,如18世纪的作者亨利·霍姆(Henry Home)和夏尔·巴托(Charles Batteux)。黑格尔认为,古典作者的理论化是不可靠的,从经验上选取的艺术作品的范围有限;他也反对现代的理论家,认为他们根据一种不适当的心理状态来利用自己的经验观察(IA, 14-16)。黑格尔简要地思考了他的同时代人和朋友 A. L. 希尔特(A. L. Hirt)提出的对美的说明,以及他的朋友歌德关于在艺术外表之下的美的概念,认为它们不具有任何直接的价值(IA, 19-20)。黑格尔思考的第二种方法是对美的**理念**的一种理论考察。这时,他援引了柏拉图的总体的观点,即"对对象的理解不应当按其特殊性,而应当按其普遍性,按其种类,按其实质性的真实"(IA,21)。但是,黑格尔认为,柏拉图对美的(理智的)论述是抽象的。因此,黑格尔既拒绝了对艺术纯粹经验的论述,也拒绝了对艺术纯粹理论的论述。他认为,关于美的概念"必定包含在其自身内部,其自身内部的、前面已经提及的各个极端之间达成了一致,因为它把形而上的普遍性与真正特殊性的准确性结合在一起"(IA,22)。

黑格尔强调说,对美的论述在总体上是哲学的一部分。换言之,它不可能是一门孤立的科学或学科,而必须构成对我们自己和世界的总体理解的一部分。他在这里提供了他对哲学的总体化本质最为清晰的描述之一,这种描述后来遭到了德里达和其他晚近思想家的质疑:

> 只有**整个**哲学才是对宇宙作为**一个**有机整体的认识,这个整体是从它自身的"概念"中生发出来的,并且由于它自我关联的必然性,又退回到它自身而形成一个整体,将自身结合起来,形成**一个**关于真理的世界。在这种科学的必然性的循环之中,每个单一的部分一方面是一种回归到自身的循环,而在另一方面,它同时又与其他各部分具有一种必然的联系。(IA,24)

在这段重要的陈述中,黑格尔强调了哲学是一个具有有机的、必然联系的概念的系统;"概念"或"理念"外化进入世界中,将它自身有序的、有结构的和分等级的本质渗透到一切事物之中,再回归到它自身,让世界的全部财富都处于它自身的概念的控制之下,拒绝有可能偶然的和混乱的一切非真实之物,并把真理和真实界定为存在于一种封闭的循环之中,自身又构成了很多其他的封闭的循环(它的各个部分),它们的相互联系是确定的:这些联系最终要受到"理念"的理性本质的控制。更大的循环及其基本的循环都小心地排除了不可同化之物,并且能结合成理解的这种系统配置。推测起来,艺术领域包含了一种或一系列较小的循环:它不可能发挥一种不受限制的自由。用另一种方式来说,就连它的自由——黑格尔所坚持的一种自由、独立和相对的自主性——也必须符合逻辑与历史中"理念"发展的更大模式。

黑格尔接着考察了关于艺术的一些普通的理念,如它是由人类活动引起的,它的领域是我们感性的领域,它在自身之中具有一种目的。关于这些理念中的第一个,黑格尔列举了一些古典的看法,如艺术是劳动,是按照某些规则来从事的一种手艺,以及浪漫派把艺术归于天才的各种看法。黑格尔本人的看法与贺拉斯的看法一样,认为天才、反思和技艺都是必需的(IA,25-27)。像锡德尼一样,黑格尔认为艺术的创造高于自然的创造;更值得给予上帝以精神的有意识的产物(如在艺术中那样)的荣耀,而不是自然的无意识和草率的作品的荣耀,他在这两方面同样要起作用(IA,30)。

但是,人创造艺术的**需要**来自哪里呢?黑格尔认为,这种"绝对需要"产生于这一事实,即人是一种思维着的意识,"人从自身之中推断出他所是和别的一切之所是,并把它们置于**自己面前**。自然中的事物仅仅是**直接的**和**单一的**,而人作为精神则要**复制**自己"(IA,30-31)。换言之,人把自己对象化了,既在理论上,也在实际上:在理论上,因为他向自己呈现自己(他自己的实质);在实际上,因为他具有冲动,要以"直接赋予他的一切,以外在呈现给他的东西,来创造他自己,同样也在其中确认他自己。他达到这一目的是通过改变外在事物,把他内在本质的烙印打在那些事物之上"(IA,31)。人以这种方式,剥去了外部世界的异化,从中发现了一种

"他自身外在的实现"。而艺术是在外在事物中的这些"自我创造"的方式之一(*IA*, 31)。黑格尔认为,在这种自我复制的活动中,我们见证了"人自由的理性,一切行为和认识,以及艺术,在其中都具有自身的基础和必然的根源"(*IA*, 32)。因此,艺术与思想和行为一样,产生于相同的根源,实际上它本身就是一种行动的方式:这种根源就是人通过智力的、体力的和艺术的劳动而进行的自我创造。这些说明中(类似于黑格尔在《精神现象学》里的较早的说明)存在着很多哲学的雏形。马克思发展了黑格尔关于人通过劳动、他的对象化以及在某些情况下通过他与自己的活动的异化而进行自我创造的观点。萨特那样的存在主义者也强调了人通过一系列的行为所进行的自我创造;黑格尔在这方面的洞见也影响了现象学、女性主义(如在德·波伏瓦、克里斯蒂娃和其他人的著作中那样),以及精神分析(如在拉康的理论中那样)。

然而,黑格尔可能不会赞同的一种现代的倾向,就是如读者反应理论和接受理论那类有影响的理论的倾向。黑格尔拒绝了这一论点,即由于艺术意在唤起我们身上的情感,所以对艺术的研究实际上就应当是对情感的研究。他告诫说,这样一种探究没有超越模糊不清,它把我们限制于"观察特定人物的主观情绪反应,而不是沉浸在……艺术作品之中"(*IA*, 32-33)。因此,黑格尔拒绝了埃德蒙·博克的那一类理论,它们依赖于对美的一种特殊感觉或感受,这种感受经常被贴上"趣味"的标签,被认为能够使人文雅和有教养。这样的理论极大地依赖于艺术的感觉因素,注定是含糊不清的和抽象的(*IA*, 34)。

黑格尔对我们应当如何对待艺术的说明,最初有点类似于康德。一方面,他把艺术领域与实际欲望和功利的领域区分开来,另一方面,又把艺术领域同科学的纯理论领域区分开来。正如他在《精神现象学》中所做的一样,黑格尔在这里解释说,我们与世界进行联系的基本方式是**欲望**(拉康那样的思想家要重新肯定自我与世界之间的这种根本联系)。黑格尔提醒我们,感觉上的理解是看待世界的最贫乏的方式:我们只不过是在看,在听,在感觉。精神则超越了这种对外部世界的感觉上的理解:它"把它[世界]变成了自身内在本质的一个对象,那对象本身因此受到驱使,再次以感性的形式在事物中实现了自身,并且使自身与作为**欲望**的它们联系起来。在这种与外部世界的欲求的关系中,人作为一种感性的个体,面对着作为个体的事物"(*IA*, 36)。换句话说,一旦精神或意识对世界产生作用,按照它自身最深刻的形象来重新塑造世界时,我们仍然可以通过我们的欲望,以一种实际的方式与这个世界上的对象相联系:我们并非对对象漠不关心;我们没有让对象一直作为以其自身的权利成为的某种东西,某种自由的、外在于我们的东西。相反,我们把我们自己的形象强加于对象,而我们与作为实体的它们的关系要被破坏和消耗。当我们陷入欲望的这种个人利害关系时,对象和我们都不自由,因为我们与对象的联系是以有限的利害关系为基础的,而不是以普遍性的考虑和理性的意志为基础的(*IA*, 36)。

不过,我们不是以这种方式与艺术相联系的:我们让它"作为一个对象自由地按它自身的理由存在"。换言之,我们与它的关系纯粹是思辨的,我们没有**利用**它的感性特点。例如,我们一般不会利用一首诗去传达一种实际的信息;我们认为诗歌是一种以其自身的权利存在的对象;在这个方面,我们与它的关系不是一种欲望的关系(*IA*, 37)。在另一方面,我们也没有对艺术采取一种科学的观点——这种观点将表明它之中普遍性的东西,因为在涉及一件艺术作品时,我们更珍视它的个别性和感性方面(IA,38)。黑格尔认为,艺术作品"处在直接感知与理想思考的**中间**"。艺术的感性方面本身就是理想的,因为它被提高到了纯粹的物质自然之上:艺术的感性方面不是为了它本身而存在的,它没有自认为是独立的,而是精神或理想兴趣的一种体现。因此,"艺术的感性方面**被精神化了**,因为精神在艺术中显现为变得**感性**了"(IA,39)。黑格尔谈到了艺术"实质性的比喻和感性",它们的作用是要展现"人类对图示的和十分明确的感性形式的最深刻与最普遍的兴趣"(IA,40)。

艺术的目的是什么?这是黑格尔此时要继续讨论的问题。他驳斥了这一悠久的看法,即艺术的目的是模仿,艺术唤起或者净化人们的情感与激情(IA,47-49)。他援引了贺拉斯(以及锡德尼,虽然他没有提到锡德尼的名字)的观点,即艺术的教诲力量与它提供愉悦或快乐的能力具有密切的联系(IA,50-51)。但是,黑格尔认为,这些观点使人想到,"艺术本身之中并没有带着其使命、目的和目标,但它的实质在于它作为一种手段服务于的别的某种东西之中"。艺术要么变成"一种有趣的游戏",要么成为一种教诲的手段(IA,51)。然而,黑格尔承认,认为艺术为一种"更高的观点"提供了道德改善的程度,这种观点当然是他自己的。他认为,艺术的使命"是要以感性的艺术构造的形式来揭示**真理**,表达和解了的对立面[思想的世界与感觉的世界之间]……因而,就在自身之中具有了目的与目标。就其他目的而言,如教诲、净化、改善、经济收益、为名声和荣誉而奋斗,都与艺术作品本身无关,都不会决定其本质"(IA,55)。在这里有趣的是,在黑格尔关于艺术必须表现精神的真理的全部论题的语境之内,他仍然坚持艺术的自主性:它对精神真理的表现并不是为了愉悦、道德或教诲的利益;相反,这种对真理的表现本身就是一种目的,是艺术的目的与意图。

黑格尔认为,康德的美学表明了"艺术科学的重新觉醒"。他认为,正是康德,才揭示了艺术的概念是要实现精神世界与自然世界之间的结合(IA,56)。康德哲学的缺陷在于这一事实,即他对主体因素与客体因素的结合是作为主体性**内部**的一种统一而出现的(在他一般的哲学与他的美学之中)。在他的一般哲学中,这种统一出现在现象界之内,没有解决这个世界与本体界之间持久的隔阂。康德认为审美判断沟通了概念性的理解,并且以"理解力与想象力的自由嬉戏"为基础。黑格尔的反对意见是,艺术作品的真实本质并没有因此被了解(IA,58)。黑格尔似乎赞同康德把审美判断界定为非功利性的、与欲望和实际动机无关的努力,并且赞同他以这样一种判断的普遍有效性和他关于美的概念是"有目的的",揭示了手段与目的之间的和谐(IA,58-59)。黑格尔认为,康德的《判断力批判》是"对艺术美的真正理解"的出发点,虽然他的缺陷——将普遍与特殊等的结合置于主体性之中——需要克服(IA,60)。按照黑格尔的看法,席勒在某些方面超过了康德,他试图从知性上把握作为"普遍与特殊、自由与必然、精神与自然"之统一的艺术的实质(IA,62)。黑格尔也评论了由 A. W. 施莱格尔(A. W. Schlegel)和弗里德里希·冯·施莱格尔(Friedrich von Schlegel)所提出的反讽概念。他认为,这种反讽植根于费希特的哲学之中,它把自我确立为一切认识的原则,把世界的所有方面都看成是对它本身的修正(IA,64-65)。**艺术上的**自我做到这一点要通过一种反讽的程序,把它自身看成脱离了它对惯例、法律和道德的表现,它要质疑它们的有效性(IA,66-67)。黑格尔援引了 K. W. F. 佐尔格(K. W. F. Solger)所提出的这一看法,即无限的理念在特殊性和有限的形式中否定了它自身(IA, 68 - 69)。这个阶段是为黑格尔本人对美学的介入而设立的。

在分析历史上的艺术的各个阶段之前,黑格尔提出了对艺术来说实质性的三个要求。他认为,艺术把两个要素综合成了一个"自由和谐的整体":艺术的内容是"理念",艺术的形式则是"感性材料的结构"。倘若艺术的内容是精神性的,形式是感性的,那么,第一个要求就是:内容本身必须值得进行艺术的表现。它不应是"实际的"材料,那种材料"不适合进行呈现"(IA, 70)。其次,这种内容一定不是抽象的,而是具体的。黑格尔在这里评论说,他的一般哲学的一个必要因素,是具体的普遍性的概念;真实的不仅是普遍,还有具体:它必须具有"自身之中的主体性和特殊性"(IA, 70)。黑格尔提出的阐明这一点的例子,是基督教的上帝三位一体的概念;与其他宗教的上帝不同,基督教的上帝不是一种抽象的普遍性,完全不是超验的和不可知的,而是基督的化身,在一种共同性中获得了精神表现与实现。就这样一个"人"而言,上帝具有主体性和具体性:他表现了"实质性或普遍性,以及特殊化,并连同它们和谐的统一性一起"(IA, 70)。显然,对黑格尔来说,上帝本身不是一种实体,而是一个过程,一个辩证法的过程。这样一种上帝的概念产生于黑格尔早期的神学著作,实际上可以被认为是辩证法的一个重要来源:辩证法(至少在其根源上)部分是一种使基督教"三位一体"的概念理性化的努力。

对艺术的第三个要求是,不仅内容必须是个别的、具体的并具有统一性,而且形式必须是个别的、具体的并具有统一性。这方面的例证是人类的形式,它是一种具体的感性对象,具体地体现出了精神。黑格尔告诫说,由于这样一种对象让本身向"内在的"理解发言,向我们的内心和心灵发言,所以,不是从自然中随便选择的任何对象都适合这一目的。艺术确实不是随便抓住自身的对象的,因为任何特定的精神内容都早已使自身具有了外在性的适当要素。例如,自然美也许看不见或听不见。但是,艺术作品要明确对人类的思想和情感发言。艺术作品"在实质上是一种质疑,是一种对有回应能力的心怀发言,是一种对心灵和精神的召唤"(IA, 71)。

黑格尔还小心地把艺术的高级作用限制于一些条件。虽然艺术在为具体的精神内容提供感性形式方面具有重要作用,但思想代表了表现精神的更高方式。因此,在其意识发展的全部图式中,黑格尔赋予了宗教和哲学高于艺术的地位。后两个学科可以表现艺术由于其感性形式的限制而无法表现的东西。例如,希腊的诸神都与自然的、人类的形式具有密切联系,可以像这样来表现;但基督教的上帝确实也是一种"具体的人格",是"**纯粹的**精神性……他存在的媒介因而在实质上是内在的认识,而不是外在的自然形式,通过这种自然形式对他进行表现只能是不完美的,没有表现出他的本质的全部深刻性"(IA, 72)。换言之,单纯的艺术不可能充分表现基督教上帝概念的深刻性;这一点只能由思想来表现。在这种局限的框架之内,艺术的价值在于它能在精神内容与感性体现之间达到的和谐与统一。艺术的卓越性的标准是"'理念'与形式显得融为一体的内在性和统一性的程度"(IA, 72)。这个总的标准,即精神内容与感性形式之间统一的恰当性,被黑格尔用来划分艺术在其中发展的各个历史阶段。精神在其走向自我理解的历程中必须经过这些阶段。这种发展成了内容之一,经过各种日渐精确的宇宙、自然、人类和神的概念;它也是感性的艺术表现的各种形式所经历的一种发展(即特定的艺术)(IA, 72 - 73)。正如很快将看到的,黑格尔认为这些相关的发展要经历三个主要阶段。

与"理念"的这种发展及其在艺术中的特定结构的发展相应,黑格尔把美的"科学"划分成三个部分:第一个部分涉及"作为理想的艺术美的普遍'理念'";第二个部分涉及表现"理念"的各种艺术形式;第三个部分思考被划分成自身类属的各种艺术。在论述美的理想的第一个标题之下,黑格尔阐明了艺术在本质上与真理有关;最高的艺术不仅以一种适合的形式来表现一切内容;确切地说,它体现和表现了"理念"的真理。接着,"理念"本身从自身内部产生出为了表现它自身的适合的艺术结构。换句话说,艺术形式不只是"理念"的内容的外在附属物,而且必须源于"理念"的真正本质(IA, 74-75)。因此,当我们试图评价艺术时,我们不可能只涉及艺术家的技巧或缺点。黑格尔认为,某种内容已经有了缺陷,而艺术家必须在这种固有的限度之内工作。因此,某些宗教的精神内容是含糊的和朦胧的,只能以含糊的和朦胧的形式来表达。黑格尔列举了中国人、印度人和埃及人,认为他们"都不可能把握真正的美,因为他们的神话观念……依然是不确定的"。总的来说,由于艺术作品"在表现真正的美方面全都更加出色,所以,其内容和思想的内在真理就更加深刻"(IA, 74)。

在第二个标题之下,黑格尔思考了如何以特定的艺术形式来历史地表现"理念"。他列举了艺术的三种发展结构或阶段:象征的、古典的和浪漫的。在第一个阶段,即**象征**艺术的阶段,精神内容或理念仍然是不确定的、模糊的,不能被完全理解。因为它是不确定的,所以还没有获得个性特征。试图体现这种模糊性的感性艺术形式本身是有缺陷的,其特征被黑格尔刻画为寻求形式,而不是寻求一种实际的"真实表现的能力"。精神性的理念采取了一种不适合于它的相关的形式,那种形式依然是异在的和任意的。精神性的意义被随意附加于自然中的对象,并没有出现内容与形式之间真正的和谐。例如,一头狮子也许被认为代表了力量。一块石头可以象征神圣,却没有真正表现出神圣。因为精神性的理念徒劳地努力去寻找合适的形式,它夸大了自然现象,把它们歪曲成奇形怪状、巨大和多种多样,试图把那些自然现象提升到精神性的层面。黑格尔认为,精神"坚持超越所有这一切不适应它的形式的多样性"(IA, 76-77)。黑格尔把这个阶段的特征刻画为东方的"艺术上的泛神论"(pantheism),它试图强迫一切微不足道的对象承载一种意义,它可以凭借这种意义来表现有疑问的文化的世界观。因而,这就是第一种艺术的象征形式,"及其追求、纷扰、神秘性与崇高性"(IA, 77)。

第二种形式是**古典**艺术,黑格尔认为,它消除了象征艺术的两部分缺点:体现在其中的"理念"不确定的性质和这种体现本身不恰当的性质,不恰当的"意义与形式的和谐"(IA, 77)。相反,古典艺术"是自由的,恰当地体现了'理念',其形式特别适合于'理念'本身实质性的本质"(IA, 77)。不过,这种恰当的体现不只是一种特定内容与其外在形式之间在形式上的恰当性;如果情况是这样,那么,对自然的每种复制或刻画凭借它在内容与形式之间的协调一致,都会成为古典的。确切地说,在古典艺术中,内容是"具体的'理念'……具体的精神性"(IA, 78)。为了表现这种"理念"或"自由的个体精神性",我们必须在自然中寻找到特别适合于其表现、其体现的形式或外形。黑格尔认为,这种形式是人类的形式,他的推理是,上帝或"原初的概念"创造了作为一种精神表现的人类的形式。因此,艺术进步到了人神同形论和人格化,因为人类的形式是唯一适合于精神的感性表现(IA, 78)。然而,这样的人格化恰恰构成了古典艺术的局限:"在这里,精神立刻被确定为特殊和人类,不是纯粹绝对的和永恒的。"(IA, 79)换言之,虽然人类的形式最适合于表现精神,但它仍然是以一种有限的方式来表现,被其特殊的和物质的性质所压倒。

这个缺陷要求转向一个更高的阶段,即**浪漫**的艺术形式。"理念"与其现实之间所达到的这种统一性,在这里再次被消除了或被废除了;这些对立或差异被恢复,虽然是在比象征艺术更高的层面之上。黑格尔承认,古典方式是艺术形式的"顶点",其局限性在艺术本身之中是固有的,它必须用感性形式来表现一种精神性的内容。缺陷(艺术本身的,甚至是它作为古典艺术这一最高形式的)在于,"理念"或精神没有"表现在**其真正的本质**里"。黑格尔提醒我们说,因为精神是"理念""绝对的内在性"或"无限的主体性";换言之,精神是纯粹的思想或理想性,对它的无限的和有机的表现不可能受到限制,或者由外在的、感性的手段来表现(*IA*, 79)。

所以,浪漫艺术消除了古典艺术"没有分割的统一性",因为它表现了一种更高的内容,它在自我发展的更高阶段表现了精神或理念。这种内容与基督教认为上帝是精神相一致,与希腊诸神的概念形成了对比。在希腊古典艺术中,"理念"被表现为人与神的本质**隐含的**统一:希腊的神祇以"感性想象力的天真直觉"闻名,"因此,其形象在身体上是人的形象。其权力和存在的范围是个别的与特殊的"(*IA*, 79)。在精神发展的更高阶段,这种先前隐含的和感性直观的统一性被提高到了"自觉的认识"层面上,正如人类凭借他认识到(而不是直觉的意识)自己是一种动物而有别于动物一样,这种认识能够使他超越自己的动物本质,认识到自己是精神(*IA*, 80)。

因而,如果我们在这个更高的阶段面对着精神,那么,什么是体现它或表现它的合适形式呢? 表现这种精神性内容的媒介可能再也不是感性的和物质的;确切地说,这种媒介必须是"**自我意识的内在性**"。基督教没有把上帝表现为个体精神,而是表现为绝对精神,因此具有精神的内在性,不像表现它的媒介那样是人的身体。换言之,人与神的统一必须通过精神的认识、摆脱直接的感性存在来实现。黑格尔提出,这样,"浪漫艺术就成了艺术的自我超越"。浪漫"艺术"实际上超越了艺术领域,因为后者被界定为以感性形式来表现精神。因而,在第三个阶段,"艺术的主旨是**自由具体的精神性**,它要被显现为在精神上内在的**精神性**"(*IA*, 80)。黑格尔这么说的意思是指,艺术的对象或主题是主体性本身、情感的内在世界、精神性和思想。艺术家再也不是表现世界上的事物,而是表现人类自身深处的东西。在这方面,"内在性要庆祝它战胜了外在性……呈现给感官本身之物由此陷入了毫无价值之中"(*IA*, 81)。

然而,即使浪漫派艺术家关注表现人类主体性的深度,那么,如果没有一种外在的、物质的表现媒介,怎么能做到这一点? 黑格尔的回答是,确实要利用外在的媒介,但要被确认为"无关紧要的和短暂的",利用情节、人物、行动、事件这些权宜之计的策略仅仅属于偶然情况,是由想象力设想出来的。然而,这种外在的媒介,以及一般来说的外部世界,再也不被看成是具有它自身的实质;它的实质在于同时包含了它又把它当作它自身之显现的媒介而轻视的精神(*IA*, 81)。黑格尔在这里似乎要说的是,虽然浪漫派艺术家确实利用了外部世界的各种因素,但这些因素再也不是为了它们自身的意义而被运用的。例如,风或夜莺这类自然现象被象征性地和比喻性地用来表现人类的思想和情感;它们都被认为只不过是表现主体性的内心世界的偶然机会。因此,在浪漫艺术中,"理念"与形式的分离,它们彼此的不关心与不适合,一再显现;在浪漫艺术中,差异在于"理念"在其发展中变得完美了,它以这种完美不可能忍受任何与外在之物的结合;它真正的现实与显现在它自身之中。总而言之,黑格尔把象征的、古典的和浪漫的艺术形式的特征刻画为分别在于"争取、达到和超越作为美的真正'理念'之'理念'"(IA, 81)。总之,对黑格尔来说,整个艺术世界的中心是"神圣真理的领域,在艺术上的表现是为了思辨和情感"。从象征方式经过古典方式到浪漫方式的过程,我们实际上是从一种"没有生气的客体性"(外部世界的结构具有的意义不在它们自身之中,而是超越了自身,在精神之中),转向了把神圣表现为某种内在的东西,表现为特定的在人类的"认识、情感、感知和感觉"中特定化的主观存在(IA, 83)。实际上,这个最高阶段的艺术是与宗教"直接相关的",而黑格尔把艺术的这种三重发展同人类意识中神圣本身的三重运动进行了比较:首先,我们面对受到限制的自然界,正如主体面对客体一样;其次,我们的意识把上帝变成了它的对象,消除了主观与客观直接的差别(我们认为自己的主体性或意识是神的主体性或自我意识的一部分);第三,我们对上帝本身的意识(上帝本身)近似于作为共性出现的上帝,近似于"呈现在主体意识中的"上帝(IA, 83)。

黑格尔这时接着转向了其主题的第三个部分,它涉及在专门的艺术中实现艺术的三种一般形式,即建筑(architecture)、雕塑(sculpture)、绘画(painting)、音乐和诗歌。黑格尔认为,这些专门艺术中的每一种都主要体现一种一般的艺术形式,例如,古典艺术主要适合于雕塑,浪漫艺术主要适合于诗歌。当然,也可能有某种交叠,例如,史诗(epic poetry)证明了古典的客观性,诗歌实际上是贯穿其他一切艺术门类的一股潜流(IA, 82)。

专门艺术中的第一种(也是最低的一种)是建筑,它把外在的有机自然用作"一种适合于艺术的外在世界",由此把这个世界变成与精神类同。建筑的材料被当作"直接的外在性,与呆板沉重的团块一样",即材料要服从于机械的法则。因此,建筑在根本上属于象征艺术,因为不可能以这样的材料来体现精神。不过,建筑却通过对自然产生作用,使之脱离"混乱的限制和偶然的性质",为精神开辟了道路。它为神铺平了一个空间,为他修建神庙,那是为了精神性集会的一个有围墙的场所(IA, 84)。艺术的第二个阶段包含在雕塑之中:进入这种神庙,"神本身是作为闪电般的个体性出场的,震惊并且穿透了呆滞的大众"(IA, 84)。在雕塑中,"在建筑中只可能暗示的精神的内在生命,以感性形式及其外在的材料使它本身为人熟知"。因此,雕塑体现了精神,在根本上表现了古典的艺术形式:通过雕塑,精神处于实在的形式之中,处于同形式的直接结合之中。这么说的意思是指,雕塑所处理的感性材料再也不是按照其机械特质本身来处理的,而是按照全部三维空间的人类形象的理想形式来处理的。但是,雕塑利用了一种"抽象的空间性",因为它涉及一种理想的人类形式,这种形式高于"偶然属性的游戏"以及外部世界的偶然性(IA, 85)。

因而,到这时为止,建筑建造了神庙,雕塑在神庙中竖立了神的形象。第三,这种感性地呈现出来的神要由**全体人**来面对:"神在雕塑中使自身的紧密结合,传布到了大多数个体的内心生命之中,神的统一性不是感性的,而是纯粹理想的。因而,只有在这里,上帝本身才是真正的精神,在他的全体民众中的精神。"(IA, 85-86)上帝从直接沉浸在一种身体媒介之中被释放出来,"被提升到精神性和认识……它在实质上显现为内在性和主体性"(IA, 86)。因此,在第三个阶段,精神转向了更高的层面:上帝不是体现在物质形式之中,上帝——作为精神性的认识——传递到了全体民众的主体性之中,传递到了全体民众的信仰、思想和情感之中;正是这些信仰,而不是有形的聚集的行为,才以一种"理想"的方式把全体民众结合在一起。上帝被看成是交替处于他自身"固有的统一性"与在全体民众之中的个体认识里的实现之间。上帝发展的第三个阶段与浪漫艺术相一致,因为艺术表现的对象到这时是人类思想和情感的内在世界;它是"作为人类激情、行为……以及……广泛的人类情感的生命运动与活动中形式最多的主体性"(IA, 86)。

浪漫艺术中所用的感性材料必须适合这样的"主体的内在性"。这种材料是什么呢?它有三种主要类型:色彩,音乐声,以及"作为内在直觉和理念之单纯指示的声音"。与这些材料分别对应的艺术方式是绘画、音乐和诗歌。这些艺术表现的精神与物质之间的密切关系,比展现在建筑和雕塑中的关系更加深刻:在绘画、音乐和诗歌中,感性媒介被断定为精神的和理想的,因此,这些艺术在总体上符合浪漫派的方式(IA, 86-87)。在这些艺术的每一种之中,物质世界都上升到了一种理想的和精神的状态:它的意义不在它自身,而在它所体现或表现的主体的人类思想与情感之中。绘画的材料是"可见性本身",它由色彩做了详细说明。与建筑不同,绘画不考虑机械性的特质;与雕塑不同,它不涉及"感性的空间性"。确切地说,可见性的特质"被主观化并被断定为理想"。绘画把艺术从物质事物的空间性中解放出来,把可见性限制于平面的各种维度之上(IA, 87)。在另一方面,绘画的内容可以达到"最广阔的特殊化",扩大到了特殊存在的全部世界,包括人类情感的全部范围(IA, 87)。

获得了浪漫形式的第二种艺术是音乐,它的材料还是更加深刻地深入了主体性与特殊化之中。音乐进一步否定了空间,并把它理想化,把材料集中成了一个单一之点孤立的统一性,材料的运动或颤动具体化为与它本身有关。换言之,在音乐中,材料的理想性显得再也不属于空间形式,而是声音或音调方面的 种时间上的理想性。时间中的连续性比在空间中共存更加理想,因为前者更加专门地被记录在了意识之中。在绘画中表现出来的那种材料的抽象的可见性被变成了可听性:"可以说,声音把'理想'从纠缠于物质之中释放出来。"(IA, 88)有趣的是,黑格尔认为音乐处于浪漫艺术的中心,标志着"绘画抽象的空间感性与诗歌抽象的精神性之间的转折点"(IA, 88)。

实际上,浪漫艺术的第三种也是最高的体现是诗歌,它完成了从绘画和音乐开始的、精神从感性中的解放。黑格尔的解释值得全文援引:

> 就声音而言,诗歌保存了这种最后的外在材料,它在诗歌中再也不属于对声音的感觉本身,而是一种**符号**,意义凭借声音本身是无效的,这种理念的符号本身已经成了具体的,不仅仅属于不确定的感觉及其微妙之处和进展。声音以这种方式成了一个**词语**,是一种天生清晰表达出来的声音,其意义是要表示理念和思想。(IA, 88)

在这个阶段,自觉的个体——诗人——根据他自身的资源,"把自己理念的无限**空间**与声音的**时间**结合在一起"。诗歌确实运用了声音,但仅仅为了表达理念,"仅仅是本身没有任何价值或内容的符号"。与视觉一样,听觉减弱成了"精神的一种单纯的指示"(IA, 89)。黑格尔认为,诗歌表现的恰当要素是想象力,诗歌本身则"属于普遍性的精神艺术",它不受感性材料的束缚；相反，"它专门在理念与情感的内在空间和内在时间中进行详细叙述"(IA, 89)。正是在这个阶段，"艺术此刻才超越了自身……经过想象力的诗歌，直到思想的散文"(IA, 89)。在总体上，黑格尔把建筑的特点刻画为一种"外部的"艺术，雕塑是"客观的"艺术，绘画、音乐和诗歌则是"主观的"艺术(IA, 89)。黑格尔强调说，诗歌构成了一切美的形式的基础，"因为它的恰当要素是美的想象"，对一切艺术形式中的各种美的产物来说都是必要的(IA, 90)。

黑格尔的哲学对后来思想方面的重要发展的影响，在本章开头时已经提到了。他的美学也对文学[例如，对弗里德里希·黑贝尔(Friedrich Hebbel)的戏剧]与批评具有普遍深入的影响。19世纪晚期的思想家威廉·狄尔泰(Wilhelm Dilthey)在其历史主义方面深受黑格尔的影响；重要的现代美学家贝内德托·克罗齐和乔万尼·秦梯利(Giovanni Gentile)发展了黑格尔的很多洞见。黑格尔预见到了弗洛伊德关于个性发展的某些洞见，以及索绪尔关于语言本质的一些洞见。匈牙利哲学家和美学家格奥尔格·卢卡奇的著作充满了对黑格尔全部著作的透彻了解。法兰克福学派(Frankfurt School)的主要成员，诸如马克斯·霍克海默、瓦尔特·本雅明(Walter Benjamin)、特奥多尔·阿多诺、赫伯特·马尔库塞以及于尔根·哈贝马斯，都强调了马克思主义要归功于黑格尔思想的某些特点，如意识在创造世界方面的作用，他们也在美学、文化、语言学方面发展了马克思主义的批评。黑格尔的思想对存在主义的论述来说是根本性的，如在让-保罗·萨特的著作中那样，而女性主义，则如西蒙·德·波伏瓦的著作所说明的那样。雅克·拉康、雅克·德里达和让-弗朗索瓦·利奥塔继续发展了或者反对最初由黑格尔所提出的一些洞见。大多数这类近代批评都反对那种被认为是黑格尔观点的总体化的本质，反而强调局部、特殊和"差异"的概念。但是，正是黑格尔，第一个阐明了关联(relatedness)的概念，阐明了人类身份是一种相互的和社会的现象，世界是人类的一种社会的和历史的建构，同一性在本质上是由差异构成的，语言是一种人类感知的系统，并且阐明了他者或他性的理念，这一理念渗透了大多数现代思想。

注释

[1] G. W. F. Hegel, *Phenomenology of Spirit*, trans. A. V. Miller (Oxford: Oxford University Press, 1977), pp. 11, 29-32. 下文引用写作 *PS*。

[2] *Hegel's Science of Logic*, trans. A. V. Miller (London and New York: George Allen and Unwin/Humanities Press, 1976), pp. 128-132, 479. 下文引用写作 *SL*。

[3] *Hegel's Logic: Being Part One of the Encyclopaedia of the Philosophical Sciences* (1830), trans. William Wallace (Oxford: Oxford University Press, 1982), pp. 167-171. 下文引用写作 *Logic*。

[4] *Hegel's Lectures on the History of Philosophy*, Ⅲ, trans. E. S. Haldane and Frances H. Simson (London and New York: Routledge and Kegan Paul/Humanities Press, 1963), pp. 217-218. 下文引用写作 *Lectures*。

[5] Karl Marx, *Economic and Philosophic Manuscripts of 1844*, English translation (Moscow and London: Progress Publishers/Lawrence and Wishart, 1981), p. 132. 下文引用写作 *EPM*。

[6] *Hegel's Introduction to Aesthetics: Being the Introduction to the Berlin Aesthetic Lectures of the 1820s*, trans. T. M. Knox (Oxford: Oxford University Press, 1979), p. 2. 下文引用写作 *IA*。

第十六章 浪漫主义(1):德国和法国

怎样的诸神才能把我们从所有这些反讽中拯救出来?

弗里德里希·冯·施莱格尔
《论不可理解性》,1800年

最初,"浪漫"这个词语指中世纪的传奇和冒险故事;后来,它的内涵扩大到了指虚构与幻想,民间传说和传奇故事,以及对自然的令人眼花缭乱和粗糙的看法。正如我们所理解的,浪漫主义是一种广泛的知识方面和艺术方面的趋势,它出现于18世纪末,在19世纪前期达到了顶点。浪漫主义的理想包括:强烈关注人类的主体性及其表现,赞美自然(自然被认为是一个巨大的象征的贮藏库),赞美童年和自发性,赞美社会的原始形式,赞美人类的激情和情感,赞美诗人,赞美崇高,称赞想象力是一种比理性更能理解的和更具包容性的能力。浪漫主义最根本的文学与哲学倾向经常被认为是反讽,它是一种调和相互冲突的对世界之看法的能力。浪漫派发展了康德的某些洞见,经常坚持艺术的自主性,试图把艺术从道德主义和功利主义的束缚中解放出来,那种束缚正如源于古罗马诗人贺拉斯的古老公式所表达的那样,要求文学应当寓教于乐。

正是在哲学和文学领域里,浪漫主义——作为对启蒙运动、新古典主义和法国大革命的理想的一种广泛的回应——率先扎下了根。总的来说,这个时期最好被看成是这样一个时期,即法国大革命、工业革命、1830年和1848年革命,加上民族主义的成长这些重要的巨变,激励资产阶级夺取政治上、经济上、文化上和意识形态上的霸权。正是他们的世界观——宽泛地说,即理性主义、经验主义、个人主义、功利主义和经济上自由主义的世界观——支配了这个时期的思想与实践,它也产生了各种对抗性的运动,诸如社会主义、无政府主义(anarchism)、反理性主义的信徒,以及传统和宗教的复苏。浪漫主义不可能被置于这些运动的任何一种趋势之中,因为它实际上横跨了所有这些运动。

在这里可以有益地提出的一个问题是浪漫主义与占优势的资产阶级世界观的复杂关系。正如普列汉诺夫(Plekhanov)、马尔库塞和霍布斯鲍姆这些作家指出的,认为浪漫主义的任何一种表现都是对流行的资产阶级生活方式的直接反抗的观点,过于简单化了。一些浪漫派作家,如布莱克、华兹华斯和荷尔德林,最初认为法国大革命预示了个人与社会解放之新时代的黎明。席勒和歌德以他们自己的方式称赞了为人类自由和掌握知识而奋斗。雪莱、拜伦、海涅

(Heine)、乔治·桑(George Sand)和维克多·雨果(Victor Hugo)都充满热情地要求正义,要求从压迫性的社会习惯和政治统治之下解放出来。处在几乎所有浪漫派的文学观之下的是一种强烈的个人主义,它以经验的权威性为基础,经常主要以一种民主方向为基础,并且以一种乐观主义的,有时是乌托邦式的对进步的信念为基础。此外,浪漫派具有与启蒙运动相似的有关人类成就之无限可能性的看法,以及对人类本性天生良善具有一种更加乐观的看法,而不认为人性是堕落的和在神学上邪恶的。在所有这些方面,启蒙运动的思想与浪漫派的思想之间存在着某种连续性。

然而,很多浪漫派作家,包括前面提到的布莱克、华兹华斯、雪莱和拜伦这些人物,都反对新兴资产阶级的社会秩序和经济秩序的某些核心特征。他们对都市的肮脏、机械化的和竞争性的常规感到惊恐,也对资产阶级世界在道德上的平庸感到震惊,那个世界被托付给了雪莱所称的"效用"与"算计"的原则,他们转向了神秘主义、自然,卢梭主义者对简朴、原始和未腐败的生活方式的梦想,借以寻求慰藉,他们有时把这些追求置于一种像中世纪那样的理想化的历史时期之中。华兹华斯坚持认为,诗人应当模仿"真实生活的语言";他与布莱克和柯勒律治一道,赞美童年的状态和感知的纯真,赞美没有受到传统教育污染的状态;很多浪漫派作家——接着怀着日渐增长的民族主义情绪——复兴了民间故事(folktales)和歌谣这些原始的形式。对浪漫派来说,自然已经脱离了蒲柏那类新古典主义作家所持有的自然概念,对他们来说,这个词语意味着一种永恒的、不变的和分等级的宇宙秩序,以及人类思想和行为的某种标准。蒲柏的观点曾经受到来自牛顿把宇宙看成一架巨大机器的思想的影响,也受到过中世纪残存下来的基督教关于自然的天意概念的影响。对浪漫派来说,自然已经被变成了一种生命力,通过呼吸超凡精神的气息结合成了一个统一体。它被灌注了一种容易理解的象征主义,这种象征主义有赖于它与人类主体性深刻的道德上和情感上的联系。柯勒律治把自然称为"上帝的语言"。

或许,所有浪漫主义最为根本的特点在于,它从古典时期对客观性的强调转移到了对主观性的强调之上:它追随费希特、谢林、首先是黑格尔的哲学体系,认为主观世界与客观世界、自我与世界是相互建构的过程,人类的感知起着一种积极的作用,而不仅仅是被动地接受来自外部世界的印象。这样一种着重点对独特性、原创性、新奇性和扩大经验视野的探索给予了高度重视,而不是重视通过历史积累起来的传统和惯例的各个层次来过滤经验。对独特性的强调在卢梭的《忏悔录》中进行了详细的举例说明,这种说明在形式方面肯定了忏悔方式的价值和个人经验的重要性,在内容方面极为重视独特性和特殊性,而不是典型性和一致性。此外,在浪漫主义中受到称赞的自我是一种遥远的呼唤,它产生于一种原子论的(以及经济上的)个体的自我,与在资产阶级个人主义的政治和经济哲学中所设定的一样。浪漫派的自我是一种更加深刻的、更加本真的自我,它处在社会惯例的层面之下,这种自我试图通过反讽这一类原则,把日益碎片化的资产阶级世界的因素结合成一种统一的图景。主要是诗人,才有可能获得这样一种图景。一般来说,浪漫派称赞诗人的天才身份,其原创性的基础是他有能力在表面上不一致的现象之中洞悉各种联系,并且把人类的感知提升到一种全面的、统一的观点之上。

对这样的结合来说,最关键的人类能力就是想象力,大多数浪漫派都认为它是一种统一的能力,这种能力可以协调感性与理性这些人类感知的其他层次。应当注意到,浪漫主义的特征经常被刻画为用情感、本能、自发性和想象力来取代启蒙运动的"理性"。为了理解这里的分歧所在,就必须回想起,浪漫派的大部分思想都把康德的哲学(它本身完全不是浪漫派的)当作出发点,特别是康德对现象与本体的区分,他对想象力的论述,以及他为美学范畴所确立的相对的自主性。康德与启蒙思想的关系确实是矛盾的,因为他试图确立理性的各种限度。然而,康德宣称,理解力的各种范畴完全适合于现象界;他的本体的概念只不过是一种限制性的概念,本体实际上的存在只不过是道德和自由意志的一种预设。此外,他认为想象力是一种调节原则,它使感性的释放与理解力的范畴协调一致。同黑格尔(他本身肯定不是一个浪漫派)一样,浪漫派把本体界置于人类理解力的范围之内,并且经常称赞想象力的作用,认为它是在现象界和理性本身的范围之外获得真理的一种媒介。但是,他们并不试图拒绝或抛弃逻辑与理性的发现,只是把这些发现置于更具包容性的感知的安排之内。因此,柯勒律治认为,次要的想象力,特别是对诗人来说,是一种统一的力量,它能协调一般与具体、普遍与特殊。雪莱甚至认为想象力具有一种道德功能,是一种能使自我让自身处在更大的移情图景之中的能力,与理性相反,想象力表现了自由的原子式自我的、自私的约束。因而,资产阶级思想的主流在启蒙运动、法国大革命和工业革命的浪潮中上升到了霸权地位,浪漫主义与它的关系充满了深刻的矛盾。我们自己的时代则深刻地充满了这种矛盾的遗产。

　　浪漫主义与资产阶级思想的这种矛盾关系在想象力的全部概念中起着作用,同样也在浪漫派关于反讽的原型概念中起着作用。古罗马作家西塞罗和昆体良曾经仿效希腊人,把反讽界定为一种伪装的形式,演说者的意图因此不同于他的陈述。这种宽泛的反讽的定义一直在古代晚期、中世纪、文艺复兴时期和新古典主义时期流行。1765 年的法国《百科全书》和约翰逊的《词典》都把反讽的定义重新界定为演说的一种样式,意义在其中破坏或对抗用来表达它的实际词语。

　　只是到了 18 世纪末,反讽的地位才从一种单纯的修辞学策略,上升到一种完全的看待世界的方式,它假借浪漫派的反讽,成了一种主要的哲学观的标志。这种变化的出现通常都被追溯到施莱格尔 1797 年的《片段》(Fragments),它赋予反讽一种认识论的和本体论的作用,认为它是对抗和超越有限世界的各种矛盾的一种方式。按照这种方向将反讽理论化,得到了很多作家的推动,包括海涅、克尔凯郭尔(Kierkegaard)和尼采。在由 19 世纪的大多数思想家所阐述的反讽的核心之中是浪漫派的一种倾向,即面对而不是忽视世界上难以控制的混乱、偶然事件、流动性和神秘性。在这种意义上,反讽观承认,可以从很多矛盾的观点来看世界,拒绝一切把世界的荒谬性和矛盾按照天意、理性或逻辑加以排斥,变成一种虚假的统一性的观点。然而,浪漫派的这种反讽完全不是否定性的:虽然它拒绝借助宗教或理性手段强加于经验或世界的"客观"秩序,它却寻求一种更高的超验的统一性和目的,它们最终都以主体性为基础。现代主义的反讽被大多数理论家认为是对浪漫派的反讽的发展,它具有一种双重姿态:拒绝流行的价值观和体制,以及与它们共谋的无能为力。不过,它偏离了浪漫派的反讽而变得更加虚无主义,对超越或改变事情现状的可能性感到绝望。反讽实际上变成失败了的对意义和统一性的追寻。

"浪漫派"在18世纪把反讽从古典时期和中世纪的修辞学策略变形为一种形而上学观点的标志,与前面提到的更加广泛的社会变化和政治变化具有内在的联系。反讽的出现和迅速理论化为一种形而上学的观点,与那个时代相吻合,在那个时代里,资产阶级的利益与价值观的霸权本身不仅正在政治生活和经济实践中确立起来,而且在哲学、文学和科学中确立起来。反讽在实质上成了对资产阶级思想的主流趋势的理想主义的反抗,那些趋势试图按照它们自己的清晰范畴来说明世界,把说明的基础置于理性主义、实际功效、对世界上一切因素进行原子式的和功利主义的修正之上,包括人类主体。存在于这些趋势之下的信念是,在原则上,认识、理性和科学都可以把自身的控制权扩大到人类生活的一切方面。

信奉反讽观的浪漫派思想家都反对资产阶级思想简化论的、机械论的、功利主义的和商业上的推动力。反讽成了一种手段,用它来重新使世界充满神秘性,限制理性傲慢自大的主张,否定绝对明晰和精确的理想,重新肯定事物深刻的相互联系,追求人类精神更高和更具精神性的实现形式,它们将超过通过物质与商业功效所能获得的那些形式。然而,作为一种反抗方式的反讽本身却带着失败的烙印:它只能表达主体对巨大的历史变动的抗议,而那些变动早已处在实现的过程之中,那些抗议经常脱离一切可行的制度变化的基础而漂浮着。浪漫派要反抗的那个世界,其基础是唯物主义、实用主义、功利主义和科学主义(scientism),它们从启蒙运动和法国大革命以来早已被奠定了。与在他们之后的法国象征主义者一样,他们唯一的资源就是,对一种反讽观来说,要坚持认为现实没有被限制于此时此刻,而是包含了过去,或者是处在一种柏拉图式的理想国之中。浪漫主义与后来的时代之间的联系已经由 M. H. 艾布拉姆斯(M. H. Abrams)、弗兰克·克莫德(Frank Kermode)和其他人进行过很有影响的考察;正如马歇尔·布朗(Marshall Brown)评论说的,精英主义的现代主义与平民主义的后现代主义这两者的关键因素,都可以追溯到浪漫派批评;[1] 浪漫主义修辞学的、文本的和怀疑论的方面,已经由保罗·德曼、J. 希利斯·米勒(J. Hillis Miller)、哈罗德·布鲁姆和斯坦利·卡维尔(Stanley Cavell)这些批评家广泛地探究过了。女性主义对待浪漫主义的方法——由马格丽特·霍曼斯(Margaret Homans)、苏珊·莱文(Susan Levin)、安妮·梅勒(Anne Mellor)和玛丽·雅各布斯(Mary Jacobus)这些学者所提出——试图拯救被忽视了的女性作家,考察了一些浪漫派作家借以利用妇女的方法,质疑了浪漫派对于自我的男性困惑,并且挑战了她们所认为的浪漫主义的本质主义(essentialism)教条。

德国的浪漫主义

在18世纪60年代和70年代期间,德国经历了"狂飙突进"(*Sturm und Drang*)运动,约翰·戈特弗里德·冯·赫尔德(1744—1803年)、歌德和席勒这些作家与批评家,在运动中实验了新的主观表现的方法、以语言学为基础的方法和艺术的文化功能。紧接着这场运动的是古典主义的各种表现方式,在此之后,浪漫派作家恢复了实验与探索的冲动。浪漫主义的重要人物包括席勒和海因里希·海涅(1797—1856年),他们都是保守主义批评家和自由的坚定倡导者。这个时期最伟大的诗人是弗里德里希·荷尔德林(1770—1843年),他的历史观是神话式的。弗里德里希·诺瓦利斯(Friedrich Novalis,1772—1801年)的诗歌和散文探索了人类本质前意识的深度,并且退回到了作为一种理想的中世纪。另一个杰出人物约翰·沃尔夫冈·冯·歌德(1749—1832年)在某些方面是古典主义的倡导者;然而,他的一些重要作品,如《浮士德》(Faust)和《少年维特之烦恼》(The Sorrows of Young Werther),却表现了人类的主体性、创造性、激情,以及渴望对一种浪漫的动力进行无限的体验。路德维希·蒂克(Ludwig Tieck,1773—1853年)的戏剧表现了一种浪漫派的反讽观。很多诗人都退回到了民间故事和传奇这些原始的与幻想的文学形式之上。

  正是在德国,浪漫派的哲学和文学批评才在康德和弗里德里希·冯·施莱格尔的著作中获得了自身的基础。康德(如在第十四章里所见)曾经提出,审美判断属于独立于道德判断和表现知识或信息之判断的范畴。这种有关审美自主性的观点,对浪漫派作家以及后来的作家产生了持久的影响。甚至更加具有深刻影响的是康德的形而上学,他在其中曾经提出,心灵实际上并且必然有助于对世界的建构。对主体性在建构对象世界方面至关重要的作用的这种强调,深刻地影响了后来几乎所有的西方思想史,不仅仅是浪漫派的历史。康德坚持认为,我们所认识的世界,正如通过我们的主观感知器官所形成的那样——我们的感官和我们的理解力的各种范畴——是现象界,是向我们显现出来的那个世界。世界**本身**可能是什么,我们并不知道。像黑格尔和很多评论康德的人一样,浪漫派把这个不可知的世界当作本体界(不同于康德本人的那种定义)。也许,深受康德影响的第一个诗人是席勒,他发展了康德关于审美使感性与理性达成一致的协调作用的看法,而他实际上认为审美在本质上是获得自由的一种方式。哲学家约翰·哥特利布·费希特(1762—1814年)认为,康德对现象与本体的区分隐含着外表与真实之间的一种不可协调的裂隙,也隐含着自我与世界之间不可协调的裂隙;为了克服这种裂隙,费希特提出,自我是根本的真实,是物自体,并且坚持要照此来推断外部世界:换言之,世界最终被吸收到了自我之中,属于世界的是一种外表或者投射。这种看法深刻地影响了浪漫派。不过,浪漫主义的主要哲学家是弗里德里希·谢林(1775—1854年),他在其《先验唯心主义体系》(System of Transcendental Idealism,1800年)中提出,意识在实质上只能认识自身,它对外部世界的认识是自我意识的一种调节过的形式。费希特和谢林两人的体系实际上合并了主体与客体、自我与自然的领域。黑格尔在最深刻的意义上是一位理性主义者,他认为人类历史在世界和人类心灵这两个方面都是理性活动进步的展现,与黑格尔不同,谢林坚持认为,心灵在艺术中,在一种直觉的过程中,达到了它最高的自我意识。谢林的影响延伸到了柯勒律治和英国浪漫派其他作家。黑格尔的哲学对于通过人类范畴来建构世界提供了一种历史化的说明,也对艺术通过象征、古典和浪漫等各种形式的发展提供了历史说明。黑格尔被卷入了哲学家、作家和批评家之间持续的相互作用之中;虽然他在某种程度上受到了歌德、谢林和左尔格的影响,但在总体上他否定性地回应了浪漫派的理念。尽管如此,他自己的哲学体系与浪漫主义仍然具有一些根本性的密切关系,如认为主观性与客观性是相互依赖的过程的观点。黑格尔对这些过程的说明采取了非浪漫派的方向。但是,他的影响延伸到了很多文学人物,开始于格维努斯(Gervinus)所撰写的文学史。黑格尔的朋友荷尔德林也强调过审美经验的历史维度。

因而，很明显，浪漫派思想的一个世系可以追溯到康德，即追寻主体性的本质，考察美学和想象力的概念。另一个交叠的线索可以追溯到弗里德里希·冯·施莱格尔，他最先阐明了浪漫派的反讽概念。虽然施莱格尔最初的方向是古典主义，但他倒向浪漫主义的转变是通过他受到的席勒和费希特的观念的影响。施莱格尔认为，反讽是诗歌特有的倾向。施莱格尔的洞见汇集在一系列的"哲学片段"之中。在其中一篇里，他对反讽的最有影响的界定是以改写苏格拉底的反讽的方式出现的："在这种反讽里，一切都应当成为游戏的与严肃的，直率地公开与深深地隐蔽。它产生于'良好的教养'（savoir vivre）与科学精神的结合，产生于完美的本能哲学与完美的意识哲学的结合。它包含并唤起一种不可分割的对抗性，即绝对与相对之间的对抗性，完全沟通的不可能性与必要性之间的对抗性。"[2] 因此，反讽隐含了在相对与绝对、本能与理性之间变化着的世界观的一种运动，不是通过某种更高的和谐的秩序结合在一起，而是通过承认矛盾和悖论结合在一起。在别的地方，施莱格尔确实提出过："反讽是悖论的形式。悖论就是同时成为善与伟大的一切事物。"（Critical Fragment 48, in Schlegel, 6）在他的名为《论不可理解性》的 1800 号文章里，施莱格尔在列举了几种反讽之后谈到了"反讽的反讽"，认为它在这样一个深刻的层面上渗透了话语，以致"人们再也不可能使自己从反讽中解脱出来"。施莱格尔总的论点是：各种理念的交流绝不可能毫不含糊地和完全地发生，在理解与不可理解之间不存在任何明确的线索。他预见到了很多现代的文学理论与文化理论，指出"一切不可理解都是相对的"，"词语对自身的理解经常超过了使用它们的人"。他断言，最伟大的真理是"十分普通平凡的，因此，没有任何东西比用一种新方式把它们永久表达出来更重要，很有可能的是，永久更加悖论，因而，我们不要忘记它们依然存在，它们绝不可能被全部表达出来"。施莱格尔完全没有按启蒙运动的理性主义哲学家们的方式把不可理解性看成一种"邪恶"，他指出，不可理解是理解的一个必要因素，是承认世界不可能完全服从于"亵渎的理性"之规则的一个必要因素，我们的知识系统是以我们不可能彻底了解的原理为基础的。[3] 在这种意义上，承认不可理解性本身，对于反讽的概念来说是必要的。

对深度完全不可能为推理的理性所接近的这种看法，形成了施莱格尔对浪漫派诗歌的界定的核心：

> 浪漫派诗歌是一种进步的、普遍的诗歌……它试图混合与融合诗歌和散文，灵感与批评……其他各种诗歌都结束了，现在可以进行彻底的分析。浪漫类型的诗歌依然处在形成的状态；实际上，这就是它真正的实质……它不可能被任何理论穷尽……它本身是无限的，正如它本身是自由的一样；它确认为自己的第一戒律的是，诗人的意志无法容忍一切在它自身之上的律法。浪漫类型的诗歌就是……诗歌本身。
> （Athenaeum Fragment 116, in Schlegel, 31-32）

这是对浪漫主义众多原理的原型式的陈述：反对古典主义对类型以及诗歌和散文的区分。更重要的是，认为诗歌是超理性的，涉及创造力，创造力不会向理性的约束力低头。处于这种浪漫的创造力之核心的是这一断言，即诗歌对其他一切学科没有任何益处，它是自由的和自主的。施莱格尔的理念得到了他哥哥奥古斯特·威廉·冯·施莱格尔(1767—1845年)的传播，他协助创办了期刊《雅典娜神庙》(*Athenaeum*)。施莱格尔影响到了其他作家和思想家对反讽概念的阐述，如卡尔·左尔格(1780—1819年)、索伦·克尔凯郭尔(1813—1855年)和路德维希·蒂克。

施莱格尔的反讽概念对哲学和文学批评的渗透，在弗里德里希·施莱尔马赫(Friedrich Schleiermacher)的阐释学理论中得到了再次展现。与施莱格尔一样，施莱尔马赫认为，阐释的过程是一项无穷无尽的和无限的任务，它始终都必定是不完全的，始终都处于不断改进的需要之中。正如马歇尔·布朗简洁地指出的，浪漫派批评的一个重要的新趋势是"把注意力转向了阐释学和阐释：读者如何把握作者所表达的意思"(CHLC, V. V, 1)。现在可以更加详细地来讨论施莱格尔和施莱尔马赫的著作。

弗里德里希·冯·席勒(1759—1805年)

席勒是诗人、戏剧家和文学理论家，他对康德的美学理念的发展，对德国其他作家以及柯勒律治都产生了巨大的影响。他在很多意义上都是一个浪漫派；他在法国大革命最为暴力的阶段(以"恐怖统治"著称，1793—1794年)的结果之中写作，认为艺术和文学是对于被机械论和功利败坏了的世界感到不安的解决办法；他是自由(freedom)的一位倡导者，坚定反对一切性质的独裁主义；他提出过把历史从实质上划分为理想的、和谐的过去与分裂的现在的观点。他在文学理论领域最著名的两部著作是《美育书简》(*On the Aesthetic Education of Man*, 1795年)和《论素朴的诗和感伤的诗》(*On Naïve and Sentimental Poetry*, 1795—1796年)。《美育书简》由席勒写给其赞助人奥古斯登堡(Augustenburg)公爵的一系列信件构成。在第二封信里，他回答了有可能出现的对他在法国大革命的余波中一度把焦点集中在美学问题上的反对意见，当时欧洲正面临着创造一种关于人的最完美的艺术的挑战，即政治自由。[4]席勒提出，这个问题迄今为止已经由"权威的盲目权利"决定了，现在却被提到了"'纯粹理性'的法官"面前(225)。

在回应这样一种反对意见时，席勒提出，他自己的时代对艺术不利，它陷入了物质欲求的"专制桎梏"之下："**功利**成了时代的伟大偶像，一切力量都要服侍它，一切天才都要拜倒在它的脚下。"(225)在这些情况之下，席勒所倡导的那种艺术是一种"必须摆脱现实，把自身提高到……需要的高度"的艺术。正是艺术，"消失在了那个世纪嘈杂的市场之中"。席勒认为，所需要的是把"美置于自由面前"：政治问题的解决必须"通过审美，因为正是通过美，人们才能达到自由"(226)。

在第六封信里，席勒描述了一种理想主义的然而机敏的古代希腊的世界与现代文明之间的反差。他认为，希腊人把想象力与理性结合成"一种辉煌的人性"。在他们的世界里，心灵的力量，感性与理智，和谐地起着作用，他们还没有陷入敌对的分裂和彼此隔离的自己的疆域中(232)。然而，在现代世界，这些方面都变成了碎片，不仅在个体那里，而且在整个阶级那里，他们只会发展自己潜能的一个部分,其他人的发展则受到了阻碍。席勒认为,希腊社会从"把一切结合起来的'自然'"中获得了自身的形式,现代文化则以"把一切分离开来的理解力"为基础(232)。席勒谴责了文明过程本身中的这种分裂和碎片化。随着知识的增加,以及思想方式变得更加精确,接着就出现了各种科学之间的明确划分;此外,席勒预见到了马克思对劳动分工的评论,解释说国家日益复杂的机制使等级和职业更严格的区分成为必然。所有这些发展都撕裂了"人类本性的内在纽带","致命的冲突使人性的和谐力量分裂开来"(233)。在希腊的世界里,个人与城邦之间存在着一种和谐,一种有机的整体;对比之下,现代国家成了"毫无生命的各个部分"的一种机械的集合。席勒尖锐地描绘了现代社会结构之下的各种二元对立(binary oppositions):"国家与教会,法律与习俗,现在都被撕裂成了碎片;享受与劳动相分离,手段与目的相分离,努力与回报相分离。永远被束缚在整体的单一碎片之上,人只有把自身变成一块碎片。"就连参与到国家之中的这种碎片,也以一种约束思想自由的方式被规定了。以这种方式,个人的"具体生活"被毁灭了,由此"整体的抽象可以毁灭他的微不足道的存在,国家对其公民而言永远都是异在"(234)。席勒预见到了黑格尔和马克思关于异化的理念,他在这方面提出,人类的个体性被变成了一种抽象的概念,它并不重视它真实的范围和潜力。

　　席勒承认,文明不可能采取其他任何路径。抽象思辨的精神必定会成为感性世界的一位陌生人;理智被迫把自身从试图达到准确理解的感觉和直觉之中解脱出来(235)。实践精神不可避免地被囚禁在物质对象呆滞的领域之内,以其自身的狭隘经验为基础来评判一切经验。前者站得太高,以致看不到特殊,后者则站得太低,以致看不到整体(235)。危害因此扩大到了超过认识与创造,进入感觉和想象力的领域,其范围和丰富性都枯竭了(236)。席勒承认,才能和功能的这种敌对状态是文明的手段:思想与感性被迫抢夺彼此的领域,以便发展自身最充分的潜力。因此,虽然片面性会导致个体误入歧途,但它会作为一个整体的种类走向真理。倘若这种危害伤及个体的统一和潜力,那么,文明的这样一种运动就不可能没有任何反应。席勒断言,它必须向我们开放,以恢复"我们天性中的这种整体性,艺术曾经破坏了它,要通过一种更高的艺术来恢复它"(237)。

　　席勒的论点背后的逻辑在第九封信里得到了阐述,他在信中提出,政治领域中的一切改善都必须来自使人格变得高贵,而变得高贵的工具就是优美艺术,它的存在超越了国家行为的权限。但是,艺术家如何能够超越自己时代的"野蛮"本质和体制呢?席勒的回答是:"艺术家的确是自己时代的儿子。"但是,他不应当成为时代的守护者或奴才(241)。席勒认为,艺术与科学要摆脱人类习惯所强加的各种束缚;艺术领域超越了政治体制或立法机构的范围与危害。艺术家必须从自己的时代隐退,让他的感性在"希腊天空"的光线之下达到成熟。然后,他才可能返回到自己的时代,"为的是使它变得纯洁"。他必定会从堕落了的现在获取自己的主题,但他将从一个"更加高贵的时代"借来自己的形式,或者确切地说,"从超越一切时代,从其本质绝对不变的统一"中借来自己的形式(241)。席勒以举例的方式提出,公元1世纪的罗马人不得不屈从于他们的皇帝。但是,刻画民众的雕塑依然还竖立着,使人想起共和国时代,那时,这样的对专制统治的讨好和屈从没有被禁止。这样,在人性失去了尊严时,"艺术却拯救了它,把它保存在具有意义的石头里;真理活在幻觉之中,原型将从复制品中被复原"(241)。这样,艺术准备好了存在于前面的东西。

因而,席勒告诫说,艺术家要蔑视自己时代的意见,使自己的目光向上看,摆脱日常生活的需求,服从自己真正的天职和"普遍的法则"。他必须"完全服从理解力……真实领域;无论如何要让自己努力,从可能性与必然性的结合中创造出理想。让自己把这种理想烙印在幻觉与真理之上"(241)。对席勒来说,这样一种求助对象,远比屈从于靠直接行动来处理当下的时代疾病的诱惑要有效得多。他认为,纯粹的道德本能"指向了绝对之物"(242)。艺术家必须为世界指出走向"必然与永恒"的方向。然而,艺术家力求造成的变化不仅在外部世界之中,而且"在人的内心存在之中"。他必须以某种方式根据自身设计出美的形式,那种方式不仅要借助思想,而且要借助感官,因为这对世界将更加具有吸引力。正是人们的闲暇时光,而不是他们公开的原则或实践,才是艺术家必须当作自己活动范围的东西。因为,如果他能从他们的愉悦中消除任性、轻率和粗糙的话,那么,他就会不知不觉地从他们的行为和倾向中消除这些毛病。他必须用"高贵、伟大、有独创性的形式"来环绕他们,"用卓越的象征来包围他们全体,直到外表战胜真实、艺术战胜自然为止"(243)。

席勒的文本成了浪漫派的很多重要学说的一个生长点。在意义方面最重要的是,他要求艺术家远离现实,从理想世界或过去的黄金时代中寻求灵感,按照这种理想性的艺术形象来重新创造世界。这样一种方法处在浪漫派的反讽的核心之中,它将由施莱格尔和浪漫派其他很多作家表达出来。从世界隐退、进入主体性和理想形式的创造之中,成了很多浪漫派作家赋予想象力的功能之一,这条思想路径则由19世纪晚期的法国象征派诗人们延续下来。也成了很多浪漫派思想之特征的是,席勒从政治解决办法退却,以及他实际上以艺术来代替宗教,把艺术领域描绘为具有道德的和精神的作用。尽管有这些作用,他还是认为艺术是一个自主的领域,摆脱了政治和道德的侵入与约束。求助于作为一种道德感性资源的文学和艺术,这种思路将在马修·阿诺德和F. R. 利维斯这类作者的身上延续。

弗里德里希·施莱尔马赫(1768—1834年)

德国哲学家和新教神学家弗里德里希·施莱尔马赫,被人们普遍认为奠定了现代阐释学的基础,或者说,奠定了系统的文本阐释艺术的基础。他在这个方面最重要的文本是《阐释学与批评》(*Hermeneutics and Criticism*),该书在他去世后于1838年出版,他在其中阐明了《圣经·新约》的文本阐释原则。虽然这些原则经常引起争议并被修改,但它们对拉尔夫·沃尔多·爱默生这类同时代人,以及威廉·狄尔泰、马丁·海德格尔和汉斯·格奥尔格·伽达默尔(Hans Georg Gadamer)这些后来的思想家的著作,产生了深远的影响。利奥塔、罗蒂、拉康、德里达和唐纳德·戴维森(Donald Davidson)这些思想家则表现出了施莱尔马赫的某些立场。实际上,阐释学目前在当代哲学中成了一个有争议的问题。

施莱尔马赫的著作跨越了哲学与神学,而阐释学对他来说在这两个领域里起着重要作用。他出生在普鲁士的一个沉浸于摩拉维亚虔信主义的家庭,在摩拉维亚兄弟会学校学习;他把柏拉图的很多著作翻译成了德语;他为《雅典娜神庙》杂志投稿,该杂志是他的朋友和早期浪漫派作家弗里德里希·冯·施莱格尔创办的;他先后在哈勒大学(University of Halle)和柏林大学教授哲学与神学。他提倡过很多观点,这些观点现在都被认为属于浪漫派:教会的自由;直觉和情感的重要性,而不是道德、宗教维度的重要性,正如在他写给其浪漫派同僚的著作《论宗教:对有教养的蔑视宗教者的演讲》(*On Religion: Speeches to Its Cultured Despisers*,1799年)和《基督教的信仰》(*The Christian Faith*,1821—1822年)中所表达的那样;他也支持为工人和妇女争取各种权利的事业。

施莱尔马赫的《阐释学与批评》是把阐释学建立为一门现代的系统学科的第一个文本,他提出的很多原则都是极为根本性的,以致今天仍然在广泛的领域中运用:这些原则包括语言在人类理解中的重要作用,个人言说行为与作为一个整体的语言结构之间的相互关系,语言中各种要素密切的相互依赖,理解我们自己的文化差异的历史原则,以及理解我们所阐释的文本之差异的历史原则。施莱尔马赫最初把阐释学界定为"正确理解另一个人书写的特定话语的艺术",把批评界定为"正确判断与确定文本之真实性的艺术"。他强调说,这两方面的活动都是彼此预设的。[5]此外,它们两者,加上语法,都必须被分类为各种哲学学科(4)。施莱尔马赫指出,然而,不存在任何普遍的阐释学的艺术:它被当成逻辑学的附属,或者被当成哲学的一个分支(5,21)。

在试图界定阐释学的性质时,施莱尔马赫详细阐述了言说与思想之间的关系。对他来说,语言是思想过程必要的组成部分。施莱尔马赫在1832年演讲的注释中提出:"语言是使思想成为真实的方式。因为,如果没有言说,就没有思想……如果没有词语,就没有任何人能够思考。"(8)阐释学试图做到的是,阐明这两种要素之间的关系,即言说与理解之间的关系。既然言说是"思想的公共性质的中介",那么,阐释学的艺术就完全属于修辞学的艺术:如果修辞学包括了言说的行为,那么,每一种理解行为都是那些言说行为的"颠倒",即试图把握作为言说基础的思想。此外,修辞学与阐释学两者都与辩证法、逻辑思维的艺术具有一种共同的联系,因为一切知识的发展都要依赖于言说和理解(7)。

总的来说,言说处在一种双重的关系之中:一方面,它与"语言的整体性"有关系;另一方面,它与作者或创造者的"整个思想"有关系。因此,一切理解都必须适应这两个组成部分:言说行为既来自作为一个整体的语言,也来自思想者的心灵(8)。这两个组成部分彼此相互作用:我们可以认为,每种言说或言说行为都产生于一种特定的语言;但是,我们也必须承认,语言只有通过言说才会存在。因此,施莱尔马赫认为,每个人既是"一种特定语言用一种个体的方式形成自身"的一个场所,又是一个言说者,他的话语或言说需要被理解为处在语言系统的整体性之中(8)。施莱尔马赫在1832年演讲的注释中解释说:"个人通过(公共)语言在他的思想中被决定,只能想到在其语言中早已被指定的那些思想。"施莱尔马赫把思维的特征刻画为一种"内在的言说",并得出结论说:"语言决定了个人在思想中的发展。因为语言不只是单个表征的复合体,也是一个表征的关联性的系统……每一个复杂的词语都是一种关系。"而这是因为,语言是一个各种关系的系统,"每种言说行为都只能被确认为,语言使用者在其生命所有时刻的确定性中的生命的一个时刻,而这只能来自其环境……其民族性和时代的整体性"(9)。

换言之,为了理解一种特定的言说行为,我们不仅必须重视语言的结构,以及这种结构如何决定个人的言说,也必须重视特定言说者独特的心理和社会境况。

因而,阐释学或对言说的理解,恰恰在于这两种要素的这种相互作用:"语法的"阐释,它专注于把个人的言说置于作为一个整体的语言之内,以及"心理的"(或施莱尔马赫所称的"技术的")阐释,它注重言说者的心理与文化状况。阐释的这两个方面在本质上是有关系的和相互补充的:一种言说行为必须被理解为对一般语言的修正,因为"语言的天赋要修正心灵",是个体言说者的"一种心灵行为"(11)。施莱尔马赫承认,并非所有文本都同样向一种特定的解释(interpretation)类型开放。例如,当一部著作让它自身主要接受一种语法阐释之时,这种倾向被叫作**古典的**。当一部著作让自身接受一种心理的阐释之时,这样一种倾向被称为**原创的**(13)。因此,没有必要把阐释过程的两个方面运用于所有情形(14)。

施莱尔马赫确定了有关阐释学艺术的一些一般规则,强调我们的目标是要获得一种对文本的**准确**理解(20)。我们从"误解"开始,它可能是"性质方面的",我们在其中误解了某些表达法的意义,或者把反讽当成了有严肃的含义,反之亦然;在"数量方面的"误解中,我们从语境中抽取出文本的各个部分,或者在我们对言说者自身对文本进行阐述的看法方面出了错,或者没有把握住主要思想,或者确实没有把握住整体本身(22,28)。我们从这种误解前进到了一种"确切的理解"(22)。为了达到准确理解,我们首先必须把我们自己置于"作者的地位上",施莱尔马赫据此把它叫作对言说者的言说行为的客观重构与主观重构(24)。在一个文本在时代和文化方面与我们相距遥远的情况下,我们必须首先利用语言和历史知识去理解作者的文化与我们自己的文化之间的差异:我们必须努力确定文本原初的意义(20)。

施莱尔马赫为阐释提供了一个"公式",我们可以由此确定作者的全部境况,这个公式包括:**客观的历史**重构,它要考虑一种特定的言说行为如何与作为一个整体的语言相联系,以及一个文本中的知识如何成为语言的产物;**客观的预言式**重构,它要推测言说行为或话语本身如何有助于语言的发展;**主观的历史**重构,它要考察一种作为个体作者心灵产物的话语;最后,**主观的预言式**重构,它要评估写作过程如何影响言说者。在这种明显反意图论的洞见中,非常突出地显得很现代的是,施莱尔马赫断言,阐释学的任务是要"比其作者还要好地"理解文本或言说行为。我们有关他的所有知识都不是(像他自己一样)直接的,而是间接的;我们因此可以努力意识到他可能没有意识到的那些因素(23)。通过获得像作者本身具有的那种对语言的认识,我们就会对文本拥有比原初的读者更加准确的理解(24)。

对个人因素与它们更加广泛的语境这两个阐释的极点的这种重视,把施莱格尔导向了阐明著名的解释或理解的"阐释学循环"(hermeneutic circle):"全部知识始终都处在这种明显的循环之中,即每一种特殊都只能通过一般来理解,它在其中是部分,反之亦然。"(24)要点在于,既然特殊是整体性固有的一个部分,那么,有关一般的知识与有关特殊的知识互为先决条件。因此,我们必须从"暂时的理解"开始,以我们根据语言的一般知识获得的有关特殊的知识为基础。因而,虽然我们必须把一切特定的理念语境化,在一个文本中找到"必须据以评价其他理念的主导理念",但我们必须从具有更大范围的阐释,即语法的阐释开始(27)。

不过,必须记住,施莱尔马赫本人的意图是,要为《圣经·新约》的阐释和批评阐明一种系统的方法。他的许多洞见都值得一提。他提出了是否存在着只适合于《圣经·新约》的特殊而独特的阐释方式的问题,他赞同历史阐释拥护者的观点,即《圣经·新约》的作者实际上是他们时代的产物。然而,这种主张应当通过认识到基督教有能力产生各种新概念来平衡。此外,我们应当提防通过现代眼光来看待那些古代的文本;阐释的任务是要重构"言说者与原初观众之间的关系"(15)。施莱尔马赫还提出了一些对经文的寓言式解释和阐释神话的观察。他像但丁和其他一些中世纪思想家一样,肯定了寓言式解释应当以真实为基础。然而,对一种所谓比喻意义之恰当性的检验,在于它是否"被编织进了思想的主要序列之中"。施莱尔马赫认为,就神话而言,没有任何心理阐释是可能的,因为不存在单一的文本,也不存在特定的作者(15-16)。

施莱尔马赫告诫说,在阐释《圣经·新约》方面有一些错误。首先,它与《圣经·旧约》的关系经常促使学者们把同样的解释方法运用于前者。其次,存在着一种把"圣灵"看成《圣经·新约》的作者的倾向。但是,施莱尔马赫评论说,这样一个作者"不可能被认为是一种世俗的变化着的个人意识",这种观点产生了一种要在宗教文本中"发现一切"的倾向(16)。他拒绝了以下主张,即对经文的处理应当不同于其他文本:首先,"基督教的整体"没有被包含在使徒的著述之中——它们针对特殊的群体,其中的每个群体都会强调福音故事的某些特点。因此,说明这些文本必须使用与适合于世俗著作的相同的方法,并设想,即使"圣灵"确实通过《圣经·新约》的作者来发言,它也"只能通过他们来发言,用他们自己发言可能使用的方式"(17)。因此,施莱尔马赫的著作很现代,不仅在于它阐明了文本解释的一般原则,而且作为相同规划的一部分,也在于它实际上把宗教文本限制在这些阐释学的边界之内。

《阐释学与批评》的第一部分致力于解释语法阐释的过程,施莱尔马赫在其中提出了一些一般原则:阐明一种特定的言说行为必须涉及语言的运用,而那种语言对作者及其原初的读者来说都是共同的(30);特殊词语和段落的意义,必须根据它们的语言学语境来确定,词语和段落都要围绕着语境(44);确定一个文本的主要思想,可能会涉及一个特定作者相同理路的其他文本(51)。在用这些规则来说明《圣经·新约》时,施莱尔马赫声称,如果我们不能根据其语境来最终确定一个句子的各种要素的话,那么,我们就必须通过另一条路径继续前进:我们必须获得对整个文本的一种总体看法,努力区分主要思想与次要思想;如果一个词语或句子的意义不清楚,那么,我们就可以参照一个以相似方式运用了那些表达法的类似段落;我们可以把对立和类推当作阐释学的助手(61-63)。他拒绝了古代的格言,即绝不应该比喻性地把经文解释成就像可以在字面上来解读,相反,他提出,就像其他每个文本一样,解读的层面应当由语境来决定(81-82)。

施莱尔马赫提到了一些对诗歌和散文阐释的有趣的观察,他把这种阐释当成阐释学的"目标与界限点"。前述的获得对文本的总体看法,以及区分主导理念和次要思想的程序,确实不适用于诗歌。抒情诗(lyric poetry)代表了一种对阐释学的特殊挑战,因为它"躲避了逻辑分析",通过"思想的一种自由运动"来进行,主要由主体的自我意识来联系。在其中很难区分哪个是主要思想、次要思想,哪个只是表现手段(64)。标准的阐释学原则都以思想的"限制"序列的设想为基础,即思想服从于规则。但是,在抒情诗里,"不受限制性占优势"。不过,虽然这样一首诗会显得否定了思想的限制序列,但在诗中还是存在着某些确定点,因为"就连思想最为自由的运动本身都不可能是自由的"(64-65)。施莱尔马赫认为,在抒情诗中,语言学上的要素是相同的,但它们在其中存在的关系不同于散文。由于"缺乏逻辑上的对立和从属关系,最好在获得一种整体印象之后直接进入细节"(65)。在这种类型的解释中,"阐释活动侵蚀了心理学层面"。换言之,如果我们在一首抒情诗里试图追寻思想的"自由"(liberty)序列,那么,我们有关作者的个体性、他的心理状态和境况的知识,可能会有助于我们确定一种特定表达法的语言学价值(67)。

就科学著述而言,情况就属于正面,因为其中的"一切都处在整体的各个部分的从属或协同的关系之中"。但是,如果科学革命取得成功,那么,甚至对科学文本的解释也可能出现困难;在这种情况下,人们在试图把握细节的差异之前,首先必须拿整个系统与另一个系统进行比较。施莱尔马赫声称:"诗歌与散文之间一般的阐释学差别在于,在诗歌中,特殊希望获得它本身的特殊价值,在散文中,特殊只在整体中,在与主要思想的关系中才具有价值。"(65-66)这是一个重要的断言,它预见到了浪漫主义和形式主义的各种观点。它强调了,在诗歌中,词语在独立于自身与其语境和受这种语境限制的主导理念的单纯语义关系时,才可能具有价值。例如,一个词语可能因为其物质特性、声音、形态以及激发某些联想和情感的能力而具有价值。

《阐释学与批评》的第二部分专门讨论施莱尔马赫所称的阐释的"心理的"或"技术的"方面。[6]他提出,心理阐释的任务总的来说是要理解,"思想的每种特定结构都是一个特定的人生活中的一个时刻"(101)。他为这个任务提出了一些基本原则,肯定地认为,正像语法阐释的情况一样,心理阐释的出发点是"抓住了作品的统一性和写作的主要特征的总体看法"。作品的基本特质被认为产生于作者"个人的天性"(90)。在语法解释中,作品的统一性被认为是组成和联系语言的语法结构的方式;这种统一性是"客观的"。但是,作者用他自己个人的方式来安排这种对象,并且采用也揭示了作者个体性的次要理念。因此,施莱尔马赫把作者在语言内部所起作用的特征刻画为双重的:一方面,他在运用语言方面创造了某种新东西;另一方面,他"保存了他所再现和再创造的东西"。语法阐释与心理阐释这两种方法都是"相同的,只是从不同的方面来看罢了"(91)。因此,这两种视点之间一定存在着连续性,它们分别看到了整体和部分;语法视点一定不能忽视作品的根源(91)。施莱尔马赫指出,绝不可能存在着一种完美的阐释;没有任何个人的解释可能毫无遗漏,也没有任何个人的解释能够始终进行调整或提高(91)。

在开始心理阐释之前,有很多我们需要了解的事情:主题如何出现在作者面前,作者如何获得语言,他的写作风格的早期发展,对那种风格的运用,以及作者可能利用的"当代有关的文学"(92)。总的来看,我们需要采用两种方法。第一种方法是预言式的,可以说,我们由此把自己"变成"了作者;我们做到这一点的能力取决于我们同情或"被其他一切人所接受"的能力,这种能力接着要依赖于我们具有某些普遍的人类特征。第二种是比较的方法,它把作品归于与类似作品并行的一般范畴之下。这两种方法都反过来相互指涉,因为"预言是……通过与自身进行比较激发起来的"(93)。正是通过作品的主要理念,作者的目的本身才显现出来;这种目的必须通过素材展开的方式来收集,也要通过确定整个"影响的领域",这包括作品的读者以及作品意在对读者产生的效果这些因素(93)。施莱尔马赫在别的地方指出,我们不可能单纯依赖作者本人对其目的的陈述,因为很多"文本在作为其对象的重要性方面都显示出了远远低于真实主题的某种东西"(101)。因而,心理阐释的全部任务涉及两个方面:"对作品的整个基本思想的理解",以及"通过作者的生平理解作品的各个部分"(107)。虽然语法阐释把作者置于语言内部,但实际上把作者看成一个语言学的场所,心理视点将把语言看成"个人的生活行为,他的意志创造了个人在语言中的情形"(132)。

施莱尔马赫从总体上区分了阐释学任务的三个阶段。第一个阶段是一种对历史的兴趣,以至于要确定在阐释的情况下有关的各种事实。第二个阶段是"艺术的兴趣或趣味的兴趣"。这个阶段较为专门化,要依赖语言和艺术两方面的知识。第三个阶段是思辨,施莱尔马赫归于其下的包括科学的和宗教的兴趣,这"两者都产生于人类精神的最高层面"。科学的兴趣包含了人性和对人性的意识通过语言的发展;这也是一种专门化的兴趣,但是,它要由宗教兴趣的普遍本质来平衡;再一次,正是通过语言,人类才"明确和确定"了与人类有关的宗教理念(156-157)。

由施莱尔马赫所阐明的阐释学原则包含了对语言与意义建构的重要洞见:如语言是被历史地决定的;如一个文本的一切要素都不仅必须置于作为一个整体的文本之中,而且必须置于作者作品的语境之中和作为一个整体的历史情景之中;如主题的文化建构和心理建构在创造意义方面具有积极的作用;如一个作者的作品在很大程度上要由他置身于其中的语言史和文学史来决定,虽然他本人会对语言和文学两者的发展产生一种相互影响;如我们的知识本身是在无穷无尽的循环中运动的,以致我们必须经常认识到它暂时的和进步的性质。

法国的浪漫主义

浪漫主义的创始人之一,所谓的浪漫主义之父,是法国思想家让-雅克·卢梭,他赞成返回到自然,并把文明的日益增长和精致等同于腐败、违反自然和机械化。卢梭的《社会契约论》赞成民主原则,并以著名的断言"人生而自由,却到处处于桎梏之中"来开头。这个说法对于浪漫主义的重要性,不亚于它对法国大革命的重要性,卢梭对后来的浪漫派作家的影响是深远的。后革命时代的法国见证了一个作家群体的努力,它由路易·德·丰塔纳(1757—1821年)领导,力图返回到17世纪的古典价值观。这个群体认为,以自然为基础的艺术规则是永恒的。一个对立的群体更多地把自身的基础放在启蒙运动的理想之上,包括乔治·卡巴尼斯(Georges Cabanis,1757—1808年)和克洛德·福里埃尔(Claude Fauriel,1772—1844年):这种派别斗争在总体上不是把美和艺术价值置于普遍规则的惯例之中,而是置于读者的反应之中,即文学对印象、情感和想象力的影响。他们也拒绝了新古典主义对风格的严格界定。更加现代和浪漫的趋势最终取得了胜利,正如在热尔曼娜·德·斯塔尔和弗朗索瓦·德·夏多布里昂(François de Chateaubriand,1768—1848年)的著作中表现出来的那样。正如在下面将看到的,德·斯塔尔受到施莱格尔的影响,实际上否定了古典理想是过时的,确认了浪漫派的概念是进步的,并在其文学批评中朝着文化相对主义和历史特殊性努力。受到德·斯塔尔和一位凭借自身能力的重要批评家的影响,夏尔·奥古斯丁·圣伯夫(Charles Augustin Sainte-Beuve,1804—1869年)发展出了传记式批评,它试图"科学地"将特定个人创造性的作品语境化。他的批评体现了浪漫派概念的一种混合物,如相信天才与秩序和规范性的新古典主义原则的结合。夏多布里昂实际上反对启蒙运动的原则,提倡天主教的复兴,却赞美社会低下阶层的生活;乔治·桑(1804—1876年)也在其小说中创造了农民男英雄和女英雄;维克多·雨果(1802—1885年)在其《悲惨世界》(Les Misérables)中证明了他对社会不公和压迫的无情反对。雨果坚持反对德西雷·尼扎尔(Désiré Nisard,1806—1883年)和古斯塔夫·普朗什(Gustave Planche,1808—1857年)这样的保守派,认为艺术和诗歌必定是自主的和自由的,不受古典约束的限制。

然而,古典主义与浪漫主义的理想经常在很多作家的作品里不自在地共存,形式与内容在其中也许是相互抵触的。这方面的个案是泰奥菲勒·戈蒂埃(Théophile Gautier)仔细雕塑出来的诗歌:虽然它们在表面上要返回到一种锋芒毕露的古典主义,但在实际上参与到了一种浪漫派的伦理之中,并使之延续下来,而且也预示了法国的象征主义。这种"硬"诗节的诗歌大多都从当代体验向后退却,正如在它之前或追随它的各种形式也脱离了当代体验一样:它的理想化仅仅采取了一种更加形式上的表现方式。戈蒂埃的作品奠定了"高蹈派诗歌"(Parnassian poetry)的基本原则,他们延续了浪漫派的根本渴望,虽然他们排除了个人情感和更加自由的诗歌形式。他们的美学以浪漫派坚持艺术的自主性为基础:在为其《模斑小姐》(Mademoiselle de Maupin,1835年)所写的序言中,戈蒂埃提出了他的"为艺术而艺术"的理论,嘲弄了一切功利主义的艺术概念。[7]他对资产阶级功利概念的抨击,甚至比雪莱的《为诗辩护》(Defence of Poetry,1821年)[8]中的抨击更具嘲弄性。

格奥尔基·普列汉诺夫的《艺术与社会生活》(Art and Social Life,1912年)认为,当艺术家发现自己**毫无希望**与他们的社会环境达成一致时,他们就倾向于宣称艺术的自主性。他评论说,戈蒂埃对资产阶级的生活所倾泻的嘲弄,是针对其"厌倦和粗俗",而不是针对其经济的和社会的秩序。[9]普列汉诺夫认为,一旦资产阶级取得了霸权,就再也不会被革命斗争激起热情,新的"高蹈派"艺术只可能沉溺于"与资产阶级生活方式相对立的理想化。浪漫主义就成了这样一种理想化"。[10]同样的,戈蒂埃的非人格化和形式上的严格性所促进的——正如T. S. 艾略特早期所谓的古典诗歌的努力一样——并非一种古典的现实主义,而是一种极端的主观主义,与资产阶级现实主义庸俗的日常表现形式相隔绝,正如戈蒂埃自己声名狼藉的序言所表明的那样。

热尔曼娜·德·斯塔尔(1766—1817年)

德·斯塔尔夫人的生平和著作深刻地与政治上的、知识上的和文学上的很多运动交织在一起。首先,她是启蒙思想的继承人之一;她的朋友和熟人有"百科全书派"的德尼·狄德罗和让·达朗贝尔。她母亲受到过卢梭的教育观的影响,她从母亲那里继承了一种独立性和一种向往自由的激情。她的家庭也与法国大革命最初的一些事件具有密切联系：她父亲是路易十六国王的财政大臣，极受民众的欢迎；他被免职成了触发法国大革命的一系列事件的一部分。然而，她也与浪漫主义有联系，活跃于一个包括了歌德和拜伦男爵这些作家在内的圈子里。

倘若她的能力和生活方式很特别，那么并不令人吃惊的是，德·斯塔尔夫人卷入了各种政治的、个人的和文学的论争之中。她有众多情人，在婚姻生活之外生过四个孩子，主持过一个沙龙，她那个时代的很多主要文学人物时常出入其中。她的著作冒犯过拿破仑，拿破仑将她放逐出了巴黎。在政治上，她赞成君主立宪政体；在文学方面，她推动了浪漫主义的事业，同时也促进了后来现实主义的发展；她是自由和历史进步观的坚定信仰者。她出版过两部小说《黛尔菲娜》(*Delphine*，1802年)和《高丽娜或意大利》(*Corinne, or Italy*，1807年)；她对文学批评的重要贡献包含在她的《论小说》("Essay on Fiction"，1795年)和她的长篇著作《论文学与社会建制的关系》(*On Literature Considered in Its Relationship to Social Institutions*，1800年)之中。

在《论小说》的导言中，德·斯塔尔提出，人只具有两种独特的才能，即理性和想象力。正是想象力，才是这两种才能中最有价值的。理性的领域是有限的，不可能单独满足人类心灵或内心，因为形而上学的精确性无法应用于人的情感。人类需要娱乐和快乐。然而，小说(fiction)的领域是想象力，它具有比单纯提供快乐更加重要的作用；它们可以极大地影响我们的道德理念，它们会成为"引导或启迪的最强有力的手段"。[11]

德·斯塔尔把小说划分成三种类型：非凡的，讽喻的，历史的；而小说由"既完全创新又进行模仿的事件"构成，"在其中没有任何真实的东西，但一切都是可信的"("EF,"203)。她关注地表明，正是最后一种类型，即现实主义小说(realistic novel)，才把"生活当成它的本来面目"，这种小说是最有用的。这些现实主义小说，如德·斯塔尔所称的"自然小说"，必须把它们的素材表现得使一切看上去都忠实于生活。她没有把悲剧囊括在其中，因为它们通常都表现了一种非同寻常的情景，它们的道德只适用于少数人。她也没有把喜剧包括在内，因为戏剧的惯例只允许宽泛界定的情景，极少有进行评论的余地。她认为，生活本身不是以这样一种方式被集中起来的。她认为，只有现代小说才能获得持久的和正确的有效性，我们可以从描绘自己日常的、习惯的感受中获得这种有效性。小说不需要把焦点集中在一个主要理念之上，因为作者必定要遵循可能性的规则，这不会允许有这样的集中点。在人类心灵的一切创造之中，小说是最能对个人道德产生影响的样式之一，它最终要决定公共道德("EF,"204-205)。

按照德·斯塔尔的观点，小说具有不好的名声，因为它被认为要专门致力于描写爱情。然而，爱情却是大多数人在我们青年时期所经历的某种东西。因而，小说需要拓宽自身的范围，把贯穿人生后来阶段的各种激情和兴趣囊括在内("EF,"205)。她也回应了这方面的反对意见，即认为人们可以简单地到历史中去寻求对人类的各种激情的准确记录。她认为，历史一般都不会触及私人生活；历史的教训是公共性的；它们适合于国家，不适合于个人。因此，历史所提供的"道德"经常都是不清楚的，历史在涉及个人幸福和不幸方面留下了空白。此外，现实本身经常无法造成一种影响，小说则可以用这样的影响力与生动性来描写人物和情感，造成一种道德印象。小说中表现出来的道德，与它们叙述的有关"心灵内在情感"发展的事件，没有太大的关系("EF,"206)。

针对小说的另一种反对意见是,它们伪造现实。德·斯塔尔反驳说,虽然这对乏味的小说来说是真实的,但好小说提供了一种"对人类心灵的深入理解",利用了大量的细节,而不是一般性("EF,"206-207)。她提出了一种有点精致的对逼真的看法。即使人们能够提供一种对自己生活的精确而真实的说明,但它"必须为真实增加一种生动的效果"。自然有时会在完全相同的层面上来呈现事物;如果我们要以一种奴隶式的方式来模仿自然,那么,我们实际上就会歪曲自然。对日常事件小心翼翼的详细说明会"减少它的可信性,而不是增加它的可信性"。我们的再现本身必须具有和谐性,小说所具有的唯一真实就是"它所造成的印象"("EF,"207)。

道德哲学也不可能以某种方式取代小说的这种作用。对道德职责的简单说明不会造成印象。美德必定是"生动活泼的"。小说通过"把道德真理放到行动之中"而使它们变得切实可感。小说越具有感动人们的力量,它就在这种程度上变得越重要,即"它会影响一切年龄的人们的情感,并影响一切阶级的职责"("EF,"208)。实际上,小说因此有助于避免消极的激情,因为它会让那些激情被确认和被分析。虽然小说造成的印象可能类似于我们从自己经历过的真正事实获得的印象,但小说的印象更具统一性,更少分散,因为它始终都"指向相同的目的"。对比之下,现实经常都是一幅"各种事件不连贯的图画",我们不可能从中吸取任何明确的道德教训。小说可以培养被恶行和美德的例证打动的能力("EF,"208-209)。

在《论文学与社会建制的关系》中,德·斯塔尔考察了女性作家取得成功的各种社会障碍。她指出,妇女的生存在很多方面都还"不稳定";她们"既不属于自然秩序,也不属于社会秩序"。[12]妇女们很可能因为她们在家庭美德方面的疏忽或者因为心理上的平庸而被原谅;她们甚至会因为为了社会和社会意志而牺牲自己的家务活动而被原谅(GS,202);她们却不会因为显示出非凡的才能而被公众原谅。德·斯塔尔把自己对妇女在文学上的可能性的分析置于历史语境之中,讨论了君主政体与共和政体。她解释说,在君主政体中,"公正与恰当的意义是如此关键,以致改变人们处境的任何不同寻常的行为或冲动,一眼看上去都是荒谬可笑的"(GS,201-202)。此外,在法国的君主政体中,仍然游荡着一种"骑士精神",它甚至反对在男人中的过多的文学修养;它更蔑视女人中的这种追求,因为这样的兴趣会使她们对"自己主要的关注、内心的情操"感到心烦意乱(GS,202)。人们不会期待在共和政体中发现这样的不利条件,尤其是在那种据称鼓励启蒙方法的共和政体之中。不过,她评论说,从大革命以来,"男人们已经从政治上和道德上相信,把妇女变成一种最可笑的平庸状态是有所帮助的"(GS,203)。

德·斯塔尔要求,妇女必须与男人一道得到启蒙和教育;她告诫说,这是必要的,为的是建立一切"持久的社会或政治关系"。妇女身上的理性的发展,将促进"社会在总体上的启蒙和幸福"(GS,205)。如果没有这样的教育,妇女们就不能指导自己孩子的教育,她们就不能减少男人们的"狂暴激情",她们就不能为社会生活做出贡献,最重要的是,她们"再也不会在发表意见方面具有任何有益的影响"(GS,204)。她提出了这一重要论点,即妇女们"是外在于政治利益领域和野心勃勃的事业的唯一人类,能够对卑贱行为表示轻蔑,指出忘恩负义,甚至尊重耻辱,即使那种耻辱是由高尚的情操引起的"(GS,204)。她在这里认为,妇女不仅占有外在于公共领域的地位,而且是一种无私的地位,她们由此可以在这个领域中作为一种良心的声音发言,因为她们没有任何属于那个领域的直接利益。她解释说,公众对女性才能和天赋的偏见是以捍卫常规和平庸为基础的。妇女提供了最容易受到攻击的目标,因为她们无法为自己辩护,没有任何人会来帮助她们,哪怕是其他的妇女(GS,206-207)。

注释

[1] "Introduction," in *CHLC*, V.V, 3.

[2] "Critical Fragments," 108, in Friedrich von Schlegel, *Philosophical Fragments*, trans. Peter Firchow (Minneapolis and Oxford: University of Minnesota Press, 1991), p. 13. 下文引用写作 *Schlegel*。

[3] Friedrich von Schlegel, "On Incomprehensibility," in *German Aesthetic and Literary Criticism: The Romantic Ironists and Goethe*, ed. Kathleen M. Wheeler (Cambridge and New York: Cambridge University Press, 1984), pp. 33-38.

[4] "On the Aesthetic Education of Man," in *Friedrich Schiller: Poet of Freedom*, trans. William F. Wertz, Jr. (New York: New Benjamin Franklin House, 1985), p. 224. 以下引文页码为原书页码。

[5] Friedrich Schleiermacher, *Hermeneutics and Criticism and Other Writings*, trans. and ed. Andrew Bowie (Cambridge: Cambridge University Press, 1998), p. 3. 出自施莱尔马赫各种演讲的注释被合并到了这个文本中。下文引用的页码为原文页码。

[6] 正如这里使用的文本的编者指出的,施莱尔马赫实际上把"心理的"方面划分成了**纯粹心理的**和**技术的**(*Hermeneutics and Criticism*, p. 90n.)。

[7] Théophile Gautier, "Preface," in *Mademoiselle de Maupin* (1835; rpt. Paris: Gamier, 1955), pp. 2-3, 11, 22-24.

[8] "A Defence of Poetry," in *The Complete Works of Percy Bysshe Shelley*, Volume VII, ed. Roger Ingpen and Walter E. Peck (London and New York: Ernest Benn/Gordian Press, 1965), pp. 132-133.

[9] George V. Plekhanov, *Art and Social Life* (New York: Oriole Editions, 1974), p. 17.

[10] Ibid., p. 18.

[11] Germaine de Staël, "Essay on Fiction," in *Madame de Staël on Politics, Literature and National Character*, trans. Morroe Berger (London: Sidgwick and Jackson, 1964), p. 203. 下文引用写作"*EF*"。

[12] Germaine de Staël, *On Literature Considered in Its Relationship to Social Institutions*, in *An Extraordinary Woman: Selected Writings of Germaine de Staël*, trans. Vivian Folkenflik (New York: Columbia University Press, 1987), p. 201. 下文引用写作 *GS*。

第十七章 浪漫主义(2):英国和美国

英国的浪漫主义

在英国,浪漫主义的基础在18世纪后半叶就已经通过前几章里提到的经济的、政治的和文化的转变被奠定下来。专制政府的体制在英国甚至比在其他地方更早崩溃;民族主义情绪高涨,帝国主义在努力扩张,这个世纪见证了期刊文学的日益成长,它满足了中产阶级的需要。新古典主义的理想,诸如得体、秩序、经验的常态以及适度,日渐被强调个人体验所取代。文学的道德作用日渐受到强调审美愉悦、读者对美和崇高之反应的心理状态的抗衡。强调原创性和天才,代替了注重模仿古典作家或自然。洛克、休谟和博克这些思想家曾经在趣味转移与哲学定位方面起过作用。爱德华·扬(Edward Young)、威廉·达夫(William Duff)和约瑟夫·沃顿这些批评家写出了一些有影响的论著:扬的《试论独创性作品》(*Conjectures on Original Composition*,1759年)和达夫的《论原创性天才》(*An Essay on Original Genius*,1767年)强调了原创性、天才和创造性想象的主张。这个时期的诗人和批评家,如理查德·赫德(Richard Hurd),把中世纪理想化,表达了对原始社会和本土文学传统的赞美,在其中,乔叟、斯宾塞和莎士比亚这些人物得到了突出。艺术家乔舒亚·雷诺兹爵士赞扬了文艺复兴时期的画家米开朗基罗(Michelangelo)的天赋和高尚气质。

英国浪漫主义(English Romanticism)的早期实践者包括托马斯·格雷(Thomas Gray)、奥利弗·哥德斯密斯(Oliver Goldsmith)和罗伯特·彭斯(Robert Burns)。英国的浪漫派运动在威廉·华兹华斯的作品中得到了最为成熟的表现。华兹华斯认为,自然体现了一种普遍的精神,塞缪尔·泰勒·柯勒律治借助康德、费希特和谢林的著作,对诗歌想象的力量提出了原型式的阐述。英国浪漫派像他们的欧洲对手一样,起初对法国大革命的反应是赞成,并认为他们自己的文化和文学规划是革命性的。正如从卢卡奇到艾布拉姆斯和雷蒙德·威廉斯(Raymond Williams)等很多批评家所评论的,浪漫派认为他们自己继承了一个被资产阶级的经济和政治实践的肮脏变得丑陋了的世界,这个世界被个人与社会、过去与现在、感性与理智、理性与情感这些二元对立分裂成了碎片;他们的任务是要再次寻找到一种统一的观点,一般是通过美学和文化领域的途径。

英国浪漫主义最初的重要人物是威廉·布莱克(1757—1827年),他求助于神秘主义和一种神话历史观;他认为世界与生俱来就具有对立面和矛盾,诗人的任务就是要使之变得和谐。他本身异质的宗教观表现在《天堂与地狱的婚姻》(*The Marriage of Heaven and Hell*,1793年)等诗集中。在其他诗歌中,他强有力地表达了一种对受到社会不公折磨的新都市世界的看法,并且责骂了他认为由伏尔泰和卢梭这些人物所体现出来的压迫性的理性。在其《文学的追求》(*Pursuits of Literature*,1794—1798年)中,作家T. J. 马蒂亚斯(T. J. Mathias)赋予了文学一种明确的意识形态作用。另一些作家,如自由主义者威廉·哈兹里特(William Hazlitt),则试图把政治领域同美学领域分离开来,尽管他认为新时代的文学再也不会屈从于专制主义的势力。华兹华斯和柯勒律治在其意识形态取向的语境中关于诗歌、语言、想象力之本质的文学批评的洞见,将在下面加以讨论。其他的英国浪漫派作家包括多萝西·华兹华斯(Dorothy Wordsworth,1771—1855年),她撰写了一系列书信、诗歌和日记,她对其哥哥和柯勒律治产生了引人注目的影响;还有约翰·济慈(John Keats,1795—1821年),珀西·比希·雪莱(1792—1822年),《弗兰肯斯坦》(*Frankenstein*,1818年)的作者玛丽·雪莱(Mary Shelley,1797—1851年),以及乔治·戈登·拜伦男爵(1788—1824年)。

雪莱的《为诗辩护》是浪漫派的根本原则的一篇强有力和表达优美的宣言,它详细说明了想象力相对于理性的至高无上的地位,以及诗歌的尊贵地位。济慈简洁的文学批评洞见集中在"否定的能力"(negative capability)的概念之上。济慈在给本杰明·贝莱(Benjamin Bailey)的一封信里提出,在诗歌创造中,诗人的行为是对其他因素做出反应的一种催化剂,宣称"天才之人的伟大是作为对中性智力的大众起作用的某种精神上的麻醉剂……他们没有任何个性,没有任何确定的特征"。[1]在写给理查德·伍德豪斯(Richard Woodhouse)的信中,济慈让自己拉开了同"华兹华斯的追随者或自我本位的崇高"的距离:"诗歌的性质……没有任何自我——它就是一切,又什么都不是——它没有任何性格……诗人……没有任何身份——他必定不断地遭遇——填补其他某个身体。"(*Letters*,386‑387)这种"灭绝"特征背后的理念在于,诗人的精神灌注了一切,又被一切所灌注。使济慈所称的弃绝的"否定性能力"脱离特殊定位或教条,就会使自身完全失落在外部世界的对象和事件之中,而它们都是诗歌的素材(*Letters*,184,386‑387)。因而,自我不应当把自身置于诗人与他"直接的"感性之间。济慈在其《希腊古瓮颂》("Ode on a Grecian Urn")中明显地把美等同于真,受到了很多批评上的关注。虽然浪漫派经常被认为写作了忏悔诗(confessional poetry)并且表达了个性,但重要的是,济慈和雪莱都拒绝了这个概念。与雪莱一样,拜伦也反对传统的信仰,并在其《唐璜》(*Don Juan*)等诗中参与了对当权者的伪善和腐败的辛辣讽刺。他那暴风雨般和怪异的一生,以为希腊独立而奋斗告终。很多这类问题现在都可以在华兹华斯和柯勒律治的文学理论中加以详细的考察。

威廉·华兹华斯(1770—1850年)

正是华兹华斯,书写了以下关于法国大革命的著名诗句,就像这场革命第一次出现在它的

很多同情者面前一样:

> 幸福啊,活在那个黎明中,
> 但年轻,更是如进天堂! 时代啊,
> 在其中,习俗,法律和法令的
> 乏味,陈腐,可怕的方方面面,立刻引起
> 一个沉浸在浪漫中的国度的注意!
> 那时,理性似乎最有资格坚持其权利……
>
> 《序曲》,XI,108-113

这些诗句最初发表于1809年,体现了大革命开始时的允诺,以及它在很多人内心中激发起来的改革希望:依赖于摇摇欲坠的封建主义根基的旧世界,那个世界的基础是权威、任性、等级制和世袭制,它将要在以理性、平等和自由为基础的曙光闪现的新时代面前让步。毫不意外的是,浪漫派的很多文学理论都是在这种革命热情最炽热的时候铸造出来的。但是,正如华兹华斯本人经过修正的反应所揭示的,浪漫派的文学理论与大革命背后的理想——以及现实——具有一种间接的、复杂的、经常是相互矛盾的联系。前引的诗句最后被收进了华兹华斯于1805年完成的长篇自传体诗《序曲》之中,但这首长诗直到作者刚去世时才出版。这首三部的长诗涉及了法国的一些革命性事件,而这几卷诗实际上把他自己早期的革命热情和同情共和政体的有点理想化的冲动语境化了。

华兹华斯在《序曲》中描述了他怎样抛弃伦敦社会"拥挤的孤独",决心到法国去。在那里,他看到了"革命力量/像一艘停泊的船,被暴风雨摇荡得颠簸起来",经历了"无声的和风抚弄着/巴士底狱的尘埃"(IX,50-51,66-67)。他把那个时候描绘成"普遍动荡的/一个时刻",他本人则是一个"爱国者",其内心已交付给法国人民(IX,123-124,161-162)。在这里有趣的是,由于他的教养,华兹华斯因此学会了蔑视"财富与头衔"的封建价值观,赞同"天才、有价值和繁荣的工业"的共和主义理想,他称赞大革命的第一个部分完全表现了"自然的某种过程"(IX,215-247)。华兹华斯对自然的热爱是毕生的;他自始至终都把自己看成自然的追随者。他的自传体杰作在这个问题上引人注目的是自然的**平衡**——这个概念对几乎所有浪漫派诗人的作品来说都是根本性的——与某些政治事件的平衡,那些事件至少在理论上都关注一种"权利平等的政府"与共和国,正如华兹华斯提出的,在其中,"一切人都因此站在远远/高于平等的地面上",在其中,"我们全都是兄弟/相互尊重,就像在一个共同体之中"(IX,226-228)。自然被华兹华斯认为是一种根本的统一体,依赖于平等的人类社会,在其中,那种统一被坚持认为是必要的组成部分。华兹华斯认为,在这个阶段,依赖于王朝权力和"奢侈淫逸生活"的整个封建结构,要从"正义感的天然入口"被排除掉,"从谦卑的同情和纯净的真理"中被排除掉(IX,350-351)。他表达了一种要看见的愿望:

> ……地球
>
> 毫无阻碍地希望报答
> 谦恭者,卑贱者,忍耐艰辛的孩子……

> 而最终,当一切人的回报和桂冠,
> 都应当看见人们有了强有力的助手
> 以设计他们自己的法律;更加美好的日子
> 从此属于全人类。

华兹华斯甚至把反对占优势之强权的强烈爆发称为"自然对怪异恐怖之法律的反抗"(Ⅸ,571)。他还声称,"没有任何东西具有持续下去的天然权利/而只有平等和理性"(Ⅸ,205-206)。然而,在第十卷里,华兹华斯开始描述他所感受到的冲突,他身为英国人,却自认为是一个"全世界的爱国者",而英国在1793年2月11日向法国宣战;他实际上很高兴听到英国在战争中受挫(Ⅹ,285-290)。随着他得知法国"国内的残杀",他内心的冲突加剧了,当罗伯斯庇尔之死似乎预示了"恐怖统治"(1793年9月到1794年7月)结束,并且重新开始了未来"黄金时代"的期望之时,他暂时感到了缓解(Ⅹ,573-578)。在第十一卷里,华兹华斯再次把事件的这种表面上积极的转折等同于自然:"于是,力量已经/回复到了自然。"(Ⅺ,31-32)正是在这一节里,他回忆起了自己年轻时对大革命之结果的信心:"幸福啊,活在那个黎明中。"(Ⅺ,108)

华兹华斯把这个阶段的他自己描述为一个"积极的游击队员"(Ⅺ,153)。然而,在回顾时,他认为自己过于粗心,没有注意到"狂热的理论"没有得到真实事件的证实。法国"反过来成了压迫者",改变了"一场自卫的战争/因为战利品之一,就是丧失了一切视野/那是他们曾经为之奋斗过的"(Ⅸ,206-209)。华兹华斯还提到了法国在1794—1795年对西班牙、意大利、荷兰和德国的入侵。他回忆说,正是这个时代,靠"思辨计划"为生,其基础是对抽象理性的崇拜,或者如华兹华斯指出的,是"赤裸裸的理性本身"(Ⅺ,224,234)。华兹华斯本人的倾向早已同那些事件拉开了距离。他要追求:

> ……那些看来
> 更该赞美的自然之物;希望人类
> 从自己朴实的、蠕虫般的状态出发,
> 乘着自由的翅膀飞翔,
> 做自己的主人……
>
> (Ⅺ,250-254)

虽然华兹华斯坚持认为,他始终都会保持这种对人类自由的渴望,但他也注意到了,他陷入了错误之中,被错误推理所出卖,那些推理曾经使他转变方向,"因外在的偶然事件离开了自然之道"(Ⅺ,288-291)。他对道德问题感到绝望,丧失了对抽象理性本身的权威性的信任,把自己说成转向了"抽象科学"的领域,理性在其中的运作不会受到空间和时间的世界、物质、"人类意志和权力"的干扰(Ⅺ,328-332)。他受自然的指引,返回到了他"真正的自我",即他作为诗人的根本身份,"向头脑与内心之间的那些美好忠告"开放,"真正的知识从其中生长出来,充满了宁静"。当然,外部事件为华兹华斯精力的这种转向提供了帮助,对他的致命打击是拿破仑于1804年当上皇帝的加冕仪式,教皇庇护七世(Pope Pius Ⅶ)出席了加冕式。在一

个追忆博克的段落中,华兹华斯得出结论说:

在地球上

只存在着一个伟大的社会:
高贵地活着与高贵地死去。

(Ⅺ,393-395)

他与他的朋友柯勒律治进行过交谈,称赞他们共同转向了自然以寻求安慰和复原,那是在各种喧嚣的事件被证明了是一种"对全人类来说令人悲伤的倒退"的时刻(Ⅺ,404)。因此,对华兹华斯来说,自然与共和制理想的平等已经消失:他对自然的持续追求保持了这些理想——自由,平等,理性,至多是以一种从直接的政治适用性中抽取出来的形式。他的回归自然打上了理性("头脑")与内心忠告的平衡的标记;通过把人类生活看成是延伸到超越了涉及包含过去和未来的单纯现在的观点;通过肯定自由一类的理想是永久有效的。

在华兹华斯回归自然方面最基本的因素,就是想象力。早在《序曲》中,他就曾经提到想象力是一种"令人生畏的力量",它在一瞬间就展现了"无形的世界"(Ⅵ,594-602)。在那首诗的结论中,他认为,想象力是"绝对力量的另一个名称/最清晰的洞见,心灵的丰富性,/是理性最为尊贵的状态"(ⅩⅣ,188-193)。这种能力是他的"营养来源",正是这种能力,能够使人参与"精神之爱",人们由此可以超越习俗的规定,传统看法的压力,以及当下的狭隘利害关系的局限。也是这种能力,能够与自然进行交流,实际上,也能与一切事物进行交流(ⅩⅣ,160-188)。在第十三卷里,他称想象力是"一种力量/它有可见的品质和形状/以及健全理性的形象",这种力量通过向我们呈现"持久对象/的一种适度外表",人类和自然之中善的永恒形式,教导我们要谦卑(ⅩⅢ,30-37)。有趣的是,华兹华斯不仅把想象力与理性结合成两种协同的力量;确切地说,他确证了这两种力量,即想象力是理性的感性形象。这里的理念看来在于,想象力是一种中间力量,它处于理性与感性之上,哪怕在它把它们联系起来之时。想象力以其作为"健全理性"的能力,使我们感性的方向朝着那些真正普遍的和永恒的事物;通过暗示,完全脱离感性事物对理性的"错误"运用,要么会驱使我们把虚假的图景强加于感性世界,要么就会受到感性世界的支配,把这个世界本身当作现实,把它自身的作用理解为安排这种现实,而这种现实早已被确定,早已呈现于我们的感官。

相反,想象力把我们从华兹华斯所称的感性的这种"暴政"中解放出来,把我们带向这一认识,即我们在自己与自然和世界的相互作用方面是**创造性的**,"心灵是"外在感觉的"统治者和主人"(Ⅻ,127-136,203-206,222-223)。在这个段落中,华兹华斯提出了他的著名宣言,即在我们的生存中存在着想象力洞见的"时间点"或瞬间,我们的心灵由此得到"滋养",被恢复到超过琐碎和当下职业"极度的负担"。在《丁灯寺》("Lines Composed a Few Miles Above Tintern Abbey")中,华兹华斯也回忆了他单纯从感性上理解自然,到从想象力上理解自然的进步,这使他得以发现自然本身的统一性,以及人类与自然的统一:他感知到了"浩瀚的海洋和清新的空气,/蔚蓝色的天空,和人类的心灵:/一种动力和一种精神,推动着/一切思考着的事物,一切思想的一切对象,/穿过一切事物,不停运行"(Tintern Abbey,95-102)。人类的心灵在这里再也不被看成外部印象的被动接受者,而在建构其世界方面很活跃。

在《序曲》中,华兹华斯反对通过想象力为传统教育、传统书本误导性的"智慧"提供这样的洞见,也反对想象力为"人类心灵已经生病"的都市过度拥挤的生活对激情的阻碍提供这样的洞见。他声称,这样的智慧是由极少数富人在为他们的利益服务中培养起来的(XIII,169-212)。最重要的是,具有想象力天赋的诗人要理解"真理的强大计划",把自己的心灵施加于"现存事物普通的形式"和日常世界的外表之上,洞悉"一个新世界",那个世界以永恒的和普遍的原则为基础(XIII,300-312,355-370)。因此,想象力是一种并不简单的力量,不同于抽象的理性,理性完全处在感性世界背后,对其抽象理想施加影响;相反,它在感性世界里具有基础,却以能力超越了那个世界,洞悉到其中真正持久和普遍的东西;想象力是一种理解和统一的力量,使诗人同情地把自然与人类天性的一切联系起来;它把我们提升到超越世界的地步,使我们通过自己的眼睛去发现那个作为一种理想而行动的无形世界。想象力不仅具有一种重要的知觉功能,能表现出人类感知的创造性,而且具有一种至关重要的道德功能,能引导我们意识到超越单纯感觉的真实,而那种真实并不处在既定的世界之中。华兹华斯实际上重新把政治革命运动的理想主义置于一个先验的领域中。

不过,华兹华斯早期的某些共和主义情绪,似乎渗透于他对文学批评最重要的贡献,即著名的和有争议的《抒情歌谣集序》(Preface to Lyrical Ballads)之中。这部诗集由华兹华斯和柯勒律治于1798年共同出版;华兹华斯为1800年版增加了序言,并为后来的版本修改过序言。[2]在伴随着1798年《抒情歌谣集》第一版的"广告"中,华兹华斯主要关心的是诗歌的语言。他声称,这个集子里的诗歌都是"实验",其写作主要是要发现"社会的中下层阶级交谈的语言在多大程度上适合于诗歌愉悦的目的"(PLB,116)。这种明显的民主情绪处在这个文本的核心论点之下,即诗人是以一个"人的身份向人们讲话";然而,正如在华兹华斯修正过的反应中那样,这样的情绪与理性没有联系,而是与情感和思想之间的平衡有关。

华兹华斯的《序言》意在证明收录在《抒情歌谣集》中的诗歌的风格、主题和语言。但是,根本的意图是要提出某些更加普遍性的陈述,它们实际上要重新界定是什么恰当地构成了诗歌的语言,以及诗人的性质和范围。这些评论中的一部分成了浪漫派美学学说的经典陈述,有时却脱离了它们的语境。华兹华斯最初的主张是,他的诗歌试图呈现"人们在一种生动的感觉状态中的真实语言"(PLB,119)。华兹华斯在这里要反对的,正如他在《序言》的附录中所解释的,是程式化和人为的表达方式,它们是诗歌在很多个世纪里积累起来的。华兹华斯在这篇附录中写到,最早的诗人使用了一种"大胆的和比喻的"语言,受到强有力的情感与激情的激发。然而,后来的诗人渴望重新创造这种语言的效果,以一种机械的和无意识的方式采用了言说的这些特点,把它们运用于它们与之毫无天然联系的情感和思想之中。随着时间的流逝,诗歌的语言在很大程度上与"普通生活"的语言分离了,在诗歌中运用韵律进一步加深了这种裂隙(PLB,160-162)。因而,华兹华斯要求返回到一种现实主义,从诗歌语言程式化的状态下降,从它比喻性的表达法和人为用语的自我创造的世界下降,下降到人类在"普通生活"中实际上使用的语言。这些表达法——"真实的语言","普通的生活"——当然是非常有疑问的,正如柯勒律治后来要指出的那样。

在《序言》的也许是最引人注目和最重要的段落中,华兹华斯声称,《抒情歌谣集》中的诗歌的核心目标是:

> 选择普通生活里的偶然事件和情景,自始至终竭力采用人们真正使用的语言来叙述或描写,同时在这些事件和情景上加上某种想象力的光彩,使日常事务应当在一个不同寻常的方面对心灵呈现出来……通过在其中追寻而使那些事件和情景显得有趣……我们天性的主要法则:主要与我们在兴奋状态下把各种理念联系起来的方式有关。一般要选择卑下的和乡村的生活,因为在这种状况下,内心实质性的激情……较少受到约束,而且说出一种更加纯朴和更加有力的语言;因为在生活的这种状况下,我们的各种基本情感共存于一种更为单纯的状态之中,而且……在这种状况下,人们的激情与自然之美和永恒的形式结合成一体……因此,这样一种语言产生于再三重复的经验和经常性的情感,与诗人们通常用来取代它的语言相比,更加持久,也是更加富有哲学意味的语言。诗人们认为,他们为自己和自己的艺术赋予荣耀,与他们使自己远离人们的同情相应……以满足他们自己创造的变幻无常的趣味,以及变幻无常的爱好。(PLB,123-125)

这一陈述在很多方面都体现了华兹华斯整个文本的美学冲动。如果说它是对浪漫派的学说的关键陈述的话,那么,它仍然是一种复杂的陈述,充满难点和反讽。甚至在其含义的核心要点方面,这个段落似乎具有相互矛盾的倾向:这个段落在根本上反对城市的、工业化的社会。它暗示,城市生活促成了空虚、计谋和混乱,甚至还有我们情感中的粗俗。但是,表面上民主的理想所造成的正是这样的社会。与这种"文雅"相反地展现出来的理想,是乡村生活毫不矫揉造作的简朴:人们的生活接近自然,体验到了在其基本的、纯净状态下的各种情感,这些情感能够清晰表现出来。这样一种理想对华兹华斯来说当然不是原创性的;卢梭、威廉·达夫和詹姆斯·比蒂(James Beattie)这些18世纪作家的原始主义理论,早已赞美过生活在一种自然状态之下的初民们简朴的生活方式与激情。因此,华兹华斯主张描绘的"普通生活",完全不是现代工业社会的普通生活;相反,那是处于这样一种社会秩序外围的人们的生活,那些人们的生活方式是前工业社会的、农业时代的遗迹。因此,在华兹华斯身上最初显得是民主情绪的东西,实际上是一种回归自然的渴望,它在这时并不等同于共和制的政治理想,而是等同于外在于那些理想在其中运作的世界的外在性,那是一个政治和经济冲突的肮脏世界,理性与算计的世界,工业主义、工厂和拥挤的城市世界,是启蒙思想和资产阶级革命遗留下来的世界。华兹华斯这时不是在那个世界里追寻自然,而是认为这两个世界不是互不相干的,而是尖锐对立的。自然被认为是永恒的,它的智慧库和规划在人类天性中是永恒的;城市是短命哲学和短命政治运动的短命产物。

就华兹华斯关于诗歌语言之评论的民主冲动而言,它们都经过了他对想象力的看法和他的诗人概念的一些调和。华兹华斯提出的乡野村民所说的是更加"富有哲学意味的"语言的看法,也许受到过哈特利和约瑟夫·普里斯特利(Joseph Priestley)的理论的影响,他们预言过在人类当中形成的一种哲学语言,那种语言在表达人类的概念与情感方面是普遍性的和精确的。

华兹华斯的根本目的在于，诗人要回归到表现永恒的和根本的人类情感，这种回归要通过永久与自然交流来培养。他认为，人类心灵和自然都具有"与生俱来的和不可毁灭的品质"，它们已经被新近的历史变化遮蔽并破坏了：

> 先前时代不知道的很多原因，现在与一种力量结合起来，使心灵的辨别力变得迟钝，使它完全不适应自发的努力，使它退化到一种近乎野蛮的迟钝状态。这些原因当中最显著的，就是每天发生的重大的国家事件，以及城市里日益增加的人口，在城市里，人们职业的一致性造成了对非凡事件的渴望，只有信息的迅速传播才能随时满足那些渴望。对于生存和习惯的这种趋势，国家的文学和戏剧表演在努力使自身适应。(PLB, 129, 131)

这样一种说明在我们的世界里也许更加有针对性，华兹华斯所哀叹的那些趋势在其中所达到的强度，超过了他所能想象到的：在华兹华斯的记忆中新近发明的邮递马车和电报，已经被近乎即刻的通信手段所取代，被更加强有力的使人类感官和想象力变得迟钝的渠道所取代。华兹华斯确实悲叹过由工业资本主义的早期阶段所造成的悲哀，那个阶段是由"各种国家事件"形成的，诸如法国大革命、法国与其他国家之间接连发生的战争，以及资产阶级为获得政治霸权而进行的斗争。虽然华兹华斯承认那些历史趋势背后的各种理想在过去也许是高尚的，但他现在提出了它们的实际结果：其中首要的是人为地激励人们的激情，使他们的想象力变得迟钝，以及使他们的道德感退化。华兹华斯认为，"自然"具有补救所有这些结果的作用，他认为，诗人的一部分任务是用自然去扩大人们原初的、未被扭曲的感性。因此，他号召诗人返回到一种未腐败的方言上，那种方言不会迎合现代趣味的粗俗。

然而，这一律令要求诗人返回到一种更加纯洁的语言，而那种语言不仅可以表现更加纯洁的人类情感，而且经常忽略和模糊人性与自然之间的联系，所以，这种律令充满了复杂性和矛盾。尽管华兹华斯坚持认为，诗人是"一个人的身份向人们讲话"，他应当为"自然和人类的分裂"而流泪，诗歌语言与散文语言之间不存在任何实质性的差别（PLB, 135, 138），但他也承认，诗人写作必须渗透着"真正的趣味和情感"，这样，他的写作就会完全脱离"普通生活的粗俗与低劣"（PLB, 137）。甚至就在前面引述的他要求从"普通生活"中选择事件的那个段落里，他还小心地提出，诗人必须"给它们覆盖上想象力的某种光彩，使普通事物以一种不同寻常的面貌呈现在心灵面前"。因而，诗人毕竟不能以一种普通方式来呈现普通事物：他选择普通事物只是要使它们显得很特别，要经过想象力改造的力量。

那么，诗人与其他人之间的差异是什么呢？按照华兹华斯的看法，诗人被赋予了一种"更加生动的感性……对人类天性更多的了解，以及更能包容的灵魂"。除了这些特质之外，他还具有一种"倾向，比其他人更容易被不在场的事物感动，就像它们在场一样；一种用魔法唤起他自己身上的激情的能力"，那些激情接近于真实事件所造成的激情，而不是大多数人都能以其他方式复制的激情（PLB, 138）。华兹华斯在这里未提名地暗指的那种力量，就是想象力的力量，或者说是"创造形象"的力量。正是这种力量，使诗人既能在自己心里再造不在场的事物的形象，也能带着适当的情感去回应那些形象，由此获得比其他人所具有的"更多的准备和力量，以表达他所想和所感"(PLB,138)。因而,在某种意义上,成为诗人之特征的那种能力——想象力——并不是一种以写实主义为导向的能力;相反,在其真正的本质上,它是一种转化的能力,它把"真实"世界用作它的原材料。然而,诗人所创造的想象的世界,必须"类似于"那个真实的世界:华兹华斯鼓励诗人逃到"全部错觉"之中,以便完全确证他所描述的那个人的情感。实际上,他提出,诗人本身"设想的或想象力能够使人想到的"词语,没有哪个能够"同现实和真理的发散相比拟"(PLB,139)。因此,就连诗歌的想象力在这里被谋求来服务于一种宽泛的现实主义,而不是与浪漫派的很多美学理论相联系的理想世界。

为了支持这种现实主义,华兹华斯援引了一位古典权威的观点:"我被告知,亚里士多德说过,诗歌是一切作品中最富于哲学意味的:的确如此——它的对象是真理,不是个别的和逻辑的真理,而是一般的和可以实施的真理;不是处在外在证明之上,而是凭借激情把活力带进内心;真理,它本身就是证明。"(PLB,139)对亚里士多德的定义的重新肯定,在华兹华斯的时代具有一种与其原初语境完全不同的效力:华兹华斯并不赞成启蒙运动的现实主义,或者说,支配了19世纪大部分文学的现实主义是以对细节密切的和"科学的"观察为基础的。相反,他要重新肯定一种普遍性的现实主义:诗歌要表现永恒的和普遍的真理。华兹华斯再次从诗歌中发现了超越他认为是短暂的政治样式和文学样式的手段。

尽管华兹华斯的《序言》经常在实际上被当成浪漫主义开创性的宣言之一,但很清楚的是,他在这里所赞同的诗歌理想是一种古典主义的理想:诗歌并不单纯把个人情感和特定情景的细节表现为在它们之下的普遍真理。华兹华斯坚持认为,诗人"要与自然对话",把自己的注意力引向一切人都共有的认识和同情(PLB,140)。诗人身上产生出来的激情和情感"是人类普遍的激情、思想和情感"(PLB,142)。按照华兹华斯的看法,诗人所具有的一切品质意味着,他不同于"其他人,但仅仅是在程度上"(PLB,142)。在一段预见到雪莱观点的很长的著名陈述中,华兹华斯提出了对诗歌的要求:与在特定领域的限制中起作用的其他艺术和科学形成对比的是,诗人是"以一个人的身份"来写作的;他唱的"歌全人类都跟他合唱……他'瞻视往古,远看未来'。诗人是捍卫人类天性的磐石……到处都带着友谊和爱情……诗人总以热情和知识团结着布满全球和囊括古今的人类社会的巨大王国"(PLB,139,141)。华兹华斯推断说,如果诗人与其他人属于同类,那么,他的语言就不可能"与感觉敏锐、头脑清楚的其他一切人所用的语言有很大差别……诗人绝不是单单为诗人而写诗,而是为人类而写诗……诗人必须从这个假设的高处走下来;并且为了能激起理性的同情,他必须像其他人表现自己一样地表现他自己"(PLB,142-143)。诗人写作的对象是"人类伟大的和普遍的激情,是最普遍和最有趣的人类活动,以及整个自然界"(PLB,145)。华兹华斯坚持认为,这样的诗歌"永远都会引起人类的兴趣"(PLB,159)。又一次,这些情绪背后的冲动属于古典主义:华兹华斯认为,诗歌涉及人类经验的核心和普遍性,而不是由特定时代、习俗或环境所造成的偶然属性。在超越自己时代方面,诗人重新建立了人类的统一,重新肯定了一切事物的联系和统一。

也很古典主义的是,华兹华斯坚持认为诗歌是一门"理性的"艺术:在前面引述的诗句中,他谈到了诗人要激起"理性的同情"。在《序言》刚开头时,他谈到了"诗人要理性地竭力叙述"的乐趣(PLB,119)。华兹华斯对诗歌写作的性质的评论,强化了认为诗歌是一种有意识和受到控制的活动的观点。他的"一切好诗都是强烈情感的自然流露"的陈述,经常被人同其语境分离开,用来说明所谓的浪漫派认为诗歌的创造是表现直接情感的看法。然而,华兹华斯的陈述接着说:

> 这个说法虽然是正确的,可是凡有价值的诗,不论题材如何不同,都是由于作者……深思了很久。因为我们的思想改变并引导了我们情感的不断流动,我们的思想实际上成了我们过去一切情感的代表。(*PLB*,127)

华兹华斯接着说,当我们思索这些思想或"一般代表"之间的关系时,我们会发现"什么对人类来说是真正重要的东西",而且,我们通过经验能够使这个过程变成不由自主的:我们将按某种方式来描述对象、情绪和它们的联系,使"读者的理解力必然会有某种程度的提高,读者的情感也必然会得到强化和净化"(*PLB*, 127)。这种观点远远脱离了认为诗歌是情感之倾泻的一切看法。华兹华斯认为,思想与情感之间的这样一种密切联系,实际上可以使它们相互转化:不仅情感要受思想指引和控制,而且过去情感的内容也会**变成**思想。只有当这个过程经过不断的实践时,它才**显得是**不由自主的。此外,诗歌所诉诸的不仅是读者的情感,还有读者的理解力。因而,诗人所要表现的,不是思想本身或情感本身,而是两者的一种结合;显现为自发性的东西,是长期反思和实践的结果。

这种认为诗歌是一种经过思考的手艺的观点,在华兹华斯的《序言》涉及诗歌写作的其他著名评论中得到了阐述。他在重复了自己最初的"诗歌是强烈情感的自然流露"这一说法之后接着说,诗歌

> 起源于在宁静中回忆起来的情感:诗人沉思这种情感直到一种反应使宁静逐渐消失,而一种类似于先前沉思对象的情感逐渐产生出来,它本身实际上存在于诗人心灵之中。成功的诗作一般来说都是从这种情形开始的。(*PLB*,149)

因而,诗歌的过程开始于**回忆起来的**和从属于思想的情感;在这种最初的状态下,情感就是思想。"宁静"这个词语意指某种脱离原初情感的距离,或许是对原初情感的某种语境化:这种宁静的消失成为一种过程,思想借这一过程回复到情感;通过当下思想表现出来的原初情感再次**被感受到**,又恢复到作为一种情感的生命力,脱离了它当下的语境,那种语境曾使它被冷静地沉思。换句话说,我们超越了经过思想沉思的当下的情感和回想,返回到情感的直接状态。在这种意义上,诗歌写作**开始于**情感,但这种情感接着要再次被思想改变。

因而,虽然华兹华斯承认亚里士多德把诗歌界定为表现普遍真理,虽然他认为诗歌是一种受到思想控制的活动,但他谋求用古典主义的这些观点来为浪漫派的美学目的服务。诗人实质上的焦点不在外部世界之上,也不在想象上"客观的"事件和行为之上,而在人类天性的内心世界与外在的自然界之间的**关系**上。他的观点属于原型式的浪漫派,即这两个世界是通过相互作用创造出来的。在他对诗歌目的的看法方面,他也背离了亚里士多德和其他古典主义思想家。他认为,诗歌的目的是要提供"直接的愉悦"(*PLB*, 139)。他并不认为这样一种目的是诗人的艺术的退化,因为这种"愉悦的重要基本原则"是"对宇宙之美的承认"。华兹华斯认为,除非同情或认识以愉悦为基础,否则我们就没有任何同情或认识。诗人"认为人与周围的事物

相互作用和反作用,因而产生出无限复杂的痛苦和愉悦"(PLB,140)。在后面的一个段落里,华兹华斯再次肯定了,"诗歌的目的是要在与愉悦的失衡共存方面造成兴奋;但在想象上,兴奋是心灵的一种不同寻常和不规律的状态;在那种状态下,观念和情感并不是按照习惯了的顺序相互接替的"(PLB,147)。

虽然华兹华斯认为使用韵律不是诗歌必要的组成部分,但他承认,我们从富有韵律的语言(metrical language)中能获得愉悦;这一点的根源在于"那种愉悦是心灵从对于异中之同的感知得来的。这个原则是我们心灵活动的伟大源泉……性欲(sexuality)的趋向,以及与之相联系的一切激情,都把这一原则作为自身的根源:它成了我们日常交谈的生命;我们的趣味和我们的道德情感,都要依赖对异中之同与同中之异的准确感知"(PLB,149)。因此,愉悦的原则比初看上去更加深刻:它要以我们感知异中之同与同中之异的能力为基础。反过来,这种能力就成了以新的眼光去看对象、看世界的能力:我们能洞悉自然、思想、情感和经验中迄今为止被忽视了的那些模式。日常感知中的观念与情感的顺序被改变了。我们实际上也返回到了对事物的更加本真的看法,这种看法洞悉了由习惯累积起来的事物的特征。华兹华斯认为,全部生活,从我们的性欲到我们的道德感,都要受这个原则的支配。因此,诗人在提供"愉悦"方面的任务很艰难,它要寻求被习惯、权威和偏见遮蔽了的普遍"真理"。但是,古典主义思想家认为,这样的真理是客观的和可以为理性所理解的,而华兹华斯认为,这样的真理只能靠诗歌的洞察力来辨别。

塞缪尔·泰勒·柯勒律治(1772—1834年)

塞缪尔·泰勒·柯勒律治的天才延伸到了很多领域。在诗歌方面,他因写下《古舟子咏》(*The Rime of the Ancient Mariner*)、《霜夜》(*Frost at Midnight*)、《克里斯特贝尔》(*Christabel*)和《忽必烈汗》(*Kubia Khan*)等诗篇以及《抒情歌谣集》(1798年)而著名,后者是他与华兹华斯合作的。他也在《政治与宗教讲演集》(*Lectures on Politics and Religion*,1795年)、《布道词》(*Lay Sermons*,1816年)和《论政教宪法》(*On the Constitution of the Church and State*,1829年)中撰写过有关教育、社会、政治和宗教问题的论著。他对哲学问题的大多数思考收录在他的《逻辑学》(*Logic*)中。他的文学批评包括对莎士比亚和弥尔顿进行详细研究的著作,以及一部有极大影响的文本《文学传记》(*Biographia Literaria*,1817年)。《文学传记》是一部综合性的著作,它把知识性自传、哲学和文学理论融为一体;有些批评家称赞这部著作的洞见和原创性,认为柯勒律治是把文学批评建立在哲学基础之上的第一个英国批评家,他从德国唯心主义思想家伊曼纽尔·康德以及席勒、施莱格尔兄弟、谢林等德国浪漫派那里接受了这种方法。有些批评家则认为,柯勒律治作为一个哲学家的成就,对其实质性的文学批评洞见来说是偶然的和不相干的。

实际上,柯勒律治的天赋有点受到他的怪僻性格和从事被证明夭折了的雄心勃勃的规划的阻碍。1794年,他没有获得学位就离开了剑桥大学。同年,他与诗人罗伯特·骚塞(Robert

Southey)一道设想出了一个计划,要在宾夕法尼亚建立一个由一切人统治的平等社会或"大同世界",这个计划很快就瓦解了。柯勒律治和萨拉·弗里克(Sara Fricker)于1815年结婚,最后以失败告终,他又爱上了萨拉·哈钦森(Sara Hutchinson)。他日渐依赖鸦片酊这种形式的鸦片。尽管如此,他的成就却是巨大的:他不仅就广泛的论题发表过演讲,而且在他的其他著作之外还创办了两本杂志,第一本是1796年的《警卫者》(Watchman),然后是1809年到1810年的《朋友》(Friend)。有两次经历对他未来作为诗人和思想家的发展来说至关重要:一次经历是他在1795年同诗人华兹华斯的见面,结果是两人持续到1810年的一段友谊。柯勒律治和妻子萨拉与华兹华斯及其妹妹多萝西从1796年开始就过从甚密;1800年,他们一起搬到了湖区(Lake District),而湖区被证明是诗歌灵感的一个丰富源泉。另一次经历是1798年(与华兹华斯兄妹一起)到德国旅行,柯勒律治在德国研究了康德和德国浪漫派思想家的著作。

柯勒律治的《文学传记》是其最为重要的文学批评著作,它将成为以下讨论的焦点。不过,这一文本所取得的洞见,需要在柯勒律治的生平和著作更为广泛发展的范围内加以语境化。与华兹华斯一样,柯勒律治最初属于激进思想家,受到过法国大革命前景的激励。在1789年的早期诗歌《摧毁巴士底狱的颂歌》(*Ode on the Destruction of the Bastille*)中,他写道:

> 我看见了,我看见了! 快乐的自由女神成功了
> 让每个爱国者的美德都加入她的行列!
> 还打上了那个农民狂喜眼神的标记;
> 要保证他眼看着自己的收成增加;
> 心灵不知道任何可恶的镣铐,
> 雄辩将无畏地放出光彩。
> 是啊! 自由女神将统治生命的灵魂,
> 她将使每个脉搏跳动起来,使每根血管流动起来![3]

在同一首诗里,柯勒律治表达了这样的希望:法国的影响会传播"到从一极到另一极的每块土地/将以一个独立的灵魂而自豪"。

到1792年,柯勒律治虽然在剑桥,却结交了激进领袖威廉·弗伦德(William Frend),后者是法国大革命的积极支持者。弗伦德的政治主张促使他在1793年法国与英国之间的战争开始之后卷入了与大学当局的冲突。几年之前,弗伦德的宗教观也曾激起过对抗:他由于一神论的信仰而被革除了在大学中的指导教师职位。正是在弗伦德的影响之下,柯勒律治本人才在1794年成了一位一神论者。1796年,他决心成为一位一神论教的牧师(由于种种原因,这一决定没有实现)。柯勒律治在这一时期的其他激进的熟人包括约翰·西尔沃尔(John Thelwall),他经常因为同情雅各宾党人而陷入麻烦之中。柯勒律治本人在布里斯托和中部地区的一些城市发表过很多关于一神论的激进演讲。西尔沃尔把柯勒律治的谈话描述为充满"**高水平的煽动性和建构性的背叛**"。

然而,像华兹华斯一样——那时他住得离华兹华斯很近,柯勒律治对那场革命运动有所醒悟。法国在1798年入侵瑞士促使他写作和发表了一首诗,他最初取名为《改变论调》

(Recantation)，后来直接叫"法兰西颂"(France：An Ode)。在诗中，柯勒律治简要地叙述了自己对待法国大革命之态度的历史。这首诗的结构很有趣：它开始时与云彩、海浪和森林进行交谈，这些自然因素都只对"永恒的法则"表示敬意，它们激励诗人崇拜"最神圣的自由女神的精神"(CPW, 244)。第二节描述了柯勒律治对法国大革命许诺的自由的"希望和担心"，并且与华兹华斯一样，他说自己在英国与法国开战时被热爱自由和效忠自己祖国的矛盾所分裂。然而，在这个阶段，自由取得了胜利：柯勒律治回想起了他"对解放了的法兰西所唱的赞歌，/垂下我的头颅，为不列颠的名字而哭泣"(CPW, 245)。

诗人的怀疑开始蔓延到了第三节的表面：虽然他对"恐怖统治"的"亵渎"与恐惧感到震惊，但他把这些当作对从前时代之专制的可以理解的反应。他依然怀抱着这样的希望："只被她的幸福所征服，/法兰西将迫使各民族解放。"不过，到第四节开始时，诗人只有为自己早先的革命热情而懊悔。他听见了自由"高声地悲叹"，以不那么讨人喜欢的词语对此时的法兰西说道："啊，法兰西，最虚伪的天堂，不贞，盲目，/爱国者只有处在致命的罗网中！……要以捣乱来侮辱自由女神的圣殿/因为公民们被分裂了。"(CPW, 246)在《文学传记》中，柯勒律治把入侵瑞士之后的他自己描述为"一个更加激烈的反教会自主论者，而且还是一个强烈反对雅各宾主义者"。[4]最后一节是直接对自由女神交谈，诗人把自由女神与人类政体中一切现实的可能性分离开来；确切地说，他在心灵对自身个体性和周围自然的崇高对象的沉思中发现了自由的精神，正如被上帝之爱所渗透一样。

> 啊，自由女神！……
> 无家可归之风的向导，波浪的玩伴！
> 我在那里感觉到了你！——在海上峭壁的边缘，
>   怀着最强烈的爱拥有一切事物，
> 啊，自由女神！我的精神感到了你在那里。
>
> (CPW, 247)

这些诗句读起来非常像华兹华斯从政治事件的自由理想退却，进入人性与自然的联系之中；无论影响的方向是什么(有些评论家已经提出，使这些理念给华兹华斯留下印象的人，正是柯勒律治)，很明显的是，对他们两人来说，自由的概念从其作为与某些政体和经济结构形式相称的一种政治理想的地位，被改变成了一种永恒的理想，上升到了政治经济领域之上，并且以一种有点康德式的方式，存在于个体的自我意识之内。对柯勒律治来说，这样一种自由理想意味着一种实质上对世界的宗教观，这种观点与政治上的保守主义结合在一起。在明显对法国大革命的原则和实践感到幻灭不久之后，柯勒律治也质疑了自己非正统的一神论观点，到1805年，他就三位一体论提出了一些积极的建议。在其散文和诗歌中的好几个场合，柯勒律治表达了对埃德蒙·博克的赞美(BL，Ⅰ, 191)。同样，虽然柯勒律治被谴责是一名叛教者，但他提出，他坚持原则，而不是效忠国家或政治党派。柯勒律治最终在英国保守主义的传统中占有一席之地，他在这个地位上发挥了引人注目的影响力。

处于柯勒律治的保守主义核心的是，他与博克一样坚持认为，真理不可能通过把焦点只集中在现在之上来获得。相反,他们两人都诉诸他们所称的理解过去、现在和未来的普遍原则。两个人都反对占优势的启蒙哲学,尤其是反对他们所认为的统治法国的"抽象理性"的原则,以及按照"抽象原则"改革社会的其他革命性努力,而不是以真实的历史和文化为基础。柯勒律治关于这些问题的很多观点都包含在《政治家手册》(*The Statesman's Manual*,1816年)中,计划好的三篇"布道词"系列中的第一篇文章意在提出当代社会的弊病。在这些布道词里,柯勒律治哀叹现代商业和投机的精神,认为它们阻碍了人类的各种潜力;[5]像华兹华斯一样,他悲叹当代"对新奇性的轻佻渴望",他把它叫作源于洛克、休谟和戴维·哈特利这些思想家的启蒙运动"机械"哲学"普遍的腐化"(*LS*, 25, 28)。他认为,这种商业精神构成了法国大革命之原则的基础,那些原则把"直接的功利"和感官满足确立为价值的最终标准,它们把一切关系都变成了实质上的经济关系(*LS*, 74-76)。他认为,法国大革命神化了**人类理性**,傲慢地误用这种理性来假设"国家和政府可以并且应当被建构成机器",而不是自然地按照普遍原则来展开(*LS*, 34, 62-63)。

柯勒律治力图通过"把现在与过去进行对比,按照仔细把我们自己时代的事件与我们以前的那些事件进行对比的习惯",来矫正那些不幸(*LS*, 9)。他认为,真理和道德的普遍原则都包含在《圣经》里,他提出,《圣经》是"我们阅读的目的和中心"(*LS*, 17, 70)。他坚持认为,《圣经》是欧洲真正的道德和知识根基,它表现了"一门摆脱了时间和空间现象的……关于**真实**的科学"(*LS*, 31, 49-50)。

在一段被证明对爱伦·坡和波德莱尔这些后来的作家有巨大影响的阐述中,柯勒律治返回到了中世纪"自然之书"(Book of Nature)的理念之上,自然界本身因此包含了"精神世界的相似性和象征"(*LS*, 70)。他对象征和寓言进行了区分,把象征界定为仅仅是"把抽象的概念变成一种绘画般的语言,这种语言本身只不过是对感官对象的一种抽象"。在另一方面,象征的"特征是个别之中特殊的半透明性,或者是特殊之中一般的半透明性,或者是一般之中普遍的半透明性。最重要的是,短暂之中永恒的半透明性。它始终都分享到呈现为可以理解的真实;虽然它阐明了整体,但坚持自身是那个统一体中一个有生命的部分,它是那个部分的代表"。柯勒律治认为,现代的贫乏部分在于无法认识到一切"**字面**与**隐喻**之间的中介":现代思想要么埋葬对于"无生命的字面"的信念,要么就用机械理解的产物来取代它。柯勒律治将要被其他很多人所仿效,激进的和保守的都有,仿效他反对把思想和语言变成一种字面上的、集合性的字符。有关柯勒律治的观点也许最有趣的是,他按照人类心灵的能力,把"永恒"和有生命的经文表现为与现代"机械的"或"无生命的"哲学相对立。他对此的阐述成了其美学的必要组成部分。

首先,柯勒律治试图把理性的概念从启蒙运动遗留下来的简化论和抽象的状况中拯救出来。他谴责现代思想家诱使理解力(understanding)脱离其"天然的忠实",它由此处于信仰与理性的法庭之中,使它反而在一种被误导的独立性中运转。柯勒律治实际上指责现代资产阶级把理性变成了理解力。他在这方面的想法似乎受到了康德的影响:他认为,理性是比理解力更高和更全面的能力。按照柯勒律治的看法,理解力"只让自身涉及时间和空间中**特殊性**的数量、质量与关系"(*LS*, 59)。因而,理解力为我们提供对于康德所称的"现象"界、空间和时间中我们的感性经验世界的片断认识。正如大卫·休谟那样的经验主义哲学家所阐明的,单纯的理解力是碎片式的;此外,它不可能理解道德领域(LS, 20-22)。柯勒律治认为,理性"是对被认为是'一'的'整体'之法则的认识"。它是"**普遍性**的科学"(LS, 59)。因此,正如在康德那里一样,理性是一种处于理解力之上的能力,它把来自理解力的认识组织成一个更加全面的统一体。柯勒律治认为,如果在脱离理性的情况下运用理解力,它只可能被导向物质世界和我们的世俗利益;他坚持认为,理解力只不过是"认识的手段,而不是目的"(LS, 68-69)。

理性与理解力之间的这种反差与联系,为柯勒律治对想象力的看法提供了更加广阔的语境。与康德一样,他认为理解力是一种有限的力量,在单独运用时,它"使自身卷入了矛盾之中"。与康德不同的是,他认为,理性同理解力正确的和语境化的关系要经过想象力的调节:"使清晰与深刻、丰富的感觉与理解力的可理解性结合起来的那种完全的力量,就是**想象力**,充满想象力的理解力本身,变成了直觉的和一种有生命的力量。"(LS, 69)因而,柯勒律治似乎要仿效康德(和18世纪的大部分思想),把想象力看成把我们通过自己感官感知到的东西同我们理解力的概念结合起来的一种能力;但是,他比康德走得更远,认为想象力是使理解力"完善"和有生气的一种力量,这样,理解力本身就成了一种更加全面和直观(而不只是推论)的能力。包括柯勒律治在内的浪漫派的特征,经常被刻画为赞美想象力是人类最高的能力。尽管如此,柯勒律治似乎认为理性是最高的能力,这种能力包含了其他一切:"**理性**(不是抽象的理性,不是作为科学的单纯器官的理性……)……既不是**感性**、**理解力**,也不是**想象力**的理性,它在自身之中包含了所有三个因素,甚至就像心灵包含了其思想一样,并通过它们全部表现出来。"(LS, 69-70)因此,正如想象力使感性与理解力结合在一起那样,处于更高有利地位的理性,把源于所有三种能力的认识结合在一起。虽然柯勒律治坚持认为,每个个体在自己心里都必须具有理性之光的证据,但这种理性并不是严格意义上的一种能力或任何个体的个人特性,相反,个体分享了普遍而神圣的理性之光。柯勒律治这时远离了康德,康德确实认为理性是一种更高的调节能力,但属于人类,而不属于神。

实际上,柯勒律治在试图把理性从其现代被变成单纯碎片式的理解力中拯救出来时所做的,就是重新界定它。启蒙哲学家叫作"理性"的东西,实质上是以直接的却是以碎片式的观察和经验为基础的一种个人主义的理性。这与古典主义哲学家或基督教神学家所赞成的不是同一个理性概念,他们认为理性是这样一种能力,我们通过它可以获得一种普遍化的认识,这种认识根据道德和知识条件把我们通过自己感官获得的信息语境化了。因而,在某种意义上,柯勒律治要返回到一种更早的和更宽泛的理性概念之上,不过,他却按后康德式的条件来阐述这一概念。他以一种大胆而激烈的姿态所做的,就是要把理性**等同于**宗教。他提出:"理性和宗教的差异仅仅是相同力量的双重运用……理性与作为一个整体的科学一样,必须灌注一种力量,它代表了每一个之中的全体的集中——这种力量所起的作用是把普遍真理收缩到个人职责之中,这是那些真理能够以之获得生命和真实性的唯一形式。现在这就是**宗教**,它是我们天性的**管理者**,并且由于这个原因,也是最高尊严的名称,是统治权的象征。"(LS, 59,64)因此,柯勒律治认为,铭刻在宗教中的规则和职责是理性本身的表现。对柯勒律治来说,这种"理性"是神的理性:他认为,人类的理解力仅仅是"抓取真理";它是片面的、碎片式的和不确定的;上帝的认识则是绝对的和确定的(LS, 20)。如果上帝本身是一切事物的基础和原因,如果上帝本身包含了"他自身本质的基础,并在其中包含了**一切本质**",那么,"理性就会相信它本身,相信它自身的启示"(LS, 32)。柯勒律治认为,信仰最初的行为"要以词语,即**上帝**来阐明:信仰并非来自经验,而是来自其基础和根源,如果没有那种基础和根源,短暂的**各种混乱的事实**就不会形成经验,正如墓穴的尘埃本身不可能造出活人一样。得到神启的经文之戒律的和神谕的形式,是一切纯然合理与道德的事物之中理性本身的形式"(LS, 18)。对康德来说,虽然经验的最终基础和能动原则是高高在上、有组织之特殊经验的先验自我,但柯勒律治认为,这种先验基础不在我们自身之中,而在**上帝之言**中;对他来说,理性本身相当于神圣的经文,因此变成了先验的;换言之,正如对启蒙思想家来说那样,理性不是直接根据源于经验的材料来运作的一种能力;相反,它先于经验的真正可能性,使经验成为可能,并对它进行限定。按照柯勒律治的看法,基督教的独特原则"就在它本身之中……理解力就在它最大的力量和丰富性之中……在信仰之中**达到顶点**,正如在其荣耀的冠冕中达到顶点一样"(LS, 46)。这些主张明显类似于阿奎那关于信仰与理性相称和相互补充的论点。

柯勒律治认为,在这种较为宽泛的意义上界定的理性,是抵挡启蒙哲学之趋势的一种手段,那种趋势要把理性变成一种单纯的人类能力和在信仰之外运行的能力:"对这种趋势来说……**宗教**,是对**特殊**与**个别**的思考(在它涉及和确证自身具有卓越**理解力**的那个方面),但就**个别**而言,它存在着并存在于**普遍**之中(在它与纯粹**理性**同一的那个方面)——我认为,对这种趋势来说,**宗教**指定了应有的限度。"(LS, 62)正如柯勒律治后来说明的:"**宗教**的……要素就是**理性和理解力**。"(LS, 89)因此,如果说现代思想把一切知识都变成了理解力的碎片式知识的话,那么,宗教并没有抛弃这样的知识,而是把它置于一个统一的语境之中,那种知识要在事物的特殊性之下挖掘其真正的真实性,它包含在它们的普遍特征和它们与其他实体联系的模式之中。柯勒律治声称,由于宗教包括了理性和理解力这两种能力,所以,在整个文明史上,宗教一直是诗歌和优美艺术的哺育者(LS, 62)。

柯勒律治对各种能力以及它们与宗教相互交叉之关系的看法,包含了对其美学的有趣暗示。理性是包括了感性、理解力和想象力的最高才能或能力。柯勒律治把这种卓越的能力等同于宗教的启示,这种启示先于人类经验,并使人类经验成为可能,为人类经验提供了先验基础和意义。他把经文同他所称的象征式的写作方式结合起来,对柯勒律治来说,象征是想象力的领域。在《政治家手册》中,他把想象力称为一种"和解与调节的力量,它把**理性**与**感性形象**结合在一起,(可以说)通过**理性**持久和自我循环的活力把**感性**之流组织起来,产生出一个象征体系,那些象征本身是和谐的,与真理同质,它们是感性之流的**领导者**"(LS, 62)。因此,柯勒律治认为,象征的概念在本质上是宗教的;或者反过来说,他认为宗教写作在本质上是象征式的,在世俗短暂层面上的事件由此被理解为最终在其象征能力方面是有意义的,它们的能力涉及更高的、意义的精神系统。

柯勒律治对想象力的看法,特别是对诗歌想象力的看法,在其《文学传记》(1817年)中得到了阐述,该书在他的《布道词》之后不久出版。《文学传记》是文学自传、文学理论、哲学思辨和辩论高度融合的产物。正是在其中,柯勒律治提出了他对想象力的著名界定,然而,这些界定需要在前面勾勒的语境中去理解。在《文学传记》第四章里,柯勒律治提出了他的著名看法,即与普遍的信念相反,幻想与想象是"两种独特的、极为不同的能力":它们不是"具有一种意义的两个名称,或者说……同一种力量的低层次和高层次"。柯勒律治认为,他对这两种能力所做的区分,部分受到华兹华斯著作的激励,是更加广泛的历史趋势的一部分,伴随着文化和语言学上的精致化,要"辨别"那些最初具有相同意义的词语的意义(BL,Ⅰ,82-83)。然而,直到第十三章"论想象力"时,柯勒律治才解释了自己的界定。甚至就在这一章里,他的阐述也极为简洁:柯勒律治打断了自己的沉思,援引了一封书信(据称是一位朋友的信,但实际上是柯勒律治自己写的),要求他把对想象力的论述留给后来的著作,在那部著作中可以更加充分地把问题语境化。"后来的"著作从来都没有写出来,柯勒律治对想象力和幻想的分析局限于以下的界定,值得充分援引:

> 因而,我认为,**想象力**或者是主要的,或者是次要的。我认为,主要的**想象力**是一切人类**知觉**活着的**力量**与主要**动力**,是无限的"我在"(IAM)之中永恒创造活动在有限心灵里的循环。我认为,次要的想象力是前者的一种回声,与自觉的意志并存,然而,在其效力方面仍然与主要想象力相同,仅仅在**程度**和起作用的**方式**方面不同。它分解、散播、消散,为的是再创造;或者说,如果这个过程变得不可能,无论如何还是可以致力于理想化和统一化。它在实质上**充满活力**,哪怕一切对象(**作为**对象)在实质上是固定的和死寂的。
>
> 相反,**幻想**没有任何别的可以周旋的对手,只有固定性和确定性。**幻想**确实只不过是从时间和空间的秩序中解放出来的一种**记忆**方式;与之混合在一起的、对其进行修正的意志的经验现象,我们用**选择**这个词语来表达。但是,与普通记忆相同的是,幻想必须从联想的法则所产生的一切现成材料中获得自身的素材。(BL,Ⅰ,304-305)

柯勒律治指派给主要想象力的东西,大致相当于康德所认为的再造性的想象力:它在我们正常的感知中起作用,把通过感官获得的各种材料结合成一种统一的形象,接着,这种形象可以被理解力概念化。在这种作用方面,想象力成了一种中介力量,用理解力的概念把感性材料联合起来。不过,甚至在这种主要的作用方面,正如柯勒律治所阐明的,想象力使人想起一种更加广阔的、宇宙的语境:真正的感知行为在一个有限的层面上"重复"了神的创造行为。换言之,人类的感知积极地再造或复制了自然界的各种要素,把它们再造为可以由理解力进一步处理的各种形象。具有这种主要能力的想象力,帮助我们形成一种对世界的可以理解的观点;不过,这种理解是片断的:我们的确感知到了上帝的创造,却是以一种碎片式的、累积的方式。此外,在主要想象力中不存在任何原创性:与康德的再造性想象一样,它受制于我们通过感官和联系那些材料的法则实际上体验到的东西。

属于诗歌的是次要的想象力:与康德的创造性或自发的想象力一样,它是创造性的,根据感性材料的原材料形成了新的综合,新的和更加复杂的统一体。正如柯勒律治在前面的段落中表明的,它破坏了我们的感官用以向我们呈现世界的习惯秩序和模式,把它们再造为遵循其自身规则的新的结合物,而不是遵循联想的一般法则。柯勒律治在这个段落里还强调了次要的或诗歌的想象力自发的和受到控制的性质;主要的想象力以一种不知不觉的方式在一切人中起作用,次要的想象力则属于诗人,被"自觉的意志"付诸行动。尽管如此,这种诗歌的想象力为了其原材料仍然要依赖主要的想象力:柯勒律治小心地说明,这两种类型的想象力的差别不是在性质方面,而只在程度方面。次要想象力必须对主要想象力提供的那些感知发挥其创造力;它不可能独立于它们起作用。表达这一点的另一种方式也许可以说,就连创造性的诗歌想象最终也植根于我们对世界的真实感知之中:它不可能单纯凭空创造,或者说根据它自身梦想的非实体性来创造。因为最终,次要想象力要在真实的最高层面感知世界,它透过事物的外表,发现它们更深的真实、更深的联系、它们在一种更加广泛的图景之中的意义,那种图景把人类的对象和事件、有限的意义,同它们在神的、事物的无限秩序中的象征地位联系起来。

我们也许可以简单地认为,柯勒律治的那段话是反对启蒙理性的主导地位的一个标志,而那种理性则被作为更高和更具创造性力量的想象力所取代。然而,这样一种解释倾向于以上面的孤立段落为基础,倾向于把柯勒律治和他所利用的很多思想家的浪漫主义过度简单化。甚至对柯勒律治来说都需要回想起,最高的能力不是想象力,而是理性。正如在前面看到的,理性对柯勒律治来说是一种全面的能力,它的统一倾向远远超过了单纯理解力碎片式的和累积的作用。柯勒律治在《文学传记》中谈到过一种"哲学的想象力",他也把它叫作"自我知觉的神圣力量"(*BL*,Ⅰ,241)。但是,这样使用"想象力"这个词语似乎是一般性的:柯勒律治对它的使用在意义上与他所称的"哲学意识"相同,或者使用理性更高的和直觉的力量,它只可能把理解力的概念看成对更高的统一在本质上象征式的表现(*BL*,Ⅰ,241-242)。因此,次要的、诗歌的想象力在主要想象力之间起着一种中介作用,它把感性材料统一起来,以便它们能被归于理解力的概念之下,而理性,其理念则把那些概念结合成一个依然更高的统一体。[6]

柯勒律治对想象力的看法也许部分得益于康德,得益于谢林,他确定了想象力的三个层面(感知的、哲学的和艺术的),也得益于心理学家约翰·尼古劳斯·特滕斯(Johann Nicolaus Tetens)。[7]这里的要点在于,柯勒律治的著作成了这一增长的趋势的一部分,即把一种超越单纯感知功能的作用归因于想象力,那种单纯的感知功能是由霍布斯、贝克莱以及洛克、休谟一类启蒙运动的经验主义者指派给想象力的。在对想象力之作用的这种抬举方面的一个主要因素,是这种更高的能力与单纯幻想之间的差异。在前面援引的段落里,柯勒律治对特滕斯、康德、恩斯特·普莱纳(Ernst Plainer)和谢林等德国思想家对幻想与想象力所做的区分再度进行了修正。在18世纪盛行的古典和中世纪思想的漫长传统,把"幻想"(希腊语 *phantasia*)看成比"想象力"(源于拉丁语 *imaginatio*)更具创造性的一种力量:幻想与思想的自由嬉戏相联系,想象力则局限于回忆形象的功能。前面提及的德国思想家颠倒了这种等级关系,把想象力提升到超过单纯的感知功能之上,认为它是一种创造性的和统一的力量,把更加平凡的选择和连接形象的功能指派给幻想。[8]在柯勒律治的阐述中,幻想是创造力的一种较为机械的方式:它所获得的材料是"按照联想法则准备好的",柯勒律治称它仅仅是"一种记忆方式"。换言之,它是一种回忆和重组实际上体验过的形象的方式。

人们也许会问:幻想与主要的想象力——想象力毕竟也要受到我们的感觉经验的约

束——之间的差别到底是什么？有两个要素可以区分这两种能力。第一，虽然幻想是一种回忆方式，但它仍然"摆脱了时间和空间的秩序"。第二，它要"被意志的经验现象所修正，我们通过选择词语来表达这一点"。因此，幻想在回忆形象的方式方面具有一定程度的自由；它并不局限于形象在时间和空间中原本的秩序；它可以在把形象结合起来的方式方面进行某种选择。因而，与主要的想象力不同的是，幻想不仅仅是一种感知能力；相反，它是一种创造力，却在创造力的一个较低层面上起作用，那个层面低于次要的或诗歌的想象力，后者具有完全溶解感知和创造新联合体的力量。在别的地方，柯勒律治把想象力叫作一种"塑造和更改的力量"，把幻想叫作"集合与联想的力量"(BL，Ⅰ，293 and n. 4)。实际上，柯勒律治提出，想象力是"具有融合作用的"力量，这个词语是他从希腊语的 *eis hen plattein* 得来的，其意思是"塑造成整一"(BL，Ⅰ，168)。合起来看，这些说法使人想到，想象力按照一种内在的有机内容来统一素材，改变那些统一起来的要素本身，而幻想所产生的结合是集合性的，构成的仅仅是外在的附加物，如同把形象并置在一起。

柯勒律治论述想象力和幻想的过程，成了18世纪的思想尤其是启蒙运动的思想与浪漫主义之间某些更加广泛和更加深刻的变化的标志。他认为，很多现代哲学都受到了自我与世界之间的二元论的困扰，这种二元论由笛卡儿以区分心灵与身体的形式引进了现代哲学："就我所知，笛卡儿是第一个把作为智力的灵魂绝对的和实质性的异质性、作为物质的身体引进的哲学家。"(BL，129)笛卡儿把心灵（或柯勒律治所称的"灵魂"）的特征刻画为思维着的实体，他把这种实体确证为实质性的人本身，而物质对他来说完全属于不同的性质，其特征主要是在空间和时间中的展开。柯勒律治认为，这种区分在现代思想中被唯物主义、"物活论"(hylozoism)和经验主义等哲学进一步精致化了。经验主义者洛克和休谟未能使自我与外部世界达成和解，认为我们只能认识我们自己关于世界的观念或印象，而不能认识世界本身。柯勒律治拒绝了休谟和戴维·哈特利等心理学家提出的各种观念联想论的理论，认为他们没有提供解释心灵与身体或自我与世界之联系的任何可行的方法，虽然他接受了亚里士多德对观念联系方式的解释(BL，Ⅰ，102-103)。

柯勒律治认为，这些哲学中的大多数都把自然变成了一种呆板的和没有生命的实体，只服从于机械的法则(BL，Ⅰ，129 n. 1)。他认为，康德的形而上学在克服自我与世界、自我与自然之间的这种根本的二元论方面迈出了重要的一步。他承认，康德的著作"超过一切著作，立刻鼓舞和训练了我的理解力"(BL，Ⅰ，153)。康德试图展现我们的心理能力与现象界或向我们呈现出来的世界之间的一种必然联系：我们的心灵在建构这个世界方面具有一种积极的和必要的作用。然而，康德达到这种必然性是以断定本体界（物自体的世界）为代价的，我们绝不可能通过我们的知性装备认识本体界。与费希特和谢林（以及黑格尔）一样，柯勒律治认为，康德对现象与本体的区分是再次引进了我们所知的现实与不可知的终极现实之间的差异或二元论。而且，像其他思想家一样，他拒绝了他所认为的康德对本体的解释(BL，Ⅰ，155)。

德国哲学家费希特和谢林曾经试图克服康德所做的区分。费希特强调自我，他证明自我是主要的现实：自我在最初的肯定行为中断定了自身，接着断定自然或非自我具有自身的局限性。然而，柯勒律治认为，对自我的这种强调超过了限度，并认为费希特的理论退化成了一种拙劣的自我主义,与"没有生命、无神论的和完全不合理的"自然相对立(BL,Ⅰ,158-159)。柯勒律治最初转向谢林寻求自我与自然之间的二元论的解决办法。然而,柯勒律治确认了谢林的过错,把他们的观念的相似性追溯到他们对雅各布·柏麦(Jacob Bohme)的共同理解(BL,Ⅰ,160-161)。虽然柯勒律治要求独立地获得自己的根本理念,但他把谢林称为有关自然的"动态"哲学的"奠基人"(与把自然表现为毫无生气的经验主义和唯物主义传统相反)(BL,Ⅰ,162-163)。

正如柯勒律治发现的,"哲学既不只是理性或理解力的科学,也不只是道德科学,而完全是关于**存在**的科学":它必须把思辨和实践(或道德)领域结合起来。此外,一切认识都要"依赖客体与主体达成一致"(BL,Ⅰ,252)。因而,就认识的起因而言,必须克服从笛卡儿以来内在于现代哲学的主观与客观的二元论。柯勒律治认为,我们可以达到这种和解,无论我们从主观出发,还是从客观出发。如果我们从客观或自然出发,我们最初的看法就是自然哲学家的看法:我们越是考察自然界,我们就越会认识到它的实质不是存在于物质对象之中,而是存在于支配着那些对象及其联系的法则之中,而那些法则存在于作为理智和自我意识的人之中。换言之,我们认识到作为对象的自然和作为主体的我们自己的实质性特性(BL,Ⅰ,255-256)。在另一方面,如果我们从主体一边出发,我们最初的立场就将是先验哲学家的立场:与康德一样,柯勒律治认为先验哲学(transcendental philosophy)要设想,存在着一种超越我们感官的现实,但它最终仍然要以我们的感官为基础——它不可能简单地建构与我们的真实体验毫无联系的关于它自身的图式(这种类型的哲学将是"先验的")(BL,Ⅰ,237)。因而,先验哲学将从主体性的根本事实出发,即"我在"或直接的自我意识,柯勒律治认为它是"其他一切确定性的基础"。在进行对自然的考察时,我们会发现,这与我们的自我意识是同一的(BL,Ⅰ,260)。换句话说,我们观察到的一切"外在"对象,实际上都是对这种自我意识或"我在"的修正,它们是所有哲学的根本原则:"只有在对一种精神的自我意识中,才存在必需的对象与表现的同一性……它所看到的一切对象中的精神,只会看到它本身。"(BL,Ⅰ,272,278)因此,虽然柯勒律治从表面上笛卡儿式的自我意识的原则出发,但他使这一原则走向了非常不同的结论:他没有得出笛卡儿或其他现代哲学家的那种二元论,而是关心废除那种对立,依靠了把外部世界看成自我意识的一种发展。但是,柯勒律治当然也把主体与客体的这种同一性置于一种表现了永恒神圣的"我在"的"主体与客体的绝对同一性"之中(BL,Ⅰ,285)。因此,一切自然都是自觉意志或上帝智慧的一种表现:"我们从我**认识我自己**开始,为的是以绝对的**我在**结束。我们**自我**前行,为的是在**上帝**那里避开和发现一切自我。"柯勒律治所渴望的是一种"总体的和不可分割的哲学",在其中"哲学会变成宗教,宗教则包含了哲学"(BL,Ⅰ,282-283)。

虽然很多这些理念可能直接来自谢林,但值得注意的是,它们与黑格尔的理念具有相似性,黑格尔的体系也试图克服根本性的二元论和资产阶级思想的矛盾。在这里有趣的是,柯勒律治的历史地位是一个英国浪漫派,却把德国思辨哲学的某些主要原则引进或输入本土传统中,那些原则得到了浪漫派运动的主要谱系的确认。部分旨在反对大多数启蒙思想机械的、碎片式的和世俗精神的这些原则,包括了主体性和自我意识的首要地位,把自然提升到超越单纯的没有生命的机制而达到一种精神性的地位,以及对人类自我与自然界之间根本统一的感知。

柯勒律治对诗歌性质和诗歌语言的看法,在本质上与上面概述的他更加宽广的视野有关,尤其是与他对诗歌想象力的看法有关。虽然他这种广泛视野的某些组成部分与华兹华斯的看法具有共同之处,但他在《文学传记》中要尽力使自己的立场与其朋友的立场完全区分开来。他在立场上不同于华兹华斯的最根本之点在于,他坚持认为诗歌语言**在实质**上不同于散文语言(BL,Ⅱ,73)。虽然华兹华斯认为诗人是一个"对人们发言的人",使用了"真实"生活的语言(尽管是以一种较为精致的形式),但柯勒律治与20世纪早期的"新批评"派一样,认为诗歌在实质上无法翻译成散文。实际上,柯勒律治正是为此批判了蒲柏等新古典主义作家的诗歌实践,认为他们的诗歌采取了逻辑论证的形式,那种形式看来"在特征上多半不是诗歌的思想,而是**被翻译**成诗歌语言的思想"(BL,Ⅰ,18-19)。

柯勒律治承认,诗歌与散文一样是按照相同的因素形成的;差别在于这些因素不同的结合以及目的的不同(BL,Ⅱ,11)。虽然科学、历史和其他学科都把传达真理当作自己的直接目的,但对真理的这种传达对诗歌来说是**一种最终**目的。诗歌与其他那些领域不同,它们"把愉悦当作自身的**直接**目标,而不是真理;诗歌在坚持有机统一方面也与众不同,因而,由诗歌的任何组成部分所产生的愉悦,与其他任何部分和作为一个整体的诗歌所提供的愉悦都是一致的"(BL,Ⅱ,12-13)。柯勒律治后来提出了某种类似于有机统一的定义的看法:"一个有组织的整体的**一切**部分,都必须与更为**重要**和**实质性**的部分相同。"(BL,Ⅱ,72)因此,与认为语言是思想的外在"装束"的蒲柏不同,柯勒律治认为,诗歌的统一性是内在地塑造出来的,要通过各种要素的内在联系。华兹华斯也认为,诗歌的直接目的是要产生愉悦。然而,柯勒律治对此的解释不同:诗歌的最终目的确实是表达真理,但愉悦不单来自我们对这种最终目标的看法,还要"凭借过程本身的吸引力"(BL,Ⅱ,14)。这种观点预见到了很多现代的诗歌和诗歌自主性的概念:诗歌的主要目的不是具有参考作用,而是把注意力吸引到作为一种语言和素材建构的它本身之上,吸引到借以获得真理的过程或**手段**之上。柯勒律治关于"诗歌的信念"是一种"对怀疑的自愿悬置"的著名定义,有助于解释诗歌的这种自主性:诗歌中的形象具有它们自身的一种力量和逻辑,能促使读者进入诗歌幻觉的世界,悬置关于那个诗歌世界的形象是否真实存在的判断。换言之,诗歌指涉真实的问题被悬置了,读者的凝视集中在"自主性的"诗歌世界之上,这个世界暂时脱离了所有语境。

柯勒律治对诗人活动的最为全面的界定,勾画出了前述讨论的实质性特征:

> 按照**理想的**完美来描述,诗人把人的全部灵魂带动起来,使它的各种能力按照自身相对的价值和地位彼此从属。他传播一种统一的气韵和精神,凭借那种综合的和不可思议的力量,使彼此混合起来,也可以说**融合**在一起,我们专门用想象力这个名称来称呼它。这种力量率先由意志和理解力所推动,并且受到它们虽然温和却不引人注意、从不放松的控制力的约束……在对立的或不和谐性质的平衡或协调中使自身显现出来:它以差异来协调同一;以具体来协调一般;以形象来协调理念;以代表性来协调个别;以陈旧和熟悉的对象来协调新奇和新鲜之感;以愈发不同寻常的秩序来协调更加不同寻常的情感状态;以热情和深刻或强烈的情感来协调永远清醒和稳定的沉着冷静。在它混合与协调天然与人工之时,依然使艺术从属于自然,使方式从属

于材料,使我们对诗人的赞美从属于我们对诗歌的同情。(BL,Ⅱ,16-17)

再一次,诗歌写作被认为是与众不同的,主要依赖于想象力统一的力量,这种力量以一种自动的和受到控制的方式产生效果。单纯的理解力只能根据对立面来觉察的东西———一般的,具体的,个别的,代表性的等,想象力却有力量以一种更高的统一观来进行协调。对想象力的这种运用,处于诗歌之独特性的核心,有别于散文,或者说有别于使我们习惯了的感知世界的一切推论活动:诗人通过想象,不仅可以重新集合世界呈现于我们感官的一切因素,而且能发现那些因素之间更加深刻的联系。尽管如此,虽然诗人对柯勒律治来说是一种天才,有别于其他人,但他坚持认为,读者应当被诗歌本身所吸引,而不是被诗人吸引。这样一种坚持有助于自主性的诗歌概念,也将被20世纪的形式主义者和新批评家们所重复。

倘若柯勒律治认为诗人的地位很独特,那么,无怪乎他对华兹华斯关于诗歌语言的观点有不同看法。在《抒情歌谣集序》中,华兹华斯要求诗人放弃诗歌传统的人为语言,转而采用他所称的人们的"真实"语言。他声称,语言最为纯粹和最有哲理的形式展现在乡村生活之中,它没有受到粗俗的方言和城市情绪的污染。柯勒律治对这些说法的很多异议可以概括为两个核心的论点:首先,"真实"这个词语是有歧义的。柯勒律治认为,每个人的语言都有其个人特性,也具有其社会阶层的共同特性和某些普遍使用的词语或习语。此外,语言在每个国家和每个乡村都不同;假定有这样的多样性,"真实的"语言到底指什么?因此,柯勒律治认为,就"真实"而言,我们应当代之以"普通"这个词语或 *lingua communis*([译按]拉丁语"普通语言")(BL,Ⅱ,55-56)。他认为,在乡村语言中与在其他任何阶层的语言中一样,都不会找到这一点。

其次,更为根本的是,对华兹华斯的异议在于,乡村话语远远不是最有哲理的语言,它以词汇短缺和传达单独的事实为标志,而不是以构成事物的"真实存在"的联系或一般法则为标志(BL,Ⅱ,55-56)。按照柯勒律治的看法,语言中最好的部分"来自对心灵本身的行为的反思。它是由自发地把各种固定的象征用于内在行为,用于想象的过程和结果形成的,它们大部分在未受过教育者的意识中毫无地位"(BL,Ⅱ,54)。因此,正是想象力,不仅成了诗人与众不同的作用的基础,正如前面提到的习惯了的感知领域,而且成了诗人精确使用语言的基础:诗人正是通过这种力量,才有能力去发现事实背后的联系和潜在的模式,而那些事实是平常的意识以碎片式的和孤立的方式分散地接收到的。

有趣的是,并且有点反讽的是,虽然柯勒律治和华兹华斯在诗歌语言与普通语言如何关联的问题上有分歧,但他们都声称要坚守亚里士多德的观点,即诗歌表达一般的和普遍的真理,而不是个别的真理。柯勒律治声称:"我怀着充分的信任接受亚里士多德的原则,即诗歌在**实质上是理想的**,它避免和排除一切**意外事件**;它在等级、性格或职业方面的明显个性,必须**代表一个阶级**;诗歌的**人物**必须穿着**一般**属性的外衣,穿着阶级**共同**属性的外衣;不是穿着某位有天赋的个人**可能**拥有的那种外衣,而是与他**会**拥有的……处境有关。"(BL,Ⅱ,45-46)因此,对柯勒律治来说,诗歌也把焦点集中在一种特定情景实质性的和普遍的特征之上,虽然它可能利用个性化来创造一种情感效果,但这样的运用始终都要具有一种更加广泛、普遍化的意义(BL,Ⅱ,72)。

因此,正如在华兹华斯那里一样,柯勒律治把古典的亚里士多德式的规则——在这种情况下,是诗歌对普遍真理的表现,以及诗歌是对自然或人类本性的一种模仿——用于浪漫派的目的。使诗人得以传达一般的和实质性真理的是想象的统一力量,它发现了特殊与一般、具体与抽象、个别与代表之间的联系。正是通过这种真正的力量,诗人的"模仿"本身才成为创造性的,才重新肯定并且在一个较低的层面上复制了神圣的"我在"的原初创造性行为。

美国的浪漫主义

正如前一章里所说,1789年的法国大革命标志着欧洲未来的分水岭,这个事实被大西洋两岸的作家们敏锐地觉察到了,如欧文·白璧德(Irving Babbitt)和马修·阿诺德。那场革命不仅开创了资产阶级在政治上的支配地位,斗争一直都在欧洲1830年和1848年的暴力革命之中延续,而且它的各个方面也如此重要,因为它颠覆了悠久的封建主义和专制主义的经济大厦,以及它们对基督教正统思想的认可,以致它打下的烙印不可磨灭地留在了生活、经济、宗教、哲学、科学和文学等所有领域之中。

在19世纪期间,资本主义在美国发展的主要特征与在欧洲的那些特征是一致的。亨利·亚当斯(Henry Adams)注意到了,19世纪晚期巴黎和伦敦的资产阶级与新英格兰①的资产阶级之间,有着一种"本能的血缘关系";就后者而言,"英格兰的中产阶级政府是人类进步的理想"。[9]在欧洲和美国,工业资本主义的商业利益曾经主要是个体企业或者合伙组织形式,到19世纪中叶开始被更加非个人化的金融资本主义的组织所取代,之所以这么说,是因为企业被庞大的投资银行帝国所垄断。新兴统治阶级这时包含了实业家和投资银行家。亚当斯实际上捕捉到了这种转变残忍无情的精神:"从1840年以来,信托公司代表了创造出来的大部分新动力,由于它们精力旺盛和肆无忌惮的活力而令人讨厌。它们是革命性的,使一切旧习惯和价值观感到不安……它们使社会分裂成碎片,并把它踩在脚下。"[10]在19世纪80年代,约翰·D. 洛克菲勒(John D. Rockefeller)和安德鲁·卡内基(Andrew Carnegie)成了他们各自的企业在石油和钢铁方面的这种垄断的象征。到19世纪60年代,铁路代表了美国最强有力的经济利益;在随后的年代里,铁路网的迅速扩张与合并,为钢铁等其他工业中的大型企业与集中化管理铺平了道路。毫不意外的是,在亚当斯的自传中,铁路成了工业利益重构社会的一种微妙隐喻。

这些发展伴随着人口的大规模增加,美国人口从1800年的500万左右增加到了1914年的1亿左右,并且伴随着大量移民的涌入,与在欧洲一样,还有人们大规模地从农村移居到城镇。到19世纪晚期,出现了由铁路和电报连接起来的巨大的都市工业景观,一个钢筋混凝土的世界,在其中,田园生活的节奏,季节性劳作的循环,几代人之间联系的纽带,个人与群体之间的认同感,以及家庭关系的力量,全部都遭到了剧烈的动摇。正如费迪南·特尼斯(Ferdinand Tonnies)提到的,大部分的个人认同都是由一个人的社会角色赋予的。同样,随着

---

① 新英格兰(New England):指美国大陆东北角地区,包括马萨诸塞等六个州。

这种劳动分工而出现的是,个人在精神上的统一性分裂成了走向功利主义与理性实践的单向度方向,并以牺牲很多作家所称的感性为代价。所有这些特点——金融资本主义,铁路,管理和权威的集中化,机械的时间概念(与金钱一样),以及用"利益社会"(Gesellschaft,[译按]德语)来取代"礼俗社会"(Gemeinschaft,[译按]德语)——都构成了美国浪漫派所要回应的状况。

与欧洲一样,美国也拥有自己的像纳索·西尼尔①那样的经济自由主义者,以及美国的"自我创造的人类"神话("self-made man" myth)的传播者,贯穿这个神话之核心的是努力工作和节俭的清教徒的新教伦理(Protestant work ethic)。如前所述,通过工作或劳动进行自我创造的概念,处于资产阶级各种理想的核心,正如恩格斯、马克斯·韦伯和其他人认为的,它以献身于社会的合理组织,尤其是合理的资本积累为支撑。在美国,经济自由主义(不过,它受到1816年以来出现的美国的贸易保护主义政策、法人与垄断者的制约)在某种程度上要由"财富的福音"来调节,这仅仅是论证资本主义与基督教的可通约性的众多企图之一。这种学说宣布,例如在卡内基的《财富的福音》(*The Gospel of Wealth*,1901年)中所阐述的,拥有财富连同基督徒的责任一道,为社群的福利做出了贡献。很多教会实际上都表明了自己的学说,以便协调当代的经济活动与物质状况。这类教会之一就是"唯一神教派教会"(Unitarian Church),它的自由主义推动了欧洲浪漫派的理念流入美国。

美国浪漫主义的繁荣比欧洲稍晚,并且受到了这个新兴国家在为政治、经济和宗教关系方面自我界定(self-definition)的斗争的困扰。正是美国在1776年摆脱英国统治获得独立,才开辟了审视民族认同的道路,并且按照浪漫派所设想的对自我与自然的看法来发展独特的美国文学传统。美国浪漫派的主要人物包括拉尔夫·沃尔多·爱默生、沃尔特·惠特曼(Walt Whitman)、纳撒尼尔·霍桑(Nathaniel Hawthorne)、玛格丽特·富勒(Margaret Fuller)、亨利·戴维·梭罗(Henry David Thoreau)和赫尔曼·梅尔维尔(Herman Melville)。虽然这些作家中的一些人受到过欧洲浪漫派和哲学家的影响,但他们几乎全部都受到了民族主义的激励,关注发展一种本土的文化传统和一种独特的美国文学。实际上,他们帮助界定了——在比从那时直到现在由政治家们提供的拙劣界定远为深刻和远为聪明的层面上——美国民族身份的真正概念。与欧洲的浪漫派一样,这些美国作家反对他们所感到的启蒙思想机械论的和功利主义的趋向,以及受资产阶级商业主义伦理和理想支配的工业的、都市化的世界。他们在一种特定的美国语境中力图恢复精神、自然和人类自身之丰富性的理念。

奠定美国浪漫主义基础的人正是爱默生。他利用华兹华斯、柯勒律治和托马斯·卡莱尔(Thomas Carlyle)的理念,发展出了有机论的自然、语言和想象力的理念,要求美国作家脱离欧洲文学传统严格的体裁和形式上的等级,并要形成他们自己的表达方式。爱默生和惠特曼都曾经提到,美国是一首需要书写的"诗歌"。惠特曼在其《草叶集》(*Leaves of Grass*,1855年)的序言中认为,他自己在书写"共和国的伟大诗篇",并在后来的一篇序言中以民族身份来确证对个人身份的表现。与爱默生一样,他反对体裁和形式的束缚,用一种较为自由的形式来写作,那种形式利用了口头言语,或者说利用了惠特曼所称的"常识的方言",试图传达美国精神

---

① 纳索·西尼尔(Nassau Senior,1790—1864年):英国著名古典经济学家。

的宏大。他认为,美国的"天才人物"居住在普通人民当中,并且认为把美国从腐朽的商业主义中拯救出来在于实现其本真的自我。[11]惠特曼的《自己之歌》(Song of Myself)以"我赞美自己"的诗句开头。但是,控制着这首诗之运行的叙述者"我"是象征性的("我在一切人当中发现了我自己",Ⅰ.401)。惠特曼强调共同人性,并把这种人类本性置于灵魂和身体之中,弃绝说教目的,大胆地赞美人性一切方面的神圣,对传统道德采取漠不关心的态度,正如他追问"什么样的脱口而出与美德和恶行有关"那样(Ⅰ.468)。惠特曼走向了对人性的总体性赞同,那种人性摆脱了习惯感知的计谋,以及虚假地强迫接受一致性:"我与自己相抵触吗?/那么,好吧……我与自己抵触;/我很宽宏……我包容多样性。"(Ⅱ.1314—1316)惠特曼认为,人类的个性是与科学、艺术、宗教和经济等所有发展结合在一起并且相互适应的。

受到爱默生和托马斯·卡莱尔影响的另一个重要人物是亨利·戴维·梭罗(1817—1862年)。他最有名的著作《瓦尔登湖》(Walden,1854年)以他按照爱默生的特点在瓦尔登湖的居留为基础,他在其中提倡一种摆脱了社会计谋、日常事务和消费主义的生活,使生活简化到必需的程度,专注于自然和艺术,在想象中探究自我的深度,发展一种本真的语言。梭罗极度浪漫派的和反常的观点,也表现在他对个人权利和需要反抗压迫的权利的看法上;他是一位强烈的废奴主义者,他的《反民主政府》["Resistance to Civil Government",1849年;后来取名为《论公民的不服从》("Civil Disobedience")]一文,影响了莫汉达斯·K.甘地(Mohandas K. Gandhi)为使印度摆脱英国统治的独立而进行的斗争,也影响了由小马丁·路德·金(Martin Luther King, Jr.)所领导的美国民权运动(civil rights movement)。

玛格丽特·富勒(1810—1850年)也表达了强烈反对她认为是受到物质贪欲、犯罪和使奴隶制度永久化的污染的社会。她在不同时期受到过歌德、卡莱尔、玛丽·沃尔斯通克拉夫特、乔治·桑和爱默生的一位朋友的影响,从1840年到1842年,她主编了一本先验论者的刊物《日晷》(Dial),并出版了一本著名的女性主义著作《19世纪的妇女》(Woman in the Nineteenth Century,1844年),她在其中提出,男人和女人的发展不可能彼此独立地进行,没有完全男性化的男人,也没有纯粹女性化的女人。她所提出的性别问题与众不同,而这个文本可以理解为要努力使爱默生式的自立成为妇女的一项特权。

纳撒尼尔·霍桑(1804—1864年)借助爱默生的理论、启蒙哲学和柯勒律治关于想象力的观点,把浪漫小说(romance fiction)的风格界定为在一个统一视野里真实与想象彼此交叉和影响的处所。对霍桑来说,承认文本的历史与美国制度的历史,正如自然一样,是这样一种观点的一个必要因素。与其他美国浪漫派一样,霍桑与他的朋友和仰慕者赫尔曼·梅尔维尔都反对处于美国生活核心的机械论和商业主义。他们要竭力获得激情和原创性,以发展一种民族文学,但他们认识到了,现代碎片化的世界藐视浪漫和想象试图获得一种和谐与全面的生活观的努力。

拉尔夫·沃尔多·爱默生(1803—1882年)

美国浪漫主义最善于表达的代表人物爱默生是一位诗人;然而,他主要因为对文学批评和文化批评的贡献而著名。他是美国"超验主义"最主要的倡导者,这种超验主义坚持直觉的价值、感知的个性化、人类天性的良善与整个造化的统一。他对自然和自立的看法不仅影响了他自己时代的美国文学人物,如梭罗、惠特曼和狄更生(Dickinson),而且对欧洲作家产生了影响,如乔治·艾略特(George Eliot)和尼采,还对美国实用主义哲学家威廉·詹姆斯和约翰·杜威(John Dewey)产生了影响。

虽然他毕业于哈佛大学神学院并在波士顿的唯一神教派教会当牧师,但他的个人处境(他的第一个妻子死于肺结核)和智力发展导致了他对传统的基督教教条抱着怀疑态度。他于1832年到欧洲旅行,见到了华兹华斯和柯勒律治,也见到了托马斯·卡莱尔,与他们长期保持着通信联系。除了这些欧洲文学人物的影响之外,爱默生的著作具有康德、黑格尔和施莱尔马赫的理念的踪迹。他最著名的文集和评论有《论自然》("Nature",1836年),《论美国学者》("The American Scholar",1837年),《神学院致辞》("Address Delivered Before the Senior Class in Divinity College",1838年)(他在其中批评体制化的宗教阻碍了个人的自我发现),《论历史》("History"),《论自立》("Self-Reliance")和《论诗人》("The Poet")。

爱默生的《论自然》一文是对浪漫派的世界观最有力和简洁的表达之一。爱默生认为,宇宙是由"自然"和"灵魂"构成的,他吸取了卡莱尔和费希特等德国哲学家对"自我"与"非自我"所做出的区分。[12]属于"非自我"或"非我"的一切,被爱默生认为要归于"自然"这个词语之下。爱默生的看法具有浪漫主义的特征,他认为,自然并不是大多数成年人能够理解的,只有"孩子的眼睛和心灵"才可以理解,只有那些"保持了幼儿精神"的人才可以理解(25)。他强调说,自然是上帝的一部分,上帝通过自然传播"'普遍存在'的趋势"(26)。爱默生把自然为我们的感官提供的一切叫作"日用品"。自然更加高级的馈赠是对美的热爱。爱默生认为,美具有三个方面:在最低的层面上,我们从"对自然形式的单纯感知"获得愉悦。但是,这种美只是"看见的和感到的",它的要素是自然单纯的物质外观,它们本身不具有任何真实性(29-30)。这样的自然反映了激励人向往美德的更高和神圣的美。在它背后被认为存在着最高形式的美,美是在它成为"智力的一种对象"之时,它"要寻找到事物的绝对秩序,就像它们处于上帝的心灵中那样"(32)。因此,自然中的美"并不是终极。它是内在的和永恒之美的预兆"(33)。

自然为人提供的第三种用途是语言。爱默生认为,自然是"思想的传达手段",它以一种三重方式来传达。首先,词语是"自然事实的符号":每个词语的根源最终都是"从某种物质外表得来的"。例如,"正确"最初意指"笔直","错误"意指"弯曲"(33)。其次,"成为象征性的不仅是词语;事物才是象征性的。每种自然事实都是某些精神事实的象征。自然中的每种外表都相应于心灵的某种状态"(34)。例如,光明和黑暗与知识和无知有密切的联系;河流表示所有事物的流动。自然使人意识到"自身个体生命内部或背后的一种普遍灵魂,在其中,正如在一片天空中一样,正义、真理、爱、自由,显现出来并且发出光芒。他把这种普遍的灵魂叫作理性……从理智上思考我们叫作理性的东西,被认为与自然有关,我们叫作精神。精神是创造者"(34)。爱默生在这里所要表明的是,从其本身考虑,自然是各种事实单纯的目录。然而,一旦它与人类历史结合在一起,它就具有了生命,表现了"可见的事物与人类思想之间根本性的和谐一致"。在这种意义上,自然成了一位"解释者"。它始终都使聪明人和诗人把语言从其堕落中拯救出来,"使词语再次与可见的事物紧密结合在一起"(35-36)。换言之,语言重新与物质形象结合在一起,好的作品和话语都是"永恒的寓言"。像华兹华斯一样,爱默生倡导乡村生活,倡导从"城市的喧嚣或政治的灼烤"中隐退,以便促使语言恢复活力。爱默生继续解释说:"世界是象征性的。言说的各个部分都是隐喻性的,因为自然的整体是人类心灵的一种隐喻。"(36)爱默生以一种黑格尔式的观点评论说:"在精神中似乎存在着一种必然性,要以物质的形式来显现自身。"物质现象"预先存在于上帝心灵的必然理念之中……事实是精神之目的或最终结果"(37)。因此,语言植根于神俯察到的、渐进的人类精神与自然的联系之中;世界上的事物本身都是符号,本身都是更高真理的寓言式设定;自然或世界并不存在于自身之中,也不是为了自身而存在,而是作为人类的精神表现的一种载体。

按照爱默生的看法,自然也为我们的理解力提供了一种"训练",提供了可以训练我们理解力和理性之素材的无穷多样性(38-39)。此外,自然使我们倾向于"理想主义",倾向于使自己摆脱沉溺于物质事物之中,认识到物质世界只不过是某种更高东西的一种表现,即真理、道德和美的系统。自然"被创造出来,要与精神一道共同把我们解放出来"(45)。诗人要传达这种超然的愉悦,从其能力出发,把事物从其当下语境中提升出来,把它们置于更大的、精神的和智力的领域之中:"世俗之人使思想符合事物;诗人却使事物符合自己的思想。"(45)诗人拥有一种自由,他由此可以把特定世界的各种因素重新安排成一种更加深刻、象征性的真实,实际上断定了"灵魂"相对于自然的"优势"(47)。

爱默生认为,诗人"把美当作自己的主要目的",哲学家则把真理当作主要目的。尽管如此,他们都力求按照现象世界的美是无限的这种理念,把现象世界的基础置于稳定的和永恒的法则之中。因此,"真正的哲学家和真正的诗人是同一的,美就是真理,真理就是美,它们两者都是目的"(47)。虽然爱伦·坡等后来的作家会使对真理和道德的思考服从于美这一全部目的,但爱默生坚持认为它们是一体,它们在一种不稳定的平衡之中,直接从柏拉图的雅典人变成了现代世界。

与很多浪漫派一样,爱默生哀叹当前的时代被变成了一种对世界的机械理解。爱默生认为,现在的人"在世界上的劳作只凭借其理解力。他依靠小聪明在世上生活和把握世界"(55)。我们回想起,理解力被大多数浪漫派认为是一种分类的能力,能够按一种机械的方式来分割世界,却不能达到统一的理性观或想象观。爱默生认为,按这样一种世界观,"观点的轴心与事物的轴心不相符……世界缺乏统一性的原因,以及世界破碎和堆积的原因,是因为人与他自身分离了"。"使世界回归到原初的和永恒之美"的问题,"要由灵魂的救赎来解决"(56)。我们通过改变自己,通过改变在我们内心运行的精神,就会改变自然界,因为自然界是由精神驱动和塑造出来的(57)。

正是爱默生的《论美国学者》一文,也许最好地阐明了美国浪漫主义的某些与众不同的关注点。爱默生在文中试图表达出美国学者的写作与职责的语境,不仅是当代美国文化的语境,也是更加广泛地暗示的爱默生对世界统一的超验主义信仰的语境,人类灵魂的语境,以及它们相互联系的本质。在文章的开头,爱默生宣称,美国对外来知识"依赖的时代"行将结束(58)。在一个层面上,文章也许可以被理解为为这样的文化和知识独立进行辩护,或者说认为需要这样的文化和知识的独立,以及摆脱过去的相对自由。但是,爱默生的文本巧妙地把这种自由、这种独立、这种文化民族主义的因素统一在一种人类全面统一的观点之内。他最根本的前提在于,"存在着唯一一个人",他在一定程度上是代表一切人出场的:"人不是一个农夫,一位教授或一个工程师,他是一切人。人是牧师,学者,政治家,生产者和士兵。在**分裂的**或社会的国家里,这些功能被分配给个人"与"原初的个体,力量的这种源泉……竟被如此精密地细分和被分散,以致变成涓滴,不可能聚集起来……人因而被变成了一个物件,被变成了很多事物"(59)。因此,我们不是把这些细小部分想象为"务农的人""经商的人"或"思想的人",实际上把人变成了"农民""商人"或"学者"的特殊功能(59)。这些功能当中没有哪一个是为超越其狭隘的功能而准备的;例如,商人无法看到自己劳作的"理想价值",被包围在"自己手艺的常规"之内,他的"灵魂隶属于金钱"(59)。

与马克思一样,爱默生在这里所哀叹的是由劳动分工所造成的各种孤立的和僵化的方面给人类带来的分裂。这种分裂伴随着资产阶级社会中功能的极端专门化,它已经达到了新的强度。这种专门化实际上已经造成人类的各种能力按照功能被分离开来,看不到它们原初的共存和统一。当然,爱默生所提出的对人类的这种分裂的疗救,明显不同于马克思的革命性策略。然而,值得注意的是,对新兴资本主义世界中异化境况的感知之间出现的重叠。对爱默生来说,正像对很多浪漫派和维多利亚时代的思想家来说一样,正是文人,而不是任何经济的或政治的力量,才掌握着拯救的钥匙。

在前面的陈述中,爱默生以他自己完美无缺的方式表达了一种富有特征的浪漫派的观点。他与其他浪漫派一样,拒绝了资产阶级主流哲学的世界,即分离的、原子化设想出来的实体世界;人类的能力在那个世界里已经丧失了它们原初的统一性,在假定的独立性中摸索;一个二元论的世界,自然在其中被认为是外在于人类自我的,客体与主体在其中再也不是连续地和令人愉悦地彼此和谐,以异化和无法通约的方式悄悄地超越了彼此的限度。爱默生并没有返回到资产阶级之前某种预设的自我与世界之间和谐的观点之上;他似乎要阐明一种更加黑格尔式的立场,那种立场认为,主体性与客体性是作为相同运动的一部分,是在必然的相互联系中出现的。资产阶级世界的原子论和碎片化(fragmentation),实际上被认为是在知性上向这一观点衰退,即仍然被凝固在分离的方式之中,这种观点否认关系与讲述的真实性,这种观点把部分放在整体之前,这种观点剥离了直接"事实"的整体性语境。虽然爱默生谈到了作为"上帝之网"的自然,但他也以人类自我的广阔性来确证自然;因此,他的统一观较少以神的理念为基础,更多地是以直接或间接受到康德与黑格尔影响的人类主体性的特殊概念为基础,这种观点认为,主体性与客体性的构造在本质上是相称的;换言之,我们的心灵与我们的感知对象彼此是相互适应的(也受到彼此约束)。例如,康德认为,我们"在"空间里发现对象,是因为空间性是我们感知世界的主观构造的一部分。

对学者的主要影响不仅包括自然,也包括"过去的心灵",它最明显地由书本进行传播。对爱默生来说,一本书代表了先前学者的努力,即从世界接受原始材料,对它们进行反思,并为它们提供"他自己心灵所进行的新安排……进入他心里的,是生活;从他心里出来的,是真理。向他呈现出来的,是各种短暂无常的行为;从他心里出来的,是不朽的思想。向他呈现出来的,是事务；从他心里出来的，是诗歌"。因此，学术(scholarship)(爱默生在一种宽泛的意义上使用这个词语，除了别的以外，学术也包括诗歌)是一个"把生活转变成真理"的过程(61)。不过，既然没有哪个学者或艺术家可以从自己的书本中完全排除"习俗、乡土、容易衰败"，那么，每个时代都必须更新说明世界的任务："每个时代……都必须书写它自身的书本"，不可能单纯依靠由前辈或先前时代撰写的书本的权威(61)。如果对书本的评价过高，就像它们要靠"多数人呆滞和不正当的心灵"(与马克思的类似性在爱默生的文本里有点倒退)那样，那么，书本的影响就成了专横的：它们鼓励学者依赖"公认的教条"，而不是"他们自己对原则的看法"。我们所拥有的不是有思想的人，"我们拥有的是书蛀虫"，是靠书本学习的阶层，他们把书本连同自然界和灵魂归类为第三种财产。爱默生认为，不幸的是，大学和各种机构是按照书本建立的，是按照"天才过去见解"的权威建立起来的。但是，活跃的灵魂，真正的天才，他们发现了"绝对真理"，不会受到过去的洞见的束缚，而会向前看。当学者不可能"直接解读上帝"时，他们经常就会只依赖书本(62)。在某种意义上，爱默生在这里的论点呈现出的形式，与艾略特后来在其很有影响的《传统与个人才能》("Tradition and the Individual Talent")一文中主张的形式相反。艾略特要求，个体作家要使自己服从于传统，服从于"欧洲的思想"，它本身能够提供和确立个体诗人洞察自己现在的原型模式。对爱默生来说，"过去的思想"是限制性的，正好是当代作家在表现自己时代的现实时必须超越的东西。

按照爱默生的看法，在教育上对学者的最终影响是"行动"(与专门由思辨构成的生活相反)。爱默生承认，行动对学者来说是"次要的"，但是实质性的："倘若没有行动，他就不是人。倘若没有行动，思想就绝不可能成熟为真理。"他坚持认为，我们只有在我们具有生命的意义上，才拥有知识；他认为，"我们知道，哪些人的言辞充满着生命，哪些人的言辞没有生命"(64)。当然，这里的论点是所有经验主义哲学都提出过的：认识产生于经验，认识实际上不可能超越我们实际经验的限度。换言之，我们不可能通过抽象的推理，通过别人的单纯陈述，通过服从于宗教权威或政治权威，来认识世界和认识生活。在这种程度上，学者必须寻找出经验的多样性，必须"渴望行动。生活是我们的词典……这是学习语法之道。大学和书本仅仅复制了田野和工作场所创造的语言"(65)。它暗含的意思是，词语的意义首先是在经验中确立的；词典只不过使那些意义形式化了，并人为地使之固定下来，而学术机构提供的解释经验的框架在事实之后，在经验出现之后。

爱默生在文章结束时概括了学者的职责和美德；他认为，所有这些都包含在"自信"之中，这个概念有几个方面的意思。首先，学者是"自我依靠和自我导向的"，既不受传统或宗教的约束，也不受流行判断的风尚和意见的约束。实际上，他似乎处在与社会"实际的对抗"关系之中(67)。爱默生预见到了尼采的观点，即大多数当代人都是疯狂的，大众的行为就像牧群；千年之后，只有一两个人才会接近"每个人的正确状态"。其余的人都满足于在伟人或英雄的光辉与高贵之下的舒适生活(70)。然而，与尼采的超越普通道德的超人的任务不同，爱默生的英雄式的学者的任务，是要重新肯定和重新建立人失去了的同普遍的、统一的自我的联系。他凭借深入自己心灵隐秘的勇气和智慧，去探究一切心灵的秘密，去揭示"普遍的真实"(68)。他是一个发现"外表当中的真相"的人，他"以私下的思考来提高自己"，时刻提出意见，那些意见遮蔽了"理性根据自身的神圣地位"所做出的不朽判断。正是学者本身,才认识了世界:"他是世界的眼睛。他是世界的心灵。"(67)正是他,才把人们从自己追求金钱和权力的夜游般的梦想中唤醒,把他们引导到这个根本的教训之上:"世界是虚无,人就是一切;在你自己身上有一切自然的法则……在你自己身上沉睡着理性的整体。"爱默生以一种有点黑格尔式的方式,甚至认为后继的学者们把"普遍心灵"所采取的观点具体化了(70-71)。

尽管学者具有这些普遍化的作用,但爱默生仍然欢迎新近的文学,它所探究的不是崇高和美,而是低贱和普通、乡土和当代(71)。具有讽刺意味的是,爱默生的普遍性(universality)的概念,恰好得到了拒绝受到过去智慧约束的观念的支撑,得到了面对现代真实和持久之物的需要的支撑。正是在这方面,学者的职责转变成了美国学者的**特殊**职责:"对未探寻过的力量的这种信心,按照所有动机,按照所有预言,按照所有准备,都属于美国学者。我们聆听欧洲尊贵的缪斯女神的话太久了。"(73)他要求美国年轻人"不屈地培养自己的本能",获得对"自己无限生命"的看法。他在结束时使用了一个意味深长的、对于独立性的号召,这一号召以一种总体性内部的关系、综合为基础:"我们将用自己的双脚行走;我们将用自己的双手劳作;我们将表达出自己的心灵……人的国度将头一次存在,因为每个人都相信自己受到了神灵的鼓舞,那神灵也将鼓舞一切人。"(74)爱默生的声音非常有力,试图把自立和独立(在民族和个人这两个层面上)置于自我与世界的前资本主义的和谐之中,这种和谐等于同神的劳作协调,因此达到了世俗与宗教观之间不稳定的平衡。

在于哈佛大学发表的《神学院致辞》(1838年)中,爱默生对美国体制化的基督教进行了批判。爱默生的主要批判是,宗教已经丧失了与其原初的推动力的联系,那种推动力是探索性的、创造性的和直觉的;现在它却以单纯的先例、传统和私利为基础。教会当前的腐败状态和"消耗性的疑惑"状况,都标志着可能降临到一个国家的最大灾难——丧失崇拜:"那时,一切事物都要衰退。天才把神殿留给神出鬼没的参议院或市场。文学变得轻佻。科学……社会变得微不足道。"(89)爱默生也弃绝了创建一个新的宗教体系的现代努力,诸如崇拜"理性女神",这种崇拜以"疯狂和谋杀"告终(92)。

爱默生就事情的这种黯淡状况所提出的解决办法,部分以斯多葛学派的教条"顺从你自己"(Obey thyself)为基础(84)。他告诫神学院未来的传教士"要前进;要拒绝善的模式……要敢于热爱上帝,不要经过调停者或掩饰物",要抛弃"一切一致性,要使人们直接熟悉神性"(90-91)。正如他在另一篇文章里所说,他在这方面要重新肯定的是,正是在灵魂之中,"才必须寻求救赎",正是通过这样的救赎,世界才可能被改变,因为世界是灵魂的镜子(89,93)。只有这样的救赎才可能对抗现代世俗民主制中"普遍性的丧失",才能对抗民主制"对有限性和自私的夸大"(91)。爱默生的文章清晰地表达了浪漫派的宗教观,实际上表达了浪漫派文学观的根基在于一种改造过的宗教概念,这种概念强调了个体性、创造性乃至在道德领域里的探索。

事实上,在其《论先验论者》(1842年)一文里,爱默生嘲笑了在想象上"坚强的资本家",他们明显牢固的企业实际上要依赖"在震动的基础"(141)。有趣的是,爱默生对超验主义的真正界定是在他最激烈地反对资产阶级为唯物主义所困(按照首先突出经济利益的原则,这种唯物主义既是一种哲学,也是一种生活方式)中做出的。爱默生认为,"超验"这个词语源于康德哲学,它强调了属于主体构造的某些感知形式(145)。爱默生指出,超验主义是理性主义的一种形式,超验主义者的体验"使他倾向于把你们叫作世界的事实序列,看成是从他自身的一个不可见、深不可测的中心永远向外流出来的……迫使他把一切事物看成具有一种主观的或相对的存在……他相信奇迹,相信人类心灵永远向新流入的光明和力量开放;他相信灵感,相信狂喜"(142)。爱默生认为,超验主义者的特征被刻画为从社会隐退,甚至厌恶投票,以及对于"伟大和非凡之物"的激情(146,148)。他们处在远离当代社会的状态,那种社会的标志是"胆怯地妥协和表面上宣称的一种可怕的怀疑主义精神,一种没有爱的生活,以及一种没有目的的行为"(149)。他们所依恋的是"持久之物",而他们的言说是为了"不适于销售或不易腐烂的思想和原则"(153-154)。显然,"超验"这个词语在这里获得了一种非常不同于康德著作中所保持的那种意义:它不仅仅意味着一种超越感官之直接性的理想主义,对唯物主义的一种局部化的强调,彼此隔绝或世界的现象之间脱离联系,走向一种更加统一的和更加长期的观点,它认为世界上的各种因素都是人类心灵或精神累积的产物;而且也是一种超越,它拒绝把资产阶级的世界当成是真实的,力图把现实本身定位于另一个更高的领域,它与空间、时间和历史相隔绝。

爱默生的《论政治》(1844年)一文表达了他对政府机能和政治党派的怀疑。他评论说,政府的存在是为了保护两种类型的权利,即个人权利和财产权(156)。爱默生告诫要提防现代"骚动的自由"的危险,并警告说:"在公共意见的专制统治之下,我们毫无依靠。"(161)因此,他相信少进行政治统治,像苏格拉底一样反而鼓吹"个人性格的影响力"。他认为,国家的存在是为了"培养睿智的人……而具有睿智者外表的国家却走到了尽头"(163)。培养适合于自然与更高的精神利益的性格,"保证了认识到比个人自由或财产安全更高的权利"(165)。

前述涉及自然、宗教情绪、从当前堕落的政治状态隐退的超验主义态度的很多主题,在爱默生的《论诗人》(1844年)一文里都被集中在了一起。在爱默生看来,诗人当然属于超验主义者。他认为,宇宙有三个孩子:"认识者、行动者和言说者。它们分别代表热爱真理、热爱善和热爱美。"这三者是平等的,而诗人则"是言说者,命名者,并且要表现美"(189)。

诗人的领域就是语言;自然为他提供的巨大变化是一种"图画语言"。他把自然中的事物用作类型和象征;因此,自然中的对象获得了另一种价值,而自然"成了一种象征,成了在整体上和每个部分的象征"(192)。爱默生帮助我们理解这一点是依靠提醒我们:"宇宙是灵魂的外化",它的象征价值在于它指向了超越自身,走向超自然(193)。这样,世界就成了一个"神殿",其围墙覆盖着符号与象征。诗人在阐明这些象征时,为"同上帝的生活断绝和脱离"提供了补救,那种脱离使事物变得丑陋。诗人"重新使事物与自然和整体联系在一起","在伟大的秩序中"去看事物(195)。换言之,虽然普通的感知充满了不连续和不相干的对象的形象,但诗人凭借"隐蔽的理智的感知",能够发现事物的连贯性,尤其是物质因素与精神因素之间象征性的联系(196)。因此,诗人真正的语言,以及他感知的性质,与自然的劳作、永远的流动相适合。由此看来,诗人是"命名者或语言的创造者",根据事物的外表或实质为它们命名,但始终都在直觉上意识到了它们在更加广阔、也许是目的论的、各个对象存在于其中的图画上的联系。爱默生把这样的洞见描述为"一种非常高级的见识",它受到了想象能力的影响(198),它实际上是"从所有劳役中释放出来的智力,经历了根据其天国的生活来确定自己的方向"(199)。换言之,智力摆脱了实际利益和生存的整个限制性领域的束缚。

爱默生提出,诗人是"解放的诸神……他们是自由的,他们变成了自由的"(201)。他们把我们从常规感知的专制和分裂中解放出来,从"个人关系的牢笼"中解放出来,使我们能够以一种更加全面与深远的眼光来看我们自己和世界(199,201)。爱默生认为,每种思想都是一个监狱,而诗人的解放靠的是产生一种新的思想。我们珍视这种解放,因为"我们不幸地濒临死亡"(202)。如同他的《论美国学者》一文那样,爱默生在结束时要求以诗歌的普遍性来理解美国人的特殊之处。迄今为止,美国还不存在任何天才的诗人:"我们的渔业,我们的黑人和印第安人……北方的贸易,南方的种植业……都还没有在诗歌中得到赞颂。然而,美国在我们眼里是一首诗;它丰富的地貌特点使想象力感到惊奇,它等待诗韵的时间不会太久。"(204)爱默生的说法在惠特曼的《我歌唱美国》("I Sing America")中被证明了是预言式的。正如超验主义者的情况一样,爱默生号召诗人要"丢下世界,只认识缪斯女神",要"放弃多重的和双重的生活",要"在自然中深深地隐藏起来",远离"国会大厦或交易所"。正是对诗人来说,"这个理想将是真实的"(206)。爱默生真诚地希望浪漫派颠倒资产阶级世界的各种范畴:世界是孤立的,不完善的,脱离了一切联系,脱离了它在其中发现真正意义的一切语境。恢复这样的联系,正是诗人的任务。

埃德加·爱伦·坡(1809—1849年)

爱伦·坡是明确倡导诗歌之自主性的第一个重要的美国作家,他要求诗歌摆脱道德的、教育的或智力的律令。他看待这种自主性的根本策略,是认为诗歌不是一种对象,而是一系列的结果。因此,虽然他的观点宽泛地说与爱默生的观点一样是浪漫派的,但它们在根本上不同于爱默生的观点,因为它们表现了一种情感性的和表现主义的诗歌观。虽然爱伦·坡通常被认为是一个浪漫派,但他关心用技巧和结构来展现一种形式主义的倾向,并且预见到了某些更加现代的形式主义的理论。

爱伦·坡的天赋经常被认为是病态的:他早年失去了双亲,被人非正式地收养,后来与其养父母断绝了关系;他放弃了自己在弗吉尼亚大学的学业,他于1826年进入该大学;他于1831年被西点军校除名;他度过了一段有争议的生活,先是当杂志撰稿人,后来成为杂志编辑;他沉溺于不断地饮酒之中,遭受着压抑和偏执狂的痛苦。然而,他作为一个流浪者的形象,他对美而非道德或真理的强调,他认为诗歌为我们提供对理想世界的一瞥的观点,以及他坚持诗歌与音乐紧密结合的观点,都对波德莱尔这样的作家产生了引人注目的吸引力和影响。波德莱尔翻译了他的一些小说,而马拉美(Mallarmé)翻译了他的一些诗,拉康则在1966年出版了研讨爱伦·坡的小说《窃信案》的论著。

爱伦·坡最著名的小说包括《黑猫》("The Black Cat")、《厄舍古厦的倒塌》("The Fall of the House of Usher",1839年)和《一桶蒙特亚白葡萄酒》("The Cask of Amontillado",1846年),他的著名诗歌有《致海伦》("To Helen")、《以色拉费》("Israfel")、《海中之城》("The City in the Sea")和《闹鬼的宫殿》("The Haunted Palace")。他的诗歌《乌鸦》("The Raven",1842年)广为流传。爱伦·坡的诗歌和批评的一些激进的洞见,在其《写作的哲学》("The Philosophy of Composition",1846年)中得到了表达,它声称要解释他自己的诗歌《乌鸦》的由来。其他的批评文章有《诗学原理》("The Poetic Principle")和《诗歌的基本原理》("The Rationale of Verse")。在《写作的哲学》中,爱伦·坡认为,诗人应当从"思考效果"开始,即将在读者或听众中产生的反应。[13]他也认为,诗人应当"始终考虑到原创性"("PC," 178)。他坚持认为,这种效果必须作为一种"统一的印象"创造出来。爱伦·坡认为,这样一种统一的印象不可能通过长诗获得;因为诗歌"通过提升使灵魂强烈地兴奋起来",因为强烈的兴奋在本质上必然是短暂的,一首长诗"实际上仅仅是短暂兴奋的连续——那就是说,是短暂的诗歌效果的连续"("PC," 180)。爱伦·坡认为,一首像《失乐园》那样的诗,至少有一半是由散文构成的,是以散文来解释诗歌的段落。因此,诗歌首要的要求就是印象的统一,它不可能在长诗中得到满足。

爱伦·坡对于诗歌性质的第二个重要主张在于,它必须是"**普遍**可感知的",正是美,才具有普遍使人愉悦的力量。因此,"美是诗歌唯一的合法领域……能立刻达到最大强度、最令人振奋和最纯粹的愉悦,我认为,是在对美的沉思中发现的"("PC," 181)。爱伦·坡指出,与一般想象的不同,美不是"一种特质……而是一种效果",是一种"**灵魂**——而非智力或内心的紧张和纯粹振奋"。爱伦·坡认为,真理是智力或激情的目的,真理表现的是内心的激动,它们在散文中比在诗歌中更容易达到。事实上,这两个方面与美都是对立的,"美是诗的氛围和实质"("PC," 182)。因此,美——而不是真理、情感或善——才是诗歌特有的领域。此外,爱伦·坡认为,美不是一种属于对象的特质,而是主体方面的一种效果;他的观点也许通过柯勒律治受到了康德的影响,却止于康德的诡辩。虽然对康德来说美是主体方面的一种理解方式,但对爱伦·坡来说,美是由文学对象或诗歌在读者或听众中引起的一种反应。在爱伦·坡的文章中有一些总体的论点,其中的一些试图解释《乌鸦》的写作阶段。

爱伦·坡后来的文章《诗学原理》(1850年)提出了对其美学较为充分的说明。他在其中也提出,一首长诗明显是一种矛盾,因为它不可能维系那种统一性,即"效果或印象"的总体性,这在一切艺术作品中是"至关重要的必需之物"。[14]爱伦·坡还告诫说,一首诗也许"简短得不恰当",以至退化为使用警句诗。一首**非常短**的诗不可能产生"一种深刻的或持久的效果"("PP," 890)。

爱伦·坡在这篇文章里的主要努力之一,是要确认和破坏他所称的"教诲的异端",它涉及这一观点,即"一切诗歌的最终对象是真理",每首诗都"应当灌输一种道德"。为了反对这一观点,爱伦·坡坚持认为,最有品格和高贵的作品是"诗歌**本身**——这种诗就是一首诗,仅此而已,写作这种诗只是为了诗歌本身"("PP," 892-893)。这或许是一个美国作家第一次坚持艺术的或诗歌的自主性;正如后来在其文本中出现的一样,或许有意义的是,爱伦·坡在某种程度上使自己与南方的价值观站在一起,就北方的自由主义对美国文学的控制感到愤恨,正如《北美评论》(*North American Review*)的影响那样("PP," 899)。爱伦·坡本人为《南方文学信使》(*Southern Literary Messenger*)写作,最终接任了该杂志的编辑职位。在这种语境中,爱伦·坡坚持艺术的自主性也许是要求考虑诗歌的美,不管其政治的和道德的内容;倘若他关于美的概念是有点柏拉图式的,那么,这或许也是把艺术提升到日常生活领域之上、摆脱它纠缠于痛苦的政治斗争和社会斗争的一种努力。

无论如何,爱伦·坡对理解和灌输的"真实的与诗歌的方式"做出了鲜明的区分。他认为,真实要求一种语言上的严格:"我们必须直率、准确、简洁。我们必须镇定、平静、不感情用事。"爱伦·坡认为,这样一种方式"正好是诗歌的反面"("PP,"893)。与诗歌方式相对立的、语言与哲学方式之间这种表面上柏拉图式的差别,当然受到了很多现代作家的挑战。爱伦·坡把自己的观点置于一种较为宽泛的心灵模式之中,这种模式有点使人想起康德把审美判断的定位置于理解力的领域(它涉及现象界)与实践理性的领域(对道德领域的理解)之间。爱伦·坡同样把心灵划分为三个方面:"纯粹智力、趣味和道德感。"他把趣味置于中间,承认它与其他两个方面具有"密切联系";但是,他注意到了这三个部门之间的差别:智力与真理有关;趣味理解美;道德感使我们倾向于责任("PP,"893)。爱伦·坡通过把自己对诗歌自主性的看法置于这样一种图景之中,仿效了一种康德式的程序,即把主观能力专门确定为审美的,并且确定了独特的人类努力或品质之间的边界,这些边界是不可侵犯的。爱伦·坡承认,责任的规则,甚或真理的规训,都有可能被引进到一首诗中;然而,它们必须有益于艺术的终极目的,必须被置于"恰当的从属地位,服从于成为诗歌之氛围和真正实质的那种美"("PP,"895)。

因此,诗歌不应当是写实主义的,不应单纯复制或模仿处于我们面前的美。相反,诗歌是"一种野性的努力,要达到那种更高的美……要获得那种魅力的一部分,它的真正要素也许只属于永恒";它是一种"理解上天魅力的斗争"("PP,"894)。那些柏拉图式的说法本身要求诗人超越短暂的世界,把自己凝视的目光集中在美的永恒形式之上,这些观点肯定引起了波德莱尔和像马拉美那样的法国象征主义者们的注意。爱伦·坡在一种宽泛的意义上使用诗歌这个词语,用它来涵盖一切艺术;但是,他看出了诗歌与音乐之间具有非常密切的联系;实际上,他把诗歌界定为"美的有节奏的造物。它唯一的主宰者是趣味……在对美的沉思之中,我们只会发现有可能获得**灵魂的**使人愉悦的提升或振奋,我们把这一点确认为诗歌的情趣,它非常容易与真理相区别,真理是理性的满足,或者说是来自激情的满足,它是内心的振奋"("PP,"895)。然而,不属于柏拉图式的东西是,单独把美提升到超过真与善的地位之上;在柏拉图的体系中,这些形式或实质之间,在人类努力的这些多重方面之间,甚至在理论上有可能达到的和谐,已经分裂成了一种不顾一切的对美的渴望,那种美在真实世界里找不到,以及从日渐遇到麻烦的真理与道德的领域退却。

爱伦·坡把"诗歌的原理"界定为"人类对上天之美的渴望",是对灵魂之振奋的追求,那种振奋不同于内心的陶醉或理性的满足。真理在这种追求之中可能成为中介,因为它引导我们去"感知一种显然前所未有的和谐"。对这样一种和谐的体验是"诗歌的真正效果"("PP,"906)。在这里,我们再次瞥见了对康德式的理念的反思,那些理念或许是通过柯勒律治折射出来的。按照爱伦·坡的看法,诗人从众多现象中看出了滋养自己灵魂的仙果,尤其是在"一切非尘世的动机之中——在一切神圣的推动力之中,在一切侠义的、慷慨大方的和自我牺牲的行为之中"("PP,"906)。在这里有趣的是,所有这些现象显然都适合于道德:那种道德排除了诗人对美之回归的追求的真正基础,并在它自身之美的基础上以审美的形式得到复苏。换言之,道德成了美学努力的一个必要部分,并在审美的基础之上得到了确认。艺术再次被认为是救赎性的,在作为把我们引向超越的世界的指南方面,艺术取代了宗教的功能。

注释

[1] *The Letters of John Keats*: Volume Ⅰ, ed. Hyder Edward Rollins (Cambridge, MA: Harvard University Press, 1958), p. 184. 下文引用写作 *Letters*。

[2] 这里引用的文本是 1850 年版,包含在 *The Prose Works of William Wordsworth*: Volume Ⅰ 之中, ed. W. J. B. Owen and Jane Worthington Smyser (Oxford: Clarendon Press, 1974)。编者在边码中已经囊括了 1800 年版的页码,并且收录了 1850 年以来的各种版本的有用的评论。下文引用写作 *PLB*。

[3] *Coleridge: Poetical Works*, ed. Ernest Hartley Coleridge (New York and Oxford: Oxford University Press, 1973), p. 11. 下文引用写作 *CPW*。

[4] *The Collected Works of Samuel Taylor Coleridge*. Ⅶ: *Biographia Literaria*, ed. James Engell and W. Jackson Bate (Princeton: Princeton University Press, 1983), p. 187. 下文引用写作 *BL*。

[5] *The Collected Works of Samuel Taylor Coleridge*: *Lay Sermons*, ed. R. J. White (Princeton and London: Princeton University Press/Routledge and Kegan Paul), p. 169. 下文引用写作 *LS*。

[6] 在这个论点上,我的看法与 James Engell and W. Jackson Bate 在其为《文学传记》撰写的导言中提供的出色说明有点不同。他们把"哲学的想象力"归因于柯勒律治,而我宁愿叫作"理性"。话虽如此,我还是承认,这可能只是术语方面的一个差异;我也应当承认,我在总体上受惠于他们博学的和有洞见的评论。

[7] 有关对柯勒律治观点之根源的详细和明晰的解释,可参见 Introduction, *BL*, pp. LXXXV-LXXXⅷ。

[8] See ibid., pp. XCⅶ-Cⅳ.

[9] *The Education of Henry Adams*, ed. Ernest Samuels (1918; rpt. Boston, 1974), p. 33.

[10] Ibid., p. 500.

[11] Walt Whitman, "Introduction," in *Leaves of Grass*: *The First* (1855) *Edition*, ed. Malcolm Cowley (Harmondsworth: Penguin, 1986), pp. 5, 8, 23.

[12] *Ralph Waldo Emerson and Margaret Fuller*: *Selected Works*, ed. John Carlos Rowe (Boston and New York: Houghton Mifflin, 2003), p. 24. 以下引文的页码为原文页码。

[13] "The Philosophy of Composition," in *The Complete Poetry and Selected Criticism of Edgar Allan Poe*, ed. Allen Tate (New York and London: New American Library, 1981), p. 178. 下文引用写作 "PC"。

[14] "The Poetic Principle," in *Complete Tales and Poems of Edgar Allan Poe* (New York: Vintage Books, 1975), p. 889. 下文引用写作 "PP"。

第七部分
19 世纪晚期

第十八章 现实主义与自然主义

历史背景

19世纪晚期见证了几十年之前、从1789年法国大革命开始的各项发展的剧烈化。中产阶级继续在为反对专制统治而斗争,为建立自己在经济、政治和文化领域里的霸权而进行斗争。1848年,欧洲受到了法国、维也纳、柏林、威尼斯、米兰和布拉格爆发的革命的震撼。民族主义在一些国家里到达了尖锐集中的程度,特别是在德国和意大利,它们在19世纪70年代取得了政治上的统一。到19世纪末,帝国主义在全球大多数地方的扩张已经达到了空前的程度。工业革命的力量伴随着日益增加的涌入城镇的移民,促进了人口大量增长以及交通运输业的发展。在这个时期里,欧洲成长起来的工人势力开始挑战资产阶级的意识形态和体制。伊丽莎白·盖斯凯尔(Elizabeth Gaskell,1810—1865年)、查尔斯·狄更斯(Charles Dickens,1812—1870年)和埃米尔·左拉(Emile Zola)的小说,描述了劳工的状况和企业不安定的状况。但是,当时掌控着欧洲大部分命运的正是中产阶级,他们在此时形成了主要的读者群。

在19世纪晚期,黑格尔等思想家的庞大统一的体系,以及浪漫派的统一观,分化成了一系列片面的体系,诸如功利主义、实证主义和"社会达尔文主义"(social Darwinism)。诚然,也有一些运动延续了浪漫主义反对主流资产阶级和启蒙运动之理想的姿态:马修·阿诺德批判了资产阶级社会的平庸,托马斯·卡莱尔则提出了自己对德国唯心主义(idealism)的看法,约翰·罗斯金(John Ruskin)要使中世纪浪漫的理想化延续下去。叔本华开创了标新立异的、经常是悲观厌世的哲学传统,这种传统贯穿了尼采、克尔凯郭尔和柏格森等思想家。在政治方面较有说服力的是受到马克思、恩格斯和其他人激励的各种社会主义运动。

但是,资产阶级启蒙运动的主流价值观和理想依然盛行。19世纪晚期,这些价值观日益与科学和技术的迅速进步结合在一起。作为开始于文艺复兴时期的一种历史模式的顶点,科学实际上已经取代了作为知识之最高裁判的宗教和神学。前面提及的经济的和社会的力量,导致了宗教在制度方面的让位。科学的发展和广泛传播的科学态度强化了这一过程。查尔斯·达尔文的《物种起源》(*Origin of Species*,1859年)被一些人用来破坏《圣经》的创世说;德国"高等考证"学派的出现,使福音书从属于一种彻底的"科学"考察,揭示了众多不一致和矛盾之处。戴维·施特劳斯的《耶稣传》(The Life of Jesus)按照神话而非事实来看待耶稣基督;埃内斯特·勒南(Ernest Renan)的同名著作实际上否定了耶稣基督的原创性,认为他产生于一种早已准备好的宗教语境。以农业耕作或乡村为基础的生活,曾经以教会或教区为中心聚集在一起,现在则受到了人们生存于其中的城市生活的排挤——拥挤但更加没有特色,这种生活围绕着工厂或办公室旋转。

依托这些显著变化的背景,自然科学成了其他学科的模式和尺度。这种效法科学的最明显的名称就是实证主义,它的名称来自那些自诩为"实证"哲学的思想家,诸如法国的奥古斯特·孔德和埃米尔·涂尔干,以及英国的赫伯特·斯宾塞(Herbert Spencer)。这些思想家希望把一切不能从经验上证实的假说排除在探究之外,他们拒绝把最终不能化约为按照推测用科学术语(如"物质""运动"和"动力")来分析的一切探究当成是"纯哲学的"。在政治方面,马克思主义哲学家和社会学家赫伯特·马尔库塞已经表明,实证主义或"实证哲学"在实质上是对黑格尔的"否定哲学"保守的反对。[1]黑格尔的全部辩证法的前提拒绝把世界当成既定的,要求按照我们自己合理性的形象来重新塑造世界。当资产阶级成为革命阶级,力图破坏并且最终打碎了封建主义不合理的制度之时,黑格尔的哲学表达出了资产阶级的理性观和历史进步观。他的体系曾经试图调和资产阶级思想的各种矛盾和困境(诸如主体与客体、自我与世界、个体与群体之间的异化),提出了一个庞大的历史体系,资产阶级的价值观在其中被定位为一个更大的图景之中主导的却是片面的组成部分,那个图景包括了浪漫主义和宗教的长处。在黑格尔的哲学中,资产阶级思想达到了它曾经反对的神学和形而上学之历史暂时的、不稳定的和谐,它按照这些根本原则形成了自我构造。

随着黑格尔哲学在各种着重点方面的分化,如右翼黑格尔主义和左翼黑格尔主义所代表的,它们也实证主义地反对凭借某种精神力量或绝对力量而达到黑格尔式的统一性和总体性的真正原则。"实证的"哲学家和社会学家们拒绝一切神的或精神的力量,他们在坚持"自然"、经验、观察和经验主义的可实证性方面,追求他们认为的对于获得知识的更加科学和逐渐实现的方法。在他们的观点中,没有为谈论上帝、感知的先验法则、历史法则或其他一切超自然实体的法则留下任何余地,它们都超越了观察的确定性的领域。在意识形态方面,实证主义披着多重伪装,试图肯定既定世界的真实性和恰当性;换言之,它们在实质上都是保守的思想方式,赞同现状。实证主义遍及众多领域,诸如社会学(如涂尔干所示例的,他试图离析出一种清晰的"社会"事实),心理学(如弗洛伊德对其著作的科学地位感到的困惑所表明的),社会思想〔如赫伯特·斯宾塞的进化论(evolutionism)所表达的〕。现实主义和自然主义是这种普遍趋势在文学上的表现,直到20世纪的形式主义、结构主义和新批评出现时,它们才弥漫到文学批评的理论和实践之中。虽然如此,对待文学和文学史的科学方法已经被夏尔·奥古斯丁·圣伯夫所倡导的科学传记(scientific biography)和伊波利特·泰纳(Hippolyte Taine)的决定论理论预见到了。

欧洲与美国的现实主义和自然主义

现实主义绝不是一场统一的或一致的运动;在欧洲很多地方以及在美国出现的一种走向现实主义的倾向,开始于19世纪40年代。主要人物包括法国的福楼拜(Flaubert)和巴尔扎克(Balzac),俄国的陀思妥耶夫斯基(Dostoevsky)和托尔斯泰,英国的乔治·艾略特和查尔斯·狄更斯,以及美国的威廉·迪安·豪威尔斯(William Dean Howells)和亨利·詹姆斯。现实主义最一般的目标是要提供对于真实世界(包括外部世界和人类自我)忠实的、精确的和客观的再现。为了达到这个目标,现实主义者借助了许多策略:运用描述性的和有唤起能力的细节;避免幻想、想象和虚构;坚持对可能性的要求,排除不可能的或不可能发生的事件;人物和事件要来自所有的社会阶层,不仅仅涉及统治者和贵族;把焦点集中于现在,从当代生活中挑选主题,而不是向往某种理想化的过去;强调社会,而不是强调个人(或者说,认为个人是一种社会存在);避免使用高雅的语言,赞同更加口语化的方言和日常用语,赞同表达的直接性和朴素性。所有这些目标和策略都以强调直接观察、实在性、经验和归纳为基础(只以不断重复的经验为基础达到普遍的真实)。在采取上述策略时,现实主义明显地和多方面地反对被认为是浪漫主义之特征的理想化、历史回顾和想象世界。

自然主义是指自然科学(physical sciences)或自然研究的古老词语。自然主义明显的努力是要仿效自然科学的方法,主要利用因果关系、决定论、说明和实验的原理。有些自然主义者也利用达尔文式的自然概念,试图表现生存斗争,如同体现在个体与其环境之间的联系中那样,他们经常把自己的人物在生理上和心理上被决定了的方面描绘为被偶然性的环境所压倒,而不是对世界采取理性的、自由的和英雄般的行动。因此,自然主义可以被认为是现实主义的一种更加极端的形式,把现实主义的科学基础进一步扩大到了包含极为详细的描述方法,决定论地强调行动和事件(它们被认为产生于特定的原因)的语境,强调人物遗传性的心理成分,对人类心理与外部环境之间的联系进行实验,拒绝提供任何形而上学的观点或精神性的观点。自然主义的理论基础是由文学史家伊波利特·泰纳(1828—1893年)在其《英国文学史》(*Histoire de la littérature anglaise*,1863—1864年)这类著作中奠定的,也是由埃米尔·左拉奠定的,如将看到的那样,他率先阐明了自然主义的宣言。

"现实主义"这个词语在19世纪20年代开始使用,但在19世纪30年代之前还没有在文学策略和批评方面取得任何有意义的成效,当时开始出现了对浪漫主义的主导理想的反对倾向。在德国,出现了一个叫作"青年德国人"(Young Germans)的激进群体,主要成员包括海因里希·海涅(1797—1856年)和卡尔·古茨科(Carl Gutzkow,1811—1878年),他们表达了自己反对所感知到的歌德和施莱格尔的反动的浪漫主义。这个群体也拒绝了审美自主性的理想,赞成政治干预的现实主义。然而,德国的气氛对自由主义不利。自由主义运动早已受到1819年的《卡尔斯巴德决议》的限制,它使大学受到国家控制,使作者要接受审查。1835年,"青年德国人"被取缔,原因是出现了弗朗茨·梅林(Franz Mehring,1846—1919年)等晚期马克思主义批评的人物。压抑的政治境况在1848年革命的失败中达到了顶点,导致了文学脱离政治话语,这一点反映在格奥尔格·戈特弗里德·格维努斯等人的文学方面的历史主义之中,他受到过黑格尔美学的影响。黑格尔式的唯心主义和历史主义日渐让位于实证主义,这一点反映在现实主义和自然主义的各种类型之中。现实主义的倡导者包括朱利安·施密特(Julian Schmidt,1818—1886年)、小说家戈特弗里德·凯勒(Gottfried Keller,1819—1890年)、戏剧家弗里德里希·黑贝尔(1813—1863年)和弗里德里希·特奥多尔·冯·菲舍尔(Friedrich Theodor von Vischer,1807—1887年),他们致力于为现实主义提供一种理论基础。自然主义运动通过左拉的影响出现于19世纪80年代,得到了阿尔诺·霍尔兹(Arno Holz,1863—1929年)、海因里希·哈特(Heinrich Hart,1855—1906年)和尤利乌斯·哈特(Julius Hart,1859—1930年)、威廉·博尔舍(Wilhelm Bolsche,1861—1939年)、社会小说家特奥多尔·冯塔纳(Theodor Fontane,1819—1898年)和威廉·舍雷尔(Wilhelm Scherer,1841—1886年)等人的推进,他们试图把文学的基础置于科学原则之上。总的来说,整个这一时期都是以政治效用批评与唯美主义(aestheticism)、印象主义(impressionism)、相对主义的各种形式之间的冲突为标志,也以历史主义与实证主义之间的冲突为标志。

在法国,现实主义在19世纪50年代形成了一股势力。画家古斯塔夫·库尔贝(Gustave Courbet)引发了一场争论,他在自己的画作被1855年的巴黎世界博览会拒绝之后,以现实主义为题展出了自己的作品。库尔贝的目的是要呈现一个"生活的片段",排除了一切道德、情感甚至审美的投入。埃德蒙·杜兰蒂(Edmond Duranty)于1856年创办了一份名为《现实主义》(*Réalisme*)的杂志,现实主义在其中被等同于真实、真诚和现代。杜兰蒂认为,小说应当反映普通中产阶级或工人阶级的生活。1857年,朱尔-弗朗索瓦-费利克斯·于松(Jules-François-Felix Husson)[即著名的"尚弗勒里"(Champfleury)]出版了一部名为《现实主义》(*Le Réalisme*)的文集。他预见到了左拉的观点,认为需要小心谨慎的证明文件和摆脱道德约束的自由。法国的实证主义在泰纳的著作中呈现了一个更加明显的方面。泰纳一方面受到启蒙运动理性主义哲学家们的影响,另一方面受到黑格尔和斯宾诺莎的影响,力图把对于支配着人类和世界之因果关系作用的解释总体化。在一种有点悖论式的努力中,他力图把实证主义置于一种更加广阔的历史图景之中。在其著名的《英国文学史》的导言里,他追随圣伯夫,倡导一种文学批评的科学精确性的理想,提出批评家的任务是要发现一个作家之作品的主要特征,要把文学文本当作对作家心理和传记之事实的表现。他坚持认为,这种主导特征由三个明显的因素决定:种族、环境和时代。这种努力背后更为宽广的设想是,艺术不仅要表现其直接创造者的心理,而且要表现其时代的精神。泰纳对左拉和费迪南·布吕内蒂埃(Ferdinand Brunetière,1849—1906年)这类作家产生了重要影响,他重新肯定了一种客观批评的理想。1880年,左拉、居伊·德·莫泊桑(Guy de Maupassant)、约里斯-卡尔·于斯曼(Joris-Karl Huysmans)和其他一些人共同出版了一部名为《梅塘之夜》(*Les Soirées de Meda*)的自然主义小说(naturalistic novel)。如同在德国一样,这些"科学的"和"实证主义的"趋势到世纪末遭到了印象主义的倡导者[如埃德蒙·德·龚古尔(Edmond de Goncourt)和朱尔·德·龚古尔(Jules de Goncourt)]以及阿纳托尔·法朗士(Anatole France)等作家的主观主义的反对,他们恢复了浪漫派对主观性和个性的强调。

在英国，现实主义在各个层面上渗透了小说的众多类型——政治的、历史的、宗教的，它们是由萨克雷（Thackeray）和狄更斯等重要人物在19世纪期间写作的。但是，正是由于乔治·艾略特、安东尼·特罗洛普（Anthony Trollope）、乔治·梅瑞狄斯（George Meredith）和托马斯·哈代（Thomas Hardy）等人的小说，现实主义小说才达到了成熟。乔治·艾略特的观点受到了路德维希·费尔巴哈（Ludwig Feuerbach）和奥古斯特·孔德的影响，她对现实主义的说明将在下文中讨论。艾略特的朋友和家庭伴侣乔治·亨利·刘易斯（George Henry Lewes）是一位哲学家、批评家和科学家，他也受到过孔德的影响。他对现实主义思想的影响，在于他考察了人类心理与社会环境之间的密切关系。这个时期另外两个著名的现实主义者是乔治·吉辛（George Gissing，1857—1903年）和乔治·穆尔（1852—1933年），他们都受到过左拉的影响，把自然主义的努力引进到英国文学中。吉辛是巴尔扎克的仰慕者，他写作的小说提供了对伦敦中下层阶级的生活详细记录式的描述。爱尔兰小说家穆尔也采用并改进了福楼拜和巴尔扎克的现实主义策略。与英国现实主义有联系的另一个人物是艺术家和批评家F. G. 斯蒂芬斯（F. G. Stephens），他是形成于1848年的著名画家群体"拉斐尔前派兄弟会"（Pre-Raphaelite Brotherhood）的成员；这个群体旨在恢复道德上的严肃性、直率、对细节的详细表现等艺术品质。实际上，正如莉莲·弗斯特（Lilian Furst）指出的，后来摄影术（photography）的发展以及照相式精确的理想，对艺术和文学中的现实主义都具有显著的重要性。

美国的现实主义虽然反对浪漫主义的基本倾向，但它使浪漫主义对民族身份的关注延续下来，并且阐释了一种民族传统。美国现实主义最重要的理论家是威廉·迪安·豪威尔斯，他的观点将在下文中讨论。豪威尔斯受到德·桑克蒂斯（De Sanctis）和托尔斯泰的影响，并且借助泰纳的决定论和赫伯特·斯宾塞的进化论哲学，成了小说方面逼真性的强有力的倡导者。在其宣言《破碎的偶像》（*Crumbling Idols*，1894年）中，哈姆林·加兰（Hamlin Garland）提出了一种"写真主义"（veritism）的观点，一种自然主义的观点，它在尊重地方传统和个人特质的同时，表达了对社会问题的关注。西奥多·德莱塞（Theodore Dreiser）和斯蒂芬·克莱恩（Stephen Crane）的小说受到了左拉的自然主义和社会达尔文主义的影响。弗兰克·诺里斯（Frank Norris）很有影响的文章《为浪漫派小说辩护》（"A Plea for Romantic Fiction"，1901年）实际上是为自然主义进行辩护，它融合了一些浪漫派的特质。现实主义在理论上的一个重要人物是亨利·詹姆斯，下文将简略考察他对虚构之自由的强调。

不过，已提及的属于这些传统的几乎所有作家都认识到了，现实主义是有疑问的，甚至是不可能达到的。他们自己的很多创造性作品都与他们的批评观相抵触，并且做了相反的示例，他们经常使用象征主义的复杂技巧和作者的观点。他们经常表达对压迫性的社会状况的严厉批判，经常有（不可避免）操控所谓事实的过失。福楼拜等作家完全意识到了，生活或经验的原材料需要由艺术来加工；乔治·艾略特深刻地认识到了表达真理和真实的艰难。

根据前面概述的主要历史背景，需要强调的是，现实主义——持续到今天的一种思维方式——不只是一种文学技巧，而且是一种巨大的历史现象，具有经济的、意识形态的、哲学的和宗教的分支。这一点在弗雷德里克·詹姆逊（Fredric Jameson）的说法中得到了简洁的说明：

"现实主义的方式……是西方文化所实现的最复杂和最重要的结果之一,它对西方文化来说……几乎是唯一的。"[2]莉莲·弗斯特把现实主义描述为"一种普遍深入的理性主义认识论"的产物,"它抛弃了浪漫主义的幻想"。[3]

现实主义并非一种新现象,其历史可以一直向前追溯到笛福、莎士比亚、乔叟和阿奎那等作家,再到众多像亚里士多德那样的古典思想家。对于现代的现实主义、古典的现实主义和浪漫主义之间的联系的一些洞见,看看它们的哲学基础就能够想见到。伊安·瓦特(Ian Watt)提出:"现代的现实主义开始于这一立场,即个人可以通过自己的感官发现真实:它在笛卡儿和洛克那里有其根源。"[4]瓦特评论说,中世纪经院哲学的现实主义源于亚里士多德,认为真正的现实是普遍的、有等级的和抽象的,而不是特殊的、感官感知的具体对象。现代的现实主义颠倒了这些前后关系,其信念在 1713 年得到了贝克莱的"菲伦诺"(Philonous)的肯定,即**"一切存在之物都是独特的"**,它"自笛卡儿以来为现代思想提供了某种统一的观点和方法"。[5]

奥尔巴赫(Auerbach)也区分了中世纪的现实主义与现代的现实主义:在中世纪的现实主义那里,"地球上发生的事情不仅意味着它本身,同时还意味着另一件事情,它预言或肯定了前者……发生的事情之间的联系被认为主要不是一种按时间顺序或因果关系发展的,而在神的计划中是整体,其中发生的一切事情都是部分和反映"。[6]奥尔巴赫所描述的是铭刻在各个事件中的一种二元性,在两个世界(这个世界与"另一个"世界)中同时存在的意义。这种二元性把普遍意义赋予最小的特殊事物。一件事要在这个世界中具有孤立意义的可能性,只有由新兴的资产阶级来实现,它的经济利益在哲学领域里的表现是日益强调眼下的世界,强调把特殊事件从其道德真理的约束性范例中解放出来,或者说它会阻碍参与有优先权的范畴。然而,资产阶级思想家凭借自己对普遍性的抨击,剥夺了自己重新把特殊性置于可选择的图景之中的能力。现实主义对特殊性的具体化,意味着一个彼此分离的对象的世界。莉莲·弗斯特指出,现实主义的发展变化受到了 1839 年出现的涅普斯-达盖尔①的摄影方法的影响,"它促进了对现实更加准确的再现"。[7]现实主义把自我塑造成摄影术的模子,完成了现代文学技巧对普遍性的反叛:由此捕捉到的现实被进行了极为详细的表现,表现出了它所有直接的特殊性,却以任意的孤立、完全脱离其环境为代价。由康德所继承的哲学境况在很大程度上是由洛克和休谟所阐明的。这种境况的特征首先表现为主观世界与客观世界之间的分离;阐明它们之间的联系的困难表明,现实主义在简化论地要求表现"那个"真实世界之时,回避了某些深刻的哲学问题。

瓦特提出,现实主义的问题"在实质上是一个认识论的问题"。弗雷德里克·詹姆逊提出:"现实主义是最为复杂的认识论的手段,然而却被设想来记录社会现实的真实。"[8]文学上的现实主义的出现,曾经得到了哲学上出现的现实主义的支持,得到了迈农(Meinong)、G. E. 穆尔和罗素等思想家的出现的支持,他们的设想或许可以追溯到洛克,而那些设想在有争议的文集《新现实主义》(*The New Realism*,1912 年)中得到了重新肯定。

---

① 涅普斯(Joseph Nicéphore Niépce,1765—1833 年):法国发明家,摄影术的发明者之一。达盖尔(Louis Jacques Mand Daguerre,1789—1851 年):法国发明家,摄影术的发明者之一。

大多数文学上的现代主义都反对现实主义把经验变成一个单一的维度,那个维度可以按照因果关系、时间顺序、可界定的动机和个人性格的发展来确定。弗雷德里克·詹姆逊提出,随着资产阶级开始衰退为一个阶级,现实主义不仅不再适合作为一种表现现实的方式,而且"现实主义本身的对象——世俗的现实,客观的现实——再也不存在了……以致'真实世界'本身成了一种过去的东西"。[9]另一些思想家,如匈牙利的马克思主义者格奥尔格·卢卡奇,他们倡导的那种现实主义不是以详细描述特殊事件和人物为基础,而是以把那些事件和人物表现为典型或者体现了其时代更加广阔的历史运动为基础。那些历史力量是现实主义小说的真实主题,卢卡奇认为它们是现代世界的史诗。

马克思主义作家和非马克思主义作家——形式主义者、结构主义者和解构主义者——都把现实主义与艺术形式的缺陷联系起来,与一种承认现实是某种既定之物的普通观点联系起来。按照这些作家的看法,单纯表现既定现实的政治内涵同样是令人印象深刻的:单纯反映和使自身致力于世俗的、围绕着它的资产阶级的现实,并不是艺术的功能。这种现实与它所声称的不同,不是永恒的,而是短暂的;为了表现一种更加实质性的现实,艺术家必须从直接占有的材料中进行概括。对艺术家的作用来说必要的是,使这种伪造的图景非神秘化,揭示出永恒的技巧。茨维坦·托多罗夫等结构主义者认为,现实主义是公开地和使人误解地直率的,他们拒绝了其参照的基础:他们认为,叙事和语言不涉及任何外在现实;相反,它们体现了一种自我包容、内在一致的概念体系,我们通过这一系统来看待现实。沃尔夫冈·伊塞尔那类读者反应批评的理论家们认为,现实是由作者、文本和读者的交互作用创造出来的,而不是以某种方式先于这些语言学的操作过程而存在的。J.希利斯·米勒等解构批评家也拒绝了构成现实主义之基础的意义与真实一致的理论:对狄更斯这样的作家来说,甚至连伦敦这样的城市名称都不是一种预先设定的现实,而是一系列的符号标记。

如上所见,文学和哲学中的现实主义是分析和分割世界的各种构成部分的"科学"趋势的一种表现。受到精神分析和社会学发展的影响,20世纪的大部分思想都倾向于按照从前被分离了的理性和想象力这些"能力"的复杂混合物来看待内心状态。它也拒绝了现实主义背后的这一"科学的"设想,即总体的客观性是可以达到的:内心状态与外在对象之间的界限再也不是清晰的。这使另一种现实主义成为可能,与其说它的企图是要精确地反映世界,不如说是要表现完全处于不连贯流动之中的内心状态。普鲁斯特(Proust)、乔伊斯(Joyce)、伍尔夫和柏格森都是反对19世纪某些现实主义之刻板性的这种现代主义的关键人物。但是,也有一种看法,认为有一些像T. S.艾略特那样的作家,并没有完全拒绝现实主义,而是把它精致化了。在面对经验的全部复杂的现世存在状态而不是预先确定其要素时,现代主义可以被说成是"现实主义的"。这样一种重新设想出来的现实主义与20世纪的思想方式更加协调。不过,如早已提及的,20世纪的很多现实主义者完全意识到了自己的理论主张所面临的各种实际问题。接下来将分析在英国、法国和美国所提出的现实主义与自然主义的一些核心主张。

乔治·艾略特(1819—1880年)

现实主义最为简洁而尖锐的主张之一是由维多利亚时代的重要小说家乔治·艾略特提出来的,她使用了玛丽·安·埃文斯的笔名。她的小说包括《亚当·贝德》(*Adam Bede*, 1859年)、《弗洛斯河上的磨坊》(*The Mill on the Floss*, 1860年)、《织工马南》(*Silas Marner*, 1861年)、《米德尔马契》(*Middlemarch*, 1871—1872年)和《丹尼尔·德隆达》(*Daniel Deronda*, 1874—1876年)。她的早年生涯是在沃里克郡(Warwickshire)度过的,她在那里受到一种严格的宗教福音主义的魅力影响,该教派受到过约翰·韦斯利(John Wesley)的"卫理公会运动"(Methodist movement)的激励。她的知识和宗教视野后来扩大到了各种各样有影响力的方面。她为《威斯特敏斯特评论》(*Westminster Review*)撰过稿,最后成了该杂志的助理编辑,这个职位使她得以接触很多自由主义的思想。她接受过卡莱尔、爱默生、穆勒和赫胥黎(Huxley)的各种理念,联系较为密切的人物有赫伯特·斯宾塞,以及乔治·亨利·刘易斯,她与刘易斯于1865年结成了婚姻之外的终身伴侣关系。刘易斯是一位现实主义作家和倡导者,是第一个使奥古斯特·孔德的实证主义引起英国思想家们关注的人物。乔治·艾略特翻译的戴维·施特劳斯有争议的著作《耶稣传》于1846年出版;施特劳斯认为,我们必须拒绝福音书在字面上的真实性,承认它们都是"神话",是社会想象的原型式建构。1854年,她还出版了路德维希·费尔巴哈的《基督教的本质》(*The Essence of Christianity*)的译本。几乎所有这些思想家都提出了一种关于人类本质的人本主义的和宽容的概念,与关于人类本质的严格的宗教概念相反。

这种较为新颖的概念表现在《亚当·贝德》的形式和内容之中。这部小说的特点之一在于,它的叙事是自觉的,全知全能的叙述者经常暂停下来反思故事,并在故事与读者之间进行调节。这方面最显著的例子出现在第十七章里,该章的标题是"在故事中稍作停留"。艾略特用这一章来概述和证明自己的现实主义叙事技巧。她想象读者会大声说,她对布罗克斯顿修道院院长、某个叫作欧文先生的人物的描写,竟然把他表现成"一点不比异教徒好多少"![10]她反驳说,作为一个小说家,她希望避免按照她"自己的爱好"来重新塑造"生活与人物";相反,她认为,"我最坚定的努力是要避免一切这样的任意描绘,要提供对人物和事物的忠实说明,就像它们本身反映在我心里的那样。这面镜子无疑是有缺陷的;概述有时会受到打扰,映象有时会模糊或者混淆;然而,我感到,我对你们所说的话受到很多约束,正如那些映象受到很多约束一样,就像我站在证人席上叙述我对誓言的体验那样"(150)。因此,她的现实主义的首要原则就是对真实的艺术追求,这种真实以对世界的直接体验为基础。不过,她意识到了这样一项事业的艰难:"虚假如此容易,真实如此艰难……好好掂量自己的言辞,你们将发现,甚至在毫无作假的动机之时,要说出确切的真相也是一件非常困难的事情,甚至是有关你们自己直接感受的真相。"(151-152)这里暗含着一种对于语言与经验之间的隔阂、词语不能充分表达我们真实的心理状态的确认。实际上,她想象读者会要求"事实"得到改进和理想化,要求人物被描写成毫无疑问的善良,或者毫无疑问的邪恶,这样就能"一眼看上去"称赞他们或者谴责他们,"丝毫不用打扰"他们的偏好或设想(150-151)。艾略特的论点在于,满足于这样的虚假和虚构,用一种截然分类的方式来粉饰生活,要比按其真实的、凌乱的复杂性来表现生活容易得多。因而,这成了她的现实主义的第二个原则,它是从对真实的追求中得出来的:经验是复杂的,不一定要被迫按预想的范畴来表现;对经验的表现必须可信,要拒绝迎合流行的偏见和通俗的趣味。

艾略特倡导的现实主义的第三个原则是其道德基础,即我们应当接受人们真实的、不完美的状态,而不是使他们坚持不可能的理想:"必须承认,每个人本身都是凡人;你不可能把他们的鼻子弄直,不可能使他们的才智闪光,也不可能矫正他们的倾向;正是这些人——你的一生要在他们当中度过,你所需要的应当是对他们的宽容、同情和热爱。"(151)因此,艾略特的现实主义并不是福楼拜式的不加掩饰的现实主义,也不是左拉式的自然主义,它主要是由对于精确性的一种"科学"热情激发起来的。确切地说,把艺术上的焦点集中在普通人和事件之上,既具有一种认识论的基础——依靠人们自己的经验,也具有一种道德的基础,即对其他人的同情或"同感"。当然,艾略特部分反对"高雅"风格的文学的漫长传统,它涉及"悲剧式的受难或者惊天动地的行为"。她认为,这种传统在实质上是理性主义的,这种传统忽视了"低廉的普通事物"和"普通细节"的真实性(152)。

对艾略特来说,现实主义的第四个原则是在她对美的看法中提出来的。她实际上重新界定了,或者说至少极大地拓展了中世纪关于美的概念,即美附属于一个对象的形式和比例。她说,让我们"也热爱另一种美,它不在比例的奥秘之中,而在人类深切同情的隐秘之中"。虽然她没有拒绝描绘天使或圣母玛利亚的高雅风格,但她声称:"不要把任何美学规则强加于我们,那些规则将把用自己疲劳的双手削胡萝卜的老太婆驱逐出艺术领域……也会把那些弯腰驼背铲地和干着世界上粗糙工作的麻木而饱经风霜的面孔驱逐出艺术领域……因而,所需要的是,我们应当记住他们的存在,我们也可能碰巧把他们完全留在了我们的宗教和哲学之外,并且设计出了只适合极端世界的高高在上的理论。因此,要让艺术始终都使我们想起他们",帮助我们"在那些普通事物之中发现美"(153)。因而,艺术家对真实的职责,在这种修正过的意义上也成了对美的职责,成了在"普通"事物和事件中同情美和感知美的职责。艾略特的评论包含了这一认识,即文学经常都具有意识形态的动机,在本质上与表现世界观和上层社会经验的哲学和神学有联系。

艾略特奇妙地抓住这个机会,把她的现实主义原则同某种类型的宗教态度联系起来。她把布罗克斯顿修道院院长欧文先生这个人物与其继任者、"热情的"赖德先生进行了对比,赖德"执着地坚持宗教改革的学说"(154)。虽然欧文先生可能不是十全十美的牧师,但人们对他很热情,他们热爱他和尊敬他,他广博的知识使他能够在教会内外的教区居民的生活中起着一种有益的作用。他的布道不是基于书本上的教条和"概念",而是基于情感,正是这一点,在实际上影响了人们合乎道德地采取行动(154)。在另一方面,赖德先生却"严厉谴责肉欲的失常",他被乔治·艾略特及其人物表现成了永远都"渴望理想"的那些狭隘而卑微的人物之一(154, 157)。

因此，艾略特不仅聪明地把自己的现实主义表现为与文学技巧有关，而且包含了看待世界的完整方法：追求真实，信赖自己的经验，接受人们真实的状态，在普通事物中感知美，它们构成了这种观点的所有方面；它们全都以一种宗教倾向为基础，那种倾向本身是人道的，以人类的同情为基础，而不是以无止境的教条和强迫接受不切实际的理想为基础。

埃米尔·左拉（1840—1902年）

法国作家埃米尔·左拉的小说走向了现实主义的一种更加极端的形式，即著名的自然主义，其名称来自把人物、事件和解释的基础置于自然原因之上而不是置于超自然或神的原因之上的所谓科学冲动。或许，埃米尔·左拉超过其他一切重要的文学人物之处在于，他在自己的小说和批评理论中表达了19世纪晚期科学进步的新兴潮流。左拉深刻地意识到了这些走向自然主义的趋势，意识到了走向人们探究自然领域（科学领域，与超自然界或超自然领域相反）的限制，而他认为，自然主义文学不过是一种自然的延伸，要完成近代史上一种更加广阔的实证主义运动。

因此，左拉成了法国自然主义的领军人物。他写作了20部以"卢贡-马卡尔家族"（*Les Rougon-Macquart*）为名的系列小说，涉及一个家族的两个分支，即卢贡家族和马卡尔家族。左拉通过几代人追溯了这个家族的"自然史和社会史"，把重点放在他们受到遗传和环境影响的行为之上。这些小说中最有名的是《小酒店》（*L'Assommoir*，1877年）、《娜娜》（*Nana*，1880年）和《萌芽》（*Germinal*，1885年）。左拉的论文《实验小说》（*The Experimental Novel*，1880年）试图为他自己的小说实践进行辩护，并且成了自然主义有重大影响的宣言。

左拉在其文章的开头解释说，其论点的灵感和基础是克洛德·贝尔纳（Claude Bernard）的文章《实验医学研究导论》（"Introduction a l'Étude de la Médecine Expérimentale"），它竭力表明，医学具有一种科学基础，即"实验方法"（experimental method）。[11]贝尔纳认为，这种方法早已运用于物理学和化学中无生命物体的研究，它也应当用于生理学和医学领域中对生命机体的研究(2)。在实质上，左拉认为，贝尔纳的努力是知识发展的更大模式中的一个征兆：他评论说，19世纪以"回归自然"为标志，即返回到对一切现象自然的和科学的解释。左拉希望论证"一种受到科学支配的文学"。他希望把贝尔纳的论点专门扩大到小说领域，由此把小说和文学置于科学发展的这种全面趋势之中。贝尔纳旨在把科学研究扩大到生理学和医学领域之中，左拉则期望把它进一步扩大到"充满激情和知性生活"的领域中(2)。

所谓的实验方法的前提是什么？如左拉所说，按照贝尔纳的看法，实验主义者有别于单纯的观察者，因为后者"单纯地和简单地叙述其眼前的现象……他应当成为现象的摄影师，他的观察应当成为对自然的精确再现"(7)。在另一方面，实验主义者出于特殊的探索目的而直接干预和修改那些现象，要确定或反驳一种实验理念或假设(6-7)。实验的方法或实验的推理"以怀疑为基础，因为实验主义者在面对自然时应当没有任何预想的理念，始终都应当保持自己思想的自由"(3)。正如左拉所援引的，贝尔纳对实验推理和经院哲学家的探究进行了区分：

"正是经院哲学家,才以为他具有绝对的确信,他凭借自身相信,他在自然之外为自己附加了一种绝对原则……但这不会获得任何结果……正是……实验主义者,才始终都在怀疑……他在控制围绕着自己的现象方面取得了成功,增强了自己对于自然的力量。"(26)因此,这种科学方法颠覆和拒绝了以前的一切权威:"它不承认任何权威,只承认事实的权威……实验的方法就是科学的方法,它宣称思想自由。它不仅摆脱了哲学和神学的束缚,而且再也不承认科学方面的个人权威。"(44)左拉接受了贝尔纳通过"感受、推理和实验"来描述人类心灵发展阶段的特征:首先,感受支配了推理,创造了神学;然后,推理或哲学设想出了支配的作用,产生了经院哲学;最后,实验或对自然现象的研究把我们带向了"事物客观的真实性"。因此,科学的实验方法成了历史发展的顶点,它在进步方面是合理的和自然主义的(33-34)。

按照左拉所追随的贝尔纳的看法,科学的第二个和相关的重要原则在于,相信自然现象方面"绝对的决定论";换言之,在自然中存在的一切现象和事件,不会没有一种决定性的原因或原因的复合体(3)。这一原则的一个主要方面在于,科学向我们表明了"我们实际知识的局限"。但是,像这样承认我们能够认识和无法认识的东西赋予了人们开拓的能力:"由于科学降低了我们的傲慢,因而加强了我们的力量。"(22)以下出自左拉文章中的文字,简洁地概括了其论点的这个部分,他由此把文学置于科学进步的一般语境之中:

> 实验小说是这个世纪科学发展的一个结果;它延续和完善了生理学,而生理学本身倾向于得到化学和医学的支持;它用研究自然的人取代了研究抽象的和形而上学的人,自然的人受到生理的或化学的法则支配,并且要被环境的影响所改变;一句话,它就是我们这个科学时代的文学,正如古典的和浪漫派的文学是与经院哲学和神学时代一致的一样。(23)

所有这一切在实际中对自然主义小说来说意味着什么?首先,左拉的态度表现出对浪漫主义和一切形式的神秘主义与超自然主义(supernaturalism)的极度反对。左拉认为,他自己的文学时代夸张地强调形式,"散发出抒情性的腐臭"(48)。他坚持认为,实验小说的主题植根于现实之中,植根于对人类及其激情的观察之中;他通过改变他所创造的人物的状况和环境来进行一种"真正的实验",以确定他们行为的某些动机(10-11)。这样一种态度与"生机论"(vitalism)那样的态度是直接对立的,生机论"认为生命是一种神秘的和超自然的力量,它的行动是任意的,摆脱了一切决定论"(15)。左拉预见到了弗洛伊德的观点,把决定论的原则从在整个自然现象中的运用扩大到了把人类行为囊括在内。他把这一原则扩大到了文学,扩大到了小说,它是"对自然和人的普遍探究"(38),认为"存在着对于一切人类现象的一种绝对的决定论"(18)。因而,左拉认为,这种决定论既是外在的,也是内在的,支配着外部世界和人的心理(17)。他认为,小说家应当"对人物、激情动手术,对人类和社会材料动手术,其方法与对没有生命的存在物进行化学和物理学操作的方法相同,也与生理学家对有生命的存在物进行操作的方法相同。决定论支配着一切"。这样,"纯粹想象的小说"应当被"观察和实验小说"所取代(18)。

如果说决定论支配着自然界和人类心灵的世界的话,那么,实验小说就必须考虑人的社会和心理的方面。他提出:"遗传对人的智力和充满激情的表现具有巨大的影响力。""环境"也必定具有极大的重要性(19)。因此,虽然他承认小说家应当继续生理学家对"思想和激情"的研究,但他提醒我们,这些都不是凭空产生的:"人不是孤立的;他生活于社会之中,生活于一种社会状况之中;因此,对我们小说家来说,这种社会状况不断地改变着现象。实际上,我们主要的努力正在这里,在社会对个人和个人对社会的相互影响方面。"(20)左拉认为,实验小说使这种文学类型摆脱了"它陷入其中的谎言与错误的氛围"(42)。以下或许是左拉对实验小说计划最为全面的界定:

> 这就是构成实验小说的东西:要拥有关于人与生俱来的现象之机制的知识,要表明在遗传和环境影响之下人的智力与感性显现的系统,正如生理学为我们提供的那样,最后,要展现生活于由人本身创造出来的社会条件中的人,他每天都在改变那些条件,在那些条件的核心部分中,他经历了持续不断的变化。(21)

因此,左拉认为,文学不仅是对作者心理的表现;他认为,艺术家的个性"始终都要服从于真实性和自然的更高律法"。事实上,这种个性仅仅在小说的形式方面很明显,而不是在其真实性和价值观方面,它们不依赖于任何这样的主观基础(51)。左拉解释说,在实验小说中,一切现存的修辞学因素仍然是允许的,因为它们完全没有侵犯小说的方法(48)。

左拉文章中最有趣的方面之一在于,尽管他相信科学至上主义,但他试图挽救文学的道德作用。左拉认为,科学正朝着人类能够控制生活并且能够控制自然的状态前进。最终,对左拉来说,这种能力被导向了一种道德目的:"我们将开始一个世纪,人在其中会变得更加强大,我们将利用自然,将利用自然法则,在地球上创造出最大可能的正义和自由。不存在任何更加崇高、更加高尚的目的,也不存在任何宏大的目的。"(25)令人悲哀的是,另一个世纪的历程证明了左拉的观点是非常乐观的。他的立场完全可以被看成试图重新恢复最高之善的古典概念,把它作为一切科学和艺术最终被导向的目的。他认为,这个高尚的梦想也会引导实验小说家的努力,小说家的目的在根本上与科学家的目的是一致的:"我们也渴望把握理智和个人秩序的某种现象,渴望能够指引它们。一句话,我们是实验的道德主义者,要通过实验表明在某种社会状况下激情以何种方式产生作用。"小说家与道德家一样,可以帮助分析和控制激情的机制,左拉认为,在这个方面,"存在着我们的自然主义作品的实际效用和最高道德"(25)。因而,小说的作用符合科学的道路,并且也与立法者和政治家致力于"伟大的目标、征服自然和增强人类的力量"的企图结合在一起(31)。左拉实际上认为,理想主义小说(idealistic novels)在道德上是有害的,所起的作用受到了"仍然未知的"有害欲望的支配,"通过各种宗教的和哲学的偏见,并且凭借令人震惊的借口,即未知的比已知的更高尚、更美"(27)。这当然是对浪漫主义和象征主义的一切形式的全面攻击,浪漫主义和象征主义柏拉图式地把现实规划为超越经验领域的另一个领域。左拉坚持认为,那些作家的向上飞行"伴随着更深地陷入形而上学的混乱之中"(31)。只有实验小说家,才"在为人的力量和幸福而努力"。左拉实际上把文学在认识论上的地位等同于它的道德作用:"唯一伟大、合乎道德的作品,是那些与真理有关的作品。"(37)按照左拉的看法,这种理路方面最重要的作家是巴尔扎克和司汤达(Stendhal)。例如,巴尔扎克在其《贝姨》(Cousin Bette)中揭示了整个家庭毁于于洛(Hulot)"好色性情"的行为(28-29)。在回应一些常见的反对意见时,左拉否认自然主义小说在某种程度上是宿命论的,其基础并不是要求以小说家的才能来安排和重新安排现象的自然秩序,以便与假设吻合,就人类行为而言,小说家的目的是要进行试验(11,29)。最后,左拉承认,哲学上的理想主义也许可以提升和提供对科学事业的促进因素,但由于它本身的缘故,它不可能发现真理(47)。因此,左拉的理论完全符合实用主义的传统。

威廉·迪安·豪威尔斯(1837—1920年)

威廉·迪安·豪威尔斯被很多人认为是那个时代美国的重要小说家和批评家,他开始自己的生涯时是印刷工和记者。后来,他成了东海岸最有声望的杂志《大西洋月刊》(Atlantic Monthly)的副主编和主编,并且成了纽约《哈泼氏月刊》(Harper's Monthly)的副编辑。他主要的小说作品是《塞拉斯·拉帕姆的发迹》(The Rise of Silas Lapham,1885年)和他的系列小说,诸如《时来运转》(A Hazard of New Fortunes,1890年)和《机缘世界》(The World of Chance,1893年),这些小说反映了他走向社会主义和社会现实主义的历程,他据以对美国的资本主义和帝国主义进行了批判。他作为美国现实主义重要理论家的地位,是由他的著作《批评与小说》(Criticism and Fiction,1891年)确立的,这部著作实际上汇编了他为《哈泼氏月刊》的《编辑研究》栏目所撰写的文章。作为有影响的编辑、小说家和理论家,他占据了美国文学的中心地位。他受到过洛厄尔和霍桑的影响,也受到过陀思妥耶夫斯基、托尔斯泰、福楼拜、左拉、易卜生(Ibsen)等欧洲和俄国现实主义者的影响,把这些作家精致的和具有新气象形式的美学传播到了他自己的本土和他自己的时代。他熟悉那个时代大多数最重要的作家,包括洛厄尔、霍桑、爱默生、梭罗和惠特曼;他影响了亨利·詹姆斯、马克·吐温(Mark Twain)、查尔斯·W.切斯纳特(Charles W. Chesnutt)和保罗·劳伦斯·邓巴(Paul Laurence Dunbar)等人的生涯。到他去世之时,他已经对美国文学产生了强有力的和普遍深入的影响,虽然后来的几代批评家和作家有点倾向于贬低他的批评和文学名声。

豪威尔斯的《批评与小说》是一篇近乎论争性的现实主义宣言。他一开始就宣称自己与约翰·阿丁顿·西蒙兹(John Addington Symons)具有共同的基础,西蒙兹曾经表达了一种期望,即未来的文学会放弃"伤感的或学院式的对理想的追求",它将利用"科学精神",并将"以更加本能的确信来理解单纯、自然和诚实之物"。[12]豪威尔斯进一步提出:"真实之物始终都是美的和善的,其他任何东西都不会这样",这一点在济慈的诗句"美即真,真即美"里部分得到了印证。豪威尔斯根据埃德蒙·博克对崇高和美的论述,重新肯定了这一洞见,即"艺术的真正标准在每个人的才能之中;对自然中最普通、有时是最微不足道的事物轻而易举的观察,就会提供最真实的理解"(298-299)。豪威尔斯把这类洞见结合起来,表达了他自己的希望:"人们对每个新作家、每个新艺术家的评价,不是按照他与其他任何作家或艺术家的关系,而是按照他与我们全都熟悉的人类天性的关系,他的特权,他的重要职责,就是对那种天性做出解释。"

(300)正如博克提出的那样,这里至关重要的问题是,艺术家感知的个性和真实性。豪威尔斯对这一习惯感到悲哀,即人们不是鼓励年轻艺术家根据生活形成自己的观察,而是根据对从前的大师们的理解来形成自己的观察。例如,不是鼓励年轻艺术家去描绘一只真实的蚱蜢,而是要求他们去描绘一只人造蚱蜢,它代表了"一般的蚱蜢……一种类型"。由从前的几代艺术家们所阐明的这样一只蚱蜢,代表了一种对理想的培养,必须通过这只理想蚱蜢的镜头来看真实的蚱蜢。豪威尔斯表达了这样的希望,即艺术家和"普通的、一般的人"都将拒绝"理想的蚱蜢,英雄式的蚱蜢,充满热情的蚱蜢,自我牺牲的、奇遇的、优良老旧的、浪漫的纸板蚱蜢",赞同"单纯、诚实和自然的蚱蜢"(301)。豪威尔斯当然试图使小说摆脱传统英雄式的和冒险传奇的特征。在前面的段落里,豪威尔斯从西蒙兹那里借来了艺术的一个新标准:它不必按照与所谓经典或传统的权威相吻合来判断,而应当按照"我们全都在自己的能力中具有的单纯、自然和诚实的艺术标准"来评判(302)。从历史方面来看,豪威尔斯认为,现实主义延续了浪漫主义在19世纪初发起的反叛:"与现实主义现在所追求的一样,浪漫主义在那时力求拓宽同情的范围,摧毁一切反对审美自由的障碍,逃脱传统的麻痹症。它在这种冲动之中使自身被耗尽;它给现实主义留下来的是,要坚持对经验和动机之可能性的忠实,这是伟大的想象性文学的实质性条件。"(302)

正如豪威尔斯自己后来承认的,他的现实主义理论在几种意义上都是"民主的"。如上所见,他从博克那里接受了民主的概念(具有讽刺意味的是,倘若博克保守的政见具有反民主的张力的话),即一切人都具有审美判断的潜力。豪威尔斯补充说,真正的现实主义者在他认为由艺术处理的素材方面没有确定任何等级。真正的现实主义者"没有发现任何毫无意义的东西",并且"处处都感到了事物的平等和人类的团结;他的灵魂得到了鼓舞,不是因为……理想,而是因为现实,真实只存在于现实之中"。对这样一种人来说,"没有任何一个活人是一种典型,而是一个人"(302-303)。豪威尔斯拒绝了近代小说中"讽喻式叙述的倾向",也拒绝了"夸张的舞台式激情和动机"(304-305)。

在某种意义上,豪威尔斯有点预见到了诺思罗普·弗莱和20世纪早期某些新批评家的观点,他使人们注意到了自己的时代缺乏所设想的和熟练的文学批评。他提出,批评家普遍没有任何原则,实际上都是业余的(306-307)。批评家很有可能把自己评价文学作品的基础置于个人感觉和印象之上;一般来说,他们的实践是以永远抵抗一切新东西、盲目坚持过去的模式为基础的(311)。有趣的是,他的立场也许会被认为是对马修·阿诺德提出的"试金石"理论的批判,豪威尔斯在其他方面与阿诺德有很多共同之处。阿诺德把这种批评原则的缺乏本身建立成了一种理论,使人想到我们不可能依靠固定的和可以传授的概念来评判文学,而是我们必须接受过去的伟大文学的模式,它们将成为评价我们阅读的一切作品的试金石。

豪威尔斯在坚持批评只可能具有一种辅助作用方面,也预见到了新批评家们的观点:批评始终都存在于与艺术的依赖关系之中;它不可能创造出文学,它也不可能创造或毁灭作家的名声(308-310)。像弗莱后来要做的那样,对于事情的这种令人遗憾的情况,豪威尔斯提出了警告的信息,即批评必须"重新设想自身的职责"。我们所需要的是一种对当代文学"冷静的、科学的"研究(311,314)。批评家必须谦卑地承认,他可以向那些创造性的作家学习,与华兹华斯一样,他们表现了一场"革命,事物的一种新秩序,批评的理解和习惯曾经痛苦地要使自身适合于它们"(312)。因此,批评必须把自身的职责、作用变成"观察、记录和比较的事业;要分析在它之前的材料,然后综合其印象。尽管如此,无须多说,作为一门艺术的文学在没有批评时也完全可以很好地进行下去"(311)。这种说法听起来很像 T. S. 艾略特在其《批评的功能》("The Function of Criticism")一文中的观点,艾略特在文中声称要脱离阿诺德,并且提出,批评家的作用无关乎"比较和分析"。每个作家都以自己的方式试图重新肯定艺术真正的创造性,这种创造性既不可预料,也完全不可能由批评来阐明。这样一种姿态重新赋予艺术一种难以界定的权威的灵韵,如同在浪漫派的"天才"概念中所表达的那样,这个概念翱翔在理性分析的一切努力之上。然而,豪威尔斯忠于自己的民主美学,完全拒绝了天才的概念,认为它是"一种有害的迷信",旨在把艺术的作用神秘化。

豪威尔斯的现实主义理论的民主倾向部分来自西班牙作家帕拉西奥·瓦尔德斯(Palacio Valdés),并且也明显受到了爱默生和乔治·艾略特的激励。与乔治·艾略特一样,豪威尔斯承认,真正的朴素是"非常艰难的","没有任何东西比诚实更艰难"(315)。豪威尔斯根据瓦尔德斯的观点,复述了现实主义的一些关键要素。他赞成性地援引了瓦尔德斯的观点,即"在自然之中,既不存在伟大,也不存在渺小;一切都是平等的"(316)。豪威尔斯仿效瓦尔德斯,要求艺术家需要学习如何引起读者的注意,"以普通的生活事件,以描绘真正人类的人物"(317)。小说家不必努力"为现实补充任何东西,要扭转和破坏它,以限制它",而必须把各种形象描绘成"它们本来的样子"(319)。他还必须参与"对人物直接的、坦率的和尽责的研究"(318)。豪威尔斯补充说:"现实主义要真实对待素材,一点不多,也一点不少。"(319)他援引爱默生的话说:"我拥抱平民;我坐在熟人和下等人的脚下。"(321)

豪威尔斯把这些来自不同作家的洞见结合起来,使他们通过他自己的声音来发言,他在其中坚持他们的民主情绪在政治上的意义。豪威尔斯认为,既然创造美和表现美要依赖真实,那么,美的最佳效果就"将是伦理方面的,而不只是审美的。道德渗透了一切事物,它是一切事物的灵魂"(322)。小说家"必须忠实于生活教给我的那些真实东西"。如果他的作品构造出一种"违背正义和常识的形而上的谎言",那么,作品就是有害的。豪威尔斯期盼着那一天,那时,"人类贫穷而诚实的羔羊将为普遍的本能提供普遍的意见,将拥有在政治方面、艺术方面、宗教方面战胜恶魔的自我力量"(323)。如果小说讲述"有关人类本性和社会构造的毫无意义的谎言",那么它就是有害的。豪威尔斯反对"纵容"读者"达到愚蠢地步"的文学"饮食"(333)。豪威尔斯认为,真实本身可以"鼓舞和净化人们"(326)。因此,这成了对一切想象力的作品最大的检验:"它是忠实的吗?——是忠实于塑造真实的男男女女的生活动机、冲动、原则的吗?这种真实……必然会包括最高的道德和最高的艺术性。"(327)文学中的美"来自真实本身",而现实主义小说具有一种道德的以及美学的使命(331,334)。关于这种使命的精神,豪威尔斯告诫说:"让小说不要再点缀生活;要让它按照男男女女的真实样子描绘他们,按照我们全都了解的尺度让它受到动机和激情的促动……让它说着大多数美国人都懂的方言、语言——对它来说,毫无疑问存在着一种无限的未来,不仅是令人愉悦的未来,而且是有益的未来。"(328)历史曲折迂回的进程就是如此,文学的美学借此返回到了贺拉斯的原则之上,即艺术作品必须寓教于乐。

关于方言和语言的问题，豪威尔斯勉强要求作家自觉地成为"美国人"。但是，他的确鼓励他们要说自己的方言，而不是满足于成为"英国人"的"自负和虚假的"努力(328)。他把国家的民主政治信念与一种民主的美学直接等同起来：他认为，政治国家要建立"在肯定人们在自己的权利和责任方面实质上平等的基础之上……这些状况要求艺术家研究和正确评价普通人……艺术必须成为民主的，这样，我们就会以艺术来表现美国"(339)。

豪威尔斯提出了一个针对经典的响亮判断："至少有五分之三被叫作经典的文学……是没有生命力的；当人们在写作和阅读它们时，它们就已经死去了……迷信的虔诚保护了它们。"(341)豪威尔斯认为，文学是贵族精神最后的庇护所之一，这种贵族精神正在从政治和社会结构中消失，并且"现在正在美学中为自身寻求庇护所……文学中的民主是对所有这一切的颠倒。它希望知道和说出真相，相信存在着慰藉和愉悦；它并不在意描绘非凡和不可能之事"(353)。艺术和科学都不可能被认为是严肃的追求，除非它们"有可能使种族变得更好和更宽厚……它们除了根据和通过真实之外，不可能做到这一点"(354)。

亨利·詹姆斯(1843—1916年)

虽然亨利·詹姆斯是一位美国小说家，但他认为，"美国人"这个词语包含了某种文化上的开放性，或者用他的话来说，它包含了一种"对世界上各种民族倾向的融合与综合"。[13]构成詹姆斯创造性和批判性著述之基础的经验，是一种国际性的视野。在童年期间，他在欧洲度过了几年；在后来的生活中，他搬到了伦敦，经常游历意大利和法国。他的一些最著名的小说探究了跨文化的联系；这些小说包括《美国人》(The American, 1877 年)、《欧洲人》(The Europeans, 1878 年)、《黛西·米勒》(Daisy Miller, 1879 年)、《一位女士的画像》(The Portrait of a Lady, 1881 年)、《使节》(The Ambassadors, 1903 年)和《金碗》(The Golden Bowl, 1904 年)。他受到欧洲浪漫派和美国浪漫派的影响，熟悉所谓的现实主义和自然主义作家，诸如威廉·迪安·豪威尔斯、古斯塔夫·福楼拜和埃米尔·左拉。他的文学观和批评观受到了歌德、马修·阿诺德和圣伯夫的影响。他从这些作家那里获得了"非功利性"(disinterestedness)的批评理念，他认为这可以实现历史与哲学(他哥哥是实用主义哲学家威廉·詹姆斯)之间的一种调节，因为批评涉及理念和事实。詹姆斯本人的影响跨越了大西洋两岸，延伸到了埃兹拉·庞德(Ezra Pound)和 T. S. 艾略特这些人物。

正是在其文章《小说的艺术》("The Art of Fiction", 1884 年)中，詹姆斯最简洁地表达了他的批评原则以及他在小说方面努力的理由。他的文章的动机有三个方面。首先，他要同他所认为的、普遍不愿意认为小说是一种真正的艺术形式的观点进行斗争。他的文本部分是为了直接回应小说家和批评家沃尔特·贝赞特(Walter Besant)相同标题的演讲和小册子而撰写的。詹姆斯所关注的是要确定小说是一种严肃的艺术形式，而不仅仅是一种有趣的或逃避现实的消遣。其次，虽然他称赞贝赞特试图鼓励像这样严肃地对待小说，但他怀疑贝赞特的设想,即规则可能是以某种方式为小说而设定的。詹姆斯的核心主张是:小说家和小说必须是自由的。最后,詹姆斯完全意识到了一种清教徒的环境,这种环境认为艺术具有一种有害的效果,与道德、娱乐或教诲相对立。因此,对詹姆斯来说,小说的自由也需要从道德的和教育的要求与束缚中解放出来。

虽然詹姆斯的核心论题在于小说必须是自由的,但小说的自由在结果上首先与詹姆斯所坚持的那种小说的现实主义有关:"小说存在的唯一理由在于,它确实试图把生活表现为……图画就是真实,因而,小说就是历史。"(166-167)在试图表现生活时,小说家的任务与画家的任务类似;在追求真实方面,小说的艺术与哲学和历史类似。詹姆斯认为,这种"双重的类似是一项最好的遗产"(167)。

詹姆斯提到了对这种类型的一种宽泛界定,即小说是"一种个人的、直接的生活印象",它是成功的,因为它展现了一种特殊的和独特的心灵(170)。因此,不可能规定艺术上的现实主义的程序。他实际上怀疑贝赞特的主张,即"小说的法则也许是由……精确性和正确性规定与传授的"(170)。此外,现实主义的计划极为复杂。作家确实应当拥有"一种现实感",但"现实具有无数的形式",不可能被包含在某种公式之内(171)。因而,詹姆斯所倡导的现实主义看来不在于被动的模仿,而在于创造"生活的幻觉"(173)。

詹姆斯认为,要求小说家根据经验来写作,同样是非决定性的和不精确的。与现实一样,经验是一个复杂的概念。经验"从来就没有受到限制,它也从来不是全部;它是一种巨大无边的感性,是一种悬浮在意识的封闭空间里由最精美的丝线织成的一张巨大的蛛网……它是心灵的真正氛围"(172)。对一种境遇简单的一瞥,就可以为一位有悟性的小说家提供一种以深刻的洞见为基础的完整观点。有趣的是,詹姆斯对"经验"的界定解读起来就像是对柯勒律治等浪漫派关于"想象力"的定义的重新阐述。詹姆斯声称,"根据所见来推测未见的能力,追寻事物含义的能力,根据模式判断整体的能力,完全以一般的情感生活为条件,以便你完全按照自己的方式去认识它的任何特定角落——才能的这种集束,几乎可以被认为构成了经验。"(172)对柯勒律治来说,虽然想象力是一种植根于象征主义之中的能力,是一种把一般和特殊结合起来的能力,但詹姆斯对作为一种"才能"的经验的看法植根于转喻之中,在实质上是一种根据部分来判断整体的能力。在词语和现实之间再也不存在某种暗示的巨大的象征性的类似;然而,世界依然被认为被安排得足以按照一种一致的方式来理解,因为整体能够在任何特殊的局部表现中显示自身。现代主义作家甚至将被剥夺对于这种转喻的满足。实际上,詹姆斯以小说表现现实的潜力来确证小说真正的自由——这对他来说也许可以被解读为"转喻式的"——即类似性:小说具有一种"巨大的、自由的特征,一种与生活巨大的和异常的类似性"(179)。尽管现实与经验具有复杂的性质,詹姆斯却使我们想起他早先的主张,他声称:"现实的样子(规范的可靠性)在我看来是小说最大的优点——其他一切优点(包括贝赞特先生说到的那种有意识的道德目的在内)都不由自主地和顺从地依赖于这种优点。如果它不存在的话,那么,它们全部都不存在。"(173)对词语的选择在这方面很有效:其他一切因素,包括一切道德目的,都被建立在现实主义赋予能力的基础之上。

由于经验不可思议的个人性质,以及它潜在的广度和复杂性,所以,不可能教会小说家如何表现现实。詹姆斯为小说家所寻求的自由的一个重要方面,在于进行实验的自由。形式并不是以任何先验的方式获得的;它是通过对现实的体验而经过不断修正的某种东西(169,171)。小说在选择主题和素材方面也必须是自由的;詹姆斯认为,艺术的领域是一切生活,而不仅仅是那些美的或高贵的因素(178)。詹姆斯认为,在所有艺术中,人们会"意识到自由的一种巨大增长——一种启示……艺术的领域就是一切生活,一切情感,一切观察,一切观点……它就是一切经验"。这样,对小说家来说,没有任何东西可以被禁止,没有任何东西可以是禁止进入的(177-178)。詹姆斯提出,小说家最重要的才能一定是"接受直接印象"的能力(178)。小说必须捕捉到"生活前所未有的不规则的节奏……**不必**经过重新安排",这样,"我们就会觉得我们接触了真实"(177)。这里暗含的意思似乎是,小说家精确地记录"直接的"印象,没有以某种方式歪曲它们;然而,詹姆斯也承认:"艺术在实质上是选择,但这种选择主要关心的是要**典型,要有包容性。**"(177)这里似乎存在着一种矛盾,一方面说小说没有歪曲地记录生活,另一方面又承认这种记录不可避免地是主观的,仅仅根据"无数观点"中的一个来写作,根据一种实际上独特的观点来写作。也许可以认为,詹姆斯的立场表现了古典现实主义与现代现实主义之间的历史过渡中的一种不稳定的平衡。詹姆斯的观点中的亚里士多德式的现实主义的痕迹在于,它依然有可能说到"典型的"人;而现代主义的主观主义的一种预兆,在他同样的承认中也很明显,即小说的视点必须是个人的和独特的。这两种因素在詹姆斯的文本中显得没有取得一致。

最后,詹姆斯反驳了贝赞特的主张,即小说必须具有一种"有意识的道德目的";詹姆斯认为,小说应当摆脱道德的和其他的职责。他的论证显然很简单:"艺术问题是完成的……问题;道德的问题则完全是另一回事。"如果艺术有一个目的的话,那么,这个目的就是艺术的:它必须以完美为宗旨(181)。詹姆斯承认,道德感与艺术感在某一点上是非常密切地结合在一起的,即它们都确信:"艺术作品最深刻的特质始终都是创作者心灵的特质。与杰出的智力成正比的是,小说、绘画、雕塑也具有美与真的实质。在我看来,要构成这样的要素,就要有充分的意图。"(181)再一次,就他对现实主义的坚持而言,这里的重点再次偏向了主观性,偏向了小说家的心灵和能力:小说最深刻地表现出来的,正是这种主观性。具有讽刺意味的是,正是在这一点上,詹姆斯的小说概念指向了现代主义,在其主观的基础方面,并在其使道德服从于美学目的方面,他求助于亚里士多德式的古代的实体范畴,也求助于柏拉图式的对美与真理的确证,加上柏拉图式的"分享"概念,成了通过乞灵于超验的领域而得以实现尘世之美的手段。

注释

[1] Herbert Marcuse, *Reason and Revolution: Hegel and the Rise of Social Theory* (London: Routledge and Kegan Paul, 1977), pp. 232-388.

[2] 很值得参考詹姆逊的全部讨论。*The Ideologies of Theory: Essays 1971-1986. Volume II: The Syntax of History* (London: Routledge, 1989), pp. 118-122.

[3] Lilian Furst, ed., *Realism* (New York and London: Longman, 1992), p. 1.

[4] Ian Watt, *The Rise of the Novel* (Harmondsworth: Penguin, 1985), p. 12.

[5] Ibid., pp. 16 - 17.

[6] Eric Auerbach, *Mimesis: The Representation of Reality in Western Literature*, trans. Willard R. Trask (Princeton: Princeton University Press, 1974), p. 555.

[7] Furst, *Realism*, p. 2.

[8] Jameson, *Ideologies of Theory*, pp. 122 - 124.

[9] Ibid., pp. 121 - 123.

[10] George Eliot, *Adam Bede*, ed. John Paterson (Boston and New York: Houghton Mifflin, 1968), p. 150. 下文引用的页码为原文页码。

[11] Emile Zola, *The Experimental Novel and Other Essays*, trans. Belle M. Sherman (New York: Haskell House, 1964), p. 1. 下文引用的页码为原文页码。

[12] *Criticism and Fiction*, reprinted in *W. D. Howells: Selected Literary Criticism. Volume II: 1886 - 1869*, ed. Donald Pizer and Christoph K. Lohmann (Bloomington and Indianapolis: Indiana University Press, 1993), p. 298. 以下引文的页码为原文页码。

[13] Letter to T. S. Perry, September 20, 1867, quoted in the introduction to Henry James, *The Art of Criticism*, ed. William Veeder and Susan M. Griffin (Chicago and London: University of Chicago Press, 1986), p. 1. 以下出自这个文集的引文页码为原文页码。

第十九章　象征主义与唯美主义

甚至就在现实主义和随后的自然主义潮流统治欧洲文学之时，在夏尔·波德莱尔等诗人的作品中也出现了一系列标新立异的关注点：关注语言，关注诗歌形式，关注唤起内心状态和理想世界，以及人类主观性的最隐秘之处。在某种程度上，这些关注点是从浪漫派那里继承来的，为的是对抗受到现代工业和商业周期调节的都市生活。波德莱尔的追随者们最终与一种文学上和文化上的倾向结合在一起，那种倾向坚持抵抗源于启蒙运动的思想主流，直到19世纪末形成了对现实主义和接着流行的自然主义的一系列反抗。这些反抗包括象征主义、唯美主义和印象主义，它们有时被归入"颓废"（decadence）这个标签之下，并以各自的方式结合在一起。

这种广泛的反现实主义和反资产阶级的倾向在很多作家和运动那里早已露出了端倪：在1848年于英国形成的"拉斐尔前派兄弟会"的艺术家们那里，他们要退回到文艺复兴时期的艺术家拉斐尔出现之前中世纪直率的和道德上严肃的艺术；在法国"高蹈派"诗人们那里，他们受到泰奥菲勒·戈蒂埃和勒孔特·德·莱尔（Leconte de Lisle，1818—1894年）的激励，接受了"为艺术而艺术"的准则；在由埃德加·爱伦·坡所阐明的诗歌写作理论那里。波德莱尔及其后继者，诸如保罗·魏尔兰（Paul Verlaine，1844—1896年）、阿蒂尔·兰波（Arthur Rimbaud，1854—1891年）和斯特凡那·马拉美（1842—1898年），都是上述美学趋势的继承人；他们全部都同法国象征主义有联系。这种联系是追忆性的，因为象征主义运动本身的产生稍晚一些，它的宣言是让·莫雷亚斯（Jean Moréas）在1886年撰写的。其他的象征主义者有诗人朱尔·拉弗格（Jules Laforgue）、亨利·德·雷尼耶（Henri de Regnier）、古斯塔夫·卡恩（Gustave Kahn），小说家约里斯-卡尔·于斯曼，戏剧家莫里斯·梅特林克（Maurice Maeterlinck），以及批评家雷米·德·古尔蒙（Remy de Gourmont）。这场运动在19世纪90年代达到了顶点，此后开始衰落，经常被人们嘲弄地认为是颓废和做作的一种形式。正是象征主义者的先驱们——波德莱尔、魏尔兰、兰波和马拉美，而不是象征主义者本身，产生了巨大而持久的影响，这种影响从 W. B. 叶芝和 T. S. 艾略特等重要诗人开始，经过马塞尔·普鲁斯特、詹姆斯·乔伊斯和弗吉妮亚·伍尔夫等小说作家，以及奥古斯特·斯特林堡等戏剧家，一直延伸到罗兰·巴特、雅克·德里达、朱丽娅·克里斯蒂娃等语言哲学家和现代文学理论家。

正如在让·莫雷亚斯的宣言中所表达的，象征主义不仅反对以描述为基础的现实主义和自然主义,而且反对旨在培养一种精确的和权威性语言的"高蹈派"诗歌。马拉美的《徜徉集》(*Diva-gations*,1897年)是对象征主义美学的另一种重要说明。最根本的是,马拉美反对这一理念——现实主义曾经以其为前提,即语言是指涉性的,词语在某种程度上是一种预先确定的现实的符号。对马拉美来说,现实是从特定观点做出的一种解释,一首诗是现实的一部分,诗实际上有助于创造现实。马拉美也拒绝了浪漫派认为诗歌是作者主体性的表现的理念;相反,诗人所进入的语言世界既决定了其意识,也决定了世界。他把注意力转向了词语的物质方面,即词语的声音,它们在书面上的结合,它们之间的间距,它们创造并且阐明意义与感知的新细微差别的能力。马拉美表示,要反对法国的亚历山大格式诗,要求对更加自由的诗歌形式进行实验。他也试图化解诗歌与散文之间的差异,化解批评作品与创造性作品之间的差异。象征主义运动的主要批评家是雷米·德·古尔蒙,他提倡主观性和艺术之纯粹性的理想。他断言:"只有普通的作品才是非个人的"[1],并提倡一种"纯艺术",它"只关注自我实现"[2]。这种对文学个性的肯定是以古尔蒙的哲学倾向为基础的:作为一名坚定的主观唯心主义者,他坚持认为,唯心主义在叔本华的"世界是我的表象"的说法中得到了最好的表达,古尔蒙坚持认为这个规则是"不可辩驳的"。[3]这些陈述都体现了象征主义最重要的哲学与美学姿态。

一般来说,象征主义者都拒绝把他们所接受的物质世界当成真实的世界。他们借助柏拉图的哲学,认为当下的世界是对更高的、无限的和永恒的领域不完美的反映或表现,那个领域可以通过象征来唤起。因此,他们拒绝现实主义者和自然主义者的描述性语言,偏爱一种更加具有启示性的、象征性的和暗示性的语言,这种语言能够唤起意识和体验的各种状态。他们弃绝一切形式的推论性语言——论证、争论和叙述,弃绝逻辑上的一致性或参照系的精确性。他们也利用了波德莱尔的"应和"概念,认为阐明一种联觉美学的感觉以及它们在诗歌中与音乐的主要类似性之间,存在着一种"应和"的关系。

法国象征主义通过阿瑟·西蒙斯(Arthur Symons)的著作《文学中的象征主义运动》(*The Symbolist Movement in Literature*,1899年)被引进到了英国。西蒙斯把19世纪晚期的特征刻画为"科学的时代,物质事物的时代"。他认为,象征主义运动是一场"反对外在性、反对花言巧语、反对唯物主义传统的反叛"。[4]他解释说,随着象征主义诗歌"出现了心灵的转向……出现了一种文学,可见的世界在其中再也不是一种现实,而不可见的世界再也不是一种梦想"(4)。因而,象征主义文学提供了一种对现实的重新界定,它认为当代资产阶级的世界只不过是指向在一种更高的精神现实中自我超越的一个片面的物质维度。西蒙斯把前述福楼拜、泰纳和左拉笔下的现实主义统治的特征刻画为这样一个时代,在其中,"词语及其表面的弹性存在于自身之中,奇迹在于精确表现可见的现存的一切事物之中,正如它实际存在的那样"(4)。

因此,象征主义要反对的不仅是把世界变成一种物质的存在,而且反对相关的把语言变成一种铭刻着绝对清晰之可能性的表面意义。西蒙斯援引卡莱尔的定义,把象征界定为一种"双重意义",是"无限地被变得使自身与有限混合在一起"的一个场所(2-3)。用这种眼光来看,象征主义试图重新赋予语言以模棱两可和神秘的力量,使它解除表现人为的同一性和清晰范畴的徒劳负担。正如西蒙斯指出的,象征主义"力图……逃避修辞学的古老束缚,逃避外在性的古老束缚"(8)。

在现代文学理论利用这一洞见很早之前,西蒙斯就已经提出,语言本身是"任意的":词语与象征都是"表达出来的纯粹的声音,我们一致同意赋予它们某些意义"。只有当这种任意性"获得了一种习惯的力量"之时,它才被合法化(1)。在某种意义上,法国象征主义回归到了惯例层面之下的任意性,逃到了更深层的主观性之中,这种主观性否定或者取代了资产阶级的自我在字面上的主观性。法国象征主义远远没有返回到中世纪宗教对语言示意能力的管辖,它必定会把主观性本身——唯一表现这种主观性的文学——确立为一种宗教。正如西蒙斯所认为的,这种文学只有通过承担一种更加沉重的负担,才可以获得自身"本真的言说":"它本身变成了一种宗教。"(9)正如在19世纪末经常出现的那样,哲学与神学整合起来的推动力被转移到了诗歌领域之中。

现代象征主义在哲学上对不确定的特殊性的世界的否定,不可避免地是主观的和唯心主义的。象征主义诗人陷入统一的梦想与"客观上"无法控制的多元性之间,走向统一的唯一求助对象就在主观性本身之中,那种统一成了对外部世界不同的主观建构之间的统一。象征主义的策略,实际上就是要拒绝从约翰·洛克以来资产阶级思想一直在走向的使语言字面化的趋势。清晰性和精确性的理想被当作幼稚和人为而加以拒绝,其前提是一种作为物质的、由特定对象构成的狭隘的现实概念。象征主义者迷失在这种多元性的迷宫和不可救药的碎片化之中,力图通过求助于一种更加全面的对现实的界定来寻求统一和整体性,这种现实并没有拒绝当下的资产阶级的现实,却让它成为更加庞大的图景的一部分,成为一种更有层次的观点的一个方面。象征主义者就这样努力使理智与感性、精神与肉体彼此分裂的世界达到和谐。为统一而进行的斗争被提升到了形式层面,被转移到了主观领域,在其中演变成了各种观点的冲突,从历史方面传承下来的资产阶级世界被剥夺了其客观地位,并被变成了更大的视野图景之中的一种可能的视野。

这种否定态度进一步的、或许更加极端的发展,是在唯美主义方面,即在艺术为自身而存在或者为美而存在的学说方面,在绝对不关心道德或政治考虑方面,在完全摆脱说教或教育目的而获得自由的方面。与象征主义一样,唯美主义产生于同被认为是资产阶级肮脏的功利与算计的工业世界的对立之中。"为艺术而艺术"这个说法是由哲学家维克多·库辛(Victor Cousin)于1818年创造出来的;这种学说在康德美学、众多浪漫派、拉斐尔前派、高蹈派诗人、象征主义者、颓废派和20世纪形式主义的批评规划中产生了回响。正如在古尔蒙那里所看到的一样,一些象征主义者和所谓的颓废派都受到过叔本华和尼采等思想家的悲观主义(pessimism)的影响,在下一章里将讨论他们的观点。现在可以来详细考察象征主义和唯美主义的一些开创性人物——波德莱尔、佩特(Pater)和王尔德——的著作。

夏尔·波德莱尔(1821—1867年)

波德莱尔以法国象征主义的奠基者(尽管他本人不属于这场运动)而著名,并且经常与19世纪晚期艺术上的颓废和唯美主义有联系。他出生于巴黎,过着一种波希米亚式的生活,采取了一种浮华的、专注于美、轻蔑地远离庸俗物质主义和商业的资产阶级世界的艺术姿态,也采取了都市街头的浪荡子(flâneur)、常客和消费者的姿态。波德莱尔经常被认为表达了一种最初的现代主义的观点,表达了一种对都市生活的肮脏、淫荡和堕落的看法,并表现了一种深受T. S. 艾略特和埃兹拉·庞德等现代主义作家影响的倾向。波德莱尔著名的或声名狼藉的诗集《恶之花》(Les Fleurs du mal)出版于1857年,它在同年因为淫秽成了审判对象,包括一些女同性恋的诗在内。波德莱尔染上了梅毒,在去世之前遭受了瘫痪的打击。

尽管波德莱尔有这样的生活方式和艺术观,但他相信原罪,并且深刻地厌恶现代世界的商业主义,他认为现代世界是一个堕落的世界。在其《日记》(Journaux intimes)中,波德莱尔声称,人"**在天性上是堕落的**",并且嘲笑了进步的理念。[5] 他认为,进步只有在个体身上才有可能;他肯定了与人类存在之目的有关的终极问题的重要性,深深地厌恶资产阶级的价值观,把商业说成"在其真正的实质上是**邪恶的**",是"自我膨胀的卑鄙形式"。他不欢迎走向民主政治的发展趋势,坚持认为"不存在任何挽救贵族统治的合理的和使人放心的政府"(IJ, 69)。

总的来说,法国象征主义者,包括波德莱尔和马拉美在内,都反对资产阶级世界赤裸裸的理性主义、物质主义和实证主义,并且像浪漫派一样,抬高诗人和艺术家的作用。波德莱尔关于美的理念或许受到过德国哲学家谢林的激励,从1852年起,他也深受爱伦·坡的影响(虽然他独立地得出了很多类似的洞见),拥有与爱伦·坡相同的对诗歌的自主性和诗歌的想象力的看法。他著名的十四行诗《应和》("Correspondences")是对其象征主义美学的简洁表达,认为物质世界是指向一个理想世界的"象征的森林"。这种所谓的应和系统(system of correspondences)在18世纪和19世纪是一种普遍的理念;可以认为它是一种指向理想(以及真正现实)的真实姿态,或者说是视觉、听觉和触觉等各种感觉材料之间的一种共同感觉的应和(synaesthetic correspondence)。因此,在这个很有影响的概念之中,波德莱尔使自己的目的与这一早已渗透了很多美学理论[诸如斯维登堡(Swedenborg)、德·斯塔尔夫人和圣伯夫的理论]的理念相适应。在其十四行诗里,波德莱尔认为,地球及其现象"显示"了超凡的应和,正是诗人,才必须解释这些应和。

波德莱尔的很多重要批评观点都包含在其《沙龙》(Salons)之中,它们是一些对卢浮宫每年展出的画作的评论。总的来说,波德莱尔的批评走向了一种现代性的美学,它也被称为象征主义美学,既有点不同于浪漫主义(在其关于想象和自然的观点方面),也预见到了现代主义的某些倾向。波德莱尔几乎不赞同走向客观批评的任何努力。在其1846年的《沙龙》中,他坚持认为:"最好的批评是那种有趣的和富有诗意的批评,而不是一种有意剥夺了自身的各种性情的……冷漠、精确的批评。"实际上,他要求,批评"应当有偏颇,热情洋溢,要有党派性",虽然应当按照"开辟了最广阔视野的"某种观点来撰写批评文章。[6] 波德莱尔在那时认为,浪漫主义是"一种感受方式",并且把浪漫主义等同于现代性:"谈及浪漫主义就是谈及现代艺术——那就是说,谈及私密、精神性、色彩、对无限的渴望。"(BLC, 40)然而,波德莱尔最初拒绝了他所认为的浪漫主义的某些无节制:在1851年的一篇论述轻松诗和爱国歌曲作者皮埃尔·杜邦(Pierre Dupont,1821—1870年)的文章里,波德莱尔展现出了他对普鲁东的社会主义和民主主义理想的短暂效忠,这些理想为法国的1848年革命提供了支撑。在这篇文章里,波德莱尔谈到了"浪漫派",说它"排斥道德……**为艺术而艺术派幼稚的乌托邦理想不可避免地会毫无结果。它与人性的精神是公然对立的**"(BLC,52)。他接着说,在诗人巴尔比耶(Barbier)"以热情洋溢的语言宣布了1830年革命的庄严神圣"之后,"问题得到了解决,艺术从此不再与道德和功利相分离"(BLC,53)。同样地,波德莱尔认为,皮埃尔·杜邦的诗歌反映了1848年革命晚期的不幸与希望。他认为路易-菲力普国王的统治是"放荡"的统治(BLC,53,57)。波德莱尔在这篇文章中谴责了浪漫派"创造闲散和孤独",违背了"行动的精神",把诗歌界定为"对不公正的拒绝"(BLC,60)。值得注意的是,1848年的革命时期与文学上的现实主义的早期相重合,现实主义的早期大致上从1844年到1850年,波德莱尔曾经对这场革命表现出某种同情,与库尔贝和尚弗勒里等现实主义的领袖人物保持着热忱的关系。然而,波德莱尔对爱伦·坡和约瑟夫·德·迈斯特尔这些人物的持续研究,加深了他对资产阶级世界的背离,部分地受到这种研究的激励,他在政治和艺术方面变得愈发同情贵族政治。在一篇计划好的论述现实主义的文章的笔记中,他把现实主义描述为"乡巴佬的、粗鄙的、不诚实的,甚至是土气的",实际上还质疑现实主义是否真的具有什么意义。他写道:"每个好诗人始终都是**现实主义的**。"他预想到了一些更加成熟的观点,提出"诗歌只有在**另一个世界**里才是最真实的,才是完全真实的"。他坚持认为,当下的世界只不过是一部指向另一个世界的"象形文字的字典"(BLC,87－88)。

波德莱尔写过三篇论述爱伦·坡的重要文章,第一篇发表于1852年,经过修改后用作他最初翻译的爱伦·坡的作品的导言。在对爱伦·坡的生平和作品极有影响力的说明中,波德莱尔表达了他自己和爱伦·坡对功利主义文学的反感,虽然他本人的观点并不像爱伦·坡那么尖锐;他承认,诗歌的用处要从属于其主要目的,即审美。他表明了爱伦·坡的感受与他自己国人的感受之间的差异;他认为,后者沉浸于物质价值之中,"不相称地强调民族狂热的观点"。爱伦·坡因为自己的国家"没有贵族统治"而疏远了它,在那种环境中,"对美的崇拜"只可能退化和消失(BLC,94)。波德莱尔指出,作为一位"真正的诗人",爱伦·坡相信"诗歌……不应当在它本身之外有任何被期待的目标"(BLC,100)。波德莱尔甚至把爱伦·坡的放荡"解释"为产生于诗人与其环境之间的这种基本的不协调。

第三篇论述爱伦·坡的文章构成了波德莱尔翻译的第二部爱伦·坡的文集(1857)的序言,正是在这篇文章里,波德莱尔详细论述了爱伦·坡的批评观,援引了爱伦·坡在《诗学原理》中所表达的很多观点。波德莱尔再次强调了与爱伦·坡的不一致之处,并力图摆脱自己的资产阶级世界的价值观:"爱伦·坡在梦想里从一个贪婪的世界、对物质的渴望中逃离。"然而,对爱伦·坡来说,那些梦想是"唯一的真实"。波德莱尔认为,爱伦·坡被这种沉重的气氛所窒息,"倾吐了他对民主、进步和**文明**的轻蔑与厌恶"(BLC,119)。波德莱尔认为,爱伦·坡不仅是一个贵族,而且是"在一个糟糕的世界里误入歧途的弗吉尼亚人、南方人、拜伦式的人"(BLC,120)。爱伦·坡的"南方"气质既与美国北方的清教徒主义相对立,也与商业主义相对立:爱伦·坡反对"世界上与美的理念最为敌对的功利理念在一个国家中支配一切,凌驾于一切之上"(BLC,126)。就爱伦·坡肯定了"人天然的邪恶"而言,波德莱尔确认了自己与爱伦·坡的特殊关系。按照波德莱尔的看法,爱伦·坡在人身上发现了一种被现代思想忽视了的神秘力量:"这种原始的、不可抵抗的力量,就是天生的反常",波德莱尔本人认为这种反常就是原罪(BLC,121)。显然,在这篇文章的大部分内容中,爱伦·坡的观点变成了波德莱尔本人的同情的传声筒,而波德莱尔对爱伦·坡反感进步和文明的复述,则变成了波德莱尔自己的反感:进步是"腐败的最大异端",爱伦·坡曾对其发泄了不满。进步只不过是对人的堕落的补偿:"文明人发明了关于进步的哲学,以慰藉自己的退让和自己的衰败。"(BLC,124)

波德莱尔在很多问题上与爱伦·坡的观点一致:整个资产阶级价值体系的平庸及其在政治上以民主形式的具体化,人类天生的堕落,诗歌的自主性,诗歌以美为目的。波德莱尔赞同爱伦·坡在《诗学原理》中表达的根本观点:艺术的本质功能是要创造一种印象或效果的整体与统一性,一首诗之所以为诗完全是因为它"使灵魂得到提升",诗歌"在自身以外没有任何别的目的",因而不必服从于"**进行教诲**的异端,那些教诲包含了**激情**、**真理**和**道德**之异端的必然结果"。不过,波德莱尔承认,诗歌可以"提升行为举止",可以把"人提升到粗俗趣味的层次之上"(BLC,130-131)。话虽如此,波德莱尔却与爱伦·坡一样,坚持认为诗歌的努力与科学和哲学的努力存在着差异,甚至是两极化:"诗歌不可能……被科学或道德所吸收;它并不把真理当作自身的目标,它拥有的只是自身……冷漠、平静、无动于衷的说明语气,抛弃了缪斯女神的钻石和花朵;因此,它绝对是诗歌语气的反面。"(BLC,132)最后,波德莱尔完全接受了爱伦·坡把"诗学原理"阐述为"人类对于最高之美的渴望"。这种看法或许构成了波德莱尔本人要阐明的可见世界与精神世界之间的应和体系的基础。他把爱伦·坡的观点发展成了这一看法:"追求美的不朽本能……使我们把地球及其奇观看成一种启示,是与天堂相应和的某种东西。"(BLC,132)

波德莱尔对爱伦·坡认为的诗歌指向超越此世的最高之美的观念的修改,反映在他对想象力的界定之中。波德莱尔评论说,对爱伦·坡而言,"想象力是各种才能中的女皇"。然而,有趣的在于,波德莱尔所提供的对想象力的界定并非爱伦·坡的界定,而是他自己的界定,它隐含着一个在爱伦·坡的著作中没有得到阐述的应和体系:"想象力简直就是一种非凡的才能,它直接地、无需哲学方法就感知到了事物内在的和隐秘的联系、应和与类似。"(BLC,127)在其1859年的《沙龙》中,波德莱尔进一步发展了他关于想象力的理念,认为这个"各种才能的女皇……影响了其他一切才能;它唤醒了它们,它把它们送上战场……它就是分析,它就是综合……它就是想象,教人懂得色彩、轮廓、声音和香味的道德含义。天地之初,它创造了类比和隐喻。它按照唯有在灵魂深处才能发现的根本规则分解一切造物,根据各种原料来累积和安排,它创造了一个新世界,它创造了对新奇的感觉"(BLC,181)。与柯勒律治一样,波德莱尔认为,想象力根据在人类主体性之中、在灵魂本身之中发现的原始律令,破坏了常规的联想和再造。这样一种功能属于审美领域。不过,有趣的是,波德莱尔如此费力地要把美学领域与之区分开来的真理和道德领域,现在竟被允许重新进入美学领域的最深层,因为它们透露了想象力的运作方式。波德莱尔声称:"想象力是真理的女皇","它甚至在道德中都起着一种强有力的作用……在我们与这种理想的战斗中最强有力的武器,就是一种杰出的想象力以及由它支配的各种观察的巨大储备"(BLC,182)。因此,即使真理和道德都被爱伦·坡和波德莱尔严格地排除出了美学领域,但它们实际上被包含在创造美学的力量的掌控之中,即想象力的力量。它们再次被带入了与美学的关系之中,不是作为从外部强加于其上的客观力量,而是从属于重新界定的力量,服从于美学的控制,以及从主体性的实质本身之中升华出来。

值得注意的是,波德莱尔对想象力概念的阐述是为了反对应当"只模仿自然"的古典规则。波德莱尔对这一规则所进行的反驳是:"自然是丑陋的,我宁可要我的想象力的怪物,也不要现实的陈腐平庸。"(BLC,180)波德莱尔接着发出了挑战:"谁胆敢为艺术指派模仿自然的毫无成果的作用?"(BLC,300)在他看来,艺术的这种古典的作用与"理性的幽灵"一样是不合时宜的,不应当把它同"想象力的幽灵"混为一谈;"前者是相等的,后者则是活生生的存在与记忆"(BLC,312)。波德莱尔认为,真正的诗人应当"**真正忠实于他自己的天性**",避免"借用别人的眼睛和情感"。简言之,他应当依赖自己的想象力(BLC,181)。我们称为"自然"的东西,不过是真正的真实的出发点,后者要广泛得多:"整个可见的宇宙只不过是形象和征兆的一个储藏库,想象力将赋予它相关的地位和价值;它是想象力必须消化和转化的一种食物。人类灵魂的一切力量必须服从于想象力,想象力要同时征用它们全部。"(BLC,186)因而,安排世界的不是神的天意,也不是真理或道德的准则;所有这一切现在都要服从于想象力的审美力量,它现在被授予了真理和道德的功能,采取了它们在主观上重构和重新赋予权威的形式。

沃尔特·佩特(1839—1894年)

沃尔特·佩特(Walter Pater)因其"为艺术而艺术"这一说法而知名。他坚持艺术的自主性,坚持与审美对象相对立的审美体验,坚持认为一般体验永远都在消逝中流动,他在这些方面成了现代生命观和艺术观的先驱。他的主观主义和"印象主义的"批评一度受到过艾略特和庞德等人的抨击,他们要求返回到一种非个性化的古典的客观性,这种批评后来重新受到了重视;它不仅影响了奥斯卡·王尔德这样的人物,而且后来也被认为预见到了几种现代的理论趋势,包括那些起源于尼采和德里达的趋势,以及读者反应理论的某些要素。

佩特在牛津大学受教育,1865年游历了意大利,深深受到他在佛罗伦萨和其他地方见到的文艺复兴时期绘画的影响。他的经历最终给予了他的《文艺复兴:艺术与诗歌研究》(*The Renaissance: Studies in Art and Poetry*,1873年)以灵感。他的其他著作有《享乐主义者马利乌斯》(*Marius the Epicurean*,1885年)、《想象的肖像》(*Imaginary Portraits*,1887年)和《柏拉图与柏拉图主义》(*Plato and Platonism*,1893年)。佩特的著作属于一个被称为"颓废"的时代,带有顺从地退出对社会与政治问题关注的标记,也有对在宗教中获得慰藉感到幻灭,以及对俗气和机械世界的拒绝,那个世界是主流的资产阶级思想和实践的遗产,赞同艺术和体验对精神的振奋作用。不用说,佩特、王尔德、其他唯美主义者和印象主义者,不仅使自己卷入了与各种体系的建构者、宗教或道德的捍卫者们的冲突之中,而且卷入了与那些认为艺术和文学具有高尚道德目的与教化作用的维多利亚女王时代的作家们的冲突之中。

在其《文艺复兴:艺术与诗歌研究》的序言里,佩特把界定"抽象之美"的一切企图当作毫无用处而加以拒绝。[7]虽然佩特在表面上要求接受马修·阿诺德的戒律,即真正批评的功能是要

"把对象看成它本身真实存在的样子",但他以一种主观的方式对这一规则做了重新界定:他认为,把对象看成真实存在的样子,"就是要按自己印象本身的样子来认识印象,对它进行辨别,确切地了解它"(viii)。我们应当追问的各种问题是:"这首歌或这幅画……对**我**来说意味着什么？它实际上对我产生了什么效果？"这些问题的答案在于,批评家必须面对"原初的事实"(viii)。

佩特有关审美体验的观点植根于他对一般体验的说明之中。他在《文艺复兴:艺术与诗歌研究》的结论中评论说,现代思想倾向于把一切事物看成不断流动的。我们的肉体生命是各种元素和精力不断变化着的结合的一种"永恒运动"。对我们的精神生活、思想和情感世界来说,情况更是如此。他认为,初看起来,"体验似乎把我们掩埋在外部对象的洪流之下……但是,当反思开始对那些对象起作用之时,它们就在反思的影响之下消散了……观察的全部范围被压缩进了个人心灵的狭窄空间里"(234-235)。因此,看起来势不可挡的世界,看起来坚实、外在、范围无边无际的世界,实际上却被包含在了我们的印象、我们体验的循环之内(235)。不仅整个世界本身变成了我们的各种印象,而且这些印象本身也在不断消逝和处于"永久逃逸"之中(236)。倘若我们的生命很短暂,那么,我们就必须"永远好奇地测试新见解,寻求新印象,绝不轻易默认孔德、黑格尔或我们自己的正统性"。对佩特来说,进行体验必须为了体验本身:"不是体验的结果,而是体验本身,才是目的……始终以这种强烈的、宝石般的火焰燃烧,保持这种心醉神迷,就是生命的成功。"(236-237)这种强烈的体验,首先要由"诗歌的激情,对美的渴望,为艺术而热爱艺术"来提供(239)。

我们已经达到了西方文化中的某个时刻,在这个时刻,体验脱离了一切约束,被抽取出来,甚至脱离了它与其他个体体验的自愿交叠。黑格尔也许会认为,这样的体验是一种抽象范畴,不具有可能性,但佩特表现出一种不顾一切的努力,试图把体验从数百年压迫和强迫的重压之下解救出来,塑造成各种能为社会接受的形式。他实际上把体验审美化了,把体验的丰富性等同于美,试图把体验的范畴从资产阶级思想加给它的重担之下解脱出来。体验再也不是认识的一个可靠源泉,也不是科学探究的基础;它不是约束理性作用的领域;它也不是受到道德或宗教体制严格监视的领域。它从纯粹的手段上升为对目的的提升,对无目的性的颂扬,对间接性、相对主义和随意性的颂扬。

奥斯卡·王尔德(1854—1900 年)

唯美主义脉络中的另一个人物,一个采取了更加颓废和时髦姿态的人物,就是奥斯卡·王尔德。他具有耀眼的才智和健谈的才气,他是征服了伦敦舞台的几个剧本的作者,也是诗歌、小说和批评文章的作者。他最著名的剧本是《温德密尔夫人的扇子》(*Lady Windermere's Fan*,1892 年)、《理想丈夫》(*An Ideal Husband*,1895 年),以及在所有剧本之中最为成功的《认真的重要性》(*The Importance of Being Earnest*,1895 年)。这些剧本强有力地嘲讽了英国中产阶级的道德和习俗;王尔德本人的同性恋行为使他与那些道德标准产生了冲突。王尔德被其同性恋恋人阿尔弗雷德·道格拉斯男爵（Lord Alfred Douglas）的父亲昆斯贝里侯爵（marquis of Queensbury）公开叫作鸡奸者，王尔德卷入了法律诉讼之中，最终因为"有伤风化"而被监禁，并被判处服苦役两年。王尔德还创作了《莎乐美》（*Salome*，1893年）等历史悲剧，这部悲剧讲述了施洗者约翰（John the Baptist）被斩首的故事；他的小说《道林·格雷的肖像》（*The Picture of Dorian Gray*）出版于1890年和1891年，激起了批评界抗议的风暴。尽管王尔德有同性恋倾向，但他同康斯坦斯·劳埃德（Constance Lloyd）结了婚，并且为他的两个孩子写过"孩子们的"故事。他的主要批评著作是一本名为《意图集》（*Intentions*，1891年）的论文集，其中包括《作为艺术家的批评家》（"The Critic as Artist"）一文。他从狱中获释后，在欧洲度过了余下的自我流放的日子，写下了诗集《里丁监狱之歌》（*The Ballad of Reading Gaol*，1898年），以及给阿尔弗雷德·道格拉斯的名为《深渊书简》（*De Profundis*，1905）的动人的长篇书信。

王尔德在都柏林的"三一学院"（Trinity College）和牛津的"麦格达伦学院"（Magdalen College）受过教育。对他的思想和风格产生了重要影响的人物是约翰·罗斯金、沃尔特·佩特和阿尔杰农·斯温伯恩（Algernon Swinburne），所有这些人实际上都延续了由泰奥菲勒·戈蒂埃、埃德加·爱伦·坡和夏尔·波德莱尔所铺平的美学道路。如果不提及王尔德所写下和说出的众多深刻而睿智的隽语警句，那么，对他的任何说明都可能是不完整的，那些隽语警句经常都会颠覆他的资产阶级观众的道德原则和偏见。在他到美国进行巡回演讲时，他在海关说："除了我的天赋以外，我没有任何东西要申报。"在被问到他过分讲究的穿着时，他评论说："我对过度讲究的穿着的补偿是受教育过度。"有时触及资产阶级道德规范之核心的其他一些说法有："准时就是时间的窃贼"；"除了愚蠢之外没有任何罪过"；"公众惊人地宽容。除了天才以外，他们宽恕一切"。王尔德的颠覆性具有研究男女同性恋的灵感的根源，以及他不仅完全拒绝把他与佩特等人相提并论，而且拒绝把他与尼采等人相提并论，甚至拒绝把他与整个异性恋的传统相提并论。

在《道林·格雷的肖像》的著名序言里，王尔德提出了其美学观的简要而有煽动性的宣言。他声称："艺术家是美的事物的创造者。"[8]我们的社会早已远离了艺术是想象的概念，远离了要么表现现实、要么表现理想的艺术的概念，也远离了一切传说的把艺术与真理或道德联系在一起的概念。王尔德接着提出，实际上，并"不存在任何道德的或不道德的书籍之类的东西"，"没有任何艺术家具有道德上的同情心"。此外，没有任何"艺术家渴望证明任何东西……各种书籍要么写得很好，要么写得很糟。这就是一切"。对王尔德来说，正如对佩特来说一样，追求的主要目标就是美，美绝对脱离了其他一切考虑，无论是道德考虑，还是实际考虑。康德式的美学隐伏于这些情绪的遥远的背景之中。王尔德强调说："美的事物只意味着美"，"一切艺术完全没有用处"。王尔德不仅使艺术脱离了模仿生活的职责，而且他实际上重新界定了艺术的模仿功能："艺术真正反映的，正是观众，而非生活。"（17）这种说法，以及王尔德实际上对批评的说明，都预见到了读者反应批评乃至某些历史主义的理论；最终，艺术作品要告诉我们的，并非世界或作者，而是我们自己，是我们阅读方式，我们的期待、文化设想和心理上的构造。

正是在《作为艺术家的批评家》之中，王尔德才提出了自己关于艺术和批评的最为重要的观点。这个文本的框架是两个人物之间的对话：认为艺术高于批评的欧内斯特，以及表达了王尔德本人的自然概念与批评之优越性的吉尔伯特。王尔德甚至按照自己唯美主义的意象，重新解释了柏拉图和亚里士多德的形象：他提出，柏拉图试图展现美、真理与道德之间的联系，将作为"美的批评家"被人们记住。而亚里士多德就艺术所提出的"净化"或情感净化的概念，在实质上是一个美学概念，而非道德概念(1018)。总的来说，王尔德提出，一切"在我们生活中现代的东西，我们都会归功于希腊人。一切时代的错误都是由于中世纪的精神"。他断言，正是希腊人，才赋予了我们"艺术与批评的整个体系"(1019)。

王尔德认为，就艺术与批评之间的联系而言，人们所提出的它们之间的任何对立，都是"完全任意的。如果没有批评能力，那么，就完全没有任何艺术创造配得上这个名称"。这当中的原因在于，艺术不仅是情绪的一种倾泻，相反，它必须受到批评才能的指引，必须是"自觉的和深思熟虑的"(1020)。为了回应这一观点，欧内斯特提出："文学的功能是创造，根据实际存在的原材料创造一个新世界，与普通眼光看见的世界相比，这个新世界更加绝妙，更加持久，更加真实。"(1026)吉尔伯特的（或者说王尔德的）反驳则表达了一种更加现代的观点："批评本身是一门艺术。"正如创造行为是批评性的一样，因而，批评也是创造性的。它还是独立的："与诗人或雕塑家的作品一样，批评并不是根据模仿或相似的任何低级标准来评判的。批评家同他所批评的艺术作品之间的关系，与艺术家同形式和色彩的可见世界的关系是相同的，或者说与艺术家同激情和思想的不可见的世界的关系是相同的。"(1027)王尔德此时表达了他对批评的最为全面的界定：

> 最高的批评，作为个人印象最纯粹的形式，在其方法方面比创造更具有创造性，因为它几乎不涉及任何外在于它自身的标准，事实上，它就是它自身存在的理由，正如希腊人指出的那样，在它本身之中，并且为了它本身，这就是目的。的确，它从来都不受任何逼真的桎梏的束缚。没有任何对可能性的不光彩的考虑，即胆怯地向单调乏味地重复家庭生活或公共生活让步，会一直对它产生影响……这就是最高的批评的真正面目，它是对人们自身灵魂的记录。(1027)

这段文字使我们认识到的是，从柏拉图和亚里士多德以来，文学批评走过了漫长的旅程。我们现在已超越了对艺术自主性的要求，自主性要求艺术本身要摆脱道德、宗教和意识形态的约束。对自主性的要求穿越了艺术领域，现在则出现在了批评领域中，这种要求意味着其后果不仅颠覆了从前的各种批评概念，而且颠覆了西方哲学的基本原则。正如艺术应当摆脱与现实的一切强制性的关系一样——因而，批评也应当摆脱与艺术的一切约束性的关系：它不应受到逼真或假想的客观性的强制性约束，甚至也不需要艺术来证明批评的存在。批评完全不是艺术的单纯形容词，不是理解或阐明艺术的单纯手段，它本身就是一种目的，对这种目的来说，艺术仅仅是一种偶然的因素，而不是一种相等的因素。在这种自主性方面，批评甚至比艺术与现实的任何约束性关系都更加自由。很多个世纪以来，艺术和文学都经历过亚里士多德式的可能性格言的束缚，要求它们应当表现真实世界中现实的或可能发生之事。但是，像尼采（以及另一种语境中的休谟）一样，王尔德嘲笑了这样一种可能性的概念，认为它仅仅表现了公共习惯的沉闷乏味:可能性在这里被认为是平庸之辈浅薄俗气的可预言的特征。

那么,批评独立自主的目标是什么呢?那就是要表达个人的印象,要钻研人们的灵魂,要表现主体性。王尔德拒绝了阿诺德对批评之任务的界定,即力图"把对象看成它本来的样子"。相反,批评"在其实质上纯粹是主观的"(1028)。作为例证,王尔德提出,我们并不在意罗斯金对透纳的看法是否"合理"。重要的是,罗斯金"强有力和庄严的散文……至少与一切美妙的落日一样是伟大的艺术作品"(1028)。实际上,透纳的画作通过这样的批评,"对我们来说就变得比它实际上更加美妙,并且向我们显示了它实际上一无所知的一种秘密"(1029)。王尔德在这里预见到了现代批评对作者意图之权威性的拒绝,也预见到了艺术作品在本质上多义性的性质;他坚持认为,这样的批评"不仅要评论个别的艺术作品,而且要评论美本身","美有很多意义,与人有众多情绪一样"(1030)。王尔德的论点在于:艺术作品一旦完成,就具有"它本身的一种独立的生命",这种生命超越了其作者意在说出的东西。艺术的不可枯竭性,部分在于它有能力在读者、听众或观众中唤起无穷的印象和情绪。对批评家来说,艺术作品"完全是对他自己的新作品的一种暗示,它与它所评论的事物不必具有任何明显的相似之处"。这些说法背后的前提是,与其说美的形式是艺术表现的领域,倒不如说是批评之洞察力的领域:正是批评家,而不是艺术家,才能在事物的无穷多样性之中发现美;在这种意义上,批评胜过了艺术(1030)。

王尔德承认,批评家可以成为解释者:他可以把从艺术作品中获得的印象转到对它的分析;但是,这是批评的"较低级的领域",批评家并非始终都试图解释艺术作品:"他反倒会力图深化它的神秘性",使它周围出现"一种令人惊奇的薄雾"(1032)。此外,批评家不只是被动地进行解释,简单地重复早已由艺术家形成的信息;相反,他强化了自己的个性,以致要解释艺术家的个性和作品(1033)。正是通过批评家,艺术的表述性潜能才得以实现;正是批评家,才表达了艺术作品。此外,正是批评家,才"始终向我们表明了艺术作品与我们时代的某种新的联系。他始终都要提醒我们,伟大的艺术作品都是具有生命之物"(1034)。在这段非常现代的陈述中,王尔德再次预见到了很多艺术理论,它们强调了观众在特定历史环境中的作用,观众在形成艺术不断更新的意义方面的作用。实际上,正是批评,才会"处理有大量麻烦的创造性作品,把它们提炼成更加精致的实质"(1056)。

王尔德坚持认为,没有任何艺术是非个人化的和客观的:一切艺术创造都是"绝对主观的";他预见到了德里达的观点,提出"客观性作品与主观性作品之间的差异,纯粹是外在形式的差异。这种差异是次要的,不是实质性的"(1045)。艺术的目的是"单纯地创造一种情绪",创造"为了情感的情感"(1042,1039)。这里的要点在于,艺术处于实用性、功利性、道德和教育之上,并且超越了它们。艺术的真正价值,其实质被精炼为美的艺术的真正价值,在于它与世界、生活、习俗、行为的分离。披着相同的自主性外衣的批评使这种分离进一步加大;批评在沉思之中具有自身的生命,"这种生命为了其目的的不是**行动**,而是**存在**,不是单纯的**存在**,而是**形成**——这就是批评的精神能够为我们提供的东西……我们从思想的高塔上可以观照世界"。资产阶级社会比以往更加需要批评,在那个社会里,"思想由于与实际的持久联系而被贬低"(1041,1042)。王尔德重申了雪莱和很多浪漫派的关注,即现代生活已经被锁定在机械论、功利和实用主义之中;对王尔德来说,对美的艺术崇拜,代表了对理性的束缚的反叛:正如柏拉图认识到的,艺术"在听众和观众中创造了一种神的迷狂的形式"。艺术家和批评家都需要一种与美协调的性情,这种性情将超越被称为公众意见的"有组织的无知"(1048-1049,1056)。

在这些作用之外,批评还具有更加广泛和更加基本的重要性。王尔德接受了阿诺德的主张,即批评有责任创造一个时代的"知识氛围"和文化;与阿诺德、白璧德和其他人本主义者一样,王尔德哀叹资产阶级的教育为记忆增加了"毫无联系的事实的负担"(1055)。正是批评,才赋予了我们一种统一感,使我们能够重建过去,使我们能够超越地方风尚和偏见,进入真正的世界大同主义(1053),所以,批评坚持"人类心灵以各种形式的统一"(1056-1057)。王尔德再次预见到了一些重要的现代洞见,声称正是"批评,才不承认任何立场是终极的,并且拒绝使自身受到一切宗派或学派浅薄的陈词滥调的束缚,要创造出那种为了真理而热爱真理的明朗哲学倾向……在我们当中,实际上还不懂得对待心灵自由嬉戏的任何方法……与神秘主义者一样,艺术的批评家始终都是一个唯信仰论者"(1057)。

注释

[1] Remy de Gourmont, *Selected Writings*, trans. and ed. Glenn S. Burne (New York: University of Michigan Press, 1966), p. 124.

[2] Remy de Gourmont, *Decadence and Other Essays on the Culture of Ideas*, trans. William Bradley (1922; rpt. London: George Allen and Unwin, 1930), p. 31.

[3] Gourmont, "The Roots of Idealism," in ibid., pp. 209-210.

[4] Arthur Symons, *The Symbolist Movement in Literature* (1908; rpt. New York: Haskell House, 1971), pp. 4, 9. 以下引文中的页码均为原文页码。

[5] *Intimate Journals*, trans. C. Isherwood, introd. T. S. Eliot (New York and London: Blackamore Press, 1930), pp. 48, 51. 下文引用写作 *IJ*。

[6] *Baudelaire as a Literary Critic: Selected Essays*, trans. Lois Boe Hyslop and Francis E. Hyslop, Jr. (Pennsylvania: Pennsylvania State University Press, 1964), p. 38. 下文引用写作 *BLC*。我对波德莱尔的说明部分得益于译者们撰写的富有洞见的序言。

[7] Walter Pater, *The Renaissance: Studies in Art and Poetry* (London: Macmillan, 1913), p. vii. 以下引文中的页码均为原文页码。

[8] *The Complete Works of Oscar Wilde: Stories, Plays, Poems, Essays*, introd. Vyvyan Holland (London and Glasgow: Collins, 1984), p. 17. 以下出自本书的引文的页码均为原文页码。

第二十章　异端思想家

现代欧洲和美国思想的主流,如理性主义、经验主义、功利主义和实用主义,起源于启蒙运动和在美国革命、法国大革命之后以及接着进行的工业革命等一系列巨大的变化。埃里克·霍布斯鲍姆等历史学家评论说,19世纪在经济、政治、神学、哲学和科学方面的各种论争,最终与一种对待1789年资产阶级革命理想的固有姿态无法分离。因此,可以认为,19世纪欧洲的思想家们可以按照反对或效忠资产阶级利益的主要线索来划分。经济自由主义的主要鼓吹者,如斯密、李嘉图、萨伊和马尔萨斯(Malthus),功利主义的主要鼓吹者,如詹姆斯·穆勒、约翰·斯图尔特·穆勒(John Stuart Mill)和杰里米·边沁(Jeremy Bentham),都在卢梭、洛克、休谟和资产阶级启蒙运动其他思想家的哲学与政治学的基础上进行建构。"对立"理论家的行列庞大,几乎囊括了浪漫派作家的整个星群、威廉·戈德温等无政府主义者、波德莱尔和法国象征主义者、基督教和乌托邦社会主义者,最后还有维多利亚女王时代的作家卡莱尔、罗斯金、威廉·莫里斯(William Morris)和阿诺德。

两位重要的欧洲现代哲学家——康德和黑格尔——与启蒙运动的理想有着复杂的关系。康德的哲学与那些理想具有一种矛盾关系,它划分了纯粹理性和科学进步的成果在其中占统治地位的现象领域,以及明显孤立的本体领域,在其中保存了封建基督教对人类意志及其与神之关系的强调,保持了摆脱机械论因果关系侵蚀的自由。康德也奠定了很多浪漫派美学与艺术自主性概念的理论基础。黑格尔的哲学实现了启蒙运动和浪漫派的各种概念的不稳定的综合,它对处于建构与瓦解的双重进程中的欧洲现代思想来说至关重要。他的庞大体系合并与概括了从笛卡儿、霍布斯经过启蒙运动直到康德的现代资产阶级思想的全部势头:资产阶级思想的核心趋势——理性主义、经验主义和功利主义——在辩证法中达到了同时并存。但是,他的体系也包含了浪漫主义对主体与客体之统一性的坚持,包含了一种无所不包的总体性概念,这种统一性与总体性却被日益工业化和商业化的世界的力量碎片化了。同样地,构成黑格尔的历史之中心性的是,把各种体系并入其辩证法的庞大安排,这种安排已经崩溃了,表明资产阶级思想获得对人类与世界之统一观的能力完全是不稳定的。

不过,有一种重要的思想线索,它深刻地反对体现了资产阶级原则的黑格尔哲学。这就是由叔本华所开创的"异端的"(heterological)或与正统相异的传统。叔本华直率地反对黑格尔,发起了对启蒙运动的各种概念的彻底批判,诸如文明在科学方面的进步,个人和国家通过理性能力提炼净化后的完美性。由叔本华开创的异端传统（heterological tradition），被尼采、克尔凯郭尔、柏格森、弗洛伊德、胡塞尔（Husserl）、海德格尔、德里达等人物和现代女性主义者所延续，这些思想家挑战了哲学学科本身，及其要求通过理性达到真理的主张。他们反过来强调情感、身体、性欲、无意识的作用，也强调了实际利益的作用。这种传统显示出某些与浪漫派、象征主义者和颓废派的历史连续性，也显示出与美国的欧文·白璧德和英国的马修·阿诺德等人本主义者的某些联系，他们两人都对法国大革命的后果感到悲痛。下文将在其世界观的重要语境中来分析这条异端思路上的四个人物的文学观与美学观：叔本华、柏格森、尼采和阿诺德。这些思想家所提出的各种问题一直都在最深刻的层面上影响着我们自己时代的文学论争。

阿图尔·叔本华（1788—1860年）

叔本华——他是今天被人们最广泛阅读的德国哲学家——对资产阶级世界进行了尖锐批判：那个世界把当今看成唯一真实的，把合理性提升为对实际需要的唯一答案，构成这些观点之基础的是，它在科学"粗鲁的唯物主义"面前的自卑。[1]叔本华对于试图把资产阶级世界的罪恶历史化和理性化为一种有序目的论计划的一部分尤其鄙视；他把黑格尔"绝对废话的哲学"当作由"四分之三的钞票和四分之一的疯狂概念"所构成的而加以拒绝（PW, 79, 81）。他本人绝对抵制这一看法，即历史展现了超越各种事件同样可怜的模式之永恒循环的统一（PW, 108, 290）。叔本华认为，被大多数启蒙思想如此实体化了的知识或理性，实际上被束缚于生命意志的实用动机，这种意志被集中在性行为之中，在使生命延续下去的无意识的和非理性的欲望之中。叔本华认为，意志是一种康德式意义上的独特的本体性实在，是一种力量，它的运行(1)在很大程度上是无意识的，(2)经常都受到压抑，(3)与记忆和性欲密切相关。

叔本华对哲学的关注和方法表现出了一种强烈的幻灭感。他对他所认为的哲学家们的智力与词语游戏、逻辑操作和毫无根据的思辨感到很不耐烦。此外，他坚持思辨要被限制于经验、观察和试验。最重要的是，叔本华所描述的人类主体，与黑格尔式的唯心论主体迥然不同，后者的理智与伦理行为在理性上要遵从一种合理状态的要求。驱使叔本华式的主体的各种动机，几乎不受其构成要素之间的永恒张力和斗争的影响，并且也不具有这些张力和斗争。

叔本华预见到了弗洛伊德的观点，认为意识只不过是心灵的表面。人类的理性只不过是一种能力，它不可能成为主导：它的认识被局限于不完善的有意识的心灵，它的活动呈现为一种持续的努力，试图调节社会领域的各种要求与最深层的本能冲动和欲望。事实上，叔本华的生命意志的概念明显与弗洛伊德的无意识概念相重叠，是一个可以容纳各种矛盾的竞技场，各种事件在其中暂时不会被组织起来，外部现实的各种要求在其中被心理现实的各种要求所取代。叔本华把康德对现象与本体的区分当作自己的出发点。在这种区分的基础之上，他认为，向我们呈现出来的世界是现象，是一种表象，其形式由时间、空间和因果关系这些主观构造支配着。按照这种图景，自觉的人类主体具有双重地位。一方面，它发生在世界上各种客体图景的内部:作为主体,我意识到了我自己是一个客体。在另一方面,我体验到了我自己是一个主体,是一种意志,是活跃的、推动的力量,其身体和行动使我的意志客观化了。这种内在的意识使自身作为我的意志、我在现象上存在的"它本身",直接地和不可化约地呈现在我的面前。叔本华不断地竭力指出,意志并非一种理智手段。理智也不是某种涉及理解世界的无关功利之方法的特有的能力。相反,理智本身是意志的奴隶;在其真正的基础之中,它早已受到实际动机和利益的腐蚀。叔本华把理智的特征刻画为以一种暂时的媒介对过去、现在和未来起作用,而意志在无止境的现在中运行。因而,意志是我们的动机最深刻的根源,是我们与世界打交道的原始手段。叔本华认为,生命意志是一种盲目的、非理性的和无目的的力量,它像一种内在的时钟机构一样不停地驱使着主体。心灵的这种模式是决定性的,而决定性的因素完全处在理性范围之外。

对弗洛伊德和叔本华的心灵模式来说共同的是,无意识之中的压抑(repression)现象和动机的特定场所。叔本华断言,我们经常把不可靠的理性化强加于产生于隐蔽冲动的行为之上。意志本身潜在地防止了出现在意识之中的使人为难的思想和欲望。意志可能激起记忆的失败,以及对各种事件和经验的完全压抑,加上这一切被错觉和幻想所取代。用叔本华的话来说,意志拒绝允许"与其相反的东西接受理智的检查"。[2] 叔本华认为,意志周期性地使自身退出理智和动机的指引。"因而,它以这种方式显现为一种天然的盲目、冲动、破坏性的力量,从而表明自身是消灭一切出现在其道路上的东西的狂躁。"(WWⅡ,402)

叔本华也预见到了弗洛伊德的观点,给予性欲在人类动机结构中的核心地位。他把性欲描述为意志的焦点。在论述"性爱的形而上学"一章里,他把性冲动说成"一切动机之中最强烈和最活跃的……它几乎是全部人类努力的终极目标"(WWⅡ,533)。他甚至到了把性冲动界定为生命意志的地步(WWⅡ,535)。他对事情的这种状态不屑一顾,断言性欲"大体上显现为一种有害的恶魔,竭力曲解、混淆和颠覆一切"(WWⅡ,534)。对性欲之重要作用的解释在于,无论其最近的目标是什么,它的最终目标都是繁殖,是获得唯一一种可以得到的不朽,即种类的不朽。叔本华声称,两个恋人发展起来的爱慕,实际上是新的、未来个体的生命意志(WWⅡ,536)。人真实存在的不灭性本身在种类之中,而不是在个体之中。叔本华本人讽刺性地反思了这一事实:种类的全部维系,要依靠一种非理性的、情感的、本能的行为。

叔本华进一步预见到了弗洛伊德对生存本能和死亡本能的说明,坚持认为死亡是"真正的结果,在这种意义上是生命的目的",虽然性本能是"生命意志的体现"(WWⅡ,618)。叔本华认为,死亡是回归一种极乐的状态。在其《论死亡及其与我们内在本质的不灭性的关系》一文里,他声称:"生命过程完全停止,必定是一种对于其推动力的极好安慰。"他认为,那些卷入为了生存的可怕斗争中的人们已经"返回到了作为最终资源的自然的子宫里……像其他一切东西一样,他们短暂地从这个子宫中出现,比那些倒运之辈更加受到生存有利条件之希望的诱惑"(WWⅡ,469)。此外,对叔本华来说,一切真正的存在都经历了它自身的个体死亡而活着;他借用柏拉图式的理念提出,一个特定物种的理念的永恒,显然在个体的有限性中有其标志(WWⅡ,482)。实际上,"生死是意志的意识持续的更新和复苏。这种意志本身是没有结束和没有开始的"(WWⅡ,500)。在这一章的末尾,叔本华向我们表现了其悲观主义的极端性：

> 死亡是巨大的压制，生命意志与到这时实质性的、更加独特的自我主义，通过自然过程遭受了这种压制……它是强烈的破坏……是对我们真正本质的根本错误、巨大的幻灭的破坏。在根本上，我们是某种不该存在的东西；因此，我们停止了生存。自我主义的确在于人把一切实在限制于他自己个人身上，在于他想象他独自生活在这当中，而不在其他当中。死亡教给他某些更好的东西，因为它废止了这个人，所以，人的真正本质，就是他的意志，意志从此之后就只生存于其他个体之中。（WW Ⅱ，507）

在实质上，叔本华的哲学是一种悲观主义哲学，它厌恶这个世界。在法国象征主义者表达出诗歌需要向往一种柏拉图式的理想领域之前，叔本华就已经断言，真正的认识，如由诗歌、艺术和哲学所专门提供的认识，所具有的不一定是把物质世界的特殊性当作自身的目标，而是柏拉图式的普遍性的根本统一（PW, 21, 83）。叔本华认为，逃脱功利主义和理性意志束缚的唯一途径，在于分享哲学和诗歌的努力。叔本华声称，诗人和哲学家的"高尚事业"在其共同的能力中具有根源，这种能力就是使理智摆脱主观意志的功利主义和理性的约束（PW, 90）。这些学科的目标不是形成中的世界，而是存在的世界，是不断变动的现象流动之下的永恒统一，是"多"背后的"一"。对叔本华来说，摆脱理智是佛教和印度教走向完全放弃世界和意志之道路上的一个阶段，他用"意志的转折"这个说法来概括这条道路（PW, 106-109）。

叔本华仿效柏拉图，认为真实或世界上之现象的真实内容体现在理念之中；它们本身不受时间影响，存在于"一切关系之外，独立于一切关系"。理解理念的那种知识是"**艺术**，天才的作品"，它对于理念的看法属于一种"纯粹的沉思."和拆解。叔本华把这种"天赋的馈赠"等同于非个人的和完全客观之看法的成就："因此，天才是仍然处于一种纯粹感知状态的能力，排除了意志为认识服务，而那种认识原初只为这种服务而存在。"天才是一种看待独立于个人目的和利益之对象以及个人意志的能力（WW Ⅰ，184-186）。叔本华后来阐明了，天才不是认识个别事物的能力，而是认识其**理念**、认识它们整个种类的实质性形式的能力。在艺术中，哲学、禁欲的神秘主义、被束缚于意志的理智都被暂停了，理智则自由地更加客观地看待世界，摆脱了实际上对意志的主观束缚。只有这些活动，才能觉察到外表的多样性之下的柏拉图式的普遍性。因而，叔本华把美学观界定为：首先包含了一种认识，是对于一种理念而非个别事物的认识；其次，包含了一种状态，认识主体的自我意识在其中的运作并不是一种个别的"而是**纯粹的、无意志的主体**"（WW Ⅰ，194-195）。一种普遍性的主体面对着对象的普遍性的方面。

因而，审美愉悦产生于一种独立的对美的沉思，叔本华把这种沉思界定为使自身适合于这样一种非功利观点的自然倾向（WW Ⅰ，210）。像在他之前的亚里士多德和锡德尼一样，叔本华把诗歌置于历史之上，因为历史表现个别的和偶然的事实，而诗人要"把握理念，把握超出一切关系和一切时间的人类的内心存在，在最高等级上把握事物本身适当的客观性"（WW Ⅰ，244-245）。不过，叔本华承认，虽然诗人要传达抽象的和普遍的概念，但他必须运用代表这些概念的具体词语，他通过想象来实现这一点（WW Ⅰ，243）。诗歌所采取的其他策略，诸如节奏和韵律,为诗歌提供了"某种明显使人信服的力量,这种力量摆脱了一切理性或论证"(WWⅠ,243-244)。当自然对象显得与人类意志具有一种敌对的或威胁性的关系之时,在观察者身上就会激起崇高感,正如在不可估量的巨大或威力的景象中那样。美与崇高之间的差别在于,在美的情况之下,自然推动了对其本身的独立沉思,摆脱了与人类意志的一切关系;在崇高的情况之下,要通过一个斗争过程来达到这种独立性,要通过克服并超越恐惧和危险等感觉,强力使对象脱离与意志的各种关系。在崇高之中,我们感受到我们的意识的双重本质,即作为个体,要受意志和自然的巨大力量之摆布的束缚,而作为"永恒,是认识的宁静的主体,他作为每个对象的条件,是整个世界的支持者……摆脱了一切意志和一切需求,与一切意志和一切需求不相关,处在对理念的安宁的理解之中"(WWⅠ,200-205)。

因而,在叔本华的哲学与美学的核心之中,有一种通过尼采、阿诺德、柏格森和其他人延续下来的态度:理性认识绝不可能与感知的理念相适应;诗歌是非功利和客观认识的范例。正如在 19 世纪的很多理论中一样,认识论(epistemology)——认识的科学——在这里被审美化了,美学则成了人类感知的一个有特权的范畴,从仅仅作为一门学科被提升为在世界上追求和谐、统一和秩序的最终资源。在晚期工业社会中客观上被碎片化了的和谐,现在却被内在化为一种主观能力:被留给美学去努力的,是宗教、哲学和科学再也不可能完成的任务。美学被**界定**为感知真实的一种形式;诗歌再也不可能理所当然地认为它要表现的是真实。叔本华的洞见在法国象征主义者和英美现代主义者对幽默与反讽的运用方面产生了影响。

弗里德里希·尼采(1844—1900 年)

弗里德里希·尼采被人们最经常地与"上帝之死"的宣言(实际上它最先出现在黑格尔的《精神现象学》里)联系在一起,他也因"权力意志"等说法和"超人"(übermensch)的理念而被人们记住,他荣耀地超越了由现代自由主义国家所提倡的共同的牧群心理和道德。他的理念有时被人们与反犹太主义和纳粹主义联系在一起,与极端个人主义和消灭自我的神秘主义联系在一起。尼采本人认为,教会和国家机器强迫人们变成普普通通的一致与相同;他提倡一种新的人性概念,它以自我创造、激情、权力和征服所处环境为基础。

尼采在反抗体现在柏拉图式的哲学、基督教和资产阶级启蒙运动中的西方思想主流的谱系之中,占有一个突出的地位。叔本华率先反对黑格尔体系化的和历史化的哲学,受他的影响,尼采本人的思想拒绝以任何系统的模式来表现它本身;它挑战了理性和传统道德的权威,包括基督教的和功利主义的道德权威;它强调了人之本质的酒神方面,这个方面受到了无意识冲动和放纵的激励,与意识、理性和个体化的日神方面相反;它颠覆了真理的传统概念;它毫无顾忌地表现出了对女人的轻蔑;它破坏了现代自由主义的民主政治观。实际上,它挑战了西方哲学在认识论、道德、政治和精神层面上的根本设想;由于这些原因,以及他的风格——诗性的、嘲讽的、不连贯的、非正式的,它对现代主义、存在主义、马克思主义的法兰克福学派、科学哲学、与德里达和福柯有联系的后结构主义的各种分支都产生了巨大影响。尼采也受到过德国作曲家理查德·瓦格纳（Richard Wagner）的影响，尼采的第一部著作《悲剧的诞生》（*The Birth of Tragedy*，1870—1871年）就是献给瓦格纳的，尽管他后来部分脱离了瓦格纳和叔本华的理念。

尼采于1844年生于普鲁士，是一位极为聪颖的学生，他在莱比锡大学获得博士学位，24岁时就成了瑞士巴塞尔大学的哲学教授。不过，他的晚年遭受了精神错乱；他妹妹伊丽莎白照顾他，她编辑的尼采著作打上了她本人对种族之纯粹性看法的烙印。尼采的著作有《悲剧的诞生》《看啦，这人》（*Ecce Homo*，1888年）、《反基督徒》（*The Antichrist*，1895年）和他身后以"权力意志"（*The Will to Power*，1901年）为名出版的笔记。

尼采在西方思想中的历史地位很复杂。启蒙运动在其视野中明显是世俗性的，强调了人运用自身理性的需要以及把观察置于经验的基础之上的需要，而不是把人的信仰置于外在的权威之上，无论是宗教的权威还是政治上的权威，正如在传统、习俗和流行的信仰中所显现出来的那样。大部分启蒙哲学都受到了科学趋势的影响，尤其是把重点置于整个现象界中因果关系法则的普遍运作之上。启蒙运动之后的神学，诸如黑格尔、施特劳斯和勒南的神学，都不得不把这个着重点纳入考虑范围之中，正如康德等重要思想家的哲学那样。尼采对一种新人性观的倡导完全是审美的。在《查拉图斯特拉如是说》（*Thus Spoke Zarathustra*，1883—1892年）中，他（通过琐罗亚斯德之口，琐罗亚斯德是波斯古代宗教的创始人，琐罗亚斯德教认为，宇宙是善与恶的力量之间的一种斗争，而在尼采看来，他是道德的创造者）提出："当你看到遥远的大海时，你一度认为是'上帝'；但我现在要教你说，那是'超人'。"[3]他接着说：

> 你能**设想出**一个神吗？——可是，这对你来说也许意味着真理意志：一切都将被变成人所设想的，对人来说明显的，人可以觉察的！你应当始终遵循自己的感觉！
>
> 你自己应当创造你迄今为止叫作世界的东西：世界应当凭借你的理性、你的意志和你的爱，按照你的形象来构成！真的，它将为了你的幸福，启迪了人们！（TSZ, 110）

在一种深刻的意义上，尼采是人本主义者：现实、真理、世界，都是建构，都是人的需要和利益的投射，都要通过人类感觉、人类能力和人类语言的媒介。超人所代表的也许是这种自我意识的原型实例：这种意识要按照人自身意志的形象来塑造世界。在另一方面，在想象人类身份和主体性之根本基础的意义上，尼采的思想却**不是**人本主义的；按照尼采的看法，人类不仅必须创造世界，而且必须创造他们自己：他们没有任何可以据以塑造自己主体性的最初的原型、模式或本质。在这种意义上，尼采坚定地反对从文艺复兴和启蒙运动以来一直持续下来的人本主义传统，他实际上与结构主义和解构这些反人本主义理论具有更多共同之处。

尼采预见到了很多思想分支，包括各种形式的实证主义、后结构主义，美国实用主义者C. S. 皮尔斯（C. S. Peirce）、威廉·詹姆斯和约翰·杜威的思想。尼采对现实的界定，比先前哲学家们的界定更加实际，免除了参与一切更大的解释计划。他断言："外表是一种安排好的和简单化的世界，我们的实际本能要对其起作用。"他声称，外表的世界"在实质上是一个各种关系的世界……它的存在在实质上每个点各不相同"。事实上，现实只不过是各种主观投射之间的相似性:"'现象'界是我们感到真实的那个适合的世界。'真实'存在于具有逻辑化特征的事物同样的、熟悉的、相关的连续重现之中。"[4]换言之,尼采否认存在着任何独立的客观性,否认如果没有我们主观机制的作用与活动,世界上就不可能存在客体甚或事物。他把客体界定为"由主体对主体产生的唯一一种效果——**主体的一种形式**"(WP,307)。这些说法预见到了把现实和真实看成主体间建构的大多数现代理论。它也预见到了读者反应理论等大多数文学理论,它们认为"意义"不是以某种方式内含于文本之中或者是由任何个人赋予的,而是由有学识的读者的一致意见产生的。

与叔本华一样,尼采怀疑我们获得知识的动机;我们对知识的追求不是由对真理的一切无关功利的热爱激发起来的。相反,它是我们的"权力意志",我们自我肯定、压制和征服的根本动机以及我们对安全之需要的一种表现。在以下的文字里(它预见到了德里达的一些说法),尼采巧妙地破坏了支配着西方思想的一些根本范畴:

> 发明了致力于为我们的需要服务的各种范畴的创造力,即为我们对安全的需要、对在符号和声音的基础之上迅速理解的需要、对省略手段之需要服务的范畴:"实体""主体""客体""存在""形成",都与形而上学的真理毫无关系……
>
> 在理性、逻辑、各种范畴的构成中,正是需要,才具有权威性:需要,而非"认识",才会为了可理解性和算计的目的而去概括,去进行系统化。(WP,277-278)

在这里很明显的是,尼采赋予了语言在建构真理方面的重要性,这个主题很快将再次谈到。尼采也声称,逻辑公理与现实并不相符,而是"我们为自己**创造**现实、'现实'之概念的一种手段"(WP,306)。有趣的是,这个说法将被马克思主义作者弗雷德里克·詹姆逊在其对现实主义的讨论中或多或少地重复,尼采在其中使人想到,甚至"现实"并不是"就在那里"的某种东西,而只是一个有利的概念,它为了我们而服务于一个目的,它符合对世界进行分类、为了各种形式的征服的目的而对它进行划分、肯定一种意志对另一种意志之权力的主要需求。实际上,对一种说服而言,重要的并不在于它是真实的,而在于它是"对生命的肯定",在于它对力量和自由的促进。

上述说明是对尼采的思想最终获得的地位的一种总的看法,人们通常把他与这种地位联系在一起。在下文里,将考察尼采的两个文本。第一个是尼采的著名文本,它最直接地与文学和批评有关:《悲剧的诞生》。这部著作预示了尼采后来的很多地位,但它包含了一些重要差异。例如,在这个早期阶段,尼采仍然倾心于康德和叔本华的著作。他仍然在以一种叔本华式的方式谈论永恒循环的模式,仍然在使用与物自体形成对比的现象界的康德式的术语。

虽然标题是"悲剧的诞生",但它提出了两个重要的论题,一个旨在解释悲剧的起源,另一个旨在通过尼采所谓的"苏格拉底哲学"(Socratism)解释悲剧的死亡,它是最早由苏格拉底、接着由其门徒柏拉图传授的对待世界的一种理性的和科学的观点。因此,在一篇表面上论述悲剧的论文里,尼采实际上试图破坏源于柏拉图的整个西方哲学的传统。尼采一开始就提出了他的第一个论题:艺术发展的基础是一种二元性,是两种倾向之间的一种明显冲突,分别以希腊的神祇阿波罗(Apollo)与狄奥尼索斯(Dionysus)为代表。阿波罗作为道德之神,要求自我控制,认识自我,适度;简言之,他要求充分尊重和遵守个人的各种限度与状况——社会的,心理的,身体的。[5]在这种意义上,阿波罗成了个性化之开端或原则(*principium individuationis*)的表现(*BT*, 22)。在另一方面,狄奥尼索斯则代表了这一原则受到破坏的一种状况,在这种状况中,"个人完全忘却了自己",先前的一切社会的和宗教的障碍都在一种普遍的和谐中被废除了:"不仅人与人之间的纽带因为狄奥尼索斯仪式的魔法而被再次形成,而且长期被异化或被征服的自然本身也再次复活,要赞美与其浪子,即人的和解……现在,奴隶成了自由民;曾经竖立在人之间的必然的和专制的一切严格的、敌对的高墙被粉碎了。"(*BT*, 23)阿波罗和狄奥尼索斯的这两种力量都是创造的倾向,它们并肩发展,"通常处于极端对立之中……直到……双方接受联姻的束缚,在这种状况下,就产生了雅典的悲剧,它显示了父母双方的显著特征"(*BT*, 19)。

尼采指出,阿波罗在希腊众神之中并非只有一个:"在阿波罗身上得到最完整表现的相同动力,产生了整个奥林匹亚的世界,在这种意义上,我们可以认为阿波罗是那个世界之父。"(*BT*, 28)创造了希腊万神殿(Greek pantheon),创造了由宙斯处于其核心统治地位的众男女神祇的丰富谱系的这种动力,是什么呢?尼采解释说,希腊人深刻地意识到了"生存的恐怖和恐惧;为了能够完全生存下去,他们不得不在自己面前设置奥林匹亚诸神的华丽幻想"。"命运"(Moira)的"残忍统治超越了可知的世界"。因此,希腊诸神回应了阿波罗对于一种美丽而令人鼓舞的幻想的需要。尼采认为,它在实质上是一种艺术的动力,一种审美的动力,它产生了"那个奥林匹亚王国,那个王国充当了希腊人意志的一面理想化的镜子。诸神根据生存本身来证明人类生活是正当的"(*BT*, 30)。由此来看,奥林匹亚的希腊诸神的王国成了一种理想化之人性的投射,它所起的作用是调节或隔离人类弱点与甚至迫近神界的可怕且非人性之力量之间的障碍。尼采的要旨在于,创造这个万神殿,在实质上是对人类生活、人类的生存意志(此处的表达使用了叔本华式的词语)的一种美学辩护或证明;这样一种观点胜过了"凭借幻想……对现实的忧郁沉思",尼采称这种观点是"天真的"。他认为,荷马的天真"必须被看成完全战胜了阿波罗式的幻想"(*BT*, 31)。那就是说,我们梦一般的或梦想的能力战胜我们对真理的冲动。正是通过这面"审美的镜子","希腊人才会反对受苦"(*BT*, 32)。

有点非历史的是,尼采把这种"对幻想的强烈渴望"置于自然"原初的唯一"之中,置于"存在的基础"之中,那种存在"需要全神贯注地想象和令人愉悦地幻想对其本身的救赎"(*BT*, 32)。尼采认为,我们本身都是这些幻想的素材,必须把我们自己看成"真正的非存在,那就是说,是在时间、空间和因果关系中的一种永久的展开"(*BT*, 33)。尼采怀着这些情绪,预见到了大部分存在主义和后结构主义的思想:我们不仅不具有任何预先决定的实质,不仅不存在任何指引人类历史过程的天意,而正是在真正的非现实的方面,即幻想的方面,使我们自己拉开同现实的距离的机械论方面,人类的发展才展现出来。恰恰由于最初缺乏内容,才通过我们控制着的和赋予实质的各种范畴展现出来,诸如"实体""理念"和"现实"概念本身。阿波罗显现"为对'个性化原则'的崇拜,在他那里,原初唯一的永恒目标,即它通过幻想的救赎,才使自身得到实现"(*BT*, 33)。尽管尼采明显反对本质主义和唯名论,但他对"原初的唯一"和"永恒目标"这类超历史词语的求助,实际上重新使从前被非本质化和被分解为相关状况的各种要素稳定下来，为它们留下一条路径，变形为一种总体化的、原始的、循环模式的各种要素。这种模式实际上由阿波罗的力量与狄奥尼索斯的力量之间"永恒的"冲突表现了出来：尼采注意到，虽然狄奥尼索斯精神被阿波罗式的希腊人认为是力量巨大的和野蛮的，但他们在实质上类似于被奥林匹亚诸神罢免了的野蛮巨人。只有狄奥尼索斯才能使他们恢复意识，知道他们的存在要以受苦和认识为基础。因此，"反抗精神的野蛮要素结果就完全成了与阿波罗的要素一样根本性的"(BT, 34)。在狄奥尼索斯的漩涡中，"放纵显示出自身是真理，矛盾诞生于痛苦的喜悦，道出了自然的胸怀。无论狄奥尼索斯的声音何时被听见，阿波罗的规范看来都被中止或者被破坏了"(BT, 35)。在一段预见到拉康的某些洞见的陈述中，尼采提出，狄奥尼索斯"打破了个性化的咒语，开辟了走向存在之母亲子宫的道路"(BT, 97)。人们也许会提出，这种二元论或者对立(因为也包含了废除它本身的潜力)已经在很多论说中一再出现：如柏拉图将理念的地位置于感性和情感之上；如一般的哲学对理性与情感的区分；如男性原则对女性的支配；如帝国主义被野蛮文明所征服；如浪漫派对理性与想象力进行的对比；如席勒对朴素与伤感所做的区分；如弗洛伊德的意识与无意识；如拉康的象征与想象；如克里斯蒂娃的象征与符号；如福柯式的被疯狂的常态所排斥；如科学或哲学与诗歌在体制上的对抗；而更为一般的是，以经验来破坏理论。

尼采论证的第二个阶段产生了一些对其全部论题的总的暗示。他声称，在希腊诗歌中有两种主要趋势，分别对应于阿波罗式的张力与狄奥尼索斯式的张力(BT, 44)。其中的第一种是史诗，正如最初体现在荷马作品中的那样。第二种是抒情诗，其起源按惯例要追溯到它的原型阿基罗库斯(BT, 36)。尼采着重驳斥了一些当代批评家的观点，即这两种类型代表了"客观的"艺术家与"主观的"艺术家之间的对立。他大声说道，主观的艺术家完全是糟糕的艺术家，而"我们首先要求的是在艺术的每种类型和范围中战胜主观性，从自我中释放出来，压制住每一种个人意志和欲望……我们无法想象最小的真正艺术作品缺乏客观性和非功利的沉思"(BT, 37)。这些评论似乎表明，不可能把尼采归类为浪漫派：一种非功利的或客观的方法对真正的艺术概念而言是必需的。那么，什么样的抒情诗人从来都不厌倦说"我"？尼采认为，这样的诗人就是"狄奥尼索斯式的艺术家，完全认同原初的唯一、它的痛苦和矛盾，创造出一种像音乐一样的那种唯一的复制品……这个'我'因而是根据存在的深度来发言的"(BT, 38)。换言之，抒情诗人并不表达他自己的激情，史诗诗人却"致力于对形象的纯粹沉思"，抒情诗人的作品类似于音乐；他经历了一个"非我化(un-selving)的神秘过程"，这一过程产生了一个形象的世界，但那些形象是"他自己客观化的翻版。他作为那个世界活跃的中心，可以大胆地以第一人称说话，只有他的'我'并非那个真实醒着的人，而是那个实际上和永远居住在存在范围里的'我'"(BT, 39)。

尼采认为，所有悲剧都为我们提供了一种"形而上学的安慰"，提供了一种感觉，即尽管它很短暂并且痛苦，但"生活在根本上无法破坏地是快乐的和有力的"。这种安慰"在森林之神萨梯的合唱中得到了最为具体的"表现，"自然之人居住在一切文明的背后，经过一代代人和历史活动的每一次变化保持着他们的身份"。因此，古代希腊人虽然愿意接受最深切的苦难，却"得到了艺术的拯救"(BT, 50–51)。艺术把我们从中拯救出来的"现实"之一，就是狄奥尼索斯实现的结果,它体现在哈姆雷特身上,即没有我们的任何行动能够改变"事物永远的状况……理解扼杀了行动,因为为了行动,我们就需要幻想的面纱"(BT, 51)。一旦我们看透了存在的真相,我们就会发现它"可怕的荒谬",受到"恶心"的侵袭。这就是"意志最大的危险",是对我们的生存动力的危害,这要由艺术来医治,依靠"崇高",它会征服恐惧,依靠"喜剧精神",它会把我们从对荒谬的厌恶中解放出来。因此,我们可以领会到,为什么"酒神颂的森林之神的合唱是对希腊艺术的拯救"(BT, 52)。我们在尼采的论点的深处再次发现了某些洞见,它们预见到了存在主义的一些看法和术语——荒谬、恶心。尼采认为,这样的荒谬是一种不断出现的人类状况,如果我们要带着确信去思考和行动的话,我们始终都必须确立我们意识的边界。艺术是我们有权支配的实现这种幻想的最大机制,我们凭借目的和意义航行在虚无的辽阔苍穹;我们为生命的辩护最终既不是宗教,也不是道德,而是审美。因而,简言之,尼采认为希腊悲剧"是一曲狄奥尼索斯的合唱,它一再使自身在阿波罗的形象中释放出来……悲剧是狄奥尼索斯之洞见和力量的一种阿波罗式的体现,由于这个原因,与史诗的差别隔着巨大的鸿沟"(BT, 56-57)。

尼采在这部著作中的第二个论题具有极大的重要性,对文学理论和文化理论等众多领域来说具有广泛的含义。他提出,希腊悲剧在欧里庇得斯手里"因自杀而死",欧里庇得斯把悲剧看成有意识的感知的一个理性问题,试图完全排除狄奥尼索斯张力,与埃斯库罗斯和索福克勒斯进行战斗(BT, 75-76,80)。他在这么做时扼杀了神话和音乐(BT, 69)。当欧里庇得斯在一种非狄奥尼索斯式艺术的基础之上努力重建戏剧之时,通过他的口发言的是一个新的和强有力的恶魔。他的名字叫作苏格拉底(BT, 77)。尼采认为,欧里庇得斯和苏格拉底的目的是密切相关的:

> 正如柏拉图要做的那样,欧里庇得斯开始展现那个与"非理性的"诗人相对立的世界;他的"一切要成为美的东西都必定是有意识的"美学原则,确实类似于苏格拉底的"一切要成为善的东西都必定是有意识的"。因而,我们把欧里庇得斯叫作美学上的苏格拉底哲学的诗人,几乎不可能出错。(BT, 81)

尼采认为,从这一点出发,真正的对抗就是狄奥尼索斯的精神与苏格拉底的精神之间的对抗,而"悲剧将在冲突中毁灭"(BT, 77)。欧里庇得斯和苏格拉底都无法理解悲剧;两个人都认为悲剧是混乱的和非理性的;两个人都谴责它,也谴责它根本的道德规范(BT, 82-83)。欧里庇得斯不同意悲剧要表现那些表达了狄奥尼索斯之苦难的神话,他所关心的是"表现他有意识的感知",他肯定认为他自己"是第一个理性的悲剧创作者"(BT, 81)。

就苏格拉底而言:尼采问道,那个敢于单独"挑战希腊文明的整个世界"的人是谁?荷马、品达和埃斯库罗斯的世界值得这样的尊重吗?"合乎逻辑的苏格拉底哲学的巨大驱动轮"与什么相称?苏格拉底是"**非神秘主义**"的完美典范,在他身上,逻辑学的成分通过重孕而变得过度发达"(BT, 84-85)。这样,他在悲剧和诗歌里发现了某种普遍"深奥和非理性的"东西,"充满了毫无结果的原因",排除了真理,在其效果上很危险(BT, 86)。他的力量主要通过其门徒柏拉图发挥出来,竟至于迫使诗歌进入新的途径,正如在柏拉图本人所发展出来的对话中那样,对于可以利用的各种风格和形式的综合,导致"在叙事、抒情、戏剧之间徘徊,在散文与诗歌之间徘徊"(*BT*, 87)。诗歌的新身份是要从属于辩证法的哲学,实际上,艺术从此不得不探索它自身与哲学的各种联系。尼采认为,阿波罗式的趋势"现在呈现为逻辑的系统性组合",至于"苏格拉底,这位柏拉图式戏剧的辩证法主角",表现出了与欧里庇得斯的主角的密切关系。苏格拉底的格言"美德就是认识"、"一切罪过都起因于无知"、"唯有美德才是幸福",都是一些乐观的陈述,它们"招致了悲剧之死"(*BT*, 88)。在这种新的戏剧观中,合唱被认为是悲剧的一种次要特征,仅仅是对其起源的一种离奇的提示;实际上,索福克勒斯再也没有赋予合唱队重要作用,最终,合唱蜕变成了一场包含了欧里庇得斯、阿伽同和新喜剧的运动(*BT*, 89)。尼采的确像柏拉图本人那样,提出了"艺术与苏格拉底哲学是否彼此直接对立"的问题(*BT*, 90)。

苏格拉底是"专制的逻辑学家"、"生存的全新方式"的原型,**理论家**的"伟大榜样",他在揭示真理的实际过程中很高兴,因此确保了他自己的权力(*BT*, 92)。在苏格拉底身上,最早显示出了一种根深蒂固的"形而上学的宏大幻想",它已经成了科学努力之真正本质的必要部分:这种幻想以为,思想可以"探测存在的最大深渊",使"生存显得可以理解,并由此证明是正当的"(*BT*, 93)。从苏格拉底以来,智力的机制被认为是人的最高力量,一个"共同的知识之网"已经遍布整个地球,而人最大的欲望就是"要完成征服,要把那张网编织得绝对紧密"。在这种意义上,苏格拉底成了"西方文明的中心和转折点"(*BT*, 94-95)。

不过,尼采警告说,科学努力将面临它自身的各种限度:当它认识到这些限度之时,这个它本身就成了一种悲剧性的感知,这种感知要求"使它变得宽容,成为对艺术的补救"(*BT*, 95)。尼采认为,苏格拉底对于知识的热情就是有点沉溺于一种"悲剧性的顺从和对艺术的需要"之中(*BT*, 95)。实际上,现在时代的标志恰恰就是追求知识与人对于艺术的"悲剧性依赖"之间的这种斗争(*BT*, 96)。尼采提出,当科学达到了其限度,已经"被迫放弃它对于普遍有效性的要求"之时,悲剧也许会再生。他提出,在理论的世界观与悲剧的世界观之间,也许存在着一种永恒的冲突(*BT*, 104)。人们或许会反对说,尼采武断地和错误地把科学观等同于对特殊性的考察,而不是对普遍性的考察。诚然,他所刻画出的特征并非科学,而是实证主义和最天真的经验主义:它们把所谓直接的特定感觉材料当成了现实。尽管如此,确实的是,大多数现代艺术和文学,不用提及现代文学理论,都导致了对特殊性的引人注目的提升,这一点始于现代的现实主义。尼采认为,我们的整个现代世界都"陷入了亚历山大文化的网络之中,承认理论的人是其理想,配备了最大的认知力量,努力为科学服务,其原型与祖先就是苏格拉底。我们的所有教育策略都以这种理想为方向"。在一段预见到福柯、德里达和其他很多思想家之观点的说明中,尼采指出,任何一种偏离这种模式的生存,"充其量是忍耐着过日子"。例如,在大部分历史中,学者都是有教养之人的唯一类型,甚至连我们的文学艺术"都要被迫从学来的模仿中发展起来"(*BT*, 109)。简言之,神话"到处都已经受到了破坏"(*BT*, 110)。

然而,希望犹存。现代人已经开始认识到了苏格拉底的好奇心的局限。尼采认为,存在着某些保证悲剧再生的力量:正如尼采证明的,悲剧并非理性的,而是以神话为基础,以词语和概念难以表达的一种"更加深刻的智慧"为基础,以悲剧的结构及其形象来表达(*BT*, 103)。尼采接受了叔本华的看法,即音乐是最普遍的语言,它是"意志的直接语言",普遍性是"对生命的渴望",尼采则指向了"德意志灵魂"中狄奥尼索斯精神的逐渐再度觉醒,正如在巴赫、贝多芬和瓦格纳的音乐中所表达的那样(BT, 98, 101, 119)。他声称,这种觉醒也已经在德国哲学的领域内猛烈地冲击了知识分子的苏格拉底哲学独断的沉睡:康德和叔本华都利用了科学的武器库来证明其局限性,以及认识能力的局限性。他们"权威性地拒绝了科学对于普遍有效性的要求",并由此开创了一种悲剧文化(BT, 111)。具有讽刺意味的是,在尼采的晚期著作中,这里所称的康德的颠覆性似乎被忘却了,得到强调的是他试图把本体界和现象界等"虚构"抬高到无可置疑的真实的地位。在音乐和哲学这对孪生子带头向苏格拉底哲学发起攻击之后,苏格拉底哲学开始"怀疑它自身的绝对可靠性",并且"急于赶去一个接一个地利用新的形式,没料到竟会把它从恐怖中释放出来"(BT, 112)。一些批评家就现代文学理论说过几乎相同的话,这么说的大部分基础是拒绝绝对性,拒绝固定的意义和同一性。尼采认为,科学努力及其限度所面对的"永远都是渴望"(BT, 112)。在我们现代,人被剥夺了神话,并且"在其全部过去之中一直极度饥渴",被表明"丧失神话、丧失神话家园、神话发源地"之意义的渴望所控制(BT, 137)。

在这里要评价的第二个文本是尼采的一篇文章,它被证明对大多数后结构主义理论来说具有重大影响。《论非道德意义上的真理与谎言》("On Truth and Lying in a Non-Moral Sense")写于1873年,但在尼采有生之年没有发表。尼采在文章中严厉抨击了西方传统的真理、认识和语言的概念。首先,他指出,人性在被当作一个整体的自然范围内是全然没有意义的。在这样一种语境中,我们可以看出,"人类的智力看上去多么可怜,多么脆弱和短暂,多么没有目的性和武断"。[6] 尼采反对那些把人类智力抬高到在追求真理中的一种自我激励和非功利之能力的哲学家的傲慢,尼采自己对人类智力的看法实际得多和低调得多:它仅仅是"保存个体的一种手段"("TL," 142)。照此看来,智力远不是要追求真理,"在掩饰中显示了它的最大力量"。实际上,掩饰的艺术在为自我保存服务方面达到了人类的顶点,在这方面,"欺骗,奉承,谎言和诡计……不断呈现出来……戴着面具,习俗的纬帘,为了他人和自己的利益逢场作戏……全都是其规则"。人类作为一个整体,"深深地陷入了幻觉和梦幻的意象之中"("TL," 142)。

尼采问道,倘若有这样的环境,那么,追求真理的动力来自何处?他把这种动力的根源置于人类避免一种自然状态的努力之中,那种状态就是哲学家霍布斯描述的"一切人反对一切人的战争"。为了能够按照某些法律和共同认可的看法彼此和平地生活,真理的概念就出现了。真理"是表明各种事物的一种方法……它在一切地方都具有相同的有效性和力量,语言的法则也产生了最初的真理的法则"("TL," 143)。换言之,不仅某些看待世界的方式被授予了特权,并且被确定为正确的或真实的,而且语言本身被调节得使这一点成为可能。虽然如此,尼采认为,人类对真理的渴望仅仅是在这种有限的意义上,因为产生了"令人愉悦的、保存生命的结果……如果毫无结果,他们就不关心纯粹的认识,而他们实际上敌视那些可能有害和破坏性的真理"。相似地,语言的习惯是任意确定的:"在事物与它们的名称之间"不存在任何固有的或"完美的配合"("TL," 143)。尼采在这里挑战了整个哲学传统,那种传统已经如此广泛地建立了有关现实和真理的理论。他完全拒绝这一理念,即对认识或真理的追求可能以某种方式与广泛的动机没有关系或者摆脱了它们：自我保存或促进的动机；植根于意识形态、经济和权力欲望中的各种动机。简言之，无论多么精致，真理都是我们根本的动物本性的一种实际利益，一种成长过程。尼采在这些观点方面预见到了从柏格森到德里达以降的很多现代思想。也值得注意的是，尼采本人的观点被马克思预见到了，马克思承认语言是一种产生于人类物质需要的实际活动，真理必然与占优势的意识形态和政治结构有联系。

尼采接着对语言进行了一种敏锐的分析。他把"词语"界定为"以声音复制了一种神经刺激"。换言之，以语言来表达的名称完全是主观的；它们告诉我们的与世界无关，而只与我们自己的知觉器官有关。当我们说"石头是坚硬的"时，坚硬就成了"一种完全主观的刺激物"("TL," 144)。我们通过性别对事物任意进行分类，通过突出我们希望强调的事物的特性来对它们任意进行分类。尼采这时提出了一些看法，可以说它们激励了德里达对语言及其与真理或现实之联系的最根本的洞见：

> "物自体"（它可能正是纯粹真理，没有结果的真理）甚至对语言之创造者的掌握来说都是不可能的……他只为人类指派了事物的关系，而为了表现它们，他使自己利用了最大胆的隐喻。对勇气的激励首先被转化成一种形象：第一种隐喻！形象接着被声音所模仿：第二种隐喻！

> ……我们相信，当我们说到树、色彩、雪与花儿时，我们已经认识到事物本身，然而，我们拥有的仅仅是关于事物的隐喻，与原初的实体绝不一致……物自体神秘的"X"首先显现为一种神经刺激，然后是一种形象，最后是一种表达清楚的声音。("TL," 145)

尼采得出结论说，哲学家所利用的素材并非源于事物的实质。实际上，语言本身伪造了我们经验的本质。我们拥有对于一种特定实体"独特的、绝对个性化的、主要的体验"，我们用一个词语来表达这种体验。但是，我们立刻把这个词语、这种声音变成一个概念，把它的运用范围扩大到"无数其他的、或多或少相似的情况，即那些情况严格来说绝不相同，因此，只不过是不相同的各种情况"("TL," 145)。换言之，我们至少以两种方式来进行伪造：我们强行把两种独特的体验归入同一个范畴，因此剥夺了它们的独特性。其次，我们任意把焦点集中在一个特定的相似点上并突出它，却损害了各个不同点。尼采提供了一个极好的例证：没有任何两片树叶是相同的，而我们形成"树叶"的概念靠的是略去它们的个别差异。然后，我们用这一概念去**说明**其他一切树叶。换言之，我们认为"树叶"的概念是一种"最初的形式……一切树叶都是根据它形成的"。我们于是会认为（像柏拉图那样，在这段上下文里尼采没有提到他关于形式的理论，但或许有暗示），"树叶是各种树叶的原因"("TL," 145)。这样，我们就建立起了在概念上集体自欺的一个庞大大厦；后来的几代人将继承这些先前的定义，好像它们是"自然的"和必然的，是对经验唯一真实的表现。我们实际上最终要**通过**我们任意建构的范畴来解释自己的经验，甚至是新鲜的经验。可以认为，这个过程在意识形态上的强制性，就像我们推断尼采的论点要囊括"黑人""犹太人""女性"或"穆斯林"等概念。我们可以按某种方式来推断一个人的行为，因为她是"黑人""犹太人"或"穆斯林"：任意性的范畴本身上升到了主要的原因和主要的解释。尼采坚持认为,自然本身所包含的"既没有形式,也没有概念,因而没有任何种类,而只有一个'X',我们难以接近它,也无法界定它"。我们的范畴"并不是产生于事物的实质"("TL," 145)。

尼采这时提出了他的一个最著名的说法,这个说法已经在很多学科的现代思想之上投下了长长的阴影:

> 那么,什么是真理?一大群变动着的隐喻、转喻、拟人论,简言之,一堆人类的关系,它们从属于诗歌的和修辞学的强化、转化与修饰,在它们被使用了很长时间之后,它们对人们的冲击就像是被牢固确定了的、权威的和有约束力的;真理是各种幻觉,我们已经忘却了它们是幻觉。("TL," 146)

真理远不是词语与事物之间的某种应和,它在这里被看成人类主体间的关系的一种作用,无法通过书面语言(暗指语言与现实之间的一种准确应和)获得,而只能通过隐喻的手段获得:指涉"真实"对象的词语是不足信的——我们通过词语绝不可能达到对象的真正本质;我们只可能运用隐喻,用其他词语来取代或替代某个特定的词语。我们绝不可能达到语言之外的某个点,不可能超越意义之集体的主观性名称。然而,尼采的说法中真正很激进的是他的这一观点,即"真理"的概念在本质上是扭曲的和伪造的;真理表现了某些享有特权的经验要素的一种非常偏狭的凝固和固定,却损害了其他要素;通过习惯,我们最终忘却了那些被压抑的要素,实际上忘却了这个选择和僵化的运作过程本身,这种运作过程最初并非为纯粹认识的目的服务,而是相反,那些目的是实际的、政治上的和意识形态的。

尼采注意到了,对一个社会来说,为了作为一个稳定的和安全的实体而存在着,它会给人们强加"说谎的义务,以与牢固确立的惯例达成一致,**全体**(*en masse*)说谎,以一种对所有人来说约束性的风格说谎"("TL," 146)。把感觉印象普遍化的这种能力,把隐喻升华为一种规划的这种能力,把形象分解成概念的这种能力,正是真正使人类区别于动物的能力。这种"概念的庞大大厦"最终能够"在等级和地位的基础之上建构一种金字塔状的秩序,创造一个法律、特权、从属、划定边界的新世界……把它们作为某种调节的和律令的东西"("TL," 146)。概念只不过是"留下来的**隐喻的残余**",它反过来要通过"把神经刺激艺术地转化为形象"来创造("TL," 147)。哲学家和科学家在估量一切反对人的事物,怀着"错误的信念",以为那些事物作为"纯粹对象"直接处于他们面前,把"原初的感知隐喻"当作事物本身("TL," 148)。

尼采用一种有趣的方式来阐述人类对客观性的这种主张:"只有因为人忘却了自己是一个主体,实际上是**一个在艺术上创造性的**主体,他才会带着某种程度的和平、安全和一致性活着。"("TL," 148)感觉的领域与概念的领域最多只有用一种审美的方式联系起来,然而,我们通过这个过程达到了一个世界,它"最终获得了对全人类来说相同的意义"。我们获得了一种确信,相信"自然法则永恒的一致性、普遍存在和绝对可靠"("TL," 149)。然而,尼采认为,这些自然法则为我们所知的并非它们本身,而仅仅是它们的结果,仅仅是它们彼此的关系,实际上仅仅是关系,而不是实质性的或实体性的实体。甚至我们创造的对时间和空间的表现也是"在我们自己心里"。很多这类说法听起来都是康德式的,但它们缺乏康德的稳定的框架,以及建立确信的机制,正如他对现象与本体的区分所提供的。尼采接着提出了一些黑格尔式的说法,它们又一次缺乏黑格尔的历史的和唯心主义的框架:尼采认为,我们如此渴望在世界上发现的与法则的一致,却与我们自己强加于事物的那些特质是同一的,所以,"我们发现强加的东西就是我们自己的行为"("TL," 150)。康德和黑格尔都以他们自己的方式认为,世界是人类行为的一种建构,但这种行为得到了认可,并置于确实可靠的认识的全部体系之内;尼采像在他之后的德里达一样,接受了这些早期的哲学体系建构者的洞见,使这些洞见脱离了它们的防护物,限制了语境。他提出,科学在继续建构由语言树立起来的"概念大厦";"因此建构了一座巨大的概念的**骨灰安置所**,所以,整个经验世界都可以按一种有序的方式合适于它"("TL," 150)。最终,这座建筑就成了一座"堡垒",把人类的根本动力禁锢于创造和形成新的隐喻;这种失败的创造性欲望在神话和艺术中为其活动找到了新的途径("TL," 151)。

在这个文本中,尼采提出了一种有点叔本华式的对艺术的看法。在神话、艺术中,在节日和狂欢中,智力,"这位伪装的大师,是自由的,被免除了它通常的苦役……它搞乱了隐喻,移动了抽象概念的界碑"("TL," 152)。这种解放了的智力把概念的传统规划用作一种"单纯的攀缘架和玩具……它打碎了这个框架,把它搞乱,然后讽刺性地把它重新集合起来,把最不相同的事物配成对……它现在受到操纵,不是被概念,而是被直觉"("TL," 152)。因此,对尼采来说,艺术家是这样一种人物,他把我们从传统和常规感知的牢笼中解放出来。

亨利·柏格森(1859—1941 年)

叔本华的思想不仅极大地冲击了尼采的思想,也冲击了柏格森的哲学和他关于艺术与幽默的理论。尽管柏格森曾经与叔本华自我分离[7],但柏格森的哲学处于这个世系的直接脉络之中。实际上,他的学生和译者 T. E. 休姆(T. E. Hulme)比他已故的老师更加清楚地看出了其中的可通约性。在其《柏格森的艺术理论》一文(约 1913 年)里,休姆评论说,柏格森的美学理论"完全与叔本华的美学理论一样",但避免了叔本华"累赘的"形而上学的方法。然而,休姆认为,柏格森的艺术理论是其哲学的一种必要的延伸,这种理论的巨大优势在于,"它使你对艺术的说明脱离了单纯的文学层面",而不是成为"明确的现实概念的一部分"。[8]休姆的这个洞见也许有助于我们理解,何以有那么多 19 世纪晚期的思想家要求哲学与诗歌的统一,包括艾略特、法国象征主义者、阿诺德等人本主义者、叔本华和柏格森等哲学家。在这背后有一种把美学界定为感知现实的一种形式的欲望:诗歌不能把它要表现的现实当成理所当然。

柏格森的哲学在其《创造的进化》(*Creative Evolution*, 1907 年)中得到了表达,他在其中认为,最为真实的恰恰是从柏拉图以来的哲学家们指责为非真实的东西:时间(time)。柏拉图和普罗提诺两人都认为,世俗世界是永恒的一种退化。基督教神学的主流在扩大了的神学语境中保留了这种等级制。柏格森有争议的理念植根于 20 世纪初期的知识气候之中,这种气候被技术、科学、工业增长和理性的专制消耗得筋疲力尽。柏格森试图把理性置于本能与理智之间进化中平衡的更大语境之内。对柏格森来说,最真实的是直接经验的连续性。理智狭隘地把这种对连续性的理解等同于使之固定下来,把它分裂成了不受时间影响的分离的断片。柏格森在肯定时间的真实性而非永恒的真实性之时,挑战了基督教的古典遗产,以及试图颠覆这种遗产的启蒙思想的各种支流。他要返回到经验的直接性和真实性,以反对概念和语言把这样的经验变成常规的范畴,无论是以封建的基督教、启蒙运动的理性的名义,还是以保守的人本主义的名义。柏格森的"延绵"(durée)概念把重点放在人类的个性之上,持续的时间是主要的真实场所:"至少存在着一种我们全都可以从内部把握住的真实,凭借直觉而非单纯的分析去把握。在时间中流动的,正是我们自己的人格,持久的是自我。"(CM, 162)

像叔本华一样,柏格森把独特的力量归因于艺术,他也认为艺术的实质是反讽(CM, 27 - 28)。柏格森的艺术理论也形成于反对并超越资产阶级实际的和功利主义的思维方式。他提出,在日常生活中,在我们自己与自然之间插入了面罩:我们的理解力与我们的感觉,以我们的需求为条件,提供了一种纯粹功利主义的、"实际的"对现实的"简单化"。我们仅仅根据对事物用途的看法来划分它们,而我们平常感知到的正是这种划分。我们看见的不是真实的事物,而是它们的标签;它们的个性避开了我们。例如,我们没有感知到**这张**桌子,而是**一张**桌子。这些功利主义的感知习惯经过了语言的调节;词语表示类属,而不表示个别事物(*Laughter*, 158 - 160)。[9]

唯有对艺术家和诗人来说,这种面罩才是透明的。诗人运用一种"无瑕"的感知方式,更加远离生活,正如叔本华描述的那样,更加客观,因为他的感知不受实际需要的束缚。因此,诗人拭去了常规的普遍性,对现实拥有更为直接的眼力:正因为脱离了功利主义的存在,正因为退却到了理想之中,才能够恢复与其自身实际上简单化和分类的模式之下流动的真实的接触。再一次,这一点适用于内在真实与外在真实:艺术家和诗人旨在消解社会自我的这种外壳,把我们带回到我们自己内在时间的核心之中。因此,诗人和艺术家的目的在于真实的个体(*Laughter*, 160 - 166)。显然,柏格森、波德莱尔与法国象征主义者之间存在着深刻的联系。伊妮德·斯塔基(Enid Starkie)引证了他们对实证主义和唯物主义的共同反对,他们关于自然和直觉的概念,他们关于终极真实不可言喻的观点,以及他们对诗人和艺术家的作用的提升。[10]然而,在柏格森对资产阶级社会的批判与法国象征主义者和艾略特所提出的批判之间,存在着一种反差。柏格森的批判与叔本华的批判一样,因其非历史的基础而受到了削弱:资产阶级取得优势的一个特殊时代的真正趋势——诸如机械化,群体身份使个体变得枯竭,把人变成物——被柏格森不加选择地归咎于"社会"。在其论述波德莱尔的文章里,瓦尔特·本雅明评论说,虽然对柏格森来说记忆构成了经验的模式,但他还是拒绝对记忆的一切历史的决定。[11]本雅明认为,正是波德莱尔,而不是柏格森,是诗人,而不是哲学家,抓住了"资产阶级"体验的历史意义。[12]

对异端传统的思想家和诗人所阐明的艺术观来说必需的是他们的语言观。叔本华、尼采、法国象征主义者和柏格森,以及那些受到这种传统影响的现代主义者,都反对体现在书面语言中的资产阶级的实证主义、科学主义和机械论。对所有这些作者来说,颠覆书面语言是进入一种更加深刻的真实的手段。这种颠覆要靠两种主要策略来运转:首先,扰乱语言的句法结构,其结果就是强调语言是一种时间过程,而不是把它看成常规概念的一种空间化的系统。其次,书面语言被定位为仅仅是那些策略所要破坏的几种记录中的一种。对语言的这样一种根本态度,大大超过了"文学的"实验;它是经过改变的隐喻和政治前提的一种征兆,体现了拒绝世界是既定的,是由离散的对象和外表构成的,拒绝通过艺术尤其是通过诗歌达到更高真实的一种空想主义的企图。

按照柏格森的观点,语言不可逃避地是普遍的;它绝不可能表达一个对象或一种情景的真正个性。柏格森的美学最基本的前提在于:艺术要创造新奇性。虽然语言是空间的,但艺术是时间的,要表现时间的持续,表现经验的真实流动,而语言为经验包裹上了硬壳。因而,诗人的努力就是要反抗语言的普遍性和惯例。诗人的个性化要运用语言的物质性,要把词语当成具有与世界上其他对象相同的个别物质的状况,而不是当成具有普遍的意义或者是对象的非时间性的符号。一首诗所暗示的真实部分地被柏格森设想到了:一种永恒的流动,它始终都超过了试图进行禁锢的语言范畴。它是一个世界,正如叔本华所提出的,在其中,由理智所提供的"认识"与感觉的判决相抵触;在其中,资产阶级的合理性从其贫困和局限性中显现出来,无法反驳或者超越直接经验的权威性。对这些思想家来说,诗歌实际上是哲学的终结和休息处所。

马修·阿诺德(1822—1888年)

虽然马修·阿诺德被有些人认为是现代英语批评的创始人之一,但很明显的是,他所提出的很多问题,在几个世纪前就已经由众多作者提出来过。尽管如此,阿诺德在现代工业社会的语境中再次提出了这些问题,而它们在今天依然与我们同在,其形式甚至比阿诺德所能想象到的更加强烈和更加普遍深入。阿诺德上过英国最有声望的公立学校之一拉格比(Rugby)公学。他的父亲托马斯·阿诺德博士是英国自由主义宽容教会派的领导人之一,他反对卡迪纳尔·亨利·纽曼①的学说;他也是拉格比公学的校长,倡导了一些教育改革,核心集中在把自由主义的研究与现代世界联系起来的需要之上。

马修·阿诺德不仅是文化批评家,也是一位诗人和教育家。从拉格比公学毕业之后,他获得了牛津大学的学位。1851年,他成了学校的巡视员,深切关注适合于中产阶级后代和工人阶级学生的那种教育。1857年,他被任命为牛津大学的诗歌教授。阿诺德的诗歌大多写于19世纪50年代期间;他本人认为,他的诗表达了最近的过去"主要的内心运动"。他的诗歌,其中最有名的例子也许是《多佛海滩》("Dover Beach"),表现了在一个似乎被神界抛弃了的世界上的孤独和近乎绝望,那个世界处于灾难性的战争边缘,在那个世界里,唯一的信念就是对另外的人类的信念。他把自己描述为"徘徊在两个世界之间,一个已经死去,/另一个毫无能力诞生"。阿诺德的文学批评和社会批评大多写于19世纪60年代,由第一个系列《批评论》(*Essays in Criticism*,1865年)和《文化与无政府状态》(*Culture and Anarchy*,1869年)构成。《批评论》的第二个系列出版于1888年。在19世纪70年代,阿诺德撰写了一些论述宗教和教

---

① 卡迪纳尔·亨利·纽曼(Cardinal Henry Newman,1801—1890年):英国人文学者,神学家,散文家。

育问题的著述;他认为自己最重要的散文作品是《文学与教条》(Literature and Dogma,1873年)。

处于阿诺德文学批评之核心的是晚期工业社会中生活充裕的问题。阿诺德的世界观在其深处属于人本主义,他按照从 F. R. 利维斯等人物延续到今天的那种人本主义传统进行写作。阿诺德的核心术语和说法——"甜蜜与轻松","完美","内在性",是"被认为和表达得最好的"——基本上都来自他对现代文化的不安情绪的分析。他认为,工业社会中的人类被机械化了,全部都被交托给了"外在的"追求,在其精神和道德感受能力方面受到了阻碍。阿诺德对资产阶级狭隘的道德准则和商业主义感到有点困惑,他把资产阶级说成庸人。在他的《我的同胞》("My Countrymen")一文里,阿诺德断言:"庸俗(philistinism)是……中产阶级……的特征……它已经……在这几年里重要性上升到了如此占优势的地位,而且……支配了国家。"[13] 他的《批评的功能》("The Function of Criticism")一文与抵制世界的庸人有关,那个世界是英国资产阶级所规定的,被铭刻在那个阶级对实用性、功利和理性有关的困惑之中:一句话,对当下之责任的困惑。

在某种意义上,阿诺德的《批评的功能》一文是原创性的和有争议的,因为它力图重新界定批评的主要职责。虽然他承认"批评的才能低于创新的才能",运用"创造力……是人的最大职责",但他提出,正是一种适当的批评的气氛,才创造了创造性的天才在其中得以实现的条件(SP,132-133)。阿诺德认为,文学天才的工作与哲学家不同,不是要发现新的理念;文学作品不是一种分析和发现,而是"综合与展示"。它需要受到某些条件的激发:受到"某种知识和精神氛围的激发,受到某种理念秩序的激发"。文学作品的目标是,以"最有效和最有吸引力的结合",以美的形式来表现那些理念。批评的任务正是要"建立一种理念的秩序",并且"要使最好的理念流行起来"。批评能力的努力是"在知识、神学、哲学、历史、艺术、科学的一切分支之中,要把对象看成它本身真实存在的样子"(SP,134)。这种说法出自阿诺德自己早期的演讲(Lecture Ⅱ of On Translating Homer,1861年),它概括了一种实证主义的历史趋势,知识的很多分支在其中都要竭力通过拒绝形而上学,把自身努力的焦点集中在可以从经验上证实的东西之上,以获得科学的地位。悖论的是,阿诺德希望把这种科学地位扩大到文学批评,即使这种实证主义的趋势是他非常惋惜的机械化和"外在化"的一种征兆。

尽管有这种悖论,阿诺德还是得出了一种洞见,这种洞见从前由爱伦·坡等作家用其他词语阐明过,影响了很多现代主义者的实践和批评理论,如艾略特和庞德:他提出,"现代诗人的创造……暗示了其背后巨大的批评上的努力"(SP,134)。如果诗人要表现极为复杂的现代生活的因素,那么,他就需要得到一种通过批评的努力准备好的理念的气候的滋养。阿诺德坚持认为,品达、索福克勒斯、莎士比亚和歌德的作品得到了"理念的趋势"和"新鲜思想"的支撑与激发;相反,英国浪漫派的作品则缺乏这种知识框架,它们"认识得还不够"(SP,134-135)。有趣的是,阿诺德把这种缺乏的原因归咎于法国大革命。阿诺德认为,文艺复兴和宗教改革等从前的重要运动是"非功利的知识和精神运动",与它们不同的是,法国大革命"具有政治的、实际的特征"(SP,136)。虽然阿诺德承认这场革命是"历史上最伟大的、最鼓舞生气的事件",但它的特征是一种对理性"不幸的"提升,是一种"致命的"狂热,因为给理性的理念提供了"一种直接的政治和实际用途"(SP,137)。那场革命通过理性呼求"一种普遍的、确定的、永恒的理念秩序"。阿诺德的论点在于：虽然我们必须"按其本身和为了其本身"来评价各种理念，但我们不可能"唐突地把它们传输到政治和实践的世界之中，极端地根据它们的命令来使这个世界革命化"(SP,138)。阿诺德认为，这"是法国大革命的主要错误；它的各种理念的运动抛弃了知识领域，猛烈地冲进政治领域……没有产生任何像文艺复兴时期理念之运动那样的知识成果"(SP,138)。正如阿诺德在《文化与无政府状态》里声称的，"致命的"结果是过度地、在精神上阻碍性地"相信机器"，是功利主义地把世界变成一种实际的机械装置(SP,209)。实际上，法国大革命在这么做时造成了一个反对或对抗它自身的时代，一个由博克做了最清晰表达的时代。阿诺德在这方面的逻辑与博克一样，认为抽象的理念不可能被简单地强加于一个民族的体制或生活方式。他称赞了博克的著作"深刻的、永恒的、富有成果的哲学真理"(SP,139)。博克在英国人当中是不同寻常的，因为他居住在理念的世界中，而不是居住在政治和实践的世界里。阿诺德认为，大多数现存的批评都是某种政治观的喉舌。而这就是阿诺德要达到的他所提出的真正批评之本质的核心。

　　阿诺德认为，对真正的批评来说这样的时机已经成熟，即"现在使自身的领域向这一规则开放很有益……这个规则可以用一个词来概括——**非功利性**"。批评怎样做到无关功利？阿诺德认为，通过"始终远离""对事物的实际观点"，通过"遵循它自身性质的法则，那就是要在它所触及的一切主题上成为心灵的自由游戏。通过坚定地拒绝使自身适合于一切关于理念的那些隐秘的、政治的、实际的思考"。批评必须努力了解"世界上最好的认识和思想，接着再通过形成这种认识，去创造真正的和新鲜的理念的趋势……但其职责是要无所为"(SP,142)。批评必须完全独立于一切利益。其目的呢？要引导人"走向完美，通过使其心灵凝思自身出色的东西、绝对之美和事物的恰当性"(SP,144)。批评应当包含"印度人超然的美德"和印度教放弃一切世俗关怀的禁欲主义理想(SP,146)。

　　阿诺德承认，民众绝不会拥有这种"按事物本来的样子去看它们"的热情；他们满足于不适当的理念，世俗的习惯有赖于那些理念(SP,147)。但是，批评家必须抵抗被卷入这种漩涡、"实际生活的激流和喧嚣"之中的诱惑；他必须置身于政治、社会、人道主义领域等直接实践的领域之外，使自己致力于"心灵和精神的平静生活"(SP,154)。只有像这样，通过不断扩大"真正的和新鲜的理念"的贮藏，批评家才有可能真正为实际世界服务："最终，我们的理念将把世界塑造得更加成熟一些。"(SP,154)阿诺德提供了两个例证，说明这样一种"自由沉思地对待事物"将不同于一种实际的态度。他认为，从一种实际的观点来看，英国的体制显得是一种"进步和美德的最好机制"。然而，一种非功利的沉思观会揭示出，这种"威严的"体制，"以及它的折中，它对事实的热爱，它对理论的厌恶，它对清晰思想的故意回避"，都是一架"制造庸人的庞大机器"(SP,147)。同样，英国的离婚法庭也许具有"实际的用处"，但在一种理想的沉思眼光看来显得"很丑恶"。阿诺德提出，如果没有这样一种非功利的观点，那么，"真理和最高雅的文化"就没有可能。他特别关心政治或宗教对批评的侵扰，因为政治和宗教尤其有可能把批评引入歧途(SP,154)。

　　最后，阿诺德警告说，如果批评家真的投身于扩大真正理念的贮藏的话，那么，他就会超越偏狭僵化,认识到大多数"最好的认识和思想"将来自英国之外。事实上,每个批评家都应该在自己的文学之外努力精通至少一种语言的文学。批评必须把"欧洲看成一个伟大的联邦,为了知识和精神的目的应当共同行动,为一种共同的成果而努力;它的成员为了自身特有的机制,要了解希腊、罗马、古代东方,也要了解对方"(SP, 156)。这种说法,按其暗示的传统的观点来看,重复了博克的观点,并且预见到了 T. S. 艾略特的观点。

在《文化与无政府状态》里,阿诺德重新界定了"文化",并且肯定了在致力于机械论和利润的现代工业社会里对文化的需要。他把文化叫作**对完美的研究**。它的推动力不仅是或者主要不是对于纯粹认识的科学激情,也有对于做善事的道德和社会激情"(SP, 205)。因而,文化具有一种知识的和伦理的组成部分,而且正如阿诺德认为的,真正批评的时机已经成熟,所以,他看到了对"成为服务性的文化"开放的历史机遇,"那种文化相信要使理性和上帝的意志获得成功",这些词语是阿诺德从托马斯·威尔逊主教(Bishop Thomas Wilson)那里借来的(SP, 206)。按照阿诺德的看法,文化的目的与宗教的目的是同一的,阿诺德称宗教是"人类借以证明自己对完美本身之冲动的各种努力中最伟大和最重要的——宗教,它表达了最为深刻的人类体验"。文化与宗教还共同具有对内在性的培养:宗教宣扬"上帝的王国在你内心之中",文化则"把人类的完美置于一种**内在的**条件之中,置于我们人性固有的成长和优势之中,因为人性有别于我们的动物性"(SP, 208)。文化扩展了我们的思想和情感天赋,并且培育了智慧和美的成长。阿诺德在一段著名的文字里提出:"不是拥有和静止,而是成长和形成,才是文化所设想的完美的特性;也是在这方面,它与宗教相一致。"(SP, 208)文化与宗教共有的最终特点在于,它们都要求个体要成为走向完美的普遍运动的一部分:"完美,正如文化所设想的,在个体处于孤立状态时是不可能的。"但是,按照阿诺德的看法,文化超过了宗教,因为它通过"对人类本质的非功利的研究",培育了"创造美并使人类本质有价值的一切力量的和谐发展"。当然,这暗示了,宗教要求以牺牲其他能力为代价来发展某些能力,例如,强调道德超过强调审美,而文化促使它们和谐发展。因为文化对阿诺德来说表现了心灵的一种内在状况,而不是外在环境,他认为,文化的作用在我们的现代文明中尤其重要,那种文明是"机械的和外在的",并且是强烈的个人主义的、专门化的和顽固的(SP, 209)。

现代文明"不断冲击的危险"在于"相信机器",我们由此把伟大和成功等同于煤炭或钢铁的工业产量,等同于财富的积累,把它们本身看成目的(SP, 209)。文化的作用是要清除我们心灵中的这些物质和狭隘占有欲的影响,要阻止"在一个富有的和工业的社会中人们思想的共同潮流"(SP, 211)。阿诺德告诫说,如果没有这种清除,未来和现在"会不可避免地属于庸人",他们致力于追求财富。在把美与才智结合起来方面,文化实现了"甜蜜与轻松"的和谐,这些词语是从乔纳森·斯威夫特的《书籍之战》(1704年)中借来的。有趣的是,倘若文化培育了这一双重理想,阿诺德却认为,文化具有与诗歌相同的精神,它们的主导理念与"美和人类本质在一切方面的完美"有关。阿诺德提出,这种理念注定要"改变和支配"宗教的主导理念,即"人类本质在道德方面的完美"(SP, 213)。阿诺德在这里转向了他的晚期看法,即诗歌将取代宗教的作用。

因而,批评与文化的任务是要把资产阶级实用主义的生活观置于一种更加广阔的历史与国际语境之中。但是,"非功利性"的概念意味着一种有点非时间性的和普遍的观点的可能性。阿诺德试图通过把资产阶级世界观悖论性地置于一种非时间性的语境之中来使之历史化,这种努力与 T. S. 艾略特晚期的"传统"概念有某种共同之处,后者也排除了历史。倘若可以这么说的话,阿诺德的"传统"把批评的目的看成明显属于政治的,是一种手段,它可以把我们提升到超越由狭隘的功利原则、物质进步、受实际紧急要求驱使的所有理论命令支配着的当下。

在做这种努力时,阿诺德批评了根据资产阶级的利益来界定的现实定义。资产阶级思想集中关注人类主体"外在的"、实际的、机械的和商业的能力。这或许是阿诺德的大多数著作迷恋人类"内在"能力的原因所在:他把"完美"和"文化"界定为"心灵和精神的一种**内在状况**",不仅把现代世界描述为"机械的",而且描述为"外在的"(SP, 209)。因此,阿诺德的批评、文化与诗歌这些关键概念,全都成了"内在性"的方式,旨在抵制资产阶级世界的"外在性"。

在阿诺德的《诗歌研究》("The Study of Poetry",1880 年)中,我们发现了更加强烈地坚持严肃性的概念。詹姆斯曾经提出过严肃地把小说当作一种艺术形式的要求,而阿诺德在提出自己对诗歌和文学的要求时甚至更加夸张。阿诺德的文本属于文学人本主义最有影响力的文本之一;它坚持文学的社会与文化作用,坚持文学有能力进行教化和培养道德,坚持文学要提供防范现代文明之过度机械论的壁垒。按照阿诺德的看法,宗教的地位已经日益受到科学的威胁,受到"事实"的意识形态的威胁。他认为哲学毫无能力,因为它被绝望地包围在无法解决的质疑和难题之中。他声称,我们必须转而求助的,就是诗歌,不仅要寻求精神和情感上的支持与安慰,而且要为我们解释生活。他把诗歌界定为一种生活批评。诗歌的最大作用实际上是要取代宗教和哲学(SP, 340)。

阿诺德认为,如果诗歌要充分地为这个高尚的职责服务,那么,我们就必须更加确定我们区分好诗与坏诗的能力。他的文章也包含了对经典与传统的看法,这些看法将得到 T. S. 艾略特和 F. R. 利维斯等作者的进一步发展。阿诺德提出,首先,我们需要确定,我们对诗歌的评价是"真实的",而不是历史的或个人的(SP, 341)。很多批评家和学者都落入了对作家进行历史评价而非批判性评价的陷阱之中。这也许是因为一位作家对语言发展或某种文学传统来说很重要,而不是因为他写作了经典作品。阿诺德提出的这方面的经典例证是乔叟。我们再次需要超越自己个人的爱好与偏见,以便不是简单地对我们偶然与之有密切关系的作家做出高度的评价(SP, 342)。

我们怎样才能做出这种对于构成经典之作的真正评价?阿诺德的答案是要提供一种使用试金石的"理论"或实践。我们永远都不可能抽象地表明什么构成了伟大的诗歌,但当我们体验到和感受到诗歌的力量之时,我们却知道我们处于伟大诗歌的现场。阿诺德援引了一些"伟大"诗人用各种语言写成的诗句,以说明自己的论点。他对伟大文学的界定是以实例来证实:它就是简单地表明和说出来,**这**就是伟大的文学。而我们怎么知道它就是伟大的文学呢?阿诺德的界定部分是道德的,部分是文化的:我们知道我们何时处在伟大作品的现场,因为它展现了真理和严肃性(SP, 348 - 349)。在这里有趣的是,阿诺德缺乏对形式特质的关注。他暗示说,如果内容足够真实和严肃,那么,它就会自动地以一种恰当的形式来表现。他也缺乏的是关注历史语境的任何感觉。阿诺德实际上没有承认他所引证的法国批评家的主张,即认为某些被承认为圣典的作品是经典,这个过程进一步把探究作品的起源、影响、当下环境和可能的动机排除在外。他对某些无法言说的、不知怎么懂得如何判断的文学感悟的信赖,可以被认为是蒙昧主义的一种形式,因为诉诸体验,诉诸在反抗阐述的感悟的基础之上做出判断。

注释

[1] Arthur Schopenhauer, *Philosophical Writings*, ed. Wolfgang Schirmacher (New York: Continuum, 1994), pp. 20-22, 69, 86. 下文引用写作 *PW*。

[2] Arthur Schopenhauer, *The World as Will and Representation*, 2 vols., trans. E. F. J. Payne (New York: Dover, 1958), Vol. Ⅱ, p. 400. 下文引用写作 *WW*Ⅰ和*WW*Ⅱ。

[3] Friedrich Nietzsche, *Thus Spoke Zarathustra*, trans. R. J. Hollingdale (Harmondsworth: Penguin, 1978), p. 109. 下文引用写作 *TSZ*。

[4] Friedrich Nietzsche, *The Will to Power*, trans. W. Kaufmann and R. J. Hollingdale (London: Weidenfeld and Nicolson, 1968), pp. 306-307. 下文引用写作 *WP*。

[5] Friedrich Nietzsche, *The Birth of Tragedy and The Genealogy of Morals*, trans. Francis Golffing (New York: Doubleday, 1956), p. 34. 下文引用写作 *BT*。

[6] "On Truth and Lying in a Non-Moral Sense," in Friedrich Nietzsche, *The Birth of Tragedy and Other Writings*, trans. Ronald Speirs (Cambridge: Cambridge University Press, 1999), p. 141. 下文引用写作 "TL"。

[7] Henri Bergson, *The Creative Mind: An Introduction to Metaphysics* (New York: Philosophical Library, 1946), p. 30. 下文引用写作 *CM*。

[8] *The Collected Writings of T. E. Hulme*, ed. Karen Csengeri (Oxford: Oxford University Press, 1994), pp. 100, 101, 201.

[9] Henri Bergson, *Le Rire: Essai sur la Signification du Comique* (Paris: Alcan, 1900). 下文均参考较易获得的译本:*An Essay on Comedy: George Meredith*; *Laughter: Henri Bergson*, introd. W. Sypher (New York: Doubleday, 1956). 下文引用写作 *Laughter*。

[10] 例如,可参见 Enid Starkie, "Bergson and Literature," in *The Bergsonian Heritage*, ed. T. Hanna (New York and London: Columbia University Press, 1962), pp. 78-79, 84-85, 88, 95.

[11] Walter Benjamin, *Illuminations*, trans. H. Zohn (1955; rpt. Glasgow: Fontana/Collins, 1977), p. 159.

[12] Ibid., p. 187.

[13] Matthew Arnold, *Selected Prose* (Harmondsworth: Penguin, 1970), pp. 177, 179. 下文引用写作 *SP*。

第二十一章　马克思主义

马克思主义思想的传统被证明了是对资本主义制度和道德规范曾经进行过的最强有力的批判。它的创始人卡尔·海因里希·马克思(1818—1883年)是德国的政治、经济和哲学理论家与革命家。马克思的思想对现代世界历史的影响是巨大的。直到1991年苏联和东欧的共产主义体制崩溃之前，全世界三分之一的人口都生活在声称从马克思的思想沿袭下来的政治统治之下。他对思想界的影响同样是广泛的，包含了社会学、哲学、经济学和文化理论。马克思主义也创造了文学批评和文化批评的丰富传统。现代批评的众多分支——包括历史主义、女性主义、解构、后殖民批评(postcolonial criticism)和文化批评——都要归功于马克思主义的洞见，马克思主义则源于黑格尔的哲学。使马克思主义引人注目的是，它不仅仅是一种政治、经济和社会理论，也是所有这些领域中的一种实践形式。

人们可以从哲学、经济和政治层面接近马克思的思想。作为一位哲学家，马克思的发展具有其早期生活的根源。马克思出生于一个犹太人家庭，他父亲接受了启蒙运动的理性主义原则，马克思则受到过伏尔泰、莱辛和拉辛的影响。他先后在波恩大学和柏林大学学习法律。但是，他的大部分时间都花在了文学写作上，他还一度倾心于在那时很时髦的浪漫主义。虽然这些影响从来就没有完全衰退过，但它们被马克思创造性地接触G. W. F. 黑格尔的著作所取代了，黑格尔的辩证法塑造了马克思早期思想的形式，并且有争议地塑造了他晚期思想的形式。同样至关重要的是，马克思与弗里德里希·恩格斯(1820—1895年)的相遇，恩格斯的重要性在于他与马克思合作，在历史唯物主义概念的基础之上提出了对资本主义社会的批判。恩格斯试图为社会主义阐明一种"科学的"基础，探索辩证法与自然科学之间的联系，分析工人阶级的状况以及家庭和国家的发展。在《英国工人阶级状况》(*The Conditions of the Working Class in England*, 1845年)中，恩格斯认为，英国无产阶级退化的状况是由对他们的工业剥削造成的，这种状况最终将把无产阶级塑造成一种革命的政治力量。主要是由于恩格斯，才造成了马克思主义思想最初的传播、澄清和普及。

马克思思想的基本原理

(1) 对资本主义社会的批判

马克思试图系统地追寻他所认为的资本主义剥削和堕落制度背后的结构原因,并且要提供经济和政治领域中的解决办法。如同所有的社会学家一样,马克思反对资本主义的主要理由在于,一个特殊的阶级拥有经济生产的资料:"资产阶级……使生产资料集中起来,使财产聚集在少数人的手里。"与此有关的是对工人阶级的压迫和剥削:"资产阶级即资本愈发展,无产阶级即现代工人阶级也在同一程度上跟着发展;现代的工人阶级只有当他们找到工作的时候才能生存,而且只有当他们的劳动增殖资本的时候才能找到工作。这些不得不把自己零星出卖的工人,像其他任何货物一样,也是一种商品。"马克思的第三个反对理由是,资产阶级事业的帝国主义性质,即为了使自身永远存在下去,资本主义必须将其触须伸展到全世界:"资产阶级除非使生产工具不断地革命化,否则就不能生存下去……不断扩大产品销路的需要……驱使资产阶级奔走于全球各地。"马克思在以下几个段落里告诉我们,资产阶级必然会在每个国家中为生产和消费赋予一种世界性的特征;从最遥远的地区获得原材料;对新产品的需求永远在增加;资产阶级"迫使一切民族——如果它们不想灭亡的话——采用资产阶级的生产方式"。简言之,资产阶级"按照自己的面貌为自己创造出一个世界"。最后,资本主义把人的一切关系都变成一种"金钱"关系、自私自利和自我主义的算计。[1]①

(2) 对黑格尔式的辩证法的改造

辩证法的特征经常被刻画为一种正题、反题与合题的三段式。可以更加准确地说,在黑格尔手里,辩证法具有逻辑的和历史的维度。在逻辑方面,它是关于处在日益复杂与广泛阶段的一个系列中的一切对象或情境的思维方式。每个阶段都取代了前一个阶段,却保留了前一个阶段实质性的东西。在第一个阶段,一个对象被理解为一种简单的命题,与一个关于世界的特定事实一样简单。第二个阶段采取了一种扩大了的观点,它认为对象"被客观化了",不具有独立的同一性,却由它与其他对象的关系构成。第三个阶段,从一种依然更加广泛的观点来看,把对象看成一种"经过调节的"统一体,其真正的同一性这时被感知为普遍与特殊、实质与外表之间的一种统一原则。这样,例如,"植物"可以被认为是它自身发展阶段的统一原则,即发芽、开花和结果。从前的哲学家曾经按照自己特殊的偏见,提出过对世界的片面说明。笛卡儿强调过理性;洛克和休谟强调经验;霍布斯强调物质。黑格尔认为,用历史的观点来看,所有这些不同的体系都是哲学的一种连续的体系,它始终都要通过各种新观点向前发展,同时又保留了从前理解世界的方式中的重要东西。

---

① 中译文参见《马克思恩格斯选集》第1卷,人民出版社1972年版,第255、257、254、255页。

黑格尔还认为,辩证法的运动要通过历史。他认为,从东方世界经过希腊和罗马到现代德国社会,社会的发展经历过辩证法的几个连续阶段:一个社会的根本原则最终要让位于一个以不同原则为基础的新社会,但它合并了先前原则中一切有价值的东西。在政治层面上,社会的法律变得越来越合理,而个人相关的合理成长能使他看出自己的自由意志在法律中的体现。黑格尔因而把历史叫作一种走向自由的运动,它也是绝对精神走向自我实现的一种运动。也许,辩证法思想最重要的特征是,它坚持把我们考察的一切置于一种历史语境之中,把它看成某些历史关系和趋势的产物。

对马克思来说,辩证法的重要性来自他的这一意识:黑格尔所说的"自由",是资产阶级打倒封建主义和专制主义的经济与政治大厦的自由,后者的社会等级制要依靠非理性的神学和迷信——现在可以按照合理的、自由市场经济的原则来组织,而人类主体在普遍的法律中看到了他的个人利益被铭刻在其中。因此,辩证法提供了一种强有力的政治工具,这种工具可以否定事情的一种特定状况。它也为马克思提供了一种历史模式,这种模式不仅受到政治和意识形态冲突的驱使,而且早期的阶段也要"被否定",在它们被后来的阶段否定之时既保留,又超越。马克思一度与"青年黑格尔派"有联系,他们在政治分析中试图利用辩证法的否定力量。但是,马克思对法国社会主义者蒲鲁东等人的理解,对当下政治问题的关注,他受到的路德维希·费尔巴哈的唯物主义的影响,以及他与对《资本论》进行分析的弗里德里希·恩格斯的相遇,都促使他坚持认为,历史辩证法是由物质力量推动的。

在《经济学-哲学手稿》(1844年)中,马克思称赞了恩格斯的辩证法,因为它抓住了劳动的重要性,人通过劳动创造自己,但他认为,辩证法在黑格尔手里成了抽象的,因为它是一个"神的过程",先否定了宗教,接着又恢复了它。马克思提出,黑格尔的观点是"现代政治经济学的观点",他这么说的意思是指资产阶级经济学家斯密、萨伊和李嘉图。在宗教和经济领域,马克思提出了两种人本主义:"正像无神论(atheism)作为神的扬弃就是理论的人本主义的生成,而作为私有财产的扬弃就是……实践的人本主义的生成。"因此,对马克思来说,辩证法的三个阶段是实践的,不是某种可以在理论上决定的东西。[2]① 马克思惊人地把宗教和私有财产等同于异化的表现,在其早期的一篇论述黑格尔的文章中曾经有所暗示。在文章里,马克思认为宗教具有一种意识形态上的辩护作用,它由此把现实的痛苦作为一种更大的、正当的、安慰的、幸运的模式的一部分:"宗教是被压迫生灵的叹息,是无情世界的感情……宗教是人民的鸦片。"[3]②

(3) 历史唯物主义的概念

历史的辩证运动

在《德意志意识形态》(1846年)中,马克思把他对黑格尔的辩证法的批判发展成了他所称的历史唯物主义的概念。黑格尔的辩证法为马克思提供了一种他当然很适应的历史模式。像

---

① 中译文参见马克思《1844年经济学-哲学手稿》,刘丕坤译,人民出版社1979年版,第127页。
② 中译文参见《马克思恩格斯全集》第1卷,人民出版社1956年版,第453页。

黑格尔一样,马克思认为,世界、人类和历史是人类劳动的产物。但是,黑格尔认为历史的辩证运动是受一种绝对精神或上帝驱使的,而马克思坚持认为,历史的辩证法受到物质力量的推动,受到经济生产力量和关系中的巨变的推动。尤其是,他认为,历史受到阶级斗争的推动。正如他在《共产党宣言》(1848年)中宣称的:"到目前为止的一切社会的历史都是阶级斗争的历史。"(MCP,40)①马克思间接提到了从古代社会到他那个时代阶级冲突的历史:奴隶与自由民、贵族与平民、领主与农奴之间的冲突。现代的主要阶级冲突是资产阶级与无产阶级或产业工人阶级之间的冲突。正如资本主义生产方式取代了封建生产方式一样,资本主义生产方式将让位于社会主义。正是资产阶级本身,创造了毁灭它自身的武器:无产阶级。一方面,无产阶级将联合起来反对资产阶级;另一方面,日益破坏性的经济危机是资本主义的运转所固有的。

最后,马克思反对从前的各种哲学体系,因为它们都是唯心主义的;他坚持认为,历史上的辩证法涉及理论与实践的必然结合,特定的经济和政治制度不可能由纯粹的思想来废除,而要靠革命来废除。他在这个方面最著名的说法是:"哲学家们只是以各种方式来**解释**世界;然而关键在于**改变**世界。"(MCP,95)正如将在下文看到的,马克思认为,当大批民众的生存状况严重恶化之时,资产阶级统治和资本主义剥削的制度将要终结。

经济基础与上层建筑

历史唯物主义概念的重要前提在于,人首要的历史活动是生产满足自己物质需要的资料。通过劳动和再生产所创造的生活,既是自然的,也是社会的:特定的生产方式与社会协作的特定阶段是结合在一起的。马克思认为,只有经过这些历史活动,我们才能谈到人们所拥有的"意识",它本身就是一种"社会产物"。因此,意识形态、政治、法律、道德、宗教和艺术领域都不是独立的,而是人们物质活动的一种产物:"不是意识决定生活,而是生活决定意识。"(GI,47-51)②

(4) 劳动分工

上层建筑与经济基础的这种模式,为马克思提供了根据劳动分工的历史来分析国家、阶级和意识形态的形式。马克思追溯了这种历史的各个阶段,断言它们在实际上是所有制的不同形式。概括地说,马克思认为,劳动分工是生产力发展程度的标志。它导致了工业和商业劳动与农业劳动的分离,从而造成了城乡利益之间的冲突。它进一步导致了个人利益与共同利益之间的分离(GI,43-46)。此外,首先在性行为中显现出来的劳动分工,最终以其真实的形式显现为物质劳动与精神劳动的分工;这正是"纯粹的"理论成为可能的关键。

马克思提出了劳动的社会分工的三个至关重要的结果:第一,劳动及其产品的不平等的分配,以及由此而来的私有财产。第二个结果是国家。劳动分工意味着个人利益或家庭利益与共同利益之间的矛盾,共同利益采取了国家的独立形式,是一种脱离了个人的和共同的实际利

---

① 中译文参见《马克思恩格斯选集》第1卷,人民出版社1972年版,第250页。
② 中译文参见《马克思恩格斯全集》第3卷,人民出版社1960年版,第30页。

益的"虚幻的共同体"。它尤其是以阶级为基础,其中一个阶级统治着其他一切阶级。马克思认为,由此可见,国家内部的一切斗争都是阶级之间斗争的伪装形式。劳动分工的第三个结果是马克思所称的社会活动的"异化"。劳动分工不仅为每个人强加了一个特殊的活动范围,在其中,他"本身的活动对人来说就成为一种异己的、与他对立的力量",而且强加了一种社会力量或"扩大了的生产力",它要受到在个人看来的劳动分工的制约,因为他们彼此的协作是被迫的,是"某种异己的、在他们之外的权力",它的发展独立于他们的意志。马克思问道:"否则,贸易……怎么能够通过供求关系而统治全世界呢?"(GI, 54-55)①

(5) 马克思的意识形态概念

马克思评述说,每个力图取得统治的阶级,为了把自己的利益说成普遍的利益,就必须夺取政权(GI, 52-53)。这是马克思的意识形态概念的雏形。他提出,一个阶级是社会上占统治地位的物质力量,同时也是社会上占统治地位的精神力量。支配着物质生产资料的阶级,也能够在法律、道德、宗教和艺术领域里把它自己的思想当作具有普遍真理来传播。因而,贵族统治时期占主导的忠诚信义等理念,在资产阶级统治时期要被自由平等等理念所取代,其基础是阶级的经济需要(GI, 64-65)。马克思的意识形态概念就是这样:统治阶级把它自己的利益说成全体人民的利益。如马克思所说,现代国家"不过是管理整个资产阶级的共同事务的委员会罢了"(MCP, 45-47)。②

(6) 马克思的经济观

这里只能粗略地谈论马克思的经济观,它们大多是在《大纲》(Grundrisse)中提出来的,《大纲》在马克思生前没有出版,但在《资本论》(Capital)第一卷(1867 年)里进行过表达。这些观点在某种意义上源于对黑格尔的辩证法的颠倒,马克思以这一著名说法对此做了表达:在黑格尔那里,辩证法"是倒立着的。必须把它倒过来,以便发现神秘外壳中的合理内核"。[4]③ 隐含在这种颠倒中的是,坚持劳动是经济生活的基础。资产阶级经济学家斯密和李嘉图都提出过劳动价值理论,对象的价值在其中是以它所体现的劳动量来衡量的。马克思发展了他们对使用价值与交换价值的区分,提出了自己关于剩余价值的概念,按照这种概念,包含在生产中的劳动力没有全部被支付报酬:工人也许会得到四个小时的劳动所产生的产品价值的报酬,而他实际上要工作八个小时。

马克思认为,这种形式的经济剥削构成了资本主义最终毁灭的基础:《资本论》第一卷描述了资本家一方对于剩余劳动的"贪婪",他们通过技术和通过帝国扩张控制资源,试图强化劳动和利润,并且日益把资本集中到越来越少的所有者手中。他在一段富有启示性的文字里提出:"随着……资本巨头不断减少,贫困、压迫、奴役、退化和剥削的程度不断加深,而日益壮大的、

---

① 中译文参见《马克思恩格斯全集》第 3 卷,人民出版社 1960 年版,第 36—40 页。
② 中译文参见《马克思恩格斯选集》第 1 卷,人民出版社 1972 年版,第 253 页。
③ 中译文参见马克思《资本论》第 1 卷,人民出版社 1975 年版,第 24 页。

由资本主义生产过程本身的机构所训练、联合和组织起来的工人阶级的反抗也不断增长……资本主义私有制的丧钟就要响了。剥夺者就要被剥夺了。"值得注意的是,马克思认为,这是从封建主义经过资本主义走向共产主义的辩证过程的一部分,其实质性特征是土地和生产资料的共同所有制:"资本主义生产由于自然过程的必然性,造成了对自身的否定。这是否定的否定。"(*Capital*, 715)①因此,资本主义世界代表了辩证法的第二个阶段,即对封建主义的否定。共产主义是"否定的否定",私有制与社会化生产之间的矛盾因而要由建立社会化的所有制来解决。同样,自我内部的矛盾,自我迄今为止与自身劳动的异化,以及个人利益与共同利益之间的矛盾,都被消除了。

在《政治经济学批判大纲》的序言里,马克思在表达这种经济辩证法时说,当"社会的物质生产力"发展到与"现存生产关系"发生矛盾时,就会产生历史巨变。[5]在《德意志意识形态》中,马克思提出,支配着辩证法的第二个阶段,即资产阶级统治阶段的异化,可以通过革命来消灭,但要具备两个实际前提:它必须把大多数人变成完全没有财产的人,同时又要产生出与现存的有钱和有教养的世界的对立(GI, 56)。但是,他也强调了这种冲突的普遍性或世界历史性:这样的革命不仅要以高度发展的生产力为前提,而且个人受到一种对他们来说异己的力量的束缚:世界市场。马克思承认,阶级之间的斗争可能从一些特定的民族中开始,但肯定不可避免地会作为一种国际性的斗争来进行,因为资产阶级的生产方式控制着市场的不断扩大,并且迫使一切民族,"如果它们不想灭亡的话",采用资产阶级的生产方式(MCP, 47)。

在马克思去世后的1883年,恩格斯撰写了《家庭、私有制和国家的起源》(*The Origin of the Family, Private Property and the State*),这个文本被广泛认为是关于女性主义理论的马克思主义的关键文献,因为它本身在马克思和恩格斯的著作中提供了解释父权制起源的一种全面努力。恩格斯利用路易斯·H.摩尔根(Lewis H. Morgan)的《古代社会》(*Ancient Society*, 1877年)一书,通过日益复杂的经济和社会结构来追溯父权制的出现,从各种原始公社制度,直到以私有制为基础的阶级社会。恩格斯仿照摩尔根的规划,提出了婚姻的三种主要形式:"群婚制是与蒙昧时代相适应的,对偶婚制是与野蛮时代相适应的,以通奸和卖淫为补充的一夫一妻制是与文明时代相适应的。"[6]②在部落那里,血缘和遗传要通过女性血统。但随着财富的增加,男子在家庭中获得了比女子更为重要的地位,而恩格斯认为,这种"母权制"最终被推翻是史前的一场最激进的革命:"母权制的被推翻,乃是**女性的具有世界历史意义的失败**。"(OF, 87)③恩格斯认为,随着私有制战胜了公有制,父权制和一夫一妻制因此就获得了支配地位,婚姻日益依赖于经济上的考虑。由于资产阶级社会中女子在经济上对男子的依赖,在现代家庭中,丈夫"是资产者,妻子则相当于无产阶级"(OF, 105)。④ 恩格斯提出,妇女解放的第一个先决条件,就是一切女性重新回到公共劳动中去,当生产资料变成公有制时,个体家庭就不再成为社会的经济单位。因此,一夫一妻制的迄今存在的经济基础将要消失,连同保护它

---

① 中译文参见马克思《资本论》第1卷,人民出版社1975年版,第831—832页。
② 中译文参见《马克思恩格斯选集》第4卷,人民出版社1972年版,第70—71页。
③ 中译文参见同上,第52页。
④ 中译文参见同上,第70页。

们的国家制度也要一道消失。

总　　结

历史唯物主义的概念具有以下一些特征:(1)它是物质生产的活动和条件,不只是观念,它们决定了社会结构和个人的本质;法律、艺术、宗教和道德都是这些物质关系的一种表现。(2)劳动分工的发展造成了私有财产的集中化,个人利益与共同利益之间的冲突(后者采取了国家这种独立力量的形式),以及社会行为的异化。(3)国家内部的一切斗争都是阶级之间实际斗争的委婉说法;正是这种斗争,导致了社会变迁。(4)一旦在技术上得到帮助的资本主义的积累、集中化和世界扩张导致了一个贫富尖锐对立的世界,而工人阶级意识到了自己的历史任务,那么,资本主义本身就将让位于共产主义,共产主义将废除私有制,把自身的基础置于人类的需要之上,而不是少数人对增加利润的贪婪之上。(5)剥削妇女是资本主义经济固有的特点,它也将随着私有制和作为一个经济单位的家庭一道被废除。

马克思主义死了吗?我们最终可以使之从历史上和政治上退出吗?在提出这些问题时,我们必须认识到,马克思的经典著作与马克思主义之间的联系始终都是辩证的:马克思主义始终都要修正、扩展,使马克思的经典著作适应变化着的境况,而不是把它当作固定的和已完成的。马克思主义不是以某种方式完成了的和静止的体系,而要根据变化着的历史环境不断地进行修正。我们或许也应当记住,被称为"共产主义"的大部分东西,都只是与马克思、恩格斯或他们的追随者的学说具有微弱的联系。

人们应当想到,马克思对资本主义的批判是辩证的。他认为,资本主义社会是从愚昧和迷信的封建主义时代以来的一种空前的历史进步。资产阶级对理性、实用性的注重,它在技术上控制世界的事业,它关于合理的法律与正义、个人自由与民主制的理想,全部都被马克思称赞为历史的进步。他的观点不是认为共产主义会以某种方式完全取代资本主义,而是认为它将从资本主义中产生出来,并且保留它对自由和民主的理想。实质性的差异在于,共产主义社会将**实现**那些理想。例如,马克思敏锐地指出,资本主义社会里的"个人"实际上是财产的资产阶级拥有者;个人自由只不过是经济上的自由,即买卖的自由。宪法和法律的分量完全有利于大企业的利用与资产所有者。马克思指出,在并不拥有私有制的资本主义社会的十分之九的人口中,私有制早已被废除了。这批被转化为商品的劳动力大军,像其他任何商品一样,都要受到市场兴衰的影响。

按照马克思的看法,资本主义主要的原罪之一在于,它把人类的一切关系都变成了商业关系。就连家庭也无法逃脱这样的商品化(commodification):马克思提出,对资产阶级的男子来说,妻子被变成了一种单纯的生产工具。此外,马克思认为,一旦工厂主对劳动者的剥削告一段落,那么,资产阶级中的另一部分人就会向他扑来:房东,店主,当铺老板。在资产阶级社会里,"资本具有独立性和个性,活动着的个人却没有独立性和个性"(MCP,51,53,65-70)。①共产主义社会的目标是要获得真正的自由、真正的个性和人性、真正的民主。

---

① 中译文参见《马克思恩格斯选集》第1卷,人民出版社1972年版,第266页。

马克思主义对资本主义的趋势及其危机的内在批判,尤其有条理和深刻。在挑战法律要求成为永恒的、资产阶级要求代表整个民族的利益、个性和自由要求成为普遍性的方面,马克思主义的影响都是根本性的。在分析对妇女的压迫方面——它在结构上对资本主义来说是一个必要的经济因素——马克思主义也很重要。马克思主义关于语言是一种具有物质维度的社会实践活动的洞见,它关于真理是一种以多数人的某些意见为基础的解释的看法,它认为世界是通过人类的身体、智力和意识形态劳动创造出来的观点,它对一切思维的辩证性质的承认,它对于对一切现象的分析都必须灌注历史语境的坚持,都早已在这些观点进入现代文学理论之前就被阐明了。

马克思主义文学批评:概览

马克思和恩格斯没有提出过任何系统的文学理论或艺术理论。同样,后来的马克思主义美学史也几乎没有包含对一种一致观点展开连续的论述。确切地说,它大致显现为对具体政治事件的一系列回应。虽然这些回应有时在各种理论层面上是相互冲突的,但它们通过政治动机与持续修正马克思和恩格斯本人在文学艺术倾向上的核心,从而在总体上交叠在一起,取得了一种动态的和易于扩展的一致性(而不是一种封闭的、已完成之体系的静态的一致性)。这些倾向包括:

(1) 仿效黑格尔,拒绝"同一性"的概念,拒绝由此而来的否定这一观点,即包括文学在内的一切对象都能以某种方式独立地存在。这在美学上的必然结果是,只能按照文学与意识形态、阶级和经济基础的全部**关系**来理解文学。

(2) 认为所谓"客观的"世界实际上是一种出自人类集体的主观性的进步建构的观点。因而,被当作"真理"认可的东西并非永恒的,而是从制度上创建的。例如,"私有制"是资产阶级对一个抽象范畴的具体化;它并不必然具有永恒的有效性。正如马克思在《德意志意识形态》第一卷里所说,语言本身一定不能被理解为一种自足的系统,而是一种社会实践活动(GI, 51, 118)。

(3) 把艺术本身理解为一种商品,与其他商品一样具有进入产品的物质方面的权力。正如马克思所说,如果说人类通过劳动创造了他们自己,那么,艺术创造在总体上就可以被看成生产的一个分支。

(4) 把焦点集中在作为历史内在动力的阶级斗争与作为这种斗争在意识形态方面折射之场所的文学之间的联系上。这一点有时与文学在意识形态上要从属于政治革命的目的与结果的规定结合在一起。

(5) 坚持认为语言不是各种关系的一种自我封闭的体系,而必须被理解为社会实践活动,理解为与其他一切实践活动一样深深地植根于物质条件之中(GI, 51)。

还可以为这些倾向增加一些内容,例如,恩格斯对"典型性"(typicality)的评论,它劝告说,艺术应当表现对一个阶级或意识形态环境中的一种特定潮流来说典型的东西。也许还可以增加由恩格斯把一种"相对的自主性"授予艺术所产生的问题,他评论说,艺术可以超越其意识形态的根源,上层建筑的要素在"最终情况"下只能由经济关系来决定:那么,艺术与物质基础之间的联系到底是什么,物质基础的哪些建构性关系延伸到了其联系之中?倘若马克思和恩格斯分散的艺术评论具有非决定性的、有时是含糊的性质,那么,就这种两难处境所提出的解决办法,也与它们播撒在其中的政治土壤一样是多种多样的。

在马克思于1883年去世之后,恩格斯彰显其同事之美学观的努力,不及他澄清马克思著作的其他方面那么勤勉。随着欧洲经历了各种社会主义政党的广泛产生,加上马克思主义在社会学、人类学、历史和政治学方面的影响,第一代马克思主义知识分子包括了意大利人安东尼奥·拉布里奥拉(Antonio Labriola,1843—1904年),他率先尝试把马克思的思想有效地综合起来,并且普及了马克思主义的前提。他的著作被翻译成了欧洲所有重要的语言,产生了巨大的影响,给格奥尔基·普列汉诺夫留下了特别深刻的印象。普列汉诺夫把拉布里奥拉的著作介绍到俄国,拉布里奥拉也对列宁(Lenin)和托洛茨基(Trotsky)产生了影响。在其《历史唯物主义论丛》(Essays on the Materialistic Conception of History,1895—1896年)中,拉布里奥拉重新肯定了马克思的前提,即(物质)存在决定意识,而不是相反,但他要尽力强调,虽然法律和政治制度是"经济状况……在艺术或宗教作品中真实的和正确的投射,但从那些状况到产品之间的中介是非常复杂的"。因此,虽然艺术和观念可能不具有任何独立的历史,但它们本身在这种意义上是历史的一部分,即它们也是后来的经济与上层建筑发展中一种构成原因的力量。

早期马克思主义理论苍穹中的另一个明星是出生于普鲁士的弗朗茨·梅林(Franz Mehring,1846—1919年)。梅林一度追随过费迪南·拉萨尔(Ferdinand Lassalle),后来成了一位杰出的马克思主义历史学家和美学家,他与罗莎·卢森堡(Rosa Luxemburg)以及其他人一道于1918年创建了德国共产党。他的著作包括第一部权威性的马克思传记《卡尔·马克思:生平故事》(Karl Marx: The Story of His Life,1918年),以及《莱辛传奇》(The Lessing-Legend,1892—1893年),这些著作运用马克思主义的各种范畴来分析德国文学的重要人物,并且把它们带到了工人阶级读者的范围之中。梅林努力把马克思主义美学和马克思主义思想从总体上置于同在其之前的德国古典哲学和美学的必然联系之中。这引起了来自保罗·赖曼(Paul Reimann)和F. P. 希勒(F. P. Schiller)等人的责难,后来有来自格奥尔格·卢卡奇的责难,卢卡奇认为梅林是一个反动理论家。在梅林身上有很多东西可以证明这样一种反应。他所面临的主要质疑之一是:倘若趣味具有主观性,客观的审美判断怎么可能?梅林认为,一种"科学的美学"必须像康德所做的那样,要证明艺术是"人类特有的和原始的一种能力"。然而,卢卡奇有些忽视了梅林对康德缺点的说明:例如,康德无法承认其美学法则从历史上说是有条件的,一种脱离了逻辑和道德考虑的"纯粹的"审美判断是不可能的。此外,梅林对特定文学文本的分析证实了他的观点,即像一切意识形态一样,文学批评最终必须由经济基础来决定。

德国的马克思主义理论在卡尔·考茨基(Karl Kautsky,1854—1938年)那里得到了进一步的倡导,他的显赫持续到了1915年左右。他是社会民主党的宣传家,在1883年创办了一份声望很高的马克思主义刊物《新时代》(Die Neue Zeit),它为阐明马克思的经济思想和政治思想提供了一个论坛。他的著作包括《卡尔·马克思的经济学说》(*Karl Marx's Economic Teachings*, 1887年) 和《基督教的基础》(*The Foundations of Christianity*, 1908年)。在19世纪80年代,他提出了许多对艺术的反思,诸如"艺术发展""艺术与社会""艺术家与工人"。在《基督教的基础》中,考茨基以其方法作为典型例子,表明了宗教观念如何受制于特定经济基础所允许的艺术与工业成熟的水平。他提出了这一论题,即主要的一神论宗教出现在那些受到游牧生活方式制约的民族当中;它们没有发展出那种必然会建构促进多神论的、地方化的、关于神之人类形象的工业或艺术。具有讽刺意味的是,这些较为落后的文化可能造成一种超越多神论、向更高的宗教形式的飞跃,而那种宗教形式在较为发达的社会中发展迟缓。

格奥尔基·普列汉诺夫(1856—1918年)这位"俄国马克思主义之父",是俄国社会民主党的创始人。他的著作包括《社会主义与政治斗争》(*Socialism and the Political Struggle*, 1883年) 和《马克思主义基本问题》(*Fundamental Problems of Marxism*, 1908年),以及有极大影响的《艺术与社会生活》(*Art and Social Life*, 1912年),还有一些短小的著作,如《个人在历史上的作用》(*The Role of the Individual in History*, 1898年)。在最后这部著作里,他认为,像拿破仑这样有天赋的个人在历史上的作用被夸大了。普列汉诺夫本人的立场在于,这些人看来就像是社会条件"无论何时何地"都会有利于他们的发展:"每个成为一种社会力量的天才,都是社会关系的结果。"此外,个人只能改变个人的性格,不能改变各种事件的一般趋势。因此,艺术或文学方面的特定趋势并非专门依赖于某些个人的表现;如果那种趋势足够深刻,那么,通过诉诸其他能够体现这种趋势的天才,就会弥补一个人的早逝。一种文学趋势的深刻程度,其意义要由它所表现的那个阶级的趣味来决定,要由那个阶级的社会作用来决定。在《艺术与社会生活》中,普列汉诺夫提出了"为艺术而艺术"和"功利主义"艺术观的相关价值的关键问题,功利主义艺术观认为艺术是促进社会秩序改善的手段。普列汉诺夫拒绝讨论这个问题,拒绝抽象地断言这个或那个观点值得优先考虑。相反,他探究了这两种态度各自出现的主要社会条件,得出了这一论点,即当艺术家"毫无希望地与社会环境不一致"时,"为艺术而艺术"的倾向就出现了。功利主义的态度赋予了艺术在社会斗争中的作用,也赋予了其判断真实世界的能力,这种态度"出现在个人之间存在着相互同情的一切地方,并且变得较为强烈……对艺术创造和某种值得注意的社会角色感兴趣"。[7]

普列汉诺夫拓展马克思主义立场的另一个领域是"游戏"(play)的意义,人类借游戏所从事的活动并不是由于它有用,而只是由于快乐。普列汉诺夫认为,卡尔·布赫尔(Karl Bucher)关于游戏和艺术在原始文化中先于劳动与有用物品的生产的理论,是对历史的唯物主义解释的测试个案。如果布赫尔的观点是正确的,那么,马克思主义的解释就会被完全颠倒过来。为了反对布赫尔的观点,普列汉诺夫追随赫伯特·斯宾塞的观点,坚持认为游戏是对劳动或有用的活动的戏剧化和模仿。因此,功利活动先于游戏,功利活动决定了游戏的内容。在赫伯特·马尔库塞的《爱欲与文明》(*Eros and Civilization*) 于1955年出版之前,普列汉诺夫对游戏的评论的含义并没有被马克思主义者系统地接受。

马克思主义经典著作方面最引人注目的人物之一是罗莎·卢森堡(1870—1919年)。她出生于波兰的一个犹太商人家庭,后移居到德国,她在德国加入了社会民主党,到她在1919年被暗杀时，她上升到了非常引人注目的地位。她最有名的著作是《资本积累论》(*The Accumulation of Capital*，1913 年)。她主要关心马克思主义理论发展的停滞和不足背后的原因，也渴望为艺术保留一个审美的维度，反对她所认为的简化论的分析。虽然她承认陀思妥耶夫斯基和托尔斯泰的学说是反动的和神秘的，但她称赞了他们对读者的解放作用，以及他们对社会不公的深刻反映。为了证明这一点，卢森堡提出，艺术家所推荐的"社会准则"对艺术的源泉或启发精神来说是次要的。她断言，陀思妥耶夫斯基和托尔斯泰的出发点并非反动的。她提出，工人阶级的文化不可能产生于资产阶级经济结构的内部，工人们只有在自己的解放斗争中为自己创造出必要的知识武器，他们才可能前进。卢森堡认为，马克思为在实际上进行阶级斗争所提供的不仅仅是直接的实质性武器，他的体系的理论成果只能逐渐地实现。这里的意思很明显，在卢森堡看来，艺术、法律和伦理的上层建筑世界，不可能以一种与一般地夺取资产阶级政治机器相一致的方式为革命阶级所使用，而必须是渐进的，迟缓地落后于经济基础方面那些更加直接的变化。

弗拉基米尔·伊里奇·列宁(Vladimir Ilyich Lenin，1870—1924 年)不仅在 1917 年的革命中占据了核心地位，而且在把马克思主义美学发展成为一种在政治上更加干涉主义的姿态方面占据了核心地位。在后一个方面，列宁最著名和最有争议的文章是《党的组织和党的文学》("Party Organization and Party Literature"，1905 年)，它与马克思和恩格斯的一些评论一道，为在后来被误导性地宣称为"社会主义现实主义"(social realism)提供了理由，在 1934 年被接受为官方的党派美学。然而，敌对的、非马克思主义的批评家也曲解了列宁的文章，认为它试图压制文学中的自由创造。这样一种观点忽视了构思文章的语境及其真实论点。它写于 1905 年 10 月大罢工之后不久，那是一个在政治上多变的时期，革命工作远远没有完成，正如列宁强调的："沙皇制度**已经没有**力量战胜革命，而革命**也还没有**力量战胜沙皇制度。"[8] 此外，如列宁指出的，言论自由和出版自由无论如何都不存在。因而，毫不奇怪的是，列宁坚持认为，文学"应当成为整个无产阶级事业的**一部分**，成为由整个工人阶级的整个觉悟的先锋队所开动的一部巨大的社会民主主义机器的'齿轮和螺丝钉'"。列宁完全意识到了，艺术不可能"做机械划一，强求一律，少数服从多数"。但是，他并没有为一切文学规定党性(*partinost*)，只为宣称要成为党之文学的文学规定了党性。他承认，"言论和出版"自由"必须是充分的"。他所要提出的是，"结社的自由"也必须是充分的：党保留了限制在其旗帜之下进行写作的意识形态边界的权利。列宁也指出，在资产阶级社会中，作家所具有的只是一种虚假的自由："资产阶级的作家……的自由，不过是他们依赖钱袋、依赖收买和依赖豢养的一种伪装罢了。"作家们想象自己是自由的，但在实际上依赖于商业关系和利益的整个习惯网络，是"资产阶级买卖关系的俘虏"。相反，列宁期望的那种自由文学"将**公开**同无产阶级相联系"。也要强调的列宁的论点是，他认识到了文学"不可能是……个人事业"，与自由资产阶级的自由主义要我们相信的不一样(149 - 152)。

列宁的《论托尔斯泰》(*Articles on Tolstoy*)写于 1908 年到 1911 年间，它举例进行了详细分析，透露出列宁的美学态度的政治要求，以及列宁解释限制伟大作家之潜在党性的环境的能力。按照列宁的看法，托尔斯泰作品中的矛盾——例如，他"无情地批判了资本主义的剥削"，他对"工人群众的贫困、野蛮和痛苦"的暴露,与他"疯狂地鼓吹'不'用暴力'抵抗邪恶'"和他鼓吹宗教改革相抵触——反映了革命农民的矛盾条件(9)。托尔斯泰误入歧途的脱离政治,反映了"无数的仇恨、愤怒和生死搏斗的决心,要求避开过去——以及不成熟的梦想,政治上的冷漠和革命的软弱性",它们刻画了农民的特征(14)。虽然托尔斯泰的学说是"毫无疑问的乌托邦式的",但列宁还是把它们称作"社会主义的",并且称赞托尔斯泰对革命时代的刻画是"全人类艺术发展中向前迈进的一步"(16)。列宁在方法论上的洞见同样是有趣的:托尔斯泰身上的矛盾只能从在革命期间领导争取自由之斗争的阶级的观点去理解(20)。把这种观点置于列宁早先关于"党的文学"之评论的视野之中是有益的:作为个人的写作不仅是不可能的,而且同样,阅读和解释的"个人"行为都是在受阶级利益引导的各种因素的范围内进行的。在更深刻的层面上,列宁处理审美价值的方法,在包含历史环境的总体性之时也包含了阶级,使它们先于文学传统,并且与政治状况相关,可以认为,这种方法源于他对马克思主义的辩证性质的确认。在其《哲学笔记》(Philosophical Notebooks)中,他提出"辩证法"是黑格尔和马克思主义的认识理论,这种理论把焦点集中在个别与普遍的必然联系之上,集中在个别的建构性关系在各个层面上的无限发展性之上,集中在必然性与偶然性的联系之上。

  由前所述可以看出,在俄国革命期间和其后的关于艺术的早期论争,集中在党对艺术进行控制的程度、对待资产阶级文化遗产的态度、阐明政治与美学之间关系的需要等问题之上。一个相关的问题是,创造一种无产阶级文化(proletarian culture)的可能性。俄国革命的另一个重要领导者是列夫·托洛茨基(Leon Trotsky,1879—1940年),他在这些论争中起过至关重要的作用。他的著作有《论列宁》(Lenin,1924年),《俄国革命史》(History of the Russian Revolution,1932年),《被背叛的革命》(The Revolution Betrayed,1937年),以及他著名的《文学与革命》(Literature and Revolution,1923年)。早已在1900年到1905年因其革命活动而被流放的托洛茨基,最终在列宁于1924年去世之后争夺领导权的斗争中被约瑟夫·斯大林放逐。他在流放中继续反对斯大林的统治,直到1940年被谋杀。这些文学论争远远不是学理性的:它们成了严酷的政治结盟的标记。在《文学与革命》中,托洛茨基强调说,党只能在某些领域里进行直接领导;"艺术领域并不是一个需要党进行控制的领域。党可以并且必须保护和帮助艺术,但只能间接领导艺术"。[9]然而,正如列宁对这个问题的看法被误解了一样,托洛茨基关于艺术自由的主张也遭到了蔑视。他非常清楚地提出,所需要的是"一种警惕的革命审查制度(censorship),以及一种在艺术领域里宽泛的和灵活的政策"。对托洛茨基来说重要的是,要非常明确地确定这种审查制度的界限:他反对"**自由放任和自由通行**的自由主义原则,哪怕是在艺术领域里"(221)。

  因此,不能指责托洛茨基明目张胆地容忍反动文学和思想,虽然托洛茨基在1938年与安德烈·布列东(André Breton)合作发表的《走向自由的革命艺术》(Towards a Free Revolutionary Art)这篇宣言里要求"**艺术的完全自由**",但他承认一切真正的艺术在本质上都是革命性的。托洛茨基后来采取的立场是要反对他所谓的斯大林的"警察的盘查精神"。[10]托洛茨基在《文学与革命》中还认为,党应当表现出对他所谓的"同路人"、那些同情革命的无党派作家的"信心"。处在这背后的是,托洛茨基坚持认为,如果没有吸收和消化旧文化的因素,无产阶级就不可能建立一种新文化(226)。倘若无产阶级需要一种创造性传统的连续性,那么,它现在就"通过倾向于无产阶级的资产阶级知识分子间接地……实现了这种连续性"(227)。在同一著作里,托洛茨基提出了无产阶级文化是否可能的问题。对托洛茨基来说,这个问题是"无形的",因为无产阶级的能量不仅主要集中在获得权力方面,而且随着它成功获得了权力,它"将越来越融入一个社会主义共同体之中,将使自身摆脱其阶级的特征,因而不再是无产阶级……无产阶级获得权力是出于永远废除阶级文化并为人类文化让路的目的"(185-186)。

在其 1924 年的演讲《阶级与艺术》("Class and Art")中,托洛茨基以托尔斯泰对待美学的态度的其他方面作为例子。他在演讲中提出,艺术具有"它自身发展的法则",在艺术创造与阶级利益之间不存在任何有机联系的保证。此外,这样的创造"滞后于"阶级的情绪,不受意识的影响。托洛茨基坚持认为,某些伟大作家,诸如但丁、莎士比亚和歌德,之所以对我们有吸引力,正是因为他们超越了自己阶级观的局限。在托洛茨基对美学的整个评论中,他在承认艺术具有一定程度的自主性而又以一种高度协调的方式认为艺术具有重要的社会作用之间,似乎走出了一条优美的线路。

创造一种无产阶级文化的号召,成了"无产阶级文化协会"(Proletkult)原创性的主题,该协会是一个左翼艺术家和作家群体,它最重要的思想家是 A. A. 波格丹诺夫(A. A. Bogdanov)。这个群体遭到了布尔什维克领导层的反对,它坚持认为艺术是阶级斗争的一种武器,并且拒绝一切资产阶级的艺术。在这个时期的论争中很活跃的还有形式主义者和未来主义者(Futurists),特别是批评家奥西普·布里克(Osip Brik),他的"社会控制"这个说法体现了"干涉主义艺术"(interventionist art)的理念,诗人马雅可夫斯基(Mayakovsky)写了一本很有影响的小册子《怎样创作诗歌》("How Are Verses Made")。形式主义者和未来主义者在杂志《列夫》(LEF,即《左翼艺术阵线》)上创建了一个公共讲坛。形式主义者的焦点集中在以语言学研究为基础的艺术形式和技巧之上,他们在革命前的俄国就已经出现,但在这时把他们反对传统艺术看成一种政治姿态,在某种程度上使自己与革命结盟。所有这些群体都遭到了最著名的苏联理论家们的攻击,如托洛茨基、尼古莱·布哈林(Nikolai Bukharin, 1888—1937 年)、阿纳托利·卢那察尔斯基(Anatoly Lunacharsky, 1875—1933 年)和沃隆斯基(Voronsky),他们谴责与过去彻底决裂的企图,谴责他们所认为的简化论地拒绝艺术的社会维度和认识维度。V. N. 伏罗希诺夫(V. N. Volosinov,即巴赫金)后来试图调和争论的双方,即形式主义的语言学分析和以社会学为重点,把语言本身当成最高的意识形态的现象。另一个群体是"无产阶级作家协会"(Association of Proletarian Writers,简称 VAPP,后来简称 RAPP),它坚持共产主义的文学霸权。

一般来说,共产党在这个时期对待艺术的态度带有其经济政策的附带性质。1925 年的决议表达了党拒绝认可任何一个文学派别。这反映了一种受到限制的自由市场经济的"新经济政策"(New Economic Policy,简称 NEP)。第一个"五年计划"时期(1928—1932 年)经历了或多或少自发地返回到一种较为忠实于艺术的姿态,在第二个"五年计划"(1932—1936 年)期间,这种忠实在建立"作家协会"方面得到了体现。这个协会于 1934 年召开了第一次大会,马克西姆·高尔基(Maxim Gorky)和布哈林发表了很有特点的演讲,正式采纳了社会主义现实主义,它主要是由 A. A. 日丹诺夫(A. A. Zhdanov,1896—1948 年)界定的。特里·伊格尔顿(Terry Eagleton)恰当地把日丹诺夫称为"斯大林的文化刺客",正是日丹诺夫,其指令性的阴影从此以后投射到了苏联的文化事务之上。虽然布哈林在大会上的演讲试图对形式主义态度与社会学态度进行综合,其前提是他的这一主张,即要"把词语的微观世界置于历史的宏观世界"的范围之内,但布哈林最终丧失了作为党的主要理论家的地位:对他的审讯和处死源于他同斯大林在政治上和经济问题上的分歧,此事也成了这一事实的征兆,即形式主义很快就再次成了一种罪过。布哈林曾经要求社会主义现实主义不应描绘"实际上的"现实,而应当按照它存在于社会主义想象中的样子来描绘。日丹诺夫把社会主义现实主义界定为描绘"革命发展中的现实。艺术形象的……真实性必须与意识形态改造的任务结合起来"。[11]但是,正如一些评论家指出的,尽管要求社会主义现实主义要表现体现于历史运动中的社会价值观(而不包含一种静态的自然主义),但它所接受的实际的美学在很大程度上返回到了注入社会主义内容的 19 世纪的现实主义手法。

  社会主义现实主义在匈牙利哲学家、20 世纪最重要的马克思主义美学家格奥尔格·卢卡奇的著作中得到了最为清晰的理论表达。卢卡奇的观点在下文里将做较详细的考察;这里只是有必要提及,他的现实主义概念与贝托尔特·布莱希特(Bertolt Brecht,1898—1956 年)的概念有冲突。在某些方面,这场论争可以被看成两种个性之间的冲突,或者是作家(布莱希特)与批评家(卢卡奇)之间的冲突,因为他们对社会主义现实主义的"界定"在一些关键方面相互重叠,这一事实经常被忽视。按照卢卡奇的观点,现代资本主义社会被各种矛盾所分裂,被普遍与特殊、理智与感性、部分与整体之间的分裂所压制。现实主义艺术家表现了包含这些矛盾可能的总体性景象,通过体现各个历史阶段的"典型"就能达到这种总体性。例如,个别人物可以铭记各种历史力量的全部复杂性。布莱希特在其笔记中也把现实主义V等同于获取"典型"或"历史意义"的能力。现实主义者还确认了人类关系中的各种矛盾,以及它们所造成的各种状况。此外,社会主义现实主义者从无产阶级的观点来看待现实。布莱希特补充说,现实主义艺术要同错误的现实观进行斗争,由此推动正确的观点。[12]或许,这两位思想家之间的冲突植根于卢卡奇对现代主义和实验艺术的厌恶(可以证明受到了斯大林主义的激励),理由在于它所描绘的人类本体的形象是碎片化的、颓废的并且在政治上是虚弱无力的。在 20 世纪 30 年代,布莱希特的著作被认为是堕落的,虽然后来他被纳入了马克思主义美学家的行列。对比起来,布莱希特的实验主义对他努力将理论和实践结合在马克思主义美学之中来说至关重要。布莱希特将戏剧性戏剧(它遵循亚里士多德的指导方针)同他自己的"史诗"戏剧进行对比,断言必须唤起观众的行动能力,观众完全没有受到净化,必须迫使他们做出决定,部分由于他们标准的期待没有得到满足[布莱希特把这个过程叫作"陌生化效果"(alienation effect)]。舞台上的行动也必须含蓄地指向他人的、可选择的对行动本身的看法。卢卡奇与布莱希特之间的争论远不是毫无结果的,它展现了根据马克思主义观点来对待一切概念的多方面的潜能,以及那些观点在政治环境中无法回避的基础。

  还应当提及意大利马克思主义理论家和政治活动家安东尼奥·葛兰西(1891—1937 年),他对马克思主义的主要贡献被广泛认为在于他对"霸权"(hegemony)概念的阐述。葛兰西认为,就无产阶级而言,自主革命的可能性只能通过政治上和知识分子的自主性来实现。单靠群众运动是不够的:这个阶级也要通过具有工人阶级根基与同情的领导者来发动,"必须在管理社会中来培养和教育它本身",通过它自身的渠道获得主导阶级的文化和心理状态:"集会,大会,讨论,相互教育。"[13]如果没有塑造出一种选择性霸权的无产阶级本身的有机知识分子,那么,向社会主义国家的转变就不可能成功。霸权的概念实际上是对经济领域与上层建筑领域之间的辩证联系的一种转喻式肯定,强调了人类力量的改造作用,而不是依赖于经济决定论的"必然性"。葛兰西在监狱里写下了大约34本笔记,范围从但丁和皮兰德娄(Pirandello)这样的文学话题,到哲学和政治主题。这些笔记直到墨索里尼(Mussolini)垮台之后才出版。葛兰西的文学批评坚持要求在历史和政治语境之中去理解文学生产(与克罗齐非历史地认为艺术是自主的相反),他仿效德·桑克蒂斯,认为批评家的任务是要协调一般的文化和政治斗争,使之走向一种社会主义的秩序。

后来的批评家们不断地重新解释与发展马克思和恩格斯的洞见。"批判理论"的"法兰克福学派"的主要代表人物是马克斯·霍克海默、特奥多尔·阿多诺和赫伯特·马尔库塞,他们进行了许多哲学与文化分析,其中主要弥漫着黑格尔的著作,也弥漫着弗洛伊德的著作。总的来说,这些理论家认为现代大众文化受到了控制,被变成了商业的一个方面;他们认为,艺术体现了远离这个社会和政治世界的一种独特的批判距离。瓦尔特·本雅明在其《机械复制时代的艺术作品》("The Work of Art in the Age of Mechanical Reproduction")中认为,现代技术已经改变了艺术作品,剥夺了它在早先时代所拥有的独特的"韵味"(aura)。现代作品是为大众消费而复制的,实际上是与原初形式毫无关系的复制品。然而,本雅明认为,艺术的这种新状况也赋予它一种复苏了的政治和颠覆性潜能。

随后的马克思主义文化与文学理论,诸如路易·阿尔都塞(Louis Althusser)、卢西恩·戈德曼(Lucien Goldmann)和皮埃尔·马舍雷(Pierre Macherey)的理论,都厌恶黑格尔,极大地受到了20世纪早期的各种结构主义运动的影响,它们强调更大的意指系统与基本结构对个人力量和意图的作用。路易·阿尔都塞强调了晚期马克思与其早期的人本主义的"认识论决裂",以及马克思的科学性和他与黑格尔的分道扬镳,而不是他受惠于黑格尔。阿尔都塞的结构主义的马克思主义——正如在他的《保卫马克思》(Pour Marx,1965年)和他经常被援引的《意识形态和意识形态国家机器》("Ideology and Ideological State Apparatuses")一文中所表明的——否定了他早期对马克思的人本主义的和历史主义的解读,以及在文学和批评上对作者意图与主体力量的强调。戈德曼否定了浪漫派和人本主义的个人创造的概念,坚持认为文本是表现了特定社会阶级之心理的更大精神结构的产物。他强调了更大的力量和学说在文学文本中的作用,提出了"同质性"(homology)的概念,以表示艺术形式与社会形式之间的类似。皮埃尔·马舍雷的《文学生产理论》(A Theory of Literary Production,1966年)认为,文学文本是艺术家重新改写语言学和意识形态原材料的产物,无意中通过其空隙和矛盾,暴露了作者企图压制在一种虚假一致性之中的意识形态要素。这样,对意识形态的批判就可能通过文学文本显现出来。

在英美世界中,"文化唯物主义"(cultural materialism)批评最初被雷蒙德·威廉斯

(Raymond Williams)的著作所复苏,尤其是他的《文化与社会》(Culture and Society,1780—1950年),它分析了英国文学传统中对资本主义的文化批判。威廉斯拒绝把文化过分简单化地解释为物质条件的产物,却强调了各种文化形式对经济和政治发展的贡献。《漫长的革命》(The Long Revolution,1961年)延续并且精炼了这个规划,使用了主导文化、残余文化与自发文化等范畴,以威廉斯所称的"情感结构"(structures of feeling)作为中介。威廉斯的著作随着《马克思主义与文学》(Marxism and Literature)一书在1977年的出版,成了公开的马克思主义。在这部著作中,威廉斯对早期的马克思主义理论进行了批判性的评论,并提供了他自己对马克思主义的根本概念的分析,如意识形态、霸权、基础与上层建筑。书中所提出的他自己的文化唯物主义,试图把马克思主义的语言概念和文学概念结合起来。《关键词》(Keywords,1976年)考察了基本概念和范畴的历史。总的来说,威廉斯的著作分析了语言的历史、媒介的作用、大众传媒、国家与城市之间的文化联系。

美国主要的马克思主义批评家弗雷德里克·詹姆逊在其《马克思主义与形式》(Marxism and Form,1971年)中概述了文学批评的辩证理论,利用了黑格尔式的范畴,如总体性的概念、抽象与具体之间的联系。这样的批评承认,需要在一种宽广的历史语境中来领会其分析对象,承认它们本身的历史和观点,追寻文学文本深刻的内在形式。詹姆逊的《政治无意识》(The Political Unconscious,1981年)试图把这种辩证思想与结构主义,同弗洛伊德的洞见结合起来,用弗洛伊德式的压抑概念去分析意识形态的作用、文学文本的状况和文学形式的认识论作用。在《后现代主义,或晚期资本主义的文化逻辑》(Postmodernism, or the Cultural Logic of Late Capitalism,1991年)等后来的著作中,詹姆逊完成了一项很有价值的任务,把马克思的洞见扩大到了后现代主义在决定我们的艺术和知性体验的真正形式方面的核心作用。

在英国,特里·伊格尔顿概括了马克思主义文学分析的各种范畴,并且坚持不懈地反复阐述马克思主义与大多数现代文学理论之间沟通的条件以及差异。我们现在可以较为仔细地考察两位产生了巨大影响的马克思主义批评家的观点:匈牙利哲学家格奥尔格·卢卡奇和前面提及的批评家特里·伊格尔顿,因为他的著作与现代文学理论相关。

格奥尔格·卢卡奇(1885—1971年)

匈牙利哲学家格奥尔格·卢卡奇生于布达佩斯的一个富裕犹太人家庭,他经历了一段充满对抗、妥协与转向的知识历程和政治历程,这使他成了20世纪马克思主义美学家星座中最重要的明星。他在柏林攻读社会学博士学位,受格奥尔格·西美尔(Georg Simmel)指导,他最初的兴趣是作为社会学家的马克思。后来,他出入于各学科之间的熟人圈子,其中有恩斯特·布洛赫(Ernst Bloch)和马克斯·韦伯。他受到这些人物的影响,并受惠于克尔凯郭尔、海德格尔、乔治·索雷尔[①]、罗莎·卢森堡和康德,尤其是受惠于黑格尔。他的研究在总体上的哲学

[①] 乔治·索雷尔(Georges Sorel,1847—1922年):法国哲学家。

唯心主义的取向,表现在这一时期的主要著作之中:《灵魂与形式》(*Soul and Form*,1911 年)、《现代戏剧发展史》(*History of the Development of Modern Drama*,1911 年)和《小说理论》(*The Theory of the Novel*,1916 年)。

卢卡奇于 1917 年返回布达佩斯,1918 年加入匈牙利共产党,他的这一决定在很大程度上受到俄国革命的激励,但也代表着他毕生憎恨资本主义的顶点。因而,他在美学上的关注被政治需要所遮蔽。1919 年,他在贝拉·库恩(Béla Kun)领导下的短命的共产党政府中担任教育人民委员,该政府被推翻之后,他逃往奥地利,此后游历了德国和俄国。他的《历史与阶级意识》(*History and Class Consciousness*,1923 年)由于众多原因遭到了共产主义运动的敌视:它忽视了以劳动为中心的马克思主义分析,提出了一种唯心主义的革命实践概念,最重要的是,它试图在马克思主义体系的核心之中恢复黑格尔的总体性范畴,勾画出一条从黑格尔的辩证法延续到历史唯物主义的直接线索,把费尔巴哈的中介作用置于不重要的地位。它还把马克思主义的正统界定为对方法论的专门追问,而不是对内容的追问,诱导了一场反对恩格斯的讨厌争论。卢卡奇后来承认,他的著作在某些方面实际上试图"比黑格尔更加黑格尔"。这本书遭到了贝拉·库恩特别强烈的谴责,卢卡奇在策略上坚决反对库恩的政治宗派主义。但是,该书对阶级意识的分析,尤其是对批判资本主义社会来说很重要的对于异化的分析,不仅体现了马克思主义理论的深刻影响,还有法国存在主义等其他方面的深刻影响。正如卢卡奇自己指出的,它在某种意义上处于他的经典著作的核心之中。它是对他自 1918 年以来的发展的最终综合,标志着他后来沿着一条以经济为基础的对黑格尔辩证法之看法的知性道路前行的分界点。卢卡奇的自我批判和专论的重要出版物《列宁:其思想之统一性研究》(*Lenin: A Study on the Unity of His Thought*,1924 年)是一部相对正统的著作,对他与党的和解来说有点用处。他认为,这样的和解是他进入历史的"门票",因为共产主义看来要为有目的地抵抗刚刚出现的法西斯主义(fascism)提供唯一可行的论坛。

1928 年,在匈牙利共产党准备召开第二次代表大会时,卢卡奇被要求为大会草拟提纲。最终的《勃鲁姆提纲》("Blum Theses")要求党朝着独立共和国努力,而不是朝着苏维埃共和国努力,提纲被认为是倒退的,因为匈牙利早在 1919 年就已经联合成了苏维埃共和国。尽管卢卡奇进行了自我批判,但对其提纲的强烈对抗气氛迫使他在 1929 年退出政治。这或多或少促使他专门致力于马克思主义理论和美学研究。从 1930 年到 1931 年,他在莫斯科的"马克思恩格斯研究院"获得了一个研究职位,他在那里读到了刚刚发现的《1844 年经济学-哲学手稿》,它以一种启示性的力量打动了他。他认为,马克思的这个文本既肯定了他在《历史与阶级意识》中的主张,即关于异化在马克思主义理论中的重要性,也突出了该书在实质上没有把异化看成黑格尔所谓客观化(objectification)或外化的唯一特殊例证。在早期的一篇评论中,卢卡奇反对布哈林(在斯大林刚刚进入俄国共产党领导层之时),坚持认为经济力量是技术发展的决定因素,而不是技术发展的产物。他论述拉萨尔和摩西·赫斯(Moses Hess)的著作,也促使他更加详细地说明经济与辩证法之间的联系,这在厚重而极为复杂的著作《青年黑格尔》(*The Young Hegel*,1938 年)中达到了顶点。这部著作的一个令人印象深刻的特点在于,它明确地试图把马克思主义对黑格尔的同化同被曲解了的资产阶级观点区别开来,即把黑格尔同化为浪漫派和非理性的思想,卢卡奇认为这是一种直接滑向法西斯主义的倾向。

在柏林逗留两年之后,卢卡奇于1933年被迫逃到苏联,他在苏联一直待到1944年。卢卡奇对辩证法与经济之间的关系和社会存在本体论的研究,导致了他建构马克思主义美学的努力。他在这个时期的文学研究也承担起一种系统化的反斯大林主义的职责,同时展现出与官方的"社会主义现实主义"在表面上的连贯性,"社会主义现实主义"是由斯大林在文化上的得力助手日丹诺夫正式确定下来的。这些研究著作包括《历史小说》(*The Historical Novel*,1937年)和后来收入《歌德和他的时代》(*Goethe and His Age*,1947年)中的一些文章,《欧洲现实主义研究》(*Studies in European Realism*,1948年)以及《论托马斯·曼》(*Essays on Thomas Mann*,1949年)。在这些著述中,卢卡奇把各种流派的兴起相互联系起来,如历史小说与资产阶级历史意识成长之间的联系,它们本身是以经济上的变化为基础的。沃尔特·司各特爵士(Sir Walter Scott)、巴尔扎克和托尔斯泰被认为是卢卡奇所倡导之意义上的"现实主义"的伟大榜样。

处于卢卡奇的现实主义概念之核心的,正是在《历史与阶级意识》中表达出来的总体性的范畴。这个范畴以黑格尔的具体的普遍性概念为基础,根据这一概念,普遍性在对它的特殊表现中没有分离,而是内在的。因此,卢卡奇提倡一种反映论,艺术据此反映出一种历史力量的总体性,而不只是机械地证明偶然联系起来的世界的表面细节。因此,卢卡奇谈到了巴尔扎克,认为他是最伟大的现实主义者,指出他的人物在其个性特征中体现了某些在历史上典型的特点。就戏剧方面的现实主义而言,卢卡奇认为,莎士比亚"以前无古人、后无来者的空前力量"把典型的人类关系聚集在历史冲突周围。卢卡奇认为,通过艺术照相式地单纯复制现实是自然主义,自然主义这个地位遭到贬损的范畴被用于在日丹诺夫主义旗帜之下写作的大多数文学,以及巴尔扎克的现实主义的众多后继者(卢卡奇有点令人吃惊地把福楼拜也归入其中)。

卢卡奇还用他的现实主义概念来反对现代主义的意识形态与文学形式,他认为,现代主义是从自然主义派生出来的。在他看来,由乔伊斯、贝克特(Beckett)和卡夫卡(Kafka)等现代主义者所提供的人类本体的形象,是非社会的、异化的、碎片化的和病态的,不适合作为一种政治力量。卢卡奇拒绝承认这种形象具有担当批判资本主义的力量,不仅因为它是非历史的,而且因为它把异化提升为表面上永恒的**人类状况**。实际上,他在20世纪30年代卷入了与贝托尔特·布莱希特的论战之中,在卢卡奇看来,布莱希特本人所说的"陌生化效果"是形式主义程序的一部分。但是,他们的现实主义概念实际上在一些关键规则方面是相互交叠的,如要抓住"典型"或"历史意义"的规则,这一事实在两位作者也许出于政治动机的彼此对立中被忽略了。

在第二次世界大战后,卢卡奇被任命为布达佩斯大学的美学与哲学教授。他在这个时期的哲学和美学综合著作包括《理性的毁灭》(*The Destruction of Reason*,1954年)和写于1956年的《当代现实主义的意义》(*The Meaning of Contemporary Realism*),就在那一年,在普遍反对共产党的起义之后,卢卡奇成了伊姆雷·纳吉(Imre Nagy)联盟的文化部部长,纳吉政府突然之间被苏联的坦克所终结。这些著作中的第一部展现了卢卡奇在德国思想与文学的语境中对于理性主义的人本主义与不受约束的反理性主义之争的持续关注。在《审美特性》(*The Specific Nature of the Aesthetic*,1962年)中,卢卡奇面临着建构马克思主义美学的庞大任务,这项任务涉及:从语境上把美学看成除了别的以外反映现实的一种方式,阐明美学方式明确的特点,那种方式把客观性表现为与主观条件和起源的特性结合在一起;把艺术理解为人类通过自己的劳动创造自身的另一种形式;阐明真正辩证的和历史的方式,并阐明客观现实本身的历史性质;强调马克思主义与其他思想传统之间的联系(卢卡奇利用了亚里士多德的模仿概念,以及出自歌德、莱辛和其他人的理念);澄清唯心主义美学与唯物主义美学之间的对立,以及内在性(immanence)与超越之间历史的和意识形态的关系。

1971年,卢卡奇出版了《走向社会存在的本体论》(Towards an Ontology of Social Being)和他计划好的伦理学著作,这时他依然处在去世之时的初期阶段。无论卢卡奇的著作当作一个整体所能提出的统一主张是什么,都有赖于他坚持不懈地回到黑格尔,有赖于他通过黑格尔式的辩证法所开创的逻辑与历史示意途径,不断地理解并澄清马克思和马克思主义的传统。他的各种理念,尤其是他对异化、阶级意识和马克思主义的辩证法特征的阐述,对那些反对其著作黑格尔式的倾向以及那些发展了这一倾向的人们来说,产生了深远的影响。他是马克思主义业已创造出来的、有争议的、最为深刻的哲学家。

马克思主义的文学理论观:特里·伊格尔顿

特里·伊格尔顿对马克思主义文化理论的贡献,在其范围方面是广泛的。虽然他早期的著述在一定深度上考察了马克思主义的某些文学与文化分析的范畴,但更为普及的是,他的晚期著作令人信服地论证了对理论的需要。伊格尔顿重新评价了英国文学批评的传统,重新界定了批评家的作用,并且根据他的历史唯物主义观点重新评价了一些特定的作家。这些评价成了一位马克思主义批评家的总体任务的实质性方面。然而,伊格尔顿晚近文本中更为突出的是,他坚决与其他现代批评趋势进行批判性的交锋,并且历史性地把那些趋势语境化。这里所要考察的正是这种交锋。

这里将要论证的是,伊格尔顿的立场所需要的不是妥协,而是一种与他的马克思主义协调的策略论。从某种观点来看,所有现代文学理论在实质上各自都有自身的变体和动机,都可以被看成一种暗示,否则就会直接反对新批评关于文学文本的自主性、独立性和客观性的主张。如我们将看到的,伊格尔顿对于他所谓的晚近理论"激进地反对客观主义"具有一种矛盾的态度。[14]在更深的层面上,对客观性的这种反对所需要的是一种对于同一性概念的抨击。也许,在这个层面上,人们可以最为清楚地看出伊格尔顿的马克思主义与非马克思主义理论之间交叠和分歧的性质。

按照传统的逻辑,如源自亚里士多德对逻辑学的全面阐述,除了其他东西之外,同一性的法则成了范畴化和专门定义的基础:实体之为实体,正因为它不是别的什么东西。它的同一性因而诞生于把它与世界上相似地"确定"的其他事物分离开来的过程,这个过程因此否定了对那些关系来说的实体地位,把它们当成以某种方式外在于相关的实体。对关系的这种抑制并把它们降低到一种偶然的地位,这一步骤与亚里士多德对"实质"和"本质"的各种定义有密切联系,它可以起到一种政治的和意识形态的作用。例如,一个实际上在历史中独特的对象的同一性(它完全有可能是一种物质实体,或者是像法律或宗教体系那样复杂的某种东西),可能被当作一种永恒的或自然的同一性。正如伊格尔顿在《批评的功能》(*The Function of Criticism*)中论述阿多诺时评论说的,同一性的概念是"强制性的":它是"纯粹思想的意识形态要素",并且"处于启蒙运动之理性的核心"。可以推断,它也处于在表面价值上实证主义地承认一个对象明显的假定性的一切哲学之中,没有把对象看成在实质上是哲学或政治过程的结果。

最全面地对同一性概念提出辩驳的思想形式,就是辩证法的思想。黑格尔的《逻辑学》明显是对传统逻辑学的片面性的抨击,传统逻辑学没有把同一性看成差异性的内在作用。应当说,伊格尔顿并不同情黑格尔式的马克思主义,这种憎恶部分是从阿尔都塞那里接受过来的。伊格尔顿在《批评与意识形态》(*Criticism and Ideology*)中受到了阿尔都塞的影响(虽然绝不是不加批判地),尤其是在阿尔都塞声称的在马克思著作中发现的早期"人本主义"态度与晚期"科学"态度之间的认识论断裂方面:那就是阿尔都塞要使马克思主义脱离黑格尔式的概念的意图。然而,且不说伊格尔顿已经超越了阿尔都塞的影响并在后来承认了卢卡奇的持久价值(他称卢卡奇是最伟大的马克思主义美学家[15])这些事实,人们同样应当注意到,伊格尔顿从来就没有否认马克思主义的辩证性质。

马克思在其早期和晚期著作中接受了黑格尔辩证法形式的某些核心特点:首先,通过阐明与特定社会和历史语境相关的那个对象的全部合理性,从而废除或否定特定对象(或事情的状态)的要求,表明那些关系是如何构成对象的。这就是当资产阶级还是革命阶级之时,黑格尔式的体系被叫作"否定性"哲学的原因;它可以被解释为革命性的。在其 1844 年的《手稿》中,马克思认为,黑格尔《精神现象学》的"突出成就"就是承认"否定的辩证法"是推动历史的原理。当然,迟至撰写《资本论》的著名序言之时,马克思依然要求坚持黑格尔辩证法的形式,尽管不是要求坚持其内容。恩格斯在 1859 年写作时竭力强调说,黑格尔的思想超过先前哲学之处在于辩证法的"巨大历史意义",虽然马克思"剥去了它的唯心主义包装"(*CPE*, 55)。

辩证法的第二个特点是把实体看成不稳定的和一直处于转变状态中的倾向,看成导致超越实体的更加全面的过程的一部分。这是黑格尔的本体观的一个方面,例如,由此可以认为,"存在"本身就是矛盾的。对马克思来说,"矛盾"的概念具有一种社会性的内容,不仅刻画了各个阶级之间历史关系的特征,而且刻画了资产阶级核心概念的特征。例如,资产阶级的个体概念具有一种矛盾,即作为市民社会之一员的个体之"人"的需要,与作为国家"公民"之个体抽象的身份之间的矛盾。

辩证法的第三个方面是"扬弃"(sublation)的概念,它是指否定和超越一个特定对立面或事物状态,同时又保留被否定者的某些特点的双重过程。例如,就这个方面所透露的内容而言,马克思把共产主义社会看成产生于资产阶级的生产关系而不是产生于上层建筑领域的观点,是有疑问的。按照马克思的看法,"经济基础"方面的变化或多或少伴随着意识形态方面的持久斗争(*CPE*, 4)。要点在于,一种意识形态或社会结构不会简单地以线性方式取代另一种;无论取得的优势是什么,都要以斗争和冲突作为前提。但是,甚至就在这个方面,它成了一个着重点的问题。伊格尔顿极少同情卢卡奇的马克思主义的社会观,伊格尔顿把这种观点的特征刻画为"对资产阶级人本主义遗产的成功扬弃"(WB,83)。然而,伊格尔顿承认:"社会主义者……希望把自由和民主的抽象概念全面的、具体的、实际的应用,转向自由主义人本主义所赞同的方向。"[16]

被马克思和恩格斯所利用的黑格尔辩证法的所有这三个特征,构成了对单纯同一性概念的抨击。伊格尔顿断言:"否定的力量……构成了马克思主义的一个实质性契机。"(WB,142)这或许为我们提供了最为清晰的观点,我们可以由此理解,在伊格尔顿看来,非马克思主义的文学理论对马克思主义有怎样的用处。因为在某种意义上,现代文学理论可以被看成体现了"否定性的"哲学,抨击了已被承认的同一性、主体性、客观性和语言的概念。非马克思主义的理论在实际上使黑格尔式的辩证法停留在了它的第二个阶段(外化和关联性的阶段),它们的政治诱发力取决于重新综合那种外化的方向。例如,结构主义把"结构"和"语言"当作重新综合的基础。精神分析提出了"无意识",而解构实际上提出了"差异"。女性主义和社会主义把政治目标当作基础。伊格尔顿较为详细地揭示了文学理论的这个"否定性"方面(negative aspect of literary theory)。他把它对文学的启示归于结构主义的"收获",结构主义认为,文学理论的这个方面不是独特的或实质性的话语,而是一种建构。结构主义的代码并不关心传统的各种区分。此外,结构主义认为,"意义"在实质上不是共享意义系统自我同一性的产物,而是其关系的产物。伊格尔顿承认,这些观点对资产阶级代表性的与经验主义的语言观和文学观来说,具有一种固有的"意识形态威胁",因为结构主义表明,现实和经验是不连续的,而不是由单纯的一致性构成的(LT,107-109)。

伊格尔顿也把精神分析看成对马克思主义来说的一种价值追问的形式。伊格尔顿拒绝把弗洛伊德看成一位个人主义者。相反,弗洛伊德在社会和历史条件中去领悟个体的发展:"弗洛伊德所提出的……完全是一种创造人类主体的唯物主义理论。"(LT,163)伊格尔顿巧妙地表明了拉康对弗洛伊德追问人类主体、人类主体在社会中的地位及其与语言的关系的改写。伊格尔顿还表明,阿尔都塞在拉康的影响之下写作,描述了意识形态在社会中的作用。伊格尔顿在这里实际上表明的是,马克思主义理论与非马克思主义理论之间的关系不可能被变成直接的通约性或者对立,它们倒是一种推演关系和变动着的调节程度。

最有争议的否定性"哲学"是解构。伊格尔顿承认,解构之中存在着各种政治上的可能性。按照伊格尔顿的看法,解构对能指与所指之间的统一性的否定,以及解构拒绝认为"意义"是自我同一的和直接在场的,可以帮助我们发现某些意义——诸如"自由""民主"和"家庭"的意义——被社会意识形态提升到了一种有特权的地位,成了其他意义的起源或目标。解构表明,所谓第一原理是意义系统的产物,而不是意义系统的基础。此外,解构把所有语言都看成隐喻性的,都具有超出确切意义的过度性,这种看法破坏了经典结构主义典型的意识形态对立,这种对立在可以接受与不可接受的东西之间划出了一条严格的界限,例如,真理与谬误、有意义与无意义、理性与疯狂之间的界限。伊格尔顿也指出,德里达本人,尽管不是他的全部追随者,认为解构是一种政治实践活动:他认为,意义、同一性、意图和真理都是一种更加广阔的历史、语言、无意识、社会制度和实践的结果。

迄今为止,一切都达成了一致:黑格尔、马克思、非马克思主义的理论,以及伊格尔顿的马克思主义。它们全都认为,"同一性"以某种方式成了强制性的,意义是关系性的,客观世界是一种主观的建构,真理是制度性的。人们忍不住会想到,荷马的诸神在享受这场纯粹差异性的宴会。然而,正如马克思的思想具有一种完全不同于黑格尔思想的内容那样,无论它们在形式上有多么相似,伊格尔顿的马克思主义被打上了不同于非马克思主义理论之特殊性的标记。

事实上,马克思的一些洞见,如前面提及的那些,在表面上与那些非马克思主义理论的观点相一致。但是,马克思对同一性的各种表现的抨击,如主体、客体和固定意义,毫无例外都**必然地**和内在地与经济基础有关。不只是认同"私有财产"才表现了资产阶级对一个抽象范畴的具体化;这样的具体化隐瞒了作为异化劳动之产物的私有财产的本质。不只是人被抽象地理解为不具有任何本质:人是特定生产力和特定社会关系的一种结果。此外,作为主体的人并非在一种抽象地感知到的与客体的相互作用中创造出来的:他通过劳动创造自身。马克思认为,语言不是一个自我封闭或者独立的系统,而是一种社会实践(GI, 18, 21, 51, 118)。在各自的情况下,马克思思想的"否定性"方面必然地而非偶然地与他肯定物质基础有关。

在马克思那里至少有两个根本的前提,一切马克思主义批评都必须从它们开始。首先,意识的一切形式——宗教的、道德的、哲学的、法律的以及语言本身——都不具有任何独立的历史,都产生于人们的物质活动。伊格尔顿确定了马克思主义批评的双重特征:物质生产被认为是社会存在的最终决定因素,阶级斗争则被认为是历史发展的核心动力。伊格尔顿增加了马克思主义和列宁主义的第三个要求,即致力于政治革命的理论和实践。[17]伊格尔顿意识到了基础与上层建筑之间高度协调和极为复杂的关系[18],但是,正如我们将看到的,他对马克思主义关于物质生产的首要地位的适当坚持,可以被看成他在实际上对非马克思主义文学理论进行的所有抨击的基础。

第二个前提是马克思的这一观点,即支配着物质力量的阶级也支配着知识力量:它在物质上和精神上都拥有生产手段。根据这个前提,我们可以更好地理解伊格尔顿对"革命文学批评"的任务的说明。这样一种批评

> 将废除"文学"的各种支配概念,把"文学"文本重新插入文化实践的全部领域。它将努力把这样的"文化"实践与社会活动的其他形式联系起来,改造文化机器本身。它将以一贯的政治干预来阐明自己的"文化"分析。它将解构公认的"文学"等级,重新评价公认的判断和设想;与文学文本的语言和"无意识"交锋,揭示它们在主体的意识形态建构中的作用;调动这些文本……在更加广阔的政治语境中努力改变那些主体。(WB, 98)

然而,所有这些都会促进马克思主义批评的"主要任务",那就是"要积极参与和帮助引导大众的文化解放"(WB, 97)。伊格尔顿反复强调说,理论的出发点必须是实际的、政治的目的,一切要通过对社会的社会主义改造而对人类解放有贡献的理论,都是可以接受的(LT, 211)。当他在强调"生产手段"包括人类主体性的生产手段时,他实际上发展了上述的马克思的前提,它包含了"文学"等体制的范围。伊格尔顿认为,最为艰难的解放是"主体性空间"的解

放,因为它被主导的政治秩序殖民化了。作为一个整体的人类服务于一种意识形态功能,这有助于使主体性的某些形式长久存在下去。伊格尔顿在这方面的观点暗示了,对马克思主义批评来说,"意识形态"是物质和精神生产手段之间联系的一个关键性焦点。

伊格尔顿断言,马克思主义批评所需要的"否定性",必须具有一种肯定性的物质基础。在实际目标与理论方法之间存在着一种内在的、不仅仅是附带的联系。因此,马克思主义与"否定性的"非马克思主义理论之间的相似性,纯粹是上层建筑的:它本身就是一种不可能发生的矛盾,因为没有任何马克思主义的洞见是"纯粹"上层建筑的。无论结构主义对公认的意识形态可能造成怎样的"威胁",都会受到其同谋的阻碍。正如伊格尔顿敏锐地观察到的,结构主义的反动性质在于"结构"概念本身(LT, 141),在于断定这种公认的意识形态概念是质疑的基础。唯一的代价是,结构主义废除了主体性的主导意识形态。这方面总的要点在于,无论非马克思主义理论作为研究之基础或下层结构的是什么,它在事实上都是上层建筑的一个方面。由于那些理论没有阐明它们与物质基础的联系,所以,它们陷入了一种与主导意识形态事实上的共谋,即使有时是不情愿的。

这就是伊格尔顿把非马克思主义理论看成既颠覆资本主义又与资本主义共谋的原因,这种矛盾在它们的上层建筑状况中是固有的。例如,他指责结构主义静态的、非历史的社会观,以及它把劳动、性欲和政治都变成了"语言"。此外,结构主义忽视了文学和语言都是社会实践与生产的形式。它的反人本主义明确排除了人类主体,由此废除了主体作为一种政治力量的可能性。伊格尔顿评述说,这些因素对于把结构主义综合成为某种保守的学术团体起了作用(LT, 110-115)。相似地,在伊格尔顿看来,精神分析的洞见在政治上并非必然是激进的。例如,他断言,朱丽娅·克里斯蒂娃的理论在政治上的关联性是无政府主义,她的理论破坏了一切固定的结构。而她对统一的主体的拆解,本身则不是革命性的(LT, 189-193)。

伊格尔顿对解构的持续批判,以一种特定的马克思主义的"意识形态"概念为转移,他把意识形态界定为"一套……价值观、表现和信念,它们以某些物质装备来实现……确保那些对'真实'的错误感知有助于占优势的社会关系的再生产"。[19]关于"真实"的历史概念构成了一切马克思主义的意识形态观的基础。我们可以根据伊格尔顿的说明推断,对马克思主义来说,对意识形态的责难伴随着对同一性的攻击,伴随着对一切包含被扭曲的现实和冒充为永恒或天然真理之"同一性"的攻击。这些同一性必定会溶入它们构成性的经济与社会关系之中。伊格尔顿承认历史与意识形态之间复杂的、内在的关系(CI, 80-99),但这里的要点在于,对马克思主义来说,某种同一性和现实性(如经济关系)的概念,必定会构成这种攻击的基础。对黑格尔和马克思来说,同一性预示着差异。但是,差异反过来又预示着同一性,各自都成为对方的一种内在功能。然而,解构达到了对"差异"本身的片面实体化,实际上把它抬高到了超然的地位。德里达宣称:"由于延异产生了不同的事物,它的运动……就成了一切……对立概念的共同根源。"[20]德里达的所有启发式的概念——踪迹,播散,间隔,"异在"(alterity)和补遗——都毫无例外地成了"延异"的隐喻。德里达承认,"延异"是以黑格尔的扬弃概念为基础的(POS, 40),其运动的基础就是差异中的同一性。但是,认为延异是除了其内容之外的一切对立面的"共同根源",其含义是什么?对黑格尔和马克思来说,"差异"(历史地看,它包含了德里达的不一致与延迟两个方面)的内容并不是可以归纳的,历史地看始终都是特殊的。各种对立面背后的构成性原因(意识形态的、社会的和经济的)是完全不同的。然而,德里达把这种历史的复杂性和多样性抽象成了一种没有差异的和近乎神秘的原因:"延异的运动"。因此,伊格尔顿在其论述阿多诺的文章中说:"纯粹的差异……就像是空白……就像是纯粹的同一性。"

此外,德里达在著作中承认,历史上的同一性和在场的显现是强制性的。但是,这种承认是抽象的:他认为,**每个哲学上的对立面除了其内容之外,都是一种"暴力的等级制"**。对德里达来说,基础与上层建筑的模式就是这样一种解构的"对立面"。他认为,"书写"的"暴力"是"根源"。[21]德里达富有特点地把历史上的特定文本和体制限制在一种以"书写"为名义的抽象统一的可攻击性中:他把"写作学"界定为"任意的科学"。因此,伊格尔顿把解构看成使每种知识类型胜过"绝对毫无结果"。伊格尔顿接着说:"在形而上学深沉的黑夜里,所有的猫看上去都是黑色的。马克思是一位形而上学家,叔本华是如此,罗纳德·里根(Ronald Reagan)也是如此。这种策略所能得到的还有什么呢?"(WB,140)

伊格尔顿在其论述阿多诺的文章里指出,并非所有的同一性或统一性都同样是恐怖主义的,后结构主义实现了权力、压迫和法律的不同秩序的一种"毫无分别的合并"。他强调说,一切与特定政治秩序的实际上对立,都预示着统一、团结,至少是在一种暂时的同一性的意义上。要点在于,马克思主义对同一性和意识形态的抨击,从它们内在于由与经济基础的关系之必然性支配着的更为全面的观点中,获得了自身的力量。

显然,在伊格尔顿看来,德里达的洞见,无论它们在表面上与主导的正统有怎样的对立,都只具有一种偶然的颠覆能量,因为它们完全无需"同一性",除了否定的一致性外,并不需要内在的一致性:它们可能没有断言取代它们要"颠覆"之秩序的任何东西。伊格尔顿指出,解构对主体的"驱散",它本身在政治上无能的姿态,都是"纯文本性的","基础……对解构来说不是解构性的。"(WB,139)如德里达所承认的,他的思想实际上在第二个阶段,即"延异"阶段,表现出了黑格尔式的辩证法:他概括了这个阶段,剥掉了它的一切历史内容,把它当作一种先验原则。正如伊格尔顿认为的,解构"没有理解阶级的辩证法,却把它变成了**差异**,那种为人熟悉的小资产阶级的意识形态动机"(WB,134)。

因此,伊格尔顿认为,解构本身是意识形态的。与大多数后结构主义一样,它实际上"与它力图阻止的自由主义的人本主义串通一气"。伊格尔顿坚持认为,解构再现了普通的资产阶级自由主义的主题(毕竟,"同一性"与"实体"的概念曾经遭到了洛克和休谟的抨击)。此外,伊格尔顿评论说,解构的很多理念都早已被本雅明、马舍雷和阿多诺等马克思主义作者预想到了,并且加以发展,在他们那里,解构之"差异"的空壳被政治内容所浸透。由于解构的洞见脱离了一切基础,所以它没有意识到自身**难题**的历史性决定因素(WB,133)。

伊格尔顿承认了解构的可能性。但是,他也意识到,这种可能性早已被包含在马克思主义的辩证性质之中。对德里达及其追随者来说原创性的东西,是他们不屈不挠地坚持"差异"是责难文学与哲学文本的基础。伊格尔顿说到了"否定性":"只有毫无能力的小资产阶级知识分子,才会把它抬举到哲学神圣的高贵地位。"(WB,142)按照伊格尔顿的看法,德里达之洞见的基础早已包含在辽阔得多的历史自我意识之眼界的语境之中,包含在黑格尔和马克思的著作之中。实际上,伊格尔顿最近的著作《理论之后》(*After Theory*)提出,在某些方面,我们需要返回到一种"直率的现实主义"。他告诫说:"如果文化理论要介入到一种雄心勃勃的全球历史之中的话,那么,它就必须具有它自身相应的资源,在深度和广度上与它所面对的境况相当。它不可能简单地继续讲述关于阶级、种族和性别的相同叙事,就好像这些主题是绝对必要的一样。"[22]

注释

[1] Karl Marx and Friedrich Engels, *Manifesto of the Communist Party* (1952; rpt. Moscow: Progress Publishers, 1973), pp. 11-16. 下文引用写作 *MCP*。

[2] Marx, *Economic and Philosophical Manuscripts of* 1844 (1959; rpt. Moscow and London: Progress Publishers/Lawrence and Wishart, 1981), pp. 127-143.

[3] Marx and Engels, *On Religion* (1957; rpt. Moscow: Progress Publishers, 1975), p. 39.

[4] Marx, *Capital: Volume* I (1954; rpt. London: Lawrence and Wishart, 1977), p. 29. 下文引用写作 *Capital*。

[5] "Preface and Introduction," in *A Contribution to the Critique of Political Economy* (Peking: Foreign Languages Press, 1976), p. 3. 下文引用写作 *CPE*。

[6] Engels, *The Origin of the Family, Private Property and the State*, introd. Michèle Barrett (Harmondsworth: Penguin, 1985), p. 105. 下文引用写作 *OF*。

[7] George V. Plekhanov, *Art and Social Life* (New York: Oriole Editions, 1974), pp. 177-178.

[8] V. I. Lenin, *On Literature and Art* (Moscow: Progress Publishers, 1967), p. 148. 以下引文均出自这个文本。

[9] Leon Trotsky, *Literature and Revolution* (New York: Russell and Russell, 1924), p. 218. 以下引文均出自这个文本。

[10] Leon Trotsky, *Culture and Socialism and a Manifesto: Art and Revolution* (London: New Park Publications, 1975), pp. 31-34.

[11] A. A. Zhdanov, *On Literature, Music and Philosophy* (New York and London: Lawrence and Wishart, 1950), p. 15.

[12] Berel Lang and Forrest Williams, eds., *Marxism and Art: Writings in Aesthetics and Criticism* (New York: McKay, 1972), pp. 226-227.

[13] Antonio Gramsci, *Selections from Political Writings*, trans. J. Mathews, ed. Q. Hoare (New York: International Publishers, 1977), p. 171.

[14] Terry Eagleton, *The function of Criticism* (London: New Left Books, 1984), p. 93.

[15] Terry Eagleton, *Walter Benjamin or Towards a Revolutionary Criticism* (London: New Left Books, 1981), p. 84. 下文引用写作 *WB*。

[16] Terry Eagleton, *Literary Theory: An Introduction* (Oxford and Minnesota: Blackwell/ University of Minnesota Press, 1983), p. 208. 下文引用写作 *LT*。

[17] Terry Eagleton, *Against the Grain: Essays* 1975-1985 (London: New Left Books, 1986), pp. 81-82.

[18] See *Marxism and Literary Criticism* (London: New Left Books, 1976), pp. 8-10.

[19] Terry Eagleton, *Criticism and Ideology* (London: New Left Books, 1976), p. 54. 下文引用写作 *CI*。
[20] Jacques Derrida, *Positions*, trans. Alan Bass (Chicago and London: University of Chicago Press, 1981), p. 9. 下文引用写作 *POS*。
[21] Jacques Derrida, *Of Grammatology*, trans. Gayatri Chakravorty Spivak (Baltimore and London: Johns Hopkins University Press, 1976), p. 106.
[22] Terry Eagleton, *After Theory* (Harmondsworth: Allen Lane and Penguin, 2003), pp. 221-222.

第八部分
20 世纪

20 世纪:背景与概观

20 世纪极为复杂的历史,从很多角度来看都与文学、批评和理论有着深刻的相关性:妇女运动和争取妇女权利的斗争历史;19 世纪晚期以来遍及欧洲的各国工党的发展,以及它们代表工人阶级所进行的斗争;帝国主义的延续以及后来世界范围内的非殖民化现象;全世界法西斯主义势力的出现;苏维埃帝国的发展以及西方世界与共产主义集团之间的"冷战"(Cold War);还有最近所谓的伊斯兰世界及其与西方关系不断变化着的构成。这些复杂现象中的每一种都曾激发过大量的文学和批评,其中很多不仅仅是被动记录下来的各种事件,而且经常都参与和塑造了它们从中产生的意识形态氛围。

大多数这类现象在一些重要方面都是 20 世纪特有的。20 世纪的有些趋势较为明显地是那些长期发展的趋势的延续或激化:合理化,都市化,世俗化,日益实际地运用科学与技术,中产阶级的成长,以及资本主义技术的日益精致化。在众多方面,这些广泛的趋势在 20 世纪的某些巨大事件和现象中达到了顶点,它们的影响力超越了阶级、性属(gender)、种族、国家和宗教的差异与利益。这些事件包括:1917 年俄国的布尔什维克革命(Bolshevik Revolution),第一次世界大战(World War Ⅰ,1914—1918 年),20 世纪 30 年代的经济大萧条(Great Depression),第二次世界大战(World War Ⅱ,1939—1945 年),冷战和军备竞赛,美国作为世界强国的优势,所谓"第三世界"的出现,20 世纪 60 年代的社会和政治动荡,20 世纪 80 年代西方走向右翼政治的普遍转向。很多这类发展都在 1989 年大多数共产主义集团的崩溃和 1991 年苏联的解体中达到了顶点。

历史学家埃里克·霍布斯鲍姆在下文中概述了 20 世纪的主要走向:

> 从 1914 年到第二次世界大战之后的"大灾难时代",紧接着就是 25 年或 30 年左右显著的经济增长与社会转型,它很可能比其他任何可以比拟的短暂时期都更加深刻地改变了人类社会。回顾起来,可以把它看成一个"黄金时代",这个时代在 20 世纪 70 年代早期几乎就很快终结了。这个世纪剩下的年代是一个分裂、不确定和危机的新时期——实际上,对世界上的大部分地区来说,诸如非洲、苏联和欧洲前社会主义国家来说,都是灾难性的。随着 20 世纪 80 年代让位于 90 年代,那些反思这个世纪的过去和未来的人们的心态,是一种日渐增长的**世纪末**(*fin-de-siècle*)的阴沉。[1]

在这里值得简要地考察一下霍布斯鲍姆所提到的一些现象。第一次世界大战以德国和奥地利为一方(土耳其和保加利亚参与其中),法国、俄国和英国为另一方(有日本、意大利和美国加盟),这些主要强国之间的战争的破坏性影响,在历史上是前所未有的。霍布斯鲍姆宣称,这场战争"标志着19世纪(西方)文明的崩溃"。他接着说:"这一文明"

> 在经济方面是资本主义的;在法律和宪法结构方面是自由主义的;在其特有的支配阶级的形象方面是资产阶级的;在科学、知识、教育、物质和道德进步方面引以为荣;深刻地相信欧洲的中心性,相信欧洲是科学、艺术、政治和工业革命的诞生地,其经济已经渗透到了世界上大多数地方,其士兵也已经征服了世界上的大多数地方。(AE, 6)

从这一简洁的陈述来看,很清楚的是,体现在资本主义世界各种体制中的启蒙运动的理想,在经济、政治和道德等众多层面的灾难中都已达到了顶点。这一灾难对思想界和学术界在心理上的冲击,同样是深刻的。有争议的是,第一次世界大战超过20世纪的一切现象,导致所有领域里的思想家们不仅质疑启蒙运动的遗产,而且质疑西方文明的基础本身。由这场战争造成的破坏和残杀的绝对规模,从此加速了长久以来的各种设想——理性的力量,历史的进步,节俭,人类的尊严,人民与国家和谐生存的能力,以及我们认识自己和世界的能力——全都陷入了一种道德、精神和知性危机的状态之中。

后来,20世纪30年代的经济大萧条表现了"全世界经济空前深刻的危机",迫使"哪怕最强大的资本主义经济屈服"。霍布斯鲍姆评论说,随着法西斯主义和各种独裁主义政权攫取权力,自由主义的民主制度在1917年到1942年期间衰落了。由同盟国(英国、美国和法国)发起的遏制纳粹德国(得到了意大利和日本极权主义政权的援助)扩张主义野心的第二次世界大战,不仅造成了第二次大规模破坏的浪潮,而且在战后造成了英国、法国、比利时与荷兰的庞大殖民帝国的土崩瓦解,这个帝国曾经征服了世界上三分之一的人口。具有讽刺意味的是,正是资本主义与共产主义的"奇异"联盟,才拯救了资本主义,因为红军在战胜纳粹德国中起到了一种实质性的作用。霍布斯鲍姆说,这种联盟"构成了20世纪历史及其决定性时刻的关键"(AE, 7)。尽管有1945年成立联合国(UN)和1949年成立北大西洋公约组织(NATO)这些措施,但霍布斯鲍姆宣称,20世纪"毫无疑问地堪称我们记录下来的最为残忍的世纪",表现在战争的规模和发生的频率方面,也表现在"它所造成的人类灾难无可比拟的规模,从历史上最大的饥荒,直到系统的种族灭绝"(AE, 11)。所有这些现象——两次世界大战,法西斯主义的崛起,萧条和非殖民化——都对文学和批评产生了深刻的影响。

接着,从1947年到1973年的时期是一个显著增长和繁荣的时期,按照霍布斯鲍姆的看法,它为有历史记录以来最伟大和最迅速的经济和文化转变提供了契机(AE, 11)。前所未有的技术进步,世界上大多数人口从此不再生活在农业经济之中,除此之外,这个时期经历了众多政治革命和社会革命,其原则由拉丁美洲的切·格瓦拉(Che Guevara)、阿尔及利亚的弗朗茨·法农(Frantz Fanon)和哲学家赫伯特·马尔库塞做了不同的表达,他们给予了美洲和欧洲激进知识分子们以灵感。反对殖民主义的政治革命和运动在非洲很多地方爆发;美国黑人早期的战斗受到过马库斯·加维①以及后来的马尔科姆·X②等人物的激励,它扩大成了20世纪50年代和60年代的民权运动,其领导人包括马丁·路德·金,他于1968年被暗杀。这些运动背后的众多情绪在美国黑人文学中得到了强有力的表达。美国黑人的传统在近几十年里日渐得到了小亨利·路易·盖茨(Henry Louis Gates, Jr.)等批评家的探讨和理论化。在中东,局势同样极为动荡。英国在巴勒斯坦的托管权终止以及以色列在1948年建国,导致以色列和阿拉伯国家之间持久的冲突(Arab-Israeli conflict),它们在1948年、1956年、1967年和1973年的严酷战争中鏖战。这种冲突深刻地塑造了整个地区的文学和文学批评原则;这在巴勒斯坦裔美国学者爱德华·萨义德的一些著作中得到了分析。

在整个这一时期中,西方的资本主义走上了日益垄断和巩固的道路,它经常利用由约翰·梅纳德·凯恩斯(John Maynard Keynes)这类经济学家所倡导的原则。凯恩斯认为,资本主义的各种不公平可以得到矫正,并且将运用货币控制,而不是19世纪的自由放任原则,从而带来全面繁荣。然而,美国和欧洲的一代学生却反对他们所认为的晚期资本主义世界的压迫、不公正、男性至上主义、种族主义(racism)和帝国主义的本质,这对很多人来说以美国卷入越南战争(Vietnam War)为代表。1968年5月,学生和工人的左翼起义震撼了巴黎大学,也震撼了伯克利、旧金山、肯特和其他地方的大学。法国和美国的大多数文学理论,包括女性主义在内,都从这种骚动不安的氛围中获得了推动力。20世纪经历了从早期开始的各种趋势的加速,诸如都市化、人口爆炸、资本主义向世界大多数地区的蔓延。20世纪晚期产生了生态学的新意识,其内涵是现代工业生活与生产破坏了环境。现代批评和理论已经扩大到了把所有这些发展都囊括在内。

共产主义集团和苏联的崩溃导致很多人宣称:马克思死了。当我们进入一个新世纪时,很明显的是,冷战已被新的动力所取代,这种动力本身已经成了最近的批评和理论的基础。继共产主义相对稳定的国际体系之后出现的是南斯拉夫和苏联地区的地方种族、部落和宗教冲突。从20世纪90年代初期以来,这种新动力的核心已经由美国作为全世界主要强国的无可匹敌的优势确立了,并且得到了对一种"新世界秩序"(New World Order)的阐明的支持。政治上的左派的相对重要性,已经在理论的性质上留下了自身的标记,这种性质或者被认为是激进的,或者被认为是保守的。从2001年9月11日对世界贸易中心大厦的袭击以来占据了中心舞台的是"反恐战争"(war on terror),它被老套地看成针对西方世界反对被认为激进的伊斯兰教。双方较有见识的支持者都提出,伊斯兰教与西方之间的战争是一场意识形态闹剧,既毫无美国民主政治真实性质方面的基础,也毫无伊斯兰教真实性质方面的基础。莱拉·艾哈迈德(Leila Ahmed)、法蒂马·梅尔尼西(Fatima Mernissi)、阿克巴·艾哈迈德(Akbar Ahmed)和阿齐兹·阿兹迈(Aziz al-Azmeh)等伊斯兰教学者近来就一些问题正在进行论争,诸如伊斯兰教与民主制的兼容性,伊斯兰教中妇女的地位,以及伊斯兰教、基督教与犹太教之间的关系。在

---

① 马库斯·加维(Marcus Garvey,1887—1940年):生于牙买加的黑人,发起成立世界黑人促进协会,后来到美国开展活动。

② 马尔科姆·X(Malcolm X,1925—1965年):非裔伊斯兰教教士,美国民权运动重要人物。

论争中,他们根据现代文学理论与文化理论去重温伊斯兰教的历史、文学和《古兰经》。

言归一种总体特征的描述。霍布斯鲍姆说明了这个世界从20世纪开始直至结束时发生变化的三个方面:它再也不是以欧洲为中心,虽然美国、欧洲和日本仍然是最富裕的;全世界在某些重要方面成了一个"单一运作的单位",主要是在经济关系方面,但也日益表现在大众文化方面;最后是,从前的人类关系模式的大规模瓦解,以及过去与现在之间的一种前所未有的断裂。资本主义已经成了一种持久的和持续的革命性力量,它使自身在时间中永存,并使其帝国在空间里不断延伸。

20世纪的文学批评和理论

20世纪的文学批评和理论由一系列广泛的趋势和运动构成:人本主义的传统,它由19世纪马修·阿诺德等作者传递下来,并通过欧文·白璧德和F. R. 利维斯等人物一直延续到20世纪,在我们自己时代的弗兰克·克莫德和约翰·凯里(John Carey)等学者中继续存在着;新浪漫主义(neo-Romanticism)的趋势,表现在D. H. 劳伦斯(D. H. Lawrence)、G. 威尔逊·奈特(G. Wilson Knight)和其他人的著作之中;新批评最初产生于20世纪20年代,后来在20世纪40年代被定型并且得到了普及;马克思主义批评的传统可以追溯到马克思和恩格斯本人的著作;精神分析批评的基础是由弗洛伊德和荣格奠定的;俄国形式主义起源于俄国革命之后的时期;结构主义完全成形于20世纪50年代,建立在20世纪初期由索绪尔和列维-斯特劳斯(Lévi-Strauss)所奠定的基础之上;还有有时被包含在"后结构主义"这个标签之下的各种批评形式——拉康的精神分析理论,这一理论改写了弗洛伊德的各种概念;解构与女性主义一同出现于20世纪60年代;读者反应理论的根基可以追溯到胡塞尔和海德格尔;新历史主义出现于20世纪80年代。

在19世纪末,欧洲和美国的批评主要是传记式的、历史的、心理的、印象式的和经验的。随着英语在英国被确立为一门单独的学科,乔治·圣茨伯里(George Saintsbury)、A. C. 布雷德利(A. C. Bradley)和阿蒂尔·奎勒-库奇(Arthur Quiller-Couch)等众多有影响的批评家都在大学里拥有职位。在美国,威廉·迪安·豪威尔斯、哈姆林·加兰和弗兰克·诺里斯曾经提出过很有影响的现实主义和自然主义理论。约翰·梅西(John Macy)、伦道夫·伯恩(Randolph Bourne)和范·威克·布鲁克斯(Van Wyck Brooks)等美国批评家的一个重要的关注点,就是要通过追寻一种特定的美国文学传统,从而确立一种民族身份的意义。在法国,最为普遍的批评方式是"文本阐释"(*explic-ation de texte*),它以借助传记资源和历史语境的细读为基础。在马修·阿诺德的人本主义传统方面,这种"世纪末"批评(*fin-de-siècle* criticism)的大部分都经历了文学方面的对现代文明的弊端的逃避,或者对它进行矫正。在美国和欧洲,文学的捍卫者和支持者都力图在教育课程中保存人本主义,反对改革者们的各种冲击,如哈佛大学校长查尔斯·埃利奥特(Charles Eliot)和约翰·杜威,他们认为,大学教育体制应当与主导的资产阶级的科学与经济利益保持一致。

上文所讨论的政治和经济方面的巨大发展,提供了20世纪的文学和批评所产生的广阔语境。19世纪晚期反对资产阶级社会商业主义与平庸的人本主义传统,在"新人本主义"(New Humanism)的论争中延续着,并且得到了强化。新人本主义由哈佛大学教授欧文·白璧德领导,包括了保罗·埃尔默·莫尔(Paul Elmer More)、诺曼·福斯特(Norman Foerster)和斯图尔特·谢尔曼(Stuart Sherman)等人物,他们在文化观和政治观方面是保守的,反对他们所认为的代表着20世纪早期美国特色的风格和方法方面相对主义的混乱无序。他们反对源于自由主义的资产阶级传统的主导趋势:狭隘地把焦点集中于现在,却以牺牲过去和传统为代价;在政治、道德和美学领域中不受限制的自由;多元论的躁动,对事实进行机械论的提升,以及对科学的盲目崇拜。

反对资产阶级世界的产业主义和理性主义的还有英国的新浪漫派批评家,包括D. H. 劳伦斯、G. 威尔逊·奈特、约翰·米德尔顿·默里(John Middleton Murry)、赫伯特·里德(Herbert Read)和C. S. 刘易斯(C. S. Lewis)。劳伦斯(1885—1930年)是一个公开的反理性主义者,他认为,现代工业世界在性别方面是压抑的,阻碍了人类的潜能。劳伦斯以自己极为特殊的方式预见到了在当代批评的各个领域中对无意识、身体和非理性动机的强调。总的来说,这些批评家试图恢复一种浪漫派的信念,即相信泛神论和世界的有机统一(Murry),以及一种有机论的美学,它认为诗歌是一个超越理性和散文阐释之可能性的有机整体(Murry, Read)。他们的文学分析服从于艺术关注的意图和传记题材(Wilson Knight)。在新批评中出现关于作者意图和文学的情感表达方面的论争之前,学者E. M. 蒂利亚德(E. M. Tillyard, 1889—1962年)就在《个人的异端》(The Personal Heresy, 1939年)一书中卷入了与C. S. 刘易斯的一场争论。新批评的倾向在美国也被预见到了,在美国,W. C. 布劳内尔(W. C. Brownell)试图把文学批评确定为一种严肃的和独立的活动,詹姆斯·吉本斯·胡内克尔(James Gibbons Huneker)和H. L. 门肯(H. L. Mencken)则坚持认为,艺术中的审美因素要脱离道德上的考虑。

因此,20世纪早期的批评趋势已经在某些方向上出现了变化:使美学关注脱离道德关注和宗教关注,实际上是把美学(由于超越理性和功利、实用价值等资产阶级思想范例)提升为对抗商业化和丧失人性之世界的最后一道防线;相关的是试图把批评确立为一种严肃的和"科学的"活动。这种广泛的人本主义趋势远远没有死亡;它不仅通过F. R. 利维斯等人物的努力延续下来,而且经常构成与之抵触的那些批评形式的努力。

与"文学理论"相联系的大多数批评趋势——其范围从形式主义和新批评直到后结构主义——都产生于前文讨论过的灾难性历史事件的阴影之中。人们应当记得,这些历史发展与文学实践和理论具有一种复杂的、经常是矛盾的关系。例如,1917年的俄国革命最终采纳了一种官方的"社会主义现实主义"美学,文学由此被认为要涉及政治并表现阶级斗争(class struggle)。但是,革命的氛围也产生了象征主义和形式主义等其他美学;形式主义对结构主义产生了很大影响,后者通常把人类"主体"排除在外,人类主体则被认为与政治或其他方面有关。换言之,有些趋势退出了政治介入,专注于形式,这种退出本身就具有政治性质。

第一次世界大战产生了威尔弗雷德·欧文(Wilfred Owen)和西格弗里德·萨松(Siegfried

Sassoon)等诗人写作的诗歌,他们描述了自己对大战的恐怖和破坏的直接体验。然而,当时的所谓"现代主义者",如庞德、艾略特、伍尔夫和劳伦斯等人,都在自己的作品里仅仅浅尝辄止地提到了那场战争:有争议的是,他们的作品记录了战争对文学形式更为深刻的层面的影响,而不是对明显的内容的影响[虽然这样的审美距离(aesthetic distance)和调节也被认为是逃避]。T. S. 艾略特的《荒原》(The Waste Land, 1922年)可以说既呈现了西方文化的瓦解,也探寻了过去的神话与传统重新综合的形式,以及精神上的重建。弗吉妮亚·伍尔夫的《到灯塔去》(To the Lighthouse, 1927年)在损失和贫穷的意义上记录了战争的影响,这个部分占据了小说将近三分之一的篇幅。重要的是,大多数现代主义都利用了一种象征主义美学,而象征主义本身却要反对19世纪的科学主义和唯物主义,寻求用一种摆脱了一切借口的纯粹诗歌语言来表现真实的世界。20世纪的现代主义体现了一种敏锐的对于语言及其在表现人类体验方面之局限性的自觉。它打上了信仰危机(crisis of belief)的标记,打上了追问和探索主体性、客观性和时间范畴的标记,也打上了退缩到专注于文学形式、过去、传统和神话的标记。

"布卢姆斯伯里学派"(the Bloomsbury Group)由一个以弗吉妮亚·伍尔夫为中心的作家和艺术批评家圈子构成,它受到过的很多影响曾经塑造了现代主义,如柏格森的哲学中所提出的时间概念。这个学派在哲学家G. E. 穆尔的影响之下,也以它自身的方式赞扬它所认为的对待生活的"审美"态度。正是在这个时期,威廉·燕卜荪(William Empson)和I. A. 理查兹等人物奠定了新批评的基础;理查兹的《文学批评原理》(Principles of Literary Criticism, 1924年)和《实践的批评》(Practical Criticism, 1929年)产生了广泛而持久的影响。也是在这个时期,文学作品被当成一种自主和自足的言语结构,独立于散文领域,正如理查兹对情感语言与示意语言所做出的区分那样。此外,在法国,早期"文本阐释"批评有点实证主义的方式,遭到了柏格森等有影响的人物的反对,柏格森关于时间和记忆的新奇概念,他关于艺术是唯一超越资产阶级社会各种机械论概念的看法,深刻地影响了普鲁斯特和其他现代主义者。保罗·瓦莱里(Paul Valéry, 1871—1945年)借助法国早期象征派阐明了一种批评,它把审美的言语结构置于优先于历史因素和语境因素的地位。

由于20世纪30年代的经济大萧条和法西斯主义的崛起,欧洲和美国的文学与批评都从形式主义和人本主义转向了一种更加具有社会意识的方式,如在社会主义批评(socialist criticism)和马克思主义批评中那样,也如在很多诗人的作品中那样。人本主义者受到了埃德蒙·威尔逊(Edmund Wilson)、艾伦·泰特(Allen Tate)和R. P. 布莱克默(R. P. Blackmur)等更加具有自由主义思想的批评家的挑战,受到了直指他们矛盾的乔治·桑塔亚那(George Santayana)等哲学家的挑战,也受到了以下讨论的左翼和马克思主义批评家们的挑战。其他批评派别也拒绝了新人本主义:芝加哥学派、"纽约知识分子群"(The New York intellectuals)和新批评派,都反对新人本主义使审美价值从属于道德标准,反对新人本主义指责现代文学和创新性文学。

在经济崩溃的这十年期间,马克思主义成了一股重要的政治力量。具有社会意识和政治意识的批评在美国拥有漫长的传统,可以追溯到惠特曼、豪威尔斯和爱默生等人物,并且贯穿了约翰·梅西、范·威克·布鲁克斯和弗农·L. 帕林顿(L. Vernon L. Parrington)等作家的作品。20世纪20年代和30年代著名的马克思主义批评家有弗洛伊德·德尔(Floyd Dell)、马克斯·伊斯曼(Max Eastman)、V. F. 卡尔弗顿(V. F. Calverton)、菲利浦·拉夫(Philip Rahv)和格兰维尔·希克斯。伊斯曼和德尔主编过重要的激进刊物《群众》(*Masses*)和后来的《解放者》(*Liberator*,1918—1924年)。卡尔弗顿则按照阶级和经济基础等马克思主义的范畴解释了美国文学的传统。这个时期见证了大量其他激进刊物的增长,以及肯尼思·伯克和埃德蒙·威尔逊(Edmund Wilson)等非马克思主义批评家表达的革命观点。威尔逊最有影响的著作《阿克塞尔的城堡》(*Axel's Castle*,1931年)追溯了现代象征主义文学的发展,确定了这场广泛的运动中的一场"词语革命",它可能开创了思想和文学的崭新可能性。英国的社会主义批评传统可以追溯到威廉·莫里斯,他率先把马克思主义关于劳动和异化的观点运用于艺术生产。1884年,"费边社"(Fabian Society)的成立怀着取代马克思主义的行动的目的,即通过影响政府政策、散发小册子以使人们意识到经济和阶级的不平等,从而逐渐引进社会主义的"费边主义"政策。剧作家和批评家乔治·萧伯纳(George Bernard Shaw,1856—1950年)是这个社团的领袖,并且发表了该社最早的小册子之一《宣言》(*A Manifesto*,1884年)。肖伯纳主编了《费边社会主义文集》(*Fabian Essays in Socialism*,1899年),倡导妇女权利、经济平等和废除私有财产。乔治·奥威尔(George Orwell,1903—1950年)在其晚年生涯中认为自己是一位政治作家和民主主义的社会主义者,然而,他对共产主义感到幻灭,正如在他的政治讽刺作品《动物庄园》(*Animal Farm*,1945年)中所表明的那样。

由于法西斯主义的恐吓和战争的威胁,一些作家开始涉足马克思主义批评。在德国,法兰克福学派提出了对现代资本主义文化的批判,它的主要人物有特奥多尔·阿多诺(1903—1969年)、马克斯·霍克海默(1895—1973年)、赫伯特·马尔库塞(1898—1979年)和瓦尔特·本雅明(1892—1940年)。这些思想家中的一些人借助黑格尔、马克思和弗洛伊德的理论,试图恢复"否定的辩证法"或黑格尔式的马克思主义思想否定的、革命的潜能。他们强烈反对资产阶级的实证主义,实证主义在对抗黑格尔哲学中上升到了主导地位,他们追随黑格尔,坚持认为黑格尔对所有文化方式的意识在创造世界方面都是积极的。这些思想家对20世纪60年代的新左派和各种激进运动产生了很大影响。

在英国,马克思主义作者有艺术史家安东尼·布伦特(Anthony Blunt)和经济学家约翰·斯特雷奇(John Strachey)。一群马克思主义思想家以《左派评论》(*The Left Review*,1934—1938年)为中心聚集起来。诗人 W. H. 奥登(W. H. Auden)、斯蒂芬·斯彭德(Stephen Spender)和C. 戴·刘易斯(C. Day Lewis)在不同时期都支持和宣扬过左翼观点。这代人中最重要的马克思主义理论家是克里斯托弗·考德威尔(Christopher Caudwell,1907—1937年),他死于"国际纵队"(International Brigade)在西班牙的战斗中。考德威尔最有名的著作是他的《幻象与现实:诗歌之源研究》(*Illusion and Reality: A Study of the Sources of Poetry*,1937年)。考德威尔在书中就英国诗歌的发展提出了一种马克思主义的分析,有点粗糙地把这一发展的阶段与经济的发展阶段联系起来,诸如原始积累、工业革命和资本主义的衰落。

F. O. 马西森(F. O. Matthiessen)等自由主义批评家运用了文学研究的历史方法,但坚持致力于它的审美维度。这种形式主义的倾向在新批评和芝加哥学派那里得到了强化。约翰·

克罗·兰瑟姆(John Crowe Ransom)和艾伦·泰特等美国新批评派使自身与南方的价值观联系在一起,尽管他们坚持把文学作品孤立起来,但以这种姿态从他们认为的北方庸俗的商业主义退却到了美学之中,以文学形式来看待统一的模式与各种冲突的力量之间的和谐,那些力量据说在世界上是没有的。在这个方面,英国主要的批评家 F. R. 利维斯(1895—1978 年)站在与新批评派共同的立场之上:与他们一样,他认为,文学批评应当成为一门严肃的和单独的学科。正如在他从 1932 年到 1953 年主编杂志《细察》(*Scrutiny*)期间表现出来的那样,他再三坚持认为,文学应当被当成文学,而不是一种社会、历史或政治文献。此外,像新批评派一样,利维斯试图培养一种精英,他们要捍卫文化,对抗工业社会技术的和平民主义的粗俗行为。不过,使他有别于新批评派的是,他同样——按照马修·阿诺德的道德主义和人本主义传统——强有力地反对这一观点,即坚持认为文学研究不能被限制于孤立的艺术作品,也不能被限制于纯粹的文学价值领域。利维斯借助了艾略特关于传统的看法,提出了"艺术成就的社会性质的新重点"。对利维斯来说,这种社会性质要以他所称的"人类的内在本质"为基础。这样,文学研究就成了对"人类本质的复杂性、可能性和基本状况"的研究。利维斯的态度中明显的矛盾,即认为文学是文学,以及文学不能脱离生活的一切方面,似乎是由追求直觉的同化能力与成熟的文学**经验**的诉求"决定的",没有任何概念的或理论的微妙之处能取代它们。

芝加哥学派的批评家们借助亚里士多德的观点,也提出了一种形式主义的批评概念,与新批评派一样强调审美,强调文学文本的有机统一。这些批评家中有 R. S. 克兰(R. S. Crane)、理查德·梅克昂(Richard McKeon)和埃尔德·奥尔森(Elder Olson)。纽约知识分子群中有欧文·豪(Irving Howe)、莱昂内尔·特里林(Lionel Trilling)和苏珊·桑塔格(Susan Sontag)。这些作者借助埃德蒙·威尔逊的著作,认为他们自己远离了资产阶级社会、商业主义、斯大林主义和大众文化;他们认为自己是自由主义者或民主的社会主义者,他们撰写的批评论著突出了社会性和政治性。他们推进了文学上的现代主义,重视文学中的复杂性、反讽和世界大同主义。

第二次世界大战的结束使西方强国与苏联国家集团之间的对立正式化。虽然有些文学介入了这种冲突的意识形态之中,但大多数作品都退缩到了对微不足道和依赖低下价值观之对抗性的长期语境化之中。这种退出"客观"现实的行为,在现象学等哲学中达到了顶点,现象学把客观世界放进括号里,认为它是感知的一种作用,存在主义则要求追问权威和信仰的一切形式,并且促进了"荒诞剧"(the Theater of the Absurd)等文学形式的发展,荒诞剧的倡导者塞缪尔·贝克特和欧仁·尤内斯库(Eugene Ionesco)将存在主义的荒诞性、苦闷和人类生存的极端孤立加以戏剧化。意大利思想家贝内德托·克罗齐阐明了一种美学,它恢复了黑格尔的唯心主义原理,以对抗资产阶级的实证主义和科学主义传统。德国存在主义哲学家马丁·海德格尔(1889—1976 年)日益把诗歌看成超越哲学推论和理性之局限性的。在法国,哲学家加斯东·巴舍拉尔(Gaston Bachelard,1884—1962 年)提出了一种对诗歌的现象学的和超现实主义(surrealism)的说明,存在主义者让-保罗·萨特(1905—1980 年)则倡导一种政治介入的文学。现象学的着重点由乔治·普莱(Georges Poulet,1902—1991 年)、让-皮埃尔·里夏尔(Jean-Pierre Richard,生于 1922 年)和乔治·巴塔耶(Georges Bataille,1897—1962 年)做了进一步的阐述,并且在莫里斯·布朗肖(Maurice Blanchot,1907—2003年)的著作中做出了语言学上的定位。

20世纪50年代,结构主义——通过把人类主体的力量置于一种宽泛的语言学和符号学结构之内,从而把它放进括号里或者贬低它的另一种趋势——通过人类学家克洛德·列维-斯特劳斯和叙事学家A.J.格雷马斯(A.J.Greimas)等人物开始兴盛,他们利用了索绪尔和早期俄国形式主义的观点。罗兰·巴特分析了西方文化的新神话,提出了一种革命性的对立话语,那种话语意识到了它自身的神话身份。巴特宣告了"作者之死",他的晚期著作转向了后结构主义的方向。这个时期的形式主义思想家中很有名的有诺曼·雅各布森(Roman Jakobson,1896—1982年)、埃米尔·邦弗尼斯特(Émile Benveniste)、茨维坦·托多罗夫和热拉尔·热内特。

具有讽刺意味的是,正是第二次世界大战后经济相对繁荣的时期,终于推动了民权运动和妇女运动的发展。20世纪60年代的革命热情给予马克思主义批评一种复苏了的推动力。围绕着《新左派评论》(New Left Review)聚集了一群马克思主义评论家,该刊物创办于1960年,最初由斯图亚特·霍尔(Stuart Hall)任主编,接着由佩里·安德森任主编。它的撰稿人包括E.P.汤普森(E.P.Thompson)、雷蒙德·威廉斯和特里·伊格尔顿。也是在这个时期,激进刊物《泰凯尔》(Tel Quel)在1960年创办于法国,它培育了一种知识环境,解构的奠基人德里达的著作,用语言学术语来解释弗洛伊德的概念的拉康,以及朱丽娅·克里斯蒂娃等重要的女性主义思想家都在其中得到了激励,它最终取代了法国存在主义的突出地位。《泰凯尔》借助巴舍拉尔、巴特和其他人的洞见,从一种原初的美学重点转向了行动主义。它的总体目标是要借助文学文本和新的批评方法去补救语言的革命性力量。值得注意的是,与该杂志有联系的很多思想家都挑战过自柏拉图和亚里士多德以来成为大多数西方思想之基础的范畴和二元对立,那些对立代表了政治和社会方面的各种等级。拉康把无意识理解为语言学方面的,被一些人认为具有革命性的含义,尽管有一些像吕斯·伊里加雷(Luce Irigaray)和埃莱娜·西克苏(Hélène Cixous)那样的著名女性主义者指责过弗洛伊德和拉康本人的理论,他们认为那是赋予男性甚至是厌恶女性者(misogynistic)以特权。莫尼克·威蒂希(Monique Wittig)和朱丽娅·克里斯蒂娃等女性主义者都曾反思过一种"女性写作"(écriture féminine)的可能性。

在下一个时期中,欧洲和美国的政治心态转向了右翼。资本主义在20世纪80年代和90年代日渐没有受到挑战的优势,经历了新历史主义的出现并得到强化和流行起来,新历史主义要求文学文本不应像马克思主义批评那样被置于一种经济基础的语境之中,而要置于政治和文化话语的上层建筑的结构之中,因为经济维度本身没有提供任何优先权,实际上被当成了另一种上层建筑话语。对新历史主义的主要影响之一是米歇尔·福柯,他认为知识是权力的一种形式,并把权力分析为高度分散的、并非明确属于一批特定的政治力量或意识形态力量。读者反应理论的根源可以追溯到德国作者汉斯·罗伯特·姚斯(Hans Robert Jauss)和沃尔夫冈·伊塞尔的接受理论,它涉及确认文本生产的对话性质,它把文本的意义重新界定为文本与具有适当资质的读者群之间交互作用的产物。

这些趋势利用了先前对各种二元对立的挑战,利用了所有现象的"文本"性质,认为就连历史和经济也是解释性的叙事。这个时期的马克思主义批评家,尤其是特里·伊格尔顿和弗雷德里克·詹姆逊,都不得不确定他们自己的姿态与其他各种批评分支之间的联系和分歧;他们借助阿尔都塞、阿多诺、霍克海默和本雅明的分析,试图说明大众消费社会的各种现象,以及被归入后结构主义和后现代主义标签下的各种理念的谱系。吉勒·德勒兹(Gilles Deleuze)、费利克斯·瓜塔里(Félix Guattari)和让·鲍德里亚(Jean Baudrillard)等作者,根据心理学的范畴和冲动、构成意识的象征性过程,以及缺乏得出知性判断或道德判断的基础,分别对资本主义社会进行了强有力的分析。克莱门特·罗塞特(Clement Rosset)、雅克·布弗雷斯(Jacques Bouveresse)和理查德·罗蒂等更加晚近的思想家们,厌恶后结构主义的各种原则,如它简单地把现实看成在根本上属于语言学的。文森特·德孔布(Vincent Descombes)返回到了 20 世纪早期维特根斯坦等分析哲学家们的原理之上,众多后结构主义者则极大地依赖于各种黑格尔式的概念,让-弗朗索瓦·利奥塔等思想家却转向了康德。利奥塔很有影响地对"后现代状况"进行了理论化,认为它的标志就是缺乏对解释计划进行总体化,以及瓦解人类的主体性。

上文提到的大多数文学和批评趋势都认为自身是"对抗性的",都是在破坏和挑战晚期资本主义以及在某些情况下挑战共产主义的主导权力结构与意识形态。在哲学方面,这种"异己的"思想传统可以追溯到叔本华对启蒙哲学的批判,以及他对总体化的黑格尔式观点的批判,这种批判已经通过尼采、弗洛伊德、柏格森、维特根斯坦、索绪尔、海德格尔和萨特延续到了现代文学和文化理论之中。整个这一传统都倾向于把艺术和文学看成对抗工业社会粗鲁的消费主义价值观的一道壁垒。不过,应当记住,这些趋势并没有表现出西方自由主义和人本主义思想的主流动力,这种思想确实源自启蒙运动,它通过 J. S. 穆勒的功利主义,约翰·杜威和亨利·詹姆斯的实用主义,奥古斯特·孔德的实证主义,埃米尔·涂尔干和赫伯特·斯宾塞一直延续下来,也通过 20 世纪早期的新现实主义、分析哲学和逻辑实证论延续下来,更不用说那些一直持续到我们时代的文学和电影写实主义的方式,再加上象征主义的后现代主义传人们。实际上,可以认为,就连现代文学理论的对立趋势在其真正的形式方面,也是由从启蒙运动传承下来的自由主义的资产阶级的主导概念内在地构成的。例如,使文学批评变成一门科学学科的推动力——如在诺思罗普·弗莱、大部分结构主义和新批评那里表现出来的那样——是资产阶级社会中普遍的实证主义倾向的一部分:科学得到了抬举,包括心理学、社会学、哲学和文学批评在内的其他学科都因此力求将自身建立在科学的原理之上。新批评不仅把文学当成自主性的而且把文学批评学科当成自主性的愿望,成了走向专门化和学科分离的更大推动力的一部分。马克思主义者认为,尽管解构具有其真实而深刻的激进姿态,但它在实际上复制了不做任何承诺的自由主义和人本主义的伦理。因此,正如女性主义者在不得不利用从父权制理论、各种体制和实践继承下来的语言时完全意识到的那样,20 世纪的大部分批评和理论的对抗性质,都打上了一种深刻构成的与主导权力结构共谋的标记。

尽管这些现代批评的众多趋势都具有自身异常的丰富性和多样性,但它们倾向于汇集到一个方面,即它们认识到了语言在构成我们的世界方面的重要性。德里达在其陈述中敏锐地表达出了这一点:我们的时代**必须**最终确定语言是问题视野的总体性"。[2] 我们可以把这一陈述理解为一种迹象,表明语言已经被置于每一种哲学问题或质疑的核心之中。例如,19 世纪晚期的新黑格尔派(neo-Hegelianism)哲学家们探讨过思想与现实之间的联系,在他们那里,当时要探究的是思想、语言与现实之间的关系;语言被认为是思想过程与建构现实所必需的。语言同样被置于"男人"与"女人"之间、社会各个阶级之间、相互冲突的道德与政治体系之间、各种意识形态观点之间、现在与过去之间、对"历史"的不同理解之间的联系之中。从20世纪开始以来(甚至在此之前,在洛克、休谟、黑格尔和其他人的著作之中),就已经有一种日益增强的认识,例如,认识到"男人"和"女人"并非固定的范畴,而是表现了我们设想世界的方式:性属至少部分地是一种社会的和历史的建构,这种建构体现在由语言所表达的各种概念之中。因而,"女人"并非以某种方式指明了一种现实;相反,它是一种符号,与其他符号存在着复杂的和多方面的交互作用,是一种感知系统的一部分。日益增加的归属于语言之作用的首要性,实际上不仅承认了上述所有方面的建构性质,而且承认了需要考察我们自己的感知器官和对我们自己的观点的建构。在这个方面,与我们是康德的继承人一样,我们都成了索绪尔的继承人。

因此,20世纪见证了在大量学科中前所未有的对于语言的关注,以及关于语言的自觉,正如在广泛的意识形态观点中所表现出来的那样。这种关注和困扰是前文讨论过的经济和政治转型借以塑造文学、批评和理论的最容易理解的方式。普鲁斯特、庞德、艾略特、福克纳(Faulkner)和伍尔夫等现代主义者的作品都打上了源于法国象征派的标记,即强烈意识到了语言的局限性,以及语言无法充分表现最高真理和体验的最深层面。马克思、弗洛伊德、柏格森、尼采和维特根斯坦的著作都灌注着一种理解,即把语言理解为一个概念和符号的系统,它的指涉价值,它的指涉或表现真实世界或人类自身的能力,都不过是惯例性的和实践的。索绪尔关于语言的众多洞见早已被预见到了,很难说是新颖的;新颖的或许在于这一事实,即索绪尔把全部语言理论的基础置于它作为一种符号系统的关系的和惯例的性质之上。这样一种语言观不仅被列维-斯特劳斯等人类学家应用于文化分析,而且成了列维-斯特劳斯研究神话语言的一种模式。

大多数现代理论都建立在对于语言的内在建构作用的这种认识之上。俄国形式主义和新批评都坚持认为,诗歌语言是独特的,无法翻译成散文。新批评派倾向于认为诗歌语言是非指涉性的,并非以某种方式表现了或描述了任何真实的世界,而是建立了一种独立自足的言语结构,这种结构具有情感性的效果。巴赫金把形式主义与马克思主义的洞见结合起来,认为语言是意识形态斗争的场所。结构主义考察了由作为一种符号系统结构的语言塑造成的文学文本和更加广泛的文化现象。换言之,那些现象的真正形式都是语言方面的。语言分析已经成了女性主义者研究的核心,他们认为,语言体现了思想和压迫的男性方式,它有可能通过改变来表达女性的体验。精神分析学者雅克·拉康实际上用语言学的术语改写了弗洛伊德的大部分理论,并坚持认为无意识在其结构和运作方面都是语言上的。对解构的创始人雅克·德里达来说,没有任何外在于语言的可能性,没有任何东西超越了一切现象的文本性质。对大多数读者反应理论来说,文本的语言与意义在其真正的本质上都是对话性的,产生于作者与读者所完成的交互作用。新历史主义不仅认为文学是一种特别的话语,而且追随福柯、德里达和其他人,认为文学的社会语境和历史语境本身也是由话语网络构成的,是由表示和理解世界的方式构成的。

正如德里达所说,如果说我们的时代在其探究的根本上拥有被体制化了的语言,那么,很明显的是,我们时代大部分的文学、批评和理论都退出了指涉性,把"现实"看成一种知性的甚至是意识形态的建构。然而,我们或许要再次提醒我们自己,学术上的观点尽管实际上很丰富、很敏锐,但并非始终都与思想的主流传统或大众的实践相吻合。自由主义和人本主义哲学的传统如果不是急迫的,却也经常显示出同样关注语言。约翰·洛克仿效笛卡儿坚持只使用"清晰和明显的"理念,认为语言应当变得更加精确,更加直接,较少修饰,以便达到理解的清晰性。孔德、涂尔干、斯宾塞和延续到20世纪的整个实证主义传统都坚持要从哲学和科学的词汇中抹掉他们认为含糊的形而上学术语。伯特兰·罗素和G. E. 穆尔也认为,语言的明晰性对于阐明和解决哲学问题来说是绝对必要的。因此,哲学和文学方面的自由主义的人本主义(liberal-humanist)思想的主流,都更加倾向于各种各样的现实主义,都坚持指涉的清晰性与准确性。

在退出指涉性方面,20世纪批评和理论的众多传统或许可以说以它们自身的方式,延续了浪漫派和19世纪晚期对资产阶级理想与实践的反抗,提升美学范畴,把美学本身提升为一种感知手段,既高于理性的机械层面,也能把在传统上被理性贬斥为习俗化的人类存在的感性和身体方面,合并到哲学与神学之中。甚至坚持认为字面与隐喻、哲学与美学之间的差异是人为的,以及实际上坚持一切语言的隐喻性质(哪怕是科学语言)的大多数现代理论,都可以被认为是返回到浪漫派把美学提升为一种感知方式(而不仅仅是一种研究对象),那种方式比理性更加容易理解,适合于知性与感性两个方面,适合于有意识与无意识冲动,适合于主体看待和分析世界的特殊倾向。在这种新的提升方面,美学由于一种全面的自觉而显得突出,它的不可化约的中介就是语言。它意识到了自身是一种历史的和社会的产物,意识到了世界是它的造物;语言对这两方面的创造来说是必不可少的。作为选择,我们可以认为,美学体现了一种意识,即主体与客体的世界都是由语言内在地构成的。

几乎所有这些批评趋势都认为,人类的主体性是语言的一种功能,由于处于一种符号网络内部的地位,语言最终在时间与空间中延伸到了众多的领域——文化、政治、美学、种族、阶级和性属。然而,近来的言论却有点反对这种把语言置于我们探究的中心地位的观点,返回到了社会主体性的各种概念、经验主义的分析,以及顺从在特有的地方化关注与兴趣的基础之上进行理论化的可能性,无论它们是以种族为基础的,还是以地区为基础的。

注释

[1] Eric Hobsbawm, *The Age of Extremes: A History of the World, 1914-1991* (New York: Pantheon, 1994), p. 6. 下文引用写作 *AE*。

[2] Jacques Derrida, *Of Grammatology*, trans. Gayatri Chakravorty Spivak (Baltimore and London: Johns Hopkins University Press, 1974), p. 6.

第二十二章　精神分析批评

自亚里士多德以来的批评家、修辞学家和哲学家都考察过文学心理学的各个方面,其范围从作者的动机和意图,直到文本和表演对观众所产生的效果。不过,把精神分析的原理运用于文学研究则是一种相对晚近的现象,最初由弗洛伊德发起,在另一些方向上则是由阿尔弗雷德·阿德勒(Alfred Adler)和卡尔·荣格发起的。"无意识"的概念本身并不新颖,可以在弗洛伊德之前的很多思想家那里发现这一概念,尤其是在施莱格尔等浪漫派作家那里,以及在叔本华和尼采那里。弗洛伊德的基本贡献是,要把整个无意识的领域开辟成系统性的研究,并提供一套可以表达无意识运作的语言和术语。

断定无意识是人类思想和行为的终极根源与理由,代表着对西方思想主流的彻底破坏,那种思想自亚里士多德以来就坚持认为,人在本质上是一种理性的存在,能够在知性领域和道德领域中做出自由选择。说无意识支配着我们的行为举止,就是要将哲学、神学乃至文学批评在惯例上所依赖的一切概念问题化:认识自我的理想,认识他人的能力,做出道德评判的能力,相信我们能够按照理性去行动,相信我们能够战胜自己的激情和本能,关于道德力量和政治力量的理念、意图,以及这一看法——它延续了很多个世纪,即文学创作可以成为一种理性的过程。在某种意义上,弗洛伊德断言,我们自身的内部具有一种"他者"(otherness)的形式:我们甚至都无法要求完全理解我们自己,无法理解我们行为的原因,我们何以要做出某些道德决定和政治决定,我们何以怀有特定的宗教倾向和知性取向。甚至在我们认为我们是根据某种特定动机采取行动时,我们也许是在欺骗自己;我们的大部分思想和行为并不是由我们自由决定的,而是由我们无法探测的无意识力量驱使的。此外,我们的思维远不是以理性为基础的,而与身体有着密切的关系,与生存和侵略的身体本能密切相关,也与身体的一些无法消除的顽固特点有关(按照笛卡儿哲学的传统,心灵被当成一种没有实质的现象),诸如身体的大小、颜色、性别和社会境遇。我是一个黑人工人阶级女性这一事实,将同样决定我的世界观,或许远远超过了我在观念领域中有意识地学到的任何东西。

显然,这种将传统概念普遍问题化的做法扩大到了文学中:如果无意识是我们心灵中的一种基本因素的话,那么,我们就再也不可能像亚里士多德那样毫不含糊地谈到作者的意图,也不可能理所当然地认为按照某些规则构成的戏剧会对其观众产生一种准确的效果。我们无法设想,我们能完全控制我们所说的话,或读者能完全掌控他们的反应。我们不可能设想,被传达出来的是我们预期的意义,或者说我们有意识的打算表现了我们的真实目的。我们也无法设想,语言是一种明晰的传达思想或情感的媒介。

弗洛伊德意识到了语言本身值得怀疑的本质,它的不透明性和物质性,它对清晰性的抵抗,以及它拒绝被变成任何单向度的"字面"意义。弗洛伊德自己的著作包含了很多文学暗示,而他的一些重要概念,如"俄狄浦斯情结"(Oedipus complex),则是建立在《俄狄浦斯王》和《哈姆雷特》等文学模式之上的。弗洛伊德自己的文学分析,倾向于把他对梦的解释(dream interpretation)的模式运用于文学文本,认为文学文本表现了希望的实现,使作者的自我投射得到满足。后来的心理学家和文学批评家发展了弗洛伊德的理念,把精神分析批评的领域扩大到了囊括以下一些方面的内容:对作者、读者和虚构人物的动机进行分析,把文本与童年记忆、同父母的关系等作者经历的特点联系起来;创造性过程的本质;读者对文学文本反应的心理;解释文本中的象征,挖掘潜藏的意义;分析一种文学传统中不同作者之间的关系;研究性别角色和各种陈规;语言在建构意识和无意识中的机能。构成几乎所有这些努力之基础的是,由弗洛伊德本人培养起来的、对精神分析过程与创造一种叙事之间的明显类似之处的理解。在某种意义上,精神分析学者本身就创造了一种小说:精神分析学者受到患者的神经症(neurosis)和对创伤性事件的回忆的触发,创造了一个关于患者的连贯叙事,创伤性的事件在其中得以发生和被人理解。

在弗洛伊德之后,精神分析批评由他的传记作者欧内斯特·琼斯(Ernest Jones,1879—1958年)继承,琼斯的《哈姆雷特与俄狄浦斯》(*Hamlet and Oedipus*,1948年)一书,解释了哈姆雷特在根据自己对母亲的矛盾情感杀死其叔父时的优柔寡断行为。弗洛伊德的另一个信徒奥托·兰克(Otto Rank,1884—1939年)撰写了《英雄诞生的神话》(*The Myth of the Birth of the Hero*,1909年)一书,它重新肯定了弗洛伊德关于创造了实现希望之幻想(phantasies)的艺术家的看法,它还汇编了大量关于乱伦主题和关于英雄概念的神话。埃拉·弗里曼·夏普(Ella Freeman Sharpe,1875—1947年)按照精神分析的观点来论述语言和隐喻。玛丽·波拿巴(Marie Bonaparte,1882—1962年)撰写了大量研究埃德加·爱伦·坡的著作,把爱伦·坡的大部分创作倾向归之于他在童年时期失去了母亲。梅拉尼·克莱恩(Melanie Klein,1882—1960年)修正了弗洛伊德关于性欲的理论,拒绝俄狄浦斯情结的首要地位,阐述了一种关于冲动的理论。

另一代文学批评家——不一定都是弗洛伊德主义者——在他们对文学文本的阐释中借助了精神分析。这些批评家中有 I. A. 理查兹、威廉·燕卜荪、莱昂内尔·特里林、肯尼思·伯克和埃德蒙·威尔逊,他们以各种方式探究了文本的潜藏内容。哈罗德·布鲁姆关于经过"焦虑"调节的文学影响的理论,借助了弗洛伊德对俄狄浦斯情结的说明。罗伯特·格雷夫斯(Robert Graves)和 W. H. 奥登(他曾经写过一首怀念弗洛伊德的诗)等诗人与批评家在自己的散文作品里也借助过弗洛伊德的概念。实际上,弗洛伊德的理念的影响非常普遍,以致在很多现代小说家关于性格的概念中都可以看到它们,如在威廉·福克纳和詹姆斯·乔伊斯那里。有趣的是,D. H. 劳伦斯似乎独自达到了与弗洛伊德的理念非常相似的地步,例如在他的小说《儿子与情人们》(*Sons and Lovers*)中,俄狄浦斯式的情感在其中表现得很强烈。

精神分析的影响已经扩大到了现代文学理论的几乎一切方面。西蒙·O. 莱塞(Simon O. Lesser,1909—1979年)就阅读过程提出了一种精神分析的说明。受到莱塞的影响,诺曼·霍兰(生于1927年)用自我心理学和作为幻想的文学文本的概念来阐述他对读者反应批评的看法,研究了文本诉诸读者被压抑的幻想的方式。朱丽叶·米切尔等女性主义批评家在他们解释父权制的运作时运用过弗洛伊德的理念;其他人,如克里斯蒂娃,在对语言和性别进行分析时修正了弗洛伊德的概念。法兰克福学派的马克思主义思想家们,如赫伯特·马尔库塞,在他们分析大众文化和意识形态时借助过弗洛伊德的概念。另一些重要的理论家有诺曼·O. 布朗(Norman O. Brown,生于1913年)、D. W. 温尼科特(D. W. Winnicott)、吉勒·德勒兹和费利克斯·瓜塔里,他们都曾探讨过精神分析的意识形态基础;而雅克·拉康,在本章后半部分里将分析他的理念。下文对弗洛伊德本人的文学分析的说明,将把它们置于作为一个整体的他的理论的语境之中。

西格蒙德·弗洛伊德(1856—1939年)

西格蒙德·弗洛伊德1856年生于摩拉维亚(Moravia)的一个犹太人家庭,摩拉维亚现在是捷克共和国的一个小城。[1]他父亲有点孤僻和专制,他母亲则是一个较为温和、较为容易接近的人。弗洛伊德四岁时,他全家搬到了维也纳,他在维也纳接受了自己的全部教育。弗洛伊德详细讲述了他对《圣经》的专注曾经深刻地影响了其兴趣的取向。不过,他受到过达尔文(Darwin)的理论的吸引,那些理论在当时引起了争论,因为它们试图增加我们对世界的理解。直到他听说一篇"论述自然的美妙文章"(根据某些人的看法,弗洛伊德把那篇文章错误地归于歌德)之后,他才决心成为一名医学学生。

弗洛伊德最初于1873年在维也纳大学开始学习医学时,发现自己有点被学术圈排斥和看不起,因为他有犹太血统。在他所经历的这个时期中,他被迫成了局外人的角色,这为他的独立思想奠定了基础。然而,他最终在恩斯特·布吕克(Ernst Brücke)的生理学实验室里找到了性情相投的同事以及一种相互尊重的氛围。他在实验室里结识的约瑟夫·布罗伊尔(Josef Breuer)医生,对他的思想产生过巨大影响。他在实验室里从1876年工作到1882年,只被精神病学这个医学分支所吸引。他于1881年获得了医学学位。

在接下来的几年时间里,弗洛伊德把注意力转向了神经症研究。弗洛伊德最初受到让-马丁·夏尔科(Jean-Martin Charcot)对歇斯底里症的研究的影响,提出了这一理念:神经症或许具有心理学上的根源,而不是生理学上的根源。弗洛伊德于1886年定居在维也纳,成了一名神经症医师,同年,他与出生于犹太上层家庭的姑娘玛尔塔·贝尔纳斯(Martha Bernays)结婚,他们一共生了六个孩子,包括安娜·弗洛伊德(Anna Freud),她后来也成了一名精神分析学者。在治疗神经症患者时,弗洛伊德最初依靠的是电疗法和催眠术。弗洛伊德似乎并不缺少工作。他谈到过"成群的神经症患者",其数量多得疯狂地去找一个又一个的医生。为了提高自己的催眠技术,他进了兰斯①的一所学校,正是在那所学校里,他被"可能存在着仍然不为人们所知的强有力的心理过程"的念头所打动(Freud,10)。

1895年,弗洛伊德和布罗伊尔共同发表了名为"歇斯底里症研究"(*Studies on Hysteria*)的成果,这个文本强调了患者的情感生活,区分了有意识的心理行为与无意识的心理行为,引进了"转化"(conversion)的理念,一种症状据此被认为产生于情绪影响或冲动的郁积(Freud,13)。弗洛伊德最终得出了一些结论。首先,在思考神经症的病源(原因与根源)时,他推论说,病源并不是那些病症背后的任何一种情绪上的冲动,而是性欲本质的特殊冲动。因而,他声称,所有神经症都起源于性欲功能的干扰。弗洛伊德最终抛弃了催眠术,赞同他所称的精神分析,尽管他保留了自己惯常的从业举动,即要求患者躺在一张沙发上,而分析师坐在他背后看不见的座位上。弗洛伊德的主要理论与压抑、性欲、对梦的解析和本能有关,现在概述如下。

压抑与无意识

弗洛伊德推断,被患者忘却的一切必定在某些方面是使人烦恼的(担忧,痛苦,羞耻),他由此得出结论说,这正是它从有意识的记忆中被抹掉的原因。弗洛伊德假设,在神经症患者中,任何强烈的冲动或使人为难的本能都会在无意识领域里持续地起作用,它们在那个领域中保持着完全的"全神贯注"或精力的投入。这种本能开始时要通过迂回的路线寻求替代性的满足,并且会造成神经病症状。这就是弗洛伊德叫作压抑的过程,他认为,这是一种主要的防御机制,自我不得不通过它来保护自己,不受永恒的精力投入所造成的被压抑之冲动的一切新威胁。弗洛伊德认为,压抑是我们理解神经症的基础。他的新结论改变了医生任务的性质:他再也不会简单地使一种找到了反常出路的冲动改变方向,而会试图揭示压抑,并且用有意识的判断行为去取代它们。从这时起,弗洛伊德没有把他的研究方法叫作宣泄式的,而是叫作精神分析。

婴儿期性欲

弗洛伊德似乎并没有完全冒犯传统的思维,他后来关于婴儿期性欲的主张甚至引起了更大的敌意和愤慨。弗洛伊德在研究主体的性冲动与主体对性欲的抵抗之间的冲突时,越来越远地被导向返回到患者生活的儿童时期。他发现,正是在这个时期里,确立了后来神经错乱的倾向。弗洛伊德关于性功能始于儿童时期的断言,深刻地与表现在神学、诗歌和流行看法中关于儿童时期"天真无邪"的传统信念和成见相抵触。

弗洛伊德再次挑战了传统观念,不仅认为性欲从一个人生命之始就在起作用,而且把成年人正常的性生活看成个体身上性功能长期而复杂的发展结果。最初,这种功能附属于身体的其他重要功能,只是在后来才独立于那些功能,集中在生殖功能之上。性功能最初根据身体的各种性感应区域划分出的构成本能来表现自身。因此,性功能最初是自体性行为,主体在自己的身体上找到了愉悦的对象。机体组织的第一个阶段受到口腔组织的支配;接着是肛欲期;只

---

① 兰斯(Nancy):法国巴黎东北部的一个城市。

有到后来,性欲才会通过生殖器集中表现出来,为生殖目的服务。弗洛伊德使用了"里比多"(libido)这个术语来表示性本能的能量(Freud,22)。

俄狄浦斯情结

里比多组织与心理生活中的一个重要因素并肩出现,即追寻一个对象。在自体性行为的第一个阶段之后,对两性来说的第一个爱恋对象就是母亲,她还没有被看成有别于儿童本身的身体。随着婴儿的成长,性欲的发展就遭遇了俄狄浦斯情结:男孩把自己的性愿望集中在母亲身上,对父亲产生敌意的冲动。弗洛伊德认为,在这个阶段,女孩会经历一种类似的发展,但弗洛伊德对此的看法发生了剧烈变化。在面对已经确定的信念时,弗洛伊德再次认为,人类的构造是"天生雌雄同体的"。人们只是后来才根据性别来区分性特征,儿童最初并不清楚两性之间的差异。在阉割的威胁之下,男性儿童为了母亲而压抑自己的欲望,并接受了由父亲制定的规则。弗洛伊德认为,在人类性欲中很独特的是这一事实,即它是**双相的**($diphasic$):如前文描述的,第一次高潮出现在儿童生命中的第四年或第五年。这之后接着就是一个漫长的性潜伏期,它一直持续到青春期,青春期则是第二个高潮期;在这个过渡时期里,某些压抑开始见效,而由道德驱使的反应与形成,如羞耻感和反感,得到了增强。青春期的开始重新唤起了性冲动,早期的欲望与潜伏期的压抑之间出现了冲突。

弗洛伊德认为,他自己在两个重要方面扩大了性欲的概念。首先,性欲现在脱离了它与生殖器的唯一联系,具有一种更加广泛的身体上的作用,它把愉悦作为目标,只是后来才具有一种生殖功能。其次,性欲现在包含了传统上被囊括在"爱"这个词语下的一切友爱和亲密情感(Freud,23)。这些友爱的冲动最初在本质上都是性方面的,却受到了压抑或者升华;按照弗洛伊德的看法,性本能的这种转移造成了一些最重要的文化贡献。弗洛伊德认为,性欲领域的这种扩展,顾及了对儿童和性变态者之性欲的更重要的理解,而不仅是不予考虑或进行道德谴责,性变态者迄今为止都被忽视了。尤其是,同性恋几乎不是一种性变态;相反,可以将它追溯到**一切**人类在构造上的雌雄同体。弗洛伊德接着认为,精神分析对一切道德价值判断都毫不在意。

正如在前文中看到的,弗洛伊德最初揭示患者之抵抗的分析方法依赖于催眠术;这种方法后来让位于一种坚持与鼓励的方法;接着又让位于另一种方法,即自由联想(free association)的方法。弗洛伊德没有引导患者的思想,而是允许患者让自己放任于自由联想的过程,以患者能如实报告发生的一切事情为条件,无论事情显得多么不相干或者毫无意义。自由联想的优势在于,患者几乎没有受到强制,没有任何与神经症有关的因素会被忽视,分析过程由患者引导,而不是由分析者的预期引导(Freud,24-25)。尽管如此,患者的抵抗仍然会找到表现自身的方式:被压抑的内容本身绝不会直接出现在患者身上,而会以替代联想的形式间接表现出来。因此,分析者必须精通解析的艺术,因为他必须根据患者的暗示来推断无意识或被压抑的内容,或者根据患者进行的联想来确认其特征。

按照弗洛伊德的看法,分析技巧最重要的特点就是**转移**($transference$)的现象,它采取了患者与分析者之间强烈情感关系的形式。情感的范围可以包括充满热情的爱情、强烈的蔑视和憎恨。在患者心里，转移取代了要被治愈的欲望；倘若它包含了对于分析者的肯定性情感，那么，分析者就可以用它来影响患者。如果情感是否定性的，那么，它就成了患者抵抗的主要手段。分析者必须做的是，要使患者意识到转移，使他相信，在转移的态度中，他将重新体验到在其受压抑的儿童时期里产生于最早的附加对象的情感关系。因此，转移从一种抵抗的武器变成了一种治疗患者的手段。弗洛伊德认为，毫无转移的分析是不可能的。然而，他把这种现象看成普遍的，不仅仅是由分析造成的(Freud, 26)。

对梦的解析

自由联想和熟练的解析使精神分析能够造成又一次突破，在弗洛伊德看来，这种突破违背了传统的科学智慧：要发现梦的意义。古代文化为梦附加上了各种意义，如预测未来或表现神与人之间交流的一种手段；不过，现代科学认为，对梦的解析属于迷信领域。然而，精神分析坚持认为，可以按照科学的方法对梦进行解析。根据做梦者产生的各种联想，分析者可以推断出一种思想结构，它由**潜在的梦的念头**构成。那些念头不是直接表现出来的，只是被转化和变形成了**清晰的梦**，它在很大程度上由视觉形象构成。弗洛伊德在其《梦的解析》(*The Interpretation of Dreams*, 1900年)一书中认为，在隐藏着的梦的念头中，有一个念头在其他念头中显得特别不同(其他念头都是梦醒时生活的残余)，它支配着梦的建构，把白天的残留物当成了它的内容。这个突出的、孤立的念头是一种想望的冲动，梦则代表着这种冲动的满足。弗洛伊德认为，在睡觉期间，自我被集中在从一切生存利益中撤退出来的精力之上，放松了它耗费在压抑之上的精力。无意识的冲动利用这个机会一路向前，经由梦进入意识之中。但是，自我维持着它一定的压抑性的抵抗，作为一种对梦的审察：潜藏着的梦的念头不得不经过改变，弗洛伊德把这一过程叫作**梦的变形**，这样，梦被禁锢了的意义就无法确认。因此，弗洛伊德把梦界定为被压抑之愿望经过伪装的实现(Freud, 28)。**梦的运作**，或潜藏的念头借以转化成清晰或明显的梦之内容的过程，通过很多作用发生：对梦的前意识内容的组成部分进行**压缩**；梦在心理上之重点的**转移**；通过转化把整个梦**改变**成视觉形象。虽然梦表现了被压抑的愿望的实现，但它也可能延续早先梦醒时白天的前意识活动，表现出意图、预兆或反省。精神分析可以利用梦的这种双重特点，以获得对患者的意识过程和无意识过程的认识。

关于本能的理论

弗洛伊德的持续观察导致他相信，俄狄浦斯情结是神经症的核心。它既是婴儿期性生活的高潮，也是性欲在后来的一切发展的基础。这一点反过来导致弗洛伊德相信，神经症患者无法克服正常人所能克服的困难。换言之，精神分析所表达的是正常人心理的心理学。在里比多被附着于父母形象的俄狄浦斯阶段之前，存在着一个**自恋**或自爱的时期，主体的里比多在这个时期中把他的自我当成对象。弗洛伊德猜测，这种情形绝不会完全停止，就主体的一生来说，他的里比多会在自我与世界上的对象之间来回转移。换言之，自恋的里比多会不断地被变成对象的里比多，反之亦然，正如在恋爱状态中的示例那样，主体在其中可以在自我牺牲与自我放纵之间来回徘徊。这些思考导致弗洛伊德重新阐述了压抑的机制。弗洛伊德认为，压抑的主要力量是自卫的本能或"自我本能"。正是这些本能,构成了自恋里比多。在压抑的过程中,自恋里比多与对象里比多相对立;自卫本能要使它们自身防范爱恋对象的要求(Freud,36)。

在弗洛伊德的一些晚期著作中,诸如《超越快乐原则》(Beyond the Pleasure Principle,1920 年)、《群体心理学与自我分析》(Group Psychology and the Analysis of the Ego,1921 年)和《自我与本我》(The Ego and the Id,1923 年),他思考了对本能运作的一种新的说明。他使用了"厄洛斯"(eros)这个词语(希腊语,意为"爱恋"),以表明自卫本能是与个体和种属有关系的。他把这种本能与另一种死亡本能或破坏本能对立起来,他把死亡本能叫作"塔纳托斯"(thanatos,希腊语,意为"死亡")。他认为,这两种力量卷入了一种持续的斗争之中,这就是我们心理体验的主要语境。

作为一种体制的精神分析

弗洛伊德讲述道,在他与布罗伊尔分道扬镳之后,有一道反对精神分析的"官方诅咒"。在十多年的时间里,他没有任何追随者,人们都躲开了他。他的《梦的解析》(Interpretation of Dreams)在很大程度上被人们忽视了。这种排斥的结果使精神分析运动的成员们形成了一个有凝聚力的团体。有一小群信徒在维也纳与弗洛伊德聚集在一起,瑞士的精神分析学者 E. 布洛伊勒(E. Bleuler)和卡尔·荣格开始对精神分析产生积极的兴趣。弗洛伊德在美国受到了不同的待遇,他应心理学家 G. 斯坦利·霍尔的邀请,到美国发表了他的《关于精神分析的五次演讲》(Five Lectures on Psycho-Analysis,1910 年)。精神分析在美国公众中也赢得了追随者。

在 1911 年到 1913 年期间,有两个运动脱离了精神分析,它们分别由阿尔弗雷德·阿德勒和卡尔·荣格领导。荣格试图避开婴儿期性欲和俄狄浦斯情结的问题,试图为精神分析的结果提供一种非个人的和非历史的解释。阿德勒在否定性欲的重要性方面甚至走得更远,他把神经症和性格发展归结到人们的权力欲望。值得注意的是,弗洛伊德提到这两个人物时使用了"异教徒"这个字眼,却使用了"忠诚"一词来描述奥托·兰克、欧内斯特·琼斯和汉斯·萨克斯(Hanns Sachs)等人,他们一直在与弗洛伊德合作(Freud,33)。

弗洛伊德与文化

在 1907 年左右,弗洛伊德对精神分析之含义的兴趣开始扩大到整个文化领域。他力图把精神分析的原理运用到艺术、宗教和原始文化的研究中。在宗教研究方面,弗洛伊德认为,摆脱不了的神经症是一种变形的私人宗教,宗教本身则是一种普遍的摆脱不了的神经症。在《图腾与禁忌》(Totem and Taboo,1912—1913 年)等著作中,弗洛伊德探讨了原始文化中的禁忌,并且对原始信仰关于神经症的各种假设进行了类比。在《文明及其不满》(Civilization and Its Discontents,1930 年)等著作中,弗洛伊德提出,要把对个人的神经症的分析扩大到分析社会群体和各民族的想象性创造与文化创造。弗洛伊德的一些信徒,如欧内斯特·琼斯和奥托·兰克,在文学分析、神话学和象征主义等领域中始终坚持精神分析理论的意义。总而言之,弗洛伊德希望,精神分析虽然还不成熟,或许能在大多数不同的知识领域里做出有价值的贡献。

弗洛伊德的文学分析

甚至在其早期的著作中,弗洛伊德就求助于文学文本——著名的有《俄狄浦斯王》和《哈姆雷特》,不仅作为例子和说明,甚而作为他的一些理论概念的基础。他认为,索福克勒斯的戏剧《俄狄浦斯王》表现了"精神生活的普遍法则",他还把这出戏里的命运解释为对一种"内在需要"的具体化。他也认为,俄狄浦斯情结支配着《哈姆雷特》的悲剧,虽然他后来改变了自己对这出戏的看法。弗洛伊德就总体上的诗歌创造和艺术创造撰写过一篇论文《创造性的作家与白日梦》("Creative Writers and Day-Dreaming", 1907 年),文章认为,艺术作品是无意识愿望的想象性满足,正如梦是无意识愿望的想象性满足一样。精神分析学者所能做的,就是要把一个艺术家的生平及其作品的各种因素拼接在一起,根据这些来建构艺术家的心理结构以及他的本能冲动。弗洛伊德对列奥纳多·达·芬奇(Leonardo da Vinci)的画作《圣母子与圣安娜》(The Madonna and Child with St. Anne)进行过这样一种分析(1910 年)。他对列奥纳多·达·芬奇的性格的冗长分析产生了一种精神分析的传记原型。他撰写过对德国作家威廉·延森的短篇小说《格拉迪瓦》(Gradiva)的精神分析的说明,以及对其他作品的心理学解读。1914 年,他(匿名地)发表了一篇对米开朗琪罗在罗马的雕像《摩西》(Moses)之"意义"的敏感解读。尽管弗洛伊德自己解读过文学文本和艺术文本,但他从来就没有声称过精神分析可以充分解释艺术创造的过程。在他的《陀思妥耶夫斯基与弑亲者》("Dostoevsky and Parricide", 1928 年)一文里,他声称:"哎,在创造性艺术家的问题面前,分析必须放弃武器。"[2]

我们可以通过分析其《创造性的作家与白日梦》一文,来获得对弗洛伊德的精神分析"文学批评"程序的理解。该文最初是一篇对门外汉听众发表的演讲,它或许说明了一些关于文学的看法。弗洛伊德在开始时承认,创造性的作家是一个"陌生人",他本人不可能解释他自己在我们身上唤起新的强烈情感的能力。他提出,在寻求一种解释时,我们或许会想到创造性活动与"正常"人的某种活动之间的类似之处(Freud, 436)。他提出,在童年中可以看到"想象性活动的最初踪迹":"每个在游戏的儿童的举止都像一个创造性的作家,他在游戏中创造了一个他自己的世界,或者更确切地说,他以一种使他感到愉悦的新方式重新整理了那个世界的事物。"儿童非常认真地对待这种"游戏",带着极大的情感投入(或者"将精力集中于")游戏之上。然而,弗洛伊德认为,"游戏"的反面"并不是严肃之事,而是真实之物"。实际上,儿童能将自己的游戏世界"完全与现实区分开来;他希望把自己想象的对象和情景,与真实世界中实际的和可见的事物联系起来"。把两个世界联系起来的这种能力使儿童的游戏有别于幻想(Freud, 437)。

弗洛伊德认为,随着人们长大成人,他们停止了游戏,但他们并没有放弃他们曾经从游戏中获得的愉悦。因为在精神生活中情况始终都是,"我们绝不会放弃任何东西;我们只是把一种东西换成了另一种东西。看起来被放弃了的东西,实际上却是替代者或代用品"(Freud, 438)。替代成长中的儿童游戏的是幻想,即沉溺于白日梦之中。不过,其中存在着一种差异:儿童毫不费力就避开了游戏,成年人却"为自己的幻想感到害羞,将幻想瞒着其他人。他怀抱着自己的幻想,就像自己最私密的财产一样"(Freud, 438)。弗洛伊德认为,游戏者与幻想者行为之间的差异可以归结为动机方面的差异:儿童的游戏以希望为动机,即希望模仿成年人。

成年人的幻想也以希望为动机,但在很多情况下,这种希望属于一种喜欢隐瞒的天性。

那么,倘若人们都很难展现出幻想,我们怎样对那些幻想有所了解呢?弗洛伊德评论说,有一类人,"说出他们遭受了什么痛苦以及什么事情给予他们幸福"的任务就落到了他们身上。有一些"神经症的受害者,他们不得不说出自己的幻想……对他们期望得到其治疗的医生讲述"(Freud,438)。弗洛伊德迈出了富有特征的一步,扩大了这一洞见,声称那些神经症患者"除了我们都会从健康人那里听来的东西之外,什么也没有告诉我们"(Freud,439)。他接着列举了幻想的一些特征。他提出,首先,"一个幸福的人绝不会幻想,只有不满的人[原文如此]";幻想的动力是"没有得到满足的愿望,每一次幻想都是一种愿望的实现,是对令人不满的现实的一种修正"(Freud,439)。

弗洛伊德把那些引起幻想的激发性愿望划分成两种主要类型:它们或者是爱欲的愿望,或者是雄心的愿望。弗洛伊德认为,在"年轻女子当中,爱欲的愿望几乎是唯一占主导地位的,因为她们的雄心被爱欲的倾向所吸收,这是一种惯例。在年轻男子当中,以自我为中心的和雄心的愿望非常明显地涌现出来,足以与爱欲的愿望并驾齐驱"(Freud,439)。弗洛伊德在这些说明中墨守成规的男性至上主义,正如在其著作的其他地方那样,不可避免地表明了他的思想模式并非不那么普遍,难以摆脱地具有他自己的社会时代的基础。弗洛伊德在这种情况下的确使自己的立场变得较为温和,使人想到这两种愿望"经常被统一起来"。不过,在各自的情况下却存在着一些隐瞒那些愿望以及作为结果之幻想的合理动机:年轻女子很典型地"只被允许有最低限度的爱欲",年轻男子则必须抑制自己过度的自我关注,这样,他才能适应一个"充满着同样会提出强烈要求的其他个人"的社会(Freud,439)。

弗洛伊德解释说,幻想的内容与形式对特定的个人来说是独特的。幻想与时间的三个维度有着密切关系:首先,它与"现在的某种激发诱因"有关,那种诱因唤起了一个人的一种主要愿望;这一点引起了对一种早先体验的回忆,通常是童年时期的回忆,这种愿望在回忆中得到实现;内心接着想象出一种未来的情景,愿望在那情景中得到实现。弗洛伊德认为,由此创造出来的是一种白日梦或者幻想,在其中具有现在、过去和未来的踪迹:"于是,过去、现在和未来被串在了一起……用的是贯穿它们的愿望之线。"(Freud,439)在幻想中,梦想者重新获得了"在其幸福的童年所拥有的东西"。然而,如果幻想变得"过于丰富和过于强烈",那么,它们就可能表现出神经症或精神错乱的苗头。弗洛伊德提醒我们说,我们在夜间所做的梦只不过是幻想,它们以变形的形式表现了我们自己内心里被压抑的愿望(Freud,440)。

弗洛伊德接着根据前述的概念分析了创造性的写作——创造性的作家也参与了一种游戏:"他创造了一个他非常认真地加以对待的幻想世界——那就是说,他使那个世界充满了大量情感,虽然他明显地将那个世界同现实分离开来。"(Freud,437)(一些对弗洛伊德的说明冷嘲热讽的人会注意到其论证的熟练的循环:儿童的游戏类似于创造性的写作;因此,我们可以开始理解创造性的写作,只要我们认识到这也是游戏的一种形式。)弗洛伊德把创造性的作家分成两个主要的群体:那些"喜欢古代史诗和悲剧作家、接受了他们的现成素材"的作家,以及那些"似乎要创造自己的素材"的作家(Freud,440)。奇怪的是,弗洛伊德提出,他将选择来进行分析的"不是那些受到批评家最高崇敬的作家,而是那些较少自命不凡的小说、传奇和短篇小说作家",他们拥有"最为广泛和最为热心的两性读者圈子"(Freud,440)。在这种偏好背后的也许是这一事实:弗洛伊德的直接读者由门外汉构成,而且他也渴望研究作为一种通俗文化现象的创造性写作,而不是职业的或学术精英的写作。也很明显的是,弗洛伊德经常冒犯学术体制;他有时也注意到了,大众对他的著作的接受比内行对它们的评价更加有效。无论弗洛伊德把焦点集中在通俗小说之上的背后原因是什么,肯定值得怀疑的是,他的主张是否能够毫无疑问地扩大到文学的更高形式。

尽管如此,在弗洛伊德本人探究的条件范围内,他确实开辟了文学批评分析的某些路径。他注意到,通俗小说很典型地拥有"一个成为兴趣中心的主角",作家似乎要把这个主角"置于某种特殊旨意的保护之下"。无论他遭受到什么危险并有怎样的冒险经历,他都不会受到伤害;知道他最终会幸免于难,使读者带着一种安全感跟随他的旅程,弗洛伊德把这描述为"真正的英雄情感"。弗洛伊德认为,通过"这种具有启示性的不受伤害的特征","我们就能马上看出每个白日梦和每个故事的自我陛下,以及类似的主角"(Freud,441)。弗洛伊德在这方面的论点在于:小说不是"对现实的描绘",却具有幻想或白日梦的所有要素:主角不会受到伤害,女人们总会爱上他,小说中的其他人物都被"明显分成了好的与坏的",其方式违背了在真实生活中所发现的更加微妙的变体(Freud,441)。因此,小说表现了创造性作家方面的幻想,他可以沉溺在对其自我的这种夸耀与投射之中。

我们或许会很容易承认,这些特点表现了意在通俗消费的浪漫小说的特征,它们是根据一种明显的公式写成的。但是,这些特点怎么可能属于伟大的文学,它们确实在某些方面是原创性的,并且超过了那些公式化的约束吗?弗洛伊德承认,很多"想象性的作品都远远脱离了天真幼稚的白日梦的模式"。但是,他怀疑:"就连对那种模式的最极端的背离,都有可能通过一系列不间断的转变情况与它联系起来。"(Freud,441)弗洛伊德提供了"心理"小说("psychological" novels)的例证,在其中,作者存在于主角的心里,并且从外部来看待其他人物;这些小说表明的趋势是"现代作家自身分裂了的自我,通过自我观察,变成了自我的很多部分,而结果则是,使他自己在几个主角身上的内心生活相互冲突的趋势人格化了"。换言之,甚至在作者并没有发挥神一般的、能够深入钻研每个人物心理的作者的无限威力之处,哪怕是在"有限"威力的情况下,作者的幻想仍然要被消耗殆尽。

弗洛伊德承认,其他一些小说类型,如埃米尔·左拉的自然主义小说,似乎"处于与白日梦类型非常特殊的反差之中"。他承认,在这种小说中,主角只起着很少的积极作用,"像一个旁观者一样看着从他面前经过的其他人的举动和受难"(Freud,441)。这些小说怎么可能符合白日梦的模式呢?弗洛伊德的答案(又一次很有特点地)认为,**有些**白日梦恰恰就像自然主义小说一样:在那些梦里,"自我以旁观者的角色来使自己满足"(Freud,442)。冷嘲热讽的评论者或许会注意到,对一部小说来说,很难与弗洛伊德的模式**不**一致,因为那种模式本身可以修改,以符合所讨论的小说的性质。

弗洛伊德的探究转向了作家的生平与其作品之间的关系上。他把早先关于幻想的公式应用于创造性的艺术家:"当下的一种强烈体验在创造性作家身上唤起一种对早先体验的回忆(通常属于其童年),由此产生了一种愿望,它在创造性作品中会得到实现。"弗洛伊德指出,他把重点放在作家对童年的回忆之上,源自他的这一设想,即一部创造性的作品是"曾经成为童年游戏的东西的一种延续,并且是一种替代物"(Freud, 442)。人们也会评论说,虽然弗洛伊德的"游戏"概念与巴特、拉康、德里达、克里斯蒂娃和其他人著作中的"游戏"或"自由游戏"的概念不完全相同,但在所有这些用法之间也许存在着连续性,它们可以有效地延续下来。例如,弗洛伊德对游戏的理解暗示了一个自我创造的语言世界,而那种语言却重新形成了被认为表现了现实的习惯性方言;它也突出了作家非常主观地进入了语言系统之中,这种进入以心理气质为标志,也以社会环境和政治环境为标志;与巴赫金的大部分思想一样,它暗示了艺术家为了自己的目的而使用的语言是适当的;它暗示了一种"回归"到拉康式的婴儿安全和令人满意的整体的想象性领域,在这个领域中,一切都像我们所**希望**的那样有序;而无论作者明显的目的或意图是什么,都存在着一种无意识地起作用的潜台词,其动机也许会有差别。由弗洛伊德在这里的说明所激发起来的那种精神分析的文学批评,将分析同作者的心理和传记有关的艺术形式与内容。例如,尽管 T. S. 艾略特拒绝坚持写作"非个人的"诗歌,但他的《J. 阿尔弗雷德·普鲁弗罗克的情歌》("The Love Song of J. Alfred Prufrock")一诗,却可以按照艾略特本人对待女人之态度的历史和那些态度产生于他童年时与其母亲和父亲的关系来进行分析,也可以根据与"女性"维持着复杂关系的波德莱尔和拉弗格等人物来分析。

就想象性作品的其他主要范畴而言,如需要"重新塑造现成的和为人熟悉的素材"的史诗,弗洛伊德承认,作家在选择素材和进行表达方面具有某种独立性。然而,素材本身却源于"流行的神话、传说和童话的宝库"。弗洛伊德推测,对民族心理学(folk-psychology)的进一步研究也许会揭示神话是"整个民族愿望的幻想、人类年轻时的**世俗梦想**变了形的遗迹"(Freud, 442)。不幸的是,弗洛伊德自己并没有追寻这种迷人的假设;很明显,某些神话与特定民族的身份或文化有联系。一个显著的例子或许是"第三帝国的德意志"(the Germany of the Third Reich),或者是 19 世纪和 20 世纪初期间托马斯·巴宾顿·麦考利(Thomas Babington Macaulay)与其他"文化大使"所提出的"不列颠化"(Britishness)的自我概念。

弗洛伊德结束其论文时提出了这一问题:创造性的作品如何为我们提供愉悦?他认为,那种愉悦并不是一般地聆听别人自我夸大的幻想。那么,我们为什么会欣赏创造性艺术家的叙事呢?弗洛伊德提出,作家"通过改变和伪装使其自我的白日梦的特征变得温和了",其方式也许与我们自己的内心伪装我们睡觉时梦的内容的方式相同(Freud, 443)。第二种方法是作家通过纯形式的技巧为我们提供了审美愉悦。弗洛伊德称这样的愉悦是"前期快感"(forepleasure):我们对想象性作品的欣赏产生于"我们内心紧张感的释放",也许因为作家能够使我们"欣赏我们自己的白日梦而毫无自责或羞耻感"(Freud, 443)。

弗洛伊德的说明的一个有趣特点在于,它(典型地)忽视了其主体的全部历史,在这种情况下,美学与文学批评几乎以其全新的洞见糟蹋了场景,把源自精神分析的另一种观点注入文学批评的全部技巧之中。在这篇简短的论文里,弗洛伊德开辟了很多文学批评的路径:把创造性作品同对作家心理的深入研究联系起来,使用经过很大改变的人类主体性的概念;在艺术中追寻最初的心理倾向和冲突;把艺术和文学理解为与人类行为更加普遍的模式有着必然的联系。

不难怀疑弗洛伊德的推理使人迷惑的结果,因为这些结果具有想象力的跳跃,逻辑上的矛盾,并且塑造了对其想要的阐释形式来说可以利用的内容。然而,他在这篇文章中所用的方式证明,文学阐释的语境可以被深化为迄今为止很少被探究过的人类主体性的个体与集体的维度。除了文学文本所提出的可以直接看出来的主题和问题之外,除了其形式上的特征之外,除了其明显进入某些文学传统之外,一个文本可以根据它对更深的、无意识冲动的探究来进行研究,那些冲动隐藏在反复出现的人类的困惑、恐惧和焦虑之中。这样的途径将由卡尔·荣格、诺思罗普·弗莱、拉康和其他人进一步加以探索。

弗洛伊德论历史与文明

在《文明及其不满》等晚期著作中,弗洛伊德实际上论述了表现在集体与个体心理中的社会现象和宗教现象。他把人类心理置于社会体制的框架之中:我们称作文明(civilization)的东西,在某种程度上是我们的心理、其内在特征以及它对外界做出反应之方式累积起来的产物;文明也在某些方面类似于人类的心理,展现出一种按照相似规则发展的集体心理。正是在这个文本中,弗洛伊德把创造性艺术的产生和欣赏以及升华的其他形式置于更加广泛的问题的语境之中,诸如人类生存的目的,对幸福的追求,以及文化和宗教的作用。

弗洛伊德一开头就提出了这个问题:人类生存的目的是什么?这的确是宗教试图解答的根本问题,而弗洛伊德认为,目的的观念本身与宗教一致,或者说属于宗教(Freud,729)。与宗教的解释形成对比的是,弗洛伊德认为,人类生存的基本目的正如人们的实际行为所揭示的那样,就是追求幸福。他按照"快乐原则"把"幸福"狭隘地界定为与满足我们的欲望有关,这种界定具有积极的和消极的方面:对强烈快感的体验,以及消除或避免痛苦和不安(Freud,729)。实际上存在着三个痛苦的根源:我们自己的身体,外部世界,以及我们与他人的关系。痛苦的必然性按照"现实原则"日益减少了我们对幸福的要求:我们把自己本能的目标转向、推延到和偏向了不可能被外部世界轻易阻碍的方向。因而,我们可以选择的快乐更加温和、更加普遍,正如在艺术、科学和宗教领域中表现出来的那样(Freud,731)。艺术家在创造中的快乐成了这种满足的例证;然而,它至少打上了两个缺点的印记:只有少数人才能理解,以及像艺术所呈现出来的那样,那些"代替性的满足都是与现实形成反差的幻想"(Freud,728,731)。弗洛伊德认为,那些幻想从中产生的领域是"想象的生存;在出现对现实的感觉发展的时刻,这个领域明显地从检测现实的要求中被排除了,并且被留给了实现那些难以实现之愿望的目的。在整个幻想中,处于这些满足最前面的是对艺术作品的享受"(Freud,732)。在这里,正如在其早期论述创造性作家的文章中一样,弗洛伊德认为,整个艺术领域产生于人类方面的一种心理构造,它为人类留下了一个逃避或者释放对现实的苛刻要求的渠道;根据这种看法,艺术具有与幻想相同的规则,产生于实现愿望的要求,在其真正的本质上与现实相对立。弗洛伊德对于美的简要评论属于同一理路:当我们采取一种"对于生存目的的审美态度"之时,我们就主要是在对美的享受中追求幸福,即使美"没有任何明显的用途",即使就此而言没有任何"明显的文化上的必然性"。与艺术一样,美不可能提供任何抵御痛苦的保护。尽管如此,对美的享受却需要一种"适度的使人陶醉的感受性质……可以做出很多补偿",而"文明不可能没有这种补偿"(Freud,733)。

弗洛伊德有关艺术的论点是根本性的：人类心理在试图按照一种自我安慰的形象塑造世界时遭遇挫折，就会诉诸艺术，以便在幻想中创造世界。艺术——在一种宽泛的意义上包括科学、哲学和宗教——是这样一种冲动的最高形式，并且是文明本身的体现，其基础建立在被压抑之本能的墓地之上。实际上，弗洛伊德认为，宗教是人类思想的规划之一，它认为"现实是唯一的敌人"，鼓励厌恶世界，正如在隐士或疯子的虚妄行为中体现出来的那样。弗洛伊德大声叫道："人类的宗教必须划归到这种大众的错觉之中。"(Freud，732)通过把人们吸引到一种"心理幼稚病"的状态之中，"宗教在使很多人免于患上个人神经症方面取得了成功。但是，仅此而已"(Freud，734-735)。

弗洛伊德注意到，我们痛苦的根源之一——我们在家庭、社群和国家层面上与其他人的关系——是由自我造成的(Freud，735)。调节这些关系显然属于文化的功能。然而，弗洛伊德问道，这样的调节何以不能获得幸福？他提出了两个理由，一个理由是我们自己的心理构造：我们只可能把幸福体验为痛苦的反面，而幸福在本质上是短暂的(Freud，729)。第二个理由在于，文化对社会关系的调节，正好是通过把我们满足本能的可能性限制在两个主要的领域：性欲与侵略性。性生活必须被限制在通过里比多纽带，以及通过共同劳动和共同利益的纽带，把共同体的成员联结在一起的利益之内(Freud，747)。弗洛伊德谈到了一种被用于这一目的的爱，即"目的受到限制的爱"(aim-inhibited love)；这样的爱起初是感性的，但这时被修正了，这样，它就再也不会附属于一个特定对象(人)，而同样属于一切人，形成新的纽带(Freud，744-745)。性欲在西方文明中也以其他方式受到限制，选择对象在其中被缩小到了只允许异性，尽管在其中基本上只有一种性生活的标准。弗洛伊德认为，这样的限制忽视了个人实际上的性特质，它最初是双性的。唯一不受责难的性发泄途径是异性的生殖器之爱，它甚至更多地受到合法性与一夫一妻制规定的限制(Freud，746)。有趣的是，弗洛伊德做出了一种类似于柏拉图在《理想国》里所做出的类比，即国家或文明的构成与人类心理构成之间的类比。弗洛伊德认为，文明"将性欲表现为一个民族或其人口的某个层面所具有的，它使人们彼此之间都容易加以利用。担心被压抑的因素反抗，会促使文明采取更加严格的预防措施"(Freud，746)。不过，弗洛伊德承认，在实际上，文明不得不"默默地忽略"很多性方面的越轨(Freud，746)。福柯承认了这种思路，他后来会提出一种理论，性压抑由此通过更加微妙的分类和控制手段得以发生。

我们的另一个重要欲望，即对于侵略的欲望，必须受到限制，因为它有可能使社会瓦解。众所周知，托马斯·霍布斯等思想家曾经对处于"自然状态"下的人类有一种阴郁的看法，即认为人类被卷入了一场"一切人反对一切人的战争"。在某种意义上，弗洛伊德对人类本质的看法甚至更加阴郁，因为他认为一种残酷的侵略性是内在的本能倾向，尽管有外在的威胁。人类在自己的邻居中发现的"不仅有潜在的帮助者或性对象，而且有引诱人们满足自己对他进行侵略的人，有剥削他人劳动能力而没有补偿的人，有在性方面利用人而没有得到同意的人，有夺取他人财产的人，有羞辱他人的人，有造成他人痛苦的人，有折磨并杀害他人的人"(Freud，749)。不用说，弗洛伊德拒绝了"共产主义者"所提出的观点，即"人全都是善良的"，废除私有财产将排除人们当中的恶意和敌意。弗洛伊德认为，私有财产仅仅是侵略的手段之一；侵略性

"不是由财产造成的……它早已在幼儿园里就显现了出来……它在人们当中形成了友爱和爱情的全部关系的基础(也许有个别例外,即母亲与其男性孩子的关系)"(Freud,750-751)。话虽如此,弗洛伊德却就反对"人们当中财富不平等和由此导致的一切"的斗争,表达出了某种善意(Freud,751n.)。他也承认,"人类与财产的关系方面的真正变化"具有潜在的价值(Freud,770)。

这种"原始的人类的相互敌意"以瓦解来威胁文明。文明必须用最大的努力去使这些侵略本能转向"认同和目的受到限制的爱的关系"(Freud,750)。文明通过鼓励把侵略性内化为超我来制止它。超我与自我之间作为结果之张力的特征,被弗洛伊德刻画为罪行感。因而,我们可以看出,这种罪行感与两个因素一致:对权威的畏惧,以及对超我的畏惧。其中的第一个迫使我们断绝本能的满足,第二个则促使了对惩罚的需要,两个因素都导致了苦恼(Freud,759)。弗洛伊德认为,父亲或双亲的地位被大多数人类社群所接受。始于同父亲的关系的罪行感,结束时则是一种与社群的关系(Freud,756-757)。弗洛伊德评论说,就连整个民族都是像这样去做的,向更高的权力或命运低头,命运"被认为是父母亲力量的替代物"(Freud,758)。

因此,文明中的进步的代价是,在罪行感增加的过程中丧失了幸福。弗洛伊德认为,这种罪行感是"文明发展中最重要的问题"(Freud,763)。实际上,当对社群的外部要求或者更高权力被内化到超我之中时,我们实际上已经把一种"有威胁的外在不幸"兑换"成了永远的内在不幸,成了罪行感的张力"(Freud,759)。在一种更加广阔的"系统发生的"层面上,弗洛伊德把人的罪行感最终追溯到了俄狄浦斯情结,认为它是建立在一群兄弟杀害原始的父亲之上的,那群兄弟挑战了父亲的严厉权威:弗洛伊德把在实际犯罪基础上获得的这种罪行感叫作**自责**(remorse),它产生于儿子们对父亲既爱又恨的矛盾情感。在他们的侵略行为已经满足了自己的仇恨之后,他们的爱却"通过对父亲的认同建立起了超我;它赋予那个代理以父亲的权力……作为一种对侵略行为的惩罚"(Freud,762)。弗洛伊德认为,这种情景解释了"爱在良心根源和罪行感的致命的必然性中所起的作用"(Freud,762-763)。弗洛伊德也通过把性欲看成生命本能的**厄洛斯**和侵略性,从而把这种冲突的特征刻画为代表了死亡本能的**塔纳托斯**。他声称,侵略性"是人身上一种原始的、自足的本能倾向",它"构成了文明的最大障碍……文明是一个为厄洛斯的事业服务的过程,其目的是要把单个的人类个体,然后是家庭、种族、民族和国家,结合成一个庞大的统一体,即人类的统一体"。既然文明要靠限制性欲和侵略性来发展,那么,文化的发展就成了**厄洛斯**与**塔纳托斯**之间的一种斗争(Freud,755-756)。他认为,罪行感恰恰就是从这种原始的矛盾中产生的,是这种"永恒斗争"的表现(Freud,763)。

实际上,两种原始欲望之间的这种斗争不仅表现了人类文明发展的特征,而且表现了个人的特征。弗洛伊德坚持进行这种类比:相同的过程要被"应用于不同种类的对象"(Freud,767)。然而,存在着一个重要的差别:在个人的发展中,"旨在得到幸福之满足的快乐原则的程序,被保留下来成了主要目标……但是,在文明的过程中,情况就不一样了。在其中,迄今为止最重要的事情就是根据单个人创造出一个统一体的目标……幸福的目标依然还在,却被推到了背景之中"(Freud,768)。弗洛伊德进一步扩大了个人发展与社会发展之间的类比:社群本身"发展出了一种超我,文化发展在其影响之下进行"(Freud, 769)。弗洛伊德把公共性的超我归结为耶稣等伟大人格的影响;有趣的是,他承认,个人之超我的要求将"与主导文化之超我的规则相吻合"(Freud, 769)。这是一种含蓄的承认,即超我的内容并非以某种方式按照某种原始的或永恒的神话模仿的,而是深刻地和地方性地植根于个人的族裔环境之中。弗洛伊德甚至声称,整个社群和文明都可以被认为是"神经质的":诊断这种"公共神经症"的难点在于,倘若一个群体的所有成员都受到神经症的折磨的话,那么,正常的标准就很难界定。尽管如此,弗洛伊德却大胆地希望:"文化社群的病理"总有一天会得到研究。与叔本华和尼采一样,弗洛伊德对于我们的理念最终源于何处不抱任何幻想:"人的价值判断直接跟随着他对幸福的愿望,即它们相应的是一种以各种论点支持其幻想的努力。"(Freud, 771)再一次,弗洛伊德站在了启蒙运动关于人之理性潜能的观念的对立面:人对于"理性"的真正能力,被预先塑造得符合他最为根深蒂固的本能要求。

然而,按照弗洛伊德的看法,"文明"确切地说是什么?他认为,文明的特征是由很多显著特点表现出来的:开发和保护自然资源;一种与秩序和洁净相关的资质;尊重没有实际用处的事物,如美(Freud, 737-739)。在弗洛伊德看来,最能代表文明的是它尊重各种理念和更高的精神活动,如表现在宗教和哲学体系中的那样,以及表现在人类对个人、社会和人性的理想中的那样(Freud, 739-740)。弗洛伊德坚持认为,文明决定性的和实质性的要素是调节各种社会规则。他声称,走向文明的决定性一步,是用人们一致的力量来取代单个人的力量。这种取代的实质是限制社群成员满足的可能性,而个人看不出任何这种限制。弗洛伊德认为,最终结果"应当是一种法律的规则,所有人……通过牺牲他们自己的本能而对那种规则有所贡献"(Freud, 740-741)。因此,"本能的升华"就成了文化发展的一个显著特征,并且为"科学的、艺术的或意识形态的更高精神活动"提供了可能性,"在文明的生活中起到了一种非常重要的作用"。因而,实际上,"文明是建立在放弃本能之上的"。弗洛伊德认为,这种文化上的匮乏支配着人类之间的一切社会关系,除非文化得到补偿,否则结果将是严重的混乱(Freud, 742)。

最后,值得强调的是,弗洛伊德对文明的全部看法——尤其是文明对艺术的建构,以及文明对宗教和科学体系的建构——最终有赖于他对婴儿期之自我的说明,这种说明已经深刻地影响了拉康等思想家,也在德里达和朱丽娅·克里斯蒂娃等女性主义作家的著作中得到了重要的类似表达。弗洛伊德认为,宗教情感是一种没有边际的"无垠情感",他把其特征刻画为"一种具有永恒约束力的情感,一种与作为一个整体的外部世界一致的情感"(Freud, 723)。使弗洛伊德感兴趣的是这一问题:这样一种情感的根源是什么?弗洛伊德认为,通常,"没有任何东西能超过我们对我们自己的、我们自我的情感的把握。这种自我对我们显得就像某种自主的和整一的东西,显然有别于其他一切东西"(Freud, 724)。然而,弗洛伊德认为,这种确定的情感已经被精神分析揭示为"欺骗性的",实际上,"自我一直都是内向的,没有任何明显的定界,它向内进入一种无意识的心理实体之中,我们把它称为本我(id)"。不过,弗洛伊德承认,"朝向外部……自我似乎保持着清晰明显的分界线"。换言之,有意识的自我与无意识的心理是连续的;但是,它仍然非常明显地有别于外部世界(Freud, 724)。然而,这种分离感甚至也不是始终都存在着,它要经历一个发展过程。弗洛伊德认为,一个吃奶的婴儿"还无法将他的自我与外部世界区分开来",只有逐渐地使他自身与其感觉的外部原因分离开。弗洛伊德认为,最初,"自我囊括了一切,后来,它把外部世界同自身分离开来。因此,我们现在的自我感仅仅是更加具有包容性的——实际上是囊括一切的——感觉的一种缩小了的残余,那种感觉适合于自我与其周围世界之间的一种更加密切的联系"。正是这一点,才说明了宗教体验"无垠情感"的特征:这种"原初的自我感",**连同**更加成熟的对自我与世界分离开的感知一起,在很多人的身上持续存在着(Freud,725)。因此,弗洛伊德把宗教情感追溯到自我感的早期阶段:"宗教态度的起源,可以按清晰的轮廓一直追溯到婴儿期的无助的感受。"(Freud,727)

显然,弗洛伊德挑战了启蒙思想的众多主要推动力:(笛卡儿式的)认为人类的自我是一种独立的整体;认为——从众多启蒙思想家一直延伸到康德的著作中——自我是自主的和理性的力量;人类在历史方面的进步观念(在黑格尔的哲学中达到了顶点);外部世界和自然可以在知性上和物质上被征服的观念;或许最重要的是,源于柏拉图和亚里士多德、一直延伸到19世纪晚期的观点,即人类可以理解他们自己。但是,弗洛伊德并不属于浪漫派的那种对启蒙思想的反抗。他实际上是一个理性主义者,希望把科学的范围扩大到人类心理本身的领地中。然而,像叔本华、尼采和柏格森一样,他认为,人类理性本质上在其取向方面就是实际的和自我保护的,最终要卷入与我们的性本能和侵略本能的激烈斗争之中。弗洛伊德为大多数文化理论和文学理论所提供并且共有的,是把人类自我看成是在很大程度上由其环境建构起来的观点,是家庭力量和更大的社会力量之产物的观点;对理性和语言本身之局限性的深刻感受;对受到传统思想和行为体系影响的封闭性的强烈意识,以及对强加于人类性欲的严格约束的强烈意识;把艺术和宗教看成产生于人类需求的更大模式的观点;承认价值真理和道德价值并非以某种方式成了抽象的或普遍的,而要由文明的经济与意识形态要求来推动。

雅克·拉康(1901—1981年)

法国精神分析学者雅克·拉康的著作,根据语言学和结构主义所提供的各种洞见,集中围绕着他对弗洛伊德广泛的重新解读。拉康的规划不仅是要把那些话语应用于精神分析,而且要使所有这些探究领域能够重新相互阐释。他实际上利用了这些学科,以及数学和逻辑学,用一种(经过一些改变的)能指与所指之间联系的索绪尔式的术语,去重新阐述弗洛伊德对无意识的说明,以及他本人对人类主体性的说明。拉康非常深奥的个性和观点,牵涉他与家人、朋友、配偶和精神分析体制不同寻常的、常常很激烈的关系。他出生于巴黎的一个罗马天主教家庭,父母亲给他取的名字是"雅克-玛丽"(Jacques-Marie)。有争议的是,他的(反唯名论的)对语言和主体性的看法,都从给他的命名中获得了最初的灵感,他反对原初命名的那个时刻。他后来取消了给他的命名,去掉了"玛丽"这个名称,继续学习医学,此后,他接受过精神疗法方面的训练。1939年,他加入了"巴黎精神分析学会"(Psychoanalytic Society of Paris),于1953年成为该组织的会长。不过,他由于不守规则的和非正统的技术而受到过批评,最后成了一个被驱逐者。他做出的回应是建立了自己的弗洛伊德学派,正好在去世前的1980年,他亲自解散了这个学派。

对拉康著作的主要影响除了弗洛伊德之外,还有索绪尔、诺曼·雅各布森和黑格尔(拉康曾经听过亚历山大·科耶夫①关于黑格尔的著名演讲)。拉康的名声是由其《文集》(*Écrits*,1966年)的出版建立起来的,这一大部头的论文集于1977年以非常简短的形式被翻译成了英语。与德里达、朱丽娅·克里斯蒂娃、路易·阿尔都塞和法国其他著名的思想家一样,拉康参与了1966年约翰·霍普金斯大学的一次划时代的会议。拉康的影响不仅扩大到了精神分析领域,而且进入了马克思主义者的著作之中,如路易·阿尔都塞(他的理论受到了拉康的影响,具有讽刺意味的是,他成了拉康的患者,在此之后,甚至更加具有讽刺意味的是,他杀害了自己的妻子)、朱丽娅·克里斯蒂娃和简·盖洛普(Jane Gallop)等女性主义者,以及芭芭拉·约翰逊(Barbara Johnson)等解构思想家。有些女性主义者强烈反对拉康本人著作中男权中心主义的本质(一种并非完全不确切的表达)。

在分析拉康的一些最有影响的文本之前,也许有益的是概述一下他的某些关键看法。正如前面提到的,拉康运用语言学的术语和概念改写了弗洛伊德对无意识的说明。拉康提出了人类心理倾向的三种秩序或状态:**想象性的秩序**,**象征性的秩序**,以及**真实**。想象性的秩序是一种前俄狄浦斯阶段,婴儿在其中还无法将自身与其母亲的身体区分开,或者说,还无法识别自身与世界上的对象之间的分界线;实际上,他还不知道自己是一个一致的实体或自我。因此,想象性的阶段是一种统一性(儿童与其环境之间的统一),以及一种直接的占有(母亲和对象),一种可靠的充裕状态,一个完全由形象(因而是"想象性的")构成的世界,它没有被差异、范畴所分割或调节,一句话,没有被语言和符号所分割。镜像阶段——在这个阶段,儿童能在镜像中认出自己及其环境——标志着在这个阶段,那种安慰性的想象情形失效了,把儿童推到了象征性的秩序之中,那是预先确定了社会角色和性别差异的世界,是主体与客体的世界,语言的世界。

这样,拉康实际上用语言学的术语重新阐述了弗洛伊德对俄狄浦斯情结的说明。弗洛伊德曾经提出,婴儿对母亲的欲望受到父亲的阻止,父亲以阉割来威胁婴儿。面对这种威胁,婴儿压抑着自己的欲望,因此开启了无意识的维度,这对拉康来说(并通过拉康来看弗洛伊德)并非一个"场所",而是一种与法律、道德、宗教和良知的社会世界的关系。按照弗洛伊德的看法,儿童通过父亲的命令(拉康把它叫作"父亲的法律"),把得到社会接受的思想和行为的适当标准内在化。弗洛伊德把这些被内在化为良知的标准叫作儿童的"超我"。儿童这时认同了父亲,不知不觉进入自己的性别角色,认识到他也注定要成为父亲。当然,被压抑的欲望继续在对有意识的生活发挥着自身的影响。由于拉康对这一过程的改写,儿童在从想象性的秩序到象征性的秩序的过程中,一直都在渴望先前感到过的安全和整体性:他现在再也没完全拥有自己的母亲,没有完全拥有世界上的实体;相反,他在一个示意网络中并通过这一网络把自己与那些实体区分开来。如拉康解释的,儿童的欲望在寻求统一性、安全、终极意义之中,在一种永远难以捉摸的所指之中,变成了一种沿着能指的无限链条的不断运动,不成熟地依附于那种

---

① 亚历山大·科耶夫(Alexandre Kojève,1902—1968年):俄裔法国左派黑格尔哲学家。

开始于想象性阶段的单一自我的虚构概念。儿童生存于一种被异化的状况中，他与各种对象的关系始终都要由各种社会结构来进行大量的调节和控制，处于那些结构运作之核心的则是语言。对拉康来说，阴茎是一种享有特权的能指，表示的是性的差别及其专断。拉康从来就没有准确地描述过"真实"：他似乎认为，真实是存在于示意世界之外的东西，也许是先于语言的一种体验的原始直接性，或者是先于客体性的单纯物性的一种无序状况。对拉康而言，真实是不可能的。拉康拒绝了认为儿童或成人心理具有内在精神之统一性的一切看法；认为它只不过是一种"主体"，而不是一种自我，仅仅是示意网络中的一个位置始终在变动的占有者；因此，对拉康来说，正如他在一个著名陈述中所表明的，就连"无意识也是像语言一样被建构起来的"。无意识多半是示意系统的一种产物，实际上它本身同样是一个示意系统，就像有意识的心理一样：两者在其开放性、意义的不断延缓、对变化着的界定的敏感性以及作为一种关系系统的构造（而不是像实体那样以其自身的权利存在着）方面，都与语言一样。在拉康看来，主体是空虚的，流动的，没有任何轴心或中心，始终都在他与他者的遭遇中被重新创造，超出了他自己的本质与把握。拉康受到黑格尔的主奴辩证法的影响，也受到黑格尔对客观性的说明的影响，认为个体与对象的关系要由欲望和斗争来调节。

拉康在 1949 年的一篇名为《镜像阶段》的文章中阐述了他最著名的"镜像阶段"（mirror stage）的概念。[3]他提出，这个概念可以清晰地显示出"我们在精神分析中体验**我**之时它的形成"（*Écrits*, 1）。他认为，这种体验的结果将是，拒绝作为笛卡儿的"我思，故我在"这一命题之结果的一切哲学，这一命题把存在的基础置于思想之中，把人的思维看成其存在的实质。正如拉康在其文章的后面说明的，这样一种哲学以思想或意识构成了一个一致的统一体的假设为基础，这种哲学是存在主义，它错误地赋予自我以"自主性的错觉"（*Écrits*, 6）。

镜像阶段什么时候出现的呢？拉康将它确定为儿童 6 个月到 18 个月的年龄发展期间。这样一种儿童可以"在镜子中识别自己的影像"。如果是猴子等灵长类动物的话，这种识别行为是自我消耗的，其含义不会进一步扩大。然而，儿童的话，这种识别具有一种深刻而持久的效果：在其被映照出来的姿态和反射出来的游戏中，儿童体验到了"假定的影像中的运动与反射出来的环境之间的关系，以及这种虚幻的复合体与它所重复的现实之间的关系——儿童自身的身体，他周围的人与事物"（*Écrits*, 1）。换言之，猴子在镜子中看见的只不过是另一只猴子，儿童则看见了反射出来的**自己**以及他与环境的关系。

因而，拉康强调说，我们必须"把镜像阶段理解为**一种确认**"，其结果是主体方面的一种"转变"：虽然儿童有点无助，无法行走，甚或无法站立，但他展现了一种"对其镜像[*speculum* 的意思是'镜子']的欢欣的设想"，那种影像"在一种可以仿效的情景中似乎会展现出象征性的母体，**我**在其中被凝结成了一种原始的形式，当他在与他者认同的辩证法中被客观化之前，在语言复归于他之前，被凝结成了普遍性，即他作为主体的功能"（*Écrits*, 2）。儿童的"欢欣"是因为镜子中反射出来的影像就是拉康所称的"理想的我"（the Ideal-I），它本身是一种理想化的、一致的和统一的变体。儿童的自我陷入了语言的象征性的母体，即象征性的秩序："原始的"这个词语表示儿童的体验有点早熟，过早进入了语言之中，进入将要支配他涉足世界的主体与客体的全部关系之中。换言之，镜像阶段出现在儿童实际上获得一种对自我的感觉之前，在一种对作为主体的自我有别于世界上的对象的感觉之前:正如投射在其镜像中的那样,儿童把自我及其环境体验为一种完整的统一体。他还没有有意识地进入象征性的秩序中,即使他已经被那种秩序的作用所包围,即使那种秩序确实支配着他当下的体验。

不过,也很重要的是,对虚幻统一体的这种当下体验甚至在儿童的成长超过镜像阶段时,也没有被完全超过。拉康陈述说,理想的"我"的形式在社会决定它之前,就"使自我的力量处在了一个虚构的方向之上,它对个体来说始终都将是不可复归的"(*Écrits*, 2)。"虚构"是自我的统一,这种虚构在儿童心理中先于其取向被确立,或者说先于社会因素的构成被确立,它将继续下去(因为它是"不可复归的"),哪怕儿童的心理受到社会的决定性因素的影响,并且由它们构成。儿童"在一种幻想中预见到自己力量的成熟",在一种镜像中预见到那种成熟,镜像则展现了与儿童对于骚动的实际感受形成反差的一种对称性。儿童只把这种力量看成总体性的一种完形或模式,他"把**我**的心理的永恒性象征化了,与此同时,他预示了他的异化目标"(*Écrits*, 2)。因此,在镜像阶段出现的统一性的错觉和持久的认同,也预见到了自我终身的异化,不仅与它周围的对象、它的欲求对象异化,而且与它本身异化。

这导致拉康认为"镜像阶段的功能是**无意识的意象**(*imago*)之功能的特殊情况,是要确定有机体与其真实之间的关系",以及内心世界与外部世界之间的关系(*Écrits*, 4)。**无意识的意象**是一个古拉丁语词语,它可以指一种意象、相似性、摹本、图画、雕塑、面具或幻影。罗马人有时用它来指卓越的祖先的雕像,它们被放置在自己房屋的前室或中庭里。弗洛伊德曾经用这个词来表示父母亲的责难在儿童心理中造成的印象。拉康似乎要用这个词语来意指与设想某种与意象类似的东西:正是对其自身意象的这种设想,才确定了儿童与现实的关系。但是,拉康提出,在人类儿童的情况下,这种"与自然的关系被有机体核心中的某种裂隙改变了,一种原始的'不 致'"由婴儿缺乏肌肉运动的协调透露出来"(*Écrits*, 2)。"裂隙"这个词语在植物学中指包含着植物种子的管束裂开或者爆开,它既可以指儿童的统一感碎裂或者分裂,也可以指这种虚假感觉一直留存在后来的整个生活中。这一过程,以及儿童对一种意象的设想,在一段重要的文字里得到了阐述:

> 这种发展被体验为一种时间的辩证法,它决定性地把个体的形成投射到历史中。**镜像阶段**成了一出戏,它的内在动力是从匮乏下降到预期——而它受到确证空间的诱惑的吸引,为主体制造出各种幻想的连续性,它们从一种碎裂的身体意象扩展到其总体性的一种形式,我将把那种总体性叫作整形外科式的——而最后,扩展到对一种异化之同一性的盔甲的设想,这将使主体的整个心理发展带着其严格结构的标志。(*Écrits*, 4)

拉康也谈到了"镜像阶段中显现出来的空间的狡猾手段"。他在上一段文字里看来要提出的是,镜像阶段是这样一个阶段,儿童在现实中的时间方面的不连续经验在其中被投射出来,在它们反映出来的理想化中,变成了空间形式,在这种形式中可以获得总体性和永恒性。正如各种意象在其中存在的维度一样,空间因此也是想象性统一体的幻想能够在其中建构起来的媒介。拉康提出,镜像阶段的运动是从儿童实际上的"匮乏",通过进入象征性秩序的"预期",

到儿童对保护一种统一的同一性的"设想";然而,这种同一性是异化的:它是虚构的,是一种空间化的投射,即投射到儿童实际上在时间方面不连续的"自我"的统一性之中。拉康的论点看来也在于,求助于这种"严格的"虚构,求助于这种脆弱的和易碎的同一性,将时常出现在儿童心理发展的残余中。

拉康坚持盔甲和保护的隐喻,解释说:"**我**的形成在梦中以一座堡垒或一个体育场为象征——它的内部竞技场和场地,被沼泽和垃圾堆所围绕,把它划分成两个对立的竞赛场地,主体在其中为寻求高耸的、遥远的内心城堡而挣扎,它的外形……以一种非常令人吃惊的方式象征着本我。"拉康接着说,同样地,在心理层面上,得到了加强的结构就是那些表明"摆脱不了的神经症之机制——倒错、孤独、重复、取消和转移"的隐喻(*Écrits*, 5)。按照拉康的这些隐喻,本我——不受约束的本能和欲望的所在地,或许也是被记住的、想象的统一性和总体性的投射——就是高耸的内心城堡,挣扎着的"主体"——已经进入象征性秩序的约束和自我异化中的"我"——希望返回到它的保护之上。然而,看来,要塞的隐喻不仅表现了"我"的形成,而且表现了神经症的运作:它既表现了"自我的防御",也表现了那些防御异化的、产生神经症的性质,它源于镜像阶段的结束,源于"镜子中的**我**转向了社会的**我**"(*Écrits*, 5)。

换句话说,镜像阶段的消失,标志着从儿童对其令人满意的总体意象或镜子中的"我"欢欣的和令人鼓舞的设想,向其进入社会世界的转变。正如拉康指出的,镜像阶段的结束"开创了……那种从今以后把**我**与从社会方面被阐明的情景联系起来的辩证法"(*Écrits*, 5)。拉康接着说,这个时刻与"自然成熟"相吻合,它本身被"文化调节"标准化了,正如在俄狄浦斯情结的情况中那样(*Écrits*, 5-6)。儿童实际上已经经过想象性的秩序,走向了象征性的秩序。拉康似乎要提出的是,从这个时刻起,儿童的认识或意识将绝不会是直接的,绝不会是以某种纯粹体验为基础的,那种体验先于同一性的形成和主体与客体的范畴;相反,它将进入一个"从社会方面被阐明的"系统,一切认识在其中都将是相关的和经过极大调节的(通过社会的、教育的和意识形态的结构),作为"主体"的儿童在其中将面对作为"客体"、作为其同一性的他性或异己之形式的世界上的各种因素;他与那些客体的关系将采取欲望的形式,那就是说,按照黑格尔的看法,采取意识本身的形式(因为正是主体对客体的欲望,才把它们彼此的关系界定为一种相互区分、分离和界定的关系)。此外,那些客体是按"一种抽象的他者合作的同等性"构成的,是以在社会方面具有舆论基础的其他词语构成的,那些舆论决定了客体之间相同的和不同的标准,这决定了——抽象地,而不是凭借它们之间任何自然的或实质性的联系——客体如何被分类。

按照拉康的看法,与用笛卡儿的方式把意识当成原始材料的存在主义哲学相反,拉康并不认为"自我是以**意识的感知系统**为中心的",或者是由"现实原则"建构起来的。他坚持认为:"我们反而应当从**无知的作用**出发,那种无知表现出了自我在其所有结构中的特征。"(*Écrits*, 6)无知(*méconnaissance*)这个词语指无法识别或无法觉察、误读、轻视,甚或是对一种行为拒绝或批判。拉康的论点似乎是,自我远远不是笛卡儿和启蒙哲学遗留下来的那种一致的、统一的和理性的力量,它以无法达到统一、无法达到自我理解、永远倾向于轻视为特征。在文章的结尾,拉康似乎暗示了,镜像阶段在"我"形成的真正过程中是一个根本性的时刻,它本身就提供了"关于神经症的最为广泛的界定"(*Écrits*, 7)。拉康像弗洛伊德一样,要把人类重新界定为"神经病动物"吗?倘若是这样,那么,他就暗示了构成我们普遍神经症基础的某些历史条件:他反对存在主义部分是以这一点为基础的,即存在主义没有解释源于主要以功利主义作用和缺乏真正自由为基础的社会中的"主体的绝境",只承认被拉康叫作"黑格尔式谋杀"的另一种意识,呆滞地沉浸在(而不是突破)黑格尔的主奴辩证法中(*Écrits*, 6)。拉康似乎也认为,神经症和精神错乱是"社会中阻隔激情"的一种作用。尽管人类学长期研究自然与文化之间的联系,但拉康认为,只有精神分析,才认识到了"想象性奴隶状态的症结在于爱始终都必须一再放松,否则就会分离"(*Écrits*, 7)。像克里斯蒂娃那样,这种诉求是要返回到作为颠覆性思维、作为先于象征束缚而存在之场所的想象的丰富性,因为它在习俗和传统中受到了压抑吗?拉康思想的总趋向较为保守,虽然他经常援引达利的观点和"偏执狂认识"的概念,为秩序、统一性以及担心碎裂所困扰,这种困扰已经在整个西方思想中延续了很多个世纪。

拉康关于语言和无意识的理论,在一篇名为《自弗洛伊德以来无意识中的文字中介与坚持》("The Agency/Insistence of the Letter in the Unconscious Since Freud")的广为人知的文章里得到了阐明。这篇文章最初是他于1957年在巴黎大学对一个哲学小组发表的一篇演讲,后来收入《文集》中。文章的第一部分名为"文字的意义",拉康在其中要求精神分析"要在无意识中发现……语言的全部结构"(*Écrits*, 147)。拉康绝对反对心理学把无意识看成欲望和本能的场所。他以一种神秘的同义反复的姿态评述说,"文字"在这里要"从字面上"来对待:它是"具体话语从语言借用来的物质支撑"(*Écrits*, 147)。拉康试图澄清这个界说:语言不是由"言说主体身上适合于它的各种心灵功能与肉体功能"构成的。语言及其结构的存在先于言说主体使自身加入其中的那个时刻(*Écrits*, 148)。拉康在这里似乎要暗示,直接涉及单个主体进行言说的各种要素——声音意象,视觉意象,这些意象给感觉造成的印象,加上声音与意义的心理联想——并没有构成语言,语言的结构本身是它们得以生效的基础。说明这一点的另一种方式,就是说语言不是天生的(个体并非生而拥有语言),语言也不仅仅是行为的一种形式。

拉康接着谈到了作为"语言之奴隶"的主体,其地位早已"在出生时就刻写好了"(*Écrits*, 148)。因此,并不是主体使语言得以发生,也不是主体控制着语言;相反,正是语言支配并且建构了主体。语言不是由包含个人言说行为之总和甚或累积起来的一种共同经验产生的。因而,正是语言,才决定和批准了文化结构与可能之体验的范围。要点在于,语言不是从那些结构和经验中产生的,因为不可能存在着以某种方式先于语言的有意义的经验(*Écrits*, 148)。

拉康所承认的唯一设想是,通过那些设想,语言成了一种科学研究的对象。他评述说,语言学本身已经取得了科学研究对象的地位,这门科学现在占据了一种关键地位:对有关语言学的科学进行重新分类,无异于"一场知识方面的革命"(*Écrits*, 149)。他评述说,语言学出现的构成契机,这门科学的根本契机,包含在一种规则系统之中:

$$\frac{S}{s} \quad (能指) \\ \quad (所指)$$

这个规则系统在实质上是索绪尔的构想。但是,拉康认为,索绪尔的语言学的立场被悬置在两套规则之间的这种确切的差异之上,这两套规则"最初被一种抵抗示意的障碍所分离"(Écrits,149)。我们必须理解这个局限性,以便领悟能指所特有的关系,以及它们在所指起源中的作用。拉康看来要指出的是,在索绪尔的方案中,障碍本身在语言结构之外,可以说是从外面强加的。拉康认为,这种原始的差异或者障碍超出了对符号之任意性的讨论,这种讨论被限制于词语与事物的关系。换言之,障碍外在于语言学的性质,不可能被简单地说明为或者解释为示意的任意性(在能指与所指之间的关系中)。

总之,除了通过指涉另一种示意以外,没有任何示意能够得到维系。不存在任何无法涵盖所指的全部领域的语言(langue)。倘若我们在语言中把握住了一个对象的构成,那么,这种构成就是建立在概念层面上的(概念完全不同于简单的命名)。要把握语言中的一个对象,我们就会发现那个对象只有在概念的层面上构成,而不是一个事物。换言之,"能指符合表示所指的功能",这是一种错觉(Écrits,150)。这种错觉或异端邪说——即能指表示所指——导致合乎逻辑的实证主义要追寻"意义之意义",或者说追寻能指指向的最终所指(把这当成实际事物或实体),把阐释活动排除在外(Écrits,150)。能指与所指之间的关系并不是平行关系。

为了更好地说明这种关系,索绪尔关于"树"的图示(作为对能指与所指之间关系的说明)可以用两扇分别写着"女厕所"和"男厕所"的同样的门来替换。拉康认为,通过表明"能指加入所指",这样应当使"唯名论的争论"沉寂下来(Écrits,151)。换句话说,能指或声音意象"女厕所"不仅仅**指向**一个以某种方式早已存在的、外在于它的所指或概念:它**加入**所指,它改变或创造了意义或概念。盥洗室的门是相同的,但它们有不同的意义;这种意义是由能指建构的或"加入"的。正如拉康后来所说,能指"通过延展在意义之前的其维度,始终都预见到了意义"。当我们说"我绝不会……"或者"也许还没有……"之时,这些被阻断的说法并非毫无意义,而且更加令人难以忍受,因为它们使我们等待着这种意义(Écrits,153)。

但是,拉康警告说,没有任何人为的例子能够像对真理的真实体验一样生动有效。如果一列火车到达车站,一对小兄妹面对面坐在一个包厢里,其中一个看见了"女厕所"的标记,另一个看见了"男厕所"的标记。他们就自己看见的东西产生了分歧。这个能指(不同的人看见的)属于"意识形态冲突无法控制的力量"。对那两个孩子来说,"女厕所"和"男厕所"此后将成为"他们各自的心灵站在分歧一方为之努力的两个领域"(Écrits,152)。说明这一点的另一种方式也许是说,每个所指都是"相同的"领域,要遭到来自不同观点的反对;然而,观点上的差异造成了所指的差异。

在能指与所指的规则系统中,从一方到另一方的路径不可能具有一种含义。规则系统只能揭示这种转移中能指的结构。换言之,规则系统不可能揭示能指与所指之间的关系,揭示的只是这种规则系统的能指与其他规则系统中的能指之间的关系。这些单位(能指)受一种双重条件的支配:(1) 作为一个共时系统中"可以还原为最终显出差异的要素";这些要素是音位,是可以表示意义差异的最小声音单位;音位的显出差异的关系呈现为"文字",拉康把它叫作"实质上局限于能指结构之中"。(2) "按照一种封闭规则的法则把它们结合起来";能指的第二个特性反映了"示意链条的……拓扑学基质"。拉康认为,这根链条是"一根项链上的各个环节,那根项链则是用各个环节制造的另一根项链上的一个环节"(Écrits,152-153)。各个环节之间的关系显现出了差异:意义不是包含在那些环节上的任何一个环节之中,而是在它们之间的一种运动;甚至在一个层面上的各个环节之间的关系或循环,最终都依赖于整个项链,它就是它本身,却是一根更大的项链上的一个环节。正如拉康认为的,"正是在能指的链条中,意义'坚持着',但它的要素中没有哪个'存在'于它在能够示意的时刻的含义之中"(*Écrits*,153)。拉丁文 *sistere* 的意思是"站立";因此,*insistere* 的意思就是"坚持",但也可以指停止或暂停、停留在、怀疑或者不予赞同。*consistere* 这个词的意思是指把自己置于某个地方、站着不动、停留、定居或居住、站立或逗留、持续或存在。因而,要点看来在于,意义并没有停留或暂停在示意链条中的任何一个要素之上;那些要素中没有哪个本身是由意义组成的。确切地说,意义暂停下来或者坚持下来,链条中的各个要素始终都在从一个到另一个的运动中,因此,没有哪个要素是稳定的。

拉康在一段被广泛援引的陈述中认为,我们因此不得不"接受所指在能指之下不断滑动的看法"(*Écrits*, 154)。他借此似乎要表示的是:(1)我们绝不可能达到纯粹的所指。(2)能指的领域要广泛得多,它既建构又控制着所指的领域;所指的领域绝不可能以某种方式扩大或者延伸到超过能指的领域,因为那将意味着概念(以及最终的事物、实体)可以先于示意过程存在,并独立于示意过程。(3)这两个领域之间的关系与索绪尔的阐述相反,并不是线性的。实际上,拉康认为,所有"我们的体验都与这种线性背道而驰";至多,人们在思考主体凭借语言的构成和转变之时,可以谈到"锚定点"(anchoring points)(*Écrits*, 154)。索绪尔把"话语链条"看成线性的观点,只能适用于一种时间的维度。此外,人们只是"为了听到一种复调音乐",才不得不去聆听诗歌。拉康则认为,一切话语都打上了这种复调音乐的标记:"所有话语都是按一个乐谱的几种五线谱联系起来的。"(*Écrits*, 154)拉康在这里看来是在仿效雅各布森。实际上,作为这种复调音乐过程的一个例子,作为所指在能指之下滑动的一个例子,作为跨越索绪尔之规则系统的"障碍"(*barre*)的一个例子,拉康再次分析了"树"这个词语[指出 *arbre*(法语"树"——译按)是根据 *barre*(障碍——译按)颠倒字母顺序构成的字]。"树"这个能指可以带给心灵一个示意的范围,从自然的力量和雄伟,直到《圣经》的内涵(十字架的预兆)和各种异教的象征符号;这些多种多样的示意所表明的是,示意链条中的一个要素可以用来"表示**完全不同于它所说出来的某种东西**"(如"树"被用来指十字架等)。言说的这种功能也是"表明这个主体在追寻真实中的位置的功能"(*Écrits*, 155)。因此,在运用示意的真正过程中,主体或言说者本身在某个特定时刻被嵌入了示意链条之中。这种"语言中的……适当的示意功能",一个词语由此被用来意指别的某种东西的这个过程,具有一个名称(拉康含糊地声称记得它出自昆体良):这个名称就是转喻(*Écrits*, 156)。拉康举了一个转喻的例子:当"三十面风帆"被用来指"船"时;换言之,当部分被当作整体之时。拉康在这里的直接要点在于,"船与帆之间的联系不在任何地方,而在能指里,正是在**词与词**的联系中,转喻才有了基础"(*Écrits*, 156)。因而,转喻,这个示意过程的核心,成了能指之间、词语之间的一种联系,而不是能指与所指之间的联系。

拉康声称:"于是,我将把由能指构成的有效领域的一个方面(**侧面**)指定为转喻,因而,意义可能从那里出现……另一面就是**隐喻**。"(*Écrits*, 156)拉康承认,他把转喻和隐喻看成处于示意过程核心的观点,要归功于罗曼·雅各布森。拉康提出,隐喻不是源于对两种意象的呈现,即对"同样实现了的两种能指"的呈现。相反,隐喻的创造性火花"闪耀在两种所指之间,其中一个取代了另一个在示意链条中的位置,隐蔽的能指仍然通过它(转喻)与链条其余部分的联系呈现出来……**一个词语表示另一个词语**:这就是隐喻的规则"(*Écrits*, 157)。因此,在拉康看来,"隐蔽的"或被取代的词语仍然还在,虽然像其他能指一样被变成了转喻呈现的相同层面(*Écrits*, 158)。倘若转喻产生某种力量要"避开社会责难的障碍"的话,那么,隐喻就会提醒我们,"如果没有文字",精神就无法"生存"(*Écrits*, 158)。"不是别人,正是弗洛伊德,才拥有这种新发现,他把自己的发现叫作无意识。"(*Écrits*, 159)到这一节结束时,拉康就几种形式的俏皮话讨论了"文字的意义",放弃了他对语言和示意过程的基本立场,认为真理、主体性和客体性等概念在这一过程中是内在的(在过程之内创造出来的,而不是设想出来的任何外在性或者独立于过程)。关于弗洛伊德的新发现,他的最后一句话预期,他即将通过语言学过程的运作来分析无意识的结构。

文章的第二部分题为"无意识中的文字",拉康在其中指出,弗洛伊德在分析无意识时日渐关注语言问题。实际上,弗洛伊德的"通向无意识的捷径"是他的《梦的解析》,"在其文本结构中,在其运用中",都贯穿了对"话语的文字"的关注(*Écrits*, 159)。弗洛伊德意识到了心理过程的语言学基础,正如语言结构使话语成为可能一样,因而,它"使我们能够解读梦"(*Écrits*, 159-160)。

拉康谈到了"所指在能指之下的滑动"。他认为,这个被指定的过程就是弗洛伊德对梦的说明中的"变形"或者"互换"。按照弗洛伊德的看法,梦的变形涉及压抑的转化,或者由意识的自我对使人为难的要素的伪装,变形至少要由两种策略来完成,即浓缩和置换。拉康把这两种策略等同于他所描述的能指对所指之影响的两个"侧面":隐喻和转喻。浓缩与隐喻相应,其领域是"能指的重叠结构"(*Écrits*, 160)。我们或许记得,拉康曾经把隐喻界定为,以一种被置换的残存在转喻形式中的能指,来取代另一种能指。第二种策略,即"置换"的策略,拉康认为与转喻相应,是一种由示意过程表现出来的"转向",以便阻止审察性的自我。简言之,拉康认为,对语言的示意过程来说根本性的机制——隐喻和转喻——对梦来说同样是根本性的。梦是"书写的一种形式",而"梦的运作要遵循能指的法则"(*Écrits*, 161)。

拉康这时转向了主体在示意过程中的作用和地位。他提出,笛卡儿的"我思,故我在"确认了"先验主体的透明性与对其存在的肯定之间的联系"(*Écrits*, 164)。笛卡儿的"我思,故我在"的说法设想,人类的自我是"先验的":它作为先于其经验之体验的一个统一体而存在。它是透明的,因为在原则上,与它有关的一切都是可知的,它提供了一种清晰的、分离的对于世界的看法,没有染上特定历史条件下主体性的不透明性的色彩,也没有被它抹掉。这种透明的自我肯定了它自身的存在,把这一点定位于它真正的思考能力之中。换句话说,它的"存在"在一种没有中介的关系中被等同于它的"思考"或者被确认为它的"思考"。拉康列举了一种对于笛卡儿的公式更加现代,或许不那么容易受到责难的变体:"'*cogito ergo sum*,' *ubi cogito*, *ibi sum*。"(我思,故我在,我在哪里思考,我就在哪里)(*Écrits*, 165)

正是弗洛伊德的"哥白尼式的革命"(Copernican Revolution,我们或许可以认为这是第二场这样的革命,康德进行了第一场革命),才创造出"弗洛伊德式的世界",在其中,"人为自身指定的宇宙中心的地位"第二次受到了质疑。按照拉康的看法,作为能指的我所占据的位置,将是语言中的位置,即一种语法功能;作为所指的我所占据的位置,将是一个概念,它也被置于语言的网络之内。言说之"我"(对语言学家来说被认为是"能清晰发言的主体",能说出一个关于他自己的句子的真实的人),不能被界定为一个一致的统一体,不能充分地由作为句子主语("阐明的主体")的"我"来表现或者示意。拉康认为,这个问题是一个"懂得我是否与我说到的那个我相同"的问题(*Écrits*, 165)。换言之,我的**存在**与那个用表现了我的**思想**的语言来**表示**的存在,是相同的吗?拉康的回答是否定的:示意过程本身,在思想和语言中进行概念化的过程本身,是对实际存在的一种置换(黑格尔——他对存在与示意之间的关系的看法先于拉康的看法——会说到一种对存在的"调节")。作为一种能指网络的语言,置换和重新区分了当下存在的世界,那个世界只能被认为要由语言来调节。我们也许会想起,在想象性阶段形成的自我是一个分裂的主体,具有开辟其无意识领域的被压抑的欲望;因此,儿童被分裂成了无意识的欲望(对于母亲,对于整体,对于统一性,对于绝对的意义,想象性阶段的一切遗迹)与他在象征性秩序中有意识的职责。在前面的段落里,拉康把这种分裂描述为一种分裂成"拒绝能指与缺乏存在"的欲望。对我的欲望来说,选择存在于示意与存在之间:拒绝能指,就是选择一种想象性的完满和存在的统一性;倘若我选择作为一种能指而存在的话,那么,我就在一个庞大的示意网络中占有自己的地位,但我已经使我自己拉开了同存在世界的距离:我不可能把"我自己"、我的真实存在"置于"示意的链条之中。因此,"我的"思想远远不是在我的控制之下,也不能确认为我的身份的基础,它实际上是一个更大的示意过程的一部分,我在其中发现了我自己,它在很大程度上控制了我;而当我陷入这个巨大的示意链条之中时,我作为所指的处境并不是我自己存在的外境。这个公式的第二部分似乎使人想到,我直接的自我意识涉及一种(也许是暂时的或临时的)对我的认识的压抑,即那些更大的思想和示意结构建构了我。或许可以说,拉康在这方面的某些洞见,如一切实体的本体维度与符号维度之间的差别,早已被黑格尔和一些新黑格尔派哲学家在一个更高的知性层面上阐明了。

实际上,包含了无意识的欲望,那种嘲弄了哲学和无限性的欲望,那种把认识和支配同**享乐**联系起来的欲望,是一个在能指的无限链条上无穷无尽的旅程。主体"被卷入了转喻的轨道之上——永远朝着**对别的某种东西的欲望**延伸"(*Écrits*, 167)。在镜像阶段之后,主体就在无止境地寻求统一性、整体、安全,这种寻求必须沿着能指的链条在转喻方面进行,一种存在被置换成了另一种存在(*Écrits*, 167)。拉康把注意力引向了精神分析中"谈话治疗"的修辞学性质,无意识机制由此与昆体良等修辞学家所列举的风格和比喻的样式相吻合(*Écrits*, 169)。他结束这一节时提出了一个告诫,反对有些精神分析学者"忙于把精神分析改造成一种思想健全的运动,它的最高表现就是**自主性自我**的社会学诗歌"(*Écrits*, 171)。

拉康文章的第三节叫作"文字、存在及其他"。他在这一节里关注的是精神分析怎样"忽视了弗洛伊德所发现的真理",用拉康的话来说,那真理确认了"自我借以面对人的彻底的非中心性"(*Écrits*, 171)。无意识的概念表明,自我在自身内部具有一种他性;或者确切地说,自我的他性可以被认为是外在于、疏离于它本身的。精神分析已经"连累了"这种洞见,这种洞见既包含在弗洛伊德著作的文字里,也包含在其著作的精神里。精神分析的体制已经成了西方思想中长期流行的一种人本主义的牺牲品,那种人本主义的原则之一就是统一的人格的理念,这种理念经过笛卡儿的"我思"和启蒙哲学而持续到现在:人类是一种理性的、自主的、自由的行动者的理念。精神分析已经受到了这种普遍倾向的影响,参与到"道德说教的伪善行为"之中,无休止地谈论"总体人格"(*Écrits*, 172)。潜在的理念是,神经症一旦被置于患者一致性的意识生活的总体化叙事之中,就可以治愈。

但是,拉康坚持认为,这将要危及并且会驯化弗洛伊德的根本发现:无意识不可能被简单地当成一种失常,这种失常必须以某种方式被重新合并到总体的、正常的人格之中,合并到在惯例上资产阶级启蒙运动的自我概念之中。无意识由于是由欲望构成的,不仅像语言一样在其运作中要通过隐喻和转喻这样的机制建构起来,而且因此扩大了其运作的性质,被欲望激起——包括无止境地沿着无限的能指链条寻求统一性,延缓和置换意义,除了通过语言之外无法加入现实中——扩大到意识领域,实际上它们之间不存在任何明显的分界线。弗洛伊德教导我们,我们见证了自己的本质"大多就像在我们的奇想、我们的失常、我们的恐惧症和迷信中那样,就像在我们或多或少文明化的人格中那样"(*Écrits*, 174)。我们不可能简单地把无意识与从文艺复兴和启蒙运动传承下来的我们理性的自我放在一起:我们关于理性本身运作的看法必须转变;疯狂被哲学家用来装饰"其恐惧的坚固藏身之处……永远都在挖掘其隧道的最高行动者不是别的,正是理性,是他要服从的那个'逻各斯'"(*Écrits*, 174)。理性被用来隐藏和界定疯狂,这种活动是由惧怕知识而非热爱知识激发起来的。然而,由于弗洛伊德发现了一种"根本的他治性……在人内部造成了裂隙",所以,这种裂隙绝不可能被重新隐藏起来。拉康重复了他那著名的说法,使我们想起"无意识是他者的话语(使用了大写字母O)"(*Écrits*, 172)。正是由于语言的出现,"真理的维度才显现出来",主体的存在才可能在"主体间性的明显在场"中得到确认(*Écrits*, 172)。"人与能指之间的关系方面"最微小的改变都会"由于修改锚定其存在的锚泊处而改变历史的整个过程"(*Écrits*, 174)。拉康认为,恰恰就是在这个方面,弗洛伊德的学说才"兴起了一场无形的却根本性的革命……一切都已经受到了影响"(*Écrits*, 174)。因而,拉康所要求的,是返回到弗洛伊德,返回到弗洛伊德文本的文字(以及精神),返回到他发现无意识的真正根本的性质,以及努力用语言学的术语来阐明这种发现——并实现其根本的潜能。拉康提醒我们,患者的症状实际上是一种隐喻,人的欲望则是一种转喻:正是人本主义的人的概念,作为一种总体的、完整存在的人,才在"很多个世纪的宗教伪善和哲学的虚张声势"中妨碍了我们的存在得以阐明隐喻与对存在的追问之间的关系,以及转喻与存在的缺乏之间的关系(*Écrits*, 175)。

在坚持自我对它本身"彻底的非中心性"方面,这个短语不是指单纯的外在性(如在自我外在于它本身方面),或许也是指这一理念,即自我不是以它本身为中心的,它不是按照与它本身相同的轴心运动的。说自我在这些方面是外在于它本身的,到底意味着什么? 它是要说:与其说无意识在我们内部,以相同的轴心为中心,倒不如说对它的意识是一种受到控制的深度或者投射,但无意识"在根本上"外在于有意识的心理;它不是在其"下面",不是以某种方式从属于它,不是对它的形容。相反,无意识涉及同有意识的心理的一系列不平衡的辩证关系,**它**由此建构了有些有意识的心理,而因此被建构起来的有意识的心理接着对无意识产生了自身的影响。在回答刚才提出的问题时,我们需要小心,不要认为有意识的心理本身是某种统一体——这正是拉康所要反对的,正如无意识不是一个统一体一样。这两个概念并非处于二元对立之中。要点在于,通过把无意识看成彻底外在的和"他者"的,拉康迫使这一看法变得很明显:无意识不是以某种方式被隐蔽起来、隐藏起来并且不受支配着世界的社会结构的保护,那些结构通过语言建构和限定了世界。确切地说,无意识是那个世界**的一部分**;与有意识的心理一样,它服从于相同的基本的语言学方法,并且通过那些方法建构起来;同样地,像有意识的心理一样,它没有一个中心,没有一种实质,没有一种心理上的基质;它只不过是它在语言中占据的各种系列的位置,这一系列位置只能人为地和方便地被迫成为作为"主体"的同一性,甚至以更大的强迫性,被塑造成一种自我的一致性。

这样,拉康通过"坚持"无意识中"文字"的力量,揭示了弗洛伊德所发现的他性的真正根本的和颠覆性的性质:无意识。在弗洛伊德的著作中(不管它在实际上的根本含义),无意识——经常被当成在更加广泛的心灵的全面和可以规范化的结构中的一种可以控制和失常的因素——处于被驯服和被驯化的危险之中,处于促进一致性自我的概念本身的危险之中,那种自我在很多个世纪的神学、人本主义和启蒙运动中传承下来,以致它开始了颠覆。通过把弗洛伊德著作中的无意识从这种不知不觉走向超越的倾向中赶出来,通过把无意识内在化到庞大的示意网络之内(儿童生来就处于其中,它实际上把儿童的心理建构成了一个示意网络),通过把无意识重新置于语言之内,通过把它重新界定**为**语言并**通过**语言来界定,拉康使我们返回到了弗洛伊德的发现令人吃惊的和革命性的本质。对弗洛伊德理论的真正含义所做的这种扩展,得到了结构主义的马克思主义者路易·阿尔都塞的推进,他使拉康的洞见适合于他对政治国家意识形态机器之作用的说明,从而探索了无意识与社会结构之间的关系——这种关系在弗洛伊德那里仅仅是潜在的。

注释

[1] 本节对弗洛伊德生平和著述的描述,根据他本人在《自传研究》("An Autobiographical Study",1925 年)中提供的说明。该文收入 *The Freud Reader*, ed. Peter Gay (New York and London: W. W. Norton, 1989)。以下对弗洛伊德各种著作的说明,借助了 Peter Gay 的一些洞见,而弗洛伊德著作的所有进一步的引文,都参考了这部优秀而容易找到的文集。下文引用写作 *Freud*。

[2] Quoted by Peter Gay in *Freud*, p. 444.

[3] Reprinted in Jacques Lacan, *Écrits: A Selection*, trans. Alan Sheridan (London: Tavistock, 1977)。以下出自这一文集的引文都以这一文本为准。

第二十三章　形式主义

导　言

　　各个历史时期的文学批评和思想家们都把重点放在艺术与文学的形式方面。亚里士多德、古代和中世纪的修辞学家们、康德、众多浪漫派、19世纪象征主义和唯美主义的作家们,都极为重视文学的形式。这种着重点在20世纪早期的文学和批评理论中达到了一种新的强度和自觉,它开始于俄国的形式主义运动和欧洲的现代主义,后来扩展到英国和美国的新批评,以及后来的新亚里士多德主义者等学派。总的来说,对形式的强调,凸显了对文学表现性的、模仿的和认知方面的关注。文学再也不被认为是旨在表现现实或人物性格,也不是传授道德的或知性的教训,而被认为是凭借其本身权利存在的一个对象,是自主的(拥有它自身的法则)和自身具有目的的(具有内在于它本身的目的)。此外,用这种形式主义的观点来看,文学并不传达任何清晰的或者释义性的信息;相反,它传达的是用其他方法无法言说的东西。文学被认为是一种独特的表达方式,不是修辞学、哲学、历史、社会或心理记录的一种扩充。批评家们已经从各个方面把专注于预示着社会异化的形式、从世界上隐退、承认政治上的无能为力、退回到作为感性和人本主义价值观之避难所的美学中的趋势理论化了。这样一种超然物外的倾向也预示着从历史和生平退却,实际上是把文学作品与广阔的社会力量、其作者更加地方化的和个人的环境隔离开来。

俄国形式主义

　　伴随着未来主义和象征主义运动,俄国形式主义成了活跃于1917年俄国革命期间的一个作者群体。形式主义者和未来主义者在那个时代关于艺术及其与意识形态之关系的激烈争论中都很活跃。形式主义者和未来主义者在《列夫》《左翼艺术阵线》)杂志上创办了一个公共论坛。形式主义者以语言学研究为基础,把重点放在艺术形式和技巧之上,他们出现于俄国革命之前,但在这时把他们反对传统艺术看成一种政治姿态,他们之中有些人在一定程度上曾与革命结盟。不过,所有这些群体都遭到了最著名的苏联理论家们的抨击,如托洛茨基、尼古莱·布哈林(1888—1937年)、阿纳托利·卢那察尔斯基(1875—1933年)和沃隆斯基,他们谴责了完全与过去决裂的企图,以及他们所认为的简单否定艺术的社会作用和认识作用。V. N. 伏罗希诺夫和巴赫金后来试图协调争论的双方,即对形式的语言学分析与社会学的着重点的争论,把语言本身当成最重要的意识形态现象,当成意识形态斗争的场所。被称为"巴赫金学派"的其他一些群体围绕着这一事业组织起来。

俄国形式主义有两个学派。由罗曼·雅各布森领导的"莫斯科语言学小组"(Moscow Linguistic Circle)成立于1915年;这个小组中有奥西普·布里克和鲍里斯·托马舍夫斯基(Boris Tomashevsky)。第二个派别是"诗歌语言研究会"(Society for the Study of Poetic Language,简称Opoyaz),创立于1916年,主要人物有维克多·什克洛夫斯基(Victor Shkiovsky)、鲍里斯·埃亨鲍姆和尤里·图尼亚诺夫(Yuri Tynyanov)。与这些运动有联系的其他重要批评家有列夫·雅库宾斯基(Leo Jakubinsky)和民俗学家弗拉基米尔·普洛普(Vladimir Propp)。

应当说,俄国形式主义者对形式和技巧的强调在性质上不同于后来的新批评派。形式主义的分析远不止是理论上的,它力图理解文学和文学策略的普遍本质,以及文学技巧的历史演变;新批评则更加关注对个别文本的细读实践(而不是理论)。虽然作为一个学派的俄国形式主义随着斯大林和苏联官方的社会主义现实主义美学的出现而失势,但其影响力通过雅各布森和茨维坦·托多罗夫等人物,扩大到了他们自己的结构主义分析,并影响了罗兰·巴特和热拉尔·热内特等作者的分析。就连汉斯·罗伯特·姚斯等接受理论的学者也曾经利用过什克洛夫斯基的"陌生化"(defamiliarization)概念。

维克多·什克洛夫斯基(1893—1984年)

什克洛夫斯基曾经在俄国的圣彼得堡大学(University of St. Petersburg)学习,后来成了俄国形式主义两个学派之一的"诗歌语言研究会"的创始者,该学会成立于1916年。他的文章《作为技巧的艺术》("Art as Technique",1917年)成了对形式主义理论的重要陈述之一。与这个群体中的其他人一样,他因其形式主义的观点而受到过列夫·托洛茨基的公开抨击。

正是在《作为技巧的艺术》[1]中,什克洛夫斯基提出了俄国形式主义的重要概念之一:陌生化的概念。随着我们的常规感知变得习以为常,它们也成了自动的和无意识的,例如,在日常言说中,我们留下了未完成的习语和表达了一半的词语。什克洛夫斯基认为,这是一种"逻辑推演"(algebraization)过程的征兆,它浸染了我们的普通感知:"事物被象征符号所取代";我们无法理解对象,它"消退了,甚至没有留下第一印象;最终就连它是什么的实质也被忘却了"。正是这种逻辑推演的过程或者对于对象的过度自动化,才有可能使感知的努力获得最大效率,对象由此被变成了一种突出的特征或者功能,虽然是通过公式(11)。

什克洛夫斯基援引了托尔斯泰的说法："很多人的生活的全部复杂性不知不觉中在继续着……这样的生活就像他们从来就没有存在过一样。"因而，习惯性可以吞没劳作、衣饰、家具、人们的妻子和战争的恐惧。正是针对这种总体的普通感知的背景，艺术才呈现出了其意义："艺术的存在使人们可以恢复对生活的感觉；它的存在使人们感受到事物，使石头变得像石头一样坚硬……艺术技巧要使对象变得'陌生'，使形式变得困难，增加感知的难度和时间的长度，因为感知的过程本身是一种审美目标，必须得到延长。**艺术是一种体验对象的艺术性的方式；对象并不重要**。"(12)

什克洛夫斯基甚至认为，艺术作品的意义扩大到了艺术性减少的程度。他把托尔斯泰用作例证，来说明艺术用以把对象从感知的自动化中排除的方式。其中之一是拒绝**列举熟悉的对象**；另一种方式是根据一种不同寻常的观点来描述情景，如一匹马的情景；什克洛夫斯基声称，"几乎在发现形式的任何地方都可以发现"陌生化。艺术的目的不是要使我们感知意义，而是要创造一种对于对象的特殊感知：**它创造一种对象的'幻象'，而不是作为一种认识对象的手段**。"(13-18)什克洛夫斯基认为，诗歌的语言是一种"表面粗糙的"语言，它妨碍和减缓了感知。对象不是按其在空间中的范围来感知的，而是按其连续性来感知的(22)。不过，什克洛夫斯基承认，普通言说和诗歌语言经常都可以彼此改变位置并且相互转变。如果节奏混乱成了一种惯例，那么，使语言表面变得粗糙的策略就会失效(24)。

因而，什克洛夫斯基的形式主义有可能适应文化的变迁和根本创新的相对状况。但是，并不清楚的是，他所认为的艺术改变对对象的感知，在哪种程度上会具有认识论方面的含义。例如，倘若艺术把石头表现得像石头一样坚硬，那么，这肯定意味着坚硬的特质在某种程度上是一种客观属性，它已经从归属于自动化的认识中消退了。然而，要重新发现一种被惯例忽视了的属性，并不必然要提供一种新的感知；就这个问题而言，这样一种重新发现也不可能形式主义地脱离对象的意义。

鲍里斯·埃亨鲍姆(1886—1959年)

与什克洛夫斯基一样，埃亨鲍姆是俄国形式主义学派、创立于1916年的著名"诗歌语言研究会"的领导者之一。与其学派的其他人一样，埃亨鲍姆受到过托洛茨基的公开谴责，他也撰写过一篇重要文章《"形式方法"的理论》（"The Theory of the 'Formal Method'"，1926年，1927年)，详细说明了形式主义方法的重要原理的演变。

形式主义与文学科学的起源

埃亨鲍姆一开始就声称，形式主义的"特征只是试图创造一门独立的文学科学，它要专门研究文学的材料"。而正是形式主义对于"经验主义研究"的坚持，才包含了它最有意义的"与旧传统的争论"。[2]埃亨鲍姆认为，形式主义者的主要特征就是他们拒绝一切"陈旧的美学和一般的理论"(103-104)。

埃亨鲍姆评论说,在形式主义出现之前,文学分析曾经是学术研究的领域,它以陈旧而不科学的美学态度和心理态度为标志。然而,形式主义与亚历山大·波特布尼亚(Alexander Potebnya,1835—1891年)和亚历山大·维谢洛夫斯基(Alexander Veselovsky,1838—1906年)等传统的俄国学者的那种理论遗产之间,几乎不存在任何竞争。相反,另一个理论家和作家的先锋派群体,即象征主义者,却挪用了文学与批评话语,把它从学院转移到了杂志。象征主义者从他们的法国先驱那里吸取了灵感,试图通过强调唯美主义、为艺术而艺术的价值观,采用一种印象主义的和高度主观的批评方法,以期复兴俄国文学。正是在这个时刻,形式主义者加入了争论:他们反对象征主义者,"以便从他们手中夺过诗学——把它从它与主观性的哲学理论和美学理论的联系中解放出来,把它引向对于各种事实的科学研究"(106)。

按照埃亨鲍姆的看法,形式主义者意识到了:"历史的要求……一种真正革命性的态度……因此,我们的形式主义运动以一种对于科学的实证主义的新激情为特征——拒绝哲学假设,拒绝心理学和美学的解释等。被认为远离了哲学美学和意识形态理论的艺术,规定了它自身对事物的立场。我们必须转向事实,放弃一般的体系和问题,从'中间'开始,从艺术强迫我们接受的事实开始。艺术要求我们密切地接近它;科学则要求我们处理特殊性。"(106)从这几句话来看,很清楚的是,形式主义背后的意识形态是实证主义,是一种仿效被认为是"科学"的模式和方法的企图,一种把焦点直接集中在经验材料之上,而不是把那些孤立信息联结起来并且理解它们的总体计划或理论之上的企图。几乎不使人吃惊的是,俄国官方美学的发言人认为,这样一种姿态是简化论的,使艺术与其历史和政治语境相分离,否认艺术的意识形态作用,试图把艺术看成一个独立的、自主的领域。在20世纪早期的俄国语境中,埃亨鲍姆显然认为这种策略是革命性的,是试图使艺术摆脱为意识形态目的和政治目的服务的任务。

诗歌声音的独立价值

埃亨鲍姆认为,在驳斥从前的文学研究的方法时,形式主义者力图把文学研究从那些属于哲学、心理学或历史的"次要的、偶然的特点"中离析出来(107)。正是这种离析,才使文学研究成为科学的。埃亨鲍姆援引了罗曼·雅各布森的断言,即"文学科学的对象不是文学,而是文学性(literariness)——那就是说,那种使一件特定作品成为一部文学作品的东西"(107)。因此,埃亨鲍姆认为,形式主义者并不注意其他那些学科,而把焦点集中在语言学之上,这门科学以诗学为边界,与诗学具有共同的材料。

这种语言学的着重点的灵感部分受到了俄国语言学家利奥·雅库宾斯基的研究的激励,雅库宾斯基设想出了一种研究诗学的形式主义基本原则:诗歌语言与实际语言之间的反差(108)。在其《论诗歌语言的声音》("On the Sounds of Poetic Language",1916年)一文中,雅库宾斯基认为,实际语言包含一种声音的语言学模式和形态学特征,它们"不具有任何独立的价值,仅仅是一种交流的**手段**"。但在其他语言系统中,如在诗歌中使用的那些系统,那些要素的语言学模式"获得了**独立的价值**"(108)。一个简要的例子可以说明雅库宾斯基的主张:如果我对一个朋友说"有一股强风吹来"的话,我的目的主要是要传达信息,也许与天气状况或我对它们的反应有关。而我的陈述的各个部分依赖于它们相互之间的意义;它们不是独立的。但是,当诗人雪莱说"哦,狂野的西风啊,你是秋天的气息"之时,这里的目的就不只是或者主要不是传达一种信息;这样,这行诗的各个要素(如对四个音节的连续强调,"w"音和"b"音的头韵),相对于它们单纯的交流内容来说,获得了一种独立性(一种过度性)。我们为了声音本身而重视它们,不只是因为它们有助于意义。正如埃亨鲍姆评论说的,什克洛夫斯基在其《论诗歌与废话》("On Poetry and Nonsense",1916年)一文里认为,"毫无意义"是"一种诗歌现象的特征"。按照什克洛夫斯基的看法,"诗歌的大部分愉悦在于发音,在于言说器官的独立舞蹈"(109)。埃亨鲍姆还援引了奥西普·布里克的文章《声音的循环》("Sound Repetitions",1917年),该文认为,声音"对意义来说不仅是悦耳的附属物;它们也是一种独立的诗歌目的之结果"(111)。

形式主义者对形式的重新界定

埃亨鲍姆指出,诗歌语言与实际语言之间在形式上的根本差别,导致了对整个一组基本问题的阐述。波特布尼亚和其他人曾经主张形式与内容和谐的传统概念;形式主义者则拒绝了这一概念,即把形式看成一种将液体(内容)倒进其中的"封套"或容器。新的、形式主义的形式概念不需要任何相关的内容;形式不是一种封套,它被认为是"一种完整的事物,是某种具体的、动态的、自足的东西"(112)。埃亨鲍姆列举了什克洛夫斯基的界定,即把艺术的或诗歌的感知界定为"我们从中体验形式的感知"(112)。这种观点既表现了与象征主义的决裂,象征主义认为内容以某种方式通过形式显露出来,也表现了与唯美主义的决裂,唯美主义把某些形式要素与内容孤立起来(113)。在形式主义看来,形式**本身**就被理解为内容。感知性的形式原则,增强了的对形式的感知,产生于"特殊的艺术技巧,它迫使读者去体验形式"(113)。埃亨鲍姆注意到,什克洛夫斯基批判过艺术效率的原则,以陌生化原则来对抗它:艺术不是要缩短和浓缩感知的过程,它应当增加"感知的难度和时间跨度"(114)。埃亨鲍姆指出,形式主义者早期的主要成就包括研究诗歌语言和实际语言的不同用法,以及用技巧的概念来取代形式(由于受内容限制)的概念,技巧与区分诗歌言说和实际言说的特征,具有更加密切的联系(115)。

情节与文学的发展

正如埃亨鲍姆解释的,形式主义研究的第二个阶段试图转向诗歌的一般理论以及对叙事情节与特定技巧的研究(115)。他援引了什克洛夫斯基关于情节和小说的理论,认为它确定了情节结构的特殊技法。最重要的是,什克洛夫斯基拒绝了情节是**主题**(motifs)(叙事的最小单位)的一种结合的传统概念;情节再也不被认为是与"故事"同义的;相反,它被看成是一种构成技法,而不是一个主题的概念。换言之,情节包含了叙事艺术的显著特点,并因此成了形式主义探究的一个重要焦点(116)。"动机"(motivation)的理念(特定技法的运用与功能背后的基本原理)使什克洛夫斯基有可能区分仅仅是一种"对事件之描述"的"故事"与成为一种结构的"情节"。按照形式主义者的看法,情节结构的技巧包括平行关系、构造和编织主题。另一方面,故事仅仅是"情节表达的素材",素材也包括主题的选择、人物和主题(119,122)。

形式主义者——再次值得注意的是什克洛夫斯基——也拒绝对文学形式发展的传统说

明,如维谢洛夫斯基认为"新形式的目的是要表现新内容"的观点(118)。维谢洛夫斯基的批评事业是人种学的,旨在根据他们的社会背景和文化背景来解释文学技法。相反,什克洛夫斯基却认为,新形式的目的是"**要改变已经丧失其审美特质的旧形式**"。这种新规则以德国美学家布罗德·克里斯蒂安森(Broder Christiansen)提出的观点为基础,那种观点认为,艺术以物力论为特征,以"**不断违背已经确立的各种规则**"为特征。它也以法国作家费迪南·布吕内蒂埃提出的一种洞见为基础,即文学史上最重要的影响力"是**作品对作品**的影响"(118)。在这方面有争议的是,文学具有它本身相对独立的历史,而正是这种历史——由文学作品本身之间的相互作用和影响构成的,而不是由社会、道德或风格的"外在"影响构成的——才是形式主义分析的恰当对象。显然,这样一种文学史的模式预见到了后来的一些理论,如庞德和T. S. 艾略特的理论;艾略特认为,文学作品在本身之中形成了一种"理想的秩序",这种秩序既会影响新的作品,反过来也会被那些新增加的东西进行些微修改。正如埃亨鲍姆看到的,形式主义者认识到了,他们对理论诗学的研究不得不扩大到包括对文学史的研究:"我们发现,我们无法孤立地看待文学作品,我们必须根据其他作品的背景而不是它们本身来看它们的形式。因此,形式主义者肯定超越了'形式主义'。"(119)因而,虽然形式主义分析在原则上拒绝了文学作品的孤立性,这种孤立性后来被新批评派所践行,但他们对历史的乞灵局限于文学形式的历史,局限于一种从其他所有影响和环境中抽象出来的文学自主的历史发展。

形式主义的诗歌概念

埃亨鲍姆评论说,形式主义者坚持对诗歌和散文做出清晰的划分,为的是反对象征主义者,象征主义者试图抹掉这条分界线。形式主义的立场最初在奥西普·布里克的《论句法节奏的特征》("On Rhythmic-Syntactic Figures",1920年)一文里得到了陈述,它认为,节奏不只是一种"表面上的附加物",而是诗歌的"结构基础";节奏模式不可分割地与句法和语法模式相联系(124)。在其本人的《诗歌的音乐性》(*Verse Melody*,1922年)一书中,埃亨鲍姆曾经主张,风格上的特征主要是词汇方面的;他还阐明了**属音**(*dominant*)的理念,它是作曲要素层级中的主要因素。在某些属音因素的基础之上,他区分了抒情诗的三种风格:朗读式的(演说的)、有旋律的和对话式的(125)。这里最根本的要点在于,诗歌的形式不是被理解为某种特定内容的外在表达;相反,形式本身被认为是"诗歌言说的真正内容"(127)。埃亨鲍姆用了另一种方式来说明这一点:形式并不依赖于内容;它是自给自足的,必须在"与其目的的关系之中"来考虑(130)。

埃亨鲍姆自己曾经在其论述俄国诗人安娜·阿赫玛托娃(Anna Akhmatova)的同名著作(1923年)中提出,用在诗句中的词语是"从普通言说中抽取出来的。它们被一种新的意义氛围包围着,在总体上不能根据言说的背景来感知,而要根据诗歌言说的背景来感知"。他补充说:"附属意义的形成打断了普通词语的联系,它是诗歌语义学的主要特性。"(129)这里所暗示的是,诗歌或更为特殊的诗歌形式,包含了它自身的一种言说,它是根据一种诗人的传统累积地发展起来的。节奏的发展是诗歌特有的,意义的朦胧和句法结构也是如此。在这种诗歌形式观中,正如在尤里·图尼亚诺夫的《诗歌语言问题》(*The Problem of Poetic Language*,1924

年)中所解释的,内容或素材的概念并非与形式相对立,也不是外在于或超越形式的;相反,内容本身就是一种形式的要素(130)。此外,埃亨鲍姆强调说,形式主义在诗歌研究方面的进步,不是靠某种严格的"形式方法"促成的,而是靠密切关注一种恰当的孤立的研究对象推动的,是靠一种"对词语艺术特有的特性进行研究"来推动的(130)。他重申了自己的立场,即"发现事实的能力""比建构一个体系重要得多。理论必须澄清事实;在现实中,理论是由事实造成的。理论会死亡并且发生变化,但有助于发现和支撑的事实却保持不变"(125)。人们想象,这些陈述或许会诱惑黑格尔从坟墓中复活。

历史批评与文学发展

与俄国学术的主要历史和象征主义者实际上对历史的拒绝相比较,形式主义者采取了一种新的对文学史的理解,它拒绝了某种全面统一、一致的和有目的的理念,也拒绝了历史"进步"和按照某种直接连续的线索"平静的"线性承续的理念。确切地说,形式主义者认为,文学传统牵涉斗争、破坏旧的价值观、在特定时代中各种派别之间的竞争、被战胜的运动与新的主导群体的并存(134 – 135)。形式主义者坚持认为,文学发展具有一个与众不同的特点,它是"孤立的,完全独立于文化的其他方面"。此外,他们坚持认为,这种发展独立于生平和心理学:"对我们来说,文学之历史的核心问题,是毫无个性的发展的问题——文学研究是一种**自发形成的社会现象**。"这种研究把焦点完全集中在体裁的形成和发展等主题之上(136)。这些方法显然预见到了结构主义的某些原则,如把作者的主体性置于语言结构和社会结构之中。作为形式主义研究的结果,"很多被遗忘了的名称和事实都成为人所共知的,当下的评价被表明是不准确的,传统观念被改变了"(137)。

在其文章的结尾,埃亨鲍姆提出了一个有所帮助的、煽动性的对形式主义方法之发展的总结。他们最初对诗歌语言和实际语言所做的区分,导致他们根据语言的各种功能来对它们进行区分。他们的新的"形式"概念是动态的、独立自主的,不依赖某种外在的内容,这导致他们首先强调技巧的概念,然后强调功能的概念。形式主义者把节奏当成诗歌结构中的一个必要因素——是一种并非无关的而是与句法有内在联系的因素,认为诗歌是一种特殊的言说形式,具有它自身语言学的(句法的、词汇的、语义的)特征(138)。

形式主义对散文式的小说的分析,通向了同样的总体方向。埃亨鲍姆仍旧坚持认为,形式主义不是"一个固定的、陈旧的体系",而形式主义者"也完全经历过历史本身的训练,认为历史是不可能回避的"(139)。然而,批评这种方法的人们也许会认为,形式主义诉诸的"历史"是一个抽象概念,是由一系列涉及复杂的相互关系的文学形式构成的,却割断了、完全断绝了与其更加广阔的语境的联系,只对把一种特定的文学研究对象孤立起来感兴趣。这种方法可以被认为是一种历史实证主义,也许是一种实证主义的历史概念,它以两种方式简化了历史:首先,通过拒绝一切被认为是非直接的材料,以及拒绝一切自称的历史统一性的规划;其次,通过使一切暂时的和侧面的关系围绕着文学对象,以便使被研究的"历史"实际上成了一系列静态的构成物,这些构成物被安排在凝固于空间性的死气沉沉的相互关系之中。

米哈伊尔·巴赫金(1895—1975年)

米哈伊尔·巴赫金很有趣地被认为是20世纪主要的文学理论家之一。他最著名的,也许是他激进的语言哲学,以及得到"对话"(dialogism)、"复调"(polyphony)和"狂欢"(carnival)等概念支撑的他的小说理论,它们本身依赖于"众声喧哗"(heteroglossia)这个更为根本性的概念。巴赫金的著作写于俄国发生剧变的时刻:1917年革命之后紧接着是一场内战(1918—1921年)、饥荒和在约瑟夫·斯大林统治之下镇压性专政的黑暗年代。虽然巴赫金本人并不是共产党员,但他的著作被一些人认为在取向上是马克思主义的,力图对极端形式主义的抽象性进行一种矫正。尽管他对形式主义进行了批判,但他也被称作雅各布森的形式主义学派的一员,是一位后结构主义者,甚至是一位宗教思想家。巴赫金作为一位作家的忧患生涯,反映了其时代的动荡:他众多的著作撰写于革命之后的十年中以及20世纪30年代,只有一部是以他自己的名字出版的。其他著作,如很有影响的《拉伯雷与他的世界》(*Rabelais and His World*,1965年),直到很晚才出版。在隐匿数十年之后,他才在20世纪50年代见证了对自己的著作复苏了的兴趣,他成了苏联的一个偶像式人物。在20世纪70年代,他的名声延伸到了法国,在80年代则扩大到了英国和美国。

巴赫金出生于俄国的奥廖尔(Orel)城,后来于1918年在圣彼得堡大学获得经典与哲学学位。那时的圣彼得堡是与象征主义、未来主义和形式主义文学批评有关的热烈论争的场所。巴赫金受到过古典学者F. F. 泽林斯基(F. F. Zelinski)和研究康德哲学的思想家维登斯基(Vvedenski)等人物的影响。[3]巴赫金为了逃避紧接着发生的内战,搬到了涅维尔(Nevel),他在那里的工作是当教师。正是在那里,聚集起了最初的"巴赫金小组",包括音乐学家(以及后来的语言学家)瓦伦丁·伏罗希诺夫、文献学家列夫·普姆皮安斯基(Lev Pumpianskij)和哲学家马特维依·伊萨克·卡甘(Matvej Isaic Kagan)等人物。1920年,巴赫金搬到了成为很多艺术家的避难所的维捷布斯克(Vitebsk),帕维尔·梅德韦德夫(Pavel Medvedev)在维捷布斯克加入了小组。巴赫金婚后于1924年同妻子一起回到了圣彼得堡。他的"小组"这时包括了诗人N. J. 克里约夫(N. J. Kljuev)、生物学家I. I. 卡纳伊夫(I. I. Kanaev)和印度学研究者M. I. 图比安斯基(M. I. Tubianskij)。1929年,巴赫金的第一部重要著作出版,名为《陀思妥耶夫斯基艺术问题》(*Problems of Dostoevsky's Art*),它阐述了"复调"或"对话"的概念。不过,同年,巴赫金由于所谓同俄国地下东正教会有联系而被判处十年监禁;很宽大的是,判决被改成了在哈萨克(Kazakhstan)流放六年。1936年,他在萨兰斯克(Saransk)的摩尔达维亚国立师范学院(Mordovia State Teachers' College)获得了教职,但肃反的恐吓促使他辞去教职,搬到了一个更加偏僻的小城。他受到骨病的折磨,据说在1938年被切除了一条腿,后来没有获得专业职位。第二次世界大战后,他在1946年到1949年撰写了关于拉伯雷的学位论文,在学术界引起了骚动;那些反对论文通过的教授们取得了胜利,巴赫金没有获得学位。然而,他的朋友们为他在萨兰斯克取得了一个教职,担任文学系主任。那些同事们——组成了第三个"巴赫金小组"——包括莫斯科大学和高尔基学院的学者,如 V. 科杰诺夫(V. Kozinov)、S. 波卡罗夫(S. Bocarov)和语言学家 V. V. 伊凡诺夫(V. V. Ivanov)。巴赫金生命中的最后年代给他带来了一种长期可遇不可求的赞誉。他论述陀思妥耶夫斯基的著作于 1963 年再版,与两年后出版的论述拉伯雷的著作一样,获得了成功。

巴赫金的主要著作被翻译成英语的有:《艺术与责任:早期哲学文集》(*Art and Answerability*: *Early Philosophical Essays*,1990 年),《拉伯雷与他的世界》(1965 年;译本 1968 年),《陀思妥耶夫斯基诗学问题》(*Problems of Dostoevsky's Poetics*,1929 年;译本 1973 年),《对话的想象:论文四篇》(*The Dialogic Imagination*:*Four Essays*,1930s;译本 1981 年),以及《演说文体与晚期论文》(*Speech Genres and Other Late Essays*,1986 年)。他重要的早期论文《走向行动哲学》("Towards a Philosophy of the Act",1919 年),直到 1986 年才出版。这篇文章和其他早期文章,如《艺术与职责》("Art and Responsibility")和《作者与主角》("Author and Hero"),在取向上都是康德式的,提供了对于人类自我的主体间性在语言中的联系的现象学说明。巴赫金对语言本质的兴趣,部分是由其小组的成员激发起来的。实际上,巴赫金小组的一些出版物的作者身份依然有争议:《弗洛伊德学说》(*Freudianism*,1927 年)和《马克思主义与语言哲学》(*Marxism and the Philosophy of Language*,1929 年,1930 年)这两部著作,都是以 V. N. 伏罗希诺夫的名义出版的。另一部名为《文学学问的形式方法》(*The Formal Method in Literary Scholarship*,1928 年)的著作,则是以 P. N. 梅德韦德夫的名义出版的。争论是由语言学家 V. V. 伊凡诺夫挑起的,他声称,这些文本实际上是巴赫金撰写的。巴赫金本人制止了解决这个问题,而争论却在继续。无论如何,情况很可能是,这些文本是合作完成的,或者说它们在某种程度上表达了小组成员们的共同理念。

巴赫金的主要成就包括阐明一种创新的和激进的语言哲学,以及一种广泛的小说"理论"(虽然巴赫金的著作回避那种试图通过普遍化和静态的规划来解释特殊现象的系统理论)。在这里要分析的《小说话语》("Discourse in the Novel")一文,提供了一种对于这两种努力的完整说明。实际上,声称要成为一种小说理论的东西,不仅需要一种对语言本质的根本描述,而且需要一种对哲学史的根本批判,以及对主体性、客观性和理解过程本身之性质的创新性解释。

文章一开头,巴赫金就声称,他在这篇文章中的主要目标是要克服"文字艺术"(这里指诗歌和小说语言)研究的抽象的"形式"方法与同样抽象的"意识形态"方法之间的脱离。他坚持认为,话语中的形式与内容"是不可分的","文字话语是一种社会现象"(*DI*, 259)。巴赫金的论点是:传统文体论忽视了艺术话语的社会维度,艺术话语被当成一种自在的现象,与更加广泛的历史运动脱离,与沉浸在明显的意识形态斗争中的行为脱离。此外,传统文体论没有为小说找到一个位置,小说像其他"散文"话语一样,被看成一种"与艺术无关的媒介",在与实际言说相同的层面上,是一种在艺术上"中性的"传达手段(*DI*, 260)。他承认,在 20 世纪 20 年代,人们做出了一些努力(他似乎认为是俄国形式主义者),要确认"艺术散文在文体上的独特性与诗歌截然不同"。然而,巴赫金提出,这样的努力仅仅揭示了传统文体范畴不适合于小说话语(*DI*, 261)。

巴赫金列举了小说的"统一性"通常被划归到其中的文体特征:(1) 作者的直接叙事,

(2)日常话语的风格化,(3)书信和日记等半文学话语的风格化,(4)道德、哲学和科学说明等与艺术无关的各种言说类型,(5)人物个性化的言说。他的论点在于:这些"不同种类文体的统一性"中的每一种结合在小说之中,"形成一个有结构的艺术系统","作为一种体裁的小说在文体上的独特性,恰恰就在于把这些从属的,然而仍然是相对自主的单一性结合起来……成为作为一个整体的作品的更高统一体。"因此,小说可以被"界定为社会言说类型的一种多样性(有时甚至是语言的多样性),以及个人表达在艺术上有组织的多样性"(DI, 262)。

很快就很明显的是,巴赫金的小说观依赖于他更加广阔的观点,即把语言的本质看成"对话性的"和由"众声喧哗"构成的。为了解释对话的概念,我们首先需要理解后一个术语:"众声喧哗",它是指一种境况,我们通常认为单一的、一元的语言,实际上是由相互作用的语言的多样性构成的,它们经常在意识形态上相互竞争。用巴赫金的话来说,任何特定的"语言",实际上都被分成了几个"其他语言"的层次("众声喧哗"或许可以翻译为"语言的他性")。例如,我们可以把"任何单一民族的语言分解成各种社会方言、富有特点的群体行为、职业的行话、一般语言、几代人和年龄群的语言……权威的语言、各种圈子和表面方式的语言……每一天都有它自身的口号,它自身的词汇,它自身的着重点"。巴赫金认为,正是这种众声喧哗,才是"对于作为一种体裁的小说来说不可缺少的先决条件"(DI, 263)。

"对话"解释起来更加困难一些。在最基本的层面上,它是指这一事实:从一切"单一的"语言分层出来的各种语言,都处于彼此对话之中;巴赫金把这叫作"话语的原始对话",一切话语都因此具有一种对话的倾向(DI, 275)。我们可以用以下例子来说明这一点:宗教话语的语言并非存在于一种在意识形态上和语言学上"中性"的状态之中。相反,这样的话语可以作为对政治话语要素的一种"领域"或者"回应"。政治话语可以鼓励对国家的忠诚和对物质抱负的执着,宗教话语则可以努力以追求精神目标来取代那些忠诚。甚至一件艺术作品,像出自技艺之神密涅瓦之手一样,也不是出自作者的头脑,不是完全按作者的头脑形成的,也说着一种单一的独白式的语言:它是对其他作品和某些传统的一种回应、一种反驳,它把自身置于相互交叉的对话趋势之中(DI, 274)。它与其他艺术作品和其他语言的关系(文学的和非文学的)是对话性的。

巴赫金就对话的概念做出了进一步的、更加深刻的解释。他解释说,词语与其对象之间并不存在任何直接的、不经过中介的关系:"没有任何在使用中的词语只以一种单一方式与其对象发生联系。"词语在其通往对象的道路上,碰到了"与相同对象有关的其他异己词语……根本的、变化丰富的对立"。巴赫金认为,一切具体话语

> 都会发现,它所指向的对象似乎已经被各种条件所覆盖,容易引起争论,充满价值观,早已被包裹在一种模糊的薄雾之中——或者说,相反,被异己词语的"光线"所包围,那些词语早已被话语谈到了。它被卷入共有的思想、各种观点、异己的价值判断和着重点之中,被它们所充满。指向其对象的词语,加入一种通过对话激励起来的和充满紧张感的环境中……它不可能不成为交际对话的一个积极参与者……词语构想其对象的方式,由于对象内部社会词语可理解性的各个方面之间对话的相互作用而变得很复杂。(DI, 276-277)

巴赫金对其观点进行了总结，提出："诞生于对话中的词语，是其内部的一种在使用中的回答；词语是在与一种早已存在于对象里的异己词语对话性的相互作用中被塑造出来的。一个词语以对话的方式形成了一个关于它自身对象的概念。"(DI, 279)这里的根本前提在于，语言并不是某种意义上的中性媒介，显然与对象世界有关系。我们借以为一个词语赋予某种特定意义，或者以某种特定方式使用一个词语的一切言说，并非在一个我们一开始在其中碰到那个词语时就没有任何意义的真空中构成的。确切地说，甚至在我们用自己的方式、带着我们自己的意思说出词语之前，它就已经充满了很多意义的层面，我们对词语的运用必须使其他那些意义与它们一致，并在某些情况下与它们相匹配。我们的言说将在本质上成为对话性的：它生而就是早已在继续的一种对话中的一个声音；它不可能独自言说，不是在脱离了一切社会、历史和意识形态语境的某种领域里唯一的声音。

我们可以用出自现代国际政治舞台上的一个例证来说明这种对话的概念。生活在欧洲或美国的我们当中的有些人，倾向于认为"民主"这个词语（以及概念）充满了广泛的积极联想：我们可以使它普遍地与政治进步的理念、与从封建的经济和政治束缚下解放的历史、与我们认为的"文明"、与一种世俗化的和科学的世界观，或许最重要的是与个人自由的概念联系起来。但是，当我们试图把这个词语、这个概念输出到另一种文化中时，如伊拉克文化，我们就会发现，**我们**对这个词语的使用碰到了那个民族的语言和意识形态领域里的大量抵抗。首先，"民主"这个词语在那种文化里也许覆盖上了对一种外来强权的联想，充满某些伴随着民主的弊端（正如从柏拉图到阿列克塞·德·托克维尔等思想家们所谈到的那样）：极高的犯罪率，不受约束的个人主义，家庭结构的崩溃，缺乏对过去的尊重，不尊重权威，以及对宗教学说和价值观的威胁。

因而，在这里所出现的，恰好就是巴赫金所谈到的：词语本身**之内**的一场意识形态斗争，一种为了意义、为了词语之意义的战斗，一种使人们自身对词语的运用成为主导的努力。这种斗争不一定出现在各种文化之间；它有可能弥漫于一个特定民族内部。例如，相似的斗争可能存在于美国或伊拉克保守的宗教群体与进步的群体之间。就"恐怖主义"这样的词语所发生的相似斗争，被西方媒体同伊斯兰教的某种形象紧密联系起来，而在阿拉伯媒体中却以"国家恐惠的"等称谓来修饰。在这样的斗争中，词语本身成了激烈的意识形态冲突的场所。因而，我们可以看出，按照巴赫金的语言观，语言并非某种中性的和透明的对于冲突的表达；它是冲突的真正媒介和场所。

在阐述这种激进的语言概念时，巴赫金不仅对语言学和传统文体论进行了深刻批判，而且对哲学史进行了深刻批判。他认为，传统文体论不适合于对小说的分析，正因为它忽视了使小说风格成为可能的众声喧哗。文体论认为，风格是语言本身的一种现象，是一种"对一般语言的个性化"。换言之，风格的根源是"言说主体的个性"(DI, 263-264)。按这种观点，艺术作品被当成了一种"自足的整体"和一种"作者的独白"，它的"各种要素构成了一个封闭的系统"，脱离了一切社会语境(DI, 273-274)。巴赫金认为，这样一种风格观以索绪尔的语言概念为基础，那种概念本身则以一般与特殊、**语言**（*langue*）（语言系统）和**言语**（*parole*）（个人的言说行为）之间的对立为前提。这种风格概念预先假定了一种"语言的统一性"和"个人在这种语言中认识到自己的统一性"(DI, 264)。这样一种概念导致了扭曲地对待小说,挑选"那些只能适合单一语言系统框架的因素,以及直接地和无须中介地以语言表现作者个性的因素"(DI, 265)。文体论、语言学和语言哲学都假定了一种单一的语言,言说者与语言的单一关系,以及参与"独自言说"的言说者。所有这些学科都赞成索绪尔式的语言模式,以一般(语言系统)与特殊(个人化的言说)的对立为基础(DI, 269)。巴赫金实质性的观点在于,这样一种单一的语言并不真实,只不过是由语言学断定的:"一种单一的语言并不是某种既定的东西……而在实质上始终都是假定的……在其语言学生命的每个时刻,它都与众声喧哗的现实相对立。但与此同时,它使自身的真实呈现被感觉到是征服这种众声喧哗的一种力量,为它强加一些特定的限制,保证最大限度的相互理解以及具体化为真实的统一体,虽然仍然是相对的统一体——支配性的对话的(日常的)和文学的语言、'正确的语言'的统一体。"(DI, 270)因此,当我们谈到"一种语言"或"语言"时,我们都在利用一种理想的概念,其目的是要凝结为一种独白式的可理解性,它一直在改变实际上构成"语言"的语言交流。在这个方面,文学文体论、哲学和语言学的历史规划已经成了同一的:

> 亚里士多德的诗学,奥古斯丁的诗学,中世纪教会的、"真理的唯一语言"的诗学,新古典主义笛卡儿式的诗学,莱布尼兹抽象的语法普遍主义("普遍语法"的理念),洪堡(Humboldt)对具体性的坚持——所有这些,无论它们是否有细微差别,都表现出了社会语言学和意识形态社会中相同的向心力;它们都为同一个规划服务,即把欧洲语言集中和统一起来。(DI, 271)

巴赫金认为,这种规划是深刻的意识形态性和政治性的:正是这种规划,必须把某些语言提升到超过另一些语言,把"野蛮人和低级社会阶层合并成一种单一文化的语言",使某些意识形态体系成为典范,把注意力"从语言的多元性转向一种单一的主要语言"。尽管如此,巴赫金坚持认为,这些向心力不得不"在众声喧哗之中运作"(DI, 271)。即使在做出各种努力要进行集中化和统一化的规划时,非中心化和非统一化的过程还在继续。正如巴赫金指出的,与"向心力一道,语言的离心力在继续发挥着它们持续的作用"(DI, 272)。

对巴赫金来说,统一的向心力与离散的离心力之间的这种辩证法,是语言的一种构成性特征。他认为,每种言说都是这两种力量的一个交汇点;每种言说都参与了那种"单一的语言",与此同时,又"分享了社会的和历史的众声喧哗"。一种言说的环境是"对话化了的众声喧哗"。因此,一种言说本身——任何言说——由"语言生命中充满矛盾、充满张力的两种被围困的趋势"构成(DI, 272)。因而,对巴赫金的语言观来说根本的是,没有任何言说是简单地漂浮在一种从理想上断定的非历史的中性气氛之中的;每种言说都**属于**某个人、某个阶级或群体,都传递出其内部的意识形态附属物。正如巴赫金声称的:"我们不把语言当成一种抽象的语法范畴的系统,而把语言看成在意识形态上被渗透了的,把语言看成一种世界观。"(DI, 271)相反,语言学、文体学和语言哲学等学科全都以一种"走向统一性的方向"为动机。倘若它们的规划必须出现在真实的多样性、多元性和语言的层级之中,即出现在众声喧哗之中,那么,它们的规划实际上就是要寻求"多样性中的**统一性**",而它们却忽视了真实的"在意识形态上被渗透了的"

语言意识（*DI*，274）。它们已经被导向了一种"词语的人为、预先决定了的状态，一个切掉了对话的词语"（*DI*，279）。

巴赫金本人的观点承认，现实交谈中的真实词语被"导向一种**答案**……它激发起一种答案，在答案的导向中预见到它并构成它本身。词语在已经言说出来的氛围中形成自身，同时又由尚未说出来的东西决定"（*DI*，280）。巴赫金在这里把注意力引向了语言的时间性质，引向了这一事实，即词语存在于真实的时间之中，它具有一种真实的历史、真实的过去和真实的未来（与语言学假定的静态时间构成相反），所有这一切都是它存在的条件。他的观点可以与柏格森认为语言是一种在实质上被空间化了的媒介的观点相比，那种观点促使我们在概念上把时间空间化了，而不是当成真实的时间或**延绵的时间**（*durée*）。与柏格森一样，巴赫金所要做的，不仅是重新设想语言的本质，而是理解行为本身：这也是一个对话过程。巴赫金认为，每一种具体的理解行为都是积极的；它"不可分离地与回应、与有动机的同意或不同意融合在一起……理解在回应中得到实现。理解与回应辩证地融合在一起，彼此互为条件；如果没有另一方，一方就不可能"（*DI*，282）。词语的这种"内在对话"所涉及的，不是遭遇"对象自身内部的异己词语"（如在前面解释过的对话层次中），而是遭遇"主体对听者的信任系统"（*DI*，282）。

巴赫金似乎要说的是，一个词语内部不同含义的冲突，是更加重要的主体架构之间的冲突的一部分，这是理解的真正实质。巴赫金用这种模式来强调：语言的对话性质伴随着"社会语言学观点当中的一种斗争"（*DI*，273）。他解释说，每种言辞行为都可以按其自身的意图来"感染"语言；每个社会群体都有自己的语言，而在任何特定的时刻，"社会意识形态生活的各个时代和时期的语言都相互联系在一起……每一天都以它自身的口号、它自身进行谴责和赞扬的方式，表现出另一种社会意识形态语义的'事态'、另一种词汇、另一种重音系统"（*DI*，291）。要点再次不只在于语言是"异质性的"和分层的；它也在于，"不存在任何'中性的'词语与形式——词语与形式不可能属于'任何一个'；语言已经完全被管控了，充满了意图和着重点"（*DI*，293）。此外，它不仅仅在于语言始终都是在社会方面和意识形态方面变化着的，是各种群体和观点之间持久张力与斗争的场所；在其提供这种场所的作用方面，它也为人类主体的相互作用提供了真正的媒介，这种相互作用形成了人类主体性的真正基础。巴赫金认为，对个人意识来说，语言"取决于自我与他者之间的分界线。语言中的词语部分是别人的词语。只有当言说者使词语处于自己的意图、自己的着重点之中时，当他使用那个词语时，词语才成为'一个人自己的'"（*DI*，293）。在据为己有的这个时刻之前，"词语并非存在于一种中性的和非个人的语言之中"；相反，它要适合其他人的意图；此外，并不是所有词语都同样容易受到这种"攫取并被转变成个人所有物……语言不是一种中性的媒介，不是可以自由地和轻易地变成言说者意图的个人所有物；它与他人的意图在一起——过度密集地在一起"（*DI*，294）。

巴赫金把语言描述为人类主体在构成上根本的交互作用，与黑格尔对人类主体在与他人的交互作用中形成的说明，具有某种类似之处；黑格尔认为主体性是一种相互的结果，产生于两个人的意识之间的相互承认，巴赫金的说明则明确地把语言断定为这样的交互作用的媒介，并因此认为主体性是一种语言学的结果，虽然还是相互的和对话式的。正如巴赫金指出的，意识面临着"**不得不选择一种语言的必然性**。随着每一次文学词语的表演，意识都必须积极地在众声喧哗之中定位自身"(DI, 295)。

倘若巴赫金的语言观具有这些政治的和形而上学的含义的话,那么,很明显的是,对他来说,对文学作品的研究不可能被变成研究一种局部化的和自我封闭的词语建构。正如巴赫金指出的,甚至文学语言都根据体裁和专业,以其自身的方式分出了层次(DI, 288-289)。进入文学中的各种方言和观点,形成了"语言的一种对话"(DI, 294)。对巴赫金来说,恰恰就是这个事实,才标志着诗歌与小说在特征上的差异。按照巴赫金的看法,大多数诗歌都以单一语言的理念为前提;诗歌实际上破坏了众声喧哗;它清除了代表他人意图的词语(DI, 297-298)。进入诗歌作品的一切"都必须使自身沉浸在遗忘之河中,忘却自身先前在其他一切语境中的生活:语言也许只记得自身在诗歌语境中的生活"(DI, 297)。换言之,诗歌语言是人为的;词语的意义和内涵是通过一种特定的文学传统积累起来的,与超出这个自我封闭系统的语言生活相隔绝(T. S. 艾略特关于文学传统是一种"理想秩序"的看法,也许非常凑巧地适合于巴赫金的观念)。按照巴赫金的看法,由此建立起来的语言是这样一种语言,即在很大程度上忽视了用在其他领域中的语言的众声喧哗与对话。巴赫金认为,在诗歌中的每个地方,"都只有一副面孔——作者的语言学面孔,对每个词语的回应都像是作者自己的"。这样对待语言,"正好假设了语言的这种统一性,不经过中介而与其对象相应"(DI, 297-298)。如巴赫金所做的,表现诗歌的这种"规划"的另一种方式,就是认为诗歌意象开辟了一条通往对象的直接道路,忽视了为那个对象准备的大量其他道路,以及先前由"社会意识"附加于对象的各种意义(DI, 278)。

相反,在小说中,语言的这种对话化"以词语设想其对象的那种方式从内部渗透出来"(DI, 284)。在小说中,语言真实的对话和众声喧哗,对风格来说是根本性的;它们包含了赋予小说风格以权利的条件,风格因表达出那些条件而兴盛。诗歌风格压制了这种对话,或者说至少没有为了艺术目的而利用对话(DI, 284)。对诗人来说,语言是一种顺从的喉舌,完全适合于作者的意图;诗人完全处于自己语言的"内部",并通过语言去看一切(DI, 286)。众声喧哗在诗歌中的出现,只是作为一种"被描述的事物",要通过诗人自己语言的眼睛来看。相反,小说使众声喧哗结合为它自身观点的一部分;它将故意使用异己的语言,以及各种社会领域的异质性语言(DI, 287)。对小说家来说,词语被认为是"自己的",仅仅是作为"讽刺性地传达出来的事物"(DI, 299n)。实际上,"语言的层级化……在进入小说时就在其内部建立了它自身的特殊秩序,并成为一个独特的艺术体系……这构成了作为一种体裁之小说的显著特征"(DI, 299-300)。因此,一切能够论述小说的文体论都必定是一种**社会学的文体论**,它并不把文学作品当成一种自我封闭的人工制品,而揭示了作为一种力量的"话语的具体社会语境",它从**内部**决定了"小说在风格上的全部结构"(DI, 300)。

巴赫金承认,在实际的诗歌作品里,有可能发现"散文的根本特征",尤其是在"文学的诗歌语言变化的时期"中(DI, 287n)。众声喧哗也可能存在于某些"低级的"诗歌体裁之中。不过,一般来说,诗歌体裁的语言经常成为"独裁的、教条的和保守的,使自身与文学之外的社会方言的影响隔绝",并培养出一种特殊的"诗歌语言"的理念(DI, 287)。他还承认,"甚至诗歌的词语都是社会的",诗歌的形式则反映了较为漫长的社会进程,这需要"很多个世纪来展现"

(*DI*, 300)。巴赫金认为,小说的历史比传统的看法漫长得多,它源于散文形式的一种变体,其中一些反映了他在《拉伯雷与他的世界》等早期著作中所阐述的"狂欢"的概念。他的描述值得详细援引:

> 当诗歌体裁的主要门类在词语意识形态生活统一的、集中化的、向心的力量影响之下发展起来之时,小说——以及那些受到它吸引的艺术散文体裁——则在通过非中心化的、离心的力量的趋势历史地形成。当诗歌在更高的官方社会意识形态的层面完成了词语意识形态世界文化的、民族的和政治的集中化任务之时,在较低的层面上,在地方集市的舞台上和滑稽表演中,小丑的众声喧哗发出了声音,嘲笑一切"语言"和方言;在那里发展出了街头诗歌的**讽刺寓言诗**(*fabliaux*)和**滑稽戏**(*Schwanke*)文学、俗话、轶事,在那里完全没有任何语言中心,在那里会发现使用诗人、学者、僧侣、骑士和其他人的"语言"进行的生动表演,一切"语言"在那里都是面具,没有任何语言在那里可以声称是一种本真的、无可置疑的面目。
>
> 在这些低级体裁中组织起来的众声喧哗是……有意识地与这种文学语言相对立的。它是戏拟的,明显地和好争论地旨在反对自己特定时代的官方语言。正是众声喧哗,才被对话化了。(*DI*, 273)

人们或许会反对说,巴赫金的诗歌概念是狭隘的;有些诗歌种类确实积极参与了众声喧哗,并且在政治上是颠覆性的;人们或许还会提出,小说形式在本质上也许不是颠覆性的,有些小说家深刻地表现出了保守的观点。但是,很清楚,在以上段落里,巴赫金认为,诗歌和小说体裁都是两种主要意识形态倾向的标记,一种是集中化的和保守的,另一种则是分散的和激进的。

情况甚至有可能是,巴赫金把"诗歌"与"小说"分别用作两种趋势的隐喻:因而,诗歌实际上可以是激进的,但由于它挑战了官方话语,它就取得了典型地被散文所使用的那种语言的属性。有趣的是,对巴赫金来说,任何立场的意识形态诱发力,在本质上都与所使用的语言的特定特征有联系。"小说"体现了某些形而上学的、意识形态的和美学的态度:它在本质上拒绝了一切统一的自我或统一的世界的概念;它承认,"此"世界实际上是通过一系列竞争性的和共存的语言,作为一种会话、一种无止境的对话而构成的;它甚至提出,"真理"是对话性的。巴赫金认为:"小说的发展是加深对话实质的一种功能……越来越不那么中性的、不那么严格的要素('最低限度的真理')还保留着,没有被吸收到对话中。"(*DI*, 300)因此,真理不仅被重新界定为一种多数人的意见(它到如今在文化理论中都是共同的),而且被重新界定为词语意识形态斗争的产物,这些斗争标志着语言本身的真正本质。

罗曼·雅各布森(1896—1982年)

罗曼·雅各布森的著作在形式主义和结构主义的发展中,占有核心的和有重大影响的地位。雅各布森在实质上是一位语言学家,他生于莫斯科,于1915年在那里与他人共同创建了"莫斯科语言学小组",小组中还有奥西普·布里克和鲍里斯·托马舍夫斯基。他与维克多·什克洛夫斯基和鲍里斯·埃亨鲍姆一道,也参与了创建于1916年的第二个俄国形式主义群体"诗歌语言研究会"。形式主义者在某些方面是结构主义的先驱:1926年,雅各布森创建了"布拉格语言学小组"(Prague Linguistic Circle),小组与索绪尔的著作进行了批判性的论战。雅各布森从纳粹占领下逃出来,于1941年移居美国,在那里结识了克洛德·列维-斯特劳斯;1943年,他参与创建了"纽约语言学小组"(Linguistic Circle of New York)。他的理念被证明首先在法国产生了巨大影响,然后是在美国产生了影响。

在其《语言学与诗学》("Linguistics and Poetics",1958年)一文里,雅各布森认为,由于诗学关注"词语信息"的艺术特征,语言学则是"词语结构的全球科学",所以,诗学是语言学的一个必要组成部分。他在这方面的论点在于:诗歌的要素属于作为一个整体的语言科学;实际上,它们属于更为广阔的符号学领域,或者说属于符号理论,因为它们并不限于词语艺术。[4]雅各布森坚持认为,"文学批评"经常用主观性的术语来评价文学,必须严格区别于"文学研究",文学研究涉及"客观地从学术上来分析词语艺术"(LL,64)。文学研究的焦点是诗学,像语言学一样,它要关注"共时性"(synchrony)和"历时性"(diachrony)的问题。共时性描述认为,一种文学传统的各种要素,就是它们在时间中的某个特定时刻的出现;然而,这些要素将包括那些持续产生影响的文学价值和特点。历时性研究将分析一种特定传统或系统在一个时期中的各种变化(LL,64-65)。

雅各布森要求,必须把诗歌的语言功能置于语言的其他功能之中,他对此做了如下的图表解释:

      语 境
      信 息
发言者   接受者
      联 系
      代 码

在任何词语交流行为中,"发言者"都向"接受者"发送一种信息;那种信息需要一种词语的"语境",或者说至少能够被描述;"联系"则是发言者与接受者之间的一种物质通道或者心理上的联系;"代码"则是它们共有的(LL,66)。雅各布森解释说,这些因素中的每一个都决定了语言的一种不同功能,任何特定信息的词语结构都依赖于主要功能。例如,很多信息都主要被导向"语境",而主要功能在这里将成为"指涉的"(referential)、认识的或指示的。不过,虽然雅各布森承认语言主要与传达理念有关,但他告诫说,语言"表情的"(emotive)因素不可能被排除在语言学研究之外。词语信息完成的功能通常不止有一种,而其他附属功能将对信息有助益。例如,表情的或表现的功能把焦点集中在"发言者"之上,传达的是言说者的态度,它们本身可以传达出某些信息(LL,66)。一种以"接受者"为导向的信息具有一种"意动的"(conative)功能,它在语言的"呼格"(vocative)用法和祈使用法中会得到最纯粹的表现,它直接说出人或事物,或者发出命令(LL,67-68)。这样的句子不同于标准的"陈述"(declarative)

句,因为它们与真理和价值没有任何关系。

雅各布森到目前为止所提到的语言的三种功能——指涉的、表情的和意动的,如他所谈到的,都属于德国心理学家卡尔·比勒(Karl Buhler)所阐明的语言的传统模式。雅各布森提出,这种模式可以扩大到囊括附属的词语功能。其中之一就是一种"魔法的、魔咒的"功能,即在意动信息中发言的那个人,有可能是一个缺席的或没有生气的第三个人,就像对各种力量的祈求或恳求被认为是神圣的那样(*LL*, 68)。也有一些信息,其主要功能是要建立或者延长交流("你好,你听见我说话了吗?");这是"交际的"(phatic)功能,它可能涉及"仪式化的客套话"的一种交流。雅各布森认为,这是幼儿所获得的最初的词语功能(*LL*, 68–69)。第三种附属功能是元语言的。雅各布森注意到了由现代逻辑学家对语言的两个层面所做出的区分:"客体语言"(object language),它谈到的是对象和事件,以及"元语言"(metalanguage),它谈到的是语言本身(*LL*, 69)。

使诗歌功能区别于上面提及的其他功能的是,诗歌功能把焦点集中在为了它本身的"信息"之上(*LL*, 69);这种功能绝不是"词语艺术"的唯一功能,而是它的主导功能,虽然在大多数词语活动中它仅仅是一种附属的功能。因此,诗歌功能通过"促进符号的可触知性,深化了符号与对象的根本分裂"。而且诗歌功能扩大到了超越诗歌本身,进入语言的众多用法之中,如美国竞选活动中的口号"我喜欢艾克"①,它呈现了一种"被所爱的对象包裹起来的、表现爱的主体的'同源关联的'(paronomastic)形象。这种竞选口号次要的诗歌功能强化了它的令人难忘与功效"(*LL*, 70)。

在诗歌本身之中,不同的体裁在使用诗歌功能的同时,也使用了其他词语功能。例如,史诗包括了指涉功能;抒情诗包括了表情功能。以下是雅各布森用图表来解释的各种功能:

	指涉的	
	诗歌的	
表情的		意动的
	交际的	
	元语言的	

诗歌的区别性特征是什么呢?为了回答这个问题,雅各布森提醒我们说,**选择**(selection)有两种词语安排的基本模式,它们以等同、类似或同义的词语关系为基础;而将一系列词语**结合**(combination)起来则建立在"邻接性"(contiguity)的基础之上。他认为,诗歌功能"**把等同(equivalence)原则从选择轴投射到结合轴之中**"(*LL*, 71)。这个难以理解的句子或许可以翻译如下。在语言的非诗歌用法中,在我们只倾向于传达信息的地方,我们可以选择很多不同的词语来表示"孩子":我们可以使用"小孩"(tot)、"学步儿童"(toddler)或"幼儿"(infant),这些词语彼此都是**等同**的。换言之,我们利用**等同**原则去做出我们的选择。我们的下一步是把这个词语同另一个词语**结合**起来,我们也要在等同的基础上进行选择。例如,我们可以使用一些彼此相等的词语中的一个:"睡觉""假寐""打盹"。因此,我们的**结合**将是某种类似的东西:"孩

---

① "我喜欢艾克"("I like Ike"):这是美国总统艾森豪威尔在竞选时使用的一句押韵的口号,"艾克"是艾森豪威尔的昵称。

子睡觉。"雅各布森似乎要说的是,我们在结合的层面上运用等同原则:我们使一种结合等同于另一种结合。换句话说,尽管各种结合的意义有差异,但我们根据它们韵律的重音和模式等特点使它们在形式上相等。理解雅各布森之说明的另一种方式是,可以说诗歌不仅要从很多可能等同的词语中进行选择,而且要把它们结合起来,尽最大可能把焦点集中在为了诗歌本身的信息之上。不过,诗歌并不是元语言的一种形式:在诗歌中,等同被用来建立一个序列,元语言则用那个序列来建立一种等式(LL,71)。

雅各布森的《语言的两个方面和失语症的两种类型》("Two Aspects of Language and Two Types of Aphasic Disturbances",1956年)一文提出,语言具有一种两极性结构,在隐喻与转喻两极之间来回摇摆。他提出,这种二分法"似乎对一切词语行为和一般的人类行为,都具有重要意义和因果关系"(LL,112)。一切话语的发展都沿着两条不同的语义路线进行:一条是隐喻式的路线,一个话题在其中通过相似性或替代通向另一个话题;另一条是转喻的路线,一个话题在其中通过邻接性(封闭在空间、时间或心理联想之中)使人想到另一个话题。雅各布森认为,在正常的行为中,这两种过程都要起作用,但通常都会偏向一种过程,这要取决于文化和个人状况(LL,110-111)。在词语艺术中,虽然这两种过程有大量的相互影响,但一种过程经常会得到突出。雅各布森注意到,隐喻的重要性在文学上的浪漫主义和象征主义中得到了普遍的承认。他认为,被忽视了的是转喻在现实主义中的重要性:现实主义作家经常"转喻式地从情节偏离到氛围,从人物偏离到空间和时间中的场景"(LL,111)。他也很喜欢提喻的细节,如"上嘴唇的绒毛"和"裸露的双肩",它们都被用来表现人物。

雅各布森表示,隐喻技法与转喻技法之间的竞争,出现在一切象征性的过程之中。例如,在分析梦的结构时,他认为,决定性的问题是,"象征与时间序列是以邻接性(弗洛伊德的转喻的'置换'与提喻的'浓缩')为基础的,还是以相似性(弗洛伊德的'确证与象征主义')为基础的"(LL,113)。在这方面,雅各布森预见到了拉康根据隐喻和转喻来分析弗洛伊德对浓缩与置换所进行的对比。总的来说,雅各布森坚持认为,诗歌的重点在符号之上,以相似性原则为基础;因此,诗歌在总体上要依靠隐喻。在另一方面,散文的重点主要在指涉之上,以邻接性为基础;因此,它的根本策略是转喻。然而,雅各布森认为,语言的这种两极性实际上已经被变成了一种单极性规划,因为对诗歌比喻的研究主要被导向了隐喻,而转喻则遭遇了不适当的忽视(LL,113-114)。雅各布森实际上在这方面所做的,是要在这两个词语之间引进一种对立,这两个词语在传统修辞学中被认为是紧密结合在一起的。

新 批 评

大约在20世纪开始前后,主要的批评方式是传记式的、历史的、心理学的、浪漫派的和印象主义的。帕林顿和F. O. 马西森等自由主义批评家用一种历史方法来研究文学,但马西森坚持专注于文学的审美维度。这种形式主义的倾向在新批评和芝加哥学派中得到了强化。"新批评"这个词语早在1910年就由乔尔·斯平加恩(Joel Spingarn)在其发表的一次同名演讲中被设想出来,斯平加恩受到克罗齐的表现主义艺术理论的影响,提倡一种创造性的和想象性的批评,它强调文学的审美特质超过了历史、心理和道德考虑。不过,斯平加恩与后来几十年中发展起来的新批评没有直接的关系。新批评的一些重要特征于20世纪20年代期间在英国出现于T. S. 艾略特和埃兹拉·庞德的著作中,也出现在I. A. 理查兹和威廉·燕卜荪的开创性研究之中。理查兹的《文学批评原理》(*Principles of Literary Criticism*,1924年)提出了一些文学批评的概念,诸如反讽、张力和平衡,并且区分了诗歌语言与其他语言的用法。他的《实践的批评》(*Practical Criticism*,1929年)以学生对诗歌的分析为基础,强调了"客观的"和平衡的细读的重要性,即要对文学的修饰性语言很敏感。理查兹的学生威廉·燕卜荪撰写了一部很有影响的著作《晦涩的七种类型》(*Seven Types of Ambiguity*,1930年),它被当作新批评细读的一种模式。

在大西洋的另一边,新批评的实践也得到了美国批评家们的倡导,著名的有"逃亡者集团"(Fugitives)和"南方重农学派"(Southern Agrarians),他们倡导"旧南方"的价值观,以对抗工业化北方的科学与技术的所谓非人化。在这些先驱者中著名的有约翰·克罗·兰瑟姆和艾伦·泰特,他们发展了艾略特和理查兹的某些理念。兰瑟姆从1922年到1925年与一个包括泰特、罗伯特·佩恩·沃伦(Robert Penn Warren)和唐纳德·戴维森在内的作家群体一起,主编过诗歌杂志《逃亡者》(*Fugitive*)。与新批评有联系的其他杂志还有《南方评论》(*Southern Review*),由佩恩·沃伦和克林思·布鲁克斯(Cleanth Brooks)主编(1935—1942年),《肯友评论》(*Kenyou Review*),由兰瑟姆主编(1938—1959年),以及仍然还存在的《塞万尼评论》(*Sewanee Review*),由泰特和其他人主编。在20世纪40年代期间,新批评被体制化,成为学术界的主流方法,它的影响虽然从50年代以来受到了普遍的削弱,但依然还在持续。新批评的一些重要文献是由一些相对晚近的追随者们撰写的:W. K. 威姆萨特(W. K. Wimsatt)和门罗·比尔兹利(Monroe Beardsley)的文章《意图谬误》("The Intentional Fallacy",1946年)与《感受谬误》("The Affective Fallacy",1949年)[值得注意的是,在这种语境中,E. D. 希尔斯(E. D. Hirsch)有巨大影响的著作《解释的有效性》(*Validity in Interpretation*)出版于1967年,它把文本的意义等同于其作者的意图];奥斯汀·沃伦(Austin Warren)的《文学理论》(*The Theory of Literature*,1949年);W. K. 威姆萨特的《词语的偶像》(*The Verbal Icon*,1954年);以及默里·克里格尔(Murray Krieger)的《诗歌的新辩护者们》(*The New Apologists for Poetry*,1956年)。现在可以来分析一些这类文献。

约翰·克罗·兰瑟姆(1888—1974年)

然而,新批评的开创性宣言早就由兰瑟姆发布了,他出版了一部名为《新批评》(*The New Criticism*,1941年)的系列文集,并且发表了一篇很有影响的文章《批评公司》("Criticism, Inc."),收入《世界的身体》(*The World's Body*,1938年)一书中。这篇文章简洁地表达了构成大多数"新批评派"实践基础的新批评原理的核心,他们的观点经常在其他方面有所不同。正如兰瑟姆承认的,其文章的动机是使文学批评变得"更加科学或者更加精确与系统"的愿望;兰瑟姆认为,文学批评必须成为一件"严肃的事情"。[5]他要求,批评的重点必须从历史学问转向审美欣赏和理解。兰瑟姆把保守的新人本主义和左翼批评的特征刻画为把焦点集中在道德之上,而不是美学之上。虽然兰瑟姆承认历史信息和生平信息的价值,但他坚持认为,它们本身并不是目的,而是批评之真正目的的工具,批评之目的是"要确定和欣赏文学的审美价值或者富有特征的价值"。简言之,兰瑟姆的立场是:批评家必须研究文学,而不是**忙于**文学。因此,批评应当拒绝:(1) 个人印象,因为批评活动应当"指出对象的本质,而不是它对主体的影响"(WB,342);(2) 大纲和解释,因为情节或故事是从文本的真实内容中抽取出来的;(3) 历史研究,它可能包括了文学背景、生平、文学资源和类似情况;(4) 语言学研究,它包括了确证词语的典故(allusion)与意义;(5) 道德内容,因为这不是文本的全部内容;(6) "其他一切专门研究,它们涉及从作品中提取出来的某种抽象或散文的内容"(WB,343-345)。兰瑟姆要求,文学批评特有的领域包括对诗歌、韵律学、比喻和虚构的技术性研究,它应当"独立拥有自身关于权利和功能的规章"(WB,346)。最后,在这篇文章和其他著作中,兰瑟姆都坚持诗歌在本体论上的独特性,认为诗歌与散文和语言的其他用法截然不同,如在散文中对语言的使用。他提出,"批评家应当认为,诗歌完全是一种极为强烈的本体论或者形而上学的策略",它不可能被变成散文(WB,347-349)。总而言之,他认为,文学和文学批评应当在本体论上和体制上享有自主性。他的论点经常被简化为新批评的一种特色,即把焦点集中在"文本本身"或者"书面词语"之上。

威廉·K. 小威姆萨特(1907—1975年)和门罗·C. 比尔兹利(1915—1985年)

除了他们的其他著作之外,批评家威姆萨特和哲学家比尔兹利撰写过两篇很有影响和有争议的文章,文章提出了新批评的核心立场,它们是《意图谬误》(1946年)和《感受谬误》(1949年)。在第一篇文章里,他们制定了一些他们当作不言自明的命题:虽然他们承认诗歌的动机是一种"有计划的知性",但他们拒绝承认构思或意图的概念是文学批评的一种解释的标准。[6]在说明他们的第二个"公理"时,他们提出了批评家怎样发现诗人的意图、如何说明诗人的核心主张实际上是什么的问题:"如果诗人成功地做到了这一点,那么,诗歌本身就表明了诗人试图做什么。如果诗人没有成功,那么,诗歌就不是恰当的证据,而批评家就必须超出诗歌——因为意图的证据在诗歌中并不存在。"第三个公理是美国诗人阿奇博尔德·麦克利什(Archibald MacLeish)提出的说法,即一首"诗不应当有意谓,而应当存在"。威姆萨特和比尔兹利对这一说法解释如下:"一首诗只有通过其**意义**才可能**存在**——因为它的媒介是词语。然而,它**存在**,仅仅是**存在**,是在我们没有任何理由去探究哪个部分有意图、哪个部分有意谓的意义之上……在这个方面,诗歌不同于实际的信息,如果,只是如果,我们正确地推断出了意图,那么,实际信息就是成功的。"(VI,4-5)这实际上是对新批评的一种立场的重新陈述,即诗歌是一种以其自身为目的的自主性词语结构,它作为一个审美对象,在自身的存在以外没有任何目的。它与真理的标准不一致,与表现或模仿的精确性不一致,也与道德不一致。最后,威姆萨特和比尔兹利坚持认为,一首诗的思想和态度,只能被归因于诗的戏剧性的言说者或角色,不能直接归因于作者(VI, 5)。

前述的"公理"仅仅是陈述,而不是论证。这篇文章的第一个论点是贺拉斯式的,即一首诗一旦发表,就再也不属于作者,而属于公众:"它体现在语言中,是公众特有的所有物,它与人类有关,是公众认识的对象。"(VI, 5)这里的含意在于,诗歌作为公众语言的一种对象,可以用于公众的解释;作者没有任何对于语言的特权,他在诗歌以外所说的话,不可能被当成具有某种权威性。他们承认,一个作者可以为想要成为诗人的人提供有用的实际建议,但这样的建议属于"写作心理学,而不是批评"(VI, 9)。

威姆萨特和比尔兹利所要反对的,是他们认为的一种浪漫派的意图谬误:浪漫派的理念在古代由朗吉努斯表现出来,在晚近则由伟大的德国作家歌德和意大利哲学家贝内德托·克罗齐等人物表现出来,这种理念认为,诗歌是作者灵魂的回声,体现了作者的意图或心理境况(VI, 6)。按照文章作者的看法,晚近对"意图论"(intentionalism)最有影响的说明,是 I. A. 理查兹对意义的四重特征的刻画,即"感觉""情感""语调"和"意图"。意图派的口头禅是浪漫派的一些言辞,诸如"自发性""真挚""本真性"和"原创性"。两位作者认为,这些词语必须被替换为分析术语,如"完整性""相关性""统一性"和"功能",他们声称,这些术语更加准确(VI, 9)。

与兰瑟姆一样,威姆萨特和比尔兹利很关注把某些相关的研究排除在批评之外,如作者的心理、生平和历史。他们实际上对一首诗的意义的"内在"证据与"外在"证据进行了区分。内在证据实际上是公共性的:这种证据内在于诗歌本身,要通过诗歌符号学、句法结构、对它们如何在更大的语言和文化语境中运作的认识,去发现这种证据。外在证据是个人的或独具特色的:这种证据是在诗歌以外收集起来的,可能包括日记、期刊、书信和报道出来的谈话。威姆萨特和比尔兹利承认,可能存在着第三种证据,那就是"中间的":关于作者性格的证据,或者是由作者及其派系附加在词语与概念之上的半个人性的意义的证据(VI, 10)。

严格说来,两位作者所承认的只有内在证据。他们举例说明了凭借其他类型的证据有可能曲解一首诗的意义:如果我们通过自己事前了解到的约翰·多恩对天文学的兴趣来研究他的《别离辞:节哀》一诗,那么,我们就会把诗中的以下诗句解释为以一个涉及地球中心说和太阳中心说的世界观的隐喻为中心:

> 地球运行会带来灾害与惊恐,
> 　　人们在猜测它的所为与意味,
> 可是那些天体的颤抖,
> 　　虽然剧烈得多,却也没害处。

但是,文章作者告诫说,提出这样的解释是"漠视英语,偏爱个人证据胜过偏爱公共证据,偏爱外在证据胜过偏爱内在证据"(VI, 14)。换言之,我们通过自己对多恩的"个人"兴趣的了解来解读这首诗,而不是关注词语本身可能表示了什么。

按照文章作者的看法,文学研究中产生于意图谬误的主要问题之一,涉及 T. S. 艾略特和埃兹拉·庞德等作家所使用的诗歌典故,他们的诗歌大量地间接提到或者引用以前诗人的诗句和成语。文章作者当作例证的是,艾略特在其长诗《荒原》中使用了很长的系列注释来解释诗中的各种典故,他们提出,艾略特通过求助于他自己的意图,试图用那些注释来证明自己的诗歌实践是正当的。然而,他们认为,那些注释就像诗句本身一样,应当经得起同样的细察;如果读者在诗歌本身之中没有感受到典故的力量的话,那么,求助于注释就是多余的(VI, 15-16)。就典故所涉及的而言,我们必须能够根据在诗中客观地看出来的它们的作用,来证明对它们的运用是正当的,而不是通过把作者看成其意图的先知(VI, 18)。

就威姆萨特和比尔兹利的论点而言,可能会有很多反对意见。首先,它预设了,我们可以把诗歌当成一种孤立的作品,脱离了它的一切语境,包括阅读和接受它的环境。显然,内在证据与外在证据之间的差异不可能是绝对的,会随着读者的认识和文学教育程度而变化。此外,很多解释上的争论,不是产生于内容的问题,反而是产生于形式和语调的问题:我们会在一首诗最基本的意义方面达成一致意见,但会就我们附加于那种意义之上的意义达不成一致意见。例如,贺拉斯著名的《皮拉之歌》("Ode to Pyrrha"),可以用一种礼貌文雅的语调来翻译,也可以用拙劣的挖苦语调来翻译。广泛考虑诗歌背后的意图,可以真正帮助我们澄清这些问题。很多诗歌,如讽刺诗或仿英雄诗,都预设了读者事先熟悉某些文学传统和惯例:例如,很重要的是要知道,蒲柏的《夺发记》意在把史诗的惯例用于讽刺的目的。求助于意图可以产生对于形式与内容、艺术家与其观众之关系的必要洞见。此外,假定不同语境中的不同言说者所做出的相同陈述可能在意义上具有巨大分歧,那么,看来难以置信的是,把自主性归结于一切陈述或词语群,无论它是否体现在诗歌语言之中。正如弗兰克·乔菲(Frank Cioffi)评论说的,为了反驳意图论者,威姆萨特和比尔兹利应当表明,我们对一首诗的反应不会因为参照了意图信息而被改变;但他们所表明的一切却是,这一点并非始终都会发生,或者说不一定会发生。

威姆萨特和比尔兹利后来的文章《感受谬误》以同样的预设为动机,即文学或诗歌是一种自主性的对象,不仅独立于作者的心理、生平和历史,而且独立于消费它的读者或观众。"感受"(affection)这个词语被哲学家用来指情感、心理状态或倾向。因此,按照威姆萨特和比尔兹利的看法,当我们试图通过求助于读者或听众所产生的情感或心理状态来说明或解释一首诗之时,"感受谬误"就出现了。如这两位作者所指出的,正像意图谬误"是诗歌与其根源之间的一种混淆"一样,因而,感受谬误"是诗歌与其**效果**之间的一种混淆(它**是**什么和它**做了**什么)"。[7] 此外,他们把读者的反应当作一种解释标准的部分问题在于,它使批评变成了一种主观的活动,而不是客观的活动,变成了一种与主体(读者)有关的话语,而不是与客体(文本)有关的话语。对一首诗的感受性阅读,"开始于试图从诗歌的心理学效果获得批评的标准,结果则是印象主义和相对主义。'意图'和'感受'这两种'谬误'的结果在于,诗歌本身作为一种特定的批评判断的对象,就有可能消失"(VI, 21)。

威姆萨特和比尔兹利拒绝了 I. A. 理查兹等批评家和查尔斯·L. 斯蒂文森(Charles L. Stevenson)等哲学家的努力,即把情感意义与指涉意义分离开,把词语**使人想到的**东西与词语**意指的**东西区分开。他们认为,没有任何证据表明,一个词语对一个人所**产生的**,就是要归因于的一切,除了它所**意指的**或者**使人想到的**东西以外(VI,22,26)。换言之,描述一首诗的效果,就等同于描述它的意义。威姆萨特和比尔兹利担心,情感意义的学说,由于同认知意义相分离,导致了感受的相对论和潜在的无止境的许可:就阅读一行特定的诗而言,读者可能感受到某种情感,而不管诗行语境的认知特质;没有任何语言学规则能使情感反应稳定下来或者使之系统化,因此,在认知意义与情感暗示之间也不存在任何类似之处(VI,27-28)。两位作者评论说,由于人类学的某些学派把"被某个特定时代的读者感受到的情感程度"用作诗歌价值的标准,所以,它们促进了历史或文化性质的感受相对论(VI,27)。

威姆萨特和比尔兹利把感受理论的各种表现追溯到柏拉图认为诗歌煽动激情的观点,亚里士多德关于某些情感借以被悲剧清除的**净化**的概念,经过朗吉努斯的作为读者灵魂状态的崇高概念,经过浪漫派关于想象力的概念,一直到现代的印象派批评家(VI,28-31)。他们甚至发现了在新古典主义的地点与时间的统一性中起作用的感受谬误:一出戏的时间长度应当在一天之内并且只发生在一个地点的理念,旨在对观众产生一种幻觉的效果,使观众相信行为是现实主义的或者是很有可能的(VI,30)。在他们看来,近来给人印象最深的支持心理学理论或感受理论的人物是 I. A. 理查兹,然而,他本人的批评实践有点破坏了他的理论,除非他证实了诗歌的韵律和形式的暗示性方面实际上与"诗歌意义其他的和更加精确的部分"有联系(VI,32)。

总的来说,威姆萨特和比尔兹利认为,当读者报告说一首诗或一个故事以其本身引起了"生动的形象、强烈的情感或者增强了意识"之时,这样的陈述过于含糊,以至无法反驳,也无法被客观的批评家所利用。实际上,就一首诗对读者产生了什么做出准确的说明,根据事实本身将成为对诗歌本身、诗歌意义的一种描述(VI,32-33)。他们坚持认为,批评家不是他自己感受的和主观的状态的报告者,甚至也不是主体间性的一致意见的创造者或推动者:他"不是从统计学上对诗歌进行计算报告的贡献者,而是意义的教师或解说者"。他的报告只说到了情感是稳定的和"有赖于一个准确的对象"(VI,34)。两位作者否认存在着一种"纯粹情感"的诗歌。他们认为,诗歌"在特征上是一种关于情感和对象的话语,或者说是关于对象的情感特质的,而这要经过它对象征和隐喻的专注"。要点在于,就连情感也要客观地对待,把它当作诗歌主题的一部分(VI,38)。实际上,对威姆萨特和比尔兹利来说,"当各种对象经历了从文化到文化的一种功能转变之时,诗歌就成了一种凝固情感的方式,或者说是使情感变得更加长久地可以感知的一种方式"(VI,38)。因而,两位作者拒绝了读者反应理论或感受理论的一切模式,无论它们是高度主观性的模式,还是主体间性的历史模式,他们断言批评不应当对它要探究的特殊文学对象失察,批评不应当依赖于社会历史或者成为人类学:"虽然各种文化已经发生了变化并且将要变化,但诗歌依然还在,并且依然要解释。"(VI,39)

这篇文章的论点要遭受很多相同的批评,这些批评已经针对它们在《意图谬误》中的立场。也许,最根本的反对意见是,把文学当成一种自足的对象的不可能性和人为性,这种对象在其施行中无法以某种方式来实现,无法在与读者的相互作用中实现,读者真正会给文本带来他们自己的文化背景、兴趣和设想。此外,坚持认为文本本身是一种孤立的对象,实际上表现了在哲学上倒退到一个被原子论地看成由分散的和独立的对象构成的世界;尽管它在意识形态和政治的很多层面上持续着,但正是这一观点,早已受到了从黑格尔和马克思,一直到柏格森、萨特和德里达等众多思想家的怀疑。

芝加哥学派

另一个批评家的群体——著名的"芝加哥学派"或"新亚里士多德派"(Neo-Aristotelians),大约在新批评派表达出自己宣言的同时,开始阐述他们的核心理念。在 20 世纪 30 年代,芝加哥大学人文学科的各个系经历了一次根本性的改革,试图使人文系科得到复兴,并且使它们在体制上与科学学科相比更加具有竞争力。与这些变化有关的六个人物后来成了芝加哥的著名批评家:R. S. 克兰、理查德·梅克昂、埃尔德·奥尔森、W. R. 基斯特(W. R. Keast)、诺曼·麦克莱恩(Norman Maclean)和伯纳德·温伯格(Bernard Weinberg)。这些批评家后来发布了芝加哥学派的重要宣言《批评家与批评:古代与现代》(*Critics and Criticism: Ancient and Modern*,1952 年),宣言抨击了新批评的一些重要原则,并且阐述了一种标新立异的形式主义的批评方法,这种方法部分源自亚里士多德的《诗学》。

在 1934 年的一篇早期文章中,克兰曾经预见到了(并且影响了)兰瑟姆的主张,即专业批评应当从主要以历史为中心,转向以美学为中心。不过,克兰和芝加哥学派在总体上与新批评有分歧,新批评坚持认为,文学研究应当使系统的文学理论(灌注着文学理论的历史)与细读实践和说明文学文本结合起来。此外,芝加哥学派从亚里士多德的《诗学》中吸取了许多典型的批评关注点,如强调文学文本是"艺术整体",在分析上把单个文本置于特定体裁之中的重要性,以及需要确定文本的意图和一般的(与作者的相对)意图。新批评派把注意力集中在诗歌特有的语言用法、反讽、隐喻、张力和平衡之上,芝加哥学派却仿效亚里士多德,强调情节、性格和思想。总的来说,新亚里士多德派提出了一种标新立异的形式主义诗学,它承认了文学的模仿、教诲和感受功能。不过,这个学派的影响却被美国整个教育体系所广泛接受的新批评的倾向遮蔽了。

现代主义诗学:埃兹拉·庞德和 T. S. 艾略特

现代主义包含了欧洲和美国的一系列广泛的运动,它们大致在 1910 年到 1930 年期间达到了成熟。现代主义的主要代表和参与者有马塞尔·普鲁斯特、詹姆斯·乔伊斯、埃兹拉·庞德、T. S. 艾略特、威廉·福克纳、弗吉妮亚·伍尔夫、路易吉·皮兰德娄(Luigi Pirandello)和弗朗茨·卡夫卡。这些各不相同的现代主义是 19 世纪很多复杂的经济、政治、科学和宗教发展的结果,它们在第一次世界大战(1914—1918 年)中达到了顶点。战争留下的巨大破坏、心理消沉和经济萧条,加剧了早已存在的对资产阶级思想方式和经济实践的反抗。理性主义经受了来自很多方向的重新抨击:来自柏格森等哲学家,来自精神分析领域,来自 T. E. 休姆等新古典主义者、美国的新人本主义者和雅克·马利丹(Jacques Maritain)等新托马斯主义(neo-Thomism)者。这些反抗经常以对于语言的新的理解为基础,它们把语言理解为一种惯例的和历史的建构。现代主义作家占据了一个经常被感到是碎片化的世界,理性、科学、进步、文明和帝国主义等资产阶级的旧意识形态,在那个世界中有点遭到了怀疑;艺术家在其中与社会的和政治的世界疏离,艺术与文学在其中被边缘化了;人们在其中要受制于大规模的标准化过程;哲学在其中再也无法提供统一的观点,而语言本身在其中也被看成一种不适当的表达工具和理解工具。

因此,在连续五十多年里,我们终于在文学上的现代主义的本质和起源中,较为充分地意识到了它的复杂性和异质性。它再也不被认为是对19世纪的现实主义、自然主义或晚期浪漫主义观点的一种简单的象征主义和意象派式的对抗。甚至也不是现代主义对描写现实的规划感到了厌恶,尽管它的很多参与者在政治上都是保守主义的;更加深刻地构成现代主义文学形式之基础的,是意识到了对现实的各种界定日益变得很复杂和很有疑问。现代主义者通过不同的道路达成了这一共识:叶芝利用过神秘学,利用过爱尔兰神话和传说,也利用过浪漫派和法国象征主义。普鲁斯特利用过柏格森的各种洞见;弗吉妮亚·伍尔夫利用过柏格森、G. E. 穆尔和其他人的观点;庞德利用过各种非欧洲的文学和法国作家的观点;T. S. 艾略特的诗歌观完全是折中主义的,他利用过但丁、玄学派诗人、拉弗格、波德莱尔和一些哲学家的观点。

总的来说,文学上的现代主义以很多特征为标志:(1)肯定主观世界与客观世界之间、自我与世界之间的连续性,而不是相互分离。人类的自我被认为不是一种稳定的实体,它不是简单地与早已存在的对象和其他自我的外部世界打交道。(2)对时间、记忆和历史在自我与世界的相互建构中的复杂作用的感知。时间不是按照一种把过去、现在和未来分离开来的静态模式,被设想为线性关系中不连贯的各种因素;相反,它被认为是动态的,那些因素是相互影响和相互改变的。人类历史因而不是早已被书写下来的;按照人类现存的利益、动机和观点,甚至过去都可以被改变。(3)打破一切仿效传统的亚里士多德的模式,即规定了开头、中间和结尾的线性叙事的结构。现代主义诗歌倾向于碎片化,要创造出它自身的情感、意象、声音、象征和情绪的内在"逻辑"。(4)承认体验的复杂性:一切特定的体验都比字面语言所能表现的要复杂得多。例如,对"爱"的体验完全可能因人而异,然而语言强行把这些不同的体验囊括在同一个词语和概念之下。现代主义诗歌倾向于远离一切传说中的语言的字面用法,那种用法会假定词语与事物之间的一一对应关系;它更多地依赖于暗示和典故,而不是平铺直叙。(5)与文学写作过程有关的一种自我意识。这一点包括意识到了人们自己的作品与作为一个整体的文学传统的联系,以及对于自己作品内容的一种嘲讽姿态。(6)最后,也是最重要的,意识到了语言有疑问的本质。这实际上成了前述的其他因素的基础。如果语言与现实之间不存在任何单纯的对应关系,如果这些领域是通过一致性的模式彼此建构的,那么,诗人的大部分任务就在于更加准确地使用语言,那种语言提供了对于现实的选择性的界定。艾略特曾经说过,诗人必须"扭曲"语言,以便创造出他自己的意义来。

在所有的西方现代主义者当中,T. S. 艾略特(1888—1965年)通过其诗歌和文学批评产生了最为普遍的影响。他最初受到欧文·白璧德和保罗·埃尔默(Paul Elmer)等美国新人本主义者的影响,他早期的理念大部分都要归功于新人本主义者对传统、古典主义和非个人化的强调。艾略特也要感谢19世纪晚期的法国诗人们,尤其是要感谢埃兹拉·庞德和意象派运动(imagist movement)。庞德设想了范围广泛的批评的作用:作为诗人和批评家,他推销了自己的作品和弗罗斯特①、乔伊斯和艾略特等人物的作品;他翻译过大量盎格鲁-撒克逊、拉丁语、希腊语和汉语文本;而且,他与意象派和漩涡主义画派等各种派别有联系,倡导一种在表现情感方面简练、具体和准确的诗歌,并且适当地渗透着一种传统感。作为庞德的启发的结果,艾略特的主要诗作《荒原》被彻底地精简和改变了。

艾略特从白璧德和庞德那里接受了他所谓的"传统"理论,虽然这种理论在传统的保守派理论中具有其政治上的先例,如埃德蒙·博克的理论。艾略特的理论声称,过去和现在的重要艺术作品形成了一种"理想的秩序",这种秩序不断地被后来的艺术作品修正。这里的核心含义在于,当代作家应当寻找到与那种传统的共同基础,哪怕他们扩大了那种传统的范围。艾略特实际上成功地重新界定了欧洲文学的传统,延续了人本主义者对浪漫派的抨击,并且使但丁、玄学派诗人和法国象征主义者名噪一时。艾略特还提出了一种"非个人的"诗歌概念,诗人据以表现的不是个性,而是一种对思想和情感的准确表达,它们在"普通的"体验中是缺乏的。按照艾略特的看法,诗人利用了一种"客观的关联",外部世界中的对象和事件由此被用来表现思想和情感的复合体。

在文学史方面,艾略特坚持认为,"感性的分裂"(dissociation of sensibility)在17世纪之后开始出现,它伴随着理性与情感等人类的各种能力的分裂,这些能力从前都被结合在一种统一的感性之内。艾略特的理念与新批评的主张具有一种充满矛盾的关系。一方面,他认为,艺术作品的审美维度是不可简略的;另一方面,随着在其整个生涯中日益增加的坚决主张,他又认为,艺术的不可简略性是由于其社会的、宗教的和文学的语境。庞德和艾略特的理念已经产生了一种持久的影响,他们最为有力的影响则出现在20世纪20年代到40年代期间。

注释

[1] Victor Shklovsky, "Art as Technique," in *Russian Formalist Criticism: Four Essays*, trans. Lee T. Lemon and Marion J. Reis (Lincoln: University of Nebraska Press, 1965), p. 5. 以下引文页码均为该文本的页码。

[2] Boris Eichenbaum, "The Theory of the 'Formal Method,'" in *Russian Formalist Criticism*, trans. Lemon and Reis, p. 103. 以下引文的页码均为这一文本的页码。

[3] 这里的部分描述要归功于M. M. Bakhtin很有价值的导论 *The Dialogic Imagination: Four Essays*, ed. Michael Holquist, trans. Caryl Emerson and Michael Holquist (Austin: University of Texas Press, 1981)。巴赫金的文章"The Dialogic Imagination"收入了这个集子,下文引用写作 *DI*。

[4] "Linguistics and Poetics," in Roman Jakobson, *Language in Literature*, ed. Krystyna Pomorska and Stephen Rudy (Cambridge, MA and London: Harvard University Press, 1987), p. 63. 下文引用写作 *LL*。

---

① 弗罗斯特(Robert Frost,1874—1963年):美国20世纪著名诗人。

［5］John Crowe Ransom, *The World's Body* (Baton Rouge: Louisiana State University Press, 1968), p. 329. 下文引用写作 *WB*。

［6］W. K. Wimsatt, Jr. and Monroe C. Beardsley, "The Intentional Fallacy," in W. K. Wimsatt, Jr., *The Verbal Icon* (Lexington: University of Kentucky Press, 1967), p. 4. 下文引用写作 *VI*。

［7］W. K. Wimsatt, Jr. and Monroe C. Beardsley, "The Affective Fallacy," in *VI*, p. 21.

第二十四章 结构主义

自20世纪50年代以来的多数批评,都可以说受到了广泛体制化的新批评实践的绝对责难。一种持续的挑战来自结构主义,并在一定程度上来自它所派生的解构等。在西方,结构主义的涌入在某种程度上被加拿大人诺思罗普·弗莱的著作预见到了,他是在美国所称的"神话批评"(Myth Criticism)方面最有影响的理论家,这种批评流行于20世纪40年代到60年代中期,参与者有理查德·蔡斯(Richard Chase)、莱斯利·菲德勒(Leslie Fiedler)、丹尼尔·霍夫曼(Daniel Hoffman)和菲利浦·惠尔赖特(Philip Wheelwright)。这些批评家利用了人类学(anthropology)和心理学关于普遍的(神话)仪式与民间传说的发现,决心要把精神性的内容交还给一个他们认为是异化的、碎片的,被科学主义、经验主义、实证主义和技术统治着的世界。他们希望恢复神话的功能,因为神话有可能理解巫术、想象、梦境、直觉和无意识。他们认为,创造神话与人类的思维密不可分,相信文学是在神话的核心中形成的,"神话"被理解为各种文化和各种社群为人类生存建立有意义之语境的一种集体努力。弗莱的《批评的解剖》(1957年)一书,延续了新批评的形式主义着重点,甚至更加强烈地坚持认为,批评应当成为一门科学的、客观的和系统的学科。此外,弗莱认为,这样的文学批评认为,文学本身是一个系统。例如,关于"春""夏""秋""冬"的主题,产生了喜剧、悲剧、讽刺和传奇等基本的文学模式。假定有这些基本的象征性主题的循环,那么,文学史就成了一种重复的和自足的循环。因此,表面上渗透了弗莱的形式主义的历史因素,实际上却被取消了,文学被看成不受时间影响、静态的和自主性的建构。

弗莱的静态模式展现了循环往复的模式,成了结构主义的语言观和文学观的一种共同特征。结构主义的基础是由瑞士语言学家费迪南·德·索绪尔的著作、罗兰·巴特和其他人奠定的,索绪尔的洞见由法国人类学家克洛德·列维-斯特劳斯(生于1908年)加以发展。在其《普通语言学教程》(*Course in General Linguistics*,1916年)一书中,索绪尔对语言的规则系统"语言"(*langue*)和"言语"(*parole*)进行了区分。按照索绪尔的看法,正是"语言",才使自身适合于共时性的结构分析:可以按照时间中的某个特定的点,把语言系统作为一套相互依赖的因素来分析(与考察时间中的发展的历时性研究相反)。此外,索绪尔抨击了传统的意义应和理论(correspondence theory of meaning),按照这种理论,语言被认为是一个命名的过程,每个词语都对应于它所命名的那个事物。索绪尔提出,符号联结起来的不是一个事物与一个名称,而是一个概念(所指)与声音意象(能指)。他认为,能指与所指之间的联结是任意的(不是天然的),因为概念并非在本质上与特定的能指相联系。意义是由集体行为或惯例决定的,并且被规则固定下来。因此,语言是一个符号系统,意义本身则是相互关联的,是由那个系统内部的各种能指与所指的相互作用产生的。除了这些洞见之外,克洛德·列维-斯特劳斯和其他人从索绪尔那里所获得的观点,是强调被描述为结构的语言学特征;他们还强调了,深层结构构成了各种现象的基础,有时这些结构还涉及人类心理的基本特征。

列维-斯特劳斯提出了一些对于神话本质的很有影响的洞见。他注意到,尽管神话具有偶然性的特点,但全世界的神话都展现出一种惊人的相似性。他借助索绪尔的理念提出,神话是一种特殊的语言形式和使用法。按照列维-斯特劳斯的看法,神话的特殊之处在于,除了"语言"和"言语"之外,它使用了把"语言"和"言语"的特性结合起来的第三种指示物。一方面,神话要指涉发生在很久之前的事情;但赋予神话以持久价值的,是它所描述的那种特殊模式的永恒性:它解释了现在、过去和未来。他认为,在现代社会中,神话大多被政治取代了:例如,法国大革命既被认为是过去的一系列事件,也被认为是在当代法国社会结构中可以发现的一种永恒模式。因此,神话具有历史的和非历史的双重结构。列维-斯特劳斯坚持认为,神话思维的结构表现出,我们无法通过断言矛盾关系是同一的,因为它们双方都以一种相似的方式自相矛盾,从而把两种关系联系起来。因此,俄狄浦斯的神话成了一种逻辑工具。他认为,神话的目的是提供一种能够克服矛盾的逻辑模式。

列维-斯特劳斯的一个重要主张是,他的方法排除了对真实的或早期神话观的有疑问的追寻。他把神话界定为由对神话的一切描述所组成。就连弗洛伊德对俄狄浦斯神话(Oedipus myth)的描述也是那个神话的一部分。甚至当各种变体展现出了差异时,差异本身也可能是相关的。因此,不只存在一种真实的描述,而其他的一切描述都不过是模仿或曲解。每种描述都属于神话。神话展现的是一种"被安排的"结构,它通过重复显露出来。神话逐渐变成了聪明的螺旋,直到它背后的理智冲动被耗尽。它的增长是一个持续的过程,而它的结构仍然是不连续的。列维-斯特劳斯认为,他的理论产生了一种关于思维发展的新奇观点:神话思维的逻辑与现代科学的逻辑一样,是很严格的;差别或明显的进步不是人类心理的进步,而在于发现神话思维逻辑可以适用的新领域。

在结构主义的分析中也有一种反人本主义的观点,即语言既然是一种体制,那么,个人的中介就不具有任何特权,人类和社会现象都不具有任何实质。因此,结构主义明显脱离了浪漫派关于作者是意义之根源的看法,把重点从作者的意图转向了更加主要的和非个人的、作者的文本要参与其中的语言学结构之上,那种结构实际上使文本成为可能。

很多这类原理构成了美国结构主义者的方法的基础。结构主义在20世纪60年代期间输入了美国,它最主要的代表人物有罗曼·雅各布森、乔纳森·卡勒(Jonathan Culler)、迈克尔·里法泰尔(Michael Riffaterre)、克劳迪奥·纪廉(Claudio Guillen)、杰拉尔德·普林斯(Gerald Prince)和罗伯特·斯科尔斯(Robert Scholes)。在符号学领域里活动的其他美国思想家还有C. S. 皮尔斯、查尔斯·莫里斯(Charles Morris)和诺姆·乔姆斯基(Noam Chomsky)。乔纳森·卡勒在其名著《结构主义诗学》(*Structuralist Poetics*,1975年)中解释说,结构主义的文学研究将力图确定构成文学之基础的惯例系统。罗伯特·斯科尔斯在《文学中的结构主义：导论》(Structuralism in Literature: An Introduction, 1974 年)中为文学研究寻求的一种科学基础，是各种文本相互联系的一个系统。美国结构主义的其他重要文本有雅克·埃尔曼(Jacques Ehrmann)编辑的《耶鲁法国研究》(Yale French Studies)的一期特刊(1966 年)和名为《结构主义》(Structuralism, 1970 年)的文集，以及理查德·麦克塞(Richard Macksey)和尤金尼奥·多那特(Eugenio Donate)编辑的《结构主义论争集》(The Structuralist Controversy, 1970 年)。在美国也很有影响的是罗曼·雅各布森的著作，他多年在美国各个大学教书。他提出了一种很有影响的交流模式，以及隐喻与转喻在叙事分析中的差异。现在来详细分析索绪尔和罗兰·巴特著作中的结构主义的主要原理。

费迪南·德·索绪尔(1857—1913 年)

费迪南·德·索绪尔实际上是现代语言学和结构主义的奠基人；虽然大多数后结构主义都部分出自反对索绪尔的思想，但后结构主义还是以索绪尔在语言学方面的理论前瞻性为先决条件。索绪尔出生于一个瑞士人的家庭，在柏林大学和莱比锡大学学习；先在巴黎、后来在日内瓦大学教书，教授的课程有哥特语、古日耳曼语、拉丁语和波斯语，还教授过历史语言学和比较语言学课程。不过，正是他讲授过的普通语言学课程，在身后由其同事汇编成了《普通语言学教程》(1916 年)，被证明了在广大的领域里具有开创性的影响，其中有人类学，如列维-斯特劳斯的著作；罗兰·巴特的符号学著作；德里达的文学和哲学观念；路易·阿尔都塞等人的结构主义的马克思主义对意识形态的分析；雅克·拉康的精神分析理论；朱丽娅·克里斯蒂娃等女性主义者所进行的语言分析。

在索绪尔之前，语言分析的主要方式是历史的和文献学的方式。与研究语言在时间过程中变化的历时性方法相反，索绪尔采取了一种共时性的方法，把语言看成可以按它的整体在时间中某个特定的点来研究的一种结构。索绪尔开创了一些影响更为深远和根本性的洞见。首先，他否定了词语与事物之间存在着某种天然的联系，提出这种联系是惯例的。这种语言观也挑战了认为现实是以某种方式独立于语言和在语言之外存在的观点，那种观点把语言变成了仅仅是一个"命名系统"。索绪尔的观点暗示了，我们依靠语言来建立对于我们世界的理解，并且**通过**语言来看世界。其次，索绪尔认为，语言是一个有联系的符号系统：没有任何符号具有孤立的意义；相反，它们的意义依赖于它们与其他符号的差异，并且在总体上依赖于它们在整个符号网络中的位置。最后，索绪尔对语言的两个维度进行了区分："语言"，它指语言是一个有结构的系统，以某些规则为基础；"言语"，言说的特殊行为，或者说是以那些规则为基础的言说。

在《普通语言学教程》中，索绪尔解释说，正是语言，而不是言说行为，才必须成为科学研究的对象。实际上，只有排除言说的很多因素，"语言科学"才是可能的。[1]按这种意义来理解，语言(与言说相反)是"外在于个人的，个人凭自己既不可能创造，也不可能修改语言"。它通过共同体的成员之间固有的契约而存在，对一个人来说，为了通过言说来交流，就必须学习它

(CGL,14)。索绪尔竟至于认为:"符号的显著特征……在于它始终都以某种方式躲避个人或社会的意志。"(CGL,17)他指出了语言与言说之间的其他差异。言说是同质性的,语言则是异质性的:"它是一个符号系统,在其中,唯一实质性的东西是意义与声音意象的结合,在其中,符号的各部分都是心理上的。"此外,语言和言语一样都是具体的:语言是由集体认可的语言学符号建构起来的,这些符号"是在头脑中有自己位置的现实"。最后,与言说不同,语言可以按照人类现象来分类:它是一种社会体制,具有使之区别于其他政治和法律体制的独有的特征(CGL,15)。

索绪尔提出,应当把语言研究置于更大的研究领域之内,他把这个领域叫作符号学,这个词出自希腊语的 *semeion*,意思是"符号"。他解释说,符号学"将表明,什么构成了符号,什么法则支配着符号……语言学只是符号学这门一般科学的一部分;符号学所发现的法则将适用于语言学"(CGL,16)。索绪尔提出,符号学被"认为是一门独立的科学,与其他一切科学一样,具有它自身的研究对象"。必须"照其本身"来研究语言,而不是像过去那样,按语言与其他事物的联系来进行研究。语言学的任务是要发现使语言成为一种"特殊系统"的东西,但在这样做时,语言学家必须懂得语言与其他符号系统的共同之处(CGL,17)。

索绪尔在《教程》中对"语言学符号的本质"的说明,很值得较为详细的思考,因为它为后来的很多文学理论和文化理论提供了一个参照点。尤其重要的是,他对"符号""能指"和"所指"这些术语的运用。他抨击了传统的意义应和理论,按照这种理论,语言被认为是一个命名的过程,每个词语都对应于它所命名的事物。索绪尔就这种观点提出了三条反对意见:它设想了先于词语而存在的现成理念;它没有告诉我们一个名称在本质上是声音的还是心理上的;最后,它设想,名称与事物的联系是一种简单的操作活动(CGL,65)。

与这种传统看法相反,索绪尔提出,语言学符号的词语在本质上是心理上的;符号联结的不是事物与名称,而是概念与**声音意象**。后者不是物质的声音,而是"声音的心理烙印",这种印记作用于我们的感官;因此,它也是心理上的(CGL,66)。为了避免含混,索绪尔提出了一个新的说法:**符号**表明整个结构;**所指**表明**概念**,而**能指**表明**声音意象**。正如索绪尔声称的,语言学的符号在其总体上是"一种具有两个方面的心理实体",由能指和所指构成。作为一个整体的符号,指涉世界上的真实事物,如下图所示:

能指(词语或声音意象"桌子")

符号＞实际对象:桌子

所指("桌子"的概念)

符号具有两个基本特征。首先,能指与所指的联结是**任意的**:索绪尔这么说的意思是指,概念(例如,"姐妹")并不是根据作为其能指的声音序列(在法语中是 s-o-r)的任何内在关系来联结的。索绪尔进行了另一种澄清:联结不是**天然的**,而是动机不明的,以集体行为或惯例为基础,由各种规则固定下来。能指和姿势不具有任何内在的价值。索绪尔很小心地提出,"任意"并不意味着对能指的选择被完全留给了言说者:一旦符号在语言共同体中已经确立,个人就没有任何权力以任何方式改变一个符号(CGL,69)。

能指的第二个特征是它的线性本质。作为听觉,它要在时间中展开,由此表现出一个时间段,可以按照单一的维度来衡量。相反,视觉的能指可以提供几个维度的组群。听觉能指只有时间的维度,表现在序列之中,形成一个链条;当它们表现在写作中时,这一点很明显,在其中,书写记号的空间线条取代了时间中的序列(CGL,70)。

在《教程》的第二部分里,索绪尔提出了思想与语言之间的重要关系。他提出,在语言之前,我们的思想是"一种无形的和模糊的混沌",我们"无法对两种理念做出清晰、可靠的区分"。他坚持认为,在语言出现之前,不存在任何理念(CGL,111-112)。不过,同样,声音本身在其表达出思想和理念之前,也没有边界线,也不清晰。索绪尔描述了他所称的总体的"语言学事实",即由两个系列构成的、涉及语言功能的两种因素:在一个层面上是"混乱的理念"系列,以及"同样模糊的声音层面"(CGL,112)。语言的作用是要在出现了思想和声音结合起来的"相互确定边界"的条件之下,"作为思想和声音之间的联结物"。语言并不追问思想是特定的物质形式,还是声音被变成了心理实体。这个过程的相互作用的性质意味着,我们必须想到"思想与声音"的一种结合:语言形成于"两种无形的混沌"之间,随着理念和声音同时获得确定边界(CGL,112)。为了说明这一过程,索绪尔把语言想象为一张纸:思想是正面,声音是背面;不可能剪开正面而不剪开背面。同样,索绪尔认为,在语言中,"既不可能使声音同思想分开,也不可能使思想同声音分开"。倘若我们要进行这种分离,那就是人为的,结果将是纯粹心理学(理念)的领域,或者是纯粹音韵学(声音)的领域。语言学的领域恰恰就是声音和思想结合在一起的这种领域,"**它们的结合产生了一种形式,而不是一种实体**",索绪尔将在后面阐述这一说法(CGL,113)。

思想与声音的结合有助于解释符号的任意性质:索绪尔认为,选择一种特定的声音去命名某种理念,是"完全任意的"。因此,只有依靠一个共同体,才能创造出一种语言系统,因为词语的意义和价值"要把自身的存在唯一归功于使用方法和普遍接受"(CGL,113)。思想与声音的结合也向我们表明的是,人们不可能从特定声音和思想孤立的相互关系开始,通过把它们加在一起来建立一种语言系统。相反,必须从全部"相互依赖的整体"开始,通过分析获得语言系统的特殊因素(CGL,113)。

索绪尔对语言的**价值**与**意义**进行了至关重要的区分。虽然他承认价值是意义的一个因素,但他坚持认为,这两个词语并不相同。他声称,一个词语在语言中的价值,产生于其他不相似的词语的同时存在,那些词语可以与它交换,或者说其他相似的词语可以同它进行比较。某个词语可能具有某种意义或含义,但这与词语的价值不同,因为词语的价值是由"在它之外同时存在的一切"决定的。例如,法语的 *mouton* 一词可能与英语的"羊"一词具有相同的含义;但这两个词语并不具有相同的价值,因为英语还有"羊肉"一词,表示一块准备要吃的肉,法语却没有这样的词(CGL,115-116)。另一个例子是英语中的"爱"这个词,它具有不同于希腊语中表示爱的各种词语的价值,如 *agape*,*eros* 和 *charitas*。索绪尔认为,所有这些价值都发源于语言系统。当这些价值"被认为与概念相应"时,"人们的理解就是,概念完全是有差异的,不是由它们肯定性的内容来界定,而是否定性地由它们与系统中其他词语的关系来界定。它们最准确的特征就是成为其他词语所不是的东西"(CGL,117)。有个例证可以阐明索绪尔的论点:当我们谈到"绿"色时,我们并没有确定绿的某种自在的实质;换言之,我们的界定不是"肯定性的"。确切地说,如果我们说某物是绿色的时,我们也在暗示说它不是蓝色、红色或其他任何色彩。在这种意义上,我们的陈述是"否定性的",因为我们确定那种色彩是根据它所**不是**,而我们的表达预设了事先存在语言价值的全部网络或系统,以使表达完全成为可能。如果我们没有其他任何色彩的概念,那么,就不可能孤立地把"绿色"这个形容词归之于任何对象。

正如语言的价值一样,当从概念的角度来看时,它"只由与语言的其他词语有关的关系和差异构成",因而,对价值的"物质"维度,即声音,也同样可以这么认为。索绪尔认为,一个词语中重要因素不是声音本身,而是"使它有可能使这个词语区别于其他一切词语的声音差异,因为差异意味着意义"(CGL,118)。这是一个重要的说明:正如概念具有显出差异的价值一样,即要由它们与其他概念的差异来决定,所以,词语的声音本身存在于一个巨大的声音网络中;每个声音不是孤立地在自身之中获得了价值,而是通过它们与其他声音的差异。此外,声音本身甚至都不属于语言:正是声音,通过与属于语言的其他声音的相互作用和差异,才获得了意义与价值。甚至在这方面,属于语言的,并不是声音本身;构成语言之一部分的,是声音之间的**差异**。这有助于解释索绪尔早前的说明,即能指是**心理上的**,不是物质性的。正如他这时阐述的:"语言的能指……不是声音的,而是无形的——不是由它的物质实体构成,而是由使其声音意象与其他一切分离开来的差异构成的。"(CGL,118-119)索绪尔在写作中发现了事情的一种同一的状态,在其中,符号是任意的,文字的价值完全是否定性的和显出差异的,语言的价值通过相互对立起作用(CGL,120)。

索绪尔总结道:"在语言中,只存在着差异。"他评论说:"差异一般来说意味着在差异之间产生出来的肯定性词语;但在语言中,**如果没有肯定性的词语**,就只有差异……语言既没有存在于语言系统之前的理念,也没有存在于那种系统之前的声音。"(CGL,120)如前面提及的,如果语言是一种词语间关系的系统,那么,正是这些关系本身,才构成了词语本身;换言之,语言并不是拥有一套词语,然后使这些词语相互联系起来的问题;词语是被形成关系的过程**创造**出来的。然而,索绪尔认为,这种否定性的和显出差异的状态,只有能指与所指被分别考虑时,才会达到;换言之,只有概念系统与声音系统彼此被独立地考虑时,才会达到。如果我们在总体上来考虑符号,即如果我们认为概念系统和声音系统加在一起是一个符号系统的话,那么,索绪尔认为:"它们的结合就是一种肯定性的因素;这甚至是语言所具有的唯一的事实类型,因为保持两种差异之间的平行,是语言体制与众不同的功能。"(CGL,120-121)索绪尔对此解释如下:当我们比较两种总体的符号(两套具有其所指的能指)之时,我们可能再也不会谈到差异,因为差异只能适用于两种理念或两种声音意象的比较。在符号之间,不存在差异,而存在着独特性和对立:这种对立是"全部语言机制"的基础。一个符号是由使之区别于其他符号的一切因素构成的(CGL,121)。索绪尔认为,在语言中,不存在任何简单的词语,只存在复杂的词语:"在每个地方始终都有同样复杂的词语的平衡,那些词语彼此互为条件。换句话说,**语言是一种形式,不是一种实体**。"(CGL,122)在这个著名的说法里,索绪尔似乎要提出,语言不是由那些具有独立实质或实体的词语构成的,而是由包含词语本身的变化着的关系系列构成的。

索绪尔指出,语言的词语之间的关系和差异分为截然不同的两组,对应于我们心理活动的两种形式,这两种形式"对语言的生命来说是不可或缺的"。在话语中,通过词语获得的各种关系以语言的线性本质为基础,"因为它们像链条一样固定在一起"。这些线性关系都是"组合性的"(syntagmatic)(CGL,123)。然而,在话语之外,词语可以获得很多额外的关系,它们都不是线性的:它们可能以意义的联想为基础,或者以形式的相似性为基础(如具有相同的前缀、后缀或词尾)。这些关系是"联想的",在它们之中,一个特定的词语"就像是一个星座的中心"(CGL,126);虽然一个"句段"(syntagm)由一种固定的序列秩序和一些固定的因素组成,但联想关系以一种不确定的秩序和不确定的数量为特征。

罗兰·巴特(1915—1980年)

罗兰·巴特的理论发展经常被认为体现了从结构主义观点向后结构主义观点的转变,虽然他的某些著作以马克思主义观点为特征。巴特实际上把结构分析和符号学(符号研究)扩大到了广泛的文化现象中,他也挑战了结构主义的限度,为更加自由和更加相对主义地评价文本及其在文化中的作用指明了道路。正是巴特,才使"作者之死"的概念、作为自由嬉戏或快乐场所的文本理念、"作品"(work)与"文本"、"作家的"与"读者的"艺术作品之间的差异,变得很有名。同样,他预见到了后结构主义的很多方面,包括某些解构的因素、文化研究(cultural studies)和"怪异行为研究"①。

巴特生于法国的瑟堡(Cherbourg),后来随母亲(他在一岁时就失去了父亲)移居巴黎。尽管他遭受过肺结核的痛苦,经历过同性恋,具有深奥的和折中主义的世界观,但他经常与法国的一些主流机构有联系,诸如"国家科学研究中心"(CNRS)、"高等学院"(Ecole des Hautes Études)和"法兰西学院"(Collège de France)。他最初的著作从索绪尔、萨特和马克思主义作家布莱希特等人那里获得过灵感:《零度写作》(Writing Degree Zero,1953年)和《神话学》(Mythologies,1957年)。然后,有一些结构主义理路的很有影响的著作,如《符号学原理》(Elements of Semiology,1964年)和开创性的文章《叙事作品结构分析导论》("Introduction to the Structural Analysis of Narrative",1966年)。他的著名文章《作者之死》("The Death of the Author")发表于1968年。巴特在其《S/Z》(1970年)中对巴尔扎克的中篇小说《萨拉辛》(Sarrasine)所进行的具有多重价值的分析,标志着巴特早期的结构主义与晚期的后结构主义倾向之间的转折点。这些倾向在其文章《从作品到文本》("From Work to Text",1971年)和《文本的快乐》(The Pleasure of the Text,1973年)等著作中得到了阐述。

在《零度写作》中,巴特分析了文学形式的发展。他认为,语言不可避免地受制于社会体制和规范,由福楼拜和马拉美所代表的文学运动旨在进行一种"零度写作",试图使语言摆脱其社会性,促进形式的创新,把形式本身作为目的,或者用巴特的话来说,作为"技巧的最终产物",

---

① 怪异行为研究(queer studies):在中国大陆和台、港地区,也有译为"酷儿研究"的,系根据"queer"的读音翻译。

并创造写作的"中性"方式。[2]巴特认为,文学史的这个阶段与"资产阶级意识的瓦解"相吻合,并且表现了这种瓦解(WDZ,5)。他注意到,从资产阶级取得胜利的时期以来,一种写作方式得到了提升,即针对清晰性的任务而训练出来的写作。他认为,到1660年,清晰性已经成了语言的一种主要价值,这表现了资产阶级关于人的"本质主义的神话"。正当这样的资产阶级的普遍性变得有疑问之时,写作的方式就开始了增殖,形式本身成了一种伦理学(WDZ,58)。巴特认为,在这个阶段,写作吸收了一部文学作品的全部同一性:写作成了一条盲目的小径,因为社会本身就是一条盲目的小径。文学变成了"语言的乌托邦"(WDZ,56－60,85－88)。

巴特认为,他后来写作《神话学》一书的动机,是对资产阶级混淆自然与历史感到愤恨,因为资产阶级试图终止它们的价值和议程——它们都是历史地创造出来的,并且在历史上都是特定的,在某种程度上是自然的和普遍的。[3]在这部著作中,巴特对资产阶级大众文化(范围从肥皂剧、广告,直到罗马的各种形象)的各种产物进行了一种意识形态批判,试图把这种对文化或历史的神秘化描述为一种"普遍的本质"(Myth.,9)。他认为,这样的神秘化要用"神话"的概念来解释,他将该书的第二部分用来对神话进行理论上的分析。

巴特最根本的意见是,神话并非一个对象、一个概念或一种理念,而是一种语言,一种言说的类型。它是神秘化的一种方式,要根据它说出其信息的方式来详细地说明(Myth.,109)。他告诫说,不存在任何永恒的神话;正是人类的历史,才"把现实变成了言说"(Myth.,110)。巴特认为,神话的言说由早已使之适合于起交流作用的材料构成。在解释神话的本质时,巴特重申了索绪尔的观点,即符号学由三个(而不是两个)词语构成:**能指**,它是一种声音的(心理的)**意象**;**所指**,它是一种概念;以及**符号**,它是词语,由能指与所指的结合构成。换言之,符号是一种**关系**(Myth.,113)。神话的结构重复了这种三度空间的模式:神话是一个第二序列的符号系统。第一序列系统中的一个完整符号,在第二序列系统中成了单纯的能指(仅仅是符号的一个组成部分)。

语言:能指—————所指
　　　　　　符号
神话:　　　**能指**—————**所指**
　　　　　符号

因此,在神话中,有两种符号系统,它们是交错排列的;第一种系统的对象是语言,第二种系统的对象是神话,或者说是元语言。换句话说,神话是一种第二语言,人们**用它**来谈论第一语言(Myth.,115)。我们可以用巴特本人提供的一个例子来说明这个过程:在巴黎的一本杂志封面上,"一个穿着法国军服的年轻黑人在敬礼,两眼向上望着",可能在凝视法国国旗(Myth.,116)。我们可以对这个符号学结构做如下分析。

语言:能指:黑人敬礼————所指:法国特性/军事性
　　　　　　符号＝意义
神话:　　　　　　　　能指＝形式————所指:法国的帝国气派
　　　　　　　　　　意义

在第一个符号学系统中,即语言系统中,能指是黑人士兵敬法国式军礼,而这意味着或许是一种"法国特性与军事性的混合物"。巴特提醒我们说,第一个系统的全部符号,为第二个系统,即神话系统提供了能指。作为第一个系统的最后一个词语,能指等同于**意义**,但作为第二个系统的第一个词语,能指就是**形式**。这种形式意味着的,是不同于图片中原初意义的某种东西:实际上,这种原初意义及其全部历史被丢弃了。换言之,我们再也不关心那个黑人士兵、他特殊的生平或处所。全部这种历史由于附着于原初意义,都被丢弃了,从形式中被清空了。我们这时面对的是一种新的意义:"法国是一个伟大的帝国,它的所有儿子们,没有任何肤色歧视,都忠诚地在其旗帜之下服务,对所谓的殖民主义的诽谤者们来说,再也没有比这个服务于他所谓的压迫者的黑人表现出来的热诚更好的回答了。"(*Myth.*,116)因而,新的能指,新的形式,除了一般的法国帝国气派的理想之外,没有表明关于那个黑人士兵的任何个人情况。巴特把神话系统的最后一个词语叫作"意义",为的是使它有别于"符号",意义是语言系统的最后一个词语(*Myth.*,117)。实际上,他以神话本身来确证"意义"(*Myth.*,121)。

因而,神话所做的,就是要把某些概念或意义从它们原初的历史和语境中解脱出来,并且要植入一种"全新的历史"。因此,"神话概念的根本特征就是要**适当**"。这样的适当表明,这个概念具有一种开放性的特征:它"完全不是一种抽象的、纯化了的实质"。相反,它的统一性和一致性来自它被迫加入其中的那种功能(*Myth.*,119)。神话概念是历史的,这就是历史可以驱逐它们的原因;而它们拥有由其支配的全部语言,"无限多的能指"(*Myth.*,120)。神话概念的其他例子可能有民主、自由和美国的帝国气派,这些能指经常从其真实的历史中被抽取出来,被制造来表示和平、世界秩序和安全等概念。巴特进一步阐述了神话的某些重要特征。神话是一种更多地由其意图来界定而不是由其字面意义来界定的言说类型。此外,这种言说类型是"反过来指向我的,我要受其意图力量的支配……我感到,我似乎是要亲自接受一种专横的指令"。然而,尽管神话具有这种"针对人身"(adhomination)的特点,按照这种特点,我个人被变得感到被命令或者有责任,但神话也具有使"它本身看起来中立和天真"的特征(*Myth.*,125)。巴特解释说,神话"在实质上旨在造成一种直接的印象",促使人们把神话解读为一种事实系统,而实际上它只不过是一种符号学系统(*Myth.*,130-131)。因此,神话使概念自然化了,而这在实际上才是"神话的真正原理:它把历史变成了自然"(*Myth.*,129)。换言之,它使能指与所指之间原初的联系变形和非历史化:它排除了这一认识,即那些联系是在特定环境中历史地产生出来的;它却把那些联系表现为自然的和普遍的。在把意义变为形式方面,神话"始终都是一种掠夺性的语言"(*Myth.*,131)。正如巴特解释说的:"神话负有赋予历史意图以一种自然理由的任务,要使偶然性显得是永恒的……世界为神话提供的是一种历史的真实……而神话反过来所提供的是这种真实的**自然**形象……神话的构成是由于丧失了事物的历史特质:在神话中,事物失去了它们曾经形成过的记忆。世界作为各种活动之间、人类行为之间的一种辩证关系加入语言中;世界由和谐地展现实质的神话产生出来。"(*Myth.*,142)巴特接着说,神话的作用是要"使现实变得空洞","**神话是非政治化的言说**"。巴特使用"政治的"这个词语,是要表明人类在创造世界的力量中的真正关系;神话使人类劳动的这种过程变得难以理解。例如,在法国黑人士兵的个案中,神话所排除了的,是殖民主义偶然的、历史的、虚构的特征,反而把殖民主义表现为实质性的、普遍的和自然的(*Myth.*, 143)。这样,神话建立了一个"毫无深度"的世界,一个"极乐的清晰"世界,事物在其中都"显得是自身具有某种意味"(*Myth.*, 143)。或者说,在那个世界里,事物的意义完全不在更为深层的存在,而在于其孤立的存在。

在巴特对神话的说明中最有影响力的是,他把创造神话的过程等同于资产阶级意识形态的过程。1789年的法国大革命标志着资产阶级权力的崛起,在此之后,这个阶级经历了巴特所称的一种命名之外的操作活动:"资产阶级被界定为**并不想被命名的那个阶级**。"(*Myth.*, 138)巴特认为,这种非命名的现象通过"民族"这一理念来实现:作为一个阶级的资产阶级融入了"民族"的概念,由此通过这样的抢先确认,把资产阶级的价值观和利益表现为民族的利益。资产阶级通过这种对其词汇的非政治化和"普遍主义的努力",得以断言它自身关于正义、真理和法律的定义是普遍性的;它得以断言它自身对人性的界定包含了"人类的本质";"资产阶级的规范被体验为一种自然秩序的明显法则"(*Myth.*, 138-140)。巴特声称:"我们的正义,我们的外交,我们的交谈,日常生活中的一切,都依赖于**资产阶级拥有的并且使我们拥有的人与世界之关系的表征**。"(*Myth.*, 140)事实上,这种对"资产阶级"这个名称的逃离,就是"资产阶级意识形态本身,资产阶级通过这一过程,把世界的真实变成一种世界的意象,把历史变成自然"(*Myth.*, 141)。巴特评论说,最初的资产阶级哲学家们用神话渗透了世界,并且使一切事物服从于理性。资产阶级意识形态是科学主义的(极度迷恋于它自身的科学地位):它记录事实,却拒绝做出解释,所以,世界的秩序被看成是充足的或不可言喻的,但从来都没有意义。它促成了一种"不变的人性的形象,以对其身份之不确定性的重复为特征"(*Myth.*, 142)。

按照巴特的看法,有两种基本方式可以用来反对或者破坏神话。第一种方式是反过来使之神秘化,以便创造出一种虚假的神话。原初的神话可以用作第三根符号学链条的出发点,原初神话的意义被当成第二个神话的第一个词语。这已经成了福楼拜等作家的实践,他们实际上把资产阶级神话和意识形态的因素表现成了非神秘化分析的对象(*Myth.*, 135-136)。尽管如此,巴特却否认说,一个作家可以通过语言以某种方式来表现现实(与神话相反):"语言是一种形式,它不可能既是现实主义的,又是非现实主义的。"(*Myth.*, 136)巴特从这一事实中发现了福楼拜的巨大优点,即他"为现实主义问题提供了一种不加掩饰的符号学解决办法"。换句话说,虽然巴特承认文学形式确实具有一种对于现实的责任,但他称赞福楼拜认识到了,这种责任必须按符号学的条件来衡量。换言之,正如巴特指出的:"'作家'的语言不能被认为**表现**了现实,却意味着现实。"巴特告诫说,我们必须以意识形态的术语和符号学的术语来讨论作家的写实主义,不能把它们混淆起来(*Myth.*, 137)。对巴特来说,正如对黑格尔和马克思来说一样,客体性的概念与劳动的形而上学有着深刻的联系。如前面看到的,巴特把用人类语言的术语来反对神话的能力,描述为创造者,其言说具有改变现实的力量。

用来反对神话的第二种方式,是通过神话的真正对立面:如果神话是非政治化的言说,那么,就可以通过那种"**仍然是政治的**"言说来反对它。作为创造者的人的语言,是一种说出来要改变现实的语言,而不是把现实当作一种形象来保存的语言。换言之,语言与创造事物有联系。巴特的洞见或许源自马克思在《德意志意识形态》中的观点,马克思认为,除了其他方式之外,语言也是一种物质生产的方式(*GI*,18,21,51,118)。因此,巴特认为,革命性的语言不可能是神话的:它"公开宣称自身是革命性的,因此要废除神话"(*Myth.*,145-146)。巴特认为,被压迫者的言说是单调的和直接的,表现了他们的行为(*Myth.*,148)。巴特结束其著作时拟定了一份资产阶级神话的修辞学形式的清单:先发制人,通过承认某些罪恶以便掩盖更大的罪恶;剥去其历史的对象;确证,借以把一切体验,哪怕是那些对抗性的体验,都变成相同的,变成一种缺乏深刻想象他者的能力;以同义反复的解释来逃避;或此或彼主义,或者把世界变成平衡和相互取消对立面;把质量量化,一切事物由此被变成一种商品化的经济;陈述事实,以便拒绝解释,并暗示世界上一种不可改变的等级(*Myth.*,150-154)。巴特认为,我们最终必须寻求的,是一种"现实与人们之间、描述与解释之间、对象与认识之间的协调"(*Myth.*,159)。

巴特的《符号学原理》在很多方面都是对结构主义的经典陈述。在这个文本的导论中,巴特声称,"我们有……一种词语书写的文明",并提出在语言之外不存在任何广泛的符号系统。[4]他承认,对象、意象和行为都可能有意味,但只能借助占有一种"语言混合物"(*ES*,9-10)。倘若这样的洞见现在在我们看来似乎很普通,那么,这部分是因为结构主义已经界定了20世纪大部分思想的轮廓。巴特提出,符号学的"原理"包含在四套词语之中:(1) 语言与言说;(2) 能指与所指;(3) 句段与系统;(4) 直接意义与言外之意(*ES*,12)。

谈到索绪尔关于语言(作为结构)与言说(作为一系列个别行为)之间的联系时,巴特赞同其他很多理论家的意见,把语言界定为"一种集体契约,如果人们希望交流,就必须在整体上接受它"。巴特认为,语言要抵抗来自单个人的修改,他援引了雅各布森的说法,即"语言领域里的私有财产不存在"。因此,语言始终都是社会化的,哪怕是在个人的层面上(*ES*,14,21)。巴特提出,在索绪尔的语言观与涂尔干的独立于其特殊表现的集体良知的概念之间,存在着一种密切关系(*ES*,23)。涂尔干本人曾经强调过"社会"的超越性质:他的目的是要表明,"社会事实"独立于"个人事实",它存在于一种因果关系的层面之上。[5]

关于能指与所指的联系,巴特拒绝了索绪尔的著名主张,即这种联系是任意的;相反,这是一种必然的联系,是集体契约和训练的结果。巴特倾向于邦弗尼斯特的观点,即认为任意性是指能指与**事物**之间的联系(*ES*,50)。联系,即示意行为,是一个过程,是集体契约的结果,并且处在时间过程之中,联系被自然化了(*ES*,48,51)。巴特列举了语言不可避免的"语义化"(semanticization)的现象:"一旦有了社会,各种用法就被变成了它们本身的一种符号。"例如,使用雨衣同天气情况的符号不可分离。对巴特来说,这种"普遍的语义化表现了这一事实,即不存在任何现实,除非在现实是可以理解的之时"(*ES*,41-42)。这个说法被认为是结构主义的核心原则之一。在《神话学》中,巴特曾经用其他词语提出过相同的理念:"正是人类历史,才把现实变成了言说。"(*Myth.*,110)

巴特的上述说法,实际上把现实等同于可理解性,把可理解性等同于一个符号系统中的价值。此外,作为一种历史和社会契约的语言,具有把一切都完全囊括在其示意系统之下的无限可能性。巴特援引了一个索绪尔式的隐喻:意义的创造不只是能指与所指的一种相互关系。相反,它就像切一张纸一样,纸张同时有正面和反面:它是"**一种同时切开两团混沌、两个'漂浮的王国'的行为**"(*ES*,56)。照此来阐述,巴特提出,意义产生于一种清晰度,一种同时对示意层面和所指混沌的划分。语言是"那种**划分**现实的东西"(ES,64)。黑格尔和一些新黑格尔派哲学家很早就以一种不同的表达法陈述过这一点,他们断言,语言人为地把我们直接体验的连续性划分成了主语和谓语。尽管巴特承认语言是一种历史地发展起来的契约,但当他在肯定我们必须把一种对结构的阐释赋予现实的异质性因素、必须尽最大可能排除历时性因素之时,他表达了一种对于结构主义方法论的更深一层的经典陈述(ES,98)。

索绪尔曾经认为,语言的运作是两条轴之间的一种相互作用。按照索绪尔式的模式,言说在横向层面上借助纵轴上的语言代码被变成可能。巴特把这两条轴叫作句段和系统(按照惯例,在语言学中叫作句段和范例)。句段指在一个特定层面上一个句子的各种因素之间的关系;范例指句子中的一个特定因素与其他可以与之互换的因素之间的关系。例如,在句子中:

  他 在 读书。(He is reading.)
  她 在 写作。(She was writing.)

"他""在""读书"之间的关系是句段关系,而"他"与"她"之间(或者"在"与"在"之间)的关系是范例关系。巴特提到,句段轴是一种"符号的结合"。他认为,系统(范例)轴与索绪尔所说的**语言**有关,是一个联想的层面。巴特把注意力引向了雅各布森对这种差别的发展,即隐喻(联想秩序和系统秩序)与转喻(句段秩序)之间的差别:每种话语都强调了这些轴当中的一个或另一个(ES,58-60)。言说的性质是句段的,因为它表现了循环的符号一种变化了的结合(ES,62)。巴特认为,很多创造性的作品部分地是挑战句段与系统的一般区分的结果,如在诗歌中运用押韵的例子所表明的那样(ES,86-87)。

虽然巴特接受了索绪尔认为语言成为可能是因为符号的重现的立场,但他并不承认语言在其本质上**完全**是显出差异的或相关的;他认为,语言确实包含某些肯定性的因素。例如,巴特谈到了一种"对立的零度",它"证明了任何符号系统都具有的力量,即'从一无所有之中'创造出意义":巴特援引了索绪尔的说法,即"语言可以满足于有与无的一种对立"(ES,77)。结构主义经常因为依赖各种二元对立而受到指责。有趣的是,巴特本人质疑了"二分法"(binarism)的普遍性,断言"二分法是符号学中最不为人了解的,其对立的类型还没有被勾勒出来"。他推测,二分法也许是"一种元语言,一种特殊的分类法,意味着在短暂适合于历史之后,就要被历史一扫而空"(ES,81-82)。存在于这种推测背后的是他早期的主张,即资产阶级的意识是碎裂的:最初用来表现其政治目标的确定与反对的清晰语言,现在正在丧失其权威性,正在丧失其命名的能力,情况与它以之为基础的本质主义人类观差不多。在谈到元语言时,巴特提出,每种科学都"以注定用来表达它的语言形式",包含着"它自身死亡的种子"(ES,93)。

在论述"直接意义与言外之意"一节里,巴特解释说,一切示意系统都有三个组成部分:表达 E(能指)的层面,内容 C(所指)的层面,以及这两个层面之间的关系 R。这些复杂的 ERC 都有可能成为第二个示意系统的一个单纯因素,第二个示意系统相对于第一个示意系统是交错的。

  直接意义层面: ERC
  言外之意层面: E   R   C

巴特认为,在文学中,语言形成了第一个系统,他仿效耶尔姆斯勒夫(Hjelmslev)提出,第二个层面可以成为一种隐含符号学的基础。在元语言的情况下,第一个系统成了第二个系统的所指(ES, 90-93)。显然,这是巴特在《神话学》中为神话结构安排的规划的一种变体。

在其经典文章《叙事作品结构分析导论》(1966年)中,巴特谈到了"主体的问题",他坚持认为,作者或人物是一种语法的主体,而不是一种心理的主体。巴特对这个问题最著名的阐述出现在他的《作者之死》(1968年)一文里,"作者之死"这个说法最终与巴特和结构主义联系在一起,正如"上帝之死"这个说法要归功于尼采一样(虽然这个说法实际上最早出现在黑格尔的《精神现象学》之中)。巴特在这篇文章开始时引用了出自巴尔扎克的中篇小说《萨拉辛》里的一个句子:"这就是女人本身,带着她那突然的恐惧、她那非理性的奇想、她那本能的忧虑。"[6] 巴特问道:谁是这些言辞的言说者?是这个故事的主人公呢,还是巴尔扎克本人利用了自己对女人的体验?是巴尔扎克这个作者表明的关于女性的文学观念,还是一种普遍性的智慧?巴特的回答是:我们绝不可能知道,因为"写作是对每一种声音、每一个原点的破坏。写作是那种中性的、合成的、间接的空间,我们的主体在这空间中溜走了,成了一切身份都在这空间中丧失了的那种否定性,写作从身体写作的真正身份开始"(IMT, 142)。

巴特的论点在于:一旦出现没有对现实采取任何行动之实际目的的叙事时,一旦叙事作为一种目的本身而出现时,"这种脱离就出现了,声音就丧失了其根源,作者就进入自身的死亡之中,写作就开始了"(IMT, 142)。这使人们想起了贺拉斯的说法:声音一旦发出,就绝不可能返回来,就绝不可能被作为自身的作者收回来。巴特也指出:个体作者的理念是一种现代理念——在先前的很多社会里,作者或诗人被认为是更高的力量与人类之间的一个调节者。作者经常都是集体的,通过讲述故事的口头传统发展起来,正如《伊利亚特》和《奥德赛》的情况那样,作者在惯例上被归于荷马。巴特认为,现代的个体作者是"我们社会的一种产物,因为随着中世纪的英国经验主义而出现的法国理性主义和对于宗教改革的个人信念,发现了个人的声望……因而合乎逻辑的是,在文学中,应当是这种实证主义,即资本主义意识形态的集中体现和顶点,才对作家'个人'具有最大的影响力"。巴特认为,甚至在今天,我们对文学和文学史的研究,都是"专横地集中在作家身上"。他声称,较新的批评方式(他这么说的意思大概是指现象学的和精神分析的批评)经常都强化了这种执着(IMT, 143)。

正如巴特评论说的,近年来,很多作家都已经挑战了这种作者中心论。马拉美确认,正是"语言在言说,而不是作者在言说"。瓦莱里强调说,文学"实质上的言辞状况",剥夺了对于作家内在性的过度依赖。普鲁斯特使作家与其人物之间的关系变得模糊。超现实主义虽然并不专注于语言,却通过强调对意义之期待的失望,"对于使作家形象的非神圣化做出了贡献"。此外,语言学已经表明,阐述"是一个空洞的过程……作者从来都不只是示例性地写作……语言知道一个'主体',却不是一个'人',而这个主体在界定它的那种阐述之外[是]空洞的"(IMT, 145)。

巴特解释说,对作者的这种排除,改变了现代的文本。例如,暂存性被改变了。从前,作者被看成他自己著作的过去,是事先存在着的解释的原因。相反,"现代的书写者与文本同时诞生……除了阐述的时间之外,没有任何其他的时间,每个文本都是**即刻永恒地写下来的**"

(*IMT*, 145)。因此,我们再也不可能以古典的方式来思考写作,把它想成记录、表现或者描写。相反,写作成了一种"表述性"行为,在其中,"阐述没有任何内容(没有包含任何其他命题),只有据以言说的行为——就像**我称颂**诸王或者**我歌唱**古代真正的诗人一类说法那样"(*IMT*, 146)。在写作中,现代书写者所追寻的领域不具有任何根源,或者说至少是一个"除了语言本身之外没有其他任何根源"的领域,"那种语言无休止地要求追问一切根源"(*IMT*, 146)。

更有甚者,一个文本再也不可能被看成以一种线性方式释放出单一的"神学"意义,没有释放出"作者-上帝"的信息。相反,它是"一种多维度的空间,写作的多样性在那种空间里毫无根源,混杂在一起并且相互冲突。文本成了一种从无数文化中心抽取出来的引文的网络"(*IMT*, 146)。作者只有把写作混合起来的权力。就他的自我表现而言,他所希望表现的那种内在性本身,是"唯一一部预先形成的词典……书写者在自己的内心里再也不具有激情、幽默、情感、印象,拥有的却是他所援引的这部无边的词典……生活绝不只是模仿书本,书本本身则是唯一的符号网络,是一种不为人知的模仿,被无限地延宕了"(*IMT*, 146-147)。作者的死亡意味着批评的死亡——解释一个文本就成了一种徒劳的努力:"为一个文本提供一位作者,就是给那个文本强加一种限制,就是给它提供一种最终的所指,就是终结写作。"(*IMT*, 147)巴特认为,在写作的多样性中,"一切都要**被解开**,没有任何东西要**被解释**"。我们可以遵循文本结构,但我们不会发现文本之下的任何东西。因此,文学通过拒绝把"一种终极意义"指派"给文本(以及作为文本的世界)",推动了一种"反神学的"活动,这种活动是革命性的,因为"拒绝把意义固定下来,最终就是要拒绝上帝及其本质——理性、科学、法律"(*IMT*, 147)。

巴特在做结论时指出:写作的多样性——它对各种文化和风格的汲取——在一个点上被集中起来和统一起来,即读者(而非作者)。巴特认为,文本的统一性"不在其根源之中,而在其目的之中"(*IMT*, 148)。然而,巴特警告说,我们通过排除作者而要拒绝的人本主义,不应当通过作为个人和完整实体之读者的任何概念而被重新引入。巴特所谈到的读者是"没有任何历史、生平、心理状态"的读者;"他仅仅是在单一领域里结合起来的**某个人**,被书写的文本凭借那领域的所有踪迹建构起来"。换言之,读者与作者一样,是文本的一种功能。在这种意义上,"读者的诞生必定是以作者之死为代价的"(*IMT*, 148)。

在后来的《从作品到文本》(1971年)一文里,巴特就后结构主义的观点提出了一个简洁的说明。巴特提出,在最近几十年里,受到语言学、人类学、马克思主义和精神分析方面的各种发展的影响,语言和文学的概念已经打上了日益走向跨学科(interdisciplinarity)趋势的标记。语言学和文学研究的对象相应地已经发生了改变:它们再也不是被封闭在一个学科内部的、稳定的、固定的对象,而是一种流动的对象,具有众多意义层次,范围跨越了各个学科的边界。前者是"作品",后者则是"文本"。巴特认为,在近代历史中,马克思主义和弗洛伊德主义是在我们关于认识的概念方面发生改变的主要力量:后来的变化都不过是由这两种力量所提供的洞见的重复。巴特认为,我们的历史"使我们走到今天……仅仅是在滑行,在改变,在超越,在扬弃"(*IMT*, 155)。马克思主义、弗洛伊德主义和结构主义累积起来的力量,已经导致了要求一种改变了的文学对象的概念;它们实际上要求"使作者、读者和观察者(批评家)的关系相对化",

要求用"文本"来取代"作品"。

值得提醒我们自己的是,在把作品与文本区分为不同的"对象"方面,巴特并没有描述两种物质实体之间的差异,他所描述的是两种观点之间的差异。"作品"与"文本"是用以看待文学对象的两种方式。巴特承认,在传统上,作品与某些物质特质有联系,在书架上占有一席之地,具有某种尺寸和确切性。在另一方面,文本则是一个"方法论的领域",是一个"示范的过程",它被语言所拥有,只"存在于话语的运动之中",只在一种创造活动之中被体验(IMT,157)。此外,文本不可能被看成与某个特定作品是一体的:它可能跨越几个作品。文本既不可能包含在优秀文学的等级之内,也不可能包含在体裁的等级之内;实际上,文本以"与旧的分类有关的颠覆性力量"为标志,造成了分类的难题,因为文本可以跨越学科和体裁的范围。

作品呈现给分析的是一种封闭的所指或明确的意义,文本则"对所指实施无限的延宕……其领域是能指的领域"。能指"无限的"本质并非使它本身在深入研究的一种有机和有序的过程中长期延续下去,而是在"脱离、重叠、变化"之中长期延续下去(IMT,158)。换言之,文本绝不可能使研究停止在某个所指之上,不可能停止在表现了作品的最终意义的某种概念之上;相反,它迫使研究沿着能指的道路前进,一个能指取代另一个能指,但没有哪个能指能够使自身呈现为最终的意义,没有哪个能指指向了所指。调节文本的逻辑不是容易理解,而是转喻,是一种联系和取代的活动。巴特认为,在这个方面,文本"回归到了语言",或者说回归到了在符号网络内部的一种关联性地位,而不是沉迷于某种享有特权和受到保护的意义之中。像语言一样,文本"是建构起来的,却是非中心的,非封闭性的"(IMT,159)。

巴特在谈到文本"是多元的"之时,说明了后结构主义分析的一个重要特征。他提出,这种多元性是不可简略的;换言之,能够适应解释的,并不是意义单纯共存的多元性。确切地说,它是由"实体与观点相分离的、异质的变化"所产生的一种多元性,这种多元性标志着文本是由差异构成的,是由一种"能指的组合"构成的,这种组合把援引、回声与文化代码的变化集合在一起。每个文本都被约束在"互文性"之中,都被约束在能指的网络之中,在这个网络中,没有哪个部分能够被任意分离为具有统一性。巴特似乎要提出,这样一种多元性的概念不能被看成统一性的对立面,而要被看成外在于统一性与多元性的完全对立,被看成外在于同一性与差异性的对立。他提出,这样的多元性受到了一元论哲学的烦扰,一元论的思维方式把一切事物都看成一个巨大而有序的统一体的一部分。他列举了神学的一元论——它强行把《圣经》变成一种单一的和一致的结构与意义——以及马克思主义,把它们作为两种一元论话语的例证。他认为,文本的多元性将造成"解读中的根本性变化",尤其是解读《圣经》和马克思主义"体制"方面的变化(IMT,160-161)。

作品与文本之间的另一个差异在于,作品"涉及一个形成分支的过程"。它被认为是由种族、历史、其"父亲"即作者决定的。相反,文本的"阅读没有'父亲'刻写的印记"。作品被认为是一种发展的有机体,文本却表现了一个网络。因此,"没有任何至关重要的'考虑'应归之于文本……文本间的归属悖论性地废除了一切遗产"。作者实际上可以在文本中重现,但仅仅是作为一个"客人"。小说家像他的一个人物一样被刻写在其小说中,他成了一个"纸上作者:其生命再也不是其小说的根源,而是一种属于其作品的虚构"。这样,作者使"自己的生命被解读为一种文本"。巴特还指出,作品是消费的对象。相反,文本则"从对作品的消费中……轻轻倒出了作品,把作品汇聚为嬉戏、活动、生产、实践"。换言之,作品或多或少是被动地被消费的,这样的阅读被变成了一种"内在的模仿"。然而,文本使阅读的过程变成积极的、创造性的和建构性的。文本"要求人们努力消除……阅读与写作之间的距离……在一种单纯的赋予意义的活动中把它们结合起来"。它要求读者在创造作品中进行一种"实际的协作"(IMT, 162 - 163)。

实际上,巴特认为,我们从作品中获得的快乐不过是消费的快乐:我们并未参与创造,我们没有进行重写。在另一方面,文本"必定要**享乐**",必定要狂喜或心醉神迷,必定要"毫无分离地快乐"。这里的意思是说,文本鼓励参与它自身的嬉戏,参与对其等级的颠覆,参与对其确定性的延宕。最后,巴特指出,不可能有一种关于文本的理论,因为这样一种理论会牵涉"对元语言的破坏",会牵涉废除一般原则和体系。巴特认为,任何关于文本的话语"本身只应该是文本"。他用一个预见到或者呼应德里达观点的句子来做结束:"文本理论只能与写作实践相吻合。"(IMT, 164)

结构主义的潮流在一些更为晚近的理论趋势的推进面前有点退却了,除了别的以外,那些趋势抨击了结构主义缺乏历史性,抨击它对二元对立的运用,它对结构概念的集中关注,以及它把"真实的"指示物变成自我封闭的语言系统中的各种要素。不过,或许正是结构主义的某些概念,诸如二分法,才需要重新回顾,只要把我们对它们的拒绝与它们积极的潜力放在一起,那种潜力就完全可能具有一些政治上的维度,正如在巴特早期的著作中那样。

注释

[1] Ferdinand de Saussure, *Course in General Linguistics*, ed. Charles Bally, Albert Sechehaye, and Albert Reidlinger, trans. Wade Baskin (New York: Philosophical Library, 1959), p. 15. 下文引用写作 *CGL*。

[2] Roland Barthes, *Writing Degree Zero*, trans. Annette Lavers and Colin Smith, preface by Susan Sontag (New York: Farrar, Straus, and Giroux, 1968), pp. 4 - 5. 下文引用写作 *WDZ*。

[3] Roland Barthes, *Mythologies*, trans. Annette Lavers (London: Collins, 1973), p. 11. 下文引用写作 *Myth*。

[4] Roland Barthes, *Elements of Semiology*, trans. Annette Lavers and Colin Smith (New York: Farrar, Straus, and Giroux, 1967), p. 10. 下文引用写作 *ES*。

[5] Émile Durkheim, *The Rules of Sociological Method*, trans. Sarah A. Solovay and John H. Mueller (London and New York: Collier Macmillan/ Free Press, 1964), pp. 62 - 65.

[6] Roland Barthes, *Image: Music: Text*, trans. Stephen Heath (Glasgow: Fontana, 1982), p. 142. 下文引用写作 *IMT*。

第二十五章 解构

雅克·德里达(1930—2004年)对现代文学理论与文化理论中普遍深入的现象,即著名的"解构"负有责任。虽然德里达本人坚持认为,解构并不是由任何一套可靠的规则或程序统一起来的一种理论,但它在很多方面被认为是一种解读方法,是一种写作方式,最重要的则是一种挑战文本阐释的方式,那种阐释以人类自我、外部世界、语言和意义的稳定性的传统观念为基础。

德里达出生于阿尔及利亚的一个犹太人家庭,经历过作为一名局外人的强烈体验。在阿尔及利亚时,他从事过对一些重要哲学家的研究,其中包括索伦·克尔凯郭尔和马丁·海德格尔。后来,他在巴黎各种享有盛誉的机构中从事过研究工作,最终成了一名哲学教师。他也在哈佛大学工作过,1975年,他开始在耶鲁大学教书。后来,他在美国的各种机构中教过书,尤其是在加州大学欧文分校①教书。他于20世纪60年代期间在法国建立了声誉,这种声誉在70年代传到了美国。德里达在大西洋彼岸的影响可以追溯到1966年在约翰·霍普金斯大学召开的一次重要研讨会。很多重要的法国理论家,如罗兰·巴特、雅克·拉康和卢西恩·戈德曼,都在那次会议上发过言。德里达本人提交了一篇很快被公认为开拓性的论文,名为《人文科学话语中的结构、符号与游戏》("Structure, Sign, and Play in the Discourse of the Human Sciences"),这个文本表明了德里达与结构主义的关系,以及他与之分道扬镳的路径。

次年,即1967年,标志着德里达爆炸性地登上了文学理论和文化理论的国际舞台,他出版了最初的三本书:《言说与现象》(*La Voix et le phenomène*),它涉及埃德蒙·胡塞尔(Edmund Husserl)的符号理论;《论文字学》(*De la grammatologie*),其主题是写作的"科学";以及《写作与差异》(*L'Écriture et la différence*),它包含了一些论述黑格尔、弗洛伊德和米歇尔·福柯的重要文章。后来的著作有《播散》(*La Dissemination*,1972年),它包括了对柏拉图关于写作和诡辩的观点的长篇论述;《哲学的边缘》(*Marges de la philosophie*,1982年),它包含了一些论述黑格尔的符号学以及在哲学中使用隐喻的文章;《立场》(*Positions*,1972年),包括三篇富有启发性的对德里达的访谈,触及了他对马克思主义、黑格尔和其他问题的态度;《割礼》(*Circumfessions*,1991年),这部自传性著作论述了奥古斯丁的《忏悔录》;《马克思的幽灵》

---

① 加州大学欧文分校(the University of California at Irvine):在台湾和香港地区也有翻译为"加州大学尔湾分校"。

(*Spectres de Marx*，1994年)，它考察了马克思的各种遗产。

解构的支持者们经常指出，不应当顺从任何固定的定义或系统化，因为它所使用的术语的意义始终都在变化和流动，它从所涉及的地方化语境和文本中获得了自身的特性。实际上，解构经常被认为破坏了一切旨在系统化的趋势。不过，可以说，有很多关注点，以及某些启发式的术语，表现了解构的特征。解构的最根本规划是要展现"逻各斯中心主义"(logocentrism)在一切"文本"中的运作(这里的"文本"的含义被扩大到了不仅包括各门学科中的书面论述，而且包括它们全部的政治、神学、社会和知识语境，正如在它们对语言的使用中主要显示出来的那样)。

什么是逻各斯中心主义？从词源学和历史上看，这个术语是指以**逻各斯**、神之言的稳定性和权威性为基础的一切思想体系。在希伯来语、古代异教世界和早期基督教世界里，由这个词语累积起来的各种含义十分复杂。学者 C. H. 多德(C. H. Dodd)解释说，**逻各斯**既指思想，也指词语，这两者不可分离：**逻各斯**是由意义决定又要传达意义的词语。他还评述说，希伯来语中与**逻各斯**相当的词根的意思是"言说"，而这种言说利用了上帝的自我表露。此外，在希伯来文化中，词语一经说出来，就被认为具有一种独立的实存。**逻各斯**这个词语和概念，可能部分源自希腊思想家赫拉克利特和犹太哲学家亚历山大的斐洛；按其最简单的含义，它可以表示"陈述""格言""话语"或科学。[1]在《圣经·新约·约翰福音》中，复数的**逻各斯**(*logoi*)指耶稣或其他人说出的言辞；但是，单数的**逻各斯**表示耶稣所说的全部话，他的信息就是启示和命令。耶稣的生平是肉身化的**逻各斯**，这种生平中的各种事件都是永恒真实的征兆。《福音书》在总体上是表现了上帝的永恒思想、宇宙意义之生平的记录(Dodd, 284-285)。多德宣称，所有这些意义都符合希腊语**逻各斯**的基本内涵，即说出来的词语**加上其意义或者理性内容**。**逻各斯**在《第四福音》①中的另一种意义是"上帝之言"，即上帝对人的自我表露；它表示上帝向人显示的永恒真理。因此，**逻各斯**不单是一种说出来的言辞；它**就是**真理本身，它具有符合宇宙之最终真实的一种理性的思想内容。而这种真实显现为**言说出来和被听见**(Dodd, 266-267)。同样，**逻各斯**是上帝之思，即"宇宙的先验图式及其无所不在的意义"(Dodd, 285)。因而，按其在古代希腊哲学、犹太教与基督教中的意义，**逻各斯**既指创造宇宙的"上帝之言"，又指创造的合理秩序本身。换言之，正是在言说出来的**逻各斯**中，语言和真实最终达成了一致，在一种同一性中，它被授予了绝对的权威、绝对的根源、绝对的目的或目的论。倘若我们想到语言的秩序以及随之而来的真实，那么，很明显，**逻各斯**的功能之一就是要保持整个体系的稳定性和封闭性：

逻各斯

语言	真实
能指1 - *a* - 所指1 ——— *b* ———	对象1
能指2 - 所指2 ———————	对象2
能指3 - 所指3 ———————	对象3
能指4 - 所指4 ———————	对象4

无限(Ad infinitum)

---

① 《第四福音》(the fourth gospel)：即《圣经·新约·约翰福音》。

正因为**逻各斯**把语言的秩序与真实结合在一起，所以，能指（词语）与所指（概念）之间的关系，即关系 a，才是稳定的和固定的；关系 b，即作为整体的符号与它指涉的世界上的对象之间的关系，也是稳定的和固定的。例如，在基督教的图景中，能指"爱"可以指与上帝有关的"自我牺牲"的概念。而作为一个整体的这个符号，即具有"自我牺牲"含义的词语"爱"，可以指涉对象 1，它可以是在体制上体现在一个特定社会中的一种社会的或教会的关系系统，它把自我牺牲奉为神圣。换句话说，"爱"的意义得到了一种权威等级的认可，可以通过体制上的教会的实践、神学、哲学、政治的和经济的理论，一直延伸到《圣经》和上帝本身之言的权威性。同样地，语言中的其他一切能指和所指，在其意义方面都受到了限制，就世界和人类自身可以按照它们的根源、它们在生活中的意义与目的、什么算是善与恶、哪种政体是合法的等来解释而言，都促成了一种稳定的和封闭的系统。**逻各斯**由此批准了一种完整的世界观，它得到了神学体系和哲学体系的认可，得到了整个政治的、宗教的和社会的秩序的认可。

现在，倘若从这种图景中**去掉逻各斯**，那么，会发生什么情况呢？整个秩序将受到动摇；当然，历史地看，这种瓦解不会突然发生，而要花费很多个世纪，实际上就像要破坏**逻各斯**一样。一旦**逻各斯**从这种图景中消失，就没有任何东西能把语言秩序与真实结合在一起，因而它们有可能彼此脱离开。关系 a 和 b 都会受到动摇：如果我们没有受到基督教观点的约束，那么，我们就会把**其他**意义归之于"爱"这个词语，那些意义甚至有可能与先前特定的基督教含义相抵触。此外，各种群体都有可能赋予这个词语以不同的意义，所以，就丧失了一种普遍的一致意见。这样，能指 1 也许要由属于所指 1 的一种意义来界定。然而，由于这种过程不存在任何权威的封闭性，所以它就可能无限地进行下去：所指 1 本身将需要界定，因而，这种所指本身将成为其他某种东西的能指；这一过程可能不确定地逆反，所以，我们绝不会达到某个确定的所指，而会始终沿着一根无止境的能指链条前进。德里达把"隐喻"这个名称归之于这种一个能指无止境地取代另一个能指：在描述或者试图理解我们的世界时，我们再也不可能使用"字面的"语言，即那种实际上描述对象或真实的语言。我们只能使用隐喻，因此，语言在其真正的本质上是隐喻性的。因此，比如说，一方面，哲学与科学的范围之间不可能存在一种明显的差别，它们经常都被认为要使用一种以理性为基础的"字面的"语言，另一方面，文学与艺术的范围之间也不可能存在明显的差别，它们的特征被刻画为要以一种难以接近理性的方式使用隐喻性的和比喻性的语言。就连数学、科学和哲学的语言最终都是隐喻性的，不可能声称与它们旨在描述的世界之间具有任何自然的和指涉的关系。

不过，逻各斯中心主义并非始终如一的，而是具有各种伪装：例如，**逻各斯**的稳定化功能可以被其他概念所取代。对柏拉图来说，这种概念可能是理念（*eidos*）或"形式"；把亚里士多德的形而上学结合在一起并作为其基础的，是实体的概念；相似地，我们可以列举出黑格尔的"绝对理念"或康德的理解力的各种范畴。西方社会中的现代对等物或许是自由或民主等概念。所有这些术语所起的作用，被德里达称为"先验的所指"，或者说是被赋予了绝对权威的概念，这把它们置于超越质疑或考问的地位。于是，解构的一个重要努力，就是要表明逻各斯中心主义以其全部形式的运作，要把那些先验的所指放回到语言和"文本性"（textuality）的领域之中，放回到它们与其他概念关联性的领域之中。

因此,在一种意义上,解构的最根本的规划,就是要在传统上支配着西方思想的各种术语之联系的范围内恢复**语言**:思想与现实、自我与世界、主体与客体之间的联系。在解构的思想中,这些联系没有被看成早已先于语言而存在的,就语言而言,它仅仅是表现或呈现那些联系的工具。相反,所有这些关系都要从语言开始:它们因为语言才成为可能。我们并非简单地具有思想,然后才用语言来表达它;思想发生在语言中,并且是语言才使之成为可能。因此,解构所要重新建立的语言的概念,部分地受到了索绪尔的影响:它是作为一种关系系统的语言概念;那些相互联系的关系,在它们存在于其中的关系网络之外,并不具有任何语义学价值;它们因为自身的含义和意义而**依赖**于那些关系。也暗含在这种语言观之中的是,符号的任意的和惯例的性质:"桌子"这个符号与世界上的一张真实的桌子之间,不存在任何天然的联系。同样任意的和惯例的是,"桌子"这个能指与它指向的"桌子"这个概念之间的联系。

此外,没有任何"真理"或"真实"以某种方式处在语言之外或者处在语言背后:真理是语言词语的一种关系,真实则是一种建构,最终都是宗教的、社会的、政治的和经济的,但始终都是语言的一种建构,是各种语言学词语的一种建构。按照这种观点,就连人类本身都不具有任何事先给定的实质,而是一种语言的建构或叙事。德里达被大量引述的"il n'y a pas de horstexte"(译按:这句话为法语)这一说法,经常被翻译为"文本之外一无所有",其意义正在于此:前面提到的语言的特征,它们共同构成了"文本性",它们是无所不包的;文本性支配着一切解释性的活动。例如,在语言或文本性之外没有任何历史;历史本身是一种语言的和文本的建构。在其最深刻的层面上,坚持认为语言(作为关系与差异的一种系统)处于一切世界观的核心,向**同一性**的概念提出了挑战,这个概念自亚里士多德以来就处于西方形而上学的核心之中。同一性,无论是人类自我的同一性,还是世界上对象的同一性,都不再被认为具有一种稳定的、固定的或事先给定的实质,而被认为是流动的,就像语言的词语一样,依赖于各种语境。因此,解构的分析在分析文本和语境时,倾向于优先考虑语言和语言的运作。

虽然对语言的这种优先考虑是解构展现和破坏逻各斯中心主义的根本形式,解构的分析却谋求其他的策略和关系来支持同样的普遍努力。这些策略之一就是拆解和破坏某些对立面,那些对立面在西方的形而上学中享有一种特权地位。德里达指出,诸如理智与感觉、灵魂与身体、主子与奴仆、男性与女性、内在与外在、中心与边缘之间的这些对立,都没有表现出两个词语之间的一种等值状态。相反,这些对立面中的每一方都有一种"强烈的等级",一个词语在其中按照惯例要服从,采取各种体现了众多宗教的、社会的和政治的诱发力的姿态。例如,理智通常在地位上都高于感觉;灵魂比身体更尊贵;男性被确定为在很多方面都比女性优越。德里达的规划不单是要颠倒这些等级,因为这样一种程序仍然是被囚禁在由那些等级所表现出的二元对立的思维框架之内。相反,他试图表明,那些等级代表了享有特权的关系,而那些关系被提升到了高于一切可能涉及的总体的概念网络,以及对它们的可辩驳性。

或许,德里达论述的最有意义的对立,包含了很多其他等级的对立,就是言说与写作之间的对立。按照德里达的看法,西方哲学赋予了言说以超过写作的特权,认为言说体现了意义的一种直接在场,而认为写作仅仅是说出来的言辞的一种替代物,或者是对说出来的言辞的次要表现。正如很快将看到的那样,言说意味着与**逻各斯**的一种直接联系,意味着与认可和限制它的东西的一种直接关系；而写作有可能与**逻各斯**脱离，与言说和权威性的生命之源脱离，并且要维护其独立性。这种对立的中心性本身构成了某些解构策略的重要性：德里达归因于"写作"的意义，远远超过了"书写能指"的概念，或者说超过了文字和词语的"刻写"。对他来说，"写作"指明了使刻写成为可能的那种总体性：语言的建构要借助一切差异。写作通过关系和差异的庞大网络涉及（自我、对象、能指、所指的）同一性的播散。写作表现了差异本身的运动。实际上，正是在颠覆言说相对于写作的传统优势的一种努力之中，德里达既扩大了"写作"的意义，又创造了一个被很多人认为是其思想之核心的术语：延异（différance）。这个术语的意义部分源自索绪尔的概念，即作为语言之建构原理的"差异"：一个词语要由它所**不是**之物来界定，要由它与其他词语的差异来界定。不过，德里达也在其术语之中合并了法语词汇**差异**（*différer*）的模棱两可性，这个词语既可以指"不同"（to differ），也可以指时间中的"延迟"（to defer）。因此，德里达为差异的概念添加了一个时间维度。此外，在延异这个词语中用字母 *a* 来取代字母 *e*，在法语中不可能被**听**出来：这是一种无声的替代，只有在写作中才可能觉察到，就像要颠倒以前赋予言说的更高价值一样。在德里达的文本中反复提及的一些术语——其意义经常根据语境发生变化——通常都与德里达赋予"写作"的扩大了的意义有关。这类术语包括"踪迹"（trace）、"补遗"（supplement）、"文本"（text）、"在场"（presence）、"不在场"（absence）和"游戏"（play）。

因而，逻各斯中心主义以众多方式得到了认可和建构，而所有这些方式都遭到了解构的质疑。例如，言说相对于写作的特权，使德里达所称的一种"在场的形而上学"（metaphysics of presence）长期存在着，它是一种对思想和阐释的系统化，要依赖于意义的稳定性和自我的在场，它导致了思想的一切"自由游戏"的封闭性和无能，这有可能威胁到或者质疑全部结构。解释"在场的形而上学"这个词语的另一种方式，可能如下所示：按照惯例，哲学家们制造了一个实体的"此性"（thisness）或者"存在的个体性"（haecceity），与它的"所是"（whatness）或"本质"（quiddity）之间的差别。"所是"这个词语指某物的**内容**，而"此性"指它存在于特定的处所和时间中这一**事实**。"在场"的形而上学可能成为一种完全自我确证的形而上学：一个实体的内容被认为与它的存在完全一致。

例如，像一支粉笔这样一个孤立的实体，可以被认为完全在它本身之内、完全在它的直接"在场"中具有其意义。即使世界上的其他一切都不存在，我们也可以说出一支粉笔是什么，它的功能和构造是什么。意义的这种绝对的自足性，必须得到更高的权威、**逻各斯**或者先验所指的认可，它们确保了世界上的一切事物都具有特殊的和被指定的意义。然而，如果我们要挑战这样一种"在场的形而上学"，那么，我们就会认为，事实上，粉笔的意义与它的直接存在**不一致**，不能被限制在它的直接存在之中；它的意义和目的实际上存在于远远超过了其直接存在的各种关系之中；例如，它的意义有赖于它被设计来在其上书写的"黑板"的概念；接着，粉笔与黑板的关系又从愈加广泛的语境中获得其意义，诸如教室、教学机构、相关的行业和技术、政治的和教育的规划。因此，"粉笔"的意义通过一个庞大的关系网络，将扩大到远远超过这个物件实际上孤立存在的地步；此外，它的意义会被认为与特定的社会和文化结构有关，而不是由**逻各斯**的在场认可的。在这种意义上，粉笔不是自我同一的，因为它的同一性通过它与其他众多对象和概念的关系被**发散**了。用这种观点来看,"粉笔"并不是某个自在的、自我封闭的实体的名称;相反,它指出了一套复杂关系中的临时焦点。因而,可以认为,"在场"的形而上学涉及意义的**自我在场**、直接在场,与依赖于一种完全的自我同一性一样,要得到**逻各斯**的"在场"的认可和保护。

因而,正如德里达所实践的一样,对一个文本的解构性解读,将成为一种多方面的规划:总的来说,它通过把焦点集中在对文本语言、文本对各种预设或先验所指的运用、它对二元对立的依赖、它的自相矛盾、它的**难题**或概念绝境的要点、它用以达到封闭和抵抗自由游戏的方式,对文本进行细读,从而试图展示逻各斯中心在文本中的运作。因此,解构[这个词来源于海德格尔的 *Destruktion* 一词(译按:德语"解构"之意)],将名副其实地考察进入文本**建构**中的一切特征,下至它真正的根基。德里达因其缺乏清晰性、他那种不直截了当和曲折的风格而受到过批判:他的追随者们认为,他对西方思想史的论述并不是一种纯粹的对抗,而必然是一种不可避免的共谋(他在其中不得不使用他所要辩驳的那些词语)以及批判。这种双重姿态必定会使词语变成游戏,使语言变得缠绕,为语言的流动性质提供了空间,背离了论文写作的传统规范。也有人认为,德里达的文本形式本身,不仅仅是其内容,与他的全部规划密不可分。

德里达对很多重要的思想家进行过解构性的解读,其中包括柏拉图、卢梭、黑格尔、弗洛伊德、胡塞尔、列维-斯特劳斯和索绪尔。他的风格和方法可以通过考察他的两篇重要文章来说明:他的开创性著作《结构、符号与游戏》,展现了对解构的某些持久的关注,并揭示了他受惠于结构主义之处以及他与结构主义的背离;《柏拉图的药剂学》("Plato's Pharmacy"),论述了柏拉图关于哲学之定义的核心问题,柏拉图的定义奠定了后来的哲学史的基础。

在《结构、符号与游戏》中,德里达的努力或许可以被认为有三重:(1)刻画西方的形而上学历史的某些特征,这是由"结构"和"中心"的基本概念导致的;(2)宣告一个"事件"——实际上是一系列复杂的历史趋势,由此挑战那些核心概念,把结构主义人类学家列维-斯特劳斯的著作用作例证;(3)提出当前和未来思想与语言可以使用的各种方式,使列维-斯特劳斯的洞见适合于阐明它们本身与形而上学的关系。

按照德里达的看法,支配着西方科学和哲学的结构概念,始终都涉及一个"中心,或者说……一个在场的点,一个固定的根源"。[2] 这样一种中心的作用,既要把结构组织起来,又要限制词语和概念在结构中**自由游戏**,换言之,要阻止这样的游戏。德里达认为,中心就是对要素或词语的一切替代或者置换在其上再也不可能进行的那个点。虽然结构因此要依赖于中心,但中心本身是固定的,并且"逃离了结构性",因为它超越了结构中其他因素变化的范围。因此,悖论的是,中心**外在于**结构,有中心的结构这个概念本身是唯一"矛盾的一致"(*WD*,279)。它所表现的是一种对于"可靠的确定性"的渴望,那种确定性处于一切可能破坏结构之游戏的颠覆性或危险范围之外。赋予结构以稳定性、统一性和封闭性的中心,可以被认为是一种"根源"或"目的",这些词语借助了一种"完全在场"(如**逻各斯**)的概念,它可以保证这样的稳定性和封闭性(*WD*,279)。

德里达提出,西方形而上学的历史可以被看成这种结构概念的历史,以及一个中心取代另一个中心的各种哲学史。这些相继出现的中心拥有不同的隐喻性名称,它们全部都以"作为**在**

场之'存在'的决定性"为基础。这种在场的名称包括**理念**(柏拉图式的"形式"),**起源**(*arche*)(绝对开端的概念),**终极目的**(*telos*)(经常出现的是被归之于人类存在的目的和方向),**实质**(*ousia*)(亚里士多德式的"实体"概念,或者作为事物之根本真实的"实质"),以及真理、上帝和人的概念。这些概念中的每一个都是一个中心,都是一种先验的所指,都使一种特定的思想或世界观系统得以稳定下来。

德里达宣告了一个"事件",它要开始破坏这种西方的形而上学的体系。这个"事件"隐喻性地指一种历史过程的复杂网络。最根本的是,这个"事件"意味着"语言入侵普遍疑难的时刻,在中心或根源不在场时,一切都成为话语的那个时刻"(WD, 280)。在这里,德里达提到了现代知识史中的一个阶段,即当各个领域里的重要问题——诸如思想与现实、自我与世界之间的联系——被恢复或者重新作为语言问题被提出来时,"语言"在其中就被理解为一个差异的系统。例如,从前"神"这个词语被认为指一种独立于语言的真实实体,现在则被认为是其他很多能指中的一个能指,这个能指从它与一个巨大的能指系统的**关系**中获得了自身的意义和功能;这个词语再也没有以一种绝对特权和权威的姿态被提升到这样的相关地位。因此,"神"这个词语一旦担当了众多思想体系的一个"中心"(根源或目的),它就在关系性领域中恢复了与其他语言要素的关系,从它作为一种先验所指的地位,被贬黜到了与其他能指在相同层面上的又一个能指。在这种意义上,神的概念从作为超越语言的一种真实,变成了语言**内部**的一个概念:它成了话语。而依赖于把神理解为一种真实的思想体系,就成了"去中心化的"(decentered),失去了它们从前的稳定性和权威性。

这样一种去中心化的过程,在西方思想中是何时出现的?德里达提出,某些名字可能与这个过程有联系:例如,尼采对形而上学进行过彻底批判,尤其是批判过存在和真理的概念(还有,我们或许可以为德里达的名单添加上空间和时间的概念),尼采认为这些概念都是于人有利的虚构;弗洛伊德对人类主体的意识和自我认同进行过批判;此外,海德格尔重新研究过传统的关于存在与时间的形而上学。这些思想家中的每一个人的论述,都质疑过自柏拉图和亚里士多德以来支配着西方思想的某些重要概念与范畴。然而,德里达小心地指出,每种较新的、激进的话语虽然都试图摆脱传统形而上学的藩篱,但它们仍然陷入了自身的循环。对形而上学的批判不可避免地是一种双重姿态,这种姿态不仅涉及对抗和破坏传统的概念,而且必然要与它们共谋:我们必须使用形而上学的语言本身去批判它,这种二重性甚至扩大到了我们对符号本身的讨论(WD, 280-281)。我们可以举出另一个例子,即某些希望摆脱"男性"语言的现代女性主义者的两难处境:我们不可能简单地从一无所有中创造出一种"女性的"语言,而不得不在我们的批判中使用那些来自我们希望破坏的那种语言中的词语与概念。不过,正如德里达所承认的,有"一些方式陷入了这种循环",正是激进话语之间的这些差异,经常导致它们进入相互对抗和破坏(WD, 281)。

德里达所提供的"激进"话语的各种例子使人想到,"事件"或者"去中心化"的过程开始于19世纪。除了由尼采、弗洛伊德和海德格尔(德里达或许同样提及过叔本华、黑格尔、马克思和柏格森)等思想家所提出的批判之外,按照德里达的看法,在西方思想的取向中有一种较为深刻的、结构性的转变,在总体上与"人文科学"相称。在19世纪里,欧洲文化中出现了去中心化,接着又出现在欧洲的形而上学和科学之中:由于政治、经济和哲学原因的复杂性,欧洲文化"被迫停止了认为自身是参照性的文化"(WD,282)。换言之,欧洲被迫从把自身看成世界舞台的政治和文化"中心"的观念退却。德里达认为,正是在这个时刻,在这个从"种族中心主义"(ethnocentrism)退却的时刻,"人种学"(ethnology)的"科学"出现了;虽然这门科学对种族中心主义和构成其基础的传统思想范畴进行过批判,但它不得不借用那笔遗产本身的词语和概念(WD,282)。

为了说明人种学的这种双重姿态,德里达选择了法国结构主义人类学家克洛德·列维-斯特劳斯的著作。他从列维-斯特劳斯对一种对立的论述开始——自然与文化之间的对立,它"对哲学来说是天然的",这种对立早于柏拉图,至少可以远远追溯到公元前5世纪的智者派。事实上,这种对立包含了"全部历史链条,它使'自然'与法律、教育、艺术、技巧相对立——而且也与自由、专断、历史、心灵等相对立"(WD,283)。德里达指出,列维-斯特劳斯的研究使得有必要运用这种对立,同时又伴随着"接受它的不可能性"。在其第一部著作《亲缘关系的基本结构》(*The Elementary Structures of Kinship*)中,列维-斯特劳斯把"自然"界定为包含了普遍性和自发性之物,而"文化"包括与之相对的、可变的、依赖于一种社会规范系统之物(WD,282)。然而,正如德里达所述,列维-斯特劳斯在"乱伦禁忌"(incest-prohibition)的概念中遇到了对这种对立的"令人震惊的"威胁。列维-斯特劳斯认为,这个概念拒绝顺从对立面的任何一方,因为它既是一种规范,**又**是普遍的,由此把文化与自然两者的特征结合在一起。德里达把这种反抗传统范畴的意义延伸到了哲学的全部概念系统,自然与文化的对立在其中有系统地运转着。他把这一点当作这一事实的例证,即"语言在其自身内部具有它进行自我批判的必然性"(WD,284)。

德里达提出,总的来说,这种批判可以遵循两条主要路径。第一条路径是系统性地质疑"全部哲学史的根本概念,并且解构它们"。这实际上是"在哲学之外"迈出"一步"的最为大胆的方式,但它将是一项非常艰巨的任务,即使不是不可能的任务。第二条路径实际上是列维-斯特劳斯所走的:在保存所有旧概念的同时,又承认它们的局限性,在避免把任何真理与价值归之于它们的同时,又把它们当作工具或手段来使用。这样,它们就可以被用来"破坏它们所属的旧机器"。这样,按照德里达的看法,列维-斯特劳斯实际上试图把**方法**同**真理**分离开,例如,他没有把自然与文化之间的对立当作一种历史真理,而是当作一种方法论的真理。列维-斯特劳斯的"双重意图"是要"把他所批判的其真理价值的某种东西当作一种工具来保存"。德里达认为,而这就是"社会科学的语言批判**自身**的原因"(WD,284)。

因此,在其晚期著作《原始思维》(*The Savage Mind*)中,列维-斯特劳斯继续对自然与文化之对立的价值提出了质疑,同时又以**现成拼凑**(bricolage)为基础阐明了一种话语。**现成拼凑**的意思是指我们使用自己所发现的、由我们所支配的一切手段,那些手段并非为我们的特定目的而设计的,我们不得不在试验和错误的基础之上适应或者放弃它们。德里达认为,**现成拼凑**的方式是一种语言批判,甚至是一种批判性的语言本身。然而,他再次扩展了这种策略的含意:倘若**现成拼凑**牵涉需要从所要挑战的那种遗产中借用某些概念的话,那么,**每一种话语都**成了**现成拼凑物**(bricoleur)(WD,285)。**现成拼凑者**的工作是以一种尝试性的方式拼拼凑凑凑,他的反面是**策划者**(*engineer*),是预先构想和设计整个规划的人,他建构了"他的语言、句法和词汇的总体性"(WD, 285)。但是,就话语所涉及的而言,这样一种策划者是一种神话:一个成为"他自己话语之绝对根源"的主体,从一无所有中建构了话语。因此,策划者的概念是"一种神学的理念"(WD, 285)。然而,如果这一理念是神话的,如果一切话语,包括科学和哲学的语言,都是**现成拼凑物**,那么,策划者与**现成拼凑者**的全部对立就有可能会崩溃,就会抹掉首先赋予**现成拼凑**以意义的差异(WD, 285)。

德里达评论说,对列维-斯特劳斯而言,**现成拼凑**不仅是一种理智的活动,而且是**神话诗学的**(*mythopoetic*):它创造了神话。这意味着什么呢?德里达解释说,列维-斯特劳斯关于神话的论述"反思了它本身,并且批判了它本身"。它以**现成拼凑**为基础,试图抛弃"对一个**中心**、一个**主体**、一种享有特权的**参照**、一个根源或一个绝对**源始**(*archia*)的一切参照"(WD, 286)。他的论述是去中心化的。它不仅由于利用**现成拼凑**获得了这种地位,而且通过拒绝把一切神话当成享有特权的基础或其他神话之来源而获得了这种地位;它坚持认为,不存在神话的任何统一性或来源;认为这样的统一性只不过是我们解释的努力的一种规划;不可能按照笛卡儿式的把问题分解为它的各个组成部分的原则,用一种线性方式来研究神话;换言之,要把神话展现为一种"无中心的结构"。但是,为了表达这种非中心化的神话概念,列维-斯特劳斯本人对神话的论述,本身就不可能具有任何绝对的主体或中心;它必须按它自己的策略来反映"神话的形式与运动";简言之,有关神话的话语**本身**必须是一种神话(WD, 286-287)。德里达援引了列维-斯特劳斯在其著作《生食与熟食》(*The Raw and the Cooked*)中的说法,大意是说这本书本身就是"一种神话";这就是人种学的**现成拼凑**何以具有一种神话诗学之功能的原因,这种功能使传统哲学对中心的要求显得是神话学的,是一种"历史的幻觉"(WD, 287)。

这样,列维-斯特劳斯指向了传统哲学话语之外的一个方向。然而,德里达告诫说:"超越哲学的通道并不在于翻动哲学的书页……而在于不断地**以某种方式**解读哲学家。"(WD, 288)那就是说,我们不可能简单地废除以前的哲学并重新开始:那将是一种策划的计划,而我们不得不参与**现成拼凑**,用早已为我们有权处置的材料,以一种更加彻底的方式去解读哲学。为了说明这样一种彻底的方法,德里达详细阐述了传统哲学以及列维-斯特劳斯更加激进的结构主义与经验主义的背离关系。经验主义,即认识主要源于经验的观念,自启蒙运动以来起到过大多数现代哲学和科学之基础的作用。德里达声称,一切自认为是"科学的"话语都遇到过最终依赖于经验的问题和绝境:例如,倘若我们从经验中收集大量材料的话,那么,我们怎样在这些材料的基础之上进行普遍化,我们怎样在观察到的现象中建立起统一性和总体性?德里达承认,"结构主义有理由要求成为对经验主义的批判":例如,他可能想到了结构主义的重要主张,即语言和其他社会体制并非以某种方式由累积起来的经验累积地创造出来的,而是相反,正是那些体制的**结构**,才首先使个人的经验成为可能(如个人的语言行为)。

不过,德里达似乎同样认为,列维-斯特劳斯的研究在某种意义上与经验主义的特征相吻合,因为它始终在等待着由新信息来完成,或者使之失效(WD, 288)。为了说明这一点,德里达援引了列维-斯特劳斯的一段文字,断言神话与语言的语法都有可能在相对较少的经验细节的基础之上制定出来,因为事实上正是这种语法或规则的主要部分,才使神话或语言的经验实例的创造成为可能,而不是相反。列维-斯特劳斯补充说,新鲜的材料肯定可以用来修改这样的语法规则(WD,288-289)。德里达认为,这些意见暗示了,一种**总体化的**、完成了的语法系统毫无用处,或许是不可能的。他指出,有两种方式可以用来看待总体化的局限性:一种方式是传统的或古典的理解,即认为没有任何总体化的系统可以期待理解经验细节的无限丰富性。另一种观点求助于自由游戏的概念:语言在其真正的本质上是一个自由游戏的领域,没有任何中心(或根源)能够吸引和阻塞各种词语之间相互替代的游戏。

德里达把这种游戏活动叫作"**补遗性**活动"(WD,289)。在补遗性观点不在场时,无论什么符号承担了中心的功能,无论什么符号取代了中心,出现的都是一种过剩或者补充。换言之,如果不存在中心,就没有任何先验的所指;这种所指被一种能指所取代,其功能如列维-斯特劳斯所阐明的那样,不是要表示任何特定之物,而只是要对抗意义的不在场,如果系统没有中心,那么,意义的不在场就会威胁到系统(WD,290)。德里达声称,倘若有列维-斯特劳斯以之为目标的这种去中心化的话语,那么,游戏的概念在其著作中就很重要,它在其中存在于两个概念的张力之中,即历史的概念与在场的概念。

德里达认为,列维-斯特劳斯对历史的论述恰恰是简化论的,因为历史始终都是在场的形而上学的同谋,这种形而上学是目的论的和来世论的。他说:"历史始终都被认为是一种历史重新开始的运动,是两种在场之间的一种迂回。"(WD,291)换句话说,实际上在过程中作为一种**形成的**,形成某种东西的,始终都被变成了**存在**,以便把它统一起来。列维-斯特劳斯的结构主义以一种稍有不同的方式,也"促成了时间和历史的一种中立化",实际上把历史放到了括号中:它所研究的是完成了的产物,脱离了它们的根源和原因,与它们的过去决裂。例如,列维-斯特劳斯认为,语言是"一下子"诞生出来的,而不是以一种渐进的方式诞生的(WD,291)。

"游戏"与在场之间也存在着一种张力。德里达认为,游戏"是对在场的瓦解"(WD,292)。它是不在场与在场的一种游戏,但它先于两者而存在。尽管列维-斯特劳斯对游戏的概念有所洞见,但德里达在其著作中看出了"一种在场的伦理,一种对于根源的怀旧的伦理……言说中在场与自我在场之纯粹性的伦理"(WD,292)。德里达把这叫作思考游戏的"卢梭主义的"方式,这种态度是"**消极的**,怀旧的,负疚的"。对德里达来说,另一面是快乐的"尼采式的**肯定**……对世界的游戏……肯定一个没有过错、没有真理、没有根源的符号世界"。与列维-斯特劳斯的肯定不同的是,这种类型的肯定"在没有安全感的情况下游戏"(WD,292)。

总之,德里达声称,存在着"对于解释、结构、符号、游戏的两种解释"。一种解释是达到真理或根源的梦想,它"逃离了游戏和符号的秩序……另一种解释再也不求助于根源,肯定游戏,并试图超越人和人本主义",人就是他已经"梦想到了游戏的全部在场、可靠的基础、根源和目的"。他认为,这两种解释是"绝对不可调和的",而我们当前的任务就是要详细确定共同的基础和它们不可减少的差异的延异,为了"迄今为止难以名状的对它们自身的显现"(WD,293)。

德里达对西方形而上学中使写作从属于言说的努力的说明,在其《柏拉图的药剂学》一文里或许表达得最为清晰,文章主要涉及柏拉图的对话《斐得若》。德里达反对一种源于公元3世纪的历史学家第欧根尼·拉尔修(Diogenes Laertius)的传统,这种传统坚持认为柏拉图的这个文本写得很糟糕,德里达却提出,柏拉图在这个文本中用神话来诋毁写作,在某种程度上并非没有关系,而是构成了作为一个整体的文本的一个必要部分。[3]正如他提醒读者的那样,在文本中有两个神话,一个是与蝉有关的寓言,另一个是关于修思①的故事。在柏拉图的对话的文本表面上,虽然苏格拉底提出应当丢弃神话,因为它们没有构成认识,但这两个神话都与写作的地位有关,实际上将在柏拉图的文本的后面被借用("PP," 68)。

德里达指出,苏格拉底对蝉的神话的"博学的解释"列举了"北风之神"(North Wind),他与一个名叫法玛西亚(Pharmacia)的仙女在一起玩耍,想知道法玛西亚的这次再现是否仅仅是一个偶然事件。德里达怀疑那不是偶然事件:他指出,**法术**(*pharmakeia*)与**药物**(*pharmakon*)有关,它既可以指"药"或"药物"(medicine),也可以指"毒药"。这个词语的矛盾之处由此被引进了柏拉图的文本中("PP," 70)。实际上,这个词语的歧义使得它可能有各种各样的译法,如"治疗法""处方""毒药""药"和"春药"("PP," 71)。德里达提出,翻译的真正问题不可避免地与哲学的基础有联系;这是"进入哲学的真正通道的问题"("PP," 72)。换言之,德里达认为,在接受和建构柏拉图的哲学方面,翻译起着一种至关重要的作用,尤其是在它试图把追求真理的哲学同修辞学和诡辩区分开来方面,修辞学和诡辩仅仅传授说服的技巧。

甚至在柏拉图在后来借用的神话中对写作进行明确的责难之前,书本与药物之间,"单纯的书本知识与盲目地使用药物"之间,也存在着一种已经建立起来的联系:苏格拉底把斐得若带来的书面演说比喻为一种药(*pharmakon*)("PP," 72)。书本代表"呆板而严格的"知识,它与"活生生的知识和辩证法"相背离,正如神话与真正的知识不相关一样。在柏拉图的对话的最后阶段,修思的神话已被讲述了,德里达认为,写作被明显地"提了出来、表现出来,并被断言为一种**药物**"("PP," 73)。此外,写作的问题被当成了一种**道德**问题,因为写作的传播在柏拉图的城邦中与政治发展密切相关,也与"智者派和演讲稿撰写人的活动"密切相关("PP," 74)。按照德里达的看法,柏拉图的文本所揭示的是写作与神话的一种亲缘关系,"它们两者都有别于**逻各斯**和辩证法"("PP," 75)。然而,具有讽刺意味的是,这个关于写作的真理本身并非科学的对象,而只能靠神话来理解,这种寓言是通过传统传下来和不断重复的("PP," 74)。

简要地说,神话的内容如下:修思是古代埃及的一个神,他发明了数字、计算、几何学、天文学和写作。他去拜访整个埃及的国王塞穆斯(Thamus),展现自己的技艺,并且提出这些技艺应当传授给其他埃及人。当修思说到写作时,他声称这门技艺会使埃及人变得更加聪明,会提高他们的记忆力("PP," 75)。德里达认为,塞穆斯代表了众神之王阿蒙(Ammon),他于是就成了"价值的根源"("PP," 76)。这个国王拒绝了修思的要求,反倒提出,写作会使人们的记忆力退化,因为他们终将依赖于写作。德里达提出,这个神话指向了一种"柏拉图式的图式,它为言说的根源与力量,也即**逻各斯**,指派了父亲般的地位"("PP," 76)。**逻各斯**的根源,或者说"言说的主体",就是其父亲;写作因此"与父亲的不在场有密切关系"。实际上,写作应当"自满自足"地从父亲那里要求得到"解放"("PP," 77)。德里达认为,言说的"活生生的"话语(它得到了父亲在场的支持)与写作的死气沉沉的话语之间的对立,与苏格拉底坚持单纯的说服力(如智者派和修辞学家所提倡的那样)与追求真理之间的对立有关("PP," 78)。柏拉图把**逻各**

---

① 修思(Theuth):古代埃及传说中发明了数学、几何学和天文学的神。

斯描述为一种**发育完全的个体**,一种活生生的存在,与"写作死尸般苍白的僵化刻板"形成了反差;然而,德里达认为,柏拉图在这么做时,实际上仿效了某些修辞学家和智者派,他们都"支持活生生地说出来的言辞,它肯定符合当下情景的必要性,符合在场的对话者的期待与要求"("PP," 79)。父亲[就此而言,希腊词语 *pater*(译按:意即"父亲")也有"首领""资本""善"的意思]则是**逻各斯**"使人目眩的资源":不可能用眼睛来看他,不可能质疑他,他不可能服从理性的运作("PP," 82-83)。

德里达认为,尽管柏拉图的意图很明显,**药物**这个词语陷入其中的意义链条的游戏却在继续发挥它自身的调和作用("PP," 96)。那国王对修思的回答使人想到,写作是一种神秘的力量,因而也是一种令人怀疑的力量;但是还有,**药物**的效力有可能相反,因为它实际上可以使记忆力变得更差("PP," 97)。而对柏拉图来说,写作作为一种治疗法不再有效,不如作为一种毒药("PP," 99)。**药物**不利于"自然的生命":在柏拉图看来,药妨碍了生命的自然过程,因此,它"在总体上是生存之敌"。正如柏拉图讲述的神话一样,国王塞穆斯告诉修思说,写作为人们提供的并不是真正的智慧,只不过是智慧的一种伪装:学生们"在没有老师指导的帮助下"为了自己而阅读。他们不会接触真实和真理,而是接触表面,并且将遭遇一种错觉,即以为他们拥有了知识。因此,德里达认为,"国王,言说之父,于是维护了自己超越写作之父的权威性"("PP," 102)。

德里达在这方面的论点在于:柏拉图本人(与他的译者们一样)试图把**药物**这个词语内在的模棱两可性,变成善与恶、内在与外在、真与假、实质与外表之间的一系列"鲜明的对立"。因而,柏拉图通过自己的神话符咒,谴责写作是"糟糕的,外在于记忆的,产生的不是科学而是信仰,不是真理而是表面"("PP," 103)。在德里达看来,危险在于,写作或者**药物**,被柏拉图变成了一个对立的词语,这个词语与其他对立的词语(糟糕、外在、虚假、表面)相互关联,反过来经常出现在那些对立之中,就像它们的可能性的真正状况一样。换言之,处于**药物**或写作之核心的真正的模棱两可,就是那种先于整个这一对立系统并且使之成为可能的东西("PP," 103)。

按照德里达的看法,在柏拉图对写作的诽谤的背后,存在着一种隐蔽的动机:它首先针对智者派和诡辩,因为写作像诡辩一样,与真理和智慧的单纯外表有联系。德里达认为,那种依靠写作的人,那种"吹嘘写作确保了其知识和力量"的人,是一个"伪装者",他具有"智者派的全部特征"("PP," 106)。智者派仅仅"出卖科学的符号和徽章……他因此满足了那些富有的年轻人的需求,而这正是他获得最热烈的称赞之处"。智者派仅仅假装懂得一切,写作则是这种伪装的象征和媒介,因为它与活生生的真理的概念不相干,那种真理以辩证法的形式活在对其表达的过程之中("PP," 107)。

然而,正如德里达开头暗示的,写作和**药物**的概念有可能破坏诡辩与哲学的完全对立:不是那些词语相互作为"他者"存在,而是写作使自身逐步滋长为"智者派和柏拉图主义**两者**完全的他者",发掘出一切"标示出智者派与哲学之间战斗路线的路标"("PP," 107-108)。首先,对写作的诽谤实际上起源于智者派。修辞学家的"雅典学派"(Attic school)[高尔吉亚,伊索克拉底,阿尔基达马(Alcidamas)]早已"赞美过活生生的**逻各斯**的力量",虽然由于一些原因与柏拉图的赞美不同:他们认为,言说能够适应现场的环境,而写作只涉及机械的重复("PP," 114-

115)。因此,"柏拉图模仿了模仿者,以便恢复他们模仿之物的真理,即真理本身"("PP,"112)。

其次,对柏拉图来说,活生生的记忆与言说重复了**理念**的在场、不变的柏拉图式的"形式";对柏拉图来说,一切认识都源于对永恒"形式"(不完美)的回忆和模仿。因此,真理是**理念**这个所指的能指。**理念**或"形式"从而在其同一性中被重复。像言说所表现的一样,声音的能指在现存中仍然接近于**理念**。然而,在写作中,书写的或写下的能指,实际上是对声音能指的一种模仿,是对一种模仿的模仿,它是单调而机械的,超出了"生命之外"("PP," 110-111)。正如德里达指出的,写作"实际上是能指凭借自身机械地重复自身的能力,没有任何一个活生生的灵魂在其重复中支撑着它,或者参与其中"("PP," 111)。写作因而成了一种指向所指的能指,即**理念**的声音能指。德里达用索绪尔的隐喻指出,写作仅仅因为能指与其所指相分离,所以将与言说"分离"开来;写作(以及诡辩)就成了纸张的正面,而言说(哲学,柏拉图主义)就是纸张的反面。正是所指与能指之间的这种差异,才提供了"那种支配性的模式,柏拉图主义在其中将自身建立起来,并且确定了它与诡辩的对立"("PP," 112)。然而,这种所谓的"差异"也标志着一种不可分离性(如索绪尔所说,不可能切开一张纸的一面而不会切另一面):"哲学和辩证法是在确定它们的另一方的行为中被决定的。"("PP," 112)换句话说,柏拉图试图通过哲学与诡辩的对立来**界定**哲学,然而却忽视了这一事实,即这种对立本身说明了它们必然的联系。柏拉图"如果不求助于写作",就不可能"解释辩证法是什么"("PP," 112)。因而,在真正界定哲学和辩证法时,写作就成了一个必要的因素。

再次,除了柏拉图本人是个作家这一"陈腐的"事实之外,在柏拉图的文本中有一些段落,他本人在其中断定写作是不可或缺的。德里达提供的例证是,柏拉图感到在写作中有对法则的需要:"写作不变的、固化了的同一性,不是单纯增加所指的法则……它以保护者的警惕性确保法则的持久性与同一性。"("PP," 113)写作确保了法则将始终被"记录在案",并且可以接受审察。因此,写作对法则来说并非一种附加物,它模仿并且重复法则。"法则只有在写作中才可能被**证实**……立法者就是作家。而法官就是读者。"("PP," 113)

最后,高尔吉亚等早期的智者派称赞言说或**逻各斯**的力量超过了写作,其基础是认为,**逻各斯**是一种更加有效的药或**药物**,承认**逻各斯**最初作为一种**药物**可以用于好的和不好的目的。高尔吉亚在试图把**逻各斯**同真理和世界的一种有序的结构联系起来时,预示了柏拉图后来更加系统的姿态。**逻各斯**的这种最初不确定的状况,即**药物**的模棱两可性在其中得到体现的状况,被柏拉图驱除了("PP," 115)。而苏格拉底本人,如德里达指出的,在柏拉图的对话中经常被对话者指责为一位**药物**大师,他可以把自己的符咒投向其他人。德里达评论说,就柏拉图的全部努力而言,苏格拉底本人成了"与智者一模一样的形象",在"苏格拉底的**药物**"与"智者的**药物**"之间存在着一种持续的辩证关系("PP," 119)。

因而,在所有这些方面,在其所有的联系(与诡辩、相对论、思想的独立性的联系)中,写作都反过来萦绕着和破坏柏拉图压制与排斥写作的系统化努力,这种姿态不仅对他的思想来说很重要,而且对后来的数代人接受作为整体的其哲学来说也很重要,因而对作为一门学科的哲学的划分来说也很重要。

解构：评价

　　德里达在美国和欧洲的影响，在20世纪晚期是独一无二的。他在美国的信徒包括耶鲁大学的批评家保罗·德曼、J.希利斯·米勒和杰弗里·哈特曼（Geoffrey Hartman），以及芭芭拉·约翰逊，还有有争议的哈罗德·布鲁姆。这些批评家应用并且极大地扩展了德里达的技巧，如在各种文本中追寻绝境或**难题**，展现文学与哲学著作隐藏着的预设和矛盾，证明它们的核心要求和对立如何破坏了它们自身。例如，在《盲目与洞见》（*Blindness and Insight*，1971年）中，德曼认为，批评家们所提出的洞见在本质上与某些盲目性有联系，批评家总是肯定某种在他们意图之外的东西。德曼的《阅读的寓言》（*Allegories of Reading*，1979年）探讨了比喻理论或比喻性的语言，断言语言在本质上是隐喻性的，文学文本首先是对它们的地位本身的高度自觉，并且是自我解构的。因此，批评不可避免地会误读文本，倘若比喻性语言能够调解文学文本与批评文本的话。哈罗德·布鲁姆也极为关注比喻在文学中的作用，他由于在"影响的焦虑"的基础上对诗歌传统进行评价而极为著名。布鲁姆断言，每个作家都试图摆脱他或她的前辈的明显控制，开拓出一种想象的空间；正如布鲁姆在《误读的图示》（*A Map of Misreading*，1975年）中认为的，为了这个目的，作家呈现出一种恋母情结的倾向，创造性地通过某些比喻去误读那些前辈或"父亲们"，诸如反讽、提喻和转喻。

　　许多批评家都探讨过解构对其他研究领域、其他文学观点和文化观点的意义。芭芭拉·约翰逊的《差异的世界》（*A World of Difference*，1987年）提供了解构批评在性别、种族和文学批评体制等广泛问题语境中的强有力的例证。加娅特丽·斯皮瓦克（Gayatri Spivak）把解构的洞见引向了与她对女性主义和后殖民有关的关注点之上。迈克尔·瑞安（Michael Ryan）的《马克思主义与解构》（*Marxism and Deconstruction*，1982年）探讨了马克思主义观点与解构的观点之间的"可公度性"（commensurability）和强烈反差。肖莎娜·费尔曼（Shoshana Felman）和斯蒂芬·W.梅尔维尔（Stephen W. Melville）把德里达的著作与精神分析联系在一起。

　　显然，解构已经在广泛的学科中产生了深远的影响。它对揭露各种重要概念背后的基础与设想的不屈不挠的坚持，成了一种策略，有可能得到很多努力细察传统思维方式的思想形式的重要支持。然而，也很真实的是，解构遭遇了出于很多理由的实质性批评。最尖锐的反对意见之一是由特里·伊格尔顿这样的马克思主义批评家提出来的，它认为，解构展现出一种单纯解构或"否定的"能力，它据以批判各种体系和体制，却没有提出任何选择办法。因此，它的批判是抽象的，让一切都像原来那种样子。正如让-米歇尔·拉巴泰（Jean-Michel Rabaté）等学者指出的，在其晚近的著作中，德里达抵制像这样把他的努力的特征刻画为"否定性的"。相反，他甚至认为，他的早期著作提供了一种"肯定性的"维度，追问了有关实质性、在场以及感觉与理智、外表与真实等常见的哲学上的对立等中肯的问题。此外，德里达的晚期著作冒险进入了政治、法律和学术团体等领域。一个相关的个案是他的《马克思的幽灵》（1994年），它的写作是为了回应各种学者对于共产主义崩溃之后马克思主义之命运的关注。[4]德里达把解构的精神与马克思的某些遗产结合在一起;甚至在他的早期著作里,他也承认自己曾经受惠于同样塑造了马克思思想的黑格尔的辩证法。

虽然有这些局限,但德里达的思想仍然是向更多实质性的批评开放的。德里达的思想极为依赖的"差异"与"延异"的概念是抽象的。德里达所称的"延异的运动"延伸到了除了它本身之外的一切。差异,如德里达所认为的,本身就是自我同一的。它只不过是纯粹的同一性。差异的概念是出自黑格尔式的辩证法之逻辑运动的一种抽象。延异的概念是出自辩证法逻辑的和历史的运动的一种双重抽象,并且牵涉出自逻辑与历史进步的统一性的第三种抽象。它暂缓了进入一切关系本身之中,无论是逻辑的还是历史的;它把辩证法的第二个阶段凝固成了一种自我约束的对运动的免疫性。因此,差异的运动只不过是纯粹的停滞。它强迫从逻辑到本体论的运动,以及过去、现在和未来的本体论差异,都变成了文本性的一个统一的理想层面。它没有任何过去或未来,也不承认**自身**是先前思想的一种结果或产物,它侵占了运动的位置,使自身处于一种绝对开端的地位,这个开端不是由它后来通过各种关系扩展或显现本身来确定的,而是由真正压制它自身与其他一切之间的关系来确定的:通过一种故意的自我断定的行为,故意返回到作为开端之纯粹原则的它本身。它忍受不了过程,而是把自身囚禁在开端的一种永恒循环之内,由于这个原因,它根本就不是任何开端,因为从它之中没有发展出任何东西,除了它自身统一的先在之外。从它之中真正发展出来并且不同于它的一切,都被迫进入它不加选择地决定的阴影之中。它不仅废除了历史的特殊性,而且废除了一路通向它的逻辑优先权的一切可能性。它从外部被完全嵌入了逻辑之中;它没有被表现为一种内在的发展,无论是逻辑的还是历史的内在发展。抽象成了它自身自我同一之结构的文本性,实际上完全是真实历史关系的一切无穷的变化,它把真实的关系分解成了一种抽象的关系性原则。对德里达来说,延异实际上被提高到了一种先验所指的地位。倘若这个概念构成了德里达对彼此有很大差别的哲学体系进行批判的基础,那么,很明显的是,他迫使所有这些体系都变成了一种统一的可攻击性:它们全都承受过同样的过失、同样的**难题**或者绝境。

此外,德里达的各种概念从事先被塑造成最具有实证主义形式的形而上学的目标中,获得了它们的可能性和清晰度的力量。仅仅是为了反对对于真理、意义、在场和主体性的实证主义理解,他关于踪迹、差异和写作的概念才可能阐明它们本身。例如,他对主体性的批判和所谓动摇,把一种关于自我的自由主义的原子论观点不加选择地强加于每一种哲学。例如,他认为,17世纪笛卡儿的理性主义确定了绝对在场是自我在场,是主体性。[5]而18世纪的思想开始质疑逻各斯中心主义,恢复了感性的权利,肯定了理念的感性根源(*OG*, 75, 98, 282)。但是,德里达对自我进行责难的词语本身,预设了作为其目标的、孤立的、原子论的、笛卡儿式的自我。德里达认为,"写作"既建构了主体,又扰乱了主体(*OG*, 68)。然而,他所意指的到底是**哪种**主体?写作同样建构和扰乱了亚里士多德式的主体和笛卡儿式的主体吗?当面对早已打上了差异和建构性关系标记的真理与主体性的概念之时——如黑格尔的那些概念,德里达的概念就完全消失在了它们所批判的那些概念之中。在黑格尔的哲学中,没有任何概念或实体摆脱了差异或关系。

最后，存在着一种高估德里达的原创性的趋势（虽然他本人完全意识到了自己受惠于其他思想家）。很多思想家都觉察到了语言的关系性和任意的性质，其范围从希腊化时期的哲学家与修辞学家，经过洛克和休谟，直到黑格尔、马克思、法国象征主义者和索绪尔。认为"现实"是一种建构，"真理"是一种阐释，人类的主体性在实质上不是固定的，我们的思想和实践没有任何终极的先验基础，这些观念与公元前5世纪雅典的智者派的观点一样古老。德里达所"揭示"的很多**难题**，同样在很早以前就被新黑格尔派哲学家们碰到了，他们把各种现象与它们的各种绝对性联系起来。德里达的贡献是，要把这些**难题**的附属物从思想与现实的关系内部，转移到那种关系内部的语言机制中。而他是否为我们对时间或逻辑的理解增添了什么东西——时间和逻辑两者在其思想中都很重要——还不确定。确定的是，我们可以从对德里达的文本的详细解读中受益，这种益处就是以一种平衡的方式把它们置于思想史的范围中，而不仅仅是把它们用作看待那种历史的一种享有特权的镜头。

注释

[1] C. H. Dodd, *The Interpretation of the Fourth Gospel* (Cambridge: Cambridge University Press, 1953), pp. 263-265. 下文引用写作 Dodd。

[2] "Structure, Sign, and Play in the Discourse of the Human Sciences," in *Writing and Difference*, trans. Alan Bass (Chicago: University of Chicago Press, 1978), p. 278. 下文引用写作 *WD*。

[3] Jacques Derrida, "Plato's Pharmacy," in *Dissemination*, trans. Barbara Johnson (Chicago: University of Chicago Press, 1981), p. 67. 下文引用写作"PP"。

[4] Jacques Derrida, *Specters of Marx: The State of the Debt, the Work of Mourning, and the New International*, trans. Peggy Kamuf (New York and London: Routledge, 1994).

[5] Jacques Derrida, *Of Grammatology*, trans. Gayatri Chakravorty Spivak (Baltimore and London: Johns Hopkins University Press, 1976), p. 26. 下文引用写作 *OG*。

第二十六章 女性主义批评

女性主义批评并不是20世纪独有的一种现象。它的先行者可以一直追溯到古代希腊萨福的作品,以及可以论证为阿里斯托芬的剧本《吕西斯忒拉忒》(*Lysistrata*)之中,后者描述了妇女们接管雅典卫城的宝库,女声合唱队在身体上和智力上都超过了男声合唱队,她们把性别当作一种武器,以努力阻止显然是男人们的伯罗奔尼撒战争的计划。女性主义在乔叟的《坎特伯雷故事》中"巴斯妇"的故事里也表现了出来,她高调地评价了对权威性的"体验",认为自己比她的五个丈夫都更胜一筹。在中世纪,克里斯蒂娜·德·皮桑则敢于同她那个时代一个有影响的男性批评家进行论争。在文艺复兴时期,法国和英国出现了很多女诗人,如卡特琳·德罗什(Catherine Des Roches)。17世纪,阿弗拉·贝恩和安妮·布雷兹特里特(Anne Bradstreet)等作家是以文学为职业的先驱者。法国大革命之后,玛丽·沃尔斯通克拉夫特认为,启蒙运动的革命理想主要应当通过教育扩大到妇女们的身上。而19世纪的欧洲和美国都经历了大量重要的女性文学人物出现的繁盛时期,其范围从德·斯塔尔夫人、勃朗特姐妹(the Brontës)、简·奥斯汀(Jane Austen)、乔治·艾略特和伊丽莎白·巴雷特·布朗宁(Elizabeth Barrett Browning),一直到玛格丽特·富勒和艾米莉·狄更生。现代主义的女性作家包括希尔达·杜利尔特(Hilda Doolittle)(H. D.)、格特鲁德·斯泰因(Gertrude Stein)、凯瑟琳·曼斯菲尔德(Katherine Mansfield)和弗吉妮亚·伍尔夫。

就这种漫长历史的大部分而言,妇女们不仅丧失了教育上和经济上的独立性,她们也不得不为反对宣称她们要在实际上保持沉默和顺从的男性意识形态而斗争,并且要反对蔑视她们在文学上之努力的男性文学体制。实际上,男性文学对妇女的描述——作为天使、女神、娼妓、顺从的妻子和母亲的身份——成了使这些性属意识形态长久存在下去的一种必要手段。只是伴随着妇女在20世纪争取政治权利的各种斗争,女性主义批评才以某种系统化的方式出现。从20世纪初期以来,女性主义批评已经发展到了包括众多关注点:重写文学史,以便把妇女的贡献包括进来;追寻女性文学的传统;借助精神分析、马克思主义和各种社会科学有关性别与性别差异的各种理论;男性文学中对妇女的表现;性属在文学创作和文学批评中的作用[正如在所谓的"妇女批评"(gynocriticism)中研究的那样];性属与文学形式的各个方面之间的关系,如体裁和韵律(例如,很明显的是,某些像史诗那样的体裁体现了英雄主义、战争和冒险的男性价值观,而抒情诗有时被认为是女性的,表达了一己的情感)。最重要的是,女性主义批评展现了对体验和语言的持久关注:存在着一种由女性作家传达出来的特定女性体验吗?妇女如何面对在历史上由男性概念与价值观所支配的、强加于语言运用的任务?有些女性主义者极力主张需要有一种女性语言,有些人则拥护借用和修改男性压迫者传承下来的语言。

语言的意义最终要依赖于它对男性思维方式的表现,这种思维方式可以一直追溯到亚里士多德:始于同一律的各种逻辑法则,以及把世界严格划分为有界限之实体的亚里士多德式的范畴。正如很多现代理论家认为的,这些二元对立都是强制性的:例如,按照亚里士多德的法则,一个人**要么**是男人,**要么**就是女人;一个人**要么**是黑人,**要么**就是白人,**要么**是主人,**要么**就是奴隶。女性主义者经常拒绝这些分裂地看待世界的方式,反过来强调女性与男性之间、黑人与白人之间的各种模糊性,她们实际上主张一种统一观,而不是对立观。按照这种方式,那些范畴被认为不是以任何实质或自然差别为基础的,而被认为是文化建构和意识形态建构。因此,女性主义的另一个基本关注点就是拒绝"理论"本身,因为理论在其真正的本质上庇护了那些男性的预设。女性主义因此提倡一种对于定义的有原则的反抗,提倡概念的流动性和开放性,它在面对暴君式地试图把概念固定下来的企图时,嘲笑它就像是被男性生产出来的概念的巨大历史目录所归类的又一个范畴。

实际上,女性主义非常宝贵的成就之一,就是要彻底拒绝客观性(objectivity)和中立的概念;女性主义者开创了一种新的真诚,承认她们根据特定环境所激起的主体性立场来写作。这种立场极大地依赖于女性主义者承认思想并不是一种在某种程度上无实质和抽象的过程,而要受到处于场所和时间中身体(the body)的性质与情景的密切支配。"身体"已经成了这种特定性和具体性的强大隐喻,它拒绝男性笛卡儿式的传统,即认为思维可能以某种方式出现在某个无实质的普遍性的层面上。我所栖居的身体将在最为深刻的各个层面上塑造我的思维:如果我的身体正好诞生在一个具有各种政治关系的富裕家庭,那么,我在政治上、宗教上和社会上的联系将不可避免地反映出这一点。无论我的身体是男性还是女性,都将在比我所读过的书深刻得多的层面上首先决定我的思想和体验。尽管有这些女性主义的洞见,但禁止高中学生在其作文里使用"我"这个词语的日子依然没有过去,实际上使客观性的借口和自我欺骗长期存在着。

也很清楚的是,女性主义有一些可能与解构和马克思主义等理论重叠的方面,与某些哲学家的理论有重叠之处,如反对传统逻辑学的黑格尔,以及认为理性要从属于身体需要的叔本华和柏格森,它也与那些被法国象征主义和现代主义奉为神圣的诗学观点有重叠之处(虽然那些运动中的男性人物经常都有厌恶女人的倾向)。话虽如此,应当记住的是,女性主义并不是由任何一种运动或任何一套价值观构成的;它在范围方面具有广泛的国际性,它的倾向受到很多地方的和普遍的因素的支配。例如,出自阿拉伯传统的法蒂马·梅尔尼西和莱拉·艾哈迈德等作家,都试图以明显带有她们特殊文化关注点标记的观点来阐明一种女性主义的看法;艾丽斯·沃克(Alice Walker)等"美国黑人女性主义者"(African-American feminists)和加娅特丽·斯皮瓦克等亚裔女性主义者也是一样。以下是对法国、美国和英国传统中的女性主义的一个简要说明。20世纪早期的两部里程碑式著作的影响,要通过这三种传统进行传播,它们是弗吉妮亚·伍尔夫的《一个人自己的房间》(1929年)和西蒙·德·波伏瓦的《第二性》(*The*

Second Sex,1949年),后面将对它们进行详细论述。

法国的女性主义

大多数法国现代女性主义的动力都来自1968年5月的革命气氛,那场革命经历了学生和工人们的大规模动荡局面。在那种气氛中,政治革命的一个必要组成部分被认为是要改变主体性的示意实践和概念,其基础是对语言之力量的一种基本理解。安妮·勒克莱尔(Annie Leclerc)、玛格丽特·杜拉斯(Marguerite Duras)、朱丽娅·克里斯蒂娃、吕斯·伊里加雷和埃莱娜·西克苏等女性主义者都极大地依赖于雅克·拉康和雅克·德里达的各种理念(她们经常为反对这两位思想家的理路而修改那些理念),她们各自都参与了对"女性写作"(*l'écriture féminine*)概念的推进,这种女性写作产生于无意识、身体,产生于一种在根本上重新构想的主体性,以努力避开她们所认为的"男权中心的"(phallocentric)话语。

对克里斯蒂娃来说,这样的语言来自一种"前俄狄浦斯情结的"(pre-Oedipal)状态,来自"符号学的"领域,先于文化性属形成的过程。不过,她意识到了,单独依靠这种"母性的"(maternal)语言,会伴随着政治上边缘化的风险。实际上,吕斯·伊里加雷支持从内部破坏父权制的话语,她在解读一些从柏拉图经过弗洛伊德和马克思直到拉康的话语时,追求过这种策略。然而,她确实指出了女性语言会像其性别一样更加散漫,不如男性话语那么分类严格。埃莱娜·西克苏也看出了逻各斯中心主义与男权中心主义(phallocentrism)之间的一种"合伙关系"(阴茎在其中是一种能指,是男性权力和优势的一种隐喻),必须质疑和破坏这种同盟。她要求,妇女必须书写自己的身体,展现无意识的资源。所有这些作者都重新评价了母性的意义,认为这是赋予权力,而不是被压迫。不过,其他女性主义者,如克里斯蒂娜·福雷(Christine Fauré)、凯瑟琳·克莱门特(Catherine Clément)和莫尼克·威蒂希,都挑战过这种强调身体是生物学上的简化论的、拜物教的和政治上无效的观点。莫尼克·威蒂希则希望废除性别和性属的语言学范畴。

美国的女性主义

美国的女性主义批评从20世纪60年代的民权运动中获得了重要的促进因素,在其关注点方面有点不同于法国和英国女性主义批评,尽管有弗吉妮亚·伍尔夫和西蒙·德·波伏瓦等早期人物毫无疑问的影响。贝蒂·弗里丹(Betty Friedan)撰写了开创性的著作《女性的神秘性》(*The Feminine Mystique*,1963年),她后来于1966年创建了"全国妇女组织"(National Organization of Women)。这部得到广泛承认的著作表现了美国中产阶级妇女根本性的愤愤不平、她们陷入个人和家庭生活之中以及她们没有能力从事公共事业。这个时期前后产生的其他一些重要的女性主义文本有:玛丽·埃尔曼(Mary Ellman)的《对妇女的思考》(*Thinking*

About Women，1968 年），凯特·米利特（Kate Millett）的《性别政治》（Sexual Politics，1969 年），杰曼·格里尔（Germaine Greer）的《女太监》（The Female Eunuch，1970 年）和舒拉米思·费尔斯通（Shulamith Firestone）的《性别辩证法》（The Dialectic of Sex，1970 年），它们把性属而不是阶级当作历史分析的主要范畴。米利特很有影响的著作涉及文学中的女性性别和对妇女的表现。它认为，父权制是一种政治体制，它依赖于妇女的从属角色。该书还区分了"性别"与"性属"的概念，前者植根于生物学，后者则是从文化上习得的。按照这种传统来研究男性对妇女的描绘的其他批评家还有卡罗琳·海尔布伦（Carolyn Heilbrun）和朱迪思·费特利（Judith Fetterly）。

很多女性主义文本都试图确定女性写作与正统相异的和被否定的传统。这类文本包括帕特里夏·迈耶·斯帕克斯（Patricia Meyer Spacks）的《女性的想象》（The Female Imagination，1975 年），艾伦·默尔斯（Ellen Moers）的《文学妇女》（Literary Women，1976 年），桑德拉·吉尔伯特（Sandra Gilbert）和苏珊·古巴尔（Susan Gubar）的《阁楼上的疯女人》（The Madwoman in the Attic，1979 年）。这类著作中最有影响的是伊莱恩·肖瓦尔特（Elaine Showalter）的《她们自己的文学》（A Literature of Their Own，1977 年），它追溯了女性写作的三个阶段，即女性作家模仿男性模式的"女人气的"阶段（"feminine" phase，1840—1880 年），妇女挑战那些模式及其价值观的"女性主义的"阶段（"feminist" phase，1880—1920 年），以及见证了妇女提出自己观点的"女性的"阶段（"female" phase，从 1920 年以来）。近来在美国女性主义内部由肖瓦尔特、莉莲·鲁滨孙（Lillian Robinson）、安尼特·科罗迪尼（Annette Kolodny）和简·马库斯（Jane Marcus）等人所进行的论争，涉及女性作家与男性理论的关系，对女性主义理论和女性语言的需要，女性主义与后结构主义观点的关系，以及持久的政治和教育激进主义的问题。

也在激烈争论的是女性主义与马克思主义之间可能的联系。米谢勒·巴雷特（Michèle Barrett）的《今日对妇女的压迫：马克思主义女性主义分析的诸问题》（Women's Oppression Today：Problems in Marxist Feminist Analysis，1980 年）试图在分析对性属的表现时对马克思主义原理与女性主义原理进行协调。这种理路的其他著作包括朱迪思·牛顿（Judith Newton）和德波拉·罗森菲尔特（Deborah Rosenfelt）的《女性主义批评与社会变迁》（Feminist Criticism and Social Change，1985 年），它也论证了考虑到了社会和经济语境的女性主义分析。近来值得注意的一项进展是试图从"黑人和少数族裔的视点"（black and minority perspectives）来思考女性主义，如在艾丽斯·沃克的《追寻我们母亲的花园》（In Search of Our Mothers' Gardens，1983 年）和芭芭拉·史密斯（Barbara Smith）的《走向黑人女性主义批评》（Toward a Black Feminist Criticism，1977 年）等著作中那样。最后，由女同性恋批评家做出的重要贡献有玛丽·戴利（Mary Daly）的《妇科/生态学》（Gyn/Ecology，1978 年）和阿德里安娜·里奇（Adrienne Rich）的《强制性的异性恋与女同性恋的存在》（"Compulsory Heterosexuality and Lesbian Existence"，1980 年）。朱迪思·巴特勒（Judith Butler）极富创造性的《性属麻烦》（Gender Trouble，1990 年）一书，是以女性主义理论对异性恋设想进行的强有力批判，那种设想是西方形而上学、精神分析和权力结构中关于男性与女性之二元论的设想。

英国的女性主义

20世纪的英国女性主义批评或许可以认为始于弗吉妮亚·伍尔夫,下文将详细讨论她的著作。大多数英国女性主义批评都有一种政治上的取向,坚持把女性主义的关注点和文学文本置于一种物质的和意识形态的语境之中。在其里程碑式的文章《妇女:最漫长的革命》("Women: The Longest Revolution")、后来被扩展为《妇女的社会地位》(*Women's Estate*,1971年)一书中,朱丽叶·米切尔根据马克思主义关于生产和私有财产的范畴以及精神分析关于性属的理论来研究父权制。她后来的《精神分析与女性主义》(*Psychoanalysis and Feminism*,1974年)等著作,继续提炼了她将马克思主义与精神分析的洞见结合起来的努力。另一个开创性的文本是米谢勒·巴雷特的《今日对妇女的压迫》(1980年),它试图阐明一种唯物主义的美学,坚持将马克思主义的阶级分析同女性主义结合起来,以分析和改变对性属的表现。其他的重要批评家包括杰奎琳·罗斯(Jacqueline Rose)和罗莎琳德·科沃德(Rosalind Coward),她们把雅克·拉康的一些洞见综合成了一种唯物主义的女性主义,凯瑟琳·贝尔西(Catherine Belsey)也借助拉康的观点,从一种唯物主义女性主义的视点来评价文艺复兴时期的戏剧,出生于挪威的托莉·穆瓦(Toril Moi)则对伍尔夫的洞见加以发展,参与了对人本主义和某些美国女性主义者绝对本质主义的批判。对美国女性主义者同男性陈规进行战斗并且要恢复女性传统之趋势来说很重要的人物,还有朱迪思·牛顿和德波拉·罗森菲尔特。最后,科拉·卡普兰(Cora Kaplan)、玛丽·雅各布斯和彭尼·博梅哈(Penny Boumelha)等很多批评家都加入了成立于1976年的"英国马克思主义与女性主义集体"(UK Marxist-Feminist Collective)。

弗吉妮亚·伍尔夫(1882—1941年)

虽然弗吉妮亚·伍尔夫的观点受到过一些女性主义者的批评,但她在很多方面都是女性主义文学批评的开拓者,她所提出的各种问题——诸如妇女写作的社会语境和经济语境,语言的性属本质,要求返回文学史与建立女性文学传统,以及性属的社会建构——对女性主义研究来说依然极为重要。伍尔夫触及女性主义的最重要的说明包含在1928年她于剑桥大学女子学院发表的两篇演讲中,后来以"一个人自己的房间"为题出版(1929年),也包含在《三个基尼》(*Three Guineas*,1938年)中,它是对妇女与关于战争和父权制伦理相疏离的重要说明。作为英语世界最重要的现代主义作家之一,伍尔夫同样很有名。她众多小说中最为著名的有《达洛维夫人》(*Mrs. Dalloway*,1925年)、《到灯塔去》(1927年)和《奥兰多》(*Orlando*,1928年)。她还出版了一些论文集,广泛涉及各种文学论题与作家。

伍尔夫是维多利亚女王时代的不可知论哲学家莱斯利·斯蒂芬(Leslie Stephen)的女儿,

她得以进入父亲藏书丰富的图书馆,她正是在其中接受了教育。父母去世之后,她与兄弟姐妹定居于伦敦的时尚地区布卢姆斯伯里(Bloomsbury),后来弗吉妮亚及其姐姐瓦内萨(Vanessa)在其中活动的知识分子圈子便以"布卢姆斯伯里"为名。"布卢姆斯伯里学派"包括经济学家约翰·梅纳德·凯恩斯,历史学家和传记作家利顿·斯特雷奇(Lytton Strachey),艺术批评家克乃夫·贝尔(Clive Bell),以及作家伦纳德·伍尔夫(Leonard Woolf),弗吉妮亚同他于 1912 年结婚。这个派别与来自剑桥的其他一些知识分子有联系,著名的有分析哲学家穆尔,他或许对伍尔夫的思想产生过影响(这种影响与法国哲学家亨利·柏格森和小说家马塞尔·普鲁斯特等人物的影响结合在了一起)。这个派别在观点方面、经常也在性问题方面是非传统的。伍尔夫本人对女性特质和性属关系的看法,必定部分地植根于她自己的性问题之中;她曾经卷入了与作家维塔·萨克维尔-韦斯特(Vita Sackville-West)的关系之中,伍尔夫的小说《奥兰多》就是以他为基础的。

1917 年,弗吉妮亚·伍尔夫和伦纳德·伍尔夫创办了"贺加斯出版社"(Hogarth Press)。虽然这家出版社很小,但它成了很多现代主义作家的作品的重要出路,其中包括 T. S. 艾略特、E. M. 福斯特(E. M. Forster)和凯瑟琳·曼斯菲尔德;伍尔夫本人的作品以及翻译的西格蒙德·弗洛伊德的著作也在其中出版。伍尔夫遭受过神经衰弱的痛苦,敏锐地、有时也虚弱地意识到了自己在由男性和男性价值观支配着的知识分子环境中作为女性作家的身份。1941 年,她走进一条河里,衣服口袋里装满了石头自沉,遭受了与她所想象的莎士比亚的妹妹这个人物相同的命运,她由于无法抵抗的压力和阻碍其女性天赋的体制而被迫自杀。

伍尔夫的文学批评与其小说的现代主义性质有着密切关系,表现出了其小说之下主要的哲学倾向和女性主义倾向。她的作品在人物塑造的复杂性、运用多重和变化着的叙述视角、对时间的处理、错综复杂的体验概念、堆积各种深奥的象征、处理人类身份与其环境之间的关系等方面都是现代主义的,而最重要的是,在其含蓄地承认语言并非在本质上指涉某种"外在的"真实,而是它本身塑造了我们所体验的种种真实方面,也是现代主义的。实际上,伍尔夫的小说中所探讨的"真实",在很大程度上是特定人物因为这种与"外部"世界的相互作用的"内在"心理的真实("内在"与"外在"之间的差别被模糊了),也是他们彼此之间关系的真实。在某些方面,这些现代主义的特征与伍尔夫的女性主义关注点形成了交叠:例如,在《到灯塔去》中,对拉姆齐先生(Mr. Ramsay)的著名描绘,被认为表现了伍尔夫的父亲莱斯利·斯蒂芬,甚或表现了哲学家 G. E. 穆尔;至少,这个人物被认为体现了一种传统的"男性"理论观,打上了枯燥的理性、自我放纵和情感衰弱的标记。

因此,伍尔夫的文学批评像她的小说一样,至少可以从两个系列的观点来看,即现代主义的观点与女性主义的观点。现代主义(它在政治方面经常是完全保守的)的关注点和兴趣点与女性主义的关注点和兴趣点交叠的程度,是一个复杂的问题,人们仍然在对它进行探讨。或许,女性主义与现代主义最根本的交叠点,是它们共同拒绝资产阶级启蒙运动的主流遗产,以及其特征经常被刻画为启蒙运动的观点,即认为人类是自由、理性的行动者,有能力通过进步的知识在知性、物质和经济等众多层面上征服自然界。与很多浪漫派、现代主义者和女性主义者一样,伍尔夫反对由启蒙运动赋予人类理性能力的首要性,反对理性可以征服世界、把世界变成完全可以理解的假设。

在其小说和文章的各种论点上,伍尔夫都表现出了最终被认为很有特点的女性主义对理论化的不信任,理论化被认为浸透了很多个世纪的男性价值观和策略。例如,伍尔夫谈到玛丽·沃尔斯通克拉夫特时评论说,这位开拓者不是"冷漠无情的理论家——她生而具有的某种东西拒绝她的理论,迫使她再度塑造它们……玛丽的生活从一开始就是一场试验"。[1]在另一篇文章里,她断言:"认识事物的原因是对感受它们的能力的一种拙劣替代。"(CR,192)她注意到了现代作家中的一种倾向,即他们"无法进行概括。他们依赖自己的感觉和情感,他们的陈述是可以信赖的,胜过了依赖于他们的理智的那些模糊信息"(CR,329-330)。实际上,与启蒙运动认为世界和人类自我最终是可以理解的观点相反,伍尔夫声称,人类的本质是"无限神秘的"(CR,95)。与大多数现代主义者一样,伍尔夫质疑了以某种方式独立于我们的心灵而存在的外在真实的理念。在一篇自传草稿中,伍尔夫表达了她的观点,即"真实"是比触及我们感官的外表更加深刻的某种东西,最终,它就是建构了这种真实的我们自己:

> 接受震惊的能力使我成为一名作家……那种震惊是外表背后某种真实的事物的标志;而我通过使它进入词语之中把它变成了真实……我由此达到了我可以叫作哲学的东西;无论如何,它都是我的一种坚定不移的理念;隐藏在棉花背后的是一种模式;我们——我的意思是指全人类——都与此有联系;全世界都是一件艺术作品;我们都是那艺术作品的各个部分。《哈姆雷特》或贝多芬的一段四重奏是与我们叫作世界的这种巨大整体有关的真理。然而,却没有什么莎士比亚,没有什么贝多芬;肯定地并且要强调的是,也没有什么上帝;我们都是词语;我们都是音乐;我们都是事物本身。而当我拥有震惊之时,我发现了这一点。[2]

因此,对伍尔夫来说,世界是出自一种原始的和未分化的"巨大整体"的一种建构,而我们可以在外表底下觉察到的那种更深刻的真实,并不是本身不可知的某种东西,而是我们自己的运作,尤其是艺术的运作,它可以看出理性或推理思维所无法理解的现象本身中的一种模式与一种统一性。在其日记中,伍尔夫谈到了"创造力立刻就为整个宇宙带来了秩序"。[3]其他一些日记则确认了她关于真实是一种建构的观点。在谈到另一位作家指责她的人物是失败的之后,她写道:"我不具有那种'真实'的天赋。我幻想,在某种程度上任性地,不相信真实——它很廉价。"(WD,57)在后来的一则日记中,她反思了这一念头,即她"受到一个妇人有点半神秘的非常深刻的生命的萦绕,那将在某个时机被全部透露出来;而时间将被彻底抹去;未来将以某种方式从过去中绽放。一个偶然事件——一朵掉落的花说道——或许包含了它。我的理论在于,真实的事件实际上并不存在——时间也不存在"(WD,102)。

因此,对伍尔夫来说,正如对很多现代主义者和女性主义者来说一样,"真实"并不是以某种方式早已存在于那里,而是人类主体与"外在"世界之间一种复杂的相互作用的结果。此外,这种真实被认为是不稳定的,是天生变化着的和动态的。伍尔夫在一篇论述蒙田的文章中说:"运动与变化是我们存在的实质;僵化就是死亡;一致就是死亡。"(CR,94)伍尔夫归之于蒙田的这些看法,也表现出了她自己作品的大部分特征。尤其是,对变化的强调深刻地表明了现代主义观点的征兆,而在伍尔夫的情况下,它完全有可能是由柏格森和普鲁斯特所激发起来的。柏格森对时间原初的真实性的强调,挑战了从柏拉图到启蒙运动的西方主流哲学的"空间化"倾向。这种主流传统实际上忽视了时间的真实性,而把世界看成按照各种分类在空间中展开的:世界被分类和划分为各种具有稳定特性的持久实体。

启蒙运动把外部世界看成稳定的对象和事件的一种分类目录的主流观点,以关于真实性和逻辑实证论的各种哲学形式,在伍尔夫的时代里持续着。众所周知的是,伍尔夫研究和赞美过 G. E. 穆尔的真实论和分析哲学,正如她的亲密朋友和传记作者所证明了的那样。例如,昆廷·贝尔(Quentin Bell)记录说,伍尔夫"带着某种困难和极大的钦佩"读过穆尔的《伦理学原理》(Principia Ethica)。[4] 在其 1903 年的开创性文章《反驳唯心主义》("The Refutation of Idealism")中,穆尔在刻画唯心主义核心主张的特征时断言:"远离主体的体验对象是难以置信的。"按照他的看法,他把认为宇宙是精神的唯心主义观点,解释为意指宇宙是有智力、有目的的,它有很多从表面上看来似乎不具有的特性。使穆尔感到烦扰的是,这些唯心主义立场与"对世界的普通看法"之间的"巨大差异",正如由常识传达出来的那样。[5] 在以"有关哲学的一些重要问题"(Some Main Problems of Philosophy)为名出版的系列演讲录中,穆尔对"常识"(common sense)的追求导致他把哲学的目的描述为,试图提供我们知道和不知道的宇宙中事物的详细目录,并试图阐明我们的认识方式。常识使人想到,宇宙中有两类不同的事物,即物质对象与心理行为或意识行为。[6] 它也使人想到,这两个系列的事物在性质上非常不一样,物质对象处于空间和时间中,而它们的存在独立于意识行为。穆尔把对"常识"的看法界定为那些被"普遍持有"的看法。虽然他承认常识的某些组成部分可以随着时间而改变,但他提出,有些组成部分,如对物质对象的多元性的信念是不会改变的(MPP, 2-3)。

这些对常识的信念不仅把世界观凸显为某种稳定的和可以分类的东西,而且同样体现在对于语言和思想过程的原子论的态度之中:可以通过使表达思想的语言手段变得精致,从而使思想变得高雅并且得到修正。因此,这是一种对分析的严格性、清晰的定义、准确使用语言的信念。换言之,这些对常识的信念(common sense beliefs)被铭刻在了某种关于**风格**的概念之中。

重要的是要理解,由 G. E. 穆尔等人物所提倡的"常识"智慧,体现了西方哲学传统的某些核心预设——心灵与真实之间的差别,一切实体的独立存在,把知识等同于对各种实体进行分类的方式,它们都受到了现代主义的挑战,它们坚持认为真实是主体与客体之间创造性的相互作用,强调变化着的真实与一切现象深刻的暂时性本质。这些同样主流的预设的特征也被刻画为"男性"的:G. E. 穆尔或埃德蒙·博克等人物等同于一致同意地取得的常识的"智慧",其特征被女性主义者刻画为一种明显的"男性"智慧,其基础是男性产生的、用以看待世界的各种范畴。虽然埃里克·奥尔巴赫和 S. P. 罗森鲍姆(S. P. Rosenbaum)等一些著名批评家认为伍尔夫是一位写实主义者,或许受到过穆尔的影响,但人们可能完全记得,伍尔夫对穆尔的态度以及剑桥的整个"男性"环境在最好的情况下都是充满矛盾的。事实上,回想起伍尔夫在布卢姆斯伯里学派中的各种活动,她本人带着某种兴奋之情描述过"穆尔的著作促使我们全部都在讨论哲学、艺术、宗教"(MB, 168)。然而,她接着评论说,她感到了"难以忍受的厌烦"。她问道:为什么"最有天赋的人也是最无聊的?……为什么一切都那么消极?"(MB,172)在那篇论述蒙田的文章里,她曾经猛烈抨击常识和毫无矛盾的"德行":"让我们说出那些进入我们头脑中的话,重复我们自己,与我们自己自相矛盾,费力说出最疯狂的废话……毫不在意世界在想什么或者说什么。"(CR,94)在一个层面上,完全可能的是,伍尔夫希望在面对穆尔的"常识"时说出那些"废话",即整个男性哲学传统的废话。这种态度究竟使她成了一个写实主义者还是一个唯心主义者,都很容易引起争论。

毫无疑问的是,伍尔夫挑战性地拒绝承认"真实"仅仅是一种惯例或者一套惯例,这并没有抓住有关我们体验的最私密和最本真的东西。在那篇自传草稿中,她谈到了她的"感觉,即我们都是被密封的容器,漂浮在人们方便地称为的真实之上"(MB,122)。在1933年的一则日记里,她声称:"我将继续冒险,打开自己的心灵和双眼,拒绝被打上标记和被陈规化。目标是要解放自我:让它发现自身的各种维度,而不是被阻止。"(WD,213)在其论述蒙田的文章里,她评论说,这种更加深刻的自我或灵魂极少真正适合"在她看来的公共责任的看法"。她实际上告诫说:"法律只不过是各种惯例,完全不可能触及人类冲动的巨大变化和混乱;习惯和习俗是一种便利,被设计来支持那些不敢使自己的灵魂自由游戏的胆怯性格。但是,拥有一种私生活的我们……要无限地保持我们最宝贵的所有物。"(CR,90-93)

因此,伍尔夫似乎拒绝了写实主义世界观的词语,这种世界观植根于启蒙运动的思想之中:一个稳定的主体去感知一个独立的和稳定的对象世界。倘若真实实际上是主体与对象之间复杂的和永远变化着的相互作用,那么,传统的写实主义规划就被误导了——不一定是在它试图提供一种对真实的准确反映或者有关真实的准确印象方面,而是在它本身把真实界定为碎片的和静态的方面。现代主义一般来说都不反对表现真实的努力,却反对支撑着那种努力的关于真实的概念。在其著名的《现代小说》("Modern Fiction")一文中,伍尔夫与韦尔斯(Wells)、贝内特(Bennett)和高尔斯华绥(Galsworthy)等作家就小说的真实性进行了争论。她给这些作家贴上了"唯物主义者"的标签,因为他们只模仿表面现象,"使微不足道和短暂显得真实和持久"。这些作家都受到传统写实主义方法的奴役:"为了提供一种情节,为了提供喜剧、悲剧、爱情、兴趣和一种可能性的氛围。"但是,伍尔夫问道:"生活是像这样的吗?"(CR,210-212)她所追问的是这一假设,即我们在某种程度上是以一种整齐有序的方式去体验真实;实际的体验远不那么整齐,而是更为复杂:

> 心灵获得无数印象——琐碎的,奇幻的,易消散的,或者带着钢铁锐利的刻痕。它们来自所有方面,无数原子不断地倾泻;在它们落下来时,在它们把自身塑造成星期一或星期二的生活时,重音自古以来就不一样地落下来……如果一个作家是自由人而不是奴隶,如果他能写出他所选择的而不是他必须写的,如果他能把自己作品的基础置于他自己的感受之上而不是惯例之上,那么,就会没有任何以被接受的方式出现的情节、喜剧、悲剧、爱情、兴趣或灾难……生活不是一系列对称性地安排好的两轮马车的车灯;而是一个发光的光环,一个从意识开始直至结束都围绕着我们的半透明的封套。
>
> 当原子以它们下落的秩序落到心灵上之时,让我们记录下它们,让我们追寻那种

模式,可是,在表面上是分离的和不连贯的,它们各自在观察意识,或者偶然事件在意识上留下了刻痕。(CR,212-213)

在要求小说家"当原子落到心灵上之时记录下它们"时,伍尔夫的语言暗示了一种对于精确的真实性的要求,这种要求不受与情节、人物和可能性有关的冷漠律令的束缚。当伍尔夫拒绝这些律令时,她这么做的基础是它们不可能产生一种"与生活的相似性"(CR,211-212)。伍尔夫在反对其文学前辈的真实性时,寻求一种更为复杂和更为深刻的真实观,以及作为小说之基础的体验。伍尔夫在评论多萝西·理查森(Dorothy Richardson)的《隧道》(The Tunnel)时坚持认为:"我们要摆脱写实主义,不用它的帮助就渗透到它之下的领域中,并进一步要求理查森小姐把这种新素材塑造成某种像被公认的旧形式那样的东西。"[7]

然而,虽然伍尔夫明显希望使小说的注意力从传统写实主义的"真实事件"和时间框架转移开,但她似乎要提倡一种更加精致的写实主义。看来,伍尔夫确实希望小说家关注"真实",但这种真实本身是重新构想出来的:它再也不是独立对象的一种原子论的真实,而是在这些外表之下的某种东西,是把它们凝固成一种更加深远之总体性的某种东西。在哲学层面上,人们将回想起,把世界的特征刻画为"不同于看起所是"的这种努力,超越外表渗透到一种根本真实的努力中,它被穆尔认为是唯心论的最高要求。倘若弗吉妮亚·伍尔夫是一位写实主义者的话,那么,她的写实主义看来就包含了要求在其关系性中而不是孤立地去看事物,这一事实将她置于同哲学上的写实主义最为深刻的对立之中。无论我们给她的哲学倾向加上什么标签,那种倾向都是现代主义和女性主义所共有的,虽然它起源于不同的动机:就现代主义的情况而言,写实主义被认为是一种复杂的和动态的建构;就女性主义的情况而言,写实主义的传统体现了一种取决于男性范畴的静态的和等级制的世界观,它以这一概念为基础——以哲学和逻辑学为基础,即稳定的同一性的概念。

在《一个人自己的房间》中,伍尔夫提出了很多问题,它们对女性主义者来说仍然是重要的关注点。这本书由两篇演讲组成,是伍尔夫于1928年在剑桥的两所女子学院发表的,论题与妇女和小说有关。本书的标题"房间"是一个运用得很巧妙的隐喻,整个文本围绕着这个隐喻组织起来。伍尔夫的核心主张是:"一个女人如果要写小说,她就必须有钱和一间她自己的房间。"[8]这个主张最明显的意义在于,女人需要经济上和心理上的独立,以便发挥她们的创造性潜能。但是,这个主张本身很复杂,伍尔夫文本的其他部分实际上阐述了"房间"的隐喻意义。

在最根本的层面上,伍尔夫的主张把文学置于一种物质的(经济的、社会的、政治的)语境之中。例如,她把小说比喻为一张蜘蛛网:这张网不是织在半空中(文学并非产生于真空之中),而是"依附于全部四个角落上的生命"。实际上,它"依附于非常物质的事物"(Room,43-44)。因此,如果没有经济上的独立或者后盾,就不可能产生文学:伍尔夫评论说(对女性听众谈到),我们的"母亲"从来就没有被给予学习挣钱技巧的机会,而正是这种经济上的贫困,才构成了妇女在知识上贫困的基础(Room,21)。伍尔夫谈到了她自己的情况,即在她开始通过遗产获得一笔固定收入之时,这一点就开始改变了她对男人的全部观点的趋向,从畏惧和痛苦转向了怜悯和宽容,最终转向了心灵的一种平静状态,她在这种状态中感到了"思考事物本身的自由"(Room,38-39)。因此,知识上的自由,"为了自身而思考的能力",都有赖于经济上的自由(*Room*,106)。

历史地看,这种对妇女们来说的"心灵的自由",是由阿弗拉·贝恩开创的,她是第一个靠写作谋生的女性作家。正是她,为妇女赢得了"说出自己心声的权利"(*Room*,64,66)。正是这种经济基础的"可靠事实",才给予了18世纪晚期中产阶级女性作家以相对的富足(*Room*,65)。也正是这一事实,才说明了妇女们在大多数历史中显而易见的沉默。伍尔夫谈到,甚至到了19世纪初,一个女人也不可能"拥有一间她自己的房间,更不用说一间宁静的房间或者一间隔音的房间……除非她的父母异常富有或者非常显贵"。妇女们被剥夺了一切"单独的住房",那房间可以使她们躲避"自己家人的要求和专制"(*Room*,52)。

但是,除了阻碍其独立性的物质境况之外,非物质的困难严重得多。伍尔夫讲述了她那著名的"莎士比亚的妹妹"朱迪思的轶事,她有"惊人的天赋",试图像她哥哥一样在戏剧中寻求出路。反对其努力的势力包括她父亲的极度恼怒、剧院同仁中男人们的嘲笑和利用;她的这种挫折和脆弱,导致了她自杀(*Room*,46-48)。伍尔夫的观点是:"像莎士比亚那样的天才并非出生于那些操劳的、没有受过教育的、被奴役的人们当中。"倘若一个女人生而具有天赋的潜能,那么,她"无论如何都会发疯、射杀自己,或者在某个孤寂的村舍中了结自己的日子"(*Room*,48-49)。虽然莎士比亚的妹妹是虚构的,但关于她的寓言是从真实境况中推断出来的:伍尔夫列举了温奇尔西夫人(Lady Winchilsea)等妇女的例证,她们因为进行写作的努力而受到了嘲笑;很多妇女——包括柯勒·贝尔①、乔治·艾略特和乔治·桑——都寻求过匿名作者身份的庇护(*Room*,50)。

一个人自己的"房间"的隐喻,体现了独立思考的能力,从其对抗被男人据为己有的语言、历史和传统中获得了另一层意义。伍尔夫注意到了,有关妇女的大多数书籍都是男人们撰写的,它们对妇女的界定是为了保护他们自己之优越性的男人形象(*Room*,27,34)。她评论了男性对待妇女之态度中的一种深刻的矛盾情绪和反讽:"女人们在所有诗人的所有作品中都像烽火一样地燃烧。"在文学中,妇女被表现得充满了个性和重要性;在现实中,"她们却被锁起来、挨打、在房间里跳来跳去"。因此,在诗歌中,在男人的想象中,女人都占据了"最为重要的"地位。然而,在实际生活中,女人却"完全无关紧要",并且"在历史中几乎不存在"(*Room*,43)。按照惯例,女人"绝不能书写她自己的生活,几乎不能写日记"。按照伍尔夫的看法,所需要的是由妇女们来重新书写历史,以便对妇女生存于其中的状况做出更加正确的说明(*Room*,45)。

当妇女们回顾整个历史时,对她们来说的一项相关任务是,要寻找出迄今为止被忽视和被玷污了的女性文学传统的概况。伍尔夫断言:"诗歌应当有一个母亲和一个父亲。"(*Room*,103)英国传统中的伟大女性作家的作品——包括简·奥斯汀、勃朗特姐妹、乔治·艾略特——都由于阿弗拉·贝恩、范妮·伯尼和其他前辈而成为可能。伍尔夫认为,因为文学名著并不是"单个和孤立地诞生的;它们同样是多年思考的结果"(*Room*,65)。伍尔夫指出,"书籍相互延续",我们必须把较新的女性作者理解为从前的女性作家代代相传下来的(*Room*,80)。不过,

---

① 柯勒·贝尔(Currer Bell):英国女作家勃朗特姐妹曾经使用过的笔名。

当我们反思那些伟大的女性作家时，我们会发现，除了她们的创造性在物质上和心理上的障碍之外，她们还面临着甚至更大的障碍："在她们背后没有任何传统，或者说，有一种如此短暂和不完整的传统，以至于几乎没有帮助。因为只要我们是女人，我们就要回想起自己的母亲。到伟大的男性作家那里去寻求帮助毫无用处。"(Room,76)隐含在这些说法中的是，需要建立一种妇女写作的传统，它虽然可能与男性传统有密切关系，但在内容和风格方面具有自身的不同象征。在这种更加宽泛的意义上，"房间"或许包含了一种女性传统以及对于历史的女性视角。

"一个人自己的房间"也象征着用一种女性语言写作的可能性或理想，至少是把语言挪作女性使用。伍尔夫坚持认为，妇女不应该用与男人相同的方式来写作，尽管事实上很多女性作者都感到了像男人一样去思考和写作的巨大压力。这种压力部分来源于迄今为止被发展来表达妇女体验的语言的不适合。有些作家，如简·奥斯汀和艾米莉·勃朗特，都成功地忽略了侵扰自己意识的长期盛气凌人的男性声音，能够像女人一样写作，能够反思自己身上的事情，而不是去适应（也许是无意识地）外在权威的声音(Room,75)。但是，大多数女性作家，包括乔治·艾略特和夏洛蒂·勃朗特，都没有超越或者忽略外在权威的威严惯例；她们因缺乏一种女性传统而被削弱了力量，在语言中找不到任何为她们使用而准备的"共同句子"；"一种男性心理的重累、步调、步幅"对她们自己的使用来说显得太不相像；那些女性作家屈从于愤怒、恼怒，需要向自己和其他人证明这些障碍阻碍了她们观点的清晰性，这种清晰性会使她们去观察自己身上的事物，而不是人们认为她们应当从男性观点去观察的那些事物(Room,74)。她们所继承的"男性"语言不可能表达她们的女性体验；例如，适合于专门相对于女人与男人的关系来表现女人的这种语言，不可能表现一个女人对另一个女人的喜爱(Room,82)。伍尔夫提到了玛丽·卡迈克尔(Mary Carmichael)一部小说中的"克洛伊喜欢奥利维亚"这句话，评论说这样一种情感——一个女人对另一个女人的喜爱——在这里也许是第一次在文学中得到了表现，如果要找到适合的措辞的话，它也许会"在那个还没有任何人的巨大房间里点燃一束火把"(Room,82,84)。这部小说的体验，需要一种特殊的女性的创造性和为女性拥有的语言，以便得到阐明。伍尔夫谈到妇女已经处在了"某种不同的生活秩序和系统的中心"，与男人们所处的那个世界形成了鲜明对比(Room,86)。

实际上，那么多的文学传统都是男性价值观的一个储藏库——例如，史诗的形式，以至于当妇女真正在相对的富足中开始写作时，她们对自身的表现在很大程度上都是以小说的形式，在她们手中，小说"本身年轻得足以变得很温柔"(Room,77)。此外，中产阶级妇女的家庭处境迫使她们在公共起居室里写作，这种处境更加有益于小说写作，而不利于诗歌写作；这些妇女所受过的唯一文学训练"就是观察人物、分析情感方面的训练"(Room,67)。妇女们不仅必须精心建构能够抓住她们自己体验之节奏的句子、语言，而且要建构一种"适合于身体"的文学形式，"女性的书应当比男性的书更加简短、更加集中并且更有成功的希望，所以，她们不需要很长时间稳定地和连续地工作"(Room,78)。从伍尔夫的时代以来在经济状况方面的显著变化，也许破坏了她在这里就女性写作提出的特定方案；但她的总体论点——语言与思想最终和不可逆转地要以身体的节奏、人们在处所和时间中的特殊情景的节奏为基础——是各种各样的女性主义已经在极力追求的一种论点。伍尔夫所说的"女性"对语言的使用或许是指，它也可能通过女性对男性语言的描述来阐明:她认为,男性写作看起来"如此直接,如此坦率……它显示了心灵如此自由,人如此自由,对他本身如此自信"。但是,所有这些优点——似乎这些自我确定和对客观性的要求都可以被认为是优点——按照伍尔夫的看法,都属于一种强大的男性自我中心主义的阴影,属于那个沉闷地支配着男性文本的"我"的阴影,它使文本充满一种女人无法理解的情感,那种情感缺乏"启发的力量",伍尔夫把那种情感与男性世界的某种先验的所指联系在一起,如在高尔斯华绥和吉卜林(Kipling)等作家那里发现的"工作"和"旗帜"(Room,99-102)。

不过,最终,伍尔夫呼吁女人像女人那样写作,但不要使自己的性别意识遮蔽自己创造性的想象力。她声称,玛丽·卡迈克尔"精通最大的教训;她作为一个女人而写作,但作为一个女人,她却忘掉了她是一个女人,因而她的书充满了那种好奇的性别特质,只有当性别意识到自身时,那种特质才会出现"(Room,93)。实际上,伍尔夫认为最有创造性的内心状态,是她所称的"心灵的统一性",在这种统一性中,两性不被认为是独特的(Room,97)。她所拥护的这种"雌雄同体"(androgyny)的概念,也受到了她的本能的激励,即人类最大的幸福产生于两性的自然合作。她把这种雌雄同体(这个希腊词语融合了表示"男人"和"女人"的词语;这个词是从柯勒律治那里接收过来的,最终则是来自柏拉图)"理论"的特征刻画如下:"在我们每个人身上,有两种力量在掌管着,一种是男性,一种是女性;在男人的头脑中,男人支配着女人,而在女人的头脑中,女人支配着男人。正常的和舒适的存在状态,是当两者和谐地生活在一起,在精神上合作……当柯勒律治说一个伟大的心灵是雌雄同体的时,他也许就是指这种情况。"(Room,98)伍尔夫提出,如果没有这种混合,那么,"理智看来就会占优势,心灵的其他能力就会变得僵硬和无效"。如果我们要有创造性,我们的心灵就必须参与男性因素与女性因素之间的这种协作,而有些"相对方的婚姻必须是圆满的。如果我们要感觉到作家以完美的丰富性传达出了其体验,那么,整个心灵就必须大大地开放"(Room,104)。

重要的是,伍尔夫间接提到了浪漫派的统一性的概念,正如在柯勒律治对雌雄同体的看法和布莱克对相对方的婚姻的看法中那样。她的间接提及明显揭示出来的是,启蒙运动的主流倡导理性的首要性,浪漫派则由于这种理性的抽象性和片面性而反对它,理性的首要性也是一种深刻的标记,是**男性**思想和男性对世界进行分类的漫长传统的顶点。浪漫派所认为的理性的一种不确定的缺陷,在很多女性主义那里正好成了男性观点的一种缺陷。换言之,浪漫派对理性之缺陷或不完全性的理解,本身就有点抽象;像马克思主义一样,女性主义认为它是一种政治上的缺陷,在性属关系的社会和经济结构中是根深蒂固的。

"一个人自己的房间"浸透了隐喻意义的另一种强度:伍尔夫把拥有这样一间房间等同于生活"在真实的在场之中"。她认为,作家比其他人更多地生活在真实的在场之中,并试图把它传达给我们中的其他人。这对妇女们来说意味着,当她们有了自己的一间房间(一种传统,一种语言,经济和知识上的独立性)之时,她们就将自由地成为她们自己,自由地按真实的样子去看它,没有压低她们之判断的她们与男性的关系;她们将能够"思考自己的事情"(Room,110-111)。按照伍尔夫的看法,"真实"包含我们所过的"普通生活",不是"我们作为个人所过的那种短暂的单独生活"。她强调说,我们的实质性关系不是与男人和女人世界的关系,而是与"真实世界"的关系。女人们需要领会到,"人类并非始终都处在相互的关系之中,而是处在与真实的关系之中"(*Room*, 113 - 114)。因而,最终,伍尔夫对妇女们的要求是,要独立于从前的男人们的定义,重新界定她们与真实的关系;她们与男人的关系仅仅是这种新的、扩大了的真实观中的一个因素。

伍尔夫的另一个重要的"女性主义"文本《三个基尼》(1938 年),其写作是为了回应由于某些原因对金钱(对一种英国旧金币"基尼")的三种要求:重建一所女子学院,促进妇女就业,防止战争并共同保护文化和知识分子的自由。伍尔夫对这些要求的回应,采取了处于现代资产阶级自由民主国家之核心的对问题进行公开反思的形式:教育的本质,各种职业潜在的伦理,以及这两个领域的属性——都以财产和财富不平等的分配为基础,这培养了一种导致战争和帝国主义的心理。伍尔夫毫不怀疑,这样一种国家的主导价值观是男性的价值观:她指出,全部战争气质(ethos of war)都是男性独有的。奢华的军服,军衔的等级,被男人们赋予如此之大意义的星号和勋章,对妇女们来说都显得"荒谬可笑"。[9] 而有关战争的真相,将揭示出在其长期自夸的荣耀之下的恐怖(*TG*, 97)。有趣的是,伍尔夫认为,战争和征服他人的冲动存在于自由民主国家真正的机器之中。她提出,传统教育没有培养出自由或和平;相反,它传授竞争、统治、杀戮、获取土地与资本的技巧(*TG*, 29, 33 - 34)。各种职业也大量地滋生出同样这些倾向:它们以获取财产和财富为基础,培养——以上帝、自然、法律和帝国的名义——占有、嫉妒和好斗,这些特质必然会导致战争(*TG*, 63, 66)。

在这样一种政治国家里,妇女地位中的哪些东西是以一种男性导向的经济价值和文化价值之基质为基础的?妇女应当被教育吗?应当鼓励她们从业吗?她们能对和平的趋势发挥什么影响吗?伍尔夫呼唤"新的词语"和"新的方法"(*TG*, 143)。妇女们处在一种历史地位上——已经被排斥得如此之久,要接受一种比男人们更加无私的文化观,要接纳不会培育毫无好处的个人主义和竞争的新教育计划,以及在公共利益而非私利的基础之上参与公共生活的新方法(*TG*, 100)。这种无私性的一个例证在于,妇女们被证明了不关心爱国精神是正当的。被置于资产阶级文化和经济之核心的"国家"的概念,产生了一种爱国精神,它时常是有害的和制造分裂的。伍尔夫问道:爱国精神对一个女人来说有什么意义?她有同样的理由去爱她的国家并为它骄傲吗?伍尔夫指出——当第二次世界大战隐约出现在地平线上时——专政(dictatorship)并不限于纳粹党人和法西斯主义者:就对妇女的压迫而言,专政是普遍性的。当我们的自由和正义的理想在国内还远远没有实现之时,我们怎么可能"向其他国家宣称这些理想"(*TG*, 53)?伍尔夫指出,一个女人在对其爱国的兄弟们这样大声喊叫时将被证明是正当的:

> 我们的国家……在其历史的大部分时间里都把我当成一个奴隶;它拒绝对我进行教育,拒绝我分享它的财产……因此,倘若你支持为保护我或"我们的"国家而战斗,那么,就请我们之间冷静而理性地理解,你的战斗是为了满足我不可能分享的一种性本能;为了获得我没有分享、很可能不会分享的那些利益……实际上,作为一个女人,我没有任何国家。作为一个女人,我不想要任何国家。作为一个女人,我的国家就是整个世界。(*TG*, 108 - 109)

虽然伍尔夫有时因为其女性主义不够尖锐而受到批评,但很少有女性主义的声明能够比这种事实上拒绝爱国精神的全部机器和逻辑更加具有深远的颠覆性。就上面提出的各种理由而言,这种拒绝同样是对现代国家的全部基础的一种拒绝,那种基础想使国家走向一种永久的战争状态。伍尔夫认为,妇女们不应当分担爱国精神和一切仪式的任何展现与装饰品,它们都"鼓励把'我们的'文明或'我们的'控制权强加于其他人的愿望"(TG, 109)。伍尔夫呼吁妇女们拒绝对财富和利益的放肆追逐,拒绝为了金钱而滥用职业(无论什么职业),拒绝等级和身份的外在象征。她也要求她们使自己脱离"不真实的"忠诚:"你们必须首先使自己摆脱国家的骄傲;也要摆脱宗教的骄傲、大学的骄傲、学校的骄傲、家庭的骄傲、性别的骄傲和那些产生于它们的不真实的忠诚。"(TG, 80)

伍尔夫的女性主义有时被认为是有疑问的。女性主义者批评她支持雌雄同体和对女作家的忠告。有些女性主义者被伍尔夫显然早熟的主张所震撼,即"女性主义者"这个词语可以从语言中被抹去。伍尔夫在《三个基尼》中所想到的"女性主义者"的定义是"一个支持妇女权利的人",因为"唯一的权利,谋生的权利,已经赢得了,这个词语就再也没有意义。一个没有意义的词语是一个死去的词语……让我们为此庆祝这个时机,把那尸体焚烧掉"(TG, 80)。女性主义者们会带着很多理由争论说,在全世界基础上争取妇女权利的斗争还远远没有结束。尽管如此,《三个基尼》却是对这一事实的强有力的说明,即妇女的权利不可能被简单地算作资产阶级社会中的一个附加因素,就实现妇女的权利而言,那个社会的真正基础及其根本的价值观,都必须被改变。伍尔夫的著作对于女性主义的重要性,不可能被高估:她所提出的各种问题,诸如女性传统和语言,要求广泛批判教育和职业,现代国家的核心价值,以及对真实和历史之定义本身的性属倾向的反思,都仍然充满着很大的活力,仍然标志着激烈的政治、经济和知识论争的各种场所。

西蒙·德·波伏瓦(1908—1986 年)

女性主义的另一篇经典宣言 *Le Deuxième Sexe*(1949 年;被翻译为《第二性》,1952 年),是由西蒙·德·波伏瓦撰写的,她是那个时代最主要的知识分子之一,她的存在主义观点部分地是在她作为存在主义哲学家让-保罗·萨特的同伴和同事的关系中形成的。德·波伏瓦的文本为 20 世纪 60 年代期间出现在西欧与美国的大部分女性主义理论和政治激进主义奠定了基础。从那个时期以来,如果说她的文本有什么影响的话,那么,这种影响已经得到了拓展和深化:它的基本论题与前提,继续构成了女性主义关注点的主要谱系的基础。这部著作的核心论点是:在整个历史中,女人相对于男人来说始终都是一种从属的角色,被划归到"他者"的地位,这种地位是实质性的主体性与男人的生存行为的形容词。男人被赋予了超越和控制其环境的能力,它始终都会促进男人对物质和智力领域的征服,但女人依然被囚禁在"内在性"之中,她们在由其母性和生殖功能所强加的职责的循环中一直都是奴隶。为了突出这种从属性,该书以独特的存在主义的方式,解释了妇女的所谓"本质"在实际上是如何造成的——在经济、政治、宗教等众多层面上,即是由代表男人利益的历史发展造成的。

德·波伏瓦生于巴黎;她虽然在索邦大学读书,却结识了让-保罗·萨特和莫里斯·梅洛-庞蒂(Maurice Merleau-Ponty);她与这两位哲学家一道,创办了一份文学和政治杂志。她属于一个女性主义团体,在女性主义事业的政治方面很活跃。她写过几本小说和很多哲学著作,其中最有名的是《模棱两可的伦理学》(The Ethics of Ambiguity,1947年),它阐述了一种存在主义的伦理学。她的存在主义虽然受到过萨特的影响,但也受到了马克思主义、精神分析和黑格尔的影响。她对自由的看法与萨特不同,她黑格尔式地强调了相互承认:正是通过承认另一个人的人性,我才确认了我自己的人性和自由。黑格尔哲学中的另一个环节构成了德·波伏瓦分析整个历史和意识形态中男女关系的基础,即"主奴关系"(the master-slave relationship)。按照黑格尔的看法,人类的意识要努力争取承认和掌控,最初要使自身处于一种对其他每种意识的敌对姿态之中;争取掌控的这种努力的一个至关重要的阶段,就是一种意识的意志力在生死之争中甘冒一切风险。进行这种冒险的那种意识就成了"主人",使其对手处于奴隶的地位。不过,由于其职责的本质,奴隶实际上比主人更加适合这个世界,正是奴隶,才获得了对环境的掌控。最终,主人被迫承认自己对奴隶的依赖,发现他自身的人类价值是在一种互惠的关系中获得的,是在他自己与奴隶之间的相互承认的关系中获得的:如果他要被承认是人类,他就必须承认奴隶自己的人性,否则,奴隶对主人的认可就毫无意义。换言之,人性不可能单方面出现在一个人身上,也不可能单方面出现在一群人身上:它是天生只为相互承认的某种东西。这种主奴辩证法代表了黑格尔对人类意识发展的说明的一个重要阶段,而德·波伏瓦巧妙地把自己著作的整个论点的基础置于人类意识和人性的这种主体间性的模式之上。她认为,黑格尔的主奴辩证法特别适用于男女关系的发展。[10]

在其有名的《第二性》的导言中,德·波伏瓦指出了"男人气"(masculine)和"女人气"(feminine)这两个词语在根本上的不对称。男性被认为是"绝对的人类典型",是人性的规范或标准。男人并非很有代表性地以"我是一个男人"这一陈述作为其看法的开场白,而女人的见解经常被认为以其女性气质为基础,而不是以对事物的任何客观理解为基础。男人"认为其身体是与世界的一种直接的和正规的联系,他认为,他客观地理解了世界,而他认为,女人的身体是一种妨碍,是一种牢狱……女人有卵巢、子宫;这些特征把她囚禁在其主体性之中,把她限制在她自身天性的界限之内"(SS, xv)。德·波伏瓦援引了亚里士多德的说法:"女性之为女性是由于特质上的某种**缺陷**",以及圣托马斯的说法,即女人的本性"受到一种天然缺陷的折磨"(SS, xvi)。德·波伏瓦概括这些漫长的思想传统说:"因此,人性就是男性,男人不是按女人本身来界定女人,而是相对于男人来界定女人;她不被认为是一种自主的存在……她相对于实质来说是伴随的、无关紧要的。他是主体,他是绝对——而她是他者。"(SS, xvi)德·波伏瓦的黑格尔式的术语突出了这一事实:男人把女人划归到"他者"的地位,违背了相互承认的原则,从而威胁到了男人妒忌地拥有了如此之久的符合他自己、符合他自己之主体性的地位本身。然而,正如德·波伏瓦指出的(借助黑格尔和列维-斯特劳斯的观点),"他性"是一种"人类思想的根本范畴",与意识本身一样重要。意识始终都需要设置自我与他者的一种二元性:实际上,没有任何群体"在自称是一方时不可能不立刻确立与它本身相对的另一方"(SS, xvi-

xvii)。我们关于自己身份的概念本身,需要意识到我们不是什么,什么处于我们之外,也许还有什么与我们敌对。

把另一种意识或群体降低到"他者"地位的问题在于,这种他者意识或自我"提出一种相应的主张":从**它的**观点来看,我们是陌生者、他者。与其他个人、人们、民族和阶级的相互作用,迫使我们承认他性概念的相关性。但是,就妇女的情况而言,这种相关性和互惠没有被承认(SS, xvii)。妇女的他性似乎是绝对的,因为与犹太人和美国黑人等其他被压迫群体的从属性不同的是,妇女的从属性并非历史事件或社会变迁的结果,而部分地植根于她们的解剖学和生理学之中。也与其他那些群体形成反差的是,妇女们从来就没有形成一种少数族裔,她们从来就没有获得作为一个群体的凝聚力,因为她们始终都分散地生活在男性当中:如果她们属于中产阶级的话,那么,她们会认同那个阶级的男性,而不会认同工人阶级妇女;白人妇女感到要对白人男子忠贞,而不会对黑人妇女忠贞(SS, xviii-xix)。德·波伏瓦指出:"对性别的区分是一种生物学事实,不是人类历史中的一个事件……她成为他者是在两个组成部分对彼此来说都是必要的总体性方面。"实际上,妇女没有任何自主的历史(SS, xix)。对妇女的从属性来说另一个起作用的因素,是她们本身不愿意领先于由保护她们的男性优越者赋予她们的传统优点:如果男人要在经济上扶养女人,要承担规定女人生存和目的的责任,那么,女人就可能躲避经济上的风险与一种形而上学的自由的"风险",她在那种自由中必须制定出自己的目的(SS, xxi)。

当然,男人们对于使自我与他者的这样一种二元性长期存在下去有着他们自己的理由:"立法者、牧师、哲学家、作家和科学家都已竭力表明,妇女的从属地位具有天堂的意愿和尘世的益处。"(SS, xxii)有一长串思想家,从柏拉图和亚里士多德,经过奥古斯丁和阿奎那,一直延续到现代的资产阶级哲学家,都坚持把妇女固定为一种对象,坚持判定妇女的内在性,判定一种服从特定情形的生活,坚持不准她们享有财产权、教育和职业(SS, xviii)。男人也获得了这种从属性的明显的经济上和政治上的利益,获得了心理上放心的巨大回报:他们对妇女的敌意隐藏着一种对于自我确证的根本欲望,以及一种根本的不安全感(SS, xxii)。虽然德·波伏瓦承认,到18世纪,某些男性思想家,如狄德罗和约翰·斯图尔特·穆勒,开始支持妇女的事业,但她也注意到,在走向民主的表面倾向的矛盾中,资产阶级却"坚持那种确定了在家庭的可靠性方面保证私有制的旧道德"。由于妇女加入工业劳动大军为其要求平等提供了一种经济基础,因而,妇女的解放遭到了更加严厉的反对(SS, xxii-xxiii)。

正如海德格尔、萨特和梅洛-庞蒂所透露的,从她自己的"存在主义伦理学"的观点来看,德·波伏瓦拒绝一切借口幸福在于停滞和静止之中而把妇女的状况固定下来的企图。她坚持认为,每个人类主体都必须参与作为一种超越方式、作为把那些条件提升和控制在其原本状态之手段的利用或规划之中(SS, xxvii)。在其著作的第一部分中,德·波伏瓦考察了生物学、心理学和历史唯物主义所提出的妇女观,以努力表明女人气的概念是如何被塑造出来的,思考妇女何以被界定为他者。就生物学所提供的资料而言,她承认生殖功能强加于妇女的生理学负担。然而,她指出——预见到了后来由女性主义者赋予"身体"概念的多重重要性——身体不是一种**事物**,而是一种**情景**(SS, 30-31)。人类获得的自我界定仅仅是更大的社会框架的一部分,而所谓生物学的事实必须根据经济的、社会的和道德的境况来看:依附于那些事实的益处或缺点,都有赖于社会规范的公断。例如,倘若暴力在道德上或法律上是被禁止的,那么,男人更大的身体力量就不是一种固有的优点(SS,32-33)。

在对精神分析的妇女观的说明中,德·波伏瓦提出反对意见说,弗洛伊德、阿德勒和其他精神分析学者"为妇女指派了相同的命运",即她的"男性化"(viriloid)与"女人气"倾向之间的一种内在冲突,产生于她的自卑情结。德·波伏瓦对精神分析的批判包括了很多论点。首先,男性在性欲和情感方面的发展被认为是标准的,弗洛伊德认为,女人感到自己是"残损的男人",遭受着阴茎嫉妒的痛苦;阿德勒认为,女人的嫉妒是以其缺陷的"整个境遇"为基础的(SS,36-39)。这种不对称性表现在附属于阴茎的意义中,它对男性来说就是"超越的化身",因为它的存在同时是男性的一部分,**又是**一种异己的对象,同时是自我与他者(SS,43)。因此,阴茎最终象征着在所有领域里实施的一种统治,不只是在性欲的领域。在把阴茎看成男性超越其环境的一种象征方面,德·波伏瓦预见到了拉康和其他精神分析学者关于男权中心主义的大多数论述。

在德·波伏瓦看来,与精神分析有关的另一个问题是,它把唯一的焦点集中在性欲之上,性欲被认为是一种无法缩减的和原始的论据。但是,从一种存在主义的观点来看,有一种更加本源和更加根本的"对存在的追问",对性欲的追问仅仅是一个方面:男人不仅要与其他身体相互作用,而且要与整个自然界相互作用,要在工作、战争、游戏和艺术中寻找到存在的重要方式。这些存在方式不可能被变成性欲,实际上,性欲的意义必须被引入与人类的其他那些努力的关系之中(SS,41,45)。一个相关的问题在于,精神分析认为,"个体要在自身内部展现出那出戏",这种观点忽视了这一事实,即精神分析的原理必须被置于一种社会的和历史的语境之中(SS,44)。最后,也许是最重要的,精神分析把人类行为变成了决定论、被决定了的模式和固定的因果联系,从而排斥了选择的概念(SS,42)。精神分析忽视了人类的行为有可能"以自由设想的目的为动机"的可能性。德·波伏瓦从精神分析的观点对比性地详细说明了妇女的境遇:"我将把妇女置于一个价值观的世界之中,赋予其行为以一个自由的维度。我认为,她有权在断言自己的超越性与自己异化为对象之间进行选择;她不是矛盾冲动的玩物。"(SS,45-46)

德·波伏瓦接着思考了弗里德里希·恩格斯在《家庭、私有制和国家的起源》一书中所表达出来的历史唯物主义的观点。她承认,恩格斯提出了一些重要的真理:人类不是一种动物物种,而是一种历史现实;妇女的自我意识远远超过了其性欲,反映了社会的经济组织结构(SS,47)。恩格斯的核心论点是,妇女的历史在实质上要依赖于技术进步的历史:在发明青铜器和铁器之前,妇女在经济生活中起着重要作用,以她们自己的家庭生产劳动、制陶、纺织和园艺补充了男人们的狩猎和捕鱼。不过,随着新工具的发明,农业的规模扩大了,劳动的强度增加了;结果,妇女的家务劳动陷入了相对的无意义之中。这就是私有制产生的时刻,接着又产生了父权制家庭。恩格斯认为,正如对妇女的经济压迫和社会压迫是由技术造成的一样,因而,妇女的解放也会借助技术进步而出现,届时,她们就能够"参与到大规模的社会生产当中"(SS,49)。

虽然德·波伏瓦认为这种社会主义观点相对于从前被看重的观点是一种进步,但她认为它并不完善。首先,恩格斯在任何地方都没有解释过从共同所有制到私有制过渡的"历史转折点"是怎样产生出来的。他也没有表明对妇女的压迫怎样成了私有制的一种必然结果(SS,50-51)。此外,单纯的技术变革本身不可能解释妇女在经济上的命运:并非单纯发明了青铜器就改变了性属角色,反倒是天生的"人类意识中的帝国主义",意识的真正本质,永远都要寻求行使其主权,它包括了他者的原初范畴和支配这种他者的欲望(SS,52)。最终,恩格斯把性别的对抗变成了阶级斗争;然而,德·波伏瓦认为,这种类推没有被证明其正确性,因为并不存在阶级划分的任何生物学基础(SS,52)。虽然德·波伏瓦承认生物学、精神分析和历史唯物主义的贡献很有价值,但认为必须把它们置于社会生活与只有存在主义观点才可能提供的价值观的更加广泛的语境之中。只有在男人存在的"总体观点"的范围之内,"身体、性生活与技术资源对男人来说才具体地存在着"(SS,55)。

德·波伏瓦进一步提出了她自己关于妇女历史的存在主义观点,这种观点挑战了男性创造的某些关于妇女的神话。从最早的游牧时代起,妇女就受到了"生殖的束缚",必须把这种功能看成天然的,而不是包含了一种她可以由此肯定自身存在的深思熟虑的计划(SS,57)。另一方面,男人能够通过发明、冒险和重新塑造世界而超越自身的动物本性。妇女的活动是"内在的",一直都紧密地受制于身体,男人的活动则创造了价值,并且"战胜了使人烦恼的生活的力量",征服了自然和女人(SS,59-60)。在最早的农业社会中,妇女的地位被扩大了:要承认的是,氏族部落的生活通过妇女得到了繁衍,母性被认为是一种"神圣的职责"。儿童经常都属于母亲的部落,公共财产则通过妇女来传承。这种母系制度的特征是使妇女与尘世同化;对男人来说,整个自然看起来都"像母亲一样"。男人感到自己受到自然力量的支配,在"女人那里则集合了全部异己的自然"。女人的他性,她的异化力量,都被投射到了与生活和多产有联系的强大的女性之神性当中,也投射到了死亡当中:她是伟人的女神,伟大的母亲,天堂的女王,地狱的皇后,巴比伦王国中所称的各种"伊师塔",闪米特人中的"阿斯塔蒂",希腊人的"盖亚"、"雷亚"或西布莉,埃及的伊希斯。① 这些女神们都高于男性的诸神(SS,61-64)。

然而,德·波伏瓦怀疑恩格斯和其他人的这一观点,即在历史上曾经有一种"母权制"(matriarchy),即妇女的统治。她坚持认为,这样一种妇女的黄金时代是一个神话。即使在刚刚描述过的时代里,妇女的力量也被认为是异己的、他者、始终超出了人类的领域。女性诸神都是男性心灵的投射,而实际的政治力量"始终都掌握在男人们手中"(SS,65)。实际上,随着农业在发明青铜器与铁器的基础之上通过技术发明而变得精致和扩大,男人们就能够控制土地:他们不是被动地依赖于母亲土地的产物,在这时则能够把合理的技术应用于农业。因此,男人对土地的掌控伴随着对他们自身的掌控;妇女的信仰以魔法和神秘性为基础,被男性的理性、理智和自我创造的原则所颠覆(SS,69-71)。伟大的母亲被废黜,以利于太阳神、宙斯和朱庇特;妇女丧失了曾经在部落中享有的经济作用,父系血统取代了通过母亲传下来的遗产。

---

① "伊师塔"(Ishtar):古代巴比伦神话中掌管爱情、生育和战争的女神。"阿斯塔蒂"(Astarte):闪米特人传说中掌管爱情和生育的女神。"盖亚"(Gaea):希腊神话中的大地女神。"雷亚"(Rhea):希腊神话中宙斯等神的母亲。西布莉(Cybele):古代小亚细亚的自然女神。伊希斯(Isis):古代埃及掌管生育繁殖的女神。

因此，德·波伏瓦赞同恩格斯的看法，即妇女被私有制的出现废黜了；她本身变成了财产，首先是其父亲的财产，然后是其丈夫的财产(SS,72-75)。妇女最终体现出了他性："她成了对抗积极性的被动性，破坏统一性的多样性，与形式相反的内容，与秩序相反的混乱。"因此，妇女成了混乱、黑暗和邪恶(SS,74)。

德·波伏瓦通过父权制时代和古典时期来追寻妇女的历史，评论了妇女在希伯来人当中的卑屈：《圣经·旧约·传道书》说到了她"比死亡还要痛苦"(SS,78)。在整个东方世界中，妇女很少有威信和权利，值得注意的例外是巴比伦，那里的《汉谟拉比法典》(the laws of Hammurabi)给予妇女以父亲的部分财产，而在埃及，女神母亲保持着自己的威望，女人拥有与男人相似的权利(SS,78-79)。在希腊古典时期，妇女被变成了半奴隶的状态，被"牢牢地关在内宅之中"，被期待成为家中谨慎和警惕的女主人(SS,84)。在罗马，塔尔昆①死后，父权制的权威被建立起来，私有制形式的农业财产——因而还有家庭财产——成了社会的基础。妇女"过着一种在法律上毫无能力和奴隶般的生活"，被排斥在公共事务之外，在公民生活中被轻视。父亲的权威是无限的，他是"妻子和孩子的绝对统治者"。虽然妇女的处境在帝国晚期得到了改善，但她们相对的解放（在遗产和离婚这类问题上）并未使她们在政治权力方面有什么获得。德·波伏瓦把这叫作一种"否定性的"解放(SS,84-88)。

在中世纪期间，基督教的意识形态"对压迫妇女做出了很多贡献"(SS,89)。德·波伏瓦评论说，反女性主义的希伯来传统被圣保罗所肯定，他把妇女从属于丈夫置于《圣经·旧约》和《圣经·新约》的基础之上。基督教坚持贬低身体，进一步降低了妇女的等级，为她们强加了妖妇的身份。教父们几乎毫无异议地认为，妇女是魔鬼诱惑的一种手段。德·波伏瓦的引文值得重复："女人，你是魔鬼的入口"，德尔图良这样斥责说。圣安布罗斯断言："公正而正确的是，女人承认把主人引向了犯罪。"而圣约翰·克里索斯托断言："在所有野兽当中，没有哪个被发现像女人那样有害。"圣哲罗姆认为，婚姻是一棵"不结果实的树"，而从格列高利六世的时代起，独身生活被强加于僧侣们，从而进一步凸显了女人危险的本性。圣托马斯宣称，女人是一种不完全的男人，男人则"超过了女人，正如基督超过了男人一样"(SS,90)。妇女被当成在法律上是没有资格的，按照教会法规是没有权力的；男性的控制限制了女人，她们被禁止在法庭上作证。整个"神圣罗马帝国"的国家法律也使妇女的作用被限制在妻子和母亲的功能之上。这些法律与日耳曼人的传统相结合，妇女在那些传统中处于一种绝对依赖父亲和丈夫的地位(SS,91)。像恩格斯一样，德·波伏瓦认为，宫廷式的爱情(courtly love)是"对官方道德观念之野蛮性的补偿"：妻子寻求私通的恋人，以补偿其封建丈夫的暴虐和监护(SS,93)。

欧洲的所有法典都以教会法规、罗马法和日耳曼法为基础，所有这些法律都对妇女不利。事实上，妇女的法律地位从15世纪初直到19世纪几乎没有变化(SS,97)。需要这种从属地位的实质性体制是私有制和家庭(SS,94)。随着资产阶级夺取政权，它延续了从属地位的基本模式，承认寡妇和未婚女孩的权利，但不承认已婚妇女的权利。严格的一夫一妻制需要资产阶级的家庭，妇女则继续受到家庭的奴役，整个欧洲出现了卖淫(SS,94-95)。虽然新兴的中

---

① 塔尔昆(Tarquin)：罗马的末代皇帝。

产阶级把严格的道德准则强加于妻子,但有闲的妇女从 16 世纪以来就一直享有很大的自由和特许权。在文艺复兴时期,有些妇女成了有权的统治者、艺术家和作家。她们在文化中的作用在 17 世纪中得到了扩大,她们在沙龙里起着重要作用。从文艺复兴时期以来,为妇女辩护的人包括伊拉斯谟、玛格丽特·德·纳瓦尔(Marguerite de Navarre)、莫里哀和普兰·德·拉巴尔(Poulain de la Barre),后者的《论两性平等》(*De l'égalité des deux sexes*)发表于 1673 年。在 18 世纪,妇女的支持者包括伏尔泰、狄德罗、孟德斯鸠、爱尔维修(Helvetius)、梅西埃(Mercier)和孔多塞(Condorcet)(SS, 98 – 100)。

尽管有这些著名人物的努力,但法国大革命极少改变妇女的命运;例如,1789 年有一些女性主义的鼓动活动,它们提出了一份《女权宣言》("Declaration of the Rights of Woman"),以配合实际上被"法国国民议会"(French National Assembly)采纳了的《人权宣言》。法国大革命在实质上是一场中产阶级的革命,尊重中产阶级的价值观和体制,这场革命几乎是由男人们单独完成的(SS, 100)。虽然赋予了妇女某些权利,但革命之后的《拿破仑法典》(Napoleonic Code)极大地阻碍了妇女的解放,使妇女在婚姻中的依赖性长期延续下来;中产阶级的各种代言人,包括奥古斯特·孔德和巴尔扎克在内,都重新肯定了反对女性主义的资产阶级的观点,这种观点希望把妇女排除在劳动和公共生活之外(SS, 100 – 102)。

不过,悖论的是,资产阶级借以夺取权力的某些历史力量本身却促进了妇女的解放。启蒙运动和法国大革命的自由民主的理念,至少为妇女的各种主张开创了一种理论基础;甚至更为重要的是,技术革命和工业革命破坏了土地所有制,具体地促进了妇女的解放。她们通过自己在工厂里的生产作用,恢复了在经济上的重要性;德·波伏瓦把这称为"19 世纪的重大革命,它极大地改变了妇女,为她们开辟了一个新纪元"(SS, 104)。19 世纪晚期和 20 世纪早期的一些调整,在整个欧洲改善了妇女的劳动条件。妇女们在 19 世纪建立了某些政治组织;1879 年的"社会主义者大会"(Socialist Congress)宣告了性别平等;而第一次女性主义者大会——它为这一运动命了名——于 1892 年召开。作为各种妇女参政论者运动的结果,妇女于 1918 年在英国和德国获得了选举权,而于 1920 年在美国获得了选举权(SS, 113 – 116)。

有两个实质性的因素为妇女所期望的平等铺平了道路:一个因素是其共同参与生产劳动的能力(由技术赋予的,技术废除了男性天生的力量上的优势);第二个因素是妇女通过避孕法刚刚获得的摆脱生殖束缚的自由,从 18 世纪以来,很多中产阶级妇女,接着是工人阶级妇女都采用了避孕法(SS, 109)。妇女现在可以把自己的生殖功能、自己怀孕和养育孩子的职责变成其生活的一个合理组成部分,而不是被其繁殖功能所束缚(SS, 108, 111)。妇女现在几乎处于一种所设想的经济上独立之角色的地位(SS, 112)。然而,阻碍妇女自由的一个主要因素,是得到各自意识形态——政治的和宗教的——认可的家庭的持续存在,家庭旨在把妇女阻留在其传统角色之中。德·波伏瓦对妇女的核心问题的阐述,在今天与在她自己的时代一样中肯:妇女的难以控制的两难处境在于,其生产角色与生殖角色的协调一致。德·波伏瓦认为,现在是一个转变的时期,妇女的超越愿望在其中依然受到长期存在的她们的服从的束缚,受到男人们限制其选择的束缚(SS, 123 – 124, 128)。

那些限制妇女的社会自由和经济自由的因素,尤其是长期存在着的关于妇女的某些顽固神话,它们存在于艺术和文学领域之中,也存在于日常生活之中。德·波伏瓦考察了蒙泰朗(Montherlant)、D. H. 劳伦斯、克洛代尔(Claudel)、布列东和司汤达等作家对女人气的文学表现,她把这些作家对妇女的态度当作"典型"(SS, 188)。与亚里士多德和圣托马斯一样,蒙泰朗相信"女性特质的含糊和基本实质",否定性地对它进行了界定(SS, 188)。德·波伏瓦认为,这些作家反映了关于妇女的"重大集体神话":妇女就是**肉欲**,对男性来说首先是子宫,然后才是情人;妇女是**自然**的化身和通向超自然的门户;妇女是诗歌,是此世与来世之间的女调停人。她们看起来是"**享有特权的他者**,主体通过她们使自身得到实现:她们是衡量男人、他的平衡力、对他的拯救、他的冒险经历、他的幸福的尺度之一"(SS, 233)。但是,每个作家对这些神话的编织都非常不同:他者是按照这一方为自己设立的条件来界定的。对他们中的每个人来说,理想的女人就是"她最准确地体现了能够向他揭示自身的**他者**"。

德·波伏瓦表明,所有这些作家——尽管其中一些人表现出了对妇女的友爱和同情——都要求女人要"忘却自我并且去爱"。蒙泰朗在女人身上寻求"纯粹的动物性";劳伦斯把女人看成在总体上概括了女人气的异性;克洛代尔认为女人是黑人姐妹,布列东认为女人是孩子气的女人,司汤达认为女人是一种"平等"。他们怀着不同程度的坚决主张,表达了需要女性的热爱和利他主义(SS, 236)。德·波伏瓦的论点是,无论妇女在这些作家的作品里如何尊贵或者如何低贱,她们都在履行他性的职责,始终都是男人自我界定、实现其存在的一个必要方面,而不是享有真正的自主性。表达这一点的另一种方式是,她的"存在"始终都受到了削弱,始终都是形容词,永远都陷入客观性的方式之中,从来都不会发展成为真正的主体性、真正的人性。不过,德·波伏瓦注意到,司汤达认为,妇女不仅仅是对象,而是凭其本身的权利是一种主体。正如德·波伏瓦指出的:他拒绝"把严肃性神秘化,正如他拒绝神话的虚假诗意一样。人类的现实使他感到满足。妇女在他看来完全就是人类"(SS, 233)。

在重要的名为"神话与现实"的一章里,德·波伏瓦评论说,关于妇女的神话不仅在文学界产生了重要影响,而且同样在日常生活中产生了重要影响。她指出,关于妇女的神话是一种固定不变的神话:它"把一种直接体验到的现实投射到柏拉图式的理念领域之中"。换言之,那种神话以一种先验的理念**替代**了真实的体验,那种理念是永恒不变的;由于这种理念超越了真实体验的领域,或者说在真实体验的领域之上,所以,它被赋予了绝对真理。因此,神话的思想使这种固定的、普遍的、一元的"永恒女性"的理念,与"真实的妇女们分散的、偶然的和多样性的存在"相对立。例如,如果我们说"女人就是肉欲"或者说她就是"黑夜""死亡""自然"的话,那么,我们实际上就放弃了尘世的和经验的真实,高高飞"进了一个空虚的天空之中"(SS, 239)。而神话是打不破的:倘若一个真实女人的行为与神话的理念相抵触,那么,她就会被告知,她不是女性;"相反的经验的事实无力反对神话"(SS, 237)。简言之,神话对妇女所做的,就是要把妇女说成是"绝对的他者,没有互惠,拒绝对于妇女是一个主体、是同一类人的一切体验"(SS, 238)。

在所有这些神话中,最深刻地"在男性内心中怀着的"一种神话,就是关于女性之"神秘性"的神话。这个神话使男人奢望不去"合理地"理解女人,而最重要的是,它使男人一直孤独地生活在谜语的陪伴之中:这样一种体验对很多人的吸引力,超过了"与一个人的真实关系"(SS,

240)。德·波伏瓦认为,女性的这种神秘性是一种幻觉:事实上,男女双方都有神秘性。但是,男性的观点被提高成了一种绝对的和标准的观点,而从这种优越地位来看,妇女就显得在实质上是神秘的。构成女人神秘性之基础的,是一种从属性的"经济基础":神秘性始终都属于臣仆、被殖民者、奴隶(SS,242-243)。

在其著作的结论中,德·波伏瓦认为,两性之间的古老冲突再也不会采取女人试图把男人控制在她自己内在性的牢笼中的形式,而是以其自身的努力显现出超越性。女人的处境将主要依靠其经济状况的变化来改变;但是,这种变化也必定会产生道德、社会、文化和心理上的变化。如果女孩被培养成指望拥有与男孩一样的自由和确定的未来,那么,其至连俄狄浦斯情结和阉割情结都会被更改,"孩子们就会感知到自己周围是一个雌雄同体的世界,而不是一个男性的世界"(SS,683)。此外,如果女孩被培养成能够理解而不是约束她们自己的性欲,那么,性爱倾向和爱情就会具有自由的超越性质,而不是顺从:性关系方面的支配与从属、胜利与失败的概念,或许会在交流的理念面前退让(SS,685)。德·波伏瓦确信,妇女将获得"经济上和社会上完全的平等,这将导致一种内心的质变"(SS,686)。男人和女人**双方**都将为自我并为他者而存在:"相互承认彼此都是主体,各自仍然还是为了他者的一个**他者**。"在这种承认中,在这种互惠中,"对人性的一半的奴役"将被废除(SS,688)。

伊莱恩·肖瓦尔特(生于1941年)

一位很有影响的美国女性主义批评家是伊莱恩·肖瓦尔特,她提出了"妇女批评",一种涉及妇女体验和妇女写作之特性的批评。肖瓦尔特最有影响的著作是《她们自己的文学》(*A Literature of Their Own*,1977年),这个标题回应了伍尔夫的《一个人自己的房间》。实际上,肖瓦尔特在书中讨论了最初由伍尔夫提出的那个问题,即女性文学传统的问题。不过,她的著作的标题不是来自伍尔夫,而是来自哲学家约翰·斯图尔特·穆勒,穆勒是支持妇女权利的少数男性之一。在其论辩性的文本《对妇女的征服》(*The Subjection of Women*,1869年)中,穆勒评论了对妇女们来说很难使自己摆脱男性文学传统的束缚与影响;如果她们能够脱离男人们而生活下去的话,那么,她们"就会拥有她们自己的文学"。[11] 具有讽刺意味的是,后来,肖瓦尔特的著作表现出与穆勒用意良好的说法相抵触,她试图表明,如果我们仔细重读文学史的话,那么,我们在实际上就可以看清楚女性文学的遗产。

肖瓦尔特的著作最根本的任务和成就是,阐明了女性文学传统发展的三个阶段。她评论说,文学上的亚文化(如黑人文化、犹太文化和印度英语文化)可能经过了三个阶段。首先,有一个**模仿**优势传统之模式的阶段;那种传统的艺术标准,以及它所意味着的社会作用,都被内在化了。其次是一个**反对**那些标准和价值观、要求自主性的阶段。最后一个阶段是**自我发现**的阶段,"向内转,摆脱对对立方的某种依赖,寻求认同"(*LTO*,13)。肖瓦尔特按照这些阶段来考察妇女文学的传统,提出第一个阶段可以称为**女人气**的阶段,时间跨度从19世纪40年代男性笔名出现,直到1880年乔治·艾略特去世。**女性主义**时期从1880年一直延伸到1920年妇女赢得选举权。第三个阶段或者说**女性**阶段从1920年直到1960年左右,在这个时期,妇女写作进入了"自我意识的新阶段"(*LTO*, 13)。

虽然肖瓦尔特承认女性亚文化"从与优势文化的联系中单独分离出来,并且反对优势文化本身",但她指出,妇女写作"与她们作为女儿、妻子和母亲的角色结合在一起;依靠内在化的福音派教义的教条,以及它对想象力的怀疑和对责任的强调;依靠在法律上和经济上对她们的流动性的约束"。她认为,从一开始,妇女小说家就与其他妇女作家和她们的女性读者具有一种"隐蔽的团结",这将"说明其思路之间的信息"(*LTO*, 14-15)。此外,从1750年左右起,妇女们已经稳固地侵入了文学职业中。尽管有这些初步的团结,但在19世纪40年代之前,妇女作家几乎没有展现出对"集体性和自我意识"的任何理解,按照一些批评家的看法,在这10年中,小说成了占优势的形式。在这个**女人气**写作的第一阶段里,妇女们并不认为自己的写作是对自己女性体验的一种表现。她们的写作才能与她们作为女人的地位相冲突,这一点由使用男性笔名显示了出来。

然而,强加于女人气小说的压迫性环境,迫使它去寻找"创新的和隐秘的方式把内心生活戏剧化,并导致了一种紧张、紧凑、象征性和深刻的小说"。我们被表现成被锁在阁楼上的疯妻子、残疾艺术家和残忍妻子等形象。很多女性小说都提供了对金钱和权力的幻想,经常把发迹的意识形态和作者自己体验中的发迹因素投射到男性人物身上。另一套策略则体现在抗议小说中,它不仅支持女权,而且支持工人、童工和妓女的权利。尽管有各种限制,但从简·奥斯汀到乔治·艾略特的妇女小说,已经转向了"一种无所不包的女性写实主义的方向,广泛地、在社会方面见识广博地探究家庭和社群内部妇女的日常生活与价值观"(*LTO*, 29)。

实际上,随着乔治·艾略特的去世,妇女小说已经转向了一个对抗男性社会和性别陈规的"女性主义"阶段。女性主义者挑战了对妇女语言的限制,谴责了自我牺牲的伦理,运用她们小说对压迫的戏剧化去促进社会和政治制度方面的变化。虽然女性主义时期的作家不如艺术家重要,但她们体现了女性传统中的一个至关重要的阶段,即"宣告独立"的阶段。她们探讨和界定了女人气质,她们拒绝自我牺牲的理想,以一种坦率直言的方式勇敢抵抗男性体制。她们坚持运用男性词汇的权利,而最重要的是,挑战男性新闻界的垄断;像弗吉妮亚·伍尔夫一样,各种女性主义杂志挑战了由男人们对文学等的判断控制着的她们自己的新闻界(*LTO*, 31)。莫娜·凯尔德(Mona Caird)、伊丽莎白·罗宾斯(Elizabeth Robins)和奥利弗·施赖纳(Olive Schreiner)等女性主义者,提出了妇女与劳动、阶级结构和家庭之关系的理论。1918年妇女赢得了选举权。肖瓦尔特指出,第一次世界大战期间很多男性作家的去世,"给英国妇女作家留下了对于坚持民族文学传统的一种强烈感觉"(*LTO*, 32)。

维多利亚女王时代最后一代妇女作家超越女性主义,转向了"勇敢探索自我"的"女性"阶段,"但是,它使之具有了女人气的自我憎恨和女性主义的退却的双重遗产"(*LTO*, 33)。女性主义作家从男性社会和文化中的退却,以那个"封闭的和私密的房间"为象征,它被看成与子宫和女性冲突相一致的。正如肖瓦尔特指出的:"私密的房间,阁楼的隐蔽处,妇女参政论者的小房间,全都使人想到它们象征着一个隔离的世界,逃离男人们,逃离成人的性欲。"(*LTO*, 33)就"女人气的自我憎恨而言",这一点反映在叙事形式之中。弗吉妮亚·伍尔夫和凯瑟琳·曼斯菲尔德等作家的小说,"创造了一种深思熟虑的女性美学,它把自我牺牲的女人气代码,变成了消灭叙事者的自我,并且把女性主义者的文化分析应用于小说语言的词语、句子和结构。她们的现代主义观点是对阿诺德·贝内特和 H. G. 韦尔斯等爱德华时代①的男性小说家的一种决定性回应,但是,与 D. H. 劳伦斯一样,女性美学家们认为,世界神秘地和在总体上被性别两极化了"(LTO, 33)。不过,这种女性美学悖论性地压制性欲,把女性的身体处理成其关注点的边缘,逃离到雌雄同体、布卢姆斯伯里学派的性伦理之中。正如在伍尔夫作品的标题中那样,一种受到偏爱的意象是"一个人自己的房间",按照肖瓦尔特的看法,这种意象意味着艺术的自主性,以及"脱离社会的和性欲的牵连"(LTO, 34)。肖瓦尔特坚持认为,这种美学是一种"消灭自我的形式",以退却为标志:"从自我退却,从妇女们的身体体验退却,从物质世界退却,退却到单独的房间和单独的城市之中。"(LTO, 240)她声称,意识流(stream of consciousness)技巧部分地是一种努力,即努力超越用男人们发展起来的语言和思想范畴来表现女性超越特定世界的两难处境(LTO, 260)。

后来的妇女作家反对女性唯美主义和脱离的策略,返回到没有受到现代主义触动的更加写实主义的方式。但是,直到 20 世纪 60 年代,女性小说受到国际妇女运动的激励,才进入一个"新的和充满活力的"阶段。艾丽斯·默多克(Iris Murdoch)、穆里尔·斯帕克(Muriel Spark)、多丽斯·莱辛和玛格丽特·德拉布尔(Margaret Drabble)等作家对女性的体验进行了一种真实的表现,使用了新的语言系列,承认愤怒和性欲是创造力的源泉,同时也重新肯定了她们与过去的妇女的连续性(LTO, 302)。出现了"一种对待身体的新的坦率态度"(LTO, 299)。肖瓦尔特的著作详细考察了上述发展,在结束时讨论了当代妇女小说家面临的各种两难处境,诸如致力于女性主义革命与个人探索之间的分裂,表现女性体验和性欲,表达主导文化对于构成最重要的问题之内容的界定(LTO, 318)。

米谢勒·巴雷特:马克思主义与女性主义的冲突

在其开创性的文本《今日对妇女的压迫》(1980 年)中,米谢勒·巴雷特概述了面对将马克思主义的观点与女性主义的观点融合在一起的努力时所遇到的一些核心问题。在"劳动与资本之间主要矛盾"的基础之上构想出来的马克思主义分析,怎么可能与女性主义的方法达成一致,它必须从性属关系开始吗?[12] 巴雷特提出,一般来说,马克思主义女性主义的目标必须"确认性属关系的作用",因为它们与"历史唯物主义所理解的生产和再生产的过程"有关。马克思主义女性主义必须"探讨性别结构、家庭生产……与生产方式、占有和剥削制度方面的历史变化的各种关系"。这样一种方法将突出"资本主义与压迫妇女之间的关系"(WT, 9)。

巴雷特把焦点集中在对马克思主义女性主义的对话来说很重要的三个概念之上:父权制,再生产,意识形态。她在开始时谈到了存在于父权制概念中的众多问题:凯特·米利特等激进

---

① 爱德华时代(Edwardian era):指英国国王爱德华治下的鼎盛时期,即 20 世纪初的 10 年。

的女性主义者把这个概念用作"男性统治的一个支配性范畴"。米利特认为,父权制是一个支配系统,它在分析上独立于资本主义的或其他一切生产方式;它显得要由阶级来调节,其实只是稍有关联。舒拉米思·费尔斯通甚至走得更远,她旨在把阶级分析的基础置于"两性的生物学差别"之中,她的目标是"用性别来取代阶级,把性别作为对历史进行唯物主义说明的主要动力"(*WT*,11)。巴雷特反对这些把父权制当作一种"普遍的和超越历史的男性统治的范畴"的观点,反对把基础置于生物学的决定因素之中(*WT*,12)。这些观点是反动的(把社会安排当成是以某种方式自然赋予的)和倒退的,因为它们忽视了女性主义分析的"早期成就之一",即"区分作为一种生物学范畴的性别与作为一种社会范畴的性属"(*WT*,13)。

不过,有些女性主义者,如克里斯蒂娜·德尔菲(Christine Delphy),阐明了对父权制的一种唯物主义分析,强调了社会关系,而不是生物学关系。德尔菲认为,压迫妇女的物质基础"不在资本主义的生产关系之中,而在父权制的生产关系之中"(*WT*,14)。然而,巴雷特认为,大多数晚近的理论家都试图把当代资本主义描绘成父权制。这样一种努力不仅把父权制说成是一种普遍的和超越历史的方式,而且显示出父权制的两种意义之间的混淆,即"作为父亲统治的父权制与作为男人统治妇女的父权制"(*WT*,17)。按照巴雷特的看法,安妮特·库恩(Annette Kuhn)的理论就属于这种情况,它认为压迫妇女的关键场所是家庭,家庭具有不同于资本主义关系的相对自主性。库恩认为,父权制把精神关系与财产关系结合在一起(*WT*,18-19)。

晚近的理论家们所运用的另一个概念是"再生产"(reproduction),它把对妇女的压迫与社会的生产组织联系在一起。对这个概念的兴趣来自恩格斯的论述,即"历史的决定性因素是……直接生活的生产与再生产"。恩格斯在这里所指的是"生活资料的生产"与"人类自身的生产,即人种的繁衍"(*WT*,20)。也很重要的是路易·阿尔都塞在其《意识形态与意识形态国家机器》("Ideology and Ideological State Apparatuses")一文里对社会生产的论述。此外,与这个概念相关的一部分问题是其定义的范围:妇女在生物学上的再生产中的作用,可能与她们在经济和社会生产中的作用只有一种非常曲折的关系。事实上,马克思主义女性主义所面临的"根本问题"是,"要把对社会再生产的分析同对父权制的人类再生产的分析结合起来"(*WT*,29)。

马克思主义女性主义第三个重要的却有疑问的概念,是意识形态。正如巴雷特指出的,女性主义者坚持认为,马克思主义考虑到了支撑着压迫妇女的劳动的性别分工和家族意识形态(familial ideology);这种观点与马克思主义意识形态理论方面的一场"革命"相吻合。马克思主义理论中的这种转变,在很大程度上是由路易·阿尔都塞反对意识形态"是统治阶级对现实的一种歪曲或操纵"所引起的,也是由他反对那种庸俗的马克思主义观点所引起的,那种观点认为"意识形态完全是对决定性的经济基础(在观念中)的一种机械反映"。虽然阿尔都塞承认马克思主义的基本前提,即经济基础"最终"要决定意识形态的上层建筑,但他仍然认为意识形态具有一种"相对的自主性",并且强调意识形态在经验上的特点是"个人与其存在之真实状况的想象性关系"(*WT*,29-30)。

阿尔都塞反思马克思主义的意识形态概念的努力,成了对经济主义之普遍挑战的一部分——经济主义坚持经济基础的决定性力量,这种挑战已经在马克思主义内部盛行。女性主义者参与了这种挑战,把意识形态放在优先地位,以致可以使性属划分问题得到调节。女性主义者强调了对具有性属的主体和家庭关系的意识形态建构,力图从一种马克思主义女性主义的观点来反思精神分析理论(WT,31)。简言之,有些女性主义者,如罗莎琳德·科沃德,否定了传统马克思主义认为压迫妇女的绝对场所仅仅是一种意识形态的结果,同劳动与资本的主要经济矛盾相比是次要的。科沃德认为,经济层面相对于意识形态层面的首要地位再也不是必然的,它是以一种过时的科学唯实论模式为基础的(WT,33-34)。巴雷特指出,这种反对"真实"的观点不仅代表了与阿尔都塞的马克思主义的彻底决裂,而且代表了与马克思主义本身的彻底决裂,因为它抛弃了对历史的一切唯物主义分析(WT,36)。虽然这些女性主义者完全肯定了性属在建构个人的主体性方面的重要性,但她们在否定"一切决定性的关系"方面却被误导了,那种立场不完全是马克思主义的(WT,38)。

巴雷特本人的一般立场是:资本主义社会中对妇女的压迫必须被置于全世界对妇女压迫的环境之中,男性的统治远远超出了这种语境,因此,社会主义革命并非妇女获得自身的解放。巴雷特也强调经济压迫与"家族和家庭意识形态角色"之间的密切联系,强调从封建主义向资本主义转型期间和此后家庭结构变化着的形式。因而,资本主义之下压迫妇女最重要的因素,是"家族的经济组织及伴随着的家族意识形态,劳动分工和生产关系,教育制度和国家的作用",以及创造和再创造具有性属之主体的过程(WT,40-41)。

实际上,在重要的叫作"性属意识形态与文化生产"的一章里,巴雷特论述了最后这个因素,提出了文学与文化在性属和女性主体性的社会建构中的一般作用。她在开始时谈到,晚近的女性主义理论家们挑战了经典马克思主义关于再现的理论(Marxist theory of representation),那种理论认为,意识形态和话语一般来说反映了特定的历史状况;例如,20世纪的一部文学作品可以被认为是对晚期资本主义经济状况在意识形态上的反映或表现。这样一种观点以经典马克思主义关于经济基础与意识形态上层建筑之模式为基础,后者以某种方式"反映了"前者。正如巴雷特指出的,晚近的女性主义者破坏这种模式的努力,植根于对表现或话语的一般经典模式的一种更为普遍的挑战之中,那种模式坚持认为语言或话语(或者说表现)以某种方式与早已存在着的一种现实相吻合。一些领域中的很多现代理论当然责难了这种设想,认为不存在任何先于语言和话语的现实,语言在创造我们所称的现实方面事实上是工具性的。巴雷特认为,比如说,这些女性主义者会否认存在着先于话语的一切"性别"现象:她们声称,差别本身是由话语**造成**的;换言之,差别处于意识形态的领域中,处于相互冲突的话语的领域中,而不是对经济状况的一种反映。这样的女性主义者否认意识形态与物质状况之间的区别;她们认为,就那些物质条件而言,意识形态本身就是物质性的,并且在很大程度上是自主的(WT,89-90)。例如,一个文学文本并不必然会表现出社会关系和经济关系。

巴雷特以马克思主义的方式拒绝了这些观点:她拒绝了认为意识形态本身是物质的或自主的主张。她也拒绝了认为现实只不过是由语言或话语建构起来的观点。她断言,坚持语言与现实的"非对应性",就是不知不觉陷入了人们声称要谴责的那种教条主义本身之中;语言或表现与不可能被变成话语的真实的和特定的历史状况相联系(WT,91-94)。对妇女的压迫与经济生产的状况之间的联系,也不可能被变成话语(WT,97)。晚近的女性主义者认为,话语本身是政治斗争的场所;但是,巴雷特认为,这样的斗争只不过是意识形态的,它本身并不会产生任何类型的社会革命(WT,95)。巴雷特本人的观点是:我们不需要接受一种机械的反映或表现的模式;但是,这并不意味着我们要完全抛弃模式;我们可以详细指明意识形态的自主性作用的局限性。她也坚持认为,意识形态与生产关系之间存在着一种必然的联系,这种联系在性属的情况下更加重要:性属意识形态在资本主义的劳动分工以及劳动力的再生产方面起着一种重要作用(WT,98)。她坚持认为,"生产关系"这个词语不仅包括了阶级差别,而且包括了种族和劳动形式的差别。她认为,我们可以对这些生产**关系**做出一种有益的区分,意识形态在其中起着一种至关重要的作用,生产资料和生产力则存在于意识形态领域之外(以及其下)(WT,99)。

因此,巴雷特接受了特里·伊格尔顿这样的马克思主义者的主张,即文学对意识形态研究来说有可能是一种"范例性的个案";但是,她告诫说,这样一种分析将为我们提供关于意义和话语生产的洞见,而不是关于社会构成本身的洞见(WT,97)。她提出,例如,如果我们要分析文学中的性属意识形态的生产,那么,我们就不可能只把焦点集中在文学文本之上;正如伊格尔顿指出的,这些文本已经把生产它们的物质条件内在化了,并且表现了这些条件,尽管是以极为曲折的方式(WT,100-101)。我们的分析必须考虑到男人们和女人们在其中生产文学作品的物质条件;这种分析必须渗透着一种阅读理论,该理论承认审美判断要以社会语境为基础,意义对一切文本来说并不是固有的,而是一种社会建构,文学中对妇女的表现经常都是一个复杂的和间接的过程(WT,104-107)。她强调说,文学具有一种虚构的特权,例如,它很容易通过使用否定性的词语来呈现妇女形象,从而谴责男性作家(如凯特·米利特所做的那样)。这样的形象可能以矛盾情绪为动机,而且必然要受历史条件的约束和支配(WT,107)。简言之,巴雷特认为,虽然文化实践是革命斗争的一个实质性场所,虽然文学可以在改变主体性方面起一种重要作用,但单靠文化不可能解放妇女:需要在生产资料和生产力方面进行一场更加根本的革命(WT,112-113)。

在其著作的结语中,巴雷特再次谈到了她以之开始的马克思主义女性主义分析的三个实质性组成部分。她要求,有关"再生产"论题的论点——资本通过家庭劳动对劳动力再生产的支持——应当被历史化(WT,249)。而且,虽然父权制的概念不应当被丢弃,但对它的运用要被限制在"通过父亲对妇女的权力来表现"男性之统治的语境中(WT,250)。就意识形态而言,我们对它在性属建构方面的作用的承认,必须转移到对主体性和身份的更加深刻的分析之上,这在实际上延续了西蒙·德·波伏瓦等早期女性主义者的工作(WT,251)。总的来说,巴雷特强调了,在资本主义之下妇女是否可能获得解放的问题,不存在任何"有计划的答案"。不过,她确实肯定了需要这样的解放:首先,劳动的再分工和照料儿童的责任;其次,把妇女从依赖男性工资或资本中解脱出来;最后,需要改变性属意识形态。她评论说,这些变化中没有哪个与现存的资本主义相容。因此,虽然妇女运动需要自主地组织起来,但它可以在政治目标重叠的基础之上有益地与社会主义共谋。这些共谋或许可以包括提高妇女工资和改善劳动条件的需要,废止把女性劳动力用作一种使一般工资下降的手段(WT,257-258)。由于对妇女的压迫是"在资本主义结构中被确立的",所以,不可能摆脱妇女解放的斗争和为社会主义而进行的斗争(WT,258-259)。

朱丽娅·克里斯蒂娃(生于1941年)

将朱丽娅·克里斯蒂娃本人的特征刻画为一个"女性知识分子"是恰当的,她已经对文学理论产生了强有力的影响。她把出自语言学、精神分析和哲学的各种洞见结合到她的理论之中,其中最重要的是,关注与语言以及先于语言的动力和冲动游戏有关的主体性的发展。克里斯蒂娃生于保加利亚,从1965年起在法国读书;她在巴黎的老师包括罗兰·巴特、卢西恩·戈德曼和克洛德·列维-斯特劳斯。20世纪60年代晚期,她被任命为《泰凯尔》杂志的编委,该杂志是结构主义和后结构主义观点的一个渠道。她的著作表现出了黑格尔和弗洛伊德的深刻影响,以及米哈伊尔·巴赫金、雅克·拉康和精神分析学者梅拉尼·克莱恩的影响。克里斯蒂娃的第一部著作《符号学:解析符号学研究》(*Semeiotike: Recherches pour une Semanalyse*,1969年)提出了一种关于符号的理论。她后来的著作与精神分析的方法和着重点有关。她最著名和最有影响的著作是《诗歌语言的革命》(*Revolution in Poetic Language*,1974年),下文将考察其中的一些重要理念。

克里斯蒂娃在该书开始时评论说,现代语言学理论把语言当成一种形式对象,它以能指与所指之间的任意性关系、符号取代语言之外(extra-linguistic)(或语言之外的现实)、其要素的不连续性、限制为标志。[13]然而,被认为是这样一种形式客体的语言,却缺乏一个阐述的**主体**;它完全忽视了"外在性"(externality)的问题,或者说忽视了语言之外可能存在的主体。有两种趋势表明了这个外在性的问题。第一种趋势试图考察示意系统,能指与所指任意的联系在其中被认为以无意识的过程为"动机":外在性与语言的关系在其中联结起来,成了与身心相关的领域,"身体被划分成对性刺激敏感的各个区域"。这些理论恢复了前俄狄浦斯碎片化的身体概念,却没有解释这种身体与后俄狄浦斯主体及其象征性语言的联系(RPL,22)。另一种趋势开始于阐述的主体或先验的自我,提供了语言学所具有的与语义学和逻辑学的必要联系,把意义看成一种意识形态过程和历史过程(RPL,23)。克里斯蒂娃把第一种趋势叫作"符号学的",把第二种趋势叫作"象征的"。她认为,这两种方式"在建构语言的**示意过程**中不可分离,它们之间的辩证法决定了有关的话语类型(叙事、元语言、理论、诗歌等)"。她认为,示意过程的两种方式之间的这种必然的辩证法,也是"对主体的建构",这种主体因此既是符号学的,也是象征的(RPL,24)。

克里斯蒂娃从柏拉图的《蒂迈欧》中选取了 chora 这个词语(译按:意为"容器"),它被某种东西占据了的空间;它也可以指场所、地点或位置,而在克里斯蒂娃的扩展中,则指容器或者子宫。她对这个词语进行了改造,提出**容器**是"一种不可表达的总体性",由身体的冲动和弗洛伊德所称的无意识的主要过程(如转移和浓缩)构成;它强调了联结这些冲动的方式易变的和暂时的性质,这种性质刻画出了符号学过程的特征(RPL,25)。**容器**没有任何固定的统一性或同一性；它先于"证据、逼真、空间性和暂存性"。实际上，**容器**还不是一种能指：它先于语言符号，表明了（如拉康声称的那样）客体本身的不在场，以及真实与象征之间的区别（*RPL*, 26）。调节冲动的这种**容器**要与象征的领域区别开来，它是空间直觉和语言的领域。克里斯蒂娃仿效柏拉图的某些评论，以及弗洛伊德、拉康和梅拉尼·克莱恩的某些洞见，把前语言的符号学过程与母亲联系起来：母亲的身体是口腔冲动和肛门冲动围绕着它建构起来的场所，它是符号学的**容器**的"调整原则"，也要"调节构成社会关系的象征的法则"（*RPL*, 27）。她仿效弗洛伊德关于最本能的冲动是死亡冲动的说法，提出符号学的**容器**只不过是通过一种"填充和阻塞"的过程，"产生主体和否定主体的场所"。克里斯蒂娃把**否定性**（negativity）这个词语归于这种产生和否定的双重过程（*RPL*, 28）。符号学不仅由浓缩和转移等主要过程构成，而且由身体各个区域间的联系和它们与后来形成的外在主体和客体之间的联系构成。因此，符号学是"示意过程的一种与身心相关的形态"（*RPL*, 28）。象征的领域是最终构成**容器**的自然约束或社会历史约束（如生物学差异或家庭结构）的一种"社会效果"（*RPL*, 27, 29）。按照克里斯蒂娃的看法，法国诗人马拉美谈到过符号学是一种节奏或空间，它是女人气的、难以捉摸的、与语言无关的；它构成了所写之物的基础，无法诉诸词语翻译；然而，它受到一个因素的制约：句法（*RPL*, 29）。克里斯蒂娃认为，她的符号学概念断定了一种后弗洛伊德式的主体，这种主体拆解了西方传统思想的先验自我的中心（*RPL*, 30）。

虽然克里斯蒂娃脱离了把思想看成由"自然"事实预先决定的一种笛卡儿式的语言和意识概念，但她依赖于一种胡塞尔式的现象学的核心洞见，即断定了"一种作为单一、唯独约束的自我，它建构了一切语言行为以及一切超语言的实践"（*RPL*, 31-32）。她区分了符号学的领域与胡塞尔式的意义概念，后者是意向性（intentionality），是由真实客体的一种架构建构起来的，以便突出"意向性的体验"和"意向性的客体"（*RPL*, 33）。她提出，符号学是"先于断言的"（pre-thetic），即先于对主体的断定（主体被理解为拥有断言、断定、命名或前置词功能）。因此，没有任何意义本身存在于符号学内部，但确实存在着"对意义和对符号来说异质性的联结：符号学的**容器**"（*RPL*, 36）。对克里斯蒂娃来说，自我是一种"言说的主体"，她不仅使它有别于笛卡儿式的自我，而且最终使它有别于现象学的先验的自我：它是一种过程中的/试用中的[*sujet en procès*]的主体，正如在"**文本**的实践"中那样（*RPL*, 37）。

因此，克里斯蒂娃认为，符号学是广大的示意过程的一部分，那种过程包括象征领域，而它最终是"主体的过程。符号学因而是示意过程的一种形态，着眼于被象征断定的主体（但被断定为不在场）"（*RPL*, 41）。如果说符号学是各种冲动及其结合的领域，那么，象征就是意义的领域，是命题或判断的领域，**断定**的领域。克里斯蒂娃认为，这种断定性是"作为示意过程中的一种突破而建构起来的，确定主体与其客体的**同一**是对命题的预先决定"。这种突破产生了对意义的断定，她把它称为"**断言阶段**"。甚至一个孩子的第一次阐述，包括姿势和噪音，就它们把一个客体与主体区分开来、（比喻性地或转喻性地）赋予客体一种示意功能而言，都是"断言"（*RPL*, 43）。倘若这个断言阶段是意义和命题的"最深层的结构"的话，那么，克里斯蒂娃的关注就超越了单纯现象学的把这个阶段追溯到自我，借助弗洛伊德和拉康，把它追溯到显示了这个阶段所产生的过程（*RPL*, 44）。

克里斯蒂娃指出,我们可以把符号学的**容器**看成仅仅为了理论分析的目的而先于象征的秩序。在实际中,符号学要在象征的**范围内**起作用,是对象征的一种超越。虽然符号学的机能在镜像阶段之前可以辨别,但正是符号学,才在象征领域的示意实践之中起作用,即在突破象征**之后**,才可能以精神分析的话语和艺术实践来进行分析(RPL,68)。因此,符号学是在断言突破的基础之上"回归性地"产生出来的,代表了第二次"在象征内部的本能机能的回归,作为一种否定性被引进到象征秩序之中,是对那种秩序的超越"(RPL,69)。然而,这种"回归"并不类似于那种黑格尔式的辩证运动,即一个阶段扬弃(超越并留存在一种更高的综合之中)另一个阶段:符号学在象征内部的爆发没有导致在一个更高的层面上恢复某种原初的、前象征的统一性或者综合;相反,这种否定性倾向于"拆解综合"(de-syn-thesize),并破坏断言阶段。因此,正如在艺术和文学中一样,文本实践对主体来说体现了一种冒险,有可能完全把象征一扫而空:否定性被语言运作所阻止,符号学受到语言运作的控制(RPL,69-70)。

  克里斯蒂娃提出,在所有已知的古代社会中,对象征性秩序的这种根本突破,正如被弗洛伊德在对死亡冲动的说明中理论化了的那样,通过献祭得到了表现,这种断言事件(thetic event)长期处于宗教话语的中心(RPL,70)。克里斯蒂娃解释说,献祭行为把暴力集中在牺牲者(sacrifice)之上,从而"在象征性秩序将要建立的**那个时刻**"把这种暴力转移"到象征性秩序之上。献祭与此同时确立了象征和象征性秩序,而这个'最初的'象征,谋杀的牺牲者,仅仅代表了语言入侵的结构性暴力,语言入侵谋杀了肉体,改变了身体,谋取了冲动的利益"(RPL,75)。换言之,献祭代表了那样一个时刻,即社会秩序和象征性秩序在那时同时建立,两种秩序都以表征为基础(正如在身体被阻止并被用来示意时一样)。

  如果说献祭代表了断言功能的一个方面——被语言禁止的**享乐**(jouissance)或游戏,那么,在伴随着献祭的表现性仪式中有其根源的艺术,就表现了一个不同的方面,即"通过语言把**享乐**引进到语言之中"(RPL,80)。宗教在建构象征性秩序时控制着第一个方面,这种建构首先要由神话来证明,然后要由科学来证明。在另一方面,诗歌、音乐、舞蹈和戏剧则上演了威胁"社会领域的统一性和主体"的超越象征的**享乐**(RPL,80)。诗歌实际上成了"享乐与断言之间的一种直接对抗……一种永久的斗争,以表明在语言秩序本身之内对冲动的助长"。通过象征把那种威胁引进到象征中的东西,正是诗歌的"永恒功能"(RPL,81)。

  因此,主体本身以这种不可调和的矛盾为标志。克里斯蒂娃认为,文学是"对示意之主体的状况最直接的实现",而语言中主体的这种"辩证状况"被洛特雷阿蒙(Lautréamont)和马拉美特别表达了出来(RPL,82)。克里斯蒂娃认为,这是19世纪末诗歌语言方面的一场革命,并且一直延续到巴塔耶和乔伊斯等作家的实践中。在她看来,从文艺复兴时期、法国大革命和浪漫主义以来的诗歌,已经成了"单纯修辞的、语言上的形式主义,一种拜物化(fetishization),断言的一种替代物",变成了毫无颠覆力量的"一种无用的装饰"(RPL,83)。19世纪的"革命"在一种保持了极度兴奋和逻辑的跳跃中超越了疯狂与写实主义(RPL,82)。在对抗话语世界时,代表了"象征的符号学化"的诗歌,分裂了社会的象征性秩序,"改变了词汇、句法、词语本身,从它们下面释放出了由元音差异或运动差异负载着的冲动"(RPL,79-80)。然而,仅仅是由于弗洛伊德把性欲称为"语言与社会、冲动与社会象征性秩序之间的连接纽带",马拉美、洛特雷阿蒙和乔伊斯的激进实践才可能得到适当的评价(RPL,84-85)。

总的来说,符号学的过程包括"冲动、它们的倾向,以及它们对身体的划分,加上围绕着身体的生态学的和社会的系统,如各种客体以及与父母亲的前俄狄浦斯关系"。象征的领域包括主体与客体的出现,以及按照与社会秩序有联系的各种范畴建构起来的意义的构成(RPL,86)。克里斯蒂娃对文本的两个方面进行了区分:**基因文本**(*genotext*),它指语言的"根本基础",能量与冲动的根本游戏,它们产生了文本,可以通过各种语言策略来辨别它们(如押韵、音乐性、语调和节奏),但它们本身不是语言学的。另一方面是**现象文本**(*phenotext*),这个词语表示交流的语言;它是一种服从交流规则和"预示了阐述主体与接收者"的结构。**现象文本**不是一种结构,而是一个**过程**,它不限于"两个有充分资格的主体之间意义明确之信息的两极"(RPL,86-87)。这一过程潜在地是无限的,包含了"冲动的流动、素材的不连续性、政治斗争以及对语言的粉碎"。**现象文本**表现了对这种无限的、多元的和异质的示意过程的约束;这些约束最终都是"社会政治的"(RPL,88)。

因此,克里斯蒂娃所谈到的革命性的诗歌语言具有一种颠覆性的潜力,因为它有可能回想起符号学的**容器**,释放出受到象征的传统结构阻碍的能量和冲动,从内部打乱象征,重新设想关于主体、客体及其联系的概念。按照克里斯蒂娃的看法,晚期资本主义的示意实践仅仅是一些先锋派的文学文本,如马拉美和乔伊斯的作品,它们有能力超越符号学与象征、基因文本与现象文本之间的边界;这样的文本可以开辟意义的新的可能性,新的示意方式。因此,文本在社会变迁和政治变化方面是工具性的:它是符号学**容器**的爆炸性力量表现自身的场所(RPL,103)。解读这样一种文本会使人们的主体性遭遇"不可能的危险"和风险,这样,就要抛弃人们的身份、家庭、国家和宗教,以及连续性和稳定性的概念本身(RPL,104)。这种"无限的"过程可以通过各种形态出现,可以通过艺术、劳动和政治实践的革命性过程出现。语言学实践和示意实践的彻底转变"在逻辑上(即使不是按照时间顺序)"与社会、政治和经济秩序中的转变是"同步的"(RPL,104)。克里斯蒂娃援引马克思关于自由只可能出现在劳动概念被改变之时的意见,提出由"自由"文本所实践的示意过程,"把社会关系与斗争不透明的和难以渗透的主体,变成了一种过程中的/试用中的主体"。她因此把注意力引向了"文本的社会作用:创造一种不同的主体,人们就可能造成新的社会关系,从而参与颠覆资本主义的过程"(RPL,105)。

埃莱娜·西克苏(生于1937年)

埃莱娜·西克苏的著作的激进性质和影响,植根于20世纪60年代的政治、社会抗议和巨变之中,在那个时期,法国最重要的知识分子罗兰·巴特、雅克·德里达、雅克·拉康和朱丽娅·克里斯蒂娃等人,都重新考察了西方思想的某些基本范畴和设想,尤其是当它们体现在语言结构中之时。所有这些思想家都挑战了传统的有代表性的或唯心主义的语言观;他们从多方面探讨了索绪尔对能指与所指间的差异和差距之研究的含义;他们从多方面推进了**写作**(*écriture*)的概念,强调了语言关系的、感觉的、物质的、文化与历史的维度,以及话语的"文本性"(textuality)。西克苏对这种激进规划的特殊贡献是,要促进"女性写作"(écriture féminine),正如在她那强有力的、坦率直言的、被翻译为《美杜莎的笑声》("Le Rire de la Méduse",1975年)的宣言中所表达的那样。

与德里达一样,西克苏生于阿尔及利亚的一个犹太人家庭,经历过体验帝国主义的痛苦。在阿尔及利亚人反对法国的起义期间,她到了巴黎读书;她的博士论文被翻译为《被放逐的詹姆斯·乔伊斯》(The Exile of James Joyce),出版于1976年。她在巴黎大学承担了教职和行政职务,结识了德里达、拉康、福柯和吕斯·伊里加雷。她与茨维坦·托多罗夫和热拉尔·热内特一道,成了《诗学》(Poétique)杂志的创办人,她也是法国第一个妇女研究的博士学位计划的创始人。她后来的文学理论著作收集在两本文集中。

《美杜莎的笑声》也许可以被认为具有像一首诗一样的结构,它含蓄地拒绝与传统修辞学论证格式和说明文打交道。虽然它的主题——对女性写作的要求,这种写作的本质,以及它在个人和社会层面上的重要含义——都非常清晰,但这些主题在西克苏的文本中通过一种近乎诗歌的叠句,通过在变化着的语境中循环重复的模式而显得很突出。更有甚者,这个文本的"论据"极大地依赖于语言的物质性、词语的结构、词语的结合与俏皮话的效果,也依赖于隐喻的一种公开性,它使附属的字面意义的可能性边缘化了——因为这种虚假的概念以悠久的男性对概念的范畴化为基础,直至该文本的任何一个部分。这个文本甚至试图超越诗歌的计谋,因为它的"各部分"要抵抗被同化到统一性、以前的一切文学批评传统或一切简化论的等级之中,那种等级有可能把一种中心地位指派给它的一切主张。

假如该文本具有隐含着的流变性,那么,就很难断言西克苏的文本围绕着什么核心隐喻在旋转:中心性这个概念被当成是不确定的和短暂的,是一批不知不觉陷入中心的关注点,因而,当它们不断被其他概念所取代时,中心就消退了。不过,也许值得从考察由文本标题所表明的那个隐喻开始,即美杜莎的笑声(laughter)。这个隐喻在西克苏的文本中间部分之前还没有被采用,在中间部分对妇女们发言时(正如她在整个文本中所做的那样),她指责男人们"把我们固定在两个骇人听闻的神话之间:美杜莎与深渊之间"。[14] "深渊"指弗洛伊德为女人指定的内涵和含义,即女人是一块"黑暗的大陆",对分析和理解充满一种神秘的反抗,她代表着匮乏、阉割、否定性和依赖(依赖于男性肯定性的身份)。西克苏当然要抵制这种认为女人是不可探究的观点和神话。她也反对另一种神话,即认为女人是美杜莎的神话,她断言:"你只能坦诚地看着美杜莎,直到看见她。她不是不共戴天的。她很美,她还在笑。"("LM," 289)为什么很美?为什么要笑?对西克苏来说,正如对拉弗格那样的象征主义诗人和叔本华、柏格森等异端思想家来说一样,笑声是一种拒绝(男性的)概念性之历史的象征性方式,是拒绝男性思想传统界定真理之历史的象征性方式。这并不是说笑声要按照相同的概念模式,用某种另类的真理来**反对**真理。相反,笑声是**超越**真理概念本身的一种方式,是拒绝介入产生了这种概念的思想过程和对世界进行分类的一种方式。指出这个问题的另一种方式是说,笑声胜过或者超越了"理论",理论在其真正的(历史性地被决定的)本质上是"男性的"。西克苏提出,一种"女性文本""不只具有颠覆性",它旨在"打碎一切,粉碎体制的框架,炸毁法律,用笑声打碎'真理'"("LM," 292)。而正是这个美杜莎,以其刚刚设想出来的美,带着这种笑的面容,超越了男性以自我保护的真理盾牌映射出来的影子去攻击她自身的范围。她以自己非神秘化的和重新神秘化的身份,不可能像神话中的美杜莎那样被毁灭。

美杜莎的神话(Medusa myth):在古典神话中,美杜莎是著名的戈耳贡(Gorgons)三姐妹之一,她们是福耳库斯(Phorcys)和刻托(Ceto)的女儿。姐妹中的两个姐姐斯忒诺(Stheno)和欧律阿勒(Euryale)都是不死的,而美杜莎必死。毒蛇盘绕着她们的头发,她们的身体覆盖着甲壳一样的鳞,她们的双手是黄铜做成的。她们的目光会把一切旁观者都变成石头。宙斯和达娜厄(Danae)的儿子珀尔修斯(Perseus)被派去把美杜莎的头颅带回来。珀尔修斯头戴普路托(Pluto)为他配备的、使他被人看不见的头盔,带着雅典娜给他用作镜子的闪亮的铜盾牌,以及赫尔墨斯为他配备的长着翅膀的双脚,这样,他就能够避开戈耳贡姐妹的目光,从自己的盾牌上看见她们映射出来的影子,他砍下了美杜莎的头颅,而那头颅仍然保持着力量。最后,珀尔修斯把美杜莎的头颅放在雅典娜的盾牌上,传统上对此的描绘是头颅在盾牌上(或者在雅典娜的胸甲上)。奥维德在其《变形记》中让珀尔修斯向他的姻亲解释,美杜莎何以让毒蛇缠绕着其头发。他说,美杜莎"曾经因为其魅力而出名,在很多求婚者心中唤起了嫉妒的希望。在她拥有的所有美之中,没有哪种美比她那秀美的头发更加引人注目"。但是,他接着说,波塞冬在雅典娜的神庙里"剥夺了她的童贞",雅典娜为了惩罚她的"无礼",把她的头发变成了很多令人厌恶的毒蛇:"直到今天,为了恐吓她的敌人并以恐惧使他们失去知觉,这位女神戴着像胸甲一样的那些毒蛇,毒蛇就成了她自己的造物。"[15]

如果说美杜莎代表了男人们塑造女人形象的原型神话之一的话,那么,这个神话就表现了对女性性欲和美的压制:这种性欲的象征本身就是美杜莎的头发,它成了在极其残酷的变形中的恐怖的象征。虽然这种压制和惩罚的代理人是雅典娜这个女神,但她恰好是一个具有真正的"男性"属性的女神,正如在传统中描绘的她那狰狞面容所表现出来的那样,以及她那强壮的体格,身披着作战长袍。西克苏实际上所做的是,要恢复美杜莎的神话中被压制了的那个部分:美杜莎是那个先于压制其性欲、先于损毁她的美、先于她变形为妖怪的那个美杜莎。因而,把焦点集中在美杜莎的"笑"之上,就是要救赎女人,要把她从在男性神话的历史里被羞辱的状况中解放出来。它也要破坏使关于女人的神话长久存在下去的整个概念机器。美杜莎的笑使女人回归到一种神话前的状态,回归到神话背后的真实性的状态,回归到被压制了的真实:它并不反对理论,却面带笑容,通过笑声创造了一种与理论打交道的方式,那种理论不可能被变成简单的反对,而是对于重新阐明传统的真理概念以之为基础的语言系统之间交流的真正基础的姿态,以及一种选择性的、女性的语言。这种新的语言将存在于(不是反对)笑声与传统男性语言的关系之中。

实际上,在整个这一文本中一再出现的是,诗意地劝告妇女们形成一种女性语言:"女人必须书写自我……女人必须使自己进入文本中——正如进入世界和进入历史一样,要依靠她们自己的运动。"("LM," 279)这些主要范畴——文本,世界,历史——构成了西克苏说明女性写作的意义和含义之倾向的基础。首要的是,女性写作承认它在身体方面的根基:"书写你自己。你的身体必须被人听见。"("LM," 284)"身体"在这种语境中的意义,正如在很多女性主义文本中那样,是复杂的和广泛的,因为正是身体,女性的身体,才在历史上受到了男性的神学和哲学、社会制度乃至精神分析机器的压制。男性的世界观所获得的"理论"上的地位,恰恰是依靠从真实体验中抽取出来的材料,依靠的是从感觉和无意识的世界退缩到观念的世界之中,无论是纯形式、实质、绝对理念、先验自我的世界,还是灵魂的世界。对身体的这种压制最引人注目的个案出现在各种神学之中,它们鼓吹否定或拒绝人们的身体,否定其冲动和欲望,尤其是女性的身体,女性的身体被认为是诱惑的根源,经常是不纯洁的;哲学方面最明显的例子出现在柏拉图那里,他拒绝承认身体世界、感性的身体世界的真实状况,也出现在笛卡儿的心物二元论之中,即被确证为无实质的思维实体的人类自我与人类身体之间的二元论,身体占据着物质和空间的世界,外在于人类自我本身。

因而,历史地看,**没有**身体的写作,按照一种特定的世界观拒绝容纳对身体的要求,已经成了规范,从柏拉图一直到从笛卡儿开始的现代哲学的各种运动,都是如此。**用**身体来书写,意味着帮助被压迫者回归,帮助那些从属的,被当成次要的、肮脏的、加重我们的负担、阻碍我们去感知更高真理的东西得到恢复。它要恢复对于身体在全面建构人性中的合法性的要求,这种复苏最初在女性特质的建构及女性写作的表现中最为明显。西克苏提出,不只是"男人们才被劝诱获得社会上的成功,获得升华,而女人们都是身体"("LM," 290)。西蒙·德·波伏瓦曾经认为,女人在身体功能方面体验的根基是因禁在内在性之中,而西克苏认为,女人更加能协调身体需要与冲动,这有可能是一种解放。

因为实际上正是在一种感觉中,身体才抵抗纯理论:后者即使不受到限制,也可能通过思辨的无限轨道攀登上升,而且如康德表明的那样,也可能把我们封闭在矛盾的一种螺旋式衰退之中。我们可以把纯理论用来证明几乎一切东西:上帝存在和上帝不存在——在这两种情况下,我们的结论都不是植根于真实体验的领域。身体是一个名称,是很多事物的一种隐喻:体验的独特性拒绝被囊括在普遍范畴之下,或者说拒绝被变成示例性的状况;正如西克苏提醒我们的,它可以表现出自我的个体性,使一种明确的立场处于场所、时间、阶级、肤色、种族和宗教之中。用身体写作要拒绝取消这些差异。如果我是一个黑人妇女,出生于某个节俭的阶层,成长在一种特殊的意识形态和文化氛围之中,那么,所有这些因素无疑会影响我对一切特定情景的理解。正如男性传统会让我做的那样,我不可能简单地抛弃这些因素,得出某种中立的看法,那种看法在某种程度上以"纯粹"理性或纯粹思想为基础,它因此伪装成客观性。

作为一个整体的女性主义的伟大成就之一,就是要在很多层面上使我们想到,我们**全部**——不只是妇女们——都要根据一种超出决定论的观点来言说,那种观点在很大程度上要以很多超出我们控制的因素为条件。因而,对我来说,要在我写作时意识到我的身体,就要承认它对我的思想过程的贡献的深度,以及决定了我的思想过程;我们并不是在某种笛卡儿式的真空中思考,不是在从体现于其中的一切具体环境里抽象出来的某种纯粹心灵中进行思考。对我们来说已经成了惯例的是,在理解一切事物的过程中,要看出很多特殊实体或事件怎么可能被归于普遍性或一般性的概念:在有巨大差异的现象中看出统一模式或者相似性的这种努力,是我们用以努力理解世界的根本方式之一。但是,女性主义已经表明,在通过一般概念来思考的过程中,不可能完全取消个体性,不可能完全抛弃它的丰富性和独特性。正如西克苏坚持认为的:"不存在任何……普遍的妇女。"人们可以谈到妇女们共同具有的东西,但"她们个人构成的无限丰富性",使我们无法谈论"**一个女性**"可能是"始终如一的、同质的,可以分类为各种代码"("LM," 280)。

如果身体表现了抵抗的特性,这种特性是对将本质普遍化的反抗,那么,这是因为它具有一种不可缩减的和独特的丰富性。实际上,它是一个"懂得闻所未闻之歌"的"独特的帝国",一个建立在承认"她的冲动的奇异骚动"之上的帝国,一个建立在"准确质问自己的性冲动"之上的帝国("LM," 280)。每一个身体都是独特的,因为它按自身特殊的方式发散欲望("LM," 295)。当这个身体被"听见"时,当它通过写作被表达出来时,由此"无意识的巨大资源将涌现出来",无意识就是被压抑的东西在其中幸存的场所("LM," 284)。这种新的写作表现了"新女性",以身体的"帝国"为基础,它将反抗用男人们的语言和范畴建立起来的"分析帝国"("LM," 296):"妇女们必须创造无懈可击的语言,这种语言将破坏隔离、阶级、花言巧语、规则和代码……一个女人的身体,以及它千头万绪的热情的开端——它一旦受到猛然的约束和审察,她就会让它表现出从各个方向穿过它的意义的丰富性,它会使老套的母亲的舌头说出不止一种语言。"("LM," 289–290)

西克苏表明,迄今为止的写作都是由一种男性系统来传播的,成了"使压迫妇女长久存在的一个处所",她把写作的历史等同于理性的历史;这种历史"是一种具有男权中心传统的历史",一架"庞大的机器,它一直运转了很多个世纪,一直在制造它的'真理'"("LM," 283)。因此,一种"新的"、女性写作的含义将很重要:"写作恰恰具有**变化的真正可能性**,这种空间可以用作颠覆性思想、改革社会和文化结构的先驱运动的一个出发点。"("LM," 283)这种新的、"反叛的写作"将在两个层面上造成妇女历史上的一次"**决裂**":它将导致女人"**回归**"到自己的身体,她可以由此体会到与她的性欲的一种"排除了审察的"关系;它将使她脱离那种"超我化的(superegoized)结构,她在其中始终占据着为罪孽保留的位置"。写作将解放"她必须迫切地学会去言说的关于她的自我的非凡文本"。其次,当女人因此抓住了言说的机会时,这将标志着她"令人震惊地进入历史之中",标志着她把写作当作"反对逻各斯的武器"("LM," 284)。妇女写作将为她确认一个场所,而不是由象征性秩序保留下来的场所,那种秩序是由男性的体制和历史建立起来的。与那种建构象征性秩序的写作形成对比的是,妇女写作最贴近冲动;女人"敢于并且希望从内部去了解……她让另一种语言说话……那种语言既不懂得封闭,也不懂得死亡……她的语言不是遏制,它要传达"("LM," 293)。一种女人的语言绝不是抽象的,绝不会失去与前象征性和无意识资源的联系:"正是由于她的身体,她才生气勃勃地支撑着自己言说的逻辑……她的言说,哪怕是'理论的'或政治的,都绝不是简单的、线性的或'客观化的'、普遍化的:她把自己的故事引进到历史之中。"由于没有哪个女人会"积累"反对冲动的防卫措施,所以,"一个女人绝不会完全不是'母亲'……在她身上至少始终都会有一点那种好母亲的乳汁。她要用白色的墨水来写作"("LM," 285)。

西克苏认为,现在正是"把新女性从旧女性中解放出来"的时刻,是与男性书写的历史决裂的时刻,是书写一种新历史的时刻("LM," 279, 282)。妇女作为历史的主体,"不思考[扔掉]统一,调节那种使各种力量同质化并且进行引导的历史,把各种矛盾聚集为一个单一的战场。在妇女身上,个人的历史与一切妇女的历史混合在一起,也与国家和世界的历史混合在一起"

("LM," 286)。西克苏坚持认为,人们不可能"**界定**一种女性的写作实践……这种实践绝不可能被理论化、被封闭、被编码……它始终都将超越那种控制着男权中心体系的话语"("LM," 287)。"新女性"将"敢于在理论之外进行创造",哪怕是冒险"被能指的警察召见",那些警察将试图为她们重新指定她们"在始终都为有利于一种享有特权的能指而形成的链条中的准确位置",他们会用一种享有特权的能指把她们拉回到"一种所指的权威性"那里去("LM," 296)。

因而,身体成了一种象征,即象征着冲动和体验的抵抗特性,不可能被包含在强迫分类之下的个人独特性,从个人身上概括出历史和国家的不可能性。而书写身体的写作,拒绝编码化和封闭性,抵抗服从理性的王权,坚持它与身体的物质性、它的冲动、无意识、里比多的充满活力的联系。在其文本中的一个短暂时期里,西克苏甚至提到了"'理论'的辩护者、神圣的概念的好好先生、阴茎的崇拜者",她驳斥了他们可能对理想主义和神秘主义进行的指责("LM," 295)。事实上,她强调说,为了逃脱被囚禁在男人的话语之中,她不可能仅仅挪用男性的概念和工具:相反,她必须"飞翔"和"偷窃"("LM," 291)。那就是说,她必须"搞乱空间秩序,使之失去方向,围绕着设施进行改变,扰乱事物与价值,把它们全都打碎,使结构变得空洞,彻底颠倒恰当性,从这一切中获得快乐"("LM," 291)。她必须以自己的身体戳穿"配对与对立……连续性、关系、围墙的体系"("LM," 291-292)。她行走在由"对立、等级化的交换、为只有在一个人死去时才可能结束的掌控而争夺(一个主人与一个奴隶……)"的男权中心价值观支配着的历史之外("LM," 297)。

西克苏用有点使人想起德·波伏瓦的词语提出,新女性将体现出"冒险",体现出成为自我创造之女性的危险;压迫妇女的历史使她更好地认识到了"在一切男人之外的冲动机制和自我管理之间的关系"。此外,与"如此热衷地抓住自己的头衔和各种权利"的男人不同的是,女人是"给予者",她不寻求自身,而寻求他者中的他者,她尽力"不去囤积",她陶醉于无止境的变化和形成之中("LM," 297),她"反对分离"("LM," 286)。她是"一切解放的一个必要组成部分",把阶级斗争展开为"一场更加宏大的运动"("LM," 286)。她将带来"人类关系中的一种变化",体现一种新的、"**另类的双性恋**"(bisexuality),这表明了"每个人的位置本身都……属于在场……属于两性",这种雌雄同体将取代男人"显赫的阴茎崇拜的单性别"("LM," 288)。西克苏提出,如果说有一种"女人的恰当性"的话,那么,那就是她"有能力无私地占有:没有目的的身体……如果说她是一个整体,那么,那就是一个由都是整体的各个部分构成的",有别于由"在其各个部分专政之下"的阴茎崇拜中心构成的男性("LM," 293)。当我们进行写作时,"将成为我们对自己的要求的一切,就是要毫不迟滞地、使人兴奋地、难以满足地追求爱。在相互之中,我们绝不缺乏什么"("LM," 297)。

注释

[1] Virginia Woolf, *The Common Reader: First and Second Series* (New York: Harcourt Brace, 1948), p. 172. 下文引用写作 *CR*。

[2] Virginia Woolf, *Moments of Being: Unpublished Autobiographical Writings*, ed. J. Schulkind (New York and London: Harcourt Brace, 1976), p. 72. 下文引用写作 *MB*。

[3] *A Writer's Diary: Being Extracts from the Diary of Virginia Woolf*, ed. Leonard Woolf (London: Hogarth Press, 1953), p. 220. 下文引用写作 *WD*。

[4] Quentin Bell, *Virginia Woolf: A Biography* (New York, 1972), p. 145.

[5] Moore, "The Refutation of Idealism" (1903), in *Philosophical Studies* (London, 1922), pp. 1–2. 下文引用写作"RI"。

[6] *Some Main Problems of Philosophy* (London and New York, 1953), p. 4. 下文引用写作 *MPP*。

[7] Virginia Woolf, *Contemporary Writers* (New York and London: Harcourt Brace Jovanovich, 1965), p. 122. 下文引用写作 *CW*。

[8] Virginia Woolf, *A Room of One's Own* (1929; rpt. San Diego, New York, London: Harvest/Harcourt Brace Jovanovich, 1989), p. 4. 下文引用写作 *Room*。

[9] Virginia Woolf, *Three Guineas* (1938; rpt. New York and London: Harcourt Brace, 1966), pp. 19–21. 下文引用写作 *TG*。

[10] Simone de Beauvoir, *The Second Sex*, trans. H. M. Parshley (New York: Bantam/Alfred A. Knopf, 1961), p. 59. 下文引用写作 *SS*。

[11] Elaine Showalter, *A Literature of Their Own: British Women Novelists from Brontë to Lessing* (Princeton: Princeton University Press, 1977), p. 3. 下文引用写作 *LTO*。

[12] Michèle Barrett, *Women's Oppression Today: Problems in Marxist Feminist Analysis* (New York and London: Verso, 1980), p. 8. 下文引用写作 *WT*。

[13] Julia Kristeva, *Revolution in Poetic Language*, trans. Margaret Waller (New York: Columbia University Press, 1984), p. 21. 下文引用写作 *RPL*。

[14] Hélène Cixous, "The Laugh of the Medusa," trans. Keith Cohen and Paula Cohen, in *The Signs Reader: Women, Gender, and Scholarship*, ed. Elizabeth Abel and Emily K. Abel (Chicago and London: University of Chicago Press, 1983), p. 289. 下文引用写作"LM"。

[15] Ovid, *Metamorphoses*, trans. Mary Innes (Harmondsworth: Penguin, 1977), IV. 774–803.

第二十七章 读者反应理论与接受理论

文学作品的读者或文学表演的观众的作用,从古典时代以来就已经得到了确认。柏拉图敏锐地意识到了诗歌使人烦扰的力量在激情和道德层面对人们的影响,以及对他们关于诸神和真实本身的基本概念的影响。他认为,诗歌诉诸我们低下的本质,使我们倾向于非理性的行为,并转移我们对真理的理性追求。亚里士多德拥有一种较为宽容的对诗歌的看法,他使观众的反应成为他对结构恰当之悲剧的定义的一个必要组成部分:这样一种悲剧必须在观众中激发起净化了的恐惧和怜悯之情。很多古典作家和中世纪的作家都认为,文学是修辞学的一个分支,是善于说服的演说或写作的艺术。这样,文学就必须高度地意识到其观众的构成和期待。后来,有些浪漫派的理论强调了诗歌的强烈情感对读者的影响,而19世纪的象征主义和印象主义等各种后来的理论,强调了读者对文学与艺术的主观反应。女性主义和马克思主义等其他一些理论始终都承认,文学必然要在阶级和性属的某种社会结构内部起作用,始终都要在审美和经济方面以某些观众为取向。由弗里德里希·施莱尔马赫、马丁·海德格尔和汉斯·格奥尔格·伽达默尔发展起来的阐释学理论,以及由埃德蒙·胡塞尔激励起来的现象学理论,如诺曼·英伽登(Roman Ingarden)的理论,研究了读者在认识上和历史上与文学文本打交道的各种方式。

部分地为了反对19世纪的各种主观主义理论以及把文学置于更大的历史语境之中的各种理论,出现了各种各样的形式主义,包括新批评。形式主义者想把文学领域开辟为一个科学的、自主的领域,在其中不是强调读者单纯的主观反应,也不是强调文本与其更加广泛的社会环境的联系,而是强调文学作品本身:他们认为,文学研究是一种客观性的活动,他们还认为,文学对象本身是意义的储藏库。他们认为,需要研究的,是文学作品"客观的"词语结构,而需要确证的,是其特殊的文学特质,它们与作品可能包含的一切道德的、宗教的或其他的意义相对立。

在某个层面上,读者反应理论反对这些形式主义和客观主义(objectivism);不过,它也是对一种漫长的和多变的传统的复苏,那种传统承认读者或观众在任何特定文学情景或修辞学情景的全部结构中的重要作用。在弗吉妮亚·伍尔夫、路易·罗森布拉特(Louise Rosenblatt)和韦恩·布思的理论著作中,存在着读者反应观点的一些因素。所有这些人物都承认,文学文本的作者要运用某些策略来在其读者中造成各种特定的效果,或者引导他们的反应。很多像解构那样的后现代主义运动,都曾挑战过形式主义和新批评对文本的客观性的断言。但是,一直到 20 世纪 70 年代,德国康斯坦茨大学的一些批评家["康斯坦茨学派"(Constance School)]才开始提出一种系统的读者反应理论或者说"接受"理论。这个学派的主要成员有沃尔夫冈·伊塞尔和汉斯·罗伯特·姚斯。这个学派的美学不仅在前面提到的阐释学和现象学传统中有其根源,而且在亚历山大·鲍姆嘉通、伊曼纽尔·康德和弗里德里希·冯·席勒等人的早期思想中有其根源。

埃德蒙·胡塞尔(1859—1938 年)

大多数读者反应理论都在著名的现象学的学说中具有其哲学根源,现象学的基础是由德国哲学家埃德蒙·胡塞尔奠定的。希腊语 phainomenon 的意思是"外表"(appearance)。因此,作为一种哲学观点,现象学把我们研究的重点从"外在的"客体世界,转移到了研究那些客体向人类主体**呈现**的方式,以及主体对这种呈现过程的贡献。这种给外在世界"加括号的方法"(bracketing),被胡塞尔称为"现象学的还原"(phenomenological reduction),它构成了胡塞尔要获得哲学中的确定性之努力的基础。胡塞尔认为,我们不可能确定外在世界的本质,但我们可以获得关于我们自己感知之本质的确定性,以及关于我们建构世界之方式的确定性,即世界向我们主体的感官呈现出来的方式。对主体性的这种强调,被证明产生了巨大影响;它为现象学批评的"日内瓦学派"[Geneva School,包括乔治·普莱和让·斯塔罗宾斯基(Jean Starobinski)等人物]提供了基础,它把文学理解为体现了作者的意识;它对沃尔夫冈·伊塞尔和汉斯·罗伯特·姚斯的接受理论产生了引人注目的影响;它也为马丁·海德格尔的思想所要反对的东西提供了一个出发点。

胡塞尔希望把哲学建立在一种理性的和科学的基础之上。在其早期的《作为一种严格科学的哲学》("Philosophy as a Rigorous Science",1911 年)一文里,他坚持认为,哲学在其发展中,在任何一个阶段都没有达到成为严格的科学的要求。他认为,自文艺复兴时期以来的各种哲学都遵循着"一种在实质上单一的发展路线"。[1] 胡塞尔承认,一种"对于严格科学的有意识的意志,支配着苏格拉底和柏拉图式的哲学革命,在现代开始时,也支配着在科学上对经院哲学的反抗,尤其是反对笛卡儿的革命"。胡塞尔认为,这种科学的推动力本身,在康德对理性的批判中,并在费希特的哲学中得到了恢复。然而,在此之后,哲学在科学上的努力受到了浪漫派哲学的削弱,胡塞尔认为后者是黑格尔哲学原型式的范本。正是在反对黑格尔的哲学方面,部分由于严格的科学上的进步,自然主义才获得了一种"势不可挡的推动力"。实际上,胡塞尔认为,自然主义的怀疑态度,在最近几十年里决定性地塑造了哲学(PCP, 76-77)。这种自然主义一直在与改编自黑格尔"形而上学的历史哲学"的一种"怀疑论历史主义"进行论战(PCP, 77)。

胡塞尔参与了对自然主义和历史主义这两种趋势的批判,一种趋势表示要达到科学的客观性,另一种趋势则否认这种客观性的可能性,并且肯定了一种历史相对论。与先前时代"形而上学的优柔寡断和怀疑主义"形成反差的是,胡塞尔提倡一种以"可靠基础"为基础的哲学科学,这种科学符合我们时代迫切的精神需要,它将满足"理智与情感这两个方面"(PCP,140,142)。像笛卡儿一样,胡塞尔坚持认为,我们要以真正的哲学科学的精神,"不接受任何预先设定的东西"(PCP,145)。哲学"在实质上是一门真正开端的或起源的科学,是一门**一切事物之根源**[rizomata panton]的科学"。我们不必从先前的哲学以及先前的偏见、误解和成见开始;相反,我们必须从"各种事物以及与它们有联系的各种问题"开始。胡塞尔坚持认为,各种理念大多是按"直接的直觉"假设的,而正是通过哲学的直觉,我们才会达到一种"对实质的现象学把握"(PCP,147)。

胡塞尔在 1917 年的一篇名为《纯粹现象学,其方法及其探究领域》("Pure Phenomenology, Its Method and Its Field of Investigation")的演讲稿中,对他自己的哲学立场做出了一种清晰简洁的说明。[2]胡塞尔在演讲稿中宣称,为了响应一种迫切的要求,一种"新的基础科学,纯粹现象学"已经发展起来,他把这门科学界定为"纯粹现象的科学"("PP," 4—5)。胡塞尔在这篇演讲稿中的成就之一,就是要界定和提炼"现象"的概念,在其最简单的意义上,现象是指"某种呈现出来的东西"(对主体或观察者)。胡塞尔最一般的主张在于:"客体如果不向认知的主体'呈现'出来,如果它们对他来说完全不是'现象',那么,客体对认知主体来说就什么都不是。因此,在这里,'现象'意味着某种内容,它实际上存在于直觉意识之中。"("PP," 7)胡塞尔像康德一样,不仅声称只有当客体向我们呈现出来时,我们才可能认识那客体,无论它本身可能是什么;他也提出,客体本身**什么都不是**,它作为一种客体的真正构造,作为呈现出来的一种现象或者客体,要以主体的感官作为基础,那些感官直觉到它是一个客体。在某种意义上,胡塞尔所要做的,就是要排除康德式的本体概念,它通过心灵而对现象的构造起着一种约束或限制的作用;对胡塞尔来说,在现象的领域和地位之外,不存在任何东西。现象的世界不仅是我们可以认识的唯一真实;它**就是**唯一的真实。

胡塞尔指出,"现象"这个词语的复杂性,是在它被用于他的思想之中时。当我们感知到一个客体(即当一个客体向我们"呈现"出来)时,这并不是一种单一的或简单的活动:客体可能以不同的方式被给予我们,或者说向我们呈现出来。我们可以从上面、下面、近旁、远处、过去和现在来看它。因而,我们实际上对"相同"客体有几种单一的直觉。这些单一直觉被结合与合并为"对同一个客体的一种持续知觉的统一体"。因此,"一种整体的'现象'就充满了各种各样的现象的表现"。换言之,我们所称的现象,或者说向我们呈现出来的客体,实际上是被直觉到的对一个客体的**一系列感知**的统一体("PP," 8)。在另一方面,意识本身是对现象采取的各种步骤的统一体,那些步骤有回忆、谈及、综合、对比,最后是理论化。所以,我们面临的情形是"一种意识的统一体……在实际上构成了对客体性的一种单独的综合"("PP," 9)。此外,这种情形看起来与康德在描述先验自我时所勾画出来的情形相似,它统一了个体对经验自我的感知;但是,胡塞尔的着重点还是不同:整个现象界,其范围从对客体性最简单的标示,到对客体复杂的分组和再分组,都是由意识行为构成的,是由各种各样的这类行为及其等级构成的,而它们本身又必定构成了一种有序的统一模式的一部分。

这里的要点在于:正是意识,才决定了客体性,才划分和安排了客体与现象的世界——如果没有这种活动,就完全不存在任何客体本身。因此,胡塞尔把"现象"的概念扩大到了"包括意识的整个领域,以及意识到某种事物的一切方式……只要通过参与情感的和意志的意识,所有价值,所有利益,所有劳动,都可以被体验、被理解、被变成客体本身"。胡塞尔以举例的方式提出,在"艺术作品"这个范畴中,没有任何客体会出现在"完全缺乏一切审美敏感"的某个人的世界里("PP," 13 - 14)。显然,隐含的意思是,艺术作品(像其他一切现象一样)不可能以某种方式先于对它的接受而存在;它是由感知到它本身、感知到它**是**艺术作品的感受**建构**起来的。

因而,现象学的任务不是要研究客体"本身"的世界,而是这个世界如何被广泛的意识行为建构起来。例如,如果某事被人回想起来,那么,我们将研究的不是被回想起来的客体,而是**因为它而被回想起来的**那个客体。换言之,我们将思考,回想的过程怎样建构了那个客体。正如胡塞尔认为的,现象学的研究将专注于"感知本身、回想(或其他任何一种呈现方式)本身、思维、评价、意愿、去做本身……的内在本质……用笛卡儿式的术语来说,这种研究将涉及凭其本身权利的'我思'(cogito)",即思维本身,以及被思考的客体("PP," 15)。这样,现象学将成为一门"意识的科学"("PP," 16)。

胡塞尔坚持要区分"现象"与"客体"。客体,如一切自然客体,都"与意识无关",现象则由意识本身的过程和要素组成。胡塞尔认为,这种差别表明了现象学与所谓"客观的"科学之间的一种鲜明反差("PP," 17 - 18)。这些形成反差的领域在根本上涉及了不同类型的体验与直觉:现象学涉及"内在"体验,它是一种反思,我们通过这种反思来把握意识,以及意识所意识到的一切。客观的科学涉及"外在的"或"超验的"体验,即对呈现于我们感官的某种外在事物的体验。胡塞尔声称,被提供给"内在"反思的东西"绝对"是特定的,始终都是确定的,始终都是不容置疑的;然而,外在体验的客体也许被证明了(通过进一步的体验)是虚幻的。例如,"欲求"或"喜爱"的内心过程绝对是特定的:它对我们的意识来说是内在的(不是无关的),而我们从各种观点来看都不把它"看成"一个客体。指出这一点的另一种方式是说,欲求或喜爱**是**意识到的方式之一;正如胡塞尔认为的:"喜爱在实质上就是意识到。"("PP," 19 - 20)因而,欲求或喜爱就是一个客体被给予我们的形式之一;而我们由直觉知道欲求和欲求之客体的统一是一种现象。

胡塞尔提出,我们可以从超验体验转向内在体验(因为正是后者本身产生了确定性)。当我们处在"自然的"(或超验的)态度之中时,我们就采取了某些有意识的行为,如谈及与综合;但是,我们的焦点没有集中在那些行为之上,而是集中在我们的意识意指的客体之上。然而,我们可以把这种"自然关注的焦点"转变成"现象学反思的焦点",通过把我们的关注点固定在我们自己"当下流动着的意识"之上,"因而,也是无限多样的现象世界"之上("PP," 22 - 23)。换言之,我们的焦点此刻不在作为客体的客体之上,而在作为现象的客体之上:作为向意识呈现出来的客体,连同意识的结构一起,都以那些呈现方式为条件。正如前面说到的,胡塞尔区分了作为意识之科学的现象学与心理学;他认为,心理学不适合研究意识的任务,因为它把自然法则误用于心灵,实际上只把心灵当成自然与物质的时空世界中的另一种活动("PP," 25 - 26)。

与"心理体验"形成对比的是,现象学参与了仍然处于"纯粹反思"范围内、排除了自然的一种直觉活动("PP," 27)。在现象学中,意识"纯粹被当成在本质上具有它自身内在的要素,不是那种超越了被复合的意识的存在"("PP," 28)。胡塞尔认为,他的"现象学的还原"把笛卡儿的"我思故我在"发展到了非笛卡儿式的目标:"现象学的还原是一种方法,它要实现意识的现象学领域的纯化,摆脱来自客观实在的一切强制。"("PP," 30)这样一种还原要牵涉什么?首先,它必须悬置整个"物质的自然",以及整个肉体世界,包括自己的身体、"认知主体的身体",给它们加上括号,或者"使它们失效"("PP," 32)。其次,我们必须排除"一切心理体验",排除对以身体或自然为基础的意识过程的一切考虑。因此,包含了自然和心理的"客观世界""就像是被放进了括号之中一样"("PP," 33-34)。

一旦我们做到了这一点,留下来的是什么呢?留给现象学分析的是什么呢?胡塞尔的答案是:"世界之现象的总体性……意识与它所意识到的东西……就是留下来的纯粹反思的领域。"("PP," 34-35)他详细阐述了这一说法,即我们可以研究"每一种理论上的、评价的、实践的意识",以及以之构成的一切客体。差别在于,在我们的现象学研究中,我们不是把客体当成独立的实体,而是当成"意识的相互关联"。我们仍然可以研究我们在这门奇妙的现象学科学出现之前所做的一切:"自然中的事物,人与人的群体,社会形式与构成,诗歌和造型的构成,每一种文化作品。"现在,只有我们认为这些都不是"实在",而是涉及通过其"结构的财富"建构了它们的意识("PP," 35)。因此,在研究纯粹的意识时,我们不仅要研究内在于意识的思想和感知的结构,而且要研究在它们**呈现**出来时的"外在"现象的全部范围,以及由意识建构起来的"外在"现象的全部范围。

但是,如果我们(假定)的出发点是一种笛卡儿式的出发点,属于一种个体的意识,那么,胡塞尔的程序就没有使我们陷入唯我论之中,狭隘地相信世界及其内容只不过是单个心灵的产物或者投射吗?胡塞尔解释说,纯粹现象学不是一种经验的科学,不认为每种意识都被囚禁在一个个体的身体之内,相反,它是一门先验的科学,涉及"相关的在理念上可能的和纯粹的法则"("PP," 38-41)。因而,纯粹现象学涉及意识及其现象所属的"实质性法则"("PP," 41-42)。与理性批判有关的哲学问题,必须按照各种客观性领域"与内在地建构起来的意识"之间"实质性的一致性"来重新阐明。胡塞尔仿效布伦塔诺①,认为意识行为是意向性的:意识始终都意识**到**了某种东西,它断定或意指它所指向的客体。这样的客体因而是"内在于"主体思维过程的;由于这种内在的客体性是理念的(从客体中抽象出来、被认为是其实质的某些特质),所以,正是一种客体性,对所有主体来说才是有效的。

按照胡塞尔的看法,现象学所把握到的是客体的理念的实质;而且,由于这些实质是内在于(而不是外在于)意识的,所以,它们是凭直觉把握到的。胡塞尔认为,他的方法不仅以一种"现象学的还原"为特征,而且以一种"异常清晰的还原"为特征,还原或抽象为理念的形式(希腊词 *eidos* 的意思是类型或者形式)。正如胡塞尔说明的,对理性的批判必须由"在直觉上借助在现象学上特定之物的一种研究"来重新奠定其基础("PP," 43)。简言之,胡塞尔以一种主体间性(intersubjectivity)的模式取代了客体性的概念:在自然本身或客体本身之中再也找不到一致性,而要在我们感知客体的模式中去寻找。

---

① 布伦塔诺(Brentano,1838—1917 年):德国哲学家和心理学家,意动心理学的创始人。

胡塞尔结束其文章时自信地预言,现象学将"战胜一切阻力和愚蠢,将享受到巨大发展的乐趣"("PP," 44)。虽然现象学可能战胜不了一切愚蠢,但它肯定会开创一种巨大的转变,并在众多领域里成为明显可见的征兆,包括现代主义文学、存在主义、解构、精神分析和女性主义理论的众多分支,使它们走向研究必然与人类主体性构造有关的世界。然而,现代世界抛弃了胡塞尔的地方,是他笛卡儿式地坚持使心灵与身体分离,并以一种个人主义的和原子论的方式来设想心灵;后来的思想家们实际上已经在胡塞尔的洞见之上进行了建构,但倾向于把人类主体性的基础置于一种社会的和历史的框架之中,按照黑格尔的模式,而不是按照笛卡儿的模式。

不过,胡塞尔本人认为,他的哲学的"科学"方法适合现代世界的迫切需要。刚刚研究过的他的那篇就职演讲稿,发表于1917年,那时的欧洲仍然在遭受第一次世界大战的破坏。在后来的一篇演讲稿《哲学与欧洲人的危机》("Philosophy and the Crisis of European Man",1935年)中,胡塞尔考察了哲学与历史之间的联系,而更为特殊的是,考察了他的现象学方法与欧洲当前的不安意识之间的联系。胡塞尔实际上紧接着世界大战和经济萧条,从真实性开始,即"欧洲国家都是不健全的"。胡塞尔把这种状况部分归之于"人文科学"在文化、精神性和创造性领域里发挥自身引导人性的作用方面的失败(PCP,150-151,153)。胡塞尔认为,人文科学的从业者因自然主义而失去了判断力,忽视了寻求一门"纯粹的精神科学"(PCP,155)。

胡塞尔认为,欧洲是一个超越了民族冲突和地方化差异的统一体;这个统一体是"一种特殊的内在精神的密切联系",是"一种精神形象的统一体"。胡塞尔把这种精神的统一体追溯到古代希腊世界的哲学和科学发展;胡塞尔声称,正是这些科学和哲学精神的出现,才使欧洲文化成为独特的(PCP,156-157)。这种精神实际上存在于人们对于自己环境的一种新的态度之中:希腊人不只关注生存和实际的需要,而是学会了对系统的与普遍的知识感兴趣,那种知识超越了一切直接应用于他们自己的、局部化的情景。他们为了知识而对知识感兴趣,对普遍真理的概念和道德的普遍标准感兴趣(PCP,160)。这样一种态度改变了希腊人的生活,他们开始按照"理想的标准"生活。胡塞尔表明,这种实际上对普遍性感兴趣的态度,是"理论上的态度",得到了哲学家们和科学家们的贯彻,他们"在共同的人际间的努力中团结在一起",投身于**理论**(theoria)(PCP,164-165)。这样一种态度对欧洲文化来说是独特的(虽然它已经被输出和被模仿),与"自然态度"形成了鲜明的反差,与成为其他文化之特征的"沉浸于世界的自然直率的生活"形成了鲜明的反差(PCP,166)。然而,这种理论态度可以被结合到一种更高层次的实际态度之中。这样,**理论**就"被要求……以一种新的方式为人性服务",提供"一种对所有生活及其目标的普遍批判……它是一种实际的观点,其目的是要通过每种形式,以与真理标准一致的、普遍的科学理性来提升人类,从而使之变成一种全新的人类"(PCP,169)。

实际上,胡塞尔提出,"欧洲的危机"在从启蒙运动传下来的"错误的理性主义"中有其根源(PCP,179)。他认为,启蒙运动的理性概念是"片面的",并且告诫说,没有任何一种理路的"真理必须被绝对化。只有在这样一种对自我的最高意识中,它本身才成了最高任务的一个分支,哲学才可能实现其作用,即把自身并因此把真正的人类置于正确的轨道之上"(PCP,181)。胡塞尔再次抨击了从文艺复兴时期传下来的、在最近两个世纪中尤其明显的客观主义,这种客观主义采取了自然主义和心理主义的形式。胡塞尔认为,欧洲的危机不是由于理性主义的崩溃,而是由于理性转变成了或者外化成了自然主义和客观主义等形式。他以一种有预见性的告诫结束演讲稿说:欧洲可能从其现在的废墟,转变为未来疏离它那"理性的生存感,陷入一种对精神的野蛮憎恨之中"。或者说,它可以"通过一种将决定性地战胜自然主义的理性英雄主义,从哲学的精神中"得到新生。胡塞尔要求,欧洲人要像凤凰一样从"怀疑的毁灭性大火"中复活,再度投身到"西方对人类的使命"之中(PCP, 192)。他的话通过政治家们的演说之口,要在21世纪里发出响亮的回声。

马丁·海德格尔(1889—1976年)

  胡塞尔的学生马丁·海德格尔被证明了是20世纪最有影响的哲学家之一,是存在主义在现代的主要代表人物。他的影响不仅延伸到了梅洛-庞蒂、萨特和西蒙·德·波伏瓦等存在主义哲学家,而且延伸到了路德维希·宾斯万格(Ludwig Binswanger)等精神病学家,鲁道夫·布尔特曼(Rudolph Bultmann)、保罗·蒂利希(Paul Tillich)、马丁·布伯(Martin Buber)和卡尔·巴特(Karl Barth)等神学家,以及雅克·德里达等后结构主义思想家。海德格尔受到其导师的现象学方法的影响,也受到属于阐释学传统的作者弗里德里希·施莱尔马赫和威廉·狄尔泰的影响,他的核心规划在于对"存在"(being)概念进行彻底的重新考察,在于存在与时间的内在关系。他的主要著作《存在与时间》(Sein und Zeit)出版于1927年,它在专业哲学的殿堂里和在有教养的阅读公众之中都产生了直接的影响。海德格尔认为,我们不适当地提出了"在"(Being)是什么的问题,这个问题的答案将决定人类的未来。此外,海德格尔提出了他自己的解释文本的阐释学或方法;他的晚期著作日渐把焦点集中在诗歌和语言分析之上。

  海德格尔出生于一个罗马天主教家庭,最初受过神学方面的训练,写过一篇论述邓斯·司各脱的文章(1915年);他在胡塞尔任哲学教授的弗莱堡大学学习哲学,这使他接触了胡塞尔和布伦塔诺的著作,也接触了属于新康德派传统的文德尔班(Windelband)和李凯尔特(Rickert)等思想家的著作。海德格尔于1923年被任命为马尔堡大学的哲学教授;后来,他于1929年被选为胡塞尔在弗莱堡大学的哲学教授职位的继任人,然后于1933年在希特勒刚刚建立的统治之下被选为校长。就在这一年,海德格尔加入了"国家社会主义党"(National Socialist Party);实际上,他在弗莱堡大学的就职演说《大学在新帝国中的作用》("The Role of the University in the New Reich")里,根据国家统一的利益谴责了言论自由,并且称赞了一个光荣的新德国的出现。他在1934年初辞去校长职位。这些事件仅仅表现了海德格尔与纳粹主义的短暂瓜葛,还是一种持久的协作与投入?争论仍然存在,然而,毫无疑问的是,他的著作打上了一种强烈的国家主义的标记(例如,他认为,只能在德国和希腊进行哲学探讨)。海德格尔的其他重要著作有《康德与形而上学问题》("Kant and the Problem of Metaphysics"),它对康德的《纯粹理性批判》提出了新的解释,还有他的就职演说《形而上学是什么》("What Is Metaphysics?")。

在其《存在与时间》(1927年)中,海德格尔坚持认为,哲学家们迄今为止依然还没有解答柏拉图和亚里士多德所提出的问题:存在是什么?[3] 在这部著作里,海德格尔分析了他所叫作的"此在"(dasein)或人之存在。成为人之存在特征的,是其"被抛掷"(thrownness)到世界或者"真实性"(facticity)之中:一个人早已被抛掷到了构成他或她的"世界"的一系列关系与环境之中(BT,82-83)。第二个特征是"生存状态"(existentiality)或者"超越"(transcendence),人之存在借以占有她的世界,在世界上留下她自身的存在与潜力的独特形象。换言之,她把自己世界的各种因素当作既定的,以实现她自身(BT,235-236)。然而,这个肯定性的特征伴随着第三个特征,即"沉沦"(fallenness):在试图创造她自身时,人之存在从真实的"在"下落,反而沉浸在日复一日生存的纷扰之中,卷入特定的各种存在之中(BT,220)。本真的存在,本真的自我,于是就被掩埋在各种生存烦恼和纷扰之下(BT,166-168)。

人类怎样克服这种非本真的存在,克服真实存在的这种丧失?海德格尔对这个问题的解答,包含了对存在主义的经典陈述之一。非本真性(inauthenticity)在于看不到人类的统一性、人类存在的统一性,这是由关注日常生存的实际利益和烦恼造成的;人类因此被割裂了,被体验为一系列断断续续的现象。海德格尔提出,存在着一种独特的心灵状态:"畏惧"(dread)或者焦虑(angst)(BT,227-235)。这是指我们从其总体性上考虑生活或生存时的一种虚无感、失落感、空虚感,实质上都以死亡为走向。在这样一种心绪中,人之自我认识到了自身是一个整体,是"向死而生"(being-to-death)。换言之,死亡是塑造我们的存在与我们的生命过程的根本事实。而"畏惧"的内心状态,使我们得以超越我们的内在性,超越我们消散在世上当下的和短暂的事务之中的东西,去反思自己作为一个整体的生命,以充分显示出它的局限性和它缺乏意义的可能性(BT,293-299)。我们通过这种手段认识到这种对于我们自己的责任就是"良知"(conscience),它承认我们的真实性,也承认我们的存在被置于一个世界之中,以及我们积极地塑造与这个世界本身有关的我们之自我的职责。良知使我们意识到了这种过失或者职责(BT,313,317-319)。

与柏格森一样,海德格尔认为,时间对自我或人类建构来说是必不可少的。正如在柏格森的**延绵**或"内在"时间(与只是使时间空间化的机械"时钟"的时间相反)的概念中一样,时间对海德格尔来说是存在必不可少的;它是人类存在的最深刻的基础(BT,466-472)。海德格尔所称的存在的时间,是对一个特定个人的意识来说独特的时间;一个人的生命,她在生与死之间所走过的旅程,在最根本的层面上是由时间构成的(BT,376)。因此,她对存在责任的感受是一种时间的概念,存在于从头到尾(直到规划的目的)观察她的生命的能力之中(BT,395-396)。这种能力把我的在场(非本真地沉浸在时间的纷扰中)置于过去和未来的一种更加广阔的语境之中,积极介入我被抛掷到其中的世界里的这种努力,对我在决定之中的自由的这种肯定,被海德格尔认为是一个人活下去的"命运"(BT,416-417,436-437)。

在其晚期著作中,如《形而上学导论》(Introduction to Metaphysics,1953年),海德格尔告诫说,我们已经沉沦了,远离了"在",已经在尘世和眼前目标的纷扰中,在技术和小物件中迷失了我们自己。海德格尔以使人想起胡塞尔的语气,希望把西方人从这种可怕的命运中拯救出来。具有讽刺意味的是,像阿诺德等人本主义者一样,他把这种拯救事业中压倒一切的重要性归之于诗歌。海德格尔直接涉及文学理论和批评的著作有《艺术作品的本源》("The Origin of the Work of Art",1935年)、《荷尔德林和诗的本质》("Holderlin and the Essence of Poetry",1936年)以及《语言》("Language",1950年)。在这些晚期著作中,海德格尔日益诉诸诗歌表达本真存在之真理的力量。

实际上,在《艺术作品的本源》一文里,海德格尔提出,艺术作品的本源就是艺术本身:"艺术天然就是一个本源:一种与众不同的形成真理的方式,那就是说,成为历史的。"[4]我们可以努力去理解海德格尔对这些一般陈述的阐释。他把艺术界定为"真理置入作品之中"(the setting-into-work of truth)。这一过程有两个方面:艺术把真理固定在一种特定样式的恰当位置之中,它也保存了真理。海德格尔把自己对艺术的界定扩大到了"在作品里创造性地保存真理。**艺术因而是真理的形成和发生**"(PLT,71)。海德格尔在这里似乎要表明的是,艺术并不单纯表达先在的或现成的真理:相反,它既**创造**真理,又**保存**真理,正如海德格尔认为的,后者是一种历史作用,因为艺术为历史提供了基础(PLT,77)。海德格尔接着说,在普通对象当中,艺术"敞开了一个开放的场所,在其开放性中,一切事物都不同寻常……一切普通的和迄今为止存在的事物都成了一种不存在"(PLT,72)。因此,艺术有能力改变我们早先的和"普通的"真理概念,暴露出我们普通生活安排的不真实,把我们从传统感知的封闭性和严格性中解放出来。海德格尔提出:"在[艺术]作品里将自身透露出来的真理,绝不可能根据先在的东西来证明,也不可能源于先在的东西。"(PLT,75)

与20世纪的很多理论家一样,海德格尔坚持认为,语言在其单纯的交流功能之外,具有一种重要的作用:"语言本身……第一次使本质显现出来……语言通过第一次为各种存在命名,第一次把存在带向词语,带向表面。"(PLT,73)这里的着重点成了海德格尔后来在取向上有点神秘的著作的特征:语言不仅创造了早已存在的真实存在,而且揭示了早已存在的真实存在,使这种存在显现在表达之中。在这种意义上,语言"本身就是诗歌"。诗歌"发生在语言之中,因为语言保存了诗歌原初的本质"(PLT,74)。海德格尔把通过语言和诗歌揭示存在的这种类型叫作"显现的陈述"。这种显现与遮蔽事物的"黯淡混淆"断绝了关系,揭示了先前"不可说出"之物。这样的揭示,这样的使真实显现与暴露先前概念的狭隘性,也显现在一种历史意义之中:它为人们理解自我、自我形象以及进入世界历史,奠定了基础(PLT,74)。

倘若艺术有这种历史作用与性质的话,那么,海德格尔坚持认为,正像创造诗歌一样,实际创造一件艺术作品,就是保存它的过程。他接着肯定说:"反过来,诗歌的本质就是创制真理。"他认为,"创制"(founding)就在于"赐予""奠定基础"和"开始"(PLT,75)。他认为,真正的开始始终都是一种跳跃,"始终都包含着尚未泄露的大量的陌生与非凡,这意味着,它也包含着与熟悉和普通的冲突。作为诗歌的艺术要创制……真理的冲突"(PLT,76)。因此,海德格尔解释说,无论"艺术发生"在何时,"历史都会开始,或者再次开始"(PLT,77)。换言之,艺术与历史的关系,是一种创制关系,但也是一种冲突关系,因为艺术改变了个体和民族赖以生存的基本概念与真理。

在结尾时,海德格尔援引了黑格尔的说法,即在现代,艺术再也不是对真理的最高表现,这种作用是哲学所假定的。海德格尔指出了这一事实,即在艺术作品里,存在的真理显现为美:

"美属于真理的出现……它并不在于同愉悦的单纯联系。"(PLT, 81)换句话说,与认为美是趣味的一种功能或读者和听众的快感的某些现代情感理论形成反差的是,海德格尔认为,美是艺术中对真理的表现所固有的。他认为,在西方思想中,存在着"被真理所遮蔽了的一种特殊的美的汇集"(PLT, 81)。或许,具有讽刺意味的是,海德格尔在这方面的立场,暗示了回归到柏拉图乃至中世纪关于存在、真理与美之间联系的看法之上。

在《荷尔德林和诗的本质》(1936年)中,海德格尔提出了关于诗人荷尔德林的某些洞见。这些洞见中的第一个是:诗歌是"一切活动中最单纯无邪的"。[5]海德格尔以此来指,诗歌假借"游戏"无拘无束地创造了一个意象的世界(EB, 272)。他试图使这个洞见与荷尔德林的另一个评论达成一致,即语言是"最危险的拥有物",它被赋予人,所以,"他可以肯定他之所是"(EB, 273)。正是语言,才造成了混淆和丧失存在的危险,并造成了虚假的危险:"只要有语言的地方,就有世界,即决定与创造、行动与责任的永远循环。"(EB, 274-276)

荷尔德林的诗句"我们都是一种交谈"被海德格尔分析为,表明了只有在交谈中,语言才得以实现,人单独的、单一"交谈"的基础,在其历史存在之中:"正是在为诸神命名时,正是在把世界变成词语时,我们自己所是的那种真正的交谈,才存在。"(EB, 279)语言实际上是"人类存在的最大事件",诗歌则是"借词语的手段来确立存在"(EB, 280-281)。海德格尔认为,通过荷尔德林,我们可以把诗歌理解为"为诸神和事物之实质最初的命名":

> 诗歌是为存在和一切事物之实质最初的命名——不只是一切言说,而是那种特殊的言说,它第一次显现出来,以至我们可以接着用日常语言来讨论和打交道。因此,诗歌从不把语言当成一种便于上手的原材料,反倒是诗歌最先使语言成为可能。(EB, 283)

在诗歌中,"人在其存在的基础之上重新结合起来。他栖息于其中"。正如在其早期论述艺术本源的文章中那样,海德格尔认为,诗歌是"一种有坚实基础的行为"(EB, 286)。用荷尔德林的话来说,诗人处于诸神与人们之间,要解释诸神的征兆,使它们能够为人类所理解。在另一方面,他也是人们的喉舌,正是他自身中的这两种倾向,标志着他的"介于中间"(betweenness)的地位(EB, 288-289)。

"介于中间"这个概念是在海德格尔后来的文章《语言》(1950年)中提出来的,并且充满了与该文更深层的联系。在那篇文章里,海德格尔分析了格奥尔格·特拉克尔(Georg Trakl)所作的一首名为《一个冬夜》(Ein Winterabend)的诗,以获得对语言本质的某些洞见。海德格尔的分析与其大部分晚期著作一样,本身是富有诗意地写成的,呈现了我们在一首复杂而朦胧的诗歌中可能会碰到的那类难点。这篇文章的风格和洞见预见到了德里达的文章,以及德里达拒绝哲学与文学、散文与诗歌、字面语言与比喻语言之间的区别。海德格尔在文章开始时再次肯定了他的观点,即"只有言说才能使人成为像人那样有生命的存在"(PLT, 189)。海德格尔假定有语言的这种主要地位,澄清了他不希望把语言的基础置于"并非语言本身的其他某种东西之中"(PLT, 191)。他表明,某些主要的语言观持续了两千五百年。这些语言观有:语言是表现(某种内在的东西由此被外在化);语言是人的一种活动;最后,语言是对真实或不真实的呈现或者表现。但是,海德格尔认为,这些观点没有面对**作为**语言的语言。他似乎要借此表明,语言不可能仅仅被当成"人类"的一种附属物或形容词,被当成人类交流和自我界定的工具。海德格尔认为,并不是人,而是语言,才在言说:"正是语言,才首先使人出现,使他存在。"在这种意义上,人"被语言言说"(PLT, 192-193)。

海德格尔对特拉克尔的诗的"说明",预见到了大多数接受理论和读者反应理论的某些核心立场。海德格尔认为,特拉克尔诗歌的语言不只是提到了一些熟悉的对象,诸如"雪""钟""窗户""落下"和"响起"。相反,它"召唤词语……这种召唤要召唤它本身",召唤一种"在不在场中被遮蔽了的在场"(PLT, 199)。由于我们可以"解释"这个陈述,所以,我们可以用它来指出,语言并不命名那些以某种方式早已存在的、等待着被命名的事物。它们获得自身作为"事物"的真正地位,只有通过在语言中被词语召唤,只有通过在语言中被赋予一种身份、一种地位、一种处境。它们在语言流动中结合的独特性里占有的地位,不同于它们在这种结合、语言的这种流动的"召唤"之前占有的地位。此外,它们受到了召唤行为本身的召唤:它们只有在这种召唤的过程中,才会获得它们真正的物性(thinghood),它们才属于一种必要的因素。作为事物,它们被召唤"在场";但是,这并不是一种字面的或直接的在场。那首诗说到的"落下的雪",在听众或读者当下的世界里实际上并不在场:它在她的心里被召唤在场,因此,它是一种"在不在场中被遮蔽了的在场"。

按照海德格尔的看法,那首诗的各种意象,如下雪、晚祷的钟声、房屋、放着面包和葡萄酒的桌子,都分别唤起了天空、神、人类和地面。海德格尔提到这种结合是构成"世界"的"整体的四重奏"(PLT, 199)。正是这个"世界",才被诗中提到的那些事物召唤存在:"在命名时,被命名的事物被其为物(thinging)召唤。为物,即它们展开为世界,事物逗留于其中……世界赋予事物以它们的在场。事物承载着世界。"被言说的语言"召唤事物向世界显现,世界向事物显现……因为世界和事物都不是相互依靠而存在的。它们相互渗透"(PLT, 199-200, 202)。如果说"世界"表现了一种统一观或总体观的核心因素(天空、地面、人类、神性),而"事物"表现了世界之中孤立的特点(如下雪或响起的钟声),那么,命名这些事物的语言,就不仅仅是在先于诗歌的、在它们的孤立之中命名它们;相反,它是在它们流动的相互结合中把它们命名**为**事物,这样,正是语言,才召唤可见性——召唤存在——被参与到更大计划中的每个事物所承载,每个事物对于它自身实质性关系的自我姿态,它对自身环境的暗示。换言之,语言通过显现被它们承载或者明显包含在它们之中的"世界",使事物获得自身的物性。一个事物只有通过释放,通过语言的力量,才成为一个事物,从它承载的直接的特定存在(一种只可能是假设的状况)中解放出来,并且通过更加普遍的范畴进入它自身的调解之中,进入其物性的丰富性之中,通过在语言中为它命名,成为一个相关的复合体的一部分。

海德格尔对这种情况的进一步说明,似乎预见到了德里达的差异概念的某些特征。他提出:"世界和事物的密切关系不是一种融合。"两者之间存在着一种持久的分离。在世界与事物之间,占上风的是一种"介于中间"的状况,或者说是被海德格尔叫作的**相异**(*dif-ference*),这个名词的后半部分可以指被事物"承载"或"携带"的世界。海德格尔认为,世界与事物的密切关系"存在于之间的分离中;它存在于相异中。相异这个词现在脱离了它通常的和习惯的用法。它现在命名的不是表示各种差异的一个类概念。它仅仅作为这种单独的差异而存在"（PLT, 202）。这一说明预见到了德里达对差异的实体化——他把差异当成一种原初的实质，一种语言学的原动力，一种自我存在的第一原因，脱离了关系性本身，成为它所投入的其他一切。但是，海德格尔可能意指的是什么？他告诉我们说，正是语言在言说，语言把世界与事物**紧密地**结合在一起，**这种紧密性是一种绝对差异的关系**。他接着告诉我们说："相异于在世（worlding）中实现了世界，在为物中实现了事物。从而，它使它们实现，使它们走向彼此。"（PLT, 202）新造的"为物"和"在世"这两个词，以动名词形式表现了对"事物"和"世界"这两个名词的扩展。在日常语言中，动名词[它具有现在分词的形式，如"唱歌"（singing）]可以用作一个句子的主语（"唱歌是健康的"），或者用作一个宾语（"她喜欢唱歌"）。词尾"ing"要强调的，不是一个名词（如"歌曲"），而是唱歌的**行为**。因此，海德格尔把"世界"这样的名词扩展为**动词**形式，把它变成"在世"，使人注意到世界不是一件东西，而是一种行为；更准确地说，它强调了世界或事物的性质**是**一种行为。因此，正是语言，言说的那种语言，才把世界构成的过程和事物构成的过程带进了相互关联之中，它们双方只有在相互关联中才可能实现。

海德格尔接着解释说："相异并不根据这一事实来居中调节，即通过附加于它们的一个中间来把世界和事物联系起来。它存在于中间，在它们的在场中首先决定了世界和事物，即在它们走向彼此的存在之中，它完成了它们的统一。"（PLT, 202）换言之，相异不是联结早已存在的两个实体（世界与事物）的一种外在关系；相反，相异是内在于它们的关系的，塑造了这些实体本身。因而，海德格尔坚持认为，词语不仅仅是我们表现对象之间差异的方式；它也不仅仅是世界与事物之间的一种关系。如果语言的言说要靠召唤，要靠召唤"事物与世界"，那么，真正被召唤的则是：相异"（PLT, 203）。语言的言说要通过召唤"事物世界和世界事物，达到相异的介于中间。如此被召唤的，是被要求从相异之外达到相异"（PLT, 206）。如果相异原初先于同一性而存在，如果相异先于世界和事物的建构，那么，语言就是世界和事物借以被召唤存在的媒介，通过相互联系，从这种原初的相异进入语言本身的那种相异："语言接着对世界和事物来说，就成了相异的发生或出现。"（PLT, 207）最终发生在语言之言说中的是，创造出人之所是："因此发生的是，人类，通过语言开始了它自身。"（PLT, 208）海德格尔认为，人"在对语言的回应中"言说，而且"人类生活在语言的言说之中"（PLT, 210）。

虽然海德格尔在这些晚期著作中所说的很多话都倾向于神秘主义，但他对语言的洞见与很多现代理论家的洞见相重叠，如巴特乃至拉康的洞见。海德格尔不仅表明了人类被"抛掷"到世界（他或她特殊的世界）之中，而且表明了人类的特征是被抛掷到语言之中。正是我们诞生于其中的语言（不是这种或那种特定的语言，而是一般的语言），才通过我们言说，并对我们言说。处于语言核心的是相异，是世界与事物之间不可化约的关系，是在指向一种更大的统一中对我们世界的一切因素的不可化约的自我超越；正是语言，才建构了人类；我们理解世界和对世界采取行动并由此创造我们自己的一切努力，都要经过语言言说的调节，我们必定会进入其中的言说，会发现我们自己的声音。换言之，正是当我们达到与语言的一种对话之时，我们才真正地言说。

汉斯·罗伯特·姚斯(生于1921年)

胡塞尔的现象学方法和海德格尔的阐释学,为著名的接受理论铺平了道路。接受理论最重要的人物之一汉斯·罗伯特·姚斯,曾经在海德堡大学跟随阐释学哲学家汉斯·格奥尔格·伽达默尔学习。1966年,他成了康斯坦茨大学的教授,他在那里与沃尔夫冈·伊塞尔等接受理论的其他主要倡导者一道,创建了"康斯坦茨学派"。他最重要的文本之一是《作为向文学理论挑战的文学史》("Literary History as a Challenge to Literary Theory",1969年,1970年),这是他在康斯坦茨大学发表的就职演说的一个精华版。在这个文本中,姚斯挑战了客观主义的文学文本观和文学史观,提出读者接受一部作品的历史,在作品的美学地位和意义方面起着必不可少的作用。

正如姚斯提出的,他的目的的一部分,是要在对待文学的历史方法与美学方法的鸿沟之间架设一座桥梁,前者以马克思主义为例证,后者以形式主义为例证。他提出,观众、听众或读者这个因素在这些方法中被极大地忽视了。[6]他坚持认为,文学的观众不只是起着一种消极的或形式上的作用;实际上,"如果没有接受者的积极参与,文学作品的历史生命就是不可思议的"。文学研究在很大程度上被局限于一种探究的"封闭循环"中,那种探究突出了文学创作和表现的过程。如果我们要获得对文学史的一致理解,那么,这种循环就必须向"一种接受和影响的美学"开放(TAR, 19)。

首先,我们必须克服客观主义的各种偏见:我们不应把文学史的基础置于所谓的"文学事实"之上,而必须把它置于作品接受历史的基础之上,置于读者对作品体验的连续性之上。姚斯坚持认为,文学作品"不是一种本身保持不变、为每个时期的每个读者提供相同看法的对象。它不是独自显示其永恒实质的一座纪念碑"(TAR, 21)。相反,文学是"对话性的":它只存在于文本与读者之间的一种对话形式之中,随着我们经过一代读者到另一代读者,这种对话的条件和设想永远都在被修改。这样,文学就不是一个对象或者事物,而是一个**事件**,只要读者不断对它做出反应,它就可以发挥一种持续的影响。姚斯使用阐释学哲学的术语"期待视野"(horizon of expectations)来表明期待和设想的框架,它在建构和解释文本中把读者世界与作者世界结合在一起。"作为一个事件的文学的一致性,主要是通过当代和后来的读者、批评家与作者的文学体验的期待视野来调节的。"(TAR, 22)

姚斯反对"普遍的怀疑主义",其例证是勒内·韦勒克(René Wellek)等批评家的客观主义,它设想,对读者反应的一切研究都不可避免地会被变成"一系列任意的、纯粹主观的印象"(TAR, 23)。他认为,单个读者的反应并非出现于真空之中,而是处在可以被客观化的一种期待视野(一种设想的框架)之中。他提出,"视野的不断建构和改变",

> 决定了个别文本与构成体裁类型之文本的连续性的关系。新的文本唤起读者(听众)的期待视野,以及在先前文本中熟悉了的规则,它们于是被改变、修正、更改乃至再创造……解释的主观性、不同读者或不同层次读者之趣味的问题,只有当人们首先阐明

了以文本的影响为条件的超越主观性的理解视野之时,才有可能富有意味地被提出来。(TAR, 23)

因此,"期待视野"的概念既是历史的,也是超越主观性的,提供了一个共同的框架,个别读者的不同反应可以根据该框架来评价。期待视野的这种"客观"地位,最为清晰地表现在文学作品所唤起的"读者的期待视野"的情况中,它"由体裁、风格或形式构成,它们只是逐步地使之消失"。例如,在《堂吉诃德》(*Don Quixote*)中,塞万提斯(Cervantes)提供了出现在戏拟之前的、关于骑士和冒险的古老故事的期待视野(TAR, 24)。期待视野的这种客观化的另一个必不可少的部分在于这一事实,即对一个文本的接受由"在定向接受的过程中实现特定的指令"构成(TAR, 23)。作者对于读者在一部特定作品上的倾向的预期,要受到三个"普遍被预想到的"因素影响:作品所属体裁的常见规范;这部作品与在文学和历史环境中其他作品之间隐含的关系;通过虚构与现实、语言的诗意功能与实际功能之间的对比(TAR, 24)。姚斯所提到的最后一点的意思是指,读者可以在文学期待的"较为狭窄的视野"中来看文学作品,也可以通过她对生活的实际体验的"较为广阔的视野"来看文学作品。

姚斯认为,如果以这种方式来阐明一部作品的"期待视野",那么,我们就可以根据它对预期中的读者影响的性质和程度,来确定那部作品的艺术特征。他用"审美距离"(aesthetic distance)这个术语来刻画一种特定的或早已建立的期待视野与一部新作品的外表之间差异的特征,它可能完全符合这种视野,也可能在不同程度上颠覆这种视野。在后一种情况下,对"颠覆性"作品的接受会导致对视野的改变或"视野的变化",这个概念来自胡塞尔那里(TAR, 25)。姚斯提出,审美距离这个概念可以提供一种评判作品艺术价值的标准:就要求作品在审美价值方面毫无变化而言,就那种价值仅仅依赖于熟悉的概念和体验而言,可以认为作品属于单纯的"烹饪"艺术或娱乐艺术的领域。这样的作品不要求有任何视野的变化,却实现了先前确立的规范和期待,满足了趣味的普遍标准,确定了熟悉的情感(TAR, 25)。要求视野变化的作品,将在读者的期待与它自身新的和异化的观点之间造成一种审美距离。

不过,这种距离对后来的读者来说有可能消失,因为作品开始了一种可选择的视野,并且因为它逐渐被理解,其价值得到了承认。所谓的文学名著应当归入这个类别,属于视野的再次改变:它们的美和它们"永恒的意义"的"自我证明"——换言之,它们被接受的普遍性本身——使它们"危险地接近于"成为一种单纯的"烹饪"艺术,因而,它要求一种特殊的"格格不入的"阅读努力,以再次揭示出它们真正的艺术特征(TAR, 26)。有些新作品只是逐渐地形成了它们本身的读者。例如,福楼拜的《包法利夫人》(*Madame Bovary*)出版于1857年,其朋友埃内斯特·艾梅·费多(Ernest Aimé Feydeau)的小说《臀部》(*Fanny*)也出版于同一年。当时,费多的小说要受欢迎得多。然而,随着《包法利夫人》形成了一批日渐广泛的、适合于较新的期待视野(如福楼拜的"非个人叙事"原则)的读者,这些较新的期待明显地见证了费多的小说的弱点,其小说这时就被忘却了(TAR, 27-28)。

姚斯的某些洞见来自汉斯·格奥尔格·伽达默尔的《真理与方法》(*Truth and Method*),姚斯提出,期待视野的重构也凸显了过去和现在对一部特定作品的理解之间的差异,质疑了客观主义的这一教条,即"文学……永远都是现在的,而它的客观意义是一劳永逸地被确定了的,在所有时候都可以被解释者直接理解"(TAR,28)。姚斯仿效伽达默尔对历史客观主义的批判,声称像这样把焦点集中在作品接受的历史之上,排除了历史客观主义的危险,即解释者"在想象上把他自己排除在外,仍然会就未被承认的规范提出他自己的审美预想,草率地把过去文本的意义现代化"。这样一种解释者借口"他拥有一种超出历史的立场",超越了一切错误,否认"支配着他自己理解"的各种预设(TAR,29)。相反,正如伽达默尔指出的,理解绝不可能出现在历史之外:我们不会接近作品原初的视野,因为这种视野早已被包裹在现在的视野之内。姚斯援引了伽达默尔的说法:"理解始终都是我们猜想凭它们本身存在着的那些视野融合的过程。"(TAR,30)按照理解所固有的历史性质,韦勒克等批评家提出的我们必须"把对象孤立起来"的主张,是"重新陷入客观主义之中"。文学作品随着时间推移显现出来的意义,"是在其历史接受的各个阶段对内含于作品之中的潜在意义的继续展开和实现",要通过在视野融合过程中所获得的理解(TAR,30)。

接受美学的这种理论不仅坚持认为作品形式和意义的发展要经过历史的理解,而且坚持把个别作品插入一个"文学系列"之中:我们不仅必须对在时间过程中对文本的反应进行一种历时分析,而且要分析一系列共时的观点,它们揭示了这个文本与其他文本、体裁、特定时代的全部规范的关系(TAR,36)。这样,我们就可以认为文学史——共时地和历时地表现出来的——是一种"特殊的历史",具有它自身独特的与"一般历史"的关系(TAR,39)。姚斯认为,文学的社会作用出现在读者的文学体验进入其生活体验的期待视野之中,"预先决定了他对世界的理解",并且塑造了他的社会行为之时。姚斯反对文学是一种表现艺术的看法:文学的特殊成就在于,它不是简单地在另一种距离上反映一般历史的过程;相反,作为一种特殊历史的文学史,表明了文学具有一种**从社会方面进行塑造**的作用,它要"与其他艺术和社会力量进行竞争,把人类从其自然的、宗教的和社会的镣铐中解放出来"(TAR,45)。

沃尔夫冈·伊塞尔(生于 1926 年)

伊塞尔的读者反应理论最初是在 1970 年的一篇名为《文本的情感结构》("The Affective Structure of the Text")和后来的两部重要著作《隐在的读者》(*The Implied Reader*,1972 年)与《阅读行为》(*The Act of Reading*,1976 年)中提出来的。伊塞尔在《隐在的读者》里研究了一些英语小说之后,在该书题为"阅读过程:一种现象学的方法"一节里概述了他的方法。[7]伊塞尔一开始就指出,在思考一部文学作品时,人们不仅必须重视实际的文本,而且必须重视"涉及对文本做出反应的行为"。他提出,我们可能会认为文学作品有两个极点:"艺术的"极点是由作者创造的文本,"审美的"极点则指"由读者完成的结果"(IR,274)。我们不可把文学作品看成与文本一样,或者看成与文本的实现一样;它必定存在于"两者之间的中途",实际上,它只能通过文本与读者的交汇而出现(IR,275)。他在这里的论点在于:阅读是一种积极的和创造性的过程。正是阅读,才给文本带来了生命,它展现了"文本固有的动态特征"(IR,275)。如果作者以某种方式完整地呈现了一个故事,那么,读者的想象力就会无事可做;正因为文本具有尚未写出来的含义或者"空隙",读者才可能成为积极的和创造性的,为他自己解决各种问题。这并不意味着**一切**阅读都是适当的。文本运用各种策略和方法去限制它本身尚未写出来的含义,但后者仍然要由读者自己的想象力去完成(*IR*, 276)。

为了解释这种过程,伊塞尔借用了诺曼·英伽登的"句子间意向性的相互关联"(intentional sentence correlatives)的概念,根据这个概念,文学作品中的一系列句子并不指涉它本身以外的任何客观现实。相反,这些句子的复杂性产生了一个"特殊的世界",这个世界呈现在文学作品之中(*IR*, 277)。伊塞尔的论点在于:各个句子之间的**联系**或句子的复杂性,都不是由作品本身建立起来的,而是由读者决定的。伊塞尔声称,任何一部文学作品中的句子,在特征上都是"针对它实际上所说的东西以外的某种东西"。伊塞尔使我们想到了胡塞尔的评论,即一组句子在读者中造成了一种期待;但是,伊塞尔认为,有可能发生的是,在真正的文学作品里,这些期待在我们继续阅读时会不断地被修改;实际上,一部好的文学作品通常都会阻碍我们的期待。当我们阅读说明性的文本(例如,科学或哲学文本)时,我们希望自己的期待得到证实。然而,我们认为,这样的证实在文学作品中是一种缺陷,因为一个文本如果仅仅复述了我们早已知道的东西,如果我们的想象力不为作品所需,我们就很有可能会感到厌烦(*IR*, 278)。在阅读时由我们的反应创造出来的文本,被伊塞尔称为它的"实质性维度",它表现了"文本与想象力的集合"(*IR*, 279)。

伊塞尔把注意力引向了阅读过程的两个重要特点。第一个特点是,阅读是一种时间性的活动,这种活动不是线性的。作为读者,我们不可能在某个单独的时刻吸收哪怕是一个简短的文本,文本的虚构世界也不会以线性的方式从我们眼前经过(*IR*, 277, 280)。我们所读到的一切都会沉淀到我们的记忆之中,都会被"省略";它们在后来的不同背景之下也许会再次被唤起,使我们能够形成我们没有料到的各种联系:"读者在建立过去、现在和未来之间的这些相互联系时,实际上促使文本要揭示其潜在联系的多样性。这些联系是读者的心灵作用于文本原材料的产物,虽然它们并不是文本本身——因为这恰恰要由句子、陈述、信息等构成。"(*IR*, 278)作为读者,我们拥有一种观点,它根据我们的理解积累起来的虚构材料的方式,不断地转移和变化。此外,我们第二次阅读同一个文本,将按照不同的时间顺序进行下去:例如,我们早已知道结局,而我们将形成我们早先遗漏了的各种联系。由我们的阅读创造出来的文本,因而成了我们的预期与回想过程的一种产物(*IR*, 281)。

阅读过程的第二个重要特点在于,当我们面对文本中的"空隙"、尚未写出来的含义或者落空的期待之时,我们试图寻求一致性。虽然我们的期待在不断地变化,而意象在意义方面也不断地被修改,但我们将"努力,哪怕是无意识地,使一切都完全适合一种和谐一致的模式"(*IR*, 283)。按照伊塞尔的看法,意象或句子的这种一致性,意义的一致性,并不是由文本本身赋予的;相反,作为读者的我们,把我们所要求的那种一致性投射到文本之上。因此,这种文本的一致性是"书面文本与具有自身特殊体验历史、自身意识、自身观点的个体读者心灵交汇"的产物(*IR*, 284)。我们试图在一个和谐一致的框架内部去理解文本的材料,因为正是这一点,才使我们得以理解文本中我们所不熟悉的一切(*IR*, 285)。

对一致性的这种追求具有很多含义。首先,它使我们意识到我们自己提供联系的能力,我们自己进行解释的能力:我们不仅据以了解文本,而且据以了解我们自己。伊塞尔认为,阅读过程非线性的性质,类似于我们在真实生活中体验到的那种方式。因此,"阅读体验可以说明真实体验的基本模式"(IR,281)。正如伊塞尔说明的,"读者体验文本"的方式"将反映出他自己的倾向,在这个方面,文学文本起着一种镜子的作用"(IR,280-281)。在另一方面,为了一种一致性的阅读,通过做出某些语义学的决定和排除另一些决定,我们就会承认文本的不可耗竭性,承认文本具有其他意义的可能性,那些意义可能不完全适合我们自己的计划。实际上,我们对一致性的期望在某种程度上使我们卷入一个幻觉的世界之中:由于我们抛开了自己的现实,在某种程度上进入到文本的现实之中,所以,我们建立起一个文本的世界,它那种虚幻的一致性有助于我们理解各种陌生的因素。这种一致性是虚幻的,因为我们"把多种语义的可能性变成了单一的解释,以与被唤起的期待保持一致,从而提取出一种个别的、比喻的意义"(IR,285)。

伊塞尔认为,文本的多义性和使读者产生幻觉是"相反的因素",但这两个因素在阅读过程中都是必要的:如果幻觉被彻底消灭,那么,文本对我们来说就是不相容的;如果幻觉是无所不包的,那么,文本的多义性就会被变成一个意义层面。因此,我们试图在这两种相互冲突的趋势之间找到一种平衡。不过,按照伊塞尔的看法,文本的"推动力",它的逼真性的意义,都预示了我们实际上达不到这种平衡。甚至当我们在文本中寻求一种一致性的模式时,我们也会揭示出其他的文本因素,以及抵制被合并到我们模式中去的那些联系(IR,285)。换言之,甚至"在形成我们的幻觉方面,我们也同时造成了这些幻觉的一种潜在干扰"。正是读者试图进行这种平衡的工作,在一致性与不相容的联系之间摇摆,在"卷入幻觉中与观察幻觉"之间摇摆,"才形成了文学文本所提供的感觉体验"(IR,286)。在寻求平衡时,我们从某些期待出发,正是这些期待的破坏,才处在我们审美体验的核心。文本的不确定性本身,它的各个部分没有表达出来或者没有书写出来这一事实本身,就是我们试图设想出一种"比喻性"意义背后的推动力,那种意义是协调一致的(IR,287)。正是我们观点的这种变化,才使我们感到一部小说忠实于生活,而我们自己给予文本的这种动态的逼真性,使我们把陌生的体验吸纳到我们的个人世界里(IR,288)。

伊塞尔追随约翰·杜威的《作为经验的艺术》(Art as Experience,1958年)中的一个洞见,认为在阅读一个文本时,我们经历了一个类似于文本创作者所经历过的组织过程。换句话说,我们必须**再创造**文本,以便把它看成一件艺术作品。伊塞尔认为,这种审美再创造的行为不是一个顺利的或线性的过程,它实际上要依赖于不断地打断阅读之流:"我们向前看,我们向后看,我们决定,我们改变自己的决定,我们形成期待,我们被没有实现期待所震撼,我们质疑,我们沉思,我们接受,我们拒绝;这就是再创造的动态过程。"(IR,288)有两个因素支配着这种再创造的过程:首先,是熟悉的文学模式、主题、社会语境的全部内容;其次,被用来"使熟悉反对陌生"的各种策略。正是对读者认为她所了解的东西进行"陌生化",才造成了她被强化了的期待与她不相信那些期待本身之间的张力(IR,288)。因此,正是"形成幻觉与打破幻觉"之间的相互作用,"才使阅读在实质上成了一个再创造的过程"(IR,289)。

因而,读者与文本之间联系的基础是:预期与回顾,从而文本展现为一个活生生的事件,结果是一种逼真的印象(IR, 290)。在阅读的过程中,作品的效力是由它唤起熟悉之物、随后又否定熟悉之物造成的;换言之,读者认为,她的设想得到了文本的肯定;她因而认为这些设想被颠覆了,她进入文本世界本身的设想之中,她的重新定位标志着对其体验的一种扩大,她懂得了合并陌生的观点(IR, 290 - 291)。对伊塞尔来说,阅读反映了我们获得体验的方式:一旦我们的预想被中止,文本就成了我们的"现在",而我们自己的理念就消退成了过去。我们悬置了支配着我们自己个性的各种理念和态度,因而,我们就可以体验到"文学文本的陌生世界"(IR, 291)。

但是,这是怎么发生的呢?很多批评家都提出,读者"确认"了与虚构世界的某些态度和特征的一致性,而伊塞尔对这种确认的解释部分来自乔治·普莱的文章《阅读现象学》("Phenomenology of Reading",1969 年)。伊塞尔追随普莱的观点,坚持认为在阅读中,正是读者,而不是作者,才成了思考的主体。即使文本是由作者想出来的理念组成的,但在阅读中,我们必须思考作者的想法,我们也要把自己的意识交给文本去处置。按照普莱的看法,意识是作者和读者的交汇之点,而作品本身可以被认为是一种接管读者心理的意识,读者不得不排除他的个人倾向与个性(IR, 292 - 293)。

伊塞尔修改了普莱的洞见,即要求阅读排除构成一般理解的主体与客体的二元论,这种划分现在发生在读者意识的范围之内。虽然我们可能会想到作者的想法,但我们自己的个性和倾向不会完全消失,而仍然是"一种或多或少强有力的实际力量",在阅读中,存在着"一种对我们个性的人为分割"。作为读者的我们,"设想"作者的个性是在我们个性范围内的一种分割,因此确立了异己的"我"和真实的、事实上的"我"。实际上,正是文本异己的主题与常见设想的实际背景之间的这种关系,才使"陌生能够被理解"(IR, 293 - 294)。如果我们自己尚未被阐明的、解释那些想法的能力要发挥作用并且得到了明确的表达,那么,别人的想法就只可能体现在我们的意识中。这样,阅读就成了一个真正辩证的过程,我自己被作者的主体性所灌注,并且不间断地在虚构的虚幻世界与我自己的主体性是其中一部分的真实世界之间进行协商(IR, 293 - 294)。

文学文本中意义的产生,不仅需要我们发现文本尚未阐明或尚未写出来的因素,它也为我们提供了阐明我们自己的解释能力的机会,通过合并陌生的内容来阐明我们自己,并扩大我们的体验(IR, 294)。因此,对伊塞尔来说,阅读过程在总体上模拟了体验的过程:文学作品的审美维度被定位于读者对作品进行**再创造**的行为之中,这一过程使读者的设想与文本的设想相互作用,不仅产生出对文本的认识,而且产生出对读者自身的认识,就此而言,它是短暂的,也是辩证的。

但是,如果文本在一个层面上"反映出"读者,如果是读者把文本的各种因素联系起来,那么,什么东西会阻止阅读过程成为完全主观性的乃至印象式的?虽然伊塞尔承认并且坚持认为,"潜在的文本比一切对它的实现要无限丰富得多",阅读过程将随着不同的个人而变化,但他也提出,这样的变化只可能出现"在与尚未写出来的文本相反的写出来的文本所强加的限度之内"。他对可能的阅读变化与两个人可能凝视同一个星群进行了比较:一个人可能"看出了"一个犁形,另一个人也许"看出了"一个勺形。伊塞尔认为,文学文本中的"星群""是固定的;连接它们的线索则是易变的"(IR, 280, 282)。人们也许会认为,在伊塞尔的辩解中,他的读者概念割裂了作者与读者本身这两种个性,也限制了解释的完全任意性,因为正是阅读过程的一个先决条件,读者的预想才被悬置起来,或者说丝毫没有被迫与文本中的设想和态度进行对话。

实际上,对不受控制的主观主义的这种可能的指责,在伊塞尔的《阅读行为》[8]里被碰到了。在这本书里,伊塞尔谋求到了反对这样一种指责的两个基本论点。第一个论点以意义的本质为基础,第二个论点以真正客观的解释是否可能的问题为基础。伊塞尔认为,一个文学文本的意义不是一种固定的和"可以定义的实体",而是一件"动态的、即兴发生的事"(AR, 22)。换句话说,它是时间中的一个事件。按照伊塞尔的看法,每种虚构的结构都具有两个方面:它既是"言辞的",又是"情感的"。体现在文本中的言辞结构的效果"引导着[读者的]反应,防止它变成任意的";情感的方面是读者对一种意义之反应的实现,那种意义是"由文本语言预先建构起来的"(AR, 21)。

不过,虽然文本结构引导着读者的反应,但它们没有完全控制这种反应:文本的某些因素是不确定的,它们的意义必须由读者来确定。正是确定性与不确定性的这种混合,才"成为文本与读者之间相互作用的条件,而这样一种双向过程不可能被说成是任意的"(AR, 24)。这样,文学文本引导了意义的"表演","而不是在实际上阐明了意义本身"。事实上,伊塞尔认为,一个文本的审美特质本身存在于这种"表演性的"结构之中,在没有读者的情况下,它不可能出现(AR, 27)。因此,"意义"不仅是一个时间中的事件,它也处于文本与读者间的相互作用之中。伊塞尔实际上把意义的概念从它作为一个空间概念、作为一个以某种方式隐藏在文本对象中的实体的地位中解脱了出来,并且认为它是一个时间概念,是一种产生于读者意识之中的**关系**。

此外,我们可能会反对说:即使我们同意文本以某种方式引导着读者的反应,由此产生于某个特定读者心里的意义,就不可能是完全主观的和个人的吗?伊塞尔承认,**属于**个人的是,读者最终把文本合并"到了他自己体验的宝库之中"(AR, 24)。然而,这种任意性受到了这一事实的限制,即理解一个文本的行为是"主体间性的"。虽然读者可以从他们所读到的东西中得出非常不同的结论,但他们经常都会对相同的事物做出反应:"一个文学文本包含着从主体间性方面可以证实的意义产生的指南,但产生出来的意义可能接着导致不同体验的整个变化,并因此导致主观性的判断。"(AR, 25)要点在于,"意义产生"的过程本身将出现在受到文本结构限制的一种范围之内;不同的读者因而会从这个意义的范围中得出有很大分歧的结论。伊塞尔认为,这种主体间性的阅读模式超过了那些客观主义的理论,它们认为一个文本本身包含了一种单一的隐含意义,或者说包含了可以被批评家发现的一套意义。

伊塞尔指出,这种客观主义以文学作品应当符合的一种"理想标准"为基础;这种理想标准远远不是客观的,容易受到怀疑。此外,是谁界定了这种标准?是批评家吗?然而,伊塞尔认为,批评家很难不犯错误;他是另一个读者,当他在判断一部文学作品的意义或者价值时,将使他自己的背景和倾向发挥作用。因而,这种"客观的"判断要极大地依赖于个人的基础(AR, 24)。

在《阅读行为》里,伊塞尔进一步阐述了他的重要概念"隐在的读者"(implied reader)。他指出,当批评家们根据其效果来谈论文学时,他们借助两种主要的读者类别:"真实的"读者和"假定的"读者。前者指其反应得到了证实的真实读者,假定的读者则是一切可能实现之文本的一种投射(AR, 27)。伊塞尔认为,这两个概念都是不完善的。被证实了的真实读者的反应,经常被认为要反映某个特定时代的文化规范或者代码。伊塞尔认为,这种方法的主要问题在于,对真正读者的任何重构,都有赖于他们时代幸存下来的文献;我们越是回溯历史,这样的文献就越加变得稀少,而我们必须重构出自文本本身的一种文本的真实读者身份(AR, 28)。另一方面,伊塞尔指出,"假定的"或者有时所称的"理想的"读者,经常都不过是批评家心里的一种创造。此外,一种理想读者的代码与作者的代码是相同的,因此就使阅读变成了多余的(AR, 28-29)。既然"理想的读者"必须包含一个文本所有的潜在意义,那么,伊塞尔承认,这样一个概念或许是有用的,以便"在分析文学效果和反应时缩小经常会出现的差距"(AR, 29)。

伊塞尔评价了在最近几年中出现的较新的读者模式,这些模式力图突破前文提到的传统的限制性模式:迈克尔·里法泰尔的"超级读者"(superreader),斯坦利·菲什的"有教养的读者"(informed reader),埃尔文·沃尔夫(Erwin Wolff)的"意向中的读者"(intended reader),以及诺曼·霍兰和西蒙·莱塞的"心理读者"(psychological reader)。伊塞尔批判了所有这些模式。里法泰尔的"超级读者"的概念指一种"提供信息者的群体",他们汇集在"文本中的节点"之上,他们的共同反应确定了一种"风格上的事实"的存在(AR, 30)。伊塞尔承认,里法泰尔之概念的价值在于,表明了风格上的特质不可能被限制在语言学的领域之内,而必须被读者觉察到。但是,他指出,里法泰尔希望预防读者当中反应的过度变化,从而诉诸"纯粹数量的优势"。还有,他的概念依赖于同文学作品相关的读者群的历史地位(AR, 30-31)。伊塞尔在菲什的"有教养的读者"的概念中也发现了这个弱点,那个概念的特征被菲什刻画为能够胜任的语言的言说者,具有"成熟的"语义学知识,并且拥有"文学特长"。他认为,菲什模式中的积极方面是,它要求读者参与阅读时的一种自我观察的过程,以及它像里法泰尔的模式一样强调单纯语言学模式的缺陷(AR, 31)。伊塞尔坚持认为,读者的作用超过了假定读者的作用,后者仅仅是前者的一个方面。他对阅读的心理学模式的批判,集中在他的这一反对意见之上,即它们不适当地把我们的文学阅读描述为一种审美体验:文本有可能失去其审美特质,仅仅被看成是证明了我们心理倾向之机能的材料(AR, 40)。

按照伊塞尔的看法,前文提到的所有模式在其普遍适用性方面都是有限的。他的"隐在的读者"的概念意在克服这些限制。他在分析对文学作品的反应时认为:"在没有以任何方式预先确定读者的特征或其历史情景的情况下,我们必须顾及读者的在场。"正是这种读者,才以某种方式超越了一切特定的语境,伊塞尔把他指定为隐在的读者(AR, 34)。隐在的读者不属于"现实之外的一种经验"的功能,而是文本自身的一种功能。伊塞尔指出,隐在的读者的概念"牢固地植根于文本的结构之中;他是一种建构,决不能等同于任何真实的读者"。他把隐在的读者界定为"一种文本结构,预见到了没有必然限制的接受者的在场"。因而,隐在的读者表明了"一种召唤结构(response-inviting structure)的网络",它预先建构了读者在召唤结构试图把握文本时的作用(AR, 34)。

伊塞尔解释说,隐在的读者的概念有两个方面:"作为文本结构的读者之作用,以及作为被建构之行为的读者之作用。"伊塞尔借这两种作用中的第一种来指文本中那些有助于读者"真实描述"陌生的或新的文本材料的因素。文本必须能产生一种使读者能够这么去做的观点或视点。例如,在一部小说中,有四种主要的视点:叙述者、人物、情节和假定读者的视点。文本的意义是由这些视点的汇聚产生的,这种汇聚本身不是在词语中展现出来的,而是出现在阅读过程中。在这个过程中,读者的作用是要占据那些在某种程度上预先建构起来的变化着的视点,然后是要使这些不同的视点适合于"一种逐渐展开的模式"(AR,35)。预先建构读者作用的组成部分有:表现在文本中的不同视点,读者据以把这些视点结合在一起的视点,以及不同视点的汇聚点(AR,36)。实际上,"隐在的读者"这个概念的第二个方面是,"读者作为一种被建构之行为的作用"。伊塞尔这么说的意思是指,读者在把文本中提供的不同视点结合在一起时具有积极的作用;文本本身并没有产生这种结合。伊塞尔认为,"文本结构"和"被建构的行为"——"隐在的读者"的两个方面——与意图和实现的方式有关(AR,36)。

伊塞尔也认为,"隐在的读者"的概念解释了在阅读过程中出现在读者中的张力,读者自身的主体性与作者的主体性之间的张力压倒了读者的精神,两个自我之间的张力引导着读者理解文本的能力。伊塞尔认为,读者自己的主观倾向在总体上不会被抛弃:"它往往会形成把握和理解行为的背景与参照框架。"伊塞尔认为,每个文本都以可能的读者所不熟悉的各种程度建构了自己的作品;因此,这些读者必须被置于一种使新视点得以实现的地位。读者的一部分作用是成为一种假定的读者,她现有的体验的储藏将提供一种可以设想和处理陌生内容的参照背景(AR,36—37)。倘若文本结构顾及了不同的实现和解释,那么,伊塞尔认为,任何一种实现都"表现了隐在的读者的一种选择性的实现",它可以根据"有可能呈现在读者作用的文本结构中"的其他实现的背景来评判。这样,"隐在的读者"的概念就起着至关重要的作用,即提供"文本的一切历史的和个人的实现之间的联系"。简言之,"隐在的读者"是一种"超越的类型",它使我们有可能描述和分析文学文本被建构的效果(AR,37—38)。

伊塞尔的"否定性"概念在他分析阅读过程方面很重要。他认为,对文本的一切阐述都会不时地被"空白"和"否定"打断。前者指省略一个文本被阐述的"立场"之间的各种因素;"否定"则指取消、修改或反驳文本全部项目之中的立场。伊塞尔认为,这些空白和否定涉及一种尚未阐明的背景:他把这一事实叫作"否定性"。正是这种否定性,才使词语能够超越它们的字面意义,设想出参照的多种层面(AR,225—227)。伊塞尔提出,否定性是使文学交流成为可能的基本力量:(1)以读者对一个文本中的个人立场的联结为基础的一种理解,部分地受到空白和否定的指引。(2)常见知识有组织的结构的变形及其补救,或者读者对那些变形的根本原因的追寻;在这方面,否定性成了表现与接受之间的一个中介,使读者能够在问答的基础之上建构文本的意义。在这种意义上,否定性是文学文本的"基础结构"。(3)由于文学呈现了并非已经存在于世界上的某种东西(知识或视点),所以,它可以只通过否定性来揭示自身,通过使外在规范脱离它们的真实语境来揭示自身。换言之,被合并到一个文学文本中的一切,已经被剥夺了其现实性,要受到新的和陌生的关系的支配。否定性是构成这种使显现出来的真实失效或者质疑它之基础的结构(AR,229)。读者必须阐明对世界的这种质疑背后的原因,要做到这一点,她就必须超越世界,可以说,要从外部去观察它。

因此,否定性提供了"读者与文本之间的基本联系"。伊塞尔认为,它是艺术作品的特征,能使我们超越自己的生活,因为那些生活卷入了真实世界之中。因而,否定性作为交流的一种基本因素,是一种"赋予权利的结构",产生了与审美特性相符的意义的丰富性。我们作为读者所做出的每个决定,都必须使它本身稳定下来,反对我们已经拒绝了的各种选择,那些选择产生于文本与读者倾向之间的一种相互作用。意义的丰富性部分源于这一事实,即不存在正确与错误的任何严格的标准,但按照伊塞尔的看法,这并不意味着意义纯粹是主观的:"选择性的存在本身使得对意义来说有必要成为可辩解的,因而在主体间性上是可以理解的。"此外,正如我们从文学作品获得了各种洞见一样,我们不仅仅把这些洞见机械地用来补充我们从前的洞见,或者补充我们从前对文本较早部分的理解;相反,出现了一种导致新的意义的相互作用。因此,文学作品的意义的产生,不是按照"调节的或建构的规则"发生的,而是"以那种考虑到偶然性的结构为条件的"。伊塞尔承认,正是读者自身的能力,才会使意义和解释的各种可能性受到限制;正是读者,才提供了支配她与文本的交流关系的"代码",而不是在文本与读者之间存在着一种早已就绪的、事先存在的代码。在后一种情况下,文学就没有任何东西可以交流,至少没有任何有价值的东西可以交流(AR,230)。

伊塞尔在说明阅读过程时所要反对的,是他认为的解释的"古典规范",以及这种规范的含义。按照伊塞尔的看法,传统的、古典的解释的目的,是要揭示文本内部"一种单一的隐藏着的意义"。意义被认为是"表现的",具有对外在世界的一种直接指涉;因此,文学作品被认为是表现真理的一种媒介(AR,10-12)。除此之外,解释旨在就文本意义、价值和重要性而指导读者(AR,22)。这样一种解释模式促使把文学作品当成一种文献,证明了其时代的特征和作者的倾向。按照伊塞尔的看法,这种模式忽视了的,是文本作为一个事件的地位,以及读者的体验(AR,22)。伊塞尔认为,他自己的规划产生于一种更加现代的方法荟萃,它拒绝了这一理念,即艺术以某种方式表达或者表现了真理,它把焦点更加集中在文本与其历史语境或其读者间的联系之上(AR,14)。

然而,伊塞尔指出,古典规范的各种因素还在持续,甚至还在那些旨在反对它的各种方法内部持续。例如,新批评"放弃了追寻意义",拒绝文学作品包含"普遍真理之隐含意义"的理念,把焦点集中在文本内部各种因素的相互作用之上。尽管如此,古典规范的各种因素已经蔓延到了这种新方法之中:新批评有关和谐、秩序、完整和排除含糊性的价值观,仅仅因为那些价值观摆脱了它们对表现真理的用处而不同于古典规范。在新批评的方法中,和谐等特质被认为凭其本身的权利而很有价值。在现代的很多艺术概念中,伊塞尔认为,对称、平衡、秩序和总体性的古典价值观起着一种重要作用。这种古老的古典规范为什么会顽固地坚持下来,甚至是在那些声称要颠覆它或者超越它的理论结构内部?

按照伊塞尔的看法,主要原因在于,一致性对理解行为本身来说是实质性的。在各种现代理论中被承认的这一事实,即读者不可能突然把握住一个文本,迫使她要参与为了理解文本而"建立一致性"的过程(AR,15-16)。文本的意义不是由文本本身阐明的,而是读者的一种投射。因此,作为读者,我们求助于对称、和谐与总体性的古典价值观,它们能够使我们建构一种可以根据它来理解陌生因素的参照框架。文学作品碎片的或杂乱的性质——留下了很多空白、空隙和联系由读者去完成——构成了"整个写作过程和阅读过程中建立一致性"的条件(AR, 17)。所以,从历史条件来看,批评家的任务已经改变:她不是要解释一个具有和谐、秩序和总体性等一切特质的文本怎样包含着一种隐含意义,现在她必须承认,建立作为一种"理解结构"的一致性,要依靠读者,而不是依靠作品。因而,批评家必须解释的不是作品本身(它是对读者与文本相互作用的全部情景的一种抽象),而是解释"产生作品各种可能之效果的条件"。换言之,所需要的不是由批评家传授给读者的在文本意义方面的指导,而是一种对阅读过程的分析(AR, 18-19)。伊塞尔本人的著作旨在介入的,正是这个方面。

斯坦利·菲什(生于 1938 年)

因而,在历史条件方面,伊塞尔旨在把批评的焦点从文本转向读者,虽然他强调了读者在阅读过程中的体验,但他的分析主要涉及个人的阅读行为。在这里或许有益的是,思考一下另一位读者反应批评理论家斯坦利·菲什的著作,他试图把阅读过程置于一种更加广阔的、体制上的语境之中。菲什早期著作的焦点集中在读者对文学作品的体验之上,包括一部研究弥尔顿的重要著作《被罪孽震惊:〈失乐园〉中的读者》(*Surprised by Sin: The Reader in "Paradise Lost"*,1967 年)和《自我耗费的作品:17 世纪的文学体验》(*Self-Consuming Artifacts: The Experience of Seventeenth-Century Literature*,1972 年)。他的文章《解释〈集注版〉》("Interpreting the Variorum",1976 年)提出了他的"阐释的共同体"(interpretive communities)的概念,这个概念在其著作《课堂上有文本吗?阐释的共同体的权威性》(*Is There a Text in This Class? The Authority of Interpretive Communities*,1980 年)[9]里被探讨得更加充分,他在其中提出了体制之作用的重要问题,尤其是文学体制在建构意义方面的重要作用的问题。

菲什的《解释〈集注版〉》一文的标题和出发点,出自当时刚出版的约翰·弥尔顿诗集的"集注"版(包括不同文本的版本)。[10]菲什提出,有关弥尔顿十四行诗之意义的论争,并不"**意味着**要解答问题,而是要体验","试图确定众多阅读中的哪一种是正确的一切程序,都必然会失败"。例如,他提到有些评论者从完全相同的证据中得出了相反的结论。菲什告诫说,从意义被埋藏在文本本身之中的设想所产生的一切分析,"始终都与存在着各种解释者一样,会指向很多方向"。他提出,我们需要"一套以新的设想为基础的新问题"。菲什在分析各种论争时指出,判断和解释的职责从文本转移到了文本的读者:受到质疑的诗句的意义与读者的体验吻合。意义不是以某种方式包含在文本之中,而是在读者的体验之中创造出来的。

把意义置于文本本身的形式和词语结构之内的形式主义分析,忽视了读者对文本的体验,这种体验是短暂的,包含了观点的修正和转移。菲什所要反对的形式主义分析的核心设想在于:"**存在着**某种意义,它被埋藏或者被编码在文本之中,它可以稍加一瞥就被抓住。"菲什把这些设想叫作"实证主义的、整体论的和空间的"。这种分析的目的是"要决定一种意义",要从文本后退,然后再把"它所包含的散乱的意义单位"结合在一起或者进行考虑。菲什反对这样一种方法,认为它把文本当成了一种自足的实体,忽视或者贬低了读者的活动。他认为,我们应当描述的是"读者体验的结构,而不是在书面上可以得到的任何结构"。读者的活动应当成为"关注的中心,他们在其中不是被认为走向意义,而被认为**拥有**意义"。这些活动包括做出与修改各种决定,它们已经成了解释性的;因此,对它们的描述也将成为一种解释。菲什指出,他的方法不同于形式主义的方法的地方主要在于,它强调了阅读过程的时间维度和对意义的创造。

菲什承认,他心目中所想到的读者是"其教育、看法、关注点、语言能力……使之能够拥有作者希望提供的那种体验的读者"。尽管菲什坚持认为创造意义(或者用他的词语来说,拥有意义)的就是读者对文本的体验,但他认为这种意义始终都要受到读者核心目标的限制:"读者的努力始终都是要努力洞悉并因此实现(在形成的意义上)作者的意图。"菲什的阅读模式与传统的意图模式之间的差异在于,早期的那些模式认为把握作者的目的是一种"单一的行为",而菲什认为这是"读者在涉及意向性存在时的不断设想中采取的连续行为"。菲什把理解作者的意图等同于"构成……读者体验结构的……所有活动"。因此,按照菲什的看法,如果我们要描述读者的这些活动,或者要描述读者体验的结构,那么,我们也要描述作者意图的结构。所以,菲什的全部论题,用他自己的话来说就是:"读者体验的形式,形式上的单位,以及意图结构,都是同一的,它们都同时看得见。"

菲什在这里看出了一个潜在的问题:如果解释行为是形式的根源和我们归之于作者的意图的根源,那么,什么才能够防止无止境的相对主义,存在着有多少读者就有多少解释吗? 在回答这个问题时,菲什认为,读者,或者说至少是有能力的读者,都属于"阐释的共同体",这些共同体"由那些具有共同的阐释策略的读者构成,不是(传统意义上的)阐释阅读的策略,而是阐释文本写作的策略,阐释建构它们的特性和赋予它们意图的策略"。他指出,这些策略先于阅读行为而存在,因此"决定了所读之物的形式"。

在《课堂上有文本吗?》(包含被广泛选入各种文集的菲什的同名文章)一书里,菲什认为,限制阐释的不是语言系统中固定的意义,而是一种体制的实践和设想。赋予说出来的意义以确定性的不是语言系统,而是言说的语境。菲什提到了一件与学生有关的逸闻,那个学生在上课前问一位教授、菲什的一个同事说:"课堂上有文本吗?"那位教授在一种语境中听到了这句话,以为这个问题是要询问在课堂上可能需要的课本。然而,那个学生的问题涉及某些现代文学理论中提出的文本性的概念。菲什用这个例子要表明的是,他的同事最初在一种语境(它包括与"上课第一天"有关的一切)中听到了那个问题,后来不得不修改这种语境(要包含现代文学理论的关注点),以便理解那句话(*ITC*, 309-311)。他的论点是:"甚至连想到一个脱离了其语境的句子都是不可能的。"我们理解一句话和我们确定其语境是同时发生的:正如 M. H. 艾布拉姆斯和 E. D. 希尔斯所暗示的,我们并不是先仔细检查一句话,然后再赋予它意义(*ITC*, 313)。我们听到的一句话已经包含在对其目的和利害关系的了解之中,那句话并非先于确定其目的和利害关系(*ITC*, 310)。

菲什的全部说明是明智的和经过权衡的,与形式主义者的主张相反,他们认为文本凭其自身的权利是一种客体,它以某种方式拥有独立于一切读者的稳定意义。菲什的"阐释的共同体"的理念所依靠的主体间性的概念,至少可以一直追溯到黑格尔那里;它经过了新黑格尔派哲学家、阐释学学者、社会学家以及尼采和柏格森等思想家的发展。菲什实际上是把一个著名的、从前被广泛阐明过的洞见应用于阅读行为。同样也应用于他的这一主张,即事实并非独立于建构它们本身的解释和观点而存在,也不是先于解释和观点而存在。菲什的说明存在着一些问题:在其阅读过程的模式方面,菲什坚持认为,建构或"写作"文本的这个过程,相当于以一种短暂的方式去把握作者的意图,它本身就是解释的一种产物。正如菲什实际上承认的,这里的问题在于,文本消失了。虽然对形式主义者来说文本是一种稳定的客体,但对菲什来说**没有任何东西**超越了主体之间的一致同意,文本被变成了主观反应交叠的纯粹领域。这里的问题在于,文本与读者之间**相互作用**的过程被省略了:在这方面,伊塞尔认为,阅读是"事实上的"文本与隐在的读者之间的一种辩证的相互作用。菲什甚至排除了那种事实上的情形,把文本性变成了主体间性的一种结果。

菲什把一种天真的客观性的概念当成以某种方式完全独立于主体性。但是,一个多世纪以来的哲学家们都认为,客观性与主体性产生于相同的、相互建构的过程。此外,菲什没有区分客观性的**程度**,我们由此可以承认,文本的某些"事实性的"因素不那么容易接受解释,或者说接受解释的范围要小得多,比如说,要小于一首明显有争议的诗歌中的诗句、措辞或主题。在这个方面,我们可以谈到一种客观性,即我们理解为被建构的但提供了这种建构的某些标志或者基础的客观性,而不是冷漠地认为一切客体都具有与建构它们的主体之间的建构程度有关的相同地位。菲什的处理方式的难点在于,它把我们的分析权力凝固在这一抽象的洞见之内,即一切客观性都是集体主体性的产物:一旦我们承认这一点,我们就仍然必须对多种多样的"客体"进行区分和评价。

菲什的处理方式明智地说明了不可否认的真实情况:我们使自己(从我们的共同体获得)的各种设想对我们"在"文学文本中发现的东西产生了影响;但是,如果这一点对一切文学文本来说都是真实的话,那么,它就仍然被凝固成了一个普遍的洞见,没有为这样的分析方法提供一种基础,即分析一部特定的作品有可能积极地引导作为读者的我们的反应。不同的文本显然会以不同的方式限制和引导读者的反应,而简单地说文本的一切策略都是解释的产物,无助于我们描述这种限制和引导的过程。实际上,菲什并没有解释我们对一部作品的单纯"体验"怎么可能**拥有**意义(他的说法);这种体验怎样进入一种意义的结构之中? 也许可以提出来反驳的是,菲什借用了一种天真的、康德之前的经验主义,"体验"的概念因此与思想和概念性冷漠地对立:读者体验中的每种因素在某种程度上都是"合法的",这完全是因为它就是体验(ITC, 207-209)。菲什声称,形式主义的分析无法分析一种体验的、短暂的过程。但是,他自己对这种短暂过程的描述,用的是(柏格森评论过的)那种不可避免的空间词语来表达的:他也谈到了一种"顺序",读者按照这种顺序"建构"了他"存在于"其中的"领域",然后再要求"重构"那个领域(ITC, 207-209)。所提供的每个词语都是空间的,而菲什的分析以一种线性的、有顺序的方式追寻着读者的反应。尽管菲什声称"一切都依赖于时间的维度",但他几乎没有提供对读者反应的这个维度的任何分析;他的模式在某些方面重复了在抽象地设想出来的时间性之中阅读的陈旧意图模式。

注释

[1] Edmund Husserl, *Phenomenology and the Crisis of Philosophy*, trans. Quentin Lauer (New York: Harper and Row, 1965), p. 71. 下文引用写作 *PCP*。

[2] In *Husserl: Shorter Works*, ed. Peter McCormick and Frederick A. Elliston (Notre Dame, IN: University of Notre Dame Press, 1981). 下文引用写作"PP"。数字表示段落。

[3] Martin Heidegger, *Being and Time*, trans. John Macquarrie and Edward Robinson (New York: Harper and Row, 1962), pp. 19, 21–23. 下文引用写作 *BT*。倘若我的说明过于简略,我建议读者查阅那些提供了有益概述或重要术语之定义的章节。

[4] "The Origin of the Work of Art," in Martin Heidegger, *Poetry, Language, Thought*, trans. Albert Hofstadter (New York and London: Harper and Row, 1975), p. 78. 下文引用写作 *PLT*。

[5] "Hölderlin and the Essence of Poetry," trans. Douglass Scott, in Martin Heidegger, *Existence and Being*, ed. Werner Brock (Indiana: Gateway, 1949), p. 270. 下文引用写作 *EB*。

[6] Hans Robert Jauss, "Literary History as a Challenge to Literary Theory," in *Toward an Aesthetic of Reception*, trans. Timothy Bahti (Minneapolis: University of Minnesota Press, 1982), pp. 18–19. 下文引用写作 *TAR*。

[7] Wolfgang Iser, *The Implied Reader: Patterns of Communication in Prose from Bunyan to Beckett* (Baltimore and London: Johns Hopkins University Press, 1974). 下文引用写作 *IR*。

[8] Wolfgang Iser, *The Act of Reading: A Theory of Aesthetic Response* (Baltimore and London: Johns Hopkins University Press, 1978). 下文引用写作 *AR*。

[9] Stanley Fish, *Is There a Text in This Class? The Authority of Interpretive Communities* (Cambridge, MA and London: Harvard University Press, 1980). 这本书包含了本章引用的《解释〈经典集注〉》的修订版。下文引用写作 *ITC*。

[10] *A Variorum Commentary on the Poems of John Milton*, gen. ed. Merritt Y. Hughes, 4 vols. (New York: Columbia University Press, 1970–1975).

第二十八章　后殖民批评

由于"后殖民主义"的复杂现象植根于帝国主义的历史之中,所以,值得简要考察一下这段历史。帝国主义这个词语源于拉丁语的 *imperium*,它有众多含义,包括**权力**、**权威**、**命令**、**主权**、**领域**和**帝国**。虽然帝国主义通常都被理解为一种策略,某个国家根据这种策略旨在把其控制权强行扩大到超过自己国界的其他国家和民族,但人们应当记住,这种控制权通常不只是军事上的,还有经济上和文化上的。一个统治国家不仅经常把它自己的贸易条款强加于一个被统治国家,而且把它自己的政治理想、它自己的文化价值观、经常也有它自己的语言强加于被统治的国家。

如我们所知,帝国主义这个词语可以追溯到 19 世纪后半叶。但是,这个概念及其实践与文明本身一样古老。西方世界和东方世界都见证过一系列庞大的帝国,它们扩展了巨大的版图,经常是以把自己文明的福祉带给那些被认为是野蛮人的被统治民族的名义。这些帝国包括从公元前 11 世纪到公元 10 世纪扩张起来的华夏帝国;苏美尔人、巴比伦人、埃及人、亚述人和波斯人的帝国;希腊人的帝国,它随着亚历山大大帝的征服而达到了顶点;罗马帝国、拜占庭帝国,以及一直持续到 20 世纪初期的各个伊斯兰帝国。

在现代,帝国主义至少有三个主要阶段。在 1492 年到 18 世纪中叶期间,西班牙、葡萄牙、英国、法国、荷兰在美洲、东印度群岛和印度建立了殖民地与帝国。然后,在 19 世纪中叶到第一次世界大战期间,英国、法国、德国、意大利和其他国家的帝国主义列强之间有一次剧烈的争夺。到 19 世纪结束时,世界上超过五分之一的陆地和四分之一的人口处在不列颠帝国的统治之下:印度、加拿大、澳大利亚、新西兰、南非、缅甸和苏丹。第二大殖民强国是法国,它所拥有的领地包括阿尔及利亚、法属西非、赤道非洲和中南半岛。德国、意大利和日本也加入了争夺殖民地的竞赛。1855 年,比利时在非洲腹心地区建立了比属刚果,其殖民化的恐怖情形在康拉德(Conrad)的小说《黑暗的心》(*Heart of Darkness*,1899 年)中得到了表现。最后,第二次世界大战期间和其后的时期见证了一场争斗,牵涉刚刚提及的各个国家,以及美国与共产主义苏联为扩张控制权、强权和影响力的一场冲突。不必说,这些帝国主义的努力以改头换面的形式,面对新的对手,残存到了今天。

我们所关注的不仅是帝国主义本身的历史,还有关于帝国主义的各种叙事。帝国主义背后的各种动机通常都是经济方面的(虽然亚当·斯密和大卫·李嘉图等自由主义经济学家怀疑过帝国主义在经济上的利益,认为它仅仅有益于一个小群体,但绝不是作为一个整体的国家）。马克思主义者,尤其是列宁和布哈林,认为帝国主义是资本主义的晚期阶段,在其中,本国的垄断市场以武力征服外国市场,以解决它们生产过剩和剩余资本的问题。第二个有关的动机是(并且依然是)家国(home state)的安全。第三个动机与社会达尔文主义的各种翻版有关。马基雅维利、培根、希特勒(Hitler)和墨索里尼(Mussolini)等人物都认为,帝国主义是国家生存斗争的一部分。与个人一样,各个国家都处于竞争之中,那些被赋予优势力量和才能的国家能够并且适合于征服较弱小的国家。卡尔·皮尔孙(Karl Pearson)的"论点"就属于这一类。最后一个动机是由拉迪亚德·吉卜林(在《白人的负担》这样的诗歌中)提出来的,并且遭到了康拉德等作家的质疑,这种动机依赖于道德基础:帝国主义是给一个被统治的民族带去上等文明之福祉的一种手段,是把他们从自己的愚昧无知中解放出来的一种手段。显然,大多数这类解释都依赖于西方启蒙运动的文明和进步的概念。

在第二次世界大战于1945年结束之后,被大多数帝国主义列强(英国、法国、荷兰、比利时)征服的地区出现了大规模的去殖民化(decolonization)的历程,由于苏联和美国的强烈反对,这个历程开始于1947年印度的独立。共产主义体制在1991年的崩溃,使美国成了唯一残存的主要殖民强国(虽然美国自身曾经毫无疑问地保持过殖民地的地位)。实际上,殖民地的斗争几乎没有灭绝:它在东帝汶一直延续到了最近,并且在克什米尔和中东仍然在艰苦地持续着。[1]

后殖民文学和批评出现于非洲、亚洲、拉丁美洲(现在被称为"三大洲",而不是"第三世界")很多国家的斗争期间和其后,另外还有其他地方摆脱殖民统治、争取独立的斗争。1950年见证了后殖民主义的一些开创性文本的出版:艾梅·塞泽尔(Aimé Césaire)的《殖民主义话语》(*Discours sur le colonialisme*)和弗朗茨·法农的《黑皮肤,白面具》(*Black Skin, White Masks*)。1958年,钦努阿·阿契贝(Chinua Achebe)出版了小说《瓦解》(*Things Fall Apart*)。① 乔治·拉明(George Lamming)的《放逐的快乐》(*The Pleasures of Exile*)出版于1960年,而法农的《地球上的不幸者》(*The Wretched of the Earth*)接着出版于1961年。按照罗伯特·扬(Robert Young)的看法,后殖民理论"创建的时刻"是由1966年哈瓦那的三大洲会议发起创办的《三大洲》(*Tricontinental*)杂志,它"创建了三个大陆反对帝国主义的民族的第一个全球联盟"(Young, 5)。爱德华·萨义德划时代的著作《东方主义》(*Orientalism*)出版于1978年。更晚近的著作有比尔·阿什克罗夫特(Bill Ashcroft)、加雷思·格里菲思(Gareth Griffiths)和海伦·蒂芬(Helen Tiffin)的《逆写帝国》(*The Empire Writes Back*, 1989年),加娅特丽·斯皮瓦克的《后殖民批评家》(*The Post-Colonial Critic*, 1990年),以及阿卜杜尔·詹穆罕默德(Abdul JanMohamed)、霍米·巴巴(Homi Bhabha)、贝妮塔·帕里(Benita Parry)和克瓦米·安东尼·阿皮亚(Kwame Anthony Appiah)的重要著作。罗伯特·扬认为,后殖民主义从殖民时代的反殖民斗争中不断获得过灵感。反殖民主义具有很多与后殖民主义相关的共同特征,如"散居(diaspora)、跨国移民和国际主义"(Young, 2)。阿什克罗夫特、格里菲思和蒂芬也在一种宽泛的意义上使用过后殖民一词,"用以概括从殖民时代直到今天受帝国进程影响的

---

① 也有人译为《生命中不可承受之重》。

所有文化",因为在殖民时期与后殖民时期之间存在着"抢先占有的连续性"。[2]

后殖民批评包含很多目标:最根本的是,要从被殖民的视点重新考察殖民主义的历史;要确定殖民主义在经济上、政治上和文化上对被殖民民族和殖民化列强双方的影响;分析去殖民化的过程;首要的是,要参与政治上解放的目标,这包括有权平等使用物质资源,挑战各种形式的统治,阐明政治身份和文化身份(Young,11)。早期反对帝国主义的声音强调了需要发展或者回归本土文学传统,以便驱除自己文化中的帝国统治幽灵的遗产。有些声音提倡使西方理想适应他们自己的政治和文化目的。马克思主义对殖民主义和帝国主义的批判,为后殖民思想提供了基本框架,它经过了从弗朗茨·法农到加娅特丽·斯皮瓦克等思想家的修改,以适应他们的本土化语境。

后殖民话语的这种斗争扩大到了性属、种族、少数族裔和阶级的领域。实际上,我们应当避免把"西方"或者"三大洲"当成是以某种方式相互对立的同质实体的危险。这样一种严格的对立忽视了这一事实,即阶级划分和性属压迫在西方与被殖民国家都起过作用。很多评论者都注意到了,在西方国家大量出现的对工人的剥削,同样也出现在被他们所征服的地区。同样,殖民化主要有益于帝国国家的很少一部分人。在这种意义上,殖民主义就成了内在于帝国国家并且扩大到了超过自己疆界的一种现象(Young,8-9)。因此,后殖民话语潜在地包含了殖民化列强内部的一种广泛的对话,并且与这种对话有着密切的联系,提出了"内在殖民化"的各种形式,被当成非洲裔美国人、美国土著、拉丁美洲人和妇女研究等各种形式的少数族裔研究。所有这些话语都挑战了西方哲学、文学和意识形态的主流。在这种意义上,非洲裔美国人批评家的著作,如小亨利·路易斯·盖茨的著作,非洲裔美国女性小说家和诗人的作品,论述伊斯兰教乃至弗雷德里克·詹姆逊等理论家的评论著作,都与后殖民主义各种各样的规划有着至关重要的联系。

这些规划之一,或者确切地说,各种后殖民规划的一个汇合点,就是通过松散地叫作的"多元文化主义"(multiculturalism)来对西方体制中的文学经典和文化经典进行质疑与重新评价。在解释多元文化主义的崛起时,保罗·伯曼(Paul Berman)提出,新一代"后现代"激进主义者从20世纪60年代以来在美国各个大学里掌握了权力。1968年见证了反对自由主义人本主义基本原理的左翼起义:反对西方的民主制、理性主义、客观性、个人的自主性。这些原理全都被认为是一些口号,它们隐瞒了社会在实际上对黑人、劳工阶层、男同性恋和妇女的压迫,以及帝国主义对第三世界国家的剥削。按照激进主义者的看法,这些压迫性的理念体现和再现在我们提供给自己学生的文学与哲学的传统经典之中:从荷马到T.S.艾略特的文学传统,以及从柏拉图到逻辑实证主义的哲学谱系。伯曼提出,对西方主流传统的这种反抗,在很大程度上受到了法国文学理论崛起的鼓动,它坚持认为,文本是一种间接的表现,经常都是为占优势的权力结构辩护。这种结构不可避免地是一种等级制,少数族裔、妇女和工人阶级的声音在其中受到了压制。这些声音现在必须被听见。

反对多元文化主义的保守派的重要论点是由阿伦·布卢姆(Allan Bloom)、阿瑟·施莱辛格(Arthur Schlesinger)和其他人提出来的。首先,它设想,过去存在着一个赞同教育、政治理想和道德价值之目标的时期;其次,这种赞同构成了美国国家认同的基础,它受到了多元文化主义不和谐的不可调和之声的威胁。多元文化主义者回应说,这种过去的赞同是虚构的:美国和其他地方在各个阶段所采用的教育课程,是相互冲突的政治态度的产物。在19世纪晚期的美国,保守派渴望有一门培养宗教盲从与规训的课程,他们遭到了实用主义者约翰·杜威等人的反对,杜威希望强调人文学科、实用的和高级研究。1869年,哈佛大学校长查尔斯·W.埃利奥特在很大的争议声中发起了一项课程改革计划。历史、社会学和英语本身等学科争得了进入各种人文学科课程的许可。1890年,"现代语言协会"(Modern Language Association, MLA)就古人与今人的相对优点展开了一场热烈的争论。20世纪20年代和30年代经历了一场使美国文学成为英语计划之一部分的斗争。

　　保守派的第三个设想是,伟大的文学以某种方式传达了"永恒真理";施莱辛格声称,历史应当被引导到"非功利的知识探究",而不是心理治疗;威廉·贝内特(William Bennett)、林恩·V.切尼(Lynne V. Cheney)和"国家科学院"(National Academies)都诉诸永恒真理的概念。但是,用这样的语言来说话,就是要拒绝黑格尔主义、马克思主义、存在主义、历史主义、阐释学理论和精神分析的传统,它们都努力把真理的概念置于历史的、经济的和政治的语境之中。各种理论家都回应说,实际上,对"永恒真理"的诉求始终都有益于一种政治作用。英国文学的发展从一开始就浸透着各种意识形态动机。阿诺德和牛津大学后来的教授们都认为,诗歌是对一种机械文明的唯一拯救。文学的永恒真理意在成为防止理性主义和意识形态教条的壁垒。文学要"在一切阶级中增进同情与相互理解",要对公民进行责任教育,要灌输民族自豪感和道德价值观。英语是帝国主义努力的一个关键部分。1834年,麦考利提出了英语作为印度教育媒介之优点的陈词滥调:"我从没有发现一个人……他可以否认欧洲一个上等图书馆一架书的价值抵得上印度和阿拉伯的全部本土文学。"我们可以不去评论这一说法,只需补充麦考利本人后来的说法,即"我丝毫不懂梵语,也不懂阿拉伯语"。这些说法揭示了欧洲自我形象的建构所达到的深度,它对理性、进步、文明和道德力量等启蒙规划的依赖,以断定各种形式的异在或"他者"为前提,以被邪教所支配、落后、野蛮、道德上无能和智力上的贫困等极端形象为基础。

　　在全球很多地区——包括美国,英国文学研究在那里经常都比美国作家研究更为重要——英国文学传统一直起着一种基础和价值规范的作用,而对出自其他传统的文本来说,它们经常都通过分析的视点被"合并"到英国传统中,并被看成英国传统所固有的。在印度,英语在1835年取代波斯语[前统治者莫卧儿王朝(Mughals)的语言]成为官方的国家语言,英语一直对语言、文学、法律和政治思想发挥着普遍深入的影响。正是在深刻地认识到文学经典与文化价值之间的这种必然关系方面,肯尼亚作家恩古吉·瓦·西昂戈(Ngugi Wa Thiong'o)才写下了《论废除英语系》("On the Abolition of the English Department",1968年)这样的文章,以及《使心灵非殖民化》(Decolonizing the Mind,1986年)等重要文本。很多作家,特别是钦努阿·阿契贝,都在与用他们自己的方言来自我表达的两难处境进行斗争,以努力达到真实地表现自己的文化境况和体验,或者使用英语,以获得更加广泛的读者。也应当提及的是,在传统上被认可为"英语"的是"南部标准英语"(Southern Standard English),即伦敦和英国南部的中产阶级所说的英语。这种英语模式实际上不仅使英国其他地区所说的英语边缘化了,而且使世界上其他地区的英语边缘化了。今天,在很多国家有无数的英语的变体,它们在文学中的表现只是最近才在体制上得到了承认。现在可以通过一些重要人物来考察那些各种各样的争论,这些人物对后殖民批评和理论做出了贡献。

弗朗茨·法农(1925—1961年)

弗朗茨·法农是第三世界反对殖民主义压迫最主要的理论家和激进主义者,是20世纪革命思想最强有力的发言人之一。法农生于法属殖民地马提尼克岛,他在法国为反对纳粹主义而斗争,后来在法国接受过精神病医生的培训。他在马提尼克岛和法国的出身与经历,使他受到种族主义和殖民主义问题的影响。对他影响很大的是其老师艾梅·塞泽尔,艾梅本人是所谓黑人文化传统认同运动(negritude movement)的领导人,该运动要求文化上的分离,而不是对黑人的同化。法农的著作有 *Peau noire, masques blancs* (1952年),被翻译为《黑皮肤,白面具》(*Black Skin, White Masks*, 1967年),它探讨了种族主义和殖民主义在心理上的影响。

1954年,当法农在阿尔及利亚当精神病医生时,阿尔及利亚人起来反抗法国的统治。争取阿尔及利亚独立的暴力斗争(Algerian independence struggle)由"民族解放阵线"(National Liberation Front)领导。法农为该阵线编辑报纸,到1961年去世时,他一直都参与了革命。阿尔及利亚直到1962年才取得独立。法农写作了很多与阿尔及利亚和非洲革命有关的著作;他最全面和最有影响的著作是 *Les Damnés de la terre* (1961年),被翻译成《地球上的不幸者》(*The Wretched of the Earth*, 1963年)。这部现在的经典文本根据马克思主义的观点,分析了实际的反对殖民主义的革命状况和要求,对马克思主义观点做了一些修正,以便使各种特殊的论述适合于殖民地国家。它也阐明了阶级与种族之间的联系。实际上,法农指出了历史情况中的一个根本差别,即推翻了封建主义、曾经是革命阶级的欧洲资产阶级以及作为殖民主义统治的继承者出现的非洲资产阶级。在名为"民族意识的缺陷"的重要一章里,法农指出了民族主义情绪的局限性:虽然这样的情绪是争取摆脱殖民主义统治而独立之斗争的一个必要阶段,但它被证明了是一个"空壳"。统一民族的理念分裂成了以种族和部落为基础的前殖民主义的各种对抗性。

法农把民族意识和真正的民族统一的这种失败,归之于缺乏他所称的民族中产阶层,即在殖民主义统治结束时掌握了政权的、被统治民族的资产阶级。[3]这个阶级还不成熟:它几乎还没有经济实力或知识,它没有参与生产、发明或劳动。这个阶级非常狭隘的眼界在于,它把"国有化"等同于"把那些属于殖民主义时期遗产的不公平的优势,转移到本地人的手中"(*WE*, 149 - 152)。换言之,民族资产阶级为自身窃取了从前被殖民主义政权掌握着的各种特权。实际上,按照法农的看法,这恰恰就是新兴资产阶级的"历史使命":在自己国家与帝国的资本主义之间进行调节的使命(*WE*, 152)。这个资产阶级在历史方面是停滞的,它的全部存在都在关注自身与西方资产阶级的认同与迎合,"它要从它们那里学到教训"(*WE*, 153)。由于民族资产阶级不可能提供任何知识上、政治上或经济上的领导或者启蒙,所以,民族意识以及响亮地表达出来的非洲统一的允诺,分化成了存在于殖民主义统治之前地区的、种族的和族裔的冲突(WE,158-159)。当然,殖民主义列强把这些分裂利用到了极致,例如,怂恿非洲分裂成"白人"非洲和"黑人"非洲(分别在撒哈拉沙漠以北和以南)。白人的非洲被认为具有悠久的文化传统,被认为共同享有希腊罗马文明,黑人的非洲则被看成"迟钝的,残忍的,未开化的"(WE,161)。这些地区的每个民族资产阶级都吸纳了由西方资产阶级长期宣扬的种族主义的殖民主义哲学;但是,与带着民主和人本主义理想面具的西方资产阶级的沙文主义不同的是,非洲的资产阶级缺乏一切人本主义的意识形态(WE,163)。

法农的全部观点和结论有两个部分:首先,"不发达国家历史中的资产阶级阶段是一个完全没有价值的阶段"(WE,176)。按照马克思的思想,资产阶级的崛起当然是最终走向社会主义和无阶级社会之历史进程中的一个必要的和决定性的阶段。共产主义不只是要把资本主义世界一扫而空;相反,它承认资产阶级在经济、法律、政治和社会方面战胜封建主义所取得的巨大进步。按照马克思的看法,共产主义的目标是要**实现**自由、民主和平等的诺言,资产阶级表达了这一诺言,却没有实现。与西方资产阶级丰富的和革命性的贡献形成鲜明对比的是,殖民地国家的民族资产阶级没有西方资产阶级的任何优点;它以狭隘民族主义的名义掌握了政权,这种民族主义绝不能掩盖它对自身利益的追逐。这样,必须在"正直的知识分子"的帮助之下反对它和消除它,那些知识分子真正渴望人民群众的革命性转变(WE,177)。第二个要点是,"必须迅速从民族主义意识跨越到政治的和社会的意识"。法农提出这一点的意思是指,民族主义情绪必须由社会需要和政治需要的意识来加以丰富,正如人本主义观点所设想的那样(WE,203-204)。

在题为"论民族文化"(最初是1959年发表的一次谈话)的另一章里,法农提出了为自由而斗争与文化的各种因素之间的重要联系,包括文学和艺术。法农认为,殖民主义完全破坏了一个被征服民族的文化生活。此外,它"进行了各种努力来使殖民地人民承认自己文化的低贱……承认自己'民族'的非真实性,最终,承认自己在生物结构上混乱的和有缺陷的特征"(WE,236)。殖民主义统治下的文化是一种"有争议的文化",应当系统地努力对它进行破坏。本土文化被凝结成了一种防御性的姿态:没有任何新发展或首创精神,只有严格坚守"文化的核心部分",它与对殖民主义压迫者的反抗是一致的(WE,238)。

由殖民主义剥削造成的各种紧张不安——贫穷、饥饿、文化上和心理上的衰弱——在文化层面上都有其反响。逐渐地,人民当中的"民族意识"的进步,引起了文学风格和主题方面实质性的变化:悲剧风格和诗歌风格让位于小说、短篇小说和散文;曾经在粉饰性传统的表现中表达出来的绝望和顺从,让位于所激发起的对占领势力的谴责,以及对生存状况强烈的现实主义的揭露。最终,就连文学受众也改变了:从前为压迫者写作的知识分子,现在要向他们自己的人民发言。只有当民族意识达到了某个成熟阶段之时,我们才可能谈到一种民族文学,这种文学开始了对民族主义主题的探索。法农认为,这种文学是一种"战斗的文学",因为"它号召全体人民为自己作为一个民族的生存而战斗",并且"要塑造民族意识"(WE,240)。因此,文学不仅是经济斗争在上层建筑上的一种结果:它在这种斗争的危机时刻,也有助于塑造民族对自己身份和价值观的自觉表达。

结果,在文学中出现了很多显著的变化:例如,在口头传统中,仿效传统的、现在却毫无生气的程式的传说、史诗和歌曲,浸透着新的情节、现代化的斗争与冲突。在阿尔及利亚,史诗再次出现了,成了"娱乐的一种真正形式,它再次具有了文化上的价值"。讲述故事的传统方法被颠覆了:故事讲述者不再涉及陈旧的主题,"再次自由地支配着自己的想象力",讲述新鲜的、与时事问题有关的情节,解释当下政治现象和心理现象的辽阔全景,表现一种新型的人——摆脱了殖民主义镣铐的人。值得注意的是,正如在阿尔及利亚那样,文学的这些发展经常导致殖民主义政权有计划地逮捕故事讲述者(WE,241)。

法农的实质性论点是:在殖民主义统治的环境中,"国家"是文化的一个必要条件。"国家把对于创造一种文化来说必要的、不可或缺的各种因素集合在一起。"殖民地人民为重新建立自己国家的主权而进行的斗争,"构成了现在最完整和最明显的文化上的表现"(WE,245)。正是这种斗争,留下了人们之间一套根本不同的关系,不仅以殖民主义的消失为标志,而且以被殖民者的消失为标志(WE,246)。法农在这里要强调的是,假如文化是对"民族意识"的表现,那么,民族认同的阶段就不可能以某种方式被忽视,因为我们发展出了一种我们与人类共有的观点(WE,247)。法农坚持认为:"处于民族意识核心的是,国际意识的存在与成长。"(WE,247-248)

在其著作的结尾,法农强调说,对非洲和全球其他地方的殖民地国家来说,前进的道路不在于模仿欧洲,而在于在人类统一的基础之上设想出新的图景:"对欧洲来说,对我们自己来说,对人类来说,同志们,我们必须翻开新的一页,我们必须设想出新的概念,努力创造一种新人。"(WE,316)法农就非洲国家所说的大多数话,同样完全适用于其他殖民地地区,包括印度次大陆和中东大多数地区。他对文化和民族意识的说明,包含了文学创作结构本身之中的政治斗争,为西方的某些美学态度提供了一种具有启迪作用的抗衡力,那些态度坚持使文学脱离了其社会的与政治的语境,或者说,至少在提出一种纯文学分析的自主性领域方面,只要它们的边界仍然没有受到破坏,就可以通过对语境的考虑来对它们进行补充。在某种意义上,这种类型的理论预设了政治稳定性或停滞的奢侈品,也预设了文学边缘化的奢侈品:在文学对政治领域毫无直接影响的一种文化中,完全可能存在着认为文学领域是一个相对自主和自我封闭领域的理由。这个领域可以适应最为"激进的"观点,正因为它完全与政治领域和经济领域绝缘。简言之,我们可以像我们在诗歌方面所希望的那样具有颠覆性,因为不幸的是,诗歌没有带来任何差别。诗歌在我们文化中的边缘化就是如此,以至其诗句与主流政治进程的交汇,对不可识别性的论点来说非常微妙。然而,法农的说明提醒我们,存在着各种关于世界的文化——它们在最近包括了中东大多数地区、印度次大陆、俄国和南斯拉夫各个地区,文学在其中经常都直接地和深刻地卷入了政治进程之中,在一种深刻的相互关系中,不仅作为结果,而且作为原因。

爱德华·萨义德(1935—2004 年)

爱德华·萨义德是著名的文学理论家和文化理论家,出生于巴勒斯坦的耶路撒冷。他在耶路撒冷、开罗和马萨诸塞上过学,1960年在普林斯顿大学获得学士学位,1964年在哈佛大学获得博士学位。从1963年直到去世,他都在哥伦比亚大学担任英语和比较文学教授。他也曾是哈佛大学、斯坦福大学、约翰·霍普金斯大学和耶鲁大学的客座教授。

萨义德的思想包含三个主要要求:首先,要阐明知识分子和文学批评家的文化立场与任务。萨义德在这个领域里的论述受到福柯的影响,为20世纪80年代的所谓新历史主义提供了至关重要的推动力,新历史主义部分反对美国结构主义、后结构主义和解构的追随者们的倾向,反对他们使文学脱离各种语境的倾向,反对他们把那些语境变成一种没有分别的"文本性"的倾向。萨义德的第二个关注点是,要研究西方关于东方的总体话语的历史生产与动机,尤其是关于伊斯兰教的话语的历史生产与动机。萨义德本人的出身(或者说如他所偏爱的"开端")确定了第三个更加直接的政治使命:努力揭示和阐明巴勒斯坦人重新获得祖国的斗争。有人认为,他是学者参与政治的典型,而有些人认为,他的事业是前后不一致的。这里对萨义德著作的说明,将遵循前面指出的三条线索。

《开端》(Beginnings,1975年)是萨义德最初产生影响的著作。萨义德把焦点集中在"什么是开端"这一问题之上,追溯了这个概念在历史上的结果和对它的不同理解。萨义德对意大利哲学家詹巴蒂斯塔·维柯的《新科学》(1744年)的洞见进行了修改,用它们来区分神圣的、神话的和有特权的"本源"与世俗的、人类创造的"开端"。正如在古典主义和新古典主义思想中那样,"本源"被赋予了线性的、王朝的和编年史的显赫地位,在中心支配着产生于它的一切,而开端,尤其是体现在大多数现代思想中的开端,促成了离散、毗邻和互补的秩序。[4]萨义德把开端界定为它自身在有意创造意义方面的方法和第一步,是造成不同于预先存在之传统的差异。如果说开端构成了这样一种颠覆性活动的话,那么,它就必须灌注一种为后来的文本提供理由的初始逻辑;它既使它们成为可能,也限制了那些可以接受的对象(Beginnings,32 - 34)。萨义德借助维柯、瓦莱里、尼采、索绪尔、列维-斯特劳斯、胡塞尔和福柯的洞见,认为小说表现了西方文学在文化上的重要努力,即赋予开端一种在体验、艺术和认识中的授权功能。在后现代主义文学中,开端体现了通过一种"有暴力犯罪倾向的"语言来获得认识和艺术的努力。

对语言的质疑处于"开端"的核心。如果说福柯和德勒兹揭示了等级制的、经常是压迫性的语言体系的话,那么,萨义德则把他们的观点置于维柯、马克思、恩格斯、卢卡奇和法农论述过的"敌对的认识论潮流"之内。他仿效福柯,把写作界定为语言的"攫取"行为,它意味着再次开始,而不是在由传统规定的那个点上接受语言。这样做是一种发现的行为,实际上是"开端"的"方法",它意在差异,以及参与一种"他者"的意义创造(Beginnings,13,378 - 379)。知识分子或批评家的任务,是要与体制的专门化、意识形态的专业主义和等级制的价值体系进行战斗,那种价值体系褒奖传统的文学与文化解释,阻碍"开端"的批评。批评应当成为对开端持续不断的重新体验,不是促进权威性,而是促进非强迫性的和公共的活动(Beginnings,379 - 380)。

但是,在《世界、文本与批评家》(The World, the Text, and the Critic,1983年)中[5],萨义德认为,批评理论已经退却到了一种"文本性的迷宫"之中,它在其中背叛了它在20世纪60年代的"起义者"的开端。萨义德甚至认为,知识体制的"激进"派别,加上传统的人本主义者,都已经背叛了"不干预原则"和专业主义伦理的胜利,他认为自我驯服是与"里根主义"(Reaganism)的出现一致的(WTC,3-4)。他认为,当代批评是公众肯定在欧洲中心主义、支配和精英主义意义上所理解的文化价值的一种体制。在由此失去了与"公民社会的抵抗与异质性"的联系之后,批评实际上就已经支配了它自身(悖论性的)文化上的边缘性与政治上的不相干性(WTC,25-26)。由此与"世界"分离了的"文本"的概念,就成了萨义德要竭力与之战斗的东西。他实际上把文本重新界定为"世俗的",在很多方面具有真实的社会状况和政治状况的含义:文本最重要的特征就是其创造的事实(WTC,50)。文本创造的特殊状况在于建构其创造意义的能力;它们由于把自身置于特定的意识形态与美学的结合之中并且介入其中,限制了对自身的解释。文本以自身的言说与其有计划的接受之间的相互影响为标志(WTC,39-40)。此外,由于文本驱逐和取代了其他文本,所以,它们在实质上就成了权力的事实,而不是民主交流的事实(WTC,45)。萨义德追随福柯的观点,拒绝把推论的情景说成是一种民主平等或政治中立,而是把它看成类似于殖民者与被殖民者、压迫者与被压迫者之间的那种关系(WTC,48-49)。简言之,"文本是一个被统治性文化体制化了的力量体系,这种体制化以牺牲某些人文内容为代价来支配其各个组成部分"(WTC,53)。

萨义德追随福柯的观点,认为文化是确定了"家庭""属性"和"共同体"之意义范围的那些东西;超出这一点的就是混乱无序和无家可归。正是在这种直率的反对之中,萨义德像他在《开端》里曾经暗示过的那样,希望在公民社会内部为知识分子和批评家开拓一个空间,即一种"居中性"(in-betweenness)的空间。萨义德回应了阿诺德最终把文化等同于他所反对的国家权威的观点,提出"批评在现时的作用"是要站在主导文化与批评方法总体化的形式之间(WTC,5)。萨义德根据起源(filiation)(它体现了家族、家庭、阶级和国家的特定关系)与从属关系(affiliation)(一种习得的效忠,部分自愿、部分历史地被决定的,效忠于一种价值体系的批评意识)的概念来阐明这一点。萨义德认为,大多数现代主义文学都体验过起源关系的失败,求助于补偿性的从属关系,它具有比它们在世界上的起源情景的限定因素更加宽泛的内容。例证是乔伊斯和艾略特,他们两人都摆脱了自己所属的家族、种族、宗教的起源关系,站在一种放逐者的立场,对世界具有较为宽广的看法。萨义德所提倡的那种批评,恰恰就在于它既不同于其他文化行为,也不同于思想和方法的总体化体系。这种"世俗的"批评把焦点集中在地方的和尘世的情景之上,让自身反对创造大规模的密闭体系(WTC,26,291)。它必须同各种形式的暴政、统治和弊端进行战斗;为了人类自由的利益而促进非强制性的认识,并阐明文化与体系占优势的正统可能的选择(WTC,29-30)。萨义德认为,维柯和斯威夫特是对抗性姿态的重要原型。他把斯威夫特的特点刻画为"在他对选择范围之现状的理解方面的无政府态度"(WTC,27),这种特点完全适合于萨义德自己。

有趣的是,萨义德把"欧洲中心主义"本身的出现,追溯到勒南把权威性从宗教的、被神圣权威认可的文本转移到一种种族中心主义的哲学之上,那种哲学降低了闪米特语族和"东方"的地位,这个主题在《东方主义》(1978年)[6]中被加以发展。在《东方主义》中,萨义德考察了西方"建构"东方的巨大传统。这种东方主义的传统,已经成了与东方达成的协议、看待东方的权威性观点和支配东方的一种"法人制度"(corporate institution)。对萨义德的分析来说重要的是，东方实际上是西方话语的一种产物，是西方文化自我界定的一种手段，也是证明帝国对东方民族进行统治的一种手段(*Orientalism*, 3)。萨义德专注于英国、法国和美国主要与伊斯兰世界打交道的现代史。倘若他对东方主义的关键论述是一种话语的话，那么，他的目的并不是要表明这种有政治动机的语言大厦以某种方式歪曲了一个"真实的"东方，反倒是要表明它实际上是一种语言，对于依赖一种对东方的强权和霸权关系来进行表达而言，这种语言具有一种内在的一致性、动机和能力。

这部著作也试图把东方展现为不过是一个复杂的例证，它在政治上和意识形态上植根于一切话语的本质之中，甚至植根于那些隐藏在清白无辜的外衣之下的话语形式之中。因此，穆勒、阿诺德和卡莱尔等"自由主义的文化主角"都曾经有过关于种族和帝国主义的观点，但通常都被忽视了(*Orientalism*, 14)。萨义德运用了大量例证，它们出自埃斯库罗斯的剧本《波斯人》(*The Persians*)、麦考利、勒南、马克思、古斯塔夫·冯·格林鲍姆(Gustave von Grunbaum)和《剑桥伊斯兰教史》(*Cambridge History of Islam*)，试图研究被用来毁灭伊斯兰教和东方的那些陈规(stereotypes)与扭曲。那些陈规包括：伊斯兰教是一种对基督教的异端的模仿(*Orientalism*, 65-66)；东方妇女奇异的性欲(*Orientalism*, 187)；伊斯兰教是一种独特的单一现象，是一种没有创新能力的文化(*Orientalism*, 296-298)。萨义德也研究了美国在20世纪与阿拉伯世界的关系，提出后现代的电子世界重新强化了对阿拉伯人非人性化的描绘，这种趋势因阿以冲突而加剧，也被作为巴勒斯坦人的萨义德本人强烈地感受到了。

在《巴勒斯坦问题》(*The Question of Palestine*, 1979)中，作为"巴勒斯坦全国委员会"(Palestine National Council)委员的萨义德本人，试图在美国读者面前提出一种对巴勒斯坦体验和状况的历史说明。《掩盖伊斯兰教》(*Covering Islam*, 1981年)旨在揭示媒体报道如何"制造"伊斯兰教，在把伊斯兰教信徒变成反美狂热分子和危险的宗教激进主义者方面，媒体延续了西方自我界定的悠久功能。萨义德后来的著作《文化与帝国主义》(*Culture and Imperialism*, 1993年)实际上延续了《东方主义》中提出的各种主题，因为它以一种较为集中的方式研究了在早期著作中所提到的西方与东方之间的权力关系。萨义德作为文化批评家的独特性在于他的兴趣的范围，这使他得以在全球语境中去探讨文学、政治和宗教之间的各种关系，而不是在国家或欧洲中心的语境中去进行探讨。

加娅特丽·查克拉沃蒂·斯皮瓦克(生于1942年)

加娅特丽·斯皮瓦克生于印度的加尔各答(Calcutta)，在印度和美国的大学接受教育；她在康乃尔大学的老师之一是保罗·德曼。她因翻译德里达的《论文字学》并撰写了长篇序言而著名，她对殖民主义的结构、后殖民主义的主题和后殖民主义话语之可能性的重点关注，借助了解构的实践、女性主义运动、马克思主义和弗洛伊德的观点。她很有影响和有争议的《从属阶级能发言吗？》("Can the Subaltern Speak?", 1983年)一文，后来扩展成了她的《后殖民主义理性批判》(*Critique of Postcolonial Reason*, 1999年)一书，她在文章中提出的正是这一问题，即处于从属的、被殖民地位的民族,是否能够获得表达能力。"下属"(subaltern)指处于从属地位的军官;这个词语被意大利马克思主义者安东尼奥·葛兰西用来指需要被左翼知识分子组织起来的、在政治上自觉之力量的劳动群众。斯皮瓦克对这个词语的使用也暗指印度的"从属阶级研究小组"(Subaltern Studies Group),这个激进小组试图阐明和表达印度次大陆被压迫的农民的斗争。

从广义上说,斯皮瓦克认为,殖民主义的规划以福柯所称的"认知暴力"(epistemic violence)为特征,即强迫接受一套特定的、另一方的信念。她认为,这样的暴力标志着"把殖民地臣民建构为他者的、遥控地组织起来的、遥远漫长的和异质性的规划"。[7]斯皮瓦克提出,对被殖民国家施行的这种认知暴力,是18世纪末欧洲认知革新的一个必然结果,福柯谈到过这一点;斯皮瓦克既扩展了福柯本人的论点,也把它置于更加广泛的全球语境之中,并且提出对欧洲政治和经济发展的叙事是一种更加广泛的叙事的一部分,那种叙事包括了帝国主义,以及相对于殖民地的他者来界定欧洲。欧洲和被殖民国家的某些认知都被征服了,或者说"不适当地丧失了资格"(*CPCR*, 267)。斯皮瓦克提出的例证是英国对印度法律体系的重新阐述。斯皮瓦克实际上援引了英国历史学家和政治家托马斯·巴宾顿·麦考利在声名狼藉的《印度教育备忘录》("Minute on Indian Education",1835年)中的一些说法,这些说法值得再次充分引证:

> 我们现在必须尽我们的最大努力形成一个阶层,他们可以成为我们与我们统治着的数百万人之间的解释者;这个阶层的人具有印度人的血统和肤色,却具有英国人的趣味、看法、道德和智力。对这个阶层来说,我们可以让它去使那个国家的本地方言变得高雅,用从西方术语中借来的科学术语去丰富那些方言,使它们逐渐成为适合于向大多数人传达知识的工具。(*CPCR*, 268)

这些说法一直被用于经过改变的现代世界的帝国主义经济,就此而言,它们显得更加使人恐惧。在策略方面没有任何改变,仅仅是以新的统治者的名义。斯皮瓦克的观点是,在帝国主义法律规划中被奉为神圣的认知暴力,同样也在强迫接受文化的规划中被奉为神圣。她的基本论点在于,这样的暴力使得"把**一种**对现实的解释和叙事确定为……标准的解释和叙事"永久化——或许还要以它们作为基础(*CPCR*, 267-268)。

然而,正如斯皮瓦克早已说过的,这种统一的规划本身实际上是异质性的,如同福柯就它在欧洲的作用所指出的那样。她也指出:"被殖民的从属**臣民**不可避免地是异质性的。"(*CPCR*, 270)因此,她拒绝殖民者与被殖民者、压迫者与受害者之间彻底对立的一切可能性。她解释说,就连那些为被压迫者说话的激进知识分子,实际上也把他者浪漫化和实质化了:她认为,很可能"知识分子在持续把'他者'建构成'自我'的影子方面成了同谋"(*CPCR*, 266)。巨大的诱惑完全在于把他者看成自我的投射或影子:一个例证可能是一个西方女性主义者把她关于解放的计划强加于被殖民地区的妇女,这个过程或许忽视了压迫与解放两者在文化上独特的特点。这样一种二元对立忽视了激进话语与它们力图破坏的殖民主义话语之间的合谋,并且使这种合谋长久存在下去。斯皮瓦克甚至认为,印度的"从属阶级研究小组"在某些方面已经被一种本质主义的议程所污染,例如,在这个小组中,竭力要刻画"从属意识"的特征(CPCR, 271 - 272)。斯皮瓦克敏锐地评论说,虽然很多激进话语,如女性主义话语,都反对本质主义和实证主义,但一种"实证主义与本质主义之间严格的二元对立……也许是欺骗性的",因为它压制了"本质主义与批判实证主义之间暧昧的合谋"。她在这方面的说法得到了这一洞见的支持,即实质的概念遍及黑格尔的著作,遍及这位"否定著作"的现代开创者的著作,并且得到了马克思在辩证法内部坚持否定性的确认(CPCR, 282)。

在这篇文章里,斯皮瓦克讲述了一个印度年轻女子布巴那斯瓦里·哈杜里(Bhubaneswari Bhaduri)的强有力的故事,她由于无力执行一项指派给她的政治暗杀任务而于1926年被判处自杀。斯皮瓦克评论说,她定下的这次自杀时间是在她月经期间,以便阻止对其行为的一般判断,即她已经怀孕了。斯皮瓦克认为,这场自杀是"对一个**殉夫**自杀的社会文本所进行的非重点的、特别的、次要的改写"。然而,当斯皮瓦克本人就这一事件追问那个女子的侄女们时,她们都"回忆"说这是一个"非法恋爱的案例"(CPCR, 306 - 307)。斯皮瓦克因这次"交谈的失败"而丧失了勇气,以致她着重说明了(在这篇文章的初版中)"从属阶级不可能发言"。虽然她把自己的评论叫作"不明智的",但她接着指出了布巴那斯瓦里本人"被解放了的"侄孙女们实际上继续了她保持沉默的过程:她们中的一个人成了美国移民,并且在一家跨国公司获得了管理职位。因此,"布巴那斯瓦里曾经为民族解放战斗过。她那个了不起的侄孙女却在为新帝国打工。这也是从属阶级的一种历史性的保持沉默"(CPCR, 311)。斯皮瓦克的论点是:新帝国,新帝国主义(neo-imperialism),已经成了全球性的,在其循环和运作的内部,合谋是不可避免的。虽然她承认那个从属阶级姑娘的发言被变成了在她自己(斯皮瓦克)文本中的言说,但就连激进知识分子也在削弱从属阶级的声音方面成了同谋(CPCR, 309 - 310)。

然而,斯皮瓦克的姿态并非完全否定性的。在某种程度上,我们必须开始一项"遗忘"计划,承认我们参与到了我们自己研究和谴责的对象之中,甚至成了同谋(CPCR, 284)。在其他地方,斯皮瓦克很有帮助地谈到了一种"战略上的"本质主义,我们借此可以按一种自觉的方式把本质主义的语言用于实际的、政治的目的。在这篇文章中,她提出了一些建议,这些建议有可能防止一个人自己地位的不确定性,防止单纯否定性的批判。她提出,知识分子要承认经济领域的重要性,但不能赋予它任何一种绝对的或终极的解释权(CPCR, 267)。她补充说,参与政治进程——享有公民权,成为有权投票者——将有助于使从属阶级走上"通向霸权的漫长道路"(CPCR, 310)。

霍米·K. 巴巴(生于1949年)

像加娅特丽·斯皮瓦克一样,霍米·巴巴把后结构主义的某些原则扩大到了有关殖民主义、民族性和文化的论述中。这些原则包括挑战固定不变的身份概念,破坏二元对立,以及强调语言和话语——加上与它们的叠加有关的权力,它们构成了我们理解文化现象的基础。但是,正如斯皮瓦克的情况那样,这种"扩大"不是简单地按照它们相对于殖民地臣民问题的纯粹性来推断后结构主义的原则;扩大的过程本身常常显示出这些原则的局限性,以及被改变了的它们的适用性的性质。巴巴从德里达那里接受了前述的某些理念;他从米哈伊尔·巴赫金那里接受了"对话"的概念(包括关系的相互性),以便刻画殖民者与被殖民者之间关系的特征;他也借助了弗朗茨·法农论述殖民主义的革命性著作,也借助了本尼迪克特·安德森(Benedict Andersen)在其《想象的共同体》(*Imagined Communities*,1983年)一书中界定的"民族"概念。

巴巴的著作在挑战表现了历史线性发展之一致性和统一性的身份、文化和民族概念时,最为重要的概念就是"混杂性"(hybridity)。混杂性表现了一种"居中性"(in betweenness)的状态,它表现在某个处于两种文化之间的人身上。这个概念体现在巴巴本人的生活之中(与众多出生于殖民地国家、在西方体制中长大的知识分子的生活一样):他出生在印度孟买(Bombay)的一个法利赛人社区,在本国和牛津大学接受教育;他后来在英国和美国的大学教书,现在则在哈佛大学教书。

在其重要文章《效忠于理论》("The Commitment to Theory",1989年)中,巴巴试图回应最近的一些指责,即文学和文化理论(包括解构、拉康主义与后结构主义的各种趋势)至少遭受了两种有严重后果之缺陷的痛苦:它被铭刻在欧洲中心主义和帝国主义的话语之中,并且与之合谋;这样,它与真正的关注、第三世界民族的"历史情况和悲剧"相隔绝。[8] 巴巴认为,这种"理论与政治的二分法",在镜像中再造了"19世纪东方与西方非历史性的两极,它以进步的名义,释放了排他性的自我与他者的帝国主义意识形态"。它是一种"镜像",因为在现代的情景中,它成了非政治化的西方(而不是东方)理论本身,那就是"他者"。巴巴质疑了这种二分法:"我们为了参加辩论,始终都必须两极化吗?"他问道,我们必须完全颠倒压迫者与被压迫者的关系吗?(*LC*, 19)

巴巴本人毫不怀疑帝国主义不断的渴望,因为它挤进了一个"新帝国主义"阶段:"在英美民族主义中出现了一种明显的成长,它日渐在政治行为中表达出了它的经济力量和军事力量,那些政治行为表现了新帝国主义对第三世界民族和地方独立自治的漠视。"巴巴列举的最新例证是,1982年英国为福克兰群岛对阿根廷发动的战争(Falkland War),以及1991年的第一次海湾战争(Gulf Wars)。他接着说,这样的经济和政治控制"对西方世界的信息秩序、其新闻界及其专业化体制和学术界产生了深远的霸权主义影响"(*LC*, 20)。在这方面存在着一种默认,即西方的学术体制在某种程度上受到了西方意识形态政治优势改变的影响。尽管如此,他所提出的问题涉及了在西方进行理论批判的"新"语言:"'西方'理论的兴趣点必然会与西方作为一个强权集团的霸权角色共谋吗?理论的语言只不过是在文化上享有特权的西方精英创造'他者'话语的另一种权力手段,以强化它自身的权力与认识的平衡吗?"(*LC*, 20-21)

巴巴把这些问题置于后殖民话语的特定视角之内:他追问了"一旦后殖民世界在文化上和历史上的混杂性被当成脱离的范例性场所,一种效忠于理论的视点可能具有"什么作用(*LC*, 21)。在提出这一问题时,巴巴一开始就拒绝了"理论"与"行动主义"之间的对立,因为他认为,它们两者都是"话语形式",它们"创造了而不是反映了自己的参照对象"(*LC*, 21)。换言之,正如巴巴在运用出自英国文化批评家斯图亚特·霍尔的洞见时解释的那样,政治立场不可能预先被标明为真实的还是虚假的,进步的还是反动的,资产阶级的还是激进的,不可能先于它们从中形成的特定条件。在这种意义上,它们以混杂性和"形成过程本身"的摇摆不定为标志(*LC*, 22)。这是一种承认的方式,即承认"书写的力量、书写的隐喻性及其修辞话语是一种创造性的基质,它可以阐释'社会',使社会成为行动的目标和可以采取行动的对象"(*LC*, 23)。巴巴在这里使用了德里达意义上的"书写"一词,用来表示语言和话语固有的隐喻性质,它们无法做出那些绝对清晰、毫不含糊的陈述,因为它们是由一个庞大的能指网络建构起来的,在那个网络中,任何一种特定的地位都是由外在于网络的东西建构的,这种外在性以其多样性和矛盾影响到一切预设的地位本身内在的一致性。巴巴引述了 J. S. 穆勒的《论自由》("On Liberty")一文,它把认识和特定的政治态度描述为,只能产生于在其表达的每个阶段不断的自我质疑、对抗与之对立的其他态度。正如巴巴解释的,穆勒认为"政治是争论和对话的一种形式";政治的对话性不是靠抽象地承认其他视点,然后再避开它们,而是靠确认它**自身的**视点,确认它自身在眼光方面的局限性,政治在每个问题上都被矛盾所分裂。正是阐明的主题本身的这种杂乱无章的矛盾,才标志着真正的公共性和政治性(*LC*, 24)。巴巴认为,这种类型的政治"协商","以能指的一种抽象的自由游戏的名义,超越了公认的政治传统使人不安的本质主义或逻各斯中心主义"(*LC*, 25)。

  因此,政治批判语言的有效性,并不是因为它保持了主人和奴仆等方面的严格对立,而是因为它"超越了对立的特定基础,开辟了一个转换的空间:一个混杂性的场所",它参与了建构一种**新的**(而不是预想的)政治目标和努力。这样一种语言是辩证的,不必求助于"一种目的论的或者先验的历史……理论事件成了矛盾和反对事例的**协商**,它们开辟了混杂性的场所和斗争的目标,破坏了认识与其对象、理论与实践政治理性之间的那些否定性的两极"。巴巴评论说,不可能存在着"意识形态误识(miscognition)与革命性真理之间的任何过分简单化的、本质主义的对立"。在它们之间,存在着一种"历史的和杂乱的**延异**"(*LC*, 25)。因此,我们在政治上优先考虑的事物和所指事物——诸如民族、阶级斗争、性属差异——"在某种原初的、自然主义的意义上都不存在。它们也没有反映出一种单一的或同质性的政治目的"(*LC*, 26)。巴巴提出,所有这些都使我们认识到,"效忠的问题"是"复杂而艰难的"。不过,这不应该导致清静无为或惰性,而应该导致要求"把对组织的质疑理论化,并且使社会主义的理论'系统化'"(*LC*, 26)。

  作为这种拒绝彻底对立之例证的是,巴巴列举了 1984 年到 1985 年撒切尔统治英国时的煤矿工人罢工(miners' strike)。最初,在公认的阶级斗争的术语中可以发现这种冲突。但是,当采访矿工们的妻子时,她们开始质疑自己在社群和家庭中的作用,并且挑战了她们在表面上要捍卫的那种文化本身的基础。巴巴认为,这种境况展现了"政治变革之混杂契机的重要性",存在着借以对斗争条件的重新阐明,那种斗争"**既不是一方**(单一的工人阶级),**也不是另一方**(性属政治),**而是它们之外的其他某种东西**,它要争夺条件和领地两个方面。在性属与阶级之间存在着一种协商"。斯图亚特·霍尔曾经提出,"英国工党(British Labour Party)应当力图在各种进步力量当中创造一个社会主义联盟,那些力量广泛分散和分布在阶级、文化和职业势力的范围之内",巴巴认为,这种看法承认了他本人的"混杂性"概念的"历史必然性"(*LC*, 28)。

回到巴巴最初关于批判理论是否是"西方的"问题上,他认为,这"表明了体制的力量和意识形态上的欧洲中心论"。他承认,大多数欧洲理论都已经"打开了文化差异的裂隙",把他性的隐喻用于"囊括差异的结果……他者的文本永远都是差异的解释视野,从来都不是阐述的积极力量"。在被分析和被展示中,"他者丧失了自身表意的能力,否定的能力……建立自身的体制话语和反对话语的能力"。在这些方面,批判理论再造了"一种统治关系"(LC, 31)。但是,巴巴决定要区分批判理论的体制历史与"其变革和创新的概念上的潜力"。他赞扬阿尔都塞、拉康和福柯开拓了理解历史、生产关系和主体性之矛盾结构的其他可能性(LC, 31-32)。他提出,很多后结构主义理念"本身都反对启蒙运动的人本主义和美学。它们构成了不亚于对现代契机的解构"(LC, 32)。

按照巴巴的看法,这样一种对批判理论之历史的修正,渗透着"文化差异"的概念(而不是文化"多样性",它体现了一种被承认的和静态的认识),它突出了西方文化的权威性在其自身阐明或阐述时刻的矛盾。差异性这个概念"使过去与现在、传统与现代的二元分割问题化了"(LC, 35)。它体现了这一认可,即各种文化"本身绝不是单一的,在自我与他者的关系方面也不完全是二元论的"。它体现了这一认可,即"文化上的阐明行为……要受到书写之**延异**的阻挠"。巴巴认为,阐释契约绝不只是两个对话者之间的一种交流行为;这两个"位置"必须经过一个"第三空间,它代表了语言的一般状况和言说的特定含义"(LC, 36)。这个第三空间"虽然本身无法被描述",却使意义和指涉变成了"一个矛盾的过程",它挑战了"我们把文化的历史同一性理解为一种同质化的、统一的力量,那种力量要由原初的'过去'来验证,在人民的民族传统中继续存在着"。因而,我们必须承认一切文化陈述的"混杂性"。巴巴认为,法农承认了那些开创了革命性变革的人们"本身都是混杂身份的承载者"(LC, 38)。作为例证,巴巴列举了阿尔及利亚争取独立的斗争,它"在解放斗争的时刻"破坏了反对强迫接受殖民主义文化的民族主义传统本身的众多因素。

在结尾时,巴巴声称,在理论上承认"阐述的分裂空间",可以"在刻写和阐明文化**混杂性**的基础之上",开创思考"**跨越**国界之文化"的方式。它是"居中的空间……带着文化意义的负担……通过探索这种'第三空间',我们可以躲避两极化的政治,并作为我们之自我的他者而出现"(LC, 38-39)。巴巴令人奇怪地把延异的概念理解为矛盾的体现,而不是无止境的关系性的体现。在断言需要承认阐述的矛盾时,他实际上使他力图回避的那种二分法被长久保存下来。

巴巴论点的问题之一在于,它不加批判地以德里达的延异概念为基础,延异的概念本身就很抽象。巴巴甚至承认,他自己的"第三空间""本身是不能被描述的",否认阐明它的一切可能性,使它沉溺在超越性之中。巴巴文章里有重要价值的洞见是,政治上的努力不可能预先被充分理论化,因为它们始终都必须适合当地的条件和可能性。但是,这个洞见因为它强迫要更加普遍化而有点受到了损害,并且在断言语言起作用的方式方面有点含糊。混杂性的概念自身内部具有它旨在超越的一切两极化的根源;这样,它不适合用来理解政治效忠的不同建构,这种建构经常都不是以阶级和性属这类两个因素的单纯混合为标志。最后,巴巴树立了很多没有价值的目标:谁声称"文化""主体性"或"真理"在某种程度上是一种毫无疑问的统一体?巴巴的矛盾和混杂性的概念意在克服的所谓意识形态误识与真理之间的对立,早已被废除了——在一种源于黑格尔的辩证法中,在马克思主义思想的漫长传统之中,它认为真理具有体制上的基础,真理本身是各种意识形态形式化的规划。

小亨利·路易·盖茨(生于1950年)

美国黑人文学最著名的当代学者是小亨利·路易·盖茨,他力图拟定美国黑人的文学和批评遗产,并且要在学术体制、新闻界与媒体内部促进和确立这种遗产。对这种规划来说重要的是,他努力把出自现代文学理论的各种方法,如解构和结构主义关于意义的概念,同源于非洲文学传统的解释方法结合起来。盖茨生于西弗吉尼亚,在耶鲁大学和剑桥大学接受教育;他在耶鲁大学、康乃尔大学、杜克大学和哈佛大学任过教,现在在哈佛大学任美国黑人研究所主任,并任 W. E. B. 杜波依斯美国黑人研究会主任。他主编过很多开拓性的诗文集,如《黑人文学与文学理论》(*Black Literature and Literary Theory*,1984 年)、《"种族"、写作与差异》("*Race*", *Writing, and Difference*,1986 年),以及《诺顿美国黑人文学文选》(*The Norton Anthology of African American Literature*,1997 年),并且帮助创办了一些美国黑人杂志。盖茨撰写的重要著作有《黑人形象:词语、符号与"种族的"自我》(*Figures in Black: Words, Signs, and the "Racial" Self*,1987 年),以及《表意的猴子:美国黑人文学批评理论》(*The Signifying Monkey: A Theory of African-American Literary Criticism*,1988 年)。他在这些文本中的目标之一,是要根据后结构主义理论来重新界定种族与黑人的概念,把它们界定为意义与文化差异之网络的结果,而不是界定为实质。盖茨因其著作综合的与同化的性质而受到了批评:激进主义者认为,他公开向白人、精英、英美和欧洲的主流传统妥协。然而,他的著作对小休斯敦·A. 贝克(Houston A. Baker, Jr.)和瓦尼伊马·卢比昂诺(Wahneema Lubiano)等批评家的著作产生了影响,并且显示出与那些著作的相似性。

在《书写、"种族"以及它所造成的差异》("Writing, 'Race', and the Difference It Makes",1985 年)等文章中,他对种族的概念进行了敏锐的分析,把注意力引向了弥漫在西方文学和哲学传统中的、关于种族的或明或暗的各种设想。盖茨承认,在 20 世纪的文学和理论中,种族已经成了一种"看不见的特质",在最好的情况下仅仅是暗中存在。但是,他解释说,情况并非始终如此。到 19 世纪中叶,"民族精神"和"历史时期"这样的隐喻被广泛用在文学研究与文学创作中。正是法国文学史家伊波利特·泰纳,把"种族、时代和**环境**"推断为分析一切艺术作品的基本标准。盖茨认为,这个看法是"伟大的基础",后来的"民族文学"的概念就建立在这个基础之上。[9]在种族方面,泰纳确定了"智力和……内心"的独特性质,种族成了"那些大师的才能最早和最丰富的来源,历史事件从中产生出来"(*LCNCW*,46)。盖茨承认,泰纳的原创性不在于表达了这些有关种族的理念——它们源于"启蒙运动,即使不是源于文艺复兴时期"——而在于他把它们"科学地"应用于文学史。盖茨认为,"民族"文学的成长"与知识分子中共有的设想有关,即'种族'是一个'事件',一个抹不掉的数量,它无法抵抗地决定了思想和情感的形式与轮廓"(LCNCW,46-47)。此外,有关种族的话语经常都在18世纪和19世纪"可疑的伪科学"中具有其根源。种族在这些用法中"伪装成是一个分类的客观术语,而它事实上是一种比喻"。虽然它是一种虚构,但它符合"上帝的律令、生物学或者自然秩序"。实际上,种族已经成了"文化、语言群体、特殊信仰体系从业者之间的一种终极的、不可化约的关于差异性的比喻……种族是差异性的最终比喻,因为它在应用中是非常任意的"(LCNCW,48-49)。欧洲传统中的很多作家都力图使种族的隐喻变成"字面上的",靠的是把它们变成"自然的、绝对的、实质性的……它们把这些差异性**刻写**为固定的和有限的范畴……但是,它几乎没有反映出这一认识,即这些伪科学的范畴本身就是思想的外形。谁见过黑人或红种人,见过白人、黄种人或棕色人?这些词语都是任意建构的,并非对现实的记录"(LCNCW,50)。

从文艺复兴时期以来,以及在整个启蒙运动中,种族的隐喻都处于欧洲关于"非洲人本质"的普遍争论的核心之中。这种争论促使盖茨"选择性地"解读启蒙哲学,这种解读揭示了它的"阴暗面"(LCNCW,57)。他提到,在笛卡儿之后,"理性"在人类的特性中享有特权;而写作,尤其是在印刷机出现和扩散之后,就被当成了"理性的可见符号"。盖茨认为,启蒙运动

> 把"理性"的不在场与在场用来限定和限制文化的人性以及有色民族,这些都是欧洲人从文艺复兴时期以来所"发现"的。我们借以刻画启蒙运动之特征的、对于把人类的一切认识系统化的渴望,直接导致了把黑人驱逐到"存在的巨大链条"上的更低地位。(LCNCW,54-55)

盖茨通过很多重要作家追溯了欧洲哲学和美学的这种"特别的**从属话语**(subdiscourse)"。"从属话语"主要存在于写作的特权、理性的可见符号之中,是黑人人性及其发展能力的"主要尺度"(LCNCW,56)。弗朗西斯·培根爵士在其《新工具》(1620年)中,求助于作为"一个在自然中之地位的最终尺度"的艺术。培根断言,文明人与野蛮种族的生活之间的差异不是源于"土地,不是源于气候,不是源于种族,而是源于艺术"(LCNCW,57-58)。几年之后,彼得·海林(Peter Heylyn)出版了他的《很少描述的伟大世界》(Little Description of the Great World),断言非洲黑人"完全缺乏"对理性的运用,拥有"极少的睿智"(LCNCW,58)。有教养——即掌握阅读和写作——与政治权利有直接的关系,写作被变成了一种商品:学习阅读和写作是为主人保留的,对奴隶来说是违法的。"自由与话语之间"存在着一种"直接关系"(LCNCW,58-59)。盖茨认为,到1705年,荷兰探险家威廉·博斯曼(William Bosman)曾经"把彼得·海林的偏见包装成一种神话",这个神话假定了上帝的一种选择,黑人选择了黄金,而白人选择了另一个,即文学知识。作为对其贪婪的惩罚,上帝判决黑人应当永远成为白人的奴隶。盖茨提出,正是大卫·休谟,才"把启蒙哲学推理的认可赋予了博斯曼的神话"(LCNCW,59)。在其《论民族特征》("Of National Characteristics",1748年)一文里,休谟声称,黑人"天生比白人低劣",这种"自然"差异的一个标志就是,黑人"**没有艺术,没有科学**"(LCNCW,60)。

盖茨认为,可以预言,休谟的看法成了"约定俗成的"。在1764年的一篇名为《对美感和崇高感的观察》的文章里,康德曾经推断休谟的评论肯定了黑人种族与白人种族之间"精神能力"

的一种根本差异,直接把"黑色"与"愚蠢"联系起来。康德把自己的"观察"置于缺乏已经出版的关于黑人之著作的基础上(LCNCW,60-61)。托马斯·杰斐逊(Thomas Jefferson)的看法几乎没有什么益处:"我从来就没有发现一个黑人表达过一种超出简单叙述水平的思想。"他强烈否认黑人有写诗的能力(LCNCW,61)。盖茨还讲述了——实在太简略——黑格尔关于黑人当中缺乏历史和写作的责难。盖茨指出,黑格尔回应了休谟和康德的观点,所有这些作者都共同具有关于"缺乏记忆",缺乏一种集体的、文化记忆的设想。盖茨机敏地总结了这些思想家所造成的或者暗示的理性、写作、历史和人性之间的联系:"如果没有写作,就不可能存在任何**可重复的**理性、心灵运作的方式。如果没有记忆或心灵,就不可能有任何历史。如果没有历史,就不可能存在任何'人性',正如从维柯到黑格尔一贯地解释的那样。"(LCNCW,62)

盖茨注意到了20世纪的文学和理论中的种族概念之可见性的一种变化,一种远离泰纳的"种族、时代和**环境**",走向把焦点集中在"文本语言"之上的新批评的趋势。与其他的所谓"外在"特征一样,种族被加上了括号或者被悬置了。然而,它仍然隐含在"各种经典**文化**文本"的理念之中,那些文本"包含在艾略特所说的同时发生的西方传统之中"。盖茨表明:"英美是泰纳的标准当作庇护所的城堡……经典文本的作者据说都具有一种'共同文化',它从希腊罗马传统、犹太教与基督教传统这**两者**继承而来。"(LCNCW,47)因此,就连声称排除了文本"本身"中无法解读之素材的这种简化论的形式主义,也以一种经典、一个"文学的理想国"作为前提,那个理想国的公民"全都是白人,并且大部分都是男性"。盖茨在 I. A. 理查兹和艾伦·泰特等"南方重农学派"和新批评派的著作中觉察到了一种种族主义(LCNCW,47-48)。

盖茨提出,美国黑人写作的"出现,是对断言它不在场的回应"(从文艺复兴时期以来)。要求记录黑人的真实声音,将其作为黑人人性的证据,这"对黑人文学传统(black literary traditions)的诞生来说"如此之"重要",以至最早的奴隶叙事(slave narratives)利用了把黑色与沉默联系起来的相同比喻,如"说话书"(talking book)的比喻(一本书据此被认为只对白人"说话",也被要求对黑人说话)。盖茨提出,这些叙事形成了"最早的黑人能指的真正链条",它们暗中根据另一根链条来表意,即"隐喻性的'存在的巨大链条'……那些作家都暗中根据那根链条本身的样式来'表意',单纯依靠出版自传,那些自传都是对被认可的西方文化秩序的控诉"(LCNCW,64)。盖茨追问道:"黑人主题怎么可能用一种黑色符号不在场的语言来断定一种充分的、充足的自我?写作所制造的真正'差异性'和标记,能够掩盖以一种'说英语'的声音来对西方文学文本交谈的黑人面孔的黑色吗?"(LCNCW,65)类似的追问面临着黑人批评家对理论的运用,这个话题在文章中只是概略地提到了。盖茨声称,有必要"'解构'……刻写在种族比喻中关于差异性的理念,要把话语本身当成我们共同的主题……要揭示内在于'种族'的通俗用法和学术用法中权力与认识的潜在关系"(LCNCW,50)。他要求,"用当代批评理论来说明刻写[种族差异]的这些方式,就是要使庞大而模糊的意识形态关系、实际的理论本身非神秘化"(LCNCW,51)。

《黑人形象》的导言或许是对盖茨作为黑人批评家的全部努力所做出的最为简洁的陈述,他在其中较为详细地说明了他自己与当代欧洲和美国文学理论的关系,以及他把那些理论用来分析黑人的文学传统,他把自己的努力置于美国黑人文学批评广阔的历史发展之中。盖茨采用了一个出自列维-斯特劳斯和德里达的术语,公开宣称他实践了"一种批判的现成拼凑",即用手上的现成材料来制造,那些材料最初可能是为了其他目的建构起来的,而不是在某种程度上的新开端。然而,这种必要性本身(因为它当然不可能重新开始)为盖茨提出了一个问题:黑人批评家能够"逃避与理论的一种鹦鹉学舌的关系,一种注定是拷贝"、机械模仿的关系吗?[10]他在这个问题上的观点是:种族主义的核心贯穿了大部分西方知识传统。黑人批评家可能"逃避从大卫·休谟和伊曼纽尔·康德直到南方重农学派[后来以新批评派著称]如此之多的批评理论家所设想的种族主义吗……我们不是以黑人符号不在场的一种可疑话语被证明的吗?"(FB, xviii)这种困境有点类似于很多女性主义者和其他被压迫群体所阐明的那种困境:被压迫者能够逃避说压迫者的语言,并因此使包含在那种语言中的基本概念和广泛的世界观长久保存下来吗?用德里达式的词语来说,如果不借助统治与权力中心的句法和词汇,边缘群体的语言能够言说吗?盖茨使用了德里达式的词语来解释有些黑人批评家(像很多女性主义批评家一样)对理论概念本身的抵抗,这是"健全地反对大多数西方美学话语中的逻各斯中心主义与种族中心主义的联姻"(FB, xix)。不过,盖茨表明,在有些黑人批评家看来,"西方批评传统的种族主义并不是我们没有将自己的努力理论化的充足理由"。他也评论了由这一认识激发起来的、复苏了的对理论的兴趣,即文本细读在美国黑人文学批评中受到了"压制";因此,大部分理论都受到需要说出"黑人文本的真正语言"的驱动(FB, xix)。

盖茨把他自己运用理论的特征刻画为一种转化的实践,而不是单纯的应用:"我试图彻底了解当代文学理论,不是要把它们应用于黑人文本,而是通过把它们转化为一个新的修辞学领域来改变它们。"(FB, xx)有人设想,"这些理论"的先辈故意留下了一些模棱两可的东西;因而,要"转化"的是理论和文本这两者。盖茨认为,只有通过这样的批评活动,"专业"——大概是黑人批评的专业——才可能"重新界定自身,远离欧洲中心主义等级制的经典文本的概念——大多数是白人、西方人和男性的文本,鼓励和维护真正有关的和多元主义的文学体制的概念"(FB, xx)。盖茨强调说,用理论来分析黑人文本的语言,是努力"尊重黑人艺术作品的完整性和传统",是要"创造出比其他可能的方式更加丰富的意义结构"(FB, xx-xxi)。盖茨总结这种普遍努力时提出,这"是对美国黑人文学批评家的挑战:不是躲避文学理论,反倒是要把它转化为黑人的习惯用语,重新命名适当的批评原理,但尤其是要命名黑人习语批评原理,并运用它们来说明我们自己的文本"(FB, xxi)。

盖茨讲述说,他借助了形式主义、结构主义和后结构主义的各种变体,为的是"使黑人文本陌生化"(FB, xxii, xxiv)。他希望把文本看成"一种文学结构",而不是对黑人体验的一种单纯反映(FB, xxiv)。盖茨提出,美国黑人批评的发展与当代文学理论之间的联系,可以划分为四个阶段,与他自己的发展大致相当:第一个是"黑人美学"(Black Aesthetic)阶段;第二个是"重复和模仿"阶段;第三个是"重复和差异"阶段;最后是"综合"阶段(FB, xxv)。

第一个阶段的黑人美学理论家们试图复兴"丧失了的"黑人文本,阐明一种"真正黑人"的美学,持久关注"与争取黑人权力的更大政治斗争相关的黑人文学的本质与作用"(FB, xxvi)。盖茨认为,自己激进的创新在于,强调了他与"文本语言"的一致,与美国黑人批评中迄今为止被压制的一个关注点一致。他对形式主义和结构主义的关注导致了他发展的第二个阶段,即

"重复和模仿"阶段。获得了所要求的对于理论更加批判性的方法之后,盖茨的研究转向了"重复和差异"的阶段,即把理论用于解读黑人文本,但也因此含蓄地提出了对理论本身的批判。盖茨研究的最后一个阶段是"综合",涉及"保持对黑人习语传统的兴趣,这是把美国黑人批评理论的基础置于其中的一个根本领域,那种理论与当代其他理论相比是独立自足的和相关的"(FB, xxix)。

盖茨提出,对黑人文本与其"批评领域"之间的联系的分析,无疑构成了"一种关于美国黑人文学之根源和性质的理论"(FB, xxxi)。这种理论在当代著作中和其他地方都引起了争议,这基本上是因为它在17世纪的根源至少延续到了20世纪20年代的"新黑人文艺复兴"(New Negro Renaissance),黑人的文学创作是为了挑战性地回应这样的断言,并且作为其相反的例证,即缺乏一种黑人文学传统,表明黑人"天生在精神上就与欧洲人不平等"(FB, xxxi)。黑人作家被指责缺乏这样的知性能力,并且缺乏相关的人性,所以,他们要认真地努力把他们自己写进存在中去,要通过叙述他们自己的生活来获得一种认同,这种认同主要存在于语言中:他们在其中被派定不在场的那种语言,本身作为在场的符号就是适当的。

然而,可能有争议的是,这样的姿态——在回应不在场的断言时,实际上创造了一种文学传统——暗中接受了种族主义的词语,并且在表面上遭到质疑的种族主义观点之内运作。正如盖茨早已表明的,这种无意中的共谋通向了一条"死胡同"。在1988年一篇名为《谈论黑人:批评的时代标记》("Talking Black: Critical Signs of the Times")的文章中,盖茨讲述了19世纪的泛非主义者(pan-Africanist)亚历山大·克拉梅尔(Alexander Crummell)的知识历程。克拉梅尔虽然成了"白人政权悲剧性诱惑"的牺牲品,但他"从来就没有不相信,对黑人来说,控制主人的言说是走向文明、知识自由和社会平等的唯一道路"(LCNCW, 73)。尽管如此,盖茨告诫说,克拉梅尔"错误地承认了赋予白人批评理论的语言以'普遍性的'权力",而盖茨同样坚持认为:"我们[黑人批评家]必须从我们自己的黑人文化内部来重新界定理论本身,拒绝承认种族主义的前提,即认为理论是白人所从事的某种东西……我们全部都是批评理论的继承人,但批评家也是黑人习语批评传统的继承人。"(LCNCW, 83)盖茨认为,黑人批评家必须"求助于我们自己特有的黑人的思想和情感结构,以发展出我们自己的批评语言",把黑人的"习语用来奠定我们理论的基础"。那些批评家必须"戴上更有能力的黑色面具,谈论**那种**话题,即黑人差异性的语言";只有通过这么做,他们才可能逃避那种可能性,即运用理论或许"仅仅是知识约束、精神上的奴隶状态的另一种形式"(LCNCW, 77)。

虽然盖茨在这些文本中提出了哪种语言是黑人批评家可以利用的真正有疑问的问题,但可能有争议的是,他的质询所用的词语却有点倾向于使黑人批评从属于现代批评理论之语言的状况长久持续下去。例如,谈论"黑人差异性的语言",仅仅是要把对差异性概念本身的实体化转换到黑人研究之中:为什么把一种"选择性"语言的基础置于一个比喻的基础之上,而那个比喻甚至在其本土的土壤里经常都是抽象的?盖茨谈到"理论"时,就像是以某种方式涉及"它",就会自动补充黑人研究一样。然而,现代理论并非都说着相同的语言,实际上彼此的主张和洞见经常都有深刻的冲突。新近享有特权的"差异性"的概念,只不过是晚期资本主义美学所宣传的最新的具体化之一;由于被众多现代理论家所运用,它与它在哲学中的历史分裂了,并且与它跟同一性概念相联系的历史分裂了。为什么要承认这些范畴——它们全都可以追溯到亚里士多德(他本身是一个奴隶拥有者和奴隶制理论家)——都俯视着黑人批评的规划?为什么要提到它们是一个出发点?有可能的是,没有任何选择,只有把"主人的"语言用于人们自己的目的,但肯定的是,我们的出发点可能比纯粹"差异性"的毫无内容和刻板抽象更加坚实。确实,对此的运用实际上重复了——在理论反思的层面上——克拉梅尔面对宏大的启蒙运动关于黑人的主张时的策略,即承认主人的比喻和主人批评的习语。为盖茨说句公道话,他很有价值地阐明了围绕着一切黑人批评运用所谓"理论"的各种问题。而他本人的规划实际上渗透着对非洲本土习语和传统的诉求。

注释

[1] 这节说明的几个要点均出自出色的章节"殖民主义与后殖民批评的政治", in Robert Young's *Postcolonialism: An Historical Introduction* (Oxford: Blackwell, 2001)。下文引用写作 Young。

[2] Bill Ashcroft, Gareth Griffiths, and Helen Tiffin, *The Empire Writes Back: Theory and Practice in Post-Colonial Literatures* (New York and London: Routledge, 1989), p. 2. 下文引用写作 *EWB*。

[3] Frantz Fanon, *The Wretched of the Earth*, trans. Constance Farrington (New York: Grove Press, 1963), pp. 148–149. 下文引用写作 *WE*。

[4] Edward Said, *Beginnings: Intention and Method* (New York: Columbia University Press, 1985), pp. xii, 373. 下文引用写作 *Beginnings*。

[5] Edward Said, *The World, the Text, and the Critic* (Cambridge, MA: Harvard University Press, 1983). 下文引用写作 *WTC*。

[6] Edward Said, *Orientalism* (New York: Vintage, 1978). 下文引用写作 *Orientalism*。

[7] Gayatri Chakravorty Spivak, *A Critique of Postcolonial Reason* (Cambridge, MA and London: Harvard University Press, 1999), p. 266. 下文引用写作 *CPCR*。

[8] Homi K. Bhabha, *The Location of Culture* (New York and London: Routledge, 1994), p. 19. 下文引用写作 *LC*。

[9] "Writing, 'Race,' and the Difference It Makes," in Henry Louis Gates, Jr., *Loose Canons: Notes on the Culture Wars* (New York and Oxford: Oxford University Press, 1992), p. 45. 下文引用写作 *LCNCW*。

[10] Henry Louis Gates, Jr., *Figures in Black: Words, Signs, and the "Racial" Self* (New York and Oxford: Oxford University Press, 1987), p. xviii. 下文引用写作 *FB*。

第二十九章　新历史主义

历史主义开始于18世纪末德国作家赫尔德等人，经过19世纪的历史学家冯·兰克（Von Ranke）和迈内克（Meinecke），一直延续到20世纪的威廉·狄尔泰、R. G.科林伍德（R. G. Collingwood）、汉斯·格奥尔格·伽达默尔、恩斯特·卡西尔和卡尔·曼海姆（Karl Mannheim）等思想家。黑格尔和马克思曾经阐明过强有力的历史分析模式，他们本身对历史主义思维具有深刻的影响；圣伯夫和伊波利特·泰纳等文学史家也坚持认为，文学文本必定灌注着它们的历史环境。被归入"新"历史主义这个名目之下的大部分内容，在根本上并不是新颖的，而是表现了回归到由先前的历史主义传统发展起来的某些分析的焦点。

历史主义以许多关注点和独特性为特征。最根本的是，它坚持认为，一切思想体系、一切现象、一切体制、一切艺术作品和一切文学文本，都必须被置于一种历史视野之内。换言之，文本或现象不可能以某种方式脱离历史并被孤立地分析，不可能外在于历史进程。它们在其形式和内容方面要由特定的历史环境来决定，要由它们在时间和场所中的特定情景来决定。因此，我们不可能使对莎士比亚的分析停留在我们分析柏拉图的相同设想和方法之上；他们属于不同的历史时期，属于不同的社会、政治和经济环境，这一事实将深刻地塑造他们关于真理、艺术和政治的观念，并因此塑造我们可能归之于他们文本的一切意义。换言之，必须在其广阔的文化语境之中，在包括政治、宗教和美学话语的其他语境之中，在其经济语境之中，去理解文学。

历史主义的第二个特征在于，一种特定现象的历史，有时被认为是按照某些可以确认的法则运作的，会产生出某种可以预言的和可以解释的力量；黑格尔和马克思的著作中断定了这个特征。第三个关注点产生于承认在时间中被分离的社会与文化具有不同的价值和信念：历史学家怎么可能"了解"过去？历史学家在她自身世界观的视野之内活动，在某一套主要的设想和信念之内活动；她怎么可能克服这些设想和信念，达到一种对遥远文化的同情理解？例如，靠新批评饮食的认识论脂肪成长起来的学生们，怎么可能一开始就欣赏荷马史诗的世界？我们甚至都不能确定它的语言如何发音，按照我们的道德标准，其中人物的行为经常都很怪异。我们怎么可能避免把自己的文化偏见强加于在历史上与我们相距遥远的文本，却不提及我们自己的兴趣和动机？

狄尔泰、伽达默尔和E. D.希尔斯等思想家就这种困境提出过各种答案。希尔斯的立场志在成为"客观主义的",实际上却否定了认识的历史性质,以及受语境约束的性质,他提出要区分"含义"(meaning)与"意义"(significance),前者包含了作者通过语言的特殊用法所意指的或有意图的东西,后者则包含了按照批评家的价值观和信念对文本做出的主观评价。伽达默尔提出了"视界融合"(horizonfusion)的概念,我们由此承认,我们所称的"文本",实际上是一种阐释传统的产物(不具有任何"原初的"意义),承认我们自己的视野被我们力图去分析的那种过去所弥漫。我们认识到了这两种局限性,就可以开始实现我们自己的文化视野与文本视野的一种同情的融合。

因此,历史阐释的困境,一方面可以轻而易举导致一种美学上的形式主义,它否认历史在文本的形成中具有任何建构性的作用,在另一方面,它可以导致从历史方面认为,文本在文化上和社会上是被决定的,这种观点减少了对作者意图与作用的强调。因而,历史主义的根本原则与20世纪很多趋势的原则相对立,如俄国形式主义和新批评。一般来说,结构主义也是反历史的,把焦点集中在对语言和文学的共时性分析之上。然而,结构主义不同于严格的形式主义,因为它没有把文学文本孤立起来,而是把它置于更加广泛的代码、符号系统和其他话语的各种语体之中。在这种意义上,它的努力与历史主义的努力是一致的。还有,对结构主义的某些改写,例如在米哈伊尔·巴赫金的著作中,都具有一种强烈的历史维度,语言本身在其中被认为是一种意识形态现象。历史主义的各种因素也灌注了阐释学和读者反应理论,它们不得不考虑文本对各个历史时期的读者来说可能具有的不同意义。施莱尔马赫通常被认为是阐释学的创始人,实际上,他的影响不仅扩大到了狄尔泰和伽达默尔等历史主义者,而且扩大到了汉斯·罗伯特·姚斯等接受理论家。

出现于20世纪80年代的"新"历史主义,既反对形式主义认为文学文本在某种程度上是自主的观点,也反对马克思主义最终把文本与经济基础联系起来的观点。它认为,文学文本不是在某种程度上独特的,而是被置于文化话语——宗教的、政治的、经济的、美学的话语——语境之中的一种话语,文化话语塑造了文学话语,它们反过来又被文学话语所塑造。如果说这个过程有什么新颖之处的话,那就是它根据福柯和后结构主义的观点坚持认为,"历史"本身是一种文本,一种阐释,不存在任何单一的历史。它也拒绝一切历史进步或神学的概念,摆脱了以体裁和样式研究为基础的一切文学史学。同样,新历史主义把文学文本置于其中的"文化"本身,被认为是一种文本建构。因此,新历史主义拒绝赋予历史或文化以任何统一性或同质性,认为历史和文化都是矛盾的、竞争性的、未达成一致的力量与利益的隐匿网络。

或许,福柯影响新历史主义的最一般的方向在于,他的语境化是"超结构的"(而不是把文学现象和文化现象归之于一种经济基础);甚至连经济领域也像历史本身一样,被认为是一种话语,是文本性的。实际上,经济学的语言已经让位于福柯的权力术语,被认为是以散漫的和异质性的方式运作的,不具有属于任何特定力量的清晰附属物。因而,新历史主义倾向于认为,文学是众多文化话语之中的一种话语,坚持以一种地方化的方式与整个这种复杂性打交道,拒绝参与范畴的普遍化,或者拒绝效忠任何明确的政治姿态。实际上,新历史主义者已经由于政治上的清静无为而受到了批评,这种态度伴随着他们声称的有原则的不确定性,他们也因为不加批判地接受福柯有点无实质的和抽象的权力概念而受到了批评,福柯的概念脱离了政治和经济力量漂浮着。他们也被指责任意把文学文本与其他文化话语联系起来。尽管有这些例外情况,但新历史主义——或许恰恰因为它看起来展现了根据一种不做承诺的视点来调节社会语境的可能性——自20世纪80年代以来已经享有了引人注目的影响,并且可以论证地与从前的自由主义人本主义者和新批评的学院派一道,贡献了一个更加普遍深入的关注点,此外还有文学在其中运作的更大文化模式和力量。话虽然如此,但也应当注意到,很多新历史主义者和文化唯物主义者,不仅深切地关注把文学文本置于权力结构之中,而且关注把文学文本看成至关重要地参与了各种形式的社会和政治权威之间的权力冲突。

"新"历史主义把斯蒂芬·格林布拉特于1982年在一篇导言中对这个词语的使用追溯到《风格》(Genre)杂志关于文艺复兴的一期专刊。他关于这场新运动的陈述将在下文评论。总的来说,格林布拉特和后来的批评家们对新历史主义拒绝把自身看成一种理论或一种特殊学说表示了认同。确切地说,他们确定了一些持久的关注点和方法,其中一些已经在前文中指出,如拒绝形式主义关于美学自主性的主张,以及把文学置于更加广泛的文化网络之中。路易·蒙特罗斯(Louis Montrose)强调说,对文学的这种语境化,涉及在一种语言学系统之内重新考察作者的立场。蒙特罗斯也指出,新历史主义者多方面地承认了文学挑战社会权威和政治权威的能力。

很有意义的是,文学的这种颠覆性潜力已经得到了很多新历史主义批评家的揭示——英国的新历史主义批评家用雷蒙德·威廉斯的术语确认他们自己是"文化唯物主义者",它与文艺复兴时期的思想和文学有关。格林布拉特本人的著作把焦点集中在文艺复兴时期,乔纳森·多利摩尔(Jonathan Dollimore)等批评家则出版了一些开创性的研究成果,如《激进的悲剧》(Radical Tragedy,1984年),它重新评价了莎士比亚及其同时代人的作品,拒绝了一些批评的正统,诸如艺术把现实的混乱变得有序,对文本的本质主义和神意论的理解,布雷德利关于悲剧是黑格尔式的和解的概念,据以把非连续性(discontinuity)看成艺术上失败的一致性的标准(criterion of coherence),以及承认戏剧日渐历史的和意识形态的作用。[1]乔纳森·多利摩尔和艾伦·辛菲尔德(Alan Sinfield)编辑的《政治的莎士比亚》(Political Shakespeare)也挑战了自由主义人本主义者关于莎士比亚是一个永恒的和全球天才的看法。相反,莎士比亚作品的政治维度得到了强调,它包含了范围广泛的问题,诸如颠覆权威、性别和殖民主义,以及现代在教育、电影和戏剧中对莎士比亚的接受与挪用。[2]另一种强有力的重新解释是在《可选择的诸莎士比亚》(Alternative Shakespeares,1985年)里提出的,在其中,一系列作者,包括凯瑟琳·贝尔西、特伦斯·霍克斯(Terence Hawkes)、杰奎琳·罗斯、约翰·德拉卡基斯(John Drakakis)和弗朗西斯·巴克(Francis Barker),都挑战了自由主义人本主义人物分析的语言、艺术上的一致性与和谐。他们借助了大量理论,范围从精神分析和结构主义,直到马克思主义和女性主义,把注意力引向了莎士比亚的文本用以创造意义、建构人类主体、介入大量结构和意识形态问题的方式。[3]

这些著作不仅质疑了流行的文艺复兴时期的形象,而且表明了在文艺复兴时期的语境中所提出的问题对于理论本身具有的含义。例如,文艺复兴时期文化进程的复杂性,被认为破坏了把一切时期的文化当成一种同质性或一致性实体的所有企图。杰罗姆·麦加恩(Jerome

McGann)等其他批评家把新历史主义的关注点扩大到了浪漫主义等其他历史时期。现在可以来研究新历史主义的一些重要原则，因为斯蒂芬·格林布拉特在两段重要的陈述中对它们进行了阐述，也因为有个人物实践了它们，这个人物或许对这种批评趋势具有重要影响，他就是米歇尔·福柯。

斯蒂芬·格林布拉特（生于 1943 年）

格林布拉特在加州大学柏克利分校教书时，帮助创办了一份叫作《表征》（*Representations*）的杂志，一些重要的早期新历史主义批评都出现在这份刊物上。不过，正如早已提及的，正是他为《英国文艺复兴的权力形式》（*The Power of Forms in the English Renaissance*，1982 年）撰写的导言，才刺激了新历史主义的成长。在这篇导言中，格林布拉特对他所称的"新历史主义"与新批评、早期历史主义进行了区分，新批评认为文本是一种自给自足的结构，早期历史主义则是独白式的，试图发现一种单一的政治观。按照格林布拉特的看法，这两种早期的分析模式涉及把完全不同和矛盾的因素统一成一个有机整体的规划，无论那些因素是文本本身之中的，还是其历史背景之中的。此外，早期历史主义认为，作为结果的总体性或统一性是一种历史事实，而不是阐释的产物或者某些群体意识形态倾向的产物。这样一种同质化的程序使统一的历史语境观成为可能，以作为一个固定的参照点，可以形成文学阐释的背景。

与这种早期的形式主义和历史主义不同的是，新历史主义质疑了它自身在方法论上的各种设想，它并不那么关注把文学作品当成有机统一的模式，而是当成"力量的场域，不同意见和变化着的兴趣的场所，正统的和颠覆性的推动力争夺的场所"。新历史主义也挑战了"文学前景"与"政治背景"之间的历史区分，挑战了艺术生产与其他生产之间的历史区分。它承认，当我们谈到"文化"之时，我们是在谈论"体制、实践和信仰的复杂网络"。

格林布拉特在后来的一篇很有影响的文章《走向文化诗学》（"Towards a Poetics of Culture"，1987 年）中，详细阐述了他关于新历史主义的主张。他在文章开头提出，他并不试图"定义"新历史主义，而是要"把它当作一种实践"。使新历史主义区别于 20 世纪早期的"实证主义历史学术"的是它对新近理论的开放性；格林布拉特评论说，他自己的批评实践渗透着福柯的观点，也渗透着人类学与社会理论。他提出，一方面，要把这种实践置于同马克思主义的关系之中，另一方面，要把它置于后结构主义之中。格林布拉特援引马克思主义者弗雷德里克·詹姆逊和后结构主义者让-弗朗索瓦·利奥塔的论述，质疑了他们各自论述中对"资本主义"所进行的普遍化。这两位作者提出了艺术与社会之间关系的问题：

> 詹姆逊力图揭示分离的艺术领域的谬误，称赞唯物主义对所有话语的综合，他发现，资本主义在根本上进行了错误的区分；利奥塔则力图称赞对一切话语进行区分，要揭示独白式统一的谬误，他发现，资本主义在根本上进行了错误的综合。历史在这两种情况下所起的作用是为理论结构进行一种方便的轶事性的装饰，资本主义却显

得不是西方复杂的社会和经济的发展,而是一种邪恶的哲学原则。[4]

格林布拉特进一步指责说,詹姆逊和利奥塔两人都试图为艺术与社会之间关系的问题提供一种"单一的、在理论上令人满意的"答案。这两位理论家都不可能"甘心忍受资本主义明显矛盾的历史结果"。詹姆逊把资本主义当成"压迫性区分"的力量,利奥塔却把它当成"独白式总体化"的力量("TPC," 5)。

与这些简化论的理论形成对比的是,格林布拉特赞成一种批判性的实践,它将承认资本主义造成了"在建立明显杂乱无章的领域与这些领域彼此崩溃之间的一种强有力的和惊人的摇摆振动。正是这些无休止的摇摆振动……才构成了资本主义的独特力量"("TPC," 6)。格林布拉特希望超越文学批评为人熟悉的处理艺术与社会之间关系的术语:典故、象征主义、寓言、表现和模仿。他提出,我们需要逐渐形成一些术语,来描述把素材"从一个杂乱无章的领域转移到另一个领域、成为美学财产"的各种方式,这个过程并不是单向性的,因为"社会话语早已充满了美学的能量"("TPC," 11)。新历史主义以一种"方法论的自觉"为标志,而不是旧历史主义的"相信符号和阐释过程的透明性"。新历史主义认为,艺术作品本身是"一套操作过程的产物……是创作者或具备复杂的、共同享有惯例指令系统的创作者阶层,与社会体制和实践之间协商的产物"("TPC," 12)。这方面总的趋势是脱离艺术的模仿理论,走向一种阐释模式,这种模式将"更加充分地说明素材和话语使人不安的循环,这成了……现代美学实践的核心"("TPC," 12)。

如前所述,格林布拉特的论点存在一些问题。在某种程度上,新历史主义使自身与其区分开来的所谓统一的模式,是毫无价值的目标。最优秀的新批评家都进行过一些错综复杂的分析,这些分析承认了一个特定文学文本中的各种矛盾和张力。而最优秀马克思主义批评家,并没有致力于文学或哲学文本与其历史语境之间关系的天真的反映论。例如,卢卡奇的《青年黑格尔》(The Young Hegel)所做的正好相反,它把黑格尔的著作置于经济和政治话语的一种复杂网络之内,所用的方式揭示了自由主义人本主义简化论的说明,在一个很高的知性层次上论述了"矛盾"和"总体性"等复杂概念。格林布拉特对他所当作的"那种"马克思主义观点之特征的刻画,由于孤立地进行论述,违背了他自己的新历史主义的原则:显然,像弗雷德里克·詹姆逊这样的批评家的说明,应当在马克思主义思想的巨大传统的语境内部来看待,这种传统实际上承认了资本主义的复杂性和矛盾性质。詹姆逊本人在其《马克思主义与形式》一书的结论中对"辩证批评"的阐述,极为清楚有力地证明了其马克思主义思想非简化论的、真正复杂的特点,实际上渗透着(或者说在当时)黑格尔式的概念。事实上,格林布拉特本人把资本主义"与众不同的特征"刻画为在总体化与碎片化的趋势之间"摇摆振动",这与他所抨击的那些立场一样是简化论的;此外,这种洞见早已包含在以前的马克思主义思想家们的著作之中。最后,在格林布拉特对新历史主义的阐述中,似乎缺乏对新历史主义与在本章开头讨论到的历史主义早期形式之关系的任何评价。狄尔泰和伽达默尔这些人物的历史主义,绝没有表明"相信符号和阐释过程的透明性"。应当注意到的是,在上文讨论到的两篇文章中,当格林布拉特提到"早期历史主义"时,他所想到的并不是从黑格尔或伽达默尔和狄尔泰这些人物那里继承而来的那种历史主义,而是在新批评之前、在多弗·威尔逊等人的著作中延续的那种历史文学的学术。

如我们所见,在第二篇文章里,格林布拉特提到这是"20世纪早期的实证主义历史学术"("TPC," 1)。早期历史主义的思路(与实证主义的历史学术相反——它绝不是实证主义的)与格林布拉特对历史主义的看法之间的联系,仍然没有被阐明。

尽管有这些反对意见,格林布拉特本人的著作,如《文艺复兴时期的自我塑造》(*Renaissance Self-Fashioning*,1980年)和《莎士比亚式的协商》(*Shakespearean Negotiations*,1988年),都是他所提倡的批判性实践的突出例证。例如,前一部著作探讨了在16世纪各种政治的、宗教的、国内的和殖民地的体制、权威、意识形态竞争的氛围中,创造身份(identity)认同的复杂方式。如前面提到的,新历史主义深刻地重新评价了文艺复兴时期和其他时期的全部形象,质疑了传统的分析范畴,把新近理论激活起来的一种新能量,灌注到在其文化语境内部对文学进行的研究之中。新历史主义具有更进一步的价值,因为它拒绝使自身与一系列明确的立场结盟,这样,它借助了马克思主义、女性主义、结构主义和后结构主义的各种洞见;反过来,它的洞见已经得到了具有各种不同观点的批评家们的支持。现在,可以通过米歇尔·福柯的实践来考察新历史主义的一些基本原则。

米歇尔·福柯(1926—1984年)

福柯与雅克·德里达等人一道,对20世纪后期思想的很多分支产生了巨大影响,包括广为人知的"文化研究"。他对斯蒂芬·格林布拉特开创的新历史主义产生了重大影响,也对怪异行为理论产生了重大影响。福柯出生于法国的一个医生家庭,他在自己最初的两部著作《疯癫与文明》(*Madness and Civilization*,1961年)和《诊疗所的诞生》(*The Birth of the Clinic*,1963年)中,批判过医学实践的体制。实际上,福柯大多数著作的核心主题是现代文明通过医院、监狱、教育和知识等体制,借以创造和控制人类主体的各种方法;这些研究的必然结果是福柯对权力、权力的实施和分配的研究。福柯后来的著作《事物的秩序》(*The Order of Things*,1966年)和《知识考古学》(*The Archaeology of Knowledge*,1969年),对现代西方世界知识增长的特征进行了刻画,正如在语言学、经济学和生物学这些学科的产生中所表明的那样。他详细阐述了三种"知识"(epistemes)(在知识体制结构之下的各种观点)的历史图景,它们代表了中世纪、启蒙运动(该文本中称为"古典"时期)和现代世界的特征。福柯的《作者是什么?》("What is an Author?",1969年)一文,追问和研究了作者身份的概念,他在那些被新历史主义接受了的洞见中认为,对文学文本的分析,不可能被限制于那些文本本身,也不可能被限制于它们作者的心理和背景;相反,必须考虑到文本从中产生的更大语境和文化惯例。后来,福柯在《规训与惩罚:监狱的诞生》(*Discipline and Punish*:*The Birth of the Prison*,1975年)和《性史》(*The History of Sexuality*,1976年)中,分别对监狱与性欲体制进行了延伸的批判。

在《作者是什么?》一文里,福柯评述了作者的概念在文学批评的体制与实践中所起的根本作用。事实上,"人及其作品"是一个"基本的批评范畴"。[5]福柯提到了新近写作中的两种趋势,它们妨碍了对作者的这种提升。第一种趋势以布莱希特这样的作家为例证,这种趋势认为,写作要摆脱表现的需要,要摆脱表现个人的思想和情感的需要。他认为,这种"颠倒""把写作变成了符号的相互作用,不由它所表示的内容来调节,而要由能指的性质本身来调节"(*LCP*,116)。福柯这时说起话来开始像一个后结构主义者。第二个主题是"写作与死亡之间的亲缘关系"。从传统上看,写作(如在史诗叙事中那样)被认为是战胜死亡的一种手段,是通过记录英雄般的和高尚的行为而达到不朽的一种手段。但是,福柯认为,我们的文化已经把这种写作的概念变成了"惧怕死亡"。写作现在成了一种"对自我的自愿删除",导致了"从总体上抹杀作家的个体特征",抵消了"作家特殊个性的标记"。写作造成了"一种开放性,写作的主体在其中无止境地消失了"(*LCP*,116-117)。

按照福柯的看法,巴特宣告"作者之死"的后果并没有得到充分的探讨,在很大程度上是由于两种发展趋势。第一种发展趋势也许要归结到形式主义、新批评和某些结构主义的方法:这种立场实际上以作品同样享有特权的地位,取代了作者享有特权的地位。这种观点认为,批评涉及"一部作品的结构,作品在组织结构上的形式,对它们的研究是为了其固有的和内在的关系"(*LCP*,118)。但是,福柯认为,如果我们拒绝承认"作者"这个词语表明了系统地构成文本之基础的某种一致的实体,那么,我们就同样必须拒绝承认把一切"作品"简单地界定为一种单一的实体。例如,一个作者所写的一切东西可以算作他的"作品"吗?我们在什么地方能勾画出一个作者的作品哪些部分属于他的"作品",哪些部分不属于他的"作品"(*LCP*,118-119)?

妨碍恰当地考察作者"消失"的第二个概念是**写作**(écriture)的概念,这个词语暗指一个由关系和差异构成的示意系统,体现了对单纯的、自足的同一性概念的拒绝。虽然福柯承认这个概念"代表着一种明显很深刻的阐明一切文本之条件的努力",但他指责它巧妙地使"作者的存在"长久持续下去。福柯认为,这个(后结构主义的)写作概念,"只不过把作者的经验特征转换成了一种先验的匿名状态"(*LCP*,120)。暗含在福柯的指责中的是这一理念,即对这种写作概念来说如此必要的差异本身被抬高到了先验的地位。结果,把一种"原初的状态"赋予了写作的概念:从前被汇聚为作者的一种形象的"表现游戏",现在被"扩大到了一种灰色中性的内部"。因此,"作者的特权"实际上要靠把一种"先验的"因果关系归之于"写作"本身来维系,实际上由此就把要求阐释的"隐含意义的宗教原则"重新引进了批评(*LCP*,120-121)。

因此,如果承认"神与人消失于一种共同的死亡",我们就应当考察"由作者消失留下来的空荡荡的空间"(*LCP*,121)。福柯认为,除了别的之外,作者的名称不只起着一个恰当名称的作用;相反,它摇摆于"描述与指示这两极之间"。例如,当我们说到"亚里士多德"时,我们不是简单地表示一个人,而是要唤起一系列描述,诸如《分析篇》的作者"或"本体论的奠基人"(*LCP*,121)。如果我们要确定莎士比亚没有写过被归于他的那些十四行诗,那么,他的名字就以一种不同的方式起着作用(*LCP*,122)。因而,作者的名称不仅仅是在一个句子中起主语作用、可以被代词取代的一个言说因素。这个名称是功能性的:它起到了在文本当中分类、确定关系之手段的作用。简言之,作者的作用"是要刻画出某些话语在一个社会中存在、循环和运作的特征"(*LCP*,124)。

福柯提出了"作者功能"的四个至关重要的特征。第一个特征是它在控制着话语领域的法律和所有权制度中的鳞状重叠:言说和书籍"被指派了真实的作者……在这个意义上……话语被认为具有冒犯倾向"。正是在18世纪末和19世纪初确立了严格的所有权和著作权之时，"写作行为始终固有的冒犯所有权的倾向，就成了文学强有力的规则"(*LCP*,125)。第二个特征在于，作者的功能并非以一种普遍性的方式在一切话语中运作。例如，西方文化的早期文本——故事，民间故事，史诗——在没有任何对其作者身份考虑的情况下就被接受了。在中世纪，声称要成为科学的文本，只有作者的名字被作为权威来引证时，才被认为是真实的。不过，在17世纪和18世纪，发展出了一种"全新的概念"：科学文本在其优点与其地位的基础上得到了承认，其地位处于"被确定之真理匿名的和一致的体系之内……作者的角色消失在真实性的索引之中"(*LCP*,126)。在另一方面，**文学**话语只有在具备作者名字、日期、地点、其写作环境的情况下才是可以接受的；在我们的时代，"文学作品完全受到了作者主权的控制"，除了体裁或重新出现的文本主题等一些研究领域之外。

作者功能的第三个特征是，它不是以某种方式自然形成的，而是一种"复杂的运作，其目的是要建构我们称为作者的合理实体"。我们挑选出来的、对于把个人构成为作者来说很重要的他的各个方面，"用始终都或多或少属于心理学的词语来说，都是我们处理文本之方式的投射"(*LCP*,127)。福柯在一个使人着迷的段落里提出，文学批评用来界定作者的传统方法（为了"根据现存文本来确定作者的轮廓"），在很大程度上来自于基督教的注释方法。福柯援引了公元4世纪的教父圣哲罗姆的著作，这位教父创造了《圣经》的第一个拉丁语译本（通行译本）。哲罗姆曾经提出了确定同一个人的几个文本之作者身份的四条标准：作品当中质量的一致性；作品之间学说的一致性和没有矛盾；风格的一致性；历史的一致性（例如，一个涉及作者去世后的事件的文本，不可能被包括在其作品之中）。福柯认为，现代批评用来界定作者的策略惊人地相似：作者建构了"写作中的一种统一原则"，以至质量的一切不平衡都必须得到解释；此外，作者"促进了使在一系列文本中发现的矛盾中性化"；最后，作者成了"表现的一个特殊来源，他……也同样出现……在一个文本、书信、片段、草稿之中"(*LCP*,128)。

作者功能的第四个和最后一个特征在于，它并不单纯指涉在一个特定文本中言说的真实个人：显然，在一部以第一人称叙事的小说中，"我"不需要直接指涉写作者，而是指涉一个"第二自我"。作者的功能产生于这两种自我之间的分离、"区分和距离"。此外，这种现象不仅仅适用于小说或诗歌：福柯认为，支撑着这种作者功能的一切话语，"都以自我的这种多样性为特征"(*LCP*,130)。

福柯提出，某些作者——如荷马、亚里士多德和教父们——占据了一种"超越推论的地位"(transdiscursive position)：他们不仅拥有书籍的著作权，而且拥有理论或新作品可能从中增殖的传统的著作权。然而，福柯认为，19世纪已经产生了另一种作者，他们与科学的创始人或经典宗教文本的作者截然不同，即推论实践的创始人。他认为，马克思和弗洛伊德这些开创性作者是最好的典范：他们"两人确立了话语的无穷可能性"。他们不仅使很多可以被未来文本采用的概念和类比成为可能，而且根据自己的假说为各种分歧开辟了空间(*LCP*,132)。福柯认为，在科学创始人（他们可以从现在一直追溯到古代）与现代独有的话语创始人之间，存在着一种根本的差异。创造一门科学是在一种"具有未来可转化性的相同立足点之上……创造行为会显得与已经发现的一种更加普遍现象的单一事例一样"。相反，"一种推论实践的开始……

使之相形见绌,必然会与其后来的发展相分离"(LCP,134)。福柯认为,这些话语的实践者不可避免地要"回归本源",寻求一种对开创性文本的精确理解:"对伽利略著作的研究可能改变我们对历史的认识,而不会改变我们对科学、力学的认识;然而,对弗洛伊德或马克思著作的重新考察,却可以改变我们对精神分析或马克思主义的理解。"(LCP,135-136)福柯认为,这样的回归有可能加强作者与其著作之间"谜一般的"联系;这些回归是推论实践的一个重要方面,确立了"基本"作者与"中间"作者之间的一种关系(LCP,136)。

福柯提出,他在这篇简短文章中所从事的工作,可以指向很多方向。它可以为一种"话语类型学"提供基础,这种类型学将超越单纯的语法特点和逻辑特点,冒险闯进话语的"更大类别"之中。还有,它可以培育对话语的历史分析,因为作者功能可以表明如何"在社会关系的基础上阐明"话语。最后,不应当完全抛弃"主体"的概念,而应根据它在话语中的功能和地位来重新考察。实际上,主体"被剥去了创造性的作用,并被分析为话语的一种复杂性和易变的功能"(LCP,138)。福柯强调说,作者功能是"主体唯一可能的规范之一"。他坚持认为,我们"可以很容易想象一种文化,在其中不需要任何作者就可以传播话语。话语……将以一种普遍匿名的方式展现出来"。我们将提出的不是"谁是真正的作者"和"我们有关于他的本真性或原创性的证据吗"这类"无聊的"问题,而要提出(无疑不无聊的)问题,如"这种话语存在的方式是什么",并要追问它来自何处,谁在控制它,对主体来说它可能处于什么位置(LCP,138)。福柯似乎在真正的悬崖上危险地悬挂着,他在悬崖边上设想出了德里达的写作概念:"话语"的概念在他自己的文本中是被借助的先验的新君主。

在《性史》一书名为"我们这些'另类的维多利亚时代的人'"的第一部分里,福柯考察了传统的"压抑的假设":在17世纪开始时,某种坦率性在性欲话语与实践中仍然很普遍。但是,这种"艳阳天"紧接着就是"维多利亚时代资产阶级单调的黑夜"。性欲被限制在家里,沉默成了规则,而性欲被压抑到了异性恋的卧室里,目的是为了生殖。[6]论点接着说,现代的清教徒主义"强加了它的禁忌、不存在和沉默这三重法令"(HS,5)。福柯认为,这种现代的性欲压抑理论出现在完全可以延续下去的表面:压抑被变成"与资本主义的发展相一致:它成了资产阶级秩序的一个必要组成部分"(HS,5)。这背后的解释原则就是,性欲,自我沉迷于快乐之中,是"无法与一般的、强烈的工作需要共存的"(HS,6)。但是,福柯反驳说,这种根据压抑来界定性欲与权力之间的关系的行为,得到了这一机会的支撑,即给予我们大胆反对主导权力,进入一种关于性欲的(专业)话语的机会(HS,7)。因此,这种所谓的压抑"与一种话语的豪言壮语联系在一起,那种话语旨在揭示关于性欲的真相,修改它在现实中的组织结构,破坏支配着它的法则,改变它的未来"。福柯的论点在于:压抑与话语这两种现象是"相互补充的"(HS,8)。

福柯就这种压抑的假设提出了疑问,质疑了它的历史真实性、它把权力等同于压抑,并指出了性欲话语与压抑过程本身的合谋(HS,10)。他提出,他的目的不是要表明压抑的假设是错误的,而是要把它置于"现代社会关于性欲之话语的普遍组织结构"之中。他意在"详细说明维系着关于人类性欲之话语的权力、知识、快乐的体制"(HS,11)。他本人的论点是:自16世纪末以来,关于性欲的话语"非但没有经历一种限制的过程,反倒是服从于一种日益增加的激励机制;权力对性欲所实施的技巧并不服从于一种严格选择的原则,反倒散布和培植了多种形态的性欲;知识意志……在坚持建构……一种性欲的科学"(HS, 12-13)。很清楚,福柯对关于性欲的话语的研究,同样是对权力运作方式的研究,这种运作方式被认为比一种单纯压抑的程序要复杂得多和微妙得多。

因而,福柯总的假设是:资产阶级社会没有拒绝承认性欲,而是相反,它"使性欲进入到整个运作机制之中,以生产关于它的真正话语……它也着手阐明关于性欲的统一真相"(HS, 69)。目的是要把性欲铭刻在一种快乐的组织结构中,铭刻在一种"有序的知识体系"中。在说到关于性欲本身的真相时,性欲也告诉了我们被深深隐藏着的关于我们自身的真相,其中的一部分存在于对主体的建构之中。实际上,关于主体的科学已经"受到了……性欲问题的吸引"(HS, 70)。关于性欲之话语的增殖,已经"经过了仔细的剪裁,以适合权力的要求"(HS, 72)。福柯认为,在几个世纪里,对我们是什么的质询,把我们引向了性欲,引向了"作为历史、意义和话语的性欲"。在沉浸于把性欲归为非理性的二元对立(身体与灵魂,肉体与精神,本能与理性)之后,西方实际上已经把"性欲合并到了一个理性领域中",并且把我们"几乎完全地——我们的身体,我们的心灵,我们的个性,我们的历史——压制在淫欲和欲望逻辑的控制之下"。这种逻辑为我们是什么的问题提供了"万能钥匙":性欲构成了我们心理和生殖的基础,是生命的机制,它被认为是"对一切事情的解释"(HS, 78)。

福柯提出了对其权力概念的清楚说明,这个概念构成了他关于性欲之论点的基础。他拒绝了以一种"法律-推论"模式("juridico-discursive" model)为基础的传统的权力概念。这种关于权力的概念实质上是法律上的,以对法律和禁忌的陈述为基础,被认为是直接限制性的和压抑性的。福柯认为,这样一种权力的概念起源于君主权力和权利概念的发展,它恰恰忽视了使权力变得如此有效和被承认的东西(HS, 85-86)。他坚持认为,权力的新方法的运作,不是"凭借权利,而是凭借技巧,不是凭借法律,而是凭借标准化,不是凭借惩罚,而是凭借控制"。为了有效地运作,权力至少必须把自身的一部分掩盖起来(HS, 87, 89)。福柯声称,权力不是"确保一个特定国家的公民服从的一组体制和机制"。它也不是一种"镇压的方式",不是一种"由一个集团对另一个集团实施统治的总体系……这些都不过是权力采取的终端形式"(HS, 92)。对权力的追求也不一定是"在一个主要的中心点的存在之中,不是在统治权的从属和派生形式从其中发散出来的唯一根源之中"(HS, 93)。权力也不是某种"获得的、攫取的或分享的"东西。此外,"在权力关系的根本上,统治者和被统治者之间不存在任何二元的和无所不包的对立"(HS, 94)。

那么,它是什么呢?按照福柯的看法,权力"首先必须被理解为力量关系的多样性,它们内在于它们运作的领域里,构成了它们自身的组织结构……必须被理解为支撑着那些力量关系的彼此发现,由此形成一种链条或系统……最后,必须被理解为它们用以产生效果的各种策略"(HS, 92)。福柯坚持认为,权力"无所不在;并非因为它囊括了一切,而是因为它来自各个地方"。它"完全就是总体的结果,产生于所有这些流动性"(HS, 93)。传统的马克思主义对福柯的批判,会责难他明显地把政治力量排除在权力的运作之外。然而,他把权力关系的特征刻画为"与目的有关的和非主观的"。他承认:"如果没有一系列目的与目标,就不存在任何要实施的权力。但是,这并不意味着它是由一个个人主体的选择或决定产生的。"(HS, 94-95)

他也承认,凡"存在着权力的地方,就存在着反抗,然而……这种反抗绝不是处在一种外在于权力关系的地位之上"。福柯强调说,不存在"强烈'拒绝'的任何单一场所,不存在任何反抗的精神、一切反抗的根源、革命的纯粹法则。相反,存在着反抗的多样性,每种反抗都是一种特殊情况"(*HS*, 95-96)。这些反抗只可能存在于"权力关系的战略领域之中"。但是,福柯认为,这并不意味着它们"注定会永远失败"(*HS*, 96)。福柯承认,偶尔会有"巨大的彻底决裂",但在很大程度上,存在着的都是"流动而短暂的反抗时刻",它们具有在一个社会中造成分裂的效果,破坏统一并实现重组。正如权力关系通过各种机制和体制形成了一个"密集网络"一样,因而,反抗的时刻"跨越了社会的各个阶层和个人的统一"。使革命成为可能的东西是"反抗的这些时刻在战略上的编码"(*HS*, 96)。

注释

[1] Jonathan Dollimore, *Radical Tragedy: Religion, Ideology and Power in the Drama of Shakespeare and His Contemporaries* (New York and London: Harvester Wheatsheaf, 1984), pp. 8, 18, 54, 59, 63, 78.

[2] Jonathan Dollimore and Alan Sinfield, *Political Shakespeare: New Essays in Cultural Materialism* (New York and London: Cornell University Press, 1985).

[3] John Drakakis, ed., *Alternative Shakespeares* (New York and London: Routledge, 1985).

[4] Stephen Greenblatt, "Towards a Poetics of Culture," in *The New Historicism*, ed. H. Aram Veeser (New York and London: Routledge, 1989), p. 5. 下文引用写作"TPC"。

[5] Michel Foucault, "What is an Author?" in *Language, Counter-Memory, Practice: Selected Essays and Interviews*, ed. and trans. Donald F. Bouchard (New York and Ithaca: Cornell University Press, 1977), p. 115. 下文引用写作 *LCP*。

[6] Michel Foucault, *The History of Sexuality: An Introduction*, trans. Robert Hurley (Harmondsworth: Penguin, 1978), p. 3. 下文引用写作 *HS*。

结　语

在过去十多年里,一直有大量主张,认为"理论"已经死亡,我们栖居在一种"后理论的"环境之中。但是,如我们所见,文学理论并非出现于 20 世纪;它至少已经有两千五百年那么古老,它不可能简单地与偶然出现在我们近来历史中的一批理论站在一起。此外,认为理论已经死亡的主张设想,实践——文学批评的实践——在没有理论的情况下,在没有某种对其基本原理系统反思的情况下,可以按某种方式进行下去。这样一种实践,即使有可能,也将是一项完全贫乏的和肤浅的事业。它将伴随着在知识上退化到某些文学批评的态度上,即拒绝阐明它们本身,坚持第一级的直接印象,坚持在哲学上不足为信的"直接经验"等概念,以及"感性"等模糊概念。

不过,或许真实的是,在历史发展宏大叙事意义上的"理论",或者一系列要求普遍解释力量的原型意义上的"理论",已经日益变得很有疑问。按照 21 世纪初的标准,就连解构、结构主义和新历史主义也被认为在其阐释的范围和解释的雄心方面过分宏大。人们对宏大规划与艰深语言有点不那么宽容。对"形而上学"或者对把"历史"普遍化的批判,或者说实际上对"理论"本身的批判,目前在很多地方都被认为不可能很全面。取代这些宏大观点的是一系列更加经验的探究,以较为狭隘地界定的领域和兴趣为基础。相关的个案是生态批评(ecocriticism),它要研究文学中的自然(被当成一种现实,而不是一种建构)和环境的多方面意义,要返回到爱默生、梭罗和英国浪漫派作家那里去寻求灵感;有男女同性恋批评(gay and lesbian criticism),它使性取向成为一个基本的分析范畴;有叙事学(narratology)或叙事研究,它设想出了脱离其结构主义理论资源的引人注目的独立程度;还有对特定历史时期、地点和作者进行的详细的、经验的和事实的研究。就连"真实"的概念——两千多年来哲学的核心追求——现在也被认为不仅是一种知识的建构,也是一种意识形态建构,用来赋予看待世界的某些方式特权。在一种奇怪的历史发展中,我们已经回到了原地,返回到了一种修辞学的和怀疑论的观点,我们由此不仅承认了通过语言建构起来的我们的感知和概念方面的能力,也承认了语言情景本身的建构作用,那种情景充满着表演的多方面维度,一切在历史上特殊的环境都内在地塑造了交流的过程,无论是哲学的、政治的交流过程,还是文学的交流过程。

回顾文学批评的历史(或者说至少是对那种历史的一种看法),很明显的是,从柏拉图的时代以来就存在着一系列复杂的趋势,先是走向普遍性的方向,这在中世纪的知识等级制中达到了顶点,神学在那种等级制中处于顶端,而在其中,人类的所有方面——身体的、情感的、知识的和精神的——都有自身被指定的位置,人类自身在其中也具有在宇宙和天意的历史图景之中的一个确定位置。从文艺复兴时期或现代早期以来,由于经济和政治的发展、新教改革、启蒙运动、法国大革命和整个欧洲的中产阶级取得霸权,那些一致的和总体化的观点出现了分裂。奠定这种从普遍到特殊之运动基础的,是理智根源在感知中的位置,在我们生存的身体和情感装备中的理性,以及日益增加的这一意识,即世界不是一种客观的材料,而是人类的一种历史的和社会的建构。某些总体化的哲学,如黑格尔的哲学,试图建构一种对碎片化的现代世界的统一观,使世界处于历史发展的最后阶段。但是,黑格尔的体系本身被粉碎了,在其结果中留下了各种更加局部化的方法(其中很多都反对那个体系),包括马克思主义、实证主义、英美唯心主义和存在主义。因此,在文学理论和批评中,在大众文化中,专注于我们现在经历到的特殊性和局部,本身并不新奇(虽然它达到了新的强度),而是历史长期发展的产物。

人们可能会认为,对总体化图景的所有这些否定,提升局部和特殊性的所有这些形式,都是资产阶级思想的主流方式沉迷于其中的各种意识形态,它们把我们越来越深地带进了晚期资产阶级意识形态的核心之中,返回到了和发掘出了它最深刻的基础:对特殊性的一种实证主义的提升,对所谓"理论"的拒绝,拒绝去洞悉各种联系和模式,除了那些包含一切局部情景的东西之外,除了那些可以按照一种观点去理解的东西之外,都集中于以一种消费主义理解方式被贬低了的时间和被贬低了的空间之上。存在着一种危险,即在这种被贬低了的和局部化语境的层面上,就连出于善意的激进主义,其真正的语言本身与政治过程隔离了的激进主义,也被平稳地整合到了政治和意识形态现状未受触动、未受挑战的总体性之中。最近,很多作家和思想家都要求拯救真实、真理、道德等概念,以及切实可行的政治力量的概念。

这样一种拯救或许证明了,在一个日益呈现出毫无深度的无穷表面的世界中,在不断增殖的毫无关联的形象中,它本身就是激进的和必然的。甚至就出于最好意图的媒体而言,情况也是如此。例如,我们让美国有线电视 C-Span 公司①提供详细的、覆盖反战示威的节目,比如,紧接着就是覆盖国防部部长及其下属生活中的一天的节目。如果观众本身没有想起可以在其中把各种观点联系起来、把那些观点置于其中的更大的语境,那么,就没有任何以别的方式提供的更大语境;实际上,每一种更小的、局部化的观点,都有可能暂时占据一个观众的全部观点,接着要么是被其他观点所取代,要么就是完全拒绝其他观点。要点在于,每个"文本"——甚至是电视频道中清晰展现出来的具体姿态——都是孤立地提供的,脱离了与它自身的背景或其他文本的对话。在试图连接这些文本之时,在试图获得一种更加广阔的观点时——倘若这种努力本身并非已经被压制,并且没有被指责为过度——不了解情况的电视观众自然会后退到她开始时的相同设想之上,那些设想本身只有参照最广泛、最含糊的一般性,才能被阐明,它们是从主要电视网络和官方新闻简报中机械得知的,在其中,只有某些类型的问题——那些以答案提供的相同设想为动机的问题——才可能被提出来。

现在,马克思主义讽刺性地在它的这一信念方面显得过时了,即存在着一个客观的世界

---

① 美国有线电视 C-Span 公司:创立于 1979 年,是一家为公众提供非营利性服务的媒体公司。

（虽然是历史发展的一种建构，一种产物），存在着一个市民社会、道德行为和政治力量的领域。正如早已提到的，就连解构和女性主义都经历了相似的表示出轻视的评价。后殖民理论则感到需要考虑后结构主义思想家们的洞见，它正面临着成为体制和理论的两难处境。这些话语将继续被容纳到我们的教育体制之中、与它们同政治实践可能的联系隔绝开吗？文学批评的历史使人想到，这种需要并不是问题。如果一种论点明显是从这种历史中形成的，那么，可以肯定的是，文学批评在最深刻的各个层面上不仅与哲学和神学等其他探究领域有联系，也与根本的经济发展和政治发展有联系。它的探究已经延伸到了大量领域：在哲学方面，它研究了主体性和客观性的概念、经验的本质、统一性和同一性的范畴、普遍与特殊之间的联系；它的心理学探究包括人类各种能力之间的联系，如理解、想象、理性、情感、本能与无意识；它在形式和修辞学方面的关注点已经扩大到了模仿、结构、自由嬉戏、愉悦、象征、寓言、言说的其他特征等概念，以及观众的性质和构成；在教育方面，它提出了文学的道德、知识和意识形态功能；在政治方面，它研究了阶级、性属和种族的问题；在神学方面，它反思了文学在话语或科学图景之中的地位，以及文学表现最高的精神性真理的能力。当然，它牵涉了两千多年的意识形态、政治和宗教论争，卷入了各种权力结构的冲突之中。

构成文学批评几乎所有这些探究之基础的是一种关注——理论上的和实践的，即对语言的关注，对写作过程的关注，对阅读和阐释过程的关注。在这种意义上，涉及文学批评和理论的各种活动与问题，构成了各种探究的基础；例如，它在学校方面日渐认识到了，理解数学和科学问题需要健全的语言技巧。因此，文学批评对人类的理解规划的重要性，对塑造人类主体与渗透政治过程的重要性，不可能被强调得过度。

我们有时对文本"纯粹"审美的或文学的维度的狭隘看法，在18世纪末之前，实际上会被一切作家、思想家或批评家认为是奇怪的和使人迷惑的。从文学批评在两千多年前开始以来，审美就被认为必然与政治、道德和教育问题相重叠。柏拉图，荷马与赫西俄德等古希腊诗人，维吉尔、但丁、莎士比亚，当代俄国、以色列或巴勒斯坦的诗人们，都不会理解"为艺术而艺术"的看法，也不会理解我们应当把文学理解为文学的观念。这种狭隘的唯美主义在根本上是奢侈的产物，产生于一种高度隐居的和非政治化的学术环境，文学研究在其中可以满足于成为一种单纯的练习，成为一种单纯词语鉴赏力的研究。这样一种态度——连同所谓试图拒绝的"理论"——有时帮助培养了学术界与政治、经济和文化进程的自我隔绝。尽管我们有最良好的意图，但我们的文学爱好者和激进理论的支持者都无意之中产生了共谋——通过我们语言的强词夺理本身，要使我们自己丧失一切声音，要阻止我们根据它们可能应用于那些吞没我们生活的重要问题来进行研究。

不过，也有一些时代，对文学批评中有争议的问题的绝对要求，有可能打破使文学批评与政治进程、大众媒介（media）的关注点隔绝的学术壁垒。一个例证是20世纪80年代和90年代关于"多元文化主义"的论争。族裔研究、性属研究、女性主义和教育方面在体制与理论上的发展，首要的是全球经济和政治的发展，带来了包含在"文学批评"这个名目之下的各种问题——阅读方式，阐释，修辞策略，经典的形成，课程建构，观众，使对它们的公开激烈争论和重要性令人瞩目。文学批评的方式和方向，突然再次按照它们对民主政治、民族认同、民族利益、文化和政治多样性的含义来看待。这样一种论争在欧洲历史或美国历史中几乎不是新颖的：它在19世纪的欧洲大行其道，对民族认同、帝国主义的本质、被殖民民族的本质来说具有深刻的含义。它在19世纪晚期和20世纪早期美国的体制中以关于教育改革的激烈争论为标志，牵涉查尔斯·埃利奥特、欧文·白璧德和约翰·杜威等人物。这种复杂的论争在20世纪最后几十年里再次出现，在报纸、主要杂志和电视上，在政治权力的大厅里激烈地进行着，实际上在谈论"顾问委员会"的问题方面达到了新的激烈程度，该委员会可以监督高等教育体制的课程，试图控制所传授的内容——为了国家安全的利益。在印度次大陆和中东大部分地区，19世纪的争论采取了西方与东方、现代与传统、学习方式之间冲突的形式，最近则爆发为教育的宗教方式与世俗方式之间的一种意识形态斗争。

这方面的全部要点在于，总体上的教育，以及文学批评特殊的理论和实践，再也不可能被人为地孤立于政治、社会和经济结构。美国的保守派和自由主义者似乎至少在这个问题上达成了一致，虽然他们的动机相去甚远。于是，有了一种日益普遍的认可，即承认阅读、写作和阐释行为并不是在某种程度上价值中立的（value-free），并非存在于某种不受时间影响、学院的真空之中；这些一度传说的"中立"行为，渗透着我们进入大多数广阔的文化和政治结构中的要义：阅读文学作品涉及的策略，类似于我们用来"阅读"电视、广告、政治演说、国内和国外政策的策略，并且与它们具有连续性。这些发展受到了那些认为自己的课堂活动有助于学生理解自己的世界、自己的身份、双方历史和未来可能性的人们的欢迎。阅读的政治含义对于在新批评思潮中阅读诗歌的学生来说不会马上就很明显；但是，对巴勒斯坦或以色列诗歌的中东读者来说，对印度和巴基斯坦小说的读者来说，对前苏联各个地区的戏剧观众来说，对伊朗和马来西亚等国家重新解读伊斯兰法律文本与传统的学者及政治家来说，阅读的政治含义都不可避免地和明显地很清晰。话虽如此，具有讽刺意味的是，美国的外交政策最近时期公开关注全球问题和完全可见性的推动力，已经使文学与其他公共话语领域的联系变得非常明显，这种联系迄今为止受到了某些文学批评学派的压制；对今天美国和欧洲的学生来说，避免知道所阅读的文本涉及远在课堂之外激增的那些衍生问题，避免知道被要求借助的修辞策略是支配着更加广泛的政治和文化语言中普遍趋势的策略，要困难得多。

我们需要利用自己文学的、哲学的和文学批评的遗产的丰富性，以便实现人类的潜力，加强培养对自己世界的理解。文学批评不仅为分析莎士比亚、弥尔顿、托尼·莫里森①和纳吉布·马赫福兹②提供了工具，也为分析足球比赛、广告、政治演说、记者招待会、摇滚音乐会和新闻报道的"文本"提供了工具。我们可以利用很多思想家提供的各种洞见——范围从柏拉图和亚里士多德，经过爱默生和惠特曼，直到阿列克塞·德·托克维尔和当代政治家——来分析民主政治在一系列独特的现代语境中的性质。我们可以探讨"字面"语言与比喻语言之间联系的各种发现——从奥古斯丁经过阿奎那和伊本·路世德，直到洛克、施莱尔马赫和德里达——以帮助分析《古兰经》和伊斯兰教的各种文本。我们面临的这些任务具有极端的紧迫性。"反

---

① 托尼·莫里森（Toni Morrison,1939— ）：美国黑人女作家，1993年获诺贝尔文学奖。
② 纳吉布·马赫福兹（Naguib Mahfouz,1911—2006年）：埃及作家，1988年获诺贝尔文学奖。

恐战争"已经成了最新的宏大叙事，它亟须进行分析。用更一般的话来说，我们需要确保由我们的各种丰富批评遗产培养起来的技巧，不要被隔离在学术界内部：不是由于采用了公共领域的语言，而是由于至少形成了它与我们建构的批评语言之间的一种连续性，由于阐明我们工作的政治含义，由于把我们的探究扩大到通俗文化领域，由于为适应占优势的文化关注点而重新塑造我们人文学科的各个部门，由于支持参与到更大共同体中的我们的体制。因而，我们可以利用我们的哲学和文学批评遗产，以积极地塑造将决定我们未来的政治、教育和经济话语。

参考文献

本参考文献征引自各个时期的一些重要文本,紧接着是有关延伸阅读和有用文集的建议。

(1) 古典时期

Aristophanes. *Frogs*. In *Aristophanes, Volume* Ⅱ: *The Peace, The Birds, The Frogs*. Trans. Benjamin Bickley Rogers. Loeb Classical Library. Cambridge, MA and London: Harvard University Press/Heinemann, 1968.

Aristotle. *The Art of Rhetoric*. Trans. H. C. Lawson-Tancred. Harmondsworth: Penguin, 1991.

——. *The Categories; On Interpretation; Prior Analytics*. Trans. Harold P. Cooke and Hugh Tredennick. Loeb Classical Library. Cambridge, MA and London: Harvard University Press/Heinemann, 1973.

——. *The Metaphysics* Ⅰ-Ⅸ. Trans. Hugh Tredennick. Loeb Classical Library. Cambridge, MA and London: Harvard University Press/Heinemann, 1947.

——. *Nicomachean Ethics*. Trans. H. Rackham. Loeb Classical Library. London and New York: Heinemann/Harvard University Press, 1934.

——. *Poetics*. In *Aristotle: Poetics; Longinus: On the Sublime; Demetrius: On Style*. Trans. W. Hamilton Fyfe. Cambridge, MA and London: Harvard University Press/Heinemann, 1965.

——. *Poetics*. In *Aristotle: Poetics; Longinus: On the Sublime; Demetrius: On Style*. Trans. Stephen Halliwell, W. Hamilton Fyfe, Doreen C. Innes, and W. Rhys Roberts. Cambridge, MA and London: Harvard University Press/Heinemann, 1996.

——. *Politics*. Trans. T. A. Sinclair. Harmondsworth: Penguin, 1986.

——. *Posterior Analytics; Topica*. Trans. Hugh Tredennick and E. S. Forster. Loeb Classical Library. Cambridge, MA and London: Harvard University Press/Heinemann, 1976.

Cicero, Marcus Tullius. *De inventione; De optimo genere oratorum; Topica*. Trans. H. M.

Hubbell. Loeb Classical Library. Cambridge, MA and London: Harvard University Press/Heinemann, 1968.

——. *De oratore*. Cambridge, MA: Harvard University Press, 1967-1968.

——. *De re publica*; *De legibus*. Trans. Clinton Walker Keyes. Cambridge, MA and London: Harvard University Press/Heinemann, 1966.

[Cicero]. *Ad C. Herennium: De ratione dicendi (Rhetorica ad Herennium)*. Trans. Harry Caplan. Cambridge, MA and London: Harvard University Press/Heinemann, 1968.

Horace. *The Art of Poetry*. Trans. Burton Raffel. New York, 1974.

——. *The Odes of Horace*. Trans. James Michie. Harmondsworth: Penguin, 1976.

Juvenal. *The Sixteen Satires*. London: Penguin, 1974.

Plato. *Collected Dialogues of Plato*. Ed. Edith Hamilton and Huntington Cairns. Princeton: Princeton University Press, 1969.

——. *Gorgias*. Trans. Robin Waterfield. New York and Oxford: Oxford University Press, 1994.

Plutarch. *Fall of the Roman Republic*. Harmondsworth: Penguin, 1968.

Quintilian. *Quintilian: On the Teaching of Speaking and Writing: Translations from Books One, Two, and Ten of the Institutio oratorio*. Ed. James J. Murphy. Carbondale: Southern Illinois University Press, 1987.

Suetonius. *The Twelve Caesars*. Trans. Robert Graves. Harmondsworth: Penguin, 1989.

Tacitus. *The Complete Works of Tacitus*. Ed. M. Hadas. Trans. A. J. Church and W. J. Brodribb. New York: Random House, 1942.

延伸阅读和文集：

Commager, Steele. *The Odes of Horace: A Critical Study*. Bloomington and London: Indiana University Press, 1967.

Daiches, David, and Anthony Thorlby, eds. *Literature and Western Civilization: The Classical World*. London: Aldus Books, 1972.

Ford, Andrew. *The Origins of Criticism: Literary Culture and Poetic Theory in Classical Greece*. Princeton: Princeton University Press, 2002.

Kennedy, George A. *A New History of Classical Rhetoric*. Princeton: Princeton University Press, 1994.

——, ed. *The Cambridge History of Literary Criticism. Volume 1: Classical Criticism*. Cambridge: Cambridge University Press, 1997.

Kraut, Richard, ed. *The Cambridge Companion to Plato*. Cambridge: Cambridge University Press, 1992.

Ledbetter, Grace M. *Poetics Before Plato: Interpretation and Authority in Early Greek Theories of Poetry*. Princeton: Princeton University Press, 2003.

Levin, Susan. *The Ancient Quarrel Between Philosophy and Poetry Revisited: Plato and the Greek Literary Tradition.* Oxford: Oxford University Press, 2001.

Murphy, James J., and Richard A. Katula. *A Synoptic History of Classical Rhetoric.* Davis, CA: Hermagoras Press, 1994.

Roberts, Jennifer Tolbert. *Athens on Trial: The Antidemocratic Tradition in Western Thought.* Princeton: Princeton University Press, 1994.

Russell, Bertrand. *History of Western Philosophy.* London: George Allen and Unwin, 1974.

Russell, D. A., and M. Winterbottom, eds. *Ancient Literary Criticism: The Principal Texts in New Translations.* Oxford: Clarendon Press, 1972.

Ste. Croix, G. E. M. de. *The Class Struggle in the Ancient Greek World.* Ithaca and New York: Cornell University Press, 1981.

Too, Yun Lee. *The Idea of Ancient Literary Criticism.* Oxford: Oxford University Press, 1998.

Zeitlin, Irving M. *Plato's Vision: The Classical Origins of Social and Political Thought.* Englewood Cliffs, NJ: Prentice-Hall, 1993.

(2) 中世纪

Boccaccio, Giovanni. *Boccaccio on Poetry: Being the Preface and the Fourteenth and Fifteenth Books of Boccaccio's Genealogia Deorum Gentilium.* Introd. Charles Osgood. Indianapolis and New York: Bobbs-Merrill, 1956.

Boethius. *The Consolation of Philosophy.* Trans. Richard H. Green. New York: Dover, 2002.

Christine de Pisan. *The Book of the City of Ladies.* Trans. Earl Jeffrey Richards. New York: Persea, 1982.

Dante. Ⅱ *Convivio: The Banquet.* Trans. Richard H. Lansing. New York and London: Garland, 1990.

——. *De Vulgari Eloquentia.* In *The Latin Works of Dante: De Vulgari Eloquentia, De Monarchica, Epistles, Eclogues, and Quaestio de Aqua et Terra.* Trans. A. G. Ferrers Howell. New York: Greenwood Press, 1904.

——. *Literary Criticism of Dante Alighieri.* Trans. Robert S. Haller. Nebraska: University of Nebraska Press, 1973.

Geoffrey of Vinsauf. *Poetria Nova.* Trans. Margaret F. Nims. Toronto and Wetteren, Belgium: Pontifical Institute of Medieval Studies/Universa Press, 1967.

Hugh of St. Victor. *The Didascalicon of Hugh of St. Victor.* Trans. Jerome Taylor. New York: Columbia University Press, 1991.

John of Salisbury. *The Metalogicon of John of Salisbury: A Twelfth-Century Defense of the*

Verbal and Logical Arts of the Trivium. Trans. Daniel D. McGarry. Gloucester, MA: Peter Smith, 1971.

Macrobius. Commentary on the Dream of Scipio. Trans. William Harris Stahl. New York: Columbia University Press, 1990.

Plotinus. The Essence of Plotinus: Extracts from the Six Enneads and Porphyry's Life of Plotinus. Trans. Stephen Mackenna. Ed. Grace H. Turnbull. New York and Oxford: Oxford University Press, 1948.

St. Augustine. City of God. Trans. Henry Bettenson. Harmondsworth: Penguin, 1984.

——. The Confessions of St. Augustine. Trans. Rex Warner. New York: Mentor, 1963.

——. De Doctrina Christiana. Calvin College: Christian Classics Ethereal Library, 2003. (这个译本在以下网站可以找到: www.ccel.org/ccel/augustine/doctrine.iii.html。)

St. Thomas Aquinas. An Introduction to the Metaphysics of St. Thomas Aquinas: Texts Selected and Translated. Ed. James F. Anderson. Indiana: Regnery/Gateway, 1953.

延伸阅读和文集:

Anderson, Perry. Passages from Antiquity to Feudalism. London: Verso, 1985.

Curtius, Ernst Robert. European Literature and the Latin Middle Ages. Trans. Willard R. Trask. London: Routledge and Kegan Paul, 1979.

Eco, Umberto. The Aesthetics of Thomas Aquinas. Trans. Hugh Bredin. Cambridge, MA: Harvard University Press, 1988.

Hardison, Jr., O. B., ed. Medieval Literary Criticism: Translations and Interpretations. New York: Frederick Ungar, 1974.

Irvine, Martin. The Making of Textual Culture: "Grammatica" and Literary Theory, 350 – 1100. Cambridge and New York: Cambridge University Press, 1994.

Kretzmann, Norman, and Eleonore Stump, eds. Cambridge Companion to Aquinas. Cambridge: Cambridge University Press, 1993.

Minnis, A. J., A. B. Scott, and David Wallace, eds. Medieval Literary Theory and Criticism, c. 1100 -c. 1375: The Commentary Tradition. Oxford: Clarendon Press, 1988.

Montgomery Watt, W. Islamic Philosophy and Theology. Edinburgh: Edinburgh University Press, 1985.

Ouyang, Wen-chin. Literary Criticism in Medieval Arabic-Islamic Culture: The Making of a Tradition. Edinburgh: Edinburgh University Press, 1997.

(3) 现代早期

Castelvetro, Lodovico. On the Art of Poetry: An Abridged Translation of Lodovico Castelvetro's Poetica d'Aristotele vulgarizzata e sposta. Trans. Andrew Bongiorno.

Binghamton, NY: Medieval and Renaissance Texts and Studies, 1984.

Corneille, Pierre. "Of the Three Unities of Action, Time, and Place." Trans. Donald Schier. In *The Continental Model: Selected French Critical Essays of the Seventeenth Century, in English Translation*. Ed. Scott Elledge and Donald Schier. Ithaca and London: Cornell University Press, 1970.

Du Bellay, Joachim. *La Deffence et Illustration de la Langue Francoyse*. Paris: Société des Textes Français Modernes, 1997.

Gascoigne, George. "Certayne Notes of Instruction." Reprinted in *English Renaissance Literary Criticism*. Ed. Brian Vickers. Oxford: Clarendon Press, 1999.

Giraldi, Giambattista. *Giraldi Cinthio on Romances: Being a Translation of the Discorso intorno al comporre dei romanzi*. Trans. Henry L. Snuggs. Lexington: University of Kentucky Press, 1968.

Mazzoni, Giacopo. *On the Defense of the Comedy of Dante: Introduction and Summary*. Trans. Robert L. Montgomery. Tallahassee: University Presses of Florida, 1983.

Puttenham, George. *The Arte of English Poesie*. Ed. Gladys Doidge Willcock and Alice Walker. Cambridge: Cambridge University Press, 1970.

Ronsard, Pierre de. "A Brief on the Art of French Poetry." Trans. J. H. Smith. In *The Great Critics*. Ed. James Harry Smith and Edd Winfield Parks. New York: W. W. Norton, 1951.

Sidney, Sir Philip. *A Defence of Poetry*. Ed. J. A. Van Dorsten. Oxford: Oxford University Press, 1966.

——. *The Selected Poetry and Prose of Sir Philip Sidney*. Ed. David Kalstone. New York and Toronto: New American Library, 1970.

Tasso, Torquato. *Discourses on the Heroic Poem*. Trans. Mariella Cavalchini and Irene Samuel. Oxford: Clarendon Press, 1973.

延伸阅读:

Matz, Robert. *Defending Literature in Early Modern England: Renaissance Literary Theory in Social Context*. Cambridge: Cambridge University Press, 2000.

Norbrook, David. "Introduction." In *The Penguin Book of Renaissance Verse 1509 – 1659*. Ed. H. R. Woudhuysen. Harmondsworth: Penguin, 1993.

——. *Poetry and Politics in the English Renaissance*. Revised edition. Oxford: Oxford University Press, 2002.

——. *Writing the English Republic: Poetry, Rhetoric and Politics 1627 – 1660*. Cambridge: Cambridge University Press, 2000.

Norton, Glyn P., ed. *The Cambridge History of Literary Criticism. Volume III: The Renaissance*. Cambridge: Cambridge University Press, 1999.

(4) 新古典主义时期

Behn, Aphra. *The Works of Aphra Behn: Volume* Ⅰ. Ed. Montague Summers. New York: Benjamin Blom, 1967.

——. *The Works of Aphra Behn: Volume* Ⅲ. Ed. Montague Summers. New York: Benjamin Blom, 1967.

Boileau, Nicolas. *The Art of Poetry: The Poetical Treatises of Horace, Vida, and Boileau.* Trans. Francis Howes, Christopher Pitt, and Sir William Soames. Ed. Albert S. Cook. Boston: Ginn, 1892.

Dryden, John. *Essays of John Dryden*, 2 vols. Ed. W. P. Ker. New York: Russell and Russell, 1961.

Johnson, Samuel. *Essays from the Rambler, Adventurer, and Idler.* Ed. W. J. Bate. New Haven and London: Yale University Press, 1968.

——. *The History of Rasselas, Prince of Abyssinia.* Harmondsworth: Penguin, 1986.

——. *Lives of the English Poets.* Introd. John Wain. London and New York: Dent/Dutton, 1975.

——. *The Yale Edition of the Works of Samuel Johnson. Volume* Ⅶ: *Johnson on Shakespeare.* Ed. Arthur Sherbo. Introd. Bertrand H. Bronson. New Haven and London: Yale University Press, 1968.

延伸阅读:

Nisbet, H. B., and Claude Rawson, eds. *The Cambridge History of Literary Criticism. Volume* Ⅳ: *The Eighteenth Century.* Cambridge: Cambridge University Press, 1997.

Smallwood, Philip. *Reconstructing Criticism: Pope's Essay on Criticism and the Logic of Definition.* Cranbury, NJ: Associated University Presses, 2003.

(5) 启蒙运动

Addison, Joseph, and Richard Steele. *Selections from the Tatler and the Spectator.* Ed. Robert J. Allen. New York: Holt, Rinehart, and Winston, 1961.

Bacon, Francis. *The New Organon.* Ed. Fulton H. Anderson. Indianapolis: Bobbs-Merrill, 1960.

Burke, Edmund. *A Philosophical Enquiry into the Origins of Our Ideas of the Sublime and Beautiful.* New York and Oxford: Oxford University Press, 1990.

Descartes, René. *The Philosophical Works of Descartes: Volume* Ⅰ. Trans. E. S. Haldane and G. R. T. Ross. NP: Dover, 1955.

Hume, David. *Four Dissertations.* New York: Garland, 1970.

——. *A Treatise of Human Nature: Book One.* Ed. D. G. C. Macnabb. Glasgow: Fontana/

Collins, 1978.

Locke, John. *An Essay Concerning Human Understanding*. Ed. A. D. Woozley. Glasgow: Fontana/Collins, 1975.

Vico, Giambattista. *The New Science of Giambattista Vico*. Revised translation of third edition. Thomas Goddard Bergin and Max Harold Fisch. Ithaca and New York: Cornell University Press, 1968.

Wollstonecraft, Mary. *Vindication of the Rights of Woman*. Ed. Miriam Brody Kramnick. Harmondsworth: Penguin, 1985.

延伸阅读:

Hobsbawm, E. J. *The Age of Revolution: Europe, 1789–1848*. London: Abacus, 1977.

Muthu, Sankar. *Enlightenment Against Empire*. Princeton: Princeton University Press, 2003.

(6) 现代

Brewer, John, and Eckhart Hellmuth. *Rethinking Leviathan: The Eighteenth-Century State in Britain and Germany*. London and Oxford: German Historical Institute/Oxford University Press, 1999.

Briggs, Asa. *A Social History of England*. London: Weidenfeld and Nicolson, 1983.

——. *The Age of Improvement, 1783–1867*. Harlow, England, and New York: Longman, 2000.

——, and Patricia Clavin. *Modern Europe: 1789–1989*. London and New York: Longman, 1997.

Burns, Edward McNall. *Western Civilizations: Volume 2*. New York: W. W. Norton, 1973.

Cook, Chris. *The Longman Handbook of Modern European History, 1763–1997*. New York: Addison Wesley Longman, 1997.

Darnton, Robert. *What Was Revolutionary About the French Revolution?* Waco, TX: Baylor University Press, Markham Press, 1990.

Doty, Charles Stewart, ed. *The Industrial Revolution*. New York: Holt, Rinehart, and Winston, 1969.

Forrest, AlanI. *The French Revolution*. Cambridge, MA and Oxford: Blackwell, 1995.

Hanlon, Gregory. *Early Modern Italy, 1550–1800: Three Seasons in European History*. New York: Macmillan, 2000.

Hibbert, Christopher. *The French Revolution*. London: Allen Lane, 1980.

Hunt, Lynn Avery. *Politics, Culture, and Class in the French Revolution*. Berkeley: University of California Press, 1984.

——. *Revolution and Urban Politics in Provincial France: Troyes and Reims, 1786–1790*.

Stanford: Stanford University Press, 1978.

Lefebvre, Georges. *The French Revolution: From Its Origins to 1793*. Trans. Elizabeth Moss Evanson. London and New York: Routledge and Kegan Paul/Columbia University Press, 1965.

McCraw, Thomas K., ed. *Creating Modern Capitalism: How Entrepreneurs, Companies, and Countries Triumphed in Three Industrial Revolutions*. Cambridge, MA: Harvard University Press, 1997.

Roche, Daniel. *France in the Enlightenment*. Trans. Arthur Goldhammer. Cambridge, MA: Harvard University Press, 1998.

Royle, Edward. *Modern Britain: A Social History, 1750-1997*. London: Edward Arnold, 1997.

Rürup, Reinhard, ed. *The Problem of Revolution in Germany, 1789-1989*. Oxford and New York: Berg/New York University Press, 2000.

Simpson, William, and Martin Jones. *Europe, 1783-1914*. London and New York: Routledge, 2000.

Stearns, Peter N. *The Industrial Revolution in World History*. Boulder, CO: Westview Press, 1993.

Taine, Hippolyte Adolphe. *The French Revolution*. New York: Henry Holt, 1878-1885.

Welch, David. *Modern European History, 1871-2000: A Documentary Reader*. London and New York: Routledge, 1999.

(7) 康德和黑格尔

Hegel, G. W. F. *Hegel's Introduction to Aesthetics: Being the Introduction to the Berlin Aesthetic Lectures of the 1820s*. Trans. T. M. Knox. Oxford: Oxford University Press, 1979.

——. *Hegel's Lectures on the History of Philosophy*, III. Trans. E. S. Haldane and Frances H. Simson. London and New York: Routledge and Kegan Paul/Humanities Press, 1963.

——. *Hegel's Logic: Being Part One of the Encyclopaedia of the Philosophical Sciences (1830)*. Trans. William Wallace. Oxford: Oxford University Press, 1982.

——. *Hegel's Science of Logic*. Trans. A. V. Miller. London and New York: George Allen and Unwin/Humanities Press, 1976.

——. *Phenomenology of Spirit*. Trans. A. V. Miller. Oxford: Oxford University Press, 1977.

Kant, Immanuel. *Critique of Judgment*. Trans. Werner S. Pluhar. Indianapolis and Cambridge: Hackett, 1987.

——. *Critique of Practical Reason*. Trans. L. W. Beck. Indianapolis: Bobbs-Merrill, 1978.

——. *Critique of Pure Reason*. Trans. Norman Kemp Smith. London: Macmillan, 1978.

——. *Political Writings*. Trans. H. B. Nisbet. Ed. Hans Reiss. Cambridge: Cambridge University Press, 1991.

(8) 浪漫主义

Coleridge, Samuel Taylor. *Coleridge: Poetical Works*. Ed. Ernest Hartley Coleridge. New York and Oxford: Oxford University Press, 1973.

——. *The Collected Works of Samuel Taylor Coleridge*. Ⅶ: *Biographia Literaria*. Ed. James Engell and W. Jackson Bate. Princeton: Princeton University Press, 1983.

——. *The Collected Works of Samuel Taylor Coleridge: Lay Sermons*. Ed. R. J. White. Princeton and London: Princeton University Press/Routledge and Kegan Paul.

Ralph Waldo Emerson and Margaret Fuller: Selected Works. Ed. John Carlos Rowe. Boston and New York: Houghton Mifflin, 2003.

Gautier, Théophile. "Preface." In *Mademoiselle de Maupin*, 1835; rpt. Paris: Garnier, 1955.

Keats, John. *The Letters of John Keats: Volume* Ⅰ. Ed. Hyder Edward Rollins. Cambridge, MA: Harvard University Press, 1958.

Poe, Edgar Allan. "The Philosophy of Composition." In *The Complete Poetry and Selected Criticism of Edgar Allan Poe*. Ed. Allen Tate. New York and London: New American Library, 1981.

——. "The Poetic Principle." In *Complete Tales and Poems of Edgar Allan Poe*. New York: Vintage Books, 1975.

Schiller, Friedrich. "On the Aesthetic Education of Man." In *Friedrich Schiller: Poet of Freedom*. Trans. William F. Wertz, Jr. New York: New Benjamin Franklin House, 1985.

Schlegel, Friedrich von. "On Incomprehensibility." In *German Aesthetic and Literary Criticism: The Romantic Ironists and Goethe*. Ed. Kathleen M. Wheeler. Cambridge and New York: Cambridge University Press, 1984.

——. *Philosophical Fragments*. Trans. Peter Firchow. Minneapolis and Oxford: University of Minnesota Press, 1991.

Schleiermacher, Friedrich. *Hermeneutics and Criticism and Other Writings*. Trans. and ed. Andrew Bowie. Cambridge: Cambridge University Press, 1998.

Shelley, Percy Bysshe. "A Defence of Poetry." In *The Complete Works of Percy Bysshe Shelley: Volume* Ⅶ. Ed. Roger Ingpen and Walter E. Peck. London and New York: Ernest Benn/Gordian Press, 1965.

Staël, Gernnaine de. "Essay on Fiction." In *Madame de Staël on Politics, Literature and*

National Character. Trans. Morroe Berger. London: Sidgwick and Jackson, 1964.

——. *On Literature Considered in Its Relationship to Social Institutions*. In *An Extraordinary Woman: Selected Writings of Germaine de Staël*. Trans. Vivian Folkenflik. New York: Columbia University Press, 1987.

Whitman, Walt. "Introduction." In *Leaves of Grass: The First (1855) Edition*. Ed. Malcolm Cowley. Harmondsworth: Penguin, 1986.

Wordsworth, William. *The Prose Works of William Wordsworth: Volume* I. Ed. W. J. B. Owen and Jane Worthington Smyser. Oxford: Clarendon Press, 1974.

延伸阅读:

Armstrong, Charles I. *Romantic Organicism: From Idealist Origins to Ambivalent Afterlife*. New York: Palgrave Macmillan, 2003.

Brown, Marshall, ed. *The Cambridge History of Literary Criticism. Volume* V: *Romanticism*. Cambridge: Cambridge University Press, 2000.

Hamilton, Paul. *Metaromanticism: Aesthetics, Literature, Theory*. Chicago: University of Chicago Press, 2003.

Plekhanov, George V. *Art and Social Life*. New York: Oriole Editions, 1974.

(9) 现实主义,自然主义,象征主义

Baudelaire, Charles. *Intimate Journals*. Trans. C. Isherwood. Introd. T. S. Eliot. New York and London: Blackamore Press, 1930.

——. *Baudelaire as a Literary Critic: Selected Essays*. Trans. Lois Boe Hyslop and Francis E. Hyslop, Jr. Pennsylvania: Pennsylvania State University Press, 1964.

Eliot, George. *Adam Bede*. Ed. John Paterson. Boston and New York: Houghton Mifflin, 1968.

Gourmont, Remy de. *Selected Writings*. Trans. and ed. Glenn S. Burne. New York: University of Michigan Press, 1966.

——. *Decadence and Other Essays on the Culture of Ideas*. Trans. William Bradley. London: George Allen and Unwin, 1930.

Howells, William Dean. *W. D. Howells: Selected Literary Criticism. Volume* II: *1886 – 1896*. Ed. Donald Pizer and Christoph K. Lohmann. Bloomington and Indianapolis: Indiana University Press, 1993.

James, Henry. *The Art of Criticism*. Ed. William Veeder and Susan M. Griffin. Chicago and London: University of Chicago Press, 1986.

Pater, Walter. *The Renaissance: Studies in Art and Poetry*. London: Macmillan, 1913.

Wilde, Oscar. *The Complete Works of Oscar Wilde: Stories, Plays, Poems, Essays*. Introd. Vyvyan Holland. London and Glasgow: Collins, 1984.

Zola, Emile. *The Experimental Novel and Other Essays*. Trans. Belle M. Sherman. New York: Haskell House, 1964.

延伸阅读:

Auerbach, Eric. *Mimesis: The Representation of Reality in Western Literature*. Trans. Willard R. Trask. Princeton: Princeton University Press, 1974.

Furst, Lilian, ed. *Realism*. New York and London: Longman, 1992.

McGuinness, Patrick, ed. *Symbolism, Decadence and the Fin de Siècle: French and European Perspectives*. Exeter: University of Exeter Press, 2000.

Marcuse, Herbert. *Reason and Revolution: Hegel and the Rise of Social Theory*. London: Routledge and Kegan Paul, 1977.

Symons, Arthur. *The Symbolist Movement in Literature*, 1908; rpt. New York: Haskell House, 1971.

Watt, Ian. *The Rise of the Novel*. Harmondsworth: Penguin, 1985.

(10) 异端思想家

Arnold, Matthew. *Selected Prose*. Harmondsworth: Penguin, 1970.

Benjamin, Walter. *Illuminations*. Trans. H. Zohn. Glasgow: Fontana/Collins, 1977.

Bergson, Henri. *The Creative Mind: An Introduction to Metaphysics*. New York: Philosophical Library, 1946.

Nietzsche, Friedrich. *The Birth of Tragedy and the Genealogy of Morals*. Trans. Francis Golffing. New York: Doubleday, 1956.

——. "On Truth and Lying in a Non-Moral Sense." In Friedrich Nietzsche, *The Birth of Tragedy and Other Writings*. Trans. Ronald Speirs. Cambridge: Cambridge University Press, 1999.

——. *Thus Spoke Zarathustra*. Trans. R. J. Hollingdale. Harmondsworth: Penguin, 1978.

——. *The Will to Power*. Trans. W. Kaufmann and R. J. Hollingdale. London: Weidenfeld and Nicolson, 1968.

Schopenhauer, Arthur. *Philosophical Writings*. Ed. Wolfgang Schirmacher. New York: Continuum, 1994.

——. *The World as Will and Representation*, 2 vols. Trans. E. F. J. Payne. New York: Dover, 1958.

(11) 马克思与马克思主义

Aczel, Richard. "Eagleton and English," *New Left Review*, CLIV (November/December, 1985): 113-123.

Bellamy, R., and Schecter, D. *Gramsci and the Italian State*. Manchester and New York:

Manchester University Press/St. Martin's Press, 1993.

Eagleton, Terry. *After Theory*. Harmondsworth: Allen Lane and Penguin, 2003.

——. *Against the Grain: Essays 1975 – 1985*. London: New Left Books, 1986.

——. *Criticism and Ideology*. London: New Left Books, 1976.

——. *The Function of Criticism*. London: New Left Books, 1984.

——. *Literary Theory: An Introduction*. Oxford and Minnesota: Blackwell/University of Minnesota Press, 1983.

——. *Marxism and Literary Criticism*. London: New Left Books, 1976.

——. *Walter Benjamin or Towards a Revolutionary Criticism*. London: New Left Books, 1981.

Engels, Friedrich. *The Origin of the Family, Private Property and the State*. Introd. Michèle Barrett. 1972; rpt. Harmondsworth: Penguin, 1985.

——. *Socialism: Utopian and Scientific*. Trans. Edward Aveling. New York: International Publishers, 1975.

Fontana, B. *Hegemony and Power*. Minneapolis: University of Minneapolis Press, 1993.

Gill, S., ed. *Gramsci, Historical Materialism and International Relations*. New York and Cambridge: Cambridge University Press, 1993.

Gramsci, A. *The Modern Prince and Other Writings*. Trans. L. Marks. New York: International Publishers, 1968.

——. *Selections from Political Writings*. Trans. J. Mathews, ed. Q. Hoare. New York: International Publishers, 1977.

——. *Selections from Prison Notebooks*. Trans. Q. Hoare and G. N. Smith. London: Lawrence and Wishart, 1971.

Jay, Martin. "The Two Holisms of Antonio Gramsci." In *Marxism and Totality*. Berkeley: University of California Press, 1984.

Lang, Berel, and Forrest Williams, eds. *Marxism and Art: Writings in Aesthetics and Criticism*. New York: McKay, 1972.

McLellan, David. *Karl Marx*. New York: Viking Press, 1975.

Marx, Karl. *Capital: Volume* I, 1954; rpt. London: Lawrence and Wishart, 1977.

——. *Early Writings*. Trans. and ed. T. B. Bottomore. 1963; rpt. New York and London: McGraw-Hill, 1964.

——. *Economic and Philosophical Manuscripts of 1844*. 1959; rpt. Moscow and London: Progress Publishers/Lawrence and Wishart, 1981.

——. "Preface and Introduction." In *A Contribution to the Critique of Political Economy*. Peking: Foreign Languages Press, 1976.

Marx, Karl, and Friedrich Engels. *Feuerbach: Opposition of the Materialist and Idealist*

―. *Outlooks: The First Part of "The German Ideology."* London: Lawrence and Wishart, 1973.

―. *The German Ideology: Part One*. Ed. C. J. Arthur. 1970; rpt. London: Lawrence and Wishart, 1982.

―. *The Holy Family, or Critique of Critical Criticism: Against Bruno Bauer and Company*. 1956; rpt. Moscow: Progress Publishers, 1975.

―. *Manifesto of the Communist Party*. 1952; rpt. Moscow: Progress Publishers, 1973.

―. *On Religion*. 1957; rpt. Moscow: Progress Publishers, 1975.

―. *Selected Works*. 1968; rpt. London: Lawrence and Wishart, 1977.

延伸阅读和文集：

Bennett, Tony. *Formalism and Marxism*. London: Routledge, 2003.

Eagleton, Terry, and Drew Milne, eds. *Marxist Literary Theory: A Reader*. Cambridge, MA and Oxford: Blackwell, 1996.

Mulhern, Francis. *Contemporary Marxist Literary Criticism*. New York and London: Longman, 1992.

(12) 精神分析

Freud, Sigmund. *The Freud Reader*. Ed. Peter Gay. New York and London: W. W. Norton, 1989.

Lacan, Jacques. *Écrits: A Selection*. Trans. Alan Sheridan. London: Tavistock, 1977.

延伸阅读和文集：

De Berg, Frank. *Freud's Theory and Its Use in Literary and Cultural Studies*. Rochester, NY: Camden House, 2003.

Ellman, Maud, ed. *Psychoanalytic Literary Criticism*. New York and London: Longman, 1994.

Wright, Elizabeth. *Psychoanalytic Criticism: Theory in Practice*. New York and London: Routledge, 1984.

(13) 形式主义

Bakhtin, M. M. *The Dialogic Imagination: Four Essays*. Ed. Michael Holquist. Trans. Caryl Emerson and Michael Holquist. Austin: University of Texas Press, 1981.

Eichenbaum, Boris. "The Theory of the 'Formal Method.'" In *Russian Formalist Criticism: Four Essays*. Trans. Lee T. Lemon and Marion J. Reis. Lincoln: University of Nebraska Press, 1965.

Jakobson, Roman. *Language in Literature*. Ed. Krystyna Pomorska and Stephen Rudy.

Cambridge, MA and London: Harvard University Press, 1987.

Ransom, John Crowe. *The World's Body*. Baton Rouge: Louisiana State University Press, 1968.

Shklovsky, Victor. "Art as Technique." In *Russian Formalist Criticism: Four Essays*. Trans. Lee T. Lemon and Marion J. Reis. Lincoln: University of Nebraska Press, 1965.

Wimsatt, Jr., W. K., and Monroe C. Beardsley. "The Affective Fallacy." In W. K. Wimsatt, Jr., *The Verbal Icon*. Lexington: University of Kentucky Press, 1967.

——. "The Intentional Fallacy." In W. K. Wimsatt, Jr., *The Verbal Icon*. Lexington: University of Kentucky Press, 1967.

延伸阅读和文集:

Bann, Stephen, ed. *Russian Formalism: A Collection of Articles and Texts in Translation*. New York: Barnes and Noble, 1973.

Davis, Todd F., and Womack, Kenneth. *Formalist Criticism and Reader-Response Theory*. New York: Palgrave, 2002.

Erlich, Victor. *Russian Formalism: History, Doctrine*. New Haven: Yale University Press, 1981.

Jameson, Fredric. *The Prison-House of Language: A Critical Account of Structuralism and Russian Formalism*. Princeton: Princeton University Press, 1972.

Jancovich, Mark. *The Cultural Politics of the New Criticism*. Cambridge and New York: Cambridge University Press, 1993.

Lemon, Lee T., and Marion J. Reis, eds. *Russian Formalist Criticism: Four Essays*. Lincoln: University of Nebraska Press, 1965.

Litz, A. Walton, Louis Menand, and Lawrence Rainey, eds. *The Cambridge History of Literary Criticism. Volume VII: Modernism and the New Criticism*. Cambridge: Cambridge University Press, 2000.

Royden, Mark. *Cleanth Brooks and the Rise of Modern Criticism*. Charlottesville: University Press of Virginia, 1996.

Selden, Raman, ed. *The Cambridge History of Literary Criticism. Volume VIII: From Formalism to Poststructuralism*. Cambridge: Cambridge University Press, 1995.

(14) 结构主义与解构

Barthes, Roland. *Elements of Semiology*. Trans. Annette Lavers and Colin Smith. New York: Farrar, Straus, and Giroux, 1967.

——. *Mythologies*. Trans. Annette Lavers. London: Collins, 1973.

——. *Writing Degree Zero*. Trans. Annette Lavers and Colin Smith. Preface by Susan Sontag. New York: Farrar, Straus, and Giroux, 1968.

Derrida, Jacques. *Dissemination*. Trans. Barbara Johnson. Chicago: University of Chicago Press, 1981.

——. *Of Grammatology*. Trans. Gayatri Chakravorty Spivak. Baltimore and London: Johns Hopkins University Press, 1976.

——. *Positions*. Trans. Alan Bass. Chicago and London: University of Chicago Press, 1981.

——. *Specters of Marx: The State of the Debt, the Work of Mourning, and the New International*. Trans. Peggy Kamuf. New York and London: Routledge, 1994.

——. *Writing and Difference*. Trans. Alan Bass. Chicago: University of Chicago Press, 1978.

Saussure, Ferdinand de. *Course in General Linguistics*. Ed. Charles Bally, Albert Sechehaye, and Albert Reidlinger. Trans. Wade Baskin. New York: Philosophical Library, 1959.

延伸阅读和文集：

Berman, Art. *From the New Criticism to Deconstruction: The Reception of Structuralism and Post-Structuralism*. Urbana: University of Illinois Press, 1988.

Kamuf, Peggy, ed. *A Derrida Reader: Between the Blinds*. New York: Columbia University Press, 1991.

Lane, Michael, ed. *Structuralism: A Reader*. London: Cape, 1970.

McQuillan, Martin, ed. *Deconstruction: A Reader*. New York: Routledge, 2001.

Rajan, Tilottama. *Deconstruction and the Remainders of Phenomenology: Sartre, Derrida, Foucault, Baudrillard*. Stanford: Stanford University Press, 2002.

Sturrock, John. *Structuralism*. With a new introduction by Jean-Michel Rabaté. Oxford: Blackwell, 2003.

Zima, Peter. *Deconstruction and Critical Theory*. Trans. Rainer Emig. New York: Continuum, 2002.

(15) 女性主义

Barrett, Michèle. *Women's Oppression Today: Problems in Marxist Feminist Analysis*. New York and London: Verso, 1980.

Beauvoir, Simone de. *The Second Sex*. Trans. H. M. Parshley. New York: Bantam/Alfred A. Knopf, 1961.

Cixous, Hélène. "The Laugh of the Medusa." Trans. Keith Cohen and Paula Cohen. In *The Signs Reader: Women, Gender, and Scholarship*. Ed. Elizabeth Abel and Emily K. Abel. Chicago and London: University of Chicago Press, 1983.

Kristeva, Julia. *Revolution in Poetic Language*. Trans. Margaret Waller. New York: Columbia University Press, 1984.

Showalter, Elaine. *A Literature of Their Own: British Women Novelists from Bronte to*

Lessing. Princeton: Princeton University Press, 1977.

Woolf, Virginia. *The Common Reader: First and Second Series*. New York: Harcourt Brace, 1948.

——. *Contemporary Writers*. New York and London: Harcourt Brace Jovanovich, 1965.

——. *A Room of One's Own*. San Diego, New York, London: Harvest/Harcourt Brace Jovanovich, 1989.

——. *Three Guineas*. New York and London: Harcourt Brace, 1966.

延伸阅读和文集:

Bordo, Susan. *Unbearable Weight: Feminism, Western Culture, and the Body*. Berkeley: University of California Press, 1993.

Gamble, Sarah. *The Routledge Companion to Feminism and Postfeminism*. New York and London: Routledge, 2002.

McCann, Carole R., and Seung-Kyung Kim, eds. *Feminist Theory Reader: Local and Global Perspectives*. New York: Routledge, 2002.

Mohanty, Chandra Talpade. *Feminism Without Borders: Decolonizing Theory, Practicing Solidarity*. Durham, NC and London: Duke University Press, 2003.

Warhol, Robyn, and Diane Price Herndl, eds. *Feminisms: An Anthology of Literary Theory and Criticism*. New Brunswick: Rutgers University Press, 1991.

(16) 阐释学和读者反应理论

Fish, Stanley. *Is There a Text in This Class? The Authority of Interpretive Communities*. Cambridge, MA and London: Harvard University Press, 1980.

Heidegger, Martin. *Being and Time*. Trans. John Macquarrie and Edward Robinson. New York: Harper and Row, 1962.

——. *Existence and Being*. Trans. Douglass Scott. Ed. Werner Brock. Indiana: Gateway, 1949.

——. *Poetry, Language, Thought*. Trans. Albert Hofstadter. New York and London: Harper and Row, 1975.

Husserl, Edmund. *Phenomenology and the Crisis of Philosophy*. Trans. Quentin Lauer. New York: Harper and Row, 1965.

——. *Husserl: Shorter Works*. Ed. Peter McCormick and Frederick A. Elliston. Notre Dame, IN: University of Notre Dame Press, 1981.

Iser, Wolfgang. *The Act of Reading: A Theory of Aesthetic Response*. Baltimore and London: Johns Hopkins University Press, 1978.

——. *The Implied Reader: Patterns of Communication in Prose from Bunyan to Beckett*. Baltimore and London: Johns Hopkins University Press, 1974.

Jauss, Hans Robert. "Literary History as a Challenge to Literary Theory." In *Toward an Aesthetic of Reception*. Trans. Timothy Bahti. Minneapolis: University of Minnesota Press, 1982.

延伸阅读和文集:

Beach, Richard. *A Teacher's Introduction to Reader-Response Theories*. Urbana, IL: National Council of Teachers of English, 1993.

Tompkins, Jane P., ed. *Reader-Response Criticism: From Formalism to Post-Structuralism*. Baltimore: Johns Hopkins University Press, 1980.

(17) 后殖民主义

Bhabha, Homi K. *The Location of Culture*. New York and London: Routledge, 1994.

Fanon, Frantz. *The Wretched of the Earth*. Trans. Constance Farrington. New York: Grove Press, 1963.

Gates, Jr., Henry Louis. *Figures in Black: Words, Signs, and the "Racial" Self*. New York and Oxford: Oxford University Press, 1987.

——. *Loose Canons: Notes on the Culture Wars*. New York and Oxford: Oxford University Press, 1992.

Said, Edward. *Beginnings: Intention and Method*. New York: Columbia University Press, 1985.

——. *Orientalism*. New York: Vintage, 1978.

——. *The World, the Text, and the Critic*. Cambridge, MA: Harvard University Press, 1983.

Spivak, Gayatri Chakravorty. *A Critique of Postcolonial Reason*. Cambridge, MA and London: Harvard University Press, 1999.

延伸阅读和文集:

Ashcroft, Bill, Gareth Griffiths, and Helen Tiffin. *The Empire Writes Back: Theory and Practice in Post-Colonial Literatures*. New York and London: Routledge, 1989.

——. eds. *The Post-Colonial Studies Reader*. New York and London: Routledge, 1995.

Booth, Howard, ed. *Modernism and Empire*. New York: St. Martin's Press, 2000.

Young, Robert. *Postcolonialism: A Historical Introduction*. Oxford: Blackwell, 2001.

(18) 新历史主义

Dollimore, Jonathan. *Radical Tragedy: Religion, Ideology and Power in the Drama of Shakespeare and His Contemporaries*. New York and London: Harvester Wheatsheaf, 1984.

Foucault, Michel. *Discipline and Punish: The Birth of the Prison*. Trans. Alan Sheridan. New York: Vintage Books, 1995.

——. *The History of Sexuality: An Introduction*. Trans. Robert Hurley. Harmondsworth: Penguin, 1978.

——. *Language, Counter-Memory, Practice: Selected Essays and Interviews*. Ed. and trans. Donald F. Bouchard. New York and Ithaca: Cornell University Press, 1977.

——. *The Order of Things: An Archaeology of the Human Sciences*. New York: Vintage Books, 1994.

Greenblatt, Stephen. *Renaissance Self-Fashioning: From More to Shakespeare*. Chicago: University of Chicago Press, 1984.

——. *Shakespearean Negotiations: The Circulation of Social Energy in Renaissance England*. Berkeley: University of California Press, 1988.

——. "Towards a Poetics of Culture." In *The New Historicism*. Ed. H. Aram Veeser. New York and London: Routledge, 1989.

延伸阅读和文集：

Brannigan, John. *New Historicism and Cultural Materialism*. New York: St. Martin's Press, 1998.

During, Simon, ed. *The Cultural Studies Reader*. New York and London: Routledge, 1993.

Gallagher, Catherine, and Stephen Greenblatt. *Practicing New Historicism*. Chicago: University of Chicago Press, 2000.

Veeser, H. Aram, ed. *The New Historicism Reader*. New York: Routledge, 1994.

(19) 结语

Bissell, Elizabeth Beaumont. *The Question of Literature: The Place of the Literary in Contemporary Theory*. Manchester and New York: Manchester University Press, 2002.

Hutcheon, Linda, and Mario J. Valdés, eds. *Rethinking Literary History: A Dialogue on Theory*. Oxford: Oxford University Press, 2002.

McQuillan, Martin, ed. *Post-Theory: New Directions in Criticism*. Edinburgh: Edinburgh University Press, 1999.

(20) 现代理论和批判文集

Newton, K. M., ed. *Twentieth-Century Literary Theory: A Reader*. New York: St. Martin's Press, 1997.

Rivkin, Julie, and Michael Ryan, eds. *Literary Theory: An Anthology*. Oxford: Blackwell, 2004.

索　引

（索引中的页码为原著页码，检索时请查本书边码）

Abelard, Peter 阿贝拉尔，彼得,170,171,183,194
　　For and Against 阿贝拉尔《是与否》,171
Abrams, M. H. 艾布拉姆斯,M. H. ,412,735
absolutism 专制主义,350,529
Académie Française 法兰西学院,276,277
Academy (Plato) 学园(柏拉图),19-20,38,41,81,82
accessus tradition "作者评介"的传统,173,174,176,195
accumulation 累积,123
Achebe, Chinua 阿契贝，钦努阿,738,741
action 行动
　　Aristotelian view 亚里士多德的行动观,50-51,54-59
　　Emerson on 爱默生论行动,459
Actium, battle of 亚克兴，亚克兴战役,10,93
Adams, Henry 亚当斯，亨利,453
Addison, Joseph 艾迪生，约瑟夫,284,291,292,319,324-328
　　on beauty 艾迪生论美,327,328
　　on imagination 艾迪生论想象,326-327
　　Johnson on 约翰逊论艾迪生,308
Adler, Alfred 阿德勒，阿尔弗雷德,571,578,685
Adorno, Theodor 阿多诺，特奥多尔,311,407,542,547,564,566
　　and deconstruction 阿多诺与解构,552
Adrian Ⅳ, Pope 阿德里安四世，教皇,183
Aenesidemus 埃奈西德穆斯,82

Aeschylus 埃斯库罗斯,10,11
　　The Persians 埃斯库罗斯《波斯人》,747
Aesop's Fables《伊索寓言》,140,264
aesthetic distance 审美距离,722-723
aestheticism 唯美主义,472,489,491-492,606
　　Baudelaire and 波德莱尔与唯美主义,492
　　Pater and 佩特与唯美主义,496
　　Wilde and 王尔德与唯美主义,497,498
aesthetics 美学,118,775
　　Aquinas 阿奎那的美学,204-205,207-208,210
　　Augustine of Hippo 希波的奥古斯丁的美学,157-158,206-207
　　early modern 现代早期的美学,259,260
　　Enlightenment 启蒙运动的美学,319,327-328,333-336
　　female aesthetic 女性美学 692-693
　　Hegelian 黑格尔的美学,317,395-407,472
　　Hume on 休谟论美学,333-336
　　idealist 唯心主义美学,546
　　Kantian 康德的美学,2,118,296,317,336,357-381,400,410,412,465,498,536
　　materialist 唯物主义美学,546
　　medieval 中世纪的美学,157,204-205,206-207,210,231
　　neoclassical 新古典主义美学,276,284
　　organicist aesthetic 有机论美学,561
　　Plato 柏拉图的美学,2,24,26-34,136,155,397,498

Romanticism 浪漫主义美学,296,434,502,569
scientific aesthetics 科学美学,536
twentieth-century 20 世纪美学,569
aesthetics of number 数的美学,210
affective fallacy 感受谬误,625
affective theory 感受理论,120,561,625-626
African-American feminists 美国黑人(非洲裔美国人)女性主义者,669
African-American literary criticism 美国黑人(非洲裔美国人)的文学批评,756-759
agency 中介
structuralism and 结构主义与中介,632-633
Vico on 维柯论中介,329
agnosticism 不可知论,67
Ahmed, Akbar 艾哈迈德,阿克巴,560
Ahmed, Leila 艾哈迈德,莱拉,560,669
Al-Farabi 阿尔法拉比,173,195
Catalogue of the Sciences 阿尔法拉比《科学目录》,195,197
Al-Ghazali, *Incoherence of the Philosophers* 阿尔加扎利,阿尔加扎利《哲学家们的矛盾》,196
Alaric 阿拉里克,153
Alberic of Reims 兰斯的阿尔贝里克,183
Alberti, Leone Battista 阿尔贝蒂,莱昂纳·巴蒂斯塔,254
Albertus Magnus 大阿尔伯特,157,171,195,202
Alcaeus 阿尔凯奥斯,10,15
Alcidamus 阿尔西达穆斯,662
Alcman 阿尔克曼,15
Alcuin 阿尔昆,95
Rhetoric 阿尔昆《修辞学》,172
Alemannus, Hermannus 阿勒曼努斯,赫尔曼努斯,195
Alexander the Great 亚历山大大帝,10,41,80
Alexandria 亚历山大,10,80,83
alexandrine 亚历山大格式诗,274,490
algebraization (Shklovsky) 逻辑推演(什克洛夫斯基),603,604
Algerian independence struggle 争取阿尔及利亚独立的斗争,741,753
alienation 间离,陌生化,异化
Brecht on 布莱希特论间离,542,546
Emerson on 爱默生论间离,458
formalism and 形式主义与陌生化,602
Hegel on 黑格尔论异化,394
of labor 劳动异化,393
Lukács on 卢卡奇论异化,544,545,546
Marxist theory 马克思主义的异化理论,529,531,545
modernism and 现代主义与异化,628
allegory 寓言,169,172,442
allegorical poetry 寓言诗,174
Aquinas and 阿奎那与寓言,209
biblical《圣经》的寓言,39,156,208-209,219,420
Christian 基督教的寓言,155,156,159,162,166
Coleridge on 柯勒律治论寓言,442
Dante on 但丁论寓言,211,212,213,245
Hugh of St. Victor on 圣维克托的于格论寓言,181-182
medieval 中世纪的寓言,155,166,174,208-210
Neo-Platonic tradition 新柏拉图主义传统的寓言,129,139
pagan authors and 异教作家与寓言,170
Stoic tradition 斯多葛学派传统的寓言,94,139
alliterative verse 头韵体诗,267-268
allusion 典故,624
alterity *see* difference; otherness 异在,参见差异;他者
Althusser, Louis 阿尔都塞,路易,542,547,566,601,633
Eagleton on 伊格尔顿论阿尔都塞,549
on ideology 阿尔都塞论意识形态,694
Lacan and 拉康与阿尔都塞,589,601
on social production 阿尔都塞论社会生产,694
structural Marxism 阿尔都塞的结构主义马克思主义,542-543
Ambrose, St. 安布罗斯,圣,143,152,155,172,177,688

American War of Independence 美国独立战争,351

Ammonius Saccas 阿摩尼乌斯·萨卡斯,130

amplification 扩大,121

Anacreon 阿那克里翁,15

analytic and synthetic judgments 分析判断与综合判断,361-362

anarchism 无政府主义,408

"ancients" and "moderns" debate "古人"与"今人"之争,274,286,287

Anderson, Benedict 安德森,本尼迪克特,750

Anderson, Perry 安德森,佩里,113,115,153,167,168,565

androgyny 雌雄同体,679-680,682,693

Andronicus of Rhodes 罗得岛的安德罗尼柯,42

Anselm of Canterbury 坎特伯雷的安瑟尔谟,170

anthropology 人类学,631

Antiphon 安提丰,67,68

Apollonius Rhodius 阿波罗尼奥斯·罗迪乌斯,10

aporiai 难题,111,663,665

apostolic authority 使徒的权威,237

appearance/reality distinction 外表与真实的差异,385,413

Appiah, Kwame Anthony 阿皮亚,克瓦米·安东尼,739

Aquinas, Thomas 阿奎那,托马斯,96,144,155,156,168,169,175,179,201-206,474

    aesthetics 阿奎那的美学,204-205,207-208,210

    and allegory 阿奎那与寓言,209

    and Aristotle 阿奎那与亚里士多德,202,203,204,205

    on essence 阿奎那论本质,205-206

    on intellect and reason 阿奎那论智力与理性,203,204,444

    metaphysics 阿奎那的形而上学,205

    on philosophy 阿奎那论哲学,203

    and poetry 阿奎那与诗歌,195,209-210

    scholasticism 阿奎那的经院哲学,171,195

    Summa contra Gentiles 阿奎那《反异教大全》,202

    Summa Theologiae 阿奎那《神学大全》,204-206,209

    theology 阿奎那的神学,202-206,207,208,209,236

    and transcendentals 阿奎那与先验论,206

    on women 阿奎那论妇女,683,688

Arab-Israeli conflict 阿拉伯与以色列的冲突,559,747

Arator 阿拉托,170

Archilochus 阿基罗库斯,10,512

architecture, Hegel on 建筑,黑格尔论建筑,405,406

argumentum 议论,91

Arianism 阿里乌斯教,152

Ariosto, Ludovico 阿里奥斯托,卢多维科,242,254,273

    Orlando Furioso 阿里奥斯托《疯狂的奥兰多》,233,241

Aristarchus 阿利斯塔克,10,107,235

aristocracy 贵族,34,73,492,531

    aristocratic conduct 贵族的操行,238,260

    court aristocracy 宫廷贵族,231,238

    feudal 封建贵族,167,169

Aristophanes 阿里斯托芬

    The Clouds 阿里斯托芬《云》,69

    The Frogs 阿里斯托芬《蛙》,10-12

Aristotle 亚里士多德,10,13,20,39,41-61,211,235,242,768

    associationism 亚里士多德的观念联想论,448

    Categories 亚里士多德《范畴篇》,42,43,45

    on causality 亚里士多德论因果关系,56

    commentaries on 对亚里士多德的评注,195,196-201,239,240,242-243,273

    on democracy 亚里士多德论民主制,47,73

    on the emotions 亚里士多德论情感,57-58,74,77,274

    on essence 亚里士多德论本质,42

    Ethics 亚里士多德《伦理学》,47,50

    on Forms, theory of 亚里士多德论形式,亚里士多德的形式理论,22,43-44

on identity 亚里士多德论同一律,45,46

on imitation 亚里士多德论模仿,49-50,51-54,55,59,244

katharsis 亚里士多德的净化论,498-499,626

logic 亚里士多德的逻辑学,45-46,195

Lysistrata 亚里士多德《吕西斯忒拉忒》,667

medieval revival 中世纪对亚里士多德的复兴,171,194,195,197

Metaphysics 亚里士多德《形而上学》,42-44,196,212,387,652

Nicomachean Ethics 亚里士多德《尼各马科伦理学》,48,55

Organon 亚里士多德《工具论》,45,144,183,197

Physics 亚里士多德《物理学》,196,203

Poetics 亚里士多德《诗学》,47,48-61,95,96,107-108,191,195,197,199,216,239,240,244,250,264,267,273,397,452,627,708

Politics 亚里士多德《政治学》,47,48-49,50,73

Posterior Analytics 亚里士多德《后分析篇》,42

Rhetoric 亚里士多德《修辞学》,50,72-78,195,197,213

Russell on 罗素论亚里士多德,45

on substance 亚里士多德论实体,42-43,44,48,52,61,315,360,488,652

on tragedy 亚里士多德论悲剧,48,52,54-59,107-108,198,201,241,244,253,708

and the unities 亚里士多德与三一律,56-57,96,242,245,273,277-278,279

on women 亚里士多德论妇女,683

Wordsworth on 华兹华斯论亚里士多德,436-437

arithmetic 算术,170,205

Arnold, Matthew 阿诺德,马修,39,119,285,317,381,417,453,469,485,502,503,520-525,740,747

on the bourgeoisie 阿诺德论资产阶级,521,524

on critical disinterestedness 阿诺德论批评的非功利性,522-523

Culture and Anarchy 阿诺德《文化与无政府状态》,521,522,523,746

"The Function of Criticism" 阿诺德《批评的功能》,521-522

humanism 阿诺德的人本主义,521,525,560

literary criticism 阿诺德的文学批评,496,500,501,521-525

on literary sensibility 阿诺德论文学感受,379,417,525

"The Study of Poetry" 阿诺德《诗歌研究》,525

touchstone theory of tradition 阿诺德的传统试金石理论,122,483,525

Arnold, Dr. Thomas 阿诺德,托马斯,博士,521

ars metrica 声律艺术,176

Ars Victorini《维克多利的艺术》,177

art 艺术

Baudelaire on 波德莱尔论艺术,494

Benjamin on 本雅明论艺术,542

Bergson on 柏格森论艺术,518,519

Christian theological view 基督教神学的艺术观,155

and class struggle 艺术与阶级斗争,540

classical art 古典主义艺术,402-403,404

commodification 艺术的商品化,535

Croce on 克罗齐论艺术,621

empirical treatment 经验主义对艺术的论述,397

Engels on 恩格斯论艺术,535

fine art 优美艺术,美术,378-379,380

formalist critique 形式主义艺术批评,603

Freud on 弗洛伊德论艺术,584

Hegel on 黑格尔论艺术,396-397,398-407,717

Heidegger on 海德格尔论艺术,716-717

interventionist art 干涉主义艺术,540

Kant on 康德论艺术,378-381

Luxemburg on 卢森堡论艺术,537-538

Marxist critique 马克思主义艺术批评,535,536,537,539-540,542

New Historicist view 新历史主义的艺术观,764

Nietzsche on 尼采论艺术,510,518

Plekhanov on 普列汉诺夫论艺术,537

Plotinus on 普罗提诺论艺术,136
and religion 艺术与宗教,404
revolutionary art 革命艺术,539–540
romantic art 浪漫派艺术,403–404,406
Romantic conceptions 浪漫派的艺术概念,398,408,416–417
Schiller on 席勒论艺术,400,416–417
Shklovsky on 什克洛夫斯基论艺术,603,604
symbolic art 象征主义艺术,402
Tolstoy on 托尔斯泰论艺术,540
Trotsky on 托洛茨基论艺术,539–540
utilitarian view 功利主义艺术观,537
Wilde on 王尔德论艺术,498–499,500–501
art for art's sake ethic 为艺术而艺术的伦理,107,109,357,424,489,491–492,496,537,775
see also aestheticism 也可参见唯美主义
Artemidorus 阿特米多乌斯,141,144
artes poeticae《诗艺》,191
artistic autonomy 艺术的自主性,127,238,496,499
Engels on 恩格斯论艺术的自主性,535
Hegel on 黑格尔论艺术的自主性,400
Plekhanov on 普列汉诺夫论艺术的自主性,424
Poe on 爱伦·坡论艺术的自主性,464
Romantic perspective 浪漫派的艺术自主观,408
see also poetic autonomy 也可参见诗歌的自主性
asceticism 禁欲主义,153,155,234
Ascham, Roger 阿谢姆,罗杰,254
Ashcroft, Bill 阿什克罗夫特,比尔,738,739
Asianism 亚洲主义,127
associationism 观念联想论,284,318
Aristotle 亚里士多德的观念联想论,448
Hume 休谟的观念联想论,448
astronomy 天文学,170
Athanasius of Alexandria 亚历山大的亚他那修,152
atheism 无神论,529
Athenian democracy 雅典的民主制,10,12–13
auctores 著作人,创造者,170,171,173,176,177
Auden, W. H. 奥登,W. H.,564,573
audience 观众,读者

Geoffrey de Vinsauf on 文绍夫的杰弗里论读者,193
see also reader-response theory; reading process 也可参见读者反应理论;阅读过程
Auerbach, Eric 奥尔巴赫,埃里克,474,675
Augustan poets 奥古斯都时期的诗人,107
Augustine of Hippo 希波的奥古斯丁,39,144,152,154,155,156–165,166,172,177,188,201,218,219
aesthetics 奥古斯丁的美学,157–158,206–207
City of God 奥古斯丁《上帝之城》,157,220
classical-Christian synthesis 奥古斯丁对古典与基督教的综合,156–157,158,161
Confessions 奥古斯丁《忏悔录》,157–165
De Doctrina Christiana 奥古斯丁《论基督教教义》,95,157,158–165
and determinism 奥古斯丁与决定论,157
on dialectics 奥古斯丁论辩证法,160–161
on rhetoric 奥古斯丁论修辞学,65,95,161,164–165
skepticism 奥古斯丁的怀疑论,156,157
temporal and spiritual power 奥古斯丁的世俗与精神权力,169
theology 奥古斯丁的神学,236
theory of signs 奥古斯丁的预兆理论,158,159,160,161
Trinitarian theology 奥古斯丁的"三位一体"神学,158
Augustus, Emperor 奥古斯都大帝,10,86,93,105–106,111,115,116
Austen, Jane 奥斯汀,简,678
Austin, J. L. 奥斯汀,J. L.,98
authorial intention 作者意图,561,633
Horace on 贺拉斯论作者意图,110
John of Salisbury on 索尔兹伯里的约翰论作者意图,187
authorship 作者身份
accessus tradition 作者评介的传统,173,174,176,195

Barthes on 巴特论作者身份,644-646
collective 集体的作者身份,645
"death of the author" 作者之死,565,638,644,646,766
Foucault on 福柯论作者身份,766-769
see also female authorship 也可参见女性作者身份

Averroës see Ibn Rushd 阿维罗伊,参见伊本·路世德

Avicenna see Ibn Sina 阿维森纳,参见伊本·西那

Babbitt, Irving 白璧德,欧文,453,501,503,560,561,629,775

Bacchylides 巴库里德斯,15

Bachelard, Gaston 巴舍拉尔,加斯东,565,566

Bacon, Sir Francis 培根,弗朗西斯,爵士,96,235,312-313,328
Advancement of Learning 培根《学术的进展》,235,312
empiricism 培根的经验主义,235,314
New Organon 培根《新工具》,235,312,313,755

Bacon, Roger 培根,罗杰,171,195,201

Baker, Houston A., Jr. 贝克,休斯敦·A.,小,754

Bakhtin, Mikhail 巴赫金,米哈伊尔,603,609-618,750,761
carnival 巴赫金的狂欢,617
on consciousness 巴赫金论意识,616
dialogism 巴赫金的对话,610,611,612-613,615,750
"Discourse in the Novel" 巴赫金《小说话语》,611-618
heteroglossia 巴赫金的众声喧哗,611,612,614,616,617
on language 巴赫金论语言,568,610-618
on poetry 巴赫金论诗歌,617
polyphony 巴赫金的复调,610
structuralism 巴赫金的结构主义,761
theory of the novel 巴赫金的小说理论,611-612,613,616-618

balance 平衡,273

ballads 歌谣,409

Balzac, Honore de 巴尔扎克,奥诺雷·德,471,473,481,545,688
Cousin Bette 巴尔扎克《贝姨》,481
Sarrasine 巴尔扎克《萨拉辛》,644

Barbier, August 巴尔比耶,奥古斯特,493

Barker, Francis 巴克,弗朗西斯,763

Barrett, Michèle 巴雷特,米谢勒,670,671,693-697
Women's Oppression Today 巴雷特《今日对妇女的压迫》,693-697

Barth, Karl 巴特,卡尔,715

Barthes, Roland 巴特,罗兰,99,312,490,565,566,603,631,633,638-648,649,697
on authorship 巴特论作者身份,644-646
on culture 巴特论文化,638-639
"death of the author" 巴特的"作者之死",638,644,766
Elements of Semiology 巴特《符号学原理》,642
"From Work to Text" 巴特《从作品到文本》,646
"Introduction to the Structuralist Analysis of Narratives" 巴特《叙事作品结构分析导论》,644
on literary development 巴特论文学的发展,638
on myth 巴特论神话,639,640-641,642
Mythologies 巴特《神话学》,638-639,640-641,643,644
narrative analysis 巴特的叙事分析,644-645
poststructuralist perspective 巴特的后结构主义视点,646,647
on semiology 巴特论符号学,638,639,642,644
on signifier/signified 巴特论能指与所指,639-640,642,644,647
structuralism 巴特的结构主义,638,642
Writing Degree Zero 巴特《零度写作》,638

Basil, St. 巴西尔,圣,152,153,155,201

Basilidans 巴西里德教派,152

Bataille, Georges 巴塔耶,乔治,565,700

Batteux, Charles 巴托,夏尔,397
Baudelaire, Charles 波德莱尔,夏尔,39,442,463, 465,489,490,492-496,498,502,582
    aesthetic of modernity 波德莱尔的现代性美学, 492,493
    on art 波德莱尔论艺术,494
    Benjamin on 本雅明论波德莱尔,520
    and Bergson 波德莱尔与柏格森,519
    "Correspondences" 波德莱尔《应和》,492
    The Flowers of Evil 波德莱尔《恶之花》,492
    on imagination 波德莱尔论想象,495
    Journaux intimes 波德莱尔《日记》,492
    on Poe 波德莱尔论爱伦·坡,493-495
    on realism 波德莱尔写实主义,493
    Salons 波德莱尔《沙龙》,493,495
    symbolist aesthetic 波德莱尔的象征主义美学, 492-496
Baudrillard, Jean 鲍德里亚,让,566
Baumgarten, Alexander 鲍姆嘉通,亚历山大,366, 709
Beardsley, Monroe 比尔兹利,门罗,622,623-626
Beattie, James 比蒂,詹姆斯,435
Beaumont, Francis 博蒙特,弗朗西斯,289
beauty 美
    Addison on 艾迪生论美,327,328
    Augustine on 奥古斯丁论美,157
    being, truth, and beauty 存在、真理与美,10,718
    Christian notion of 基督教的美的概念,136
    Emerson on 爱默生论美,457
    Freud on 弗洛伊德论美,584
    George Eliot on 乔治·艾略特论美,477-478
    Greek concept 希腊的美的概念,10
    Hegel on 黑格尔论美,395-396,397,402
    Heidegger on 海德格尔论美,717-718
    Kant on 康德论美,373-374,377,464
    Plato on 柏拉图论美,498
    Plotinus on 普罗提诺论美,133-134,135,136, 137-138,139
    Poe on 爱伦·坡论美,457,463,464,465
    Schopenhauer on 叔本华论美,506
    and sublimity 美与崇高,506
    Wilde on 王尔德论美,498,500
    see also aesthetics 也可参见美学
Becket, Thomas 贝克特,托马斯,183
Beckett, Samuel 贝克特,塞缪尔,546,565
Bede 贝德,95
    De Arte Metrica 贝德《声律艺术》,176
Behn, Aphra 贝恩,阿弗拉,300-302,667,677,678
    on drama 贝恩论戏剧,300
    "Epistle to the Reader" 贝恩《致读者书》,300-301
    The Lucky Chance 贝恩《幸运机缘》,300,301
Bell, Clive 贝尔,克乃夫,672
Bell, Quentin 贝尔,昆廷,674
Belleau, Rémi 贝洛,雷米,255
Belsey, Catherine 贝尔西,凯瑟琳,671,763
Bembo, Pietro 本博,彼得罗,254
Benedict, St. 本尼狄克,圣,153
Benjamin, Walter 本雅明,瓦尔特,407,520,542, 552,564,566
    on art 本雅明论艺术,542
    and deconstruction 本雅明与解构,552
Bennett, Arnold 贝内特,阿诺德,675,693
Bennett, William 贝内特,威廉,740
Bentham, Jeremy 边沁,杰里米,502
Benveniste, Émile 邦弗尼斯特,埃米尔,565,642
Benvenuto da Imola 本维努托·达·伊莫拉,201
Beowulf《贝奥武夫》,153
Bercorius, Petrus 贝尔科琉斯,佩特鲁斯,174
Bergson, Henri 柏格森,亨利,130,312,317,476, 518-520,562,567,627,702
    aesthetics 柏格森的美学,518-520,563
    Benjamin on 本雅明论柏格森,520
    on bourgeois society 柏格森论资产阶级社会, 519-520
    Creative Evolution 柏格森《创造的进化》,519
    feminism and 女性主义与柏格森,668
    Hulme on 休姆论柏格森,518

on language 柏格森论语言,568,615
pessimism 柏格森的悲观主义,469
on time 柏格森论时间,674,716
Berkeley, George 贝克莱,乔治,321,474
Berman, Paul 伯曼,保罗,739,740
Bernard of Chartres 沙特尔的贝尔纳,183,187-188
Bernard, St. 贝尔纳德,圣,155,205
Bernard of Utrecht 乌得勒支的贝尔纳,173,174
Bernard, Claude 贝尔纳,克洛德,479
Besant, Walter 贝赞特,沃尔特,486,487
Bhabha, Homi 巴巴,霍米,738,750-753
　　"The Commitment to Theory" 巴巴《效忠于理论》,750
　　on Eurocentrism 巴巴论欧洲中心主义,750,752
　　on otherness 巴巴论他者,750,751,752
　　Third Space 巴巴的"第三空间",752,753
Bhaduri, Bhubaneswari 巴杜里,布巴纳斯瓦里,749
Bible《圣经》
　　allegorical readings 对《圣经》的寓言式解读,39,156,208-209,219,420
　　creation account《圣经》的创世说,470
　　exegesis 对《圣经》的注解,155,166,176,181-182,420,421
　　figurative reading 对《圣经》的形象化解读,144,160,161-162,421
　　Hugh of St. Victor on 圣维克托的于格论《圣经》,181-182
　　New Testament《圣经·新约》,156,208,420
　　Old Testament《圣经·旧约》,82,120,156,208,420
　　Schleiermacher on 施莱尔马赫论《圣经》,420,421
　　translations《圣经》的翻译,82,152,239,254
binary oppositions 二元对立,566,648
　　Aristotelian 亚里士多德的二元对立,668
　　Barthes on 巴特论二元对立,644
　　Derrida on 德里达论二元对立,653
　　nature-culture 自然与文化的二元对立,657
　　speech/writing 言说与写作的二元对立,97,177,653-654,660,662,663

Binswanger, Ludwig 宾斯万格,路德维希,715
biography, Johnson and 传记,约翰逊与传记,308
bisexuality 双性恋,707
Black Aesthetic 黑人美学,757-758
Black Death 黑死病,169
black literary traditions 黑人文学传统,756-759
Blackmur, R. P. 布莱克默,R. P.,563
Blair, Hugh 布莱尔,休,317
Blake, William 布莱克,威廉,39,409,429,680
　　The Marriage of Heaven and Hell 布莱克《天堂与地狱的婚姻》,429
Blanchot, Maurice 布朗肖,莫里斯,565
blank verse 无韵诗,267,289
Bleuler, E. 布洛伊勒,E.,578
Bloch, Ernst 布洛赫,恩斯特,544
Bloom, Allan 布卢姆,阿伦,740
Bloom, Harold 布鲁姆,哈罗德,122,130,188,329,412,572,663
　　A Map of Misreading 布鲁姆《误读的图示》,664
　　on poetic tradition 布鲁姆论诗学传统,663-664
Bloomsbury Group 布卢姆斯伯里学派,562,672,693
Blunt, Anthony 布伦特,安东尼,564
Bocarov, S. 波卡罗夫,S.,610
Boccaccio, Giovanni 薄伽丘,乔万尼,152,174,175,215-220,233,241,254,261
　　Concerning Famous Women 薄伽丘《关于名女人》,215,220-221
　　Decameron 薄伽丘《十日谈》,215,233
　　on eloquence 薄伽丘论雄辩,218
　　Genealogy of the Gentile Gods 薄伽丘《异教诸神的谱系》,215-216,259
　　and humanism 薄伽丘与人本主义,215-220
　　on invention 薄伽丘论创新,218,219
　　on poetry 薄伽丘论诗歌,215,216-219
Bodin, Jean 博丹,让,350
the body 身体,668,669
　　Cixous on 西克苏论身体,704-705,706
Boethius 波伊提乌,39,144-148,154,155,166,

170,172,194,201,264
The Consolation of Philosophy 波伊提乌《哲学的慰藉》,144,145-148
Bogdanov, A. A. 波格丹诺夫,A. A.,540
Boileau-Despréaux, Nicolas 布瓦洛-德普雷奥,尼古拉,105,118,274,276,277,280-284,299
The Art of Poetry 布瓦洛《诗艺》,280-284
Bolsche, Wilhelm 博尔舍,威廉,472
Bolshevik Revolution 布尔什维克革命,557,562
Bonaparte, Marie 波拿巴,玛丽,572
Bonaventura, St. 波拿文都拉,圣,155,157,179,195,203
Book of Nature 自然之书,442
Booth, Wayne 布思,韦恩,99,709
Bosman, William 博斯曼,威廉,755
Boswell, James 鲍斯韦尔,詹姆斯,302
Bouhours, Dominique 布乌尔,多米尼克,277,325
Boumelha, Penny 博梅哈,彭尼,671
bourgeoisie 资产阶级
 anti-feminism 反女性主义的资产阶级,688
 Arnold on 阿诺德论资产阶级,521,524
 atomism and fragmentation 资产阶级的原子论和碎片化,458
 Bergson on 柏格森论资产阶级,519-520
 hegemony 资产阶级的霸权,351,408,410,411,424,469
 ideology 资产阶级的意识形态,312,453-454,469-470,531,641,773
 Marxist critique 马克思主义对资产阶级的批判,530,532,538,742
 materialism 资产阶级的物质主义,409,461,521
 national bourgeoisie 民族资产阶级,742
 rise of 资产阶级的崛起,168,210,231,236-237,238,311
 Romanticism and 浪漫主义与资产阶级,410,463
 values 资产阶级的价值观,3
 world view 资产阶级的世界观,408,409
Bourne, Randolph 伯恩,伦道夫,561
Bouveresse, Jacques 布弗雷斯,雅克,566

Boyle, Sir Robert 玻意耳,罗伯特,爵士,320
Bradley, A. C. 布雷德利,A. C.,561
Bradstreet, Anne 布雷兹特里特,安妮,667
Brecht, Bertolt 布莱希特,贝托尔特,541-542,546,766
Brethren of the Common Life 共同生活弟兄派,236
Breton, André 布列东,安德烈,539,689
Breuer, Josef 布罗伊尔,约瑟夫,573,574
bricolage 现成拼凑,657-658
Brik, Osip 布里克,奥西普,540,603,606,608,618
British Labour Party 英国工党,752
Brontë, Charlotte 勃朗特,夏洛蒂,677,678
Brontë, Emily 勃朗特,艾米莉,678
Brooks, Cleanth 布鲁克斯,克林思,621
Brooks, Van Wyck 布鲁克斯,范·威克,561,563
Brown, Marshall 布朗,马歇尔,412,414
Brown, Norman O. 布朗,诺曼·O.,573
Brownell, W. C. 布劳内尔,W. C.,562
Brücke, Ernst 布吕克,恩斯特,573
Brunetière, Ferdinand 布吕内蒂埃,费迪南,473,607
Bruni, Leonardo 布鲁尼,列奥纳多,232
Brutus 布鲁图斯,86,105
Buber, Martin 布伯,马丁,715
Bucher, Karl 布赫尔,卡尔,537
Buhler, Karl 比勒,卡尔,619
Bukharin, Nikolai 布哈林,尼古莱,540,541,545,603,738
Bultmann, Rudolph 布尔特曼,鲁道夫,715
Bulwer, John 布尔沃,约翰,96
Burckhardt, Jacob 布克哈特,雅各布,230
Burke, Edmund 博克,埃德蒙,120,284,302,318,319,336-339,366,442,483,629,675
A Philosophical Enquiry into the Origins of Our Ideas of the Sublime and Beautiful 博克《对我们关于崇高与美两种观念之根源的哲学探究》,337-339,399,482
 Arnold on 阿诺德论博克,522
Reflections on the Revolution in France 博克《对法国大革命的反思》,336-337,339,355

Thoughts on the Causes of the Present Discontents 博克《对目前不满之原因的思考》,336

Burke, Kenneth 伯克,肯尼思,99,563,572

Burney, Fanny 伯尼,范妮,678

Burns, Robert 彭斯,罗伯特,428

Butler, Judith 巴特勒,朱迪思,670-671

Byron, George Gordon, Lord 拜伦,乔治·戈登,男爵,105,409,425,429

    Don Juan 拜伦《唐璜》,429

Cabanis, Georges 卡巴尼斯,乔治,423

Caesar, Julius 恺撒,尤利乌斯,86,105

Caird, Mona 凯尔德,莫娜,692

Calcidius 卡尔西蒂乌斯,172

Callimachus 卡利马库斯,10,107

Calverton, V. F. 卡尔弗顿,V. F.,563

Calvin, John 加尔文,约翰,157,237

Calvinism 加尔文主义,236,237

Cambridge Platonists 剑桥柏拉图学派,39,130

Campbell, George, *Philosophy of Rhetoric* 坎贝尔,乔治,坎贝尔《修辞学的哲学》,97

Campion, Thomas 坎皮恩,托马斯,267

canon 经典

    and cultural values 经典与文化价值,741

    English 英语经典,308

    evolution of 经典的演变,10,15

    Greek canon 希腊的经典,107

    medieval 中世纪的经典,187-188

capitalism 资本主义,33,354-355

    American 美国的资本主义,453

    and Christianity 资本主义与基督教,454

    and commodification 资本主义与商品化,534

    cultural critique 对资本主义的文化批判,543

    and feudalism 资本主义与封建主义,532

    finance capitalism 金融资本主义,453

    Greenblatt on 格林布拉特论资本主义,764,765

    and imperialism 资本主义与帝国主义,738

    industrial 工业资本主义,453

    Jameson on 詹姆逊论资本主义,764

    Lukács on 卢卡奇论资本主义,544

    Lyotard on 利奥塔论资本主义,764

    Marxist critique 马克思主义对资本主义的批判,527,528,530,532,534,544,566

    monopoly and consolidation 资本主义的垄断与兼并,559

    as patriarchy 作为父权制社会的资本主义,694,695

    and the Protestant ethic 资本主义与新教伦理,237

    revolutionary force 资本主义的革命力量,560

    rise of 资本主义的崛起,168,237,350,356

    signifying practices 资本主义的意指实践,701

Carey, John 凯里,约翰,560

Carlsbad Decrees《卡尔斯巴德决议》,353,384,472

Carlyle, Thomas 卡莱尔,托马斯,456,469,502,747

    on symbol 卡莱尔论象征,491

Carmichael, Mary 卡迈克尔,玛丽,679

Carneades 卡涅阿德斯,82

Carnegie, Andrew 卡内基,安德鲁,453

    The Gospel of Wealth 卡内基《财富的福音》,454

carnival, Bakhtin on 狂欢,巴赫金论狂欢,609,617

Carolingian Renaissance 加洛林文艺复兴,151,172,210,229

Cassiodorus 卡西奥多鲁斯,154,173,176

Cassirer, Ernst 卡西尔,恩斯特,381,760

Castelvetro, Lodovico 卡斯特尔维屈罗,罗多维科,60-61,96,201,239,240,242-245,273,276

    The Poetics of Aristotle Translated and Explained 卡斯特尔维屈罗《亚里士多德〈诗学〉的翻译和解释》,242-243

Castiglione, Baldassare 卡斯蒂里欧尼,巴尔达萨雷,233

    The Courtier 卡斯蒂里欧尼《廷臣论》,233

cathedral schools 教会学校,169,170,173,183,184

Catherine the Great of Russia 俄国的叶卡捷琳娜大帝,350

Catholic Reformation (Counter-Reformation) 天主教改革(反宗教改革),235-236,237

Catiline, Lucius Sergius 喀提林,卢修斯·塞尔吉乌斯,85

Cato 加图,65,223

Catullus 卡图卢斯,219

Caudwell, Christopher 考德威尔,克里斯托弗,564

causality 因果关系,471,508
    Aristotle on 亚里士多德论因果关系,56
    Hume on 休谟论因果关系,315,360
    Kant on 康德论因果关系,361,366

Cavell, Stanley 卡维尔,斯坦利,412

Cecilius 塞西琉斯,120

censorship 审查制度,539

Cervantes, Miguel de, *Don Quixote* 塞万提斯,米盖尔·德,塞万提斯《堂吉诃德》,722

Césaire, Aimé 塞泽尔,艾梅,738,741

Chalcidius 哈尔基狄,39

Champfleury (Jules-François-Felix Husson) 尚弗勒里(朱尔-弗朗索瓦-费利克斯·于松),472,493

Chapelain, Jean 沙普兰,让,276,277

character, Aristotle on 性格,亚里士多德论性格,55,56,58–59,60

Charcot, Jean-Martin 夏尔科,让-马丁,573

Charlemagne 查理曼,151,153,154,166

Charles I of England 英格兰的查理一世,285,298,350

Charles II of England 英格兰的查理二世,284,285,298,350

Chartists 宪章派,355

Chase, Richard 蔡斯,理查德,631

Chateaubriand, François de 夏多布里昂,弗朗索瓦·德,423,424

Chaucer, Geoffrey 乔叟,杰弗里,201,216,233,254,474,525
    Canterbury Tales 乔叟《坎特伯雷故事》,174,234,667

Cheney, Lynne V. 切尼,林恩·V.,740

Chesnutt, Charles W. 切斯纳特,查尔斯·W.,482

Chicago School 芝加哥学派,61,96,563,564,565,621,627

Chomsky, Noam 乔姆斯基,诺姆,633

chora 容器,698,699,701

Christian humanism 基督教人本主义,236

Christian Platonism 基督教的柏拉图主义,130

Christian theology 基督教神学
    Aquinas and 阿奎那与基督教神学,202–204
    classical-Christian synthesis 基督教神学的古典与基督教的综合,152,154–157,158,161,171,172,177,220,232
    early modern 现代早期的基督教神学,236
    medieval 中世纪的基督教神学,97,236,299,773
    Philo Judaeus and 犹太人斐洛与基督教神学,82
    Plotinus and 普罗提诺与基督教神学,130,133
    and poetry 基督教神学与诗歌,219,262
    reason and 理性与基督教神学,312,444
    and rhetoric 基督教神学与修辞学,65
    scholastic theology 基督教神学的经院神学,194–195

Christianity 基督教,3
    American 美国的基督教,461
    early Christianity 早期基督教,95,152,154
    Emersonian critique 爱默生式的对基督教的批判,461
    and feudalism 基督教与封建主义,168–169
    medieval 中世纪的基督教,151–152
    monasticism 基督教的修道院制度,153
    sects 基督教诸教派,152

Christiansen, Broder 克里斯蒂安森,布罗德,607

Christine de Pisan 克里斯蒂娜·德·皮桑,174,175,215,220–226,667
    Book of the City of Ladies 皮桑《妇人之城》,215,220–226
    Book of Three Virtues 皮桑《三德书》,220
    Christine's Vision 皮桑《克里斯蒂娜显圣》,220
    Ditie de la pucelle 皮桑《圣女贞德》,220
    Epistle of the God of Love 皮桑《爱神书简》,220

Chrysippus 克里西波斯,81

Church *see* Christianity 教会,参见基督教

Church Fathers 教父,130,156,168,170,209,687–

688,768

Cicero, Marcus Tullius 西塞罗,马库斯·图留斯,65,66,81,83,115-116,121,156,170,201,232,239,243,410
 Augustine on 奥古斯丁论西塞罗,164
 Brutus 西塞罗《布鲁图斯》,85,87
 De inventione 西塞罗《论选材》,83,85,86,95,96,191,192
 De optima genere oratorum 西塞罗《论雄辩的种类》,85,87
 De oratore 西塞罗《论演说家》,85,86-87,87,96
 De partitione oratoria 西塞罗《论演说术的类别》,85,87
 on the emotions 西塞罗论情感,86-87
 Macrobius on 马克罗比乌斯论西塞罗,143
 Philippics 西塞罗《腓利比克之辩》,86,116
 Plutarch on 普鲁塔克论西塞罗,88
 Republic 西塞罗《论共和国》,140
 rhetorical theory 西塞罗的修辞学理论,85-88,91,92,95,96,154
 Topica 西塞罗《论题》,85,87-88
 on women 西塞罗论妇女,223
Cioffi, Frank 乔菲,弗兰克,625
cities, medieval 城市,中世纪的城市,167-168
civic consciousness 市民意识,231
civic values 市民价值观,238
civil faculty (Mazzoni) 公民权利(马佐尼),247-248
civil rights movement 民权运动,455,559,565
civilization, Freud on 文明,弗洛伊德论文明,583-588
Cixous, Hélène 西克苏,埃莱娜,566,669,701-707
 écriture féminine 西克苏"女性写作",701-702,703-706
 "The Laugh of the Medusa" 西克苏《美杜莎的笑声》,702-703
clarity 明晰,92,253,276
 Aristotle on 亚里士多德论明晰,76
 Enlightenment 启蒙运动的明晰性,319

 linguistic 语言学的明晰,324,491,569,572,638
 Locke on 洛克论明晰,324
 rhetorical 修辞学的明晰,76,92
class struggle 阶级斗争,562
 Engels on 恩格斯论阶级斗争,686
 Marx on 马克思论阶级斗争,530,531,532,533,535,550
 Tolstoy and 托尔斯泰与阶级斗争,539
classical literary criticism 古典主义文学批评,9-100
Cleisthenes 克利斯提尼,13
Clement of Alexandria 亚历山大的克雷芒,39,155,156,172
Clement the Apostle 使徒克雷芒,152
Clément, Catherine 克莱门特,凯瑟琳,669
climax 高潮,123
close reading practice 细读实践,124,603,621,732,756
Code Napoléon《拿破仑法典》,352
Col, Pierre 科尔,皮埃尔,220
Cold War 冷战,557,560
Coleridge, Samuel Taylor 柯勒律治,塞缪尔·泰勒,67,241,327,380,409,410,428,439-452,680
 aesthetics 柯勒律治的美学,443,445
 Biographia Literaria 柯勒律治《文学传记》,439,440,441,445,447,450
 conservatism 柯勒律治的保守主义,442
 "France: An Ode" 柯勒律治《法兰西颂》,441
 and the French Revolution 柯勒律治与法国大革命,440,441,442
 on imagination 柯勒律治论想象,410,428,443,445-446,448,451,452,486
 literary criticism 柯勒律治的文学批评,439-440
 Ode on the Destruction of the Bastille 柯勒律治《摧毁巴士底狱的颂歌》,440
 on philosophy 柯勒律治论哲学,449-450
 on poetry 柯勒律治论诗歌,450-451
 on reason 柯勒律治论理性,443-445

on self-consciousness 柯勒律治论自我意识, 449-450

on self-world dualism 柯勒律治论自我与世界的二元论, 448, 449

The Statesman's Manual 柯勒律治《政治家手册》, 442, 445

on symbolism 柯勒律治论象征主义, 442-443, 445

Colet, John 科利特, 约翰, 39

Collingwood, R. G. 科林伍德, R. G., 760

colonialism 殖民主义

  classical 古典的殖民主义, 113

  decolonization 去殖民化, 559, 738, 739

  disintegration 殖民主义的瓦解, 558, 559

  Fanon on 法农论殖民主义, 741-744, 750

  internal 内在的殖民主义, 739

  Marxist critique 马克思主义对殖民主义的批判, 739

  Spivak on 斯皮瓦克论殖民主义, 748-749

comedy 喜剧

  Mazzoni on 马佐尼论喜剧, 248-249

  Tasso on 塔索论喜剧, 251

commercialism 商业主义, 454, 455

commodification 商品化, 534

commonplaces 备忘札记, 91

common sense beliefs 对常识的信念, 674, 675

communism 共产主义, 356, 533, 534

  and art 共产主义与艺术, 540-541

  and the bourgeois world view 共产主义与资产阶级世界观, 742

  collapse of 共产主义的崩溃, 527, 557, 560, 738

  Marx and 马克思与共产主义, 532

  see also Marxism 也可参见马克思主义

composition 写作, 98

  Longinus on 朗吉努斯论写作, 125-126

Comte, Auguste 孔德, 奥古斯特, 383, 473, 688

  on language 孔德论语言, 569

  positivism 孔德的实证主义, 470, 476, 567

Condillac, Étienne Bonnot de 孔狄亚克, 艾蒂安·博诺·德, 318, 319

Condorcet 孔多塞, 688

confessional poetry 忏悔诗, 429

Congress of Vienna 维也纳会议, 353

Congreve, William 康格里夫, 威廉, 291

Conrad of Hirsau 伊尔松的康拉德, 95, 173, 174

  Didascalon 康拉德《教学法》, 173

Conrad, Joseph, *Heart of Darkness* 康拉德, 约瑟夫, 康拉德《黑暗的心》, 738

conscience 良知

  Durkheim on 涂尔干论良知, 642

  Heidegger on 海德格尔论良知, 716

  Luther on 路德论良知, 237

consciousness 意识

  Bakhtin on 巴赫金论意识, 616

  bourgeois consciousness 资产阶级意识, 644

  Freud on 弗洛伊德论意识, 407, 656

  Hegel on 黑格尔论意识, 137, 385, 391, 392, 393, 394, 395, 404, 683

  Husserl on 胡塞尔论意识, 711, 712-713

  and identity 意识与同一性, 683-684

  Lacan on 拉康论意识, 593

  Marxist critique 马克思主义对意识的批判, 393, 550, 566

  modern aesthetic 现代审美意识, 569

  Poulet on 普莱论意识, 727

  Schelling on 谢林论意识, 413

  Schopenhauer on 叔本华论意识, 504

Constance School 康斯坦茨学派, 709, 721

Constantine, Emperor 君士坦丁大帝, 95, 151

Copeland, Rita 科普兰, 丽塔, 178

Copernicus, Nicholas 哥白尼, 尼古拉, 235

Corax of Syracuse 锡拉库萨的高吉亚斯, 66

Corn Laws《谷物法》, 353

Corneille, Pierre 高乃依, 皮埃尔, 61, 241, 277-280, 300, 336

  classical values 高乃依的古典主义价值观, 274

  Le Cid 高乃依《熙德》, 277

  Three Discourses on Dramatic Poetry 高乃依《戏

剧诗三论》,277-280

correspondence theory of meaning 意义应和理论,632

correspondences, system of 应和,应和系统,490,492

cosmology 宇宙论
    medieval 中世纪的宇宙论,143,144,212,235
    Neo-Platonic 新柏拉图主义的宇宙论,130-131,143

Council of Chalcedon 迦克墩大公会议,152

Council of Nicaea 尼西亚大公会议,95,152,155

Council of Trent 特伦多大公会议,237

courage, Plato on 勇气,柏拉图论勇气,29

Courbet, Gustave 库尔贝,古斯塔夫,472,493

court patronage 宫廷庇护人,231,239

courtly love 宫廷式的爱情,688

Cousin, Victor 库辛,维克多,492

Coward, Rosalind 科沃德,罗莎琳德,671,695

Crane, R. S. 克兰,R. S.,565,627

Crane, Stephen 克莱恩,斯蒂芬,473

Crassus 克拉苏,86

creation accounts 创世说
    Aquinas 阿奎那的创世说,204
    biblical《圣经》的创世说,470
    Plotinus 普罗提诺的创世说,135

crisis of belief 信仰危机,562

criterion of coherence 一致性的标准,762

critical disinterestedness 批判的非功利性,485
    Arnold on 阿诺德论批判的非功利性,522-523

Croce, Benedetto 克罗齐,贝内德托,317,407,542,565
    on art 克罗齐论艺术,621
    on poetry 克罗齐论诗歌,623

Cromwell, Oliver 克伦威尔,奥利弗,285,298,350

Crummell, Alexander 克拉梅尔,亚历山大,758

Crusades 十字军东征,169,210,250

Cudworth, Ralph 卡德沃思,拉尔夫,39

Culler, Jonathan 卡勒,乔纳森,633

cultural materialism 文化唯物主义,543,762

cultural studies 文化研究,638

culture 文化
    Arnold on 阿诺德论文化,523-524,746
    Barthes on 巴特论文化,638-639
    bourgeois culture 资产阶级文化,639
    Fanon on 法农论文化,746
    Freud on 弗洛伊德论文化,578
    Lévi-Strauss on 列维-斯特劳斯论文化,657
    proletarian culture 无产阶级文化,539,540
    and religion 文化与宗教,523-524

Curtius, E. R. 库尔提乌斯,E. R.,152,153-154

Cynicism 犬儒主义,81

D'Alembert, Jean 达朗贝尔,让,314,315,316,424

Daly, Mary 戴利,玛丽,670

Daniel, Samuel, *Defence of Rhyme* 丹尼尔,塞缪尔,丹尼尔《为韵文辩护》,267

Dante Alighieri 但丁·阿利吉耶里,154,156,169,175,201,210-213,218,220,242,261,273
    and allegory 但丁与寓言,211,212,213,245
    and Aristotle 但丁与亚里士多德,211,212
    De Vulgari Eloquentia 但丁《论俗语》,174,176,189-191,211
    Divina Commedia 但丁《神曲》,190,201,210,212,235
    on grammar 但丁论语法,189-190
    Il Convivio 但丁《飨宴》,211,213,268
    La Vita Nuova 但丁《新生》,211
    "Letter to Can Grande" 但丁《致坎格兰德书》,196,211,212-213
    Paradiso 但丁《天国》,39,247
    on poetry 但丁论诗歌,213

Danton, Georges Jacques 丹东,乔治·雅克,352

Darwin, Charles 达尔文,查尔斯,573
    Origin of Species 达尔文《物种起源》,470

dasein 此在,715

Davidson, Donald 戴维森,唐纳德,417,621

Davidson, Hugh M. 戴维森,休·M.,277

Day Lewis, C. 戴·刘易斯,C.,564

De Baïf, Jean-Antoine 德贝,让-安托万,255
De Beauvoir, Simone 德·波伏瓦,西蒙,382,398, 407,682 – 691,715
    existentialism 波伏瓦的存在主义,682 – 683,684, 686
    on historical materialism 波伏瓦论历史唯物主义, 685 – 686
    on immanence 波伏瓦论内在性,682,684,686, 704
    on otherness 波伏瓦论他者,683,686 – 687
    psychoanalytic critique 波伏瓦的精神分析批评, 685
    The Second Sex 波伏瓦《第二性》,682,683
De Man, Paul 德曼,保罗,381,412,663
    Allegories of Reading 德曼《阅读的寓言》,663
    Blindness and Insight 德曼《盲目与洞见》,663
    on rhetoric 德曼论修辞学,99
De Ridevall, John 德·里蒂瓦尔,约翰,174
De Sanctis, Francesco 德·桑克蒂斯,弗朗塞斯科, 473,542
decadence 颓废,489,492,496
decentering of Western thought 西方思想的去中心化,656 – 657
declamation, Quintilian on 朗诵,昆体良论朗诵,92
Declaration of the Rights of Man《人权宣言》,351 – 352
decolonization 去殖民化,559,738,739
deconstruction 解构,3,4,46,317,394,561,567, 638,649 – 666,709,772,774
    Benjamin and 本雅明与解构,552
    Derrida and 德里达与解构,549,565,649 – 650, 654 – 657,664 – 666
    and difference 解构与差异,548,552
    Eagleton on 伊格尔顿论解构,549,551,552,664
    logocentrism 解构逻各斯中心主义,650 – 653
    Macherey and 马歇雷与解构,552
    Marxist view 马克思主义的解构观,567
    negative capability 解构的否定性能力,664
    Nietzsche and 尼采与解构,508

    and Skepticism 解构与怀疑论,82
    and textual analysis 解构与文本分析,654
decorum 恰当,242,273,277
    Boileau on 布瓦洛论恰当,283
    Horace on 贺拉斯论恰当,108
    Puttenham on 普登汉姆论恰当,270
defamiliarization 陌生化,603 – 604,606
Defoe, Daniel 笛福,丹尼尔,284,474
deism 自然神论,299,314
Deleuze, Gilles 德勒兹,吉勒,566,573,745
Delian League 提洛同盟,12,13
Dell, Floyd 德尔,弗洛伊德,563
Delphy, Christine 德尔菲,克里斯蒂娜,694
democracy 民主,民主制
    Aristotle on 亚里士多德论民主制,47,73
    Athenian 雅典的民主制,10,12 – 13,14
    dialogization of 民主的对话化,613
    Plato on 柏拉图论民主制,33 – 34,47
    rhetoric and 修辞学与民主制,68
Democritus 德谟克利特,20
Demosthenes 狄摩西尼,86,87,121,123,124,125
Dennis, John 丹尼斯,约翰,284,306
Derrida, Jacques 德里达,雅克,2,4,45,143,211, 312,417,490,633,715
    on binary oppositions 德里达论二元对立,653
    bricolage 德里达的"现成拼凑",657 – 658
    and deconstruction 德里达与解构,549,565,649 – 650,654 – 657,664 – 666
    différance 德里达的"延异",114,551,552,653, 664 – 665,720,753
    on the ego 德里达论自我,665
    on empiricism 德里达论经验主义,658,659
    feminism and 女性主义与德里达,669
    on grammar 德里达论语法,659
    heuristic concepts 德里达的启发式概念,551
    and identity 德里达与同一性,551,552
    on language 德里达论语言,99,516,567,568, 569,718
    on myth 德里达论神话,660 – 661

"Plato's Pharmacy" 德里达《柏拉图的药剂学》,655,660-663

on signifier/signified 德里达论能指与所指,651,652,659,662

Specters of Marx 德里达《马克思的幽灵》,664

on speech/writing opposition 德里达论言说与写作的对立,177,653,660,662

and structuralism 德里达与结构主义,649,655,658-659

"Structure, Sign, and Play" 德里达《结构、符号与游戏》,655

on subjectivity 德里达论主体性,665

Des Roches, Catherine 德罗什,卡特琳,667

Descartes, René 笛卡儿,勒内,275,276,312,313-314,328,474,569

 Cartesian dualism 笛卡儿的二元论,313,448,449,704

 cogito 笛卡儿的"我思",388,590,597-598,599,665,699,712

 Discourse on Method 笛卡儿《方法论》,313

 and philosophy 笛卡儿与哲学,313-314

 rationalism 笛卡儿的理性主义,314,384,529,665

Deschamps, Eustace 德尚,厄斯塔斯,174

 L'art de dictier 德尚《修辞艺术》,176

Descombes, Vincent 德孔布,文森特,566

determinism 决定论,471,479,480,685

 Augustine and 奥古斯丁与决定论,157

 Zola and 左拉与决定论,479,480

deus ex machina 解围人物,278

Dewey, John 杜威,约翰,456,508,561,567,740,775

 Art as Experience 杜威《作为经验的艺术》,726

diachrony 历时性,618

dialectics 辩证法

 Augustine on 奥古斯丁论辩证法,160-161

 Hegelian 黑格尔的辩证法,385-395,401,470,528-529,530,532,546,547-548,664,699

 and hermeneutics 辩证法与阐释学,418

 Lenin on 列宁论辩证法,539

 medieval 中世纪的辩证法,170,171

 and natural sciences 辩证法与自然科学,527

 of negativity 否定的辩证法,548

 and rhetoric 辩证法与修辞学,72-73,78,418

 scholastic 经院哲学的辩证法,194,195

dialogism 对话,609,610,612-613,615,750

Dickens, Charles 狄更斯,查尔斯,469,471,473

Dickinson, Emily 狄更生,艾米莉,456

dictatorship 专政,681

didactic theory of literature and poetry 文学与诗歌的教化理论,195,201,239,464

Diderot, Denis 狄德罗,德尼,314,315,316,424,684,688

 on language 狄德罗论语言,319

difference 差异

 Bhabha on 巴巴论差异,751-752,753

 cultural difference 文化差异,752

 and deconstruction 差异与解构,548,552

 Derrida on 德里达论差异,653,664-665,720,753

 dif-ference (Heidegger) 差异(海德格尔),720,721

 différance (Derrida) 延异(德里达),114,551,552,653,664-665,720,753

 Foucault on 福柯论差异,767

 hypostatization of 差异的实体化,551,720,759

 identity-in-difference 差异中的同一性,551

 language and 语言与差异,721

 Saussure on 索绪尔论差异,653

 sexual difference 性别差异,695

Dilthey, Wilhelm 狄尔泰,威廉,407,417,760,761,765

Diogenes of Babylon 巴比伦的第欧根尼,81

Diogenes Laertius 第欧根尼·拉尔修,660

Diogenes of Sinope 西诺普的第欧根尼,81

Diomedes 狄俄墨得斯,154

 Ars grammatica 狄俄墨得斯《语法术》,172,173

Dionysius of Halicarnassus 哈利卡尔那索斯的狄奥尼西奥斯,118,191,299

Dionysius the pseudo-Areopagite 假大法官丢尼修,

39,172,176,207,219

 The Divine Names 丢尼修《神圣之名》,207

discontinuity 非连续性,762

discourse 话语

 Bakhtin on 巴赫金论话语,611-618

 Foucault on 福柯论话语,769

 historical analysis 话语的历史分析,769

display rhetoric 展示性修辞,73

disposition 倾向,259

disputatio 争论,194

dissociation of sensibility 感性的分裂,629

divine inspiration 神的启示,242,258

Divine Intelligence 神的智慧,131,132

divine providence 天意,329

Docetism 幻影说,152

Dodd, C. H. 多德,C. H.,650

Dollimore, Jonathan 多利摩尔,乔纳森,762,763

Donation of Constantine 君士坦丁的赠礼,239

Donate, Eugenio 多那特,尤金尼奥,633

Donatus 多纳图斯,94,154,170,172,176,177

 Ars maior 多纳图斯《语法进阶》,94,154

 Ars minor 多纳图斯《语法初阶》,94,154

 Interpretationes Vergilianae 多纳图斯《对维吉尔的评注》,95,191

Donne, John 多恩,约翰,319

 "A Valediction: Forbidding Mourning" 多恩《别离辞:节哀》,9,624

Dorat, Jean 多拉,让,254-255,257

Dostoevsky, Fyodor 陀思妥耶夫斯基,费奥多,471,482,537

Dover Wilson, John 多弗·威尔逊,约翰,76

Drabble, Margaret 德拉布尔,玛格丽特,693

Drakakis, John 德拉卡基斯,约翰,763

drama 戏剧

 Behn on 贝恩论戏剧,300

 Christian theological view 基督教神学的戏剧观,156

 Dryden on 德莱顿论戏剧,286-289

 Greek drama 希腊戏剧,10,13-14,15,17

 Johnson on 约翰逊论戏剧,305

 neoclassical views 新古典主义的戏剧观,275,286-289

 rhyme in 戏剧中的韵文,289

 see also comedy; plot; tragedy 也可参见喜剧;情节;悲剧

dramatic festivals 戏剧节,10,13

dream interpretation 对梦的解释

 Artemidorus on 阿特米多乌斯论梦的解释144

 Freud on 弗洛伊德论梦的解释,140,572,576-577,597,620

 Jakobson on 雅各布森论梦的解释,620

 Macrobius on 马克罗比乌斯论梦的解释,140-144

Dreiser, Theodore 德莱塞,西奥多,473

Dryden, John 德莱顿,约翰,280,284,285-291,292,308,319

 Annus Mirabilis 德莱顿《神奇年代》,290

 "Defence of an Essay on Dramatic Poesy" 德莱顿《为戏剧诗辩护》,290

 on drama 德莱顿论戏剧,286-289

 Essay of Dramatic Poesy 德莱顿《论戏剧诗》,285-289

 Heroic Stanzas 德莱顿《英雄诗》,285

 The Hind and the Panther 德莱顿《雌鹿与豹》,285

 on imagination 德莱顿论想象,290

 Johnson on 约翰逊论德莱顿,308

 Justice Restored 德莱顿《复归的正义》,285

 neoclassicism 德莱顿的新古典主义,274,285-291

 "Parallel of Poetry and Painting" 德莱顿《诗与画的相似之处》,291

 "Religio Laici" 德莱顿《世俗化的宗教》,285

Du Bellay, Joachim 杜·贝莱,若阿基姆,240,241,254-257,266-267

 Defence and Illustration of the French Language 杜·贝莱《保卫和发扬法兰西语言》,176,255

dualism 二元论

allegoric structure 寓言结构的二元论,212
mind-body 身心二元论,448,704
reason-emotion 理性与情感二元论,511
Schiller on 席勒论二元论,415-416
self-nature 自我与自然二元论,449
self-other 自我与他者二元论,683-684
self-world 自我与世界二元论,448,449
subject-object 主体与客体二元论,317,384-385,389,449,458,459,502-503,727
see also binary oppositions 也可参见二元对立
Duff, William 达夫,威廉,428,435
 An Essay on Original Genius 达夫《论原创性天才》,428
Dunbar, Paul Laurence 邓巴,保罗·劳伦斯,482
Duns Scotus, John 邓斯·司各脱,约翰,195,203,210
Dupont, Pierre 杜邦,皮埃尔,493
Duranty, Edmond 杜兰蒂,埃德蒙,472
Duras, Marguerite 杜拉斯,玛格丽特,669
Durkheim, Émile 涂尔干,埃米尔,383,471
 on the collective conscience 涂尔干论集体良知,642
 on language 涂尔干论语言,569
 positivism 涂尔干的实证主义,470,567

Eagleton, Terry 伊格尔顿,特里,541,543,546-553,565,566,696
 After Theory 伊格尔顿《理论之后》,552-553
 Criticism and Ideology 伊格尔顿《批评与意识形态》,547
 on deconstruction 伊格尔顿论解构,549,551,552,664
 on identity 伊格尔顿论同一性,547,551,552
early modern period 现代早期,229-271
 classical heritage 现代早期的古典主义遗产,240-254
 intellectual background 现代早期的知识背景,232-240
 literary criticism 现代早期的文学批评,238-240

philosophy and science 现代早期的哲学与科学,234-235
poetic form and rhetoric 现代早期的诗歌形式与修辞学,266-271
poetry, defense of 现代早期的诗歌,现代早期的为诗歌辩护,259-266
religion 现代早期的宗教,235-238
vernacular, defense of 现代早期的方言,现代早期的为方言辩护,254-259
world view 现代早期的世界观,235
Eastman, Max 伊斯曼,马克斯,563
Eco, Umberto 艾柯,恩贝托,204-205,206,207,209,210
ecocriticism 生态批评,772
economic transformation of society 社会的经济转型,350-351
écriture féminine 女性写作,566,701-702,703-706
Edict of Nantes《南特诏议》,284
education 教育
 de Staël on 德·斯塔尔论教育,426-427
 Hellenistic 希腊化时期的教育,48,49,83
 Macrobius on 马克罗比乌斯论教育,139
 medieval 中世纪的教育,169-170
 public education 公共教育,343-344
 Quintilian on 昆体良论教育,89-92
 rhetoric and 修辞学与教育,65,68,89-92
 Roman 罗马的教育,83,89-92
 Wollstonecraft on 沃尔斯通克拉夫特论教育,342-344
 women's education 妇女教育,342-344,426-427
 Woolf on 伍尔夫论教育,680-681
ego 自我
 Cartesian ego 笛卡儿式的自我,388,590,597-598,599,665,699,712
 Derrida on 德里达论自我,665
 Fichte and 费希特与自我,449
 Freud on 弗洛伊德论自我,585,586,587,589
 infantile ego 婴儿期的自我,587

Kant on 康德论自我,364,444
Kristeva on 克里斯蒂娃论自我,698-699
Lacan on 拉康论自我,591,593
superego 超我,585,586,589
Ehrmann, Jacques 埃尔曼,雅克,633
Eichenbaum, Boris 埃亨鲍姆,鲍里斯,61,603,604-609,618
elect, doctrine of the 选民,选民的学说,157,236,237
Eliot, Charles W. 埃利奥特,查尔斯·W.,561,740,775
Eliot, George 艾略特,乔治,456,471,473,474,476-478,484,677,678,691
 Adam Bede 艾略特《亚当·贝德》,476-477
 on beauty 艾略特论美,477-478
 realism 艾略特的写实主义,476-478
Eliot, T. S. 艾略特,T. S.,99,122,199,285,381,424,476,485,672,746
 and allusion 艾略特与典故,624
 dissociation of sensibility 艾略特的感性的分裂,629
 "The Function of Criticism" 艾略特《批评的功能》,484
 and language 艾略特与语言,568
 on literary evolution 艾略特论文学进化,607
 on literary tradition 艾略特论文学传统,459,524,525,564,616,629
 "The Love Song of J. Alfred Prufrock" 艾略特《J. 阿尔弗雷德·普鲁弗罗克的情歌》,582
 modernism 艾略特的现代主义,492,562,627,628,629
 and New Criticism 艾略特与新批评,621
 "Prufrock" 艾略特《普鲁弗罗克》,9
 "The Three Voices of Poetry" 艾略特《诗歌的三种声音》,99
 "Tradition and the Individual Talent" 艾略特《传统与个人才能》,459
 The Waste Land 艾略特《荒原》,562,624,629
Ellman, Mary 埃尔曼,玛丽,670

Elmer, Paul 埃尔默,保罗,629
eloquence 雄辩,234
 Augustine on 奥古斯丁论雄辩,163-164
 Boccaccio on 薄伽丘论雄辩,218
 Locke on 洛克论雄辩,321
 Petrarch on 彼特拉克论雄辩,232
Elyot, Thomas 埃利奥特,托马斯,260
emendatio 修正,177
Emerson, Ralph Waldo 爱默生,拉尔夫·沃尔多,39,417,454,455-463,482,484,563
 "Address Delivered Before the Senior Class in Divinity College" 爱默生《神学院致辞》,461
 on alienation 爱默生论异化,458
 "The American Scholar" 爱默生《论美国学者》,458-460
 on beauty 爱默生论美,457
 critique of Christianity 爱默生对基督教的批判,461
 "Nature" 爱默生《论自然》,456-457
 "The Poet" 爱默生《论诗人》,462-463
 on poetry 爱默生论诗歌,462-463
 "Politics" 爱默生《论政治》,462
 "The Transcendentalist" 爱默生《论先验论者》,461
 on universality 爱默生论普遍性,460
emotions 情感
 Aristotle on 亚里士多德论情感,57-58,74,77,274
 Cicero and 西塞罗与情感,86-87
 Longinus on 朗吉努斯论情感,119,120,125,127
 neoclassical view 新古典主义的情感观,274
 rhetoric and 修辞学与情感,74,77,86-87
 Romantic views 浪漫派的情感观,316
Empedocles 恩培多克勒,67,261
empiricism 经验主义,2,21,100,235,383,448,502
 aesthetics 经验主义美学,366
 Bacon and 培根与经验主义,235,314
 Derrida and 德里达与经验主义,658-659
 Enlightenment 启蒙运动的经验主义,314,315,

317,320,332-333

Hume and 休谟与经验主义,315,332-333,360,387,448,529

Locke and 洛克与经验主义,284,315,317,318,320,387,388,448,529

Nietzsche and 尼采与经验主义,514

skeptical empiricism 怀疑论的经验主义,362

subjective and mentalistic aspects 经验主义主观的和心灵主义的方面,318

Empson, William 燕卜荪,威廉,563,572,621

Seven Types of Ambiguity 燕卜荪《晦涩的七种类型》,621

enarratio 叙述,177

Engels, Friedrich 恩格斯,弗里德里希,27,527

on art 恩格斯论艺术,535

on class struggle 恩格斯论阶级斗争,686

Conditions of the Working Class in England 恩格斯《英国工人阶级状况》,527-528

on Hegel 恩格斯论黑格尔,548

on Horace 恩格斯论贺拉斯,117

The Origin of the Family, Private Property and the State 恩格斯《家庭、私有制和国家的起源》,532,685-686

on social production 恩格斯论社会生产,694

English Civil War 英国内战,232,350

English Romanticism 英国浪漫主义,428-452

Enlightenment 启蒙运动,311-345

aesthetics 启蒙运动的美学,319,327-328,333-336

empiricism 启蒙运动的经验主义,2,100,314,315,318,351,389

features 启蒙运动的特征,311

ideals 启蒙运动的理想,558,673,688

literary criticism 启蒙运动的文学批评,317-320

materialism 启蒙运动的唯物主义,314

mechanistic tenor 启蒙运动的机械论趋向,454

philosophical tendencies 启蒙运动的哲学倾向,316-317,319-320,351

pragmatism 启蒙运动的实用主义,2,351

rationalism 启蒙运动的理性主义,2,100,275,311,312,314,317,351,389,442,443,444,445,447,673,680,714,755

secularism 启蒙运动的世俗主义,508

utilitarianism 启蒙运动的功利主义,351,454

Ennius 恩尼乌斯,261

enthymeme 三段论省略式,72,73,75-76,78

epic poetry 史诗,404-405

Fanon on 法农论史诗,743

Freud on 弗洛伊德论史诗,582

Jakobson on 雅各布森论史诗,619

national epics 民族史诗,254

Nietzsche on 尼采论史诗,512

romantic epics 浪漫派的史诗,239,241,245

Tasso on 塔索论史诗,250,251-254

Epictetus 爱比克泰德,81,106

Epicureanism 伊壁鸠鲁主义,81-82,106,116,145,234

Epicurus 伊壁鸠鲁,81

epigrams 警句诗,241,498

epistemic violence (Foucault) 认知暴力(福柯),748

epistemology 认识论,507

Erasmus, Desiderius 伊拉斯谟,德西德里乌斯,39,233-234,236,688

Colloquia 伊拉斯谟《学术讨论会》,233

Pope on 蒲柏论伊拉斯谟,299

The Praise of Folly 伊拉斯谟《愚人颂》,233-234

Eratosthenes 厄拉多塞,107

eros and *thanatos* 厄洛斯与塔纳托斯,505,577,586,698,699

essay form 随笔形式,241,324

essence 本质

Aquinas on 阿奎那论本质,205-206

Aristotle on 亚里士多德论本质,42

and existence 本质与存在,42,205-206

Hegel on 黑格尔论本质,386,749

Locke on 洛克论本质,322-323

real and nominal essence 实与名的本质,322

essentialism 本质主义,412
　　feminism and 女性主义与本质主义,671
　　Plato and 柏拉图与本质主义,36,37
　　Spivak on 斯皮瓦克论本质主义,749
　　strategic 策略上的本质主义,749
ethnocentrism 种族中心主义,657,746-747,757
ethnology 人种学,657
eucharistic theology 圣体神学,237
Euclid 欧几里得,194
Eunapius 欧纳皮奥斯,130
Euripides 欧里庇得斯,10,11,13
　　Medea 欧里庇得斯《美狄亚》,278
　　Nietzsche on 尼采论欧里庇得斯,512-513
Eurocentrism 欧洲中心主义,4,560,740-741,746
　　Bhabha on 巴巴论欧洲中心主义,750,752
　　Said on 萨义德论欧洲中心主义,746-747
European revolutions of 1848 1848 年的欧洲革命,354,355,384,453,469,472,493
evolutionism 进化论,471
exegesis 注解,155,166,176,420
　　biblical《圣经》的注解,155,166,176,181-182,420,421
　　grammatical 语法的注解,173,175,421
　　see also hermeneutics 也可参见阐释学
existentialism 存在主义,3,382,511,773
　　De Beauvoir and 德·波伏瓦与存在主义,682-683,684,686
　　French existentialism 法国存在主义,566
　　Heidegger and 海德格尔与存在主义,715,716
　　Lacan and 拉康与存在主义,590,593
　　Lukács and 卢卡奇与存在主义,544
　　Nietzsche and 尼采与存在主义,507,511,512
experience 体验,经验
　　aestheticization of 体验的审美化,496-497
　　Bergson on 柏格森论体验,519
　　direct experience 直接经验,198
　　Emerson on 爱默生论经验,459-460
　　Enlightenment views 启蒙运动的经验观,318
　　Fish on 菲什论体验,735-736
　　James on 詹姆斯论经验,486
　　particularity 体验的特殊性,317,410,705,706
　　Pater on 佩特论经验,496-497
　　see also empiricism 也可参见经验主义
experimental method 实验方法,471-472,479,480,487
experimental novel 实验小说,480-481,487
explication de texte 文本阐释,561,563
externalization 外化,545

Fabian Society 费边社,563
fables 寓言,91,218
　　Macrobius on 马克罗比乌斯论寓言,140-141
　　Vico on 维柯论寓言,330
faith, justification by 信仰,凭借信仰证明有理,237
Falkland War 福克兰群岛之战,750
familial ideology 家族意识形态,694,695
fancy, and imagination 幻想,幻想与想象,290,326,396,445-446,447-448
Fanon, Frantz 法农,弗朗茨,559,738,741-744
　　on colonialism 法农论殖民主义,741-744,750
　　on culture 法农论文化,746
　　on epic poetry 法农论史诗,743
　　The Wretched of the Earth 法农《地球上的不幸者》,742
fascism 法西斯主义,559,563,564
Faulkner, William 福克纳,威廉,568,573,627
Fauré, Christine 福雷,克里斯蒂娜,669
Fauriel, Claude 福里埃尔,克洛德,423
Felman, Shoshana 费尔曼,肖莎娜,664
female authorship 女性作者身份,677,678,679,692
　　Behn on 贝恩论女性作者身份,300-302
　　de Staël on 德·斯塔尔论女性作者身份,426
　　écriture féminine 女性作者身份的"女性写作",566,669,701-702,703-706
　　Showalter on 肖瓦尔特论女性作者身份,691-692
　　Woolf on 伍尔夫论女性作者身份,679
feminism 女性主义,4,46,312,398,567,708,774

American feminism 美国的女性主义, 670-671

Barrett and 巴雷与女性主义, 693-697

Behn and 贝恩与女性主义, 301-302

black and minority perspectives 黑人与少数族裔的女性主义视点, 670

British feminism 英国的女性主义, 671

Christine de Pisan and 克里斯蒂娜·德·皮桑与女性主义, 220-226

De Beauvoir and 德·波伏瓦与女性主义, 682-691

écriture féminine 女性主义的"女性写作", 566, 669, 701-702, 703-706

female language 女性主义的女性语言, 656, 668, 669, 678-679, 706

French feminism 法国的女性主义, 669-671

Fuller and 富勒与女性主义, 455

Lacan and 拉康与女性主义, 589

language analysis 女性主义的语言分析, 568

literary criticism 女性主义文学批评, 667-707

Marxist feminism 马克思主义女性主义, 533, 534, 670, 671, 693-697

materialist aesthetics 女性主义的唯物主义美学, 671

and modernism 女性主义与现代主义, 672-673

and realism 女性主义与写实主义, 676

and reason 女性主义与理性, 215, 223, 225, 312

and Romanticism 女性主义与浪漫主义, 412

Showalter and 肖瓦尔特与女性主义, 691-693

Woolf and 伍尔夫与女性主义, 671, 672-674, 676-682

Fetterly, Judith 费特利, 朱迪思, 670

feudalism 封建主义, 33, 202, 238, 341, 394

Burke on 博克论封建主义, 336

capitalism and 资本主义与封建主义, 168, 532

characteristics 封建主义的特征, 168, 349

Church and 教会与封建主义, 168-169

contractual relations 封建主义的契约关系, 153, 167

decline of 封建主义的衰落, 169, 230-231, 239, 529

development of 封建主义的发展, 153, 167

town/country opposition 封建主义的城乡对立, 168

values 封建主义的价值观, 350

Feuerbach, Ludwig 费尔巴哈, 路德维希, 473

The Essence of Christianity 费尔巴哈《基督教的本质》, 476

materialism 费尔巴哈的唯物主义, 529

Feydeau, Aimé 费多, 艾梅, 723

Fichte, Johann Gottlieb 费希特, 约翰·戈特利布, 384, 385, 389, 400, 413, 449, 710

Ficino, Marsilio 菲奇诺, 马尔西利奥, 39, 234

fiction 小说

de Staël on 德·斯塔尔论小说, 425-426

Howells on 豪威尔斯论小说, 482-485

James on 詹姆斯论小说, 485-488

romance fiction 浪漫小说, 455

Woolf on 伍尔夫论小说, 675

see also novel 也可参见小说

Fiedler, Leslie 菲德勒, 莱斯利, 631

Fielding, Henry 菲尔丁, 亨利, 285

figurative language 比喻语言, 90, 92, 99

Bloom on 布鲁姆论比喻语言, 664

De Man on 德曼论比喻语言, 663

early modern period 现代早期的比喻语言, 270-271

Geoffrey de Vinsauf on 文绍夫的杰弗里论比喻语言, 193

Greek rhetoric 希腊修辞学的比喻语言, 76, 77

Isidore on 伊西多尔论比喻语言, 187

John of Salisbury on 索尔兹伯里的约翰论比喻语言, 187

Locke on 洛克论比喻语言, 321

Longinus on 朗吉努斯论比喻语言, 123-124

modern period 现代的比喻语言, 99

Puttenham on 普登汉姆论比喻语言, 270-271

Roman rhetoric 罗马修辞学的比喻语言, 84-85, 90, 92, 94

see also irony; metaphor; metonymy; synecdoche 也可参见反讽；隐喻；转喻；提喻

filiation and affiliation 起源与从属关系, 746

fin-de-siècle criticism 世纪末批评, 561

Finley, M. I. 芬利, M. I., 13

Firestone, Shulamith 费尔斯通, 舒拉米思, 670, 694

Fish, Stanley 菲什, 斯坦利, 99, 729, 733–736

    "Interpreting the *Variorum*" 菲什《解释〈集注版〉》, 733

    interpretive communities 阐释的共同体, 733, 734, 735

    Is There a Text in This Class? 菲什《课堂上有文本吗？》, 734–735

    reader-response theory 菲什的读者反应理论, 733–736

Fitter, Chris 菲特, 克里斯, 234

Flaubert, Gustave 福楼拜, 古斯塔夫, 471, 473, 474, 482, 485, 545, 641

    Madame Bovary 福楼拜《包法利夫人》, 723

    realism 福楼拜的现实主义, 477

Fletcher, John 弗莱彻, 约翰, 289

Foerster, Norman 福斯特, 诺曼, 561

folk-psychology 民族心理学, 582

folktales 民间故事, 409, 412

Fontane, Theodor 冯塔纳, 特奥多尔, 472

Fontanes, Louis de 丰塔纳, 路易·德, 423

forensic rhetoric 辩论修辞, 73, 74, 77, 78

formalism 形式主义, 96, 540, 562, 602–630, 708, 709

    aesthetic formalism 美学上的形式主义, 761

    and alienation 形式主义与陌生化, 602

    form, redefinition of 形式主义的形式，形式主义对形式的重新界定, 606–607

    Jakobsonian 雅各布森的形式主义, 609

    linguistic focus 形式主义的语言学焦点, 98, 99, 605–606, 609

    literary analyses 形式主义的文学分析, 603–609, 733, 736

    modern formalism 现代形式主义, 98, 99, 100

    origins 形式主义的起源, 605

    plot and literary evolution 形式主义的情节与文学演变, 607, 608–609

    and poetry 形式主义与诗歌, 607, 608

    and positivism 形式主义与实证主义, 605

    reductive formalism 简化论的形式主义, 756

Forms, theory of 形式，有关形式的理论

    Aristotelian critique 亚里士多德对形式的批判, 22, 43–44

    Plato on 柏拉图论形式, 20–23, 34–35, 37, 38, 50, 130, 133, 136, 205, 207, 652, 662

    Plotinus on 普罗提诺论形式, 130, 133, 136, 138

Forster, E. M. 福斯特, E. M., 672

Foucault, Michel 福柯, 米歇尔, 2, 4, 745, 766–771

    on authorship 福柯论作者身份, 766–769

    on difference 福柯论差异, 767

    epistemes 福柯的知识论, 766

    The History of Sexuality 福柯《性史》, 769

    and New Historicism 福柯与新历史主义, 762, 766–771

    power/knowledge 福柯的权力与知识, 566, 762, 766, 770–771

    Said on 萨义德论福柯, 745

    "What is an Author?" 福柯《作者是什么？》, 766

Fourier, Charles 傅立叶, 夏尔, 356

Fourth Lateran Council 第四次拉特兰会议, 168

fragmentation 碎片化

    Emerson on 爱默生论碎片化, 458

    Lacan on 拉康论碎片化, 593

    modernist world 现代主义世界的碎片化, 628

France, Anatole 法朗士, 阿纳托尔, 473

Francis I of France 法兰西的弗兰西斯一世, 256

Francis, St. 弗朗西斯, 圣, 155

Frankfurt School 法兰克福学派, 407, 542, 564, 573

Frederick II the Great of Prussia 普鲁士的腓特烈大帝, 350

free association 自由联想, 576

free will 自由意志, 236

    Augustine on 奥古斯丁论自由意志, 157

Boethius on 波伊提乌论自由意志, 147
freedom 自由
 De Beauvoir on 德·波伏瓦论自由, 683
 Schiller on 席勒论自由, 415
Freeman Sharpe, Ella 弗里曼·夏普, 埃拉, 572
French Revolution 法国大革命, 349, 353-354, 355, 358, 382, 424-425
 Arnold on 阿诺德论法国大革命, 522
 background and consequences 法国大革命的背景与后果, 284, 316, 349-352
 Burke on 博克论法国大革命, 336-337, 339, 355
 Coleridge on 柯勒律治论法国大革命, 440, 441, 442
 feminist agitation 法国大革命的女性主义焦虑, 688
 Hegel and 黑格尔与法国大革命, 383, 384, 389, 394, 395
 ideals 法国大革命的理想, 389
 and myth 法国大革命与神话, 632
 Romantic attitudes to 浪漫派对法国大革命的态度, 409, 428-429, 430-432, 452-453
 Wollstonecraft on 沃尔斯通克拉夫特论法国大革命, 339
 Wordsworth on 华兹华斯论法国大革命, 430-431
French Romanticism 法国的浪漫主义, 423-427
French Symbolism 法国象征主义, 317, 411, 417, 424, 465, 502, 507, 519
French vernacular 法国俗语, 255-256, 257
Frend, William 弗伦德, 威廉, 440
Freud, Anna 弗洛伊德, 安娜, 574
Freud, Sigmund 弗洛伊德, 西格蒙德, 3, 312, 317, 471, 567, 573-588
 on art 弗洛伊德论艺术, 584
 on beauty 弗洛伊德论美, 584
 Civilization and Its Discontents 弗洛伊德《文明及其不满》, 578, 583-588
 on consciousness and self-identity 弗洛伊德论意识与自我认同, 407, 656
 "Creative Writers and Day-Dreaming" 弗洛伊德《创造性的作家与白日梦》, 578-582
 on culture 弗洛伊德论文化, 578
 dream interpretation 弗洛伊德对梦的解析, 140, 572, 576-577, 597, 620
 Eagleton on 伊格尔顿论弗洛伊德, 549
 on the ego 弗洛伊德论自我, 585, 586, 587, 589
 on epic poetry 弗洛伊德论史诗, 582
 eros and *thanatos* 弗洛伊德的"厄洛斯"与"塔纳托斯", 505, 577, 586, 698, 699
 Foucault on 福柯论弗洛伊德, 768
 Freudian universe 弗洛伊德式的宇宙, 598
 on history and civilization 弗洛伊德论历史和文明, 583-588
 on infant sexuality 弗洛伊德论婴儿性欲, 574-575
 on the instincts 弗洛伊德论本能, 505, 577, 586, 698
 Lacan on 拉康论弗洛伊德, 599-600, 620-621
 on language 弗洛伊德论语言, 568, 572, 582, 597
 literary analyses 弗洛伊德的文学分析, 572, 578-583
 Oedipus complex 弗洛伊德的俄狄浦斯情结, 572, 575-576, 577, 578, 586, 589
 psychoanalytic criticism 弗洛伊德的精神分析批评, 571, 572, 578-583
 on repression 弗洛伊德论压抑, 504, 543, 574, 577, 585
 on sexuality 弗洛伊德论性欲, 574-576, 584-585, 586, 685, 700
 Totem and Taboo 弗洛伊德《图腾与禁忌》, 578
 and transcendence 弗洛伊德与超越, 600
 on the unconscious 弗洛伊德论无意识, 504, 511, 574, 600, 698
 on women 弗洛伊德论妇女, 702
Friedan, Betty 弗里丹, 贝蒂, 670
Frye, Northrop 弗莱, 诺思罗普, 61, 483, 567
 Anatomy of Criticism 弗莱《批评的解剖》, 99, 631
 Myth Criticism 弗莱的"神话批评", 631

Fugitives 逃亡者集团,621
Fuller, Margaret 富勒,玛格丽特,454,455
 Woman in the Nineteenth Century 富勒《19 世纪的妇女》,455
Furnivall, F. J. 弗尼瓦尔,F. J.,230
Furst, Lilian 弗斯特,莉莲,473,474
Fuseli, Henry 富塞利,亨利,340
Futurists 未来主义者,540

Gadamer, Hans Georg 伽达默尔,汉斯·格奥尔格,417,708,721,760,761,765
 Truth and Method 伽达默尔《真理与方法》,723
Galen 加伦,194
Galileo Galilei 伽利留·伽利略,39,235,328,769
Gallop, Jane 盖洛普,简,589
Galsworthy, John 高尔斯华绥,约翰,675,679
Gandhi, Mohandas K. 甘地,莫汉达斯·K.,455
Garland, Hamlin 加兰,哈姆林,473,561
Garvey, Marcus 加维,马库斯,559
Gascoigne, George 盖斯科因,乔治,240,266-268
 "Certain Notes of Instruction" 盖斯科因《课程笔记》,176,267-268
 Jocasta 盖斯科因《伊俄卡斯达》,267
Gaskell, Elizabeth 盖斯凯尔,伊丽莎白,469
Gates, Henry Louis, Jr. 盖茨,亨利·路易斯,小,559,739,753-759
 Figures in Black 盖茨《黑人形象》,756-757
 "Talking Black: Critical Signs of the Times" 盖茨《谈论黑人:批评的时代标记》,758
Gautier, Théophile 戈蒂埃,泰奥菲勒,424,489,498
 Mademoiselle de Maupin 戈蒂埃《模斑小姐》,424
gay and lesbian criticism 男女同性恋批评,772
gender 性属
 construction 性属的建构,568,695,697
 cultural acquisition 性属的文化习得,670
 ideologies 性属意识形态,667,696,697
Genette, Gerard 热内特,热拉尔,99,565,603,702
Geneva School 日内瓦学派,709
genius 天才
 Horace on 贺拉斯论天才,110,119
 Howells on 豪威尔斯论天才,484
 Kant on 康德论天才,296,379
 Longinus on 朗吉努斯论天才,119,120
 Romantic notion 浪漫派的天才概念,484
 Schopenhauer on 叔本华论天才,506
Genlis, Mme. Felicité 让利斯,费利西泰女士,342
genotext 基因文本,700,701
genre theory 体裁理论,240,241
 Aristotle on 亚里士多德论体裁理论,51,60,61,73
 formalist 形式主义的体裁理论,609
 humanist genres 人本主义的体裁理论,241
 masculine values 男性价值观的体裁理论,668
 mixed genres 混合体裁,239,241,305,306
 neoclassical views 新古典主义的体裁理论观,273-274,306
 rhetoric and 修辞学与体裁理论,73
Gentile, Giovanni 秦梯利,乔万尼,407
Geoffrey de Vinsauf 文绍夫的杰弗里,84,95,105,175,191-194,263
 Poetria Nova 杰弗里《新诗学》,173,192-194,268
geometry 几何学,170
Gerard of Cremona 克雷莫纳的杰拉德,195
German Romanticism 德国浪漫主义,412-423
Germanic tribes 日耳曼部族,151,153
Gerson, Jean 热尔松,让,220
Gervase of Melcheley 梅尔歇莱的杰维斯,174
 Ars poetica 杰维斯《诗艺》,173
Gervinus, Georg Gottfried 格维努斯,格奥尔格·戈特弗里德,472
Gibbons Huneker, James 吉本斯·胡内克尔,詹姆斯,562
Gilbert de la Porrée 吉尔伯特·德·拉·波雷,183
Gilbert, Sandra 吉尔伯特,桑德拉,670
Giraldi, Giambattista 吉拉尔迪,贾姆巴蒂斯塔,239,240,241-242,273
 Discourse on the Composition of Romances 吉拉尔

迪《论罗曼司的写作》,241-242
Gissing, George 吉辛,乔治,473
Glorious Revolution 光荣革命,291,298,320,350
gloss and commentary 注解与评论,176,232
Gnosticism 诺斯替教,130
God 上帝
    aesthetics 上帝的美学,208
    Aquinas on 阿奎那论上帝,204,205-206,207-208
    argument for the existence of 有关上帝存在的争论,170,194,203-204
    Dante on 但丁论上帝,213
    essence and existence 上帝的本质与存在,205,206,208
    Logos (Divine Word) 上帝的逻各斯（神之言）,159,160,650
    oneness of God 上帝的唯一性,207
Godwin, William 戈德温,威廉,340,502
Goethe, Johann Wolfgang von 歌德,约翰·沃尔夫冈·冯,380,389,397,409,412,425,472,485,522,623
    Faust 歌德《浮士德》,412
    The Sorrows of Young Werther 歌德《少年维特之烦恼》,412
Goldmann, Lucien 戈德曼,卢西恩,542,543,649,697
Goldsmith, Oliver 哥德斯密斯,奥利弗,428
Goncourt, Edmond de 龚古尔,埃德蒙·德,473
Goncourt, Jules de 龚古尔,朱尔·德,473
Gorgias 高尔吉亚,16,67-68,76,82,662,663
Gorky, Maxim 高尔基,马克西姆,541
Gospel of St. John《圣约翰福音》,152,650
Gosson, Stephen, *The School of Abuse* 戈松,斯蒂芬,戈松《虐待学校》261
Gourmont, Remy de 古尔蒙,雷米·德,489,490
Gower, John 高尔,约翰,254
    Confessio Amantis 高尔《情人的忏悔》,174
grace, doctrine of 恩典,恩典的学说,236
grammar 语法,90,94,659

Dante on 但丁论语法,189-190
Derrida on 德里达论语法,659
Hugh of St. Victor on 圣维克托的于格论语法,180
John of Salisbury on 索尔兹伯里的约翰论语法,183-189
medieval practice and criticism 中世纪的语法实践和批评,95,166,170,172,173,175,176-178,185,190
medieval treatises 中世纪对语法的论述,154,176
and poetic theory 语法和诗歌理论,173,174,175-178,185-186,191
Quintilian on 昆体良论语法,90,176
grammar curriculum 语法课,175,176,183,184,191
grammatical exegesis 语法注解,173,175,421
grammatical humanism 语法人本主义,173,174,176
Gramsci, Antonio 葛兰西,安东尼奥,27,542,748
Granville, George 格朗维尔,乔治,291
Graves, Robert 格雷夫斯,罗伯特,573
Gray, Thomas 格雷,托马斯,428
Great Chain of Being 存在的巨大链条,292,755
Great Depression 大萧条,557,558,563
Great Schism 大分裂,236
Greece, archaic and classical 希腊,古代的和古典的希腊,9-78
Greek chorus 希腊合唱队,13
Greek drama 希腊戏剧,10,13-14,15,17
Greek language 希腊语,178,232
Greek pantheon 希腊万神殿,28,137,510,511
Greek rhetoric 希腊的修辞学,13,16,65-78
Greenblatt, Stephen 格林布拉特,斯蒂芬,230,762,763-765
    Renaissance Self-Fashioning 格林布拉特《文艺复兴时期的自我塑造》,765
    Shakespearean Negotiations 格林布拉特《莎士比亚式的协商》,765
    "Towards a Poetics of Culture" 格林布拉特《走向文化诗学》,764
Greer, Germaine 格里尔,杰曼,670

Gregory the Great, Pope 格列高利一世,教皇,155, 181
Gregory, John 格雷戈里,约翰,341
 A Father's Legacy to His Daughters 格雷戈里《父亲给女儿们的遗产》,342
Gregory of Nazianzus 纳西昂的格列高利,152,155
Gregory of Nyssa 尼斯的格列高利,152,155
Greimas, A. J. 格雷马斯,A. J.,565
Griffiths, Gareth 格里菲斯,加雷思,738,739
Grotius, Hugo 格劳秀斯,胡戈,350
Guattari, Félix 瓜塔里,费利克斯,566,573
Gubar, Susan 古巴尔,苏珊,670
Guevara, Che 格瓦拉,切,559
Guicciardini, Francesco, *History of Italy* 圭恰尔迪尼,弗朗西斯科,圭恰尔迪尼《意大利史》,233
guilds 行会,167–168,230
Guillen, Claudio 纪廉,克劳迪奥,633
Gulf Wars 海湾战争,750
Gundissalinus, Dominicus, *On the Division of the Sciences* 贡迪萨里努斯,多米尼库斯,贡迪萨里努斯《论科学的分类》,195
Gutenberg, Johannes 古腾贝格,约翰内斯,235
Gutzkow, Carl 古茨科,卡尔,472
gynocriticism 妇女批评,668

Habermas, Jürgen 哈贝马斯,于尔根,238,407
Hall, G. Stanley 霍尔,G. 斯坦利,578
Hall, John 霍尔,约翰,118
Hall, Stuart 霍尔,斯图亚特,565,751,752
happiness 幸福
 Aristotle on 亚里士多德论幸福,73
 Boethian view 波伊提乌的幸福观,146
 Freud on 弗洛伊德论幸福,583,585,586
 Hellenistic philosophy 希腊化时期的幸福哲学,82
Hardison, O. B., Jr. 哈迪森,O. B.,小,95,127,171,172,191,197
Hardy, Thomas 哈代,托马斯,473
harmony 和谐,242,273,732

Hart, Heinrich and Julius 哈特,海因里希与尤利乌斯,472
Hartley, David 哈特利,戴维,318,435,442,448
Hartman, Geoffrey 哈特曼,杰弗里,663
Hawkes, Terence 霍克斯,特伦斯,763
Hawthorne, Nathaniel 霍桑,纳撒尼尔,454,455,482
Hazlitt, William 哈兹里特,威廉,429
Hebbel, Friedrich 黑贝尔,弗里德里希,407,472
Hebrew language 希伯来语,178
Hegel, G. W. F. 黑格尔,G. W. F.,4,39,45,382–407,450
 aesthetics 黑格尔的美学,317,395–407,472
 on alienation 黑格尔论异化,394
 on black history and writing 黑格尔论黑人历史与写作,755
 on consciousness 黑格尔论意识,137,385,391,392,393,394,395,404,683
 dialectic 黑格尔的辩证法,385–395,401,470,528–529,530,532,546,547–548,664,699
 Enlightenment/Romantic synthesis 黑格尔对启蒙运动与浪漫派的综合,382,384,389,502
 and essence 黑格尔与本质,386,749
 feminism and 女性主义与黑格尔,668
 and the French Revolution 黑格尔与法国大革命,383,384,389,394,395
 historicism 黑格尔的历史主义,385,472,710,760
 on identity 黑格尔论同一性,387–388,389
 on imagination 黑格尔论想象,396
 Introduction to Aesthetics 黑格尔《美学导论》,395–407
 on irony 黑格尔论反讽,400
 and Kant 黑格尔与康德,358
 Lectures on the History of Philosophy 黑格尔《哲学史讲演录》,383,384
 Lectures on the Philosophy of History 黑格尔《历史哲学演讲录》,112,383
 Lukács on 卢卡奇论黑格尔,545
 and Marx 黑格尔与马克思,527,528–529,530,

532

master-slave dialectic 黑格尔的主奴辩证法,345,391-393,394,395,590,593,683

The Phenomenology of Spirit 黑格尔《精神现象学》,112,383,385-386,388,389-395,548

on philosophy 黑格尔论哲学,383,384,385,397-398

Philosophy of Right 黑格尔《权利哲学》,383,387

and rationality 黑格尔与合理性,382,387,389,413

on the Roman Empire 黑格尔论罗马帝国,112,113,115,116

Science of Logic 黑格尔《逻辑学》,383,387,388,547

on self-consciousness 黑格尔论自我意识,385,388,389-390,391,392,394,403

on subjectivity 黑格尔论主体性,388-389,504,616

on substance 黑格尔论实体,385-386

and totality 黑格尔与总体性,544,567

hegemony 霸权

bourgeois 资产阶级霸权,276,351,408,110,411,424,469

Gramsci on 葛兰西论霸权,27,542

Plato on 柏拉图论霸权,27

Heidegger, Martin 海德格尔,马丁,317,417,565,567,709,715-721

on art 海德格尔论艺术,716-717

on beauty 海德格尔论美,717-718

Being and Time 海德格尔《存在与时间》,656,715-716

existentialism 海德格尔的存在主义,715,716

hermeneutics 海德格尔的阐释学,708,715

"Hölderlin and the Essence of Poetry" 海德格尔《荷尔德林和诗的本质》,718

Introduction to Metaphysics 海德格尔《形而上学导论》,716

"Language" 海德格尔《语言》,718-721

literary theory and criticism 海德格尔的文学理论与批评,716-721

"The Origin of the Work of Art" 海德格尔《艺术作品的本源》,716-717

Heilbrun, Carolyn 海尔布伦,卡罗琳,670

Heine, Heinrich 海涅,海因里希,409,411,412,472

Hellenistic period 希腊化时期,10,33,80-100

Helvetius 爱尔维修,688

Henry II of England 英格兰的亨利二世,183

Henry VII of England 英格兰的亨利七世,231

Heraclitus 赫拉克利特,20,81,650

Herder, Johann Gottfried von 赫尔德,约翰·戈特弗里德·冯,319,412,760

Hermagoras of Temnos 铁姆诺斯的赫尔玛格拉斯,83

hermeneutics 阐释学,708

and dialectics 阐释学与辩证法,418

Heidegger 海德格尔的阐释学,708,715

and historicism 阐释学与历史主义,761

Schleiermacher 施莱尔马赫的阐释学,414,417,418-423

Herodotus 希罗多德,261

heroic couplet 英雄双韵体诗,274

heroic poetry 英雄史诗,248,251,265

Boileau on 布瓦洛论英雄史诗,282

Sidney on 锡德尼论英雄史诗,265

Hesiod 赫西俄德,10,11,36,261

Hess, Moses 赫斯,摩西,545

heteroglossia 众声喧哗,609,611,612,614,616,617

heterological tradition 异端的传统,503,567

Heylyn, Peter 海林,彼得,755

Hicks, Granville 希克斯,格兰维尔,563

Higher Criticism school 高等考证学派,356,470

Hillis Miller, J. 希利斯·米勒,J.,412,475,663

Hippias of Elis 埃利斯的希庇亚斯,169

Hippocrates 希波克拉底,194

Hirsch, E. D. 希尔斯,E. D.,622,735,761

Hirt, A. L. 希尔特,A. L.,397

historicism 历史主义,498

concerns and features 历史主义的关注点和特征, 760

Hegelian 黑格尔的历史主义, 385, 472, 710, 760

Husserl on 胡塞尔论历史主义, 710

see also New Historicism 也可参见新历史主义

history 历史

Derrida on 德里达论历史, 659

divine providence 天意的历史, 329

historical materialism 历史唯物主义, 527, 530, 533, 536, 537, 544, 685 - 686

Marx on 马克思论历史, 530, 533

medieval view 中世纪的历史观, 177

poet/historian distinction 诗人与历史学家的差别, 52 - 53, 264

Vico on 维柯论历史, 329, 330

Hitler, Adolf 希特勒, 阿道夫, 738

Hjelmslev, Louis 耶尔姆斯勒夫, 路易斯, 644

Hobbes, Thomas 霍布斯, 托马斯, 284, 314, 319, 350, 529

on human nature 霍布斯论人类天性, 585

Leviathan 霍布斯《利维坦》, 314

materialism 霍布斯的唯物主义, 314

social contract 霍布斯的社会契约论, 314 - 315

Hobsbawm, Eric 霍布斯鲍姆, 埃里克, 349, 352, 354, 355, 409, 502, 557 - 558, 559, 560

Hoffman, Daniel 霍夫曼, 丹尼尔, 631

Hölderlin, Friedrich 荷尔德林, 弗里德里希, 383, 409, 412, 413

Heidegger on 海德格尔论荷尔德林, 718

Holland, Norman 霍兰, 诺曼, 99, 573, 729

Holy Roman Empire 神圣罗马帝国, 153, 154, 230, 231, 383

Holz, Arno 霍尔兹, 阿尔诺, 472

Homans, Margaret 霍曼斯, 马格丽特, 412

Home, Henry 霍姆, 亨利, 397

Homer 荷马, 10, 11, 20, 23, 90, 94, 129, 261, 274, 768

Iliad 荷马《伊利亚特》, 9, 14, 120, 121, 645

Longinus on 朗吉努斯论荷马, 120 - 121, 125

Nietzsche on 尼采论荷马, 511

Odyssey 荷马《奥德赛》, 9, 14, 67, 121, 139, 645

homonyms 同音异义字, 76

Horace 贺拉斯, 60, 90, 105 - 117, 170, 185, 191, 242, 645

Ars poetica 贺拉斯《诗艺》, 95, 105, 107, 108 - 110, 111, 114 - 115, 116, 172, 191, 192, 193, 239, 240, 243, 251, 260, 270, 281, 397

on authorial intention 贺拉斯论作者意图, 110

on decorum 贺拉斯论恰当, 108

and Epicureanism 贺拉斯与伊壁鸠鲁主义, 116

"Epistle to Augustus" 贺拉斯《致奥古斯都书》, 105

"Epistle to Florus" 贺拉斯《致弗洛鲁斯书》, 105

on genius 贺拉斯论天才, 110, 119

"Ode to Pyrrha" 贺拉斯《皮拉之歌》, 625

Odes 贺拉斯《歌集》, 106, 111 - 112, 113, 114 - 115

philosophic and poetic vision 贺拉斯的哲学和诗学观, 105 - 117

Pope on 蒲柏论贺拉斯, 299

skepticism 贺拉斯的怀疑论, 106, 107

and Stoicism 贺拉斯与斯多葛主义, 106

horizon of expectations, Jauss on 期待视野, 姚斯论期待视野, 722, 723

horizonfusion, Gadamer on 视界融合, 伽达默尔论视界融合, 761

Horkheimer, Max 霍克海默, 马克斯, 311, 407, 542, 564, 566

Howard, Sir Robert 霍华德, 罗伯特爵士, 285, 290

Howe, Irving 豪, 欧文, 565

Howells, William Dean 豪威尔斯, 威廉·迪安, 471, 473, 482 - 485, 561, 563

Criticism and Fiction 豪威尔斯《批评与小说》, 482 - 485

realism 豪威尔斯的现实主义, 482 - 485

Hugh of St. Victor 圣维克托的于格, 175, 179 - 182, 220, 263

Didascalicon 于格《论教学》, 173, 178, 179 - 182

Hugo, Victor 雨果, 维克多, 409

Les Misérables 雨果《悲惨世界》,424
Huguenots 胡格诺派,237,284
Hulme, T. E. 休姆,T. E.,518,627
humanism 人本主义,39,153,560
    Boccaccio and 薄伽丘与人本主义,215-220
    Christian humanism 基督教的人本主义,236
    Ciceronian model 西塞罗式的人本主义模式,230
    civic humanism 市民人本主义,231,232
    and the classics 人本主义与经典,232-234
    feminism and 女性主义与人本主义,671
    grammatical humanism 语法人本主义,173,174,176
    humanistic rationalism 人本主义的理性主义,67
    liberal humanism 自由主义的人本主义,739
    literary humanism 文学人本主义,525
    Marx and 马克思与人本主义,529
    medieval humanism 中世纪的人本主义,144,166,169,176,215-226,229,230
    New Humanism 新人本主义,561,563,622,627,629
    Nietzsche and 尼采与人本主义,508
    Renaissance humanism 文艺复兴的人本主义,96,151,174,215
    revival 人本主义的复兴,174
    and scholasticism 人本主义与经院哲学,174-175,229
    scientific revolution 科学革命的人本主义,235
    twentieth century 20世纪的人本主义,560,561,562,563
    values and concerns 人本主义的价值观和关注点,230,231,237,260
Hume, David 休谟,大卫,82,284,314,318,321,332-336,360,366,384,442,502
    aesthetics 休谟的美学,333-336
    associationism 休谟的联想论,448
    on causality 休谟论因果关系,315,360
    empiricism 休谟的经验主义,315,332-333,360,387,448,529
    "Of National Characteristics" 休谟《论民族特征》,755
    "Of the Standard of Taste" 休谟《论趣味的标准》,333-336
    skepticism 休谟的怀疑主义,235,311,315,333-334,360
Hundred Years' War 百年战争,169,231
Hurd, Richard 赫德,理查德,428
Husserl, Edmund 胡塞尔,埃德蒙,649,708,709-714,715,725
    on consciousness 胡塞尔论意识,711,712-713
    on the European crisis 胡塞尔论欧洲危机,714
    historicism 胡塞尔的历史主义,710
    on naturalism 胡塞尔论自然主义,710,714
    on phenomenology 胡塞尔论现象学,698-699,708,709-714
    "Philosophy and the Crisis of European Man" 胡塞尔《哲学与欧洲人的危机》,713-714
    on philosophy and history 胡塞尔论哲学与历史,713-714
    "Philosophy as a Rigorous Science" 胡塞尔《作为一种严格科学的哲学》,709-710
    "Pure Phenomenology, Its Method and Its Field of Investigation" 胡塞尔《纯粹现象学,其方法及其探究领域》,710-713
Hutcheson, Francis 哈奇生,弗朗西斯,284,366
Huysmans, Joris-Karl 于斯曼,约里斯-卡尔,473,489
hybridity 混杂性,750,751,752,753
hylozoism 物活论,448
Hypereides 希佩里德斯,124
hypostatization 实体化,人格化
    Aristotelian 亚里士多德式的实体化,114
    of difference 差异的实体化,551
    Platonic 柏拉图式的实体化,26,36

iambic pentameter 抑扬格五音部诗,268
Iamblichus 扬布利科斯,39,130
Ibn Gabirol 伊本·盖比鲁勒,202
Ibn Rushd (Averroës) 伊本·路世德(阿维罗伊),

60,169,171,173,175,194,195,196-201,202

 Commentary on the Poetics of Aristotle 伊本·路世德《论亚里士多德的〈诗学〉》,195,197-201,240

 Incoherence of the Incoherence 伊本·路世德《矛盾的矛盾》,196

Ibn Sina (Avicenna) 伊本·西那（阿维森纳）,194,201

Ibn Tufayl 伊本·图菲勒,196

Ibsen, Henrik 易卜生,亨里克,482

Ibycus 伊比科斯,10,15

icastic poetry 模仿真实的诗歌,247

iconoclastic controversy 圣像破坏之争,155

id 本我,592

idealism 唯心主义

 German 德国唯心主义,469

 Hegelian 黑格尔的唯心主义,472

 Moore on 穆尔论唯心主义,674,676

 Schopenhauer on 叔本华论唯心主义,490

idealistic novels 理想主义小说,481

identity 同一性,身份

 Aristotle on 亚里士多德论同一性,45,46

 construction 身份建构,765

 Derrida on 德里达论同一性,551,552

 and dialectical thought 同一性与辩证法思想,547

 in difference 差异中的同一性,387,388,407

 Eagleton on 伊格尔顿论同一性,547,551,552

 Hegel on 黑格尔论同一性,387-388,389

 identity-in-difference 差异中的同一,551

 Lacan on 拉康论同一性,590-593

 Marxism and 马克思主义与同一性,535,549,552

ideology 意识形态

 Althusser on 阿尔都塞论意识形态,549

 bourgeois 资产阶级意识形态,312,453-454,469-470,531,641,773

 of gender 性属意识形态,667,696,697

 Marxism and 马克思主义与意识形态,531,543,550,551,552

 Marxist feminism and 马克思主义女性主义与意识形态,694-695,696

 Plato and 柏拉图与意识形态,27

 and relations of production 意识形态与生产关系,696

Ignatius of Loyola 罗耀拉的伊格那修,236,237

imagination 想象,想象力

 Addison on 艾迪生论想象,326-327

 and aesthetic judgment 想象与审美判断,372-373

 Baudelaire on 波德莱尔论想象,495

 Burke and 博克与想象,337-338

 Coleridge on 柯勒律治论想象,410,428,443,445-446,448,451,452,486

 de Staël on 德·斯塔尔论想象,425

 Dryden on 德莱顿论想象,290

 Enlightenment 启蒙运动的想象,319,326-327,337-338

 fancy and 幻想与想象,290,326,396,445-446,447-448

 Hegel on 黑格尔论想象,396

 Johnson on 约翰逊论想象,303-304

 Kant on 康德论想象,379-380,410,446,447

 Longinus on 朗吉努斯论想象,122-123

 neoclassical views 新古典主义的想象观,303-304

 perceptual function 想象的感知功能,447

 phantasia "幻象"或想象,81

 poetic imagination 诗歌的想象,446-447,492

 reproductive imagination 再造性想象,446

 Romantic theory 浪漫派的想象理论,122,327,408,410,417,432-433,436,443-444,626

 Schelling and 谢林与想象,447

 Shelley on 雪莱论想象,410

 Wordsworth on 华兹华斯论想象,432-433,436

imagist movement 意象派运动,629

imago 无意识的意象,591

imitation 模仿,107,239,240

 and action 模仿与行动,50-51

 Aristotelian view 亚里士多德的模仿观,49-50,

51-54,55,59,244
　　Castelvetro on 卡斯特尔维屈罗论模仿,244
　　Ibn Rushd on 伊本·路世德论模仿,198,201
　　John of Salisbury on 索尔兹伯里的约翰论模仿,187,188
　　Johnson on 约翰逊论模仿,307
　　Mazzoni on 马佐尼论模仿,246
　　medieval practice 中世纪的模仿实践,173,187-188
　　moral function 模仿的道德功能,53-54
　　neoclassical theory 新古典主义的模仿理论,274,307
　　Plato on 柏拉图论模仿,36-37,38,39,50,121-122,135
　　Plotinus on 普罗提诺论模仿,135
　　poetic imitation 诗歌的模仿,36-37,38,39
　　Sidney on 锡德尼论模仿,263
　　Tasso on 塔索论模仿,250,251,252
　　see also mimesis 也可参见模仿
immanence 内在性,546,704
　　De Beauvoir on 德·波伏瓦论内在性,682,684,686,704
　　Heidegger on 海德格尔论内在性,716
　　Husserl on 胡塞尔论内在性,711,712,713
imperialism 帝国主义,255,350-351,469,737
　　anti-imperialism 反帝国主义,739
　　and the bourgeoisie 帝国主义与资产阶级,528
　　and capitalism 帝国主义与资本主义,738
　　economic and cultural 经济的与文化的帝国主义,737,738
　　linguistic subjugation 帝国主义对语言学的压制,255
　　Marxist critique 马克思主义对帝国主义的批判,528,532,738,739
　　neo-imperialism 新帝国主义,750
　　phases 帝国主义的各个阶段,737-738
impressionism 印象主义,472,473,489,496,708
inauthenticity 非本真性,716
Incarnation theology "道成肉身"神学,152,202

individualism 个人主义,237,296,507
　　economic individualism 经济上的个人主义,356
　　liberal-bourgeois individualism 资产阶级自由主义的个人主义,538
　　Nietzsche and 尼采与个人主义,507
　　Pope on 蒲柏论个人主义,296,297
　　Renaissance 文艺复兴时期的个人主义,273,274
　　Romanticism and 浪漫主义与个人主义,409
induction, Bacon and 归纳法,培根与归纳法,312-313
Industrial Revolution 工业革命,349,354-355,469
Ingarden, Roman 英伽登,诺曼,708,724
Inkhorn term controversy 关于学究气术语的论争,270
Innes, Doreen C. 英尼斯,多琳·C.,106
instincts, Freudian theory of 本能,弗洛伊德的本能理论,505,577,586,698
intellect 知性
　　Nietzsche on 尼采论知性,514
　　Schopenhauer on 叔本华论知性,504,506
intentional fallacy 意图谬误,623,624,625,626
intentional sentence correlatives 句子间意向性的相互关联,724-725
intentionalism 意图论,623-624,625,699
interdisciplinarity 跨学科,646
interpretation 解释
　　allegorical 寓言的解释,420
　　grammatical 语法的解释,421,422
　　hermeneutic circle 解释的阐释学循环,420
　　psychological 心理学的解释,422
　　Schleiermacher on 施莱尔马赫论解释,418-423
　　see also exegesis; hermeneutics 也可参见注解;阐释学
interpretive communities 阐释的共同体,733,734,735
intersubjectivity 主体间性,735
intertextuality 互文性,178,647
invention 创新,273
　　Boccaccio on 薄伽丘论创新,218,219

Castelvetro on 卡斯特尔维屈罗论创新,243
early modern theory 现代早期的创新理论,266
Gascoigne on 盖斯科因论创新,267-268
neoclassical theory 新古典主义的创新理论,274
Ronsard on 龙萨论创新,259
Ionesco, Eugene 尤内斯库,欧仁,565
Irigaray, Luce 伊里加雷,吕斯,566,669
irony 反讽,99,332
    classical irony 古典主义的反讽,410-411
    Hegel on 黑格尔论反讽,400
    metaphysical perspective 形而上学的反讽观,411
    modernist irony 现代主义的反讽,411
    Romantic irony 浪漫派的反讽,408,411-412,413-414,417
    Schlegel on 施莱格尔论反讽,411,413-414
irrationalism 非理性主义,408
Irvine, Martin 欧文,马丁,175,176,178
Irwin, T. H. 欧文,T. H.,13,17
Iser, Wolfgang 伊塞尔,沃尔夫冈,99,475,566,709,724-733
    The Act of Reading 伊塞尔《阅读行为》,724,728-730
    The Implied Reader 伊塞尔《隐在的读者》,724
    reader-response theories 伊塞尔的读者反应理论,724-733
Isidore of Seville 塞维尔的伊西多尔,154,187
    Encyclopaedia 伊西多尔《百科全书》,172,173
Islam 伊斯兰教,3,560,747
Isocrates 伊索克拉底,67,68,169,662
iudicium 评判,177
Ivanov, V. V. 伊凡诺夫,V. V.,610,611

Jacobus, Mary 雅各布斯,玛丽,412,671
Jakobson, Roman 雅各布森,诺曼,565,589,596,603,605-606,618-621,633
    on dreams 雅各布森论梦,620
    on epic poetry 雅各布森论史诗,619
    on language 雅各布森论语言,618-621,642,643
    "Linguistics and Poetics" 雅各布森《语言学与诗学》,618-620
    on rhetorical tropes 雅各布森论修辞学的比喻,99
    structuralism 雅各布森的结构主义,633
    "Two Aspects of Language and Two Types of Aphasic Disturbances" 雅各布森《语言的两个方面和失语症的两种类型》,620-621
Jakubinsky, Leo 雅库宾斯基,列夫,603,606
James I of England 英格兰的詹姆斯一世,350
James II of England 英格兰的詹姆斯二世,291,298
James, Henry 詹姆斯,亨利,317,471,482,485-488,567
    "The Art of Fiction" 詹姆斯《小说的艺术》,485-488
    critical principles 詹姆斯的批评原则,485-488
    realist theory 詹姆斯的写实主义理论,473
James, William 詹姆斯,威廉,130,456,485,508
Jameson, Fredric 詹姆逊,弗雷德里克,474,475,509,566,739,764,765
    dialectical criticism 詹姆逊的辩证批评,765
    Greenblatt on 格林布拉特论詹姆逊,764
    Marxism and Form 詹姆逊《马克思主义与形式》,543,765
    The Political Unconscious 詹姆逊《政治无意识》,543
    Postmodernism, or the Cultural Logic of Late Capitalism 詹姆逊《后现代主义,或晚期资本主义的文化逻辑》,543
    on realism 詹姆逊论现实主义,474,475
JanMohamed, Abdul 詹穆罕默德,阿卜杜尔,738
Jauss, Hans Robert 姚斯,汉斯·罗伯特,566,603,709,721-724,761
    "Literary History as a Challenge to Literary Theory" 姚斯《作为向文学理论挑战的文学史》,721
    reception theory 姚斯的接受理论,721-724
Jefferson, Thomas 杰斐逊,托马斯,755
Jensen, Wilhelm 延森,威廉,579
Jerome, St. 哲罗姆,圣,152,155,181,208,219,688,768

Jesuits 耶稣会,236,237

Joan of Arc 贞德,220

Jodelle, Etienne 若代尔,艾蒂安,255

John Chrysostom, St. 约翰·克里索斯托,圣,152,155,688

John of Garland 迦兰的约翰,95

John of Salisbury 索尔兹伯里的约翰,95,171,175,176,179,183-189

 on authorial intention 索尔兹伯里的约翰论作者意图,187

 grammatical treatise 索尔兹伯里的约翰的语法论述,183-189

 on imitation 索尔兹伯里的约翰论模仿,187,188

 Metalogicon 索尔兹伯里的约翰《元逻辑》,173,183-189

 Policraticus 索尔兹伯里的约翰《论政府原理》,183

Johnson, Barbara 约翰逊,芭芭拉,589,663

 A World of Difference 约翰逊《差异的世界》,664

Johnson, Joseph 约翰逊,约瑟夫,340

Johnson, Samuel 约翰逊,塞缪尔,285,302-309,317,318

 Dictionary 约翰逊《词典》,276,302,318,411

 on drama 约翰逊论戏剧,305

 The History of Rasselas 约翰逊《拉塞拉斯王子的故事》,302,303

 on imagination 约翰逊论想象,303-304

 Lives of the English Poets 约翰逊《英国诗人列传》,302,308

 neoclassicism 约翰逊的新古典主义,304-305

 "Preface" to Shakespeare's plays 约翰逊的莎士比亚剧作《序言》,302,305-308

 The Vanity of Human Wishes 约翰逊《人类欲望的虚幻》,302

Jones, Ernest 琼斯,欧内斯特,572,578

Jonson, Ben 琼森,本,216,274,289

 Dryden on 德莱顿论琼森,289

 neoclassicism 琼森的新古典主义,274,284

Joseph II of Austria 奥地利的约瑟夫二世,350

jouissance 享乐,700

Joyce, James 乔伊斯,詹姆斯,476,490,546,573,627,700,701,746

Judaism 犹太教,3,82

judgment 判断

 aesthetic 审美判断,368-373

 wit and judgment 睿智与判断,319,320-321,325,338

Jung, Carl 荣格,卡尔,312,317,571,578

justice, and poetry (Plato) 正义,正义与诗(柏拉图),24,25,26,27,30-31

Justin Martyr 殉道者查士丁,152

Juvenal 尤维纳利斯,89,111,170

Juvencus 尤文库斯,170

Kafka, Franz 卡夫卡,弗朗茨,546,627

Kagan, Matvej Isaic 卡甘,马特维依·伊萨克,610

Kahn, Gustave 卡恩,古斯塔夫,489

Kanaev, I. I. 卡纳伊夫,I. I.,610

Kant, Immanuel 康德,伊曼纽尔,4,39,180,709

 aesthetics 康德的美学,2,118,296,317,336,357-381,400,110,412,465,498,536

 on art and genius 康德论艺术与天才,378-381

 on beauty 康德论美,373-374,377,464

 on causality 康德论因果关系,361,366

 Critique of Judgment 康德《判断力批判》,357,358,366-367,367,400

 Critique of Practical Reason 康德《实践理性批判》,358,365-366

 Critique of Pure Reason 康德《纯粹理性批判》,358,360-365,384-385

 on the ego 康德论自我,364,444

 General Natural History and Theory of the Heavens 康德《自然通史与天体理论》,358

 Hegel on 黑格尔论康德,400

 on imagination 康德论想象,379-380,410,446,447

 on knowledge 康德论知识,363-364

metaphysics 康德的形而上学,360,362,412-413,448

Observations on the Feeling of the Beautiful and Sublime 康德《对美感和崇高感的观察》,359,755

phenomena-noumena distinction 康德对现象与本体的区分,364-365,380,384-385,410,413,448-449,502,504,514,518,710

and political and religious freedom 康德与政治和宗教自由,359-360

and rationality 康德与理性,359,362,384,444,710

Religion within the Limits of Reason Alone 康德《纯理性限度内的宗教》,359-360

and the reproductive imagination 康德与再造性想象,446

on rhetoric 康德论修辞学,380

and subjectivity 康德与主体性,388-389,412

on the sublime 康德论崇高,375-377

on substance 康德论实体,381

and the transcendental ego 康德与先验的自我,364,444

Kaplan, Cora 卡普兰,科拉,671

katharsis 净化,55,61,498-499,542,626

Katula, Richard A. 卡图拉,理查德·A.,88

Kautsky, Karl 考茨基,卡尔,536

Keach, William 基齐,威廉,318,319

Keast, W. R. 基斯特,W. R.,627

Keats, John 济慈,约翰,429

"Ode on a Grecian Urn" 济慈《希腊古瓮颂》,429

Keller, Gottfried 凯勒,戈特弗里德,472

Kempis, Thomas à, *The Imitation of Christ* 肯皮斯,托马斯,肯皮斯《模仿基督》,236

Kennedy, George 肯尼迪,乔治,81,83,156

Kepler, Johannes 开普勒,约翰内斯,39

Kermode, Frank 克莫德,弗兰克,412,560

Keynes, John Maynard 凯恩斯,约翰·梅纳德,559,672

Kierkegaard, Søren 克尔凯郭尔,索伦,411,414,469

King, Martin Luther, Jr. 金,马丁·路德,小,455,559

Kipling, Rudyard 吉卜林,拉迪亚德,679,738

Klein, Melanie 克莱恩,梅拉尼,572

Kljuev, N. J. 克里约夫,N. J.,610

knowledge 知识,认识

absolute knowledge 绝对知识,395

Bacon on 培根论知识,313

Emerson on 爱默生论知识,459

empirical 经验主义的知识,361

and experience 知识与经验,459-460

Foucault on 福柯论知识,566,766,770-771

Hegel on 黑格尔论知识,390,395

Kant on 康德论知识,363-364

modernism and 现代主义与知识,674-675

Nietzsche on 尼采论知识,509

pagan knowledge (Augustine) 异教的知识(奥古斯丁),160,161

Plotinus on 普罗提诺论知识,137

power-knowledge equation 权力与知识的平衡,751

Schopenhauer on 叔本华论知识,505

science and 科学与认识,470

self-knowledge 自我认识 571

Kolodny, Annette 科罗迪尼,安尼特,670

Kozinov, V. 科杰诺夫,V.,610

Krieger, Murray 克里格尔,默里,622

Kristeva, Julia 克里斯蒂娃,朱丽娅,2,382,398,490,511,551,566,573,589,633,669,697-701

on the ego 克里斯蒂娃论自我,698-699

Revolution in Poetic Language 克里斯蒂娃《诗歌语言的革命》,697-701

on semiology 克里斯蒂娃论符号学,698,699,700-701

Kuhn, Annette 库恩,安妮特,694

Kun, Béla 库恩,贝拉,544

La Bruyère, Jean de 拉布吕耶尔,让·德,274

La Fontaine, Jean de 拉封丹,让·德,277

labor 劳动

　　alienation 劳动异化,393

　　division of 劳动分工,458,530,533,694,696

　　Hegel on 黑格尔论劳动,393

　　labor theory of value 劳动价值理论,532

　　Marx on 马克思论劳动,531,532,533

　　Ricardo on 李嘉图论劳动,532

　　self-creation through 通过劳动创造自我,398, 453-454

　　Smith on 亚当·斯密论劳动,532

Labriola, Antonio 拉布里奥拉,安东尼奥,535-536

　　Essays on the Materialistic Conception of History 拉布里奥拉《历史唯物主义论丛》,536

Lacan, Jacques 拉康,雅克,4,382,398,407,417, 463,511,588-601,633,649

　　and Althusser 拉康与阿尔都塞,589,601

　　on consciousness 拉康论意识,593

　　dialectic of identification 拉康的确证辩证法, 590-591

　　Eagleton on 伊格尔顿论拉康,549

　　Écrits 拉康《文集》,589-598

　　on the ego 拉康论自我,591,593

　　and existentialism 拉康与存在主义,590,593

　　feminism and 女性主义与拉康,669

　　and Freudian theory 拉康与弗洛伊德的理论, 565-566,568,620-621

　　on identity 拉康论同一性,590-593

　　mirror stage concept 拉康的镜像阶段概念,590, 591-592

　　on the Oedipus complex 拉康论俄狄浦斯情结, 589-590

　　on otherness 拉康论他者,599

　　on signifier/signified 拉康论能指与所指,590, 594-598

　　on subjectivity 拉康论主体性,588

　　on tropes 拉康论比喻,99

　　on the unconscious 拉康论无意识,566,568,589, 590,593-594,599,600

Lactantius 拉克坦提乌斯,172

Laforgue, Jules 拉弗格,朱尔,489,582,702

Lamming, George 拉明,乔治,738

Langland, William 朗格兰德,威廉,254

language 语言

　　Aristotle on 亚里士多德论语言,76-77

　　associative relations 语言的联想关系,637

　　Bakhtin on 巴赫金论语言,568,610-618

　　Barthes on 巴特论语言,639,641,642-644

　　Bergson on 柏格森论语言,520,615

　　Cixous on 西克苏论语言,701-707

　　coherence theory of 语言的一致性理论,323

　　colloquial 语言的口语,454

　　Comte on 孔德论语言,569

　　correspondence theory of meaning 语言的意义应和理论,632

　　cultural-historical dimensions 语言的文化和历史维度,701

　　Dante on 但丁论语言,189,190

　　deconstructionist view 解构主义的语言观,652

　　Derrida on 德里达论语言,99,516,567,568,569, 718

　　dialect 语言的方言,485

　　dialogism 语言的对话,609,610,612-613,615, 616,750

　　Diderot on 狄德罗论语言,319

　　Durkheim on 涂尔干论语言,569

　　early modern view 现代早期的语言观,238

　　T. S. Eliot on T. S. 艾略特论语言,568

　　Emerson on 爱默生论语言,456,457

　　Enlightenment philosophies of 启蒙运动的语言哲学,317-318,319,320,321-322,323,329-330

　　and externality 语言与外在性,697-698

　　female language 女性语言,656,668,669,678-679,706

　　formalism and 形式主义与语言,603,605-606, 609

　　Freud on 弗洛伊德论语言,568,572,582,597

　　Hegel on 黑格尔论语言,407

　　Heidegger on 海德格尔论语言,717,718-719,

720-721
historical determination 语言的历史决定论, 423, 643
Howells on 豪威尔斯论语言, 485
as ideological phenomenon 作为意识形态现象的语言, 761
and ideological struggle 语言与意识形态斗争, 568, 603, 615, 696
Jakobson on 雅各布森论语言, 618-621, 642, 643
John of Salisbury on 索尔兹伯里的约翰论语言, 186, 187
Kristeva on 克里斯蒂娃论语言, 697-701
Lacan on 拉康论语言, 593-600
langue and *parole*（Saussure）"语言"和"言语"（索绪尔）, 631-632, 634
Locke on 洛克论语言, 99, 100, 276, 315, 317, 318, 319, 320-322, 323, 569
male language 男性语言, 678, 679
marginal group languages 边缘群体的语言, 757
Marxism and 马克思主义与语言, 515-516, 534, 535, 550, 642
Marxist feminism and 马克思主义女性主义与语言, 696
materiality 语言的物质性, 702
metalanguage 元语言, 619, 639, 644, 648
metaphorical nature 语言的隐喻性质, 569
and modernism 语言与现代主义, 562
Moore on 穆尔论语言, 569
neoclassicism and 新古典主义与语言, 276, 277
Nietzsche on 尼采论语言, 516, 520
object language 客观语言, 619
performative aspects 语言的表演性方面, 98
poetic language 诗歌语言, 210, 330, 434, 451-452, 616, 617, 700, 701
Proust on 普鲁斯特论语言, 568
Puttenham on 普登汉姆论语言, 269-270
revolutionary language 革命性的语言, 642, 701
Rousseau on 卢梭论语言, 319
Russell on 罗素论语言, 569

Saussurean linguistics 索绪尔语言学的语言, 159, 178, 407, 568, 594, 595, 596, 613, 631-632, 633-637, 642, 643, 644
Schleiermacher on 施莱尔马赫论语言, 418-419, 423
Schopenhauer on 叔本华论语言, 520
semanticization 语言的语义化, 642-643
as sign system 作为符号系统的语言, 568
and signifying process 语言与示意过程, 98, 594-598
as social practice 作为社会实践的语言, 535
spatialization 语言的特定化, 615
Spencer on 斯宾塞论语言, 569
and subjectivity 语言与主体性, 569
symbolism and 象征主义与语言, 490, 491, 699, 700
Symons on 西蒙斯论语言, 491
synaesthetic language 联觉语言, 318
synchronic/diachronic approach 语言的共时方法与历时方法, 633-634
Tasso on 塔索论语言, 252-253
and thought and reality 语言与思想和现实, 567-568
Vico on 维柯论语言, 329-330
Wordsworth on 华兹华斯论语言, 434
see also vernacular languages 也可参见日常语言
Lassalle, Ferdinand 拉萨尔, 费迪南, 536
Last Judgment theology "末日审判"神学, 202
Latin language 拉丁语, 152, 154, 178, 232, 233, 254, 255
laughter 笑声, 702-703
Lautréamont, Comte de 洛特雷阿蒙, 伯爵, 700
Law and Literature movement "法律与文学"运动, 99
Lawrence, D. H. 劳伦斯, D. H., 560, 561, 562, 573, 689, 693
Leavis, F. R. 利维斯, F. R., 119, 122, 379, 417, 521, 525, 560, 562, 564
Leclerc, Annie 勒克莱尔, 安妮, 669

lectio 读经法, 177, 194

Leibniz, Gottfried 莱布尼兹, 戈特弗里德, 39, 316, 366

Lenin, Vladimir Ilyich 列宁, 弗拉基米尔·伊里奇, 538-539, 738

 Articles on Tolstoy 列宁《论托尔斯泰》, 538-539

 on dialectics 列宁论辩证法, 539

 "Party Organization and Party Literature" 列宁《党的组织和党的文学》, 538

 Philosophical Notebooks 列宁《哲学笔记》, 539

Leo XIII, Pope 教皇利奥十三世, 203

Leonardo da Vinci 列奥纳多·达·芬奇, 579

Lesser, Simon O. 莱塞, 西蒙·O., 573, 729

Lessing, Doris 莱辛, 多丽斯, 693

Lessing, Gotthold 莱辛, 戈特霍尔德, 314, 316, 320, 527

Lévi-Strauss, Claude 列维-斯特劳斯, 克洛德, 560, 565, 568, 618, 631, 633, 697

 bricolage 列维-斯特劳斯的"现成拼凑", 657, 658

 Derrida on 德里达论列维-斯特劳斯, 657, 658, 659

 The Elementary Structures of Kinship 列维-斯特劳斯《亲缘关系的基本结构》, 657

 on history 列维-斯特劳斯论历史, 659

 on myth 列维-斯特劳斯论神话, 632, 658

 nature-culture opposition 列维-斯特劳斯的自然与文化的对立, 657

 The Savage Mind 列维-斯特劳斯《原始思维》, 657

 structuralism 列维-斯特劳斯的结构主义, 659

Levin, Susan 莱文, 苏珊, 412

Lewes, George Henry 刘易斯, 乔治·亨利, 473, 476

Lewis, C. S. 刘易斯, C. S., 561

liberal arts 自由艺术, 169-170, 184, 230, 232

 Hugh of St. Victor on 圣维克托的于格论自由艺术, 180-181

liberal-bourgeois thought 资产阶级自由主义思想, 316, 351, 561, 567

liberal-humanist philosophy 自由主义的人本主义哲学, 569

liberalism 自由主义, 2, 311, 472

 economic liberalism 经济自由主义, 355, 454, 502

 political liberalism 政治自由主义, 315

liberty 自由

 Coleridge on 柯勒律治论自由, 441-442

 Wordsworth on 华兹华斯论自由, 421

Linguistic Circle of New York 纽约语言学小组, 618

Lisle, Leconte de 莱尔, 勒孔特·德, 489

literacy, and political rights 读写能力, 读写能力与政治权利, 755

literary criticism 文学批评

 African-American 美国黑人(非洲裔美国人)文学批评, 756-759

 Arnold on 阿诺德论文学批评, 496, 500, 501, 521-525

 Beardsley on 比尔兹利论文学批评, 623-626

 classical 古典主义的文学批评, 9-100

 Coleridge on 柯勒律治论文学批评, 439-440

 Enlightenment 启蒙运动的文学批评, 317-320

 feminist 女性主义的文学批评, 667-707

 formalist 形式主义的文学批评, 603-609, 733, 736

 Freudian literary analysis 弗洛伊德式的文学分析, 572, 578-583

 Heidegger on 海德格尔论文学批评, 716-721

 Henry James on 亨利·詹姆斯论文学批评, 485-486

 Howells on 豪威尔斯论文学批评, 482-485

 Marxist 马克思主义的文学批评, 534-543, 560, 563-564, 565, 566, 761, 765

 medieval 中世纪的文学批评, 171-206

 neoclassical 新古典主义的文学批评, 273-309

 New Critical 新批评的文学批评, 621-622, 765

 Poe on 爱伦·坡论文学批评, 463-466, 489

 Pope on 蒲柏论文学批评, 192, 280, 282, 287, 291-300, 325

 Ransom on 兰瑟姆论文学批评, 622

revolutionary literary criticism 革命的文学批评,550
Said on 萨义德论文学批评,745-746
scientific tendency 文学批评的科学趋势,567
T. S. Eliot on T. S. 艾略特论文学批评,484
twentieth century 20 世纪文学批评,560-569
Wilde on 王尔德论文学批评,499-501
Wimsatt on 威姆萨特论文学批评,623-626

Livius 李维乌斯,261

Locke, John 洛克,约翰,2,292,314,318,320-324,360,384,442,474,502
 An Essay Concerning Human Understanding 洛克《人类理解论》,315,320-324,325
 empiricism 洛克的经验主义,284,315,317,318,320,387,388,448,529
 on essence 洛克论本质,322-323
 on language 洛克论语言,99,100,276,315,317,318,319,320-321,323,569
 political liberalism 洛克的政治自由主义,315
 on rhetoric 洛克论修辞学,321
 skepticism 洛克的怀疑论,318,322
 on substance 洛克论实体,384
 Two Treatises on Civil Government 洛克《政府论两篇》,315,316,351
 on wit and judgment 洛克论睿智与判断,320-321,325,338

logic 逻辑学,逻辑
 Aristotelian 亚里士多德的逻辑学,45-46
 Augustine on 奥古斯丁论逻辑学,161
 Boethian 波伊提乌的逻辑学,169,170
 Hegel on 黑格尔论逻辑学,387
 Hugh of St. Victor on 圣维克托的于格论逻辑学,180
 John of Salisbury on 索尔兹伯里的约翰论逻辑学,184-185
 medieval tradition 中世纪的逻辑学传统,96,97,154,170
 poetic theory and 诗歌理论与逻辑学,173,174,175,199-200,201
 Ramist 拉米斯特的逻辑学,100
 see also dialectics 也可参见辩证法

logical positivism 逻辑实证主义,100,383,567,595,647

logocentrism 逻各斯中心主义,650-653,665,757
 and phallocentrism 逻各斯中心主义与男权中心主义,669

Logos/logos "逻各斯之逻各斯",82,159,160,650,653,654,663

Lombard, Peter 朗巴特,彼得,170,171
 Libri quatuor sententiarum 朗巴特《箴言四书》,171
 theology 朗巴特的神学,236

Longinus 朗吉努斯,97,100,118-128,191,299,623
 affective theory 朗吉努斯的感受理论,120
 on the emotions 朗吉努斯论情感,119,120,125,127
 on Homer 朗吉努斯论荷马,120-121
 on imagination 朗吉努斯论想象,122-123
 metaphysics 朗吉努斯的形而上学,124-125
 On the Sublime 朗吉努斯《论崇高》,94,118-126,191,276,397,626
 on rhetoric 朗吉努斯论修辞学,121,122-123,124

Lorris, Guillaume de 洛里斯,纪尧姆·德,220

Louis XIV of France 法兰西的路易十四,281,283-284,350

Louis XVI of France 法兰西的路易十六,351,352

Louis Napoleon Bonaparte 路易·拿破仑·波拿巴,354

Louis-Philippe of France 法国的路易-菲力普,353,354,493

Lubiano, Wahneema 卢比昂诺,瓦尼伊马,754

Lucan 卢卡,170

Lukács, Georg 卢卡奇,格奥尔格,33,389,407,475,536,544-546
 on alienation 卢卡奇论异化,544,545,546
 The Destruction of Reason 卢卡奇《理性的毁灭》,546

Eagleton on 伊格尔顿论卢卡奇,547
existentialism 卢卡奇的存在主义,544
and Hegel 卢卡奇与黑格尔,545
History and Class Consciousness 卢卡奇《历史与阶级意识》,544,545
and the Marxist aesthetic 卢卡奇与马克思主义美学,545,546
on naturalism 卢卡奇论自然主义,545
philosophical idealism 卢卡奇的哲学唯心主义,544
socialist realism 卢卡奇的社会主义现实主义,541,545-546
The Specific Nature of the Aesthetic 卢卡奇《审美特性》,546
The Young Hegel 卢卡奇《青年黑格尔》,765
Lunacharsky, Anatoly 卢那察尔斯基,阿纳托利,540,603
Luther, Martin 路德,马丁,236,237
Lutheranism 路德教派,233,237
Luxemburg, Rosa 卢森堡,罗莎,536,537-538
Lyceum 吕刻昂,41
Lyotard, Jean-François 利奥塔,让-弗朗索瓦,381,407,417,566,764
Greenblatt on 格林布拉特论利奥塔,764
on the postmodern condition 利奥塔论后现代状况,566
lyric poetry 抒情诗,421
Eichenbaum on 埃亨鲍姆论抒情诗,608
feminine values 抒情诗的女性价值观,668
Greek 希腊抒情诗,9,15,512
Nietzsche on 尼采论抒情诗,512
Lysias 吕西阿斯,67,68

Macaulay, Thomas Babington 麦考利,托马斯·巴宾顿,582,740
"Minute on Indian Education" 麦考利《印度教育备忘录》,748
McGann, Jerome 麦加恩,杰罗姆,763
Macherey, Pierre 马舍雷,皮埃尔,542,543,552
A Theory of Literary Production 马舍雷《文学生产理论》,543
and deconstruction 马舍雷与解构,552
Machiavelli, Niccolo 马基雅维利,尼科洛,233,234,738
The Prince 马基雅维利《君主论》,233
McKeon, Richard 梅克昂,理查德,565,627
Macksey, Richard 麦克塞,理查德,633
Maclean, Norman 麦克莱恩,诺曼,627
MacLeish, Archibald 麦克利什,阿奇博尔德,623
Macrobius 马克罗比乌斯,39,94,129,139-144,154,172,177,178,208
Commentary on the Dream of Scipio 马克罗比乌斯《评斯齐皮奥之梦》,139,140-144
on education 马克罗比乌斯论教育,139
Neo-Platonism 马克罗比乌斯的新柏拉图主义,139-144
Saturnalia 马克罗比乌斯《农神节》,95,139-140,191
Macy, John 梅西,约翰,561,563
Maeterlinck, Maurice 梅特林克,莫里斯,489
Maimonides 迈蒙尼德,202
Maistre, Joseph de 迈斯特尔,约瑟夫·德,493
Malcolm X 马尔科姆·X,559
male literary tradition 男性文学传统,301
Malebranche, Nicolas 马勒伯朗士,尼古拉,292
Malherbe, François de 马莱伯,弗朗索瓦·德,276,277
Mallarmé, Stéphane 马拉美,斯特凡那,463,465,489,645,698,700,701
and symbolism 马拉美与象征主义,490
Malory, Sir Thomas, *Morte Darthur* 马洛礼,托马斯爵士,马洛礼《亚瑟王之死》,174
Malthus, Thomas 马尔萨斯,托马斯,502
Manicheism 摩尼教,157,206
Mannheim, Karl 曼海姆,卡尔,760
Manning, Susan 曼宁,苏珊,318
Mansfield, Katherine 曼斯菲尔德,凯瑟琳,672,692
Marat, Jean-Paul 马拉,让-保罗,352

Marburg School 马尔堡学派,381

Marcus Aurelius 马可·奥勒利乌斯,81,106

Marcus, Jane 马库斯,简,670

Marcuse, Herbert 马尔库塞,赫伯特,389,407,409,470,542,559,564,573

    Eros and Civilization 马尔库塞《爱欲与文明》,537

Marguerite de Navarre 玛格丽特·德·纳瓦尔,688

Maritain, Jacques 马利丹,雅克,628

Mark Antony 马克·安东尼,86,93,105

Marlowe, Christopher 马洛,克里斯托弗,234

    Doctor Faustus 马洛《浮士德博士》,234

Martianus Capella 马提安努斯·卡佩拉,154,170

    The Wedding of Philology and Mercury 马提安努斯·卡佩拉《哲学与墨丘利的联姻》,170

Marvell, Horatian Ode 马维尔,贺拉斯式的颂诗,239

Marx, Karl 马克思,卡尔,4,27,33,317,356,527

    Capital 马克思《资本论》,531,548

    capitalist critique 马克思对资本主义的批判,527,528,530,534

    on class struggle 马克思论阶级斗争,530,531,532,533,535,550

    The Communist Manifesto 马克思《共产党宣言》,530

    and the division of labor 马克思与劳动分工,530

    economic dialectic 马克思的经济辩证法,531-533

    Economic and Philosophic Manuscripts 马克思《经济学-哲学手稿》,393,529,545

    on feudalism 马克思论封建主义,168

    Foucault on 福柯论马克思,768

    The German Ideology 马克思《德意志意识形态》,393,530,532,535,642

    Grundrisse 马克思《大纲》,531-532

    and Hegel 马克思与黑格尔,393,527,528-529,530,532,547-548

    historical materialism 马克思的历史唯物主义,530

    historicism 马克思的历史主义,543,760

    and humanism 马克思与人本主义,529

    and ideology 马克思与意识形态,531

    and language 马克思与语言,568

    on the Roman Empire/philosophy 马克思论罗马帝国与哲学,113,116

    scientificity 马克思的科学性,542

    structuralist Marxism 结构主义马克思主义,542-543

Marxism 马克思主义,3,46,527-553,708,773,774

    aesthetics 马克思主义美学,534-543,545,546

    and alienation 马克思主义与异化,529,531,545

    Barthes on 巴特论马克思主义,646

    and the bourgeoisie 马克思主义与资产阶级,530,532,538,742

    and capitalism 马克思主义与资本主义,527,528,530,532,534,544,566

    and deconstruction 马克思主义与解构,567

    dialectical character 马克思主义辩证法的特征,547,552

    Frankfurt School 法兰克福学派的马克思主义,407,507,542,564,573

    Hegelian Marxism 黑格尔式的马克思主义,382,407,544,547-548

    ideals 马克思主义的理想,3

    and identity 马克思主义与同一性,535,549,552

    and imperialism 马克思主义与帝国主义,738

    and language 马克思主义与语言,515-516,534,535,550,642

    literary criticism 马克思主义的文学批评,534-543,560,563-564,565,566,761,765

    and Marx's canon 马克思主义与马克思的经典,533-534

    Marxist feminism 马克思主义的女性主义,533,534,670,671,693-697

    and realism 马克思主义与现实主义,475

    structuralist Marxism 结构主义的马克思主义,542-543

    see also communism 也可参见共产主义

masculinity, De Beauvoir on 男人气,德·波伏瓦论男人气,683
master-slave dialectic 主奴辩证法,345,391-393,394,395,590,593,683
materialism 唯物主义,314,448,461,503,562,675
 cultural materialism 文化唯物主义,543,762
 De Beauvoir on 德·波伏瓦论唯物主义,685-686
 Enlightenment materialism 启蒙运动的唯物主义,314
 Feuerbach and 费尔巴哈与唯物主义,529
 historical materialism 历史唯物主义,530,685-686
 Hobbes and 霍布斯与唯物主义,314
mathematical theory 数学理论,235,314
Mathias, T. J., *Pursuits of Literature* 马蒂亚斯,T. J.,马蒂亚斯《文学的追求》,429
matriarchy, De Beauvoir on 母权制,德·波伏瓦论母权制,687
Matthew of Vendôme 旺多姆的马太,84
 Art of Versification 旺多姆的马太《诗律的艺术》,173,268
Matthiessen, F. O. 马西森,F. O.,564,621
Matz, Robert 马茨,罗伯特,238,260
Maupassant, Guy de 莫泊桑,居伊·德,473
maxims 格言,箴言,75
Maximus of Tyre 提尔的马克西穆斯,251
Mayakovsky, Vladimir 马雅可夫斯基,弗拉基米尔,540
Mazzoni, Giacopo 马佐尼,雅各布,201,239,240,241,245-249
 aesthetics 马佐尼的美学,245
 On the Defence of the Comedy of Dante 马佐尼《为但丁的喜剧辩护》,245
 On the Three Ways of Man's Life 马佐尼《论人生的三种道路》,245
mechanism 机械论,312,313,314,316,409,455
 Arnold on 阿诺德论机械论,521,524
 Emerson on 爱默生论机械论,457
 and language 机械论与语言,520

media 媒介,773-774
Medici, Cosimo de' 美第奇,科西莫·德,234
medicine 药物,235
medieval criticism 中世纪的批评,171-175
 humanist phase 中世纪批评的人本主义阶段,174
 literature and grammar 中世纪批评的文学和语法,95,166,170,172,173,175,175-191
 literature and logic 中世纪批评的文学与逻辑学,194-206
 literature and rhetoric 中世纪批评的文学与修辞学,191-194
medieval Latin literature 中世纪的拉丁语文学,152-153
mediocrity 平庸,126
Medusa myth 美杜莎的神话,703
Medvedev, Pavel 梅德韦德夫,帕维尔,610,611
Mehring, Franz 梅林,弗朗茨,472,536
Meier, Georg 迈尔,格奥尔格,366
Meinecke, Friedrich 迈内克,弗里德里希,760
Meinong, Alexius 迈农,阿历克修斯,475
Mellor, Anne,梅勒,安妮,412
melody, Longinus on 音乐性、旋律,朗吉努斯论音乐性,125
Melville, Herman 梅尔维尔,赫尔曼,454,455
Melville, Stephen W. 梅尔维尔,斯蒂芬·W.,664
Mencken, H. L. 门肯,H. L.,562
Mendelssohn, Moses 门德尔松,摩西,316
mercantilism 重商主义,284
merchant guilds 商业行会,167-168
Meredith, George 梅瑞狄斯,乔治,473
Merleau-Ponty, Maurice 梅洛-庞蒂,莫里斯,682,715
Mernissi, Fatima 梅尔尼西,法蒂马,560,669
metalanguage 元语言,619,639,644,648
metaphor 隐喻,10,84-85,92,98,99,209,210,651-652
 Aristotle on 亚里士多德论隐喻,76,77
 Dante on 但丁论隐喻,211
 Derrida on 德里达论隐喻,211,651

Geoffrey de Vinsauf on 文绍夫的杰弗里论隐喻,
　　　193
　　Jakobson on 雅各布森论隐喻,620,621,643
　　Lacan on 拉康论隐喻,596—597,599,600
　　Longinus on 朗吉努斯论隐喻,124
　　Puttenham on 普登汉姆论隐喻,270
　　racial 种族的隐喻,754—755
　　Vico on 维柯论隐喻,331—332
metaphysical wit 形而上学的睿智,319
metaphysics 形而上学
　　Aquinas 阿奎那的形而上学,205
　　Aristotle 亚里士多德的形而上学,42—44,47,59
　　decentering 形而上学的去中心化,656
　　early modern views 现代早期的形而上学观,245—
　　　246
　　Kantian 康德的形而上学,360,362,412—413,448
　　Longinus 朗吉努斯的形而上学,124—125
　　medieval 中世纪的形而上学,205,206
　　Nietzsche on 尼采论形而上学,656
　　Plato 柏拉图的形而上学,34—38,129
metaphysics of presence 在场的形而上学,654,659
meter 韵律,格律
　　classical verse 古典主义的诗歌韵律,254,267
　　early modern views 现代早期的韵律观,268,269
　　Gascoigne on 盖斯科因论格律,268
　　iambic pentameter 抑扬格五音步韵律,268
　　stress-based 重读韵律,267,269
　　vernacular poetry 白话诗的韵律,254
metonymy 转喻,10,84,92,98,99,332
　　Jakobson on 雅各布森论转喻,620,621,643
　　Lacan on 拉康论转喻,596,597,598—599,600
metrical language 富有韵律的语言,439
Metternich, Klemens von 梅特涅,克莱门斯·冯,
　　353,354
Meung, Jean de 默恩,让·德,220
Michelangelo 米开朗琪罗,428,579
Middle Ages 中世纪
　　Christian theology 中世纪的基督教神学,97,236,
　　　299,773

　　early Middle Ages 中世纪早期,151—165
　　High Middle Ages 中世纪盛期,172
　　humanism 中世纪的人本主义,144,166,169,176,
　　　215—226,229,230
　　intellectual currents 中世纪的知识趋势,169—175
　　later Middle Ages 中世纪晚期,151,166—213
　　medieval aesthetics 中世纪的美学,157,204—
　　　205,206—207,210,231
　　medieval curriculum 中世纪的课程,169—171,
　　　179,189,192
　　Romantic idealization 浪漫派对中世纪的理想化,
　　　469
　　scholastic realism 中世纪经院哲学的写实主义,
　　　474
　　world view 中世纪的世界观,142,144,146,188—
　　　189,204,229
　　see also medieval criticism 也可参见中世纪的批评
Mill, James 穆勒,詹姆斯,356,502
Mill, John Stuart 穆勒,约翰·斯图尔特,502,567,
　　684,691,747
　　"On Liberty" 穆勒《论自由》,751
　　The Subjection of Women 穆勒《对妇女的征服》,
　　　691
Millett, Kate 米利特,凯特,670,693—694,696
Milton, John 弥尔顿,约翰,216,232,234,254,273,
　　274,284,733
　　Areopagitica 弥尔顿《论出版自由》,232
　　Paradise Lost 弥尔顿《失乐园》,232,341,464
　　Wollstonecraft on 沃尔斯通克拉夫特论弥尔顿,
　　　341
mimesis 模仿,10,15
　　see also imitation 也可参见模仿
miners' strike, Britain (1984—1985) 煤矿工人罢
　　工,英国(1984—1985年),752
Minnis, A. J. 明尼斯,A. J.,174,178,196
Minturno, Sebastiano 明图尔诺,塞巴斯蒂亚诺,60,
　　240,266,273
misogyny 厌恶女性,566,669
　　Christine de Pisan on 克里斯蒂娜·德·皮桑论

厌恶女性,220,221,222-223,225
Mitchell, Juliet 米切尔,朱丽叶,573,671
mock-heroic poetry 仿英雄诗,625
moderation, classical 适度,古典主义的适度,242,273,282
modernism 现代主义,194,242,412,507,627-629
 and alienation 现代主义与异化,628
 Baudelaire and 波德莱尔与现代主义,493
 change, emphasis on 变化,现代主义对变化的强调,674
 T. S. Eliot and T. S. 艾略特与现代主义,492,562,627,628,629
 features 现代主义的特征,628-629
 and feminism 现代主义与女性主义,669,672-673,692-693
 and language 现代主义与语言,562
 literary modernism 文学上的现代主义,475,545-546,565,628-629,746
 political 政治上的现代主义,231
 and realism 现代主义与现实主义,461-466,675
 symbolist aesthetic 现代主义的象征主义美学,562
Moers, Ellen 默尔斯,艾伦,670
Moi, Toril 穆瓦,托莉,671
Molière (Jean-Baptiste Poquelin) 莫里哀(让-巴蒂斯特·波克兰),277,280,688
 Tartuffe 莫里哀《伪君子》,281
monarchy 君主政体,73,83,230,239,341
 absolute monarchy 专制君主政体,169,231,236,284,317,350
 Carolingian 加洛林君主政体,153
 despotic monarchy 暴虐的君主政体,316,350,351
 feudalism and 封建主义与君主政体,168,169
 Locke on 洛克论君主政体,316
 Voltaire on 伏尔泰论君主政体,316
monasticism 修道院制度,153,155
Montaigne, Michel de 蒙田,米歇尔·德,234-235,674,675
Montesquieu, Baron de 孟德斯鸠,巴龙·德,316,351,688
Montherlant, Henri de 蒙泰朗,亨利·德,689
Montreuil, Jean de 蒙特勒伊,让·德,220
Montrose, Louis 蒙特罗斯,路易,762
Moore, G. E. 穆尔,G. E.,100,383,475,562,672,674,676
 on commonsense beliefs 穆尔论常识信念,674,675
 on language 穆尔论语言,569
 on philosophy 穆尔论哲学,674
 "The Refutation of Idealism" 穆尔《反驳唯心主义》,674
 Woolf and 伍尔夫与穆尔,674
moral function of literature and poetry 文学和诗歌的道德功能,10,13-14,107,172,428
 Henry James on 亨利·詹姆斯论文学和诗歌的道德功能,487-488
 Horace on 贺拉斯论文学和诗歌的道德功能,107,109
 Ibn Rushd on 伊本·路世德论文学和诗歌的道德功能,198,200-201
 Zola on 左拉论文学和诗歌的道德功能,481
morality 道德
 Coleridge on 柯勒律治论道德,442
 de Staël on 德·斯塔尔论道德,426
 Howells on 豪威尔斯论道德,484
 Poe on 爱伦·坡论道德,466
 rhetoric and 修辞学与道德,93
More, Henry 莫尔,亨利,39
More, Paul Elmer 莫尔,保罗·埃尔默,561
More, Sir Thomas 莫尔,托马斯,爵士,39,234,236,273
 Utopia 莫尔《乌托邦》,234
Moréas, Jean 莫雷亚斯,让,489,490
Morgan, Lewis H. 摩尔根,路易斯·H.,533
Moriarty, Michael 莫里亚蒂,迈克尔,275,277
Morris, Charles 莫里斯,查尔斯,633
Morris, William 莫里斯,威廉,502,563
Moscow Linguistic Circle 莫斯科语言学小组,603,351,688

motifs 主题, 607
multiculturalism 多元文化主义, 739, 740, 775
Murdoch, Iris 默多克, 艾丽斯, 693
Murphy, James J. 墨菲, 詹姆斯·J., 88
Murry, John Middleton 默里, 约翰·米德尔顿, 561
Musaeus 穆西乌斯, 261
music 音乐
 and education (Aristotle) 音乐与教育（亚里士多德）, 48, 49
 Hegel and 黑格尔与音乐, 406
 Kant on 康德论音乐, 380
 Plato on 柏拉图论音乐, 26-27
 Schopenhauer on 叔本华论音乐, 514
music of the spheres 天体音乐, 142
Mussato, Albertino 墨萨多, 阿尔贝蒂诺, 174, 232
Mussolini, Benito 墨索里尼, 贝尼托, 738
mysticism 神秘主义, 130, 172, 210, 409, 429
 Nietzsche and 尼采与神秘主义, 507
 Plotinus and 普罗提诺与神秘主义, 137
 Romantic 浪漫派的神秘主义, 480
myth 神话
 Barthes on 巴特论神话, 639, 640-641, 642
 cave myth (Plato) 洞穴神话（柏拉图）, 21-22
 Derrida on 德里达论神话, 660-661
 Freud on 弗洛伊德论神话, 582
 Lévi-Strauss on 列维-斯特劳斯论神话, 632, 658
 Medusa myth 美杜莎的神话, 703
 and national identity 神话与民族认同, 582
 and poetry 神话与诗歌, 15, 16
 of women 关于妇女的神话, 689-690, 702
 and writing 神话与写作, 660-661
Myth Criticism 神话批评, 631
mythical theology 神话神学, 220

Nagy, Gregory 纳吉, 格里高里, 13, 14, 15
Napoleon Bonaparte 拿破仑·波拿巴, 352-353, 383-384, 425, 432, 537
Napoleonic Code《拿破仑法典》, 688

narrative 叙事, 61
 dramatic 戏剧叙事, 278
 Quintilian on 昆体良论叙事, 91
 rhetoric and 修辞学与叙事, 86
narratology 叙事学, 772
national consciousness 民族意识, 231, 232, 234, 238
 American 美国的民族意识, 454, 561
 Fanon on 法农论民族意识, 742-744
 myth and 神话与民族意识, 582
 Reformation and 宗教改革与民族意识, 236
nationalism 民族主义, 210, 237, 254, 354, 469, 742-743
 and American literature 民族主义与美国文学, 454, 561
 economic nationalism 经济上的民族主义, 350
 nineteenth century 19世纪的民族主义, 469
natural sciences 自然科学, 203, 470
 dialectics and 辩证法与自然科学, 527
naturalism 自然主义, 253, 471-472, 710
 French naturalism 法国的自然主义, 478
 Husserl on 胡塞尔论自然主义, 710, 714
 Lukács on 卢卡奇论自然主义, 545
 Nietzsche on 尼采论自然主义, 517-518
 Norris and 诺里斯与自然主义, 473
 Plato and 柏拉图与自然主义, 20
 pre-Socratic 前苏格拉底的自然主义, 17
 Taine and 泰纳与自然主义, 472
 theoretical foundations 自然主义的理论基础, 472
 veritism 自然主义的写真主义, 473
 Zola and 左拉与自然主义, 472, 477, 478-482
naturalistic novel 自然主义小说, 480, 481-482, 581
nature 自然
 Baudelaire on 波德莱尔论自然, 495-496
 Coleridge on 柯勒律治论自然, 442
 Darwinian conception 达尔文的自然概念, 471
 Emerson on 爱默生论自然, 456-457, 459
 Johnson on 约翰逊论自然, 309
 Lévi-Strauss on 列维-斯特劳斯论自然, 657
 as metaphor 作为隐喻的自然, 457

neoclassical concept 新古典主义的自然概念，274，
　　　275，283，295-296，297，409
　　Pope on 蒲柏论自然，292，295-296，297
　　Romantic concept 浪漫派的自然概念，274，296，
　　　316，408，409，428，432，433，435，436，450
　　Rousseau on 卢梭论自然，316
　　Wordsworth on 华兹华斯论自然，428，430，431，
　　　432，432-433，436
negative aspect of literary theory 文学理论的否定性
　方面，548-549，550
negative capability (Keats) 否定的能力(济慈)，429
negative, philosophy of the 否定，否定的哲学，389
negativity (Iser) 否定性(伊塞尔)，731
negritude movement 黑人文化传统认同运动，741
neo-Aristotelianism 新亚里士多德主义，317，602，
　627
neoclassicism 新古典主义，118
　　aesthetics 新古典主义美学，276，284
　　Dryden and 德莱顿与新古典主义，274，285-291
　　English neoclassicism 英国的新古典主义，284-
　　　309，428
　　French neoclassicism 法国的新古典主义，276-
　　　284
　　ideals 新古典主义的理想，428
　　Jonson and 琼森与新古典主义，274，284
　　literary criticism 新古典主义的文学批评，273-
　　　309
　　nature and 自然与新古典主义，274，275，283，
　　　295-296，297，409
　　poetic practice 新古典主义的诗学实践，450
　　Pope and 蒲柏与新古典主义，291-300，409
　　Romantic reactions against 反对新古典主义的浪
　　　漫派，271
　　science and 科学与新古典主义，275
　　values 新古典主义价值观，273，276
neo-Hegelianism 新黑格尔主义，567
neo-imperialism 新帝国主义，750
Neo-Platonism 新柏拉图主义，38-39，94，118，127，
　129-148，154，156，169，172，174，201，234

　　and the cosmos 新柏拉图主义与宇宙秩序，130-
　　　131，143
　　Divine Mind 新柏拉图主义的"圣心"，131，132
　　doctrine of the One 新柏拉图主义关于"太一"的
　　　学说，130，131，132-133，137
　　revival 新柏拉图主义的复兴，166，172，259-260
　　World-Soul 新柏拉图主义的"世界灵魂"，131-
　　　132，146
Neo-Pythagoreans 新毕达哥拉斯学派，130
neo-Romanticism 新浪漫主义，560，561
neo-Thomism 新托马斯主义，203，627-628
Nestorianism 聂斯托里主义，152
neurosis 神经症，578，580，586，599
New Criticism 新批评，61，96，98，99，230，317，471，
　483，560，561-562，563，564，567，621-622，
　708，761
　　aesthetics 新批评的美学，565
　　American New Critics 美国的新批评派，563
　　close reading practice 新批评的细读实践，124，
　　　603，621，732，756
　　isolation of the literary artifact 新批评对文学作
　　　品的隔离，607
　　and language 新批评与语言，568
　　literary analysis 新批评的文学分析，621-622，
　　　765
　　and objectivity 新批评与客观性，547
　　and poetry 新批评与诗歌，450
　　values 新批评的价值观，732
New Historicism 新历史主义，230，561，566，568，
　744-745，760-771，772
　　concerns and features 新历史主义的关注点与特
　　　点，761-762，765
　　and Foucault 新历史主义与福柯，766-771
　　and Greenblatt 新历史主义与格林布拉特，763-
　　　765
　　methodological self-consciousness 新历史主义在
　　　方法论上的自觉，764
New Humanism 新人本主义，561，563
New Left Review《新左派评论》，565

New Negro Renaissance 新黑人文艺复兴, 758
new realism 新现实主义, 567
New World Order 新世界秩序, 560
Newton, Sir Isaac 牛顿, 艾萨克, 爵士, 312, 320, 409
Newton, Judith 牛顿, 朱迪思, 670, 671
Newtonian physics 牛顿的物理学, 275
Ngugi Wa Thiong'o 恩古吉·瓦·西昂戈, 741
Nicholas of Autrecour 奥特库尔的尼古拉, 210
Nicholas of Lyra 里拉的尼古拉, 209
    Glossa Ordinaria 里拉的尼古拉《普世圣经评注》, 176
Nietzsche, Friedrich 尼采, 弗里德里希, 143, 312, 317, 411, 456, 507-518, 567
    on art 尼采论艺术, 510, 518
    The Birth of Tragedy 尼采《悲剧的诞生》, 507-508, 509-515
    on death of God 尼采论上帝之死, 507
    and deconstruction 尼采与解构, 508
    and empiricism 尼采与经验主义, 514
    on epic poetry 尼采论史诗, 512
    existentialism 尼采的存在主义, 507, 511, 512
    and humanism 尼采与人本主义, 508
    and language 尼采与语言, 568
    metaphysics, critique of 尼采的形而上学, 尼采对形而上学的批判, 656
    and mysticism 尼采与神秘主义, 507
    on naturalism 尼采论自然主义, 517-518
    "On Truth and Lying in a Non-Moral Sense" 尼采《论非道德意义上的真理与谎言》, 515-518
    pessimism 尼采的悲观主义, 469, 492
    positivism 尼采的实证主义, 508, 514
    and realism 尼采与写实主义, 508-509
    superman 尼采的超人, 460, 507, 508
    Thus Spoke Zarathustra 尼采《查拉图斯特拉如是说》, 508
    on tragedy 尼采论悲剧, 512-513, 514
    and the unconscious 尼采与无意识, 571
    on the will to power 尼采论权力意志, 509
Nims, Margaret 尼姆斯, 马格丽特, 192

Nisard, Désiré 尼扎尔, 德西雷, 424
nominalism 唯名论, 195
Norbrook, David 诺布鲁克, 戴维, 229-230, 233, 234, 238-239
Norris, Frank 诺里斯, 弗兰克, 473, 561
North Atlantic Treaty Organization (NATO) 北大西洋公约组织(NATO), 559
Norton, Glyn P. 诺顿, 格林·P., 238, 239
nouveaux doctes 新学者, 275
Novalis, Friedrich 诺瓦利斯, 弗里德里希, 412
novel 小说, 241
    Bakhtin on 巴赫金论小说, 611-612, 613, 616-618
    de Staël on 德·斯塔尔论小说, 425-426
    experimental novel 实验小说, 480-481, 487
    female novel 女性小说, 679, 692, 693
    idealistic novels 理想主义小说, 481
    Iser on 伊塞尔论小说, 730
    naturalistic novel 自然主义小说, 480, 481-482, 571
    perspectives 小说的视点, 730
    psychological novel 心理小说, 581
    realistic novel 现实主义小说, 473, 486, 675
    Said on 萨义德论小说, 745
numbers theory 数的理论, 143

objectification 客观化, 545
objectivism 客观主义, 709
    Gadamer on 伽达默尔论客观主义, 723
    Hirsch and 希尔斯与客观主义, 761
    historical objectivism 历史客观主义, 723
    Husserl on 胡塞尔论客观主义, 714
    Jauss on 姚斯论客观主义, 721-722
    Wellek on 韦勒克论客观主义, 722, 723
objectivity 客观性, 668
    Barthes on 巴特论客观性, 641
    Fish on 菲什论客观性, 735
    Horace on 贺拉斯论客观性, 108
    immanent objectivity 内在的客观性, 713

Marxist critique 马克思主义对客观性的批判,535,536,547

neoclassical 新古典主义的客观性,273,274

subjectivity-objectivity dualism 主观性与客观性的二元论,449,458,459

Oedipus complex 俄狄浦斯情结

Freud on 弗洛伊德论俄狄浦斯情结,572,573,575-576,577,578,586,589

Lacan on 拉康论俄狄浦斯情结,589-590,592

Oedipus myth 俄狄浦斯神话,632

Ogilvie, R. M. 奥格尔维,R. M.,115

oligarchy 寡头政治,14,32,34,47,73

Olson, Elder 奥尔森,埃德,565,627

the One, Plotinus on "太一",普罗提诺论"太一",130,131,132-133,137

oral tradition 口头传统,14,15

organicism 有机论,241,561

Orientalism 东方主义,747,750

Origen 奥利金,39,155,156,172,181,208

On First Principles 奥利金《论原理》,155

original sin doctrine 原罪说,152,223,236,262,492

Augustine on 奥古斯丁论原罪说,157

Orosius 奥罗修斯,156

Orwell, George 奥威尔,乔治,563

Osgood, Charles 奥斯古德,查尔斯,216

other-worldliness 彼世,158,202,216,230,234

otherness 他者,另类,571,682,741

Bhabha on 巴巴论他者,750,751,752

De Beauvoir on 德·波伏瓦论他者,683,686-687

female 女性他者,684,686-687,689,690

Lacan on 拉康论他者,599

Oriental other 东方的他者,750

Otto the Great 奥托大帝,154

Ottoman Empire 奥斯曼帝国,354

Ovid 奥维德,106,107,116,127,170,211,219,242

Ars amoris 奥维德《爱的艺术》,106

Metamorphoses 奥维德《变形记》,106

Owen, Robert 欧文,罗伯特,356

Owen, Wilfred 欧文,威尔弗雷德,562

Paine, Thomas 潘恩,托马斯,340

The Rights of Man 潘恩《人的权利》,339,355

painting, Hegel on 绘画,黑格尔论绘画,406

Palatine Academy 巴拉丁学院,328

pan-Hellenism 泛希腊主义,14-15

pantheism 泛神论,561

papacy 教皇职位,152,169,230,231,236,237,239

paradigm 范例,643

Paris 巴黎

Collège de Coqueret 巴黎科克雷学院,254-255,257

university 巴黎大学,171,173,202,203

Parmenides 巴门尼德,20,261

Parnassian poetry 法国"高蹈派"诗歌,424,489,490

Parrington, Vernon L. 帕林顿,弗农·L.,563,621

Parry, Benita 帕里,贝妮塔,738

Pater, Walter 佩特,沃尔特,496-497,498

The Renaissance: Studies in Art and Poetry 佩特《文艺复兴:艺术与诗歌研究》,496-497

patriarchy 父权制,573,670,693

Barrett on 巴雷特论父权制,693-694

De Beauvoir on 德·波伏瓦论父权制,687

Delphy on 德尔菲论父权制,694

Engels on 恩格斯论父权制,533

Marxist feminist view 马克思主义女性主义的父权制观点,671,693-694,697

materialist analysis 唯物主义对父权制的分析,694

Millett on 米利特论父权制,693-694

patriotism 爱国主义,231,681

Paul, St. 保罗,圣,152,156,157,161,219,687

Pearson, Karl 皮尔孙,卡尔,738

Peasants' Revolt 农民起义,237

Peirce, C. S. 皮尔斯,C. S.,508,633

Pelagianism 贝拉基主义,152

Peloponnesian League 伯罗奔尼撒同盟,14

Peloponnesian War 伯罗奔尼撒战争,14,68,667

Penn Warren, Robert 佩恩·沃伦,罗伯特,621

perception 感知,390-391,447,569

  Coleridge on 柯勒律治论感知,446

  Hegel on 黑格尔论感知,390-391

Pericles 伯里克利,13

pessimism 悲观主义,469,492

  Bergson 柏格森的悲观主义,469

  Kierkegaard 克尔凯郭尔的悲观主义,469

  Nietzsche 尼采的悲观主义,469,492

  Schopenhauer 叔本华的悲观主义,469,492,505

Petrarch 彼特拉克,152,174,218,232,242,254,261

Petronius 佩特罗尼乌斯,299

phallocentrism 男权中心主义

  Cixous on 西克苏论男权中心主义,705,706

  De Beauvoir on 德·波伏瓦论男权中心主义,685

  and logocentrism 男权中心主义与逻各斯中心主义,669

phantasia 幻想,81

phantasies, Freud on 幻想,弗洛伊德论幻想,579-580,581,582,584

phantastic poetry 幻想诗,247

pharmakon 药物,660-662,663

phenomena-noumena distinction (Kant) 现象与本体的区分(康德),364-365,380,384-385,410,413,448-449,502,504,514,518,710

phenomenology 现象学,389,565

  and determinism 现象学与决定论,479

  Hegel on 黑格尔论现象学,112,383,385-386,388,389-395,548

  Husserlian 胡塞尔的现象学,698-699,708,709-714

  Kantian 康德的现象学,360,443

  and reader-response theory 现象学与读者反应论,709

phenotext 现象文本,700-701

Philip of Macedon 马其顿的菲利普,41,80,86,123

philistinism 庸俗,521,524

Philo of Alexandria (Philo Judaeus) 亚历山大的斐洛(犹太人斐洛),39,82,94,129,130,172,650

philosophical pluralism 哲学上的多元论,316

philosophy 哲学

  analytic philosophy 分析哲学,567

  Aquinas on 阿奎那论哲学,203

  Bakhtin on 巴赫金论哲学,613

  Coleridge on 柯勒律治论哲学,449-450

  de Staël on 德·斯塔尔论哲学,426

  Descartes on 笛卡儿论哲学,313-314

  Greek philosophy 希腊哲学,17

  Hegel on 黑格尔论哲学,384,385,397-398

  Hellenistic 希腊化时期的哲学,80-83

  Hugh of St. Victor on 圣维克托的于格论哲学,180

  Husserl on 胡塞尔论哲学,713-714

  literary language 文学语言的哲学,143-144

  and the medieval curriculum 哲学与中世纪的课程,170

  Moore on 穆尔论哲学,674

  moral philosophy 道德哲学,263,264

  philosophy-poetry conflict 哲学与诗歌的冲突,11,15,17,24-25,28,36,94,139,219,321

  Plato on 柏拉图论哲学,36,38

  and rhetoric 哲学与修辞学,65,70,71,100,233

  secular political philosophy 世俗政治哲学,231

  transcendental philosophy 先验哲学,449

Philostratus, *Lives of the Sophists* 菲洛斯特拉托斯,菲洛斯特拉托斯《智者传》,247

photography, realism and 摄影术,写实主义与摄影术,473,474-475

physical sciences 自然科学,471

  see also naturalism 也可参见自然主义

Pico della Mirandola 皮科·德拉·米兰多拉,39,234

pietism 虔信派,358,359,417

Pindar 品达,15,522

Piozzi, Hester Lynch Thrale 皮奥齐,赫斯特·林奇·特拉尔,342

Pirandello, Luigi 皮兰德娄,路易吉,627

Planche, Gustave 普朗什,古斯塔夫,424

Platner, Ernst 普拉特纳,恩斯特,447

Plato 柏拉图,4,10,13,14,19-40,97,145,246,

247,253,264,760

aesthetics 柏拉图的美学,2,24,26-34,136,155, 397,498

Apology 柏拉图《申辩》,19,23

Cratylus 柏拉图《克拉底鲁斯》,23

on democracy 柏拉图论民主制,33-34,47

Derrida on 德里达论柏拉图,655,660-663

dialectical method 柏拉图的辩证法,16,17,20,25

early modern views 现代早期对柏拉图的看法, 247,248,249

and essentialism 柏拉图与本质主义,36,37

Euthyphro 柏拉图《尤息弗罗》,20

on forms of government 柏拉图论政体形式,32-33

Forms, theory of 柏拉图的形式,柏拉图的形式理论,20-23,34-35,37,38,50,205,207,652, 662

Gorgias 柏拉图《高尔吉亚》,69-71

on imitation 柏拉图论模仿,36-37,38,39,50, 121-122,135

Ion 柏拉图《伊安》,23-24,39,266

Laws 柏拉图《法律》,23,248

Longinus on 朗吉努斯论柏拉图,121-122,125

metaphysics 柏拉图的形而上学,34-38,129

myth of the cave 柏拉图的洞穴神话,21-22

and naturalism 柏拉图与自然主义,20

Parmenides 柏拉图《巴门尼德》,22

Phaedrus 柏拉图《斐得若》,23,39,71,177,660

poetic theory 柏拉图的诗歌理论,16,23-26,27-32,33-34,35,36,107,109,129,135,139,247, 248,265-266,626,708

Protagoras 柏拉图《普罗塔哥拉》,23

Republic 柏拉图《理想国》,21-22,23,24-38, 107,140,143,180,196,248,249

on rhetoric 柏拉图论修辞学,7,69-71,87-88, 92,97,161

and Socrates 柏拉图和苏格拉底,19,20

Sophist 柏拉图《智者》,22-23,246

on sophistic 柏拉图论智者派,16

Symposium 柏拉图《飨宴》,23

Thaetetus 柏拉图《泰阿泰德》,23

Timaeus 柏拉图《蒂迈欧》,23,39,135,143,146, 206,698

Platonic Academy, Florence 柏拉图学园,佛罗伦萨的柏拉图学园,39,234

play 游戏

Derrida on 德里达论游戏,659,660

Freud on 弗洛伊德论游戏,579,580,582

Lévi-Strauss on 列维-斯特劳斯论游戏,659

Marxist view 马克思主义的游戏观,537

pleasure 愉悦

Addison on 艾迪生论愉悦,327-328

Boileau on 布瓦洛论愉悦,283

Burke on 博克论愉悦,338

Castelvetro on 卡斯特尔维屈罗论愉悦,243,244

Coleridge on 柯勒律治论愉悦,450-451

early modern views 现代早期的愉悦观,244,251

Enlightenment views 启蒙运动的愉悦观,338

Epicureanism 伊壁鸠鲁主义的愉悦,81-82,106, 116,145,234

Freud on 弗洛伊德论愉悦,582

Ibn Rushd on 伊本·路世德论愉悦,199

Marxist view 马克思主义的愉悦观,537

neoclassical views 新古典主义的愉悦观,275-276,283

postmodern views 后现代的愉悦观,251

Romantic views 浪漫派的愉悦观,251

Tasso on 塔索论愉悦,251

Pléiade 七星诗社,255,257

Plekhanov, George 普列汉诺夫,格奥尔基,409, 536,537

Art and Social Life 普列汉诺夫《艺术与社会生活》,424,537

Pliny the Younger 小普林尼,89

plot 情节

Aristotle on 亚里士多德论情节,55,56-57,109, 201,245

Castelvetro on 卡斯特尔维屈罗论情节,243,244

and character 情节与人物, 55, 109
construction 情节结构, 607
Ibn Rushd on 伊本·路世德论情节, 201
Shklovsky on 什克洛夫斯基论情节, 607
unity 情节的统一性, 56-57
Plotinus 普罗提诺, 37, 38-39, 94, 127, 129-139, 143, 172
  aesthetics 普罗提诺的美学, 133-139, 258
  creation account 普罗提诺的创世说, 135
  Enneads 普罗提诺《九章集》, 130-139
  on Forms, theory of 普罗提诺论形式, 普罗提诺的形式理论, 130, 133, 136, 138
  on imitation 普罗提诺论模仿, 135
  and mysticism 普罗提诺与神秘主义, 137
  Neoplatonism 新普罗提诺主义, 129-139
  on the One 普罗提诺论"太一", 130, 131, 132-133, 137
  on time 普罗提诺论时间, 519
Plutarch 普鲁塔克, 85, 88, 116, 201, 247
Poe, Edgar Allan 坡, 埃德加·爱伦, 39, 380, 442, 463-466, 492, 493, 498, 572
  aesthetics 爱伦·坡的美学, 463, 464, 465
  Baudelaire on 波德莱尔论爱伦·坡, 493-495
  formalism 爱伦·坡的形式主义, 463
  "The Philosophy of Composition" 爱伦·坡《写作的哲学》, 463-464
  "The Poetic Principle" 爱伦·坡《诗学原理》, 464, 494
  on poetry and criticism 爱伦·坡论诗歌和批评, 463-466, 489
  "The Raven" 爱伦·坡《乌鸦》, 464
poetic autonomy 诗歌的自主性, 48, 451, 492
  Poe on 爱伦·坡论诗歌的自主性, 464, 465
  see also artistic autonomy 也可参见艺术的自主性
poetic theory 诗歌理论
  Aristotelian 亚里士多德的诗歌理论, 47, 48-61, 95, 96, 107-108, 191, 195, 197, 199, 216, 239, 240, 244, 250, 264, 267, 273, 397, 452, 627, 708
  Arnold on 阿诺德论诗歌理论, 525
  Augustan 奥古斯丁的诗歌理论, 107
  Bakhtin on 巴赫金论诗歌理论, 617
  Baudelaire on 波德莱尔论诗歌理论, 494-495
  Bergson on 柏格森论诗歌理论, 519
  Boccaccio on 薄伽丘论诗歌理论, 215, 216-219
  Boileau on 布瓦洛论诗歌理论, 280-284
  Castelvetro on 卡斯特尔维屈罗论诗歌理论, 242-244
  Coleridge on 柯勒律治论诗歌理论, 450-451
  criterion of truth 诗歌理论的真实标准, 54
  Croce on 克罗齐论诗歌理论, 623
  Dante on 但丁论诗歌理论, 213
  defense of poetry 为诗辩护的诗歌理论, 249, 259-266
  Dryden on 德莱顿论诗歌理论, 290-291
  Du Bellay on 杜·贝莱论诗歌理论, 256-257
  early modern views 现代早期的诗歌理论观, 249, 257-259, 268-271
  Eichenbaum on 埃亨鲍姆论诗歌理论, 608
  Eliot on 艾略特论诗歌理论, 629
  Emerson on 爱默生论诗歌理论, 462-463
  formalist 形式主义的诗歌理论, 173, 606, 607, 608
  Geoffrey de Vinsauf on 文绍夫的杰弗里论诗歌理论, 192-194
  Giraldi on 吉拉尔迪论诗歌理论, 241-242
  Greek 希腊的诗歌理论, 12, 14, 15, 16
  Hegel and 黑格尔与诗歌理论, 406
  Heidegger on 海德格尔论诗歌理论, 717, 718, 719
  and hermeneutics 诗歌理论与阐释学, 421
  Horace on 贺拉斯论诗歌理论, 95, 105, 107, 108-110, 111, 114-115, 116, 172, 191, 192, 193, 239, 240, 251, 260, 270, 281, 397
  Ibn Rushd on 伊本·路世德论诗歌理论, 196-201
  Jakobson on 雅各布森论诗歌理论, 619-620, 621
  Johnson on 约翰逊论诗歌理论, 303
  Kant on 康德论诗歌理论, 380
  Kristeva on 克里斯蒂娃论诗歌理论, 700
  Mazzoni on 马佐尼论诗歌理论, 246-249

medieval treatises 中世纪对诗歌理论的论述,173

modernist 现代主义的诗歌理论,628

neoclassical views 新古典主义的诗歌理论观,290-291,303,450

New Critical view 新批评的诗歌理论观,450,623-624,626

Nietzsche on 尼采论诗歌理论,511-512

and paganism 诗歌理论与异教,219

Platonic account 普罗提诺对诗歌理论的说明,16,23-26,27-32,33-34,35,36,51,107,109,129,135,139,247,248,265-266,626,708

Poe on 爱伦·坡论诗歌理论,463-466

Puttenham on 普登汉姆论诗歌理论,268-271

Ransom on 兰瑟姆论诗歌理论,622

Romantic theory 浪漫派的诗歌理论,4,97,100,414,424,429,436-439,623

Ronsard on 龙萨论诗歌理论,257-259

Schlegel on 施莱格尔论诗歌理论,414

Schleiermacher on 施莱尔马赫论诗歌理论,421

scholastic 经院哲学的诗歌理论,173-174,195-201,519

Schopenhauer on 叔本华论诗歌理论,506,507

Sidney 锡德尼的诗歌理论,259-266

Tasso on 塔索论诗歌理论,250-254

Vico on 维柯论诗歌理论,330,331

Wordsworth on 华兹华斯论诗歌理论,436-439,450,451-452

Poetics (Aristotle)《诗学》(亚里士多德),47,48-61,95,96,107-108,191,195,197,199,216,239,240,244,250,264,267,273,397,452,627,708

action《诗学》论行动,50-51,55-59

commentaries 对《诗学》的评注,60-61,273

critical concerns《诗学》对批评的关注,627

imitation《诗学》论模仿,51-54

metaphysical and ethical contexts《诗学》的形而上学和伦理学语境,48-49

tragedy《诗学》论悲剧,54-59

polis 城邦,13,80

politics 政治

aesthetics and (Plato) 美学与政治(柏拉图),29

Aristotle on 亚里士多德论政治,47,48-49,50,73

Emerson on 爱默生论政治,462

Machiavelli on 马基雅维利论政治,233

and rhetoric 政治与修辞学,65,66,70,73

polyphony 复调,609,610

polysemy 歧义,139,212

polytheism 多神论,219,536

Pope, Alexander 蒲柏,亚历山大,105,108,241,274,275,291-300,319,450

An Essay on Man 蒲柏《人论》,291,292

Essay on Criticism 蒲柏《批评论》,192,280,282,287,291-300,325

Johnson on 约翰逊论蒲柏,308

neoclassicism 蒲柏的新古典主义,291-300,409

The Rape of the Lock 蒲柏《夺发记》,291,625

Porphyry 波菲利,38-39,129,130,139,143,166,172,194,207

Introduction to the Categories of Aristotle 波菲利《亚里士多德〈范畴篇〉导论》,144

Isagoge 波菲利《绪论》,196

positivism 实证主义,469,470-471,472,482,564,773

Arnold and 阿诺德与实证主义,522

Comte 孔德的实证主义,470,476,567

Durkheim and 涂尔干与实证主义,470,567

and formalism 实证主义与形式主义,605

and language 实证主义与语言,520,569

logical positivism 逻辑实证主义,100,383,567,595,674

Nietzsche and 尼采与实证主义,508,514

Spencer and 斯宾塞与实证主义,470,567

Taine and 泰纳与实证主义,472-473

postcolonial criticism 后殖民批评,737-759

and Bhabha 后殖民批评与巴巴,750-753

and Fanon 后殖民批评与法农,741-744

and Said 后殖民批评与萨义德,744-747

seminal texts 后殖民批评开创性的文本,738-739

and Spivak 后殖民批评与斯皮瓦克,747-749

postcolonialism 后殖民主义,312,317,774

postmodernism 后现代主义,412,543,566,745

Jameson on 詹姆逊论后现代主义,543

poststructuralism 后结构主义,4,312,507,560,565,566,709,715

Barthes and 巴特与后结构主义,638,646,647

Bhabha and 巴巴与后结构主义,750,752

Eagleton on 伊格尔顿论后结构主义,552

Gates and 盖茨与后结构主义,754

Nietzsche and 尼采与后结构主义,511,515

Saussure and 索绪尔与后结构主义,633

Potebnya, Alexander 波特布尼亚,亚历山大,605,606

Poulain de la Barre, François 普兰·德·拉巴尔,弗朗索瓦,688

Poulet, Georges 普莱,乔治,565,709,727

Pound, Ezra 庞德,埃兹拉,485,607

and allusion 庞德与典故,624

and language 庞德与语言,568

modernism 庞德的现代主义,492,562,627,628,629

and New Criticism 庞德与新批评,621

power 权力

feudal power structure 封建的权力结构,168

Foucauldian discourse 福柯的权力话语,566,762,766,770-771

juridico-discursive model 权力的法律-推论模式,770

temporal and spiritual power (Augustine) 世俗的与精神的权力(奥古斯丁),169

will to power (Nietzsche) 权力意志(尼采),509

pragmatism 实用主义,2,316,351,502,567

Prague Linguistic Circle 布拉格语言学小组,618

praxis 实践,54

Pre-Raphaelite Brotherhood 拉斐尔前派兄弟会,473,489

predestination 宿命论,236,237

Presbyterianism 长老会,长老会主义,237

Price, Richard 普赖斯,理查德,340

priesthood 神职人员,168,236

Priestley, Joseph 普里斯特利,约瑟夫,435

Prince, Gerald 普林斯,杰拉尔德,633

printing, development of 印刷术,印刷术的发展,97,235,238

Priscian 普里西安,94

Institutiones grammaticae 普里西安《语法基础》,94,154

private right concept 私有权概念,113

private sphere 私人领域,345

probability 可能性,或然性,273,277,280

Aristotle on 亚里士多德论或然性,499

Wilde on 王尔德论可能性,499

Proclus 普罗克洛斯,39,129,130,139,172,207

proletarian culture 无产阶级文化,539,540

Proletkult 无产阶级文化协会,540

pronunciation 发音法,96

property 财产,所有权

De Beauvoir on 德·波伏瓦论所有权,687

Freud on 弗洛伊德论所有权,585

Marx on 马克思论所有权,534

and the oppression of women 财产与妇女压迫,686,687,688,694

private property 私有财产,113,534,535,549,585,686

and religion 财产与宗教,529

Roman concept 罗马的所有权概念,113

socialized property 社会化的财产,532

prophecy 预言,143

proportion 比例,242,273

Propp, Vladimir 普洛普,弗拉基米尔,603

propriety, Aristotle on 适当,亚里士多德论适当,77

Protagoras 普罗塔哥拉,13,16,20,67,82

Protestant ethic 新教伦理,237

Protestant Reformation 新教改革,151,153,233,235,236-237,298,299

and nationalism 新教改革与民族主义, 254
Protestant work ethic 新教劳动伦理, 453
Protestantism 新教, 新教教义, 169, 232
Proudhon, Pierre-Joseph 蒲鲁东, 皮埃尔-约瑟夫, 529
Proust, Marcel 普鲁斯特, 马塞尔, 476, 489, 563, 645
 and language 普鲁斯特与语言, 568
 modernism 普鲁斯特的现代主义, 627, 628
Prudentius 普鲁登蒂乌斯, 156, 170
Pseudo-Cicero 假西塞罗, 84
psychoanalysis 精神分析, 3, 46, 312, 398, 548, 549
 De Beauvoir on 德·波伏瓦论精神分析, 685
 Eagleton on 伊格尔顿论精神分析, 549, 551
 Marxism and 马克思主义与精神分析, 671
 sexual focus 精神分析的性别焦点, 685
psychoanalytic criticism 精神分析批评, 317, 560, 571–601
 Freudian 弗洛伊德的精神分析批评, 571, 572, 578–583
 Lacanian 拉康的精神分析批评, 560–561
psychological novels 心理小说, 581
psychology 心理学, 471, 473
 folk-psychology 民族心理学, 582
public sphere 公共领域, 113, 232, 238–239, 317, 345
Pullus, Robert 普鲁斯, 罗贝尔, 183
Pumpianskij, Lev 普姆皮安斯基, 列夫, 610
puns 双关语, 325
puritanism 清教, 清教主义, 232, 237, 281, 282, 292, 300, 320
purposiveness 合目的性, 367, 368, 369, 371, 375
Puttenham, George 普登汉姆, 乔治, 240, 260, 267, 268–271
 The Arte of English Poesie 普登汉姆《英国诗歌艺术》, 266, 268–271
Pyrrho 皮洛, 82
Pythagoras 毕达哥拉斯, 20, 179, 207, 261

qasidah 颂诗, 200
quadrivium 四门高级学科（算术，几何，天文，音乐）, 154, 170, 180, 184, 232
qualitative verse 定性诗, 239
quantitative verse 定量诗, 239
queer studies 怪异行为研究, 638, 766
Querelle de la Rose 玫瑰争吵, 220
Quiller-Couch, Arthur 奎勒-库奇, 阿蒂尔, 561
Quintilian 昆体良, 65, 66, 83, 105, 173, 218, 220, 232, 239, 299, 410
 on education 昆体良论教育, 89–92
 on grammar 昆体良论语法, 90, 176
 Institutio oratoria 昆体良《雄辩术原理》, 89–93, 176, 268
 on rhetoric 昆体良论修辞学, 88–93
Qur'an《古兰经》, 200

Rabanus Maurus 拉班·马罗, 172, 173, 176, 178
Rabaté, Jean-Michel 拉巴泰, 让-米歇尔, 664
Rabelais, François 拉伯雷, 弗朗索瓦, 234
 Gargantua and Pantagruel 拉伯雷《巨人传》, 234
race 种族
 Enlightenment discourse 启蒙运动的种族话语, 755
 Gates on 盖茨论种族, 754–757
 Hegel on 黑格尔论种族, 755
 Kant on 康德论种族, 755
 metaphors of race 种族的隐喻, 754–755
 Taine on 泰纳论种族, 754
racial stereotypes 种族论的陈规, 747
Racine, Jean 拉辛, 让, 277, 336, 527
racism 种族主义, 742, 757
Rahv, Philip 拉夫, 菲利浦, 563
Ramus, Petrus 拉米斯, 佩特努斯, 96
Rank, Otto 兰克, 奥托, 572, 578
Ransom, John Crowe 兰瑟姆, 约翰·克罗, 564, 621, 622
Rapin, René 拉潘, 勒内, 277
rationalism 理性主义, 2, 502

Aristotle on 亚里士多德论理性主义, 44
Bergson on 柏格森论理性主义, 519
Cartesian 笛卡儿的理性主义, 314, 384, 529, 665
classical 古典主义的理性主义, 312, 444
Coleridge on 柯勒律治论理性主义, 443-445
cosmic reason 理性主义的宇宙理性, 81
Enlightenment 启蒙运动的理性主义, 2, 100, 275, 311, 312, 314, 317, 351, 389, 442, 443, 444, 445, 447, 673, 680, 714, 755
  and feminism 理性主义与女性主义, 215, 223, 225, 312
Greek 希腊的理性主义, 17
Hegel on 黑格尔论理性主义, 382, 387, 389, 413
humanistic 人本主义的理性主义, 67
and imagination 理性主义与想象, 4
Johnson on 约翰逊论理性主义, 304
Kant on 康德论理性主义, 359, 362, 384, 444, 710
medieval Christian philosophy 中世纪基督教哲学的理性主义, 312, 444
neoclassical 新古典主义的理性主义, 273, 275, 280-282, 283, 294-295, 304
Pope on 蒲柏论理性主义, 294-295
and religion 理性主义与宗教, 444, 445, 680
Romanticism 浪漫主义的理性主义, 4, 442
and understanding 理性主义与理解力, 443, 444
Voltaire on 伏尔泰论理性主义, 315-316
Wollstonecraft on 沃尔斯通克拉夫特论理性主义, 340-341
rationalization 理性化, 557
Read, Herbert 里德, 赫伯特, 561
reader-response theory 读者反应理论, 61, 99, 120, 399, 496, 498, 561, 708-736
  Fish and 菲什与读者反应理论, 733-736
  and historicism 读者反应理论与历史主义, 761
  Iser and 伊瑟尔与读者反应理论, 724-733
  and language 读者反应理论与语言, 568
  and phenomenology 读者反应理论与现象学, 709
  psychoanalytic perspective 读者反应理论的精神分析视点, 573
  and realism 读者反应理论与写实主义, 475, 509
  and reception theories 读者反应理论与接受理论, 566
reading process 阅读过程, 573, 776
  Fish on 菲什论阅读过程, 735
  interpretation 对阅读过程的解释, 732
  intersubjective model 阅读过程的主体间性模式, 729, 735
  Iser on 伊瑟尔论阅读过程, 725-733
  negativity 阅读过程的否定性, 731
  psychological models 阅读过程的心理模式, 729, 730
  reader categories 阅读过程的读者范畴, 729-731
  search for consistency 寻求一致性的阅读过程, 725-726, 732
  temporality 阅读过程的暂时性, 725
reading public, expansion of 阅读公众, 阅读公众的扩展, 238, 239, 275, 317
  middle class 中产阶级的阅读公众, 469
Reaganism 里根主义, 746
realism 写实主义, 现实主义, 241, 471-476
  aims and strategies 写实主义的目的与策略, 471
  American 美国的写实主义, 471, 473, 482
  Aristotle on 亚里士多德论写实主义, 44, 50, 52, 53, 198, 474
  Baudelaire on 波德莱尔论写实主义, 493
  bourgeois 资产阶级的写实主义, 253
  cinematic realism 电影写实主义, 567
  construction 写实主义的建构, 665, 673, 696, 772-773
  George Eliot on 乔治·艾略特论写实主义, 476-478
  European 欧洲的写实主义, 471-476
  and feminism 写实主义与女性主义, 676
  Hegel on 黑格尔论写实主义, 387
  Horace and 贺拉斯与写实主义, 109
  Howells on 豪威尔斯论写实主义, 482-485
  Ibn Rushd on 伊本·路世德论唯实论, 198, 199
  as ideological construct 作为意识形态建构的现实

主义,772-773
Iser on 伊瑟尔论写实主义,475
Jameson on 詹姆逊论现实主义,474,475
Johnson on 约翰逊论写实主义,304-305
literary realism 文学上的写实主义,475,493,567
Lukács on 卢卡奇论现实主义,475,541,545-546
Marxist critique 马克思主义对现实主义的批判,475
medieval 中世纪的写实主义,474
metonymy in 写实主义中的转喻,620
modernism and 现代主义与现实主义,471-476,675
and naturalism 现实主义与自然主义,471-472
Neo-Platonic thought 新柏拉图主义思想的写实主义,140
new realism 新现实主义,567
Nietzsche and 尼采与写实主义,508-509
philosophical realism 哲学上的现实主义,475
Plato on 柏拉图论写实主义,25,26
Plotinus on 普罗提诺论写实主义,130,131
reaction against 反对写实主义,472,476,489,490-491
reconceived 重新构想的写实主义,476
scholastic realism 经院哲学的写实主义,474
Schopenhauer on 叔本华论写实主义,506
scientific assumption 写实主义的科学设想,475-476
social realism 社会主义现实主义,482,538,541,545-546,562,603
Todorov on 托多罗夫论现实主义,475
ultimate reality 写实主义的终极真实,129,131
Woolf on 伍尔夫论写实主义,673-674,675-676
Wordsworth on 华兹华斯论写实主义,437
realistic novel 现实主义小说,473,486,675
reception theory 接受理论,99,399,721-724
Jauss and 姚斯与接受理论,721-724
Regnier, Henri de 雷尼耶,亨利·德,489
Reign of Terror 恐怖统治,352,358,415,431
Reimann, Paul 赖曼,保罗,536

relation and relatedness 关系与关联,407,458-459
relativism 相对主义,67,318-319,472
religion 宗教
  Arnold on 阿诺德论宗教,523-524,525
  and culture 宗教与文化,523-524
  early modern period 现代早期的宗教,235-238
  Emerson on 爱默生论宗教,461
  Freud on 弗洛伊德论宗教,583,584,587-588
  Kautsky on 考茨基论宗教,536
  Marx on 马克思论宗教,529
  and property 宗教与财产,529
  reason and 理性与宗教,444,445
  Roman, Hegel on 罗马宗教,黑格尔论罗马宗教,112
  Romantic view 浪漫派的宗教观,461
  Schleiermacher on 施莱尔马赫论宗教,418
religious bigotry 宗教偏见,316,336
religious reform 宗教改革,168-169
Remigius of Auxerre 奥塞尔的莱米吉乌斯,172
Renaissance 文艺复兴,文艺复兴时期,39,153,229-230
  humanism 文艺复兴时期的人文主义,96,151,174
  Platonism 文艺复兴时期的柏拉图主义,174
  rhetoric 文艺复兴时期的修辞学,96-97
  see also early modern period 也可参见现代早期
Renaissance man 文艺复兴时期的人,261
Renaissance Platonism 文艺复兴时期的柏拉图主义,39
Renan, Ernest 勒南,埃内斯特,470,746
representation, Marxist theory of 再现,马克思主义关于再现的理论,695
repression 压抑
  Freud on 弗洛伊德论压抑,504,543,574,577,585
  Schopenhauer on 叔本华论压抑,504
reproduction thesis 再生产论题,694,696-697
Restoration 复辟,284,298,350
Reynolds, Sir Joshua 雷诺兹,乔舒亚爵士,302,428
rhapsode 史诗吟诵者,9,23,24
rhetoric 修辞学

Aristotle on 亚里士多德论修辞学,50,65,66,72-78,88,195,197,213

arrangement 修辞学的布局,65-66,77-78,84,92

Augustine on 奥古斯丁论修辞学,65,95,161,164-165

Christian oratory 基督教的演讲修辞学,164-165

Cicero and 西塞罗与修辞学,85-88,91,92,95,96,154

De Man on 德曼论修辞学,99

deliberative rhetoric 协商修辞学,73

delivery 演讲修辞学,66,76,84,87,93

and democracy 修辞学与民主制,68

and dialectic 修辞学与辩证法,72-73,78,418

early modern views 现代早期的修辞观,249,256,260,266-271

genres 修辞学的体裁,73,84

Greek rhetoric 希腊的修辞学,13,16,65-78

Hellenistic 希腊化时期的修辞学,83

invention 修辞学的取材,65,84,92,96,256,266

Kant on 康德论修辞学,380

Locke on 洛克论修辞学,321

Longinus on 朗吉努斯论修辞学,121,122-123,124

medieval tradition 中世纪的修辞学传统,94,95-96,154,170,191

memory 修辞学的记忆,66,84,93

morality and 道德与修辞学,93

philosophy and 哲学与修辞学,100

Plato's critique of 柏拉图对修辞学的批判,16,17,69-71,87-88,92,97,161

and poetics 修辞学与诗学,240

proofs 修辞学的证据,72,74,75,76,78

Quintilian 昆体良的修辞学,88-93

Renaissance 文艺复兴时期的修辞学,96-97,266

revivals 修辞学的复兴,98-100

Roman 罗马的修辞学,83-93

Second Sophistic period 第二智者派时期的修辞学,93-94

Sophists and 智者派与修辞学,65,66-68,69,76,247,663

Stoic influence 斯多葛学派对修辞学的影响,81,93

style 修辞学风格,66,76,84,86-87,92,93,94,96,256,259,270

Rhetorica ad Herennium《修辞学》,83-85,95,191,192,268

rhyme 押韵,239,254

controversy over 有关押韵的论战,267,285,289,290

early modern views 现代早期的押韵观,268

neoclassical views 新古典主义的押韵观,285,289,290

rhythm 节奏,608

Ricardo, David 李嘉图,大卫,356,393,502,529,532,738

Rich, Adrienne 里奇,阿德里安娜,670

Richard, Jean-Pierre 里夏尔,让-皮埃尔,565

Richard l' Évêque 里夏尔·莱维克,183

Richards, Earl Jeffrey 理查兹,杰弗里伯爵,221

Richards, I. A. 理查兹,I. A.,99,563,572,625,756

affective theory 理查兹的感受理论,626

intentionalism 理查兹的意图论,623-624

New Criticism 理查兹的新批评,563,621

Practical Criticism 理查兹《实践的批评》,621

Principles of Literary Criticism 理查兹《文学批评原理》,621

Richardson, Dorothy 理查森,多萝西,676

Richelieu, Cardinal 黎塞留,卡迪纳尔,277

Riffaterre, Michael 里法泰尔,迈克尔,633,729

Rilke, Rainer Maria 里尔克,雷纳·玛丽亚,39

Rimbaud, Arthur 兰波,阿蒂尔,489

Robert of Melun 默伦的罗贝尔,183

Roberts, Jennifer T. 罗伯茨,珍妮弗·T.,17

Robespierre, Maximilien de 罗伯斯庇尔,马克西米利安·德,352,431

Robins, Elizabeth 罗宾斯,伊丽莎白,692

Robinson, Lillian 鲁滨孙,莉莲,670
Robortelli, Francesco 罗伯特利,弗朗西斯科,96,118,201,240
Rockefeller, John D. 洛克菲勒,约翰·D.,453
Roman Catholicism 罗马天主教,151
 Counter-Reformation 反对宗教改革的罗马天主教,235-236,237
 theology, see Christian theology 罗马天主教神学,参见基督教神学
Roman de la Rose 《玫瑰传奇》,174,220
Roman Empire 罗马帝国,113-116
 administrative legacy 罗马帝国的行政管理遗产,153,166
 collapse of 罗马帝国的崩溃,113,166,210
 Hegel on 黑格尔论罗马帝国,112,113,115,116
Roman rhetoric 罗马的修辞学,83-93
romance fiction 浪漫小说,455
romances 传奇故事,241-242
 Giraldi on 吉拉尔迪论传奇故事,241-242,245,273
romantic epics 传奇式史诗,239,241,245
Romanticism 浪漫主义,408-466
 aesthetics 浪漫主义美学,296,434,502,569
 American 美国的浪漫主义,452-455,458
 characteristics 浪漫主义的特征,3,4,382,408,409
 and classicism 浪漫主义与古典主义,127
 English Romanticism 英国的浪漫主义,428-452
 French Romanticism 法国的浪漫主义,423-427
 German Romanticism 德国的浪漫主义,412-423
 imagination and 想象与浪漫主义,122,327,408,410,417,432-433,436,443-444,626
 impetus 浪漫主义的推动力,350
 and modernity 浪漫主义与现代性,493
 and nature 浪漫主义与自然,274,296,316,408,409,428,432,433,435,436,450
 reaction against 反对浪漫主义,472
Rome, sack of 罗马,对罗马的劫掠,153,157
Ronsard, Pierre de 龙萨,皮埃尔·德,105,240,254,255,257-259,266-267
 "A Brief on the Art of French Poetry" 龙萨《简论法国诗歌艺术》,257-259
Rorty, Richard 罗蒂,理查德,417,566
Roscelin 洛色林,170,194
Roscommon, earl of 罗斯康芒,伯爵,299-300
Rose, Jacqueline 罗斯,杰奎琳,671,763
Rosenbaum, S. P. 罗森鲍姆,S. P.,675
Rosenblatt, Louise 罗森布拉特,路易,709
Rosenfelt, Deborah 罗森菲尔特,德波拉,670,671
Rosset, Clement 罗塞特,克莱门特,566
Rousseau, Jean-Jacques 卢梭,让-雅克,311,341,342,429,435,502
 Confessions 卢梭《忏悔录》,409-410
 Discourse on the Origin of Inequality 卢梭《论人类不平等的起源》,316
 on emotions and instincts 卢梭论情感和本能,316
 and the French Revolution 卢梭与法国大革命,316,351,352
 on language 卢梭论语言,319
 on nature 卢梭论自然,316
 Social Contract 卢梭《社会契约论》,316,384,423
 on women 卢梭论女人,342
Royce, Josiah 罗伊斯,乔赛亚,381
Rudolphus Agricola, *De inventione dialectica* 鲁道夫·阿格里科拉,阿格里科拉《辩证法的创新》,96
Ruskin, John 罗斯金,约翰,469,498,502
 Wilde on 王尔德论罗斯金,500
Russell, Bertrand 罗素,伯特兰,100,169,383,384
 on Aristotle 罗素论亚里士多德,45
 on language 罗素论语言,569
Russell, Donald 拉塞尔,唐纳德,94,139
Russian Formalism 俄国形式主义,61,96,540,541,560,568,602-603,761
 literary analyses 俄国形式主义的文学分析,603-609
 Moscow Linguistic Circle 俄国形式主义的"莫斯科语言学小组",603,618

Society for the Study of Poetic Language 俄国形式主义的"诗歌语言研究会",603,604,618
Ryan, Michael 瑞安,迈克尔,664
Ryle, Gilbert 赖尔,吉尔伯特,98
Rymer, Thomas 赖默,托马斯,284,306

Sachs, Hanns 萨克斯,汉斯,578
Sackville, Charles (Lord Buckhurst) 萨克维尔,查尔斯(巴克赫斯特勋爵),285
Sackville-West, Vita 萨克维尔-韦斯特,维塔,672
sacramental theology 圣礼神学,237
sacrifice 牺牲者,699–700
Said, Edward 萨义德,爱德华,329,559,744–747
　Beginnings 萨义德《开端》,745
　on critical theory 萨义德论批评理论,745–746
　Culture and Imperialism 萨义德《文化与帝国主义》,747
　on Eurocentrism 萨义德论欧洲中心主义,746–747
　Orientalism 萨义德《东方主义》,738,747
　The Question of Palestine 萨义德《巴勒斯坦问题》,747
　The World, the Text, and the Critic 萨义德《世界、文本与批评家》,745–746
Saint-Simon, Claude Henri 圣西门,克洛德·亨利,356
Sainte-Beuve, Charles Augustin 圣伯夫,夏尔·奥古斯丁,423–424,471,472,485,493,760
Saintsbury, George 圣茨伯里,乔治,561
Salutati, Coluccio 萨卢塔蒂,科卢西奥,201
salvation theology 救赎神学,204,236,237
Sambrook, James 桑布鲁克,詹姆斯,319
Sand, George 桑,乔治,409,424,677
Santayana, George 桑塔亚那,乔治,563
Sappho 萨福,9,10,15,121,667
Sartre, Jean-Paul 萨特,让-保罗,33,317,407,565,567,682,715
Sassoon, Siegfried 萨松,西格弗里德,562
satires 讽刺文学,625

Saussure, Ferdinand de 索绪尔,费迪南·德,560,567,589,618,633–637
　correspondence theory of meaning 索绪尔的意义应和理论,632
　Course in General Linguistics 索绪尔《普通语言学教程》,634–637
　on difference 索绪尔论差异,653
　on language 索绪尔论语言,159,178,407,568,595,596,613,631–632,633–637,642,643,644
　on semiology 索绪尔论符号学,632,634–637,701
　and structuralism 索绪尔与结构主义,631–632
Savonarola, Girolamo 萨伏那洛拉,吉罗拉莫,39,201
Say, J. B. 萨伊,J. B.,393,529
Scaliger, Julius Caesar 斯卡利杰,尤利乌斯·恺撒,60,95,240,243,266,273,276
　Seven Books of Poetics 斯卡利杰《诗学七书》,267
Schelling, Friedrich 谢林,弗里德里希,384,385,389,492,493
　Coleridge on 柯勒律治论谢林,449
　on consciousness 谢林论意识,413
　and imagination 谢林与想象,447
　System of Transcendental Idealism 谢林《先验唯心主义体系》,413
Scherer, Wilhelm 舍雷尔,威廉,472
Schiller, Friedrich von 席勒,弗里德里希·冯,380,384,409,412,413,415–417,511,536,709
　On the Aesthetic Education of Man 席勒《美育书简》,415–417
Schlegel, August Wilhelm von 施莱格尔,奥古斯特·威廉·冯,400,414
Schlegel, Friedrich von 施莱格尔,弗里德里希·冯,400,413–414,418,472
　Fragments 施莱格尔《片段》,411
　on irony 施莱格尔论反讽,411,413–414
　and the unconscious 施莱格尔与无意识,571
Schleiermacher, Friedrich 施莱尔马赫,弗里德里希,414,417–423,761

Hermeneutics and Criticism 施莱尔马赫《阐释学与批评》,417,418-423
Schlesinger, Arthur 施莱辛格,阿瑟,740
Schmidt, Julian 施密特,朱利安,472
scholarship, Emerson on 学术,爱默生论学术,459-460
scholasticism 经院哲学,154,166,169,170-171,173,174,194-196,254,709-710
  crisis of 经院哲学的危机,210,234
  dialectic 经院哲学的辩证法,194,195
  and humanism 经院哲学与人本主义,174-175,229
  issues and methods 经院哲学的问题与方法,194
  and poetry 经院哲学与诗歌,173-174,195-201
  scholastic theology 经院哲学的神学,194-195
Scholes, Robert 斯科尔斯,罗伯特,633
Scholia Vindobonensia《词语注释》,172
Schopenhauer, Arthur 叔本华,亚瑟,312,317,503-507,508,702
  on beauty 叔本华论美,506
  on consciousness 叔本华论意识,504
  Enlightenment critique 叔本华对启蒙运动的批判,503-507,567
  feminism and 女性主义与叔本华,668
  on idealism 叔本华论唯心主义,490
  on music 叔本华论音乐,514
  pessimism 叔本华的悲观主义,469,492,505
  on the sublime 叔本华论崇高,506-507
  and the unconscious 叔本华与无意识,504,571
  on the will 叔本华论意志,503,504
Schreiner, Olive 施赖纳,奥利弗,692
science 科学,470
  early modern period 现代早期的科学,235
  experimental method 科学的实验方法,479
  Kant on 康德论科学,514
  language of 科学的语言,318
  and literature 科学与文学,471
  materialism 科学的唯物主义,503
  medieval period 中世纪的科学,235,768
  and neoclassicism 科学与新古典主义,275
  Schopenhauer on 叔本华论科学,514
scientific biography 科学传记,471
scientism 科学主义,562,565
  and language 科学主义与语言,520
Scipio Africanus the Elder 大斯齐皮奥·阿弗里卡努斯,140
Scipio Africanus the Younger 小斯齐皮奥·阿弗里卡努斯,140
Scodel, Joshua 斯科德尔,乔舒亚,284
Scott, A. B. 斯科特,A. B.,174,196
Scott, Sir Walter 司各特,沃尔特,爵士,545
Scotus Eriugena, John 斯科图斯·埃里欧根纳,约翰,172,176,207,208
scripture *see* Bible 经文,参见《圣经》
Scudéry, Madeleine de 斯居代里,马德莱纳·德,277
sculpture, Hegel on 雕塑,黑格尔论雕塑,405,406
secularization of thinking 思想的世俗化,355,508
Sedley, Sir Charles 塞德利,查尔斯爵士,285
self-consciousness 自我意识,自觉,394,395,602
  Cartesian 笛卡儿式的自我意识,388,590,597-598,599,712
  Coleridge on 柯勒律治论自我意识,449-450
  Hegel on 黑格尔论自我意识,385,388,389-390,391,392,394,403
  methodological self-consciousness 方法论上的自觉,764
  modern aesthetics 现代美学的自觉,568,569
  modernist 现代主义的自我意识,562
  New Historicist 新历史主义的自我意识,764
  Romantic 浪漫派的自我意识,450
  Schelling on 谢林论自我意识,413
  Schopenhauer on 叔本华论自我意识,504
self-control, Plato on 自我控制,柏拉图论自我控制,29
self-definition, De Beauvoir on 自我界定,德·波伏瓦论自我界定,685
self-made man myth 自我创造的人类神话,453

self-transcendence 自我超越,159,212,276,490,721
semiology 符号学,100
　　Augustine and 奥古斯丁与符号学,158,159,160,161
　　Barthes on 巴特论符号学,638,639,642,644
　　binarism 符号学的二分法,644
　　Kristeva on 克里斯蒂娃论符号学,698,699,700-701
　　Saussure on 索绪尔论符号学,632,634-637,701
Seneca 塞内加,81,106,170
Senior, Nassau 西尼尔,纳索,453
sense-certainty 感觉的确定性,390
September 11, 2001 terrorist attacks 2001年9月11日的恐怖袭击,560
Septuagint《七十子希腊文本圣经》,82
Servius 塞尔维乌斯,154,172,176,177
Seven Years' War 七年战争,351,358
Sextus Empiricus 塞克斯都·恩彼里柯,156
sexuality 性,性欲,性别
　　Foucault on 福柯论性,769-770
　　Freud on 弗洛伊德论性欲,574-576,584-585,586,685,700
　　and power 性欲与权力,769,770
　　repressive hypothesis 性欲压抑的假设,769,770
　　Schopenhauer on 叔本华论性欲,503,504-505
Shaftesbury, 3rd earl of 夏夫兹伯里,第三伯爵,292
　　Characteristics 夏夫兹伯里《特征论》,284
Shakespeare, William 莎士比亚,威廉,234,241,274,288-289,474,522,760,762
　　Dryden on 德莱顿论莎士比亚,289
　　Johnson's "Preface" 约翰逊论莎士比亚的《序言》,302,305-308
　　Lukács on 卢卡奇论莎士比亚,545
　　The Merchant of Venice 莎士比亚《威尼斯商人》,9
　　New Historicist critique 新历史主义对莎士比亚的批判,762,763
Shaw, George Bernard 萧伯纳,乔治,563
Shelley, Mary 雪莱,玛丽,429

Shelley, Percy Bysshe 雪莱,珀西·比希,24,39,67,127,192,216,340,409,429
　　Defence of Poetry 雪莱《为诗辩护》,424,429
　　and imagination 雪莱与想象,410
　　"Ode to the West Wind" 雪莱《西风颂》,9,606
Sheridan, Thomas 谢里丹,托马斯,96
Sherman, Stuart 谢尔曼,斯图尔特,561
Shklovsky, Victor 什克洛夫斯基,维克多,603-604,606,618
　　on art 什克洛夫斯基论艺术,603,604
　　on defamiliarization 什克洛夫斯基论陌生化,603-604,606
　　on plot construction 什克洛夫斯基论情节结构,607
Showalter, Elaine 肖瓦尔特,伊莱恩,670,691-693
　　A Literature of Their Own 肖瓦尔特《她们自己的文学》,691-693
Sidney, Sir Philip 锡德尼,菲利普,爵士,24,39,53,234,240,260,261-266,273
　　Apologie for Poetrie 锡德尼《诗辩》,261-266
　　aristocratic ideology 锡德尼的贵族意识形态,260
　　defense of poetry 锡德尼的为诗辩护,260-266,269
sign(s) 符号
　　Locke on 洛克论符号,321-322
　　see also semiology 也可参见符号学
signifier/signified 能指与所指
　　Augustine on 奥古斯丁论能指与所指,158,159,160,161
　　Barthes on 巴特论能指与所指,639-640,642,644,647
　　Derrida on 德里达论能指与所指,651,652,659,662
　　Kristeva on 克里斯蒂娃论能指与所指,697,698,699
　　Lacan on 拉康论能指与所指,590,594-598
　　Logos and "逻各斯"和能指与所指,650-651
　　metaphor and 隐喻和能指与所指,596-597
　　metonymy and 转喻和能指与所指,596,597

phonic/graphic signifier 语音的与书写的能指, 662
 Saussure on 索绪尔论能指与所指, 632, 634-637, 642, 701
 transcendental signifieds 先验的所指, 652
 and the unconscious 能指与所指和无意识, 590
Silvestris, Bernard 西尔维斯特里斯, 伯纳德, 172, 73
similes 明喻, 76, 77, 99
Simmel, Georg 西美尔, 格奥尔格, 544
Simon of Poissy 普瓦西的西蒙, 183
Simonides 西蒙尼得, 15
Sinfield, Alan 辛菲尔德, 艾伦, 763
Sir Gawain and the Green Knight《高文爵士和绿衣骑士》, 174
Skepticism 怀疑论, 67, 81, 82, 106, 116, 139, 235, 394
 Augustine 奥古斯丁的怀疑论, 156, 157
 Christian 基督教的怀疑论, 156, 157
 Horace 贺拉斯的怀疑论, 106, 107
 Hume 休谟的怀疑论, 235, 311, 315, 333-334, 360
 Locke 洛克的怀疑论, 318, 322
slave narratives 奴隶叙事, 756
Sloane, Thomas 斯隆, 托马斯, 96
Smith, Adam 斯密, 亚当, 302, 356, 393, 529, 532, 738
Smith, Barbara 史密斯, 芭芭拉, 670
social contract 社会契约, 314-315
social Darwinism 社会达尔文主义, 469, 738
social realism 社会主义现实主义, 482, 541, 545-546, 562
 Soviet aesthetic 苏联的社会主义现实主义美学, 603
socialism 社会主义, 408, 469, 482
 scientific basis 社会主义的科学基础, 527
 Utopian socialism 空想社会主义, 356, 502
socialist criticism 社会主义批评, 563
Society of Jesus 耶稣会, 236, 237

Society for the Study of Poetic Language 诗歌语言研究会, 603, 604, 618
Socinus, Faustus 索齐尼, 福斯图斯, 298
sociology 社会学, 471
Socrates 苏格拉底, 10, 14, 17, 42, 67, 68
 Cicero on 西塞罗论苏格拉底, 87
 Nietzsche on 尼采论苏格拉底, 513-514
 and Plato 苏格拉底与柏拉图, 19, 20
 see also Plato (*Apology*, *Euthyphro*, *Gorgias*, *Ion*, *Protagoras*, *Republic*) 也可参见柏拉图(《申辩》《尤息弗罗》《高尔吉亚》《伊安》《普罗塔哥拉》《理想国》)
Socratism (Nietzsche) 苏格拉底哲学(尼采), 510, 513
Solger, Karl 佐尔格, 卡尔, 400, 414
Solon 梭伦, 12-13
Sontag, Susan 桑塔格, 苏珊, 565
Sophists 智者派, 139
 Derrida on 德里达论智者派, 662
 Mazzoni on 马佐尼论智者派, 247
 Plato on 柏拉图论智者派, 16, 17
 and rhetoric 智者派与修辞学, 65, 66-68, 69, 76, 217, 663
 Second Sophistic 第二智者派, 93-94, 118, 247
Sophocles 索福克勒斯, 10, 13, 522
 Oedipus Rex 索福克勒斯《俄狄浦斯王》, 57, 67, 572
soul 灵魂
 Epicurus on 伊壁鸠鲁论灵魂, 82
 Macrobius on 马克罗比乌斯论灵魂, 143
 Philo on 斐洛论灵魂, 82
 Plotinus on 普罗提诺论灵魂, 130, 131-132, 138
Southern Agrarians 南方重农学派, 621, 756
Southern Standard English 南部标准英语, 741
Southey, Robert 骚塞, 罗伯特, 440
Spacks, Patricia Meyer 斯帕克斯, 帕特里夏·迈耶, 670
Spark, Muriel 斯帕克, 穆里尔, 693
Sparta 斯巴达, 13, 14

Spectator《旁观者》,324,325,326,327
speech act theory 言说行为理论,98,100
    Schleiermacher on 施莱尔马赫论言说行为理论,418
speech/writing opposition 言说与写作的对立,97,177,653-654,660,662,663
Spencer, Herbert 斯宾塞,赫伯特,476,567
    evolutionism 斯宾塞的进化论,471,473
    on language 斯宾塞论语言,569
    positivism 斯宾塞的实证主义,470,567
Spender, Stephen 斯彭德,斯蒂芬,564
Spenser, Edmund 斯宾塞,埃德蒙,216,260,261,273
Spingarn, Joel 斯平加恩,乔尔,621
Spinoza, Benedict (Baruch) 斯宾诺莎,本尼迪克特(巴鲁克),312,314
    Ethics 斯宾诺莎《伦理学》,314
Spivak, Gayatri 斯皮瓦克,加娅特丽,664,669,738,747-749
    "Can the Subaltern Speak?" 斯皮瓦克《从属阶级能发言吗?》,748
    on colonialism 斯皮瓦克论殖民主义,748-749
    on essentialism 斯皮瓦克论本质主义,749
Staël, Germaine de 斯塔尔,热尔曼娜·德,342,423,424-427,493
    on education 斯塔尔论教育,426-427
    "Essay on Fiction" 斯塔尔《论小说》,425
    on imagination 斯塔尔论想象,425
    On Literature Considered in Its Relationship to Social Institutions 斯塔尔《论文学与社会建制的关系》,425,426-427
Stammler, Rudolph 施塔姆勒,鲁道夫,381
standard English 标准英语,270
Starkie, Enid 斯塔基,伊妮德,519
Starobinski, Jean 斯塔罗宾斯基,让,709
stasis 停滞,83,86
state 国家
    absolutist state 专制主义国家,238
    rise of the modern state 现代国家的崛起,231
Statius 斯塔提乌斯,170
Ste. Croix, G. E. M. de 圣克鲁瓦,G. E. M. 德,126-127
Steele, Richard 斯梯尔,理查德,291,324,325,326
Stendhal 司汤达,481,689,690
Stephen, Leslie 斯蒂芬,莱斯利,672
Stephens, F. G. 斯蒂芬斯,F. G.,473
Stesichorus 斯特西科罗斯,15
Stevens, Wallace 斯蒂文斯,华莱士,39,105
Stevenson, Charles L. 斯蒂文森,查尔斯·L.,625
Stoicism 斯多葛主义,130,394,461
    Greek 希腊的斯多葛主义,81,106
    and poetry 斯多葛主义与诗歌,250
    Roman 罗马的斯多葛主义,81,106,116,127,145
Strachey, John 斯特雷奇,约翰,564
Strachey, Lytton 斯特雷奇,利顿,672
Strauss, David, *The Life of Jesus* 施特劳斯,戴维,施特劳斯《耶稣传》,356,470,476
stream of consciousness 意识流,693
Strindberg, August 斯特林堡,奥古斯特,490
structuralism 结构主义,317,508,560,565,567,631-648,761,772
    on agency 结构主义论中介,632-633
    American structuralists 美国结构主义学派,633
    Bakhtin and 巴赫金与结构主义,761
    Barthes and 巴特与结构主义,638,642
    binarism 结构主义的二分法,648
    Derrida and 德里达与结构主义,649,655,658-659
    Eagleton on 伊格尔顿论结构主义,548-549,550-551
    and formalism 结构主义与形式主义,609
    and language 结构主义与语言,568
    reactionary nature of 结构主义的保守性质,550-551
    Saussure and 索绪尔与结构主义,631-632
    structuralist Marxism 结构主义的马克思主义,542-543
    and subjectivity 结构主义与主体性,551

student uprisings of 1960s 20世纪60年代的学生起义, 559, 669
Sturm und Drang movement "狂飙突进"运动, 412
style 风格
    Aristotle on 亚里士多德论风格, 76-77
    early modern views 现代早期的风格观, 256, 259, 266, 270
    Geoffrey de Vinsauf on 文绍夫的杰弗里论风格, 193
    Puttenham on 普登汉姆论风格, 270
    Quintilian on 昆体良论风格, 92
    rhetorical 修辞学风格, 66, 76, 76-77, 84, 86-87, 92, 93, 94, 96, 256, 259, 270
    Ronsard on 龙萨论风格, 259
subaltern 从属阶级, 748, 749
subjectivity 主体性, 708, 752
    Derrida on 德里达论主体性, 665
    female 女性的主体性, 695
    Hegel on 黑格尔论主体性, 388-389, 504, 616
    Horace on 贺拉斯论主体性, 112, 114
    Kant on 康德论主体性, 388-389, 412
    Lacan on 拉康论主体性, 588
    and language 主体性与语言, 569
    modernistic 现代主义的主体性, 487
    Renaissance 文艺复兴时期的主体性, 274
    Romantic 浪漫派的主体性, 4, 408, 409-410, 417, 450
    Schopenhauer on 叔本华论主体性, 504
    social subjectivity 社会主体性, 569
    and structuralism 主体性与结构主义, 551
    subject-object dualism 主体与客体二元论, 317, 384-385, 389, 449, 458, 459, 502-503
sublation 扬弃, 548
the sublime 崇高
    Burke on 博克论崇高, 318, 339, 377
    Enlightenment theories 启蒙运动的崇高理论, 318, 339
    Kant on 康德论崇高, 375-377
    Longinus on 朗吉努斯论崇高, 94, 118-126, 191, 276, 397, 626
    neoclassical theory 新古典主义的崇高理论, 276
    Schopenhauer on 叔本华论崇高, 506-507
substance, doctrine of 实体, 有关实体的学说, 361
    Aristotelian 亚里士多德的实体, 42-43, 44, 48, 52, 61, 315, 360, 488, 652
    Hegel on 黑格尔论实体, 385-386
    Hume on 休谟论实体, 315, 384
    Kant on 康德论实体, 381
    Locke on 洛克论实体, 384
Suetonius 苏埃托尼乌斯, 10, 89, 115, 116
supernaturalism 超自然主义, 480
surrealism 超现实主义, 565, 645
Swedenborg, Emanuel 斯维登堡, 伊曼纽尔, 493
Swift, Jonathan 斯威夫特, 乔纳森, 284-285, 746
    The Battle of the Books 斯威夫特《书籍之战》, 274, 286, 524
Swinburne, Algernon 斯温伯恩, 阿尔杰农, 498
syllogism 三段论, 45, 72, 194, 197, 219, 313
symbol and symbolism 象征与象征主义, 3, 10, 100, 208, 209, 489-492, 562, 563, 708
    aesthetics 象征主义美学, 490
    Carlyle on 卡莱尔论象征主义, 491
    Coleridge on 柯勒律治论象征主义, 442-443, 445
    and content and form 象征主义与内容和形式, 606
    and formalism 象征主义与形式主义, 490
    French symbolism 法国象征主义, 39, 489, 490, 491
    literary-critical discourse 象征主义的文学批评话语, 605
    Wilson on 威尔逊论象征主义, 563
    see also allegory 也可参见寓言
Symons, Arthur, *The Symbolist Movement in Literature* 西蒙斯, 阿瑟, 西蒙斯《文学中的象征主义运动》, 490-491
Symons, John Addington 西蒙兹, 约翰·阿丁顿, 482
synaesthesia 联觉, 318, 490

synaesthetic correspondence 共同感觉的应和, 492

synchrony 共时性, 618

synecdoche 提喻, 84, 92, 332, 620

syntagm 句段, 643

Tacitus 塔西佗, 88, 89, 115

Taine, Hippolyte 泰纳, 伊波利特, 471, 472–473, 473, 754, 760
 History of English Literature 泰纳《英国文学史》, 472–473
 and naturalism 泰纳与自然主义, 472
 positivism 泰纳的实证主义, 472–473
 on race 泰纳论种族, 754

Tasso, Torquato 塔索, 托尔夸托, 201, 233, 239, 240, 250–254, 282
 Discourses on the Heroic Poem 塔索《论英雄史诗》, 250
 Discourses on the Poetic Art 塔索《论诗的艺术》, 250
 Jerusalem Conquered 塔索《被征服的耶路撒冷》, 250
 Jerusalem Delivered 塔索《被解放的耶路撒冷》, 250

taste 趣味
 Addison on 艾迪生论趣味, 326
 Burke on 博克论趣味, 337, 338–339
 Enlightenment theories 启蒙运动的趣味理论, 319, 333–336, 337, 338–339, 344
 Hume on 休谟论趣味, 333–336
 Kant on 康德论趣味, 369, 370
 neoclassical concept 新古典主义的趣味概念, 276, 280
 Poe on 爱伦·坡论趣味, 465
 subjectivism 趣味的主观性, 336
 Wollstonecraft on 沃尔斯通克拉夫特论趣味, 344

Tate, Allen 泰特, 艾伦, 563, 564, 621, 756

Tatler《闲谈者》, 324

Taylor, Jerome 泰勒, 杰罗姆, 179

Tel Quel《泰凯尔》, 565, 566, 697

teleology of the state (Aristotle) 国家的目的论(亚里士多德), 47

Terence 泰伦斯, 170, 172

Tertullian 德尔图良, 155, 172, 688

Tetens, Johann Nicolaus 特滕斯, 约翰·尼古劳斯, 447

text 文本
 Barthes on 巴特论文本, 646–648
 black texts 黑人文本, 757, 758
 Derrida on 德里达论文本, 652
 genotext 基因文本, 700, 701
 intertextuality 互文性, 647
 Iser on 伊瑟尔论文本, 728–729
 Kristeva on 克里斯蒂娃论文本, 700
 New Critical view 新批评的文本观, 763
 phenotext 现象文本, 700–701
 plurality 文本的多重性, 647
 polysemantic nature 文本的多义性质, 726
 Said on 萨义德论文本, 746
 work and text 作品与文本, 646–648
 see also reading process 也可参见阅读过程

Thackeray, William Makepeace 萨克雷, 威廉·梅克皮斯, 473

Thaetetus 泰阿泰德, 19

Thales 泰勒斯, 261

Theater of the Absurd 荒诞剧, 565

theater, Renaissance 剧院, 文艺复兴时期的剧院, 234

Thelwall, John 西尔沃尔, 约翰, 440, 441

Theobald, Archbishop of Canterbury 西奥博尔德, 坎特伯雷大主教, 183

Theodorus 泰奥多勒斯, 119

Theodosius I 狄奥多西一世, 95

Theophrastus 泰奥弗拉斯托斯, 66, 83, 197, 225

theses 论题, 91

thetic event 断言事件, 699–700

this-worldliness 此世, 230, 231

Thomism 托马斯主义, 203

Thompson, E. P. 汤普森, E. P., 565

Thoreau, Henry David 梭罗, 亨利·戴维, 454, 455, 456, 482
 "Civil Disobedience" 梭罗《论公民的不服从》, 455
 Walden 梭罗《瓦尔登湖》, 455
Tieck, Ludwig 蒂克, 路德维希, 412, 414
Tiffin, Helen 蒂芬, 海伦, 738, 739
Tillich, Paul 蒂利希, 保罗, 715
Tillyard, E. M. 蒂利亚德, E. M., 561
time 时间
 Bergson on 柏格森论时间, 519, 674, 716
 existential time 存在的时间, 716
 Heidegger on 海德格尔论时间, 716
 Plato on 柏拉图论时间, 519
 Plotinus on 普罗提诺论时间, 519
timocracy 荣誉政治, 32
Tisias 提西亚斯, 66, 68
Tocqueville, Alexis de 托克维尔, 阿列克塞·德, 33, 312
Todorov, Tzvetan 托多罗夫, 茨维坦, 99, 475, 565, 603, 702
Tolstoy, Leo 托尔斯泰, 列夫, 381, 471, 473, 482, 537, 545, 604
 aesthetics 托尔斯泰的美学, 540
 on class struggle 托尔斯泰论阶级斗争, 539
 Lenin on 列宁论托尔斯泰, 538-539
Tomashevsky, Boris 托马舍夫斯基, 鲍里斯, 603, 618
Tonnies, Ferdinand 特尼斯, 费迪南, 453
totality 总体性
 Hegelian 黑格尔的总体性, 544, 567
 Lukács on 卢卡奇论总体性, 545
totalizing philosophies 总体化的哲学, 397-398, 773
touchstone theory 试金石理论, 122, 483, 525
Toulmin, Stephen 图尔明, 斯蒂芬, 98
tragedy 悲剧
 action and 行动与悲剧, 54-59
 Aristotelian analysis 亚里士多德对悲剧的分析, 48, 52, 54-59, 107-108, 198, 201, 241, 244, 253, 708
 Bradleyan notion 布雷德利的悲剧概念, 762
 Castelvetro on 卡斯特尔维屈罗论悲剧, 243
 early modern views 现代早期的悲剧观, 243, 248, 251, 253
 Ibn Rushd on 伊本·路世德论悲剧, 198, 199, 201
 katharsis 悲剧的"净化"作用, 55, 61, 498-499, 542
 Mazzoni on 马佐尼论悲剧, 248
 Nietzsche 尼采论悲剧, 512-513, 514
 Tasso on 塔索论悲剧, 251, 253
tragic flaw 悲剧性缺陷, 58
tragicomedies 悲喜剧, 239, 241, 288, 305
Trakl, Georg 特拉克尔, 格奥尔格, 718, 719
transcendence 超越, 546
 De Beauvoir on 德·波伏瓦论超越, 684, 690
 female transcendence 女性的超越, 684, 690, 693
 Freud and 弗洛伊德与超越, 600
 Heidegger on 海德格尔论超越, 715-716
 Husserl on 胡塞尔论超越, 711-712
 medieval view 中世纪的超越观, 172
 Showalter on 肖瓦尔特论超越, 693
transcendental aesthetic 先验感性, 362-363
transcendental ego 先验自我, 364, 444
transcendental philosophy 先验哲学, 449
transcendentalism 先验论
 American 美国的先验论, 455-456
 Emerson on 爱默生论先验论, 39, 461-462
transcendentals 先验论, 206-208
transference 转移, 576
 Aquinas on 阿奎那论转移, 206
translation 翻译
 biblical《圣经》的翻译, 82, 152, 239, 254
 Derrida on 德里达论翻译, 660
Tricontinental《三大洲》, 738
Trilling, Lionel 特里林, 莱昂内尔, 565, 572
Trinitarian theology "三位一体"神学, 152, 202, 401
 Augustine on 奥古斯丁论"三位一体"神学, 158
Trissino, Giangiorgio 特里希诺, 詹乔治奥, 190, 254, 267

trivium 三文科(语法,逻辑,修辞),95,154,170,175,183,184,191,232
Trollope, Anthony 特罗洛普,安东尼,473
tropes see figurative language 比喻,参见比喻语言
Trotsky, Leon 托洛茨基,列夫,539-540,603,604
 Literature and Revolution 托洛茨基《文学与革命》,539,540
 Towards a Free Revolutionary Art 托洛茨基《走向自由的革命艺术》,539-540
truth 真理,真实,真相
 Aquinas and 阿奎那与真理,207
 as consensus 作为舆论的真理,100
 George Eliot on 乔治·艾略特论真理,477
 Heidegger on 海德格尔论真理,717
 as interpretation 作为解释的真理,665
 Marxist view 马克思主义的真理观,534,535
 neoclassical views 新古典主义的真实观,304
 Nietzsche on 尼采论真理,515,517
 philosophy-poetry conflict 哲学与诗歌冲突的真相,15
 Plato on 柏拉图论真理,36,70,71
 Poe on 爱伦·坡论真理,465
 and poetry, Aristotle on 真与诗,亚里士多德论真与诗,54,60
 and rhetoric 真理与修辞学,16,67,68,100
 Tasso on 塔索论真实,252
 timeless truths 永恒真理,740
 universal truths 普遍真理,15,60,452
Tubianskij, M. I. 图比安斯基,M. I.,610
Tudor dynasty 都铎王朝,231,350
Twain, Mark 吐温,马克,482
Tyard, Pontus de 蒂亚尔,蓬蒂斯·德,255
Tynyanov, Yuri 图尼亚诺夫,尤里,603,608
tyranny 专制政治,12,32,33,34,316

the unconscious 无意识,548,571,572
 Freud on 弗洛伊德论无意识,504,511,574,600,698
 Lacan on 拉康论无意识,566,568,589,590,593-594,599,600
 linguistic operation 语言学的无意识运作,568
 Schlegel on 施莱格尔论无意识,571
 Schopenhauer on 叔本华论无意识,504,571
understanding, Coleridge on 理解力,柯勒律治论理解力,443
Unitarian Church 唯一神教派教会,454
United Nations (UN) 联合国(UN),559
unities 三一律
 Boileau on 布瓦洛论三一律,282
 Castelvetro on 卡斯特尔维屈罗论三一律,243,244-245
 classical (Aristotle) 古典的(亚里士多德的)三一律,56-57,96,242,245,273,277-278,278,279
 Corneille on 高乃依论三一律,277-280
 Dryden on 德莱顿论三一律,286,287-288
 early modern view 现代早期的三一律观,239,240-241,243,244-245
 Johnson on 约翰逊论三一律,305,306-307
 neoclassical theory 新古典主义的三一律理论,277-280,282,286,287-288,305,306-307
unity 统一,统一性
 classical and neoclassical views 古典主义和新古典主义的统一观,241
 Giraldi on 吉拉尔迪论统一性,241-242
 Hegel on 黑格尔论统一性,403
 organic unity 有机统一,241-242,267,297
 Plato on 柏拉图论统一性,30,35,47
 Pope on 蒲柏论统一性,297
universality 普遍性,474,773
 Emerson on 爱默生论普遍性,460
universals 普遍性,212
 Aquinas on 阿奎那论普遍性,204,212
 Aristotle on 亚里士多德论普遍性,43,44
 Dante and 但丁与普遍性,212
 scholasticism and 经院哲学与普遍性,194
universe, early modern theory 宇宙,现代早期的宇宙论,235

universities 大学
　　ancient world 古代世界的大学,171
　　medieval universities 中世纪的大学,154,169,171,184
urbanization 城市化,167,557
utilitarianism 功利主义,316,351,469,502,567
　　art and 艺术与功利主义,537
　　language and 语言与功利主义,321
Utopian socialism 空想社会主义,356,502

Valdés, Palacio 瓦尔德斯,帕拉西奥,484
Valerius 瓦勒里乌斯,225
Valéry, Paul 瓦莱里,保罗,563,645
Valla, Giorgio 瓦拉,乔奇奥,60
Valla, Lorenzo 瓦拉,洛伦佐,233,234,254
　　Dialogue of Free Will 瓦拉《论自由意志》,234
Vandals 汪达尔人,153
variation 变化,123
Varro 瓦罗,177
Vergil 维吉尔,90,106,107,127,139,154,170,172,274
　　Aeneid 维吉尔《埃涅阿斯纪》,95,106,107,172,218
　　commentaries on 对维吉尔的评注,177,19
　　grammatical authority 维吉尔在语法上的权威性,177
verisimilitude 逼真,234,239,241,243,252,275
　　Corneille on 高乃依论逼真,279
　　de Staël on 德·斯塔尔论逼真,426
　　Howells on 豪威尔斯论逼真,473
　　see also realism 也可参见写实主义
veritism 写真主义,473
Verlaine, Paul 魏尔兰,保罗,489
vernacular languages 俗语,189,190,210,231,239
　　Dante on 但丁论俗语,211,254
　　Du Bellay on 杜·贝莱论俗语,254-257,267
　　early modern era 现代早期的俗语,233,239,240,254-259,267,268
Vesalius, Andreas 维萨里,安德烈亚斯,235

Veselovsky, Alexander 维谢洛夫斯基,亚历山大,605,607
Vico, Giambattista 维柯,詹巴蒂斯塔,319,328-332,746
　　New Science 维柯《新科学》,328,329-332,745
Victorinus 维克托里努斯,94,176
Vida, Marco Giralamo 维达,马可·吉拉拉莫,266
　　The Art of Poetry 维达《诗艺》,267
Vietnam War 越南战争,559
virtue 美德
　　Aristotle on 亚里士多德论美德,50-51,73
　　cardinal virtues 基本美德,143
　　Sidney on 锡德尼论美德,263-264
　　theological virtues 神学的美德,143,155
Vischer, Friedrich Theodor von 菲舍尔,弗里德里希·特奥多尔·冯,472
Visigoths 西哥特人,153
Volosinov, V. N. 伏罗希诺夫,V. N.,540,603,610,611
Voltaire 伏尔泰,306,314,315-316,429,527,688
　　Candide 伏尔泰《老实人》,315-316
　　Philosophical Dictionary 伏尔泰《哲学词典》,315
Von Ranke, Leopold 冯·兰克,利奥波德,760
Voronsky, Aleksandr 沃隆斯基,亚历山大,540,603

Wagner, Richard 瓦格纳,理查德,507,508
Walker, Alice 沃尔克,艾丽斯,669,670
Walsh, William 沃尔什,威廉,291,300
war, ethos of 战争,战争气质,680
war on terror 反恐战争,560,776
Warren, Austin 沃伦,奥斯汀,622
Warton, Joseph 沃顿,约瑟夫,317,428
Watt, Ian 瓦特,伊安,474,475
Webbe, William 韦布,威廉,267
Weber, Max 韦伯,马克斯,33,237,544
Weinberg, Bernard 温伯格,伯纳德,627
Wellek, René 韦勒克,勒内,722,723
Wells, H. G. 韦尔斯,H. G.,675,693
Whately, Richard, *Elements of Rhetoric* 惠特利,理

查德，惠特利《修辞学原理》, 97
Wheelwright, Philip 惠尔赖特, 菲利浦, 631
Whichcote, Benjamin 惠奇科特, 本雅明, 39
Whitehead, A. N. 怀特海, A. N., 19, 130
Whitman, Walt 惠特曼, 沃尔特, 454, 456, 482, 563
    "I sing America" 惠特曼《我歌唱美国》, 463
    Leaves of Grass 惠特曼《草叶集》, 454
    Song of Myself 惠特曼《自己之歌》, 454-455
Wilde, Oscar 王尔德, 奥斯卡, 496, 497-501
    on beauty 王尔德论美, 498, 500
    "The Critic as Artist" 王尔德《作为艺术家的批评家》, 498-501
    The Picture of Dorian Gray 王尔德《道林·格雷的肖像》, 498
will 意志
    and intellect 意志与智力, 194, 195
    Nietzsche on 尼采论意志, 509
    Schopenhauer on 叔本华论意志, 503, 504
William of Champeaux 尚波的威廉, 179
William of Conches 孔什的威廉, 183
William of Moerbeke 穆尔贝克的威廉, 195
William of Ockham 奥克汉姆的威廉, 195, 203, 210
William of Orange 奥林奇的威廉, 291, 298, 350
Williams, Raymond 威廉斯, 雷蒙德, 543, 565, 762
    Culture and Society 威廉斯《文化与社会》, 543
    Marxism and Literature 威廉斯《马克思主义与文学》, 543
Wilson, Edmund 威尔逊, 埃德蒙, 563, 565, 572
Wilson, Bishop Thomas 威尔逊, 托马斯主教, 523
Wilson Knight, G. 威尔逊·奈特, G., 560, 561
Wimsatt, W. K. 威姆萨特, W. K., 622, 623-626
Winchilsea, Lady 温奇尔西, 夫人, 677
Winnicott, D. W. 温尼科特, D. W., 573
wisdom 智慧
    Augustine on 奥古斯丁论智慧, 163
    commonsense wisdom 常识的智慧, 674
    divine wisdom 神的智慧, 159, 188
    Enlightenment theories 启蒙运动的智慧理论, 330
    Hugh of St. Victor on 圣维克托的于格论智慧, 179-180
    male wisdom 男性的智慧, 675
    Plotinus on 普罗提诺论智慧, 134
    Vico on 维柯论智慧, 330
wit 睿智
    Addison on 艾迪生论睿智, 325
    Aristotle on 亚里士多德论睿智, 77
    Dryden on 德莱顿论睿智, 319, 325
    Enlightenment 启蒙运动的睿智, 319, 325, 338
    and judgment 睿智与判断, 319, 320-321, 325, 338
    Locke on 洛克论睿智, 320-321, 325, 338
    metaphysical 形而上学的睿智, 319
    neoclassical 新古典主义的睿智, 292-293, 296-297
    Pope on 蒲柏论睿智, 292-293, 295, 296-297, 319, 325-326
Wittgenstein, Ludwig 维特根斯坦, 路德维希, 98, 566, 567, 568
Wittig, Monique 威蒂希, 莫尼克, 566, 669
Wolff, Christian 沃尔弗, 克里斯蒂安, 366
Wolff, Erwin 沃尔夫, 埃尔文, 729
Wollstonecraft, Mary 沃尔斯通克拉夫特, 玛丽, 320, 339-345, 667
    on education 沃尔斯通克拉夫特论教育, 342-344
    on the French Revolution 沃尔斯通克拉夫特论法国大革命, 339
    Thoughts on the Education of Daughters 沃尔斯通克拉夫特《论妇女教育》, 340
    Vindication of the Rights of Men 沃尔斯通克拉夫特《为男权辩护》, 339
    Vindication of the Rights of Woman 沃尔斯通克拉夫特《为女权辩护》, 339
    Woolf on 伍尔夫论沃尔斯通克拉夫特, 673
women 妇女
    emancipation 妇女解放, 688-689
    myth of women 有关妇女的神话, 220, 225, 689-690, 702
    oppression of 对妇女的压迫, 686, 687-688, 694, 695, 697

otherness 另类妇女, 684, 686-687, 689, 690
productive/reproductive roles 妇女的生产与再生产角色, 689, 694
psychoanalytic views of 精神分析的妇女观, 685
social and educational status (and Wollstonecraft) 妇女的社会与教育状况（以及沃尔斯通克拉夫特）, 320
see also female authorship; feminism; patriarchy 也可参见女性作者身份；女性主义；父权制
women's education 妇女教育, 342-344, 426-427
Woolf, Leonard 伍尔夫, 伦纳德, 672
Woolf, Virginia 伍尔夫, 弗吉妮亚, 476, 490, 562, 671-682, 692, 709
 A Room of One's Own 伍尔夫《一个人自己的房间》, 221, 671, 676-680
 on commonsense beliefs 伍尔夫论常识信念, 675
 on education 伍尔夫论教育, 680-681
 and language 伍尔夫与语言, 568
 literary criticism 伍尔夫的文学批评, 672
 "Modern Fiction" 伍尔夫《现代小说》, 675
 modernism 伍尔夫的现代主义, 627, 628, 673
 on realism 伍尔夫论现实主义, 675-676
 Three Guineas 伍尔夫《三个基尼》, 671, 680-682
 To the Lighthouse 伍尔夫《到灯塔去》, 562, 672
Wordsworth, Dorothy 华兹华斯, 多萝西, 429, 440
Wordsworth, William 华兹华斯, 威廉, 39, 409, 428, 430-439, 440, 450
 on the "common life" 华兹华斯论"普通生活", 434-435
 on the French Revolution 华兹华斯论法国大革命, 430-431
 on imagination 华兹华斯论想象力, 432-433, 436
 "Lines Composed a Few Miles above Tintern Abbey" 华兹华斯《丁登寺》, 433
 on poetry 华兹华斯论诗歌, 451-452
 Preface to Lyrical Ballads 华兹华斯《抒情歌谣集序》, 433-438, 451-452
 Prelude 华兹华斯《序曲》, 430-433
work, literary, Barthes on 作品, 文学作品, 巴特论文学作品, 646-648
World War Ⅰ 第一次世界大战, 557, 558, 562, 627
World War Ⅱ 第二次世界大战, 557, 558, 565
World-Soul 世界灵魂, 131-132, 143, 146
writing 写作, 书写
 Derrida on 德里达论写作 662-663, 665
 écriture féminine 女性写作, 566, 669, 701-702, 703-706
 Foucault on 福柯论写作, 766, 767
 myth and 神话与书写, 660-661
 performative act 表演性的书写行为, 645
 Plato on 柏拉图论写作, 661-662, 663
 poststructuralist notion of 后结构主义的写作概念, 767
 Said on 萨义德论写作, 745
 speech/writing opposition 言说与写作的对立, 97, 177, 653-654, 660, 662, 663
Wycherley, William 威彻利, 威廉, 291, 292
Wyclif, John 威克利夫, 约翰, 236

Xenophanes 色诺芬尼, 82

Yeats, W. B. 叶芝, W. B., 39, 489, 628
Young, Edward 扬, 爱德华, 428
 Conjectures on Original Composition 扬《试论独创性作品》, 428
Young Germans 青年德国人, 472
Young, Robert 扬, 罗伯特, 738, 739

Zelinski, F. F. 泽林斯基, F. F., 610
Zeno of Citium 季蒂昂的芝诺, 81
Zenodotus 泽诺多托斯, 10, 107
Zhdanov, A. A. 日丹诺夫, A. A., 541, 545
Zola, Emile 左拉, 埃米尔, 469, 472, 473, 485
 and determinism 左拉与决定论, 479, 480
 The Experimental Novel 左拉《实验小说》, 478-479
 naturalism 左拉的自然主义, 477, 478-482, 581
Zwingli, Ulrich 茨温利, 乌尔里希, 237

《当代学术棱镜译丛》
已出书目

媒介文化系列

第二媒介时代 [美]马克·波斯特
电视与社会 [英]尼古拉斯·阿伯克龙比
思想无羁 [美]保罗·莱文森
媒介建构:流行文化中的大众媒介 [美]劳伦斯·格罗斯伯格 等
揣测与媒介:媒介现象学 [德]鲍里斯·格罗伊斯
媒介学宣言 [法]雷吉斯·德布雷
媒介研究批评术语集 [美]W.J.T.米歇尔 马克·B.N.汉森

全球文化系列

认同的空间——全球媒介、电子世界景观与文化边界 [英]戴维·莫利
全球化的文化 [美]弗雷德里克·杰姆逊 三好将夫
全球化与文化 [英]约翰·汤姆林森
后现代转向 [美]斯蒂芬·贝斯特 道格拉斯·科尔纳
文化地理学 [英]迈克·克朗
文化的观念 [英]特瑞·伊格尔顿
主体的退隐 [德]彼得·毕尔格
反"日语论" [日]莲实重彦
酷的征服——商业文化、反主流文化与嬉皮消费主义的兴起 [美]托马斯·弗兰克
超越文化转向 [美]理查德·比尔纳其 等
全球现代性:全球资本主义时代的现代性 [美]阿里夫·德里克
文化政策 [澳]托比·米勒 [美]乔治·尤迪思

通俗文化系列

解读大众文化 [美]约翰·菲斯克
文化理论与通俗文化导论(第二版) [英]约翰·斯道雷
通俗文化、媒介和日常生活中的叙事 [美]阿瑟·阿萨·伯格
文化民粹主义 [英]吉姆·麦克盖根
詹姆斯·邦德:时代精神的特工 [德]维尔纳·格雷夫

消费文化系列

消费社会 [法]让·鲍德里亚

消费文化——20世纪后期英国男性气质和社会空间 [英]弗兰克·莫特

消费文化 [英]西莉娅·卢瑞

大师精粹系列

麦克卢汉精粹 [加]埃里克·麦克卢汉 弗兰克·秦格龙

卡尔·曼海姆精粹 [德]卡尔·曼海姆

沃勒斯坦精粹 [美]伊曼纽尔·沃勒斯坦

哈贝马斯精粹 [德]尤尔根·哈贝马斯

赫斯精粹 [德]莫泽斯·赫斯

九鬼周造著作精粹 [日]九鬼周造

社会学系列

孤独的人群 [美]大卫·理斯曼

世界风险社会 [德]乌尔里希·贝克

权力精英 [美]查尔斯·赖特·米尔斯

科学的社会用途——写给科学场的临床社会学 [法]皮埃尔·布尔迪厄

文化社会学——浮现中的理论视野 [美]戴安娜·克兰

白领：美国的中产阶级 [美]C.莱特·米尔斯

论文明、权力与知识 [德]诺贝特·埃利亚斯

解析社会：分析社会学原理 [瑞典]彼得·赫斯特洛姆

局外人：越轨的社会学研究 [美]霍华德·S.贝克尔

社会的构建 [美]爱德华·希尔斯

新学科系列

后殖民理论——语境 实践 政治 [英]巴特·穆尔-吉尔伯特

趣味社会学 [芬]尤卡·格罗瑙

跨越边界——知识学科 学科互涉 [美]朱丽·汤普森·克莱恩

人文地理学导论：21世纪的议题 [英]彼得·丹尼尔斯 等

文化学研究导论：理论基础·方法思路·研究视角 [德]安斯加·纽宁 [德]维拉·纽宁主编

世纪学术论争系列

"索卡尔事件"与科学大战　[美]艾伦·索卡尔　[法]雅克·德里达 等

沙滩上的房子　[美]诺里塔·克瑞杰

被困的普罗米修斯　[美]诺曼·列维特

科学知识：一种社会学的分析　[英]巴里·巴恩斯　大卫·布鲁尔　约翰·亨利

实践的冲撞——时间、力量与科学　[美]安德鲁·皮克林

爱因斯坦、历史与其他激情——20世纪末对科学的反叛　[美]杰拉尔德·霍尔顿

真理的代价：金钱如何影响科学规范　[美]戴维·雷斯尼克

广松哲学系列

物象化论的构图　[日]广松涉

事的世界观的前哨　[日]广松涉

文献学语境中的《德意志意识形态》　[日]广松涉

存在与意义（第一卷）　[日]广松涉

存在与意义（第二卷）　[日]广松涉

唯物史观的原像　[日]广松涉

哲学家广松涉的自白式回忆录　[日]广松涉

资本论的哲学　[日]广松涉

马克思主义的哲学　[日]广松涉

世界交互主体的存在结构　[日]广松涉

国外马克思主义与后马克思思潮系列

图绘意识形态　[斯洛文尼亚]斯拉沃热·齐泽克 等

自然的理由——生态学马克思主义研究　[美]詹姆斯·奥康纳

希望的空间　[美]大卫·哈维

甜蜜的暴力——悲剧的观念　[英]特里·伊格尔顿

晚期马克思主义　[美]弗雷德里克·杰姆逊

符号政治经济学批判　[法]让·鲍德里亚

世纪　[法]阿兰·巴迪欧

列宁、黑格尔和西方马克思主义：一种批判性研究　[美]凯文·安德森

列宁主义　[英]尼尔·哈丁

福柯、马克思主义与历史：生产方式与信息方式　[美]马克·波斯特

战后法国的存在主义马克思主义：从萨特到阿尔都塞　[美]马克·波斯特

反映　[德]汉斯·海因茨·霍尔茨

经典补遗系列

卢卡奇早期文选　[匈]格奥尔格·卢卡奇

胡塞尔《几何学的起源》引论　[法]雅克·德里达

黑格尔的幽灵——政治哲学论文集[Ⅰ]　[法]路易·阿尔都塞

语言与生命　[法]沙尔·巴依

意识的奥秘　[美]约翰·塞尔

论现象学流派　[法]保罗·利科

脑力劳动与体力劳动：西方历史的认识论　[德]阿尔弗雷德·索恩-雷特尔

黑格尔　[德]马丁·海德格尔

黑格尔的精神现象学　[德]马丁·海德格尔

生产运动：从历史统计学方面论国家和社会的一种新科学的基础的建立　[德]弗里德里希·威廉·舒尔茨

先锋派系列

先锋派散论——现代主义、表现主义和后现代性问题　[英]理查德·墨菲

诗歌的先锋派：博尔赫斯、奥登和布列东团体　[美]贝雷泰·E. 斯特朗

情境主义国际系列

日常生活实践 1. 实践的艺术　[法]米歇尔·德·塞托

日常生活实践 2. 居住与烹饪　[法]米歇尔·德·塞托　吕斯·贾尔　皮埃尔·梅约尔

日常生活的革命　[法]鲁尔·瓦纳格姆

居伊·德波——诗歌革命　[法]樊尚·考夫曼

景观社会　[法]居伊·德波

当代文学理论系列

怎样做理论　[德]沃尔夫冈·伊瑟尔

21 世纪批评述介　[英]朱利安·沃尔弗雷斯

后现代主义诗学：历史·理论·小说　[加]琳达·哈琴

大分野之后：现代主义、大众文化、后现代主义　[美]安德列亚斯·胡伊森

理论的幽灵：文学与常识　[法]安托万·孔帕尼翁

反抗的文化：拒绝表征　[美]贝尔·胡克斯

戏仿：古代、现代与后现代 ［英］玛格丽特·A.罗斯

理论入门 ［英］彼得·巴里

现代主义 ［英］蒂姆·阿姆斯特朗

叙事的本质 ［美］罗伯特·斯科尔斯　詹姆斯·费伦　罗伯特·凯洛格

文学制度 ［美］杰弗里·J.威廉斯

新批评之后 ［美］弗兰克·伦特里奇亚

文学批评史：从柏拉图到现在 ［美］M.A.R.哈比布

德国浪漫主义文学理论 ［美］恩斯特·贝勒尔

萌在他乡：米勒中国演讲集 ［美］J.希利斯·米勒

文学的类别：文类和模态理论导论 ［英］阿拉斯泰尔·福勒

思想絮语：文学批评自选集（1958—2002） ［英］弗兰克·克默德

叙事的虚构性：有关历史、文学和理论的论文（1957—2007）［美］海登·怀特

核心概念系列

文化 ［英］弗雷德·英格利斯

风险 ［澳大利亚］狄波拉·勒普顿

学术研究指南系列

美学指南 ［美］彼得·基维

文化研究指南 ［美］托比·米勒

文化社会学指南 ［美］马克·D.雅各布斯　南希·韦斯·汉拉恩

艺术理论指南 ［英］保罗·史密斯　卡罗琳·瓦尔德

《德意志意识形态》与文献学系列

梁赞诺夫版《德意志意识形态·费尔巴哈》 ［苏］大卫·鲍里索维奇·梁赞诺夫

《德意志意识形态》与MEGA文献研究 ［韩］郑文吉

巴加图利亚版《德意志意识形态·费尔巴哈》 ［俄］巴加图利亚

MEGA：陶伯特版《德意志意识形态·费尔巴哈》 ［德］英格·陶伯特

当代美学理论系列

今日艺术理论 ［美］诺埃尔·卡罗尔

艺术与社会理论——美学中的社会学论争 ［英］奥斯汀·哈灵顿

艺术哲学：当代分析美学导论 ［美］诺埃尔·卡罗尔

美的六种命名 ［美］克里斯平·萨特韦尔

文化的政治及其他 [英]罗杰·斯克鲁顿

现代日本学术系列

带你踏上知识之旅 [日]中村雄二郎 山口昌男
反·哲学入门 [日]高桥哲哉
作为事件的阅读 [日]小森阳一
超越民族与历史 [日]小森阳一 高桥哲哉

现代思想史系列

现代化的先驱——20世纪思潮里的群英谱 [美]威廉·R.埃弗德尔
现代哲学简史 [英]罗杰·斯克拉顿
美国人对哲学的逃避：实用主义的谱系 [美]康乃尔·韦斯特

视觉文化与艺术史系列

可见的签名 [美]弗雷德里克·詹姆逊
摄影与电影 [英]戴维·卡帕尼
艺术史向导 [意]朱利奥·卡洛·阿尔甘 毛里齐奥·法焦洛
电影的虚拟生命 [美]D. N. 罗德维克

当代逻辑理论与应用研究系列

重塑实在论：关于因果、目的和心智的精密理论 [美]罗伯特·C.孔斯
情境与态度 [美]乔恩·巴威斯 约翰·佩里
逻辑与社会：矛盾与可能世界 [美]乔恩·埃尔斯特
指称与意向性 [挪威]奥拉夫·阿斯海姆

波兰尼意会哲学系列

认知与存在：迈克尔·波兰尼文集 [英]迈克尔·波兰尼
科学、信仰与社会 [英]迈克尔·波兰尼

图书在版编目(CIP)数据

文学批评史：从柏拉图到现在／(美)哈比布著；
阎嘉译．— 南京：南京大学出版社，2017.1(2020.6重印)
(当代学术棱镜译丛／张一兵主编)
ISBN 978-7-305-16287-9

Ⅰ．①文… Ⅱ．①哈… ②阎… Ⅲ．①文学批评史—世界 Ⅳ．①I109

中国版本图书馆 CIP 数据核字(2015)第 307013 号

A History of Literary Criticism: From Plato to the Present, First Edition
By M. A. R. Habib
All Rights Reserved. Authorized translation from the English language edition published by John Wiley & Sons Limited. Responsibility for the accuracy of the translation rests solely with Nanjing University Press Co., Ltd. and is not the responsibility of John Wiley & Sons Limited. No part of this book may be reproduced in any form without the written permission of the original copyright holder, John Wiley & Sons Limited. Copies of this book sold without a Wiley sticker on the cover are unauthorized and illegal.

江苏省版权局著作权合同登记　图字：10-2008-157 号

出版发行　南京大学出版社
社　　址　南京市汉口路 22 号　　邮　编　210093
出 版 人　金鑫荣

丛 书 名　当代学术棱镜译丛
书　　名　文学批评史：从柏拉图到现在
著　　者　[美] M. A. R. 哈比布
译　　者　阎　嘉
责任编辑　张　静

照　　排　南京南琳图文制作有限公司
印　　刷　南京爱德印刷有限公司
开　　本　787×1092　1/16　印张 52.25　字数 1243 千
版　　次　2017 年 1 月第 1 版　2020 年 6 月第 2 次印刷
ISBN 978-7-305-16287-9
定　　价　188.00 元

网址：http://www.njupco.com
官方微博：http://weibo.com/njupco
官方微信号：njupress
销售咨询热线：(025) 83594756

* 版权所有，侵权必究
* 凡购买南大版图书，如有印装质量问题，请与所购
  图书销售部门联系调换